AVOND OVER ALBION

Pauline Gedge

Avond over Albion

1987 – De Boekerij – Amsterdam

Oorspronkelijke titel: The eagle and the raven
Vertaling: P. Verhulst
Omslagontwerp: Leo en Diane Dillon
Belettering omslag: Caroline Torenbeek

CIP-GEGEVENS KONINKLIJKE BIBLIOTHEEK, DEN HAAG

Gedge, Pauline

Avond over Albion / Pauline Gedge ; [vert. uit het Engels door P. Verhulst]. – Amsterdam : De Boekerij
Vert. van: The eagle and the raven : a novel. – New York :
Dial Press, 1978.
ISBN 90-225-0658-4 geb.
UDC 82-31 NUGI 340
Trefw.: romans ; vertaald.

©1978 by Pauline Gedge
©1987 voor de Nederlandse taal: De Boekerij bv, Amsterdam
D/1987/4789/9

Voor Sylvie

BRITANNIE

N

Eriu ·

OCEANUS
GERMANICUS

OCEANUS
HIBERNICUS

CARVETII

BRIGANTES

CARRANTOVICES

PARISI

SETANTII

· Mona

DECEANGLI

· Deva

CORNOVII

CORITANI

Lindum

GANGANI

ORDOVICES

ICENI

Durobrivae

DEMETAE

DOBUNNI

CATUVELLAUNI

TRINOVANTES

· Camulodunon

SILURES

· Glevum

Verulamium

the Severn

BELGAE

ATREBATES

Londinium

the Thames

CANTIACI

the Medway

Rutupiae
Dubris
· Folkestone

DUROTRIGES

REGNENSES

DUMNONII

OCEANUS BRITANNICUS

0   50   100

mijl

BLCTLL

DEEL EEN

1

Caradoc baande zich een weg door de dichte doornstruiken en merkte dat hij eindelijk open terrein bereikte, want hij had de donkere schaduwen van het bos achter zich gelaten. Met een vaag gevoel van opluchting stak hij zijn zwaard in de schede en trok zijn mantel dichter om zich heen. Hij hurkte even op de flauwe helling van de oever en keek naar de traag stromende rivier, terwijl hij op adem kwam en probeerde zich te oriënteren. Hij had enige tijd gedacht dat hij verdwaald was en wanhopig de weg gezocht onder de gewelfde boomkruinen, maar er was geen pad te bekennen. Vandaag was het Samain en zelfs de beste krijgers van zijn vader, mannen die voor niets en niemand bang waren, voelden vrees op deze dag en daarvoor schaamden ze zich niet. De hele dag was de hemel grauw geweest, maar nu was er een snijdend kille wind opgestoken. Het zou spoedig gaan regenen. Toch bleef hij zitten; hij wilde nog niet overeind komen uit het vochtige gras, al was de snel invallende duisternis beangstigend, evenals de bomen achter zijn rug, die spraken van duistere geheimen die hij niet kon begrijpen. Hij huiverde, maar niet van de kou, en dook nors dieper weg in zijn mantel. Hij dacht aan alle Samains die hij had zien komen en gaan.

Zijn vroegste herinneringen waren vervuld met dezelfde angst die hem in het bos naar de keel had gegrepen, herinneringen aan zijn vader Cunobelin, zittend als een grote, schimmige gestalte die naar het vuur staarde, aan zijn broer Togodumnus, en aan zijn zuster Gladys, zwijgend en ondoorgrondelijk, dicht bij de voeten van zijn vader, terwijl zijn moeder op het bed lag en hem met haar armen dicht tegen zich aanklemde. De ijzige herfstwind fluisterde rond de huiden voor de deuropening en de vingers van de nacht ritselden door het rieten dak. Zo zaten ze daar in het donker; de uren gleden langzaam voorbij, de kinderen doezelden weg en ontwaakten weer als het vuur smeulend brandde en Cunobelin zich naar voren boog om meer hout op de vlammen te leggen. Pas als de bleke dageraad aarzelend en beschaamd in het vertrek doordrong, waagde een van hen het iets te zeggen. Later, nadat ze pap, brood en een stuk honingraat hadden gegeten, verzamelden ze zich in de Grote Zaal en telden bezorgd het aantal aanvoerders en vrije mannen, bang om te vragen of een van hen weggenomen was, bang om te vragen wie gespaard gebleven was. En daarna, laat in de koude ochtend, begon het slachten van het vee, zodat de geur van bloed dagenlang boven de stad bleef hangen. Samain. Wat had hij die dag gehaat. Weer een nacht vol angst, weer een dag van dood en verderf.

Opeens zag hij iets kleurigs bewegen en hij keek om. Zijn broer was uit het bos gekomen, op de plaats vanwaar een pad zich naar de rivier kronkelde. Togodumnus was niet alleen. Aricia liep naast hem. Haar zwarte haren hingen los over haar schouders en de lange plooien van haar tuniek sloten strak om haar slanke lichaam. Haar blauwe mantel en de paarse mantel van Tog wapperden tegen elkaar in de wind. Het leek wel alsof ze ruzie maakten. Ze bleven staan en keken elkaar aan. Hun stemmen klonken luid en heftig, maar ze waren nog te ver weg, zodat Caradoc de woorden niet kon verstaan. Opeens barstten ze in lachen uit en Aricia's handen met de lange, witte vingers bewogen door het wegstervende daglicht. Als bleke voorjaarsvlinders. Even voelde Caradoc zich duizelig worden door de warrelende beweging, maar al spoedig kwam hij overeind. Togodumnus zag het, wuifde naar hem en begon het pad af te rennen. Aricia greep haar mantel beet en probeerde die tevergeefs strakker om haar lichaam te wikkelen, terwijl Caradoc hen langzaam tegemoetliep.

'We waren je kwijtgeraakt!' schreeuwde Togodumnus toen hij hijgend naderbij gekomen was. 'Heb je er een gedood?'

'Nee. Hij sprong weg in de struiken, maar toen de honden een opening hadden gevonden was hij al verdwenen. Waar is mijn paard?'

'Aricia heeft het vastgebonden toen we naar jou zijn gaan zoeken. Ze was kwaad omdat de poort spoedig gesloten wordt en het ziet ernaar uit dat we een stormachtige nacht krijgen. Ze wilde je eigenlijk aan je lot overlaten.' Hij grinnikte. 'Ze wil de avond vóór Samain liever niet in het bos doorbrengen.'

'Jíj was degene die angstig achterom keek, Tog, en ik moest Caradocs paard bij de teugel nemen,' protesteerde Aricia heftig. 'Ik ben nergens bang voor,' voegde ze eraan toe, met een veelbetekenende glimlach naar Caradoc.

Het was laat in de middag en het daglicht verdween snel. In het noorden kwamen dreigende wolken opzetten, op elkaar gestapeld door de krachtige wind. De drie jagers haastten zich naar de paarden en klommen snel in het zadel. Togodumnus ging voorop in een korte galop langs de waterkant. Aricia kwam in galop naast hem rijden en Caradoc sloot de rij. Als ze de eerste poort gepasseerd waren moesten ze nog zes mijl rijden, langs verspreide groepjes hutten, boerenhofsteden en omzoomde akkers. Na een uur zouden ze warme wijn drinken bij hun eigen haardvuren, met hun voeten bij de vertrouwde vlammen.

Caradoc stormde plotseling Aricia voorbij en gebaarde dat Togodumnus moest inhouden. 'De honden!' riep hij, heftig met zijn armen zwaaiend. 'We

zijn de honden vergeten!'
'Sukkel!' schold Togodumnus. 'Waar liepen ze heen toen ze dat everzwijn kwijtgeraakt waren?'
'Ze volgden een of ander spoor door het hakhout. Ik heb gefloten en ze kwamen inderdaad toen ik naar het pad terugkeerde. Waarom noem je mij een sukkel? Jullie zijn veel grotere sukkels dat je de honden niet achterna bent gegaan toen ze zo dicht bij de buit waren!'
'Jullie zijn allebei domme sukkels,' onderbrak Aricia hen en aan haar stem was te horen dat ze bijna in paniek raakte. 'Cunobelin heeft jullie verboden de honden mee te nemen, omdat ze overmorgen naar Rome verscheept worden. Maar wat betekende dat verbod voor jullie? Niets meer dan een waarschuwing die je kon negeren.' Ze pakte de teugels en drukte haar knieën tegen de flanken van haar paard. 'Gaan jullie maar terug naar het bos om de honden te zoeken, als je durft. Ik heb het koud en ik ben moe. Ik ga naar huis.'
Ze passeerde hen stapvoets en zette er toen meer vaart achter. Een ogenblik later was ze in de schemering verdwenen en de twee jongemannen bleven alleen achter. Ze keken elkaar aan, zich bewust van de invallende duisternis en de onbenoembare dingen die tussen de bomen achter hen wachtten.
'Wat doen we?' vroeg Togodumnus. 'Die feeks ook. Het was háár idee om vandaag op jacht te gaan en dat weet ze heel goed. Er komt nog 'es een nacht dat ik haar grijp en aan een boom vastbind, dan mag de Raaf van de Nachtmerries haar hebben.'
'Ssst,' siste Caradoc. 'Straks hoort Ze je nog en komt Ze echt. We moeten naar huis. Morgen zullen we het aan vader vertellen en onze straf ondergaan.'
Togodumnus schudde zijn hoofd, maar Caradoc begon al naar de poort te rijden. Tog volgde hem. De wind was nu verder aangewakkerd en klauwde aan hun haren en hielen. De paarden snoven en strekten zich in een wilde galop. Toen ze bij de eerste poort kwamen, lieten ze zich van hun rijdier vallen en renden door de droge gracht, de teugels stevig in hun bezwete handen. Hals over kop holden ze naar de tweede poort. De poortwachter kwam naar buiten gerend, met zijn toorts hoog opgeheven.
'Ik had heus niet voor u gewacht, heren,' bromde de man en hij sloeg de grote houten poortdeuren achter hen dicht. 'Wat een dwaasheid om mij hier bij een open poort te laten wachten en nog wel op deze avond!'
De poortwachter hield in zijn andere hand een zwaard. Maar wat kon een zwaard uitrichten tegen de demonen van Samain? vroeg Caradoc zich af. 'Is Aricia al voorbijgekomen?' vroeg hij. De wachter knikte. 'En onze honden? Zijn er ook honden door de poort gekomen?'
'Ja, die heb ik hier gezien. Een heel roedel kwam een uur geleden voorbij, met schuim op hun bekken en kennelijk doodmoe.'
Togodumnus gaf zijn broer een stevige klap op zijn rug. 'Zie je wel! De hon-

den zijn verstandiger dan wij! Bedankt, poortwachter. Ga maar terug naar je haard.' De man stak zijn zwaard in de schede en keerde zich om.

'En nu naar huis en naar bed,' zuchtte Caradoc, toen ze hun paarden weer bestegen. 'We hebben niet eens een konijn buitgemaakt op deze verloren dag. Het zal vader zeker niet ontgaan dat Brutus' oor gescheurd is.'

'Natuurlijk ziet hij dat en dan neemt hij ons allebei een koekalf af om de schade aan de hond te vergoeden. Wat een pech!'

'Hoe zou de avond voor Samain ooit iets anders dan ongeluk kunnen brengen? En dat net nu mijn prijs omhooggegaan is.'

'Dan is het maar goed dat jouw prijs van meer zaken afhangt dan alleen van je vee. Welke zekerheid heeft Sholto je geboden voor de bruikleen van je twee stieren?'

'Hij heeft zichzelf en zijn gezin aan mij verpand. Hij is wel geschikt als vazal. Ik heb hem gezegd dat, als hij mij en niet jou trouw zwoer, ik hem één van de stieren zou schenken en dat ik een Romeinse drinkbeker voor zijn vrouw zou kopen, van zilver.'

'Caradoc! De trouw van geen enkele vrije burger is een hele stier waard! Bovendien heb ík hem een stier en een vaarskalf aangeboden.'

'Waarom besloot hij dan toch de eed op mij af te leggen?'

'Omdat jij je vazallen nooit iets anders laat doen dan je kostbare koeien tellen! Ach, vervloekt, het begint te regenen. Misschien gaat het ook nog sneeuwen.'

'Nog te vroeg voor de tijd van het jaar,' antwoordde Caradoc kortaf en zwijgend reden ze verder, met hun schouders diep weggedoken in de wijde mantels. Het water droop langs hun ellebogen en hielen en de regen joeg de kou in hun gezichten.

Het was donker onderweg; ze volgden het ruige, kronkelende pad tussen de kleine akkers. De arme keuterboeren zaten nu dicht bijeen in hun plaggenhutten, de dorpsoudsten en vrije burgers in hun houten hutten. Ze kwamen niemand tegen op het pad. Af en toe hoorden ze het onrustige geloei van het vee dat van de zomerweiden gehaald was en nu was samengedreven binnen de houten palissaden. Maar ook de wilde dieren hadden beschutting gezocht en het leek wel of de twee jongemannen de enige levende wezens op aarde waren. Caradoc en Togodumnus sjokten verder; de paardehoeven ploften telkens zacht op het doorweekte en met bladeren bedekte pad. Naast hen konden ze het spoor van Aricia's paard in het natte gras zien. De afdrukken van de hoeven vulden zich met zwart water, maar al spoedig was het helemaal donker geworden en ze zagen alleen nog de weg vóór hen, die als een smal lint traag en slaapverwekkend voor hen uit kronkelde. Togodumnus begon zachtjes voor zich uit te neuriën, maar Caradoc siste dat hij stil moest zijn, al schaamde hij zich voor de angst die onwillekeurig in hem opkwam.

Hij was zeventien; hij had al eens een man gedood en had meegedaan aan rooftochten op zoek naar vee; hij had op herten, everzwijnen en wolven gejaagd. Zulke dingen kon hij aan en begrijpen, maar de wazige, bewegende geesten van Samain, de demonen die op deze nacht wachtten om hun slachtoffers naar de wouden te sleuren, die kon hij niet met een zwaardslag onschadelijk maken. Hij kon de demonen nu voelen; ze zochten bescherming achter de bladerloze bomen, achter de kale takken die zich boven zijn hoofd sloten. Ze keken hem vol haat aan en wilden hem kwaad doen. Hij greep de natte teugels nog steviger vast en sprak zachtjes tegen zijn paard. Togodumnus begon weer te neuriën, maar deze keer zei Caradoc er niets van. Nog één bocht in de weg en dan waren ze thuis.

Eindelijk konden ze afstijgen. Hun dijen waren nat en geschaafd en hun handen waren blauw van de kou. De staljongen rende hen tegemoet en nam de teugels over uit hun verstijfde vingers om zonder een woord te spreken de paarden weg te leiden.

Togodumnus trok zijn mantel uit en zag het water tussen zijn handen sijpelen toen hij het natte kledingstuk uitwrong. 'Denk je dat jij kunt slapen, vannacht?' vroeg hij aan zijn broer.

Caradoc schudde zijn hoofd. 'Ik denk het niet. Eerst wil ik warme wijn en droge kleren, en dan misschien een paar liederen van Caelte om de wraakgoden van mijn deur weg te houden.' Zijn stem weergalmde tegen de donkere hutten. 'Morgen kunnen we opgelucht ademhalen, maar eerst moet je naar de honden kijken. Het was jouw idee ze mee te nemen.'

'Nee, dat is niet waar! Aricia en ik kregen ruzie. Ze zei dat ik te laf was om Cunobelin ongehoorzaam te zijn. Ze beweerde dat ik geen moed had! Trouwens, jij bent ze kwijtgeraakt, niet ik.'

'O, Tog, waarom luister je nog naar haar? Je weet toch dat je door haar altijd in de problemen komt?'

Er verscheen een glans in Togodumnus' ogen. 'Niet zoveel problemen als ze jou zal bezorgen, broertje, wanneer Cunobelin te horen krijgt wat jullie samen uitvoeren.'

'Wat weet jij daarvan?' vroeg Caradoc bits, maar toch grijnsde hij.

'Helemaal niets. Het zijn maar geruchten... Goedenacht, Caradoc enne... goede jacht!'

'Tog! Kom terug!' schreeuwde Caradoc, maar Togodumnus liep al met grote passen weg tussen de stille hutten, de steile heuvel op en naar zijn eigen kleine woning. Caradoc liep berustend langs de donkere schaduw van de hoge aarden wal. Zijn voetstappen klonken hem gevaarlijk luid in de oren. Even later kwam hij bij de stallen van zijn vader, waar hem een golf warme, zoetgeurende lucht tegemoetsloeg. Hij liep verder langs de smidse en de werkplaats van de harnasmaker en kwam bij de kennels. Zorgvuldig telde hij

de hokken af en hurkte neer. Zachtjes riep hij de honden. De honden kwamen naar het hek gesprongen en drukten hun vochtige, koele snuiten in zijn
hand. Snel liet hij zijn ogen over de dieren gaan, en nog eens. Er ontbrak één
hond. Caradoc mompelde een verwensing en begon opnieuw te tellen. Hij
zag aanvankelijk niet welke hond er verdwenen was. Brutus, met zijn inge-
scheurde oor half over zijn snuit, keek hem verwijtend aan. Nu vloekte Caradoc hartgrondig. Caesar was verdwenen. De beste hond van het nest! De
hond die speciaal afgericht was voor keizer Tiberius persoonlijk. Die hond
was het, begreep Caradoc, en hij vloekte weer toen hem te binnen schoot
waarom Cunobelin, met zijn sluwe humor dat beest juist deze naam had gegeven: de hond was niet ter ere van keizer Tiberius zo genoemd, hij was vernoemd naar Julius Caesar die twee keer naar Albion was gekomen en ook
twee keer verdwenen was, om nooit meer terug te keren. Cunobelin had
tegen zijn zoons gezegd dat Julius uiteindelijk geen goede jager was geweest.
Caradoc bleef besluiteloos staan. Zijn haren kleefden aan zijn voorhoofd en
zijn mantel, zwaar van het regenwater, drukte op zijn schouders. Hij twijfelde er niet aan dat Caesar de andere honden naar huis had geleid. Toen hij zich
in Caesar probeerde te verplaatsen, begreep hij plotseling waar de hond
moest zijn: op een warme plek. Caradoc keerde zich om en begon te zoeken,
eerst bij de smidse, daarna in de werkplaats van de harnasmaker, bij de stinkende leerlooierij en in de stallen. Vastberaden verliet hij de vierde ring en
liep langzaam naar het gedeelte waar de vrije mannen woonden, een romme-
lig en smerig terrein. Hij bonsde op muren en trok deurhuiden opzij, zodat de
dorpsbewoners hevig schrokken omdat ze in de donkere doorweekte gestalte eerst een listig vermomde geest meenden te herkennen. Minuten verstreken, de één na de ander, en ten slotte moest hij zijn speurtocht opgeven.
Met een ruk keerde hij zich om en begon naar zijn eigen huis te klimmen,
maar toen hij hoger op de heuvel boven de huizen uit kwam, striemde een
harde windvlaag hem in het gezicht, zodat hij zijn evenwicht verloor en bijna
viel. Het leek wel of een luik in de hemel werd opengetrokken toen het opeens nog veel harder begon te regenen en er stekende, koude hagel naar beneden stortte. Hij begon te rennen met grote onhandige stappen en het leek wel
of daardoor de paniek in zijn lichaam zich nu een uitweg baande en hem
voortdreef.
Wat doe ik hier buiten in deze nacht wanneer de tijd stilstaat en de aarde op de
rand van het vreselijke niets zweeft? dacht hij vol afschuw. Een of andere
kwaadaardige geest is in Caesar gekropen, zodat ik naar hem ga zoeken en als
ik hem vind, grijpt hij me met zijn machtige kaken en sleurt mij terug naar het
woud.
Hij worstelde tegen de storm in, verblind en zich vaag bewust dat hij langs de
Grote Zaal kwam. Instinctief en gedachteloos deed hij een pas opzij bij de

schrijn van Camulos, tot zijn verdoofde vingers eindelijk de zware deurhuiden van zijn eigen woning betastten. Hij duwde de huiden opzij en struikelde naar binnen. Hijgend bleef hij met gesloten ogen staan, terwijl het water langs zijn lichaam naar beneden stroomde en kleine plasjes bij zijn voeten vormde. Even was hij verbaasd dat binnen geen bulderend geluid van de storm te horen was, alleen het gestage ruisen van de regen op het rieten dak. De wind rukte als een ongedurig roofdier aan de wanden, maar tevergeefs. Al spoedig ontspande hij zich en opende zijn ogen. Een olielamp brandde op de kleine tafel tegenover de deuropening. Zachte gordijnen hingen langs de wanden. Aan één kant waren de gordijnen opzij geschoven, zodat een laag bed waarop een blauw-en-rode mantel lag, zichtbaar was. Maar dit was zijn eigen hut toch niet? Naast het bed stond nog een tafeltje, met daarop een spiegel en een gouden haarband, een paar bronzen armbanden en een prachtig geëmailleerde gordel die als een slang afhing naar de vloer. Zachtjes jankend, bij wijze van welkom, kwam Caesar overeind van zijn plek bij het rokende haardvuur en hij sjokte door het vertrek naar hem toe.

Aricia keerde zich met een ruk om. 'Caradoc! Je laat me schrikken! Wat doe je hier?'

Hij aarzelde, in verwarring gebracht door de grote opluchting dat hij de hond teruggevonden had. Er was hier geen demon, alleen een hond en een meisje. Ze stond blootsvoets op de huiden die de harde lemen vloer bedekten. Haar witte slaaptuniek viel als stuifsneeuw om haar lichaam. In haar ene hand hield ze een grote kam, en haar lange zwarte haren vielen tot aan haar knieën. Het haar waaierde uit over haar bleke armen en glansde in het vage schijnsel van de vlammen toen ze een stap naar hem toe kwam. Hij mompelde een verontschuldiging en wilde weggaan. Onredelijke woede welde in hem op, maar ze begon weer te spreken en daarom bleef hij staan.

'Wat ben je nat! Heb je aldoor naar de honden gezocht? Doe je mantel uit, anders vat je nog kou.'

'Vanavond niet, Aricia,' zei hij vastbesloten. 'Ik ben doornat en doodmoe. En ik ben boos op je omdat je Caesar hebt binnengelaten. En ik ben boos op Tog, omdat hij mij alleen liet zoeken. Ik ga naar mijn eigen huis.'

Ze lachte. 'Wat zie je eruit met die norse blik en je haar in slierten op je rug! Ik heb Caesar niet gevonden en hier gehouden. Hij kwam nog geen halfuur geleden aanlopen. Ik wilde juist iemand roepen om hem naar zijn hok te brengen en toen kwam jij binnen. En wat Tog betreft: je weet toch dat je hem in zijn nekvel moet grijpen en door elkaar schudden om iets van hem gedaan te krijgen? Waarom ben je dan boos?'

Ze liep snel naar hem toe en trok de mantel van zijn schouders. Ze hield de wijde mantel met beide handen op en legde hem bij het vuur. 'Warme wijn uit het land van de zon,' zei ze zacht, toen ze een kruik pakte die tussen de gloeiende sintels in het vuur stond. 'Drink een kroes voordat je de nacht weer ingaat, Caradoc. En praat met me, want het is Samain en ik voel me eenzaam.'

Hij voelde Caesars bruine ogen op zich gericht. Ga nu, zei hij in gedachten. Ga weg, voordat je eer nogmaals als gebroken potscherven aan je voeten ligt. Maar ze had al wijn voor hem ingeschonken en toen ze de kroes voor zijn gezicht hield, drong de kruidige damp in zijn neusgaten. Hij pakte de kroes aan en warmde zijn handen. Zijn vingers tintelden toen het bloed weer begon te stromen. Toen deed hij een stap verder het vertrek in en bleef voor het vuur staan, zodat hij de hitte op zijn verstijfde ledematen voelde.

'Ik dacht dat je niet bang was voor Samain?' vroeg hij.

Ze keek hem even aan en ging toen op de rand van het bed zitten. 'Ik zei dat ik me eenzaam voelde, niet dat ik bang was. Maar jíj bent wel bang.' Dat laatste klonk spottend.

'Daar heb ik anders een goede reden voor,' kaatste hij terug en nam een grote slok van de warme wijn. Hij voelde hoe de drank in zijn maag brandde en een gloed door zijn borstkas verspreidde. 'Ik ben hoofdman. En de demonen vallen in deze nacht graag edelen aan.'

'Ik heb anders ook koninklijk bloed,' zei ze bits en ging rechtop zitten. 'Was je dat vergeten? Ben ik al zo lang in Camulodunon dat ik niets meer dan een spruit van Cunobelin lijk? Ik ben het zeker niet vergeten.' Ze sprak de laatste woorden zacht uit en keek naar haar handen die ineengestrengeld op haar witte schoot lagen.

Hij leegde zijn kroes en reikte naar beneden om nog eens in te schenken. 'Het spijt me, Aricia,' zei hij. 'Soms vergeet ik dat inderdaad. Je bent hier al zo lang en we zijn tenslotte samen opgegroeid... jij, ik, Tog, Eurgain, Gladys en Adminius. Hoeveel jaren geleden begon vader ons de Koninklijke Krijgersgroep te noemen?'

Ze sloot haar ogen alsof een pijnlijke herinnering haar te binnen schoot en hij keek haar aan over de rand van zijn kroes. Ze is zo mooi, dacht hij met groeiende berusting toen hij naar haar blanke gezicht keek dat in de zomerzon nooit bruin kleurde, naar haar fraaie kin en de lange zwarte wimpers die op haar hoge jukbeenderen rustten. Hij vroeg zich af sinds welk ogenblik hij haar niet langer als een vertrouwde jachtkameraad beschouwde en haar als een vreemde begon te zien. Toen ze haar ogen opende zag hij daarin verborgen verlokkende geheimen, en ook verwarring, maar hij was te jong om de onzekerheid erin te herkennen. Ze bleven elkaar enige tijd aankijken. Hij was te vermoeid om zijn ogen neer te slaan en hij leek wel gehypnotiseerd door haar zwarte ogen.

Opeens gicheldde ze. 'Caradoc, je dampt!'

'Wat?'

'Je broek droogt en de stoom komt er in wolken van af! Je lijkt wel een rivier-god die op een winterse ochtend oprijst. Trek je kleren uit of ga weg, want zo maak je mijn hele kamer vochtig.'

'Ik denk dat ik maar beter Caesar naar zijn hok kan brengen,' zei hij met te-genzin. Hij voelde hoe de wijn zijn tong dikker maakte en zijn benen leken wel van lood.

Aricia schudde haar hoofd en kwam snel overeind. 'Je mag het noodlot niet tarten! We hebben al meer geluk gehad dan we deze avond verdienden. Laat hem hier bij mij, of neem hem mee naar je eigen huis.' Ze schoof langs hem heen, waardoor haar tuniek ritselde. Hij rook een vleug Romeins parfum. 'Het spijt me echt dat ik vandaag zoveel moeilijkheden veroorzaakte. Tog wilde beslist gaan jagen omdat ik hem uitgedaagd had. Als Cunobelin erg kwaad is, betaal ik mee aan de schadevergoeding voor Brutus. Want ik denk niet dat de kooplui hem nog willen hebben.'

'Nee, dat denk ik ook niet.' Hij voelde zijn benen trillen van moeheid en hij zag haar door een waas van wijndamp. Toen ze merkte dat hij aarzelde begon ze te glimlachen. O nee, niet nu, niet deze nacht, dacht hij onzeker. Maar het was al te laat. Zijn hand strekte zich al uit en streelde een lok van haar haren. Hij liet het haar door zijn vingers glijden en voelde hoe dik en zacht het was. Hij bracht de lok naar zijn gezicht en snoof de warme geur ervan op. Ze be-woog zich niet terwijl hij dat deed.

'Blijf bij me, Caradoc,' zei ze langzaam en ze keek hem onderzoekend aan. 'Je wilt niet blijven, hè? Of wel? Vannacht ben ik een demon van Samain. Voel je de betovering die ik over je uitspreid?'

Ze zei het half spottend, maar toch voelde hij die betovering die hem besloop als een zachte, vertrouwde melodie. Hij wist dat hij naar de deur moest stor-men met een afwerende spreuk op zijn lippen, maar zoals altijd keek hij haar alleen met stomheid geslagen aan. Hij en Tog hadden dikwijls grappen ge-maakt over deze kleine zwarte heks, voor wie ze allebei zo gevaarlijk veel voelden. Ze hadden haar genadeloos geplaagd met de noordelijke blankheid van haar huid, zoals ze Eurgain hadden geplaagd met haar langdurig stilzwij-gen, of Adminius met zijn kostbare verzameling varkenstanden. Maar dat deden ze zonder het echt kwaad te menen en zonder erbij na te denken. Het waren plagerijen van vrienden die elkaar al lang kennen. Als ze hem de laatste tijd ergerde, dan zocht hij de oorzaak in de naderende winter, het jaargetijde waarin de mensen lange maanden met aangetrokken buikriemen en hongeri-ge magen in het vooruitzicht hadden, een seizoen waarin hij hooguit in leven bleef. En als hij soms aandrang voelde haar in het gezicht te slaan, omdat ze zo uit de hoogte deed en koppig volhield in een woordenwisseling, ach, dan realiseerde hij zich dat ze nog maar een meisje was, een veertien jaar oud meisje dat worstelde om een volwassen vrouw te worden.

Toen ze een handvol van haar eigen haren naar haar gezicht bracht en haar ogen sloot, voelde hij een warme golf door zijn lendenen schieten. 'Je hebt geen keus, verdorven Caradoc,' zei ze kalm. 'Mijn bed is veel aangenamer dan de vochtige bodem van het bos.'

Buiten roffelde de regen neer. De wind was afgezwakt tot een aanhoudend zuchten en binnen doofde het haardvuur langzaam uit, nu er niet langer op gepast werd. Af en toe siste een verdwaalde regendruppel die tot de gloeiende sintels was doorgedrongen. Ze stak haar handen uit naar zijn nek, maakte de gouden halsring los en legde het sieraad voorzichtig op de vloer. Toen strekte ze opnieuw haar handen uit om zijn zware gordel los te maken en terwijl ze daarmee bezig was gleed het zwaard op de vloerhuiden. Caradoc stond nog steeds onbeweeglijk.

Inwendig was hij nog in tweestrijd, maar die werd steeds zwakker en zijn ogen volgden elke beweging die ze maakte. Maar toen haar slanke vingers zijn gezicht aanraakten, gaf hij zich gewonnen. Hij greep haar arm en trok haar met een ruk stevig tegen zich aan.

Vandaag is het immers Samain, zei hij tegen zichzelf. Raaf van de Angst, hier zul je mij niet vinden! voegde hij er in stilte aan toe.

Een ogenblik later maakte ze zich los uit zijn greep. 'Je maakt me helemaal nat,' zei ze op effen toon. 'Trek je tuniek en je broek uit. Nee, ik doe het wel voor je. Je staat daar maar alsof je betoverd bent.'

'Dat doe je ook altijd, Aricia…'

Ze legde een vinger op zijn lippen. 'Nee, Caradoc. Zeg alsjeblieft niets meer.' Haar stem beefde. Ze bukte zich en trok de korte tuniek over zijn hoofd. Hij zag een spottende blik in haar ogen.

Wat vreemd, dacht hij, ik heb nooit eerder gezien dat er gouden vlekjes in haar ogen zijn. Hij greep haar weer beet en kuste haar ruw en onhandig. Hij voelde haar warme handen op zijn naakte rug en verloor zichzelf in de zachtheid van haar mond. Haar prachtige haar viel over zijn armen en toen hij voelde hoe ze zich tegen hem aandrukte, tilde hij haar op en wierp haar op het bed. Met een ruk trok hij de gordijnen achter zich dicht en doofde de olielamp. In de rossige gloed van het vuur zag hij haar afwachtend liggen. Ze strekte haar armen uit en haar haren lagen uitgewaaierd over het kussen. De glimlach om haar smalle lippen bracht hem in vervoering en nodigde hem tegelijk uit.

'Tog weet ervan,' fluisterde hij.

Haar glimlach werd breder. 'Dat kan me niets schelen. Jou wel?'

'Nee,' zei hij zacht.

'Zeg dan niets meer.'

Begerig en beneveld door de wijn rukte hij aan haar slaaptuniek en hoorde de stof scheuren. Toen waren haar borsten in zijn zoekende vingers en onder zijn gretige mond. Ze ademde heftig in en siste iets, terwijl de regen eentonig en dromerig bleef vallen.

Hij kon zich niet beheersen en daarom gebeurde het erg snel, maar deze avond klaagde ze niet. Het ging altijd zo, in een onbeheerste opwelling, het wanhopig en dwangmatig zoeken naar haar, en dan de korte, pijnlijke voldoening. Hij rolde op zijn rug, met zijn hoofd op één arm en staarde naar het donkere dak boven hem. Hij besefte wat er gebeurd was en de kleine naaldjes van schaamte begonnen hem te prikken. Ik heb het weer gedaan, dacht hij moedeloos. Een slavin in het vrije veld in het gras drukken, of desnoods de willige dochter van een vrije burger, dat was niet zo erg. Maar dit was Aricia, zijn jeugdvriendin, Aricia die meegedaan had aan elke kwajongensstreek die hij met Tog beraamd had. Aricia, de dochter van een vorst, van een ricon met een stamboom die veel verder terugging dan die van zijn eigen voorgeslacht. Hij wenste dat de aarde hem zou verzwelgen. Hij wenste dat de demonen van Samain hem kwamen halen en meesleurden naar hun grotten. Hij wilde sterven.

Ze keerde zich op haar zijde en ondersteunde haar hoofd met een elleboog. Zonder haar lichaam weer te bedekken, streek ze met een ongeduldig gebaar haar haren naar achteren. Ongelovig voelde hij de begeerte weer in zich opkomen.

'Caradoc?'

'Ja?'

'Trouw met me.'

Hij dacht even dat hij haar niet goed verstaan had, maar toen het tot hem doordrong wat ze gezegd had, schoot hij overeind.

Ze sloeg haar armen om haar knieën. 'Je hebt me heus goed verstaan. Ik wil met je trouwen. Ik vraag je, ik sméék je, Caradoc, trouw met me!'

'Weet je wel wat je van me vraagt?' zei hij bits, nu zijn geest even bevrijd was van de benevelende begeerte.

Ze legde een warme hand op zijn arm. 'We zijn toch al heel lang vrienden?' fluisterde ze. 'Is het dan niet heel gemakkelijk om de volgende stap te zetten en elkaar trouw te beloven?' Haar greep werd vaster om zijn arm. 'Zo veel vraag ik nu ook weer niet van je. Je kunt toch ook nog andere vrouwen erbij nemen?'

Hij begon te lachen, zijn hoofd was weer helder. 'Dan denk je zeker aan Eurgain! O nee, Aricia, we hebben het samen heerlijk gehad, maar ik denk niet dat we over trouwen moeten praten. Ik moet gaan.' Haastig zwaaide hij zijn voeten naar de koude vloer, maar ze hield hem tegen met een kracht die hij niet van haar verwacht had.

'Waarom niet? Vind je ook niet dat ik recht op jou heb, Caradoc?'

'Welk recht? Bedoel je dit?' Hij boog zich naar voren om haar te kussen, maar ze ontweek hem en trok de gordijnen met een ruk open. In het vage lamplicht zag hij dat haar gezicht door verdriet overschaduwd werd. Haar lippen beefden en in haar ogen glansden tranen.

'Ik zal geen spelletjes meer met je spelen, Caradoc. Waar zijn de lieve woorden gebleven die je anders in het donker tegen mij fluistert?'

'Liefde heeft er niets mee te maken, Aricia, dat weet jij ook wel.'

Hij stapte van het bed en kleedde zich haastig aan. Zijn broek was nog klam en de tuniek die hij over zijn hoofd trok was nat. 'Ik heb je nooit iets beloofd.'

Ze greep het gordijn en klemde zich eraan vast, alsof haar spieren met haar hoopvolle verwachting weggesmolten waren. 'Caradoc, ik ben wanhopig. Weet je wel hoe oud ik ben?'

Hij stak zijn zwaard in de schede. 'Natuurlijk weet ik dat. Je bent veertien.'

'Dat is toch de leeftijd voor verloven?'

Zijn bezige vingers stopten even en hij keek haar aan. Wat ze zei was waar. 'Heel spoedig zal er een boodschapper komen van mijn vader, om mij naar huis te brengen.' De tranen rolden nu over haar wangen en op haar handen. Met een woeste beweging schudde ze de zilte druppels weg. 'Naar huis! Ik kan me de kale heidevelden en armzalige hutten van mijn geboorteplaats amper herinneren. O Caradoc, ik wil niet weg. Ik wil jou en Tog en Eurgain niet verlaten, en Cunobelin ook niet, omdat hij als een vader voor mij is. Ik wil niet weg naar een griezelige plek, te midden van lompe en hardvochtige kerels!' Haar stem stierf weg en snikkend liet ze zich op de vloer zakken. 'Ik haat Samain, de winterse regen en de eenzaamheid die zal komen. Moet deze nacht dan voorbijgaan zonder dat een demon mij komt halen en zonder dat een man met mij wil trouwen?'

Hij deed een pas naar haar toe en knielde naast haar. Onhandig omhelsde hij haar en voelde voor het eerst medelijden met haar in zich opkomen. 'Aricia, ik heb er niet bij nagedacht, dat wist ik niet. Heb je al met Cunobelin gesproken?'

Ze schudde heftig haar hoofd, haar gezicht bleef verborgen in zijn hals. 'Hij kan me hier niet houden. Mijn vader wil dat ik naar Brigantia kom, want er zijn geen andere kinderen om na hem te regeren, dus zullen de hoofdmannen mij zeker verkiezen.' Toen keek ze hem aan; haar oogleden waren gezwollen, haar huid was witter dan hij ooit gezien had. 'Als je iets om mij geeft, laat dit dan niet gebeuren. Ik neem de grootste bruidsschat mee die ooit gezien is in het gebied van de Catuvellauni. Heel Brigantia mag je met me delen! Jij en ik zullen daar samen regeren.'

'Maar wat moet er dan worden van mijn eigen stam? Wat gebeurt er met mijn familie en alle vrije burgers die afhankelijk van me zijn? Ik wil net zomin als jij naar Brigantia. Kun je niet weigeren daarheen te gaan, Aricia?' Hij maakte zich plotseling los uit haar omhelzing en ging staan. 'Vergeef me, maar ik kan

me niet mengen in zaken die een andere stam aangaan. Ik...'
'Wát kun je niet? Eerst gebruik je mij en nu heb je opeens medelijden? Hou je medelijden maar! Ik heb geen behoefte aan meewarige blikken van een man.' Ze veegde de tranen van haar wangen en keek hem strak aan. 'Ik zou je in moeilijkheden kunnen brengen, Caradoc, omdat je mij en jezelf onteerd hebt, maar dat zal ik niet doen. Ik weet dat mijn vader me spoedig laat halen. Ik heb er al over gedroomd, maar als ik inderdaad vertrokken ben zal het je spijten. Er zal een leegte in je leven ontstaan die niet opgevuld wordt. Ik zweer het bij Brigantia, bij de godin van mijn stam.'

Hij keek naar haar opstandige gezicht, naar haar wild gebarende handen. 'Wij hebben elkaar gebruikt,' bracht hij haar snel in herinnering. 'Hoe kon dit gebeuren, Aricia? Waarom zijn we niet meer wat we vroeger waren?'

'Omdat we opgegroeid zijn en omdat jij te stom bent om dat te zien!' schreeuwde ze. 'Je moet toch geweten hebben dat ik van je houd, dat móet je gezien hebben, maar je staat daar maar en laat je mond openvallen als een onnozele boer uit Trinovantia! Laat me met rust!' Ze liet zich op het bed vallen en bleef onbeweeglijk liggen. Hij bleef een ogenblik naar haar kijken en vroeg zich af of hij nu de ware Aricia zag, of dat ze weer een ander masker had opgezet, zoals ze dat zo snel kon doen. Maar hij kon niet langer dralen. Hij greep zijn mantel en beende langs de deurhuiden naar buiten, naar de duisternis en de regen.

Met enkele passen was hij bij zijn eigen deur en zodra hij binnen was liet hij de nog altijd doornatte mantel op de vloer vallen. Fearachar was kennelijk geweest om het vuur op te stoken, want de vlammen schoten hoog op en het was aangenaam warm in het vertrek. Snel trok hij zijn kleren uit en wikkelde zich in een deken. Toen ging hij zitten en strekte zijn benen uit naar de rode vlammen. Zijn hoofd duizelde en voor het eerst in zijn leven wenste hij dat hij deze avond van Samain opnieuw kon beleven.

Hij had deze avond meer aangeraakt dan alleen het lichaam van Aricia. Op de een of andere manier had hij een blootliggende zenuw geraakt, een deel van haar dat niet bedekt werd door haar spottende humor en haar dikwijls venijnige uitvallen waarmee ze alle anderen zo vaak bejegende. Maar wat hij nu gezien had beviel hem niet. Hij had nooit gedacht dat ze om iets zou smeken of huilen en hij vroeg zich af of ze nu in het donker lag te mokken.

Maar een huwelijk! Zijn voeten werden te warm. Hij ging rechtop zitten en trok zijn voeten onder zijn stoel. Hij strekte zijn hand uit naar de wijn die voor hem gereedstond. Hij voelde er níets voor dit voorstel ook maar in overweging te nemen. Aricia was niet het soort vrouw dat de zonen van een Catuvellaunse hoofdman zou baren en zijn bruuske weigering was diep uit zijn hart gekomen, uit een diepte waarvan hij zelf het bestaan tot nu toe niet had vermoed. Hij ontkende niet dat ze hem in vervoering bracht. Daarvoor kenden ze elkaar te goed. Althans, hij dacht dat ze elkaar goed kenden. Hij kon zich de dag herinneren dat ze naar Camulodunon gekomen was, met grote angstige ogen en toch met de overdreven hooghartigheid van een kind. Toen al, hoewel hij zelf nog een kind was, ging zijn hart naar haar uit. Tien jaren hadden ze samen gejaagd, samen gegeten en ruzie gemaakt. Ze hadden de boeren geplaagd en de vrije burgers tot razernij gebracht. Ze hadden gelogen en bedrogen om elkaar te helpen, maar nu, tussen een zonsopgang en de volgende, was dat allemaal voorbij.

Het was altijd de bedoeling geweest dat hij met Eurgain zou trouwen. Zij was een edelvrouw, de dochter van zijn vaders belangrijkste hoofdman, en nog voordat zij en hij en alle anderen de Krijgersbende van Cunobelin hadden gevormd, voelden ze veel voor elkaar. Ook Eurgain was lang van gestalte, maar slanker dan Aricia. Niet echt knap, maar wel had ze een vredige en zelfverzekerde uitstraling en daardoor werden nu veel mannen aangelokt. Ze had honingkleurig haar en ogen zo blauw als korenbloemen, zoals de besten van zijn volk, en het leek wel of ze zijn gedachten al kende voordat hij iets gezegd had.

Eurgain.

Een visioen van Aricia, naakt, met donkere ogen zonder schaamte, haar haren tot haar heupen en nog verder vallend, rees onmiddellijk weer in zijn geest op. Hij ging onrustig verzitten in zijn stoel. Als ze inderdaad van hem hield, zoals ze beweerd had, wat had ze dat dan handig verborgen gehouden! Maar had ze dan een hekel aan Eurgain? Daarvan had ze evenmin iets laten blijken. Of was dit een laatste wanhopige pose, nu ze spoedig aan de lange zware tocht naar haar geboorteplaats moest beginnen? Hoe kon het toch dat hij dag na dag naast haar geleefd had. zonder haar werkelijk te kennen? Hij streek met zijn hand over zijn ogen, overmand door de wens die paar stappen naar haar kamer terug te lopen, daar naar binnen te gaan en te zeggen... Ja, wat eigenlijk? Ik verlang naar je, ik word verteerd door begeerte naar jou, maar ik houd niet van je? Wat is mijn eer nog waard, als mijn vader en mijn vrienden me nu konden zien!

Hij liep weg van het vuur en ging op het bed liggen, met gesloten ogen en nog steeds beschaamd over zichzelf, en zich nog steeds afvragend wat er gebeurd zou zijn als hij zich als een vrij man had gedragen zoals hij dat behoorde te doen. Als hij naar buiten was gegaan voordat ze haar zachte armen om hem heen had geslagen. Maar het was weken, maanden te laat, en zijn wilskracht was al te veel verzwakt. Hij besefte vaag dat het niet meer regende, al bleef de wind nog steeds aan de dunne wanden rukken. Hij viel in slaap, maar zelfs in zijn dromen verstrikte ze hem als een bronstig everzwijn in een net.

Hij sliep lang de volgende ochtend, tot hij langzaam ontwaakte door het gefluit van zijn dienaar die bezig was de gedoofde as uit de haard te rakelen en nu een nieuw vuur aanlegde. Een straal bleek zonlicht drong onder de deurhuiden door, gelijk met de ijzig heldere kou die de nacht uit Caradocs hoofd verdreef. Toen hij rechtop ging zitten keek Fearachar hem even aan.

'Een goedemorgen, heer. Wat ben ik blij dat u bewaard bent en dat geen demonen kans zagen uw sluimering te verstoren.'

'Jij ook goedemorgen, Fearachar,' antwoordde Caradoc werktuiglijk. 'Ik heb honger.' Hij voelde zich nu helemaal helder en kwam overeind om zijn broek en een schone tuniek aan te trekken. Daarna gordde hij zijn zwaard om, maar opeens keerde de nacht in zijn gedachten terug: zijn gouden halsring lag niet op de tafel naast zijn bed. Met een huivering besefte hij dat hij het sieraad op de vloer van Aricia's hut had achtergelaten. Fearachar wierp hem een snelle blik toe en zag ontzetting op het gezicht van zijn meester, maar even later kwam ook hij overeind, veegde het stof van zijn handen en haalde iets uit de plooien van zijn korte rode mantel te voorschijn.

'Vrouwe Aricia heeft mij gevraagd dit aan u te geven en u te zeggen dat het weliswaar een onderscheidingsteken van een vrij man is, maar dat het in haar ogen soms eerder een slavenband lijkt.' Caradoc griste de halsring uit Fearachars hand en deed hem om zijn hals. 'Ze heeft me ook nog gezegd dat ze Caesar naar zijn hok gebracht heeft. Het was onverstandig, heer, dat u de honden geleend hebt. Uw vader zal kwaad zijn.'

'Misschien wel, maar wat heb jij daarmee te maken?' vroeg Caradoc bruusk. Een slavenband? Hoe durfde ze!

'Ik ben een vrij man,' zei de dienaar gekwetst. 'Ik mag dan mijn waarde kwijtgeraakt zijn, maar niet mijn eergevoel. Ik mag vrijuit spreken.'

'Fearachar, als je je verstand teruggevonden hebt, mag je inderdaad zeggen wat je wilt, maar denk alsjeblieft eerst na.' Caradoc sloeg zijn rood-en-geel gestreepte mantel over zijn schouders en sloot die met een zilveren gesp. Hij deed gladde bronzen armbanden om en daarna stak hij zijn voeten in leren sandalen. Snel kamde hij zijn haren, smeet de kam op tafel en liep met grote passen naar buiten.

Voor het huis bleef hij even stilstaan om de frisse lucht diep op te snuiven. De storm was weggetrokken naar het noorden en de vallei lag vóór hem, achter de verspreide verzameling hutten, waar boven de daken rook omhoogkringelde. Kinderen stoeiden in de fletse winterzon tussen de gebouwen. Vanaf de plaats waar hij stond meende hij in de nevel de rivier te onderscheiden, en nog verder naar de horizon de donkere bossen. Mistflarden hingen boven de bomen. In het noorden waren grauwe wolken te zien. Tot vanavond zou het weer goed blijven.

Hij liep over het bochtige pad en riep onderweg Cinnamus en Caelte, maar hij wachtte niet toen ze kwamen aanrennen. Alle drie kwamen ze tegelijk bij de ingang van de Grote Zaal. In het voorbijgaan groetten ze de aanwezige hoofdmannen die op de komst van Cunobelin wachtten.

De geur van hete bouillon en varkensvet sloeg hen tegemoet toen ze de donkere ruimte binnengingen en onmiddellijk doorliepen naar de grote zwarte ketel die aan ijzeren kettingen boven een groot vuur in het midden van de Zaal hing. Ze schepten de dampende bouillon in houten kommen, namen brood en koud varkensvlees aan van de slaaf die achter de volgetaste schalen zat en vonden even later een hoekje waar ze gingen zitten. Met al hun aandacht, hun ogen nog niet helemaal gewend aan het halfduister hier binnen, dronken ze de bouillon.

De Grote Zaal was vijf jaar voor Caradocs geboorte gebouwd, toen zijn vader een veldtocht tegen de Trinovantes had gewonnen en sindsdien beschouwde hij dat stamgebied voortaan als het zijne. Hij had een nieuwe hoofdstad gesticht en zijn munt hier in Camulodunon gevestigd. Caradocs grootvader Tasciovanus had dit gebied al eerder veroverd, maar hij had het niet lang kunnen behouden. Hij had zich tactisch teruggetrokken naar Verulamium toen Caesar Augustus haastig door Gallië optrok. Maar Cunobelin had op het juiste ogenblik gewacht en de kans gegrepen de Trinovantes nog eens aan te vallen toen Rome verzwakt en gedemoraliseerd was door het verlies van drie legioenen in Germania. Deze keer had Rome zijn keizerlijke schouders opgehaald en zo had Cunobelin zich als heerser over een van de grootste stammenverzamelingen in het land kunnen vestigen. Hij noemde zich nu ricon, de koning, maar hoewel hij al oud was, werd hij nog steeds verteerd door ambitie. Caradoc kon zich nog goed herinneren dat zijn vader en zijn oom ten strijde trokken, toen hij tien jaar oud was. Nu heerste zijn oom Eppaticus over de noordelijke Atrebaten, terwijl Verica, de oorspronkelijke vorst, nog slechts een kleine kuststrook onder zijn gezag had. Verica had bij verscheidene gelegenheden geprotesteerd bij Rome, maar Rome had belangrijker zaken aan het hoofd dan goede strijders naar Albion te zenden om daar te sneuvelen voor een onbeduidende hoofdman. En bovendien beheerste Cunobelin de zuidelijke handelsweg naar Rome. Hij zorgde ervoor dat de hoofdstad bevoorraad werd met jachthonden, huiden, slaven, vee, graan, en af en toe ertsen – goud en zilver – afkomstig uit de binnenlanden waar de stammen eerbiedig handel met hem dreven. In ruil daarvoor verscheepte Rome wijn en zilveren tafelgerei, drinkkroezen, met brons beslagen meubelen, aardewerk en ivoor, maar vooral juwelen voor de aanvoerders, voor hun paarden en voor hun vrouwen. Er was altijd verkeer op de rivier. Schepen koersten stroomopwaarts of naar zee, kooplieden zwermden over het hele gebied van de Catuvellauni uit, berichten werden overgebracht en Cunobelin overzag dit alles zwijgend en zonder een spier te vertrekken, als een oude sluwe spin die zijn listige webben weeft, zodat hij met succes Rome in zijn ene hand hield terwijl in de andere hand zijn duistere zucht naar machtsuitbreiding verborgen bleef.

Hij bewandelde een smal en gevaarlijk pad, en dat besefte hij heel goed. Als hij een oorlog begon, was dat een uitnodiging aan Rome om tussenbeide te komen, want Rome zou nooit dulden dat de kostbare handelsweg gevaar liep. Maar al te veel vertrouwen op de welwillendheid van Tiberius zou even dwaas zijn als wanneer hij zijn leven toevertrouwde aan de veranderlijke zandbanken in de ondiepe monding van zijn rivier. Zijn macht was overigens grotendeels afhankelijk van de mate waarin zijn hoofdmannen tevreden waren. Hij stond hun soms toe rooftochten te ondernemen, zodat ze iets om handen hadden, en hoewel er dikwijls formeel geprotesteerd werd door de keizer, was het toch de verdienste van Cunobelins bestuurlijk inzicht dat dergelijk ongenoegen nooit in daden werd omgezet. Hij was er voorlopig tevreden mee het land dat hij in zijn macht had te behouden, maar toch dwaalde zijn blik altijd naar het noordoosten, naar het rijke gebied van de Iceni, en naar het westen, naar de heuvels van Dobunni. De Durotriges in het zuidwesten liet hij met rust. Dat was een oorlogszuchtig en trots volk, en er viel nimmer een verdrag mee te sluiten. Hij zou hen alleen kunnen veroveren door een grootscheepse aanval, maar dat zou onherstelbare schade aan zijn handelsverbindingen tot gevolg hebben. Dat volk bleef erg op zichzelf, ze leefden volgende de tradities van hun verre voorouders, en hij wist dat hij op een gunstiger tijdstip moest wachten om met zijn troepen tegen hen ten strijde te trekken.

Nu koesterde Dubnovellaunus, de leider van de Trinovantes, zijn gekwetste trots in Rome en zijn volk bewerkte het land voor de Catuvellauni. Cunobelin had de Grote Zaal gebouwd in de eerste roes van zijn nieuwverworven macht. De zaal was van hout, ruim en hoog, en het dak welfde hoog boven de houten pilaren die door de inlandse handwerkslieden van Trinovantia bewerkt waren met bladermotieven, bloemranken die zich dromerig om elkaar wonden en halfverborgen gezichten van mensen en dieren die voor zich uit staarden, slaperig en mysterieus. Cunobelin en zijn familie hadden niet bepaald een voorkeur voor deze inlandse kunst. Ze zagen liever de eerlijke en oprechte gezichten en motieven van de Romeinse pottenbakkers en zilversmeden, want soms, op een eenzame winteravond, leek het ingewikkelde en geheimzinnige werk van de inlandse kunstenaars tot leven te komen en zachtjes te bewegen, en zelfs te fluisteren over tijden dat de Catuvellauni nog niet meer waren dan een vage waarschuwing die meegevoerd werd door de nachtelijke wind.

Er waren gaten in het dak, zodat de rook van het vuur kon ontsnappen, en overal langs de wanden hingen schilden en ijzeren zwaarden, speren en werpspiezen. Aan de middelste pilaar hing het verschrompelde en uitgedroogde hoofd van één van Tasciovanus' gesneuvelde tegenstanders, een dolk was door de haren in het hout gestoken. Niemand kon zich herinneren wie hij was, maar het hoofd werd meegedragen naar elke veldslag en in de tent van Cunobelin opgehangen als hij ergens buiten Camulodunon verbleef. Caradoc en de anderen letten al jaren niet meer op deze trofee die met verdroogde ogen toekeek wie binnenkwam of vertrok. De grijze lokken bewogen voortdurend in de tocht.

'Vandaag gaan we niet jagen,' zei Caradoc tegen zijn vrienden, 'want ik denk dat jullie allebei bij de slacht willen gaan kijken.'

Cinnamus veegde zijn mond af met zijn mouw en zette zijn kom neer. 'Ik kan beter gaan kijken,' zei hij, 'want mijn mannen hebben me verteld dat er vee van mijn kudde ontbreekt, en ik heb zo'n gevoel dat Togodumnus zich vandaag in de handen wrijft. Als hij aan mijn veestapel heeft gezeten kan hij maar beter kijken of zijn wapens wel in orde zijn.'

Caelte leunde met zijn rug tegen de muur. 'We krijgen bezoek,' zei hij zacht, 'en daar is Cunobelin.'

De Zaal was bijna leeg, want het was al later in de morgen en de herfstslacht was reeds begonnen op het vlakke land bij de rivier. Caradoc keek om en zag zijn vader, omringd door zijn hoofdmannen, de schemerige ruimte binnenschrijden. Naast hem liep een gedrongen dikke man, wiens gevlochten haren over zijn schouders vielen, en daarnaast een klein meisje. Ze liepen meteen naar de grote kookketel, waar Cunobelin persoonlijk de gasten van bouillon en brood voorzag, en toen keek hij om zich heen naar een geschikte plek om te gaan zitten. De hoofdmannen bedienden zichzelf luidruchtig en ruzieden over de stukken vlees die zo smakelijk in de bruine soep dreven. Cunobelin ging zijn gasten voor naar de drie jongemannen. Ze stonden op toen Cunobelin naderbijkwam en Caradoc probeerde te ontdekken in wat voor stemming zijn vader was. Hij vroeg zich af of Cunobelin al gehoord had wat er met Brutus' oor aan de hand was.

'Zo Caradoc,' zei Cunobelin met zijn diepe stem. 'Dit is heer Subidasto, de vorst der Iceni, en dit is zijn dochter Boudicca.' Caradoc knikte de man toe en glimlachte even naar het meisje. Daarna stelde hij Cinnamus en Caelte aan de bezoekers voor.

'Heer, dit is Cinnamus, mijn schilddrager en wagenmenner, en dit is Caelte, mijn bard. Wees welkom in onze Zaal.'

Ze omklemden elkaars polsen even en gingen toen zitten. Caelte begon onmiddellijk met de kleine Boudicca te praten. Cinnamus verontschuldigde zich en verdween naar buiten, terwijl Caradoc zich tot Subidasto wendde. Hij voelde de berekenende blik van zijn vader op zich gericht.

'U bent van ver gekomen, heer,' zei hij. 'Ik hoop dat uw verblijf bij ons rustig en vreedzaam zal zijn.' Dat waren de formele woorden van begroeting, maar

Subidasto begon schel te lachen. Wat is hij grof, dacht Caradoc in stilte. Ik probeer alleen de formele begroeting te herhalen, zoals mijn vader die zeker eerder heeft uitgesproken.

'Dat hangt van je vader en van onze gesprekken af,' zei de man. 'Wij hebben in elk geval veel te bespreken.'

Caradoc bekeek de bezoeker nu aandachtiger. Hij had zich vergist wat de dikte van deze man betrof: Subidasto had inderdaad een omvangrijke gestalte maar zijn buik was zeker niet slap en uitgezakt. Zijn armen waren stevig gespierd, zijn mond was vastberaden en verbeten, en hij had de bleekblauwe, doordringende ogen van een man die zijn hele leven buiten doorbrengt, de verten afspeurend. Zijn er dan moeilijkheden? vroeg Caradoc zich in stilte af. Zou deze Subidasto daarom een beroep op onschendbaarheid tijdens Samain hebben gedaan? Wat voert mijn vader deze keer in zijn schild? Caradoc wierp een blik op Cunobelin, maar hij las alleen pret in de dicht bijeengeplaatste ogen in het zwaargerimpelde gezicht van zijn vader.

'Vrede, heer!' zei Cunobelin. 'Eerst moet er vanavond goed gegeten en gedronken worden, met veel muziek, en dan natuurlijk de riten van Samain. Daarna zullen wij met elkaar spreken.' Cunobelin kwam overeind. 'Maar als u voor vandaag genoeg gegeten hebt, dan zal ik u door Camulodunon rondleiden.'

De mond van Subidasto verstrakte tot een scherpe afkeurende lijn, maar ook hij kwam overeind en knikte aarzelend.

Caradoc merkte opeens dat de ronde ogen van Boudicca hem aanstaarden en dat gaf hem een onaangenaam gevoel. 'Vader,' zei hij, 'wilt u mij excuseren? Ik moet vandaag naar mijn kudde kijken.'

Cunobelin gaf hem met een kort gebaar toestemming te verdwijnen, maar hij zei zacht: 'Dan is er ook nog iets met mijn honden, Caradoc. Een oor van Brutus is gescheurd, zodat hij niet meer verkocht kan worden. Ik vraag me af hoe dat toch kon gebeuren; de wachters bij de hokken hadden toch de strikte opdracht de honden niet uit het oog te verliezen? Daarover wil ik eerst opheldering.'

'U weet alles al, vader,' zei Caradoc met een grijns. 'Hebt u met Tog gesproken?'

'Ja, en ook met Aricia. Jullie drieën zijn me nu twee kalveren schuldig. En wel van het fokvee,' zei Cunobelin en grijnsde op zijn beurt.

'Nee toch, vader!' protesteerde Caradoc. 'Neem liever een geslachte oude koe, want ik kan geen levend kalf missen!'

'Wil je soms een tweegevecht met mij?' vroeg Cunobelin onverschillig.

'Nee vader, dat niet,' riep Caradoc lachend uit. 'Ik heb geen behoefte aan nog meer littekens. Maar een kalf minder is toch een gevoelig verlies voor me.'

'Dan ga je maar met Cinnamus en Fearachar op veeroof,' zei Cunobelin.

'Hoe denk je dat ík rijk geworden ben, Caradoc?'

Caradoc groette zijn vader met een spijtig gezicht en keerde op zijn hielen om, maar toen voelde hij een kleine hand in zijn eigen hand glijden en hij bleef staan. Hij keek omlaag en zag die bruine ogen nog steeds strak en plechtig op hem gericht.

'Mag ik met je meegaan?' fluisterde ze.

Zijn hart kromp ineen, maar voor hij kon weigeren zei Cunobelin: 'Neem het kind mee naar de slacht, Caradoc, en houd haar een tijdje bezig. Of heb je daar bezwaar tegen, Subidasto?'

Subidasto aarzelde. Hij werd kennelijk verscheurd door de wens zich aan de ene kant zo onaangenaam mogelijk te gedragen, maar aan de andere kant wilde hij deze machtige lieden niet voor het hoofd stoten. Ten slotte schudde hij zijn hoofd en zo verliet Caradoc de Zaal, met in zijn kielzog de kleine Boudicca. Ze liepen nu in de zon over het pad dat rechtstreeks naar de poort leidde. De poort stond wijd open en daar voorbij zat Fearachar op de grond te wachten. Hij hield de teugels van Caradocs paard losjes in de hand en op zijn gezicht was een knorrige uitdrukking te lezen.

'Ik heb lang op u gewacht, heer,' zei Fearachar verwijtend toen hij de teugels aan Caradoc gaf. 'Ik heb het koud en ik heb honger.'

'Ga dan iets eten en zorg dat je het weer warm krijgt. Ik vrees alleen dat er niet veel over is,' antwoordde Caradoc afgemeten. 'Kun je paardrijden, Boudicca?'

Ze stak haar kin omhoog. 'Natuurlijk!' zei ze. 'Maar... maar niet op zulke paarden, alleen op pony's zoals voor karren worden gespannen. In ons gebied zijn niet veel van zulke grote paarden,' voegde ze er blozend aan toe.

Caradoc tilde haar op het paard en ging zelf achter haar op de brede rug zitten terwijl hij de teugels vasthield. 'Zullen we heel hard gaan?' vroeg hij haar, en ze knikte heftig. Ze klemde zich vast aan de manen en hij drukte zijn hielen in de flanken van zijn rijdier. Zo stormden ze over de glooiende helling naar de velden verderop.

In een uur kwamen ze bij de bedding van de rivier en nog voor ze de laatste bocht gepasseerd hadden waarachter het water, de moerassen en de hoge bladerloze bomen in zicht kwamen, konden ze de geur van de slachtplaats al ruiken – de weezoete geur van versgeplengd bloed – en ze hoorden het hoge angstige geloei van wel duizend stuks vee die spoedig zouden sterven. Toen ze voorbij de bocht galoppeerden zagen ze op het terrein tussen het woud en het water een grote mensenmassa, duwend en krioelend, en bijeengedreven kleine kudden vee. Het rumoer was hier oorverdovend. Een eindje hoger op de oever zag Caradoc zijn broer Togodumnus, en met een schok van schaamte en opwinding ontdekte hij Aricia naast hem. Ze zaten dicht naast elkaar op mantels die op het gras waren uitgespreid; hun dampende adem vermengde zich terwijl ze met elkaar spraken. Toen trok hij de teugels strak en steeg af. Boudicca liet zich van de paarderug glijden en kwam naast hem staan. Op dat moment kwam Adminius langs de helling naar hen toe gelopen. 'Caradoc, waar was je toch? Ik heb mijn mannen overal naar je laten zoeken!' Hijgend bleef hij staan en zijn knappe gezicht was roodaangelopen. 'Er zijn daar beneden moeilijkheden. De vrije mannen vechten met elkaar. Sholto beweert dat jij hem een stier en een kalf van jouw fokvee hebt toegezegd, maar Alan zegt dat het niet waar is, dat je alleen een stier had aangeboden, voor de slacht, om zijn gezin van vlees te voorzien. En Cinnamus staat beneden tussen zijn vee te schelden en te schreeuwen, omdat hij kennelijk twaalf stuks mist.'

Aricia giechelde, Tog knikte spottend en Caradoc vloekte. 'En waarom kom je dan naar mij toe, Adminius? Jij bent toch de tweede man onder mijn vader? Ga het zelf maar uitzoeken.'

'Omdat ik ook vee mis!' brulde hij. 'Ik heb er meer dan genoeg van, Tog, om in het holst van de nacht over jouw terrein te sluipen om mijn eigen vee terug te halen! Waar is je eergevoel gebleven? Jij hebt nog wel de hoogste waarde van ons allemaal. Ik ga me beklagen bij je vader.'

'Ach, ga toch zitten, Adminius,' zei Togodumnus meewarig. 'Hoe kan er iets anders dan ruzie zijn als de vrije mannen hun vee allemaal als eerste naar de slacht willen drijven? Geen wonder dat de handelaren ons uitlachen. Als Cinnamus meer tijd besteedde aan de zorg voor zijn vee, en minder aan zwaardvechten met jou, Caradoc, dan zou hij weten dat hij deze zomer vee verloren heeft door ziekte. En wat jou betreft Adminius, ik denk dat ik een proces tegen je begin omdat je geprobeerd hebt mijn vee te stelen. Dat heb je zojuist immers zelf toegegeven, weet je nog?'

Het gezicht van Adminius liep vuurrood aan en hij stormde op zijn broer af, bewerkte hem met zijn vuisten en even later rolden ze vechtend en elkaar trappend, over de grond.

Aricia zuchtte. 'Je kunt beter gaan kijken wat er aan de hand is, Caradoc,' zei ze.

Toen hij haar in de ogen keek, voelde hij een strak gevoel in zijn lendenen, maar ze sprak op effen toon en in haar blik las hij niets. Het leek wel of de afgelopen nacht er nooit geweest was. Ach, misschien was dat ook zo. Misschien was Caesar niet de demon geweest, en Aricia ook niet, maar had hij zelf de hele nacht van Samain in een zinsbegoocheling doorgebracht. Ze wendde haar blik van hem af en zuchtte diep. Aan de hopeloze houding van haar schouders begreep hij dat hij die nacht niet gedroomd had. Ze was te stil, te afwezig.

'Laat de kleine meid maar bij mij,' zei Aricia. 'Wie is ze eigenlijk?'

'Boudicca, de dochter van Subidasto, vorst van de Iceni,' zei hij nadrukkelijk en trok de mantel dichter om zijn schouders. Een woeste kreet steeg op boven de twee worstelende gestalten op de grond en hij moest zich beheersen hen niet in een geërgerde opwelling tegen de romp te schoppen.

'Kom eens hier bij me zitten,' zei Aricia tegen het meisje. 'Wat vind jij nu van de Catuvellauni?'

'Jullie hebben prachtige paarden en veel vee,' antwoordde Boudicca prompt, 'maar mijn vader zegt dat jullie allemaal aan een ziekte lijden.'

Caradoc keek verrast om. 'Is dat zo? En welke ziekte is dat dan?' vroeg hij nieuwsgierig.

'Het wordt de Romeinse ziekte genoemd,' antwoordde ze ernstig en ze sloeg haar heldere bruine ogen naar hem op. 'Weet jij wat voor kwaal dat is? Zal ik die ziekte ook krijgen? Ik wil niet ziek worden.'

Aricia en Caradoc keken elkaar een ogenblik verbijsterd aan, maar toen barstte Aricia in lachen uit. 'Ik denk niet, kleine Boudicca,' bracht ze uit, 'dat jij of je vader gevaar lopen door deze vreselijke ziekte getroffen te worden. Alleen de Catuvellauni schijnen erdoor besmet te raken.'

'O, maar dan wil ik hier niet zitten. Ik wil weer op Caradocs paard rijden.'

Dat kind is vlug van begrip, dacht Caradoc. Ze weet dat we om haar vader lachen. Hij knikte naar Aricia en liep weg, in tweestrijd of hij nu moest lachen of kwaad zijn om de brutaliteit van Subidasto. Romeinse ziekte! Wat kende hij Cunobelin dan slecht, als hij meende dat de Catuvellauni slechts pionnen in de met ijzer geschoeide hand van Rome waren. Wij zijn in de allereerste plaats vrije mannen, we zijn onze eigen meester. En dit is onze trots.

Hij mengde zich tussen de opgewonden schreeuwende mensen en ze weken opzij voor hem, binnensmonds mompelend als hij voorbijkwam. Voor het merendeel waren dit boeren, klein van stuk en donkerharig, maar hij zag ook veel vrije mannen en voormalige hoofdmannen van Trinovantia, de stam waarin zijn moeder geboren was. Hier en daar boog een Catuvellaanse hoofdman voor hem, en toen hij zich een weg naar de rivieroever had gebaand, liepen vier edelen achter hem aan.

Hier was de stank ondraaglijk. Bloed vormde poelen in het gras en sijpelde in kleine stroompjes naar de rivier. Grote stapels karkassen wachtten op de leerlooiers om gevild te worden en op de slagers die de kadavers zouden wegslepen en uitbenen. Zwermen vliegen zoemden hier door de lucht, hoewel de eerste nachtvorst al gekomen was. Alan stond naast Cinnamus; hij had de mouwen van zijn tuniek opgerold en zijn armen waren tot de ellebogen bebloed. Sholto stampvoette en schudde zijn vuist naar hen beiden terwijl hij hen de huid vol schold. De menigte keek toe en wachtte op de slagen die spoedig zouden vallen. Caradoc deed een stap naar voren.

'Goedemorgen, Alan. Jij ook, Sholto. Zal ik jullie allebei optillen en in de rivier smijten? Waarom maken jullie ruzie met mijn vrije mannen?'

Sholto keek hem woedend aan. 'Ik ben ook een van uw vrije mannen, heer, of bent u onze overeenkomst vergeten? Ik heb trouw gezworen, in ruil voor een stier en een vaarskalf, allebei fokvee. Maar Alan hier noemt mij een leugenaar!'

Caradoc keek hem even afwachtend aan en zag hoe de steelse blik van de ogen zich van hem afwendde. Hij mocht Sholto niet en hij had al spijt van zijn aanbod deze man als hoofdman aan te stellen. Maar zijn eigenwaarde was altijd een gevoelig punt tussen hem en Tog, en Sholto had veel verwanten en een grote veestapel. Deze man was een klaaglijke en leugenachtige ellendeling, maar hij kon wel vechten, en dat konden zijn mannen en vrouwen ook.

'Ik zal je niet voor leugenaar uitmaken, Sholto, maar ik zeg wel dat je oren moeite hebben met luisteren. Alan heeft gelijk: ik heb je alleen een stier voor je wintervoorraad beloofd, en een zilveren drinkbeker voor je vrouw. Maar als je wilt mag je daarvoor ook een fokkalf uitzoeken. Mij kan het niet schelen. Of je kunt het aanbod van Togodumnus overwegen, maar schiet dan wel op. Mijn vee wacht op het slachtmes.'

Alan glimlachte tevreden en sloeg zijn rode armen over elkaar. Sholto beet op zijn lip en dacht ingespannen na. Togodumnus was nog jong, maar hij had veel vrije mannen in zijn gevolg. Te veel eigenlijk en ze maakten voortdurend onderling ruzie. Maar Caradoc wist met een enkel woord of een grap de orde onder zijn mannen te bewaren. Hij kon goed met mensen overweg en, wat nog belangrijker was, hij was eerlijk in zijn afspraken. Zo'n heer kon niet gemakkelijk gemanipuleerd worden en hij zou ook niet spoedig verarmen. Sholto zei nors:

'Ik zal een kalf nemen, heer.'

'Dat is een goede beslissing. Wel, Alan, je kunt verder gaan. Cinnamus, waarom staat het schuim op je lippen?'

'Die broer van jou is nu echt te ver gegaan!' Cinnamus kwam dicht naast hem staan en sprak zacht, maar met een woedende ondertoon. 'Twaalf van mijn dikste slachtkoeien zag ik tussen zijn kudde. Ik herkende ze duidelijk. Mijn eerste hoofdman herkende ze ook. Vanavond nog zal ik deze zaak aan je vader voorleggen, Caradoc, en ik wil zeker schadeloosstelling voor de grijpgrage vingers van Togodumnus.'

'Hoe kun je bewijzen dat je vee gestolen is?'

'Al mijn mensen zullen daar een eed op doen!'

'Die van Tog zullen hetzelfde doen. Je moet meer bewijs hebben.'

'Dat is er ook.' Cinnamus lachte grimmig. 'Al mijn vee werd dit voorjaar gemerkt, met een kerf in het oor. We zullen eens zien hoe Togodumnus zich hier uit weet te redden.'

De menigte week nu achteruit, teleurgesteld dat het niet tot een vechtpartij kwam, en de leerlooiers en de slagers met hun messen en haken liepen in de richting van de opeengestapelde kadavers. Caradoc keek naar de oever aan de kant van het woud, maar Aricia, Tog en Adminius waren verdwenen. En Boudicca met zijn paard ook.

'Cin, waarom ga je niet naar Tog en zeg je hem wat je mij zojuist vertelde? Dan vraag je hem twaalf stuks vee én je eigen koeien terug. Dat zal hem veel zwaarder treffen dan het oordeel van mijn vader. En bovendien zie ik niet graag dat jullie elkaars bloed vergieten om een paar koeien.'

'Een paar koeien!' Cinnamus vloekte en spuwde op de grond. 'Dat is gemakkelijk praten, heer, met zo'n grote kudde. Maar voor mij telt elk beest dubbel. Een druppel van Togodumnus' bloed zou veel betekenen voor mijn gekwetste hart, en ook voor dat van vele anderen. Zelfs zijn eigen hoofdmannen zijn op hun hoede voor zijn bedrieglijke gedrag.'

Caradoc wist dat het waar was. Tog was zestien en hij kon heel aardig zijn, een gave die hem telkens weer gered had van tweegevechten en tot gevolg had dat zijn hoofdmannen om hem heen draaiden als kwispelende honden, maar het scheelde gevaarlijk weinig of het geduld van zijn vader zou opraken en hij kon inderdaad het ontzag van zijn stam verliezen. Cinnamus zou hem gemakkelijk kunnen doden, wist Caradoc. De jongeman stond voor hem en fronste kwaad. Vanaf zijn geboorte was hij opgevoed als krijger, een kille vechter wiens reflexen zo snel als de bliksem waren en zonder genade konden doden. Daarom had Caradoc hem ook uitgekozen als schilddrager en wagenmenner. Maar hij had hem ook uitgekozen omdat hij gulhartig was en gemakkelijk lachte. De twee jongemannen waren erg op elkaar gesteld.

'Doe wat je het beste lijkt, Cin,' zei hij ten slotte. 'Het is jouw vete. Maar bedenk wel wat de gevolgen voor jouw familie zijn als Tog besluit er een bloedige vete van te maken.'

'Dat doet hij nooit. Hij niet. Als je met hem spreekt, kan ik daar tevreden mee zijn. Zeg hem dat ik mijn vee terug wil, en de anderen ook, en zeg hem ook dat...' Hij zweeg en in zijn groene ogen was een ijzige glimlach te zien. 'Zeg hem ook dat als hij weer op mijn erf komt ik mijn mannen opdracht zal geven hem te doden.' Cinnamus knikte en liep met grote veerkrachtige passen weg. Langs de rivier, terwijl de zon op zijn gouden haar glansde. Caradoc keerde zich om en liep langzaam terug over het pad naar de poort.

Halverwege ontmoette hij Togodumnus, met zijn ene hand tegen de flank van zijn paard en zijn andere hand om de schouder van het kleine meisje geslagen. Ze zat op het paard als een kleine mus op een grote boomstam.

'Ik heb helemaal zelf gereden! Echt waar! Ik liet het paard zelf stappen!' Ze streek over de zachte nek van het rijdier en snoof de warme geur op. Haar rossige haren waren losgeraakt onder de haarband en vormden een grote stralenkrans om haar gezicht. Caradoc zág haar korte stompe vingers over de bruine manen strijken.

Het paard bleef geduldig staan, alleen zijn zachte snuit bewoog.
'Mooi zo,' zei Caradoc afwezig, en ze liepen langzaam verder. 'Luister eens, Tog, ik heb zojuist met Cinnamus gesproken. Hij is erg kwaad op je vanwege die koeien.'
Togodumnus slaakte een overdreven diepe zucht. 'Welke koeien? Ik heb geen vee gestolen. Ze zijn zeker door stropers weggehaald.'
Caradoc bleef met een ruk op het pad staan en greep zijn broer bij de schouders. 'Je bent een dwaas, Tog! Cinnamus is een gevaarlijk man. Hij heeft een scherp verstand en hij kent jouw gewoonten.' Togodumnus haalde zijn schouders op.
'Weet je wat hij gedaan heeft?' vroeg Caradoc. Boudicca keek belangstellend toe en luisterde aandachtig. Tog schudde glimlachend zijn hoofd. 'Hij heeft al zijn vee dit voorjaar gemerkt. Alle koeien,' zei Caradoc.
Togodumnus floot zachtjes. 'Dan ziet het er minder fraai voor me uit. Ik mag aannemen dat hij zijn vee weer terug wil?'
'Hij wil eigenlijk jouw bloed, maar hij neemt genoegen met zijn vee. Plus twaalf stuks van jouw veestapel én de belofte dat je van zijn erf wegblijft. Anders zal hij je doden.'
Ze liepen zwijgend verder, maar toen ze dicht bij de poort waren gekomen bleef Togodumnus staan. 'Dat zal ik doen,' zei hij. 'Ik mag Cinnamus wel.'
'Waarom steel je dan van hem, en van alle anderen?'
'Ik steel toch niets van jou?'
'Een hoofdman steelt niet van zijn eigen stamleden,' zei Caradoc scherp. 'Zelfs niet als hij bijna sterft van de honger.'
Togodumnus begon te lachen. 'Dan is hij een dwaas.'

2

Die avond was het erg druk in de Grote Zaal, en de grote blokken hout op het vuur begonnen te spetten en te knetteren toen het vet van de geroosterde varkens in de vlammen droop. Samain was voorbij. Het vee was geslacht en zou spoedig gezouten worden. De mensen wisten dat er deze winter geen gebrek zou zijn. Het fokvee was veilig in de stallen, het graan vulde de grote urnen in de voorraadkelders, beschut tegen de invloeden van het slechte weer. Mede, bier en rode Romeinse wijn vloeiden rijkelijk, de gesprekken werden steeds luider en opgewondener. Caradoc, Cinnamus en Caelte baanden zich een weg door de menigte naar de hun toegewezen plaatsen. Cunobelin, gehuld in zijn gele mantel, zat op de vloerhuiden en zijn dikke gouden halsring glansde in het licht van het haardvuur. Zijn grijze haren hingen sluik tot op zijn borst. Naast hem zaten zijn gasten, Subidasto en de kleine Boudicca die met haar vader babbelde. Links van Cunobelin knielde Adminius, met zijn ogen op de varkens gericht, het water liep uit zijn mond. Caradoc en zijn metgezellen hurkten naast hem. Togodumnus zou naast hen komen zitten, maar hij was nog niet gekomen. Aricia zat naast Subidasto, want ze werd, hoewel ze al vele jaren aan het hof van Cunobelin verbleef, nog steeds als een gast beschouwd met een eigen en vaste plaats bij elke feestelijke gelegenheid. Caradoc zocht naar Eurgain en kreeg haar ten slotte in het oog; ze zat een eind verder in de Zaal naast haar vader. Zijn zuster Gladys zat ook bij haar. Eurgain voelde dat hij naar haar keek en beantwoordde zijn blik met een glimlach. Ze had deze avond een nieuwe tuniek aan, met dicht opeengeplaatste patronen in groen en rood; ze droeg zilveren enkelbanden en een dunne gouden band op haar voorhoofd. Haar vader was rijk, bijna even rijk als Cunobelin, zijn meester. Eurgain bezat snuisterijen die uit de hele wereld afkomstig waren.

Gladys zag hem ook maar ze liet het niet blijken. Ze droeg een zwarte mantel en haar donkerbruine haren waren gevlochten in een lange vlecht die tot op de vloer reikte. Ze is een vreemd type, dacht Caradoc. Negentien jaar en uit eigen verkiezing niet getrouwd, zwierf ze door de wouden, zonder angst voor de goden die haar jaloers bekeken. Daar verzamelde ze kruiden en kleine dieren, en ze zocht ook merkwaardig gevormde stukken hout die aangespoeld waren op het strand, waar ze dikwijls met de kooplieden naar toe ging. Maar ondanks haar kille en afstandelijke houding had Cunobelin haar toch uitgekozen als vertrouweling en dikwijls gaf ze hem raad, sinds hun moeder gestorven was. Misschien was haar kalme wijsheid wel een troost voor haar vader. Ze maakte geen deel meer uit van de Koninklijke Krijgersgroep, na die keer dat Tog en de anderen een strooptocht hadden ondernomen naar de Coritani, waarbij drie mensen gedood waren: een van de slachtoffers was een kind. Gladys was razend geweest op Tog en sindsdien had ze geweigerd een van hen buiten Camulodunon te ontmoeten. Dat vond Caradoc erg spijtig. Er was iets listigs en heerszuchtigs in het karakter van zijn zuster, maar hij slaagde er niet in door haar kille uiterlijke houding heen te dringen.

De slaaf die het spit ronddraaide wenkte naar Cunobelin. Er werd om stilte gesist en alle ogen keerden zich naar het vlees. Cunobelin kwam moeizaam overeind, met zijn mes in de hand. Nadat hij met een zwierig gebaar een grote homp had afgesneden legde hij het stuk vlees op een zilveren schotel en bood die Subidasto aan.

'Het beste stuk, voor onze gasten,' zei hij en Subidasto nam de schotel dankbaar aan. Een lage tafel werd bijgeschoven en daarna sneed Cunobelin telkens stukken varkensvlees af, zodat iedere aanwezige een portie kreeg die in overeenstemming was met zijn of haar status in de stam. Helemaal achter in de Zaal, bij de open deuren, was inmiddels een ruzie ontstaan over wie door gesjoemel niet het stuk braadvlees waar hij recht op had, had gekregen, maar geen van de aanzienlijken lette op dit rumoer. Fearachar bracht Caradoc zijn stuk vlees en brood, terwijl Cinnamus en Caelte wachtten tot hun bedienden hetzelfde zouden doen. Geleidelijk werd het rustiger in de Zaal toen de magen spoedig gevuld raakten.

Opeens onderbrak Caradoc zijn maaltijd. Hij had iets wits dicht bij Subidasto gezien. Hij boog zich naar voren toen Togodumnus zich naast hem liet zakken en fluisterde: 'Zie je dat? Is hij niet ontzagwekkend?' Caradoc voelde een koude huivering en hij had opeens geen eetlust meer. Hij duwde zijn schotel weg en nam een slok wijn, maar zijn ogen bleven strak gericht op de in het wit geklede man met de grijze baard en de scherpe blik die at noch dronk en onbeweeglijk bleef zitten maar wel zijn blik over de aanwezigen liet dwalen. Een druïde! Wat deed deze oude boodschapper van onheil hier? vroeg Caradoc zich vewonderd en geschrokken af. Druïden haatten de Romeinen met een hardnekkig fanatisme en het was al heel lang geleden dat hij zo iemand in nabijheid van Cunobelin had gezien. Deze priester moest met Subidasto meegekomen zijn. Dat was een ongunstig teken. Een druïde mocht nergens gedood worden en een reiziger hoefde maar in zijn gezelschap te verkeren om veilig te zijn. Caradoc merkte dat zijn vader zich ook slecht op zijn gemak voelde. Cunobelin sprak haastig in afgemeten bewoordingen, en het groepje Romeinse kooplui, kerels die er altijd in slagen bij elk feestmaal aanwezig te zijn, fluisterde opgewonden. Maar de ernstige man negeerde hen kalm. Zijn handen lagen losjes gevouwen in zijn schoot. Alleen om zijn lippen was een vage glimlach te zien. Hij had natuurlijk als eerste bediend moeten worden, nog vóór Subidasto, bedacht Caradoc. Wat zal hij ons ongemanierd vinden! Caradoc trok zijn schotel naar zich toe en begon weer te eten. Hij voelde de aanwezigheid van de druïde alsof er heilige rook door de Zaal zweefde. De persoon van een druïde was heilig, zelfs voor de Catuvellauni.

Op dat ogenblik veegde Cunobelin zijn vettige mond af met zijn mouw en hij klapte in zijn handen. Er viel een stilte. Het vuur knetterde opgewekt en buiten, waar het nu helemaal donker was geworden, ratelde een hevige regenbui op het dak en gierden felle regenvlagen nu de wind weer opstak. Bedienden renden naar de deuren om die te sluiten en de mensen gingen gemakkelijker op de vloer zitten toen Cathbad, de bard van Cunobelin, opstond met zijn harp in de hand.

'Wat wilt u vanavond horen, heer?' vroeg de bard, en Cunobelin antwoordde, met een schuine blik naar het norse gezicht van Subidasto, dat hij het lied over de nederlaag van Dubnovellaunus en zijn eigen triomfantelijke intocht in Camulodunon wilde horen.

Cathbad grijnsde. Dat lied was al vele malen gezongen, maar Cunobelin kreeg er nooit genoeg van over zijn eigen heldendaad te horen, of over die van zijn voorvader, Cassivellaunus, die ten strijde was getrokken tegen Julius Caesar en de grote veldheer niet eenmaal, maar twee keer naar de zee teruggedreven had. Het lied was zo bekend dat velen meezongen en al spoedig was de Zaal vervuld van lage zangstemmen en de mensen haakten hun armen in elkaar en bewogen op de maat heen en weer, geestdriftig geraakt door het loflied op de dappere daden en heldhaftig gesneuvelde mannen.

Maar de druïde zat doodstil; hij hield zijn hoofd gebogen en keek naar zijn in het wit geklede knieën. Caradoc vroeg zich eerst af of de offers hem ontgaan waren, maar uiteindelijk meende hij dat dat toch niet zo was. De Romeinen moedigden mensenoffers niet aan, en deze middag waren bij de plechtigheden ter ere van Dagda en Camulos slechts drie witte stieren geofferd. In geen tien jaar was een mens aan de heilige speren geregen, en kennelijk was Dagda daardoor niet ontstemd geraakt.

Het lied was afgelopen en de wijnkroezen werden snel van hand tot hand doorgegeven. Wat heeft een man meer nodig? dacht Caradoc tevreden. Een gezongen lied, een kroes wijn, een geduchte vijand om te bestrijden, en uiteraard een vrouw om te beminnen. Hij wierp een snelle blik op Aricia, maar ook zij keek naar de druïde. Haar mond was halfgeopend en haar ogen waren halfgesloten.

Togodumnus sprong overeind en schreeuwde: 'Laat ons nu het lied horen van onze eerste strooptocht, van Caradoc en van mij! Twintig stuks vee maakten we buit. Wat een dag was dat!' Maar Caradoc trok hem terug.

'Nee!' riep hij. 'Ik wil "Het Schip" horen.'

'Nee, nee!' protesteerden verscheidene stemmen. 'Zing een vrolijk lied voor ons!' Maar Cathbad zette al een klaaglijke melodie in. Aricia keek met een ruk op en Caradoc bleef haar opzettelijk strak aankijken. De weemoedige en bitterzoete ballade vertraagde zijn hartslag. Een ogenblik keek ze hem aan, maar in het schemerige licht kon hij de uitdrukking op haar gezicht niet goed zien, en toen hij zijn blik liet wegdwalen, voelde hij de ogen van Eurgain op zich gericht, vragend en niet-begrijpend. Cathbad bereikte nu de laatste hoge noot en liet die zwevend naklinken in de donkere gewelfde ruimte onder het dak, maar Caradoc was de enige die applaudisseerde, zodat Cathbad een buiging in zijn richting maakte. Aricia stond met ruk op en liep snel naar de deur. De bard plukte gedachteloos aan de snaren van zijn harp. 'En zal ik nu een nieuw lied zingen? Een lied dat ik zojuist gecomponeerd heb?' Cunobelin knikte. 'Dit lied heet "De ballade van de Vingervlugge Togodumnus en de Twaalf Verdwenen Koeien".'

Togodumnus kwam met een woedende kreet overeind, terwijl iedereen in zijn omgeving in lachen uitbarstte. 'Cathbad, ik verbied je een dergelijk lied te zingen! Jij hebt zeker met Cinnamus gesproken!' Cunobelin gebaarde dat zijn zoon moest gaan zitten en wenkte Cathbad toen naderbij. Ze wisselden op gedempte toon enkele woorden en toen rees Cathbad weer overeind. 'Ik kan dit lied niet zingen,' zei hij spijtig. 'Mijn koninklijke meester krijgt altijd een angstig voorgevoel wanneer ik Togodumnus en vee in een loflied verheerlijk.' Meteen begon hij een ruw drinklied te zingen om de uitleg van Togodumnus te overstemmen en iedereen zong al spoedig mee terwijl de regen buiten neergutste. Toen het lied uit was kwam Cunobelin overeind en Cathbad trok zich terug in zijn hoekje bij de muur.

'Het uur van de Vergadering is aangebroken,' zei hij. 'Ik vraag de aandacht van de hoofdmannen en van alle vrije mannen. Alle anderen moeten nu vertrekken.' Niemand verroerde zich, behalve enkele slaven en kooplui die stilletjes in de nacht verdwenen. Alleen de hoofdmannen hadden iets te zeggen, maar alle vrije mannen mochten luisteren hoe de belangrijke zaken afgehandeld werden, en dus kropen ze dichter naar het vuur. Caradoc zag dat de druïde ging staan. Hij ging naar Subidasto toe en fluisterde iets tegen hem. Subodisto knikte. Boudicca was in slaap gevallen, ineengekruld in haar vaders mantel.

'Onze gast mag nu zijn standpunt verduidelijken,' kondigde Cunobelin aan en hij ging naast Caradoc zitten. 'Er zullen problemen rijzen,' zei hij zacht, 'en er zullen harde woorden vallen. Deze Subidasto mag ons bepaald niet.'

'Moet de druïde niet als eerste spreken?' Togodumnus boog zich naar voren en stelde de vraag fluisterend. Cunobelin schudde zijn hoofd. 'Hij zal niet spreken.'

Subidasto was inmiddels gaan staan. Hij stond wijdbeens en zijn ene hand rustte op het gevest van zijn zwaard. Kalm overzag hij het gezelschap, schraapte zijn keel zorgvuldig en begon te spreken. 'Is er iemand hier aanwezig die mijn onschendbaarheid ontkent?' Niemand zei iets. 'Is er iemand die de onschendbaarheid van de druïde ontkent?' Weer was stilzwijgen het antwoord. 'Mooi zo,' zei Subidasto en knikte. 'Ik zie dat jullie nog iets van je stamwaardigheid hebben behouden.' Hij sprak haastig verder en negeerde het gemompel. 'Ik ben hier gekomen om te protesteren tegen de herhaaldelijke en onnodige rooftochten die door de Catuvellauni op Icenisch grondgebied worden uitgevoerd. Mijn onderdanen zijn hun kudden schapen en vee, hun knechten en zelfs hun leven kwijtgeraakt.' Hij strekte zijn arm, zo dik als een jonge boom, uit. 'En waarom? Omdat, zoals altijd, uw vorst verkiest de grenzen van zijn stamgebied te negeren. Hij vertrapt met beide voeten de territoriale rechten van mij en anderen. Waar is Dubnovellaunus? Waar is Verica? De zonen van Cunobelin zijn inhalig en wreed, en zijn eigen hebzucht is niet minder geworden, ondanks zijn leeftijd. Hij kijkt altijd over de grenzen van zijn volk heen en zoekt naar nieuwe veroveringen. En ik weet', – Subidasto schudde zijn vuist naar Cunobelin – 'dat hij alleen door zijn ware meester in Rome weerhouden wordt een grootschalige oorlog tegen mij en mijn volk te beginnen.' Cunobelin verstarde, maar gaf geen antwoord. Zijn beurt kwam nog wel. 'Ik eis dat wij met rust gelaten worden,' schreeuwde Subidasto. 'Ik eis een verdrag en ik eis gijzelaars om dat verdrag kracht bij te zetten. En ik wens een volledige en behoorlijke schadeloosstelling voor alles wat mijn mensen aan jullie Gallische wolven zijn kwijtgeraakt!' Subidasto bleef nog even staan en dacht na, maar toen, met een verwrongen glimlach, gebaarde hij naar Cunobelin en ging zitten.

Cunobelin beende naar het vuur, keerde zich om en sloeg zijn armen over elkaar. Hij leek in gedachten verzonken. Spreek op, jij oude vos met je zilveren tong, dacht Caradoc. Zet die Iceniër eens op zijn plaats. Cunobelin keek op en overzag de Vergadering met een vragende blik in zijn ogen. Toen hief hij zijn armen met een hulpeloos gebaar omhoog.

'Wie ben ik?' vroeg hij, en zijn hoofdmannen antwoordden: 'Cunobelin, onze vorst!'

'Ben ik een Romein?'

'Nee!'

'Ben ik een Gallische wolf?'

'Nee!'

'Jawel!' fluisterde Togodumnus dicht bij Caradocs oor. De druïde keek scherp in hun richting, alsof hij het gehoord had. Cunobelin sprak tegen alle aanwezigen, maar zijn woorden waren alleen voor Subidasto bedoeld.

'U komt van ver, Icenische aanvoerder, met de wildste geruchten in uw oren en met leugens die u hier komt vertellen. Natuurlijk roven wij vee. Wie doet dat niet? Brengen uw hoofdmannen hun tijd soms door met het verzorgen van kleine kinderen? Wij houden strooptochten naar de Coritani, en de Coritani beroven ons. Wij roven vee van de Dobunni, en de Dobunni doen hetzelfde bij ons. Allemaal verliezen wij runderen en mannen, maar dat hoort nu eenmaal bij het spel. Wij zijn krijgers. Wij bewerken het land niet. Wij vechten. Durft u te zweren dat u en uw hoofdmannen nooit vee geroofd of een man uit het volk der Catuvellauni gedood hebben? Ik hoorde geen protesten van u toen ik met mijn strijdwagens en manschappen Camulodunon binnentrok om de Trinovantes te verpletteren en Dubnovellaunus naar zee verjaagde. Zelf heb ik overigens ook geruchten gehoord, Subidasto. Is het waar dat de Iceni opdringen naar het westen en zelf de Coritani aanvallen? Nee?' Subidasto mompelde iets. 'Wij kunnen een verdrag sluiten, als u dat wilt,' zei Cunobelin. Het hoofd van Subidasto schoot verrast omhoog, maar Caradoc moest grinniken. Hij wist al wat zijn vader zou zeggen en hij kon het woedende antwoord van Subidasto wel raden. 'Ik zal geen strooptochten meer uitvoeren op uw gebied en u zult onze gebieden niet meer plunderen. En om deze afspraak te bezegelen zullen wij gijzelaars uitwisselen. Ik zal u een van mijn zoons geven. Wie biedt u in ruil aan?' Langzaam verspreidde een afwachtende glimlach zich over Cunobelins gezicht. Subidasto snoof luidruchtig en hij legde zijn hand op Boudicca's rode haar.

'Ik heb alleen mijn dochter,' zei hij zacht, 'en dat weet je heel goed, Cunobelin!'

Cunobelin klakte meelevend met zijn tong. 'Maar mijn beste vriend, voor een plechtig verdrag moet toch een gevoelig offer worden gebracht? Die kleine Boudicca zal hier veilig zijn. Ze kan hier veel leren over de geneugten van een verfijnd leven, en ze kan zich hier laven aan de cultuur van een rijke en welvarende stam.'

De toespeling was overduidelijk en Subidasto's gezicht liep vuurrood aan. 'Ik ben even rijk als jij, Gallische wolf, en wat de cultuur betreft: ik geef verreweg de voorkeur aan de Icenische stijl van leven boven deze... deze smakeloze Romeinse knoeiboel!' Cunobelin gaf geen antwoord. Hij bleef daar alleen maar staan, met een glimlach om zijn lippen en zijn ogen waren amper zichtbaar tussen de rimpels in zijn gezicht. Hij had kunnen zeggen dat het al zes generaties geleden was sinds zijn voorvaderen het vuur en het zwaard van Gallia naar Albion hadden overgebracht. Hij had razend kunnen worden en uitroepen dat niemand zijn meerdere was, afgezien van Tiberius in Rome, maar dat deed hij niet.

Cunobelin boog naar de aanwezigen. 'Is de Vergadering voorbij?' riep hij en allen schreeuwden terug: 'Dat is zij!'

'Dan wordt het bedtijd. Ik mag hopen, Subidasto, dat onze armzalige Romeinse hutten voldoende gerieflijk en naar uw genoegen zijn?'

O, vader, dacht Caradoc, rustig aan nu! Daag die man niet uit met veel wapenvertoon, want anders zul je hem nog moeten doden. Maar Togodumnus boog zich vol verwachting naar voren en leek teleurgesteld toen Subidasto zonder een woord opstond, zijn slapende dochtertje in de armen nam en waardig de Zaal uitschreed. Niemand anders verroerde zich en Caradoc zag opeens dat de druïde verdwenen was. Hij rekte zich uit en geeuwde.

'Tog, wil jij morgen toezicht houden bij het inladen van de honden? Dat is toch het minste wat je kunt doen na je dwaze gedrag.'

'Maar ik heb al zo veel te doen!' protesteerde Togodumnus. 'Aricia en Adminius en ik...'

'Je doet het toch maar,' zei Caradoc beslist over zijn schouder toen hij de Zaal uitliep. Op de drempel bleef hij even staan en ademde diep de koele, vochtige lucht in. Hij zoog de lucht in zijn longen, sloot zijn ogen en hief zijn gezicht op, zodat de koele schone regendruppels zijn gezicht afspoelden. Cinnamus liep voorbij en wenste hem beleefd goedenacht en Caelte bleef naast hem staan. 'Wilt u vannacht mijn muziek horen, heer?' vroeg hij maar Caradoc bedankte voor het aanbod. Hij was moe, maar voelde zich toch tevreden met deze dag. Misschien moest hij met Aricia gaan praten, om haar te vragen wat zij van die geheimzinnige druïde dacht. Plotseling opende hij zijn ogen en zijn lippen vormden een vastberaden streep toen hij over het pad naar zijn eigen woning begon te lopen. Vannacht niet, Aricia. Bij Dagda, vannacht niet!

Het schijnsel van zijn haardvuur en de olielampen drong onder de deurhuiden door en hij zag Fearachar, weggedoken in zijn korte mantel, voor de woning staan. De regen druppelde langs zijn lange neus.

'Ik heb hier gewacht...' begon de dienaar op gekwetste toon, maar Caradoc onderbrak hem snel.

'Dat weet ik!' zei hij bits, omdat hij zich ergerde aan het geklaag van de man. 'Je hebt heel lang staan wachten. Verdwijn, Fearachar. Ik kan je aanwezigheid nu niet verdragen.'

'Heer, ik heb hier gewacht om te zeggen dat er een bezoeker voor u is.' De stem van Fearachar klonk gemelijk, maar tegelijk voldaan. 'Omdat u vanavond niet naar mij wilt luisteren, zal ik maar niet zeggen wie het is.' Hij snoof en nieste twee keer. 'Ik vat hier nog kou.' Met een plichtmatige buiging liep hij snel weg, zijn rug gebogen.

Caradoc bleef verrast staan en zijn hart begon heftig te bonzen. Aricia! Hij duwde de deurhuiden woest opzij en stormde naar binnen, maar het was niet Aricia die daar op hem wachtte.

De druïde zat in de met brons beslagen Romeinse stoel. Zijn lange benen hield hij voor zich uitgestrekt, en zijn handen lagen, evenals daarnet, in zijn schoot. De gloed van het vuur leek hem een aureool te geven en wierp een schaduw van zijn scherpe profiel op de wand, een vergrote en levendige schaduw. In de ogen van Caradoc leek het of de man zelf tot een groteske gestalte uitgegroeid was. Geschrokken en verward bleef hij staan, maar de man keek hem niet aan.

'Kom binnen, Caradoc, zoon van Cunobelin,' zei de druïde. Zijn stem klonk jeugdig en krachtig.

Caradoc deed drie stappen naar voren en keek de bezoeker aan. De priesterwijze was niet oud. Hij was misschien anderhalf keer zo oud als Caradoc, en de baard die eerder op de avond grijs geleken had was in werkelijkheid goudblond. Wat moet ik zeggen? dacht Caradoc angstig. Wat moet ik nu doen? Is hij gekomen om een vervloeking over mij uit te spreken?

De man lachte zachtjes. 'Waarom ben je zo bang, Catuvellaunse strijder? Kom hier zitten.'

Caradoc herstelde zich en liep naar de andere zijde van het vuur. Daar liet hij zich op een kruk zakken en leunde naar voren, om in de oranjerode vlammen te staren. Hij voelde zich merkwaardig verlegen en waagde het niet de bezoeker recht in het smalle gezicht te kijken. De druïde ging langzaam rechtop zitten en duwde zijn handen in zijn wijde mouwen.

'Vergeef me dat ik hier binnengedrongen ben en je aan het schrikken maakte, Caradoc,' zei de druïde ten slotte, nadat hij de jongeman tegenover hem geruime tijd aandachtig en onderzoekend had aangekeken. Hij knikte, kennelijk was hij tevreden over wat hij gezien had. Het gezicht van de jongeman was breed en welgevormd, de neus was ook breed, maar niet slecht gevormd. De kin was hoekig en vertoonde een kuiltje, zoals die van zijn vader en twee broers, een teken van trots en groot doorzettingsvermogen. Maar terwijl de ogen van de jonge Togodumnus nooit lang naar hetzelfde keken en ook nooit peinzend of waakzaam stonden, zag hij dat de blik van de twee bruine ogen die hem nu durfden aankijken, vast en scherpzinnig was, vol van een wijsheid die de jongeman zelf misschien nog niet besefte. Zijn haren vielen donker en zacht golvend langs het hoge brede voorhoofd en zijn handen... De druïde ging verzitten. Handen vertelden hem alles wat voor zijn ogen verborgen bleef. Deze handen hadden een lange palm, maar waren toch niet vlezig, de vingers waren lang, maar met stompe toppen; dit waren de handen van een man die een vooruitziende blik aan onstuimig gedrag kon verbinden. Zo. Hier voor hem zat een nog onrijpe vrucht, waarin kansen scholen en dus moest hij deze jongeman zorgvuldig in de gaten houden. Hij leunde naar Caradoc en strekte zijn arm uit. 'Ik heet Bran,' zei de druïde. Ondanks zijn tegenzin omklemde Caradoc de pols van de druïde vriendschappelijk en toen hij voelde hoe warm en gespierd de pols was, leek zijn angst weg te vloeien naar de ander om ergens in de plooien van het witte wollen gewaad te verdwijnen.

Bran leunde weer achterover en glimlachte.

'Wat wilt u van mij?' vroeg Caradoc.

'Ik wilde je ontmoeten,' zei Bran en hij trok zijn ene schouder op. 'Maar als ik vanavond in de Zaal naast je was gaan zitten, zou je, denk ik, opgesprongen zijn om weg te rennen. Heb ik gelijk of niet?'

Caradoc kreeg een blos van woede. 'Het Huis Catuvellauni vlucht voor niets en niemand,' zei hij heftig. 'Maar ik geef toe dat ik me niet helemaal op mijn gemak voelde toen ik u daar zag.'

'Waarom niet?'

'Omdat druïden niet meer in deze streken gezien worden. De kooplieden...' Caradoc brak zijn zin af.

'De kooplieden, als trouwe zonen van Rome, hebben ons verjaagd. Ja, ik weet het.' In de opgewekte stem klonk geen spoor van verbittering door. 'En daarom vergeten de zonen van Cunobelin dat de druïden niet bestaan om banvloeken uit te spreken of te toveren.' Hij keek nu geamuseerd; zijn ogen twinkelden en Caradoc voelde zich een onhandige boer. 'Maar wij zijn nog steeds nuttig, Caradoc. Wat zou je vader gedaan hebben als Subidasto en zijn dochter niet onder mijn bescherming gekomen waren?'

'Vader zou Boudicca hier houden en haar vader waarschijnlijk doden. En daarna zou hij de Iceni de oorlog verklaard hebben.'

'En hij zou het zelfverdediging hebben genoemd, zoals hij dat ook deed toen Tiberius een boodschapper zond om te vragen waarom hij ten strijde trok tegen Dubnovellaunus. O, zijn gastvrijheid staat buiten kijf. Cunobelin zou Subidasto op een feestmaal onthaald hebben en belangstellend gevraagd hebben naar zijn gezondheid en die van zijn hele stam, maar toch zou Subidasto later een ongeluk overkomen zijn op de lange weg naar huis en Boudicca zou voortaan hier blijven wonen.'

Caradocs blik dwaalde weer naar het vuur en hij gaf geen antwoord. Elke stamleider zou hetzelfde hebben gedaan. Waarom gaf Bran hem dan het gevoel dat dit een smerige en lafhartige daad was?

'Misschien ben je je er niet van bewust, Caradoc, hoezeer je vader gehaat en gevreesd is buiten zijn eigen grondgebied. Ik reis voortdurend, ik breng nieuws en berichten over, dus ik weet wat de andere stamhoofden zeggen.'

Caradoc keek met een ruk op. 'Dat kan hem niets schelen, en mij ook niet. Waarom zouden we? Is er ergens een ricon belangrijker dan mijn vader Cunobelin?'

'Tiberius is er ook nog,' bracht Bran hem in herinnering.

'Dat begrijp ik niet,' zei Caradoc kortaf. Bran haalde zijn handen uit de mouwen van zijn witte gewaad en wreef de palmen tegen elkaar. Caradoc moest wel naar die handen kijken, wreed en sterk, als de klauwen van een valk.

'Ik denk dat het je wel iets moet schelen,' zei Bran zacht. 'Jullie leden van het Huis Catuvellaunus zijn omringd door vijanden, maar jullie kijken niet verder dan gedroomde veroveringen en gebiedsuitbreiding. Geloof je werkelijk dat Julius Caesar teruggeslagen werd door Cassivellaunus? Ik kan je wel vertellen dat hij door het slechte weer en de getijden van de zee verslagen werd. En Rome is dat niet vergeten. Jij en je vader leven in de droomwereld van een dwaas.'

Caradoc begon te sidderen. Hij kon zich niet meer beheersen. Niet de woorden, maar de klank van Brans stem beroerde oude en lang vergeten littekens, verwondingen die ouder dan Caradoc zelf waren. 'Maar heer, bent u dan een profeet!' riep hij geschokt uit.

Bran gooide zijn hoofd in de nek en lachte hartelijk. 'Nee, Caradoc, nee dat niet. Ik ben geen ziener. Ik lees in de sterren, maar niet om de toekomst te leren kennen. Ik doe dat alleen om de verborgen geheimen van het universum te ontdekken. Ik snuif de geur van iemands woorden op, zodat ik weet wat er in de stammen leeft en hoe het trage getij van de geschiedenis verder zal verlopen. Wees niet bang voor mij. Maar toch, Caradoc, ik ben wijzer dan jij en je gewiekste vader. Tel je dagen van vrolijke onwetendheid, want ze zullen niet lang meer duren.'

Caradoc kwam overeind. 'Nu weet ik waar u op uit bent!' zei hij met onvaste stem. 'Dat is het natuurlijk! Wat de kooplui zeggen is waar: u en andere druïden zwerven door het land en zaaien haat tegen Rome, omdat jullie onder Romeinse handen geleden hebben, en jullie vinden altijd wel ergens een gewillig oor en jullie wakkeren de angst voor slavernij bij de mannen aan!' Hij liep naar de deurhuiden en hield ze met één hand opzij. De knokkels van zijn hand werden wit. 'Vertrek alstublieft. Morgen zullen de mannen zich afvragen wat een tovenaar in de woning van Cunobelins zoon te zoeken had. En dat wil ik niet, zoals ik ook niets meer van uw krankzinnige praat wens te horen!' Bran stond op en liep zwijgend op hem toe. Hij glimlachte vaag, niet in het minst beledigd, en voor hij verdween legde hij zijn hand even op Caradocs schouder. 'Vergeet mij en mijn opruiende woorden niet,' zei hij. 'Wanneer voor jou het uur van grote nood aanbreekt, zal ik met mijn broeders op je wachten. We zullen elkaar weer ontmoeten, of je dat wilt of niet.'

Hij verdween snel naar buiten en Caradoc liet de deurhuiden terugvallen, terwijl hij hortend inademde. Hij had het koud gekregen. Hij liep naar het vuur en hurkte neer, zodat de hitte tegen zijn gezicht sloeg. Even later was hij met een sprong bij de deur en brulde dat Fearachar moest komen. Enkele ogenblikken later verscheen de dienaar, met een vermoeide uitdrukking op zijn gezicht en nog half slaperig. Caradoc gaf hem opdracht Caelte te halen. Er moest muziek gemaakt en gelachen worden. Was die druïde dan toch een profeet? Caradoc haalde zijn schouders op, maar deze beweging verloste hem niet van het drukkende gevoel van twijfel en ongerustheid dat hem bekropen had. Hij had het gevoel dat het vlees van zijn botten was gerukt en dat zijn gebeente nu rammelde in de kille wind. Caelte speelde en zong voor hem, vertelde grappen en gaf hem ten slotte zelfs een flinke uitbrander, maar Caradoc keerde zijn gezicht naar de muur en gaf geen antwoord.

De volgende ochtend ging hij met Cinnamus naar de werkplaats van de harnasmaker, waar de strijdwagen van Caradoc gerepareerd werd. Ze liepen langs de hondehokken en hoorden daar Togodumnus schreeuwen en de bewakers van de honden vloeken. Een paar kooplieden hingen rond bij de poort, met leien in de hand en ongeduldig wachtend op het bevel dat ze betaald moesten worden, voordat de honden naar beneden werden gebracht, waar de barken gereed lagen om vandaar naar de riviermond te varen, waar de jachthonden aan boord van de schepen naar Gesioracum en Rome zouden gaan. Caradoc bleef niet staan. Laat Tog het zelf maar uitzoeken, misschien was dat wel een goede les voor hem, dacht hij.

De harnasmaker zat voor zijn atelier, omringd door zijn priemen en messen en stroken leer. In een kom bij zijn voeten lagen stukjes donkerrode koraal in bronzen vattingen gereed om in het harnas van een of andere hoofdman verwerkt te worden. 'Een goedemorgen, heer,' zei de man, maar hij bleef zitten toen Caradoc naderbij kwam. 'U komt zeker voor de wagen?' Hij wees naar de deur. 'Ga binnen maar kijken. De reparatie kost u een zilvermunt.'

'Betaal hem,' zei Caradoc tegen Cinnamus en hij boog zijn hoofd om de schemerige werkplaats binnen te gaan. De strijdwagen lag op zijn kant, en waar een verborgen boomstronk het vlechtwerk aan stukken had gescheurd, was door de harnasmaker een nieuw stuk aangebracht. Caradoc greep de wagen vast en trok het gevaarte overeind. Dat ging gemakkelijk en hij bekeek de gerepareerde plek aandachtig, met zijn vingers de stevigheid betastend tot hij tevreden was. Daarna liep hij weer naar buiten. 'Je hebt goed werk geleverd,' zei Caradoc. 'Voor wie zijn die stukken koraal?'

'Voor vrouwe Gladys. Ze heeft een nieuw harnas voor haar paard besteld, en nieuwe leren laarzen, ook met brons beslagen. En ze heeft een nieuwe zilveren zwaardgordel uitgekozen.'

'O, wat prachtig is dat!' Caradoc hurkte neer en liet zijn handen door de stukjes koraal glijden. Hij voelde de koele gladheid en kwam weer overeind. 'Cinnamus, ik neem de wagen vandaag weer mee. Laat de paarden inspannen, dan treffen we elkaar buiten de poort.'

Hij keerde op zijn schreden terug en zag dat het bij de hondehokken nu weer rustig was. De honden van Togodumnus waren verdwenen. Op weg naar zijn hut ontmoette hij Gladys. Ze was gekleed in een groen gewaad en haar zwarte ogen leken versluierd in het grijze ochtendlicht. Haar haren gingen schuil onder de kap van haar mantel. 'Waar ga je naar toe?' vroeg hij en bleef even staan.

Ze wuifde naar de rivier. 'Ik ga naar de kust, met de kooplui. Ik kwijn hier weg als ik de rotsen en het zand en de witte golven niet zie.'

'Ik zag je nieuwe laarzen, en het koraal. Het ziet er heel mooi uit. Hoe ben je eraan gekomen?'

'Dat was een geschenk. Ik heb ook een handvol parels gekregen.' Ze veranderde abrupt van onderwerp en daarom vermoedde Caradoc dat een of andere bewonderaar van haar weer eens zijn geluk geprobeerd had. 'Ik hoorde dat je gisteravond bezoek had, Caradoc.'

Lachte ze nu? 'Ik denk dat de hele stad inmiddels weet dat die druïde bij mij thuis was,' zei hij kwaad. 'Maar ik kon er niets aan doen, Gladys. Hij was al binnen toen ik thuiskwam.'

'Wat heeft hij je verteld?'

'Waarom zou hij me iets verteld hebben? Hij vertelde allerlei onzin en daarom heb ik hem weggestuurd. Dat is alles.'

Ze kwam naar hem toe gelopen. 'Pas op, broertje van me,' zei ze veelbetekenend. 'Druïden zijn giftig.'

44

Voordat hij kon antwoorden was ze verdwenen. Hij liep met grote passen naar zijn hut, stak het zware ijzeren zwaard in de bewerkte bronzen schede, gromde iets tegen Fearachar en liep weer naar buiten, naar de poort. Het was vochtig en klam vandaag. Boven de lagere hellingen van Camulodunon hing nevel en de hemel was bedekt met grauwe, laaghangende wolken. Maar onder zijn lange felgekleurde wollen mantel voelde hij de kou niet. Alleen zijn oren en de toppen van zijn vingers tintelden toen hij Cinnamus tegemoet rende.

Voor de strijdwagen waren twee pony's gespannen, plompe kleine dieren, niet bepaald snel, maar wel sterk. Dit was het paarderas dat de bewoners van Albion al heel lang gefokt hadden, voordat de voorouders van Caradoc de grote rijpaarden uit Gallië meenamen. De kinderen leerden paardrijden op deze dieren, omdat ze gewillig en tam waren. Nu stonden deze twee pony's rustig voor de wagen, hun neuzen raakten elkaar en ze bewogen hun oren toen ze hem hoorden naderen.

Cinnamus gaf hem de teugels. 'Zal ik meegaan?' vroeg hij, maar Caradoc schudde zijn hoofd, stapte tussen de twee met ijzeren banden versterkte wielen en ging wijdbeens staan. Hij voelde zich tevreden en zorgeloos. Cinnamus keerde zich om en Caradoc sloeg met de teugels. Zo reed hij stapvoets weg over het pad; zijn mantel wapperde, evenals zijn haren, achter hem in de aanwakkerende wind.

Toen hij bij de steile helling kwam stapte hij af en leidde de pony's naar beneden en door de droge gracht. Daarna ging hij weer op de wagen staan en spoorde de trekdieren aan. Steeds sneller reed hij nu in de richting van de rivier die onder de bomen een bocht naar het oosten maakte. De mist leek hem te omhullen en vormde druppels op zijn armen en zijn haren. De druppels sijpelden door de plooien van zijn paarse tuniek naar beneden. Hij wist dat voorbij de volgende bocht een recht stuk weg was, bemost en effen onder de hoge eikebomen. Langzaam voelde hij de spanning groeien terwijl hij zich steeds beter concentreerde op het mennen van zijn tweespan. Met beide armen opzij uitgestrekt balanceerde hij op de voorste dissel. De pony's bleven in hetzelfde tempo draven en terwijl hij telkens naar de dieren floot en klakte, plaatste hij voorzichtig zijn ene voet op het juk toen hij het rechte stuk weg voor hem zag. Hij vond zijn evenwicht en ging rechtop staan. Hij voelde dat zijn stramme spieren protesteerden, maar toen stond hij inderdaad op het juk, terwijl de pony's in volle vaart verder draafden. Hij deed een stap opzij en stond nu op de rug van de ene pony, hij sprong op de rug van het andere dier en terug, en nog eens heen en weer. Hij genoot van zijn soepele bewegingen en ten slotte keerde hij terug op de gevlochten vloer van de wagen om de teugels weer op te nemen. Het karrespoor werd hier smaller en bochtiger, af en toe sloegen takken in zijn gezicht. Hij bukte zich en trok de teugels aan om

te keren, zodat hij nog eens hetzelfde kon doen, maar opeens hoorde hij hoefgetrappel in het gras en hij hield stil om de dampende pony's snuivend op
adem te laten komen.

Hij zag een vrouw te paard naderen. Het was Aricia. Haar haren waren in drie
vlechten gescheiden. Ze droeg de korte tuniek van een man en ze droeg ook
een mannenbroek. Haar mantel reikte bijna tot de grond. De mist week uiteen toen ze naderbij kwam en zodra ze Caradoc zag stuurde ze haar paard
stapvoets naar hem toe. Het mes dat ze uit voorzorg getrokken had stak ze
terug in de schede.

'Caradoc! Is je strijdwagen gerepareerd?' Tegen het heldere blauw van haar
mantel leek haar huid van wit ivoor, maar onder haar ogen had ze donkere
kringen. 'Dat is fijn. Ik ben met Tog naar de loswal geweest. Je vader weigert
nog meer wijn in ruil voor de honden aan te nemen. Hij wil liever geld zien,
en daarom zijn de Romeinen druk bezig met onderhandelen. Ik denk dat de
aanwezigheid van de druïde hen ongerust heeft gemaakt, want ze kijken vandaag nogal argwanend naar Cunobelin.'

Ze sprak snel en ontweek zijn blik. Haar onzekerheid werd gevoeld door haar
paard, want het dier bewoog zich telkens onrustig en nerveus en drukte zijn
oren plat tegen zijn hoofd.

'Wat doe je hier?' vroeg Caradoc haar.

Ze liet hem een buidel zien die ze over haar schouder droeg. 'Ik zoek hazelnoten, en misschien zijn er nog een paar bramen.'

'Dat is werk voor de bedienden.'

'Weet ik. Maar ik geniet van elk ogenblik dat ik nu nog in jouw bossen en
weiden kan doorbrengen, jij Catuvellaunse wolf!'

Ze lachten naar elkaar en Caradoc stapte van de wagen. Hij nam haar teugels
en die van hemzelf om ze aan een boomtak vast te binden. 'Zal ik je helpen?'

'Als je dat wilt. Niemand heeft de machtige Caradoc ooit hazelnoten zien
zoeken, en ik heb er nu niet langer behoefte aan alleen te zijn.' Ze huiverde
even. 'Ik wist niet dat de mist zo dicht was. In elk geval zullen we hier geen
last van de wind hebben.'

Ze verlieten het karrespoor en verdwenen tussen de bomen. Al spoedig waren hun broekspijpen doorweekt van de dauwdruppels die van de fijne varens
vielen en hun voetstappen klonken gedempt op het vochtige tapijt van gevallen bladeren en groen mos. Niet ver van het pad vonden ze een hazelaar. De
dunne takken stonden wijd uiteen en onder hun voeten kraakten de afgevallen noten. Ze verzamelden een poosje in stilte noten en waren tttevreden met
de diepe stilte van het woud en elkaars aanwezigheid. Elk geluid dat ze maakten leek honderdvoudig in de stille omgeving te weerkaatsen.

Caradoc kraakte noten tussen zijn sterke jonge tanden en hij kauwde op het
taaie vruchtvlees, terwijl de vingers van Aricia snel langs de takken van de

struik bewogen.

'Waar is Boudicca vanochtend?' vroeg Caradoc.

'Zij en Subidasto zijn midden in de nacht vertrokken,' zei ze zonder om te kijken. Ze reikte juist naar de hoogste takken. 'Dat is erg onbeleefd van hen, om zonder een afscheidsdronk te vertrekken.'

'Is de... is de druïde met hen meegegaan?'

Ze liet haar armen zakken en grinnikte sluw naar hem. 'Natuurlijk. Wat doorzichtig dat je dat zo graag wilt weten! Iedereen praat over jouw nachtelijke bezoeker.'

Hij bromde iets. 'Alsjeblieft, Aricia, begin jij er nu ook niet over. Ik weet niet waarom hij mij uitkoos voor zijn dwaze verhalen, en het kan me niet schelen ook. Zullen we nu verder lopen en naar bramen zoeken?'

Hij tilde de buidel op, die nu uitpuilde van de noten, en ze liepen snel verder door het bos, zonder angst te verdwalen. Hij was opgegroeid in deze wouden – ze behoorden tot het gebied van zijn vader – en overdag had hij elk stukje onderzocht, zodat hij nu elke molshoop, en elk vosse- en konijnehol kende. Ze liepen langs de grote eik waar je zo goed in kon klauteren en voorbij de kleine open plek waar een ring van paddestoelen groeide die altijd 'buut vrij' was als hij en Tog hier tikkertje speelden. Ze baanden zich een weg door de dichte braamstruiken, zodat de met scherpe stekels begroeide ranken aan hun kleren bleven haken en hun handen schaafden.

'In de buidel is geen plaats meer voor bramen,' zei Aricia. 'Laten we de bramen meteen opeten. De meeste zijn toch al verrot.'

Voorzichtig plukten ze de paarse bramen en genoten van de zoete smaak in hun mond. Al spoedig waren hun vingers en monden gevlekt door het donkere sap. Hier was de mist erg dicht, vochtig en wit, en de spinnewebben die als guirlandes tussen de dikke boomstammen hingen leken wel bezaaid met duizenden peervormige kristallen. Maar het was hier niet koud. Het was alleen heel stil en geheimzinnig, een stille wereld op zichzelf.

Caradoc richtte zijn hoofd op. 'Luister!' fluisterde hij en Aricia hield een braam halverwege haar mond stil. 'Hier vlak bij is een nieuwe bron ontstaan,' zei hij. 'Kom mee!' Ze liepen in de richting van het geluid en even later vonden ze een open plek. Hier was weinig begroeiing, behalve het lange natte gras dat bezaaid was met van de omringende bomen afgevallen donkere dennenaalden. In het midden van de open plek borrelde water omhoog en vormde een stroompje dat zich in twee takken verdeelde en al wat in de sponzige bodem was uitgesleten.

Aricia knielde en zocht in haar gordel. 'Een nieuwe godin is hier komen wonen,' zei ze met ontzag. 'Vlug, Caradoc, heb je geld bij je?'

'Nee, ik heb alleen mijn ring.' Met tegenzin haalde hij de ring van zijn duim en samen naderden ze de bron. Ze legden de bronzen munt van Aricia en zijn

ring in het ijskoude heldere water, en even bleven ze daar staan, als gehypnotiseerd door het zacht ritselende water.

Toen liet Aricia zich met een zucht op haar hielen zakken. 'Wat een prachtige
gewijde plaats,' zei ze. 'Maar ik denk dat we nu beter kunnen gaan. Iemand
zou onze paarden kunnen stelen.'

Hij ondersteunde haar elleboog toen hij haar overeind hielp, maar merkte dat
hij haar arm niet los kon laten. Ze was het enige levende wezen, in heldere
kleuren gekleed, te midden van deze stille omgeving met zijn gedempte
vochtige kleuren. Haar adem was als een warme wolk, haar huid geurde aangenaam en er was niemand die hen kon zien of weten dat ze hier waren. Alleen zij beiden zouden zien hoe zijn beschaamdheid weer opwelde. Hij greep
haar andere arm en trok haar ruw naar zich toe. Toen boog hij zijn hoofd en
vond haar lippen, koel en weerspannig, smakend naar bramesap. Een ogenblik ontspande ze zich tegen hem aan, maar toen wrong ze haar hoofd weg.
Hij liet zijn armen hulpeloos zakken.

'Schavuit,' zei ze heftig. 'Wil je met me trouwen?'

'Nee.'

'Houd je dan niet van mij?'

'Aricia…'

'Dat zou toch niets uitmaken,' fluisterde ze, en haar adem siste in zijn gezicht.
'Wat jij voor mij voelt is iets sterkers, of niet soms, Caradoc? Je zult nooit van
mij afkomen. Denk maar niet dat je mij gewoon opzij kunt schuiven, want ik
ben diep in je doorgedrongen.' Ze raakte zijn lendenen aan en hij week terug
alsof hij zich gebrand had. 'Daar, op een plek waar je verstand geen macht
heeft. Als je niet met mij trouwt, zul je nooit rust kennen. Nooit!'

'Je vergist je,' barstte hij los, omdat zijn trots gekwetst was. 'Ik heb al lang
genoeg van je, Aricia. Jij kunt mij niets meer geven en ik heb er spijt van dat
we hieraan ooit begonnen zijn. Voor mij ben je niet langer een leuke afleiding.'

'Leugenaar!' Ze sloeg hem met haar vlakke hand in zijn gezicht, één keer,
twee keer, keerde zich toen op haar hielen om en baande zich blindelings een
weg door de struiken. Hij rende haar achterna en haalde haar in, zonder op de
scherpe dorens en stekels te letten die in zijn haren haakten en zwiepend bloedige striemen op zijn voorhoofd trokken.

'Aricia, luister naar me! Zeg tegen je vader dat je niet zult gaan! Zeg hem…'
Maar ze schreeuwde over haar schouder: 'Misschien kan ik beter wél gaan!
Misschien ben ik hier wel te lang geweest en had Subidasto gelijk! Waar is je
eergevoel, wolvejong? Welke ziekte heeft je besmet en doet de machtige Catuvellauni wegkwijnen?'

Toen ze bij haar paard kwam, sprong ze snel op de rug van het dier, rukte de
teugels los van de boom en spoorde het paard woedend aan. In galop ver-

dween ze over het pad, zodat de modder van de trappelende hoeven vloog. Caradoc volgde haar langzaam en hij voelde zich geërgerd en hopeloos tegelijk. De buidel vol hazelnoten was achtergebleven, net als een voorstelling die hij van zichzelf had: aan stukken gevallen in het hoge gras, waar de godin haar natte haren kamde en met zijn gouden ring speelde.

Toen hij weer bij de stallen kwam was daar een geweldig tumult. Een menigte vrije mannen was samengestroomd in de open cirkel waar de paarden 's morgens buiten liepen en Caradoc hoorde de woedende kreten al voordat hij de teugels aan een slaaf van de stallen had overhandigd en probeerde zich een weg door de oploop te banen. Daar stond Cinnamus, met een grimmige grijns op zijn gezicht, en hij hield zijn getrokken zwaard in de hand. Togodumnus trok zijn mantel uit en bond zijn haren in een staart.

'Wat is er aan de hand? Wat gebeurt hier?' vroeg Caradoc aan Cinnamus toen Togodumnus ook zijn zwaard uit de schede trok.

'Je broer beschuldigt mij ervan dat ik al zijn fokvee vannacht losgelaten en ver de velden ingedreven heb.' Cinnamus keek om toen hij dit antwoordde, en in zijn kalme groene ogen was een venijnige en tegelijk begerige blik te zien. 'Hij heeft zo'n vijftig runderen weer teruggedreven, maar kennelijk zijn er nog dertig los in de bossen. Hoe hij erbij komt om mij de schuld te geven weet ik werkelijk niet.' De ogen daagden Caradoc uit tussenbeide te komen, maar keken niet schuldig. Cinnamus had nog eens nagedacht over deze zaak en nu besloten zelf wraak te nemen. Hij hoefde zich nergens voor te schamen. 'Vooruit, jongen,' zei hij en tegelijkertijd liet hij zijn zwaard een fluitende boog beschrijven. 'Leer mij nu de les die me beloofd is, want die kan ik nu goed gebruiken.'

Togodumnus deed een stap naar voren, zijn tanden ontbloot, en Caradoc week een stap achteruit. Hij kon niets doen. De onenigheid was niet meer met woorden te sussen. Maar dood hem niet, Cinnamus, oude vriend, bad hij in stilte, want anders zal ik jou wel moeten doden om een bloedvete te voorkomen. Dat wist Cinnamus ook, maar zijn woede was na lang gesmeuld te hebben, hoog opgelaaid en alle toeschouwers lazen in zijn ogen dat hij Togodumnus wilde doden. Caradoc keerde zich om en gaf een dienaar opdracht onmiddellijk Cunobelin te waarschuwen. Daarna ging hij met gekruiste benen op de vochtige grond zitten. De menigte volgde zijn voorbeeld en de twee jongemannen cirkelden om elkaar heen, om elkaars verdediging te beproeven. Met een kreet stortte Togodumnus zich op Cinnamus, en hij richtte een harde slag op de benen van zijn tegenstander, maar Cinnamus sprong snel op zodat het zwaard alleen door de lucht zoefde. Voordat Togodumnus gelegenheid kreeg zijn evenwicht te herstellen haalde Cinnamus heftig uit met een slag die op de hals van Togodumnus was gericht, maar Tog gleed uit op de slijkige bodem zodat alleen een stuk van zijn tuniek bij de schouder werd weggerist. Cinnamus wachtte tot Togodumnus weer overeind gekrabbeld was, zonder een woord te zeggen en zonder hem uit te dagen. Togodumnus greep met beide handen het gevest van zijn zwaard beet. Cinnamus bleef doodstil staan, kijkend en afwachtend, zodat hij zou weten waar de volgende slag hem moest treffen. Zijn schouders tintelden van verwachting toen Togodumnus met zijn volle gewicht uithaalde. Cinnamus sprong snel als de bliksem opzij en er klonk een metalig krassend geluid toen de twee zwaarden tegen elkaar sloegen. Opeens lag Togodumnus ruggelings op de grond en zijn zwaard rolde tot buiten het bereik van zijn hand. Cinnamus deed een stap dichterbij om de genadestoot te geven.

Caradoc sprong met een luide kreet overeind en trok zijn eigen zwaard, maar hij werd door zijn vader opzij geduwd. 'Zo is het wel genoeg, Cinnamus,' zei Cunobelin bedaard. 'Laat de jongen opstaan.' Cinnamus verroerde zich niet. Hij en Togodumnus keken elkaar strak aan, allebei licht hijgend. Voor hen was het tweegevecht nog niet voorbij. 'Cinnamus,' zei Cunobelin, 'als je hem doodt, zul jij ook sterven. Dat weet je heel goed. Als je een vete met hem wilt, wacht dan tot hij ouder is, maar laat hem nu opstaan. Ik wil geen zoon verliezen en ook niet een van mijn beste jonge strijders, voor zulke onzin.'

Cinnamus knipperde met zijn ogen en liet de arm waarmee hij zijn zwaard in de aanslag hield zakken. Toen schopte hij minachtend het zwaard van Togodumnus binnen bereik van zijn tegenstander en liep weg. Onder het lopen maakte hij zijn haren weer los. Caradoc voelde dat zijn eigen zwaardarm pijn deed, zoveel moeite moest het Cinnamus gekost hebben dit gevecht te staken.

Tog begon schaapachtig te grijnzen. 'Dat scheelde maar weinig!' zei hij en sprong overeind. 'Bedankt, vader. Roep Cinnamus nu terug en zeg dat hij ervoor moet zorgen dat ik mijn vee weer terugkrijg.'

Caradoc gromde. Cunobelin deed twee stappen naar voren en met een vuistslag sloeg hij zijn zoon weer tegen de grond. 'Denk erom, Togodumnus,' brieste Cunobelin, 'dat je snel verstandig wordt, voordat je eer nog minder waard is dan de prijs van je zwaard!' Hij bewoog zijn vingers, bromde nog iets en liep toen weg. Caradoc wist wat de vuistslag voor zijn vader betekende, want niemand kon nu nog tegen Tog spreken zonder herinnerd te worden aan Cunobelins woede. Een instemmend geroezemoes rees op en de mannen van Togodumnus liepen naar hun hoofdman toe om hem overeind te helpen. Ze reikten hem zijn zwaard aan en spraken troostende woorden. Maar Togodumnus schudde hen boos van zich af en liep met grote passen weg. De gescheurde tuniek maakte hem ietwat belachelijk.

Iemand trok zachtjes aan Caradocs arm en hij keek om. Hij zag Eurgain, gekleed in geel en blauw; haar donkerblonde haren waren in het midden gescheiden en vielen sluik op haar rug.

'Wat was dat vreselijk,' zei ze, met een bezorgde frons tussen haar lange verachtige wenkbrauwen. 'Cin zou hem zeker gedood hebben als Cunobelin niet tussenbeide gekomen was.'

'Natuurlijk had hij dat gedaan. En velen zouden dat maar al te graag gezien hebben.'

'Caradoc!'

'Het is toch waar? Tog is geliefd maar evenzeer gehaat door iedereen, en er zijn veel mensen die er genoeg van krijgen een leugenaar telkens weer te vergeven, want hoe aantrekkelijk hij ook is, hij bedriegt iedereen.' Caradoc keek om zich heen en liet zijn stem dalen. 'Eurgain, ik moet je spreken. Waar kunnen we dat doen?'

Ze aarzelde even en keek hem onderzoekend aan, alsof ze besefte dat in zijn houding iets veranderd was; ze las een gespannen kalmte in zijn ogen. 'Kom mee naar mijn huis. We kunnen een koude houtduif eten, als je daar trek in hebt.'

Ze liepen zwijgend naast elkaar de heuvel op en volgden het pad dat achter de Grote Zaal liep tot aan de hoge aarden terp waar Eurgain een woning met een venster had. Het raam maakte de woning erg koud in de winter, omdat het afgeschermd werd met huiden die de wind niet tegenhielden, hoe stevig de huiden ook vastgespijkerd waren, maar dat kon haar weinig schelen. Ze zat daar graag, met haar armen over elkaar gevouwen op de vensterbank en ze kon urenlang naar het westen staren, over de uitgestrekte bossen naar de glooiende heuvels in de verte en naar de nevelige horizon. Zij en Gladys trokken veel met elkaar op, nu de Koninklijke Krijgersbende geleidelijk in kleinere groepjes uiteengevallen was naarmate de leden ervan volwassen werden – Aricia zaaide tweedracht tussen alle anderen, maar bracht de meeste tijd toch door in het gezelschap van Caradoc of Togodumnus. Gladys en Eurgain konden het steeds beter met elkaar vinden, terwijl Adminius, de oudste van hen, alle anderen uit de weg ging. De jonge vrouw en het meisje deelden hun voorliefde voor woeste en eenzame plekken, ze hadden allebei een voorkeur voor eenzaamheid en oases van rust. Gladys hield van de zee. Ze ging er dikwijls heen en kwam dagenlang niet naar huis. Dan nam ze eten en haar zwaard en een dikke mantel mee, en ze bleef ergens in een donkere grot aan de kust slapen. Ze onderhield een geheimzinnige band met de zee die verre van rustig en veilig was, maar wat ze daar leerde hield ze voor zichzelf. Eurgain voelde zich vooral aangetrokken tot de heuvels, tot de open en kale gebieden waar de wind aan haar kleren rukte en aan het lange grauwgroene gras, met in de lucht buitelende wulpen en plevieren. Daar ging ze op de heuveltoppen liggen, met uitgestrekte armen en gesloten ogen, om de langzame hartslag van de aarde onder haar te voelen, het eeuwige en majesteitelijk trage ritme van de rotsen. Als het regende was dat nog beter. De regen omsloot haar en wikkelde haar in dromen, maar niemand kende ooit haar gedachten, evenmin als die van Gladys.

Ze duwde de deurhuiden opzij om Caradoc binnen te laten. Er brandde een vuur, maar het licht was binnen erg gedempt. Caradoc ontstak een lamp en Eurgain liep naar het venster om met een verontschuldiging de huiden te laten zakken.

'Ik dacht dat het vandaag zou gaan sneeuwen en daarom heb ik Annis gevraagd de spijkers weg te nemen zodat ik bij het wakker worden naar buiten kon kijken,' zei ze. 'Maar het blijft alleen bewolkt en ik denk dat het nog warmer wordt, zodat het weer gaat regenen.' Ze sprak bedaard en wist wat er in hem omging.

Caradoc keek om zich heen. Hier binnen veranderde nooit iets. Wie de woning van Eurgain binnenstapte kreeg het gevoel dat hij op een plek was waar hij in volmaakte rust op een glimp van de eeuwigheid kon wachten. Haar wandkleden uit Palmyra waren zacht en in rijke, gedempte kleuren. Haar sieraden lagen altijd op dezelfde plek, opgestapeld op een tafel naast haar bed. Er was slechts één stoel, en ook was er een Romeinse rustbank om op te eten. Ze had veel olielampen, allemaal prachtig bewerkt en glanzend gepoetst. Sommige lampen stonden bij haar bed, andere hingen aan dunne kettingen aan het met riet gedekte dak. Enkele lampen stonden op de grote tafel waar ze kristallen bewaarde en haar kostbare sterrenkaarten en papier. Want Eurgain kon Latijn lezen. Niet erg goed en vloeiend, maar toch zeker beter dan Caradoc zelf, en hoewel ze het hem niet vertelde had ze wel een uur doorgebracht met de druïde, gebogen over de sterrenkaarten en het speet haar dat hij al zo spoedig weer vertrokken was. Ze wist dat het gevaarlijk was, maar door de rijkdom van haar vader had ze een zekere onverschilligheid gekregen voor wat de mensen wel van haar dachten. Uiteindelijk had niemand behalve Tallia, haar dienares, Bran zien binnenkomen en vertrekken.

'Steek de andere lampen ook aan,' zei ze en ze ging op de rand van haar bed zitten. Ze vroeg zich nog steeds af waarom hij zo afwezig leek. 'Zo,' zei ze toen hij klaar was. 'Ga op die bank zitten en vertel me wat je wilde zeggen.' Hij deed wat ze vroeg. Wat wil ik eigenlijk zeggen? vroeg hij zich af. Het was zo stil en vredig in deze kamer dat zijn verwarring naar de hoeken van het vertrek wegvloeide en hij kon zijn problemen nu weer helder zien. Ik wil dat het afgelopen is met Aricia. Ik wil dat ik me tegenover jou weer zuiver voel, Eurgain. Ik wil een nieuwe positie in deze stam. Ik wil wortels te midden van mijn stamgenoten, en nieuwe ankers tegen mijn rusteloosheid, maar het meest van alles, lieve Eurgain, wil ik verlost zijn van Aricia.

Hij schraapte zijn keel. 'Eurgain, wij zijn al lange tijd voorbestemd voor elkaar, en het wordt tijd dat ik trouw. Ben je het daarmee eens?'

Ze verroerde zich niet. Ze knipperde niet met haar ogen, ze bloosde niet en slaakte zelfs geen zucht. Ze zat daar maar en keek hem aan. Het lamplicht glansde op haar haren en vormde schaduwen op haar tuniek. Langzaam verscheen een diepe droefheid, een gekwetste blik op haar gezicht en Caradoc zag het.

'Caradoc,' zei ze kalm. 'Er is iets mis, dat weet ik. Waarom kom je nu op dit vreemde tijdstip en stel je deze vraag alsof een demon je op de hielen zit? Hebben onze vaders ons soms niet voor elkaar bestemd? Dit was toch niet nodig?'

'Ik wil mij nu verloven, Eurgain. We hebben allebei de leeftijd daarvoor bereikt en ik wil niet langer doelloos door het leven gaan.'

'Doelloos? Hoe kun je dat zeggen, jij bent een strijder met een benijdenswaardige waarde, je bent kerngezond en je geeft toch leiding aan honderd man?' Ze wist nu dat hij gelogen had en dat sneed als een mes door haar ziel. 'Het gaat om Aricia, nietwaar? Die geruchten hoor je overal.'

Hij schrok en begon opgewonden door het vertrek te ijsberen. 'Ik had beter moeten weten en niet mogen proberen mijn domheid voor jou verborgen te houden. Je hebt inderdaad gelijk. Het gaat om Aricia.'

'Ben je verliefd op haar? Wil je haar als vrouw?'

'Nee!' Het woord weergalmde in de ruimte, en zij wist wat de heftige uitroep te betekenen had. 'Ze is in de war, omdat haar vader haar spoedig laat halen en dan moet ze voorgoed afscheid van ons nemen. Ze probeert rechten op mij tot gelding te brengen, Eurgain.'

'Zeg niets meer!' De woorden klonken woedend. 'Ik heb ook een recht op jou, Caradoc, maar ik zou er nooit aan denken misbruik te maken van het feit dat er al in mijn kinderjaren een afspraak was gemaakt!'

Hij bleef doodstil staan en streek vermoeid door zijn haren. 'Ik weet het, ik weet het. Wil je me vergeven, Eurgain?' vroeg hij moeizaam. 'Ik ben een boerenkinkel met zwakke knieën, dat moet ik toegeven. Wil je mij nog steeds aanvaarden?' Opeens kreeg hij het gevoel dat zijn verdere leven helemaal van haar antwoord afhing, verdoeming of vergeving, slavernij of vrijheid, en hij keek vol verwachting naar haar grote blauwe ogen, haar smalle neus en haar bedachtzame, brede mond. Eurgain slaakte een diepe zucht.

'Ik zal je aanvaarden, Caradoc,' zei ze, maar haar stem klonk vlak en vermoeid. 'Ik heb lang genoeg gewacht. Je denkt dat je mij kent, maar dat is niet het geval.' Ze kwam overeind en liep naar hem toe. Hij nam haar koude handen in de zijne. 'Ik ben een vrouw van het zwaard en de dochter van een vrouw die het zwaard droeg. Beledig mij nooit, mijn beste, door mij te onderschatten.'

Hij omhelsde haar zwijgend. Hij kon de juiste woorden niet vinden om haar te zeggen dat hij van haar hield omdat hun levens sinds hun kinderjaren nauw met elkaar verweven waren en dat er zo een band was ontstaan die niet gemakkelijk verbroken kon worden. Wat hij op dit ogenblik ook gezegd had, ze zou hem toch niet geloofd hebben. Aricia, dacht hij, maar de pijn werd al minder. Aricia. Hij wiegde Eurgain zachtjes in zijn armen.

Ze maakte zich voorzichtig los uit de omarming, haar haren bleven hangen in het ruwe borduurwerk van zijn tuniek. 'Wil je nu iets eten?' vroeg ze, alsof ze niet even tevoren innerlijk verscheurd was, alsof alle zoete dromen van haar vijftienjarig leven niet tot stof waren vergaan en stekend in haar gezicht geblazen. Ze had zich nog nooit eerder met zoveel ijzeren volharding beheerst; haar borst deed pijn en haar ogen prikten. Een zwaardvrouw laat zich niet kennen, hield ze zichzelf voor, een zwaardvrouw toont geen angst.

'Ik denk dat ik nu met mijn vader moet gaan praten,' zei hij, omdat hij wist dat hij geen hap door zijn keel zou krijgen. 'Daarna ga ik naar Sholto.'

'Wees op je hoede voor die man, Caradoc,' waarschuwde Eurgain. 'Vader zegt dat hij wel rijk is, maar zijn eergevoel is niets waard.'

'Ja, dat weet ik,' antwoordde hij. 'Maar hij versterkt mijn gevolg.' Hij boog zich voorover en kuste haar op de wang voor hij vertrok.

Cunobelin was in de Grote Zaal en sprak tegen zijn hoofdmannen toen Caradoc en Fearachar de schemerige ruimte binnenkwamen en zich bij het gezelschap voegden. Het grote vuur was gedoofd en er lag as op de vloer verspreid. Hoog aan de pilaren brandden olielampen, maar het flakkerende schijnsel dat ze verspreidden leek de schaduwen nog donkerder te maken. Caradoc hoorde hoe de hoofdmannen in ruw lachen uitbarstten en hij keek toe hoe het gezelschap zich verspreidde voordat hij naar Cunobelin liep. Zijn vader keek hem glimlachend aan.

'Zo, Caradoc, dit is een ongelukkige dag voor mij geweest. Eerst weigerden die gladde kooplui mij geld te geven in plaats van wijn, en dat was vast en zeker de schuld van die vervloekte druïde en daarna werd mijn zoon bijna gedood door mijn favoriete hoofdman. Welke onheilstijding kom jíj me brengen?'

'*Mijn* hoofdman, vader. Cinnamus behoort tot mijn gevolg,' bracht Caradoc zijn vader fijntjes in herinnering en ze gingen met gekruiste benen naast elkaar op de vloer zitten. 'Breng ons wijn, beste man,' zei Caradoc tegen Fearachar, die zich wat op de achtergrond hield. 'En ga daarna aan je werk.' Fearachar liep naar het eind van de Zaal, schonk wijn uit een van de pasgeleverde kruiken en keerde terug met twee volle kroezen.

'Deze wijn is vandaag gebracht. Vast van een matige oogst, want die Romeinen bedriegen je waar je bij staat,' zei Fearachar en hij verdween.

'Op de eeuwige macht van ons stamgebied,' proostte Cunobelin en hij hief zijn kroes op. Samen dronken ze van de wijn en goten de droesem op de vloer voor Dagda en voor Camulos en voor de godin van de stam die nu oud werd, naarmate Cunobelin zelf ook ouder werd. Cunobelin likte langs zijn lippen, sloeg zijn armen over elkaar en leunde achterover tegen de muur. Caradoc hoorde dat de slaven achter hem bezig waren een nieuw vuur aan te leggen, ze babbelden met elkaar terwijl ze in de as pookten.

'Wel,' begon Cunobelin, 'wat zit je dwars?'

'Ik wil trouwen, vader. Ik wil me zo snel mogelijk met Eurgain verloven.'

Cunobelin keek zijn zoon onderzoekend aan, met een scherpe blik in zijn kleine varkensogen. 'Dat klinkt heel verstandig. En wat zegt Eurgain ervan? Is zij ook zo ver?'

'Ze stemt ermee in.'

'Hmm. En hoe zit het met Aricia?'

Caradoc sloeg zijn ogen neer en keek naar de vloer tussen zijn knieën. Wat was zijn vader toch sluw. 'Ik weet niet wat u bedoelt,' zei Caradoc.

'Dat weet je wel degelijk! Je bent heus niet de eerste man die tussen twee vuren zit. Houd je van Eurgain?'

'Ja.'

'Caradoc, als jij liever met Aricia wilt trouwen, vind ik het best. Eurgains vader en ik kunnen wel een regeling treffen. Misschien moet je haar wat vee betalen, en wat snuisterijen, maar ze zal het best begrijpen.'

'Ik weet dat ze er begrip voor zal hebben, maar ik wil niet met Aricia trouwen!'

Cunobelin keek hem nieuwsgierig aan. 'Waarom niet? Ik zou best met haar willen trouwen, als ik jonger was.'

'Omdat ik niet naar Brigantia wil.'

'Dat is niet de werkelijke reden, en dat weet je heel goed. De mannen van Brigantia zijn hardvochtige lieden, Caradoc, en ze zijn ruw. Ze weten wat vechten is en zullen een vreemde heerser niet graag zien komen. Maar bedenk eens,' vervolgde hij sluw, 'bedenk eens wat het voor ons zou betekenen: Brigantia onder leiding van een Catuvellaunse vorst!' Hun blikken ontmoetten elkaar en ze barstten allebei in lachen uit. 'Weet je, Caradoc,' zei Cunobelin, weer rustig en met zijn gezicht dicht bij dat van Caradoc, 'ik heb ooit overwogen een oorlog tegen Aricia's vader te beginnen en zijn hoofd als trofee hierheen te brengen. Brigantia is erg groot, want ons hele gebied en dat van de Trinovantes erbij, past wel twee keer in hun grondgebied. Wist je dat? Aricia is erfgename van een uitgestrekt, onontgonnen en armoedig koninkrijk, maar toch zijn daar een aantal van de beste strijders te vinden. Ten slotte heb ik besloten dat het de moeite niet waard was. De Coritani liggen tussen ons en Brigantia, en dus zouden zij eerst onderworpen moeten worden. Maar ik heb zo'n vermoeden dat Augustus of Tiberius dat bepaald niet zou waarderen.' Het schijnsel van een nieuw vuur danste op zijn gerimpelde gezicht. 'Nee,' zei hij, weer achteroverleunend. 'Aricia is een prachtige gijzelaar geweest. Brigantia heeft zich met zijn eigen zaken bemoeid, zoals ik al verwacht had, en ik deed hetzelfde. Wees niet te hardvochtig in je oordeel over haar, mijn zoon. Het zal haar niet gemakkelijk vallen dit plezierige leventje hier op te geven en naar huis terug te keren om daar te proberen leiding te geven aan een horde woestelingen.'

Het verblijf van Aricia bij de Catuvellauni had twee redenen gehad. Haar vader had haar hierheen gestuurd om te wennen aan een manier van leven die passend was voor de dochter van een belangrijk vorst. Veel jonge edelen waren tijdelijk naar Camulodunon gekomen omdat de macht en weelde hier het grootst waren. Dat was zo de gewoonte, maar Cunobelin had zich de laatste tijd toch afgevraagd of dat in het geval van Aricia geen vergissing was geweest. Haar kinderlijke eigenzinnigheid die hij eerst kon waarderen, was, naarmate ze ouder werd, uitgegroeid tot koppig egoïsme. Ze liet zich te gemakkelijk leiden door de verlokkingen van de weelde in haar omgeving, en uiteraard had hij, door haar overmatig te verwennen, eraan meegewerkt dat ze het heel vanzelfsprekend vond dat ze recht had op elk genoegen, of dat nu goed of slecht was. Aricia was ook hierheen gekomen als gijzelaar, in de dagen dat Cunobelin en haar vader verdragen met elkaar sloten. Een van Cunobelins zonen was in ruil voor haar naar Brigantia gegaan, maar de grote afstand tussen beide gebieden en de altijd dreigende interventie van Rome had Cunobelin ertoe gebracht af te zien van een van zijn talrijke sluwe ambities. Zijn zoon was jong gestorven in Brigantia en Aricia was zijn lieveling geworden.

'Caradoc,' zei hij, 'trouw met allebei, en houd Aricia hier. Dan zal haar vader een oorlog tegen ons beginnen, maar Tiberius zal mij ongetwijfeld als onschuldige partij beschouwen en dan... dan hebben we vaste voet in Brigantia!'

Caradoc lachte zuur. 'En hoe zit het dan met de Coritani?'

Cunobelin geeuwde uitvoerig, krabde zich op het hoofd en een trage grijns verscheen op zijn gezicht. 'Ik heb daar de laatste tijd op gelet. Ja, dat heb ik zeker. Weet je wat zij hebben, Caradoc? Zout! Heel veel kostelijk zout. Ik denk dat een paar plundertochten in het zuiden van hun gebied wel resultaat zullen opleveren, en dan volgt er mogelijk een kleine oorlog, als Tiberius tenminste geen bezwaar tegen die strooptochten maakt. Misschien komt het hem juist wel goed uit. Zout voor de handel!'

Caradoc onderbrak hem. 'Vader,' begon hij voorzichtig, want hij voelde dat hij zijn woorden zorgvuldig moest kiezen, 'hoe nauw is de band tussen u en Tiberius?' Caradoc kon niet rechtstreeks vragen wat hij eigenlijk wilde: is Tiberius soms de koning van de Catuvellauni?

Cunobelin staarde geruime tijd langs hem heen; hij ademde rustig en het gerinkel van pannen en de echo van de stemmen van slaven die bezig waren met het avondmaal zweefden in zijn richting. Het werd nu drukker in de Zaal. De mensen kwamen naar het vuur en wisselden de nieuwtjes van deze dag uit. Het regende weer, met een eentonig roffelen tegen de houten wanden van het gebouw.

Ten slotte ging Cunobelin verzitten. 'Mijn hele leven heb ik een smalle brug bewandeld,' zei hij bedaard. 'Aan de ene kant is het meer van mijn dromen, vol strijd en veroveringen, een koninkrijk voor de Catuvellauni dat zich uitstrekt van de woeste streken in het noorden tot de onontgonnen mijnen in het westen van het schiereiland. Alle burgers die munten met mijn beeltenis gebruiken, Caradoc, alle vrije mannen die hun vee fokken en hun oogst verbouwen voor mij en mijn stamgebied, denk je dat eens in, Caradoc! Ik moet er voortdurend aan denken, maar nu zijn mijn dagen bijna geteld. De godin en ik vertonen nu overal rimpels en samen verzwakken wij. De hoofdmannen fluisteren al over mijn plechtige begrafenis en over de godin die weer jong en sterk zal worden. Maar ik niet, bij de grote ketel van Bel, en bij het vuur van Taran!' Zijn ogen schoten vuur en hij trok zijn lippen weg van zijn vergeelde tanden. 'Nog niet!' Hij liet zijn schouders hangen. 'Aan de andere kant van de brug is de gapende muil van Rome; zijn keizerlijke tentakels reiken naar mij als de koude lijven van wel duizend slangen, maar ik loop vrij en alleen tussen die twee zijden, want ik ben Cunobelin, de heerser, en Rome noch mijn vervagende dromen zullen mij aantasten.' Hij zweeg even. 'Wat zou jij doen, zoon?' vroeg hij toen zachtjes.

Rome had getracht vaste voet in Albion te krijgen, maar Rome had gefaald. De kooplieden kwamen in grote aantallen over de laaglanden, omdat de Catuvellauni dat toestonden. Caradoc dacht in stilte dat zijn vader inderdaad oud begon te worden, en dat hij verzwakte door ongegronde vrees. 'Ik zou optrekken tegen de Iceni, vader, en dan tegen de Coritani. Daarna zou ik oprukken naar Verica bij de zee, en naar de Durotriges en de Dobunni, althans naar wat er van hen overgebleven is. Ik zou niet stilhouden voordat mijn naam overal, van kust tot kust, gevreesd is!'

Cunobelin keek naar het knappe gezicht, naar de vurige ogen en een warm gevoel van vaderlijke trots verspreidde zich in zijn borst. 'Dat zou je zeker doen! En Tog ook. Maar Adminius... Ach, die is meer een dromer, mijn oudste zoon. Adminius zou naar Rome reizen en de stad van zijn dromen zien. Hij zou daar met de keizer spreken en terugkeren met wel duizend toga's en wel duizend nieuwe ideeën. Wel, Caradoc, de hoofdmannen zullen uiteindelijk de beslissing nemen. En dat zal hen bepaald niet gemakkelijk vallen. Drie zonen!' Hij begon te lachen en kwam moeizaam overeind, terwijl de geuren van gekookt varkensvlees en geroosterd rundvlees sterker werden. Caradoc stond ook op en zijn vader gaf hem kameraadschappelijk een klap op zijn schouder. 'Ik zal je verloving aankondigen in de Vergadering,' zei hij. 'Er zullen geen bezwaren geopperd worden – althans, niet door de hoofdmannen. Arme Aricia!'

Caradoc was pijnlijk getroffen. 'Als u zoveel medelijden met haar hebt, trouw dan zelf met haar!' zei hij bits, terwijl hij met een geërgerd gebaar zijn mantel dichter om zich heen trok en de Zaal verliet.

3

In het voorjaar, toen de tere witte sneeuwklokjes en de felgele stinkende gouwe de weiden kleurden en in de bossen het jonge groen van de bladeren uitbotte onder het uitgelaten zingen van de vogels, arriveerde een gezant uit Brigantia om Aricia op te halen. De winter was mild geweest, met dagen van regen en wind, grauwe luchten en stilhangende mist, maar het had niet veel gevroren en de lente was al vroeg begonnen. De verloving van Caradoc en Eurgain werd aangekondigd in de Vergadering en niemand was opgestaan om bezwaar te maken. Integendeel, iedereen was dronken geworden en de hele nacht werd er luidruchtig gezongen. Alleen Aricia had zich trots in zichzelf teruggetrokken. Caradoc had gehoopt dat zijn hete gevoelens en begeerte naar Aricia door zijn nieuwe verbintenis met Eurgain zouden verminderen, maar tot zijn schande en teleurstelling moest hij zichzelf wel toegeven dat juist het tegendeel het geval was. Aricia ontweek hem en hij zag alleen haar gestalte als ze met wapperende mantel om een hoek in de mist verdween, of haar lange, in sluiers gehulde gedaante als ze in de Grote Zaal was. Zijn dagen werden vervuld van de spanning die ze in hem opriep door welbewust op een afstand van hem te blijven en hij merkte ook dat ze in zijn dagdromen telkens weer een belangrijke plaats innam. Hij besefte heel goed dat zij niet de juiste vrouw voor hem was, en al trachtte hij haar verbeten uit zijn gedachten te verdringen, toch sleepte de rivier van onbezonnen begeerte hem telkens weer mee, naar een plek die hij niet kon bereiken, zoals ze hem voorspeld had. Eurgain bezag zijn meelijwekkende pogingen zich van Aricia te bevrijden met een voortdurende en diepe smart. Ze hield van hem, ze had altijd van hem gehouden en ze was bereid haar trots opzij te zetten en met hem te trouwen, hoewel haar naam, als hij 's avonds te veel wijn had gedronken, nauwelijks op zijn lippen kwam. Aricia zou spoedig vertrekken en Eurgain wachtte met grimmig geduld op dat ogenblik.

Togodumnus had de winter doorgebracht met het likken van zijn verwondingen. Het gevecht met Cinnamus had hem niet werkelijk van zijn stuk gebracht, maar de houding van zijn vader en van zijn hoofdmannen wel. De hoofdmannen hadden hem beleefd te verstaan gegeven dat ze weliswaar onder zijn gezag stonden, maar dat ze toch geen horige boeren waren en dat het hen vrij stond een andere heer te kiezen. Koel had hij berekend hoe groot zijn waarde nu was en zo kwam hij tot de conclusie dat zijn prijs hoog genoeg was. Hij stal niet langer vee van anderen in het stamgebied, maar ging samen met Caradoc en Adminius twee keer op strooptocht in het gebied van de Coritani voordat de kleverige bruine knoppen in de bomen weer uitbotten. De Coritani begonnen verwoed hoge wallen van aarde binnen de grenzen van hun gebied op te werpen en dat stemde Cunobelin tot tevredenheid. 'Het is een begin,' zei hij. 'We moeten er langzaam verder aan werken.' Toen begon het kalven en het zaaien en de mensen keken opgewekter en ze lachten vaker toen het bloemtapijt van hyacinten, uitgeworpen door godenhanden, in het woud tot bloei kwam.

Op een milde dag, toen het water van de rivier warm en groenig was en de zon scheen, hielden zes mannen de teugels in voor de buitenste poort. Hun tunieken waren vuil en gekreukeld. Hun gespen en armbanden waren merkwaardig bewerkt en hun bronzen halsringen gingen bijna schuil onder een verwarde baard die ieders donkere gezicht een woest en onvriendelijk uiterlijk gaf. De mantels, die opgevouwen dwars over de rug van hun paarden lagen, waren paars en versierd met blauwe kwasten, en elke man droeg een bronzen schild over de schouder. Hun ogen gloeiden onder hun hoge gebruinde voorhoofd. Ze tuurden scherp naar de rivier en de bomen daarachter, naar de poort en de koele schaduw van de buitenste aarden wal, rusteloos naar iets speurend. De langste man deed een paar passen om de poortwachter te begroeten die snel met getrokken zwaard te voorschijn gekomen was.

'Een goedemorgen gewenst, Catuvellaun,' zei de man met een zware stem die schor van vermoeidheid klonk. 'Doe je zwaard weg, want wij komen in vrede. Laat je meester waarschuwen, en zeg dat Venutius, de hoofdman van Brigantia, hierheen gekomen is. Breng ons dan wat te eten en bier, want we zijn vermoeid en dorstig.'

De poortwachter keek argwanend en misprijzend naar de bezoekers, maar wenkte hen toen naar de schemering van zijn kleine woning. Ze volgden hem langzaam, stram en beurs van het dagenlang rijden, en gingen moeizaam met gekruiste benen op de lemen vloer zitten terwijl de wachter vlees en brood en donkerbruine, koppige mede voor hen neerzette. Met tegenzin liet de poortwachter de bezoekers hier achter om een knecht naar het zes mijl verderop gelegen Camulodunon te sturen en zelf de paarden te verzorgen. Voorzichtig liep hij naar de paarden, tamelijk wilde en nerveus wegspringende dieren. Het tuig was versierd met bewerkt brons en de verwrongen gezichten van onbekende goden loerden naar hem. Hij vloekte zachtjes toen de paarden terugdeinsden en de oren plat tegen het hoofd legden, maar een van de eigenaren riep een onverstaanbaar bevel vanuit het schemerige poorthuis en de dieren bleven onmiddellijk staan. De poortwachter leidde de rijdieren naar de stallen, een stalknecht roepend dat hij moest komen helpen, terwijl de mannen in het huis zwijgend van hun mede dronken, maar ze hadden nog steeds een behoedzame blik in hun ogen. Ze begonnen te eten toen de poortwachter terugkeerde, en schrokten wat hun voorgezet werd zonder iets te zeggen naar binnen. Daarna leunden ze met hun ruggen tegen de wand en strekten hun benen voor zich uit. Ze hielden hun handen steeds dicht bij het gevest van hun zwaard. Nog steeds werd er geen woord gezegd. Na een poosje leken de mannen weg te doezelen, maar toen de poortwachter opstond om naar buiten te lopen zag hij dat er onmiddellijk zes paar ogen strak en even vijandig op hem gericht waren, zodat hij weer ging zitten en in gedachten berekende hoe lang het nog kon duren voordat het bericht kwam dat hij verlost was van deze onwelkome gasten.

Eindelijk, na twee zwijgend doorgebrachte uren, werd het geluid van paardehoeven, het rinkelen van een harnas en mannenstemmen gehoord. Venutius en de andere Brigantiërs sprongen meteen waakzaam overeind. Ze verlieten de muffe schemering van het poorthuis en knipperden tegen het felle zonlicht, terwijl de poortwachter binnen met een diepe zucht van opluchting naar zijn bier reikte. Caradoc en Cinnamus waren afgestegen, maar hun gevolg bleef op de brede ruggen van de paarden zitten. Hun handen gleden onopvallend naar de gevesten van de zwaarden die ze verborgen hadden onder de plooien van hun mantels. Caradoc en Cinnamus kwamen naderbij om de bezoekers te begroeten.

'Welkom in Camulodunon, heren uit Brigantia,' zei Caradoc en hij bekeek de mannen nieuwsgierig. 'Moge uw verblijf hier rustig en vredig zijn.' Hoewel Caradoc lang van gestalte was, stak Venutius wel een hoofd boven hem uit. Caradoc voelde hoe zijn pols met een ijzeren greep geschud werd. Trots bleef hij even staan en langzaam verscheen een grijns op het gezicht van Venutius; zijn witte tanden werden zichtbaar tussen zijn warrige rode baard.

'Ik dank u voor deze begroeting,' zei hij en liet de pols van Caradoc los. 'Mijn naam is Venutius, ik ben de rechterhand van mijn vorst en dit zijn mannen van mijn stam.'

Caradoc groette hen allen minzaam, zich bewust van hun verborgen kracht, een ruwe, bijna onbeheerste onderstroom van brute kracht en sluwe, dierlijke list. Hij zag dat Cinnamus de vreemde afzichtelijke versieringen op de schilden en gespen met dezelfde gefascineerde blik bekeek.

'En ik ben Caradoc, de zoon van Cunobelin,' zei hij ten slotte, terwijl hij omkeek en zag dat de paarden van de Brigantiërs uit de stal werden geleid. 'Mijn vader verwacht u vol spanning en op het ogenblik wordt al een kalf geslacht ter ere van uw bezoek.' De plichtplegingen bij de begroeting waren hiermee voorbij en de mannen van Caradoc die te paard waren gebleven haalden opgelucht adem. Hun handen lieten de gevesten van de zwaarden weer los. Caradoc, Cinnamus, Venutius en zijn mannen stegen weer te paard en de groep ruiters begon het kronkelende pad in de richting van de stad te volgen. Na enige tijd kwam de rook van Camulodunon in zicht in de nevelige verte, maar het was nog een heel eind rijden.

Caradoc en Cinnamus spraken weinig tijdens de rit, opdat de vreemde bezoekers zich meer op hun gemak zouden voelen, maar dat was toch tevergeefs. De Brigantiërs zeiden niets; met een harde blik bekeken ze het glooiende groene landschap dat zich vredig uitstrekte en Caradoc begreep dat deze gezanten na hun terugkeer uitvoerig verslag zouden doen aan hun vorst over de Catuvellauni die zozeer op de Romeinen gesteld waren – het aantal runderen, hoeveel akkers bewerkt werden, door hoeveel kooplieden ze onderweg begroet waren en hoe uitgestrekt de wouden waren. Caradoc vond dat niet erg. Want de bezoekers zouden ook de hoog opgeworpen wallen van aarde rond de stad zien, de machtige grote poort en de diepte van de verdedigingsgracht zou hen zeker niet ontgaan. Laat ze maar kijken en zich verbazen. Maar toch leken de vreemdelingen niet verwonderd. Venutius wees zijn mannen op een boer en zijn vrouw die blootsvoets aan het zaaien waren, hun tunieken hadden ze met een leren riem opgeschort; hij maakte zachtjes een opmerking die de mannen in zijn gevolg deed grinniken. Maar behalve dat verliep de rit in een ongemakkelijk stilzwijgen. Caradoc en Cinnamus keken elkaar even aan en lachten naar elkaar, allebei dachten ze aan wat de reactie van Cunobelin zou zijn. Maar Caradoc moest toch ook aan Aricia denken en de glimlach verdween weer van zijn gezicht. Dus ze moest inderdaad vertrekken. Hij had naar deze dag verlangd, maar er ook tegenop gezien. Nu het inderdaad zo ver was kon hij alleen aan de angst van Aricia denken, aan de vele mijlen tussen Camulodunon en Brigantia die ze te paard en in gezelschap van deze onberekenbare mannen moest afleggen.

Eindelijk stegen ze weer af en de poortwachters salueerden en wenkten dat ze verder konden lopen. Het was middag en de zon die nu fel scheen en door de dunne wolken heendrong maakte de mannen bezweet toen ze op de staljongens wachtten die hun rijdieren zouden wegleiden. Caradoc gebaarde naar Venutius en samen liepen ze de helling op, voorbij de stallen en hondehokken, langs de werkplaatsen van de ambachtslieden en de rommelige verzameling hutten van de vrije mannen, waar vrouwen op dierehuiden zaten te roddelen, en zo verder naar de houten woningen, met daartussen keurige paden, van de edelen en mannen uit de directe omgeving van Cunobelin. De schrijn van Camulos was geopend en toen hij daarlangs liep keek Venutius er even met een steelse blik naar. De god met de drie gezichten hurkte in het donker, afzichtelijk en dreigend, en het kostte Venutius moeite zich te beheersen en niet in de schrijn te spuwen. Romeinse naäperij! dacht hij misprijzend. Zelfs de goden hier werden in donkere schrijnen opgesloten, net als de goden van Rome. Venutius wilde niets liever dan die vrouw ophalen en snel weer verdwijnen.

Caradoc stond stil voor de deuren van de Grote Zaal waarin Cunobelin stond; zijn hoofdmannen vormden een rij naast hem. Cunobelin had zijn armen over elkaar geslagen, de bronzen armbanden glansden en zijn grijze haar hing in een vlecht op zijn borst. Hij hield zijn ogen half dichtgeknepen tegen het zonlicht. Venutius deed een stap naar voren en stak zijn hand op; Cunobelin glimlachte en strekte zijn arm zodat de ander zijn pols kon omklemmen, maar tegelijkertijd zag hij de gespannen uitdrukking op Caradocs gezicht. Dus deze schaapherders uit Brigantia hadden hem geërgerd! Zoveel te beter. Laat hem maar goed uitkijken, daar leert hij van. Cunobelin knipte met zijn vingers en op dit teken verdwenen zijn hoofdmannen.

'Welkom in Camulodunon, zoon van Brigantia.'

'Uw gastvrijheid kent geen grenzen, Cunobelin Ricon,' antwoordde Venutius. Zijn stem klonk diep en rollend, waarbij vergeleken de stem van Cunobelin hoog en iel klonk. 'Wij zijn vermoeid, want we hebben snel gereden omdat onze heer stervende is. Hij wil dat zijn dochter nu naar huis komt.' Er ging een gemompel door de omstanders.

'Ik had al gehoord dat u zou komen,' zei Cunobelin vriendelijk. Caradoc keek verbaasd op. Het was natuurlijk mogelijk, want zijn vader hield altijd een scherp oog op wat er in zijn buurlanden gebeurde, maar als het inderdaad waar was, dan had hij daar toch tegen niemand iets over gezegd. Cunobelin keerde zich om. 'Treed binnen en breng me uw nieuws. U kunt zich baden en uitrusten en daarna zal er een feestmaal zijn. Daarna kunt u uw boodschap nogmaals aan de Vergadering meedelen.'

'Ricon, wij zouden hier graag aangename uren doorbrengen, maar we hebben grote haast,' antwoordde Venutius bedaard, maar op koele toon. 'Laat Aricia halen, verzoek ik u, en laat haar reiswagen inspannen. De krachten van haar vader nemen snel af en daarom durven wij hier niet lang te blijven.'

Cunobelin keerde zich verrast weer om en sommige van zijn hoofdmannen fluisterden verstoord. Gastvrijheid afwijzen was hoogst onbehoorlijk, maar wat viel er anders te verwachten van deze ruwe noorderlingen? 'Maar u zult toch zeker eten van het kalf dat ter ere van u geslacht is en schone kleren aantrekken? Overigens zal het voor Aricia niet gemakkelijk zijn haar bezittingen meteen in te pakken, want ze is hier lange tijd geweest en ze heeft veel kostbaarheden.' Niemand ontging de misprijzende ondertoon in deze koele mededeling vol Catuvellaunse superioriteit, maar hoewel de kaakspieren van Venutius zich spanden antwoordde hij op dezelfde onverstoorbaar kalme toon.

'Cunobelin, wij moeten ons inderdaad verkleden en wat eten,' zei hij langzaam. 'Maar laat het feestmaal dan snel beginnen en de Vergadering zwijgen want of we dat nu leuk vinden of niet, voor zonsopgang morgenochtend moeten wij weer op de terugreis zijn.'

Onder zijn woorden lag een ijzeren koppigheid en de mannen van Cunobelin verzamelden zich in een strijdlustig groepje. Ze keken de bezoekers openlijk vijandig aan, maar ten slotte lachte Cunobelin en knikte vol begrip. Niemand van hen, noch Venutius en zijn mannen, noch Cunobelin en zijn gevolg kon het iets schelen dat Aricia's vader spoedig zou sterven. Ze spraken niet met woorden tegen elkaar, maar met hun eigen wilskracht en dat spel was zo oud als de stammen zelf. Cunobelin vond het prachtig. Hij speelde het spel met zijn lange ervaring en wist precies hoe hij zijn tegenstander zonder een enkel bits woord te uiten tot een stamelend kind kon kleineren. Maar deze Brigantiërs verstonden zijn listige taalgebruik niet en daarom besloot hij het spel vandaag niet te spelen. In plaats van de volgende zet in het woordenspel te doen haalde hij zijn schouders op, maakte een korte buiging en ging de bezoekers voor naar binnen, zijn rug blootstellend aan de vreemde zwaarden. Venutius volgde, zijn rug onbeschermd naar de Catuvellaunse hoofdmannen gekeerd, en Caradoc, die het kleine ritueel zag, moest bijna lachen. Hoe ouder zijn vader werd, hoe meer deze kleine spelletjes hem plezier deden. Caradoc legde zijn hand op Cinnamus' schouder.

'Ga naar Aricia en zeg haar dat het uur van vertrek gekomen is,' zei hij. Zijn stem beefde en zijn groene ogen bleven even met een blik van verstandhouding op Cinnamus rusten voordat die zich omdraaide en wegliep. Caradoc vocht tegen de aandrang naar zijn huis te rennen en zich daar te verschuilen. Langzaam liep hij achter de Brigantische mannen aan, de geur van verbrand vet en houtrook tegemoet.

Cinnamus vond Aricia buiten de poort. Onder de bomen was ze bezig wilde hyacinten te plukken. Hij bleef een ogenblik staan en zag hoe zij zich bukte en weer strekte, met haar armen vol blauwe bloemen. Hij voelde geen medelijden met haar. Ze was een vreemdelinge, ze was inderdaad heel knap en met een dun laagje Catuvellaunse beschaving, maar uiteindelijk behoorde ze toch niet tot deze stam. En verder bezorgde ze alleen maar last, en dat besefte ze zelf ook. Caradoc was humeurig en bits vanwege haar, en zelfs Togodumnus had haar de laatste tijd nagelopen met een vreemde broeierige blik in zijn ogen. Zo'n vrouw kon tweedracht zaaien en zelfs zorgen voor moord en doodslag in het huis van regerende heren. Zo'n vrouw kon de eenheid verstoren en de kracht van een volk verzwakken. Hij zag meer in haar dan Caradoc of Togodumnus. Hij zag achter haar glanzende ogen een listige en kille geest, en een gevaarlijk gebrek aan menselijkheid. Nee, Cinnamus mocht haar bepaald niet en hij was blij dat ze spoedig zou vertrekken.

Hij deed een stap naar voren en zag dat Aricia eerst verstijfde en toen snel naar het mes greep dat ze altijd in haar gordel droeg. De bloemen vielen over haar voeten.

'Cinnamus! Je liet me schrikken. Wat wil je?' Ze gaf niets om de blonde jongeman met de groenige ogen. Hij was zo kalm en zelfverzekerd hoewel zijn kleren tot op de draad versleten waren en hij slechts weinig sieraden bezat. Het ergerde haar dat ze hem nooit strak kon aankijken. Ze bukte om de bloemen weer op te rapen.

'Vergeef me dat ik u liet schrikken, vrouwe, maar Cunobelin heeft me gestuurd om u te zeggen dat u meteen moet komen. Er zijn mannen van uw stam gekomen.'

Een vragende blik verscheen in haar ogen, maar hij bleef beleefd staan en keek langs haar heen naar de koele, donkere diepte van het bos. Ze rechtte haar rug en een lichte blos kleurde even haar wangen. Toen werd haar gezicht doodsbleek.

'Uit Brigantia?'

Hij zag dat een huivering door haar lange vingers trok en één voor één vielen de al verwelkende bloemen weer op de grond. Ze leunde plotseling tegen een boomstam, gejaagd en oppervlakkig ademhalend, in een poging zich te herstellen. Maar toen wierp ze met een woeste beweging de bloemen achter haar en liep naar hem toe. De huid op haar gezicht leek strak gespannen over de welgevormde jukbeenderen, haar ogen stonden hol van diepe wanhoop. 'Ga mij voor,' zei ze met hoge stem en hij keerde zich om en ging haar voor over het pad naar de openstaande poort verderop.

Ze kwam naast hem lopen, zonder iets te zeggen, en samen liepen ze de helling op naar de Zaal in het midden van de stad. Rook kringelde boven het dak en ze konden de geur van het geroosterde kalf al ruiken. Ze gingen naar binnen en zagen dat de Zaal vol hoofdmannen was, maar er waren ook veel vrije burgers gekomen die nieuwsgierig een glimp van de noorderlingen wilden opvangen. Er was een druk geroezemoes terwijl de wijnkroezen volgeschonken en leeggedronken werden. Cinnamus liep naar Sholto en Caelte die juist binnen de deuren stonden, de hoofden dicht bij elkaar. Een groepje mannen uit het gevolg van Caradoc stond even verderop. Aricia moest alleen verder lopen naar de plaats waar Cunobelin en Caradoc haar opwachtten.

'Ze zijn nu toch gekomen,' zei Cunobelin zacht toen ze voor hem stond. Haar gezicht leek een emotieloos, stijf masker. 'Ik heb ze naar de gastenhutten gestuurd, zodat ze zich kunnen wassen en verkleden. We hebben nieuws uitgewisseld. Wil je het ook horen?'

Haar lippen trilden en heel kort keek ze naar Caradoc, maar toen dwaalde haar blik door de Zaal, zoekend naar een ontsnapping, naar uitstel. Togodumnus kwam naderbij en drukte een beker wijn in haar koude handen. Ze dronk langzaam en knikte toen. Cunobelin legde zijn zware arm om haar schouder en wenkte dat ze op de vloerhuiden moest gaan zitten. Zijn zonen volgden het voorbeeld en hurkten tegenover hen. Verderop in de schaduwen vielen de groepjes mannen uiteen en ze kwamen in een kring staan of ze hurkten of gingen met gekruiste benen zitten om te horen wat er gezegd werd. Dat was hun goed recht, maar Aricia haatte hen daarom. Ze klemde haar handen in haar schoot samen en bleef met kaarsrechte rug zitten. Ze zag Eurgain en Gladys binnenkomen, bekers wijn aannemen en aarzelend bij de deur blijven staan. Ze ontweek hun blik. Maar waar Aricia ook keek, overal zag ze belangstellende blikken en begerigheid naar nieuws, zodat haar ogen nergens rust vonden. Cunobelin begon weer te spreken, maar zo zacht dat alleen zijn zoons en zijn hoofdmannen het konden verstaan.

'Je vader is stervende, Aricia, en daarom moet je snel naar hem toe gaan. Jouw Vergadering in Brigantia en je koninkrijk verwachten je. Je moet naar je huis terugkeren en je bedienden moeten een reiswagen gereedmaken.' Wat gezegd werd ging snel van mond tot mond door de Zaal en even ontstond er druk gefluister. Aricia antwoordde zonder zich te verroeren.

'U bent mijn vader, en dit is nu mijn stamgebied. Ik zal niet vertrekken.'

'Geen enkele dochter van mij zou zoiets tegen mij durven zeggen,' zei Cunobelin streng. 'Je hebt een plicht tegenover je volk. Je hebt geen broers en daarom wacht Brigantia op jou als heerseres. Je wilt toch niet beweren dat ik gefaald heb in mijn verantwoordelijkheid en nu een verwend en zwak kind naar haar vader terugstuur?' Haar ogen brandden van tranen en ze nam snel een slok wijn, omdat ze wel wist dat hij zo vermanend tegen haar sprak om het afscheid gemakkelijker voor haar te maken, maar toch voelde ze een steek door haar hart gaan. Ze schudde haar haren naar achteren en keek hem aan. 'Ik ken mijn plicht, Cunobelin, maar het is een moeilijke taak die voor mij ligt. Kan het mij niet vergeven worden dat ik die taak liever naast mij neerleg? Ik ben hier gekomen als gijzelaar, maar u hebt mij grootgebracht als uw eigen dochter. Is het zo vreemd dat het afscheid mij veel pijn doet? Voelt u zelf helemaal niets?'

Hij omhelsde haar. 'Ik weet heel goed wat ik kwijtraak,' antwoordde hij, 'maar ik weet ook dat Brigantia verrijkt wordt, evenals dit stamgebied. Er zal immers levendige handel ontstaan tussen onze gebieden, en er zullen gezamenlijke feesten gevierd worden, omdat de betrekkingen vriendschappelijk worden, nu mijn aangenomen dochter haar eigen koninkrijk gaat besturen?' Ze begon te lachen, maar het klonk vreugdeloos. 'Of zal ik worden wat mijn stam van mij verwacht: een koningin van de woeste heuvels, iemand die van niemand houdt en iedereen wantrouwt?' Ze kwam overeind. 'Ik zal nu gaan om mijn bagage te pakken en om mijn... mijn stamgenoten te ontmoeten.' Ze zei het laatste met minachting en was snel verdwenen. Eurgain wilde iets tegen haar zeggen, maar Aricia negeerde haar hooghartig. Even later klonken de gesprekken weer luider. De zonnestralen drongen door de hoge vensters naar binnen en beschenen de rokerige lucht. Op de vloer, waar verspreide asdeeltjes lagen, ontstonden poelen van zonlicht.

Die avond was elke hoofdman en elke vrije burger van Camulodunon aanwezig bij het feestmaal, en het geroezemoes en gelach wakkerden aan naarmate er meer wijn gedronken werd. De leden van de koninklijke familie zaten bij elkaar met hun bards en schilddragers, en ook Aricia zat bij de groep, weloverwogen gekleed in haar beste tuniek met de rode en gele strepen, geborduurd met gouddraad. De smalle band over haar voorhoofd was van goud, evenals de banden om haar enkels en polsen. Ze zat op haar mantel, haar tuniek zorgvuldig om het lichaam geplooid, en ze voelde de ogen van haar eigen stamgenoten afwachtend op zich gericht. Ze voelde argwaan bij hen, een vage onuitgesproken afkeer. Ach, ze mochten haar haten, zei ze tegen zichzelf. Dat kon haar niet schelen. Ze zouden haar moeten gehoorzamen en dat wisten ze.

Ze at weinig en dronk veel, terwijl haar stamgenoten, die neerkeken op de Romeinse wijn, het goedkope plaatselijke bier naar binnen slokten en haar van hun plaats naast Cunobelin en zijn hoofdmannen nauwlettend in het oog hielden. Cunobelins bard speelde en zong, maar de woorden verdronken in het rumoer. Caradoc sprak ontspannen met Sholto en Cinnamus, zich bewust van een groeiend gevoel van tevredenheid en toch ook schuldbewuste opluchting. Togodumnus en Adminius maakten ruzie en begonnen elkaar ten slotte zelfs te slaan, maar op een bestraffend woord van Cunobelin staakten ze de strijd en met bloedende neuzen en blauwe ogen keerden ze schaapachtig terug naar hun wijn en begonnen te flirten met een paar vrouwen. Gladys en Eurgain zaten naast elkaar; hun sieraden glinsterden in het flakkerende licht van de rokende toortsen en de bedienden babbelden vrolijk naast hen. Buiten waaide de wind, zacht en vochtig, af en toe viel er een lichte, zwoele regenbui. Eindelijk stuurde Cunobelin de slaven naar buiten en kondigde aan dat de Vergadering begon. Venutius kwam overeind en vertelde kortaf en zonder veel beleefdheden wat de reden van zijn komst was.

Aricia keek hem onderzoekend aan. Venutius was knap op een overweldigende manier. Zijn lichamelijke kracht straalde uit van zijn lange gespierde benen, zijn daverende stem en zijn fletsrode haren. Zijn mannen luisterden aandachtig naar zijn woorden, alsof hij een zoetgevooisde bard was die toekomstige overwinningen bezong. Toch was hij nog jong, nauwelijks ouder dan Caradoc. Ze nam een slok wijn en proevend besefte ze berustend dat ze de komende jaren geen wijn meer zou drinken, tenzij ze er op de een of andere manier in slaagde haar onbeschaafde, bierdrinkende stamgenoten te veranderen in vrije burgers zoals die welke hier in Camulodunon woonden. Toen

Venutius weer was gaan zitten, vond zijn scherpe roofvogelblik haar. Ze keek eerst terug en toen naar Caradoc die met zijn vingers door zijn strakgevlochten bruine haren woelde en aandachtig naar Togs gefluister luisterde. Venutius betekende een uitdaging waar ze tegenover kwam te staan, als ze haar plannen met Brigantia wilde uitvoeren, maar misschien zou blijken dat hij gemakkelijker te temmen was dan de beschaafde zonen van Cunobelin. Een van de hoofdmannen had nu het woord genomen, maar hij was het niet oneens met wat eerder gezegd was en ze begreep dat de grijns op Cinnamus' gezicht niet veroorzaakt werd door de wijn. Ze zijn blij dat ik vertrek, dacht ze verbitterd. Allemaal. Nu, als dat zo is, dan ben ik ook blij dat ik hier wegga. Ze glimlachte naar Venutius en hij glimlachte, aarzelend en op zijn hoede, terug, voordat hij snel zijn blik afwendde. Misschien was ze toch niet zo Romeins geworden als ze eruitzag, zijn nieuwe koningin.

In de nevels voor zonsopgang, toen de dauw zwaar op het land lag en de bomen buiten de poort als spookachtige wachters oprezen, kwamen Cunobelin, Caradoc, Togodumnus en de anderen bijeen om een afscheidsdronk met Aricia en haar hoofdmannen te delen. Twee reiswagens stonden klaar; grote druppels hadden zich gevormd op de manen en flanken van de onder het juk gespannen pony's, die wachtten op het vertrek. De wagens waren volgeladen met rijkversierde mantels en tunieken, juwelen en drinkbekers, met kralen bezette gordijnen en alle bagage was bedekt met linnen om de kostbaarheden tegen de vochtige dauw te beschermen. Aricia stond bij haar paard; ze had de kap van haar mantel teruggeslagen. Haar ogen waren hol van verdriet en spanning. Venutius stond naast haar en hij gedroeg zich al dominerend.

Cunobelins schilddrager bracht haar met een lichte buiging een drinkbeker. Ze nam de beker aan en nam een slok voor ze de beker teruggaf en de schilddrager ging vervolgens alle anderen, diep weggedoken in hun mantels, langs. Toen iedereen een slok genomen had nam hij de beker mee en Cunobelin deed een stap naar voren en omhelsde Aricia. Voor de laatste keer voelde ze zijn sterke armen en zag ze zijn gerimpelde, sluwe gezicht. 'Ga in vrede en wees beschermd,' zei hij. Toen stapte Caradoc naar voren en kuste haar koude wang. 'Vergeef me,' fluisterde hij in haar vochtige haren, maar ze gaf geen antwoord. Adminius kwam haar daarna omhelzen, en ze onderging dit als een stenen beeld, maar Tog zocht haar mond en mompelde iets in haar oor, wat even een vage glimlach om haar strakke lippen bracht. Eurgain omhelsde haar met warme armen en een geur van parfum, en opeens voelde Aricia zich smelten. De twee omklemden elkaar en Aricia fluisterde: 'Zorg goed voor hem, Eurgain. Hij heeft jou meer nodig dan mij.' Gladys kwam naderbij en kuste haar. Ze drukte iets kleins en warms in Aricia's hand. 'Een talisman,' zei ze en Aricia opende haar hand om te kijken. Het was een klein stukje drijfhout dat leek te bewegen op haar handpalm, vier kronkelende slangen. Het hout was geolied en gewreven, en er was een speld aan bevestigd, zodat de talisman op een tuniek of als gesp voor een mantel gedragen kon worden. Terwijl Aricia het kleinood bekeek bracht deze ongewone troost van Gladys tranen in haar ogen en ze klom snel op haar paard. Toen ze haar kap opgezet en haar mantel dicht om zich heengetrokken had, knikte ze naar Venutius.

Niemand riep een afscheidsgroet en ze verdween snel in de mist. De karren volgden haar bonkend en Cunobelin keerde zich met een ruk om naar de poort. Gladys en Eurgain liepen met hem mee.

Togodumnus keerde zich naar Caradoc en grijnsde. 'Wat zal haar lot zijn?' vroeg hij luchtig. 'Zullen we haar binnen enkele jaren de oorlog verklaren? Wat denk jij?'

Een leegte die niet opgevuld zal worden... dacht Caradoc en hij voelde een steek van spijt toen haar gezicht met de goudgevlekte ogen en haar opgeheven armen om hem te omhelzen voor zijn ogen verschenen. Hij knipperde met zijn ogen en lachte naar zijn broer. 'Wie zal het zeggen?' antwoordde hij omzichtig. Hij voelde dat de draad die hem met haar verbond steeds langer werd en uitrekte, maar niets wees erop dat de draad zou breken. Hij wist zeker dat hij haar niet voor het laatst had gezien.

Een week na Aricia's vertrek, op een winderige zonnige ochtend, vol van delicaat geurende gele bremstruiken, deelden Caradoc en Eurgain de huwelijksbeker. De bruiloft werd gevierd op de weide tussen de gracht rond Camulodunon en de akkers waar de oogst opkwam. Eurgain droeg een zilveren band om haar voorhoofd en haar donkergouden haar viel los over de blauwe plooien van haar tuniek. Caradoc was in het paars gekleed. Hij stond kaarsrecht en trots, met de sprankelend rode wijn in een beker in zijn hand, en de verzamelde hoofdmannen en vrije burgers wachtten op het ogenblik dat ze in gejuich en gezang konden uitbarsten, zodra de woorden die hem en Eurgain aan elkaar zouden binden uitgesproken waren.

Hij had zijn bruiloftsgeschenken met veel zorg uitgekozen. Een halsketting van blauwglazen kralen uit Egypte, een rol zijde van het eiland Kos die vaag de kleuren van de regenboog vertoonde toen Eurgain de dunne stof verbaasd door haar handen liet glijden, een koppel jachthonden en twee drinkbekers van het zuiverste zilver die rechtstreeks uit Rome verscheept waren.

Haar bruidsschat was groter dan een man in dit stamgebied ooit verkregen had – tweehonderd stuks vee – en toen Caradoc haar hand nam en haar zachte lippen kuste en de vreugdekreten om hen heen losbarstten, kon hij bijna voelen hoe Togodumnus, die vlak bij hem stond, zuurzoet lachte. Nu had Caradoc de grootste waarde in dit stamgebied. Hij zocht even zorgvuldig geschenken voor zijn hoofdmannen uit, zodat geen van hen zich beledigd kon voelen, maar voor Cinnamus had hij vijftig stuks fokvee en een nieuwe mantel. Cinnamus had eerst heftig geprotesteerd, en er schande van gesproken dat hij zo bij zijn heer in het krijt kwam te staan, maar Caradoc had hem erop gewezen dat hij slechts zijn loyaliteit in de toekomst kocht. Cinnamus had deze woorden eerst zwijgend overwogen, toen bedachtzaam geknikt en het grootse geschenk aanvaard, omdat hij als volgeling van Caradoc de runderen uiteindelijk toch wel verworven zou hebben.

Cunobelin bedacht het paar met het grootste huis in de stad. Het huis bevatte twee kamers, twee haarden en dus was er, zoals Fearachar binnensmonds opmerkte, twee keer zoveel werk om alles schoon te houden. Eurgain bracht een dag door met het ophangen van haar lampen en het rangschikken van haar bezittingen. Ze kreeg Fearachar zo ver dat hij een raam voor haar opende. Het uitzicht was niet zo fraai als dat vanuit haar eigen huis, maar ze besefte dat ze toch niet meer zoveel tijd zou heben om naar buiten te staren. In het huis hing al spoedig de vredige, bedachtzame stemming die Eurgain overal om zich heen verspreidde, en haar onuitgesproken verlangen naar de stilte van de verre heuvels werd nu op Caradoc, haar liefde, gericht. Het Feest van Beltine was in aantocht; overal waar ze keek waren tekenen van vruchtbaarheid te zien. De zon scheen warm op haar gezicht toen ze hem aankeek en verlegen glimlachte. Aarzelend stak ze haar hand uit naar het sluike donkere haar dat zijn gebruinde gezicht omlijstte. Nu was hij van haar. Aricia was verdwenen. Hij zou na verloop van tijd wel van haar gaan houden, en zo niet, dan was dat niet erg. Hij zou haar nodig hebben en dat was voldoende voor Eurgain.

4

Venutius sloeg de weg naar het westen in, toen ze Camulodunon en het zwijgende groepje dat hen uitgeleide deed, achter zich gelaten hadden. Hij gaf zijn paard flink de sporen en Aricia reed naast hem, met dichtgeknepen keel, terwijl haar hand de magische slangen van de talisman omklemde. Het enige geluid werd veroorzaakt door het zachte hoefgetrappel van hun paarden en soms rinkelde het brons van de wapenrusting even. Als spookachtige schimmen reden ze snel onder de in mist gehulde bomen door. Ze volgden hetzelfde pad waar zo dikwijls de vrolijke kreten van de Koninklijke Krijgersbende hadden weerklonken als ze op wilde everzwijnen jaagden, maar Aricia sloot resoluut haar oren voor die verlokkende geluiden die herinneringen waren aan dagen die al zo lang en voorgoed voorbij waren. Het rechte gedeelte in de weg waar de wagenmenners oefenden gleed snel onder haar voeten voorbij en het terrein begon hier licht te hellen; hier groeiden ook steeds minder bomen. Na ruim een uur lag ook de tweede poort achter hen en Aricia keek slechts één keer om naar de ondiepe, traag voortstromende rivier, naar het woud, naar de poortwachter die onbeweeglijk in het morgenlicht stond en naar de massieve verdedigingswal die achter hem oprees. Ze keek weer voor zich, waar het pad langs een met gras begroeide heuvel omhoogkronkelde en over de top verdween, en ze keek opzij waar de weg omzoomd was met verspreide eiken en schrale essen, waarvan de kleine bladeren ritselend bewogen in de frisse wind.

'We moeten zo snel mogelijk de grens bereiken,' zei Venutius. 'Daar wacht een druïde op ons, om ervoor te zorgen dat wij veilig door het gebied van de Coritani kunnen trekken, maar hij heeft elders ook verplichtingen en zal niet lang op ons blijven wachten als we met vertraging bij de grens komen.' Aricia antwoordde niet en nam de mededeling voor kennisgeving aan. Met een zachte aansporing voor de paarden reden ze over het pad; de karren volgden dicht achter hen.

Eén keer hielden ze stil, boven op een winderige heuveltop, vanwaar ze een adembenemend uitzicht hadden op het landschap dat zich onder hen uitstrekte als een lappendeken. Hier en daar waren donkere stukken bos, afgewisseld met het frisse groen van jonge gerst en haver, geborduurd met de zilveren sporen van rivieren in de verte en boven de horizon zweefde een blauw waas in de middagzon. Snel aten ze wat, zittend in het gras, en de mannen praatten en lachten nu hun tongen losser werden, omdat ze buiten bereik waren van de sluwe Cunobelin die nu alleen een dankbaar onderwerp voor grappen en liedjes was. Maar Aricia was stil, ze at weinig en haar ogen dwaalden naar de verre hemel. Ze probeerde niet voor zich uit te kijken, en ze hield zichzelf voor dat dit alleen een korte rit was, bijvoorbeeld om een godin in het woud te eren, en dat ze spoedig dit ongewenste gezelschap vaarwel kon zeggen om naar huis te gaan. Dat was een gevaarlijk spel, maar alleen zo kon ze zich verzetten tegen de opwellende golven van heimwee en verdriet. Venutius zat naast haar en reikte haar vlees en kaas aan. Hij gaf haar ook sterk bier uit zijn geiteleren bundel. Hij hield haar vanuit zijn ooghoeken scherp in de gaten, maar toen ze uiteindelijk weer te paard stegen en verder reden had ze nog steeds niet naar hem geglimlacht, zoals ze dat zo hartverwarmend had gedaan in de Grote Zaal van Cunobelin.

Bij het invallen van de schemering van de derde nacht, toen het duister naar voren kroop uit de geheimzinnige plaatsen tussen de bomen, kwamen ze in het land van de Coritani. Ze reden langs diepe putten in de aarde, poelen van duisternis en ruwe greppels in de grond waar de mensen hadden gegraven om de nieuwe aardwallen op te werpen waartussen de ruiters verder reden. Maar Aricia was vermoeid en vuil en ze had het koud; ze toonde geen belangstelling voor de verdedigingswerken die hier opgeworpen waren tegen de Catuvellauni. Een eindje verder brandde een eenzaam lichtje en Venutius riep dat hier stilgehouden moest worden. Voorzichtig ging hij lopend verder om te zien wat voor licht het was. De anderen bleven doodstil zitten, Aricia ineengezakt op de rug van haar paard, haar oogleden waren zwaar en haar handen omklemden verkrampt de teugels. Ze luisterden scherp naar het geritsel van wilde dieren in het struikgewas en ze keken op naar de twinkelende sterren.

Niet lang daarna keerde Venutius terug, stil en sluipend als een wezel. 'De druïde is daar,' zei hij, 'en er zijn enkele hoofdmannen van zijn volk bij hem. De vrouwe kan hier een nacht rusten en er is ook warm water zodat ze zich kan wassen.' Alsof ik alleen maar behoefte heb aan warm water, dacht Aricia, alsof ik een weke zuiderlinge ben. Venutius, je bent een dwaas...

Haar paard sjokte de laatste meters en ze liet zich uitgeput op de grond glijden. De teugels wierp ze een bediende toe die kwam aanrennen. Ze ging de hut door de lage deuropening binnen en werd bijna verblind door het licht van het hoog oplaaiende vuur. Er zat een druïde, zijn handen warmend, en even dacht Aricia dat het Bran was, maar toen hij zijn hoofd naar haar wendde en vriendelijk groette zag ze dat deze man veel ouder was, een getaande, baardige man met twinkelende ogen en bronzen ringen in zijn haar geknoopt.

De hoofdmannen van de Coritani kwamen overeind en begroetten Aricia met gastvrije woorden, en ze antwoordde werktuiglijk, terwijl de mannen die haar vergezelden als donkere schaduwen achter haar bleven staan. De hoofdmannen van de Coritani konden hun lompe minachting voor haar, een Catuvellaunse meid, nauwelijks verbergen en al spoedig verdwenen ze met een korte buiging. Aricia liet zich op de huiden bij het vuur zakken en haar mantel gleed van haar schouders.

'Laat iemand de wacht bij mijn wagens houden,' zei ze tegen Venutius. 'De Coritani zijn een roofzuchtig volk.'

De in het wit geklede gestalte aan de andere kant van het vuur grinnikte. 'Ze zijn anders even roofzuchtig als uw pleegstam, Vrouwe van Brigantia,' zei hij. 'Ik behoor ook tot dit volk, dus pas op uw woorden. Ik ben een edele van deze stam en als u mijn volk beledigt zal ik in de nacht verdwijnen en dan komen ze uw mooie hals afsnijden.' Hij maakte een grapje maar ze was er niet voor in de stemming en bleef strak in de vlammen staren. Laat ze maar komen, laat ze mijn hoofd maar afhouwen, het kon haar niets schelen.

De druïde kwam overeind en rekte zich uit. Hij liet zijn knokkels knakken tot ze opkeek. 'Ik zie, vrouwe, dat mijn grappen niet in de smaak vallen,' merkte hij op. 'Daarom zal ik gaan slapen. Er zal dadelijk een dienaar komen met heet water, u zult hem uiteraard moeten betalen – in de munt van Cunobelin, als u daar geen bezwaar tegen hebt. Hoewel de Coritani op zijn naam spuwen, zijn ze zeer gebrand op zijn geldstukken. Ik wens u een goede nacht.' Hij ging naar buiten, de deurhuiden vielen achter zijn rug weer dicht en een ogenblik later sloop ze naar de deur om naar buiten te gluren.

'Hebt u nog iets nodig?' klonk een barse stem bij haar oor en ze trok zich haastig terug. 'Nee, nee,' mompelde ze geschrokken. Ze keerde terug naar het vuur, slaap vulde haar hoofd en verdreef de honger. Ze werd in elk geval goed bewaakt. De dienaar verscheen toen ze al weggedoezeld was, met haar rug tegen de muur geleund, en ze vroeg de man haar binnen een halfuur warm vlees en gloeiende wijn te brengen. 'Dat kost u twee bronzen munten, vrouwe,' antwoordde de man prompt.

'Ik zal je betalen als je gebracht hebt wat ik vraag!' zei ze vinnig en met een grijns verdween de man weer. Ze trok haar korte mannentuniek en broek uit en gooide de kleren op de grond. Daarna waste ze zich grondig in het hete water. Verfrist trok ze schone kleren aan die ze had meegenomen in een leren tas en maakte haar haren los. Met trage lange halen kamde ze haar haren. De dienaar kwam terug met een blad met daarop gebraden vlees, brood, appels van het vorige jaar, gerimpeld en verschrompeld, en een grote beker koude schuimende mede. Hij zette het blad neer en bukte zich om meer hout op het vuur te leggen.

'Ik heb warme wijn gevraagd,' zei ze bits. 'Vertel me niet dat de Coritani geen wijn drinken, want ik weet dat ze dat wel doen, en veel ook. Breng me wijn!' Hij rechtte zijn rug en keek haar onbeschaamd aan. 'Ik heb gehoord dat de Brigantes alleen sterke mede en gerstebier drinken,' zei hij. 'Vergeef me als ik u voor een van hen aanzag.' Nog voor ze een woedende kreet tegen hem had kunnen uiten was hij alweer verdwenen en even later keerde hij terug met een drinkbeker vol wijn. Hij liep naar het vuur, greep de roodgloeiende pook en stak die in de beker. De wijn siste en spatte en een geurige damp verspreidde zich door de ruimte.

'Verdwijn nu. De gastvrijheid in dit gebied laat veel te wensen over,' zei ze en wierp hem tegelijk twee munten toe. Hij ving het geld handig op, beet er even in en verdween grijnzend. Dankbaar nipte ze van de hete wijn en liet zich op haar mantel naast het knetterende vuur zakken.

De volgende ochtend gingen ze al vroeg weer op pad, in noordoostelijke richting naar de kust. De druïde reed naast Venutius, opgewekt tegen hem pratend en Aricia, die zich nu weer fris en uitgerust voelde, reed vlak achter hen. Ze luisterde naar het gesprek en glimlachte zelfs af en toe. De hemel was deze ochtend bedekt en in de verte waren bliksemflitsen boven de sombere moerassen in het gebied van de Iceni te zien, maar de lucht, hoewel zwaar en vochtig, was toch niet warm en iedereen in het gezelschap droeg een mantel. Aan het einde van de dag kon Aricia een nieuwe geur ruiken – de rauwe, zilte geur van de zee – en toen ze hun kamp opsloegen bij een cirkel van stenen die naar elkaar overhingen, alsof ze vermoeid waren van de honderd jaar dat ze hier rechtop stonden, verbeeldde ze zich dat ze het bulderen van de branding kon horen. Dat deed haar denken aan de zwijgzame, in het zwart geklede Gladys en aan de Romeinse schepen met de hoge masten. Ze haalde de talisman te voorschijn en ze ging liggen in het donker. Of de talisman nu werkelijk een troostende kracht bezat of niet, of dat ze gewend raakte aan het gedrag van haar nieuwe heren en ze zich nu minder alleen voelde, ze viel in een diepe slaap en ontwaakte de volgende grauwe ochtend met vernieuwde hoop door het zingen van de vogels.

Ze bereikten die dag de zee en lieten alle bomen achter zich. Het land dat zich voor hen uitstrekte was kaal, een aaneenschakeling van glooiende groene heuvels die in elkaar overliepen, zonder einde, een gebied waar de wind nooit ophield met fluisteren over de verlatenheid en eenzaamheid, een gebied waar adelaars en haviken met wijd uitgespreide vleugels door de met wolken bedekte, winderige hemel scheerden. Ze hielden de teugels in bij een klif en Aricia steeg af om naar de rand ervan te lopen. Met moeite wist ze haar evenwicht te bewaren toen de gierende wind door haar wapperende haren joeg en haar mantel sloeg strak om haar knieën. Beneden haar, waar de donkere grauwe rotsen als de rottende tanden van het land zichtbaar waren en het kille natte zand boosaardig siste onder de martelende golven van de zee, strekte het deinende water zich, oprijzend en traag weer wegzinkend, uit. Zeemeeuwen dobberden op de golven en scheerden krijsend boven het strand. Zwart zeewier lag hier langs de vloedlijn, glanzend en dik, en ze kon de geur van het wier, de geur van het leven zelf, nu ruiken. Nadat ze enkele keren diep had ingeademd keerde ze zich om, met moeite haar wapperende haren en mantel in bedwang houdend, en ze steeg weer te paard om terug te rijden naar het pad dat eerst de kust volgde en later meer landinwaarts zou afbuigen, op de plek waar de rivier van Brigantia in zee stroomde.

Vijf dagen later, in de avond, kwamen ze bij de monding waar de rivier zich verbreedde en zich met het zeewater vermengde, bij een moerassig gebied waar vogels met lange poten en lange snavels behoedzaam door de modder waadden en naar wormen zochten. De zon was bijna onder en paarse strepen licht vielen over de omgeving, als de tere herfstdraden van spinnewebben. De mannen waren opgewonden, dat kon Aricia merken, omdat ze nu harder en vrijuit lachten, en hun stemmen droegen ver door de stille, zachte avondlucht.

De druïde keek om naar haar en trok zijn teugels in, zodat hij naast haar kwam rijden. 'Morgen bent u terug in het vaderland, vrouwe,' zei hij.

Aricia was al door gebieden getrokken waarvan ze het bestaan nooit vermoed had en ze voelde een huivering van nieuwsgierigheid. Ze glimlachte naar de man naast haar. 'Het is al heel lang geleden sinds ik deze gebieden verliet,' antwoordde ze. 'Ik was nog geen zes jaar oud toen mijn vader mij naar Cunobelin bracht.'

'Hebt u daar herinneringen aan?'

Ze fronste en probeerde voorbij de verse indrukken van de afgelopen dagen in het verre verleden te zoeken. 'Ik weet het niet zeker,' zei ze langzaam. 'Soms denk ik dat ik me de geur van schapen herinner, en een groot stenen huis, even groot als de Grote Zaal zelf, maar misschien zijn het alleen dromen.'

'Misschien.' Hij keek haar nauwlettend aan, maar zag alleen haar wangen die een blos kregen van de avondbries en haar ogen, stralender dan de sterren. 'Vertel me eens, vrouwe, heeft de priester van de Catuvellauni nog voorspellingen gedaan, voordat u uit Camulodunon vertrok?'

Ze keek hem snel van opzij aan; schrik verscheen op haar gezicht. 'Hoezo? Nee... De priester van Camulodunon is al vele jaren niet meer geraadpleegd.'

De druïde zuchtte. 'Dat is jammer. Ik had graag willen weten wat hij over u gezegd had, maar de Romeinen moedigen zulke praktijken natuurlijk niet aan.' Hij zei het zonder spot in zijn stem en ze wist niet wat ze hem moest antwoorden. De drukte en de schuine opmerkingen van de Romeinse kooplieden leken hier zo heel ver weg.

'Ik neem aan dat u ons spoedig verlaat?' vroeg ze en hij knikte beamend.

'Onze wegen scheiden bij de grens. Ik reis verder naar het westen, door het gebied van de Cornovii en dan blijf ik enige tijd in het gebied van de Ordovices.'

'O ja? Wat voor volk is dat?'

Hij keek haar geamuseerd aan en zijn ogen begonnen te glinsteren. 'Dat is een heel trotse en onbeschaafde stam die een gebied met besneeuwde bergen bewonen,' zei hij plechtig. 'Ze hebben geen wagens of paarden, en ze wonen in stenen hutten. Ik denk niet dat u hen aardig zou vinden.'

Op dat moment riep Venutius dat zij halt moesten houden bij een kleine rivier die uit het bos te voorschijn kwam en ze stegen af om een kamp op te slaan. Aricia ging bij de rivier zitten en keek hoe het paarse avondrood langzaam in grijs veranderde toen de schemering viel. De opgewonden stemmen van haar hoofdmannen zweefden op de avondbries naar haar toe en ze voelde een groeiende opwinding bij de gedachte dat er morgen een groot en bergachtig gebied op haar lag te wachten. Al spoedig rook ze het smeulende hout van het kookvuur en ze voegde zich bij de kring mannen die zich rond het vuur verzamelde. Een van hen had een haas gevangen en ze aten er goed van. Het hazevlees en de bonen spoelden ze weg met ijskoud water uit de rivier.

74

Toen gingen ze languit op hun mantel liggen en vertelden elkaar verhalen, zongen oude strijdliederen en luisterden naar de nachtelijke geluiden buiten de warme kring van oranje licht die het vuur verspreidde. Aricia viel voldaan in slaap op de grond; ze had zich in haar mantel gewikkeld en als hoofdkussen gebruikte ze een paardedeken van Venutius.

De volgende dag bereikten ze omstreeks het middaguur de grens. Er viel een lichte motregen, niet genoeg om hun kleren te doorweken, maar de regen dwong hen wel de mantels dicht om hun hals te trekken en de kappen op te zetten. Hoewel Aricia nergens aan kon zien dat Brigantia nu voor haar lag trokken de mannen hun zwaarden, wierpen die hoog in de lucht, vingen ze handig weer op en zwaaiden ermee in het rond. 'Brigantia! Brigantia!' schreeuwden ze en toen Aricia omkeek merkte ze dat de druïde de groep verlaten had. De man was ongemerkt ergens tussen de bomen verdwenen.

Er werd gezegd dat de druïden geen angst koesterden voor beboste plekken, maar Aricia huiverde toen ze bedacht dat hij daar alleen en onbeschermd reed, aangestaard door de vijandige ogen van alle geesten die geen liefde voor menselijke wezens kenden en daar alleen wachtten op Samain, omdat ze dan een slachtoffer konden meesleuren dat nimmermeer door een sterfelijk oog gezien werd. Iets anders maakte haar plotseling ook bang en ze kreeg een angstig voorgevoel. Ze voelde op de een of andere manier dat, zodra ze de grens van haar land passeerde, ze ook voor zichzelf een vreemde zou zijn. Al zouden de mannen haar nu aanspreken met de titel van Koningin, toch zou ze niet langer Aricia zijn, maar iets duisters en kwaadwilligs dat in haar lichaam huisde, een wezen dat niemand ooit zou kennen, ook zijzelf niet. Ze huiverde weer. De mannen zetten zich weer in beweging en haar paard volgde hen, een vreemde onzichtbare lijn passerend die het gebied van Brigantia begrensde. Naarmate de middag vorderde begon het harder te regenen, maar de mannen zongen nog steeds en ten slotte, toen ze niet meer konden zien waar de paarden liepen hielden ze stil bij het onderkomen van een boer. Ze bonden de paarden vast en kropen naar binnen. Het stonk in de hut en de wind floot door de verwaarloosde gevlochten muren. Venutius rakelde het vuur op en in het licht van de oplaaiende vlammen waren een oude man en een jonge vrouw te zien. Ze zaten daar en keken met grote ogen naar de bezoekers. Hun blote voeten hadden zij onder ruwe zakken gestopt en hun gezichten waren bijna onzichtbaar tussen hun verwarde zwarte haren. Aricia liep op hen toe en probeerde met hen te spreken, maar ze bleven haar stom en angstig aanstaren, zodat ze het opgaf, haar mantel uittrok en bij het vuur hield. De damp sloeg ervan af en in gedachten zag ze Caradoc voor zich. Hij stond in haar gezellige woning in Camulodunon voor het vuur, zijn ogen gloeiden donker van begeerte, zijn natte haren kleefden aan zijn voorhoofd en op zijn schouders, en zijn broekspijpen dampten. Ze verdreef het visioen uit haar geest, na een ogenblik van hevig verlangen, en keerde zich toen naar de pot die ze recht moest houden omdat er door een van de mannen water in werd gegoten dat gekookt zou worden voor de soep. Regendruppels sijpelden door het met mos begroeide rieten dak en vormden al spoedig koude plasjes bij hun voeten. Ze aten ongemakkelijk en deelden wat ze hadden met de twee bewoners die plotseling tot leven kwamen en gretig als uitgehongerde wolven naar de hun voorgehouden schotels graaiden.

'Zijn jullie boeren hier allemaal zo armoedig?' vroeg Aricia fluisterend aan Venutius.

Hij was gekrenkt door het woord 'jullie' dat haar ontglipte. 'Nee. Alleen hier dicht bij de grens, waar de Coritani dikwijls plundertochten houden en de bewoners van hun schapen en geiten beroven. Ze lijden daar flink onder, maar ze willen hun land toch niet verlaten om verder het binnenland in te verhuizen.'

De nacht werd doorgebracht in de klamme en kille hut, zodat ze al vroeg wakker werden en koortsachtig begonnen in te pakken om zo snel mogelijk verder te reizen. Ze lieten een zak gedroogde bonen, een ham en twee goedkope messen achter voor het boerenpaar, dat niet bedankte maar hen alleen nastaarde in de druilerige dageraad toen ze snel verdwenen.

De rivier werd hier smaller en al spoedig lieten ze hem achter zich. Nu moesten ze door kniehoog gras rijden. Het land was hier en daar begroeid met hakhout, maar het grootste deel was toch kaal en in de neerstromende regen bedacht Aricia dat ze nog nooit zo'n naargeestig gebied had gezien. Ze rilde en nieste de rest van de dag, nooit werd ze droog, nooit had ze het warm en ze dacht steeds vaker aan het warmgestookte stenen huis uit haar kinderjaren en hoopte vurig dat het werkelijk bestond.

Bij zonsondergang op de derde dag sinds ze de grens gepasseerd waren bromde Venutius iets en trok de teugels aan. Hij wees in de verte. 'Dat is het hart van Brigantia,' zei hij en toen ze in de aangewezen richting keek kromp haar hart ineen. Geen poorten, geen verdedigingswerken, geen keurige met bomen omzoomde paden, en nergens was een bewoner te zien. Slechts een verzameling armzalige gevlochten hutten, waarboven de rook traag boven de rieten daken omhoogkringelde. Enkele magere zwerfhonden scharrelden tussen de weggeworpen botten en afval van lang geleden gehouden feestmalen. De schrik deed haar tong opzwellen, zodat ze zelfs geen kreet kon uiten. Venutius reed verder en ze volgde hem blindelings, elke vezel in haar lichaam schreeuwde dat dit niet waar kon zijn. Voor de laatste keer stegen ze af. Venutius hield zijn handen om zijn mond en riep luidkeels. Langzaam en stilletjes, alsof ze schimmen in de mist waren die nu een vaste vorm kregen na het roepen van Venutius, schoven de deurhuiden uiteen en enkele mannen kwamen naar hen toe lopen. Ze hadden een lange schrale gestalte, ze hadden baarden die over hun dikke tunieken vielen en ogen die haar strak aankeken. Ze kwamen geluidloos naderbij, maar Aricia bleef op dezelfde plek staan, omdat ze instinctief begreep dat ze haar koninkrijk zou verliezen als ze nu een stap achteruit deed. Achter de mannen bewogen vrouwen, ook lange gestalten, met donker haar en een bleke huid. Ze waren gekleed in tunieken met wilde patronen die tot over hun in leer geschoeide voeten vielen. Ook in hun ogen was de verborgen wreedheid van de ongenaakbare heuvels te lezen en ze keken Aricia aan zonder eerbied en zonder angst. Iedereen bleef nu staan en er viel een diepe, onheilspellende stilte, alleen verstoord door het ruisen van de gestaag vallende regen.

Aricia wierp haar mantel naar achteren zodat ze het zwaard op haar heup konden zien. 'Wat scheelt jullie allemaal, dat je me zo aanstaart alsof ik de Raaf van de Doodsangst in mensengedaante ben? Herkennen jullie een edele van Brigantia niet als je er een te zien krijgt?' voegde ze er hooghartig aan toe, hoewel ze rilde van koorts en haar hoofd duizelde. Plotseling verschenen overal brede grijnzen op de gezichten en de mensen drongen naar haar op, raakten haar mantel en haar haren aan en verwelkomden haar. Eén voor één spraken ze een woord van welkom, tot Venutius het woord tot allen richtte. 'Maak een vuur en eten gereed, en ga dan aan het werk. De vrouwe moet haar vader bezoeken en daarna moet ze rusten.' De menigte verspreidde zich, maar Aricia was niet zo ziek of ze merkte dat de mensen hem onmiddellijk gehoorzaamden. Ze vroeg zich af of Venutius haar alleen hierheen gebracht had om haar als heerseres uit te dagen. Ze liep naast Venutius verder langs de armzalige hutten. De hoofdmannen volgden op enige afstand met de paarden. Ze wankelde en voelde dat het zweet op haar voorhoofd uitbrak. Venutius bleef staan bij een huis dat tot haar onuitsprekelijke opluchting van steen was opgetrokken. Het stond in het midden van het dorp, omgeven door een palissade van lange houten staken, en zes hoofdmannen, geleund op hun schilden en met elkaar pratend, stonden daar bij de ingang te wachten, onverschillig voor de regen. Ze rechtten hun rug en begroetten Aricia, en Venutius gebaarde met zijn gespierde arm. 'Vrouwe, uw vader verwacht u hier binnen. Hij is erg verzwakt en misschien herkent hij u niet, maar ik vermoed toch dat uw spoedige komst hem in leven gehouden heeft. Nu zal hij het niet lang meer maken. Ik zal ervoor zorgen dat u vlug droge kleren en wat te eten krijgt.' Ze lachte vermoeid naar hem en hij zag de zweetdruppels op haar bleke voorhoofd, de koortsige ogen en haar trillende handen. Een steek van bezorgdheid schoot door hem heen, maar hij liet dat niet blijken. Hij keerde zich op zijn hielen om en ging naar binnen.

Binnen was het droog en warm. Een vuur brandde in de haard in het midden en op de lemen vloer lagen schapevachten uitgespreid. Toen ze haar hoofd boog en naar binnen ging kwam een vrouw van een kruk naast het bed overeind, maar Aricia zag haar vaag door een waas van misselijkheid. Ze hoorde haar eigen stem de vrouw begroeten, en het leek wel de stem van iemand anders, ver weg. Het beleefde antwoord bereikte haar vermoeide brein als onbeduidend gebabbel. Ze trok haar zware mantel uit; de vrouw legde het natte kledingstuk over haar arm en verdween. Aricia keek naar het lage bed, het onwezenlijke gevoel in haar hoofd werd steeds sterker en haar hart bonsde onregelmatig en snel.

Ze liet zich op de kruk zakken en leunde naar voren, maar het was niet Cunobelin die daar lag voor hij in zijn laatste slaap wegzonk. Hier lag een dwergachtig kleine man met een smalle uitgezakte mond en sprietig grijs haar als van een zuigeling. Hij ademde nauwelijks en even dacht ze dat hij al dood was, maar toen bewogen de blauwgeaderde handen die eerst stil op de deken lagen en ze leunde nog verder naar voren. Ze voelde de koorts in haar rug steken. 'Vader?' zei ze hardop en ze voelde hoe vreselijk belachelijk dat woord klonk. De zieke man opende moeizaam zijn ogen en wendde zijn hoofd naar haar. Zijn ogen waren fletsbruin en vochtig. Zoekend keek hij door de kamer. Ze ging staan en boog zich over hem heen. 'Vader, ik ben het, Aricia. Ik ben gekomen.' Toen zag hij haar en zijn ogen gleden over haar gezicht. De handen bewogen omhoog maar vielen krachteloos terug en ze greep zijn handen stevig vast. Dit was het moeilijkste en afschuwelijkste dat ze ooit in haar leven gedaan had, maar ze omklemde de uitgeteerde vingers en voelde de doodskou al. Hij glimlachte heel zwakjes.

'Aricia,' fluisterde hij. 'Eindelijk ben je weer thuis. Je bent niets veranderd, kleintje.'

Ze voelde een huivering van zijn handen in de hare overgaan, en hij sloot een ogenblik zijn ogen om zijn krachten te verzamelen. 'De hoofdmannen zijn net kleine kinderen,' vervolgde hij langzaam. 'Lichtgeraakt, trouw tot in de dood. Behandel hen ook als kinderen. Laat de Carvetii met rust. Wij hebben een verdrag met hen en ook met de Parisii. Trek ten strijde tegen de Coritani en leer ze een lesje. Luister naar de druïden. Denk aan de offers.'

'Ssst, vader!' fluisterde ze heftig. 'Wees maar gerust. Ben ik niet van jouw vlees? En zal ik de Vergadering hier niet goed leiden?' Haar hoofd deed pijn en ze zag zwarte stippen voor haar ogen warrelen en verschieten.

Zijn handen werden krachteloos en ze ging opgelucht zitten, maar voordat hij zijn ogen sloot zei hij: 'Venutius. Hoge waarde. Veel macht, maar trouw aan het Huis Brigantia. Geef hem... Geef hem...' Hij zuchtte en viel in slaap. Na een poosje kwam ze wankelend overeind van de kruk en strompelde naar het vuur. Daar ging ze zitten en uitgeput legde ze haar hoofd op de knieën. Wat moest ze Venutius geven? Haar gedachten weerkaatsten op het slagveld van haar koortsachtige geest. Moet ik mijzelf geven?

Ze viel in een diepe, onrustige slaap en de dienares vond haar daar, ijlend en ziek. Haastig liet ze Venutius waarschuwen. Hij kwam, tilde haar op alsof ze niet meer woog dan een strohalm en droeg haar naar het gastenverblijf. Daar legde hij haar voorzichtig op bed en stookte het vuur op tot de vlammen brullend tot halverwege het dak oplaaiden. Hij legde zijn hand op haar brandende voorhoofd en keek op haar neer, zoals ze daar woelde en draaide, dit verwende kind, deze koninklijke vrouw. Ik zou haar nu kunnen doden, dacht hij. Ik zou het kussen kunnen pakken en haar smoren en dan zouden de hoofdmannen nooit weten dat ze niet van koorts gestorven is. Maar in plaats daarvan streek hij de natte zwarte haren uit haar gezicht en gaf bits een bevel aan de vrouw die bij de deur stond te wachten. 'Kleed haar uit en wrijf haar goed droog. Dek haar met veel vachten toe en zorg ervoor dat het vuur goed brandt. Laat me waarschuwen zodra ze wakker wordt.' Hij verliet het vertrek snel; de modder spatte van zijn laarzen en nog steeds roffelde de regen op het rieten dak, als een eentonig slaaplied.

Vier dagen lag ze daar ziek en in die periode hield het op met regenen en brak de zomerzon weer door. Haar vader stierf op de derde dag, vredig in zijn slaap. Zijn hoofdmannen droegen hem op een baar naar zijn laatste rustplaats. Hij lag zo opgebaard in zijn fraaiste wapenrusting, met zijn zwaard en zijn lans naast hem. De mannen waren niet bedroefd over zijn dood, want als hij toch nog genezen was, zouden ze hem zelf wel gedood hebben, omdat de Godin van Brigantia een lelijke en gevaarlijke heks was geworden die krijsend en kakelend door de kale heuvels zwierf, de hoofdmannen beschuldigend dat ze te bang waren om de koning af te zetten, zodat zij weer jong zou kunnen worden. Een van de hoofdmannen had haar gezien, zoals ze hoog boven het dorp stond; haar zwarte gewaad wapperde achter haar en ze had haar knobbelige handen tot vuisten gebald. Aricia's vader had dit alles geweten en begrepen dat zijn stervensuur gekomen was. Hij wilde alleen zijn dochter zien voor hij stierf, maar nu dat inderdaad gebeurd was klampte hij zich niet langer vast aan het leven. De begrafenisplechtigheid zou pas plaatsvinden als Aricia daarbij aanwezig kon zijn, daarom lag hij nu diep in de uitgedolven grafheuvel, in een donkere kuil op een baar, omringd door zijn bronzen en zilveren onderscheidingstekens, zijn strijdwagen, zijn drinkbekers, zijn bier en zijn vlees. Zodra het stenen huis geen heer meer had, haalden de dienaren de goederen uit Aricia's reiswagens, ze slaakten verraste kreten over de rijke en fijngeweven stof van haar met goud en zilver geborduurde tunieken, en ze waren verbaasd over de zachtheid en de lengte van haar vrolijk gekleurde mantels. Maar haar gespen en enkelbanden en de smalle hoofdbanden vonden de bedienden grof versierd en onder het wakend oog van Venutius sprongen ze daar vol minachting mee om.

Op de vijfde dag ging Aricia rechtop in bed zitten. Ze vroeg om water en verse vis. De bediende hoorde haar en merkte dat haar ogen weer helder stonden, nu haar gezondheid terugkeerde. Aricia at en dronk en viel toen weer in slaap. Buiten klonk het geblaat van de kudden schapen op de glooiende helling achter het dorp en buiten rook het naar gedroogd gras, nu de zon lang bleef schijnen. Op de zesde dag stond ze op en ging, gehuld in dekens, voor de buitendeur zitten. Ze leunde tegen de gevel en sloot haar ogen. Ze genoot van de warme zonnestralen waarnaar ze zo lang gesnakt had en luisterde naar de mensen die voorbij kwamen. Soms hoorde ze dat de voetstappen stilhielden en dan werd er zacht gefluisterd, maar ze opende haar ogen niet, nog steeds zwevend tussen koortsdroom en werkelijkheid. Zo genas ze in het felle gele zonlicht, terwijl de drukte van het dorpsleven rondom haar doorging. Het gaf haar een prettig gevoel van zekerheid. Haar dromen waren duister en angstaanjagend geweest, koortsdromen vol bloed en donkerheid, ze zag de verwrongen gezichten van iedereen die ze kende, maar nu keerde ze terug naar de echte wereld en dat maakte haar onuitsprekelijk blij.

Op de zevende dag na haar aankomst trok ze in het stenen huis en die avond, nog onvast lopend maar doelbewust, liep ze naar het grote vuur dat buiten het dorp, aan de voet van de eerste helling die zich vijf mijl naar de heuveltop uitstrekte, was aangestoken. De schemering viel; het was warm en de lucht geurde naar gras en veldbloemen. Aricia snoof de lichte avondbries genietend op toen Venutius haar tegemoetkwam en begroette. Hij glimlachte en haar hoofdmannen gingen staan. Ze sloegen met hun zwaarden op hun schilden en riepen luidkeels haar naam. Met gekruiste benen ging ze op haar mantel zitten en zag de vonken van het oplaaiende vuur knetterend opstijgen naar de fluweelzwarte hemel waar nu de eerste sterren twinkelden. Het hele dorp was hier gekomen, en ook hoofdmannen met hun vrouwen en kinderen uit de wijde omgeving van Brigantia. Het lachen en praten werd luider toen het geroosterde vlees, nog narokend en druipend, in porties werd verdeeld en bier van hand tot hand ging. Venutius hurkte naast haar en ze sprak kalm tegen hem, onder de indruk van de kracht die hij uitstraalde. Af en toe keek ze even naar zijn krachtige gezicht en hij glimlachte aarzelend terug naar haar; hun ogen vonden elkaar en hij voelde de dwingende verlangens binnen in haar, en toch werd hij gewaarschuwd door wat hij in haar ogen las. Caradoc had dezelfde waarschuwing gevoeld. In Aricia's ogen waren berekening en koele beredenering te lezen, iets van onzekerheid en zelfhaat, maar boven alles was er begeerte in die ogen te lezen. Begeerte naar hem of naar macht, of alleen naar een goed leven, dat wist Venutius niet. Hij was een krijger, een geharde soldaat die bij talrijke strooptochten al vele littekens had opgelopen, en zij was nog maar een kind. Was ze dat wel? Peinzend dronk hij zijn bier toen Aricia zweeg. Ten slotte stond hij op en met daverende stem riep hij dat de mensen dichterbij moesten komen. Het vuur doofde nu langzaam uit, maar de nacht was nog steeds zacht en warm; geen wolk verborg de stralen van de wassende maan.

'Het is tijd voor de Vergadering,' kondigde Venutius aan. 'Alle slaven moeten verdwijnen. Alle vrije mannen blijven hier.' Niemand verroerde zich. De Brigantiërs hielden weinig slaven, en zelfs de knechten waren trotse mensen, weliswaar beroofd van hun waarde, maar niet van hun vrijheid. Venutius gespte zijn zwaard af en legde het wapen in het gras. De hoofdmannen volgden snel zijn voorbeeld. 'Laat de druïde eerst het woord voeren,' zei Venutius en hij ging weer zitten. Aricia verstijfde en tuurde naar de aanwezigen. Een druïde was opgestaan en kwam naar voren. Op zijn witte gewaad was de rode weerschijn van het vuur te zien. Hij droeg zijn mantel over zijn arm en toen hij naderbij gekomen was maakte hij een beleefde buiging voor haar, maar zijn ogen bleven op de donkere heuvel achter haar gericht. Toen keerde hij zich om en er viel een gespannen stilte. Een ogenblik bleef hij zwijgen. Hij keek omhoog naar de sterren en toen naar de gezichten die afwachtend op hem gericht waren. Hij liep een paar keer bedaard enkele passen heen en weer en hield zijn handen op zijn rug.

'Vrije mannen en vrouwen,' begon hij. Zijn stem klonk vriendelijk. 'Jullie zijn hier deze avond verzameld om een nieuwe heerser te kiezen. Iemand moet nu de plaats innemen van degene die jullie vele jaren geleid heeft en jullie zijn hier ook bijeen om zijn dochter te verwelkomen die is teruggekeerd na een jarenlang verblijf ver van haar volk. Voor sommigen zal hetgeen ik te zeggen heb reden tot woede zijn, voor anderen zullen de woorden uit het eigen twijfelende hart komen. Maar ik vraag iedereen mijn woorden goed te overwegen. Jullie kennen mij goed, Brigantiërs. Ik kom en verdwijn weer. Ik zwerf uit vrije verkiezing langs de verschillende stammen en ik breng jullie wijsheid, die ik tijdens mijn tochten heb opgedaan. En ik breng jullie ook waarheden die het aanhoren waard zijn. Nu vraag ik jullie Aricia niet te aanvaarden als opvolgster en heerseres.' Vreemd genoeg brak er geen gefluister uit, en Aricia merkte dat de menigte ademloos luisterde naar wat de druïde te zeggen had. Naast haar ging Venutius verzitten, maar hij keek haar niet aan. De druïde bleef doodstil staan en keek strak naar zijn toehoorders. Hij stond zo dicht bij Aricia dat zijn gewaad langs haar voeten streek, en daarom trok ze haar voeten onder zich. 'Ik heb weinig redenen voor deze welgemeende raad, maar belastend genoeg. Dag na dag stromen vluchtelingen van ons volk uit het getroffen Gallië naar Albion. Ze vluchten voor de gestage opmars van Romeinse agressie en brengen verhalen mee die zó gruwelijk en vernederend zijn dat de stammen die deze mensen onderdak verlenen het soms niet kunnen geloven. Waar gaan deze vluchtelingen heen? Ze zoeken hun heil bij jullie, bij de stammen in het westen en bij de Cornovii. Ze maken de lange reis naar de veilige toevlucht die dit heilige eiland biedt, maar naar de machtige Catuvellauni gaan ze niet. En waarom niet?' Hij zweeg even en de toehoorders leunden nog verder naar voren. Hun ogen glansden in het flakkerende licht. Deze druïde, begreep Aricia, had ervaring met het langzaam overtuigen van eenvoudige lieden. Toen hij weer begon te spreken klonk zijn stem lager en ook langzamer. 'Omdat de Catuvellauni vet en hooghartig zijn geworden van de wijn uit Rome. Omdat een vrij man die er niet van houdt uit Romeinse schalen te eten en Romeins te brallen niet veilig is, zelfs niet tussen zijn eigen broeders! En dit kind van jullie stam, deze dochter van de vorst, heeft sinds haar jongste jaren bij hen geleefd. Ze heeft de Romeinse ideeën als moedermelk ingedronken, ze lag op Romeinse kussens en genoot van allerlei buitenissige weelde, terwijl haar zusters moesten zien hoe hun kinderen op Romeinse staken stierven en hun vaders geketend werden voor dwangarbeid in Romeinse mijnen. Als jullie haar zien, vrije burgers, wat zie je dan? Ik zie een vreemd, onnatuurlijk wezen, half Catuvellauns en half Romeins, maar zeker geen vrije Brigantische vrouw!' Met grote passen liep hij snel weg en verdween tussen het zittende publiek, insinuaties achterlatend om in de geest van de mensen te bezinken.

De mensen keken Aricia nieuwsgierig aan omdat ze pas kort geleden hier teruggekeerd was, maar er daagde ook iets van vijandigheid. Ze keken verlangend naar hun belangrijkste hoofdman, Venutius. De mensen fluisterden met elkaar en gingen verzitten, maar niemand stond op om het woord te nemen. Ten slotte keken allen haar afwachtend aan en Aricia begreep dat ze nu zelf moest opstaan om zich te verdedigen. Ze had nooit eerder in een Vergadering gesproken en ze voelde zich onzeker. Toen stond ze langzaam op, ze voelde dat de laatste sporen van haar ziekte haar knieën deden knikken en zweet in haar nek bracht. Ze keek in de verte, waar de verspreide hutten in het veld vaag zichtbaar waren. Wat betekenen ze voor mij, deze simpele dwazen? dacht ze. Laten ze mij maar wegsturen, en laten ze dan naar hun schapen en hun smerige hutten terugkeren! Maar toen vatte ze moed en begon te spreken.

'Volk van Brigantia,' zei ze, met zachte stem, maar de woorden waren overal te horen. 'Ik hoorde mijzelf beschrijven als half Catuvellauns en half Romeins, en dat verbaast mij zeer. Zijn de druïden hun beroemde geheugen soms kwijtgeraakt? Weten zij niet dat koninklijke kinderen hun huis verlaten en naar andere stammen reizen, zodat ze na hun terugkeer het eigen volk beter kunnen dienen? En zijn ze vergeten dat de zonen van hoofdmannen dikwijls naar Mona gaan, naar het heiligdom van de druïden, om daar alle wijsheid uit het verleden te leren? Is dat iets nieuws? Niet voor mijn vader die mij naar Cunobelin zond om van hem te leren.' Ze voegde er niet aan toe dat ze ook onder sterke druk van Cunobelin als gijzelaar daarheen was gegaan, maar Venutius wist dat wel en hij keek met een ruk op om haar een koele blik toe te werpen. Ze sprak verder, een vreemde opwinding welde in haar op.

'Maar zonen en dochters keren terug. Mijn vader ging in zijn jeugd naar de Coritani. En zijn de Coritani soms jullie vrienden? Haten jullie elkaar niet, zoals jullie ook de Catuvellauni haten? Waarom zouden jullie dan argwaan jegens mij koesteren? Ik heb hetzelfde gedaan wat mijn vader ook deed, en zijn vader vóór hem. Kijk naar mij, vrije burgers!' Ze trok met een woest gebaar aan haar haren en wees op haar armen en gezicht. 'Heb ik niet even zwart haar als jullie, en is mijn huid niet even blank? Ik ben Brigantische en dat weten jullie. Jullie weten ook wat de onuitgesproken vrees van de druïde is: ik ben een vrouw. Zal ik daarom naar de aangename velden en de fraaie wouden van de Catuvellauni terugverlangen? Zal ik mijn vrienden daar missen en trachten hen aan mij te binden, om uiteindelijk mijn eigen stam en familie aan hen te verraden, omdat ik zo zwak ben?' Ben je dat dan niet? De laatste woorden klonken spottend alleen in haar gedachten. Ze zweeg, liet haar armen zakken en haalde diep adem. 'Jullie hebben eerder een vrouw als heerseres gehad en zij was goed in de strijd. Ik ben de laatste van een familielijn die zich uitstrekt naar een plaats buiten de grenzen van Albion, een plaats waar de zon altijd warm en fel schijnt. Ik ben de dochter van mijn vader en dus ook jullie dochter. Ik heb recht op jullie trouw, daar is geen twijfel aan. De druïde heeft listig op jullie angsten ingespeeld, maar ik zal geen zoete woorden spreken om jullie vertrouwen te winnen. Misschien willen jullie de mening van Venutius horen, want hem kennen jullie wél goed?' Ze had met deze laatste opmerking succes, want van sommige gezichten verdween de vijandige uitdrukking en er werd onhandig heen en weer geschuifeld. 'Overweeg zijn oordeel. Maar bedenk wel dat ik de enige ben die koninklijk bloed heeft, en als jullie mij verbannen, onteren jullie jezelf.' Ze ging snel zitten, geschrokken over haar laatste woorden. Haar hart bonsde heftig toen Venutius onmiddellijk overeind kwam en begon te spreken.

Hij had weinig te zeggen, want hij was al tot een besluit gekomen en hij wist dat de mensen zouden doen wat hij wilde. Voor zijn reis naar Camulodunon werd hij eerst verteerd door de bittere gedachte dat hij, met zijn grote waarde en bewonderd door alle leden van zijn stam, zou moeten buigen voor een meisje dat met de tongval van de zuidelijke landen sprak, een meisje met ogen die minachtend naar de ruwe streken keken waarvan hij zo hield. Maar tijdens de reis zelf was zijn tweestrijd nog heviger geworden. Ze sprak inderdaad met een zwaar accent. Haar kleren waren inderdaad zacht en rijk, terwijl in haar ogen een stil verzet tegen en kille afkeer van hem en zijn stam te lezen waren. Maar toch school er meer in haar karakter, er waren lagen die afgepeld moesten worden en bovendien had ze zich koppig geweerd tijdens de zware en ongerieflijke reis. Ze moest wel over een verborgen kracht beschikken. Cunobelin had hem verteld dat ze kon jagen en vechten, en dat ze zich staande wist te houden tussen de vrije mannen. Venutius had het eerst niet geloofd, maar nu, toen hij zich herinnerde hoe ze zwijgend en verbeten volhield tijdens de lange uren dat ze door modder en regen verder zwoegden, was hij daar niet meer zo zeker van. Hij wilde tijd winnen om haar beter te leren kennen en trouwens, hij had haar vader gezworen dat hij haar trouw zou dienen, op het gevaar af dat hij anders zijn eer zou verliezen, en zijn eigen eer ging toch boven al het andere. Zijn eer en zijn vrijheid. Hij had even overwogen wat het verlies van zijn eer zou inhouden toen hij bijna voor de verleiding bezweken was haar te vermoorden, maar hij had nimmer overwogen zijn vrijheid op het spel te zetten.

'Het kan mij niet schelen wat jullie doen, jullie allemaal,' zei hij tegen de Vergadering. 'Maar ik heb mijn heer op mijn leven en mijn zwaard gezworen dat ik hem trouw zou blijven, en zij is zijn dochter. Haar recht op de troon staat buiten kijf, en dat weten jullie ook. Het kan mij niet schelen waar ze haar jeugd heeft doorgebracht. Voor mij telt alleen dat ze teruggekeerd is, te midden van de mensen van haar stam, zodat de godin nu weer door de heuvels kan zwerven met de lichtheid van haar jeugd.' Hij boog, trok zijn zwaard en smeet het voor Aricia's voeten. Daarna ging hij weer naast haar zitten. Aricia glimlachte vaag naar hem. Er viel een stilte en ze voelde de besluiteloosheid onder de menigte, maar toen volgden de andere hoofdmannen, zij het mompelend en brommend, het voorbeeld van Venutius. Ze zag de stapel zwaarden aangroeien, maar haar gedachten waren bij Venutius. Wat wil je van mij, heuvelbewoner? dacht ze. Waarom grijp je je zwaard niet om mijn hoofd af te houwen? Ze dacht dat ze het antwoord kende en er stroomde een nieuwe warmte door haar heen.

Ten slotte kwam Aricia overeind. 'Ik aanvaard jullie belofte van trouw,' zei ze. 'Neem je zwaarden op. Morgen zullen wij voor mijn vader zingen, en dan moeten wij samen verder door het leven.'

Ze verliet met Venutius de heldere kring waar het vuur licht verspreidde en liep langzaam naar huis. De maan stond nu hoog aan de hemel, omsluierd door een lichtblauw waas van wolken, maar verder was de lucht helder. Aricia was vermoeid; ze had behoefte aan nog een nacht van genezende slaap en een dag rust. Ze kwamen bij haar voordeur en Venutius tastte plotseling in zijn tuniek om een kleine beurs te pakken. Hij haalde daar een munt uit en hield die vlak voor haar gezicht. Ze stonden beiden in de donkere schaduw van de grauwe stenen muur en ze zag alleen het maanlicht in zijn trotse ogen glinsteren en de bleke beweging van zijn vingers.

'Ziet u dit, vrouwe?' vroeg hij zacht. 'Dit is een muntstuk van Brigantia, misschien niet zo fraai, en het is ook geen zilver, maar deze munt is wel zuiver. Geen Romeinse hand heeft dit geld ooit aangeraakt, geen Romeinse ambachtsman bracht er een ruwe afbeelding op aan. Werktuiglijk beet hij op de munt en borg die weer in de beurs. 'Vertel me eens, is het waar dat Cunobelin

Romeinse kunstenaars en zilversmeden in zijn werkplaatsen en smederijen toelaat?'

'Ja, dat is waar.'

Venutius uitte een kreet van afschuw en bromde iets onverstaanbaars. 'Oordeel uw volk niet lichtvaardig, vrouwe,' zei hij hardop. 'De Catuvellaunse rivier gonst dag en nacht van de ruilhandel, maar wij drijven ook handel vanuit de baaien aan onze kust, maar dan verhandelen wij zaken die wij hoger aanslaan dan de prullen die Caesar naar Cunobelin verscheept. Wij kopen glanzende bronzen zwaarden en helmen in ruil voor aardewerk dat hier door vaklieden gemaakt wordt op de manier zoals hun vaders dat al deden. In ruil daarvoor geven we hun schapevachten – en dit.' Hij zocht weer in zijn tuniek en drukte iets kouds en hards in haar hand. Ze stapte in het maanlicht en keek. Het was een dikke bronzen duimring, voorzien van een peervormige geslepen steen van ongewone zwaarte, welks facetten dof glansden toen ze het sieraad heen en weer bewoog. De steen was zwart. Niet op het eerste gezicht een steen die kreten van bewondering en jaloezie oproept, maar toen ze de steen beter bekeek voelde ze een vreemde aantrekkingskracht en de aandrang er altijd naar te blijven staren. Ze gaf de ring terug.

'Wat is dit?'

'Dat is git, vrouwe, git zo zwart als de nacht. Niet zo mooi als amethist, niet zo fraai gekleurd als het koraal waar de Catuvellauni zo dol op zijn, maar het is wel de steen van uw land, en hij weerspiegelt de ware aard ervan. Dit is een land van eenzaamheid en geheimen, hardvochtig en ruw, maar het is wel boeiend als je er oog voor hebt.' Hij deed een stap opzij en ze keek op. De adem stokte in haar keel. Een opwelling van begeerte leek van hem op haar over te springen en hij legde zijn grote handen op haar hoofd. Hij streelde haar haren en liet zijn handen op haar slanke schouders rusten. 'Het kan ook verwoestend zijn,' fluisterde hij, 'als je zwak bent en hier angst en afkeer brengt.'

In een opwelling ging ze op haar tenen staan en streek met haar lippen langs zijn bebaarde wang, maar terwijl ze dankbaarheid jegens hem voelde, was ze zich ook bewust van haar minachting voor hem en zijn onbehouwen volk dat in deze ellendige streek woonde. Doe maar wat je wilt, jij dwaas, dacht ze en glimlachte inwendig. Het zal niet lang duren voordat ik met jou kan doen wat ik wil, met jullie allemaal, en dan zullen de baaien vol koopvaarders zijn die wijn voor mij aanvoeren en dit dorp zal zich hoog verheffen op de aarden terpen die ik laat opwerpen, en ik zal runderen laten komen die zich tussen deze domme schapen mengen.

Aricia trok zich voorzichtig terug uit zijn greep, maar haar ogen lieten hem niet los. Ze had zulke ogen eerder gezien, ogen die haar strak aanstaarden vanuit het dichte kreupelhout als ze samen met Caradoc en Togodumnus over de bospaden reed. Dit waren de ogen van een dier dat zijn gevaarlijkheid niet beredeneerde maar alleen voelde.

Venutius glimlachte door zijn plotseling vervagende gedachten heen en ze lachte terug terwijl ze naar de deurhuiden tastte. 'Je hoeft geen plechtige toespraak voor mij te houden, vriend. Ik zal niet ontkennen dat ik hier als vreemdelinge gekomen ben, maar ik ben nog jong en ik zie liever uitdaging en avontuur dan dat ik mij omdraai en wegvlucht.' Ze dacht even na en liet de deurhuiden weer terugvallen. Ze keek hem aan. 'Zeg eens, Venutius, zijn er dikwijls druïden hier in de omgeving?'

'Vanzelfsprekend. Een of twee verblijven hier altijd wel in de gastenhut.'

'Zo. Dan wens ik je nu goedenacht.'

'Slaap gerust, vrouwe.'

Ze ging naar binnen en liet de huiden met een zacht geluid weer terugvallen. Haar dienares was verdwenen om te gaan slapen, maar de vlammen dansten boven het vuur en tekenden grillig bewegende schaduwen op de wanden. Ze liep naar haar bed en ging langzaam zitten. De nachtelijke stilte koesterde haar een ogenblik vredig. Toen ging ze liggen, pakte de talisman die Gladys haar gegeven had en speelde ermee. De druïden moeten hier verdwijnen, dacht ze. Ik moet op de een of andere manier ervoor zorgen dat de mensen zich tegen hen keren, maar dat zal niet gemakkelijk zijn en ik zal veel tijd moeten besteden om een zorgvuldig plan te beramen. Het vuur spatte plotseling en een houtblok rolde opzij. Een groot verdriet welde in haar op, een golf van heimwee. Al twee weken had ze niet hartelijk gelachen, noch had ze iemand gezien met wie ze de volgende vijftien jaren van haar leven kon delen. Ze was hier onder vreemden en de mensen hier zouden altijd vreemden voor haar blijven. Ze was alleen. Ze ging op haar zij liggen en huilde zacht toen het ding dat ze had gevoeld toen ze bij de grens van haar land aarzelde, het zwarte onbekende ding, naderbij kwam.

In de ochtend, onder de fel schijnende zon, verzamelden haar hoofdmannen zich bij de grafheuvel van haar vader. Er was een vuur aangelegd, bleek en krachteloos in het daglicht dat erop viel. Alle vrije mannen stonden rond het vuur, en Aricia, gekleed in geel en blauw en met een gouden haarband door haar losse haren, voegde zich in de kring. Haar zwaard had ze aan haar gordel gegord. Venutius stond naast haar, zijn rossige haar viel in golven tot op zijn rug en zijn warrige baard was nu gekamd. Hij droeg zijn schild over zijn ene arm en had een helm op het hoofd, want ze waren hier gekomen om afscheid van een krijger, niet van een oude, afgeleefde en seniel geworden man te nemen. De schilddrager van haar vader en zijn bard stonden terzijde, de laatste met zijn kleine harp in de handen, en als laatste kwam ook de druïde; zijn witte gewaad leek te stralen in de zon. De offers waren gebracht toen Aricia koortsig in bed lag te woelen, en daarom was de aanwezigheid van de druïde nu niet vereist, maar hij kwam toch en met een bijna schaamteloos vertoon van onschendbaarheid ging hij zelfs naast haar staan en begroette haar met een glimlach.

Toen iedereen op zijn plaats stond liep de bard naar de schaduw van de grafheuvel en, nadat hij zijn hardop gestemd had, begon hij te zingen. Hij zong liederen over langvervlogen feesten, over Aricia's vader die met zijn jonge vrouw door de heuvels zwierf als de dauw nog op de velden lag, en hij zong over de tijd dat Aricia zelf nog een klein kind was. De bard verhaalde hun hoe haar vader de godin had ontmoet bij de zee en haar gekust had, en dat zijn heerschappij daarna rechtvaardig en vruchtbaar was geweest.

Toen de bard zweeg, begonnen de hoofdmannen van haar vader te zingen, eerst zachtjes en de maat tikkend op hun schilden met hun lenige gebruinde handen. Hun haren bewogen in de wind. De zon schitterde op hun vele bronzen versieringen – gespen, armbanden, dikke halsringen, alles versierd met de nachtmerrieachtige patronen en verstikkende sierkrullen van de noordelijke ambachtslieden. Ze deden Aricia denken aan de vreemde vormen die in de wanden van de Grote Zaal thuis in Camulodunon waren gekerfd, maar hier, op de plaats waar ze thuishoorden, hadden de versieringen een kracht die veel meer tot uiting kwam dan in de berookte pilaren van de Zaal, waar Cunobelin zijn listige plannen beraamde. Het gezang werd luider en leek vleugels te krijgen. De woorden stegen op naar de heldere lucht toen de anderen ook meezongen. Maar de druïde bleef zwijgen en Aricia verstond de woorden niet; tranen stroomden over haar wangen. Het ritmische en majestueuze van de muziek en de aanblik van deze grote, bebaarde mannen, zoals ze daar geleund op hun zwaarden stonden, ontroerden haar en in een verblindend moment van zelfbegrip wist ze dat ze hun niet waardig was, deze eenvoudige lieden van de onbedorven heuvels. De muziek veranderde, werd klaaglijk en stierf toen weg. De bard zette een nieuw lied in en bezong het ouder worden van haar vader, zijn eenzaamheid en zijn verlangen naar de vrouw die nu vredig sliep onder de opgeworpen aarde. De hoofdmannen zongen weer, hun basstemmen en de hoge stem van de bard vermengden zich, en Aricia wier zenuwen door de gebeurtenissen van de afgelopen dagen al tot het uiterste gespannen waren, kon zich niet langer beheersen. Ze legde haar hoofd op Venutius' borst en huilde. Hij zong door, maar met zijn arm hield hij haar stevig vast, en ze sloot haar ogen terwijl de tranen telkens weer onder haar witte oogleden opwelden. Toen het zingen afgelopen was, stapten de mannen één voor één naar voren en hielden een korte toespraak vol lovende woorden over hun overleden vorst. Toen was Aricia aan de beurt. Ze liep naar de opening in de grafheuvel en keerde zich naar de anderen. Ze zocht koortsachtig naar woorden die niet wilden komen. Wat kan ik zeggen? dacht ze in paniek. Leugens, alleen maar leugens. Kan ik zeggen dat ik van hem hield, of dat ik hem miste? Kan ik zeggen dat ik ooit aan hem gedacht heb toen Cunobelin en ik met gokspelletjes de avonden doorbrachten? Ze slikte haar tranen in en begon te spreken, en weer voelde ze de vreemde opwinding van naderende macht in zich opkomen, zodat de woorden rap uit haar rode mond begonnen te stromen en er onder haar gehoor een diepe stilte viel. Leugens! schreeuwde haar geest inwendig. Allemaal smerige, eerloze leugens! Toen kreeg haar stem meer kracht, de tranenstroom droogde op en ze besefte dat ze de mensen evenals de druïde in haar greep kon houden. Een gevoel van macht verspreidde zich in haar, zoals het licht van de langzaam opkomende zon. Ze onderwierp de verzamelde toehoorders met haar stem, en toen ze het laatste woord gesproken had en terugkeerde naar haar plaats in de kring greep ze Venutius' hand, zonder te beseffen dat de Aricia die ze kende verdwenen was en dat het embryo van een nieuwe persoonlijkheid de hand van Venutius drukte en naar zijn ogen glimlachte, met een belofte en de onzichtbare draden van een dwingende toverspreuk.

Winter, A.D. 40

5

Fearachar maakte de riemen los en de honden sprongen, als weggeschoten uit een katapult, de struiken in, opgewonden blaffend in een kakofonie van verwarde geluiden.
'Ze hebben een spoor geroken!' schreeuwde Cinnamus. 'Erachteraan!'
'Verlies de honden niet uit het oog, Fearachar!' riep Sholto. 'Houd ze in bedwang!'
Maar de honden gehoorzaamden niet aan Fearachars driftig gefluit en het groepje draafde verder. Het was een winterse morgen, windstil en koud. Het had 's nachts gevroren, maar de rijp smolt spoedig weg in de zonnestralen. Alleen hier onder de bomen waren nog witte plekken te zien en de voeten van de mannen vertrapten het broze gras. Hun adem rees als stoom naar de hogere takken, hun gezichten waren roodaangelopen en prikten van de kou. Togodumnus sprong door een klein bosje en verdween over het pad; hij passeerde Fearachar en was uit het zicht verdwenen. Caradoc, zijn zoon Llyn en Cinnamus stormden achter hem aan. Caelte bleef even staan om zijn mantel strakker om zijn schouders te trekken, maar toen pakte hij zijn speer op en

rende ook verder, de takken krakend opzij duwend. Nu hoefden ze niet stil te zijn. De honden hadden een spoor geroken en het everzwijn moest hier dichtbij zijn, onhandig door het bos scharrelend en woedend op zoek naar een rivier of dichte begroeiing om in weg te duiken. Fearachar floot weer, maar de honden sloegen er geen acht op. Hij hoorde de echo van hun geblaf ergens rechts van hem en draafde verder. Vóór hem zag hij een paarse glimp, waar Togodumnus naar voren stormde. Caradoc, Llyn en Cinnamus haalden hem spoedig in en samen struikelden ze verder; Caelte kwam hijgend achteraan. De bomen stonden hier opeens minder dicht op elkaar en ze hoorden Togodumnus hard roepen.

'Daar is hij! Wat een grote! Waar zijn de werpnetten?'

Caradoc wees voorbij het everzwijn dat een ogenblik bleef stilstaan, briesend en in verwarring gebracht. 'Vocorio en Mocuxsoma hebben de netten. Ze moeten hier ergens links van ons zijn. Waar zijn die eigenwijze honden?' Fearachar floot woedend nogmaals en eindelijk kwamen de honden met hun rode tong uit de bek hijgend aanlopen. Zodra de ever de honden opmerkte deed hij weer een uitval, weg van de mannen en de struiken in. De honden sprongen op een fluitsein meteen weer achter hun prooi aan. 'Tog, blijf waar je bent!' riep Caradoc. 'Cin, Fearachar, naar rechts! Caelte, jij en ik gaan naar voren. Als de netten op de juiste plaats zijn, hebben we hem in de val gedreven.'

'Mag ik hem doden?' bedelde Llyn, met zijn bruine ogen smekend op zijn vader gericht, maar Caradoc schudde kortaf zijn hoofd.

'Nog niet, Llyn. Je moeder zou het me nooit vergeven als je gewond raakte. Je bent nog te jong.' De glans verdween uit de ogen, maar Llyn haalde berustend zijn schouders op en Caradoc lachte naar zijn zoon. 'Draag mijn speer maar,' bood hij aan. 'En als ik die ever gedood heb mag jij een slagtand hebben.'

'Wat is een slagtand, vergeleken bij mijn mes in zijn keel?' zei Llyn, maar met een trots gezicht pakte hij de speer. Plotseling weerklonk een schelle dierlijke kreet, een krect van woede en pijn en daarna hevig gekrijs. Togodumnus trok als een dolle aan zijn speer die in de struiken achter hem verward geraakt was, en Vocorio en Mocuxsoma worstelden om het net vast te houden terwijl het everzwijn woeste sprongen maakte en heftig met zijn kop schudde. Zijn slagtanden en een poot waren verstrikt geraakt in de taaie leren mazen van het net. De honden blaften en renden dol van opwinding heen en weer. De kleine rode ogen van de ever leken vuur te schieten naar de honden en het grote dier probeerde zich wanhopig vrij te worstelen.

'Kijk uit!' schreeuwde Cinnamus. 'Vocorio, werp het andere net!' De man rende naar voren toen de ever zijn kop schudde en een uitval deed naar de dichtstbijzijnde hond; zijn korte poten roffelden op de grond. Het net viel over hem heen en het dier rolde op zijn rug, krijsend en gillend in doodsnood. Llyn gaf de speer snel aan zijn vader en stormde naar voren met zijn mes in de hand, maar Caradoc trok hem resoluut terug. 'Nee, Llyn. Gedraag je toch!' 'Ik mag hem doden,' zei Togodumnus en hij rukte zijn speer los uit de struiken om snel naar de prooi te komen, maar Caelte versperde hem de weg.

'Nee heer, ik mag het doen,' zei hij en de ever bleef plotseling rustig onder het net liggen, alsof hij al dood was.

'Maar jij hebt drie dagen geleden al een prooi gedood,' protesteerde Togodumnus.

'En jij gisteren,' wierp Caelte tegen, maar Togodumnus weigerde toe te geven.

'Dat was maar een hert,' zei hij verongelijkt.

'Maakt niet uit. Deze ever is voor mij. Of wil je er soms om vechten?' Caelte keek bedaard naar het teleurgestelde gezicht, maar Togodumnus liet zijn speer zakken en keerde Caelte zijn rug toe als een verwend kind, zijn hoofd schuddend.

'Die ever is eigenlijk voor mij,' zei Llyn, 'maar van mijn vader mag ik hem niet doden.'

Togodumnus keerde zich weer om. 'Natuurlijk niet!' Hij deed een stap naar voren. 'Kijk maar eens, Llyn, dan zul je zien hoe wijs je vader is.' Hij liep langzaam naar het everzwijn toe en Caelte keek scherp toe, voor het geval Tog plotseling zijn mes zou trekken om hem voor te zijn, maar Togodumnus greep niet naar zijn gordel. De ever lag onbeweeglijk, maar zijn kleine oogjes volgden elke beweging. Tog bleef staan en hield zijn hand omhoog, alsof hij met een mes wilde toesteken, en plotseling sprong de ever grommend overeind. Het dier viel uit naar Togodumnus, de slagtanden staken door de leren mazen en enkele sterke riempjes knapten zelfs. Togodumnus deed snel een stap achteruit en op de plek waar hij even tevoren had gestaan drong een van de slagtanden met geweld in de aarde.

'Zie je wel?' zei Tog grijnzend. 'Als jij had geprobeerd zijn keel af te snijden, zou hij je gegrepen hebben, Llyn, en dan zou je nu daar op de grond liggen, met een opengereten been.'

Llyn glimlachte terug. Hij was erg op zijn oom gesteld, hij voelde zich aangetrokken door zijn opgewekte en gezonde uitstraling. Hij hield ook van zijn vader, maar als zesjarige knaap had hij toch nog zoveel ontzag voor hem dat hij zich niet helemaal op zijn gemak voelde in Caradocs aanwezigheid. En wat zijn grootvader betreft... Llyn trok zijn neus op en stak zijn mes weg. Cunobelin was net een dikke oude spin; de hele dag zat hij ineengedoken in zijn Zaal, en Llyn ging hem zoveel mogelijk uit de weg.

'Vooruit, Caelte, kom op!' zei Togodumnus. Caelte trok zijn mes en draaide behoedzaam om de ever rond, wachtend op het ogenblik dat de rode ogen even afgeleid waren. Toen sprong hij naar voren, greep een van de slagtanden en sneed met een snelle beweging de grauwe borstelig behaarde keel door. Dampend bloed stroomde op het witte gras, zodat de rijp snel wegsmolt en de groene sprieten eronder zichtbaar werden.

'Keurig gedaan,' zei Caradoc goedkeurend. Vocorio en Mocuxsoma wachtten tot de stuiptrekkingen van het dier afnamen. Daarna begonnen ze de poten vast te binden aan de paal die ze hadden meegebracht. Caradoc keerde zich naar Fearachar. 'De honden zijn ongehoorzaam,' zei hij. 'Ze zullen veel beter afgericht moeten worden, als ze volgende maand verscheept worden. Die zwarte hond met de grijze snuit moet apart afgericht worden. Hij blijft achter terwijl de anderen het werk doen. Dan komt hij er pas bij en deelt mee in de overwinning.'

'Net als iemand anders,' bromde Fearachar, met een schuin oog in de richting van Togodumnus, tegen Llyn. 'Ik zal het bespreken met de africhters.' Hij rekte zich uit. 'Dat was een mooie ochtend voor de jacht. Nu wordt het tijd voor wijn en hete soep. Vocorio en Mocuxsoma zwaaiden de paal met de buit op hun schouders en begonnen terug te lopen over het pad, naar de plaats waar de paarden vastgebonden waren en waar een kar gereedstond om de buit te vervoeren. Cinnamus, Llyn, Caradoc en Togodumnus volgden in een groepje en Sholto en Caelte sloten de rij achter hen. Fearachar werd achtergelaten om de honden te vangen en weer aan te lijnen. Het geluid van zijn kreten en gefluit stierf langzaam achter hen weg.

'Was jij werkelijk aan de beurt om de ever te doden, Caelte?' vroeg Llyn en Sholto trok hem speels aan zijn oor.

'Geduld, kereltje. Jij moet nog zeker een jaar wachten voor het zo ver is, en misschien vindt je vader het dan nog te vroeg.'

'Dan ga ik alleen op jacht en dan dood ik stiekem een everzwijn.'

Caradoc begon te lachen, maar het klonk ook vermanend. Hij legde zijn arm over de stevige schouders van zijn zoon en hij kreeg een trots gevoel, blij dat de jongen eerder op zijn vader leek dan op Eurgain, hoewel hij toch veel van haar hield. Llyn had even donkerbruin haar als hijzelf, maar er verscheen een rossige gloed in als de zon zijn hoofd koesterde. Llyn had overduidelijk een kuiltje in zijn hoekige kin, een teken dat hij tot het Huis Catuvellauni behoorde, en zijn lichaam was goedgebouwd en al aardig gespierd. Llyn liep met dezelfde regelmatige stevige passen als zijn vader over het pad, maar hij had de diepe aanstekelijke lach van Togodumnus, die luchtige vrolijkheid rond zich verspreidde. Soms, als Llyn in gedachten verzonken was, meende Caradoc dat hij Cunobelin herkende in de geheimzinnige glimlach en de gesluierde ogen, maar Llyn zat niet dikwijls lang genoeg stil om in gepeins te verzinken. De jongen zwierf door Camulodunon en het omringende gebied met drie of vier vriendjes en samen brachten ze veel tijd door in de buurt van de stallen, wachtend tot ze toestemming kregen een ritje op een van de grote paarden te maken. Met de ponywagen wilde Llyn niet meer rijden, maar soms beklom hij toch mopperend een van de pony's om zijn zusjes gezelschap te houden.

Caradocs oudste dochter Eurgain was nu vijf jaar oud, blond en koppig. Ongeduldig wilde ze al een pittiger dier berijden, en haar zusje Gladys was vier, even donker als haar tante. Ze was een rustig kind dat nooit huilde. Ze had iets verontrustends, zoals Aricia toen ze nog jong was; ze bekeek de wereld van de Catuvellauni met hooghartige, bedachtzame ogen, en meer dan eens, als ze op zijn knie kroop, gooide ze de poort van herinneringen in Caradocs hoofd wijd open. Even was er dan de verscheurende herinnering met al haar zoetheid, en de geuren en kleuren die hem te binnen schoten deden hem verstarren. Zelfs nu, zeven jaren nadat Aricia te paard weggereden was in de mist, met tranen in haar ogen en haar lippen op elkaar geklemd om de pijn van het afscheid te verdragen, kon ze hem nog krachteloos maken, en dikwijls als hij zijn dochter op zijn knie tilde doorleefde hij nog eens elke heftige ontmoeting, elk gefluisterd woord en elke beschamende daad. Steeds weer moest hij die blijvende herinneringen met geweld uit zijn hoofd verdrijven. Caradoc was meer dan gelukkig met Eurgain, en hij wist dat hij een juiste beslissing had genomen. Hij zou nog liever zijn eigenwaarde verliezen dan haar kwijtraken. Het zevende jaar dat ze samen doorbrachten was nu bijna voorbij en hij had haar plagend gevraagd of ze nu naar haar vader zou terugkeren met haar kudden en kinderen, omdat ze inmiddels genoeg had van het huwelijk. Het was de gewoonte dat ze daartoe in het zevende jaar de vrijheid had, maar ze had alleen gelachen. 'Ik heb een poos een oogje op Cinnamus gehad,' zei ze, haar gezicht in de plooi houdend. 'Hij is zeker de moeite waard, maar ik ben toch liever jouw eerste vrouw dan de tweede vrouw van Cinnamus.'

'Cinnamus heeft graag vrouwen die onstuimig en ruzieachtig zijn,' had Caradoc vinnig geantwoord, want een lichte steek van jaloezie schoot door hem heen. 'Hij zou niet weten wat hij met jou moest beginnen.'

Ze was toen dicht naar hem toegekomen; haar blauwe ogen keken nog steeds ondeugend. 'Maar Caradoc,' had ze zacht gezegd, 'hij vertelde me gisteren dat alle mannen soms behoefte aan afwisseling hebben. Misschien is hij wel moe geworden van Vida's scherpe tong en nagels en wil hij iemand anders.' Ze had hem daarna gekust, nog voor hij woedend kon losbarsten en haar mond lachte vrolijk omdat ze wist dat zij en Caradoc voorgoed aan elkaar gebonden waren.

Caradoc keek neer op zijn zoon toen ze bij de rand van het woud kwamen. 'Nooit alleen op jacht gaan, Llyn. Als je gewond in het bos ligt, wie zou je dan te hulp komen? Misschien zie jij weinig verschil tussen dapperheid en overmoedigheid, maar ik kan je wel vertellen dat niemand ontzag voor een roekeloos man heeft.'

Llyn gaf geen antwoord. Ze kwamen bij de open plek waar de paarden geduldig wachtten, bewaakt door een staljongen die op de grond zat. De jongen kwam overeind en begroette hen. Daarna stegen ze allen te paard. Llyn stapte eerst op een boomstronk voordat hij zijn been over het paard kon zwaaien en toen reden ze terug naar huis. De zon scheen fel, maar bracht slechts een dunne waterige warmte, en de mannen waren toe aan een knappend vuur en hete wijn. De kar, waarop de ever en al het jachtgerei waren geladen, reed krakend achter hen. Achterop zaten Vocorio en Mocuxsoma; ze lieten hun benen bengelen en zongen, terwijl Llyn zijn paard vooruit liet draven over het pad, terwijl hij schreeuwde en dierengeluiden maakte.

Ze leidden de paarden onder de kille schaduw van de poort door, waar Vocorio en Mocuxsoma van de kar sprongen en het voertuig met de jachtbuit naast de muur achterlieten. De mannen zouden komen om het dier te villen; ze zouden de slagtanden voor Caelte bewaren en het jachtgerei moest naar de wapenmaker gebracht worden om door hem schoongemaakt en gerepareerd te worden. Ze liepen langs de stallen, de hondehokken en verder langs de woningen van de vrije mannen, tot aan de open plek voor de Grote Zaal, waar een kille wind aan hun mantels rukte en de blozende kleur op Llyns wangen nog dieper maakte. Op de open plek had zich een menigte verzameld; de mensen stonden in groepjes of hurkten naast elkaar op de grond. Even verderop hoorden ze wapengekletter en ze liepen verder om te zien wat er aan de hand was. Llyn trok opgewonden aan Caradocs mouw. 'Kijk, daar zijn moeder en tante Gladys!' riep hij. De hoofdmannen en vrije burgers maakten ruim baan voor hen en even later vonden ze een plek waar ze gingen zitten. Llyn werd door Sholto naar beneden getrokken en kreeg de vermaning dat hij stil moest zijn. Elke plotselinge uitroep of beweging kon in een tragedie eindigen op dit oefenterrein, waar het niet de bedoeling was te doden. Llyn wist dat heel goed en bleef doodstil zitten; zijn ogen straalden en zijn mond viel half open.

Zijn moeder en zijn tante cirkelden met hoog opgeheven zwaarden om elkaar heen. De twee vrouwen waren in korte broek en tuniek gekleed. Hun haren waren in strakke vlechten aan hun middel gebonden. Hun linkerarm was niet gewapend. Caradoc zag liever dat Eurgain een schild gebruikte, maar dat deed ze zelden, evenmin als Gladys, hoewel ze allebei beseften dat ze zich moesten gewennen aan het grotere gewicht. Gladys haalde haar schouders op toen Cinnamus er een opmerking over maakte. 'Ik zal toch niet naar het slagveld trekken,' had ze geantwoord. 'En ik heb gezworen dat ik nooit meer op rooftocht zal gaan. Dus waarom zou ik mezelf met een schild hinderen?' Cinnamus was het niet met haar eens, en de anderen evenmin, maar de twee vrouwen sloegen er geen acht op. De leermeester van Gladys riep iets en de twee tegenstandsters kwamen dichter naar elkaar. Toen, snel als een windvlaag, zwaaide Eurgain met haar zwaard onder dat van Gladys door en bracht het wapen horizontaal met een slag die haar schoonzuster zeker in tweeën had gekliefd, als de laatste de dreiging niet had zien aankomen. Ze draaide snel weg en ontweek de aanval. Beide vrouwen raakten vermoeid; zweetdruppels stroomden langs hun gezichten en ze haalden hijgend adem. Gladys was de sterkste van het tweetal, met een zuivere krachtige stijl, maar Eurgain was lichter gebouwd en ze bewoog zich sneller. Ze waren aan elkaar gewaagd. Eurgain viel meer aan en achtervolgde Gladys met een reeks korte slagen, naar voren en telkens weer terugwijkend, en haastig moest de menigte plaats voor hen maken. Toen draaide Gladys zich snel om en stak toe. Het was geen gewone uitval. De zwaarden waren bedoeld om ermee te houwen, niet om korte stoten uit te delen: de punten waren stomp, maar de snede was zo scherp geslepen dat een grasspriet erdoor gekliefd zou worden. Maar de stompe punt schramde Eurgain in haar nek en donkerrood bloed begon langs haar bezwete tuniek naar beneden te druppen. Ze negeerde de verwonding en draaide zich razendsnel om om een slag toe te dienen. Haar arm suisde laag door de lucht, maar op dat ogenblik riep de oefenmeester: 'Genoeg!' en de vrouwen lieten onmiddellijk hun zwaarden vallen. Ze wankelden naar elkaar toe en lieten hijgend hun hoofd op elkaars schouders rusten. Caradoc kwam overeind en liep naar het tweetal toe. Cinnamus volgde hem.

'Eurgain zou met mij moeten oefenen,' zei Cinnamus, toen ze over de stoffige, aangestampte aarde voor de toegangsdeuren van de Grote Zaal liepen. 'Haar slag is goed gericht maar te hard, zodat ze haar evenwicht verliest omdat ze te ver uithaalt.'

'Ik denk niet dat ze zichzelf goed genoeg vindt om het tegen jou op te nemen en misschien haar hoofd kwijt te raken,' antwoordde Caradoc toen ze bij Gladys en Eurgain kwamen. De twee vrouwen waren inmiddels op de grond gaan zitten. De mannen hurkten bij hen en Llyn sloeg zijn armen om de hals van zijn moeder. Ze vertrok haar gezicht, omdat dit pijn deed.

'Je was heel goed, moeder,' zei hij ernstig, 'maar je houdt je voeten te dicht bij elkaar om goed je evenwicht te bewaren. Op een dag zal tante Gladys je nog per ongeluk doden, omdat je uitgleed.'

Gladys lachte en wiste haar gezicht af met haar vuile tuniek. 'Zo onoplettend is jouw tante Gladys nu ook weer niet,' zei ze. 'Ik ben altijd op mijn hoede voor ongelukken, Llyn. En bovendien staken je moeder en ik al met zwaarden naar elkaar toen jij nog lang niet geboren was. We weten nu wat we aan elkaar hebben. Heb ik je bezeerd, Eurgain?'

Caradoc trok de tuniek wat weg van haar nek, maar de wond was niet diep. Eurgain schudde haar hoofd.

'Het is niet erg. En, Cinnamus, wat vond jij ervan?'
'Llyn heeft gelijk,' zei hij prompt. 'Zet je voeten verder uit elkaar en zwaai niet zo hoog met je zwaard.'
Gladys slaakte een zucht. 'Ik ben doodmoe en ik heb dorst gekregen. En ik voel me erg smerig.' Ze kwam snel overeind en liep langzaam weg. Eurgain stond ook op en tastte met haar hand in haar nek. Bloed sijpelde nog steeds tussen haar vingers.
'Llyn,' zei ze, 'ga eens vlug naar huis en zeg dat Tallia water moet koken.' Ze wendde zich naar zijn vader. 'Heb je een goede jacht gehad, Caradoc?'
'Niet slecht, maar de honden zijn erg ongehoorzaam. Caelte heeft een ever gedood.'
'Ik dacht dat Sholto aan de beurt was?'
'Eigenlijk', kwam Llyn tussenbeide, 'was het mijn beurt, maar vader...'
Caradoc gaf hem een por. 'Ga doen wat je moeder je gevraagd heeft!' zei hij kortaf en Llyn rende al weg naar het huis. 'Hij wil zo graag een keer doden,' zei Caradoc tegen Eurgain, 'maar ik denk dat hij nog niet sterk genoeg is om dat goed te doen.'
'En hij wil ook met ijzeren wapens vechten, in plaats van met houten zwaarden,' voegde Cinnamus eraan toe.
'Hij mag alleen een houten zwaard dragen!' zei Eurgain scherp. 'Je mag niet aan zijn gezeur toegeven, Cin.'
'Ik zal heus niet toestaan dat hij zichzelf doodt,' zei Cinnamus sussend. Caradoc kuste Eurgain op haar warme wang en keek op. 'We hebben honger en dorst,' zei hij. 'Jullie moeten water drinken en schone kleren aantrekken.' Hij liep met Cinnamus naar de Zaal en Eurgain beklom langzaam de heuvel naar haar huis. Ze hoorde hoe Tallia de kleine Eurgain vermanend toesprak en hoe het kind kraaide van plezier. Llyn kwam naar buiten, maar rende haar niet tegemoet. Hij wuifde naar haar en verdween snel in de richting van de hondehokken, terwijl Eurgain moeizaam de laatste passen omhoog aflegde. Haar lichaam gloeide van moeheid.
Cunobelin zat alleen op de dekens die in een hoek van de Grote Zaal uitgespreid waren. Zijn verstijfde, opgezwollen handen omklemden een drinkkroes en hij hield zijn benen onder zich gevouwen. Geen van zijn mannen was bij hem en Caradoc vroeg zich verstoord af waar ze ergens waren. Geen vorst werd geacht ergens te lopen, te zitten, te jagen of te vechten, zonder dat ten minste twee van zijn hoofdmannen aan zijn zijde bleven, en plotseling besefte Caradoc hoe oud zijn vader was geworden, hoe traag zijn verstand werkte en hoe stram zijn lichaam nu was. Cunobelin staarde voor zich uit, zonder een bepaalde uitdrukking op zijn gezicht en toen Caradoc had gegeten en nog even met Cinnamus, Caelte en Sholto had gesproken, schonk hij zich wijn in, nam een handvol gedroogde bonen uit de zak bij de deur en liep op

zijn vader toe. Cunobelin draaide zijn hoofd iets, maar hij gaf geen blijk van herkenning en Caradoc liet zich met gekruiste benen naast hem zakken. Hij zag Togodumnus en drie van zijn hoofdmannen binnenkomen, maar ze gingen aan het andere uiteinde van de lange schemerige ruimte zitten. Caradoc wist dat ze over de jacht spraken en Tog vertelde wat er precies gebeurd was met brede armbewegingen en woorden die gewijd waren in de loop van duizend jaar verhalen vertellen. Hij vroeg zich af of Adminius nog vóór de avond van zijn strooptocht zou terugkeren. Cunobelin had de Coritani de afgelopen vijf jaren voortdurend onder druk gezet, en Adminius, en soms ook Caradoc zelf, hadden veel tijd doorgebracht met koud en nat in de wouden liggen, wachtend op het vallen van de nacht, om dan over de grens te sluipen en daar te doden en te roven. De Coritani konden daar weinig tegen doen. Cunobelin beledigde hen en bracht hen tot razernij, alleen maar door om hun versterkte forten op de heuvels te sluipen en steeds verder naar hun hoofdstad door te dringen.

De Coritani hadden geen koning. Ze werden geregeerd door een Raad en door twee rechters die het nooit met elkaar eens waren of het nu beter was de Catuvellauni de oorlog te verklaren, of alleen te volstaan met het indienen van nog meer protesten in Rome. En terwijl ze daarover aarzelend en weifelend beraadslaagden sloegen Adminius, Caradoc en Togodumnus telkens weer toe. De Coritani hoopten dat er werkelijk iets opzienbarends zou gebeuren als ze boodschappers met heftige protesten naar Rome stuurden. Tiberius was gestorven na een regeringsperiode van vijfenveertig jaar. Hij was een schrander en rechtvaardig man geweest, met een vooruitziende blik en hij gebruikte het leger en de wet om de Pax Romana te bewerkstelligen, maar hij had zo zijn eigen ideeën over de plaats van Albion, en dat gebied viel buiten de Pax. Albion was goed voor de handel, maar het werd te duur om het eiland te veroveren. Daarom had Tiberius besloten dat de kust van Gallië de westgrens van zijn rijk was. Voorbij die grens lag de oceaan en het einde van de wereld. Maar Tiberius was nu dood en Gaius Caesar, een puistige knaap van zeventien jaar, hield zijn intocht in Rome, brandend van verlangen om te tonen waartoe hij in staat was. Op dit ogenblik was hij gevaarlijk dichtbij, om een samenzwering in Germania te ontrafelen en om zijn ongeregelde en ongedisciplineerde legioenen te verzamelen voor een doorbraak over de Rhenus, maar Cunobelin en zijn zonen trokken zich van hem evenmin iets aan als ze zich eerder veel aan Tiberius gelegen hadden laten liggen. Rome had zijn hand naar Albion uitgestrekt, maar Albion had Rome een gevoelige tik op de vingers gegeven. Meer hoefde er niet gezegd te worden en Gaius kon zijn tijd verdoen met zijn generaals lastig vallen en de Senaat hinderen met wat hij wilde. De Coritani hoopten dat er een wijziging in het keizerlijke beleid tegenover de roofzuchtige Catuvellauni zou komen, maar tot nog toe hadden ze alleen maar kunnen hopen, terwijl Gaius in Germania was en zijn troepen het land daar plunderden.

Caradoc nam een klein slokje van zijn wijn en kauwde op de bonen. Cunobelin leek hem te negeren. Caradoc hoorde de moeizame ademhaling van zijn vader; de lucht kwam piepend uit zijn longen en Caradocs blik dwaalde naar de blauwgeaderde reumatische vingers, zonder ringen, omdat Cunobelin die niet langer over zijn gezwollen knokkels kon schuiven. Caradoc vroeg hem na een poosje: 'Gaat het vandaag goed met je, vader? Waar zijn je hoofdmannen?'

Cunobelin draaide langzaam zijn hoofd om. De kleine oogjes die altijd misprijzend of wraakzuchtig glansden, leken nu weggezonken en met een waas omfloerst. De rimpelige huid van zijn gezicht hing wit en in plooien neer. Het grijze haar was ongekamd en hing omlaag in vettige pieken, en Cunobelins nek was zo opgezet en pafferig dat zijn gouden halsring diep in de geplooide bleke huid begraven was. Het duurde geruime tijd voor er een glimlach op zijn gezicht verscheen, als het al een glimlach genoemd kon worden. Het leek eerder een grimas en een vleug bedorven adem en de geur van ranzige wijn drong in Caradocs neusgaten door. 'Wanneer voel ik mij ooit goed de laatste tijd, Caradoc?' vroeg de oude man hees en het kostte hem duidelijk moeite te spreken. Caradoc besefte opeens dat Cunobelin volkomen dronken was. 'Wat mijn hoofdmannen betreft, als je hen kunt vinden moet je zelf maar vragen wat ze aan het doen zijn. Ze zullen niet aarzelen jou dat te vertellen. Ze beramen een samenzwering tegen mij en daarom schamen ze zich mij recht in de ogen te kijken.' Hij hief zijn kroes met beide handen op, nam een grote slok en de wijn droop langs zijn mondhoek tot in zijn hals. Daarna legde hij zijn hoofd tegen de muur, sloot zijn ogen en haalde snurkend adem.

Caradoc gaf niet onmiddellijk antwoord. Hij kende de hoofdmannen van dit stamgebied allemaal en hij wist dat de mannen hun bezwaren luidkeels in de Vergadering te berde zouden brengen, in plaats van achter de rug van hun heer slinkse plannen te beramen. Het was veel aannemelijker dat de gezondheid van Cunobelin hen zorgen baarde en dat ze niet goed wisten wat ze nu moesten doen. Cunobelin was al een jaar niet uit de Grote Zaal gekomen. Hij at en sliep hier op een stapel oude dekens. Hij liet Cathbad urenlang liederen zingen over zijn leven, zijn liefdes en zijn veroveringen, over zijn dromen en honderden rooftochten, maar nooit over zijn feilen, noch over zijn mislukkingen die samen een verblekend patroon in zijn schemerig geworden geest vormden. Zijn hoofdmannen konden zien dat het einde nabij was; iedereen zag dat, maar Cunobelin was even sterk als hij altijd schrander was geweest en hij bleef leven, weliswaar verzwakkend, maar nog steeds sterker dan de zwarte dood, zijn laatste vijand. De belangstelling voor hem in het stamgebied was geleidelijk verminderd en de mannen bemoeiden zich met hun eigen zaken. Caradoc wist dat de hoofdmannen zijn vader niet wilden doden. Ze zagen liever dat hij uit eigen wil, zo niet door eigen hand, stierf. Maar het was wel een feit dat de situatie moeilijk was. Het was duidelijk dat de godin onvast wankelde, en dat haar beschermende krachten afnamen. Deze zomer was erg nat geweest, zodat veel van de gewassen op de akkers wegrotte en niet geoogst kon worden. Laat in het voorjaar was er nog nachtvorst geweest, en toen waren er veel pasgeboren kalveren gestorven. Er moest iets gebeuren, maar ze sloegen niet de hand aan de man die hen allen tot onvoorstelbare rijkdom en macht had gebracht en hier voor hen een koninkrijk had gesticht. Dit alles overwoog Caradoc terwijl hij luisterde naar de gesprekken rond hem, ver weg van de onzichtbare cirkel van afstandelijkheid waarin Cunobelin zich had teruggetrokken. Toen nam Caradoc met een vastberaden gebaar de kroes uit de koude handen en smeet die door de Zaal.

'Je hebt genoeg gedronken!' zei hij. 'Als je dan toch moet sterven, doe het dan zoals je voorvaderen, met heldere ogen die vast gericht zijn op het volgende leven en met een glimlach om je lippen! Wat mankeert je? Ben je soms bang?' Dat laatste woord zou Cunobelin diep raken wist Caradoc en ergens diep in zijn ziel tot onder de lagen van wanhoop en dronkenschap heen dringen. Cunobelin gromde iets en ging rechtop zitten. Hij steunde zijn bovenlijf met zijn handen naast zijn knieën op de vloer.

'Nee, ik ben niet bang,' zei hij venijnig met krassende stem; de woorden kwamen moeizaam en gebroken. 'Ik heb de dood al te dikwijls onder ogen gezien om nog bang te zijn. Ik zit hier en herinner me alle dingen die ik niet gedaan heb en dan groeit de woede in mij. Mijn lichaam gehoorzaamt niet langer aan mijn wil, maar mijn geest springt nog en danst, en bespot mij. Daarom drink ik en wacht af. Misschien hebben ze uiteindelijk toch de moed zich van mij te ontdoen.' Hij probeerde te grinniken, naar adem happend en hijgend. Caradoc moest zich walgend van hem afwenden. Hij had gezien hoe Cunobelin dronken brulde en dronken vocht, maar nog nooit had hij zijn vader zo gezien, verkrampt en verbitterd, ineengedoken in zijn hoekje als een smerig, wroetend insekt.

'Misschien is het nu de tijd dat ze het doen,' zei hij, maar zijn keel werd dichtgeknepen door verdriet en teleurstelling. 'En als zij het niet doen, dan zal ik die taak op mij nemen. Een gewijd mes, vader, flitsend door het zonlicht en dan volgt een waardige dood voor de vorst van dit stamgebied. Jij denkt alleen aan jezelf, vader, je sabbelt aan dromen van overwinningen die er nooit zullen komen, terwijl Dagda de godin haat vanwege haar afzichtelijkheid, en terwijl de kracht van deze stam gebroken wordt. Dood jezelf! Sterf waardig! Wat is er toch gebeurd dat je hier in het donker hurkt tot onheil van ons allemaal?' Onhandig kwam Caradoc overeind. Hij smeet zijn lege kroes naar zijn vader en wierp de bonen op de vloer. Met grote passen liep hij naar buiten, hevig verlangend naar frisse, onbezoedelde lucht en hij wilde bewegende en lachende mensen zien. Togodumnus had met zijn scherpe ogen gezien wat er voorgevallen was en hij volgde Caradoc snel naar buiten. Halverwege de heuvel haalde hij zijn broer in.

'Wat heeft hij gezegd, dat je zo kwaad werd?' vroeg Tog nieuwsgierig.

Caradoc bleef met een ruk staan en ze keken elkaar strak aan. 'Hij wil niet sterven,' zei Caradoc, en een steek van pijn deed zijn stem breken. 'Hij zit daar maar en teert weg, dag na dag. Maar vandaag was het slechter met hem dan ik ooit eerder heb gezien en ik vrees het ergste voor ons allemaal. Als hij nog een seizoen blijft leven zullen de Catuvellauni misschien niet meer zijn dan een verspreide groep families die door de wouden zwerven. En hij is nog sterk, want als hij dat wil kan hij zo op zijn paard klimmen!'

'Dat wil hij niet,' antwoordde Togodumnus. 'Hij weet dat zijn dagen geteld zijn en dat vindt hij vreselijk. De hoofdmannen willen hem doden, maar ze durven niet.'

'Hoe weet jij dat?' vroeg Caradoc scherp, en op het gezicht van Togodumnus verscheen een sluwe glimlach.

'Dat heeft Gladys me verteld. Ze kwamen naar haar toe, omdat zij hem beter kent dan wij allemaal, maar ze stuurde hen weg en zei dat ze zelf een besluit moesten nemen. Ik denk dat Gladys ook teleurgesteld is in hem.' Caradoc zei niets meer en zonder zijn broer nog aan te kijken liep hij verder naar de poort.

Adminius keerde die avond met zijn hoofdmannen terug. Ze dreven dertig stuks fokvee voor zich uit die ze op de Coritani buitgemaakt hadden. 's Avonds werd een feestmaal aangericht en de Zaal was vol mensen. Adminius liep meteen naar Cunobelin, die in zijn hoek weer aan het drinken was en bracht verslag uit aan zijn vader over de plundertocht, maar Caradoc keek toe en merkte dat Cunobelin door geen enkel teken liet blijken dat hij ook maar een woord gehoord had van wat hem verteld werd, en dat hij zelfs niet gemerkt had dat zijn zoon naast hem hurkte. Na een ogenblik kwam Adminius overeind, liep weg en ging naar zijn eigen hoofdmannen. Cunobelin begon weer te drinken. 'Kennelijk was het een geslaagde rooftocht,' fluisterde Cinnamus in Caradocs oor, 'maar ik denk dat Cunobelin er niet verstandig aan doet onze buren zo hard aan te pakken. Het zal niet lang meer duren of we staan tegenover een getergd leger van de Coritani en dan hebben we geen sterke heer die ons leiding kan geven in de strijd.'

Sholto had het ook gehoord. Hij boog zich naar Caradoc en Cinnamus die een stuk brood in de jus doopte. 'Daar ben ik het niet mee eens,' zei hij. 'Wij hebben drie heren die ons kunnen leiden: Adminius, Caradoc en Togodumnus. Laat de Coritani maar komen. Ik voel voor de verandering wel wat voor een flinke kloppartij.' Daarna kauwde Sholto weer verder op zijn homp vlees.

Caradoc staarde in de vlammen, met zijn hand ondersteunde hij zijn kin. We hebben geen heer, dacht hij, want de man die ooit mijn verwekker was, die vette oude zoutzak daar in de hoek, is zeker geen leider meer en de Vergadering zit avond aan avond zwijgend bijeen, machteloos omdat er geen krachtige ricon is. Maar Adminius is de oudste. Hij moet iets doen. Waarom zouden Tog en ik de verantwoordelijkheid op ons nemen? Caradoc wist dat Adminius vol afschuw zou huiveren bij de gedachte aan vadermoord, zozeer was zijn broer onder de invloed van de Romeinse gewoonten geraakt. De gedachten van Caradoc draaiden in een steeds kleinere kring telkens weer rond, naarmate de nacht verstreek. Zijn dochtertjes kwamen van Eurgain naar hem toe, kropen op zijn knie en hij drukte hen tegen zich aan en kuste hen, maar nog steeds kwam zijn malende geest niet tot rust. Bedienden wierpen meer houtblokken op het vuur en de vonken spatten in het rond. Cunobelin vroeg niet om muziek en Cathbad zat bij Gladys, met zijn harp over zijn gekruiste benen, maar Gladys' ogen dwaalden, evenals die van Caradoc, dikwijls naar de donkere hoek waaruit een bijna zichtbare stank oprees en waar nog vaag de schaduw zichtbaar was van de man die eens zo machtig geweest was.

Caradoc zag Tallia bij de deur rondhangen en hij liet zijn kleine meisjes door haar naar bed brengen. Hij was ook vermoeid en hij had hoofdpijn. Ten slotte kwam hij tegelijk met Cinnamus overeind, maar op hetzelfde ogenblik viel er een ijzige stilte. Alle ogen keken naar de hoek achter hem en Caradoc draaide zich snel om. De stilte was zo dreigend dat hij naar zijn zwaard greep. De schaduw in de hoek kwam in beweging en werd groter en Cunobelin stapte wankelend naar de lichtkring rond het vuur. In de geschrokken stilte kwam hij onvast lopend en struikelend naar voren en bleef zwaaiend voor Caradoc staan. Cinnamus ging een stap dichter naast zijn heer staan en Caradoc voelde dat Togodumnus achter hem kwam staan, want de gloeiende rode ogen en de ontblote tanden behoorden niet langer tot de vader die hij gekend had, maar tot een aftandse oude ever. Cunobelin worstelde om al zijn krachten te verzamelen om iets te zeggen, maar de hand van Caradoc bleef op het gevest van zijn zwaard en de mannen rond hem zetten zich schrap voor wat het ook was dat komen zou. Want ze wisten allemaal dat een wild zwijn wel een nederlaag kan veinzen, maar dan toch in een laatste paroxysme van kwaadaardige en genadeloze haat verscheurend kan toeslaan.

Cunobelin begon te spreken; zijn stem klonk gebarsten en de woorden waren weinig meer dan een onverstaanbaar gemompel, zijn adem was een onwelriekende vuile damp. 'Dood jezelf, en sterf met trots, zeg je tegen mij, mijn zoon, met dat hardvochtige gemak van de jeugd. Jij die wel gedood hebt, maar nog nooit tegenover een vijand stond die onverslaanbaar is. Ik kan geen gijzelaar wringen uit de duisternis die voor mij ligt. Maar de Hoofdman van de Nacht komt genadeloos steeds dichter naar mij toe.' Hij liet zijn hoofd op zijn brede borst zakken, maar met geweldige krachtsinspanning keek hij weer op en alle omstanders keken met ingehouden adem toe, naar dit wrak van de eens zo machtige man.

'Een van jullie,' schreeuwde hij, en hij zocht in het schemerige licht naar de gezichten van zijn zoons, 'een van jullie zal mijn mantel opnemen en de halsring van de ricon dragen, maar pas dan op! Want de dood zal hem ook besluipen, zelfs al leef je overmoedig en koester je minachting voor hem. Genadeloze en meedogenloze bruten zijn jullie! Kom dan en dood mij!' Hij morrelde aan zijn gordel en probeerde zijn zwaard te trekken, maar niemand verroerde zich.

Caradoc stond als vastgenageld en een vreselijke verlamming kleefde zijn tong aan zijn verhemelte vast. Zijn ledematen leken wel versteend. Hij voelde een hand in zijn eigen hand glijden. Eurgain stond naast hem, bleek en geschokt. 'Doe iets, Caradoc,' fluisterde ze. 'Laat niet toe dat zijn geest afstompt door deze vreselijke krankzinnigheid.' Maar Caradoc was nog steeds niet in staat zich te verroeren. Conubelin begon geluidloos te huilen en zijn hand viel krachteloos neer van zijn borst. Plotseling sprong hij naar voren en Cinnamus trok met een metalig rinkelend geluid zijn zwaard, maar de oude man was hem al voorbij gesneld en verdween wankelend door de deur. Gladys holde achter hem aan en riep telkens zijn naam. Cathbad rende ook achter zijn meester aan. Cinnamus stak zijn zwaard weer terug in de schede, Togodumnus sprong snel naar de deur, en in een oogwenk waren alle mannen buiten in de donkere nacht. Nog steeds verbrak niemand het stilzwijgen. Caradoc, gevolgd door Cinnamus, Sholto, Vocorio en Caelte, drong zich naar voren en rende achter Gladys aan, onverschillig voor de gure wind onder de met sterren bezaaide hemel. Ze konden Cunobelin ergens horen schreeuwen, en ook het smekende en angstige roepen van Gladys. Ze renden verder, hun voeten raakten de bevroren aarde nauwelijks en eindelijk vonden ze Gladys geleund tegen de zijmuur van de stallen.

'Hij is weg,' bracht ze met moeite uit. 'Hij heeft Brutus en zijn paard meegenomen.' Caradoc wilde naar de stal rennen, maar Togodumnus hield hem tegen. 'Laat hem begaan, Caradoc,' zei hij hoofdschuddend. 'Je hebt gehoord wat hij tegen ons zei. Nu gaat het tussen ons en Adminius. Laat die oude gek toch lopen!' Met een heftige vloek en een woest gebaar wrong Caradoc zich los uit de greep van zijn broer en smeet hem tegen de grond.

'Zo gebeurt dat niet!' schreeuwde hij. 'Haal je paard, Tog!' De staljongen was op een geschreeuwd bevel van Gladys al bezig twee paarden naar buiten te leiden en Caradoc rukte woest de teugels uit zijn hand en sprong te paard. 'Schiet op, Tog! Vlug!' siste hij, kijkend naar de geopende poort. Togodumnus klom met tegenzin op de rug van zijn paard, zich er plotseling van bewust dat er zich een heel groepje rond hem verzameld had. Eurgain stond naast

Gladys. Ze had geen mantel aan en huiverde, maar ze leek er geen acht op te slaan. Adminius stond er ook, met zijn armen voor zijn brede borst gevouwen. Hij was geen paard gaan halen en Caradoc, die zelf naar de poort stormde, wist nu al dat zijn oudere broer de helling op zou lopen om terug te keren naar zijn warme hut, nog wat wijn te drinken en rustig afwachten wat er verder gebeurde. Caradoc sprong op de grond en leidde zijn paard snel langs het steile pad en door de droge gracht, daarna besteeg hij zijn paard weer, zich ervan bewust dat Togodumnus vlak achter hem reed en samen spoorden ze de rijdieren vurig aan en galoppeerden in de richting van de zwarte streep waar het woud begon.

Twee uren zochten ze in de omgeving, ernstig gehinderd door de duisternis. Terwijl Togodumnus telkens naar Brutus floot, steeg Caradoc dikwijls af en knielde in het berijpte gras, speurend naar hoefafdrukken van Cunobelins paard, maar het vroor nu flink en de grond was hardbevroren. Er waren wel sporen, maar die waren al oud. Caradoc zag afdrukken van paardehoeven, gemaakt toen de modder nog dik en zacht was, maar nu bevroren tot kleine keiharde kuiltjes. Nergens vonden ze een vers spoor, maar hij en Togodumnus keerden niet terug. Ze reden steeds dieper het woud in dat zich achter om hen sloot in de ijzige eenzaamheid van de vroeg ingevallen winter. Uiteindelijk hielden ze de teugels in en bleven staan. Ze keken elkaar verslagen aan. 'Misschien is hij niet deze kant opgereden?' veronderstelde Togodumnus. 'Hij kan ook in oostelijke richting naar de rivier zijn gegaan, en dan verder naar de zee.'

Maar Caradoc schudde nadenkend zijn hoofd. Hij wist zeker dat Cunobelin naar de bossen was gevlucht, zonder erbij na te denken, als een dier dat in doodsnood een hol zoekt om in weg te kruipen en daar in eenzaamheid te lijden. Als ze het zoeken nu opgaven, zouden ze hun vader misschien nooit meer vinden en als ze wachtten tot het paard van Cunobelin zonder berijder bij de dageraad terugkeerde zou het zoeken helemaal onmogelijk worden. 'We zullen hier moeten wachten en luisteren of we zijn paard horen,' zei hij langzaam. 'Heb je het koud, Tog? We kunnen een vuur…' Maar op dat moment wierp Togodumnus zijn hoofd achterover en maakte een ongeduldig gebaar. Caradoc zweeg meteen. Tot het uiterste gespannen spitsten ze hun oren en in de verte hoorden ze een klaaglijk janken.

'Deze kant op!' zei Togodumnus en ze reden tussen de bomen door, want er was geen pad dat ze konden volgen. Ze lieten zich van hun paarden glijden en baanden zich een weg door de dichte struiken en dode takken. Telkens sleepten de ranken van klimplanten achter hen aan. Het zachte klaaglijke janken werd luider. Brutus hoorde hen naderen en rende hen tegemoet, met zijn staart tussen zijn poten en zijn lang geleden gehavende oor bewegend. Snel bonden ze de paarden aan een boom en trokken tegelijk hun zwaarden, alsof ze dat zonder woorden hadden afgesproken. Waarom ze hun zwaard trokken wisten ze zelf niet, maar de sfeer werd steeds dreigender en een vreemde ijzige kilte leek hen te omhullen. Ze bleven dicht bij elkaar, terwijl Brutus bij de paarden bleef en niet wilde komen toen Togodumnus hem zachtjes riep. Toen zagen ze hem. Caradoc zag iets glanzen op de grond en met een kreet sprong hij naar voren. Togodumnus volgde hem, zijn zwaard in zijn handen geklemd. Cunobelin lag ineengedoken tegen de stronk van een eik, zijn hoofd rustte op zijn schouder en zijn benen waren languit gestrekt. Toen zijn zoons zich over hem heen bogen klonk hoog boven hen een zacht ruisen van de wind, half spottend, half medelijdend, door de kale takken en in het sterker wordende maanlicht zagen ze de zwarte schaduwstrepen heen en weer bewegen over het gezicht van hun vader, maar de ogen bewogen niet. De ogen staarden leeg en hol, beroofd van elke listigheid en sluwheid, van elke snode zet en tegenzet die zo lang in zijn blik te lezen waren geweest, naar het tweetal omhoog. Zijn grijze haren lagen uitgespreid op het lange gras. 'Zijn nek is gebroken,' zei Togodumnus. 'Kijk eens naar het spoor dat hij achterliet.'

Caradoc tuurde in de aangewezen richting; hij zag afgebroken takken die neerhingen naar de bodem van het bos, de struiken die wild uiteengedrukt waren en toen keek hij weer naar de doodstil liggende gestalte. 'Wat heeft hij snel gereden! Zijn paard moet gestruikeld zijn en heeft hem afgeworpen. Hij moet op slag gedood zijn. We kunnen hem beter naar huis brengen, Tog. We zullen hem op mijn paard leggen, dan ga ik wel achter jou zitten.' Ze aarzelden even, nog niet in staat hem aan te raken, het machteloze zware lichaam van hun vader op te tillen en daardoor toe te geven, dat het einde gekomen was. Maar ze waren vermoeid en koud, en ze wisten dat de anderen zich rond het vuur in de Grote Zaal hadden geschaard, wachtend op nieuws. Ten slotte boog Caradoc zich voorover en tilde Cunobelin voorzichtig op bij de schouders. Togodumnus sloeg zijn sterke armen om de bovenbenen, die loodzwaar waren. Samen droegen ze het lichaam wankelend naar de paarden; hun pezen kraakten en hun hijgende adem vormde witte wolkjes rond hun hoofden. Het lukte hen uiteindelijk hem op te tillen en dwars over de brede warme rug van het ene paard te leggen. Cunobelins hoofd had niet bewogen, met zoveel kracht was de nek gebroken en verbrijzeld. Vermoeid hees Caradoc zich op en ging achter zijn broer zitten en langzaam reden ze terug. Brutus sjokte treurig dicht bij de afhangende hielen van zijn dode meester.

Ze reden de paarden rechtstreeks door de ingang van de Zaal en stegen daar af. Gladys kwam hen tegemoetgerend, haar gezicht was bleek en bezorgd. Toen ze het lijk dwars over het paard zag liggen deed de schrik elke uitdrukking van haar smalle gezicht verdwijnen, maar Caradoc liep op haar toe en begon rustig tegen haar te spreken.

'Nee, Gladys, we hebben hem niet in het woud gevonden en toen onverhoeds doodgeslagen, maar als dat nodig was geweest hadden we het wel gedaan, dat weet je. Hij is gevallen en heeft zijn nek gebroken. Dat was niet de meest eervolle dood die hem kon treffen, maar beter dan vele andere.' Ze leek zich toen te ontspannen en met een zucht liep ze naar het lichaam van haar vader en legde teder haar hand op het bebloede hoofd. Achter haar bewogen leden van de stam en Caradoc bespeurde opluchting, geen verdriet. Cunobelin had al te lang geleefd: zijn waarde voor de stam was verdwenen en hoewel ze met eerbied en ontzag aan hem zouden terugdenken en telkens weer luisteren naar de liederen waarin zijn heerschappij bezongen werd, waren ze toch blij dat er nu een nieuwe leider zou komen en een nieuw tijdperk zou aanbreken. Togodumnus liep vooruit de Zaal in, zijn gedachten waren al bij het vuur en de wijn, maar Gladys, Caradoc en Eurgain liepen naast het paard waarop Cunobelin lag naar de gastenhut. Drie van Cunobelins hoofdmannen liepen mee om voor het lichaam te zorgen. Het zou gewassen worden en gekleed in een met gouddraad geborduurde tuniek en broek. Het haar zou gekamd worden, de helm zou op zijn hoofd gezet worden en Cunobelin kreeg zijn zwaard in de hand. Gladys verliet hen, Eurgain en Caradoc liepen langzaam naar hun eigen woning. Llyn wachtte hen op bij de deur; zijn blonde hoofd kreeg een aureool van de vuurgloed achter hem. Zodra hij zijn vader zag rende hij hem tegemoet, langs de helling naar beneden.

'Vader, wat is er toch gebeurd? Hebben ze Cunobelin gevonden?'

Caradoc boog zich voorover naar zijn zoon, kuste en omarmde hem. Hij voelde de warmte van het sterke jonge lichaam, het warm stromende bloed en het bonzen van een jong en krachtig hart. 'Hij is dood, Llyn. Hij galoppeerde het bos in en de godin heeft hem weggenomen. Het was een rechtvaardige en juiste dood.'

'O.' Llyn maakte zich los uit de omhelzing en keerde terug naar de deuropening. 'Hij zou liever in een gevecht gesneuveld zijn, denk ik. Maar daar had hij de kracht niet meer voor. Hij heeft te lang gewacht. Ik ga slapen.' Llyn geeuwde dat zijn kaak ervan kraakte, duwde de deurhuiden opzij en kroop in zijn bed. Caradoc en Eurgain volgden hem naar binnen. De ruimte was schemerig verlicht en warm, vol van de slaapgeluiden van de kinderen. Llyn mompelde een welterusten, op het punt te gaan dromen van de jacht en van strikken voor konijnen zetten, en de kleine meisjes bewogen even in hun slaap. Hun gezicht was blozend en ontspannen. Caradoc legde wat hout op het vuur en daarna ging hij met Eurgain naar de aangrenzende kamer waar het gordijn opzij getrokken was voor het grote bed en waar de vlammen van hun eigen haardvuur onrustig flakkerden in de tocht, hoewel het venster zorgvuldig dichtgespijkerd was. Caradoc liet zich op een stoel zakken en leunde met gesloten ogen achterover. Eurgain pakte zachtjes zijn mantel van zijn schouders, nam voorzichtig de halsring weg en trok de laarzen van zijn natte voeten. Ze wilde zijn armbanden wegnemen, maar opeens greep hij haar pols en trok haar op zijn knie. Een poosje zaten ze daar onbeweeglijk, hun armen om elkaar geslagen; zijn kin rustte op haar donkergouden en warmgeurende hoofd. Het was een stille nacht. In de verte hoorden ze twee keer een uil roepen en Eurgain dacht even dat ze de echo van een huilende wolf hoorde, zo ver weg dat het geluid wel uit een andere wereld leek te komen, een wereld waarin Cunobelin nu liep, herboren en weer jong geworden.

Ze bewoog, maar bleef in de omhelzing van haar man zitten. 'Wat zal er nu gebeuren?' vroeg ze. 'Wat zal de Vergadering doen, Caradoc? Zullen de mannen Adminius kiezen?' Ze voelde zich slecht op haar gemak en merkte dat haar vraag Caradoc onrustig maakte. Hij versterkte zijn greep en ze voelde dat hij zijn hoofd schudde.

'Ik weet het niet. Adminius is er heel zeker van dat hij gekozen zal worden en hij loopt al een tijd rond alsof hij de nieuwe ricon is. Maar als ik hoofdman was, zou ik me wel twee keer bedenken voordat ik mijn zwaard aan zijn voeten leg.'

'Waarom?'

'Hij is te veel een denker, Eurgain, en te weinig krijger. En bovendien brengt hij veel tijd door bij de kooplui.'

Ze ging rechtop zitten en hij liet haar los. 'Waar ben je bang voor? Dat Adminius meer voor Rome zal doen dan alleen huiden, slaven en jachthonden verschepen?'

'Mogelijk. En de hoofdmannen willen oorlog. Ze zijn onrustig en maken veel ruzie. Ze zullen Tog kiezen.'

'Nee!' Ze gleed van zijn knie en keek op hem neer, een golf van liefde en beschermende jaloezie stroomde door haar heen. Zijn hoekige gezicht, het donkere haar, de warm glimlachende mond, de bruine ogen met de vaste blik, dit alles kende ze zo goed, beter nog, dacht ze, dan hij zichzelf kende. En het leek haar moeilijk te geloven dat geen van de gefluisterde toespelingen en aansporingen in het hele stamgebied zijn oren had bereikt. Ze begon zich langzaam uit te kleden. Ze liet haar gordel en enkelbanden op de vloer naast het bed vallen en trok de blauwe tuniek over haar hoofd. Daarna maakte ze haar haren los. Caradoc keek tevreden toe. Ze nam er de tijd voor, zijn Eurgain. Ze haastte zich nooit, en wat ze te zeggen had was altijd de moeite waard. Ze ging op een kruk zitten en hield de kam omhoog. Hij pakte de kam aan en begon met langzame halen haar vlechten los te kammen. Eurgain sloot haar ogen en glimlachte. 'Wat ben je toch dom, Caradoc,' zei ze. 'Waar zijn je gedachten toch altijd?' Ze pakte de bronzen spiegel, zodat ze zijn gezicht kon zien terwijl hij bezig was. 'De hele stam is in verschillende kampen verdeeld:

sommigen zijn op de hand van Tog, enkelen hebben een voorkeur voor Adminius, maar de meeste mannen zullen jou tot nieuwe leider verkiezen.' Zijn handen verstarden en hun ogen ontmoetten elkaar in de spiegel, maar toen ging hij weer verder met langzaam kammen. Het haar onder zijn vingers glansde in het schijnsel van het vuur en voorzichtig en bedachtzaam nam hij telkens een streng op.

'Als ik gekozen word, zal Tog het zwaard tegen mij opnemen,' zei Caradoc. 'En wat er ook gebeuurt, ik wil hem niet doden. Adminius zal niet naar de wapens grijpen, maar hij zal onmiddellijk gaan stoken en veel moeilijkheden veroorzaken. Wat dacht je van Gladys? Haar recht op de opvolging is even groot als het mijne.' Hij ging verder met kammen, hoewel Eurgains haren al zonder een enkele knoop erin naar beneden vielen. Hij voelde haar kalme kracht in zich overvloeien. Toen trok ze haar hoofd weg en legde de spiegel neer. Ze keerde zich met een ruk om en keek hem recht in de ogen. Ze legde haar handen op de zijne. De kam viel op de vloerhuiden.

'Ze zullen Gladys niet kiezen zolang er nog mannen zijn die de halsring van de ricon kunnen overnemen,' zei ze. 'Dat weet jij ook wel, Caradoc. Ik denk dat je je moet voorbereiden op een rumoerige Vergadering.' Hij begon zich ook uit te kleden. Eurgain stapte in bed en trok de dekens op. Ze ging op haar zij liggen en ondersteunde haar hoofd met haar arm. Toen kwam hij snel naar haar toe en ze hield de dekens voor hem open. In de andere kamer begon Llyn te snurken en de kleine Gladys riep iets in haar slaap. Caradoc lag op zijn rug, met zijn arm om Eurgain geslagen en ze kroop dicht tegen hem aan. Hij keerde zich naar haar toe en kuste haar voorhoofd, maar ze bleven allebei met wijdopen ogen liggen. Allebei probeerden ze elkaars gedachten te raden. Ten slotte fluisterde Eurgain: 'Er is een tussenweg mogelijk, Caradoc.'

'Weet ik,' zei hij kortaf, en lang nadat ze zich weer ontspannen had en met haar trage ademhaling zijn borst verwarmde bleef hij nog peinzend naar de donkere zoldering staren.

De volgende dag verstreek traag. Caradoc ging met enkele hoofdmannen naar het fokvee om het komende seizoen met Alan te bespreken. Cinnamus, Vocorio en Mocuxsoma liepen naar de rivier om met de kooplieden geruchten en roddels uit te wisselen en Llyn ging met hen mee. Hij rende de oever op en af en klauterde op de schepen, terwijl de mannen rustig zaten te praten; ze wisselden nieuwtjes uit en keken naar het voorbij glijdende water. Eurgain en Tallia gingen met de kleine meisjes een eindje uit rijden, want hoewel er in de nacht regenwolken laag boven de huizen waren komen hangen bleef het droog en overdag was het weer tamelijk zacht. Togodumnus en Adminius brachten geruime tijd door in de hut van Adminius; ze telden de slagtanden van everzwijnen en lachten over grappige gebeurtenissen van voorbije strooptochten. Ze dronken bier, maar ze hielden elkaar voortdurend goed in het oog. Hun gedachten waren helemaal niet bij de jacht of rooftochten, en hun ogen probeerden vragen te stellen waardoor de nieuwe vijandigheid tussen hen aan de oppervlakte zou komen, omdat ze dat niet met woorden durfden te doen. Alleen Gladys zat voor de hut waarin het lichaam van Cunobelin bewaakt werd door een dodenwacht van grijsgeworden hoofdmannen. Ze had haar benen opgetrokken tot onder haar zwarte mantel en haar kin rustte op haar knieën. Haar ogen keken zonder uitdrukking, maar haar geest was vol vragen en voorstellen. In gedachten probeerde ze de verschillende wegen die de stam in de toekomst kon inslaan te onderzoeken. Ze merkte dat ze behoefte had aan een ziener en aan een druïde, de eerste om haar de voortekenen te duiden en haar gerust te stellen, de ander om leiding te geven aan de Vergadering. Maar ze wist dat de Grote Zaal vol nieuwsgierige Romeinen zou zijn, kooplieden en de ambachtslieden van haar vader, en allemaal zouden ze willen horen wat nu hun toekomst zou zijn. Geen druïde waagde het door het land van de Catuvellauni te reizen, tenzij hij de geleide was van de een of andere hoofdman. Verder weg, op het vlakke land voor de poort, naast de rij grafheuvels van zijn voorvaderen, groeide langzaam de rituele brandstapel van Cunobelin. De dag verstreek even langzaam.

Die avond duurde de maaltijd niet lang. Alleen de kinderen en enkele vrije mannen waren opgewekt genoeg om vrijuit te lachen. De andere mensen, hoofdmannen, vrije burgers en vrouwen, aten snel en gingen weer weg. Adminius kwam helemaal niet naar de Zaal, Gladys bleef ook weg. Togodumnus riep dat er muziek moest komen, maar zowel Cathbad als zijn eigen bard weigerde en ook Caelte voelde er niets voor te zingen. Met moeite wist Caelte zijn woede over Togs brutale voorstel te beheersen. Caradoc stuurde hem weg, omdat hij een confrontatie tussen de twee vreesde, maar toen kwam Togodumnus naast hem zitten, met een opgewekte glimlach op zijn gezicht. Cinnamus wierp hem een kwade blik toe; kennelijk wilde hij ook graag toestemming om te verdwijnen, maar Caradoc gebaarde dat hij moest gaan zitten en luisteren. Caradocs handen spraken de taal die de hoofdmannen allemaal verstonden. Togodumnus grijnsde nog breder. Hij leek ergens heel tevreden over, zijn lichtbruine ogen keken stralend en zijn beweeglijke handen bespeelden een onzichtbaar muziekinstrument. De Zaal was nu bijna leeg en het vuur smeulde laag. De schaduwen op de vloer waren lang. Het buitgemaakte, gerimpelde hoofd hing stil aan de pilaar, de ranken en vreemdgevormde bladeren kronkelden zich eromheen. Togodumnus kroop nog wat dichter bij Caradoc en ging met gekruiste benen zitten. Vanuit zijn ooghoek hield hij Cinnamus in de gaten, maar Cinnamus keek zorgvuldig naar de vloer voor zijn voeten.

'Het gaat om jou en mij, net wat ik al gezegd heb,' verklaarde Togodumnus. 'Adminius zal niet gekozen worden, dat hebben de hoofdmannen van Cunobelin me verteld.' Hij leunde naar voren en Cinnamus verstarde, maar Caradoc bleef strak naar de koortsige gloed in de ogen van zijn broer kijken en zag iets dat hij daar nooit eerder had gezien: de gloeiende vlam van ambitie, waarvan het licht niet verborgen gehouden kon worden. 'Wat ik wil weten,' vervolgde Tog, 'is het volgende: als ik gekozen word, zul jij mij dan bevechten?' Caradoc bleef recht in de uitdagende ogen kijken, zoekend naar vrolijkheid en goedgemutstheid, maar hij vond alleen een genadeloos egoïsme. Was dit een bevlieging, het soort stemming waarvan Togodumnus bij tijd en wijle last had, of was zijn onvaste karakter inderdaad veranderd nu de macht binnen zijn bereik was gekomen? Caradoc wendde zijn blik af.

'Als jij op een behoorlijke manier tot vorst wordt gekozen, zal ik je natuurlijk niet bestrijden,' zei hij. 'Waarom zou ik dat doen? In elk geval is zoiets verboden voordat de stemming gehouden is.'

'Dat weet ik, maar het is al eens eerder gebeurd,' antwoordde Tog. Hij knipperde en sloeg zijn ogen neer. Het vuur in zijn blik leek te doven, maar Caradoc zag de sintels nog oplichten toen hij weer keek.

'En wat gebeurt er als ík gekozen word?' pareerde hij. 'Zul jij je rustig bij die beslissing neerleggen, Tog, of zal ik je dan moeten doden?' Hij wist dat hij Tog niet zou doden, en hij wist dat de tussenweg waarover hij de hele dag nagedacht had een goede oplossing zou zijn, mits Tog nog een spoor van waardigheid had behouden.

Togodumnus lachte kort, balde zijn vuist en bracht die naar Caradocs kin. 'Waarom denk je dat jij wordt gekozen?' vroeg hij. 'Als dat toch gebeurt, dan zal ik vechten. Ik wil de Catuvellauni, Caradoc, en ik wil ze voor mezelf.'

Cinnamus mengde zich in het gesprek. Hij had ernaar geluisterd met groeiende woede, en nu kon hij zich niet langer beheersen. 'Niemand kan ons bezitten!' siste hij. 'Wij zijn eigen baas, Togodumnus zoon van Cunobelin, maar wij staan toe dat vorsten ons regeren, dat is alles. Als je naar het zwaard grijpt en mijn heer doodt, dan zul je het ook tegen mij moeten opnemen en mij doden, en dan Vocorio en Mocuxsoma, en alle andere hoofdmannen die geen slaaf wensen te zijn van jou, of van wie dan ook. Alleen bij kerels als Sholto kun je succes hebben, maar die is geen echte man.' De opmerking bracht een woedende blos op Togodumnus' gezicht en hij wilde overeind springen, met zijn hand al bij het gevest van zijn zwaard, maar Caradoc greep hem beet en trok hem terug op de vloerhuiden.

'Sholto?' vroeg hij scherp. 'Wat voer je in je schild, Tog?'

Togodumnus rukte zijn arm los en schudde zijn mouw omlaag. Hij keek vuil naar Cinnamus. 'Niets!' snauwde hij. 'Vraag het Cinnamus zelf maar, die steekt altijd zijn lange neus in andermans zaken. Maar dan zul je het toch te laat vragen, want ik word de nieuwe ricon, Caradoc, en probeer niet mij tegen te houden!' Met een soepele beweging stond hij op en beende weg: zijn zwaard rammelde in de schede.

Caradoc keerde zich naar Cinnamus. 'Je moet jezelf beter beheersen,' zei hij koeltjes. 'Je moet toch beter weten dan je in het gesprek van twee heren te mengen, en bovendien wens ik niet dat jij Tog weloverwogen tot een gevecht uitdaagt.'

Cinnamus keek hem kalm aan en even verscheen een vage glimlach op zijn gezicht. 'Caradoc,' zei hij zacht, 'als ik hem lang genoeg uitdaag, zal ik het genoegen hebben hem te doden. Hij raakt verbitterd en zijn jeugdigheid is niet langer een uitlaatklep voor zijn energie. Hij wordt nog een knorrige ever, die broer van jou, en zijn kwade stemmingen komen steeds vaker voor en duren ook steeds langer. Pas op voor hem, heer!'

Caradoc antwoordde niet; hij begreep dat Cinnamus dit niet alleen opgemerkt had, maar dat hij het ook zei vanuit een diepe afkeer van Togodumnus en misschien overdreef hij ook wel wat. Tog was altijd aan wisselende stemmingen onderhevig geweest, zijn opgetogenheid sloeg om in diepe mistroostigheid en even snel was hij weer vrolijk, een springerige geest die telkens weer nieuwe invloeden onderging. Maar zou Tog werkelijk veranderd zijn? 'Hoe zit dat met Sholto?' vroeg Caradoc argwanend. Cinnamus vernauwde geamuseerd zijn groenige ogen tot spleetjes.

'Sholto is zeer in zijn schik met zichzelf en hij kan zijn roddelende tong niet in bedwang houden. Togodumnus probeerde hem om te kopen. Hij is de hoofdmannen langsgegaan en bood hun geld en vee aan – niet openlijk, heer, maar door toespelingen en door hen te wijzen op de rijkdom die ze zouden vergaren als ze op hem zouden stemmen. Daarmee begon hij al lang voor Cunobelins dood, en het verbaast me dat je daar niets van wist. De meeste hoofdmannen wilden er niet naar luisteren, maar Sholto toonde wel degelijk belangstelling.'

Caradoc wist even niet of hij nu moest lachen of meteen naar Tog moest gaan om zijn hoofd af te houwen, maar uiteindelijk grinnikte hij droogjes. 'Wat is hij toch kinderachtig! Hij zou zijn eigenwaarde nog opofferen voor een paar toezeggingen waaraan niemand zich hoeft te houden. Wat Sholto betreft, zorg dat hij verdwijnt, Cin. Ik heb me vergist toen ik zijn eed van trouw aanvaardde. Laat hij maar naar Tog gaan.'

Ze bleven enige tijd peinzend zitten. De Grote Zaal was nu verlaten, maar het leek wel of in de hoek waar Cunobelin zo lang gezeten had nog een bleek schijnsel hing en er de gesluierde schaduwen van zijn inmiddels verdwenen macht zweefden. Caradoc vroeg zich af of zijn vader voorzien had dat de Vergadering besluiteloos zou zijn en dat dit onvermijdelijk een breuk in zijn familie tot gevolg zou hebben. Waarschijnlijk wel. Cunobelin had er vermoedelijk om gelachen en het noodlot getart. Langzaam stond Caradoc op. Cinnamus volgde zijn voorbeeld en ze liepen de Zaal uit. Hun voetstappen echoden droog tegen het gewelfde dak. Morgen zou de verassing van Cunobelin zijn en dan... Dan zou weer een morgen volgen en de toekomst zou als een huilende storm op hen af komen. Hij wenste Cinnamus goedenacht en liep naar de poort, maar in plaats van door de poort te lopen, klom hij op de aarden wal en ging daar hoog boven de vallei zitten, gehuld in zijn mantel, zijn haren verward in de nachtelijke wind. Hij dacht lange tijd diep na, wetend dat zijn leven en het voortbestaan van de hele stam aan een dunne draad hingen, en die draad werd gevormd door het vermogen van zijn broer de enige andere oplossing te aanvaarden. Toen bekroop hem langzaam een gevoel van zekerheid en dat bracht zijn gedachten tot rust, ondanks zijn nieuwsgierigheid naar het besluit van de Vergadering. Welke kant zijn geestesoog ook op keek, hij zag alleen zichzelf. Van Togodumnus was geen spoor te bekennen.

6

In de koude, late dageraad, toen het zonlicht alleen de randen van de zware wolken even zilverkleurig had gemaakt en spoedig weer verdwenen was, verzamelde de stam zich bij Cunobelins rituele brandstapel. Iedereen droeg zijn mooiste kleren en de anders zo grauwe ochtend werd opgevrolijkt door scharlaken en blauw, rood, geel en wit. De hoofdmannen droegen hun bronzen helm en ze droegen hun met koraal ingelegde schild, bleekroze en blauw. Hun gespierde armen kruisten ze voor de borst en hun speren vormden een geducht, van ijzeren punten voorzien bos. Caradoc stond bij Togodumnus en Adminius, elk van hen was omringd door zijn hoofdmannen.
Caradoc droeg een blauw-en-paars gestreepte mantel. Gouden armbanden glansden dof om zijn polsen en zijn borstspeld was een in goud gevatte amethist. Hij droeg het zwaard dat zijn vader hem gegeven had toen hij volwassen werd en voor het eerst meeging op rooftocht. Het was een ijzeren zwaard met een onbewerkt gevest, maar de schede was van brons en bewerkt met een golfpatroon; de krul van elke golf werd bekroond met een parel. Zijn halsring was ook van goud, het onderscheidingsteken van een koningszoon. Hij leunde trots op zijn schild en wachtte rustig af, de vrije burgers en vrouwen van zijn gevolg stonden achter hem op de aarden wal en voor de houten poort.
Eurgain wachtte ook; ze hield de kleine Eurgain en de kleine Gladys bij de hand. Ze droeg een roodbruine tuniek, geborduurd met zilveren bloemen en ook haar mantel was roodbruin, met groene zomen. Een dunne, zuiver zilve-

ren band sierde haar hoofd, maar vandaag had ze, evenals Gladys, haar zwaard in de Zaal achtergelaten.

Het was volkomen windstil; het leek alsof Dagda en de godin de wind in hun handen hielden uit respect voor de man die nu op een grote baar hierheen gedragen werd. Vier van Cunobelins hoofdmannen droegen de baar. Caradoc keek op en zag de baar langzaam naderen; hij voelde geen verdriet, maar wel diepe trots dat dit zijn vader was, een man die lang geleefd had en waardig gestorven was, een man wiens plaats onmogelijk op te vullen was. Togodumnus keek ook toe, trots deed zijn ogen oplichten en Caradoc twijfelde er niet aan dat Tog zelf geloofde dat hij degene was die Cunobelin niet alleen evenaren, maar ook in woorden en daden overtreffen zou. Achter de baar liepen Cathbad en Cunobelins schilddrager; de laatste droeg het zware schild hoog boven zijn hoofd. Dit was de laatste dienst die hij voor zijn meester zou verrichten. Daarna volgde Gladys, onder haar zwarte mantel was een effen witte tuniek zichtbaar. Als enig sieraad droeg ze een gesp bezet met parels hoog op haar schouder. Voor iedereen was duidelijk te zien dat ze veel verdriet had, want hoewel ze haar hoofd hoog opgeheven hield stroomden de tranen langs haar wangen. De hoofdmannen hielden even stil bij de brandstapel van takken en houtblokken, om de baar anders vast te pakken. Met een kreet hieven ze Cunobelin op de brandstapel en de zwijgende menigte keek toe terwijl Adminius, Togodumnus en Caradoc naar voren kwamen om de brandende toortsen van hun bedienden over te nemen. Onmiddellijk steeg een luid geroep op toen de hoofdmannen hun zwaarden trokken en ermee op hun schilden sloegen. 'Ricon! Ricon! Een veilige reis, een vredige reis!' Caradoc zag dat Llyn een gezicht trok en zijn oren bedekte, toen hij zich voorover boog en de toorts bij de brandstapel hield. Het dorre hout vatte onmiddellijk vlam en kleine takjes krulden al spoedig in grijze as. De schilddrager kwam snel naderbij en legde het schild op de borst van Cunobelin. Toen beroerde Cathbad een snaar van zijn harp en de toon van zijn harp droeg ver en vermengde zich met het aanzwellende geluid van de gretige vlammen.

'Ik zal,' zei hij, 'Cunobelin en zijn vele daden voor jullie bezingen.' Alle mensen zwegen en Cathbad voerde hen terug in de tijd, de toehoorders herinnerden zich nu gebeurtenissen die ze al jaren vergeten waren, de feestmalen en hongersnoden, tijden van vreugde en tijden van verdriet. De bard verstond zijn werk zo goed dat het wel leek of Cunobelin weer voor hen stond zoals ze hem zo dikwijls gezien hadden, met zijn gespierde armen over elkaar gevouwen, zijn grijze haren warrelend om zijn gerimpelde gezicht en met zijn kleine ogen allen aankijkend met een geamuseerde en tegelijk argwanende blik. Gladys had zich op de grond laten vallen en ze bedekte haar hoofd met haar mantel. Caradoc keek naar de gretige vlammen die traag omhooglekten naar zijn vader die met gevouwen handen vredig onder het beschermende schild lag. Zijn zwaard lag naast hem. Nu zong Cathbad over tijden van spanning, over de voorbereidingen voor de oorlog tegen de Brigantiërs, over de geheime gezanten en boodschappers en over het verdrag dat Cunobelin met de Coritani had gesloten waardoor zijn leger ongehinderd door dat gebied naar de grenzen van Brigantia kon trekken, en ten slotte bezong Cathbad de komst van een klein meisje met zwart haar.

Caradoc voelde Eurgains ogen op zich gericht en hij hield zijn gezicht in de plooi terwijl ongewenste herinneringen als een mist door zijn geest zweefden. Zeven jaren. Zijn keel werd dichtgeknepen door het oude, zoete verlangen en hij boog zijn hoofd. Hij sloot zijn ogen voor het heden... Er zal een leegte ontstaan... O, jij kleine heks, dacht hij. Ze zeggen dat je nu getrouwd bent met die grote trotse zoon van de heuvels, met een baard die tot zijn borst reikt en wiens hand nooit ver van zijn zwaard blijft. Het deed me pijn toen ik dat hoorde. Maar ik heb Eurgain, mijn geliefde, en wat heb jij? Een Huis dat verscheurd wordt door verbitterde ruzies en een stamgebied dat verzwakt is door jouw ambities en hebzucht. Arme Venutius. Zou hij naar je verlangen, als hij ziet hoe jij het volk als een zwarte slang biologeert? Caradoc opende zijn ogen en keek op met een onwillige hoofdbeweging. Zijn blik ontmoette die van Eurgain. Ze glimlachte bevend, ze zag de bittere trek op zijn gezicht, maar hij lachte terug met een gevoel van opluchting en schaamte.

Cathbad zweeg, maakte een buiging naar zijn gehoor en trok zich terug. Adminius zette het eerste begrafenislied in. Iedereen zong mee, wel duizend stemmen zwollen aan in een vloed van triomfantelijke muziek die het knetterende vuur naar de achtergrond drong. De mannen stampten met hun voeten en schudden hun schilden, maar Gladys bleef huilen. Ver in het oosten brak de bewolking en bundels stralend zonlicht sneden als gouden zwaarden naar de velden in de verte, maar hier was de ochtend nog grauw en de rook van de brandstapel rees in een zwarte pluim omhoog, om zich over de hutten en gebouwen van de stad te verspreiden. Een uur lang werd er gezongen, het ene lied ging over in het volgende, de glanzende herinneringen gleden in elkaar over. Daarna begonnen de lofspraken. Eén voor één kwamen de zonen van Cunobelin voor het vuur staan en hun woorden droegen ver in de drukkende lucht; voor een ogenblik herleefden de trotse dagen van het verleden. De hoofdmannen kwamen ook naar voren en brachten met opgewonden ogen en brede, onbeheerste gebaren de rooftochten en feestmalen weer tot leven. Alleen Gladys wilde niet spreken. Ze bleef bewegingloos op de grond zitten, net buiten het bereik van de vuurgloed, maar haar smart benadrukte de macht en aanwezigheid van Cunobelin sterker dan haar woorden ooit hadden gekund. Ten slotte kwam de menigte dichter bij het vuur, de mensen haakten hun armen in elkaar en keken in de richting waar de zon stralend scheen. Ze zongen het laatste lied van afscheid en heilwensen, voordat ze zwaarden, schilden en speren op een hoop gooiden. Daarna gingen de mensen stilletjes uiteen, terwijl achter hen de vlammen hoog oplaaiden en met onstilbare honger lekten aan de witte tuniek en de gevouwen krachteloze handen.

Caradoc en Eurgain gingen naar huis; hun kinderen kwamen stilletjes achter hen aan. Togodumnus en Adminius liepen naar de Grote Zaal met hun hoofdmannen en gingen daar rond het vuur zitten. Ze keken elkaar veelbetekenend en met verhulde argwaan aan. Gladys bleef achter bij de brandstapel, ze had haar mantel niet meer over haar gezicht geslagen nu ze alleen was en ze staarde in het helse vuur. Haar krampachtige verdriet was weggeëbd, ze voelde zich leeg en de herinneringen die in haar opkwamen waren zonder wrok of spijt. Vanuit een diepe bron keerden andere herinneringen in haar bewustzijn terug en ze dacht weer aan de dagen vol vrolijk gelach, de lange verhitte gesprekken tot diep in de nacht, en de ruwe omhelzingen van haar vader. Haar ogen dwaalden naar het verterende, rokende lijk zonder een gevoel van herkenning. Dit brandende, stinkende vlees was Cunobelin niet. Ze veegde de tranen van haar wangen en glimlachte.

De hele dag en tot diep in de nacht laaiden de vlammen gestaag op, en in de stad was het stil. In de schemering stond Caradoc in de deuropening en keek naar de rode vonken die opstegen naar de nachtelijke hemel. Eindelijk was zijn geest tot rust gekomen. Hij had de hele dag met Eurgain gesproken over de komende Vergadering, en ze hadden besloten dat Caradoc zijn tussenoplossing naar voren zou brengen als de mannen op hem zouden stemmen. Er was geen andere manier om bloedvergieten te voorkomen, nu Togodumnus al zijn voorzichtigheid op de brandstapel van zijn vader had geworpen. Iedere vezel in Caradoc verzette zich tegen de noodzaak dat hij zijn broer zou moeten doden en dat hij zijn heerschappij zou moeten beginnen in de schaduw van geweld en wrok. Hij wist dat hij Tog zou kunnen doden. Caradoc was een geharde, koppige vechter, terwijl Tog, wild met zijn armen en benen zwaaiend, onbeheerst de aanval inzette, wat dikwijls succes had, maar als dat niet het geval was trok hij zich snel terug en nam zijn toevlucht tot listige trucs. Caradoc had besloten ook te spreken als Togodumnus gekozen werd, want hij was evenals Eurgain, ervan overtuigd dat de Catuvellauni in Togs handen spoedig zouden uiteenvallen in een ordeloze stam, die getiranniseerd zou worden door Tog en zijn jonge, onbesuisde hoofdmannen.

Caradoc leunde tegen de deurpost, terwijl zijn dochtertjes achter hem krijsten en tegenstribbelden toen Tallia probeerde hen met zachte drang naar bed te brengen. Llyn was met Cinnamus verdwenen; waarschijnlijk waren ze gaan vissen en nog niet teruggekeerd. Misschien zou Tog hem in elk geval doden, tijdens de Vergadering of anders in een hinderlaag, maar eigenlijk kon Caradoc dat niet geloven. Tog kon zelfzuchtig en wreed zijn, maar zijn stemmingen waren altijd overduidelijk voor iedereen te zien. En wat moest hij van Adminius denken? Caradoc liet zich op de grond zakken en hurkte op de drempel. Een frons verscheen op zijn gezicht. Hij kende Adminius niet goed, niemand kende hem goed. Adminius kwam en ging zoals het hem uitkwam met een houding vol zelfvertrouwen en hij verontschuldigde zich niet voor het feit dat hij een afkeer van vechten had en liever op jacht ging, terwijl hij ook liever het gezelschap van de kooplieden opzocht dan de mensen van zijn eigen stam. Voor hem was het vanzelfsprekend dat hij de titel van ricon zou krijgen en hij bekeek de driftige pogingen van Tog om de hoofdmannen op zijn hand te krijgen met een meewarige glimlach. Tog was de jongste. Tog zou altijd het verwende en ongezeglijke kind blijven dat door niemand ooit serieus werd genomen. Wat zou Adminius doen? Caradoc wist het maar hij wilde er niet bewust over nadenken. Hij hoopte alleen dat hij zich vergiste.

Tegen de ochtend was het vuur van de brandstapel bijna gedoofd en de hoofdmannen van Cunobelin verzamelden zijn as en vulden daarmee een grote grijze urn. Later zou deze urn begraven worden, met vlees en brood, wapens en honden, en de sieraden en de grote tunieken van de gestorven man, maar nu lieten ze een bewaker bij de urn achter en hun gedachten waren bij de Vergadering. De hemel werd helder. Het dichte wolkendek brak in langgerekte, rafelige wolken die zich langs de hemel uitstrekten en de wind maakte de wolken steeds langer. Het was koud, maar de drukkende atmosfeer van de vorige dag was nu verdwenen en in de stad klonken weer levendige geluiden en gelach.

Kort na zonsopgang waren Adminius en Togodumnus de eersten die hun plaatsen in de Grote Zaal innamen, en hun hoofdmannen duwden en verdrongen elkaar om de beste plaatsen te bereiken. Caradoc en Gladys kwamen samen binnen. Eurgain volgde met Llyn, allemaal waren ze omringd door de hoofdmannen van Caradoc. Cinnamus zag dat Sholto uitdagend bij de mannen van Togodumnus ging zitten; op zijn narrige gezicht was een wrokkige uitdrukking te zien. Sholto probeerde opzettelijk Caradoc zijn rug toe te keren toen deze met zijn gevolg voorbij kwam. Achter hen drongen de vrije burgers, opgewonden met elkaar pratend, naar binnen en toen de Zaal zo vol was dat iedereen knie aan knie zat en de mensen het dichtst bij het vuur steeds verder naar de vuurgloed werden gedrongen, kwamen ook de kooplieden binnen; één voor één slopen ze naar de schaduwen achterin. Caradoc had Vocorio en Mocuxsoma opdracht gegeven bij de deuren toezicht te houden dat ze niet gewapend waren, maar toch, toen hij de schimmen daar als een zwarte muur zag staan, onherkenbaar als afzonderlijke mannen in de duisternis, gaf hem dat een ongemakkelijk gevoel. Hij wist niet goed waarom hij de kooplieden vreesde. Voor het grootste deel waren het avonturiers, deze bastaarden van het Romeine Rijk, en ze waren naar Albion gekomen om snel fortuin te maken en een gevaarlijker bestaan te leiden dan thuis, maar het waren geen onbeschaafde heuvelbewoners zoals de Brigantiërs van Aricia. Soms werden ze dronken en dan maakten ze veel kabaal, dan braken er gevechten uit tussen hen en de vrije burgers, maar over het geheel genomen waren het eenvoudige, ruwe lieden die niet echt arglistig waren. Behalve dan de spionnen, uiteraard. Caradoc verdrong die gedachte uit zijn hoofd, want dat denkbeeld leek altijd weer naar Adminius te leiden.

'Was hier maar een druïde,' zei Gladys gespannen. 'Dan hoefden we niet bang te zijn dat deze stam zichzelf onteert. Ik ben bang, Caradoc.'

'Jij?' Hij glimlachte en keek in haar omfloerste ogen. 'Heb je soms ook snode plannen gesmeed, Gladys? Ga je proberen de stemming te beïnvloeden?' Maar ze kon er niet om lachen. Ze ging rechtop zitten, met haar zwarte vlecht in haar schoot, en toen merkte Caradoc dat in haar zwaardschede geen zwaard stak. 'Waar is je zwaard?' vroeg hij verstoord. In plaats van te antwoorden verschoof ze haar tuniek, zonder hem aan te kijken. Het glanzende zwaard lag onder haar knieën.

'Vandaag zullen de afstammelingen van het Huis Catuvellauni onderling onenigheid krijgen,' zei ze. 'Dat kan niet anders, en daarom heb ik mij voorgenomen niets te zeggen. Mijn hart loopt over van verdriet, Caradoc, als ik terugdenk aan de dagen dat wij allemaal nog van elkaar hielden, maar toch is het heil van de stam belangrijker dan de verstandhouding tussen de leden van de heersende familie. Mijn grootste angst is dat de nieuwe heerschappij bloedig en onder slechte voortekenen zal beginnen. Hadden we nu ook maar een ziener!'

'Zou jij bloed willen vergieten?' drong Caradoc aan. 'Gladys, waarom zit je op je zwaard?'

Ze keek hem met een woeste blik aan. 'Omdat ik dat niet aan de voeten van Adminius zal leggen als hij gekozen wordt, en ook niet aan de voeten van Togodumnus! Maar ik zal mijn zwaard ook niet aan jouw voeten leggen, broer. Ik wil niet gevangen zitten in een bondgenootschap dat mij vastlegt als ik later van gedachten verander!'

'Aan wie gaf Cunobelin de voorkeur?' vroeg hij. 'Waarom heeft hij daar nooit een uitspraak over gedaan?'

'Omdat hij jouw loyaliteit wilde behouden, die van jullie allemaal, en omdat hij zijn leven in vrede wilde eindigen. Maar je weet heel goed dat hij zijn keus al gemaakt had.' Ze wilde nog meer zeggen, maar er werd om stilte gesist en Adminius stapte naar de open plek die was vrijgehouden voor degene die het woord voerde. Hij keek naar zijn familieleden.

Togodumnus keek met gespannen aandacht toe. Caradoc voelde de hand van Eurgain onder zijn elleboog glijden, hij wist niet of dat was om steun te zoeken of troost, en alle hoofdmannen legden hun grote handen op hun opgetrokken knieën. Met hun haviksogen keken ze scherp toe. Adminius begon te spreken, maar onmiddellijk ging er een geroep op onder de toehoorders. 'Het zwaard! Het zwaard!' Na een korte aarzeling haalde hij onwillig zijn schouders op, trok het zwaard uit de schede en liet het op de grond vallen. Daarna begon hij opnieuw en het roepen verstomde, maar terwijl hij sprak keek hij telkens even naar zijn zwaard en dan weer naar zijn broers. Togodumnus grijnsde brutaal naar hem.

'Catuvellauni!' zei Adminius. 'Vrije mannen van dit stamgebied! Ik zal kort spreken, maar ik vraag jullie goed naar mijn woorden te luisteren. Ik spreek als eerste omdat mijn recht op de opvolging het grootst is, dat weten jullie allemaal. Ik ben de oudste, Cunobelins eerstgeborene, en de rechtmatige erfgenaam van de titel ricon. Ik zal jullie geen nieuwe veroveringen brengen, want dat heeft Cunobelin al gedaan. Ik zal jullie ook geen hongersnood en verderf brengen, want dat zal Togodumnus wel doen als jullie onverstandig genoeg zijn om hem te kiezen. Maar ik zal jullie meer rijkdom brengen – brons en zilver voor jullie vrouwen en jullie paarden, fijn aardewerk, grotere en warmere hutten, meer graan en ook meer vee. Waarom zou ik jullie oorlog aanbieden? Waarom zouden wij nog meer gebieden veroveren? Wij zijn al groter dan alle andere stammen en ons gebied reikt van Brigantia tot aan de mijnen van de Dumnonii. Hoe zijn wij zo machtig geworden? Dat zal ik jullie vertellen.' Hij zweeg even, maar het bleef doodstil in de korte pauze. Adminius bespeurde vijandigheid, maar hij vervolgde zijn betoog. 'Ik zal eerlijk tegen jullie spreken, hoofdmannen. Ik zal geen leugens vertellen om jullie stemmen te winnen. Onze rijkdom en macht zijn gegroeid, omdat de keizer dat graag ziet.' Adminius had een uitbarsting van woede, een stroom van heftige ontkenningen en scheldwoorden verwacht, maar het leek nog stiller te worden en dat bracht hem even van zijn stuk. Hij keek naar zijn zwaard op de grond en verschikte zijn mantel; aldoor hoorde hij het vuur achter hem knetteren. Hij zocht achter in de Zaal naar medestanders onder de kooplui, maar vóór hem lag een zee van effen, emotieloze gezichten die naar hem opgeheven waren. Minder zelfverzekerd sprak hij verder, terwijl een akelig besef tot hem doordrong. Hij was eraan gewend heel zeker van zijn zaak te zijn, blind voor alles behalve zijn eigen superioriteit en de gedachte dat de hoofdmannen hem niet vertrouwden of bewonderden was nog nooit eerder in zijn hoofd opgekomen. In zijn arrogantie had hij nooit aan de mogelijkheid van een nederlaag gedacht. Hoogstens een meningsverschil met Togodumnus, maar dat zou al spoedig uit de weg geruimd zijn door zijn eigen verstandige optreden. Maar een nederlaag, dat nooit. Nu kreeg hij het gevoel dat hij vanonder de warme dekens omhoogkroop en naakt in de ijzige en meedogenloze winterkou stond, en voor het eerst in zijn leven stond hij voor een werkelijkheid die hij niet zelf bedacht had. Het bloed trok weg uit zijn gezicht. 'Omdat de keizer daar de voorkeur aan geeft,' herhaalde hij langzaam. 'Onze banden met Rome zijn sterker geworden. Al honderd jaar zijn wij meer dan alleen in naam bondgenoten, vrienden. Als Rome zijn keizerlijke steun terugtrekt uit Albion dan zouden wij binnen een jaar tot armoede en machteloosheid vervallen.' Is dat wel zo? vroeg hij zich in gedachten af. Voor het eerst leek hij zelf aan deze stelling te twijfelen. Maar waarom zou hij eraan twijfelen als zijn Romeinse vrienden toch dagelijks zeiden dat het de waarheid was? Hij trok zijn schouders naar achteren. 'Ik moet gekozen worden, zodat onze welvaart verzekerd is. Ik zal onze band met Rome officieel maken. Ik zal verdragen tekenen en zo onze handel en ons stamgebied voorgoed veilig stellen.' De mensen vóór hem leken in houten beelden veranderd, een woud van bevroren standbeelden die eeuwig onder de indruk van zijn woorden bleven. Zelfs hun ogen bewogen niet meer. Adminius besefte dat hij meer moest zeggen, maar zijn gedachten raakten verward. Hij stond daar enige tijd onhandig, als enig ademend wezen op die door een rood schijnsel verlichte plek, maar toen bukte hij zich plotseling, greep zijn zwaard en ging zitten.

Tien lange hartslagen bewoog niemand zich. Caradoc was verbijsterd, hoewel hij al verwacht had dat Adminius deze dingen zou zeggen. Maar om de een of andere reden was het schokkender dit met eigen oren te horen dan alleen in zijn verbeelding, en hij had gehoopt, o, hoe vurig had hij gehoopt dat zijn broer uiteindelijk toch van gedachten zou veranderen. Maar dat was niet het geval. Adminius was een handlanger van Rome. Caradoc keek naar de kooplieden achter hem en voelde dat een rimpeling van tevredenheid door de rijen trok. Toen Adminius was gaan zitten leek de betovering verbroken en de toeschouwers kwamen weer in beweging.

Togodumnus smeet zijn zwaard op de open plek en beende naar het midden; hij wierp zijn mantel naar achteren en zette zijn voeten wijd uit elkaar. Zijn gezicht was strak als een masker, maar uit zijn ogen straalde een triomfantelijk vuur. Adminius was een dwaas. Adminius was dood. Hij wisselde een snelle blik met Caradoc en toen schreeuwde Togodumnus zijn gehoor toe: 'Ik zal hier niet pochen over mijn heldendaden, ik zal niet trots als een pauw voor jullie paraderen en ik zal mijn woorden niet in honing drenken. Ik zeg jullie alleen dit: mijn broer is een verrader en ieder die op hem stemt is ook een verrader. Wat zal Gaius Caesar in het verdrag zetten dat ons volgens Adminius zo veel goeds kan brengen? Zal hij alleen geven en niets eisen? Jullie weten wel beter! Adminius zal ons allemaal aan Rome verkwanselen voor nog meer prullen en snuisterijen, en dan zal Rome een gouverneur hierheen sturen die de Vergadering opzij schuift en soldaten die onze vrouwen verkrachten en ons graan opeten. Dat wil Adminius! Voor onze eigen ogen is zijn stamziel gestorven. Hij is niet langer een van ons. Ik zeg jullie dat onze band met Rome in een strop verandert en als we niet heel snel de knoop doorsnijden zal die strop aangetrokken worden. Verjaag de kooplieden! Verbrand de schepen! En laten we ons daarna op de Iceni richten en daarna op de Dobunni, om hun de oorlog te verklaren en te doen wat mijn vader wenste. Hij had daar de moed niet meer voor omdat hij oud was en Rome vreesde, maar ik ben niet bang. Jullie wel?' Hij daagde de mannen uit en Caradoc zag bezorgd dat de hoofdmannen onrustig heen en weer schuifelden en dat ze woedend mompelden. Tog zette hen onder druk en Caradoc voelde dat zijn spieren zich pijnlijk spanden om in actie te komen, elke actie waardoor dit dwaze ophitsen beëindigd kon worden. Maar hij wachtte, wetend dat Tog het recht had zijn mening naar voren te brengen en dat hij daarna rustiger en inschikkelijker zou zijn. En anders, dacht Caradoc, zal een van ons sterven. Togodumnus draaide zich razendsnel om en begon voor zijn toehoorders heen en weer te lopen, zijn lange aantrekkelijke gestalte licht voorovergebogen terwijl zijn lichtbruine haren rond zijn gezicht zwierden. Zijn ogen leken tegelijk iedereen aan te kijken.

'Kies mij, hoofdmannen en strijders, dan zullen we terugkeren op de wegen van onze vaderen. Wij zullen ten strijde trekken en dan zal het volk van de Catuvellauni weer eervol, geducht en machtig zijn. Ik zal Subidasto aan de punt van mijn speer rijgen! Het hoofd van Boduocus zal voor mijn hut hangen. Verica zal in zee gedreven worden en daar verdrinken, en dan zullen al hun gebieden van ons zijn! Wat is daarop jullie antwoord?' Hij strekte zijn armen uit en plotseling kwamen de mannen in beweging.

Jarenlang had Cunobelin hen beteugeld, hij liet de mannen regelmatig op strooptocht en veeroof gaan, zoals een uitgehongerde hond af en toe iets toegeworpen krijgt, maar nu bood Togodumnus hun een homp vlees zo groot als een berg aan en ze besprongen die met gretige honger. De mannen brulden zijn naam en riepen: 'Ricon! Ricon!' Ze kwamen overeind met een vurige blik in hun ogen, en achter in de zaal, zag Caradoc, haastten de kooplieden zich zo snel mogelijk naar buiten. Caradoc stond op, tegelijk met Cinnamus en Caelte. Hij probeerde zijn zwaard te trekken, maar het gedrang was te groot. Hij hoorde Gladys schreeuwen en zag dat Vocorio naar de uitgang rende, met de twee kleine meisjes hoog op zijn schouders. Waar was Llyn? Toen werd hij tegen de muur gedrukt. Hij haalde zijn mes uit zijn tuniek en baande zich met geweld een weg naar de tafel waarop Gladys gesprongen was, met haar zwaard in de aanslag. 'Caradoc heeft nog niet gesproken!' riep ze. 'Caradoc moet spreken!' Cinnamus en Caelte bewerkten de mannen die hen omringden met hun vuisten en knieën en de menigte week uiteen.

Toen, opeens, zag Caradoc Togodumnus. Hij kroop door de schaduwen met zijn mes in de hand naar de plaats waar Adminius in het gedrang bekneld zat, en in zijn ogen was een verwilderde blik. Een ogenblik later zou het mes in de rug van Adminius verdwijnen en daarmee zou Tog een geweldige tumult ontketenen. Caradoc sprong naar voren en schopte zijn hoofdmannen opzij. Hij hoorde Gladys krijsen: 'Adminius! Kijk uit!' Caradoc deed een uitval en greep zijn broer vast. Samen met Tog viel hij op de grond. Adminius draaide zich vliegensvlug om en het rumoer bedaarde. Na een laatste krampachtige poging zich vrij te worstelen liet Tog het mes los en bleef stil liggen. Caradoc zat hijgend boven op hem. Even later kwam hij moeizaam overeind en trok Togodumnus aan zijn arm omhoog. Het gezicht van Tog was rood aangelopen. Sholto bukte zich om het mes op te rapen en aan Togodumnus terug te geven, maar Caradoc kwam tussenbeide en pakte het mes. Adminius sprong naar voren en greep Togodumnus in zijn nekvel; hij schudde zijn jongere broer zoals een hond een rat schudt en smeet hem toen van zich af. Maar Adminius trok zijn zwaard niet.

'Jij laffe dwaas!' schreeuwde hij. 'Is dit de manier waarop jij deze stam wilt leiden? Krijgt iedereen die niet naar je luistert een mes in zijn rug? Hoofdmannen en vrije burgers, wees gewaarschuwd! Wat denken jullie nu van je nieuwe ricon?' Hij keerde zich met een ruk om en liep weg. De mensen weken snel uiteen toen ze de woede en verbittering op zijn gezicht zagen. Adminius riep niet om wraak. Hij wist dat een uitdaging voor een duel zinloos was, want hoewel hij als overwinnaar uit het tweegevecht kon komen besefte hij dat de hoofdmannen hem toch niet als ricon wilden. Gladys sprong van de tafel en rende hem achterna; ze legde haar hand op zijn arm maar hij liep snel naar buiten, naar het felle zonlicht. Gladys volgde hem naar buiten.

'Nu is het mijn beurt om te spreken, Tog,' zei Caradoc bedaard en hij gaf het mes aan zijn broer terug. 'En je zult naar mij luisteren ook. Jullie moeten je schamen, hoofdmannen en vrije burgers,' riep hij boos tegen de omstanders. 'Hoe kon het zover komen dat de Vergadering op deze schandelijke manier gehouden wordt? Ga zitten. Ga allemaal zitten!' In de stilte die volgde weken de mannen achteruit en gingen op de vloer zitten, maar Togodumnus liep naar Caradoc toe en legde een hand op zijn schouder.

'Ik zal de nieuwe ricon zijn,' fluisterde hij. 'De hoofdmannen zullen naar jou luisteren omdat ze zich schamen, maar je zag dat ze allemaal op mijn hand zijn. Ze laten zich niet langer beteugelen, Caradoc.' De slanke hand verstrakte en beefde van opwinding, maar Caradoc duwde de hand van zijn mantel. Rechts van hem, waar Mocuxsoma met zijn zwaard gereedstond, wachtten Eurgain en Llyn. Eurgain had haar mantel opzij geslagen en haar vingers beroerden het gevest van haar zwaard, terwijl Llyn peinzend naar zijn oom keek.

'Toe, ga nu zitten, Tog,' zei Caradoc luchtig, maar zijn hart bonsde en zijn knieën beefden. 'Jij bent Cunobelin niet en dat zul je nooit worden ook.' Hij deed een stap naar voren zodat hij nu in de felle gloed van het vuur stond en keerde Togodumnus zijn rug toe. Cinnamus en Caelte kwamen vlak achter hem staan. 'Mensen van mijn stam,' zei hij rustig. 'Vandaag hebben jullie iets vreselijks gezien. Twee broers die tegenover elkaar staan, vol hebzucht en ambitie die eens harmonie en vriendschap waren. Jullie hebben de aanspraak van Adminius verworpen en ik denk dat jullie daar verstandig aan deden, maar jullie hebben Togodumnus nog niet gekozen. Zeg mij, zijn jullie onnozele kinderen? Zullen jullie zonder erbij na te denken Togodumnus volgen in de oorlog en twisten?'

'Ja, wij willen hem als leider,' mompelde iemand en het rumoerige gefluister onder de toehoorders werd luider. 'Togodumnus moet ricon worden. Een trotse stam en een eervol gewonnen oorlog.' Maar er klonken ook boze stemmen: 'Caradoc moet ricon worden!' Caradoc verhief zijn stem voordat er weer een uitbarsting van geweld kon komen. 'Zelfs onderling zijn jullie verdeeld,' zei hij luid en verbitterd. 'Sommigen willen Togodumnus, omdat ze vinden dat er te weinig strooptochten en te veel schranspartijen zijn. Anderen geven de voorkeur aan mij als leider, omdat ze weten dat ik gematigder ben. Wij kunnen hier de hele dag en de hele nacht blijven zitten zonder tot een besluit te komen.' Hij keek even in de richting van Eurgain en ze knikte bijna onmerkbaar. Haar gezicht was bleek en er was een strakke trek om haar mond. 'Ik zal jullie allemaal, hoofdmannen en jou ook Tog, een tussenoplossing voorstellen.'

Het onrustige geroezemoes stierf weg en alle ogen werden op Caradoc gericht. 'Het stamgebied zal in twee stukken verdeeld worden.' Hij zweeg even en in de ademloze stilte keek hij naar de hoek waar zijn vader zo lang gezeten had. Caradoc meende even een zacht en kort gegrinnik te horen. 'Ik zal hier in Camulodunon blijven met iedereen die verkiest bij mij te blijven en jij, Tog, kunt teruggaan naar Verulamium, de plaats vanwaar de Catuvellauni ooit gekomen zijn, en dan kun jij het westen beheersen. Wij zullen gezamenlijk munten slaan en wederzijdse verdragen sluiten dat wij elkaar nooit de oorlog zullen verklaren maar wel handel met elkaar drijven. Dan zullen we allebei de titel van ricon dragen.' Hij bleef doodstil staan. Wat zal er nu gebeuren? dacht hij. Zal Tog met dit voorstel instemmen of zal hij zich op mij storten? Caradoc voelde al zijn spieren verstijven. Hij keek niet opzij, maar voelde dat zijn broer uit de schaduw bij de muur naar voren kwam, geluidloos lopend, en hij zette zich schrap, met een waakzaam oog gericht op degenen die vóór hem zaten.

Opeens barstte Togodumnus in lachen uit. Met een sprong stond hij voor Caradoc en op zijn gezicht verscheen een brede grijns. Hij strekte beide armen uit en omhelsde Caradoc bulderend van het lachen. De toeschouwers keken verbaasd toe. 'Een tussenweg! Natuurlijk! Wat had ik anders van de sluwe Caradoc, die waarachtige zoon van zijn vader, kunnen verwachten?'

Hij barstte weer in luid gelach uit, maar Caradoc zag dat zijn ogen kil bleven. Eindelijk kwam Togodumnus tot bedaren. Hij liet zich op de vloer zakken en Caradoc ging onwillig naast hem zitten terwijl de hoofdmannen één voor één overeind kwamen, hun zwaarden trokken en naar voren stapten. 'Ik vind het een goed voorstel!' schreeuwde Togodumnus. 'Iedereen die met mij naar Verulamium wil rijden, kom naar voren en vertrouw me je zwaard toe.' Hij keek opzij naar Caradoc en vroeg zachtjes: 'Hoeveel mannen denk jij te krijgen?' Maar Caradoc glimlachte alleen; zijn opluchting was nog te groot voor woorden. Hij besefte echter wel dat dit nog maar het begin van de moeilijkheden zou kunnen zijn. Tog en hij zouden vele uren moeten besteden aan het uitwerken van verdragen en wederzijdse garanties, en zelfs dan kon Tog op een dag alle verdragen opzij schuiven en met zijn legermacht naar Camulodunon oprukken. Maar voor het ogenblik verliep alles naar wens en Caradoc keek, door een waas van vermoeidheid en diepe droefheid, naar de zwaarden die kletterend voor zijn knieën neervielen. Eurgain legde haar zwaard dwars over zijn schoot; ze knielde en kuste hem. Llyn sloeg zijn armen om hem heen, maar zelf lette hij alleen op Tog die naast hem zat, met zijn mannen schertste en vrolijk de voor hem neergeworpen zwaarden telde. Toen ging Caradoc staan en gebaarde dat de mannen hun zwaarden weer konden pakken. Ze deden wat hun gevraagd werd en verlieten tevreden de Grote Zaal. Tog slaakte een zucht van verlichting en leunde achterover, zijn hoofdmannen gingen in een kring bij hem zitten. Cinnamus en Caelte hurkten bij Caradoc, en Eurgain hield zich op de achtergrond; ze leek een lichtende figuur in de schemering.

'Zo!' zei Togodumnus. Hij rekte zich uit en grijnsde naar zijn broer. 'Ik moet zeggen dat je dat heel handig opgelost hebt. Ik zou jou nooit gedood hebben, Caradoc, dat weet je toch?'

'Nee, dat weet ik niet,' zei Caradoc bits. 'En jij ook niet. Ik zou graag willen dat je wat minder opvliegend bent, Tog. Niemand van ons is veilig als jij in de buurt bent. Ben je tevreden met mijn voorstel?'

Tog trok een grimas. 'Ach, niet bepaald tevreden, maar ik vind het wel verstandig. Zelfs als we niet met elkaar gevochten hadden, en wie van ons er ook gekozen was, er zouden toch twisten tussen de hoofdmannen ontstaan zijn. Zo is het beter. Het verbaast me dat ik niet zelf op dit idee gekomen ben.'

'Je had te veel aandacht voor Adminius.'

Tog zuchtte en er verscheen een vreemd licht in zijn ogen. 'Dat is waar ook. Wij zullen Adminius moeten doden, Caradoc. Anders zal hij achter onze rug blijven konkelen en ons moeilijkheden bezorgen en de kooplieden ophitsen.'

'Ik weet het,' zei Caradoc met tegenzin. 'Maar het moet openlijk en met instemming van de hoofdmannen gebeuren. Zoals jij hem wilde doden was pure waanzin.'

'Het had ons heel wat moeilijkheden kunnen besparen.'

Ze bleven enige tijd zwijgend zitten. Caradoc dacht met pijn in het hart aan zijn oudere broer en hij voelde dat Eurgain met hem meeleefde; het leek of haar gevoelens als een warme, onzichtbare en vredige wolk vanuit de schaduwen naar hem toezweefden. Zijn hoofdmannen hurkten zwijgend en keken naar de grond. Het leek wel of er toch iets misgegaan was, alsof sommige draden nog niet aan elkaar geknoopt en onzichtbare problemen nog niet opgelost waren. Caradoc ging verzitten.

'Jouw hoofdmannen zullen onmiddellijk tot daden willen overgaan,' zei hij.

'Wat ga je doen?'

Tog grijnsde breed en tevreden. 'Ik zal de oorlog verklaren aan de Coritani en hen uiteindelijk onderwerpen. Daarna trek ik op tegen de Dobunni. Dat zal weinig moeite kosten, want Boduocus slaapt de hele dag. En daarna,' zei hij, handenwrijvend, 'daarna trekken wij naar Brigantia! Weet je, Caradoc, ik denk erover met Aricia te trouwen als ik haar eenmaal verslagen heb.' Caradoc keek met een ruk op en in de ogen van zijn broer zag hij zijn eigen obsessie weerspiegeld. 'Jawel, broer van mij,' zei Tog rustig, 'ik heb ook zo mijn behoeften en geen Eurgain die dan voor mij klaarstaat.' Hij rekte zijn rug en lachte even. 'En wat zijn jouw plannen? Wat doe je met Verica?'

'Verica zal moeten verdwijnen,' antwoordde Caradoc. 'Wij hebben zijn mijnen nodig. Hij wil ons geen ijzer verkopen en hij is weerspannig; daarom zullen we het zelf moeten halen.'

'En daarna?'

Caradoc haalde zijn schouders op. 'Daarna komen mogelijk de Iceni en de Cantiaci aan de beurt. Wie zal het zeggen?'

Togodumnus krabbelde overeind. 'Ja, wie zal het zeggen,' herhaalde hij luchtig. 'Zul jij in de toekomst Rome ook de hand blijven schudden?'

Ook Caradoc kwam overeind en bleef peinzend staan. Als hij dat beaamde zou hij het veroveringsvuur in Tog mogelijk aanwakkeren, een vuur dat dikwijls ook in hemzelf oplaaide. Maar als hij ontkende, dan kon Tog zich afvragen of al het tumult tijdens de Vergadering alleen maar een manier was geweest om Caradoc op de plaats van Cunobelin te krijgen. Hij trok zijn wenkbrauwen op, grijnsde en omarmde zijn broer. 'Ik weet het niet,' zei hij. 'Laten we eerst met Adminius afrekenen.' Ze haakten hun armen in elkaar en liepen naar buiten, waar de zon fel scheen. Hun hoofdmannen volgden hen op de voet.

Adminius liep met grote passen de heuvel af en Gladys holde nog steeds achter hem aan. Hij liep langs de werkplaats van de harnasmaker, langs de smederij en voorbij de hondehokken waar hij de opgewekte groet van de africhter negeerde, en ten slotte ging hij de stallen binnen. Gladys kwam hijgend achter hem aan, struikelend toen ze de donkere stal, waar de warme, prikkelende lucht haar omringde, binnenstapte. Even kon ze niets zien, maar toen ging ze op het rinkelende geluid van een paardentuig af. Links en rechts stonden paarden, zwaaiend met hun staarten en hooi kauwend; gewoonlijk zou ze bij elk paard zijn blijven staan om het te strelen en toe te spreken, maar nu liep ze snel door. Adminius was bezig zijn paard van een hoofdstel te voorzien. Zijn vingers waren driftig in de weer met het bit en de leren riemen. Gladys ging tussen de brede flank van het paard en de wand staan. Ze keek toe, maar hij negeerde haar. Zijn gezicht was strak en hij perste zijn lippen opeen, in zijn ogen waren hevige teleurstelling en rampzaligheid te lezen. Met een ruw gebaar duwde hij het bit in de mond van het paard en smeet de teugels over de hals.

'Waar ga je naar toe, Adminius?' vroeg ze zacht.

Hij gaf geen antwoord, bukte zich onder de kop van het paard door en duwde haar ruw opzij. Opeens bleef hij doodstil staan en legde zijn voorhoofd een ogenblik tegen de bruine huid. 'Ik ga naar de keizer,' zei hij schor.

Ze deed haastig een stap naar voren. 'Nee! Nee, Adminius, hoe kun je zoiets overwegen? Zul je dan net als Dubnovellaunus zijn, buigend en kruipend voor de Senaat in Rome en je alles laten welgevallen? Waarom zou je dat doen? Je moet hier blijven.'

'Ze zullen mij doden,' zei hij en zijn ogen vernauwden zich. 'Caradoc en Tog. Elk moment kunnen ze bedenken dat ik nog op vrije voeten ben en ze zullen achter me aan komen, want ze kunnen mij niet in leven laten, Gladys. En dat weet jij ook. Maar ik zal mij wreken. De keizer zal naar mij luisteren. Hij is krankzinnig, dat weet iedereen, maar met de juiste woorden is hij voor rede vatbaar. Ik zal om gerechtigheid vragen en Gaius zal aan mijn verzoek voldoen omdat ik hem zal vertellen...' Hij week achteruit, besteeg het paard en Gladys deed een stap opzij, buiten het bereik van de onrustig trappelende hoeven. 'Ik zal hem vertellen dat de Vergadering mij tot ricon gekozen heeft, maar dat mijn broers mij verjaagd hebben. De kooplieden zullen mij steunen. Ik zal hem ook vertellen dat alle handelsbetrekkingen met Albion verbroken zullen worden als hij mij niet helpt.'

'Dat doe je niet!' siste ze naar hem. 'En je eer en je vrijheid dan, Adminius? Als je nu vertrekt zal de Vergadering afkondigen dat je voortaan onvrij bent, een slaaf, en al je rijkdommen worden verbeurd verklaard. Wil je dat werkelijk?'

Hij keek op haar neer, trok zijn bovenlip op en zijn handen klemden zich om de teugels.

'Wat heb ik nog te verwachten van deze stam?' bracht hij uit. 'Van nu af aan ben ik een Romein.' Hij rukte zijn halsring los en smeet het sieraad in haar richting. De halsring schampte langs haar wang en viel met een rinkelend geluid op de grond. 'Wat zijn de Catuvellauni meer dan een bemodderde bende ruziënde onnozele boeren?' schreeuwde hij. 'Wanneer ik terugkeer zal ik toezien dat jullie allemaal vermorzeld worden onder de laarzen van Gaius' legioenen!' Hij trapte met zijn hielen tegen de flanken van zijn paard; het dier hinnikte snuivend en stoof naar de deur. Adminius boog zich ver voorover. De man en het paard waren verdwenen en Gladys bleef sidderend achter, ze depte met haar mouw het bloed van haar wang. De paarden in de stal hielden op met kauwen en keken met hun bruine ogen nieuwsgierig in haar richting. Werktuiglijk kalmeerde ze de dieren met zachte woordjes. Daarna raapte ze de halsring op en liep met onvaste passen naar de deur. Buiten renden de mannen haar al tegemoet, Caradoc en Togodumnus voorop, en ze wachtte hen op met een hand tegen haar wang gedrukt. Ze kneep haar ogen dicht tegen het schelle daglicht. De wolkenflarden waren verdwenen en de hemel was helderblauw en vol zonnewarmte.

'Waar is hij?' vroeg Togodumnus hijgend toen hij dichterbij kwam. 'In welke richting is hij gegaan?' Maar ze keerde zich naar Caradoc.

'Hij gaat naar Caligula,' zei ze. 'Hij wil zich wreken.' Ze wendde haar gezicht af om haar tranen te verbergen, terwijl Togodumnus in een spottend gelach uitbarstte. Caradoc liep naar Gladys en legde zijn arm om haar schouder.

'Heb je je bezeerd?' vroeg hij zacht. Ze schudde zwijgend haar hoofd en hield de halsring omhoog. Met een verwonderde blik pakte hij het sieraad aan. 'Weet hij wel wat hij gedaan heeft?' vroeg hij, en ze knikte. Ze vertelde hem letterlijk wat Adminius gezegd had. De woorden vielen als giftige bessen van haar lippen.

'Zullen we hem achterna gaan?' vroeg Sholto begerig, maar Togodumnus nam het woord.

'Laat hem maar gaan, die hooghartige dwaas!' zei hij minachtend. 'Gaius zal zich evenmin met ons bemoeien als Tiberius. Hij zal heus geen oorlog beginnen omdat er weer een ontevreden hoofdman in zijn paleis verschijnt.' Hij spreidde zijn armen wijd uit en hief zijn gezicht op naar de koesterende winterzon. 'Nu kunnen we verder! Laten de krijgers hun wapens opnemen! O, Caradoc, een keizerrijk zo groot als dat van Rome voor jou en mij!' Cinnamus zag de droge glimlach van Caradoc en hij grijnsde even. Gladys drong haar tranen terug en liep weg.

'Waar ga je heen?' riep Caradoc haar na toen ze weer door de staldeur verdween. Ze bleef even staan en zei toen met een verachtelijk gebaar: 'Naar de zee.'

7

Overal in de omgeving van Camulodunon heerste grote opwinding want Caradoc, Togodumnus en alle andere mannen van de stam bereidden zich voor op de oorlog. In geen dertig jaar had de groep krijgers zich verzameld, maar nu gonsde het in Camulodunon van de geluiden die aan de strijd voorafgaan. Dag en nacht gloeide het vuur in de smederij. De Grote Zaal was vol mensen die daar voortdurend rondhingen en roddelden terwijl ze naar de vrije mannen keken die heen en weer liepen om hun uitrusting in orde te maken. Boven het vuur in de Zaal hing altijd wel een ever of een stierkalf te roosteren. De hoofdmannen brachten veel tijd bij de rivier door; ze reden met hun strijdwagens haastig daarheen en terug, terwijl de vrije mannen hun zwaarden slepen en hun grote schilden poetsten. De vrouwen waren ook rusteloos, aangestoken door de koortsige drukte en er braken dikwijls ruzies en onderlinge gevechten uit tussen de vrouwen in de kring van vrije mannen, als de pochende en trots rondstappende mannen hun vrouwen betrokken bij verhitte woordenwisselingen wie nu eigenlijk de titel van kampioen verdiende.

Caradoc en Togodumnus hadden eerst besloten hun stootkracht te splitsen en ook dat Tog de Coritani op hetzelfde uur zou aanvallen als waarop Caradoc tegen de Atrebates ten strijde trok. De spionnen slopen terug naar Verica en naar de Coritani, en die stammen bereidden zich ook voor op de strijd, Gaius Caesar vervloekend dat hij zo weinig interesse toonde voor hun benarde toestand. Maar ze vervloekten vooral de Catuvellauni wegens hun onbegrensde roofzucht. Llyn zeurde voortdurend aan Caradocs hoofd of hij alsjeblieft mee mocht naar het slagveld, en zijn zusjes joegen elkaar voortdurend met houten stokken rond het huis achterna. De vrouwen zouden niet ten strijde trekken – Caradoc had beslist dat zij niet nodig waren – maar ze zouden met hun kinderen de mannen uiteraard wel volgen in de reiswagens, om het verloop van de strijd vanaf een dichtbijgelegen heuvel te volgen. Caradoc en Togodumnus waren er vast van overtuigd dat geen stam het tegen hen kon opnemen. Ze brachten vele uren door in Togs hut, dronken wijn en voorspelden hoe de hoofdmannen van de vijand voor hun strijdwagens even snel geveld zouden worden als graan voor de glanzende bladen van een zeis. Als Caradoc al zijn bedenkingen had, dan werden die spoedig overstemd door Togs enthousiasme.

Eurgain zei weinig tegen hem over haar gevoelens. Vida was razend en vervloekte Cinnamus, omdat ze haar zwaard niet mocht trekken. Gladys bracht steeds meer tijd door in haar grot, starend naar de branding en in haar eigen droomwereld verzonken, maar Eurgain vervulde rustig en zwijgzaam haar taken. Caradoc probeerde haar uit te horen, maar ze leek zich telkens terug te trekken en in gedachten steeds terug te keren naar de tijd voordat ze met hem getrouwd was. Vroeg in de middag ging ze weer voor haar raam zitten en liet haar kin op haar hand rusten. Haar blonde haren bewogen in de kille wind, en haar ogen waren strak gericht op de met bomen begroeide heuvels in de verte. Ze speelde nog wel met de kinderen, ze reed paard, ze ging mee op jacht en woonde de zittingen van de Vergadering bij. Nog steeds liet ze zich gewillig in zijn armen vallen en verspreidde haar zoete frisheid om zich heen. Maar zij en Gladys hielden geen oefengevechten meer met elkaar, terwijl de andere vrouwen juist vaker naar de zwaarden grepen op de open plek. Caradoc had het te druk om zich bezig te houden met de duistere gedachten van Eurgain. Hij en Togodumnus hadden besloten in het voorjaar aan te vallen, als de stammen het druk hadden met zaaien en met het pasgeboren vee. De Catuvellaunse boeren die mee wilden vechten, moesten bewapend worden, op kosten van hun hoofdmannen, maar velen van hen moesten achterblijven op de landerijen om de gewassen en het vee te verzorgen.

De tijd verstreek. De dag van Samain brak aan en ging voorbij, een ogenblik van rust in het verder zo drukke en bezige Camulodunon. Over een maand zouden de hoofdmannen gereed zijn. Weer dobbelden en ruzieden ze bij het grote vuur. Over zes weken zouden Togodumnus en Caradoc zich gereedmaken voor het afscheid, want Togodumnus wilde eerst enige tijd doorbrengen in Verulanium, om er de versterkingen te controleren voor het onwaarschijnlijke en belachelijke geval dat de Dobunni of de Coritani de Catuvellauni naar huis zouden terugdrijven.

Toen Caradoc en Togodumnus op een middag voor de stallen stonden te kijken hoe de paarden voor hun strijdwagens ingespannen werden voordat ze achter elkaar aan zouden razen over het pad dat tussen de bladerloze bomen liep, kwam Cinnamus opeens aanstuiven door de poort. Zijn paard schuimbekte, zijn tuniek vertoonde overal zweetplekken en zijn gezicht was vertrokken van angst om de dringende boodschap die hij kwam brengen. Trappelend kwam zijn paard voor hen tot stilstand en hij tuimelde naar de grond. Even leunde hij hijgend tegen de flank van zijn paard, toen gebaarde hij dat een staljongen het dier moest wegleiden. Hij keek Caradoc aan. 'De kooplui!' hijgde hij. Caradoc liet zijn glinsterende harnas in de steek en kwam naderbij. Met een kort woord gaf hij Fearachar opdracht water te halen. Cinnamus wiste zijn met modder bespatte gezicht af met een hoek van zijn mantel en liet zich toen zakken. Hij liet zijn hoofd hangen en met zijn handen op zijn knieën probeerde hij weer op adem te komen. Hij was in volle galop van de rivier hierheen gereden en zijn hart bonsde nog op het ritme van de roffelende paardehoeven. Fearachar kwam aanrennen met water in een grote houten kom en Cinnamus ging rechtop zitten. Hij dompelde zijn gezicht in het koele water.

Toen nam hij gulzig een slok. Met een scheve grijns gaf hij de kom terug en keek de nieuwsgierig toekijkende mannen aan. 'Heer, de kooplui vertrekken,' zei hij. 'Er zijn al vijf schepen vertrokken met de ebstroom en nog tien andere liggen gereed. Ze wilden niets zeggen. Ze zitten daar maar op de oever, met al hun bezittingen, alleen de wijnkoopman was wat spraakzamer.'

'Wacht even, Cin,' onderbrak Caradoc hem. 'Kom eerst maar op adem.' Maar Cinnamus had zich al hersteld. Hij hurkte op de harde aarde en Caradoc hurkte met zijn hoofdmannen naast hem.

'Gaius Caesar is in aantocht,' zei hij. 'Hij is nog een dagmars van Gesioracum verwijderd, met drie of vier legioenen. Die koopman zei dat de Romeinen beslist over het water zullen komen.'

Niemand zei iets. Cinnamus' woorden bleven in de vrieslucht hangen en Caradoc keek naar de grond terwijl de pony's achter hem onrustig schuifelden, zodat de wielen van de strijdwagens telkens iets bewogen. Toen vloekte Togodumnus hartgrondig. De vloek klonk zo luid en grof dat iedereen opschrok en overeind sprong.

'Dan weten wij ook wie er bij hem is!' schreeuwde Togodumnus. 'Die driemaal verdoemde Adminius! We hadden hem achterna moeten gaan en zijn kop afhouwen, Caradoc. Nu zie je wat hij uitgevoerd heeft!' Caradoc keek onderzoekend naar Cinnamus, en Cinnamus knikte bevestigend.

'Dat is waar. Caligula is zo krankzinnig dat hij zich verbeeldt dat Adminius hem heel Albion aanbiedt, en nu komt hij zijn gebied opeisen. De kooplieden willen geen moeilijkheden. Ze zullen naar Gallië zeilen en zich daar verspreiden. Dan wachten ze rustig af tot de legioenen voorbijgetrokken zijn en eerst de overwinning hebben behaald. Daarna hervatten ze de handel weer.'

'En hoe zit het met de generaals van Gaius?' vroeg Caradoc. 'Die zijn toch zeker slim genoeg om te zien dat Adminius alleen maar een vluchteling is, en geen ricon. In elk geval moeten ze een ricon uit Albion die zijn volk vrijwillig in slavernij uitlevert wel als krankzinnig beschouwen.'

'Natuurlijk weten ze dat,' antwoordde Cinnamus. 'Maar hoe kunnen ze de keizer overtuigen zonder dat hun hoofd wordt afgehouwen? Ze zijn te beklagen, Caradoc. We kunnen alleen maar hopen dat het een van hen lukt de keizer ervan te overtuigen dat Adminius een misdadige dwaas is.'

Togodumnus spuwde op de grond en keek krijgshaftig in het rond. 'Laat ze maar komen!' zei hij. 'Wat zeiden ze in Rome toen Julius Caesar naar huis geslopen kwam met zijn staart tussen zijn benen, omdat de machtige Cassivellaunus zijn tanden zo stevig in de keizerlijke romp had gezet? "Ik kwam, ik zag, maar ik kon niet blijven." Rome heeft al honderd jaar geleden in de Catuvellauni een sterke tegenstander gevonden.'

'Cassivellaunus heeft Caesar niet verslagen, dat kwam door het slechte weer en de sterke zeestromen,' zei Caradoc werktuiglijk, maar toen verscheen er een diepe frons tussen zijn wenkbrauwen. Wie had hem dat ook weer verteld? Togodumnus stak zijn tong uit in de richting van de rivier en begon te lachen.

'Onzin! Heeft Julius dat gezegd? Dan moest hij zeker een smoes verzinnen, denk ik.' De hoofdmannen lachten nu ook en de spanning verdween even snel als morgennevel op een zomerdag. Ze kwamen één voor één overeind en richtten hun aandacht op andere dingen. Ze liepen weg en Togodumnus stapte in zijn strijdwagen. 'Je hebt jezelf voor niets zo moe gemaakt, Cinnamus,' lachte hij spottend. 'Caradoc, ik wacht op je bij de rivier.' Toen de wagen ratelend weggereden was keek Caradoc naar Cinnamus.

'Zou dit werkelijk waar zijn?' vroeg hij zacht. 'Zal die krankzinnige Gaius echt hierheen komen, Cin?'

Cinnamus haalde met een onnavolgbaar koel gebaar, zoals alleen hij dat kon, zijn schouders op. 'Ik weet het niet, maar de kooplieden raken niet alleen door een gerucht in paniek. Ze weten er meer van, en als ik jou was zou ik Togodumnus en zijn mannen hier houden, gereed voor de strijd, tot het gerucht werkelijkheid wordt of onwaar blijkt te zijn.'

'Adminius zit erachter,' zei Caradoc verbitterd. 'Die sluwe, kruiperige hielenlikker van de Romeinen. Hij heeft handig gebruik gemaakt van de zwakke geestesgesteldheid van de keizer. Als Gaius inderdaad komt en verslagen wordt zal ik Adminius levend verbranden op zijn eigen brandstapel.'

Cinnamus lachte kort. 'Gladys had hem moeten doden, toen ze daar de kans voor had,' merkte hij op. 'Ze zal er eeuwig spijt van hebben dat ze het niet gedaan heeft.' Met stijve passen liep hij langzaam de heuvel op en Caradoc wenkte Fearachar. Hij stapte in zijn strijdwagen, pakte de teugels en riep iets tegen de pony's. Hij reed naar de poort, maar zijn gedachten dwaalden naar de zee en de haven van Gesioracum, waar Caligula zich voorbereidde en waar diens generaals roerige bijeenkomsten hielden om iemand aan te wijzen die de keizer van de beschaafde wereld moest vertellen dat Albion hem met een bundel speren in plaats van bloemen zou verwelkomen.

Caradoc wist Togodumnus te overreden zijn vertrek uit te stellen, maar dat was niet bepaald gemakkelijk. Tog brieste, vloekte en werd razend, maar zijn hoofdmannen luisterden naar Caradoc; ze vertrouwden op zijn oordeel en de Vergadering stelde Tog in het ongelijk. Een dag lang bleef hij mokken, werd dronken en flirtte met Vida. Daarna ging hij met Llyn vissen en uiteindelijk legde hij zich hooghartig neer bij het aangenomen voorstel om samen met Caradoc te blijven wachten. De rivier was verlaten. Alleen de schepen en sloepen van de Catuvellauni dobberden zachtjes aan hun ankers, op de kaden waren geen vaten, kratten, kisten, balen en jachthonden te zien. Elke dag weer kwamen vrije burgers van de kust naar Camulodunon om te melden dat er nergens een zeil gezien was. Zelfs het weer leek de adem in te houden. De winterse wind ging liggen, de mist hing bewegingloos tussen de bomen en de hoofdmannen zaten in hun rokerige hutten. Ze poetsten hun zwaarden en speren die al smetteloos glansden.

Twee weken verstreken tergend langzaam. Caradoc en zijn mannen offerden drie ossen voor Camulos en ze trokken het woud in om de godin en Dagda gunstig te stemmen. Maar de zee bleef rimpelloos en er waren geen oorlogsschepen of troepen aan de horizon te zien. Caradoc begon zichzelf al bijna te beschouwen als een overbezorgde idioot, toen een vrije burger vroeg in de ochtend naar zijn huis kwam en neerhurkte. De kinderen sliepen nog, maar Eurgain zat al rechtop in bed, geleund tegen de kussens en hoewel haar ogen slaperig stonden, was ze klaarwakker. Caradoc wierp meer houtblokken op het vuur voordat hij de man durfde te vragen welk nieuws hij had. Toen hurkte hij naast hem. 'Wat heb je voor nieuws?' vroeg hij gespannen en de bezoeker grijnsde.

'Ik heb goed nieuws,' zei hij en Caradoc hoorde Eurgain achter hem een zucht slaken. 'Er zijn gisteravond schepen gekomen, maar er waren geen soldaten aan boord. De kooplieden zijn teruggekeerd.'

Caradoc voelde een grote last van zich af vallen en opeens had hij erge honger. Naast hem kwam het vuur knetterend tot nieuw leven en in de andere kamer hoorde hij Llyn hoesten en zich omdraaien. 'En verder?' drong hij aan. De man begon snel te vertellen.

'De kooplui zeggen dat de generaals er niet in slaagden de keizer te overreden, maar dat er toen muiterij uitgebroken was onder de troepen. De soldaten wilden de zeestraat niet oversteken. Ze zeiden dat Albion een betoverd eiland was, vol vreselijke monsters en afschuwelijke banvloeken. Zelfs voor Jupiter de Allerhoogste wilden ze de zeilen niet hijsen. De kooplui vertelden ook dat de keizer toen razend werd. Met schuim om zijn mond rende hij vloekend rond. Hij liet een dozijn legionairs op het strand kruisigen, maar dat maakte geen indruk. Ten slotte wisten de generaals hem tot rede te brengen en hij keert nu terug naar Rome. Sommigen beweren dat hij spoedig alsnog zijn rechten op Albion wil laten gelden.'

Caradoc begon te lachen. Hij gooide zijn hoofd achterover, verloor zijn evenwicht en viel ruggeling op de vloerhuiden, nog steeds hartelijk lachend. Llyn werd wakker en kwam slaperig kijken wat er aan de hand was en Eurgain keek naar haar echtgenoot met een tevreden glimlach. Het bulderende, diepe gelach was een lichte opluchting voor haar. De laatste tijd was Caradoc zo stuurs geweest, en zijn woorden hadden vaak een bitse klank, terwijl zijn besluiten dikwijls hardvochtig waren en dat had haar bezorgd gemaakt. Caradoc kwam wankelend overeind, nog steeds schuddebuikend van het lachen. 'Monsters en banvloeken!' bracht hij uit. 'Ja natuurlijk, en nog erger ook! Zwaarden en speren en reuzen! O, Eurgain, heb je dat gehoord? Nou, laat hem dan maar aanspraak maken op Albion, dat redeloze en krankzinnige wrak!' Hij trok de brenger van het nieuws overeind en omhelsde hem. 'Ga naar Togodumnus en vertel hem het nieuws ook,' zei hij. 'Nu opschieten en aankleden, Eurgain. Deze ochtend gaan we op everzwijnen jagen, en morgen op de Coritani!'

8

Allemaal gingen ze op jacht, genoten daarna van het feestmaal, lachten en dronken, en trokken toen ten strijde. De dreiging van Rome was niet meer dan een tandeloze dreiging geweest, een zuchtje zomerwind. Rome had het nogmaals geprobeerd, maar weer gefaald en zo verdween de laatste beduchtheid van de heren van de Catuvellauni. Togodumnus en zijn hoofdmannen verzamelden hun vrouwen, kinderen en bezittingen en vertrokken, begeleid door luide muziek en rauwe liederen, naar Verulamium. Caradoc werkte zijn plannen bij voor de aanval op Verica en toen, vroeg in het voorjaar, toen de knoppen van de appelbomen openbarstten in witte bloesems die het woud onder het bladerdak deden geuren en toen de zon de aarde met zachte warme vingers betastte, kwamen hij en Togodumnus onverwachts en donderend in beweging. In de kracht van hun jaren en vol zelfvertrouwen trokken ze over de grenzen, gevolgd door hun brullende en bloeddorstige horden. Het verzet van de Coritani werd spoedig gebroken en ze sloegen op de vlucht. Na een verbeten en hopeloos gevecht, hoog boven de oostkust, vluchtte Verica aan boord van een schip en zocht woedend maar verslagen een goed heenkomen in Gallië. Dit was nog maar het begin. Die hele zomer verschansten de Coritani zich in hun meest noordelijke fort en hielden daar hardnekkig stand tegen Togodumnus. Maar Caradoc bracht die maanden door met verbeten jacht maken op degenen van Verica's stam die overgebleven en in de bossen weggevlucht waren, weggesmolten als een handvol sneeuw.

In de herfst, toen de bomen plotseling prachtige, gloedvolle kleuren vertoonden, keerden zij allebei gebruind en gezond, maar vermoeid terug naar Camulodunon. Achter hen volgden de wagens en karren, volgeladen met oorlogsbuit, en voor hen uit werden de buitgemaakte runderen in kudden voortgedreven. Daar, in de Grote Zaal, ontmoetten Caradoc en Togodumnus elkaar. Ze vielen elkaar hartelijk in de armen. 'Wat een zomer!' riep Tog, toen ze met gekruiste benen bij het vuur zaten. 'Caradoc, je had ons moeten zien! Die Coritani weten wat vechten is. We deden een aanval en dreven hen terug. We hakten hun mannen aan stukken en joegen hen de heuvels in, maar vandaar leverden ze hardnekkig verzet. Het scheelde weinig of mijn kop was daar afgehouwen, wist je dat? Een grote hoofdman met stierehorens op zijn helm sprong van zijn strijdwagen boven op me, en ik stond daar in de gracht te vechten. Hij sloeg me tegen de grond, maar ik wist me vrij te worstelen. Hij trok aan mijn nek, grommend als een beer, maar toen...' Tog wierp zijn haren achterover en sloeg met zijn arm met de bronzen armbanden door de rokerige lucht... '...met één slag hieuw ik hem bijna in tweeën!' Hij slaakte een zucht van genot. 'Wat een geweldige zomer!'

De hoofdmannen verdrongen zich rond hen en vertelden elkaar hun eigen opgewonden verhalen. De vrouwen babbelden tevreden met elkaar, blij dat ze eindelijk weer behoorlijk onderdak hadden en in de stad terug waren. Kinderen renden stoeiend door de Zaal, ze joegen achter de honden aan of worstelden met elkaar, terwijl de bards bedachtzaam hun harp stemden en naar de hoge zoldering keken, terwijl de nieuwste liederen vorm kregen in hun vlugge geest. Fearachar bracht wijn en dampend varkensvlees en er viel een stilte toen de heren en hun gevolg begonnen te eten.

'Vertel eens, Tog,' zei Caradoc, nadat hij een slokje van zijn warme wijn genomen had, 'zullen we de Coritani volgende zomer voorgoed verslaan? Kunnen we een deel van onze mensen volgend jaar daarheen brengen, of zouden de Coritani een verdrag met de Brigantiërs sluiten, zodat we in het komende voorjaar tegenover een duizendkoppige vijand komen te staan?'

Togodumnus kauwde nadenkend op zijn vlees. 'Dat weet ik niet,' zei hij. 'De Coritani en de Brigantiërs zijn niet bepaald op elkaar gesteld, want ze plunderen voortdurend elkaars gebieden. Mogelijk zal Aricia aandringen op een verdrag, omdat ze wel begrijpt dat ik van plan ben haar aan te vallen, zodra de Coritani onderworpen zijn. Ze zou er overigens beter aan doen een verdrag met ons te sluiten.' Hij grinnikte. 'Dan kunnen wij Brigantia innemen terwijl zij nog bezig is te bekijken wat haar morele verantwoordelijkheid nu precies is.'

'Die kent ze wel,' antwoordde Caradoc. 'Dus zal ze geen verdrag met ons sluiten. Ik vermoed dat ze samen met de rechters van de Coritani naar de Vergadering gaat, en dat ze dan gezamenlijk de strijd tegen ons aanbinden.'

Tog slikte een mondvol door. 'Dan zijn ze dom. Uit wat wij gehoord hebben blijkt dat Aricia de principes die ze mogelijk ooit gehad heeft, en dat waren er niet veel, dat moet jij toch het beste weten, overboord gezet heeft. Ze zal openhartig tegen de Coritani spreken, maar als jij en ik dan daarheen trekken en haar verslaan – pang!' Hij sloeg met een luide klap zijn handen tegen elkaar. 'Dan zullen zij en die wildeman van haar, die Venutius, even bliksemsnel als de Coritani het onderspit delven, en dan zal het haar spijten dat ze onze heerschappij niet aanvaard heeft.' Hij pakte zijn beker en nam een flinke slok voordat hij zijn mond met zijn mouw afveegde. 'En hoe staat het met de

Atrebates?' vroeg hij. 'Hoe is het jou vergaan?'

'Verica is naar Rome gegaan, dat wist je al,' antwoordde Caradoc. 'Maar zijn mensen zijn niet dom. Ze verschuilen zich in de bossen en komen niet te voorschijn om een gevecht te beginnen. Om je de waarheid te zeggen,' voegde hij er teleurgesteld aan toe, 'ik heb de hele zomer besteed aan het najagen van schaduwen. Maar ik denk dat ik in de lente wel een deel van mijn vrije burgers naar het gebied van Verica breng en hen daar tot hoofdman benoem. Het verzet is daar zo verspreid en gering dat er gemakkelijk mee afgerekend kan worden, vooral als mijn mannen het vooruitzicht hebben er heel wat bij te zullen winnen. En daarna,' – Caradoc grijnsde even – 'daarna komen de Dobunni aan de beurt. Ze hebben onderling al onenigheid, nu Boduocus in het zuiden is en zijn opstandige hoofdmannen in het noorden zijn. Het moet eenvoudig zijn hen in te lijven bij de Catuvellauni.' Hij en Togodumnus keken elkaar veelbetekenend aan. 'Een keizerrijk,' zei Caradoc langzaam. 'We hebben al een begin gemaakt, Tog. Er komt een dag dat heel Albion door Catuvellaunse heren geregeerd wordt, en dan zullen jij en ik rijker zijn dan Seneca.'

'Ze zeggen dat zelfs de keizer niet zo rijk is als Seneca,' zei Tog. 'Wat doen we met de kooplieden, Caradoc? Veel kooplui zijn deze zomer naar huis gegaan, omdat de zaken niet voorspoedig verliepen nu wij er niet waren. Daar zullen we toch iets aan moeten doen.'

Caradoc haalde zijn schouders op. 'Laat ze maar gaan. Hoe machtiger wij zijn, des te minder zijn wij voor goederen afhankelijk van Rome, en als we werkelijk groot worden zullen de kooplui wel aangelokt worden door voordeeltjes die honderd keer groter zijn dan nu het geval is.'

'Cunobelin zou hard en lang lachen als hij ons nu kon zien!' Tog dronk zijn beker wijn leeg en leunde tegen de muur. De anderen maakten het zich gemakkelijk op de vloer. 'Onze mannen zullen gevreesd worden van het ene uiteinde van de wereld tot het andere. Wat doen we met de Durotriges, Caradoc, en met de stammen in het westen? Zullen we die voor het laatst bewaren?'

Caradoc huiverde. 'We zullen hen met rust laten. Zelfs Cunobelin waagde zich niet aan de stammen van het westen, want zij vechten alsof ze allemaal bezeten zijn door de Raaf van het Gevecht. En wat de Durotriges betreft...' Hij fronste. 'Eerst de Cornovii, Tog, en dan zien we wel verder. Wij moeten veel sterker zijn voordat we de zwaarden tegen hen opnemen.'

De gesprekken ebden weg tot een zacht gemurmel. Bekers werden bijgevuld, de kinderen werden gehaald om hen naar bed te brengen. Eurgain kwam binnen en ging tussen Caradoc en Cinnamus zitten. Caradoc legde zijn arm om haar schouder en kuste haar wang. 'Nu zullen we luisteren naar de verhalen van deze zomer,' zei hij tegen haar. 'Ben je blij weer thuis te zijn,

Eurgain?' Ze knikte en legde haar hoofd tegen zijn schouder. Caradoc riep Caelte. De bard ging staan, zwaaide de harp van zijn schouder en er viel een afwachtende stilte. Caelte had in het strijdgewoel een speer in zijn schouder gekregen en moest zich nog ontzien, maar zijn vingers waren ongedeerd en in staat muziek als de wind die door de toppen van de bomen ruist aan zijn kleine instrument te ontlokken. Hij plukte aan de snaren van zijn harp, stemde er een bij, glimlachte naar de aanwezigen en schraapte toen zijn keel.

'Mensen van de stam,' zei hij kalm. 'Ik zal vanavond voor jullie zingen over Caradoc de Geweldige en over de Smadelijke Aftocht van Verica.'

'Mijn bard heeft een lied voor mij gemaakt dat wel een uur duurt,' fluisterde Togodumnus tegen Eurgain, maar ze keek hem niet aan. Ze glimlachte alleen beleefd en afwezig, terwijl de hoge, welluidende stem van Caelte opklonk, als een buitelende leeuwerik boven een zomerse weide.

Caelte, de bard van Togodumnus en alle anderen brachten de lange avond met liederen door. Nadat de gebeurtenissen van de zomer weer in vogelvlucht in hun gedachten tot leven waren gewekt door de stem van Caelte, vroegen ze om liederen over Cunobelin en Tasciovanus, en daarna wilden ze steeds meer horen. Het verhaal van Julius Caesar en Cassivellaunus maakte hen aan het lachen. De trage, bijna vergeten balladen over hun voorvaderen, nu slechts halfbegrepen, vervulden hen met weemoed en brachten tranen in hun ogen. Door de Grote Zaal zweefde diepe ontroering als een wolk vol pathos, die hen omhulde zoals de rookwolken van het vuur, en de mensen waren tot in hun ziel ontroerd. Het vuur werd telkens weer opgerakeld en de rode vlammen wakkerden aan, meegevoerd door de vleugels van de melodieën, zoet of bitter, weemoedig of vol heftigheid. De wijnvaten raakten leeg. Zweet druppelde langs de gezichten van de barden en hun vingers begonnen te gloeien, maar de muziek leek zelf kracht te krijgen en maakte hen ten slotte woordloos, slechts in staat haar strompelend te volgen waar haar regenboogkleurige mantel tijdens haar vlucht langs hen streek...

Toen brulde Togodumnus: ' "Het schip"! Caelte, zing voor ons "Het Schip"!' Anderen namen zijn kreet over en riepen om hetzelfde lied. 'Ja! "Het Schip"! Zing dat alsjeblieft voor ons!'

Caelte schudde zijn hoofd; zijn keel was schor en zijn gezicht baadde in het zweet, maar er werd alleen maar harder geroepen en uiteindelijk stond hij op, met een wrange glimlach om zijn lippen.

' "Het Schip",' zei hij hees en onmiddellijk viel er een diepe stilte. Na de eerste schorre noten herkreeg zijn stem kracht en de melodie vol onwezenlijke wiegende droefheid weerklonk.

Er was een schip, de zeilen zijdezacht rood,
Vredig lag het op de gouden zee,

En rondom gleden sierlijk de meeuwen, krijsend.
Hij stond alleen en als versteend op het dek
Als een god uit het verleden, en de avondwind
Streek door zijn haren, de zon viel op zijn gelaat.
Hij keek naar de met wier bezaaide kust,
Het zilveren pad dat zich daar kronkelde vanuit het woud,
Waar de poelen van licht vloeibaar zijn.
Zij kwam niet, nee, zij kwam niet,
Zij lag onder de eikebomen en droomde.
Tussen haar vingers groeide het speenkruid zo geel
En de zon doofde uit, de sterren hingen wit als spikkels
En nog steeds wachtte hij, smachtend in het duister.
En zij lag zo stil, zo wit en machteloos in het gras
Tot de nachtelijke landwind het ritselend zeil deed bollen
En hem naar zee voerde op het murmelend getij.

Togodumnus opende zijn ogen en slaakte een zucht van voldoening, toen Caelte een buiging maakte en zijn voorhoofd afwiste voor hij zich op de vloer liet zakken. 'Wat is het leven toch mooi, nietwaar, Caradoc? Als ik die Cerdic was geweest dan zou ik meteen van boord zijn gegaan met mijn mannen, om dat dorp aan te vallen en haar ellendige vader in duizend stukken te hakken. Daarna had ik haar lichaam meegenomen, om samen met haar in zee te verdrinken.'

'Maar Cerdic wist niet dat ze dood was,' zei Caradoc, met een half oor luisterend naar zijn broer, terwijl Aricia in zijn binnenste bewoog, zoals ze daar in zijn gedachten onder de eiken lag, met haar zwarte haren uitgespreid op het gras en haar rode mond geopend voor de zijne. Eurgain ging verzitten en rechte haar rug. Ze geeuwde. De mensen maakten aanstalten om te vertrekken en stroomden naar buiten.

'Ik kan wel een etmaal slapen,' mompelde ze. 'Maar het was een prachtige thuiskomst.' Zij en Caradoc wensten hun mannen goedenacht en ze liepen naar buiten, vergezeld door Fearachar, Cinnamus en een dodelijk vermoeid wankelende Caelte. Maar Togodumnus bleef achter op de huiden bij het vuur en staarde dromerig in de nasmeulende as die langzaam uitdoofde. Hij dacht aan Aricia en aan de veldslagen die zouden komen.

9

Tegen het einde van de winter, toen de strijdgroepen zich weer voorbereidden op het vertrek, deze keer om bij verrassing de Dobunni en de zuidelijke streken van de Iceni aan te vallen, brachten de kooplieden het bericht dat Gaius Caesar dood was. Caradoc luisterde ongelovig naar het verhaal dat de keizerlijke wachters ertoe overgehaald waren deze brutale moord te plegen, waardoor Rome in een gevaarlijke maalstroom van samenzweringen, verraad en bedrog was geraakt. Togodumnus sprong opgetogen overeind, maakte een rondedans en zwaaide zijn rode mantel boven zijn hoofd. 'En wat zei zijn kostbare paard, dat hij tot consul had benoemd ervan?' schaterde hij. 'O, dappere en nobele wachters! Wat was ik daar graag bij geweest!'
'Is er al een opvolger benoemd?' vroeg Caradoc aan de koopman, en tegelijk hoopte hij geërgerd dat Tog zou verdwijnen. De koopman knikte, met een twinkeling in zijn ogen.
'O zeker, heer, er is inderdaad een opvolger. De praetorianen waren wanhopig; ze beseften heel goed dat, als ze niet snel een nieuwe keizer kozen, het de dood van hen allen kon betekenen. Ze vonden de nieuwe keizer ergens achter een gordijn, geloof ik, hij huilde en jammerde van angst. Hij heet Tiberius Claudius Drusus Germanicus en is de kleinzoon van Augustus. Hij is een zachtaardig man die liever boeken leest. Voor iedereen is nu trouwens wel duidelijk dat de praetorianen voortaan Rome regeren.'
Caradoc voelde een vreemde huivering langs zijn ruggegraat glijden. Het tintelde in zijn vingers, prikkelde op zijn gezicht en Cinnamus keek hem onderzoekend aan. 'Is hij oud of jong? Is hij getrouwd? Vertel op!' Plotseling wilde Caradoc meer weten van deze man, deze Claudius, maar de koopman kon hem verder geen bijzonderheden vertellen. Caradoc stuurde de man weg. Togodumnus was inmiddels tot bedaren gekomen en kwam met zijn hoofdmannen dichterbij.
'Nu is het uur aangebroken,' zei hij fel. 'Nu moeten wij een boodschap naar Rome zenden dat wij Adminius en Verica opeisen!'
'Waarom?' vroeg Caradoc, nog steeds fronsend over het nieuws dat hij zojuist gehoord had. Togodumnus schudde hem zachtjes door elkaar.
'Om de laatste hoop van de Atrebates de bodem in te slaan, en om eindelijk af te rekenen met Adminius! Zolang die twee in Rome zitten en opruiende taal in allerlei oren fluisteren, zijn wij niet veilig. En bovendien', zei hij hooghartig, 'is dit een goed moment om Rome duidelijk te maken dat wij ook onze waardigheid hebben, dat wij Catuvellauni een macht zijn waarmee rekening gehouden moet worden. Laten we deze arme kleine Claudius eens op de proef stellen, Caradoc. Laat mij die twee verraders opeisen!'

'Als je dat wilt,' antwoordde Caradoc afwezig. Daarmee had Tog iets om in de komende maanden mee bezig te zijn, en het leek Caradoc dat Rome niet in een positie was om zich daartegen te verzetten, zelfs al gaf men daar geen zier om de twee onteerde heren. Gaius had een stroom van formele protesten in krachtige bewoordingen naar de Catuvellauni gestuurd toen de kooplieden Gallië hadden bereikt en er gingen zelfs geruchten dat er weer een legermacht tegen Albion op de been werd gebracht, maar nu was Gaius dood en deed het er niet langer toe. 'Pas op dat je niet hoog van de toren blaast, Tog. Als je werkelijk wilt dat Adminius en Verica naar Camulodunon komen, moet je dat verzoek heel behoedzaam opstellen.'

'Onzin!' zei Togodumnus en hij verdween. Caradoc keerde zich langzaam naar Cinnamus.

'Kom mee naar buiten, dan gaan we oefenen, Cin,' zei hij. 'Mijn lijf voelt stram en oud aan.'

'Het regent,' wierp Cinnamus tegen, maar hij trok zijn zwaard en ze liepen de Zaal uit. Ze trokken hun mantel uit en bonden hun haren op. Een uurlang haalden ze naar elkaar uit, glibberend in de modder. Ze raakten doorweekt en ze waren als enigen buiten onder de bedekte, windstille hemel. Eindelijk zei Cinnamus dat het genoeg was. Hij kon zijn tegenstander niet langer zien, omdat het regenwater telkens in zijn ogen liep. Cinnamus ging weg om droge kleren aan te trekken, maar Caradoc bleef alleen achter op de oefenplaats, leunend op zijn schild. Voor hem leek deze dag nog steeds iets onwezenlijks te hebben.

Togodumnus verstuurde zijn brutaal opgestelde verzoek aan Rome en wachtte ongeduldig op antwoord, maar de winter ging over in de lente, zonder dat Adminius of Verica arriveerde. Er kwam ook geen enkel bericht uit Rome. Het seizoen voor de strijd begon. Caradoc en Togodumnus streden deze keer gezamenlijk, want de Coritani hadden verdragen gesloten met Aricia en met Prasutugas, de vorst van de Iceni. Toen de Catuvellaunse spionnen dit aan Caradoc kwamen melden was hij verbaasd. Hij vroeg zich af wat er in de verre moerassige gebieden was gebeurd na de dood van Subidasto, en waarom de jonge Boudicca nu niet de leiding over deze stam had. Hij kon zich haar vaag herinneren: een kind met bruine ogen, dik en golvend rood haar en grove handen. Hij probeerde zich haar nu voor te stellen als jonge vrouw, want ze moest inmiddels zestien of zeventien jaar oud zijn. Hij herinnerde zich wel dat ze een scherp verstand had. Ze had hen allen beschuldigd dat ze aan de Romeinse ziekte leden, en toen deze herinnering in hem opkwam, moest hij onwillekeurig glimlachen. Hij vroeg zich af wat ze nu wel van hen zou denken.

Hij en Togodumnus reden naar het noorden, halverwege deze zomer van bloed en vuren. Het was dit jaar een ongewoon droge en hete zomer, waarin het gras vuilgeel verdorde en de beken in het bos opdroogden tot modderige stroompjes. Caradoc vocht zonder veel geestdrift; telkens was hij bang dat hij op een dag Aricia zelf zou ontmoeten, staande op haar strijdwagen met haar hoofdmannen in een kring verzameld, en hier, zo dicht bij de grenzen van haar gebied, begon hij in de zwoele, droge zomernachten weer van haar te dromen. Maar veldslag volgde op veldslag, en telkens was er weer de bloedrode dageraad, maar als ze daar werkelijk te midden van de brullende en schreeuwende, met brons bedekte Coritani was, dan zag hij haar toch niet. Het leger van de Coritani, aangevuld met zwijgzame Iceni en grote baardige Brigantiërs, hield stand. Zelfs hun vrouwen, zwaarbewapend en lang van gestalte, trokken naar het slagveld en krijsten de vreemdste vervloekingen, maar Caradoc weigerde nog steeds de vrije vrouwen van de Catuvellauni in de strijd te brengen. Gladys had zijn verbod genegeerd, maar hij zag haar gebrek aan ontzag voor zijn autoriteit door de vingers. Gladys had altijd haar eigen regels gesteld, en bovendien, bracht ze hem in herinnering, had ze geen enkele heer ooit trouw gezworen. Ze reed alleen te paard en vervoerde haar eigen uitrusting, ze vocht waar en wanneer ze dat wilde, en daarom liet hij haar begaan.

De herfst viel onverwacht in, alsof de zomer zichzelf voortijdig opgebrand had, en de Catuvellauni keerden naar huis, naar Camulodunon terug. De mannen waren afgemat en raakten in een bedrukte stemming na de zware maanden van strijd. Er waren te veel vrije mannen gesneuveld en er was te weinig terrein gewonnen. Caradoc besloot de Dobunni het volgend voorjaar als eersten aan te vallen. Hij en Togodumnus staarden dagenlang somber vanuit de beschutting in de Grote Zaal naar het beregende en doorweekte landschap. Ze waren moe geworden van de voortdurende kinderachtige ruzies tussen hun hoofdmannen die opgesloten zaten in de hutten, zonder iets omhanden, ze waren moe van het slechte weer nu de regen onophoudelijk neergutste en hen verhinderde op jacht te gaan of met de strijdwagens te rijden. Ze waren ook moe van zichzelf en elkaar. Togodumnus werd steeds humeuriger en hij reageerde steeds minder voorspelbaar, naarmate de winter verstreek. Hij probeerde telkens Caradoc uit te dagen, door hem te beledigen en te irriteren met zijn bijtende opmerkingen, en uiteindelijk, toen Caradoc tot het uiterste getergd was, schreeuwde die: 'Vervloekt, Tog! Waarom verzamel je je waardeloze hoofdmannen niet om voorgoed te verdwijnen naar Verulamium, zoals we dat afgesproken hebben! Ik word ziek van je! Ik wil je hier niet langer zien!' Togodumnus dacht hier even over na, hij hield zijn hoofd schuin en leek niet onder de indruk van Caradocs woedende gezicht. 'Goed!' zei hij toen. 'Ik denk dat ik dat doe. Het is wel geen goed weer om op rooftocht te gaan, maar plunderen is nog altijd beter dan hier doelloos in de modder zitten!' Hij boog zich voorover. 'En misschien kom ik niet meer terug. Bedenk dat wel, broer. Je geeft ons allemaal bevelen alsof jij de enige ricon hier bent, maar dat bevalt ons helemaal niet. En bovendien heb je dit jaar slecht leiding aan ons gegeven, daarom zeggen de hoofdmannen dat het nu mijn beurt is om hoofdaanvoerder te zijn.' Caradoc was sprakeloos. Hij zocht naar woorden maar zijn keel werd dichtgeknepen door razernij. Togodumnus verdween schielijk naar buiten, de regen in, gevolgd door zijn schilddrager en zijn bard.

Caradoc was nog steeds kwaad toen Eurgain hem die avond de kam aanreikte, toen ze voor de spiegel zat en hij kamde haar haren met zulke korte, nijdige halen dat ze van pijn grimaste. Tog was weggegaan. In korte tijd had hij zijn hoofdmannen, vrije burgers en hun vrouwen verzameld en hij was zonder afscheid te nemen weggereden. De paarden stapten door de modderpoelen en de wielen van de wagens gleden zijdelings weg. Na een poosje nam Eurgain de kam uit zijn koude vingers en legde die op de tafel. Ze keek hem recht in de ogen.

'Waarom ben je zo kwaad, mijn echtgenoot?' vroeg ze. 'Je weet toch dat hij heus wel weer terugkomt?'

Caradoc verroerde zich niet. 'Dat denk ik niet. Tenminste, ik denk niet dat hij terugkomt voor het volgende strijdseizoen aanbreekt. Hij wil de Coritani alleen aanvallen, die overmoedige dwaas. Zo stuurt hij alle plannen die we samen gemaakt hebben, in de war.'

'Laat hem dat dan maar doen. Laat hij zich maar belachelijk maken in de ogen van zijn mannen voordat zijn veldtochten mislukken, dan komt hij daarna met hangende pootjes terug naar huis!' Ze wilde hem niet zeggen wat ze werkelijk dacht. Maar toch leek Caradoc haar onuitgesproken gedachte te begrijpen, en hij glimlachte naar haar toen hun blikken elkaar kruisten. Hij pakte de kam op en begon haar haren weer te kammen, maar nu met voorzichtiger bewegingen.

'Het spijt me, Eurgain,' zei hij zacht. 'Het komt door het weer. En je weet natuurlijk dat ik me zorgen maak over de ambities van Tog. Als hij daar in Verulamium te hard van stapel loopt en vooral als hij in het voorjaar meer succes heeft in de strijd, dan zal hij zijn hoofdmannen in de Vergadering gemakkelijk kunnen overreden om tegen mij op te trekken.'

Ze boog haar hoofd en keek naar haar slanke handen, die gevouwen in haar schoot lagen. De kam bewoog nog steeds met trage, kalmerende bewegingen door haar haren. Ze wilde lachen, ze wilde zeggen: – O, Caradoc, dat doet Tog heus niet! – ze wilde een luchtige opmerking maken, maar de stilte duurde steeds langer en de betekenis van zijn woorden drong steeds verder door in haar geest. Hij had gelijk. Togodumnus was inderdaad gevaarlijk. Caradoc had hem lange tijd beziggehouden, maar nu de regen bijna onophoudelijk viel en overal verveling heerste, waren Togs gedrag en wat er in zijn hoofd omging steeds moeilijker voorspelbaar geworden. Ze had dat al zien aankomen. Iedereen had het zien aankomen. Ze strekte haar handen uit en greep Caradocs armen om hem naar beneden te trekken en heftig te kussen, alsof ze daarmee zijn eenzame, verbitterde gedachten kon verdrijven. Hij knielde bij de kleine stoel en omarmde haar, legde zijn hoofd tegen haar volle borsten, maar onder dit blijk van hun liefde voor elkaar kon hij haar hart horen slaan als de snelle vleugels van een verschrikte vogel.

Twee weken nadat Togodumnus zo onverwacht was weggereden kwam Fearachar naar Caradoc toen die bij het haardvuur in zijn huis zat. Het regende nu niet meer. De hemel was bedekt met laaghangende wolken en het was vochtig, maar af en toe brak de bewolking, en soms bescheen een waterige, verlegen zon even de daken van Camulodunon. Bij de eerste tekenen dat het weer opklaarde waren de kinderen naar buiten gegaan. Llyn ging te paard naar de bossen en de meisjes speelden op het gras voor Gladys' hut met haar schelpen. Maar Caradoc bleef terneergeslagen en verveeld. Hij zat te drinken terwijl Eurgain zich over haar tafel boog en neuriënd haar kristallen poetste. Fearachar knikte mistroostig. 'Vergeef me, heer,' zei hij, 'maar er zit een vreemd dier buiten te wachten om u te spreken.'

'O ja?' Caradoc glimlachte niet eens. Hij werd nog steeds gekweld door zijn diepe bezorgdheid. 'En wat voor soort dier is dat?'

Fearachar was teleurgesteld over de lauwe reactie. 'Het soort dat beweert een handelaar te zijn, maar het niet is. Dát soort dier.'

Eurgain hield op met neuriën, maar haar handen bleven langs haar schatten bewegen. Caradoc kreeg nu meer belangstelling. 'Vertel me meer, vriend,' zei hij zacht. Fearachar sloeg zijn ogen op naar de zoldering.

'Hij gaat gekleed als een handelaar, maar hij lijkt eerder een edele. Hij is nog te dom om zijn handen te vermommen. En hij is geen gewone spion, want zijn ogen kan hij ook niet vermommen.' Fearachar grinnikte even om zijn eigen geestigheid. 'Hij zegt dat hij u wil spreken over de geringe handel van de afgelopen tijd, maar dat liegt hij natuurlijk. Zelfs ik zou nog een beter verhaal weten te verzinnen.'

Caradoc ging rechtop zitten in zijn stoel, de wijn was hij opeens vergeten. Hij voelde dat zijn lichaam zich langzaam spande, zoals wanneer hij de strijdhoorn naar zijn lippen bracht om de eerste aanval aan te kondigen, en hij keek Fearachar met een blik van verstandhouding aan. 'Waar zijn Cinnamus en Caelte?' vroeg hij snel.

'Ik heb hen gewaarschuwd en zij wachten ook al buiten. Een mooi drietal is het: de koopman huivert in de wind en de twee hoofdmannen houden hem argwanend in de gaten. U zult hem toch niet alleen ontmoeten, heer? Waarschijnlijk is hij gewapend met een giftige naald, of een andere duivelse uitvinding van de Romeinen.' De naargeestige uitdrukking op Fearachars gezicht werd nog veelzeggender, maar Caradoc had geen behoefte aan zijn pogingen grappig te zijn.

'Natuurlijk niet!' zei hij bits, terwijl hij overeind kwam en zijn zwaardgordel verschikte. 'Laat Cinnamus en Caelte eerst binnenkomen, en daarna die bezoeker.' Fearachar maakte een buiging en glipte door de deurhuiden. Caradoc zei iets over zijn schouder. 'Ga rustig door met poetsen, Eurgain, en onthoud alles wat er gezegd wordt.' Ze gaf geen antwoord, maar hij wist dat ze hem begrepen had. Op dat ogenblik kwamen zijn twee hoofdmannen stommelend naar binnen. 'Ga naast mij staan,' beval hij. 'En luister. Ik heb een voorgevoel.' Het was meer dan een voorgevoel; hier kwam hem een ijzige waarschuwing tegemoet en toen de lange, slanke man de deurhuiden zwijgend achter zich terug liet vallen, zag Caradoc als in een visioen al zijn bange vermoedens wervelend voor zich. Maar toen klaarde zijn geest op. Fearachar had gelijk. Dit was geen gwone koopman van jachthonden of wijn. In zijn ogen was een kalme scherpzinnigheid te lezen. Zijn gezicht was lang en mager, de neus recht, de mond leek gevoelig, maar kon ook hardvochtig zijn. De man droeg grove kleren. Een vuilgrijze tuniek beschermde zijn magere bovenlijf, en daarover droeg hij een gevlekte bruine mantel. Zijn gordel was van glad, onbewerkt leer en er hing een gewoon mes aan. Zijn broekspijpen waren slobberig en met modder bespat. En dan zijn handen. Toen Caradoc naar zijn handen keek wist hij zeker wat voor man dit was. Hij deed een stap naar voren, strekte zijn hand uit en de ander greep zijn pols met soepele en verzorgde vingers.

'Welkom in dit stamgebied,' zei Caradoc op effen toon. 'Moge uw bezoek hier vreedzaam en rustig zijn. Er is wijn en er zijn gerstekoeken. Wilt u eten en drinken voordat u ons vertelt wat uw boodschap is?' De waakzame ogen van de man keken hem strak aan, toen begon hij te lachen, vriendelijk en hartelijk.

'Ik heb de scherpzinnigheid van de Catuvellaunse hoofdmannen kennelijk onderschat. Welke koopman wordt ooit zo plechtig verwelkomd? Wel, Caradoc, uw hoofdmannen hebben gelijk. Ik ben geen koopman, maar ik wilde liever niet sterven met een zwaard in mijn buik en daarom heb ik me onderweg als handelaar voorgedaan.' Hij streek over zijn onderkaak, maar zijn ogen bleven steeds strak op die van Caradoc gericht. 'Ik zal graag eerst iets eten en drinken,' vervolgde hij. 'Het is een heel eind van de rivier hierheen, vooral als je geen paard bezit.'

Cinnamus schoof een stoel naar voren, maar de bezoeker ging pas zitten nadat Caradoc zich in zijn eigen stoel had laten zakken. Toen ging ook hij langzaam zitten en begon gretig te eten. Caradoc schonk wijn voor hem in en de koele ogen van de man schoten even over de bewerkte zilveren beker, voor hij die naar zijn lippen bracht. Natuurlijk komt deze beker uit Rome, net als jij, dacht Caradoc. Wat had je anders verwacht? Een horde barbaren? Caradoc vulde zijn eigen beker bij en dronk langzaam, terwijl zijn hoofdmannen toekeken en doodstil bleven staan. Toen de bezoeker de laatste kruimel van zijn gerstekoek had opgegeten, keerde hij zich met een glimlach naar Caradoc, en Caradoc wist dat elke bijzonderheid van deze ruimte en van de aanwezigen door hem opgemerkt was.

'Ik zal uw tijd niet verdoen,' zei de man. 'Ik wil alleen met u spreken.' Cinnamus lachte kort en misprijzend, maar de bezoeker leek niet beledigd toen Caradoc zijn hoofd schudde. 'Geen hoofdman ontvangt hier gasten alleen,' zei hij. 'En geen heer bespreekt een belangrijke zaak ooit alleen. Alles wordt hier gezamenlijk besproken en aan de Vergadering voorgelegd.'

De man haalde zijn schouders op, een beweging die bijna minachtend leek. 'In dat geval wil ik toch dat de vrouw nu weggaat. Vrouwen kunnen immers hun tong niet stilhouden, of wel soms?' Zijn uitnodigende hartelijke glimlach werd beantword met ijzige blikken. Eurgain liet niet blijken dat ze de opmerking gehoord had, maar Caradoc was inwendig blij dat Vida niet hier in de schaduwen stond.

'Zij is mijn vrouw', zei hij koel, 'en ze is volledig bevoegd in de Vergadering. Zet de reden van uw bezoek uiteen.'

'Uitstekend. Ik kom een aanbod doen en u waarschuwen.' Ze wachtten op wat er zou volgen en Eurgains handen bleven stil toen ze zich tot het uiterste concentreerde en elke andere gedachte uit haar geest bande, zoals de druïden dat lang geleden aan haar vader geleerd hadden. 'Wij in Rome weten wat u hier doet, Caradoc,' ging de man vriendelijk verder. 'Wij hebben gezien hoe u aan de macht kwam in dit gebied, en ook hoe u dat gebied snel uitgebreid hebt. Wij zullen niet ontkennen dat u het recht hebt te doen zoals u goeddunkt,' voegde hij er haastig aan toe, toen hij ergernis in Caradocs ogen zag verschijnen, 'maar het kan ons toch niet kwalijk genomen worden dat wij ons zorgen maken als we zien dat de kooplieden werkloos raken en dat de eerst zo goede handelsbetrekkingen tussen Cunobelin en ons in een chaos veranderen. Sinds u de leiding hebt in Camulodunon, hadden we eerst weinig te vrezen. Maar nu...' Hij zweeg even, nam bedachtzaam een slok en streek weer langs zijn onderkaak. 'Nu uw broer in Verulamium bezig is met voorbereidingen om uw gezag omver te werpen, wordt het tijd dat wij u onze hulp aanbieden.'

Zijn woorden vielen in hun midden als stompe pijlen die door een legerkatapult afgeschoten werden. Cinnamus en Caelte slaakten een kreet van verontwaardiging. Caradoc sprong overeind. Alleen Eurgain bleef onbeweeglijk staan; ze voelde geen emoties, ze prentte de woorden werktuiglijk en bedreven in haar geheugen. 'Verklaar u nader!' snauwde Caradoc. 'Uit welke bron weet u dat?' Maar de man maakte een afwerend gebaar.

'Ach, begrijp dat toch, heer,' zei hij berispend. 'Wij zijn allebei mannen van de wereld. Niet alle kooplieden zijn werkelijk kooplieden. Sommigen van hen zijn spionnen, en dat weet u ook. Waarom zou ik dat ontkennen? Mijn verspieders zijn gisteren uit Verulamium gekomen, toen ik nog aan boord van mijn schip was, bij de monding van uw rivier. Ze hebben me verteld dat uw broer Togodumnus komend voorjaar niet ten strijde wil trekken tegen de Iceni of de Dobunni, maar dat hij u wil aanvallen.'

Met uiterste krachtsinspanning wist Caradoc zijn gezicht in de plooi te houden. Hij liet zich achterover zakken in zijn stoel, kruiste zijn benen en sloeg zijn ogen neer, zodat de bezoeker niet kon zien hoe moeilijk hij het had. Caradoc hoorde de waarheid, dat wist hij zeker. De aanwezigheid van deze man was daarvan het beste bewijs. De kille tocht onder de deurhuiden streek langs zijn benen en plotseling huiverde hij van kou. 'En wat is uw aanbod?' vroeg hij behoedzaam. De man dronk zijn beker leeg en leunde naar voren. Hij strengelde zijn vingers in elkaar.

'Laat ons u helpen, Caradoc. U bent een eerlijk man, een goed strijder en een waardig leider. Uw broer is opvliegend, onberekenbaar en absoluut onbetrouwbaar. U en ik willen niet dat hij hier in Camulodunon de ricon wordt. Als dat toch gebeurt, gaat de handel met Rome verloren, en dat zou een groot verlies betekenen. Ik ben gerechtigd u hulp te bieden. U kunt goud krijgen zo veel u nodig hebt om u daarmee van de hulp van andere stammen te verzekeren. En u kunt zo veel legioenen als u nodig hebt laten aanrukken uit Gallië, om uw gelederen te versterken. De *legatus legionis* en u zullen gezamenlijk overleggen en gezamenlijk strijden, tot Togodumnus verslagen en de handel weer veilig gesteld is.'

Caradoc merkte dat een dwaze scheve glimlach op zijn gezicht verscheen, terwijl al zijn spieren zich spanden om het niet uit te schreeuwen. O, Camulos, wat moet ik doen? Wat moet ik zeggen? Hij dwong zijn mond te gehoorzamen en langzaam verdween de glimlach. 'Welke overeenkomst zou er dan gesloten worden?' vroeg hij. De hand van de bezoeker streek weer peinzend langs zijn onderkaak.

'Er zou dan uiteraard een verdrag gesloten worden. Ook bondgenoten sluiten verdragen om discussies naderhand te vermijden. Er moet een document opgesteld worden, Caradoc. Wij zeggen goud en soldaten toe. U belooft dat u elke vorm van handel zoveel mogelijk begunstigt, zodra Togodumnus... verslagen is.' De man ging staan en stak zijn hand uit. Caradoc schudde zijn pols, er zeker van dat de afschuw die hij koesterde voor de bezoeker voelbaar zou zijn. 'Denk erover na,' zei de man. 'En laat mij dan uw antwoord weten. Mijn schip ligt voor anker in de riviermonding en ik zal daar wachten. Maar aarzel niet te lang, want uw broer zal toeslaan nog voordat de bomen weer helemaal in blad zijn.' Hij verwachtte verder geen antwoord. Hij glimlachte weer, een beetje hooghartig, keek nog eens door het vertrek en was toen verdwenen. Caradoc zat doodstil, en ook Caelte en Cinnamus verroerden zich niet. Eurgain liet haar poetsdoek op de tafel liggen en kwam tegenover haar man zitten. Haar gezicht was strak en haar handen lagen stil in haar schoot. Caradoc begon tegen haar te spreken.

'Eurgain,' begon hij met zachte stem, 'herhaal het gesprek nu voor mij, woord voor woord.' Ze sloot haar ogen en begon met lage zingzang-stem voor te dragen; haar stem klonk uitdrukkingloos en zonder een enkele onderbreking. Caradoc luisterde met zijn armen op de tafel en zijn ogen strak op de wijnkruik gericht. Toen ze uitgesproken was vroeg hij haar het gesprek nog eens te herhalen. Zodra ze dat gedaan had, strekte hij zijn hand uit en streek over haar wang. 'Zet nu je gedachten aan het werk over de woorden, Eurgain. Hoe leg jij zijn woorden uit?' Cinnamus hurkte op de bruine huiden voor het vuur; met zijn handen losjes gevouwen staarde hij in de vlammen en Caelte ging tegen de muur geleund staan, met zijn duimen achter zijn gordel gehaakt. Zijn levendige gezicht stond ernstig.

'Hij is geen ridder,' zei ze stellig. 'Want *equites* doen dergelijk werk niet. Hij is een patriciër. Hij spreekt tegelijk de waarheid en leugens.' Cinnamus knikte instemmend en ze sprak verder. 'Hij spreekt de waarheid als hij beweert dat Tog jouw hoofd wil en dat hij volgend voorjaar hier ricon wil worden. Maar hij liegt als hij zegt dat hij alleen steun aanbiedt.'

'Wat hoorde je nog meer in zijn woorden?'

Ze aarzelde even en keek langs de gezichten. 'Ik denk dat hij ons alleen de stronk boven een uitgestrekt netwerk van verborgen wortels heeft getoond.' Cinnamus moest lachen. 'Eurgain, nu praat je als een druïde. Maar ik ben het wel met je eens. Hij is geen gewone spion. Hij is door Rome hierheen gezonden. Wat zou zijn werkelijke bedoeling zijn?'

Caradoc maande hen tot stilte en staarde met gefronste wenkbrauwen voor zich uit. Hij was bang – bang voor Tog, voor Rome, en ook voor de beslissing die hij moest nemen. Als hij het aanbod aannam zou Tog tegen het einde van de zomer dood zijn. Dan werd hijzelf de enige ricon en zou hij zonder uitdagers kunnen heersen. Maar waarom zou Rome geoefende soldaten hierheen sturen om te sneuvelen voor een plaatselijk heerser aan het uiteinde van de bewoonde wereld? Het voorwendsel dat de handel zoveel schade leed had hij onmiddellijk terzijde geschoven toen dat naar voren gebracht werd. Waarom? Waarom toch?

'Ja, wat zou zijn bedoeling zijn?' vroeg Caelte, alsof hij de gedachten van Caradoc gelezen had. 'Het klinkt onzinnig, vooral als je bedenkt dat Caligula het water niet durfde oversteken om ons aan te vallen. Zou dit een nieuwe manier van veroveren zijn? Een veel sluwere methode?'

Hij legde daarmee een vinger op de wonde plek van Caradocs eigen bezorgdheid. Caradoc kwam overeind. 'Cinnamus, ga meteen naar de stallen en laat onze paarden gereedmaken. Eurgain, jij gaat naar Gladys. Vertel haar wat hier gebeurd is en vraag wat haar oordeel is. Caelte, jij gaat met mij en Cinnamus nu meteen naar Verulamium om met mijn broer te spreken.'

Eurgain protesteerde geschrokken. 'Nee, Caradoc! Als je zonder druïde daarheen gaat, zal Tog de kans meteen aangrijpen om je te doden, zodat hij zich later veel bloedvergieten kan besparen. Als je werkelijk daarheen wilt, moet je beslist een druïde meenemen!'

'Er is geen tijd om hier te blijven wachten tot de mannen in het bos een man hebben gevonden die ons mijdt alsof we een besmettelijke ziekte hebben,' antwoordde Caradoc.

'Laat mij dan met je meegaan. Tog zal jou niet voor mijn ogen doden.'

'Eurgain,' zei hij geduldig, terwijl Cinnamus naar buiten rende en Caelte op zoek ging naar Fearachar. 'Als Tog vastbesloten is mij te doden, dan zal hij dat doen ook, of je daar nu wel of niet bij aanwezig bent. Maar ik denk niet dat ik gevaar loop, als hij eerst naar mijn verhaal heeft geluisterd.' Met een afwezig gebaar kuste hij haar vluchtig.

Ze gaf eerst geen antwoord, maar toen hij naar de deuropening liep zei ze alleen: 'Je vergeet één ding…'

'Wat dan?'

'Die man zei niets over Adminius.'

Nu paste alles in elkaar. Caradoc voelde zich een zilversmid die kleine stukjes glanzend email in de schakels van een zilveren halsketting aanbrengt. Alle onderdelen lagen er, maar het patroon paste niet voordat Eurgain de stukjes verschikte. Ze wist precies wat ze zei. In de vaste blik in haar ogen las hij dat ze al wist wat de gevolgen zouden zijn. Ze had die weer bedekt onder de mantel van haar onwankelbare zelfverzekerdheid, maar toch leek het alsof Caradoc hagelstenen tegen zijn gezicht voelde slaan.

'Dat kan niet waar zijn,' zei hij na een korte pauze. Eurgain lachte kort en cynisch.

'O jawel, dat kan best. Hoeveel keren heeft Rome gefaald bij zijn pogingen Albion te onderwerpen? Te vaak voor Romes snoevende eigenwaan!'

Caradoc keek haar niet aan. Hij rende de deur uit en stond alleen stil om tegen Fearachar te zeggen dat hij op Llyn moest letten. Daarna rende hij verder naar de poort, waar zijn hoofdmannen en de paarden al gereedstonden. De mannen hadden zich warm gekleed tegen de snijdende wind.

Ze brachten twee keer de nacht door onder de takken van de grote eiken in het woud dat zich uitstrekte tot voorbij Verulamium en verder naar het gebied van de Atrebates, en beide avonden, voordat ze zich in dekens wikkelden, bewezen ze de godin van het woud eer. De derde avond, toen een aarzelende motregen hun mantels langzaam nat maakte, bereikten ze de aarden wallen van Verulamium. De poort stond nog open, maar de wachter trok zijn zwaard en wilde hen toch niet doorlaten, tot Caradoc woedend schreeuwde: 'Kijk toch naar mij, man! Je weet heel goed wie ik ben! Ik ben Caradoc, jouw eigen ricon!'

'Togodumnus is mijn vorst,' antwoordde de man met een argwanende trek op zijn gezicht, maar hij deed wel een stap opzij en ze lieten zich van hun paarden glijden om door de poort te gaan en verder langs het steile kronkelende pad omhoog.

'De vrije mannen hebben hier heel wat werk verzet,' merkte Caelte zachtjes op toen hij de bressen in de wal zag die haastig bijgewerkt waren met verse aarde en daarnaast de stapel grote stenen die gereedlagen om opgemetseld te worden. Zijn metgezellen gaven geen antwoord, maar Caradoc trok zijn zwaard. Het was stil in de stad. Rook kringelde boven de rieten daken en ze zagen de gloed van de haardvuren achter de deuropeningen toen ze verder liepen. Ten slotte kwamen ze bij de laatste bocht en vonden Togodumnus. Hij stond daar in de regen zonder mantel om zijn schouders, met zijn handen in zijn zij. Twee mannen van zijn gevolg stonden achter hem. Ze keken naar twee andere mannen die grommend met elkaar worstelden in het afnemende daglicht. Tog hoorde hen aankomen en keerde zich om, maar hij lachte niet. Zijn hoofdmannen trokken hun zwaarden en gingen dicht bij hun heer staan. Hun gemompel kreeg een dreigende klank. Caradoc en Cinnamus keken elkaar vragend aan. Deze argwanende ontvangst hadden ze niet verwacht. Met een kort woord werden hun paarden weggeleid en daarna liep Tog naar Caradoc. Hij hield zijn arm uitgestrekt en de begroetingswoorden klonken afgemeten en kil. Caradoc duwde de uitgestoken arm ruw opzij. 'Hoe durf jij mij te begroeten alsof ik een gast of een boodschapper van de vijand ben, en dat op mijn eigen grondgebied? Wat is er met jou aan de hand? Waarom al deze vijandigheid? Ik heb de poortwachter bijna gedood, omdat hij zo onbeleefd was!'

Achter Togodumnus vochten de twee mannen onverstoorbaar verder, tot een van hen achteruitsprong met een gehuil van pijn. De toeschouwers juichten opgewonden. 'Het eerste bloed,' zei Togodumnus met een frons. 'En waarom loop jij over mijn paden met getrokken zwaard, Caradoc? Wat kom je hier eigenlijk doen?' Togs ogen keken even naar zijn hoofdmannen en toen weer naar zijn broer. Caradoc verstrakte, hij wist dat er nu wel een dozijn berekenende gedachten door het brein van zijn broer schoten.

'Ik moet alleen met je spreken, Tog. Val mij niet aan voordat je naar mijn woorden geluisterd hebt.' Tog begon te grinniken en omarmde Caradoc vluchtig. 'Ik zal naar je luisteren, maar daarna zal ik je misschien toch doden,' zei hij. 'En praten doen wij niet alleen. Nieuws is een zaak voor iedereen.'

'Deze keer niet,' zei Caradoc en de glimlach verdween van Togs gezicht om plaats te maken voor een verontwaardigde frons. 'Ik moet je spreken, alleen jij en ik, Tog. Mijn hoofdmannen zullen buiten wachten bij jouw mannen en alle zwaarden zullen op een daartoe overeengekomen plaats worden gelegd. Ik breng je geen nieuws voor de hele stam.'

'Wat heb je dan te vertellen?' beet Togodumnus hem toe. De mannen achter hem schreeuwden weer. 'Alweer bloed!' Tog keerde zich om en liep naar de hijgende, met bloed besmeurde mannen die op hun schilden leunden. 'Jij mag die hond hebben, Gwyllog,' zei hij kortaf. 'De zaak is afgedaan. Verder geen bloedvergieten.' Daarna liep hij terug naar Caradoc. 'Zeg tegen je mannen dat ze hun zwaarden hier neerleggen.' Tog wees naar de grond. 'Maar mijn mannen zullen dat niet doen. Verulamium is mijn fort. En jullie kleding zal ook doorzocht worden.'

'Is hij zijn verstand kwijtgeraakt?' fluisterde Cinnamus ziedend in Caradocs oor. 'De mensen hier zullen nog denken dat wij Iceni of Brigantiërs zijn!'

'Spreek hardop, Cinnamus!' beval Togodumnus. 'Geen geheimzinnig gefluister.' Met een korte hoofdbeweging gaf hij een van zijn hoofdmannen een wenk dat hij naar Caradoc moest lopen die snel zijn zwaard in de schede stak. 'Doe een stap opzij, Cin,' zei Caradoc en met twee trage passen deed Cinnamus wat van hem gevraagd was.

'Doorzoek zijn kleding,' beval Tog en de hoofdman tastte met een onverschillig gezicht langs Caradocs gordel, onder zijn tuniek en in zijn haren. Daarna schudde hij zijn hoofd en keerde terug naar zijn plaats. Caradoc voelde het bloed naar zijn gezicht stromen. Hij wist zich te beheersen en klemde zijn tanden op elkaar, in stilte wensend dat hij niet gekomen was. Toen wuifde Togodumnus luchtig en verdween achter de deurhuiden. Caradoc volgde hem en voelde zich totaal onbeschermd. Eén woord van Tog, en Cinnamus en Caelte zouden neergestoken worden en hij zelf werd een gijzelaar.

Binnen was het warm en droog, maar erg smerig. Togs kleren en wapens lagen overal verspreid op de vloer en op het bed. Een olielamp flakkerde heftig en boven de vlam walmde de rook naar de zoldering, omdat niemand de moeite had genomen de pit in te korten. Een homp varkensvlees lag in een vettige plas op tafel, ernaast stond een volle kruik wijn. Tog liep naar de tafel en schonk voor hen beiden wijn in, maar Caradoc moest zelf een beker pakken. Ze hieven de bekers niet op elkaars gezondheid. Zwijgend dronken ze en goten de droesem op de vloer, ter ere van de god van Verulamium, daarna vulden ze de bekers weer bij zonder elkaar aan te kijken. Togodumnus liet zich in zijn stoel zakken en wuifde geërgerd naar zijn broer. 'Ach, ga toch zitten, Caradoc, en houd op met mij vanuit je ooghoeken te begluren. Vertel me wat je op je hart hebt en verdwijn dan.'

Maar Caradoc bleef staan; de deur was rechts van hem en het vuur links. Hij hield de beker in beide handen geklemd en keek onderzoekend naar het magere, knappe gezicht van zijn broer, maar hij zag alleen kregeligheid en een begin van razernij in de lichtbruine ogen. 'Ik heb een ongewone bezoeker gehad,' zei Caradoc ten slotte. Tog reageerde niet. Hij bleef recht voor zich uit staren en Caradoc wist dat Togs gedachten nu bij zijn gewapende mannen buiten waren en dat hij een snelle, gemakkelijke afslachting overwoog. Caradoc besloot snel zijn verhaal te doen, voordat Tog zich niet meer kon beheersen en tot daden zou overgaan. 'Een Romeinse spion bezocht mij. Hij was gekleed als koopman, Tog. Hij vertelde me dat jij plannen smeedt om mij dit voorjaar aan te vallen. Hij bood mij soldaten en geld aan, om je te verslaan.' De lichtbruine ogen werden donkerder en leken verrast. Togodumnus knipperde met zijn ogen en ging rechtop zitten. 'Hij zei ook dat Rome bezorgd is over de handelsbetrekkingen met ons, en dat een nederlaag van mij het einde van de handel zal betekenen. Hij zei verder... hij zei dat jij onbesuisd en niet te vertrouwen bent, en dat je dus vanuit Romes gezichtspunt, een zeer onbetrouwbare ricon zou zijn.' De laatste woorden kwamen in een snelle stroom de kamer in. Toen viel er een lange, onheilspellende stilte. Na enige tijd begon Tog te grijnzen. De smalle lippen weken uiteen, glanzend witte tanden verschenen en hij begon steeds harder te lachen. Tog stond op en moest zijn buik vasthouden toen hij door de kamer wankelde en ten slotte tegen Caradoc aanrolde en zijn lange armen om hem heen sloeg. Nog steeds hikte Tog van het lachen, maar uiteindelijk wist hij zich te beheersen. Hij schonk nog meer wijn in en ging zitten. Tranen van pret rolden over zijn wangen en Caradoc zag dit zonder verbazing aan. Hij wist dat Tog snel wisselende stemmingen had, van daverende vrolijkheid kon zijn humeur omslaan in wilde razernij. De enige voorspelbare trek in Togs karakter was dat hij zo onvoorspelbaar was. Niemand was veilig als hij in de buurt was, en Caradoc voelde dat ook voor hem het gevaar steeds groter werd.

'Waarom val je mij dan niet aan?' vroeg Togodumnus, nog steeds verkrampt van het lachen. 'Waarom grijp je zijn aanbod niet aan, Caradoc, zodat je van mij verlost bent? Het is inderdaad waar dat ik plannen maak om me van jou te ontdoen. Ik heb zelfs al een plek uitgekozen waar je hoofd komt te hangen. Daar!' Hij wees naar de deur. 'Naast die huiden, zodat ik het elke dag even kan aanraken.'

'Je weet best waarom ik gekomen ben!' beet Caradoc hem toe. Hij ging zitten en hield met beide handen de wijnbeker vast. 'Omdat ik denk dat het Rome niets kan schelen wie er ricon in Camulodunon is. En ik geloof evenmin dat Rome zich zoveel zorgen maakt om de handel dat daarom een meesterspion naar mijn poort wordt gezonden. Er moet een andere reden zijn, maar ik wil uit jouw mond horen dat ik niet krankzinnig ben.'

'Natuurlijk ben je niet krankzinnig,' zei Tog verrast. 'Je hebt volkomen gelijk. Zal ik je zeggen hoe ik dat weet?' Hij barstte weer in lachen uit en Caradoc zuchtte vermoeid, maar al spoedig kon Tog zich weer beheersen en hij nam gretig een slok wijn. 'Twee weken geleden kreeg ik ook bezoek, broer van mij. Een lange, magere kerel met lange vingers die telkens langs zijn kaak streken en ogen zo koud als hagelstenen. Hij vertelde mij dat jij jaloers was op mijn populariteit onder de hoofdmannen en dat je besloten had mij in het voorjaar te vermoorden. Hij bood mij goud en soldaten aan, en een document dat ik moest ondertekenen. En ik heb ook meteen getekend.'

'Tog!' De dreiging van een dodelijk noodlot kwam weer opzetten en Caradoc voelde zich koud van angst worden. Hij had gelijk gehad. Eurgain had gelijk. Nu zou Rome toch zijn gestaalde handen naar Albion uitstrekken. 'Waarom heb je getekend?'

Tog haalde onverschillig zijn schouders op. 'Ik heb dat goud nodig. Hoofdmannen willen graag in goudstukken betaald worden voor zo'n oorlog. En verder, ach, wat is een vel papier nu eigenlijk waard?'

'En daarna is hij naar mij gekomen,' mompelde Caradoc voor zich uit. O, wat sluw, wat een genadeloos sluwe en volmaakte zet!

De geamuseerde uitdrukking verdween van Togs gezicht om plaats te maken voor kille ernst. 'De Romeinen wilden zo een wig tussen ons drijven, dat is wel duidelijk,' zei hij. 'Maar waarom pakken ze het zo aan? Waarom wachten ze niet rustig af tot wij elkaar vernietigd hebben?'

'Omdat we in plaats daarvan ook een verdrag met elkaar zouden kunnen sluiten, vervolgens weer strijd met elkaar voeren, om daarna weer een verdrag te sluiten,' antwoordde Caradoc. 'Rome kan niet zo lang wachten. Ze hebben daar kennelijk haast.'

Ze keken elkaar aan. Nu was er weer enig vertrouwen tussen hen gegroeid. 'Zou dat het zijn?' vroeg Tog. 'En wat heeft Adminius hiermee te maken?'

Caradoc keek hem scherp aan. Zijn broer was niet dom, al verborg hij zijn dierlijke slimheid zorgvuldig. 'Ik denk er het volgende van,' zei hij langzaam. 'De legioenen zullen in naam van Adminius komen, maar de keizer komt mee en eist Albion dan voor zichzelf op. Rome is slim, Tog. Deze keer is Rome vastbesloten dat er geen nederlaag en ook geen smadelijke aftocht zullen zijn.'

'Die verheven zotten zullen weer een nederlaag lijden, net als eerst. Allemaal!' schamperde Tog. 'Julius Caesar faalde, de krankzinnige Gaius faalde – de ene nederlaag na de andere, Caradoc! En Claudius, die tamme boekenwurm, is een willig werktuig in handen van de praetorianen. Maar hij zal ook falen! Wij zijn onoverwinnelijk. Laat ze maar komen. En daarna mogen ze weer wegvluchten, gedecimeerd en gecastreerd!'

Caradoc schudde langzaam en nadrukkelijk zijn hoofd. 'Ze zullen niet weggaan, Tog. Deze keer niet. Ze kunen zich geen nieuwe nederlaag veroorloven.'

'Dan staan we voor een oorlog. Wat jammer, want ik verheugde me er zo op jouw kop hier aan de wand te spijkeren!'

Ze grinnikten naar elkaar, hieven de bekers op en dronken weer. 'Kom terug naar Camulodunon, Tog,' zei Caradoc. 'Neem je hoofdmannen mee. We zullen boodschappers sturen en onze heren verzamelen. En we moeten ook spionnen naar de kust sturen.'

Togodumnus hield zijn hoofd schuin en dacht na. 'Was je werkelijk bezig een oorlog tegen mij voor te bereiden, Caradoc?' vroeg hij, klaaglijk als een kind.

Caradoc ontkende met een glimlach.

'Nee, Tog. Die Romein heeft tegen je gelogen. Kom naar huis.'

'Dan zal ik komen. Morgen vertrek ik meteen. Hoe lang moeten we nog wachten?'

Caradoc keek nadenkend in de rode vloeistof in zijn beker. Buiten roffelde de regen onbarmhartig tegen de muren. Hoe lang? Een week, een winter? 'Ik weet het niet. Ik weet alleen dát ze zullen komen.'

Caradoc, Cinnamus en Caelte reden naar huis terug, onderweg slapend onder de druipende zwarte takken van de eiken. Cinnamus had een heftige woordenwisseling ontketend toen ze langzaam over het doorweekte pad sjokten. Hij hield vol dat Togodumnus niet naar Camulodunon zou komen. Togodumnus had toch een eed aan Rome afgelegd? En hij was helemaal niet van plan Caradoc te steunen. Caradoc zelf wist dat Cinnamus een grote hekel aan Tog had en hij trachtte zijn hoofdman tot rede te brengen, maar toen had Cinnamus gezegd: 'Als hij inderdaad komt, sla hem dan dood als hij slaapt, dan hebben we rust. Daarna kunnen we ons op Rome richten zonder de vrees dat Togodumnus een mes in jouw rug steekt.'

Toen Caradoc hoorde hoe nuchter dit gezegd werd, barstte hij woedend uit: 'Mijn eer is me meer waard dan mijn leven! Welke hoofdman blijft een eerloze moordenaar trouw?'

'Je zou het althans kunnen overwegen. Ik wil het zelf wel doen, als je dat liever hebt.'

Woedend op zichzelf klemde Caradoc zijn lippen stijf op elkaar, woedend omdat hij tegelijk te sterk en te zwak was om zich van zijn broer te ontdoen. 'Tog kent het gevaar,' bracht hij ten slotte uit. 'Hij zal erop voorbereid zijn. Ik wil dat hij mij vertrouwt, anders zijn we allemaal verloren. Waar is je nuchtere verstand gebleven, Cinnamus?'

'Op zoek naar dat van jou,' antwoordde de groenogige hoofdman uitdagend. Zo reden ze verder, terwijl Caelte zachtjes zong en de regen gestaag bleef vallen.

Terug in het kille, grauwe Camulodunon liet Caradoc nog voor hij zijn doorweekte kleren uitgetrokken had Vocorio en Mocuxsoma halen. Eurgain was hem tegemoetgekomen, met de kap van haar mantel opgeslagen, en Gladys wachtte in de Grote Zaal op de berichten. Caradoc sprak rustig tegen zijn mannen terwijl Eurgain aan zijn zijde stond. 'Ga met vijf vrije krijgers naar de monding van de rivier', zei hij, 'en zoek daar de Romeinse koopman die hier geweest is. Fearachar kan met jullie meegaan. Hij zal hem herkennen.'

'En als we hem gevonden hebben?' bromde Vocorio.

Caradoc keek op naar de grijze hemel en naar het natte dak van de Grote Zaal. Hij voelde de hand van Eurgain onder zijn elleboog, het bonzen van zijn hart in zijn keel en zijn zware zwaard tegen zijn heup. Toen begon hij langzaam te grijnzen, als een wolf die bloed ruikt en de mannen dachten even dat ze naar de sluwe halftoegeknepen ogen van Cunobelin keken.

'Dood hem,' zei Caradoc alleen.

10

Drie dagen later keerden Togodumnus en zijn hoofdmannen, met hun vrouwen, kinderen en bezittingen, terug naar Camulodunon en werden daar verwelkomd met een uitgebreid en langdurig feestmaal. Caradoc stuurde verkenners naar de kust toen de winterdagen zich traag aaneenregen. 'Hoe weten we welk gedeelte van de kust we moeten bewaken?' had Togodumnus gevraagd, maar Caradoc wist het. De Romeinen zouden op dezelfde plek landen waar Julius Caesar eerder aan land gekomen was: op het schiereiland Cantiacan, en daarom stuurde hij boodschappers naar de Cantiaci om hen uit te nodigen voor een gezamenlijke Vergadering. Hij zond ook mannen naar alle andere stammen, gedurende een periode dat de maan wies en weer afnam en de regenbuien voor strenge vorst plaats maakten. Togodumnus ging elke avond slapen in zijn hut, die omringd werd door zijn gewapende hoofdmannen. Hij nam geen risico en gaf openlijk blijk van zijn wantrouwen, maar Caradoc liet hem met rust. Al zijn aandacht was gericht op het treffen met Rome dat zeker zou komen, en daarom had hij geen tijd of belangstelling voor een woordentwist of een zwaardgevecht met zijn broer. Hij gaf opdracht dat de vrouwen zich ook regelmatig moesten oefenen, zodat Eurgain en Gladys weer tegenover elkaar stonden op de bevroren aarde. Hij stond erop dat ze tijdens de zwaardoefeningen ook de zware schilden droegen. Llyn was nu negen jaar oud, een stevig gebouwde knaap, kort van gestalte, en Caradoc gaf Cinnamus opdracht hem voor het eerst een ijzeren zwaard te geven. Het houten zwaard had meteen afgedaan en Llyn probeerde zijn nieuwe wapen zwetend en schreeuwend meteen uit op Cinnamus. De schrammen en snijwondjes die het dodelijke blad van zijn leermeester hem toebrachten verdroeg hij onbekommerd, alsof het hem onverschillig liet.

De een na de ander keerden de boodschappers terug. De wind draaide naar het westen en voerde warmere regen aan en iets dat op een eerste vleug van de naderende lente leek. De Cantiaci stemden in met een gezamenlijke Vergadering, evenals de trotse Durotriges, de Dumnonii en de Belgae, Cunobelins vroegere bondgenoten. De stammen in het westen, de ruwe Silures en Ordovices, lieten weten dat ze eerst wilden afwachten wat er zou gebeuren. Ze wilden geen onenigheid met de Romeinen, maar ze wensten zich ook niet te bemoeien met de in hun ogen zo weelderig levende Catuvellauni. De Iceni, de Coritani, de Dobunni en de Atrebates, de restanten van Verica's volkeren, weigerden grof en hooghartig het Catuvellaunse Huis hun steun toe te zeggen, en Caradoc hoorde met groeiende teleurstelling dat het aantal afzeggingen groter werd. Hij kreeg het gevoel dat hij als enige besefte hoe groot de dreiging was en dat maakte hem bezorgd. Togodumnus keek kwaad. 'Wacht maar tot Rome op de vlucht gejaagd is,' zei hij snoevend. 'Dan zullen we ons omkeren en die boeren een kop kleiner maken. Ze zullen er spijt van krijgen dat ze ons geen steun hebben toegezegd. Wat heeft Aricia geantwoord?'

'Ze zegt dat ze geen bondgenootschap wil met een stam die nergens grenzen ziet. En ze hoopt dat de legioenen ons in de modder zullen verpletteren.' Caradoc voelde verbittering en verlangen in zich opvlammen toen hij de woorden uitsprak en zijn lendenen roerden zich. Hij wilde haar tegen de grond slaan, hij wilde haar om genade horen smeken.

'Dan doen we het wel zonder haar!' verklaarde Tog. 'Dat koppige kreng! Als ik haar in mijn handen krijg, dan zal ze wel anders piepen!'

'Voordat de hoofdmannen hun gebieden verlaten moeten we iets aan de kooplieden doen,' zei Caradoc, vastberaden van onderwerp veranderend. 'Ze moeten opgepakt worden en vastgehouden worden tot de veldslag voorbij is. Anders zullen ze voortdurend heen en weer reizen en onze plannen aan de keizer verraden. Hij moet al vermoeden dat wij weten dat er iets ophanden is, en hij zal niet zo dwaas zijn te verwachten dat hij ons totaal onvoorbereid aantreft.'

'Ik zeg dat je ze allemaal moet doden,' drong Tog aan. 'Als we die kooplui opsluiten, zullen we ze ook eten moeten geven en bewaken. Maar we zullen al het graan en gezouten vlees dat we kunnen vervoeren hard nodig hebben als we de legioenen tegemoetgaan.' Caradoc begreep dat Tog gelijk had, maar hij deinsde ervoor terug zo hardhandig op te treden. Veel kooplieden waren kennissen van hem, mannen die hij al kende uit de tijd dat zijn vader nog leefde en hoewel hij geen respect voor hen koesterde en hen als eerloze

Romeinse boerenkinkels zonder enige moraal beschouwde, dacht hij toch niet zo ongevoelig en genadeloos over leven en dood als zijn broer. Maar hij kon nu niet anders dan toegeven: de kooplieden moesten sterven. Dat was een kwestie van gezond verstand.

'Jij en je hoofdmannen kunnen dat dan wel doen,' zei hij tegen Togodumnus om hem op de proef te stellen. 'Ik heb een hekel aan zinloos bloedvergieten.'

'Het is niet zinloos,' wierp Togodumnus tegen. 'Waar is je vechtlust, Caradoc? Ik ben er evenmin dol op.' Dat was waar. Togodumnus genoot van doden, maar alleen als er een sportieve kant aan zat, of als er eer mee te behalen was. Het was niet leuk om mannen te doden die het van hun scherpzinnige koopmanschap moesten hebben en niet van hun lange, scherpe messen. Daarom moest het snel en in het geheim gebeuren.

De heren en hoofdmannen uit andere stamgebieden kwamen inmiddels voor de Vergadering naar Camulodunon, met hun ruziënde opvliegende vrouwen, gekleed in mantels met opzichtige patronen. Ze droegen bronzen helmen die de vorm van klauwen of stierehorens, of van hoogopgewerkte, glanzende veren hadden gekregen. Ze werden ondergebracht in leegstaande hutten, stallen en tenten. De volgelingen paradeerden buiten en daagden de Catuvellaunse vrije mannen uit en er braken dikwijls gevechten uit, terwijl Caradoc zijn tijd doorbracht met van groep naar groep gaan om ruzies tussen ontstemde hoofdmannen bij te leggen en boeren te straffen. Camulodunon werd een krioelende reusachtige mierenhoop, en er heerste overal drukte van de ochtend tot de avond, als de mannen en vrouwen jaloers probeerden elkaar naar de kroon te steken. Er werden grote hoeveelheden ingevoerde wijn gedronken en er werd ook veel gegeten. Daarom was Caradoc opgelucht toen de avond van de Vergadering aanbrak.

'Zo zal het voortdurend gaan, als we steeds met elkaar vechten,' bracht Togodumnus hem spottend in herinnering, en Caradoc vroeg zich af hoe deze ongedurige schreeuwende horde ooit overtuigd kon worden dat men gezamenlijk de strijd tegen de vijand moest aanbinden. Hij hoefde zijn hersens daarover niet lang te pijnigen. De Vergadering duurde de hele avond en nacht. De Dumnonii en de Durotriges hadden druïden meegebracht en deze wijzen leidden bedreven de gang van zaken. Telkens weer klonken grappen in de Grote Zaal, waar het steeds benauwder en voller werd, en de ernstige zaken werden uitvoerig besproken, maar zonder dat er gevechten uitbraken, hoewel veel hoofdmannen erg dronken werden. Er werden liederen gezongen en gedichten voorgedragen, zelfs werd er even gedanst, maar Caradoc, vooraan zittend met Cinnamus en Caelte vlak naast hem, voelde dat de Vergadering in een andere richting bewoog. De stammen hadden een afkeer van elkaar, maar allemaal wantrouwden ze Rome. Al konden ze elkaars keel zonder enige wroeging afsnijden, wederzijds runderen van elkaar roven en ruzie maken over vrouwen en bezit, allemaal vreesden ze één ding: slavernij. Slavernij was de ergste ontering, een status die nog minder was dan die van een boer. Een slaaf was niet langer een mens. Een slaaf was een dier. De Romeinen zouden komen en iedereen tot slaaf maken, tenzij ze verzet boden, zo zetten Caradoc en de druïden telkens weer nadrukkelijk uiteen. En ten slotte, toen de dageraad alweer gloorde boven de stad, wierpen de mannen hun zwaarden op een grote stapel en zwoeren elkaar trouw en eendracht. Dat was natuurlijk tijdelijk, en meer had Caradoc ook niet mogen verwachten; daarom keek hij vermoeid maar tevreden naar de glanzende stapel zwaarden.

De stammen keerden naar huis terug en Caradoc kon alleen wachten. Het weer veranderde en werd zachter. Aan de bomen groeiden kleverige knoppen. Op de velden bij de aarden wal verschenen de eerste sneeuwklokjes en de lucht werd zwaar van de geuren die boven de tot leven komende aarde opstegen. De boeren legden hun wapens opzij en haalden hun ploeg te voorschijn. Nog steeds wachtte Caradoc, zijn spionnen kwamen elke dag bij hem, maar zonder belangrijk nieuws. Caradoc kreeg last van slapeloosheid en lag 's nachts bezweet en gespannen in bed te woelen. Hij begon zich af te vragen of hij zich soms vergist had, en de sarcastische opmerkingen van Tog stelden hem wat dat betreft niet gerust. Toen kwam een van zijn mannen op een warme namiddag aangereden. Hij liet zich van zijn paard glijden en liep naar Caradoc, Togodumnus en de groep hoofdmannen die zich lui op het gras bij de aarden wal uitgestrekt hadden. De mannen stonden op en begroetten hem met een nieuwsgierige blik, ze voelden dat hij belangrijk nieuws kwam brengen. Togodumnus sprong overeind.

'Vertel op,' zei hij, zonder acht te slaan op het formeel aanbieden van brood, vlees en wijn. 'Is het zo ver?' De man liet zich in het droge lange gras zakken. 'Het uur is daar,' zei hij plechtig. 'Verkenners uit Gallië hebben de golven getrotseerd om ons te waarschuwen. Rome heeft zijn kampen bij Gesioracum opgeslagen. Stevige vlotten en schepen wachten daar om de soldaten over het water te brengen, en op het strand zijn grote stapels voorraden opgetast.' Hij trok zijn stoffige bezwete tuniek uit en wierp het kledingstuk weg, zodat de wind zijn lichaam kon afkoelen. 'Het wordt geen gewone expeditie, heren. Het wordt een invasie.'

Caradoc hurkte vlak voor de man. 'Hoeveel legioenen?' vroeg hij bars. 'Vier.'

Togodumnus vloekte hartgrondig. 'Machtige Camulos! Zoveel manschappen?'

Caradoc zag plotseling een ijselijk visioen voor zich: duizenden in metaal geklede soldaten die als insekten over het strand krioelden. Veertigduizend strijders. O, zoete Raaf van de Nachtmerries, Koningin van de Strijd, sta ons nu bij! 'Wie heeft het opperbevel?' vroeg hij zacht.

'Aulus Plautius Silvanus, voormalig gezant van de keizer in Pannonië. Hij brengt zijn eigen legioen, het Negende uit Hispania en Thracische hulptroepen mee, ook uit zijn garnizoenen in Pannonië. De andere drie legioenen zijn het Tweede Augusta, het Veertiende Gemina en het Twintigste Valeria. Allemaal voorzien van hulptroepen.'

Caradoc sloot zijn ogen. Veertigduizend manschappen. Togodumnus beet peinzend op zijn lip en staarde naar de grond. De geur van vers gras zweefde om hem heen. De boodschapper keek hen aan; om zijn mond waren lijnen van vermoeidheid te zien.

'Er is nog meer,' zei hij. 'Geta komt hierheen.'

De hoofdmannen begonnen verrast te mompelen. Caradoc en Togodumnus zwegen, maar Cinnamus riep uit: 'Wat!? Hosidius Geta! De Overwinnaar van Mauretanië! Ze sturen olifanten hierheen om de muizen te verpletteren!' Toen grijnsde Caradoc terwijl hij snel opstond. 'Ze zeggen dat olifanten bang voor muizen zijn, Cin,' zei hij. 'En bovendien zijn olifanten in het nadeel in dit gebied. Ze zullen hier rondtrekken in een gebied dat ze niet kennen. Wij hebben ook duizenden hoofdmannen, manschappen en strijdwagens en onze zwaarden zijn scherp en glanzend. Ze komen hierheen met de wetenschap dat ze eerder teruggeslagen zijn. Wij kunnen hen als overwinnaars tegemoettreden.'

Togodumnus mompelde iets onverstaanbaars voor zich uit, maar toen zei hij hardop: 'Wij moeten onze bondgenoten waarschuwen. Het tellen van de zwaarden moet nu beginnen.' Hij rekte zich uit en ademde diep in. Met een stralende grijns keek hij de anderen aan. 'En dan begint de mars! Op naar de kust!'

De boodschappers zwermden uit naar alle richtingen en de verspieders hervatten hun eenzame wacht op de kale, door de wind gegeselde stranden in het zuiden, terwijl de Catuvellauni zich voorbereidden op de ontruiming van Camulodunon. In de hele stad hing een sfeer van gespannen verwachting en het gerinkel van wapens en het ratelen van de strijdwagens was zelden van de lucht. De knechten begonnen voedsel en kleding in reiswagens te pakken. De vrouwen liepen driftig heen en weer en joegen de kinderen achterna die, aangestoken door de koortsachtige stemming, als een zwerm mussen rond de hutten krioelden.

Caradoc kwam op een ochtend zijn woning binnen en trof Eurgain midden in het slaapvertrek aan. Haar gezicht was roodaangelopen en haar ogen stonden ernstig. Een klein kistje stond met geopend deksel op de tafel en ze had het juist gevuld met haar sterrenkaarten en haar kristallen. Haar tunieken en mantels vormden een kleurige stapel op het bed en haar juwelen lagen verspreid op de vloerhuiden, glinsterend en glanzend in het schijnsel van het vuur. Haar zwaard stond tegen de wand, met daarnaast een wetsteen en een kom water. Tallia schuifelde stilletjes tussen de wanorde van wat eens een vredig huishouden was. Hij hoorde zijn dochtertjes lachen en praten onder het venster, maar Llyn was nergens te bekennen. Eurgain keek naar hem op, met een frons op haar voorhoofd.

'Eurgain!' zei Caradoc scherp. 'Wat ben je aan het doen?'

'Inpakken. Wat anders?' antwoordde ze afwezig. 'Nee, Tallia, de gordel met amethist en goud niet. Ik zou het vreselijk vinden als die gestolen wordt of verloren raakt. Leg die maar terug. Maar ik zal wel drie leren riemen meenemen.'

Caradoc kwam behoedzaam dichterbij, zich een weg zoekend over de rommelige vloer. 'Je kunt dit allemaal weer op orde brengen, Tallia,' zei hij beslist. 'Eurgain, jij gaat niet mee.'

Deze keer nam ze niet eens de moeite naar hem op te kijken. 'Doe niet zo dwaas, Caradoc. Tallia, vijf tunieken lijkt me wel voldoende. Vergeet mijn korte tuniek niet, en mijn broek. Als je vergeet die in te pakken moet ik nog in mijn lange gewaden vechten.'

'Eurgain,' herhaalde Caradoc nogmaals. 'Jij gaat niet mee!'

Nu keerde ze zich naar hem, en aan haar schouders was te zien dat ze zich kwaad maakte. 'Wat bedoel je, Caradoc? Natuurlijk ga ik wel mee. Alle vrouwen gaan, en de kinderen ook. Dat is toch de gewoonte?'

Hij kwam naderbij en pakte haar armen beet. 'Met wat de andere vrouwen doen heb ik niets te maken, jij blijft hier veilig achter met de meisjes.' Voor het eerst leek Eurgain haar koele onverstoorbaarheid te verliezen en als een woedende furie barstte ze los terwijl hij haar recht in de wijdopengesperde ogen keek.

'Ik ga hier niet als een sidderend moederkonijn schuilen, terwijl de andere vrouwen vechten en sneuvelen! Ik kan mijn zwaard dragen en gebruiken! Ben je dat soms vergeten, Caradoc? Als ik niet meega, zal ik het respect van mijn zusters verliezen en dan moet ik mij nogmaals voor hen bewijzen. Waar ben je zo bang voor?' zei ze woedend. 'Ikzelf ben nergens bang voor!'

'Eurgain,' zei hij rustig en nadrukkelijk, 'dit is geen strooptocht of een bloedvete of een stammenstrijd. Wij komen tegenover soldaten te staan die dag en nacht vechten, elk uur van hun leven. Ze zijn als willoze werktuigen in de strijd. Ja, dat zijn ze: werktuigen in de oorlog. Ze kennen geen sterkere, want ze zijn zelf de kampioenen, zonder genade en zonder eergevoel. We moeten ze allemaal doden, anders zullen we zelf gedood worden. Ze vechten niet zoals wij dat doen. Hun tactieken zijn ons onbekend, en dat maakt deze oorlog dubbel gevaarlijk.'

Haar wangen liepen plotseling rood als bloedkoraal aan. 'Maar je laat Llyn wel meegaan! En hij zou nog afgeslacht kunnen worden door een blinde oude man zonder handen!'

'Llyn gaat niet naar de voorste linies, dat weet je heel goed. Hij zal vanaf een veilige plek toekijken en ervan leren.'

'Gladys gaat ook mee!'

'Gladys heeft geen man en geen kinderen. En bovendien vecht ze even goed als Cinnamus.'

'Moet ik daaruit afleiden dat ík niet goed kan vechten?' De kleur verdween uit haar gezicht dat nu zo wit als krijt werd. Haar ogen gloeiden nu als twee brandende spelonken, en onder zijn handen voelde Caradoc haar armen verstijven van opperste razernij. 'Wat ben ik dan voor jou, Caradoc, zoon van Cunobelin! Een luie dikke bediende die er haar gemak van neemt en alleen geschikt is om in de zon te snurken en kinderen te baren? Je maakt mij te schande! Ik zal jou trotseren, want ik heb het recht om mee te gaan! Ik ben een strijder, geen laffe kindermeid!'

Hij schudde haar schouders heftig. 'Denk aan de eed die je aan mij hebt afgelegd, vrouw!' schreeuwde hij. 'Je gaat niet, je gaat niet!'

Ze wrong zich los uit zijn greep en sloeg hem twee keer hard in zijn gezicht. Tranen van stekende pijn sprongen in zijn ogen en hij deed een stap achteruit. 'Eurgain,' zei hij, 'als wij weggevaagd worden en niet meer naar huis terugkeren, dan zul jij alleen moeten vechten en dan zal er niemand zijn die in de stille straten van Camulodunun kan bezingen hoe jij sneuvelde. Hoe kun je zeggen dat een dergelijk lot eerloos is? Ik wil dat alle vrije mannen hun vrouwen overreden hier te blijven, en wel om deze reden. Slavernij of de dood is niet alleen de keus waar de vrije krijgers voor staan. Dat strekt zich ook uit tot hun vrouwen.'

'Ik begrijp het,' zei ze bitter en ze vouwde haar armen stijf voor haar borst. 'De mannen gaan in de aanval, de vrouwen mogen verdedigen.'

'Ja, zo is het ditmaal inderdaad.'

Hij ging snel naar buiten en Tallia wachtte, met haar armen vol gordels en sieraden, maar haar meesteres bleef naar de deuropening staren.

De stammen begonnen zich te verzamelen en het tellen van de zwaarden nam een aanvang. Heren, hoofdmannen en vrije mannen, boeren en smeden, ambachtslieden en metaalbewerkers zwermden door Camulodunon, door de bossen en over de akkers tussen de stad en de rivier. Overdag weerklonk het woud van gesprekken en gelach, en 's avonds was de omgeving bezaaid met de oranje stippen van kookvuurtjes. Caradoc had de boeren bewapend, maar als onvrije burgers werden ze niet opgeroepen voor de strijd. Hij gaf hun alleen wapens om zichzelf en de hutten en hoeven te verdedigen voor het geval de krijgers niet terugkeerden. Een week lang beraadslaagden de heren en hun hoofdmannen in de zoete, van blocsems geurende lentelucht, en daarna spanden ze de paarden voor hun strijdwagens, leidden de ossen onder het juk van de reiswagens en gingen op weg naar de kust. Er werd op het afscheid gedronken, de bekers gingen van hand tot hand. Caradoc omhelsde en kuste zijn vrouw in de vroege bedauwde ochtend, terwijl Togodumnus al onrustig heen en weer beende, omdat de reiskoorts hem in zijn greep hield.

'Vergeet mijn instructies niet,' zei hij tegen Eurgain. 'Als Rome de overwinning behaalt, trek de palen van de poort dan uit de grond en versper de toegang met aarde en stenen. Vernietig de brug over de gracht. Als de aarden wallen bestormd worden, ga dan met de andere vrouwen naar de Grote Zaal. Breng de kinderen niet samen in een hut, want de Romeinen zullen die zeker in brand steken. Jaag hen de bossen in, naar het westen. En breng een offer voor Dagda zodra wij vertrokken zijn.'

Ze luisterde, met een bevende, vage glimlach om haar lippen. Geen van beiden had goed geslapen. Caradoc had gedroomd, een nachtmerrie deed hem bezweet en gespannen ontwaken, maar hij vond geen troost in de warme schemering, of in het luide snurken van Llyn, en hij had de slaap niet meer kunnen vatten. Toen was Eurgain ook wakker geworden, en ze hadden dicht naast elkaar gelegen, in elkaars armen en zachtjes met elkaar sprekend, tot Fearachar hen kwam waarschuwen dat ze moesten opstaan.

Nu sloeg ze haar ogen, met blauwe kringen eronder wegens het gebrek aan slaap, naar hem op en ze fluisterde: 'Ga in vrede...' Met een heftig gebaar omhelsden ze elkaar, alsof dit een afscheid voor eeuwig was. De tijd leek stil te staan toen ze zo dicht bij elkaar in elkaars armen stonden om de Raaf van Paniek op een afstand te houden.

'Maak voort, Caradoc!' riep Togodumnus. 'De hoofdmannen maken al ruzie over wie van hen voorop mag gaan.' Caradoc duwde de zachte armen van Eurgain weg van zijn hals en streek met beide handen over haar haren. Toen knielde hij en kuste zijn dochters. Hun grote, ernstige ogen bleven vast op zijn strakke gezicht gericht. Met een snelle beweging greep hij zijn zwaard en keek voor de laatste keer naar de hutten van de stad, die nu verlaten, koud en eenzaam leken, en daarna liep hij met grote passen naar de poort.

Vijf dagen trok de zingende, drinkende en krakelende horde langzaam door het landschap, waar de appelbomen in wolken geurende bloesems uitbotten en het bos trots en onverwacht de eerste frisgroene tere bladeren ontvouwde onder de helderblauwe hemel. Ze trokken ratelend over de smalle houten brug die de Thamus overspande; het water stroomde kalm en vredig onder hen door en zwaluwen scheerden krijsend en buitelend boven hun hoofden. Elke avond stuurde Caradoc jagers de bossen in en de mannen keerden terug met buitgemaakte konijnen en herten. Hij maakte zich voortdurend zorgen over de hoeveelheid voedsel, want de wintervoorraden raakten bedenkelijk uitgeput. Hij en de andere heren hadden zoveel graan, gedroogde vis en gezouten vlees meegenomen als er maar in de reiswagens geladen konden worden, maar de karren raakten steeds leger, evenals de rammelende magen van de manschappen die nooit helemaal verzadigd waren. Over ongeveer drie maanden zou de eerste oogst van het land komen en dan was er ook veel eetbaar groen in de bossen te vinden, maar nu, toen Caradoc van kampvuur tot kampvuur liep en zag hoe de mannen hun rantsoenen verorberden, vroeg hij zich af hoeveel van hen zouden terugkeren naar hun boerderijen en versterkte heuvels om de volgende Samain te vieren.

Ze trokken steeds verder, op weg naar de kust, en volgden de oude paden die zich kronkelend door het glooiende, beboste landschap slingerden. Ze wachtten tot het eb was en waadden door de Medway, de hoofdmannen liepen plonzend naast hun strijdwagens en de vrije mannen dreven de verschrikte ossen met zwepen en kreten naar de overkant.

En toen, eindelijk, stonden Caradoc, Togodumnus en de hoofdmannen van de Catuvellauni op de witte kliffen. De warme wind streek door hun haren en ze keken naar de door de zon beschenen schuimende golven in de diepte en naar de horizon, waar de kust van Gallië vaag zichtbaar was als een grijze lijn, mistig in de vochtige voorjaarsnevel.

De verspieders hadden geen nieuws te melden. De schepen lagen gereed op de stranden van het vasteland en de voorraden waren aan boord gebracht, maar onder toezicht van Plautius' koele grijze ogen oefenden en marcheerden de legioenen nog steeds aan de andere zijde van het water. De centurions bewogen zich tussen hen, schreeuwden hun bevelen en deelden harde vuistslagen uit. De stammen bereidden zich voor op een periode van wachten bij de kust, zetten de kleine tenten van leer op en legden kookvuurtjes aan. Gladys bond haar zwaard aan haar been, sloeg haar mantel terug en klauterde langs de steile rotswand naar beneden om twee dagen weg te blijven. Eenzaam zwierf ze over het koude, natte zand, zong weemoedige en geheimzinnige liederen vol eenzaamheid en de leren buidel, die ze aan haar gordel bevestigd had, was al spoedig zwaar van de schelpen en stukjes aangespoeld hout die ze verzamelde. Het rumoer van de legermacht boven haar was beneden te horen, maar ze luisterde er niet naar. Ze ging met gekruiste benen in het zand zitten, staarde naar de warme poelen zeewater en likte het bittere zout van haar witte vingers.

Nog twee dagen verstreken en het gedwongen nietsdoen bracht de onrustige hoofdmannen tot gistende onenigheid, zoals melk zuur wordt in de zon. Ze dobbelden veel en het kwam tot vuistgevechten in de avond. Ze bestalen elkaar en nu werd er ook overdag gevochten. Caradoc kwam vertoornd tussenbeide, met getrokken zwaard, en hij sprak dreigende of verzoenende taal, vloekte of probeerde overredend te zijn, terwijl zijn broer hem spottend uitlachte en de tijd vooral doorbracht met in zijn kleine strijdwagen langs de afgrond razen, telkens het noodlot tartend, zijn haren en mantel wapperend in de wind.

Toen landde laat in de avond een kleine boot op het donkere strand en een verkenner beklom de witte, brokkelige krijtwand. Gladys volgde hem naar boven. Hij ging naar Caradoc, Togodumnus en de anderen en begon langzaam maar gretig te eten en te drinken, zonder een woord te zeggen. De anderen stonden in een kring en de spanning nam steeds verder toe. Eindelijk, toen de lucht bezwangerd leek van brandende vragen en de spanning tot het kookpunt was gestegen, veegde hij zijn mond af, boerde en liet zich met een zucht achterover zakken. Gladys schonk zichzelf een beker wijn in en ging naast Caradoc zitten. De verkenner grinnikte schaapachtig naar de gezichten nu hij weer op krachten was gekomen.

'Heer, ze zullen niet komen,' zei hij. 'Weer weigeren de soldaten hardnekkig over de zee te varen. Drie van de legioenen kennen Plautius niet goed, en ze geloven hem niet als hij tegen hen zegt dat wij gewone stervelingen zijn zoals zij. Er zijn executies geweest om een voorbeeld te stellen, maar de muiterij breidt zich uit. Plautius heeft een bericht naar de keizer gestuurd, om hulp te vragen. Of goede raad.'

Togodumnus slaakte een woedende kreet en sprong overeind. 'Wat heb ik je gezegd, Caradoc, jij grote dwaas! Die soldaten hebben meer verstand dan jij. Nu kunnen we naar huis gaan en onze eigen lang niet afgedane zaken afhandelen!'

Caradoc zat daar verbijsterd en een golf van vreugde kwam in hem opzetten. Zodra hij echter Togodumnus' gezicht zag ebde de golf weer even snel weg, om gevolgd te worden door groeiende twijfel. Hij keek opzij naar zijn zuster. Ze had zich niet verroerd. Ze hield haar hoofd gebogen en haar ogen bleven strak gericht op de beker die ze in beide handen hield. De hoofdmannen praatten opgewonden met elkaar, maar Cinnamus en Caelte weerspiegelden de onuitgesproken gedachten van Gladys en Fearachar bromde minachtend voor zich uit. 'Alleen een dode Romein zegt de waarheid,' merkte hij op, tegen niemand in het bijzonder.

Caradoc keerde zich naar de verkenner. 'Wanneer heeft Plautius een bericht naar Rome gestuurd? Wanneer is dat gebeurd?'

'Zeven dagen geleden. Over een week zal de keizer erover kunnen nadenken en nog een week later krijgt Plautius nieuwe bevelen.'

'Bevelen!' schamperde Togodumnus. 'Laat me niet lachen! Een bevelhebber die blatend naar zijn baas loopt omdat hij zijn mannen niet in de hand kan houden, verliest alle respect en met zijn loopbaan is het ook wel bekeken, nog afgezien van het verlies van Albion. En ik dacht nog wel dat die Plautius een gezaghebbend en krachtig man was.' Togodumnus liep weg en Caradoc riep hem bits na: 'Waar ga je heen?'

'Ik geef opdracht mijn reiswagens in te pakken en mijn tent af te breken,' riep Togodumnus over zijn schouder. 'Jouw stompzinnigheid is zonder weerga,

Caradoc.' Een aantal hoofdmannen kwam ook overeind en ze liepen met To-godumnus mee. Een van hen, een grote bebaarde Durotrigiër met zwarte haren die tot op zijn middel hingen zei: 'Die broer van jou heeft gelijk. Plautius zal in ongenade vallen door zijn falen. Wat ons betreft vormen de Romeinen geen bedreiging meer.' Hij knikte met zijn ruige hoofd en liep met zware passen weg, als een oude beer.

'Het klopt niet!' zei Caradoc kwaad tegen zijn mannen. 'Het is te gemakkelijk. Ik weet zeker... ik wéét dat ze zullen komen.'

Gladys gaf hem zacht antwoord; haar stem klonk naargeestig kil. 'Natuurlijk zullen ze komen. Plautius is een sluw man en ik denk dat hij dit heel listig heeft gespeeld. Hij weet dat wij hier bij de kust op hem wachten en hij wil dat wij ons verspreiden. Wat is er beter dan het gerucht verspreiden dat er muiterij is uitgebroken en dat hij hulpeloos de keizer om steun heeft gevraagd? Hij zal zeker komen. Dat moet de hoofdmannen duidelijk gemaakt worden.'

Caradoc ging staan en zijn hoofdmannen kwamen ook overeind. 'Ga snel met hen praten. Vanavond zal de Vergadering bijeengeroepen worden.'

'Laat Togodumnus maar aan mij over,' zei Gladys. 'Ik denk dat hij naar jou niet meer wil luisteren, Caradoc. Maar ik kan hem wel tot rede brengen.'

Ze gingen uiteen, maar in de avond klonk al het krakende geluid van houten wielen en boze stemmen vloekten tegen de onwillige ossen.

De hoofdmannen kwamen schoorvoetend naar de Vergadering; ze zaten buiten bij het grote vuur en in hun oren klonk voortdurend het tartende geluid van de branding in de diepte. Caradoc sprak gedurende een uur tegen hen, hij beende voor zijn toehoorders heen en weer, gaf telkens weer uitleg, terwijl Togodumnus zwijgend tussen zijn hoofdmannen zat, met zijn hoofd gebogen op zijn scharlaken borst en hij dagdroomde dat het afgehouwen hoofd van zijn broer aan de balk boven de deur van zijn huis bungelde. De leiders van de vreemde stammen deden geen moeite hun minachting voor Caradoc te verbergen, voor deze overhaast handelende Catuvellaunse wolf met zijn grote muil, omdat die hen weggehaald had van het kalven en zaaien om achter een leugen aan te gaan. Velen van hen begonnen al te mopperen dat het een list was geweest om hen in verwarring te brengen en dat de Catuvellauni, nog voor zijzelf naar hun gebieden konden terugkeren, hen in een of andere smalle vallei onverhoeds zouden aanvallen om hen te vernietigen. Maar de wanhopige en bezielde welsprekendheid van Caradoc drong door in hun oren en uiteindelijk stemden ze in met het voorstel nog twee weken te wachten.

Twee lange weken vol angstdromen gingen voorbij. Overdag woei er een aangenaam warme wind en 's avonds, als de hemel bedekt raakte, viel er soms een lichte motregen op de hoge kliffen. Gladys keerde terug naar het strand. Caradoc sliep voortaan onder zijn reiswagen, met Cinnamus en zijn andere hoofdmannen in een kring rondom hem. De wederzijdse bedreigingen en dronken uitdagingen namen in aantal toe, en Caradoc begreep dat, als Plautius niet spoedig tot de aanval zou overgaan, het bondgenootschap plotseling uiteen zou vallen en dat de stammen dan naar hun eigen gebieden zouden terugkeren. Hij vroeg zich af of Plautius ook in spanning afwachtte, of hij wachtte op het bericht van zijn spionnen dat zijn list geslaagd was en dat de stammen van Albion van de kust verdwenen waren. Zijn eigen verspieders kwamen elke dag met een grimmig hoofdschudden verslag uitbrengen – er was geen beweging te bespeuren bij de legermacht rond Gesioracum. Hij dacht aan zijn vrouw en zijn dochtertjes. Nu reikte de campanula ongetwijfeld tot kniehoogte boven het gras in de bossen. Zijn dochters zouden nu onder de bomen rennen, met armen vol bloemen, terwijl hun hoge stemmen weerkaatsten onder de eiken, terwijl Tallia angstvallig oplette of er geen everzwijn of een wolf in de buurt was. Eurgain zou kaarsrecht bij de poort zitten, wachtend op nieuws. Nieuws... De hoofdmannen dromden niet langer dicht om hem heen als de boot van de verspieders in zicht kwam, en zelfs Togodumnus hield zich op een afstand van hem, gevolgd door een verveelde en zwijgzame Llyn. Caradoc had Llyn verboden naar het strand te gaan, en daarom mokte hij en gedroeg zich als een jonge, verwende Togodumnus. Dat Llyn telkens in de buurt van Togodumnus te vinden was stond Caradoc niet aan, en evenmin dat Llyn zich steeds meer tot zijn oom aangetrokken voelde.

De dageraad van de veertiende dag brak aan en nog voordat het daglicht van roze in zonnig geel veranderd was begonnen de hoofdmannen te vertrekken. Caradoc probeerde niet hen tegen te houden. Hij ging op een vooruitstekende klip zitten, met zijn zwaard naast zich. Cinnamus, Caelte en Vocorio zaten aan zijn voeten en keken naar de weghobbelende karren en de ratelende strijdwagens die tussen de beboste heuvels uit het zicht verdwenen. De hele ochtend klonken de geluiden van het vertrek als een berisping in zijn oren, tot het in de late middag weer stil werd in de omgeving, afgezien van de klaaglijk krijsende zeemeeuwen. In de zilte lucht rees de rook van nasmeulende vuurtjes omhoog.

Togodumnus vertrok als laatste. Hij liep naar Caradoc en zei kortaf: 'Ik ga terug naar Verulamium.' Daarna keerde hij zich op zijn hielen om en beende weg. Ik voel geen schaamte, dacht Caradoc koppig. De Romeinen zullen komen. Maar ik kan hier niet blijven met een paar duizend mannen om aan de overmacht van Plautius weerstand te bieden. Hij zag Gladys naderen over de kliffen; ze droeg haar mantel over haar arm en haar donkere haren warrelden om haar gezicht. Langzaam en vermoeid kwam hij als een oude man overeind.

'Caelte, ga Llyn zoeken en zorg daarna dat de reiswagens geladen worden.

We moeten ons klaarmaken voor het vertrek. Cinnamus, zoek de verspieders die nog over zijn bij elkaar en zeg hun...' Hij zweeg. Wat moest hij tegen hen zeggen? 'Zeg hun dat ze op hun post moeten blijven tot ik zeg dat ze weg kunnen, of tot ze mij het bericht brengen dat de Romeinen in aantocht zijn.' Gladys kwam naderbij. 'Het stormt boven het vasteland,' zei ze. 'In het oosten is de lucht heiig en de deining is hoog zonder te breken.' Ze kwam nog een stap dichterbij, zodat Vocorio haar niet kon horen. 'Caradoc, heb je overwogen naar de voortekenen te kijken?' Haar huid geurde naar zeewier en was gebruind door de zon. Haar ogen waren zo helder als een zomernacht. 'Veel andere hoofdmannen hebben dat wel gedaan. Ze zeiden dat de voortekenen niet goed waren, maar geen van hen kon aanduiden waarom niet. Is er nog een ziener in Camulodunon?'

'Nee, hij is gestorven, Gladys.' Zijn antwoord klonk mat. Ergens in de buurt hoorde hij de schrille stem van Llyn protesteren en de stem van Caelte die de jongen tot de orde riep. 'Ik heb er wel over nagedacht,' voegde Caradoc eraan toe, 'maar daar is het nu te laat voor. Hoe dan ook, we zouden aan de opperdruïde van Mona een nieuwe ziener moeten vragen, maar je weet evengoed als ik dat zieners hun voorspellingen in zulke vreemde bewoordingen doen dat je er nauwelijks iets aan hebt.'

'Ik kan de voortekenen ook duiden,' zei ze plotseling. 'Laat mij het proberen, Caradoc.'

Hij was te vermoeid om verbaasd te zijn. Soms vroeg hij zich af of er iets was dat Gladys niet wist, en hij twijfelde er niet aan dat ze een of ander vreemd visioen had gezien toen ze eenzaam langs de kust van de zee dwaalde. Net als mijn Eurgain, besefte hij opeens, toen hij zich herinnerde hoe zij urenlang voor het venster had gezeten, onverschillig voor wat er in haar omgeving gebeurde en haar aandacht alleen richtte op wat er in haar geest gebeurde. 'Nee, Gladys,' zei hij. 'We gaan naar huis. Ik heb geen voortekens nodig om mij te vertellen wat ik al weet.'

De Catuvellauni gingen op weg naar Camulodunon en lieten wel duizend zwarte, met as bedekte plekken in het vertrapte gras achter, evenals de talloze gebroken dromen over een snelle en heldhaftige overwinning. Ze vorderden langzaam door het uitbundig groene landschap dat een lange warme zomer voorspelde. Ze sloegen hun kamp op in de naar gras en bladeren geurende schemering onder de bomen. Het kon Caradoc niet langer schelen of Plautius wel of niet kwam. Hij was vermoeid en zelfs de dreiging van een oorlog met Togodumnus kon hem niet uit zijn lusteloosheid wekken.

Toen, met een schokkende onverwachtheid, op twee dagreizen van Camulodunon, kwamen de verspieders hen achterna en brachten in de schaduw van het bos een bericht dat de mannen als door de bliksem getroffen overeind deed springen. Het nieuws ging als een lopend vuurtje langs de gelederen, van mond tot mond.

'Ze zijn gekomen! Op de stranden krioelt het van de Romeinen! Ze zijn al begonnen met zich in te graven en met het aanleggen van versterkingen voor hun bevoorrading. De ruiterij is nog op zee, maar het zal niet lang meer duren of ook zij zal landen!'

Caradoc kwam meteen in actie. 'Mocuxsoma!' schreeuwde hij. 'Rijd naar Verulamium. Neem een verkenner mee. Tog moet onmiddellijk terugkomen. Gladys, ga zo snel je kunt naar Camulodunon en vertel Eurgain wat er allemaal gebeurd is. Zeg haar dat we alleen tegenover de Romeinen komen te staan en dat ze zich moet voorbereiden op een belegering. Blijf dan daar, of kom terug als je dat wilt. Fearachar, vanaf nu verlies je Llyn niet meer uit het oog!' Hij berekende snel de afstand die zijn stam van de andere stammen scheidde en overwoog of hij vrije mannen achter hen aan zou sturen. Dat zou geen verschil maken, althans niet bij de eerste confrontatie met de vijand. De vijand! Hij zag zichzelf even als jongen, lachend met de kooplieden en nieuwsgierig naar alles wat ze meevoerden, hij zag zichzelf zitten op de Romeinse bank en met Eurgain Romeinse wijn drinken. Hij wist dat alles veranderd was. Een gevoel van spijt bekroop hem, maar hij schudde het snel van zich af. Rome was nu de vijand.

'Vocorio, kies zes van mijn mannen uit. Stuur hen naar het zuiden, het westen en het noorden. De stammen kunnen ons nu niet helpen, maar misschien zullen ze Plautius tegenhouden als hij erin slaagt door te breken.'

'We kunnen proberen ons snel bij de Cantiaci aan te sluiten,' stelde Cinnamus voor. 'De plaats waar Plautius zal landen ligt in hun gebied. Gezamenlijk kunnen we de aanval afslaan, tot de anderen ons komen versterken.'

Caradoc knikte, zijn lippen stijf op elkaar geklemd. Zijn geest werkte koortsachtig. Er was een kans dat de Cantiaci hun leger nog niet ontbonden hadden. Van alle stammen zouden zij het meest merken dat Rome hierheen gekomen was. 'Ga naar hen toe, Cin,' zei hij. 'Houd nergens stil om te slapen of te eten. Neem een extra paard mee. Vraag of zij de Medway willen oversteken en op de andere oever van de rivier op ons willen wachten. Het heeft geen zin verder naar het zuiden op te trekken. We willen niet overvallen worden als we onderweg zijn. Kom daarna zo snel mogelijk terug.'

Zijn hoofdmannen en Gladys gingen uiteen. Ze bestegen hun paarden en galoppeerden weg. Caradoc luisterde naar het wegstervende geluid van de trappelende hoeven. Toen ging hij staan, keerde zich om en schreeuwde: 'We gaan terug! Allemaal! De Raaf van de Strijd is gekomen. Terug naar de Medway!'

Aulus Plautius Silvanus stond op het zand en zag zijn soldaten van boord gaan. Zijn tribunen dromden om hem heen; de pluimen op hun helmen bewogen in de zeewind en achter hen krioelden de troepen over het strand. De centurions liepen met de manschappen mee. Verder weg, waar het zand overging in helm en gras, waren de standaards en de adelaars geplaatst. Geleidelijk vonden de ordeloze, vloekende en schreeuwende mannen hun eigen onderdeel.

'Waar is de vijand?' vroeg Rufus Pudens. 'Wij hadden verwacht hier een horde schreeuwende wilden aan te treffen, maar er is niemand te zien. Zelfs geen monsters!'

Plautius glimlachte even naar zijn oudere tribuun en vroeg zich af hoe het nu met Vespasianus ging. Waarschijnlijk was hij bezig zijn zeezieke en afgematte mannen in geordende rijen op te stellen. Een goed strijder, dacht Plautius. Niet meer verbeeldingskracht dan een van Claudius' kostbare duiven, maar een geboren soldaat. Wat zou er van het Tweede Augusta worden, zonder zijn ruwe, hardhandige discipline? 'Ze zijn naar huis gegaan,' antwoordde hij. 'Maar ze hebben hier wel geruime tijd op ons gewacht.' Hij wees naar het zuiden.

'Ze verwachtten ons bij de kliffen, dat heb ik tenminste gehoord. Het Twintigste zal dat nu wel zeker weten.'

Een schril en angstig gehinnik sneed door de lucht. De mannen keerden zich om en zagen dat de eerste paarden naar de kust geleid werden. De praefectus alae stond daar met zijn handen in de zij toe te kijken terwijl zijn ondergeschikten worstelden om de wild om zich heen trappende paarden met verschrikte ogen te kalmeren en door het ondiepe water naar het strand te brengen. De legermacht herkreeg al spoedig een ordelijke aanblik en verder landinwaarts, net uit het zicht, hoorden ze hoe de soldaten begonnen met de aanleg van de loopgraven die de omheining van dit eerste legerkamp zouden vormen. Tegen de avond zou de aarde tot wallen opgeworpen zijn; er waren dan houten torens opgericht en tenten in keurige rijen opgezet en de officieren konden in hun eigen barakken slapen. Plautius hoorde dit alles met veel voldoening aan. Tot dusver verliep de invasie volgens plan.

'Pudens,' zei hij. 'Laat de primipilus komen. Ik wil weten hoeveel mannen door de storm uitgeschakeld zijn. En zie erop toe dat er wachtposten een eind landinwaarts worden opgesteld. Aan het werk, heren. Wat snak ik naar een bad!' Ze lachten gehoorzaam en keerden zich om terwijl Plautius met een zucht naar de tot rust gekomen zee en naar het zonbeschenen, wiegende gras keek. Ondanks de drukke bezigheden hier voelde hij zich heel kalm en vredig. Voordat de zon onderging zou er bericht van Vespasianus en van het Twintigste komen, en morgenochtend zou de opmars beginnen. Hij was blij dat hij hier in de brandende zon stond, en niet Paulinus, die nu onderweg was door de bergen naar Mauretanië. Een reden voor zijn tevredenheid was er niet. Het gevoel wás er gewoon, zoals de wind en de zee. Hij vroeg zich af hoe het ging met de boodschappers van Vespasianus, die nu op weg waren naar de Atrebates en hun nieuwe heer Cogidumnus, die zijn steun had aangeboden in de strijd tegen die twee roekeloze Catuvellaunse broers. Hij dacht aan de onnavolgbare en norse Adminius, die nog steeds aan boord van een van de schepen was, en even krulde zijn lip minachtend. Adminius kon van nut zijn, maar Plautius had een afschuw van hem. De primipilus die naast hem stond, kuchte beleefd en Plautius richtte zijn gedachten weer op het heden. Er moest nog veel gedaan worden voordat hij zich in zijn tent kon terugtrekken om wat te lezen. De *Commentarii* van Julius Caesar waren in zijn ransel opgeborgen.

11

Caradoc en de Catuvellaunse hoofdmannen keerden terug op de weg waarlangs ze ook gekomen waren. Vele van de vrouwen die eerst meegereisd waren naar de kust hadden besloten zich bij Eurgain te voegen om de stad te verdedigen en ze namen hun kinderen mee. Gladys ging echter met de mannen mee en haalde hen in, kort voordat ze weer over de Thamus trokken. Ze maakten voor korte tijd een kamp op de andere oever van de rivier, buiten bereik van de onberekenbare vloed. Daarna trokken ze snel verder en ze zagen de volgende dag omstreeks de middag het water van de Medway. Verkenners liepen af en aan en brachten Caradoc bijzonderheden over elke beweging van de vijand. In het holst van de nacht arriveerde Togodumnus. Zijn mannen waren uitgeput en hongerig, omdat ze, opgerold in hun mantels langs het pad, maar kort geslapen hadden. Er was zelfs geen tijd geweest om een vuur aan te leggen. Togodumnus bood geen verontschuldigingen aan voor zijn grove en onbeschaamde gedrag, maar kwam opgewekt het kamp binnen, begroette zijn broer vluchtig en riep dat hij vlees wilde. Llyn rende weg van Fearachars zijde, zijn oom tegemoet, en sloeg zijn dunne armen om het smalle, gespierde middel van Tog, maar Caradoc riep hem bits terug naar zijn plaats en zei dat hij daar moest blijven, of anders kon hij een aframmeling krijgen. Hij wilde niet dat zijn zoon Togodumnus blindelings in de strijd zou volgen, en hij begreep dat Llyn nu juist niets liever wilde. Later zei hij tegen Fearachar dat hij Llyn desnoods met geweld moest tegenhouden, maar Llyn waagde het niet meer zijn oom achterna te lopen.

Bij zonsopgang kwam een verkenner met de waarschuwing dat de legioenen, die uit voorzorg op drie verschillende plaatsen aan land gekomen waren, nu hun krachten gebundeld hadden en aan de opmars waren begonnen. Caradoc werkte zijn maaltijd snel naar binnen en verdween met Cinnamus en Caelte in de witte ochtendmist. Al spoedig volgden de krijgers van de Catuvellauni en zij verspreidden zich over de kale, vlakke oevers van de brede rivier. De mannen bewogen als grauwe schimmen, zwijgend in de dichte mist. Caradoc reed langs de geledeeren en ging van hoofdman naar hoofdman met raad en vermaningen. De strijdwagens rolden tussen het voetvolk en het water, hobbelend zodat de menners heen en weer zwaaiden, maar vreemd genoeg klonk er weinig geluid. De kille ochtendmist omwikkelde iedereen en deed stemmen en gedachten verstillen. De mannen stonden of hurkten daar en leken verzonken in hun eigen gedachten. Cinnamus had tegen Caradoc gezegd dat de Cantiaci zouden komen, maar dat ze een grote omtrekkende beweging naar het zuiden zouden maken, zodat ze de Romeinse colonne ontweken. Daarom konden ze niet voor het middaguur verwacht worden. Caradoc hoorde dat aan, dacht even na en haalde toen zijn schouders op. Hij keerde terug naar Fearachar en Llyn.

'Neem de jongen mee', zei hij, 'en ga terug naar de heuvels. Klim een eindje langs de helling omhoog voordat je gaat kijken, maar kies eerst een vluchtweg voordat je daar gaat zitten. En jij, Llyn,' zei hij ernstig terwijl hij de beide handen van zijn zoon vastpakte. 'Als je wegloopt van Fearachar, zal ik je je vrijheid afnemen tijdens de Vergadering en verklaren dat je levenslang slaaf zult zijn. Is dat duidelijk?' Llyn verbleekte een knikte plechtig. Hij begreep dat zijn vader dit niet zo maar zei. Caradoc kuste hem en stuurde het tweetal weg. Daarna ging hij, gehuld in zijn warme mantel, naast zijn hoofdmannen op het natte gras zitten.

De mist begon dunner te worden en de kleur veranderde van het bleekste grijs in flets goud. Langzaam dreven de nevelflarden uiteen. Caradoc zat daar en dacht met gebogen hoofd aan Eurgain en aan zijn huis, waar zo vaak vrolijk gelach klonk. Hij dacht ook aan Cunobelin die het toch nooit aangedurfd had het Romeinse leger in zijn onzichtbaar geweven netten van zijn ambities te vangen. Maar hij dacht ook aan zijn eigen vrees, aan het gevoel dat spoedig zou komen, als hij op de strijdhoorn blies en als zijn strijdwagen in beweging kwam. Hij voelde er al een eerste begin van, een tintelend gevoel in zijn ledematen, en hij kreeg een zure, metalige smaak in zijn mond. Met een ruk kwam hij overeind en begon weer langs de rijen te lopen. Hij hoorde gedempt gevloek, binnensmondse scheldwoorden en ook smeekbeden en schietgebedjes, gericht tot Camulos. Gisteren waren de offers gebracht. Veel mannen in de strijdmacht hadden een mensenoffer geëist, maar Caradoc was nog niet vrij van de Romeinse invloeden, al besefte hij dat zelf niet, en hij verbood het verbruik van de gewijde messen. En bovendien was er hier ook geen druïde aanwezig.

Hij trof Togodumnus aan, te midden van diens eigen hoofdmannen en ge-

166

leund tegen de spaken in het wiel van een strijdwagen; hij neuriede zachtjes, maar er hoefde niets gezegd te worden, helemaal niets. Ze keken elkaar zonder wrok aan, omhelsden elkaar hartelijk en daarna keerde Caradoc terug naar zijn post. Hij bond zijn haren naar achteren bijeen en zette zijn helm op. Daarna pakte hij zijn speer en maakte zijn zwaard los in de schede. Hij deed zijn zilveren en bronzen armbanden af en borg ze in de buidel aan zijn gordel. Zijn zoekende, nerveuze vingers vonden de gouden halsring en hij streek even over het sieraad, met een huivering van trots. Catuvellaunse wolf! Vandaag zullen ze kennis maken met mijn klauwen, dacht hij. Daarna pakte hij zijn schild op en toen hij zijn arm door de leren banden schoof, leek de mist opeens te verdwijnen en op te lossen. De aarzelende ochtendzon straalde op hen neer en verleende aan het modderige water een warme gloed.

Toen zag hij hen. Het leek wel een rij zwarte rotspieken, zoals zij daar opdoemden uit de mist die als door een reuzenhand werd weggenomen. Zijn hart sloeg over en begon toen heftig te bonzen in zijn keel. Alsof er duizenden uit steen gehouwen, beweginloze goden van het noodlot stonden te wachten op één enkel woord, waardoor de ban verbroken zou worden. De Catuvellauni schoten overeind. Hun kreten en geschreeuwde bevelen schalden door de lucht. Ze huilden, ze krijsten en trokken hun zwaarden, ze sloegen ermee op hun schilden, maar nog steeds verroerde de Romeinse legermacht zich niet. Alleen de pluimen op de helmen van de bereden officieren wuifden vrolijk in de lichte wind.

'Jupiter!' zei Pudens verrast. 'Zoiets heb ik nog nooit gezien! En hoor dat kabaal eens aan! Zijn ze soms dronken?'

'Sommigen van hen vermoedelijk,' antwoordde Plautius. 'Maar dat gebrul heeft een rituele betekenis. Ze trommelen de demonen van de dood weg, en tegelijk proberen ze ons bang te maken.' Hij keek naar de overkant van de rivier, waar de schreeuwende, bonte groep zich bevond. Hoe ver is dat? dacht hij. Een kwartmijl?

Naast hem bromde Vespasianus minachtend. 'Barbaren! En het zijn er zo weinig. Julius Caesar had gelijk: ze moeten de oorlogskolder hebben.'

Plautius keerde zich naar het dikke, roodaangelopen gezicht. 'Vergeet niet wat ik je gisteravond allemaal verteld heb,' zei hij. 'Hun eerste aanval is het gevaarlijkst. Daarin leggen ze al hun kracht. En vergeet ook niet wat ik over de vrouwen gezegd heb.'

Vespasianus grinnikte droog. 'Onze manschappen kan het niets schelen of ze een man of een vrouw aan hun zwaard rijgen. En een aanval kunnen die stakkers daar vandaag wel vergeten.'

Plautius wierp een laatste snelle blik op de vlakke, vredige vallei van de rivier, waar de warme stralen van de zon van het water weerkaatsten, en op de bomen in de verte. Toen rechtte hij zijn rug. 'Vespasianus, laat de Thraciërs naar het water gaan. Geef het sein voor de aanval.'

De mannen rond hem salueerden en gingen uiteen. Het schetterende geluid van een trompet verstoorde de dromerige rust op deze zomerse ochtend.

Bij het horen van de schallende trompet sprong Caradoc in zijn strijdwagen en Cinnamus greep de teugels. Ze reden snel naar voren, de hoofdmannen renden erachteraan met geheven speren en getrokken zwaarden. Hun aanhoudende gebrul klonk angstaanjagend, maar toen ze bij de oever kwamen hielden ze daar verbijsterd stil. Soldaten in volle wapenrusting zwommen met krachtige slagen door het water en achter hen volgde een stroom manschappen die door het ondiepe water waadden. Ze zagen honderden hoofden met ijzeren helmen in het water bewegen. 'Ze zullen zeker verzuipen, die idioten!' hoorde Caradoc Caelte roepen. 'De rivier is veel te diep en er staat een sterke stroom!' Maar Caradoc voelde zijn hart ineenkrimpen. De mannen die nu halverwege de rivier zwommen waren geen Romeinen. Het waren hulptroepen, Batavieren of Thraciërs of allebei, mannen die bekend stonden om hun uitstekende zwemkunst.

'Naar de rivier!' schreeuwde hij. De bronzen strijdhoorn glansde plotseling in zijn opgeheven arm. De hoorn had de vorm van een wolfskop en was versierd met de klauwen van een wolf. Caradoc bracht de hoorn naar zijn lippen en blies uit alle macht. Zijn strijders hieven een gehuil aan en begonnen naar voren te rennen. 'Camulos en de Catuvellauni!' riep hij luid boven het tumult uit. 'Dood of overwinning!' Toen wierp hij de hoorn op de bodem van zijn strijdwagen en ze galoppeerden in volle vaart over de opgedroogde moddervlakte; de wind floot schel in hun oren.

De hulptroepen bereikten de oever en strompelden uit het water, voor de eerste confrontatie met de vijand. De mannen vielen wankelend neer, als getroffen evers, hun bloed vloeide rood en vermengde zich met het rivierwater, maar de tweede en derde aanvalsgolf bereikte al spoedig de oever en bond de strijd aan. Caradoc was uit zijn strijdwagen gesprongen en zwaaide met zijn zwaard. Cinnamus stond naast hem en hij bespeurde vreemd genoeg een zekere tegenzin op de grimmige, uitdrukkingsloze gezichten van zijn tegenstanders. Deze soldaten wilden niet vechten. Ze ontweken de slagen en renden heen en weer, ze weken naar achteren, en plotseling begreep Caradoc waarom. Een ijselijke kreet van doodsangst sneed door de lucht en toen weerklonk het schelle hinniken van paarden in doodsnood. Hij keerde zich om en vloekte hartgrondig en verbitterd. De legionairs sneden de kniepezen van de paarden voor de strijdwagens door, snel naar voren komend, ondanks het felle verzet van de mannen in de wagens, om zich daarna weer even snel terug te trekken. Eén voor één vielen de paarden op hun knieën, hun grote ogen weggedraaid in hun hoofd, en het huiveringwekkende, onmenselijke geluid van hun doodsstrijd martelde de oren van hun menners. Maar Caradoc had geen tijd om woedend te worden over deze laffe aanval. Op de vlakke oever zwermden veel soldaten en steeds meer manschappen kwamen naderbij, druipend van het water als ze de oever bereikten. Caradoc liet de nutteloos geworden strijdwagen achter en voelde een hevige bloeddorst in zich opwellen. Hij zag Gladys naast Caelte, met beide handen hield ze het gevest van haar besmeurde zwaard vast, haar voeten had ze onverzettelijk uiteen geplant. Ze haalde uit, maar hij dook al met een snauw op de horde verwarde, in leer geklede Romeinse lijven en zag haar felle uithaal door de warme lucht niet meer.

De legionairs zwommen over de rivier als een zwerm zwarte vliegen en Plautius keek vanaf zijn paard toe. Het verzet was sterker dan hij verwacht had, en daarom bereidde hij zich voor op een lange dag. Al spoedig waren zijn soldaten in voldoende grote aantallen aan de overkant om gevechtsgroepen te vormen, en uur na uur drongen de dichte gelederen als massieve wiggen de tot razernij gebrachte Catuvellauni terug met deze eenvoudige, maar verwoestend doeltreffende tactiek.

Caradoc, bezweet en vuil, was plotseling even in de luwte van de strijd en keek hoe de Romeinse frontlinie zich terugtrok om plaats te maken voor een tweede rij soldaten. De verse soldaten kwamen naar voren terwijl de afgeloste rij in de achterhoede op adem kwam. Ze vochten zonder hart, zonder emoties, deze Romeinen. De gezichten bleven onverstoorbaar, hun armen maakten nauwkeurige bewegingen, terwijl zijn hoofdmannen zich telkens weer met een heldhaftige roekeloosheid op de harde leren schilden van de vijand stortten. Hij keerde terug in het strijdgewoel en zag toen iets dat zijn adem deed stokken voor hij een vreugdekreet slaakte. Het kolkende strijdtoneel verplaatste zich, zodat nu een vrije strook rechtstreeks naar Hosidius Geta leidde, die daar kalm op zijn paard zat, omgeven door beschermende cohorten. Caradoc keek wild om zich heen.

'Koninklijke Krijgers! Kom hierheen!' schreeuwde hij luid en de mannen van zijn gevolg kwamen zo snel mogelijk in zijn richting. Andere hoofdmannen hadden de kans, die zich niet nog eens zou voordoen, ook gezien en ze volgden Caradoc over die onbelemmerde brede strook. Togodumnus, met bloed besmeurd, maar grijnzend, voegde zich bij hen, en samen begonnen ze de aanval. 'Dood hem niet!' brulde Caradoc. 'Grijp hem levend!' De verraste cohorten trokken zich samen in een dichte ring rond hun generaal.

Plautius keek toe vanaf zijn uitzichtpunt en zag dat het heetst van de strijd zich plotseling in een andere richting verplaatste. Tot zijn verbijstering zag hij dat Geta omringd werd door een zee van juichende, in heldere kleuren geklede Catuvellauni en dat zijn cohorten in verwarring raakten. 'Almachtige Jupiter!' barstte hij los. 'Rufus, laat de linkervleugel snel oprukken!' De trompetten schetterden, twee centurions beantwoordden prompt het sein en kwamen tussenbeide. De hoofdmannen zagen tot hun teleurstelling dat ze steeds verder van hun eerst vrijwel weerloze prooi vandaan gedreven werden.

'Dat was een goede gok, maar we hadden geen geluk!' schreeuwde Togodumnus. Hij en Caradoc maakten een teleurgesteld gebaar en gingen weer uiteen. Plautius zag zijn generaal in galop naderen over de rivieroever; zijn mantel wapperde en de pluimen op zijn helm dansten.

Geta trok de teugels aan en slaakte een zucht van verlichting. 'Dat was even een benauwd moment, Aulus! Ik zou een mooie jachtbuit voor hen geweest zijn. Ze hadden ons met onderhandelingen nog van dit eiland gekregen!' Plautius lachte meewarig. 'Hosidius, je begint oud te worden.'

De Cantiaci kwamen eindelijk opdagen. Ze stortten zich krijsend in het strijdgewoel en gaven de Catuvellaunse krijgers nieuwe moed. De zon zonk langzaam in het westen en verdween achter de horizon voorbij de rook en de stank van het slagveld. Toen het zo donker werd dat vriend en vijand niet van elkaar te onderscheiden waren, bedaarde het geweld. De legers trokken zich wankelend van vermoeidheid en afmatting terug naar hun kampvuren. Niet alle legioenen waren over de rivier getrokken. De soldaten van het Tweede Legioen wachtten nog op de andere oever en hun aanvoerder Vespasianus beende driftig voor de mannen heen en weer. Toen in de duisternis alleen nog de rode vuurtjes van de wachtposten te zien waren liet Plautius hem halen.

'Ga met je mannen naar het zuiden en zoek daar een doorwaadbare plaats,' zei hij. 'Misschien is het mogelijk die barbaren te omsingelen en dan is de strijd spoedig beslist. Ze kunnen anders wel vechten, nietwaar?'

'Bij Mithras!' antwoordde Vespasianus en er klonk onwillige bewondering door in zijn stem. 'Ze vechten als bezetenen. Ik ben niet van plan nog langer medelijden met hen te hebben.' Hij salueerde en reed weg. Plautius keerde zich met een vermoeid gebaar naar Pudens. Hij wilde slapen. De spanning had sporen op zijn gezicht getrokken, en de lijnen rond zijn smalle mond waren nog dieper geworden, maar hij wist uit ervaring dat hij tot de volgende ochtend wakker zou liggen. Zijn strategieën zouden de hele nacht door zijn hoofd malen en voortdurend zou hij elke tactiek nauwkeurig onderzoeken of er mogelijk toch ergens een verborgen fout in school.

'Rufus, breng die barbaar hierheen,' beval hij. 'Nu krijgt hij de kans zijn waarde te bewijzen.'

Pudens knikte en verdween om enkele minuten later terug te keren met een nors kijkende man. Adminius leek wrevelig en tegelijk slecht op zijn gemak. De knappe lijnen van zijn gezicht, het Catuvellaunse kuiltje in zijn kin, zijn grote ogen en brede neus zoals zijn broers ook hadden, alles werd vager en zachter nu de jaren vorderden. Zijn oogopslag was onvast en ongezond. De jaren in Rome hadden hem dikker gemaakt, en het zinloze en frustrerende van zijn bestaan had hem verbitterd.

Plautius keek hem niet rechtstreeks aan. Hij was bang dat hij zijn afkeer te duidelijk zou laten blijken. 'Zo,' zei Plautius afgemeten. 'Ik wil dat u de rivier oversteekt. Ga rustig naar uw stamvolk; de boodschap is u bekend. Ze zullen deze avond vermoeid en moedeloos zijn, daarom zal aandachtig naar uw woorden geluisterd worden.'

'En als ze mij gevangennemen en doden?' vroeg Adminius klaaglijk.

Plautius glimlachte. 'Ik denk niet dat ze dat zullen doen. Niet als u de juiste oren kiest voor uw... opruiing.'

'Het heeft geen zin,' zei Adminius hoofdschuddend. 'Ze haten mij en ze zullen mij allemaal nog meer haten omdat ik de legermacht van Rome hierheen gebracht heb.'

'Maar Adminius, u hebt de keizer toch doen geloven dat uw stam amper kon wachten om Rome de hand te schudden en u hartelijk te verwelkomen?' zei Plautius minzaam. Het was zo donker dat Adminius de sarcastische glinstering in de grijze ogen niet kon zien.

'Dat is waar,' gaf Adminius toe. 'Maar niet tijdens een hevige veldslag!'

'Als uw missie slaagt, is deze strijd voorbij,' bracht Plautius hem in herinnering. 'U weet wat u moet zeggen, Adminius. Ga nu.' De twee laatste woorden klonken nadrukkelijk en duldden geen tegenspraak. Adminius salueerde en verdween.

Caradoc lag bij het vuur, te vermoeid om zich te wassen of te eten, al had Fearachar hem geitevlees en gerstebrood aangeboden. Cinnamus, gewikkeld in zijn paarse mantel met bloemmotieven, zat naast hem. Hij poetste zijn grote zwaard; een beker en een kruik stonden bij zijn voeten. Zijn gouden haarvlechten glansden in de warme gloed. Llyn lag dicht bij het vuur in een diepe slaap verzonken. Zijn hoofd rustte op een groezelige hand en hij had zijn mantel hoog opgetrokken. Naast hem zat Gladys; ze hield haar hoofd gebogen en haar armen gevouwen voor haar borst. Sinds de schemering had ze niet meer gesproken en Caradoc begreep dat ze naar de genezende rust van de zee verlangde. Maar hij was zelf te zeer vermoeid om er iets aan te doen. Togodumnus was naar hen toe gekomen en begon te snoeven over zijn wapenfeiten, maar Caradoc die uitgestrekt op het gras lag, met bezwete haren en van vermoeidheid brandende spieren, en een bijna verdoofde rechterarm en -hand, had hem met enkele scherpe woorden weggestuurd.

Het gedempte aanzwellen en wegsterven van stemmen drong tussen de bomen door. Caradoc huiverde en ging rechtop zitten.

'Hoeveel man hebben wij verloren, Cin?'

Cinnamus gaf antwoord zonder op te kijken. Zijn handen bleven bewegen. 'Dat weet ik niet.'

'Kun je geen schatting maken? Honderd? Duizend?'

'Ach, ik weet het heus niet!' snauwde Cinnamus. 'Ik weet alleen dat mijn mannen doodmoe zijn, terwijl de Romeinen nog zo fris als een hoentje zijn en dat de dag van morgen een nog onbekend lot voor ons in petto heeft.'

Caradoc zweeg. Hij moest slapen, al was het maar een uur, maar iets weerhield hem, een aanhoudende en onwelkome waarschuwing. Het gevoel had geen vorm, geen samenhang, maar toch wist hij dat er iets was dat hij moest weten, iets dat hij over het hoofd gezien had. Het legioen daar op de andere oever, wachtend in het duister, baarde hem zorgen. Waarom zou Plautius dat legioen achtergehouden hebben? Welke nieuwe verschrikking werd daar uitgedacht? De doodskreten van de gemartelde paarden klonken weer in zijn oren. Hij dacht aan Eurgain, met haar blauwe ogen, haar verstandige geest, en aan zijn dochtertjes met kuiltjes in hun wangen en blonde haren, maar de beelden in zijn hoofd kregen geen vaste vorm en bleven schimmig. Hij zuchtte bezorgd en draaide zich toen op zijn zij en viel in slaap.

Een uur voor de dageraad werd hij koud en verstijfd wakker. Zijn mantel was nat van de dauw. Hij kwam overeind en bleef huiverend bij het vuur staan om de mantel te drogen. Onder de bomen klonken overal morgengeluiden, de eerste vogelslagen en ook de brommende, slechtgehumeurde stemmen van slaperige, hongerige mannen. Llyn was ook al wakker en zat met gekruiste benen aan de andere kant van het vuur. Hij kauwde bedachtzaam op een stuk gedroogd vlees. Bij zijn knie stond een beker water. Caradoc groette hem. Fearachar kwam van de dikke overhangende tak van de eik waar hij de nacht had doorgebracht, en ging vlees en bier voor hem halen.

'Wat vond jij van de veldslag gisteren?' vroeg Caradoc aan Llyn. 'Was je bang?'

De ronde donkere ogen keken hem minachtend aan. 'Natuurlijk niet! De Catuvellauni waren voor niets en niemand bang. Maar ik kon niet veel zien, want ik moest gaan liggen van Fearachar zodat we alleen over de top van de heuvel konden turen.'

'Dat was heel verstandig van hem.'

'Zullen we de Romeinen vandaag verslaan?'

Caradoc overhandigde zijn mantel aan Fearachar en nam het eten dat hem werd voorgehouden, aan. Hij had nog steeds geen honger, maar begon toch, zij het met tegenzin, te eten. 'Ik weet het niet, Llyn. Misschien wel. Nu moeten jij en Fearachar weggaan, want de zon komt op en er moet gewerkt worden.'

'Als jullie de vijand vandaag niet verslaan, vader, dan ga ik liever naar huis,' zei Llyn terwijl hij gehoorzaam opstond. 'Het is goed weer om te jagen en de honden zullen mij missen.'

Opeens kreeg het droge vlees in de mond van Caradoc de smaak van oude dorre boombast en hij spuwde het uit. 'Dat is een heel goed idee, Llyn,' zei hij ernstig. 'Waarom ga je niet nu meteen? Als je opschiet kun je over drie dagen bij je moeder zijn.'

Llyn schudde zijn hoofd. 'Nog niet, vader.'

'Goed, ga dan maar. En gehoorzaam Fearachar.'

De man en de jongen liepen weg door de ochtendnevel en Caradoc sloeg de mantel die Fearachar hem aangereikt had om zijn schouders. De zon was opgekomen. De nevel hing nu alleen nog vlak boven de grond en door het groen van de bladeren en de takken boven hem was een stukje van de heldere hemel te zien. Goed weer om op jacht te gaan. Hij glimlachte wrang en dronk van zijn bier. Daarna liep hij tussen de bomen door zonder geluid te maken, gebukt onder de dekking van de bomen, naar de rand van het bos. Bij de zoom liet hij zich zakken, sloop lenig nog een stuk verder door het hoge gras en tuurde in de verte.

Aan de overzijde van de rivier was de modderige oever verlaten. Het Legioen was verdwenen. Paniek overweldigde hem. Waar was het leger gebleven? De haren in zijn nek rezen overeind, toen hij zag dat de Romeinen op deze oever bezig waren zich in slagorde op te stellen en zich voorbereidden op een tweede dag vol geweld. Ze hadden de lijken van de gesneuvelden op stapels gelegd, een eind van hun vuren vandaan, maar nergens was een spoor van gewonden te bekennen. Caradoc sloop haastig terug langs de weg waarlangs hij gekomen was, en het laatste stuk rende hij met grote sprongen door de scherpe braam- en heidestruiken. Waar, waar, waar kon dat legioen gebleven zijn? Hij bond onder het lopen zijn haren vast en toen hij teruggekeerd was in het kamp zag hij dat Mocuxsoma en Cinnamus driftig naar hem op zoek waren. De hoofdmannen maakten hun strijdwagens gereed.

'Waar ben je geweest?' hijgde Cinnamus. 'Er is belangrijk nieuws!'

Mocuxsoma drong naar voren. 'Heer, uw broer is hier vannacht geweest. Hij glipte langs de wachtposten en heeft met een aantal hoofdmannen en vrije mannen gesproken. De helft van onze manschappen is verdwenen.'

'Wat bedoel je met "verdwenen"? Waar zijn ze dan naar toe? Wat heeft Tog nu weer verzonnen?' Caradocs hart bonsde nog steeds heftig en zijn keel was droog.

Mocuxsoma stampte op de grond. 'Ik heb het niet over Togodumnus! Ik heb het over Adminius! Hij heeft de mannen omgepraat en nu vechten ze aan de kant van Rome!'

De woorden raakten Caradoc in het diepst van zijn ziel; zijn lichaam leek plotseling in vuur en vlam te staan en als een gewonde ever wierp hij zijn hoofd achterover en brulde hij het uit. Met gesloten ogen en overslaande stem vervloekte hij zijn oudere broer. 'Moge Camulos zijn buik openrijten en zijn ingewanden uitrukken! Dat Epona zijn hersens vertrappe! Ik vervloek hem! Zo lang ik leef, in mijn slaap, op jacht of als ik eet, ik *vervloek* hem! Dat Taran hem verzenge! Moge Bel hem verdrinken en Esus hem wurgen!'

Cinnamus kwam naar hem toe en raakte zijn arm aan, maar Caradoc duwde hem ruw opzij, verteerd door de pijn van het gepleegde verraad en een wanhopig gevoel greep hem bij de keel. De stam was voor eeuwig onteerd, en alle zorgen, de slapeloze nachten en de zorgvuldig gesmede plannen, al het lijden was tevergeefs geweest – alles voor niets.

Rome zou de overwinning behalen. Het einde was gekomen.

Caradoc huiverde bij de gedachte dat er een einde aan hun leven in vrijheid was gekomen, maar een ogenblik later ebde de pijn weg en er kwam een hernieuwde koppigheid in hem opzetten. Iets van hemzelf, een overblijfsel van zijn jeugd, iets van de jongensachtige eenvoud die nog steeds geloofde dat eer het allerbelangrijkste was, was met zijn wanhoopskreet verdwenen en hij voelde de rode, bloedende wond die deze verdwijning in hem achtergelaten had.

'Zeg mij,' fluisterde hij met van spanning trillende stem. 'Zeg mij welke toverspreuken dit beest gebruikte om dappere mannen naar de slavernij te lokken?'

'Hij zei tegen hen dat wij geen enkele kans hebben. Hij beweerde dat het Tweede Legioen ons nu al in het bos omsingeld heeft, en dat wij in de ochtend verpletterd zouden worden. Hij zei ook dat wij nu meteen naar huis konden gaan om het vee te verzorgen en te zaaien, en dat er net als vroeger weer veel handel gedreven kon worden, als we ons nu zouden overgeven.'

'Moeder!' Met dit woord, zo minachtend uitgesproken, luchtte Caradoc zijn gemoed. Hij liet zich plotseling op de grond zakken en de twee hoofdmannen kwamen naast hem zitten. De strijdwagens die nog bruikbaar waren moesten op dit ogenblik al naar de rivier rijden, maar Caradoc bleef doodstil zitten, niet in staat te denken of iets te voelen.

'Caradoc,' begon Cinnamus voorzichtig, 'het spijt me heel erg, maar er is nog meer te vertellen. Wil je het aanhoren, of moet ik verder zwijgen?'

Nog meer? Wat kon er nog meer zijn? Het mes kon niet dieper in de wond rondgedraaid worden. Er kon niet nog meer bloed vloeien. Maar toch zei hij berustend: 'Ik zal het aanhoren.'

'In de nacht zijn de Dobunni gekomen. Boduocus heeft zijn oude bondgenoten beloofd dat hij tegen ons zal vechten, hij staat dus aan de kant van Plautius. De Atrebates zijn ook geweest. Ze hebben een nieuwe ricon, een zekere Cogidumnus, en die heeft de goedkeuring van de keizer. We hebben alles verloren.' Cinnamus zei dit alles op effen toon; in zijn stem klonk geen emotie door, maar verborgen onder zijn mantel balde hij zijn vuisten of zijn leven ervan afhing.

En ik heb geslapen, dacht Caradoc. Nu was zijn geest weer rustig, zijn woede en verbittering waren plotseling verdwenen. Bij de Grote Moeder! Ik heb geslapen... De aarde spleet open onder mijn voeten, de hemel kwam naar beneden, en ik... Hij draaide zich met een ruk om, en wendde zich tot Mocuxsoma. 'Weet Togodumnus wat er allemaal gebeurd is?' vroeg hij. 'Dat weet ik niet, heer,' antwoordde Mocuxsoma hoofdschuddend. 'Ga hem dan zoeken, breng hem het nieuws en vraag of hij hier komt. Snel!' Hij en Cinnamus bleven zwijgend achter. Tog en ik hebben deze zaden gezaaid, en de oogst is duizendvoudig, dacht Caradoc. Rooftochten, beledigingen, moord, en voortdurend de gestage druk op de omringende stammen. Als ik de vorst van de Atrebates was, wat zou ik dan gedaan hebben? Het antwoord kwam zonder aarzelen. Ik zou mijn volk nooit verkocht hebben voor slavernij. Ik zou nog liever mijn eigen leven aan de gewijde pijlen opofferen.

Togodumnus kwam in zijn hobbelende strijdwagen met grote snelheid over het pad aangereden. Zijn gezicht was asgrauw. 'Zeg niets, broer!' schreeuwde hij van een afstand. 'Eerst moeten wij Plautius doden, dan Adminius, daarna die Cogidumnus en dan Boduocus!'

Caradoc lachte hem luid en schamper in zijn gezicht uit. Langzaam, vermoeid stond hij op, zette zijn helm op en liep naar zijn strijdwagen. Hij pakte de strijdhoorn op. 'Ik houd van je, jij arme dwaas!' Hij blies lang en hard op de strijdhoorn en de overgebleven hoofdmannen kwamen op het geluid af. Hun gezicht stond grimmig, in hun ogen was de dreiging van de dood te lezen, en ze keken misprijzend naar Caradoc.

'Een rode morgen!' riep hij uit en verbittering kneep zijn keel dicht. 'Een bloedige morgen! Wij rijden eervol, mijn broeders!'

Ze maakten meer vaart en kwamen met donderend geraas uit het bos te voorschijn om naar het vlakke land daarachter te stormen, terwijl het Romeinse sein voor de aanval weerklonk en de standaards van Rome opgeheven werden, maar de situatie was hopeloos. De legioenen stonden in slagorde vóór hen, met aan de rechterkant de Dobunni en links de Atrebates. Zo stortten ze zich schreeuwend en krijsend, een krijgsgehuil aanheffend, met hoog opgeheven zwaarden het noodlot tegemoet. De Cantiaci volgden moedig. Caradoc sprong van zijn paard en rende naar voren, en hij zag dat een lange krijger hem tegemoetstormde – een Catuvellaun, met bruine haren en bloeddoorlopen blauwe ogen. De tranen liepen langs Caradocs wangen toen de twee mannen op elkaar inhakten en de krijger viel op de grond. Wie zal mij zuiveren van het bloed van mijn stamgenoten dat ik heb vergoten? dacht hij en keerde zich snel om toen een ijselijke kreet boven zijn mannen opklonk. Caradoc keek verbijsterd toe. Achter hen, bij de rand van het bos, stroomde een overmacht van geharnaste legionairs, verse en krachtige troepen, en de kreten van angst zwollen aan tot paniek. Daar rukte Vespasianus met het Tweede Legioen op, modderig en nat, maar triomfantelijk. Overal begonnen Catuvellauni hun wapens weg te gooien, ze renden heen en weer, en de Romeinen, gesteund door hun eigen landgenoten, stroomden toe om de mannen als konijnen af te slachten.

'Blijf staan en vecht!' schreeuwde Caradoc, maar zijn mannen werden verlamd door doodsangst en sloegen geen acht op hem.

Cinnamus rende naar hem toe, een felle uithaal van een Dobunni zwaard ontwijkend. 'Vlucht, Caradoc! We moeten terug naar Camulodunon!'

Caradoc deed werktuiglijk wat hem aangeraden werd en rende, rende, struikelend en springend, telkens de vijandelijke slagen ontwijkend. Hij wist uit het tumult weg te komen, met zijn hoofdmannen die naast hem renden. Ze bereikten de bescherming van de bomen, maar renden nog steeds door, hortend naar adem happend en met steken in hun zij. Overal rondom hen vluchtten de Catuvellauni in alle richtingen weg.

'Llyn!!!' brulde Caradoc, maar Cinnamus spoorde hem aan verder te rennen. 'Hij en Fearachar zijn al weg,' wist hij uit te brengen, terwijl ze verder draafden. Hun benen deden pijn en hun longen leken te branden, hun krachten namen snel af, maar nog steeds vluchtten ze door de struiken, wankelend en struikelend, tot de geluiden van de slachting achter hen vervaagden en het onder de hoge bomen doodstil was. Daar lieten ze zich met gesloten ogen in het natte gras vallen en bleven stil liggen, zonder dat het hun nog kon schelen of ze zouden sterven of in leven blijven.

Twee lange dagen strompelden ze door het woud. Eén voor één voegden de hoofdmannen zich bij de groep, de gehavende, geschokte overlevenden, zonder paarden, zonder wapens en voedsel, te zeer verbijsterd om ook maar één woord te kunnen uitbrengen. Gezamenlijk sjokten ze over de smalle weg waarlangs ze eerder zo strijdvaardig opgerukt waren met hun wapenrusting en de rinkelende tuigen van de paarden.

Tegen de schemering van de tweede dag zagen ze na een bocht een andere groep, vijf of zes hoofdmannen die op de oever van de rivier zaten. Ze lieten hun hoofd hangen en te midden van hen was een vormeloze gedaante zichtbaar op een baar van twee dunne stammen waartussen een mantel gespannen was. Caradocs hart kromp ineen en hij rende naar voren, zijn benen trilden van inspanning. Hij kwam bij de gestalte en knielde neer. Togodumnus keerde zijn hoofd langzaam naar hem toe. Opgedroogd bloed kleefde zijn lange bruine haren aan elkaar en ook bij zijn mond waren bloedige korsten te zien. Zijn ene schouder was veranderd in een massa vormloos vlees en gebroken botten, en toen Caradoc met bevende vingers de mantel opsloeg zag hij ook diepe wonden in de borst en bij de heup. Tog baadde in zijn eigen bloed, koraalrode druppels sijpelden op de aarde en bevlekten Caradocs handen toen hij de mantel terug liet vallen. Het gezicht van Tog was grauw en leek opeens oud geworden. De kraaiepootjes van het vele lachen om zijn ogen, leken wel met een mes gekerfd, diep en genadeloos. Tog opende zijn mond om iets te zeggen en een trage donkerrode golf vloeide tussen zijn tanden omhoog en druppelde langs zijn wang omlaag.

'Caradoc...' fluisterde hij, 'wie had gedacht dat het zo moeilijk is om te sterven? O moeder, ik heb zo'n pijn... zo'n pijn.' De zwarte gekneusde vingers vonden Caradocs rafelige mouw. 'Ik spuw op de dood.' Hij probeerde te lachen, maar een nieuwe golf bloed droop langs zijn onderlip. 'De machtige Catuvellauni zijn er niet meer. Ik ben blij... blij dat... ik nu kan sterven. Maak een grote brandstapel voor mij, broertje. Maak er een mooi vuur van.' Een hevige stuiptrekking vervormde zijn gezicht en toen verkrampten zijn spieren langzaam. Tog sperde zijn ogen wijd open en er was een eenzame doodsangst in te lezen. 'Ik denk dat ik het niet kan verdragen,' zei hij schor.

Caradoc kon geen antwoord geven. Het late zonlicht viel in gouden bundels over het pad en de vogels zongen en tjilpten in de groene gewelven van het bos, maar Caradoc kon alleen maar denken aan de wildebras, aan de springerige knaap die Tog eens was, maar die nu gebroken en stervend voor hem lag. In zijn ogen die probeerden zich op Caradoc te richten, was een onpeilbare droefheid te lezen, een donker besef dat het einde nabij was, maar de ontembare dansende vlam van zijn levensgeest worstelde nog door. Tog probeerde weer te spreken, maar zijn krachten begaven het en hij hapte moeizaam naar adem. Caradoc ging staan. 'Til hem op,' beval hij, zonder zich te schamen voor de tranen die langs zijn wangen biggelden. Ze liepen verder; Caradoc en Cinnamus liepen naast de baar en de andere hoofdmannen volgden zwijgend.

Toen de zon ondergegaan was en de kilte van de avond uit de aarde omhoogreed, hielden ze halt. De honger knaagde aan hun lege magen. Caradoc maakte de dragers van de baar een bits verwijt toen ze struikelden van vermoeidheid, maar Cinnamus zei: 'Het maakt niets uit, heer, hij is dood.' Caradoc knielde naast de donkere gestalte en greep de levenloze hand van zijn broer en hij boog zich over het bebloede gezicht. Togodumnus staarde langs hem heen, omhoog in de met sterren bezaaide hemel, met een vage, serene glimlach om zijn mond. Caradoc trok de mantel over Togs gezicht en liet zich toen geluidloos wenend op de grond vallen. De hoofdmannen zaten of lagen zwijgend naast het pad en zagen toe hoe de laatste ricon van het Huis Catuvellauni rouwde om de dood van zijn broer.

Laat op de vierde dag bereikten ze Camulodunon. Nog steeds torsten ze de dode Togodumnus met zich mee. De eerste poort stond wijd open en er was niemand te zien, maar bij de tweede poort zag de wachter hen, strompelend als zieke runderen, door de gracht naderen, en hij rende weg om hulp te halen. Mannen en vrouwen kwamen uit de hutten aangesneld, ze stroomden door de poort en verwelkomden hen met kreten en tranen en namen de baar van de uitgeputte dragers over. Zodra Eurgain het tumult hoorde kwam ze met Gladys uit de Grote Zaal. De haveloze, strompelende groep mannen klom langzaam in haar richting en ze wachtte af, met samengeknepen handen, terwijl haar blikken vol angst langs de gezichten gleden. Toen zag ze hem, zijn haren verward om zijn magere gezicht, en zijn ogen hol van verdriet en ontbering. Met een kreet vloog ze hem tegemoet, viel op haar knieën en omhelsde hem. Ze voelde zijn bevende handen op haar haren. 'Eurgain,' zei hij alleen. Toen konden zijn benen hem niet langer dragen en hij zonk voor haar neer en sloeg zijn armen om haar heen. Ze klemden zich met gesloten ogen aan elkaar vast, terwijl het eerste geschokte weeklagen om de dood van Togodumnus begon. De poort werd dichtgesmeten en daarna stevig vergrendeld.

Eindelijk konden ze uitrusten in de Grote Zaal, in rijen tegen de muren geleund, en met hun hoofden in onverschillige uitputting achterover. Ze keken naar de dienaren die druk bezig waren het vuur op te rakelen en stukken vlees van de geroosterde bouten af te snijden. Ook Caradoc leunde tegen de muur, maar hij hield zijn ogen gesloten zodra hij zijn plaats gevonden had. Eurgain zat stilletjes naast hem, haar handen gevouwen op haar knieën. Gladys kwam geluidloos naderbij en hurkte voor hem neer, maar geen van beide vrouwen zei iets. Het was warm in de Zaal. De zon straalde fel op het dak en van het vuur sloeg een verstikkende walm als het vet sissend in de vlammen droop. Af en toe rilde Caradoc en dan trok hij zijn mantel dichter om zich heen. Toen kwam Fearachar eindelijk met een groot bord, hoog opgetast met vlees en brood, pap en gekookte erwten, en een kroes bier. Caradoc bewoog zich, sloeg zijn ogen op en ging moeizaam rechtop zitten toen Fearachar het bord voor hem neerzette. Hij begon te eten, langzaam en bedachtzaam, hoewel hij uitgehongerd was, maar het bier dronk hij in één lange teug op. Fearachar liep weg om de kroes opnieuw te vullen. Gedempte stemmen waren te horen toen de hoofdmannen op krachten kwamen nu ze gegeten en gedronken hadden. Ze spraken tegen hun vrije mannen en Caradoc zelf voelde dat het bloed, eerst traag en onwillig, weer door zijn aderen begon te stromen. Zijn hoofd werd langzaam helder. Hij maakte zijn mantel losser en keerde zich naar Eurgain. 'Waar is Llyn?' vroeg hij met een bezorgde blik. Zijn stem klonk nog zwak.

'Llyn is gisterenavond met Fearachar teruggekeerd. Hij en de meisjes zijn bij Tallia in het huis.'

Hij knikte dankbaar en toen gleden zijn holle ogen naar Gladys. 'En jij? Hoe ben jij naar huis teruggekomen?'

'Ik ontmoette een soldaat te paard in het bos,' antwoordde ze rustig. 'Hij was gewond. Ik heb hem gedood en zijn paard genomen. Wat is er bij de rivier gebeurd? Hoe komt het dat wij onszelf onteerd hebben?' Haar stem klonk eerder verwonderd, zonder enige verbittering. Het uur van wroeging, beschuldigingen of verwijten was reeds lang verstreken, en Gladys, evenals de andere verslagen en verbijsterde Catuvellauni, kon amper begrijpen wat er de afgelopen dagen gebeurd was. Caradoc gaf kort antwoord, zich nauwelijks bewust wat hij zei, zijn hoofd gonsde van gebrek aan slaap.

'We zijn verraden door een van onze familieleden, we zijn in de val gelokt door de vijand en we kwamen tegenover onze eigen landgenoten te staan. Is het dan vreemd dat zelfs Camulos en de godin ons in de steek lieten? We zijn niet onteerd, we werden alleen door een overmacht verrast. Wij zullen de strijd voortzetten.' Van buiten drongen de klaagzangen en het rouwen om Togodumnus door tot zijn oren, aanzwellend en wegstervend op de windvlagen. Hij probeerde zijn gedachten te bepalen bij de plannen en de beslissingen die nu genomen moesten worden.

Eurgain begon snel te spreken; in haar ogen was te lezen dat ze het niet met hem eens was, maar hij hield zijn vinger tegen haar lippen, kwam stram overeind en leunde met zijn schouder tegen de muur. Zijn benen voelden aan als bevend riet.

'Ik roep de Vergadering bijeen!' zei hij luid en de gesprekken verstomden. 'De slaven moeten nu verdwijnen, de anderen moeten erbij komen. Ik heb geen kracht om mijn stem te verheffen.'

Allen kwamen in een kring om hem heen staan en hij keek met grimmig medelijden en groeiende woede naar de gezichten. Deze mannen leken wel een horde zieke, uitgemergelde wolven, getemd door de honger en ontberingen, maar hun ogen keken hem vol vertrouwen aan. Caradoc voelde zich duizelig worden, maar hij vermande zich. Hij voelde een nieuwe vastberadenheid in zijn hart. 'Ik zal niet spreken over het onuitsprekelijke, noch over de dood van mijn broer,' zei hij. 'Wij zijn Catuvellauni. Wij geven ons nooit over. Deze stam zal vechten tot de laatste man. Als iemand Camulodunon wil verlaten nu dat nog mogelijk is, en dan naar het westen vluchten of naar de druïden op Mona trekken wil, zal ik hem niet van zijn eer beroven en ook niet tot slaaf verklaren. Is er iemand die wil gaan?' Hij zweeg even om zijn krachten te verzamelen, maar niemand verroerde zich. Niemand sloeg zijn ogen schuldbewust naar de grond, geen hand beefde in onverwacht verraad. Caradoc las een zwakke, maar hernieuwde trots in de holle, bedroefde ogen die hem aanstaarden.

Hij sprak verder, zijn stem klonk nu kil en vastberaden. 'Dan zullen wij ons voorbereiden op een nieuw gevecht. Ik wil dat de poort omvergehaald wordt en dat het gat opgevuld wordt met aarde en stenen. Is Alan hier?' De vrije boer ging staan. 'Alan, zie erop toe dat al het vee, ook mijn eigen runderen, naar de bossen in het noorden worden gedreven. Laat enkele boeren als veehoeders meegaan. Als het nodig is zal al het vee geslacht worden. Ik wil niet dat de Romeinen een feestmaal van onze koeien aanrichten.' Alan knikte en ging weer zitten. 'Vocorio, jij gaat met je vrije mannen zoveel mogelijk boeren en knechten binnen onze versterkingen bijeenbrengen. Velen van hen zullen zich schuilhouden in de bossen, maar verzamel degenen die mee willen. Er zijn hier genoeg leegstaande hutten.' In gedachten zag hij even de hoofdmannen die nooit meer thuis zouden komen, maar daar was nu niets meer aan te doen, en daarom verdrong hij het beeld zonder er verder over te spreken. 'Mocuxsoma!' riep hij, zich weer concentrerend op wat er nu gedaan moest worden. 'Verbrand de brug over de gracht. Doe dat nu meteen, de boeren kunnen langs balken over het water kruipen. En jullie allemaal, speur naar alles wat als wapen kan dienen. Elk voorwerp waarmee een Romein gedood kan worden zal nuttig zijn. Maar ga nu eerst naar huis en rust deze nacht uit.'

Hij wilde nog meer zeggen, hij wilde over glorie en een eervolle overwinning spreken, maar zelfs zijn gedachten hadden een spottende bijklank en hij zag er van af en liet zich terugzakken op de vloerhuiden. Hij voelde zich misselijk van vermoeidheid en van de ondraaglijke tragedie van de afgelopen dagen. Maak een grote brandstapel voor mij, had Tog gezegd, maak er een groot vuur van... Caradoc voelde een stekende pijn toen deze woorden hem weer te binnen schoten en hij in gedachten de zwakke stem van Tog weer hoorde. Arme Tog. Je was roekeloos en ongehoorzaam, je graaide met begerige handen gretig in de rijkgevulde mand die leven genoemd wordt. En toch hield ik van je. Je was verbonden met de hoge sterren, je werd triomfantelijk en impulsief voortgedreven door de hemelse wind, terwijl ik... Caradoc keek naar zijn vuile, bevende vingers. Terwijl ik vastgeklonken ben aan de aarde en mijn handen nooit een ster zullen aanraken. Slechts een zwaard, een wreed en ongevoelig zwaard. Hij vocht tegen zijn emoties, aanzwellend door de vermoeidheid. Ten slotte keek hij op. De Zaal was verlaten. Hij dwong zichzelf naar de twee vrouwen te kijken die als enigen achtergebleven waren.

'Er is geen hoop meer, of wel?' zei Eurgain.

'Nee, geen enkele,' antwoordde hij ruw. 'Het is afgelopen met ons als stam en als vrije mensen. Eurgain, ik wil dat jij met de kinderen naar het westen gaat. Ik zal Caelte en zijn vrije mannen met je mee laten gaan, want ik geloof niet dat we ooit nog 's avonds hier zullen zitten om naar zijn liederen te luisteren.'

Ze had deze woorden al verwacht en daarom gaf ze hem antwoord met veel nadruk op elk woord. 'Nee, Caradoc. Deze keer zal ik me niet achter mijn kinderen verschuilen. Ik wil niet naar het westen trekken, in de wetenschap dat niemand behalve ikzelf en mijn kinderen de enige overlevenden van de trotse Catuvellauni zijn. Die eenzaamheid zal ik niet kunnen verdragen.' Ze nam zijn hand en kuste die. Gladys keek een andere kant op; voor het eerst in haar leven voelde ze zich heel eenzaam. 'Als we dan toch moeten sterven, Caradoc, laten wij dan samen sterven. Ik houd van je en ik wil niet verder leven zonder jou, te midden van vreemden.' Hij kuste haar, te vermoeid om te redetwisten, maar haar woorden gaven hem een warm gevoel en samen liepen ze de Zaal uit. Gladys bleef alleen achter, met haar zwaard dwars op haar schoot. Zilte tranen brandden op haar gebruinde wangen.

Zo bereidden de laatste krijgers van Camulodunon zich voor op hun naderend einde. Ze werkten snel en grimmig in de stad waar de vroeger zo levendige en warmverlichte hutten nu leeg en stil waren. De open plekken en paden tussen de bebouwing lagen verlaten onder de drukkende zomerse hitte. De rituelen voor Togodumnus werden in dezelfde drukkende stilte en berusting gehouden, en het knetteren van zijn brandstapel was het enige geluid dat een dag en een nacht de stilte verbrak onder de bewolkte hemel, waar majestueuze donderwolken langzaam van de kust kwamen aandrijven. Af en toe was een krampachtige bliksemflits te zien boven de velden waar de oogst rijpte. Caradoc voelde niets toen hij de brandende toorts duwde in de droge takken van de brandstapel waarop het lijk van zijn broer lag. Er was geen plaats in zijn ziel voor smart of rouw, en hij kon niets zeggen over de jongen die Tog eens geweest was, over de dagen van plunderingen en rooftochten, over de dwaze kwajongensstreken en de halfgemeende schermutselingen. Dit alles leek al zo lang geleden. Eens waren zij twee broers geweest, die opgroeiden onder een machtige ricon, met vrienden en vee, met liefde en haat, maar het leek allemaal onwezenlijk, alsof dit alleen bestond in een van Caeltes liederen, niet meer dan een deel van een zoete, langvervlogen droom. Niemand huilde toen de vlammen omhoogschoten en het vuur aanwakkerde. Alle omstanders, de hoofdmannen en hun vrouwen en de norse Trinovantische boeren, hoorden in de brullende vlammen de dreigende en meedogenloze woorden waarmee hun eigen spoedige dood werd aangekondigd en ze keken zwijgend toe alsof hun eigen lichaam hier door het vuur verteerd werd.

De toegangspoort werd versperd, het vee werd diep de bossen in gedreven en de boeren trokken met enige tegenzin in de hutten van de gesneuvelden. Het omliggende land en de rivier lagen er verlaten bij. Toch kwamen de Romeinen nog steeds niet naderbij. Gladys vertrok op een dag in een vissersbootje gemaakt van huiden, alleen, zonder een woord te zeggen. Llyn liep de Grote Zaal in en uit of over de paden, kribbig tegen het droge zand schoppend en zijn zusjes speelden wat met de schelpen van Gladys, terwijl Tallia in de schaduw toekeek. Eurgain en Caradoc liepen elke dag langs de versterkte wallen, hun donkere en blonde haren vermengden zich met elkaar in de warme wind, maar hun keel leek dichtgeknepen door woorden die ze niet konden uitspreken. Cinnamus zat ineengedoken naast de schrijn van Camulos en poetste zijn zwaard dat al smetteloos glansde. Hij murmelde telkens aanroepingen voor de god in de schrijn, en Caelte, zijn zachte, geestige gezicht nu zonder uitdrukking, stond voor zijn hut en bespeelde zijn harp in een poging nieuwe liederen te componeren. De zon dommelde in zijn muziek en keek toe hoe zijn lange, beweeglijke vingers zich in haar licht bewogen.

Na enkele dagen keerde Gladys terug, in gezelschap van een verkenner die met enkele anderen achtergebleven was om de Romeinse legioenen te bespieden. Caradoc en Eurgain stonden hoog boven de vallei en zagen het tweetal naderen. Ze daalden snel langs de helling naar beneden en liepen door de bres in de wal om hen te begroeten.

'Ze wachten tot de keizer, tot Claudius zelf komt!' riep de verkenner, met de deur in huis vallend. 'Ze hebben hun kamp opgeslagen in het bos, nog geen vijf mijl hier vandaan. Plautius is razend om deze vertraging, maar hij durft niet op te breken voordat het gezelschap uit Rome gearriveerd is. Hij heeft Vespasianus met het Tweede Legioen intussen naar de Durotriges gestuurd om...'

'Hoe lang geleden?' onderbrak Caradoc hem.

De man haalde zijn schouders op. 'Hoe moet ik dat weten, heer? Het is al twee weken geleden dat het bericht bekend werd. Misschien zelfs nog twee weken eerder.'

'En dan?'

De verkenner keek hem onderzoekend aan. Er was iets zo fatalistisch, zo star in hun gezichten dat hij Caradoc en Eurgain nauwelijks herkende. Caradoc had zijn hand op de schouder van zijn vrouw gelegd, maar heel losjes, en bijna vertrouwelijk. Ze keek voor zich uit met een heldere blik in haar ogen. De verkenner voelde een vreemd soort eerbied, alsof twee goden hier voor hem stonden, verheven boven alle angst en onzekerheid, en hij schuifelde ongemakkelijk heen en weer, zich bewust van zijn eigen sterfelijkheid. 'Dan zal de keizer zelf de troepen aanvoeren om een snelle, gemakkelijke overwinning te behalen en de aquilae van de legioenen zullen rondom in de Grote Zaal opgehangen worden.'

Caradoc en Eurgain bleven roerloos staan toen de man uitgesproken was, nog steeds zonder enige emotie op hun gezicht. Gladys liep met grote passen weg naar haar sobere hut. Toen verscheen er een brede, warme grijns op Caradocs gezicht. 'Ga naar de Zaal en eet. We hebben niet veel, maar er zal zeker een stuk vlees voor je zijn. Ga eerst slapen en keer daarna terug naar het bos. Als je verstandig bent, kom je hier niet meer terug.' De verkenner knikte kort en liep weg. Met vermoeide voeten beklom hij het steil hellende pad. Caradoc keek Eurgain aan. 'Het nieuws maakt geen indruk op me,' zei hij. 'Heus, Eurgain, ik voel helemaal niets. Over twee weken zullen wij dood zijn en Camulodunon zal in vlammen opgaan. En toch kijk ik nu naar jou en mijn hart lacht. Waarom toch?'

Ze keek hem aan en hield zijn smalle onderkaak in haar beide handen. Ze kuste hem op de mond, met koele vaste lippen en toen, zich uitstrekkend, raakte ze zijn oogleden aan. 'Omdat er niets meer te vrezen is,' antwoordde ze luchtig. 'Alleen jij bent er, en ik, en de zon en de dood.' Ze bleven daar lange tijd in de schaduw van de aarden wal staan, met gesloten ogen, dicht tegen elkaar aan, terwijl boven hun hoofd de zwaluwen heen en weer scheerden, uitbundig kwetterend onder de vrije blauwe hemel.

12

De tijd verstreek tergend langzaam. Claudius en zijn gevolg waren zeeziek op de stormachtige zee, terwijl de Catuvellauni bijna lusteloos afwachtten en verder niets konden doen. Er waren geen gevechten of kinderachtige ruzies, want er was niets om ruzie over te maken. De mannen en vrouwen trokken zich terug in hun dromen, zaten in de zon, of wandelden traag door de rustige omgeving, gehuld in een soort vredige verdoving.

Alleen Gladys was rusteloos. Ze sprong op haar paard en reed als bezeten rondjes langs de gracht, als een hert of een jonge ever die in het nauw gedreven is. Haar leven leek in haar ogen plotseling waardeloos en zonder nut, een reis die nooit begonnen was. Ze besefte opeens dat ze helemaal niet wilde sterven, maar haar eer was het enige waarvoor ze ooit geleefd had, en nu besefte ze dat ze alleen door te sneuvelen kon bewijzen dat de jaren die achter haar lagen toch van waarde waren geweest.

Op een vroege zomerochtend, toen de lucht nog stil en koel was, werden de Catuvellauni wakker en ontdekten dat hun stad omringd was door een dichte massa helmen en schilden. Ze schrokken er niet van; ze gordden rustig hun zwaarden om, pakten hun speren en namen voor het laatst afscheid, om daarna naar de hun toegewezen plaats te gaan. Ze haalden diep adem in de koele ochtendlucht.

Caradoc gaf Tallia een mes en bracht haar met zijn kinderen naar de Grote Zaal. 'Als je de Romeinen kunt horen op het pad beneden, dan moet je de kinderen doden,' zei hij. 'Dan heb je de zekerheid dat ik al dood ben, evenals Eurgain. Vaarwel, Tallia.' Llyn vloog op hem af, omhelsde zijn vader en snikte het uit. Hij sloeg met zijn gebalde harde vuisten wanhopig tegen zijn borst, maar Caradoc pakte zijn beide polsen en duwde zijn zoon met een ruk achteruit.

'Llyn!' zei hij vermanend, al wilde hij de jongen liever in zijn armen nemen om samen met hem te snikken. 'Hoe sterft een Catuvellaunse hoofdman?' De jongen hief zijn betraande, roodaangelopen gezicht omhoog. 'Hij sterft als een strijder... zonder angst.'

'Juist.' Caradoc wist niet of hij zich nog langer groot kon houden. Hij rukte ruw de smekende vingers van zijn zoon weg en keerde zich naar zijn dochtertjes die zwijgend toekeken. Hij knielde neer en kuste hen, en op dat ogenblik hoorde hij het sein dat de Romeinen de aanval begonnen en weer een ogenblik later schreeuwde Cinnamus buiten: 'Heer! Kom snel!' Caradoc kon de aanblik van zijn angstige kinderen niet langer verdragen en rende naar buiten terwijl hij zijn zwaard trok.

Cinnamus, Caelte en Eurgain voegden zich bij hem toen hij naar buiten kwam. Een hevig geschreeuw steeg op bij de wallen en in de diepte hoorde hij schelle bevelen klinken toen de soldaten naar voren kwamen om brede planken en dikke balken over de gracht te leggen. Halverwege de versperde poort voegde Gladys zich ook bij hen; ze had haar armen ontbloot, haar haren waren slordig boven op haar hoofd samengebonden maar de slierten raakten al los. Haar oogleden waren nog dik van de slaap. Samen bereikten ze het hoogste gedeelte van de aarden wal en ze tuurden in de verte.

Overal in de vallei onder hen krioelden soldaten, en met een vlugge blik overzag Caradoc de vijandelijke slagorde, tot hij de kleine groep zag die zich wat op de achtergrond hield en toekeek vanaf een hoger gedeelte van het terrein. Hij wees. 'Dat moet de keizer zijn! Vervloekt zij hij! Waar is Plautius? En wat is dat?' De gelederen onder hem weken uiteen en hij zag dat een groot houten gevaarte op wielen naar voren geduwd werd.

'Dat is een ballista, een blijde, heer. Daarmee wordt een bres in de muur geslagen om die te verzwakken en zullen daarna de soldaten het gat snel groter maken,' legde Cinnamus bedaard uit. 'De vijandelijke troepen zullen dan als water door een gebroken dam naar binnen stromen.' Op hetzelfde ogenblik klonk een doffe dreun en de aarde onder hun voeten beefde.

'We kunnen nog niet terugvechten,' zei Gladys. Ergernis en de frustratie en het venijn in haar stem deden Eurgain opkijken. 'We moeten hier blijven zitten als domme fazanten in een boom en afwachten tot we gedood worden.' Ze keek langs de bocht van de verdedigingswal, waar de hoofdmannen op hun speren leunden, hun vrouwen naast hen, als scharlaken, blauwe en gele vlekken. 'Als stenen, als dode, nutteloze takken.' Ze spuwde de woorden uit. 'Wij kunnen beter over de muur springen om een snelle dood te vinden.'

'Rustig aan,' zei Cinnamus. 'Je lijkt Vida wel!' Het leek onmogelijk, maar toch moesten ze lachen en hun vrolijkheid werd gehoord door de soldaten beneden, die even verbaasd opkeken. Op dat ogenblik leunde Cinnamus kalm naar voren en wierp zijn speer, zodat een van de mannen beneden naar achteren wankelde. Zijn maats hieven snel de schilden weer boven hun hoofden en groeven verder. De ballista wierp met een krakend geluid een zware balk naar de wal en vandaar zwaaiden de verdedigers hun katapulten om een regen van kiezelstenen en keien op de vijand te laten neerdalen.

'Waar is Vida?' vroeg Eurgain.

Cinnamus haalde zijn schouders op. 'Ze ligt nog in bed,' bromde hij. 'Ze komt pas als zij vindt dat het tijd is.'

Caradoc was in gedachten even terug in de Grote Zaal. Binnen brandde een aangenaam vuur, er waren stemmen te horen en de geur van gebraden vlees verspreidde zich langzaam. De muziek van Cathbad weerklonk. Hijzelf, Tog en Adminius hieven de bekers wijn naar elkaar, terwijl Cunobelin zijn hoofd wiegde op de maat van de muziek. Aricia en Vida maakten ruzie en schreeuwden heftig, met hun hoofden vlak bij elkaar, hun ogen schoten vuur en hun handen bewogen door de lucht, waarin grijze asdeeltjes naar boven zweefden.

Eurgain legde haar hand op zijn arm en Caradoc werd door deze aanraking weer tot de werkelijkheid teruggeroepen.

'Wat dacht je van vuur, Caradoc? Ben je vergeten...'

Hij sloeg zijn handen tegen zijn gehelmde voorhoofd, met een gebaar vol afschuw over zichzelf. 'Vuur! Ja, natuurlijk. Caelte, ga onmiddellijk Mocux-soma en de anderen zoeken. Breek de hondehokken en de stallen af. Cin, zoek Fearachar en zeg hem dat hij ons vuur moet brengen. Wat is er toch met mij aan de hand? Het lijkt wel of ik heel vast geslapen heb.' Zijn hoofdman-nen renden weg om te doen wat hij hun gevraagd had. Zelf drukte hij zich met Eurgain en Gladys tegen de verdedigingsmuur en ze voelden de aarde trillen onder het geweld van de projectielen die door de blijde werden afge-worpen en gestaag een bres in de vestingwal sloegen.

Vida drentelde op haar gemak naar hen toe en kwam geeuwend naast hen zitten. Haar gezicht was bleek en ze knipperde tegen het felle daglicht. Ze was gekleed in een van Cinnamus' eenvoudige tunieken, maar haar benen waren niet bedekt en ze was ook blootsvoets. Ze hield haar zwaard losjes in haar hand en in haar gordel waren twee messen gestoken.

'Vida, waar is je schild?' vroeg Caradoc.

Ze geeuwde nogmaals en grijnsde toen naar hem; haar grote witte tanden glansden even in de zon. 'Dat ben ik gisterenavond kwijtgeraakt aan een van de vrije mannen van Cinnamus – met dobbelen.' Caradoc werd kwaad. Hij begon haar woedend verwijten te maken, maar Fearachar en de anderen kwa-men met armen vol brandhout aangerend. Caradoc ging staan.

'Maak hier een vuur,' beval hij. 'Stapel het hout op. Breng alles wat kan bran-den hierheen. Als we die soldaten zo een tijdje kunnen ophouden is dat ten-minste iets.' Ze haastten zich allemaal om riet en palen van de huizen, boomstammen van de stallen weg te trekken en alles werd op het vuur geworpen, zodat dit al spoedig hoog oplaaide, met vlammen die in het zonlicht bleek en flets leken.

De ballista werd onophoudelijk afgeschoten en onder hen waren de soldaten voortdurend bezig met het graven en hakken van een gat in de wal. Toen de andere hoofdmannen zagen wat Caradoc deed, kwamen ze aangerend om een gloeiend stuk hout te halen en ze begonnen spoedig ook vuren aan te leggen. Weldra laaiden wel honderd vuren op boven de verdedigingswal. Een ring van vuur tekende zich af en steeds werd er nieuw brandbaar materiaal aangedragen. Caradoc was tevreden. Met een kreet greep hij een brandend stuk hout, leunde over de rand en liet het vallen. Een kreet van pijn klonk van beneden op. Gladys stampte met haar voet. 'Recht in zijn gezicht! Kom op, Eurgain!' Eurgain en Vida begonnen brandende stukken hout weg te slepen van het vuur dat door Fearachar steeds groter werd gemaakt.

Die hele dag wisten de Catuvellauni de legionairs weg te houden van de muren, tot al het hout van de hondehokken, de stallen en van alle hutten van de vrije burgers opgebruikt was. Claudius, die vanaf de kleine verhoging steeds naar het verloop van de strijd had gekeken, kreeg het warm in de middagzon. Zweetdruppels verschenen op zijn voorhoofd en hij gaf opdracht zijn baldakijn te halen. Toen het zonnescherm gebracht was, ging hij eronder zitten en wiste zijn voorhoofd af. Plautius had ten slotte bevel gegeven de *tormenta*, het zware geschut en de kleinere katapulten in de strijd te brengen, en de verdedigers vielen van de muren naar beneden, doorboord door pijlen als ze daar stonden om hun brandende projectielen naar beneden te werpen. Maar de regen van oranje gloeiende stukken hout verminderde niet, hoewel enkele vuren nu doofden omdat de mannen die deze brandende moesten houden gesneuveld waren. Plautius gaf weer een bevel, kalm en bijna spijtig toen hij zag hoe vasthoudend de verdedigers zich te weer stelden, en even later steeg er een luid gehuil op uit de Catuvellauni. Brandende pijlen vlogen boven hun hoofd en drongen diep in de droge, door de zon gebleekte, met riet gedekte daken waar de woningen van de hoofdmannen in een kring stonden. De hutten en huizen vatten onmiddellijk vlam en veranderden in een vuurzee. Zwarte rook rees omhoog in de steeds dieper rood kleurende middaghemel.

'Caradoc, de kinderen!' gilde Eurgain naar hem. 'Het mes is al erg genoeg, maar ik wil niet dat ze levend verbranden!'

Caradoc aarzelde even en wiste zich het zweet en het vuil van het voorhoofd. De Grote Zaal was nog onbeschadigd; trots en hoog stak het gebouw af tegen de avondwolken, omdat het bouwwerk juist buiten bereik van de katapulten lag. 'Ik heb je hier nodig, Eurgain,' zei hij kortaf.

'De Zaal zal blijven staan totdat de verdedigingsmuren tot puin verbrokkeld zijn.' Ze dacht even na en knikte toen met een verbeten gezicht; daarna keerde ze terug naar haar taak. Haar blonde vlechten waren grijs van de opwervelende as, haar handen gezwollen en vol blaren en haar armen bloedden uit wel honderd schrammen.

De nacht viel en Plautius gaf het sein dat de Romeinen zich moesten terugtrekken. Hij was heel tevreden over deze eerste dag van belegering. De muren van Camulodunon waren nu zozeer verzwakt dat zijn manschappen die met hun blote handen verder konden slopen en de vijand had zware verliezen geleden door de voortdurende beschieting met pijlen en katapulten. Hij stond naast de slaperige, slechtgehumeurde keizer en bekeek de vurige verwoesting van Camulodunon. De *tormentae* hadden hun werk goed gedaan. De hele stad stond in brand, behalve het grote houten gebouw op de top van de heuvel. Dat gebouw stond daar nog steeds onbeschadigd, als een donkere, door de vlammen beschenen schaduw, en leek hem te bespotten. Maar morgenochtend, als het verwoestende vuur was uitgewoed, zouden zijn manschappen de stad binnentrekken om hun vernietigende werk te voltooien.

Op een vreemde manier vond Plautius het jammer dat alles dan voorbij zou zijn. Hij zou die Caradoc graag ontmoet hebben, de hoofdman die zo vastberaden verzet bood, en ondanks een zekere nederlaag zijn mannen zo aanspoorde dat ze als verloren demonen bleven vechten. Hij zou graag een beker wijn met hem gedronken hebben en tijdens de maaltijd rustig een gesprek met hem over strategie en het gebruik van verschillende wapens gevoerd hebben. Plautius voelde al het geheimzinnige van dit land. Het land fluisterde hem toe toen hij in zijn legertent lag en daagde hem uit als hij door de dichte wouden reed. Dit was een land vol banspreuken en vluchtige, ongrijpbare magie.

De kookvuren van de troepen rond zijn tent leken vonken die van het kolossale inferno dat daar vóór hem woedde, weggesprongen waren. Plautius dacht aan de lange gestalte van de hoofdman die hij even gezien had, staande op de verdedigingsmuur, met zijn bronzen helm glanzend in de zon, maar toen begon Claudius tegen hem te spreken met een geërgerde ondertoon in zijn stem en met een zucht boog Plautius zich naar voren om antwoord te geven. Hij was er niet zeker van of hij nu wel zoveel beter af was dan zijn collega Paulinus.

De hoofdmannen hadden zich bezweet en afgemat verzameld in de Grote Zaal. Ze kauwden op grote stukken koud vlees en dronken het laatste bier op. Ze luisterden naar de brullende vlammen die hun stad langzaam tot as verteerden. Caradoc zat naast Llyn, met zijn dochtertjes in zijn vermoeide armen. Hij voelde een steek van pijn toen hij naar zijn mannen keek. Zo weinig waren er overgebleven. Zo heel weinig. Eurgain zat met haar handen in een emmer koud water, haar ogen gesloten, en Gladys liet haar hoofd op haar borst zakken en leunde ineengedoken tegen de wand met haar zwaard dwars over haar knieën. Vida en Cinnamus lagen naast elkaar en leken te slapen. Caelte, die zijn harp teruggevonden had in de hoek waar hij het instrument verborgen had, zong zachtjes voor zich uit. Hij sloeg kennelijk geen acht op de vurige rode striem van een brandwond die zich over zijn arm kronkelde. Caradoc wist dat hij hun het bevel moest geven naar buiten te gaan om de wacht te houden voor het geval de Romeinen onder dekking van de duisternis een bres in de verdedigingsmuur sloegen, maar hij kon het niet over zijn hart verkrijgen. Laat ze maar rusten. Wat had het voor zin deze nacht slapeloos door te brengen, als ze nu de kans hadden even te vergeten dat ze morgen voor het laatst de zon konden zien opkomen? Caradoc merkte op dat geen van hen naar de beschermende schaduwen van Cunobelins hoekje was gekropen. De geest van de gestorven ricon zweefde daar nog steeds rond en zou daar zeker blijven tot de Grote Zaal in een rokende ashoop veranderd was. Caradoc moest onwillekeurig grijnzen.

'Caelte,' riep hij, 'zing een lied voor ons!'

Er viel een verraste stilte, maar Caelte hief zijn vriendelijke gezicht op en hij vroeg opgewekt: 'Wat zal ik dan zingen, heer?'

Geen overwinningsliederen, dacht Caradoc snel. Niet over rooftochten of veroveringen. Vannacht mogen er geen tranen vloeien. 'Zing voor ons het lied dat van mijn vader niet door Cathbad gezongen mocht worden, zoveel jaren geleden, als je je dat nog kunt herinneren. Zing over Togodumnus de Vingervlugge en de Twaalf Verdwenen Koeien.' Onder de toehoorders werd zachtjes gegrinnikt. Cinnamus ging rechtop zitten toen Caelte het eerste welluidende akkoord aansloeg en begon te zingen. In de doffe ogen van alle aanwezigen verscheen langzaam een nieuwe gloed.

> *Togodumnus sloop weg in het nachtelijk duister*
> *En hij nam zelfs geen hoofdmannen met zich mee.*
> *Hij wilde ongezien blijven en ook geen gefluister–*
> *Want Togodumnus was vannacht een dief…!*

Caelte tikte de maat met zijn voet en zijn grappige lied bracht een glimlach op de gezichten. De mensen begonnen mee te wiegen en neurieden de melodie zachtjes mee, en ze vergaten hoe wanhopig hun situatie was. Toen het lied afgelopen was werd er hartelijk geapplaudisseerd en Cinnamus schreeuwde: 'Ah, Caelte, wat een prachtig lied! Dat is de beste ballade die je ooit gemaakt hebt! Zing het nog een keer!' Dus begon Caelte opnieuw en de anderen zongen gedeelten van de tekst die ze onthouden hadden nu mee. Caradoc voelde

188

zich nu opgewekter en keek even naar de schemerige hoek, waar hij een ogenblik twee geesten meende te zien, de dreigende schim van zijn vader en de luchtige, springerige geest van Tog.

Caradoc legde zijn slapende dochtertjes voorzichtig naast zich op de huiden toen het stiller werd in de Zaal. Fearachar kwam met mantels om hen toe te dekken. Llyn lag naast zijn moeder en was al weggedoezeld. Caradoc leunde tegen de muur en Eurgain kwam naast hem zitten. Hij legde zijn arm om haar heen en ze leunde met haar hoofd tegen zijn schouder.

'Hoe gaat het met je handen?' vroeg hij zacht.

'Beter,' antwoordde ze. 'Maar ik heb wel veel blaren. Als ik morgen mijn zwaard wil gebruiken zal ik dikke zwachtels om mijn handen moeten doen.'

'Het is nog niet te laat om te vluchten,' zei hij na een korte stilte. 'Ik kan jou en de kinderen aan een touw langs de muur laten zakken.'

'Ach, stil toch,' mompelde ze. Caradoc liet zijn hoofd tegen het hare zakken en viel in slaap.

13

In het holst van de nacht, toen Caradoc juist een nachtmerrie had, voelde hij een hand op zijn arm. Hij stond in zijn droom aan de rand van een rotsige afgrond en de drukkende, klamme atmosfeer, doortrokken van doodsangst, deed zijn beenderen veranderen in doorweekt hout. Achter hem wachtte een groepje hem onbekende hoofdmannen. Een zwarte stip verscheen aan de hemel, werd snel groter en hij herkende de Raaf van de Strijd. Met ruisende zwarte vleugelslagen kwam de dreigende vogel snel dichterbij, en juist toen de adem hem in de keel stokte en het koude zweet langs zijn gezicht druppelde, voelde hij dat een van de hoofdmannen zijn arm greep. Hij slaakte geschrokken een luide kreet, graaide naar zijn zwaard en sprong overeind, om dan te merken dat hij in de Grote Zaal was. Eurgain kwam naast hem moeizaam overeind en Cinnamus probeerde slaapdronken naar zijn mes aan zijn gordel te grijpen. Er brandde slechts één olielamp en verder was alles in de donkere schaduwen stil en onbeweeglijk. Buiten was het brullende vuur afgezakt tot een naargeestig knetteren en een lichte regen ritselde op het dak, terwijl af en toe in de verte het misnoegde rommelen van onweer te horen was.

Caradoc was nu klaarwakker. Een lange gestalte stond vóór hem, de kap van zijn wijde mantel was opgeslagen. Het gezicht van de man was onzichtbaar, alleen een langwerpig en donker ovaal op de plek waar zijn gezicht moest zijn. Caradoc, in gedachten nog half bij de levendige beelden van zijn nacht-merrie, slaakte weer een kreet en kruiste snel twee vingers. In de duisternis van de Zaal bewogen de hoofdmannen en ze begonnen te fluisteren. Langzaam kwamen de mannen dichterbij. Gladys liep naar het schijnsel van de lamp; ze hield haar zwaard hoog opgeheven. Toen de Catuvellauni voorzichtig naderbij kwamen, turend in de schemering, maakte de geheimzinnige gestalte een buiging, bracht vervolgens een hand naar de kap van zijn mantel en sloeg die terug. Zijn kortgeknipte zwarte haren stonden stijf recht overeind boven twee doordringende zwarte ogen en een even zwarte, warrige baard maakte zijn mond onzichtbaar en viel in woeste krullen tot op zijn brede borst. De hand bewoog naar zijn baard om die te splitsen, zodat even een onbewerkte bronzen halsring zichtbaar werd. Daarna stak hij zijn dikke vingers uit naar Caradoc om hem te begroeten. Caradoc deed een stap naar voren en schudde de pols van de man. Gladys hield haar zwaard nog steeds opgeheven boven haar schouder en de hand van Cinnamus bleef rusten op het handvat van zijn mes.

'Geen woord van welkom in je Zaal, Caradoc, zoon van Cunobelin? Wordt mij niet verzocht hier in veiligheid uit te rusten?'

Caradoc trok zijn hand terug. 'Er is hier niet langer veiligheid binnen de muren van mijn stad, vrije man. Ook kan ik je niets anders aanbieden dan wat koud vlees en de droesem die in de wijnvaten is achtergebleven. En bovendien spreek ik geen woord van gastvrijheid, zolang ik niet weet of hier een vriend of een vijand tegenover mij staat.'

De man keek de gezichten van de aandachtig luisterende hoofdmannen langs. 'Er was een tijd dat de trotse Catuvellauni en hun Romeinse vrienden mij en mijn mannen als vijanden beschouwden,' zei hij, 'maar het schijnt dat sommige vrienden uit de gratie geraakt zijn en de stammen van het laagland vallen over elkaar heen om de restanten van hun gebied in bezit te nemen. Wat ben ik dan voor je, ricon zonder volk, een vriend of een vijand?'

'Ik voel er niets voor een spelletje met je te spelen, vreemdeling,' snauwde Caradoc. 'Er is nu geen tijd of gelegenheid meer voor dergelijke bezigheden. Als je wilt eten of drinken van hetgeen ik kan aanbieden, dan is dat best, maar als dat niet het geval is, zeg dan wat je te zeggen hebt. Waar kom je vandaan? Hoe ben je langs de Romeinse wachtposten gekomen?'

Die vraag hield iedereen het meest bezig. Deze man kon heel goed door de Romeinen hierheen gestuurd zijn. Gladys en Cinnamus verroerden zich niet, Eurgain glipte stilletjes en onopgemerkt naar haar kinderen. De man begon te lachen.

'Bij mijn buik! De Romeinen hebben veel harder doorgewerkt dan jullie. Ze groeven urenlang zonder onderbreking in jullie verdedigingswallen en de nacht is bijna voorbij. De oogleden van de wachtposten zijn zwaar geworden. Nu zal ik zeggen waarvoor ik kom.' Hij trok langzaam zijn mantel uit, zodat iedereen de grasvlekken op zijn bruine tuniek kon zien. Hij maakte ook zijn gordel losser en liet zich toen met een zucht op de huiden zakken. De anderen volgden zijn voorbeeld; alleen Gladys, Cinnamus en Eurgain bleven staan. 'Ik ben gekomen om jullie allemaal mee te nemen en in veiligheid te brengen, althans wie hier weg wil. Mijn mannen wachten in het woud, met paarden.'

Een ongelovige stilte volgde op zijn woorden, en even dacht Caradoc dat hij niet goed begrepen had wat de man hiermee bedoelde. 'Waar kom je vandaan?' vroeg hij nogmaals en hij gebaarde dat Cinnamus en Gladys hun wapens weg moesten doen.

De man klakte ongeduldig met zijn tong. 'Je weet heel goed waar ik vandaan kom,' zei hij. 'Zo verdoen we onze tijd. Ik kom uit het westen, en ik ben een zoon uit het gebied van de Silures. Ik heb de opdracht gekregen jou, Caradoc, je gezin en al je hoofdmannen naar dat gebied over te brengen.'

'Waarom?'

'Omdat jullie morgen allemaal zullen sterven als ik dat niet doe. Ook dat weet je. Er is absoluut geen enkele kans op genade. Zelfs je eigen mensen vechten nu tegen jou en zodra jij dood bent, is het laatste verzet van de laaglanden gebroken.' Hij zweeg even. 'Jullie zijn altijd heel zachtaardig geweest, jullie bewoners van de rivieroevers,' voegde hij er wat misprijzend aan toe. 'Wat waren wij verstandig dat we jullie niet vertrouwden! Kijk om je heen! De Atrebates hebben zich overgegeven, de Dobunni ook, de Iceni, de Brigantiërs, de Coritani, de Cornovii, allemaal zijn ze bereid om zonder het zwaard te heffen om vrede te smeken. En de Durotriges zijn ook al verslagen.'

Caradoc voelde zijn vingers tintelen van de schok. Dus Vespasianus was als overwinnaar teruggekeerd, zo eenvoudig was het geweest. Maar dat was toch niet mogelijk? De Durotriges waren de beste krijgers en zij vormden de meest verbeten, strijdlustigste stam van allemaal! Behalve... Hij keek de Siluriër aan en begreep dat hij voor zich het antwoord op zijn vraag zag: behalve de mannen in het westen.

'Je hebt je eigen graf gegraven met je roofzucht, Caradoc, zoon van Cunobelin, jij en die krankzinnige broer van jou. De stammen hebben zich nu tegen je gekeerd. De Romeinen zullen jullie morgen vermorzelen en in de grond trappen, en daarna zullen die Trinovantische boeren, jullie slaven, de grafkuilen dichtgooien. Mijn heer heeft mij aangeraden jou in veiligheid te brengen, hoewel dat tegen mijn eigen wens ingaat. Ik heb eerst in de Vergadering gezegd wat ik ervan vond, maar de druïde heeft daar ook gesproken en niemand wilde naar mijn argumenten luisteren.'

Hij grinnikte boosaardig. 'Het schijnt dat jij nodig bent in het westen. Misschien wel als offergave voor Taran of voor Bel.'

De hoofdmannen begonnen onder elkaar te mompelen, maar Caradoc zag de peinzende blik in hun ogen en zijn hart kromp ineen. Hier, op de rand van de afgrond naar de eeuwigheid, met het vaste vooruitzicht te sneuvelen, kwam deze boodschapper als een geschenk van de goden, en kregen ze een kans om verder te leven aangeboden. Opeens leek hun plechtige eed van trouw niet meer dan een schrale belofte met als enige zekerheid spoedig de laatste adem uit te blazen. Caradoc keek snel naar Eurgain toen hij zich omdraaide en de Siluriër wilde antwoorden. Hij zag nieuwe hoop in haar ogen gloren en bleef haar strak aankijken toen hij luidop sprak. 'Ik heb gezworen mijn geboorte-recht tot het einde toe te verdedigen, en mijn hoofdmannen hebben dat ook gedaan. Ik zal niet als slaaf naar het westen gaan, beladen met schande, terwijl de Romeinen hier de schrijn vernielen en hun adelaars in de gewijde grond planten!' De man snoof luidruchtig. 'Onzin! Dat zullen ze toch wel doen, dwaas die je bent! Dat gebeurt zodra jouw lijk op de mestvaalt is gesmeten, bij alle andere doden. En bovendien, ik zweer je met mijn hand op mijn hart dat je niet nodig bent om water te putten of hout aan te slepen. De druïden hebben jou voor iets anders nodig.'

Caradoc dacht koortsachtig na, zoekend in zijn herinnering. Moeder, ik weet het, maar hóé weet ik het? Er is iets dat ik mij moet herinneren, maar wát? De herinnering keerde niet terug in zijn bewustzijn. Hij schudde moedeloos zijn hoofd. 'Dit is mijn stamgebied. Ik zal hier niet weggaan.'

De hoofdmannen drongen naar voren en allen, behalve de mannen uit het gevolg van Caradoc, begonnen woedend te schreeuwen: 'Roep de Vergade-ring bijeen! Wij moeten gezamenlijk een besluit nemen!' zei een van hen en ging tevreden weer zitten.

Caradoc bleef zwijgen, maar nu deed Eurgain een stap naar voren. Haar ge-zicht was rood aangelopen en haar mond leek een vastberaden streep.

'Het uur van de Vergadering is aangebroken,' riep ze luid. 'Alle slaven moe-ten nu verdwijnen. Alle vrije mannen moeten dichterbij komen.' Caradoc sprong overeind, maar het was al te laat. Ze keek hem uitdagend aan, ging snel weer zitten en greep Llyns hand vast. Een wilde woede nam bezit van hem, maar hij kon alleen machteloos toezien hoe zijn mannen één voor één hun hand opstaken om aan te geven dat ze het eens waren met het voorstel om te vluchten. Het deed er niet toe waarheen ze zouden vluchten. Velen van hen hadden in stilte al besloten met de Siluriër mee te gaan en dan in het donker te verdwijnen, naar het noorden of naar het zuidwesten, of naar de kust, als ze de vrijheid maar tegemoetliepen. Alleen Gladys zei niets, ze keek zwijgend toe met een verwrongen en minachtende grimas op haar gezicht.

Zij had al een besluit genomen. Ook zij wilde niet sterven, maar ze was nog nooit voor iemand of iets gevlucht en dat zou ze nu ook niet doen. Gladys had niemand om van te houden, geen banden die haar aan het leven vasthielden, er was niemand die om haar zou rouwen of haar in lofprijzingen zou gedenken. Het enige dat zij bezat was haar trots en haar koppige wil, en ze besefte dat ze ook dit laatste zou achterlaten als ze van hier zou wegvluchten; dan was er helemaal niets meer over. Haar duim gleed heen en weer over het scherpgeslepen blad van haar zwaard.

Ten slotte viel er een stilte. 'Wat doe jij Cin, en jij, Caelte?' vroeg Caradoc, zich met moeite beheersend. 'Fearachar? Vocorio? Mocuxsoma? Jullie hebben ook het recht te spreken.' Fearachar kwam moeizaam overeind, zijn onderkaak beefde en zijn trouwe hondeogen keken bedroefd.

'Ik zal hier blijven, heer,' bromde hij. 'Ik heb altijd geweten dat het einde gewelddadig zou zijn, maar dat geeft niets. Wat maakt het uit als een ellendige dood op een miserabel bestaan volgt?'

Hij ging weer zitten en nu ging Cinnamus staan. Zijn ogen bleven strak gericht op zijn vrouw die hem afwachtend aankeek met haar handen in haar zij. 'Ik blijf,' zei hij afgemeten.

Caelte liet zijn hand hard op de snaren van zijn harp vallen en een luid, vals akkoord weerklonk in de ruimte. 'Ik ook,' zei hij en daarna knikten Vocorio en Mocuxsoma zwijgend.

Caradoc deed een stap naar voren en keek neer op de anderen. 'Ik kan de Vergadering niet tegenspreken,' zei hij verbitterd. 'Jullie zijn vrij om te gaan, zoals het jullie altijd vrij heeft gestaan mij te dienen.' Toen hief de Siluriër zijn vlezige handen bezwerend omhoog.

'Nee,' zei hij vastberaden. 'Als de heer en zijn mannen niet willen gaan, dan moet ik jullie allen hier achterlaten. Dat is mij zo opgedragen.' Een rumoer van boze protesten klonk op en er werden vuisten gebald. Sommige mannen kwamen op Caradoc af, die zijn zwaard trok en achteruit moest wijken naar de muur.

'Dwazen!' schreeuwde hij. 'Als jullie dan toch weg willen, waarom zijn jullie dan niet over de vestingmuur geglipt?' Hij zwaaide met zijn zwaard en de mannen deinsden terug.

'Dat was voor de Vergadering gesproken had,' bromde iemand. 'Zijn wij geen mannen van eer?'

Het was Caradoc te moede of hij in zijn gezicht gespuwd werd. Eer! Bij de Moeder! Eurgain kwam dicht naast hem staan en legde haar handen op zijn schouders. Ze keek hem strak en met een verbeten trek om haar mond aan.

'Caradoc,' zei ze zacht, 'wij waren allemaal bereid met jou te sterven, maar Dagda biedt ons een kans op ontsnapping. Denk goed na! Het is goed om eervol te sterven, maar is het niet beter nu te vluchten, om dan later terug te keren en de strijd te hervatten? Ik weet waarom deze man hierheen gekomen is. De Silures hebben jou nodig. Jij kent de Romeinen zoals geen van de stammen daar hen kennen. Jij kunt het vertrouwen van hun leiders winnen. De mannen zullen jou gehoorzamen. O, Caradoc, alsjeblieft, luister alsjeblieft naar mij. Ik ben niet bang om te sterven. Niemand van ons is bang voor de dood. Maar zinloos sterven, en alleen de dood ingaan omdat we trots en koppig zijn, nee, dat willen we niet. Als jij hier blijft, dan blijf ik ook met de kinderen en dan sterven wij samen. Maar zou je niet liever de zon zien ondergaan achter de bergen van een vrij gebied en weten dat je nog leeft om de strijd voort te zetten?' Tranen schemerden in haar ogen toen ze haar handen van zijn schouders nam en met een krampachtig gebaar ineensloeg.

Hij keek haar lange tijd aan. Zijn hele opvoeding, de lange jaren van training, alles vloeide samen in een aandrang om zijn zwaard te trekken en erop los te hakken. Voordat hij op het slagveld verraden was door zijn eigen volk, vóór de dood van zijn broer, was zijn eer ondergeschikt geweest aan al het andere, en hij zou alles daarvoor opgeofferd hebben. Nu besefte hij opeens dat hij zijn mannen geen verwijt kon maken. Alles was al verdwenen. Alleen trots was hier nog overgebleven, maar trots werd in een vernielde stad en in een gebroken stamgebied duur betaald. Hij wist wat Tog zou doen. Tog zou de Silurische hoofdman doden en misschien enkele mannen uit zijn eigen gevolg, om dan met opgeheven hoofd te sterven. Maar Tog was een roekeloze dwaas geweest. En jij, vader? vroeg hij zich in stilte af. Wat zou jij doen? Weer wist hij het antwoord al. Cunobelin had altijd zorgvuldig de middenweg bewandeld, en daarom waren de Catuvellauni de machtigste stam in de wijde omgeving geworden. Inwendig slaakte Caradoc een diepe zucht. Cunobelin zou vluchten en dan later zijn vijanden met listige plannen belagen. Maar Caradoc die zag hoe zijn innerlijke strijd weerspiegeld werd in de bedroefde ogen van zijn vrouw, die zijn tweestrijd begreep, besefte dat hij altijd gekweld zou worden door een schuldgevoel, welke beslissing hij nu ook nam. Eer of leven? Sterven als een moedig man of ongezien wegvluchten en de boeren hier achterlaten om morgen genadeloos afgeslacht te worden?

'Maak voort!' drong de Siluriër aan. 'De maan gaat al onder en spoedig valt er niets meer te kiezen!'

Met tegenzin stak Caradoc zijn zwaard terug in de schede. Hij pakte zijn mantel op en keek minachtend langs de vragende gezichten. 'Ik zal meegaan,' zei hij berustend.

De mannen sprongen overeind, trokken hun mantel aan en zetten de kappen ervan op. Ze propten enkele waardevolle bezittingen in hun tunieken en Eurgain ging meteen haar twee dochtertjes wekken. Fearachar sprak zachtjes tegen Llyn en Caelte wikkelde zijn harp zorgvuldig in een doek. Toen liepen ze allemaal in de richting van het donkere gat waar de deuropening van de Zaal was.

Alleen Gladys bleef, geleund tegen de muur, op dezelfde plek zitten. De punt van haar zwaard wees naar de vloer en ze liet haar hoofd hangen.

Caradoc rende naar haar toe. 'Gladys, steek je zwaard in de schede. Schiet op!'

'Ik ga niet,' zei ze, en ze hief haar gezicht langzaam op.

Hij wilde haar in het gezicht slaan, door elkaar schudden, zijn mes trekken en tegen haar keel zetten om haar te dwingen naar buiten te gaan. Innerlijk voelde hij zijn eigen zwakheid als een zweepslag door zijn ziel snijden. De onverbloemde woede in haar ogen deed zijn schuldgevoel nog toenemen. Zijn verstand zei hem dat ze moest gaan, maar zijn hart bonsde nog heftig dat ook hij hier moest blijven. 'Je moet meekomen!' schreeuwde hij haar toe. 'Niemand mag hier achterblijven! We zullen later de strijd hervatten, Gladys!' Hij greep haar armen en sleepte haar weg van de muur, maar ze liet haar zwaard los en duwde zijn handen weg.

'Iemand moet hier zijn als de boeren wakker worden,' siste ze. 'Iemand moet hen voorgaan in de strijd, en iemand moet ten minste enig verzet bieden. Nooit eerder hebben de Catuvellauni een van hun versterkingen onverdedigd achtergelaten!'

'Gladys,' antwoordde hij gejaagd, terwijl zijn hoofdmannen aan het andere eind de Grote Zaal al uit schuifelden, 'onze vader zou zelf gezegd hebben dat we moesten vluchten als we daarvoor de kans kregen, want we hebben nog nooit tegenover een overmacht als die van Rome gestaan. We hebben slag met hen geleverd op de oevers van de Medway, we hebben hen hier bijna twee dagen tegengehouden. Wie anders zou dat gelukt zijn? We hebben onszelf toen niet onteerd en dat doen we nu ook niet. We gaan hier alleen weg om ons erfgoed veilig te stellen.'

'Welk erfgoed?' herhaalde ze smalend en tranen biggelden langs haar bleke wangen. 'Honderd jaar lang is geen Catuvellaunse ricon verslagen door Rome of door iemand anders, tot op deze dag. Nu is ons erfgoed geslonken tot een handvol lafaards.'

Hij keek haar een ogenblik onderzoekend aan. 'Dit is niets voor jou,' zei hij toen. 'Jij hield altijd het meest je hoofd koel. Je weet wat Cunobelin gedaan zou hebben en je zou hem dit zelf aangeraden hebben. Waarom ben je nu plotseling zo verblind?'

Ze liet haar schouders zakken en strekte haar handen uit. 'Mijn vingers zijn gedoopt in bloed, Caradoc. Dat bloed kan ik nooit wegwassen. Het is geen Romeins bloed, want dat is dun en koud. Dit is het bloed van mijn stamgenoten en verwanten, van mijn vrienden, warm en dik, en deze bloedvlekken zullen nooit verdwijnen.' Ze keek hem aan en hij zag hoe de vochtige krullen van haar donkere haar op haar hoge voorhoofd kleefden. Haar ogen waren vol van een droefheid die hij alleen maar kon zien maar nooit kon voelen.

'Weet je wie ik gedood heb, Caradoc?' zei ze met een korte lach. Het geluid klonk alsof haar keel dichtgeknepen werd. 'Weet je dat? Ik heb Sholto gedood, voordat hij naast een Romeinse soldaat Togodumnus in tweeën kon klieven. Welke krankzinnigheid besprong die verraders? Jij en ik, wij allemaal zijn onze eer kwijtgeraakt toen we gedwongen werden mensen van onze eigen stam te doden, en ik droom van het bloed dat in stromen om mij heen vloeit. Ik kan het visioen van Sholto's gezicht, toen hij onder mijn zwaard viel, niet meer vergeten. Ik moet hier blijven. Ik moet op de een of andere manier mijn eer hervinden.'

Met een steek van pijn nam Caradoc zijn zuster in zijn armen. 'Gladys, Gladys, wil je werkelijk sterven?' fluisterde hij. 'Wij zijn allemaal schuldig aan dit bloedvergieten. Niemand van ons zal ooit weer rein worden, maar misschien kunnen we de schande alsnog wegwassen met de levens van vele Romeinen?'

Ze liet zich, tegen hem aan leunend, door hem omhelzen; haar lichaam leek verstard en stijf, maar ten slotte maakte ze zich los, bukte en raapte haar zwaard op. 'Hoe kun je een ziel schoonwassen, broer?' vroeg ze hoofdschuddend. 'Ja, ik ben bereid om te sterven.'

Hij begreep dat ze zich niet zou laten overreden. De anderen riepen hem, hun stemmen klonken schel van paniek. Caradoc kuste haar op het voorhoofd. 'Vaarwel, mijn zuster,' zei hij zacht.

'Ga in vrede,' fluisterde ze terug en ze keerde zich snel om toen hij wegrende naar de deur. Caradoc voelde tranen langzaam en pijnlijk over zijn wangen stromen.

De Siluriër wenkte degenen die hem volgden zodra Caradoc zich bij hen had gevoegd. 'Volg mij,' zei hij kortaf. 'Loop steeds gebukt en zwijg.' Hij verdween in de duisternis en ze slopen achter hem aan, bewogen zich geluidloos door het warme regengordijn en de nachtelijke windvlagen. Hij ging hen snel voor over het pad dat naar de versperde poort leidde, en de anderen haastten zich om hem bij te houden, ongezien glibberend in de modder tussen de rokende ashopen die eens hun huizen waren geweest.

Caradoc, met een kind in zijn armen, huilde nog steeds, maar hij vatte nieuwe moed nu hij besefte dat er een einde was gekomen aan de weken waarin de naderende dood de enige zekerheid was. Het was goed iets te ondernemen, ergens heen te gaan zonder terug te deinzen. Hij zou niet rouwen over Gladys en haar noodlot. Elke vrije man of vrouw had het recht zelf voor de dood te kiezen, en als dat een eervolle dood was hoefden er geen tranen te vloeien. Tranen werden gestort om herinneringen, niet uit wroeging. Elk onafhankelijk lid van de stam beschikte over zijn eigen lot, en zo was het goed.

De Siluriër hield plotseling halt en liet zich snel op zijn buik vallen. Hij kroop verder in de duisternis, gevolgd door Eurgain en Cinnamus, die de kleine Eurgain in zijn armen droeg. Caradoc voelde, terwijl hij op handen en voeten door de modder kroop, dat de regen zijn rug doornat maakte en hij keek op. De muur doemde op, een eindje verderop vóór hem. Hij pakte zijn dochtertje anders beet om haar gewicht te verplaatsen en ze fluisterde: 'Vader, zet mij neer, want ik kan zelf wel kruipen.' Hij knikte en gebaarde dat ze voor hem uit moest kruipen. Nergens was een spoor van de boeren te bekennen. Ze zouden bijeengekropen zitten in de weinige hutten achter de Grote Zaal die nog niet in brand geschoten waren. Waarschijnlijk sliepen ze en Caradoc voelde weer een stekend schuldgevoel in zich opkomen maar hij verdrong het. Ze waren niets, deze boeren, amper meer dan slaven of vee. Maar anders dan slaven zijn het wel mensen, klonk het antwoord in zijn geest. Caradoc kreunde en kroop verder.

Eindelijk hield hun gids stil. Ze waren nu vlak onder de muur en vonden beschutting tegen de gestage regen. De Siluriër wuifde zwijgend en wees naar een rotsblok, waar hij zijn gespierde armen omheen sloeg. Twee hoofdmannen hielpen hem en verbazend gemakkelijk kwam het rotsblok in beweging en werd door hem opzij gerold. De gids verdween in het gat dat zo ontstaan was, kwam even later terug en wenkte dat ze hem moesten volgen. Eén voor één kropen ze door het nauwe gat en Caradoc, die zich achter de kleine Gladys naar voren werkte, zag even later dat hij nu buiten Camulodunon was, op een plek waar de muur een bocht maakte en zo een verborgen schuilhoek vormde. In de vallei was het stil. De kookvuren van de Romeinen waren al lang geleden gedoofd, maar Caradoc luisterde ingespannen naar wat zijn ogen niet konden zien en hij meende de zachte stemmen van Romeinse wachtposten links van zich te horen. Nu slopen ze naar de gracht. Zouden ze moeten zwemmen? De laatste van de groep vluchtelingen kwam uit de opening in de muur te voorschijn en de Siluriër gebaarde weer dat ze hem moesten volgen. Hij liep snel en gebogen door de motregen naar beneden, naar de met gras begroeide kant van de gracht. Zonder een rimpeling te veroorzaken liet hij zich in het olieladde water glijden en begon te zwemmen. Eurgain volgde hem; haar tuniek bolde om haar heen even op, als een grauw zeil. Caradoc tilde zijn dochter Gladys op en zette haar met een zwaai op zijn schouders. Nu had ze geen dekking en als een soldaat met scherpe ogen toevallig deze richting uit zou kijken moest hij haar zien. Maar ze was nog in de schaduw van de hoge muur en Caradoc wist dat hij het risico moest nemen. Een ogenblik later liet Caradoc zich ook in het water zakken. Gladys klemde zich angstig met haar kleine vingers vast aan zijn rug toen hij door het water naar de overkant zwom. Het water was ijzig koud, al was het midden in de zomer, en de kou drong tot in zijn botten door. De Siluriër had zich al aan de overkant van de gracht omhooggetrokken en kroop geluidloos verder, gevolgd door de bijna onzichtbare rij mannen en vrouwen achter hem. Caradoc zette Gladys op de oever en hees zich uit het water. Hij zag dat Cinnamus hem opwachtte. Opeens kreeg Caradoc een idee. Hij keerde zich naar zijn hoofdmannen achter hem. 'Hier, Vocorio, pas jij op Gladys. Cin, geef Eurgain door aan Mocuxsoma,' fluisterde hij en de mannen namen de twee kinderen zonder iets te zeggen over. Caradoc kroop dichter naast Cinnamus en hield zijn mond vlak bij zijn oor. 'Adminius,' fluisterde hij. 'Waar kan hij volgens jou zitten?'

Cinnamus haalde zijn schouders op. 'Er zijn daar wel duizend tenten,' siste hij terug. 'Hij kan in elke tent zijn.'

'Zou Plautius hem niet dicht bij zich in de buurt houden? Ik wil hem zoeken!' Cinnamus moest hier even over nadenken en schudde toen zijn hoofd. 'Het is te gevaarlijk, heer. Misschien vinden we hem inderdaad, maar dat zou toch te veel tijd kosten. Waarschijnlijk wordt hij goed bewaakt. Nee, we moeten hem aan de demonen overlaten.'

Caradoc moest toegeven dat hij gelijk had. Het was maar een gedachte, maar toch gaf het hem een sardonisch genoegen. Hij wilde niets liever dan zijn mes in de borst van zijn broer steken. Caradoc en Cinnamus kropen behoedzaam verder door het natte gras.

Een halfuur later waren ze onopgemerkt voorbij de keurig opgestelde rijen vijandelijke legertenten. De Siluriër had een geschikt uur voor deze ontsnapping gekozen, want in dit uur van de nacht leek de tijd langzamer te verstrijken. De soldaten sliepen nu vast en de wachtposten waren nu het minst waakzaam omdat hun ogen slaperig werden. Over twee uren zou de dageraad aanbreken en deze dag zou er een eind komen aan het ineengestorte rijk van de Catuvellauni. Claudius snurkte, liggend op zijn rug in de ruime, met zijde behangen tent. Plautius doezelde onrustig. Bezorgdheid kwelde hem in zijn dromen nog steeds als een zwerm muskieten, terwijl de Catuvellaunse hoofdmannen de dekking van het donkere woud bereikten en met een zucht van verlichting rechtop konden gaan staan. Maar de Siluriër bleef niet staan. Hij baande zich een weg door de ritselende takken, half lopend en half rennend als een dier, en de anderen volgden hem nog steeds. Caradoc wist op welke plek ze nu waren. Hij, Tog en Adminius hadden dit pad dikwijls gebruikt als ze naar het noorden reden om op rooftocht te gaan en de herinneringen leken zich om de boomstronken te krullen en op te rijzen boven het lange gras. Maar de gids verliet het pad na een mijl en rende rechtstreeks naar de struiken waaraan donkere bramen hingen, zwaar van de regendruppels. Een eindje verderop was een ander pad, waarvan Caradoc wist dat het naar het gebied van de Dobunni leidde, maar deze Siluriër uit het westen wilde ongetwijfeld langs de grenslijn tussen het gebied van de Atrebates en dat van de Durotriges verder lopen. Caradoc keek voor zich uit en zag dat Llyn uitgeput raakte; één hand drukte hij tegen zijn zij, terwijl hij struikelend naast Fearachar verder liep. Juist op dat ogenblik hoorden ze een groep ruiters. Iedereen bleef doodstil liggen en hield de adem in. De Siluriër sloop naar voren. Caradoc telde vijf, hooguit zes ruiters; het juiste aantal kon hij in de duisternis niet onderscheiden. De Siluriër sprak gejaagd tegen de ruiters, keerde zich toen om en wenkte Caradoc naderbij. Met een werktuiglijk gebaar trok Caradoc zijn zwaard en sloop langzaam naar voren. Cinnamus en Caelte kwamen naast hem en zo liepen ze samen, zonder geluid te maken, naar de plek waar de zwarte paarden stonden. Een lange man steeg af en liep hen tegemoet; hij nam lange en doelbewuste stappen. Hij had zijn kap opgeslagen en om zijn pols glansde zilver toen hij zijn hand uitstak.

'Gegroet, Caradoc, zoon van Cunobelin,' zei hij zachtjes. 'Zo ontmoeten wij elkaar dus weer. Ik heb je gezegd dat er een dag zou komen dat je mijn hulp nodig hebt.' Caradoc greep de smalle pols en voelde een schok terwijl hij dat deed. Boven hem drong het schijnsel van de maan even door de wolken, bleek als het gezicht van een verdronken man. De vreemdeling stak zijn hand op met een eigenaardig gebaar, half een groet, half een bevel. 'Denk na,' beval hij zacht. Toen duwde hij zijn kap naar achteren en Caradoc zag een smal gezicht met een dunne baard, en twee heldere ogen die hem strak aankeken. 'Ik ben Bran,' zei de man en plotseling was Caradoc weer in zijn kamer in Camulodunon, op een late, donkere avond toen deze druïde daar bij zijn haardvuur zat en de vlammen groteske schaduwen op de muren tekenden. De angst die hij toen gevoeld had keerde even terug, een golf van onbeheerste paniek, maar nu, na al die jaren van spanning en gevaren, ebde de angst even snel weer weg, toen Bran naar hem glimlachte. De twee mannen keken elkaar aan, terwijl rondom hen fluisterende stemmen in het bos klonken en de andere Catuvellauni en de Siluriër zich schuilhielden tussen de donkere bomen.

Bran was niet veranderd, dacht Caradoc. Zijn baard was misschien wat voller en ruiger geworden, zijn wangen wat meer ingevallen onder de hoge jukbeenderen, maar zijn stem klonk nog even dwingend en zangerig en zijn ogen hadden nog dezelfde donkere irissen en leken hem gevangen te houden. Maar Bran die onderzoekend naar Caradocs gezicht keek voelde zich overmand door medelijden en bewondering. Hij las de beproevingen in Caradocs ogen en zag bij zijn mond verbeten lijnen. Hij zag ook dat de koppige vastberadenheid die hij zoveel jaren geleden al in deze man bespeurd had nu voor iedereen zichtbaar was geworden. Zijn gevoelige lippen waren smaller geworden en er was een grimmige trek om zijn mond, die alleen onwillig zou glimlachen. Op het hoge, trotse voorhoofd waren twee diepe rimpels te zien. Even dacht Bran dat de ontluikende vooruitziende blik die hij die avond bij Caradoc bespeurd had nu gesmoord was door zijn verbittering en dat zijn koppige onverzettelijkheid nu omgeslagen was in een roekeloze drang tot zelfvernietiging, maar toen verscheen er langzaam toch een glimlach om Caradocs lippen en hij vernauwde zijn ogen. Bran wist op dat ogenblik zeker dat zijn intuïtie hem niet bedrogen had.

'Jazeker, ik herinner het mij,' zei Caradoc op effen toon. 'Ik herinner me alles heel goed. Jij zat daar in mijn stoel en deed een voorspelling, druïde. Maar ik was nog jong en trots en ik wilde niet luisteren. Ik zal je niet bedanken dat je mij gered hebt van de Romeinse zwaarden, want je hebt mij en mijn mensen alleen verdriet en verdeeldheid gebracht en de schande dat wij gevlucht zijn. Ik vraag nu alleen – wat wil je van mij?'

'Je weet heel goed wat ik wil, Caradoc.' De bronzen ringen in zijn haar glinsterden toen hij sprak. 'De Siluriërs zouden je daar achtergelaten hebben om te sterven. Ze geven niets om jullie of om Rome, ze denken alleen aan hun eigen belangen. Maar ik heb tegen hen gesproken en ze hebben naar mij geluisterd. Ik wil dat jij je lot in mijn handen legt. De Romeinen kunnen verslagen worden, maar eerst moeten de stammen hun meningsverschillen bijleggen en dan gezamenlijk de strijd aanbinden.' Hij deed nog een stap dichterbij. 'Ik wil dat jij de *arviragus* wordt, Caradoc.'

Caradoc lachte spottend, een hees en schor geluid. 'Je bent gek. De laatste arviragus van het volk was Vercingetorix, en hoewel hij een legermacht van tweehonderdduizend man aanvoerde, verdween hij toch in de kerkers van Rome, waar hij zes jaren in smerige duisternis gevangen zat, tot Julius Caesar hem over het forum liet paraderen en daarna liet wurgen als een ziek dier. De stammen in Gallië kunnen zich hem herinneren, maar vechten zullen ze niet meer.'

'Ja, hij faalde inderdaad,' gaf Bran toe, 'en misschien zullen wij ook een nederlaag lijden en dan zul jij, Caradoc, misschien ook je dagen in de kerkers van Rome slijten, tot je een vernederende dood zult sterven. Maar denk eens goed na, zoals ik dat de afgelopen jaren ook heb gedaan: er is alleen de keus tussen verder strijden of de overgave.'

'Dan is er dus geen keus. Ik heb mijn boeren in de steek gelaten, Bran, én mijn zuster, en mijn Grote Zaal, omdat ik alleen zo mijn zwaard weer kan opnemen om door te vechten. Maar ik weet dat er geen hoop is. Je droom is waanzin. De stammen in het westen zullen nooit een eenheid vormen.'

Bran bleef naar Caradoc staren. De maan verdween achter wolkensluiers en het begon weer te regenen. 'Caradoc,' zei hij na een lange stilte. 'Ik ben geen profeet, zoals ik je toen al verteld heb. Maar toch weet ik dat je je vergist. De stammen kunen wel een eenheid vormen, als de juiste man hun leiding geeft. Een krachtig man met verstand, een man die inspirerend en trouw is. Ik droom niet. Ik denk na.' De vrucht is gerijpt aan de stam, dacht hij, en nu moet die geplukt worden voor hij op de aarde valt. 'Wil je dat proberen?' vroeg hij aan Caradoc.

Caradoc liet zijn blik wegdwalen van de druïde en keek naar de bladeren bij zijn voeten. Arviragus. Nee, dat was onmogelijk. Maar het was toch beter het onmogelijke na te streven dan nu om te keren en te sterven in Camulodunon, of hoogstens zijn weinige hoofdmannen die hij daar achtergelaten had te verzamelen en dan alleen de Romeinse legioenen te bevechten. De Siluriërs zouden zich tot het bittere einde tegen Rome verzetten, dat was wel duidelijk, maar wat kon hij verwachten van de Ordovices, de Demetae, de Deceangli en alle andere stammen in het westen? Hij was geen kind meer, hij huiverde niet langer als hun namen werden genoemd, maar hij voelde nog steeds een zekere weerzin bij de gedachte dat hij hun woeste gebied, met de verlaten en besneeuwde bergtoppen moest binnentrekken. Ze zouden de strijd volhouden, dacht hij, met of zonder hem en zijn hoofdmannen, want hun zwaarden waren niet bot geworden door het handelsverkeer met Rome. Hij keek op. Bran had zich niet verroerd en de heldere ogen keken hem nog steeds, bijna onverschillig aan. Caradoc wist dat hij een besluit genomen had, hij wist ook wat hij nu moest zeggen, maar de woorden bleven opeens in zijn keel steken. Hij wist dat een arviragus geen gewone man was, en als hij zou toestemmen zou hij veranderen in een wezen dat ook voor hemzelf onherkenbaar was. Hij voelde zich eenzaam, gevangen in de duisternis en in de kille regen die hij in zijn nek en van de zoom van zijn mantel op de grond drupte. Hij voelde dat demonen en geesten hem vanachter elke boomstam aankeken, met hun gehoornde helmen monsterachtig in het zwakke licht. Het gewicht van zijn beslissing leek zich voor hem uit te strekken met meer bochtige wegen van het noodlot dan hij ooit kon bevatten en leek als een ondraaglijke last op zijn schouders te drukken. Hij slikte en zijn blik vond die van Bran. Weer scheen een stroom van kracht vanuit de oudere man over te vloeien en Caradoc rechtte zijn schouders.

'Ik zal meekomen,' wist hij hees uit te brengen, en terwijl hij dit zei meende hij even een zweem van medelijden op het magere gezicht van de ander te zien.

Bran knikte en keerde zich abrupt om naar zijn mannen. 'Goed. Jodocus, breng de paarden hier. We moeten snel rijden, omdat er vele mijlen af te leggen zijn tussen ons en deze plaats voordat de veldslag voorbij is en de Romeinen jullie gaan zoeken.' Hij gaf nog enkele bevelen en wendde zich toen weer tot Caradoc, die roerloos was blijven staan. 'Hoeveel mannen zijn er met je meegekomen?'

'Ongeveer honderd.'

'En je gezin? Je zoon ook?'

'Ja.' De vragen werden kortaf en zakelijk gesteld; daarna liep Bran weg in de richting van waaruit de paarden in de duisternis achter de zwijgende Siluriërs naar voren werden geleid.

Caradoc ging naar zijn volgelingen. 'Wij zullen met hen meegaan,' zei hij.

'Cin, zet jij Gladys voor op je paard. Er zijn geen wagens. Ik zal Eurgain meenemen. Llyn, jij kunt zelf rijden, maar bedenk wel dat niemand stil zal houden als je moe wordt en van je paard valt. Of wil je liever achter Fearachar zitten?'

Llyn huiverde; hij had zijn mantel dicht om zich heen getrokken. Beledigd antwoordde hij: 'Natuurlijk niet, vader! Ik word heus niet moe en ik val zeker niet van mijn paard.'

Caradoc knikte en liep naar de plek waar Eurgain stond. Ze had haar kap teruggeslagen. Haar blonde haren zaten tegen haar natte gezicht gekleefd, haar broekspijpen waren doornat en hingen druipend en koud om haar lange benen. Haar blauwe ogen waren grauw van moeheid en spanning. Hij kuste haar en streek het natte haar uit haar gezicht. 'Ze willen dat ik arviragus word,' zei hij. 'Ze willen dat ik de stammen verenig, maar als ik alleen al naast de Silurische hoofdmannen kan vechten, heb ik heel wat bereikt. Wat vind jij ervan?'

'Als de druïde niet geloofde dat jij het kunt, zou hij het nooit voorgesteld hebben, dan was hij niet eens hierheen gekomen,' antwoordde ze. 'Je kunt het toch in elk geval proberen, mijn lief.'

'Je weet wat dat betekent?'

'Ja, dat weet ik heel goed.' Ze haalde haar armen onder haar mantel vandaan en omhelsde hem. 'Wees blij, Caradoc. We leven nog en we zijn nog vrij. Welke dagen van nieuwe hoop kunnen daar op ons wachten in de schaduw van die bergen?' Haar stem beefde een beetje; of dat van opwinding of van angst was zou Caradoc niet kunnen zeggen.

'Ik denk dat je ondanks alles blij bent dat je die bergen ziet,' zei hij zacht en Eurgain deed een stap achteruit. Ze stopte haar armen weer onder haar mantel en glimlachte naar hem.

'Ik voel een grote vrede,' zei ze. 'Hier staan wij, hongerig en koud, zonder stamgebied en zonder stad, terwijl de wereld om ons heen krankzinnig geworden lijkt. En toch, bij de gedachte dat ik eindelijk een gebied zal zien waarover ik alleen verhalen heb gehoord, bonst mijn hart even hard als de dag waarop wij de huwelijksbeker deelden!' Er scholen meer waarheden achter haar woorden. Wees opgewekt, wilde ze zeggen, houd moed, want wij horen bij elkaar, ook al komt er een eind aan de wereld. Hij beantwoordde haar glimlach en de grimmige harde lijnen om zijn mond verzachtten zich even. Toen keerde hij zich om en besteeg het paard dat voor hem gereedstond, terwijl Cinnamus en Caelte naast hem hun paarden bestegen. Fearachar tilde de kleine Eurgain op en Caradoc zette het kind voor zich; haar hoofd leunde tegen zijn doorweekte borst, haar ogen door de uitputting maar halfgeopend. 'Ik heb zo'n honger, vader,' mompelde ze, maar hij gaf geen antwoord omdat hij wist dat ze de eerste uren toch zou slapen en dat er niet gegeten werd voordat de ochtend al een eind voorbij was. Hij keek om en zag dat Llyn de teugels van zijn rijdier pakte. Fearachar controleerde zorgvuldig het tuig van zijn paard. Toen keerde Bran zich om, hief zijn in het wit geklede arm omhoog en de groep kwam langzaam in beweging. Caradoc liet zijn dochter tegen zijn schouder leunen. Naar het westen, dacht hij, toen hij zijn paard aanspoorde. Er klinkt iets geheimzinnigs in die woorden, ze hebben een noodlottige klank en een mysterieuze onderstroom. Naar het westen... Ik ben veranderd, ik kan het nu al voelen. Vaarwel, Gladys, mijn zuster. Moge de wijn van de volgende wereld je vergetelheid en vrede brengen. Vaarwel, Camulodunon, gehavende ruïne van mijn onbekommerde jeugd. Ach, Cunobelin, Togodumnus... Togodumnus...

Caradoc keek om. Het werd al wat lichter. Het pad achter hem verdween met een bocht achter een grote eik met kromgegroeide takken. De bomen sloten zich aaneen tot een vochtige groene muur, gehuld in de eerste morgennevel. Je kunt niet meer terug, fluisterden de nevels tegen hem. Die weg ligt niet langer open. Die dagen zijn voorbij. Hij keek weer vóór zich en spoorde zijn paard weer aan met zijn knieën. Als een grauwe schim schoot hij naar voren door de verdwijnende schaduwen van de nacht.

14

Gladys zat alleen in de Grote Zaal en luisterde naar het eentonige roffelen van de regen op het rieten dak. Ze zat daar ineengedoken tegen de muur geleund met haar knieën opgetrokken en had haar armen om haar benen geslagen. Ze huilde zachtjes en geluidloos, terwijl hoog boven haar door de donkere luchtgaten een capricieuze zomerwind blies. Er brandde slechts één olielamp, hoog en eenzaam, maar de hoeken van de holle ruimte waren in duisternis gehuld. Ze kreeg het gevoel dat de lange bewerkte pilaren over de verlaten vloer marcheerden. Ze wist waar het uitgedoofde haardvuur was, en waar de gekruiste speren en de grote schilden hingen, al zoveel jaren dat niemand ze nog kon tellen. De zachte geluiden van de nacht leken de stille verlatenheid van de Zaal nog te beklemtonen. Geen vuur zou hier ooit nog hoog oplaaien om de vermoeide hoofdmannen te verwarmen als ze hier kwamen zitten en de geuren van het geroosterde vlees opsnoven, terwijl ze de gebeurtenissen bespraken als de laatste rooftocht tot een goed einde was gebracht. Geen ricon zou hier ooit nog van zijn plaats opstaan, met het schijnsel van de vlammen weerspiegeld in zijn gouden halsring, zijn bronzen armbanden en glanzende gespen, als hij zijn armen uitstrekte en de Vergadering bijeenriep.

De Zaal was als een lege schaal, een lege beker waaruit de zure droesem gegoten was om nooit meer gevuld te worden. Gladys voelde hoe de Zaal een
klaaglijk en verwijtend gekreun uitte, maar ook berusting uitstraalde. De
grote ruimte leek weg te zinken in dromen vol weemoed over de voorbije
tijd, terwijl de herinneringen vanuit de hoeken te voorschijn kropen, vermengd met de vreemde bloemmotieven van de Trinovantische handwerkslieden, krullend als wijnranken vol herinneringen en hartstochtelijke spijt.
'Moeder,' fluisterde ze in de treurige stilte. 'Moeder…' En het gefluisterde
woord zweefde langs de muren door de holle ruimte om dan terug te keren,
dode stemmen uit het verleden met zich meevoerend, dode gezichten die
reeds lang geleden verdwenen waren. Ze zag voor zich een opengesperde
mond, een verlegen snelle glimlach, een minachtend bewegend hoofd en dan
de ogen van Sholto, wijdopen van schrik en zich vullend met pijnlijke
verbijstering en verwijten, zo plotseling alsof water door een dam was gebroken. Ze kreunde en liet haar voorhoofd tot op haar knieën zakken. Het
doet pijn, dacht ze, moeder, wat een pijn doet het. Laat de dageraad aanbreken, laat de dood mij halen, want ik kan geen uur meer leven met deze herinneringen. Haar ogen brandden en haar gezicht gloeide, schraal geworden van
vermoeidheid en te veel tranen. Ze doezelde weg, ze hoorde de laatste lamp
knetteren en toen uitdoven, ze hoorde hoe de regen minder werd en ze merkte dat de duisternis in de Zaal minder dicht werd. Ze sliep even onrustig en
droomde dat ze in de branding van de zee lag. De kabbelende golven spoelden om haar heen, langs haar gezicht en langs de toppen van haar uitgestrekte
vingers. Ze voelde het koude zand en hoorde het geruis van de branding.
Toen werd ze opeens verfrist wakker, ze stond op en rekte haar verstijfde
ledematen. Ze werd zich bewust dat het niet langer regende en ze zag het
bleke zonlicht dat aarzelend onder de huiden bij de deuropening naar binnen
drong. Ze gespte haar zwaard om, liep naar de wateremmer en waste haar
gezicht en handen. Toen duwde ze de huiden opzij en keek naar buiten.
De vuren waren gedoofd. Alleen rokende ashopen gloeiden nog na, waar
eens huizen en hutten hadden gestaan. De zon bescheen het tafereel waar eerst
zwarte rook in dikke wolken opgestegen was. Ze keek over de vestingwal en
zag dat de Romeinen ook wakker waren; ze kookten daar hun graanpap en
hurkten op hun gemak neer in hun korte leren tunieken. Hun benen waren
bloot en de helmen lagen naast hen in het gras. De centurions liepen tussen de
soldaten door, met een korte stok onder hun arm geklemd en de optio's volgden hen. Voordat Gladys zich weer omdraaide had ze in de verte een groepje
cavalerieofficieren voorbij zien galopperen. Het zonlicht schitterde op hun
glanzende harnassen en de pluimen op hun helmen dansten heen en weer. Ze
liep naar de achterzijde van de Grote Zaal en ging van hut tot hut, ze groette
de boeren die haar met duistere gezichten aanstaarden en mopperden omdat

ze hun lege maag voelden rammelen. Daarna keerde ze terug en ging voor de ingang van de Zaal zitten. Ze keek naar de wolkeloze blauwe hemel en voelde de zonnewarmte op haar huid. Toen kwamen de boeren naar haar toe gelopen. Ze waren blootsvoets en hurkten voor haar met een vragende blik in hun ogen. Ze probeerde de hoofden te tellen toen ze langzaam naderbij kwamen, tussen de ashopen door, en zich op de open plek voor de Zaal verzamelden. Tweehonderd? Driehonderd? Ze moest bijna lachen. Ten slotte stond ze op en hief haar arm, stilte gebiedend. Achter hen werd op een trompet geblazen en de Romeinse soldaten borgen hun eetgerei weg om de wapens en helmen op te nemen. Ze nam geen blad voor de mond. 'Trinovantiërs!' riep ze luid. 'Mijn broer en de hoofdmannen van mijn volk hebben Camulodunon verlaten. Ze strijden verder in het westen. Ze hebben mij hier achtergelaten om jullie vandaag in de strijd aan te voeren.'

Zoals ze wel verwacht had was een uitbarsting van woede het antwoord op haar woorden. De boeren sprongen overeind en drongen schreeuwend naar voren, hun gezichten van boosheid vertrokken. Honger en angst wakkerden hun woede over dit verraad nog aan, maar Gladys bleef op dezelfde plek staan en schreeuwde telkens om stilte, totdat de mannen in een dreigende kring om haar heen stonden, nog steeds met woedende gezichten, maar nu niet meer schreeuwend. 'Ze zullen terugkomen!' loog Gladys, maar in haar stem klonk geen overtuiging. Een grote, gespierde man werkte zich naar voren. Zijn zwarte haren waren verward, op zijn blote armen waren littekens en blaren te zien en zijn handen waren gelijk twee knuppels.

'Ze zullen niet terugkomen!' zei hij schamper. 'De lafaards! Nu laten de Catuvellauni dan eindelijk hun ware karakter zien. Jij had ook moeten gaan, vrouw, dan hoefden we je nu niet te doden voordat wij zelf sterven. Je denkt toch niet dat wij hier blijven om voor jou te vechten?' Hij spuwde voor haar voeten. 'Mijn vader was een hoofdman, en zijn vader vóór hem, totdat Cunobelin kwam en hem zijn halsring afnam, hem van zijn vrijheid beroofde en voortaan op het land liet zwoegen. Nu zijn de Catuvellauni vernietigd en is Camulodunon weer van ons!'

'Luister naar mij, dwazen! Als jullie Camulodunon terug willen, dan zul je ervoor moeten vechten. De Catuvellauni waren harde meesters, maar de Romeinen zullen nog veel hardvochtiger zijn! Ze zijn hierheen gekomen om jullie weer tot slaven te maken. Blijf hier en vecht! Zelfs als wij een nederlaag lijden, weten we dat het een eervolle nederlaag was. Ik zal jullie je vrijheid teruggeven! Ik geef jullie alles terug! Ik zweer bij de Moedergodin, bij Camulos, bij Dagda, dat jullie, als je blijft en de overwinning behaalt weer heer en meester over dit gebied zult zijn!' Ze sloeg haar ogen neer en zei zacht tegen de grote man die vlak voor haar stond: 'Kom naast mij staan. Als je werkelijk een hoofdman bent, gedraag je daar dan naar. Vecht als een hoofdman, en als het moet, sterf als een hoofdman.' De man aarzelde en beet op zijn lip, en toen Gladys zijn besluiteloosheid zag, drong ze verder aan. 'Als je nog enig eergevoel hebt, dan zul je vechten. Zo niet, dan vecht en sneuvel ik alleen, en dan zijn jullie inderdaad wat Cunobelin al zei – stompzinnig vee!'

Zijn ogen schoten vuur. Hij gromde als een getergd dier en ging toen met een grote stap naast haar staan. 'Wij zullen vechten!' zei hij. 'Als wij winnen dan zullen wij jou offeren aan Taran en deze stad in bezit nemen. Zo niet...' Hij grijnsde naar haar. 'Dan sterven wij als dappere krijgers.'

Gladys werd ongeduldig. Ze trok haar zwaard. 'Ik vind het best,' zei ze. 'Ga nu naar de vestingmuur. Klim boven op de wallen en gebruik de slingers. De Romeinen zullen vandaag willen doorbreken en jullie moeten voorkomen dat ze bressen in de muur slaan. Ik kan jullie geen eten of bier aanbieden. Alles is verdwenen. Maar als jullie winnen, zal er vanavond een Romeins feestmaal zijn.'

De mannen renden weg en grepen hun slingers; ze verspreidden zich en beklommen de verdedigingswallen. Gladys liet de oorlogszuchtige hoofdman achter en liep naar de plek waar eerst de poort had gestaan. Ze voelde geen schaamte dat ze hen gebruikt had. Ze wist dat zij Camulodunon nooit zouden krijgen, evenmin als zijzelf, maar nu zou hun bloed tenminste eervol vloeien en deze mannen hadden al meer dan veertig jaar zonder enige eer geleefd. Hoe hebben ze dat kunnen verdragen? vroeg ze zich in stilte af, terwijl ze haar arm door de riem van haar schild stak. In de verte werd het sein voor de stormloop gegeven, en de vijand zette met luid geschreeuw de aanval in. Ik heb slechts enkele weken zonder eer geleefd, peinsde ze, en nu al voel ik mij halfdood onder de zware last van mijn schuldgevoel.

Boven haar hoofd zag ze hoe de Trinovantiërs keien trokken uit de bovenrand van de muur om die in de leren slingers te doen. Ze zwaaiden met de slingers en de stenen werden weggeschoten. Onder de muur hoorde ze kreten van pijn en woedend gevloek, maar ze wist dat er voor elke gevallen Romein wel vijftig man waren om de plaats van de gesneuvelde in te nemen, en ze besefte ook dat de muur het spoedig zou begeven. Ze hoorde de geluiden van driftig hakkende houwelen en spaden; op wel twaalf plaatsen zag ze de aarde bewegen, terwijl overal de verwarde geluiden van de strijd weerklonken. Recht vóór haar verscheen een gat; een schep sloeg even met een metalig geluid tegen de rots, werd weer teruggetrokken en een hand begon koortsachtig in de losgewoelde aarde te wroeten. Ze rende naar voren, haalde uit met haar zwaard en hakte de vingers van de hand af. Ze hoorde de man krijsen van pijn, maar er verschenen nu meer handen. Rechts en links van haar ontstonden grotere gaten, alsof hier konijnen als razenden aan het graven waren om de frisse lucht te bereiken. Boven haar hoofd stond de zon stralend aan de hemel en hulde de belegerde stad en de vallei verderop in een duizelig makende, verzengende hitte. Twee leeuweriken zongen en buitelden in de lucht, maar Gladys zag of hoorde ze niet, want ze probeerde, doordrenkt van zweet door een plotseling opkomende doodsangst wanhopig het eerste hoofd dat vlak bij haar elleboog opdook af te houwen, terwijl achter haar de voorhoede van de legioenen Camulodunon binnenstroomde. De boeren hadden zich teruggetrokken van de muren en vochten met messen, met hun vuisten en hun tanden als bezetenen, stervend zonder een kreet te slaken, en Gladys vluchtte naar de Grote Zaal, naar de schrijn van Camulos. Haar voeten bewogen even snel als haar hart bonsde. Ze stoof door de deuropening naar de schrijn en smeet haar schild weg. Flarden van oude gebeden en aanroepingen flitsten door haar hoofd en ze bleef hijgend staan, geleund op haar bebloede zwaard, om toe te zien hoe haar huis onteerd werd.

De veldslag raasde door, nog steeds op enige afstand van de plaats waar Gladys stond. De boeren, zowel mannen als vrouwen, hielden nog stand. Ze zag hen sneuvelen, in dezelfde vreemde afschuwelijke stilte, doorboord door speren en dodelijk gewond door zwaardsteken. Nu waren er ook officieren in de voorste gelederen; ze liepen voor hun soldaten uit en Gladys zag dit alles gebeuren, alsof ze een harnas van onverschilligheid droeg en niets met dit tafereel te maken had. Haar tijd was voorbij. De tijd had even met haar gespeeld, maar was nu verveeld geraakt en verdergegaan om met anderen te spelen, en zij werd achtergelaten om te sterven op een kille, verlaten plek, waar elke ademtocht uit het verre verleden leek te komen. De soldaten waren nu overal op jacht, niet langer gehinderd door tegenstanders en de weinige boeren die nog overgebleven waren stierven eenzaam, omringd door vijanden. De officieren kwamen dichterbij, maar bleven op hun hoede en speurden om zich heen. Gladys ging rechtop staan en bracht haar zwaard naar haar hals. Ze verdreef alle gedachten uit haar geest.

Nu kwamen de soldaten, met roodaangelopen gezichten en hun zwaarden dicht tegen hun borst geklemd, naar boven over het pad. Gladys voelde zich heel kalm worden. De mannen zagen haar en stormden naar voren, hun schilden als dekking vooruitgestoken. De laarzen kraakten op de losse steentjes en ze hief met beide handen haar zwaard omhoog om hen met een sprong tegemoet te gaan. Even ontstond er verwarring. Ze werd omringd door zwaarden, die als scherpe tongen telkens naar haar staken. Een man viel, zijn been was onder de knie geraakt, en haar zwaard sloeg tegen een schild met een kracht die haar zelf verbaasde. Ze voelde een pijnscheut door haar arm die even later gevoelloos werd, maar ze trok haar zwaard weg en keerde zich om naar de soldaat achter haar; met koele vastberadenheid haalde ze uit, terwijl haar lichaam op en neer sprong als de vlammen van Grieks vuur. De man dook weg en wierp zich achter zijn schild naar voren; de wrede punt op het schild sloeg met geweld tegen haar ribben en dreef de adem uit haar longen, terwijl de soldaat met zijn zwaard naar haar buik stak. Wanhopig sprong ze achteruit en op hetzelfde ogenblik hoorde ze een geschreeuwd bevel. Ze voelde dat de soldaten achter haar ook opdrongen en ze wist dat ze daar geen dekking had, toen ze achteruit wankelde en probeerde haar evenwicht te hervinden. Haar schouders verkrampten in afwachting van de genadeslag die nu spoedig moest volgen. Maar er kwam geen krakende slag. Sterke armen werden om haar heen geslagen, één die haar met geweld tegen een harde ijzeren borstplaat drukte om haar nek, en één arm werd om haar eigen armen geslagen en hield haar in bedwang. Ze vocht als een razende, krijste van woede en trapte wild om zich heen om zich vrij te worstelen en haar vastgeklemde handen probeerden wanhopig naar haar mes te grijpen, maar de ijzeren greep werd nog vaster en ze voelde dat het bloed wegtrok uit haar hoofd. Het werd zwart voor haar ogen en ze hoorde het geschreeuw steeds zachter. Haar benen begaven het.

'Wurg haar niet, Quintus,' hoorde ze iemand zeggen. De stem leek van mijlen ver te komen, over een zee van op en neer deinende lijken. 'Je hebt daar een handvol koningskind. Plautius wil haar eerst zien.' Plotseling voelde ze dat ze losgelaten werd en ze rolde als een baal vodden op de grond. Iemand maakte met ruwe gebaren haar gordel los en trok die weg; andere handen zochten snel naar verborgen wapens, maar ze kon zich niet bewegen. Haar zwaardarm tintelde en klopte. Haar hoofd duizelde. Ze kon daar alleen maar liggen, met gesloten ogen, terwijl de man die ze aan zijn been verwond had bleef schreeuwen.

'Waar zijn de dragers?' riep een stem. 'Het is nu voorbij, er zijn geen tegenstanders meer, dus ze zouden hier al moeten zijn.' Gladys wilde haar ogen opslaan, maar de inspanning was te groot. Ze lag daar en luisterde naar het tumult rondom haar. Ze probeerde diep adem te halen terwijl haar hoofd langzamerhand weer helder werd. Langzaam voelde ze de kracht in haar benen terugsijpelen.

Opeens klonk het geluid van rennende voetstappen. Even was het stil, toen klonken er weer kreten en eindelijk was ze in staat haar ogen te openen. Ze lag tegen de schrijn van Camulos aan. Boven haar zag ze een centurion, met zijn ene hand in zijn zij, de andere hand rustte op een stok die hij onder zijn arm geklemd hield. Naast hem stond zijn optio, een zwaargebouwde kerel met de dikke armen en het gehavende, verwrongen gezicht van een worstelaar. Hij hield haar zwaard nog steeds vast, en haar mes had hij in zijn eigen gordel gestoken. Naast haar, binnen handbereik was een plas helderrood bloed waar de aan zijn been gewonde man had gelegen. Mooi zo! dacht Gladys, ik hoop maar dat zijn been afgezet moet worden en dat de stomp dan ontsteekt zodat hij een ellendige dood sterft. De centurion keek op haar neer en gebaarde naar zijn assistent.

'Ze is weer bij kennis, Quintus. Zet haar op haar voeten, maar houd haar scherp in de gaten. Ze zijn zo sluw als wezels, deze barbaren.' Gladys voelde dat ze met een ruwe beweging overeindgetrokken werd. Haar benen beefden en op de plek waar het schild met kracht tegen haar borstkas was gedrukt deed het zoveel pijn dat ze moeite had met elke ademtocht. Maar ze sloeg haar armen over elkaar en keek de centurion strak aan, terwijl de optio dicht naast haar bleef, met zijn hand steeds in de buurt van zijn mes.

'Wie ben je?' vroeg de officier. 'Ik weet dat je van koninklijk bloed bent. Met al dat zilver kan dat niet anders. Hoe heet je?'

'Ze kan u waarschijnlijk niet verstaan,' merkte de optio behulpzaam op. 'Spreekt u haar taal niet?'

De centurion schudde zijn hoofd, hij voelde zich slecht op zijn gemak onder de kwaadaardige, vijandige blik van Gladys. 'Nee. Wat zullen we met haar doen? Plautius wil haar zien, maar de eerste uren heeft hij het zeker te druk. De poort moet weer geopend worden en er moet een geschikte ruimte voor de keizer worden ingericht. Zoek een paar soldaten en sluit haar voorlopig in die schrijn daar.' Quintus salueerde en de centurion liep weg, nadat hij een laatste snelle blik op zijn gevangene had geworpen. De optio nam haar bij de arm.

'Hier naar binnen,' beval hij. 'Jullie daar!' schreeuwde hij naar twee passerende soldaten die bleven staan en salueerden. 'Deze gevangene moet goed bewaakt worden. En dat is jullie taak.' Hij duwde Gladys in de schrijn en liep weg. Mopperend gingen de twee soldaten aan weerszijden van de lage, smalle deuropening op wacht staan.

'Ik had meer zin in een kroes wijn en dan eindelijk uitrusten,' bromde de ene soldaat. 'We zullen hier wel moeten blijven staan, totdat Quintus zich ons weer herinnert. En dat kan wel een paar uur duren. Heb je je dobbelstenen bij je?'

'Laten we eerst eens naar onze gevangene kijken,' stelde de ander voor en ze keerden zich naar de deuropening. Maar Gladys, met haar handen tegen haar pijnlijk gekneusde ribben gedrukt, bleef hen uitdagend aankijken.

'Dit is een heilige plaats,' zei ze afgemeten. 'Als een van jullie zijn smerige voeten over de drempel zet, zal de god je vervloeken. Je maag zal branden. Je hoofd zal zoveel pijn doen dat je zult smeken of iemand het wil afhakken. En de demonen zullen je dag en nacht achtervolgen en je voortdurend een vreselijke doodsangst aanjagen.' De twee mannen deinsden terug, bijgelovig als elke soldaat die met onbekende goden te maken kreeg en Gladys liet zich op de grond zakken.

In de schemering hurkte Camulos, met een kwaadaardige blik naar de deuropening; zijn twee grote handen rustten op zijn dikke buik en zijn oorlellen waren omhooggekruld en omlijstten zijn krijgshaftige gezicht. Gladys glimlachte behoedzaam naar de god. 'Waar was je toen ik je nodig had, Camulos?' mompelde ze. 'Bevielen de offerandes niet? Wil je de Catuvellauni niet langer bijstaan?' Ze ging op haar zij liggen, maar welke houding ze ook aannam, bij elke inademing voelde ze een brandende pijn in haar gekneusde ribben. De stompe punt op het schild had haar met zoveel kracht getroffen dat haar tuniek tot in haar vlees gedreven was, maar ze probeerde de stof niet los te trekken, omdat ze wist dat de pijn dan nog veel erger zou worden. Het was koud in de schrijn en een kille vochtigheid rees op boven de lemen vloer. Ze kreeg het koud en huiverde. Haar zwaardarm was nog steeds gevoelloos en weigerde dienst. Er lag een doek over de voeten van de godheid, waarop offers waren neergelegd en ten slotte kroop ze erheen om de doek op te vouwen en onder haar hoofd te leggen. De soldaten zaten op de drempel en ze hoorde het geluid van rammelende dobbelstenen en ruw gelach. Ze probeerde zich te ontspannen; ze sloot haar ogen en dacht aan haar broer die nu ongetwijfeld ver weg was, in de bossen. Ze dacht aan haar twee kleine nichtjes. Maar ze verlangde het meest naar haar geliefde zee, ze wilde wegkruipen in een grot met haar verdriet en pijn en daar blijven liggen tot ze op een verlaten kust in eenzaamheid genezen was in de zomerzon. Ze miste de vertrouwde koelheid van haar zwaard en zonder haar wijde mantel voelde ze zich naakt. Eindelijk viel ze in slaap. De morgen maakte plaats voor de middag en de zon begon langzaam naar de horizon te zinken.

Ze werd badend in het zweet wakker; haar hart bonsde en haar hoofd leek opgezwollen. Ze hoorde het geluid van stemmen en probeerde voorzichtig te gaan zitten, al protesteerde elke vezel van haar spieren. 'Ga naar binnen en sleep haar naar buiten!' hoorde ze een stem ongeduldig bevelen. 'Wat is er met jullie aan de hand?' Een van de soldaten antwoordde bedeesd: 'Die god daar zal ons vervloeken als wij naar binnen gaan. Dat heeft die vrouw gezegd.'

'O ja? Heeft ze dat zo gezegd? Dan kan ze dus wel degelijk een beschaafde taal spreken! Quintus, ga naar binnen en breng haar naar buiten. Jullie tweeën gaan terug naar het kamp.' Bevend kwam Gladys overeind; ze zocht steun tegen de wand en probeerde haar adem in te houden om de pijn te verminderen, toen de optio als een donkere schaduw in de deuropening verscheen. Maar nog voordat hij een stap naar binnen kon zetten kwam ze hem al tegemoet, haar voeten gehoorzaamden weer. De man knipte met zijn vingers. 'Schiet op! De bevelhebber wacht!' Ze kwam langzaam in het zonlicht, knipperde even en bleef een ogenblik over de stad kijken. De avondzon wierp lange lichtbundels over de vredige vallei en de rook van Romeinse kookvuurtjes kringelde overal omhoog naar de hemel. Beneden haar werkte een groep soldaten aan het afgraven van de verdedigingswal en op veel plaatsen was de wal al een stuk lager geworden. Links van haar sjouwden soldaten af en aan met bagage waarop de keizerlijke adelaar aangebracht was. Voor de ingang van de Grote Zaal was al veel bagage opgestapeld. In de Zaal was inmiddels een nieuw vuur aangelegd dat hoog oplaaide en ook weerklonken het gelach en het gepraat van de keizerlijke bedienden. Gladys voelde zich verloren en ontredderd; het was alsof ze in slaap gevallen was om honderd jaar later weer te ontwaken in een ander tijdperk, zonder enig herkenningspunt. Quintus trok aan haar arm, bewakers vormden een kring om haar heen, met de centurion als aanvoerder, en ze begon te lopen, met haar hoofd hoog opgeheven en inwendig vurig wensend dat ze niet zou flauwvallen. Ze liepen langs de Grote Zaal, sloegen linksaf en volgden het pad dat naar het hoogste gedeelte van de heuvel leidde. Quintus hield stil voor Caradocs stenen huis. Nee! dacht ze in paniek, niet hier! Maar de centurion was al naar binnen gegaan en een ogenblik later kwam hij weer naar buiten, met zijn hoofd naar haar knikkend. Ze liep tussen de deurhuiden door; de centurion volgde vlak achter haar en bleef toen staan. Drie mannen keken haar onderzoekend en belangstellend aan. Vanuit haar ooghoeken zag ze vertrouwde dingen en ze kreeg een brok in haar keel. Het kistje van Eurgain lag leeg en open in een hoek op de vloer. Een van haar zilveren drinkbekers stond op de tafel naast de bruine gevouwen handen van de bevelhebber, en bij de haard, waarin een vuur hoog oplaaide, lag een van Caradocs mantels, de rood-blauw gestreepte, met gouddraad geborduurd. Tranen sprongen in haar ogen, maar ze probeerde ze moedig weg te dringen, al wilde ze zich het liefst op dat zachte kledingstuk werpen om haar gezicht in de plooien van de stof te begraven. Er leek nog iets van Eurgain in deze ruimte te zweven. Een zucht van vrede en troost, en Gladys voelde dat ze haar krachten hervond terwijl ze naar de weerschijn van de vlammen in Eurgains bronzen lampen keek. Ze rechtte haar rug.

'Bedankt, Varius, je kunt gaan,' zei de bevelhebber en de centurion naast haar salueerde en verdween naar buiten. In het korte ogenblik voor hij weer sprak bekeek Gladys zijn gezicht aandachtig. Een man in de kracht van zijn leven, dacht ze; zijn kortgeknipte zwarte haren worden hier en daar al grijs. Hij had een langwerpig gezicht, een hoekige neus en zijn vastberaden kin was gladgeschoren. Zijn mond vormde een strenge lijn als hij niet sprak, maar zodra hij begon te spreken verschenen er vriendelijke rimpeltjes bij de hoeken. De man was onberispelijk gekleed. Het witte linnen van zijn kleding leek te glanzen en de plooien van zijn korte mantel waren schoon en vlekkeloos. De gesp op zijn schouder glansde, evenals de dikke bronzen armbanden die hij om beide polsen droeg. Aan de wijsvinger van zijn linkerhand droeg hij een massief gouden zegelring. Ten slotte dwaalden haar ogen naar de zijne en ze voelde een schok van herkenning, alsof ze ooit, lang geleden en op een andere plaats, in deze ogen gestaard had. De ogen waren blauwgrijs en bespiegelend, met een scherp waarnemingsvermogen en een grote kennis van de wereld en van zichzelf, maar deze ogen leerden haar ook dat deze man mysterieus was en zijn geheimen vóór zich hield, een man die zich goed wist te beheersen. Met moeite, en ook met een vreemd opgewonden gevoel, maakte ze haar blik los en keek de anderen aan. Een grote lelijke man met een roodaangelopen gezicht stond naast de tafel, met zijn handen op de rug. Hij had zijn massieve met brons beslagen borstbeschermer afgedaan en het schort van ijzeren stroken rond zijn middel verborg twee dijen zo dik als boomstammen. Rechts van haar liet een levendige jongeman zijn ene voet in een sandaal rusten op Caradocs kruk en hij keek haar met onverholen nieuwsgierigheid aan. Ze wendde haar blik af.

'Hoe heet je?' vroeg de bevelhebber. Gladys staarde hem strak aan en gaf geen antwoord. Hij klemde zijn handen vaster op elkaar. 'Wat is je naam?' herhaalde hij nog eens, maar ze bleef hem met een ijzige blik aanstaren.

'Ik noem mijn naam alleen voor mijn eigen volk.'

'Waar zijn je hoofdmannen? Waar is je ricon?'

'Dood.'

Hij schudde krachtig zijn hoofd en toen hij weer begon te spreken klonk zijn afgemeten, beschaafde stem scherper. 'Nee, dat zijn ze niet. Er zijn geen lijken van hoofdmannen tussen de gesneuvelde boeren gevonden en ik heb persoonlijk gekeken wie er gevangengenomen zijn. Waarheen zijn ze gevlucht?'

De zachte lippen bleven stijf gesloten en Plautius keek haar in de langdurige stilte aan. Hij twijfelde er evenmin als de centurion aan dat deze gevangene tot het huis van de een of andere plaatselijke machthebber behoorde. Haar armbanden waren allemaal van zilver, de zoom van haar tuniek was met gouddraad geborduurd en de twee kettingen die ze om haar gebruinde hals droeg waren van zilver filigrain. De centurion had hem verteld dat haar schild overal met rood koraal ingelegd en met parels afgezet was. Maar wie was deze vrouw dan? Welke hoofdman kon tot onderwerping gedwongen worden omdat Rome deze vrouw gijzelde? Was hij haar echtgenoot? Haar vader? Nee, niet haar vader. Ze had haar jeugdjaren al lang achter zich, hoewel haar lichaam slank als van een meisje was. En haar zwarte haren vielen in een glanzende stroom over haar schouders, zonder een enkel spoor grijs. Op haar gezicht waren al lijnen te zien, de eerste kraaiepootjes verschenen rond haar grote ogen en ook onder haar neus waren vage rimpels naar die koele mond te zien, maar die ogen... Hij fronste onbewust van ergernis. Dit was geen uur voor loze bespiegelingen over het karakter van deze barbaren. Toch las hij iets vertrouwds op haar gezicht en ook een verborgen spanning, zoals ze daar onbeweeglijk voor hem stond, een spanning die in lange jaren van discipline opgebouwd was. Hij had dit eerder gezien bij mannen die al hun energie aan de kunst wijdden en verder een teruggetrokken bestaan leidden.

Hij keek haar weer aan en zag dat de kleur van haar wangen verdween. Ze legde een bevende hand op haar borst en begon te wankelen. Hij gaf snel een kortaf bevel. 'Ze is gewond. Rufus, geef haar die kruk.' De jongeman haalde zijn voet van de kruk en droeg hem naar haar. Gladys liet zich erop zakken en ze wachtten af. Vespasianus ging verzitten en haalde snuivend adem, kennelijk ongeduldig dat dit zo lang duurde. Toen keek ze naar hem op en de kleur keerde langzaam terug op haar gezicht.

'U vraagt mij waar zij naar toe gegaan zijn,' zei ze, terwijl ze haar hand op de plaats van haar gekneusde ribben hield. Nog steeds dreigde ze door uitputting en honger bewusteloos te raken. 'En aangezien dat nu weinig verschil meer maakt, zal ik het u vertellen. Ze zijn weggegaan om nieuwe versterkingen te halen. Ze zullen de strijd tegen Rome hervatten, tot jullie naar je mesthoop terugkruipen en ons met rust laten.' De belediging werd genegeerd. Pudens trok zijn wenkbrauwen op en Plautius kwam overeind uit zijn stoel om voor haar te gaan staan.

'Waar zijn ze heen?'

'Ik heb u al genoeg verteld.' Dit laatste zei ze in zijn eigen taal, met een aangenaam, zangerig accent. Haar stem was diep voor een vrouw, maar zacht, heel zacht en dwingend, en hij kon zich nu moeilijk voorstellen dat ze zich zo hardnekkig had verzet en dat er heel wat van zijn mannen door haar zwaard gedood of gewond waren.

'Waarom ben je dan niet met hen meegegaan?' vroeg hij nu vriendelijker dan hij eigenlijk wilde en ze keek hem met een bedroefde blik aan. 'Het was... het was een erezaak.' Vespasianus bromde iets en ging op de rand van de tafel zitten. Pudens leunde tegen de wand, zijn armen over elkaar geslagen, en zijn glimlach werd breder. Hij voelde respect voor deze vrouw. Plautius dacht een ogenblik na voor hij verder sprak.

'Luister eens, ik moet beslist weten waar ze heen zijn, dat zul je toch begrijpen, en dus zal ik vragen blijven stellen. Hoeveel hoofdmannen zijn van hier vertrokken? Hoe groot is hun leger?'

'Niet groot – nog niet,' zei ze. 'Maar hun leger zal groeien. En als u denkt mij hier als gijzelaar te houden om hen tot overgave te dwingen, vergeet dat dan maar. Mijn broer ziet mij liever dood dan dat hij zich overgeeft.'

'En jijzelf? Wil jij verder leven?'

Ze haalde haar schouders op en door die beweging schreeuwde ze het uit van de pijn, maar ze wist zich snel te beheersen en antwoordde trots: 'Leven zonder eer is niets. Ik zal sterven als dat nodig is. Er is voor mij niets overgebleven om voor te leven.'

En toch wil je blijven leven, dacht Plautius. Je weet het misschien nog niet, maar het is wel zo. Je bent zeer bedroefd, en vol dromen en vreemde onvervulde verlangens. Dat zie ik allemaal achter die donkere ogen van je.

Hij liep naar de deur en riep iets. Varius kwam voor hem staan en salueerde. 'Zoek een hut voor deze vrouw,' zei Plautius. 'Stuur mijn chirurgijn naar haar toe, geef haar te eten en te drinken, maar zorg ervoor dat ze goed bewaakt wordt.' Varius knikte en wachtte tot Gladys langzaam overeind kwam en naar hem toe kwam. Ze duwde de deurhuiden opzij, zonder nog om te kijken. Plautius wendde zich naar de man naast hem. 'Wel?' vroeg hij. Vespasianus bromde iets. 'Wat hebben deze lieden een primitief idee van vastberadenheid,' zei hij toen. 'Geef haar aan Quintus, want die zal de waarheid wel spoedig uit haar persen, voordat het te laat is en we die hoofdmannen niet meer kunnen grijpen.' Plautius dacht hier even over na, maar was het niet met hem eens.

'Ze zal niet spreken, en hoe dan ook, nu maakt het toch geen verschil meer. Haar eer is kennelijk het enige waarvoor ze leeft. Wie is ze, Rufus?' Pudens kwam naderbij en ging voor hen staan. 'Ze sprak over haar broer. Wij weten dat haar jongste broer dood is, en de oudste is hier bij ons. Dus moet ze Caradoc bedoelen, die is met wat er overgebleven is van zijn mannen verdwenen. Cunobelin had maar één dochter, heer.' Plautius knikte. 'Gladys is haar naam, geloof ik. Een heel behoorlijke losprijs, heren. Ze had er beter aan gedaan met haar broer mee te gaan.' Maar op hetzelfde ogenblik dat hij dit zei was hij blij dat ze dat niet gedaan had. Gladys werd naar een hut geleid in de eerste ring, die voor het verwoestende vuur gespaard was gebleven, al was de buitenmuur van het bouwsel zwartgeblakerd. De chirurgijn van Plautius kwam naar haar toe, een kordate, doelbewuste man die zonder een woord te zeggen de tuniek van haar verwonding wegrukte om koude zalf en een zwachtel aan te brengen. Hij zei haar dat de wond zou genezen en dat het gevoel in haar arm zou terugkeren, maar dat het wel enige weken kon duren. Ze kreeg een soldatenmaaltijd voorgezet – soep, prei, bonen, gerstepap en met water aangelengde wijn – en ze werkte dit alles gulzig naar binnen, zodra de man die het gebracht had verdwenen was. Even later keerde hij terug met haar tot een bundel opgerolde kleren. Al haar juwelen waren verdwenen in de bagage van de legionairs. Ze smeekte om haar zwaard en haar mes, maar de man lachte, zowel verbaasd als minachtend, en ging weg.

Drie dagen later maakte Claudius, voorafgegaan door het zelfbewuste Achtste Legioen, zijn triomfantelijke intocht in Camulodunon.

15

Die avond, na de parades en de luide toejuichingen, de plechtige offers en alle pracht en praal, verzamelden de keizer en zijn officieren zich in de Grote Zaal om de overwinning te vieren. Plautius zat in vol ornaat ter rechter zijde op de ereplaats naast Claudius en boog zich naar voren om te luisteren naar de opmerkingen van de keizer over zijn toekomstige plannen met de nieuwe provincie, over zijn kwetsbare gezondheid in dit vreselijke klimaat en vooral naar de beloften van promoties en beloningen. Plautius liet zijn gedachten gaan over de leden van het gevolg dat zich rond de keizerlijke ligbank verzameld had. Claudius is niet gek, dacht hij, terwijl hij bulderend gelach tegen de zoldering hoorde echoën. Een bediende bukte zich om zijn beker nog eens bij te vullen. Hij heeft al zijn vijanden met zich meegenomen. Die gedachte bracht een glimlach om zijn lippen. Hier waren ze allemaal aanwezig: de Gallische senator Valerius Asiaticus, een van de pretendenten voor het keizerlijk scharlaken na de moord op Gaius, en in de grijze schedel van deze man kon nog steeds een smeulende ambitie naar meer macht schuilen. Crassus Frugi, die zijn grote tanden hinnikend blootlachte, terwijl Rufrius Pollio, de bevelhebber van de elitetroepen, kalm het slot van zijn grap vertelde, met zijn ogen zoals altijd voortdurend op Claudius gericht. Frugi was getrouwd met een van de nakomelingen van Pompeius. Wat had Seneca ook weer over hem gezegd? Plautius nam bedachtzaam een slok van zijn droge wijn. 'Een man die dom genoeg is om mogelijk keizer te worden.' En ook een machtig man, bedacht Plautius, want Claudius was voortdurend bezig Frugi en zijn machtige vrienden gunstig te stemmen. Hij had zijn dochter Antonia uitgehuwelijkt aan Pompeius Magnus, Frugi's zoon, maar hij vertrouwde de zoon even weinig als de vader. Magnus lag op zijn rustbank en bekeek het gezelschap met zijn sluwe ogen met de zware oogleden.

Claudius keerde zich van Plautius naar Galba, en hij, bedacht Plautius, is een man die het waard is om naar te luisteren. De keizer legt zijn vertrouwen in de juiste handen, maar wel behoedzaam want Galba kon baden in zijn geld. Galba was een fanaticus, bezeten van zijn taak en de fysieke bekwaamheid van zijn legioenen. Hij vergde evenveel van zijn eigen lichaam als van zijn ondergeschikten. Hij was hierheen gekomen om de situatie in Albion in ogenschouw te nemen en zijn oordeel uit te spreken. Hij en Plautius hadden urenlang met elkaar gesproken, teneinde Plautius' beleid voor dit woeste, ongrijpbare en ook heel aantrekkelijke gebied te bepalen, maar hoewel Plautius bewondering koesterde voor het tactisch inzicht en de brede ervaring van de ander mocht hij hem niet. Hij kon niet geloven dat er achter zijn bezeten werkkracht geen verborgen gehouden ambitie school, en misschien dacht

Claudius er wel net zo over en hield hij Galba daarom voortdurend bij zich in de buurt. Galba had twee jaar tevoren de oorlogszuchtige Chatti in Germania hardhandig onderworpen en de bewondering die hem daarna ten deel viel heel vanzelfsprekend gevonden. Maar vóór alles was Galba verwant aan de oude keizerin Livia en dat zou Claudius nooit vergeten.

Plautius ontmoette de blik van zijn verwant Silvanus Aelianus en ze wisselden een glimlach, hun bekers opheffend om elkaar toe te drinken, en Plautius dacht terwijl hij een slok nam: jij ook, Silvanus. Is het een vloek of een zegen om een verwant van de keizer te zijn? 'O, een vloek, een vreselijke vloek, mijn lieve Aulus,' hoorde hij zijn oude tante klagen, met op haar gezicht een misprijzende uitdrukking. 'Kun je je voorstellen hoe het is om bemind te worden door een man die in bed begint te kwijlen àls hij opgewonden raakt?' en Urganilla's geverfde lippen pruilden. 'En dan is hij beledigd dat ik minnaars en aanbidders heb. Nu ja, wat kon ik anders beginnen?' Plautius grinnikte voor zich uit toen hij zich dit herinnerde. Claudius was van haar gescheiden, tot grote opluchting van beiden, maar daarna had Claudius de keizersmantel verworven en Urganilla had gehuild van woede, niet vanwege de status die ze nu nooit zou krijgen, maar omdat ze vreesde dat de carrière van haar lievelingsneef misschien geruïneerd zou worden. Ze had zich daar geen zorgen over hoeven maken. Claudius was rechtvaardig. Hij wist over welke gaven Plautius beschikte en maakte daarvan handig gebruik. Sindsdien hadden Claudius en Plautius nooit meer over Urganilla gerept, alsof ze dat stilzwijgend zo hadden afgesproken. Claudius had Messalina nu als vrouw en Plautius vroeg zich af of de keizer ooit het vervelende gezeur van zijn tante miste. Messalina zeurde nooit. Messalina glimlachte alleen en er waren mannen die een fortuin maakten of verloren, afhankelijk van de nukken en grillen die onder die glimlach verborgen waren. In elk geval had Urganilla nooit grote ambities gekoesterd.

'Wat een donker, stinkend hol is dit, vind je ook niet, Plautius?' De keizer had zich weer naar hem gekeerd en Plautius ontwaakte uit zijn overpeinzingen. 'Als ik weer vertrokken ben, moet je dit bouwsel afbranden. Het stinkt hier naar ranzig varkensvlees en tovenarij. Ik denk dat op deze plek een tempel opgericht moet worden. Ter ere van mijzelf, uiteraard. In de eerste plaats zal zo'n tempel de soldaten een hart onder de riem steken en later, als die barbaren hier een begin van beschaafde gewoonten hebben geleerd, kan zo'n heiligdom een centrum voor hun overigens zo liederlijke godsdienstige plechtigheden worden. Wat vind jij daarvan?'

Plautius keek de keizer even aan en liet zijn blik weer wegdwalen. De keizer had een nobel gezicht, echt het gezicht van een patriciër, maar zijn neus begon weer te lopen en kleine grijze schuimbelletjes vormden zich bij zijn mondhoeken. 'Ik denk dat het een verstandige gedachte is, heer,' antwoordde hij. 'De boeren sluipen terug naar hun hoeven en elke dag komen er meer uit het bos te voorschijn om eten te zoeken. Ik kan hen aan het werk zetten. Dan hebben ze iets dat hun lichaam en geest bezighoudt.' Claudius glimlachte. 'Ik moet je mijn gelukwensen nog aanbieden, Plautius. Dit is een schitterende veldtocht geweest. Ik heb besloten mijn zoon naar deze nieuwe provincie te vernoemen. Hij zal voortaan Britannicus heten, zodra ik in Rome teruggekeerd ben. En ik moet zeggen dat ik me erop verheug weer naar huis te gaan. Vespasianus en Geta zullen de lauwerkransen omgehangen krijgen en ik verheug me erop dat ik door de Senaat met een eresaluut begroet word.' Hij smakte met zijn lippen en leunde achterover. 'Ik vernomen dat wij een belangrijke gevangene hebben,' vervolgde hij toen. 'Een barbaarse prinses, nietwaar? Laat haar binnenbrengen, Plautius. Ik wil haar bekijken.'

Plautius kwam met tegenzin overeind en toen Claudius zijn aarzeling zag wuifde hij met zijn beringde hand. 'Wees maar niet bang dat ze mijn goddelijke persoon zal beledigen. Ze mag zeggen tegen mij wat ze wil, en ik zal me er zeer mee amuseren. Ik voel me vanavond uitstekend en zeer tevreden.' De keizer boog zich naar voren. 'Zei je niet dat ze Latijn spreekt?'

'De meesten van haar stam spreken onze taal,' antwoordde Plautius. 'De kooplieden zeggen dat ze hier heel behoorlijk Latijn verstaan.' De milde spot in zijn laatste woorden ontging Claudius. Hij vond Plautius aardig en koesterde ook bewondering voor hem. Hij gebaarde naar Plautius dat hij moest gaan en glimlachte terwijl zijn hoofd opgewonden heen en weer wiebelde op zijn schrale nek.

Plautius liep de Zaal uit en stuurde twee soldaten weg om Gladys uit haar hut te halen. Hij vertrouwde deze taak niet aan een enkele soldaat toe, nadat hij haar bebloede, gekerfde zwaard had gezien. Hij wachtte geduldig en keek naar de met sterren bezaaide nachtelijke hemel en naar de duizenden kleine rode vuurtjes in de vallei in de diepte. Plautius voelde zich diep tevreden. Het leven was mooi. Hij stond in de gunst bij de keizer, de invasie was voorspoedig verlopen en spoedig zou Claudius met zijn uitgebreide gevolg weer afreizen naar Rome en hem, Plautius, hier achterlaten om van dit onbeschaafde gebied een nieuwe Romeinse provincie te maken. Pannonië was een uitdaging geweest, maar dit... Dit was hetzelfde als in een arena springen, waar een hongerige leeuw hem opwachtte en waarbij hij als enig wapen een dolk bij zich had om zich mee te verdedigen.

Hij hoorde de soldaten met de gevangene naderen. Gladys was gekleed in een lange zwarte mantel, leek het hem, al kon hij haar niet goed onderscheiden, voordat ze in het flakkerende licht van de toortsen stapte. Haar zwarte haren vielen op haar schouders zodat het leek of ze een kap op haar hoofd had. Het schijnsel van de toortsen viel op haar bleke gezicht en verleende haar een onaardse, ijle schoonheid, een zachtheid die hij nog niet eerder gezien had en hij maakte bijna een buiging voor hij zijn arm uitstak. Haar ogen keken hem aan, zonder angst en zonder te smeken. Plautius wenkte dat de soldaten konden gaan en hij sprak haar beleefd aan.

'Begin je te herstellen van je verwondingen, vrouwe? Doen je ribben nog pijn?' Ze knikte één keer flauwtjes, maar gaf geen antwoord. 'De keizer wenst je te zien,' zei Plautius. 'Je hoeft niet bang voor hem te zijn. Hij is alleen maar nieuwsgierig. Kom binnen.' Ze glimlachte, met een sarcastische, verwrongen trek bij haar mondhoeken, wat hem het gevoel gaf dat hij een sukkel was. Plautius draaide zich snel om en ze volgde hem.

Gladys bleef op de drempel staan, even geschokt en daardoor onbeweeglijk, toen ze de veranderingen in het interieur van de Zaal zag. Haar ogen dwaalden eerst langs de muren en toen over het gezelschap dat haar zwijgend aanstaarde. Ze kon het niet zo snel verwerken, niet zo snel en onaangedaan als Eurgain dat zou kunnen. De lemen vloer was overal bedekt met zachte, dikke gele en blauwe tapijten. Het vuur brandde in een grote ijzeren korf boven de vuurplaats. Toortsen waren overal langs de wanden en aan elke pilaar aangebracht; het gele schijnsel weerkaatste op de glanzende borststukken, de gouden mantelgespen, en op de bronzen armbanden van de mannen die de Zaal vulden. Er waren rustbanken in een wijde halve cirkel geplaatst, gordijnen van brokaat en damast waren daarachter overal opgehangen, en op een gedekte tafel in het midden zag ze vreemde vruchten, gouden flacons en schalen met hoog opgetaste lekkernijen, die ze nooit eerder gezien had. Ze werd opeens verlegen en schuchter toen ze de priemende ogen van de aristocratisch zwijgende Romeinen op zich gericht zag, tegelijk geamuseerd en hooghartig, maar ze herstelde zich snel en liep met koninklijke passen naar voren, achter de lange gestalte van Plautius aan. Hij bleef staan en maakte een buiging. 'Hier is vrouwe Gladys, heer,' kondigde Plautius aan, en hij ging weer naar zijn eigen rustbank. Gladys keek recht in het gezicht van de machtigste man op aarde.

Eerst was ze onder de indruk. De keizer was lang, zelfs als hij zat. Zijn voorhoofd was hoog en zijn gezicht werd bekroond door dik grijs haar dat kortgeknipt was boven zijn wenkbrauwen en oren. Zijn neus was breed, zoals die van Caradoc, maar de neusvleugels waren breed uitgespreid en eromheen zag ze diepe lijnen die hem een wreed en ongevoelig uiterlijk gaven. Zijn mond was breed en tegelijk scherpgetekend, maar ook hier zag ze diepe lijnen bij de mondhoeken. De ogen die haar belangstellend opnamen waren intelligent en scherpzinnig, bijna vriendelijk zelfs. Maar Gladys zag ook dat hij kwijlde en ze voelde even een zweem van medelijden toen hij zijn mondhoeken met een witte doek afveegde. Het ontging haar niet dat de keizer zijn hoofd niet stil kon houden. Hij stak zijn elegante hand uit en de paarse mantel viel terug. 'Kom nader,' zei hij en Gladys gehoorzaamde. Ze probeerde zich te herinneren wat haar broer allemaal over deze man verteld had. Hij was een lafaard. Hij leefde in voortdurende angst dat hij vergiftigd of verraden zou worden. Hij was ook een genie, een geschiedkundige en een geleerd lezer. Hij was een werktuig van de praetorianen, van zijn vrije Grieken en van zijn vrouwen.

'Wij moeten zeggen dat je moedig bent, barbaarse vrouw,' zei de keizer. 'Jullie hebben dapper gestreden, zo is mij verteld. Wij zijn niet wraakgierig, Gladys. Wij brengen jou en je volk weer vrede en voorspoed. Vele jaren hebben jouw volk en ons volk goede handelsbetrekkingen onderhouden en wij zijn als broeders geworden. Laten wij daarom als goede broeders de samenwerking voortzetten. Wat heb je daar op te zeggen?'

Gladys wist niet of ze nu in verbaasd gelach moest uitbarsten of dat ze deze man in het gezicht zou spuwen, of in tranen zou uitbarsten. Sholto... Tog... Ze voelde een brok in haar keel. Met een ruk gooide ze haar haren naar achteren om zich groot te houden. 'Mijn stad is in de as gelegd,' zei ze hees. 'Mijn broer is vermoord, mijn volk is uiteengejaagd. Ik heb geen bezittingen, noch enige macht. Zelfs mijn zwaard werd mij afgenomen. En dan durft u te spreken van vrede en samenwerking!' Ze kon verder niets uitbrengen. Nog meer woorden zouden de tranen in haar ogen doen springen en ze zou nog liever sterven dan deze smetteloos geklede heren de aanblik van haar wanhopige nederlaag te gunnen.

Claudius keek haar aan en hield zijn hoofd wat scheef. 'Wat een verrukkelijk accent,' zei hij ten slotte. 'En mooi gesproken voor een inboorling.' Plautius hield zijn adem in. Wat kan mij het eigenlijk schelen? dacht hij. Hoeveel barbaarse mannen en vrouwen heb ik al op de knieën gedwongen in naam van het keizerrijk? Laten ze haar maar vernederen. Dat zal deze koppige vrouw mores leren. Maar hij merkte dat zijn vingers zich vaster om zijn beker klemden en hij kon zijn hand niet ontspannen. Claudius was nu in een opgewekt humeur, maar minder evenwichtig dan gewoonlijk. Als de stemming omsloeg kon hij onmiddellijk haar terechtstelling bevelen. 'Rome is hierheen gekomen,' zei de keizer op vlakke toon, 'of je dat nu wel of niet aanstaat. Maar je zult dat al spoedig kunnen waarderen, daar zijn wij zeker van. Kom hier en drink wat.' Plautius verstarde en hoopte voor Gladys dat ze haar trotse hoofd zou buigen en dat een verontschuldigende glimlach op haar gezicht zou verschijnen, voordat ze de beker van de bediende aanpakte. Maar in zijn eigen belang hoopte hij dat ze dat niet zou doen. Ze richtte haar aandacht nu uitsluitend op de keizer. Ze keken elkaar recht aan, schattend, en toen deed Gladys met een raadselachtige glimlach een stap naar voren.

'En wie zal mijn beker voorproeven?' vroeg ze kalm.

Er viel een diepe stilte, toen de betekenis van haar onbeschaamde woorden doordrong tot het vrolijke gezelschap dat in een overwinningsroes verkeerde. Plautius wilde in een opwelling overeind springen en in zijn handen klappen. Hij voelde zijn knieën verstijven en boog snel zijn hoofd om zijn gezicht te verbergen. Het vuur laaide hoog op en knetterde, het enige geluid in de warme, doodstil geworden Zaal. Toen greep Claudius de beker met een ruk uit de handen van de dienaar en keerde de beker om. De rode wijn spatte op het tapijt.

'Ga weg,' zei hij en zijn dunne stem beefde. 'Verdwijn!' Gladys keek langzaam langs de gezichten, nu vol vijandigheid, maar ook met een zeker ontzag. Toen keerde ze zich op haar hielen om en liep statig naar de deur. Niemand zei iets. Claudius haalde zwaar adem en terwijl zijn neus begon te lopen keerde hij zich naar Plautius. 'Als ze hier allemaal zoals deze vrouw zijn,' zei hij en in zijn stem klonk met moeite beheerste razernij door, 'dan kunnen we dat hele volk beter meteen verdelgen.'

Maar ze waren niet allemaal zoals Gladys. Tegen de middag van de volgende dag arriveerden de eerste gezanten in Camulodunon. Ze reden in helder gekleurde mantels en gesierd met glanzende bronzen sieraden naar de poort en keken verbaasd naar de veranderingen die in de stad hadden plaatsgevonden. Het enige dat restte van de zware vestingmuur was een lage aarden wal, amper tot borsthoogte reikend. Deze verhoging in het landschap leek eerder bedoeld als een aangenaam uitzichtpunt om naar de rivier en de vallei te kijken. De ashopen en het puin van de verwoeste huizen en hutten werden weggeruimd en de legertenten van de officieren waren in strenge cirkels rondom de Grote Zaal opgeslagen. Voor de ingang van de Zaal wapperden de vaandels en hier stonden ook de hoge bronzen adelaars van de vijf legioenen bij elkaar, bewaakt door onbeweeglijke soldaten. Overal was het een drukte van belang. Boodschappers kwamen en gingen, groepjes soldaten marcheerden voorbij, de hulptroepen zaten op de stoffige grond te dobbelen. Claudius zat met zijn gevolg en zijn officieren in de Grote Zaal en verleende audiëntie aan de hoofdmannen die zich formeel kwamen overgeven. Ze kwamen met hun schilddragers en barden in een lange rij binnen, bogen diep en onderdanig, want het enige dat ze nu wilden was vrede. De gewelddadige verplettering van de eens zo machtige Catuvellauni had diepe indruk op hen gemaakt. Ze verlangden nu alleen nog maar een verdrag om daarna opgelucht zo snel mogelijk terug naar huis te rijden.

Gladys ijsbeerde in haar donkere hut. Ze hoorden het rinkelen van de harnassen en stemmen die de haar vertrouwde taal spraken. Ze liep naar de deur. 'Laat me alstublieft naar buiten,' zei ze tegen haar bewaker. 'Ik wil met de hoofdmannen spreken. Ik zal heus niet weglopen.' Hij keek haar weifelend aan en schudde zijn hoofd. 'Daar zal ik dan eerst toestemming voor moeten hebben,' zei hij. 'Wacht nog een uur, tot ik afgelost word, dan zal ik het aan mijn tribuun vragen. Maar hij zal zeker weigeren.' Ze keerde zich om en begon met trage passen weer heen en weer te lopen, van het bed naar de deur en terug. Ze lette niet op haar pijnlijke ribben, waar de grote beurse, bont en blauwe plek langzaam kleiner werd. Ze luisterde ingespannen naar flarden van de gesprekken die buiten gevoerd werden. Ze hoorde dat de wacht afgelost werd en ging op de kleine stoel zitten, met haar armen over elkaar gevouwen. Ze probeerde het verstikkende gevoel in de benauwde schemerige ruimte van zich af te zetten. Verwarde visioenen zweefden door haar geest: ze zou hier wegvluchten en een boot stelen, dan zou ze weer vrij over het warme strand rennen, onder de hete zon... Ze zou zichzelf vermommen en met een aantal hoofdmannen optrekken... Ze zou haar bewaker overmeesteren en hem zijn mes afnemen. Dan zou ze naar de Grote Zaal rennen en de keizer doden. Maar dan zag ze die ogen weer, ernstig en gestreng, ze huiverde even en sloot haar eigen ogen. Buiten hoorde ze voetstappen naderen.

De deurhuiden werden opzij geduwd en ze ging snel staan. Ze zag epauletten en een bewerkte helm met een pluim van gekleurd paardehaar. De man was blijkbaar een tribuun. 'Je had een verzoek?' vroeg hij kortaf en ze knikte. 'Ja, ik wil naar buiten, mijn benen even strekken. Sta dat alstublieft toe.' Het woord 'alstublieft' kwam moeilijk over haar lippen, maar ze begreep dat het in haar voordeel kon zijn. De man staarde haar nadenkend aan.

'Als je een gewone gevangene was, dan zou ik dat verzoek nooit inwilligen, maar aangezien je dat niet bent moet ik eerst met mijn commandant overleggen.' Na deze woorden verdween hij en ze liet zich weer op het bed zakken. Ze hoopte dat Plautius niet meer met de keizer in de Grote Zaal was, want Claudius zou haar verzoek ongetwijfeld afwijzen. Gladys glimlachte bij de herinnering aan zijn verstoorde gezicht. Het moest een hele tijd geleden zijn dat iemand het gewaagd had hem te beledigen. Ze hoorde buiten meer stemmen, die van de tribuun en het onderdanige antwoord van de bewaker. Toen kwam Plautius in eigen persoon binnen; hij moest zijn hoofd buigen voor de lage deuropening. Hij vulde de kleine ruimte met zijn kalme, gezaghebbende uitstraling. Gladys voelde dat haar hart oversloeg en ze besefte dat ze het niet aandurfde hem recht in de ogen te kijken.

'Je wilt wat zonneschijn, nietwaar, vrouwe?' zei hij vriendelijk. 'Het spijt me, maar je bent voor ons te waardevol als gevangene dan dat we je zo maar buiten kunnen laten rondlopen. Mijn mannen hebben het vandaag erg druk, maar als je tot vanavond kunt wachten, dan zal ik je toestaan een eindje rond de Grote Zaal te wandelen.' Gladys deed een stap naar hem toe. Ze legde haar hand op zijn blote arm; haar waardigheid was voor het grootste deel in scherven gevallen en tranen sprongen in haar ogen.

'Als u mij hier nog langer in de duisternis vasthoudt,' begon ze met trillende stem, 'dan word ik gek. Ik zweer bij al mijn goden, bij mijn eer, dat ik niet zal proberen te vluchten, maar laat mij alstublieft even naar buiten!' Hij aarzelde. Ze geurde fris, naar de wind en de zon, ze rook naar bedauwd, versgemaaid gras en bloeiende bloemen. En haar hand was warm op zijn pols. Met een mengeling van ergernis en belangstelling zocht Plautius haar ogen. Hij zag de opwellende tranen en dacht toen: wat maakt het ook uit? Een uur in de zon kan geen kwaad, en de keizer hoeft het niet te weten. Hij trok zijn arm voorzichtig terug.

'Ik doe het tegen beter weten in,' zei hij, 'maar als je wilt kun je samen met je bewaker een eindje wandelen. Blijf uit de buurt van de poort en als je probeert te vluchten zal de bewaker je onmiddellijk mogen doden.' Een glimlach verscheen op haar gezicht en hij glimlachte terug. Toen was hij verdwenen; de tribuun beende achter hem aan. Ze hoorde Plautius kort tegen haar bewaker spreken. Ze trok haar mantel dichter om zich heen en stapte in het zonlicht. Een uur lang wandelde ze door Camulodunon, genietend van de zon en kijkend naar de drukke werkzaamheden. Ze liep in de richting van de hoofdmannen die bijeengedromd waren binnen de derde ring, met smekende handgebaren of een opgeluchte glimlach op hun gezicht. Het zag er zo vertrouwd uit, de kleuren van hun tuniek, scharlaken en blauw, geel en zwart geblokt en hun lange rossige of blonde haren. Even vergat ze dat deze mannen gekomen waren als onderdanige onderworpenen, dat ze hun volken hier uitleverden, zonder zelfs maar hun zwaard te trekken. Ze spraken behoedzaam met Gladys, hun ogen dwaalden telkens naar de gespierde, bezwete soldaat naast haar en ze schudden hun hoofd toen ze de vraag stelde die haar al zo lang op de lippen brandde. 'Is er nieuws uit het westen?' Ze zag een gezicht dat haar bekend voorkwam, een lange hoofdman met zwart haar die zich wat afzijdig van de anderen hield, alsof hij zich schaamde over zichzelf en de anderen die hier zo nederig gekomen waren. Zijn oranje mantel had hij om zijn gelaarsde voeten geslagen en hij hield zijn hand op het gevest van zijn grote zwaard. De schede daarvan was kunstig bewerkt, het brons glansde en Gladys zag de ingewikkelde patronen vol krullende motieven die uit de muil van grijnzende wolven te voorschijn kwamen. Om zijn hals droeg hij tot op zijn borst hangende kettingen met glanzend zwarte edelstenen. De gesp van zijn mantel was voorzien van dezelfde zwarte steen die ook mysterieus in zijn haren glinsterde. Toen wist ze weer wie deze man was. Ze zag hem in gedachten weer op zijn zwarte paard, zijn woeste ogen strak op Caradoc gericht toen die Aricia omhelsde, in de mistige ochtend toen ze met haar roodbebaarde hoofdman vertrok. Ze groette hem beleefd. 'Een goedemorgen. Ik ben Gladys, de zuster van ricon Caradoc, van het Huis Catuvellauni.'

De uitdrukking op zijn gezicht veranderde niet. Zijn ogen bleven argwanend en hooghartig, maar hij beantwoordde haar groet even voorkomend. 'Ik ben Domnall, hoofdman van Aricia, van het Huis Brigantia. Wat wil je van mij?'

De bewaker stootte haar schouder aan. 'Spreek Latijn,' waarschuwde hij, kennelijk slecht op zijn gemak. Gladys sprak verder in het Latijn, langzaam en nadrukkelijk, omdat ze verwachtte dat de man uit Brigantia de Romeinse taal slecht beheerste, maar tot haar verrassing merkte ze dat hij er zich heel behoorlijk in kon uitdrukken. Dat maakte haar meer dan al het andere duidelijk wat er in de loop van de jaren veranderd was bij de woeste schaapherders. Aricia had haar belofte gehouden dat ze haar volk zou veranderen, net als de Catuvellauni.

'Ik wil graag weten hoe het met jullie ricon gaat,' vroeg ze. Hij dacht geruime tijd na voordat hij antwoordde. Hij wil niet liegen, begreep Gladys, maar hij wil ook loyaal blijven. O, Aricia, wat heb je jouw trotse volk aangedaan? 'Ze verkeert in goede gezondheid, vrouwe. Onze stam leeft in voorspoed, sinds zij naar ons teruggekeerd is. Ze heeft veel handelsbetrekkingen aangeknoopt met Gallië en Rome, en nu zijn wij rijker dan we ooit konden dromen.' De zware stem klonk onaangedaan.

'En hoe is het met haar echtgenoot, Venutius?' Domnall keek haar doordringend aan.

'Met hem is ook alles goed,' zei hij kortaf en keerde zich prompt om. Gladys liep weg van de kleurige groep en begon langs de eerste ring te wandelen. Ze negeerde de langdurige nieuwsgierige blikken van de Romeinse officieren die voor hun tenten zaten. Domnall had haar met weinig woorden veel verteld. Aricia had het bevel gegeven dat haar volk zich moest overgeven. Ze had een delegatie hierheen gestuurd om dat besluit formeel te bekrachtigen, vrijwel zeker tegen de wens van haar man in. Venutius zou ongetwijfeld de voorkeur geven aan een neutrale middenweg, zoals Cunobelin dat ook gedaan zou hebben. Of had hij begrepen dat zo'n middenweg niet langer mogelijk was? Wat zou er gebeurd zijn als Caradoc met Aricia getrouwd was, in plaats van haar alleen te gebruiken, en als Plautius dan tegenover de gezamenlijke legers van de Catuvellauni en de Brigantiërs was komen te staan? Op al deze vragen wist Gladys geen antwoord. Ze bleef midden op het pad stilstaan, sloot haar ogen en hief haar gezicht op naar de zon. Ik leef nog, dacht ze ongelovig. Tegen elke verwachting in ben ik nog steeds in leven. De zon verwarmde haar bloed en viel in warme stralen op haar wangen. Een gevoel van geluk, groter dan ze ooit gekend had, stroomde door haar heen. 'Het is tijd om terug te gaan,' zei de bewaker naast haar en ze keek hem met een aanstekelijke, jeugdige glimlach aan.

'Ja, ja, dat weet ik. Zal Plautius mij nog eens naar buiten laten, denk je?' De man haalde zijn schouders op, in verwarring gebracht door de plotselinge verandering in haar houding. Samen liepen ze terug naar haar hut.

Drie dagen later trok Claudius met het overbodige Achtste Legioen onder leiding van Didius Gallus weg uit Camulodunon. Vespasianus en Geta reisden mee, want ze zouden deelnemen aan de triomfantelijke parade en later de lauwerkransen uit handen van de keizer ontvangen voor hun aandeel in de geslaagde invasie. Plautius en Pudens begeleidden hen opgelucht naar de schepen. Claudius had een lijst met opdrachten voor Plautius achtergelaten. 'Verover de rest van het gebied,' had de keizer luchtig gezegd, maar Plautius wist dat Claudius dat niet meende. 'Verspreid de troepen,' had hij bevolen, 'bouw wegen en versterkingen en zorg dat wij het gezag vast in handen hebben.'

Claudius had Plautius benoemd tot eerste legaat van de keizerlijke provincie Britannia, een functie die bijna als vanzelfsprekend volgde op zijn opperbevel over de invasiemacht, en de keizer had ook weer gerept van de tempel die hij opgericht wilde zien op de plaats waar nog eerst de Grote Zaal gesloopt moest worden. Plautius had er afwezig naar geluisterd, want hij beschouwde de bouw van een tempel als een van zijn minst belangrijke zorgen. De kooplieden en voerlui stroomden het overwonnen gebied al binnen en Plautius wist dat met hen de verspieders, de avonturiers, de bedelaars en het uitschot van het keizerrijk mee zouden komen. Terwijl Claudius doorratelde, fronste Plautius over zijn beker wijn en hij vroeg zich af hoeveel vrijgestelde soldaten en verspieders hij nodig zou hebben, als de grenzen van het bezette gebied verlegd werden. Zijn grootste zorg was de plaatselijke bevolking.

In elk geval hoefde hij zich niet te bemoeien met de instelling van de belastingheffing. Spoedig zou een procurator komen, te zamen met zijn ondergeschikten. Plautius vroeg zich af wie dat zou zijn, maar besloot dat het er weinig toe deed. Hij wist hoe hij met procurators moest omgaan. Tact, waardigheid en overredingskracht, dat was alles wat er nodig was. En bovendien stond hij zelf zo hoog in aanzien, dat hij niet bang hoefde te zijn voor de verzegelde brieven die van de procurators rechtstreeks naar de keizer werden verzonden. Hij vond Claudius bij nader inzien aardig. Ze hadden samen vele uren doorgebracht en gesproken over de nieuwste boeken, en Plautius zag dan tevreden dat de keizer zijn argwaan en angsten vergat en geestdriftig en welbespraakt was als ze het over de laatste geschriften van de geestige en spitse Seneca hadden. Maar toen hij luisterde naar de uitweidingen van Claudius over de afmetingen die de nieuwe tempel moest krijgen, was hij blij dat hij zich spoedig rustig aan zijn eigen beslommeringen zou kunnen wijden. En Claudius had hem heel duidelijk gemaakt wat zijn taak precies inhield. 'Wij hebben de plicht deze barbaren tot beschaving te brengen, Plautius,' had Claudius ernstig uiteengezet. 'Dat is de opdracht die Rome in de wereld heeft. Deze stammen moet in hun eigen belang en in dat van ons beschaving bijgebracht worden. Zij zullen leren de goden van Rome te zegenen.'

Iedereen wist dat Claudius elke barbaar in een toga gekleed wilde zien. Seneca had van deze keizerlijke ambitie in Rome de grap van de dag gemaakt.

Maar Plautius zelf was getroffen door de goede wil van de keizer. Hij was een liberaal en oprecht man, en al brachten zijn lichamelijke gebreken zijn omgeving dikwijls in verlegenheid, toch zag Plautius daarachter een man die een hardvochtige jeugd had gekend en zonder veel liefde opgegroeid was. Hij was eerder een dromer, een verlegen boekenlezer die tegen zijn zin werd voortgedreven naar de glans van goddelijkheid. Plautius voelde medelijden met Claudius toen hij merkte dat de keizer haast kreeg en snel wilde vertrekken, omdat hij voortdurend piekerde over wat Vitellius tijdens zijn afwezigheid in Rome uitvoerde, en hoe meer hij zich zorgen maakte, des te heviger begonnen zijn handen te beven. Plautius en Pudens wisselden een blik vol verstandhouding toen het keizerlijke schip, onder luid trompetgeschal langzaam over de rivier uit het zicht verdween. Ze waren ook opgelucht dat de keizer al zijn vijanden in het gevolg, heel beleefd maar zeer gevaarlijk, weer aan boord had meegenomen.

Laat in de middag stuurde Plautius een ondergeschikte om Gladys te halen. Hij wist niet precies waarom hij dit deed, maar om de een of andere reden wilde hij haar in deze rustpauze zien, nu de keizer vertrokken was en hij zich spoedig op zijn drukke werkzaamheden moest richten. Ze kwam zwijgend en zelfbewust binnen, zoals ze zich ook had gedragen op de avond dat ze de keizer beledigd had. Ze ging voor hem staan in de Grote Zaal en wachtte geduldig op wat er komen zou. Het late zonlicht scheen onder de deurhuiden naar binnen. Sabinus, de broer van Vespasianus en Pudens waren met paperassen bezig, hun hoofden dicht bij elkaar boven de tafel, waarop de rollen hoog opgestapeld lagen. Hun secretarissen stonden gereed om aantekeningen te maken. Ze keken nauwelijks naar Gladys toen deze binnen kwam. Plautius stuurde de bewaker weg en wenkte haar dichterbij. 'Kom hier en ga zitten,' zei hij uitnodigend, maar ze schudde haar hoofd en bleef voor hem staan, met haar handen verborgen in de plooien van haar groene tuniek. 'Heb je soms klachten?' vroeg Plautius. 'Was de wandeling prettig?' Hij kreeg de indruk dat ze er nu wat beter uitzag. Haar wangen hadden meer kleur gekregen en de smartelijke uitdrukking was uit haar ogen verdwenen, maar ze straalde nog altijd een vreemd soort ingehouden spanning uit.

'Ik heb daar meer van genoten dan u ooit zult beseffen. Dank u,' zei ze. 'Maar ik wil uw goedwillendheid graag met een ander verzoek op de proef stellen.' Plautius leunde achterover en kruiste zijn benen. In zijn strenge ogen las Gladys een geamuseerde uitdrukking. 'Ik heb je al meer toegestaan dan ik kan verantwoorden,' antwoordde hij, 'maar vraag wat je wilt. Ik kan altijd nog weigeren.' Ze deed nog een stap naar voren.

'Sta mij toe over het strand langs de zee te lopen.' De woorden klonken dringend en Plautius kreeg nog een glimp van haar zorgvuldig verborgen persoonlijkheid te zien. Zijn belangstelling was gewekt.

'Waarom? Je bent heel aanmatigend, vrouwe. Je kunt hier elke dag een wandeling door de stad maken, als je dat wilt. Waarom moet je zo nodig naar de zee?' Hij had daarmee feilloos een vinger op het mysterie van haar leven gelegd, iets waar van Gladys zichzelf niet goed bewust was. Ze haalde met een snel gebaar haar schouders op, als om de vraag weg te schuiven voordat hij er dieper op in kon gaan.

'Ik ben niet aan een kooi gewend. En zelfs een stad als Camulodunon kan een te kleine kooi zijn voor een gevangen vogel.'

Hij keek haar aandachtig aan en wist dat hij haar verzoek behoorde af te wijzen. Het was te lastig om haar te bewaken op het wijde, uitgestrekte strand, en bovendien, wat zou haar volgende wens zijn? Dat ze haar wapens terugkreeg? Plautius keek om naar Pudens. 'Vertel eens, Rufus,' zei hij, 'wanneer wordt dat schip met goederen voor de troepen verwacht?'

'Dat schip had hier vanochtend al moeten zijn,' antwoordde Pudens, zonder op te kijken. Plautius keek weer in de richting van Gladys.

'Ik neem een groot risico, als ik je toestemming geef met alleen een bewaker naar de monding van de rivier te gaan,' zei hij. 'En als je dan ontsnapt, zal de keizer erg kwaad op mij worden. Je bent nog steeds wat waard voor ons, vrouwe.'

'Ik heb u al eerder gezegd', zei Gladys, 'dat mijn broer zich nooit zal onderwerpen, ook al word ik als gijzelaar gedood. Als u wilt, zal ik een eed zweren dat ik niet zal proberen te ontsnappen.' Hij schudde zijn hoofd en de glimlach om zijn mond werd breder.

'Ik geloof niet dat zo'n eed voor jou bindend is,' zei hij, 'of vergis ik me? Is het niet zo dat eden gezworen aan de vijand slechts een beperkte tijd van kracht blijven?'

Ze gaf geen antwoord en hij zag dat haar schouders naar beneden zakten. Toen leegde hij zijn beker en stond op. 'Ik wil met eigen ogen het transport dat vandaag aankomt bekijken,' zei hij. 'Ik zou natuurlijk kunnen wachten tot alles hierheen gebracht is, maar ik voel zelf ook wel wat voor een wandeling over het strand. We kunnen samen daarheen gaan.' Gladys glimlachte naar hem, en haar gezicht bloeide gelukzalig op als een bloem in de lente. Plautius riep zijn adjudant binnen. 'Junius, mijn mantel en mijn helm!' Hij liep naar Gladys toe toen zijn ondergeschikte met de mantel over zijn arm en een glanzende helm in zijn hand binnenkwam. 'Vrouwe,' zei Plautius ernstig, 'misleid jezelf niet. Mijn tijd in de voorste gelederen mag dan achter mij liggen, maar ik kan nog heel snel lopen, als je toevallig overweegt toch te vluchten!' Haar glimlach werd nog breder. Hij pakte de mantel en de helm aan en samen verlieten ze de Grote Zaal. Ze liepen door het drukke gewoel buiten naar de nieuwe poort.

Langzaam reden ze door de groene wouden waarin zonnevlekjes dansten, gevolgd door de quaestor, twee centurions en drie soldaten. De mannen spraken over allerlei onderwerpen met elkaar en Plautius beantwoordde de militaire saluten van de soldaten die ze onderweg van de stad naar de rivier tegenkwamen welwillend. Hij voelde zich nu ontspannen en zeer tevreden. Gladys zei niets. Terwijl ze reed liet ze haar blik langs de bomen dwalen; ze luisterde naar het zingen van de vogels en het ruisen van de wind door de bladeren, maar haar gedachten waren bij Caradoc. Zou hij ontkomen zijn? Waar was hij nu? Ze vond het een akelige gedachte dat hij zou denken dat ze nu dood was, maar toch kon dat haar humeur niet versomberen. Ze reden voorbij een bocht en toen lag de vlakke vallei van de rivier vóór hen. Het bruine water stroomde traag in de zon en dobberende schepen lagen afgemeerd bij de loswal. Ze liet zich van haar paard glijden. Een van de soldaten nam haar paard en ze klauterde met Plautius en zijn gevolg aan boord van een van de schepen. 'Losgooien,' beval Plautius en het kleine schip voer langzaam naar het midden van de stroom, waar de wind aanwakkerde, de geuren van het bos verdreef en de zilte, prikkelende zeelucht aanvoerde.

Het was druk bij de monding van de rivier. Achter de moerassige oever, waar de rivier leek te aarzelen voor haar water zich met dat van de zee vermengde, was een legerkamp opgeslagen. Witte tenten en aarden wallen waren daar opgericht en in de baai lag een groot aantal slanke schepen die behoorden tot de nieuw gevormde Classis Britannica. Gladys kon zeelui onderscheiden; de mannen leunden over de verschansing en genoten van de zon. Ze zag aan de masten de vaandels en vlaggen, wapperend in de frisse zeebries. De kleine boot naderde een pasgebouwde brede pier en matrozen sprongen snel op de kant om af te meren. Ze sprongen in de houding en salueerden stram toen Plautius met zijn officieren en Gladys als laatste van boord stapte. Geschreeuw en rumoer waren te horen op het strand waar het transport overgeladen werd, en een klerk kwam naar Plautius toe lopen. Op zijn gebruinde gezicht was een bezorgde frons te zien en in zijn handen hield hij een lei. Plautius keerde zich naar Gladys. 'Waar wil je heen?' vroeg hij en ze keek in de richting waar de steile kliffen oprezen aan het eind van de baai. Zwermen meeuwen cirkelden daar boven de zwarte rotsen achter de branding.

'Voorbij die bocht daar is een zandstrand, het zeewater blijft er in poelen staan en het is er heel rustig,' zei ze. 'Laat mij daarheen gaan.'

'Quaestor, zie toe bij het tellen. Ik loop met haar mee.'

Gladys spreidde haar armen uit. 'Ach heer, laat me toch alleen gaan,' vroeg ze smekend, maar hij schudde ongeduldig zijn hoofd.

'Denk je soms dat je een dwaas voor je hebt?' zei hij bits, toen de quaestor de lei al aangepakt had en de berg zakken, balen en kisten begon te tellen. Ze keerde zich om, Plautius liep haar achterna en de quaestor verdween in de schaduw van het schip.

De kreten van de officieren, het gemopper van de zwetende soldaten, het krakende en bonkende geluid van de kisten die versjouwd werden, alles vervaagde langzaam. Ze trok eerst haar sandalen uit en legde die op een rotsblok. Toen legde ze haar mantel eroverheen. Ze rekte zich uit, haalde diep adem en schudde haar hoofd toen de wind door haar haren blies en die achter haar aan deed wapperen. De branding maakte een donderend geluid en de golven braken in wit schuim dat bijna tot haar blote voeten reikte. 'Niet schrikken, Plautius,' riep ze. 'Ik ga even rennen!' Ze zag dat hij knikte, zijn gezicht beschaduwd onder zijn helm; toen zette ze het op een lopen, met haar armen wijd uitgestrekt en haar ogen dichtknijpend tegen het verblindend schitterende licht dat op het blauwe water en het zand weerkaatste. De baai werd smaller, maar ze minderde geen vaart. Ze keerde zich snel om en haar voeten wierpen een wolk zand omhoog. Haar ademhaling ging snel en haar hart bonsde hevig. Ze voelde een uitzinnige vreugde tintelen tot in haar vingers en in haar tenen. Plautius keek geamuseerd toe, zijn armen gevouwen voor zijn bronzen borststuk. Toen kwam ze weer naar hem toe en bleef voor hem staan, met haar handen op haar knieën, hijgend en lachend.

'Nu zullen we gewoon wandelen!' hijgde ze. 'Zet die helm toch af, en trek die mantel uit, het is zo warm. Tegen mij hoef je je niet te beschermen. Ik heb geen mes bij me.' Hij wees in de richting van de hoge klif. 'Ik kan vandaar beschoten worden,' protesteerde hij, maar ze lachte weer naar hem; haar ogen straalden en haar zwarte haren vielen als in een waterval over haar schouders. Hij zette zijn helm af, gespte de borstbescherming af en liet die in het zand vallen. De warme wind streek met droge vingers langs zijn grijzende haren. Ze keerde zich om en liep naar het water, hurkte neer en liet het zeewater door haar handen spoelen. Ze maakte een kom van haar handen, proefde van het water en wreef met haar natte handpalmen over haar gezicht. Hij stond daar en zag haar slanke gestalte, de kromming van haar rug en het verwarde lange haar. Vandaag was ze onschuldig als een kind; ze gaf hem het gevoel dat hij oud en versleten was, en een teder gevoel doorstroomde hem. Hij wilde haar in zijn armen nemen, haar wiegen zoals een moeder haar gewonde kind wiegt, maar ze strekte haar hand uit om een drijvende pluk zeewier te grijpen en de mouw van haar tuniek viel terug. Hij zag op haar arm overal wit geworden littekens van zwaardwonden, en dat bracht hem weer in verwarring.

Ze kwam overeind en samen zochten ze langs de vloedlijn. Ze stonden tot hun enkels in de poelen waarin het heldere warme zeewater achtergebleven was. Ze plaagden de krabben die tevergeefs probeerden weg te vluchten op hun onhandige poten en naar hen uitvielen met hun scharen. Ze trokken schelpen en mossels los van de rotsen die bekleed waren met rottend zeewier en Plautius bood haar het weke, sterkgeurende vlees aan dat hij met zijn mes uit de schelpen krabde. Hij lachte naar haar, en ze merkte opeens dat ze lachten om niets. Ten slotte – de zon begon al naar de kliffen te zakken, het licht dat op het water viel verblindde hen niet langer en de warmte deed hen niet langer zweten – gingen ze naast elkaar op het natte zand zitten en bleven lange tijd zwijgen. De meeuwen krijsten klaaglijk boven hun hoofd. De wind wakkerde plotseling aan en viel in vlagen langs de steile rotsen naar beneden. Zo zagen ze dat het zonlicht achter hen een purperen gloed schilderde tot aan de verre horizon en hun schaduwen vermengde zich met elkaar. Gladys keek uit over de zee die nu niet langer blauw was, maar een sombere, koel-grijze kleur kreeg. O, de vrijheid, de vrijheid, zei een innerlijke stem, de enige rijkdom die mijn ziel kent, en ze keerde haar hoofd naar hem toe en merkte dat hij haar aankeek. Opeens leek de vrijheid weg te krimpen tot in die met rimpels omgeven ogen met de geheimzinnige kleur van de uitgestrekte zee. Ze keek snel een andere kant op; het oppervlak van de zee leek inderdaad dezelfde kleur te hebben als zijn ogen. De diepte van de oceaan weerspiegelde voor haar onontkoombaar zijn peinzende gezicht. Ze zuchtte. Wat is vrijheid?

'Ik ben hier erg dankbaar voor,' zei ze ernstig. 'Ik voel me nu werkelijk een heel stuk beter.'

'Ik ben ook dankbaar,' zei hij eenvoudig. 'Ik kon wel een paar uur rust gebruiken.'

'Wat ga je nu met mij doen?' vroeg ze, met haar ogen strak gericht op de horizon, waar de avondwolken zich langzaam verzamelden. Plautius keek in dezelfde richting.

'Er zijn verschillende mogelijkheden,' zei hij op effen toon. 'Ik zou je naar Rome kunnen sturen als een belangrijke krijgsgevangene en dan zul je daar geketend door de straten paraderen. Ik kan je ook hier houden als aanmoediging voor wat overgebleven is van jouw volk om zonder verzet met ons samen te werken. Ik zou je ook kunnen doden en je lijk naar je broer laten brengen.' Ze verroerde zich niet.

'En wat *wil* je met mij doen?' drong ze aan.

'Ik weet het niet. Je zou nuttig kunnen zijn, maar als je niet meewerkt heb ik alleen maar last van je aanwezigheid. Ik zou er verstandig aan doen je naar Claudius te zenden en je dan verder te vergeten.' Iets in zijn stem waarschuwde haar hier niet verder op in te gaan en daarom veranderde ze van onderwerp.

'Waar is Adminius?'

'Je broer? Die is nu bezig met een kleine rondreis en probeert de hoofdmannen en hun mensen die zich in de bossen schuilhouden te vinden. Ik heb hem ook naar Cogidumnus en Boduocus gestuurd. Hij is het beste bewijs dat Rome de plaatselijke stammen niet wil vernietigen. Met een dag of twee, drie zal

hij weer terug zijn. Wil je hem ontmoeten?'
'Houd hem uit mijn buurt!' barstte ze los. 'Die slaaf! Dat smerige Romeinse zwijn! Ik ontken dat hij mijn broer is! Ik heb maar één broer!'
Ze begon te sidderen en in haar stem klonk zoveel woede dat Plautius in verwarring gebracht werd. 'Vertel eens wat over je broer,' zei hij zacht. 'Wat voor man is hij? Je weet dat ik hem een keer gezien heb, toen hij op de verdedigingswal stond. Er was iets aan hem waardoor ik sterk de behoefte kreeg hem eens te ontmoeten.'
'Niet om hem te doden?' vroeg Gladys bits. Haar mond was vertrokken en haar wangen waren nog steeds rood aangelopen. Toen ontspande ze zich, trok haar knieën op en liet peinzend het warme zand door haar vingers glijden. 'Het spijt me, ik verkeer in een heel moeilijke situatie en als ik over deze dingen nadenk, ziet mijn toekomst er nog veel duisterder uit. Wat Caradoc betreft.' Nu lachte ze weer, bij de gedachte aan haar broer verscheen een liefdevolle glimlach op haar gezicht. 'Hij is recht van lijf en leden, een eervol man en een groot krijger. Er zijn zelfs mannen die het een voorrecht vinden als mijn broer hun vijand is.'
'Dat geldt ook voor mij,' zei Plautius zacht. Gladys keek op naar zijn ernstige gezicht.
'Is dat zo? Hoe zal een Romein ooit begrijpen dat een vijand geliefd kan zijn, zelfs als op dat ogenblik jouw zwaard hem in tweeën klieft? Hoe kan een Romein ooit, met al zijn verachting voor ons en onze barbaarse zeden, begrijpen wat voor ons de eer van een strijder betekent?'
'Ik voel geen verachting voor jou en je volk,' zei hij. 'Ik leef ook voor mijn eergevoel. Alleen geven wij daar een andere inhoud aan. Ik doe mijn plicht en daar ben ik trots op. En als het mijn taak is wreed te zijn, omdat de keizer dat vraagt, dan geef ik opdracht tot wreedheid. Maar eerlijk gezegd, Gladys, geef ik de voorkeur aan een snelle veldslag, gevolgd door een vreedzame omwenteling.'
'Wel, die zullen jullie hier niet krijgen!' zei Gladys fel.
'Waarom niet?'
'Omdat de stammen hier één ding boven al het andere stellen, en dat is precies het enige dat Rome nooit kan beloven of aanbieden: vrijheid. Vrijheid gaat boven alles. Jullie zullen nooit al het verzet hier uitbannen, hoeveel jaren er ook een bezettingsleger in Albion blijft, laat staan dat de krijgers hier in Romeinse burgers veranderen, afgezien van sommige zwakkelingen zoals Cogidumnus. Want de dood is altijd nog beter dan slavernij, en vrijheid is een juweel waarvoor geen prijs te hoog is.'
'Je lijkt inderdaad wel een vogel,' zei Plautius meewarig. 'Een zielig vogeltje dat gekortwiekt is en welks klauwtjes afgevijld zijn. Kon ik je maar weg laten vliegen.'

'Dat is anders gemakkelijk genoeg,' antwoordde ze luchtig. 'Zet de deur van de kooi open en laat me gaan.'

'Waar zou je dan naar toe gaan?'

'Naar het westen. Welk verschil maakt de gevangenhouding van een ouder wordende, armzalige vrije vrouw als ik voor de kansen op de overwinning van het grote Romeinse leger?' Ze wendde haar gezicht af om de tranen die in haar ogen sprongen te verbergen. Tranen die zo dicht onder de oppervlakte waren, na de dagen van lichamelijke uitputting en geestelijke kwellingen. De zon zonk eindelijk in dieprode kleuren weg achter de kliffen. De schemering viel, als een warme schaduw, en aan de hemel verschenen de eerste twinkelende sterren, nog bleek en flets.

'Je onderschat de waarde die je voor ons hebt,' bracht Plautius haar in herinnering. Tactvol negeerde hij haar verwoede pogingen zich groot te houden. Maar ze schudde nadrukkelijk haar hoofd en bracht de zoom van haar tuniek naar haar betraande ogen.

Toen keek ze hem weer aan. 'Mijn enige waarde ligt in de bereidwilligheid van Caradoc om zich aan jullie te onderwerpen. Maar ik weet dat hij daartoe nooit zal besluiten. Zou jíj zoiets doen? Hij heeft nu de kans verder te strijden en hij zal die kans niet opgeven, alleen om in ruil daarvoor mij terug te zien.'

Ze stonden tegelijk op, alsof dat zo afgesproken was, en liepen langzaam terug naar de plaats waar Gladys haar sandalen en mantel had achtergelaten, en Plautius zijn borststuk en zijn helm. Het leek wel een eeuwigheid geleden dat hij zijn helm hier afgezet had, bedacht Plautius. Hij pakte haar mantel op en legde die zorgzaam om haar schouders. Ze bedankte hem met een kort woord en keerde zich om voor een laatste blik over het verlaten, met rotsblokken bezaaide strand. Het uitgelaten vrolijke kind in haar was weer verdwenen. Plautius keek, met zijn hand onder haar elleboog, naar haar trotse profiel en hij voelde dat zijn gevangene haar koninklijke waardigheid weer opnam. Toen ze weer bij het schip kwamen zagen ze dat zijn officieren daar al stonden te wachten, met brandende toortsen in hun handen. Het heklicht bij de achtersteven van het schip wierp rode rimpelvlekken op het kabbelende water. Plautius voelde dat ze wat verder van hem af naast hem ging lopen en haar elleboog wegtrok. Hij besefte dat zijn greep om haar arm te vast was geweest om alleen beleefd te zijn. Hij zette zijn helm recht.

'Vrouwen,' vroeg hij voordat ze bij de boot gekomen waren. 'Wil je morgenavond de maaltijd met mij en mijn officieren gebruiken in de Grote Zaal? De conversatie zal aangenaam zijn, er zullen grappen verteld worden en uiteraard wordt er beter eten geserveerd dan het gebruikelijke menu voor gevangenen.'

'Ik voel er niets voor de hele avond daar te zitten en aangestaard te worden!' antwoordde Gladys, maar ze lachte toch en het zilver om haar hals glansde toen haar borst rees en daalde.

'Ik zal de eerste man die je aanstaart tien zweepslagen laten geven!' beloofde Plautius en ze begon opeens harder te lachen, maar tegelijk voelde ze een droefheid in haar opkomen nu ze vaag besefte dat haar leven een nieuwe wending had genomen en er nieuwe draden om haar heen werden geweven. Aan boord zat ze zwijgend ver van Plautius vandaan, peinzend over een toekomst die haar alleen maar meer verdriet kon bezorgen.

Pudens kwam haar persoonlijk halen toen de avondzon bloedrood naar de horizon zakte. Hij was gekleed in zijn toga; het witte linnen viel in zachte plooien langs zijn benen. Hij maakte een buiging voor haar en bood haar hoffelijk zijn arm aan. Ze kwam uit de hut, gekleed in Eurgains lange, blauwe tuniek. Ze had haar haren glanzend geborsteld en het weinige zilver dat ze nog bezat was glimmend gepoetst. Plautius had onder het bed een van Eurgains kisten gevonden, waarin een tuniek en een dunne zilveren haarband opgeborgen waren. Hij had de tuniek en het sieraad 's ochtends naar Gladys laten brengen, en zij had lange, lange tijd peinzend met het fraaie gewaad in haar handen gezeten. De koele stof geurde naar vriendschap en geluk, naar oefengevechten met het zwaard en gezamenlijk drinken in de Grote Zaal. In gedachten zag Gladys weer hoe Llyn zijn zusjes najoeg en hoorde ze de zachte stem van Caelte zingen. Ze legde de tuniek weg, vastbesloten het kledingstuk niet te dragen, maar de hele dag leek de tuniek haar verwijten te maken, zoals Eurgain dat zelf ook gedaan zou hebben en telkens moest ze er weer even naar kijken. Als ze deze tuniek zou aantrekken, gaf ze daarmee iets toe, aan zichzelf én aan Plautius, iets dat ze nog niet onder ogen wilde zien. Maar als ze naar de Grote Zaal ging, gekleed in haar versleten en in de strijd gevlekte groene mannentuniek, dan maakte ze daarmee ook iets duidelijk, en dan werd de tere lentebloem, die als in een kille winter plotseling opgebloeid was, meteen weer vertrapt, om haar achter te laten in de greep van een zelfgekozen eenzaamheid. Uiteindelijk kleedde ze zich uit en waste zich met het warme water dat de bewaker haar bracht. Daarna trok ze Eurgains blauwe tuniek aan, deed haar eigen onbewerkte leren gordel om en de smalle haarband om haar voorhoofd. Je bent een dwaas, zei ze tegen zichzelf. Je bent een nog grotere dwaas dan Tog ooit geweest is. Ze legde haar hand op de arm van Pudens en liep langzaam naar de Grote Zaal.

Kaarslicht en het schijnsel van de vlammen straalden haar tegemoet en ze zag dat Plautius haar al bij de ingang stond op te wachten. Hij zag er indrukwekkend en in haar ogen vreemd uit, gekleed in zijn sneeuwwitte toga die afgezet was met het purper van de senatoren. De hand die hij naar haar uitstrekte was zwaarberingd en zijn polsen waren bedekt met dikke gouden armbanden. Hij boog hoffelijk zijn hoofd. 'Ik zal je niet beledigen door je welkom te heten in je eigen Grote Zaal. Laat me je daarom alleen verwelkomen in het gezelschap van mijn vrienden en aan mijn tafel. Ik bedacht overigens dat mijn uitnodiging wel eens opgevat zou kunnen worden als een nieuwe poging om je tot samenwerking te dwingen. Wat met dwang niet lukt, kan wellicht met vriendelijkheid wel slagen, nietwaar?' Hij lachte even. 'Wel, als ik die indruk gewekt heb, dan vraag ik daarvoor excuus. Dat was heus mijn bedoeling niet.' Ze pakte zijn van edelmetaal rinkelende pols en besefte opeens hoezeer Tog en Caradoc en alle anderen zich vergist hadden en hoezeer ze de Romeinse gedachtengang onderschat hadden. Deze heersers over de bewoonde wereld moesten meer in zich hebben dan alleen onovertroffen bekwaamheid in de strijd, en ze begreep nu waarom Plautius een senator, een generaal en een gerespecteerd en zelfs geliefd man was geworden. Ze slikte. Vergeef het mij, broer, dacht ze. Vergeef me, Cunobelin, goede vader, en vergeef mij, leden van de Vergadering. Ze begon tegen Plautius te spreken; haar woorden werden bijna overstemd door het hartelijke gelach en de geluiden van rinkelend servies die vanuit de Grote Zaal naar buiten drongen.

'Welkom in deze Zaal,' zei ze, zijn pols stevig omklemmend. 'Moge uw verblijf hier vreedzaam en rustig zijn.' Plautius keek haar langdurig en onderzoekend aan. Hij las in haar ogen een trotse onderwerping, de belofte van iets, en dat ontroerde hem diep. Hij wist dat haar begroeting niet voor Rome bedoeld was, maar alleen voor hemzelf, al koos ze daarvoor de formele woorden van welkom. Hij liet zijn hand terugglijden en greep haar warme sterke vingers.

'Treed binnen,' zei hij vriendelijk en ze volgde hem. Er viel een stilte en de mannen in de zaal kwamen gelijktijdig overeind. De bekers met wijn hielden ze in hun hand.

Na deze avond gaf Plautius haar toestemming vrij rond te lopen. Hij had het zelf erg druk en voerde avond aan avond geheime besprekingen met zijn officieren, en al spoedig stond Gladys op een dag bij de poort en zag ze de legioenen wegmarcheren; het Negende trok naar het gebied van de Coritani en verder naar de grenzen van Aricia's gebied, terwijl Sabinus en Vespasianus naar het zuidwesten trokken om de nieuwe opstand onder de Durotriges neer te slaan. Het Veertiende Legioen marcheerde samen met het trotse, onafhankelijke Twintigste weg naar het westen. Camulodunon stroomde leeg, alleen de staf van de bevelhebber bleef hier achter. De soldaten die achterbleven werden aan het werk gezet om nieuwe huizen te bouwen voor henzelf en om de stad te verdedigen. Verder keerden de Trinovantische boeren en een aantal Catuvellaunse hoofdmannen geleidelijk terug, overgehaald door de overredende woorden van Adminius. Plautius zette hen allemaal aan het werk. De legioenen vorderden langzaam en de bewoners van de gebieden waar ze doorheen trokken werd opgedragen mee te werken aan de aanleg van wegen tijdens de opmars. De verspieders en vrijgestelde soldaten reden in alle richtingen op hun snelle paarden door het golvende landschap en ze brachten voortdurend berichten van en naar Camulodunon.

De Grote Zaal werd uiteindelijk tot de grond toe platgebrand. Gladys keek zonder emotie toe en zag hoe de vlammen het grote houten bouwwerk verteerden. Het afscheid was al veel eerder geweest; alle herinneringen, zoet of bitter, waren al doorleefd en hadden afgedaan, en nu wachtte ze alleen tot de lege plekken in haar ziel met een nieuwe werkelijkheid gevuld zouden worden. Toen de as van de Grote Zaal gedoofd was, gaf Plautius opdracht het terrein onmiddellijk schoon te maken en te effenen, omdat er inmiddels architecten en procurators uit Rome waren gekomen om de plannen voor Claudius' tempel te bespreken en de kosten van dit nieuwe gebouw te berekenen. Er werden belastingen ingevoerd, zowel heffingen op de graanoogst als belasting op het vee, en die drukten zwaar, want Claudius had geweigerd zelf fondsen voor de bouw van zijn tempel te verstrekken. Het geld en de arbeid moesten opgebracht worden door de bevolking, die nu bezig was met de oogst en het vee bijeendreef voor het winterseizoen. De boeren waren woedend, niet zozeer vanwege belastingen, als wel vanwege de slavenkettingen die om hun nek gedaan werden. Ze waren vooral kwaad op de optio's die gewapend met zwepen toezicht hielden, terwijl ze hun dwangarbeid moesten verrichten. Er vloeide bloed en er weerklonken kreten, want een slaaf was geen volwaardig mens. Een slaaf had geen rechten, geen ziel en geen stem, maar Plautius gaf kalm opdracht dat opstandigen in het openbaar gegeseld of desnoods geëxecuteerd moesten worden en de onwilligen hielden zich verder stil. Het verzet verdween onder de oppervlakte en bleef alleen bestaan in de geesten van de naakte, zwetende boeren en de eens vrije mannen. Gladys liep op een ochtend langs de zwoegende arbeiders en ze was getroffen door de smeulende haat in hun donkere ogen. Een schuldgevoel, dat eerst op een afstand was gebleven in de betrekkelijke rust na haar gevangenneming, kwam haar nu weer kwellen en ze voelde zich ook weer onteerd als ze de diepe verachting voor haar in de ogen van de mannen las. Ze zou daar naast hen moeten staan en evenals deze mannen afgebeeld worden, in plaats van het middagmaal te gebruiken in Plautius' tent en met hem de verdiensten van de Romeinse kunst te bediscussiëren. Maar hoewel ze minder een gevangene was dan deze mannen, waren haar handen toch gebonden. Ik ben hier gebleven, hield ze zichzelf telkens weer voor. Ik heb gestreden tot het bittere einde. Ik heb mijn eer zo lang mogelijk verdedigd. Maar ze merkte dat de spieren in haar zwaardarm al verzwakten door gebrek aan oefening, ze voelde dat haar lichaam molliger werd door te veel overdadig eten en te weinig lichamelijke inspanning. Ze walgde van zichzelf. Ze vroeg Plautius of ze met haar zwaard mocht oefenen en hij gaf zijn toestemming. Hij kwam zelf kijken, met een geamuseerde glimlach om zijn lippen als ze heftig uithaalde naar de moppe-rende Varius die van zijn bevelhebber als taak had gekregen deze barbaarse prinses bezig te houden. Gladys had de man zelfs één of twee keer kunnen doden, maar ze deed het niet. Ze was niet bang voor de vergelding die daarop onmiddellijk zou volgen, maar ze hield zich voor dat ze Plautius een belofte had gedaan en er was iets in haar hart dat haar weerhield het vertrouwen dat hij in haar had gesteld te beschamen.

Op een dag, toen ze na een heftig oefengevecht hijgend in de schaduw zat voor een van de pasgebouwde huizen langs het pad dat naar de poort leidde, met haar zwaard naast haar op de grond, voelde ze iets in het stof onder haar warme hand. Ze krabde de aarde afwezig weg en toen zag ze dat daar een leren slinger lag, opgerold tot een knoop en bruin van opgedroogd bloed. Ze verborg de slinger haastig onder haar gordel, zonder te weten waarom ze dat deed. De soldaat van het wapenmagazijn, een plomp gebouw naast de stal-len, het hospitaal, de graanschuren en de nieuwgebouwde barakken op de plaats waar eerst de derde ring was geweest, kwam om haar zwaard op te halen. Ze reikte de man het wapen aan en ze kwam vermoeid overeind om water te halen. Een slinger kon ze hier niet gebruiken, nu ze zichzelf een wa-penstilstand had opgelegd, maar ze nam het ding toch mee naar haar hut om het schoon te maken. Ze wreef de slinger in met olie en vroeg zich af wiens bloed het lichtbruine, soepele leer bevlekt had.

Twee dagen later begreep ze waarom Camulos, die nu ergens achter de stal-len stond, haar dit wapen had gegeven. Ze was in een klein bootje van huiden en vlechtwerk gestapt en liet zich stroomafwaarts drijven; ze stuurde dicht langs de zandbank om de zwaarbeladen vrachtschepen, die dagelijks tussen Camulodunon en de kust heen en weer voeren, uit de weg te blijven. Nu en dan stak ze haar hand op om een geschreeuwde groet te beantwoorden van de soldaten die naast de opgestapelde goederen stonden. Een halve mijl voor de riviermonding liet ze haar bootje tegen de wal stoten en trok het hoog op de oever. Toen liep ze naar de rand van de kliffen en ademde dankbaar de frisse zeewind in. Ze voer niet meer naar de riviermonding, want daar was het nu erg druk en rumoerig geworden; de schepen voeren daar af en aan, de solda-ten roddelden met de onvermijdelijke kooplieden en op het strand lagen altijd veel goederen gereed. Nu liep ze verder langs de kust waar de kliffen steil oprezen boven de rotsen en de kolkende branding in de diepte. Haar voet-stappen hadden al een vaag spoor gemaakt in het lange gras. Toen nam ze haar tuniek op en klauterde langs de stoffige en brokkelige afgrond naar be-neden, om daar rust te vinden in de stilte die alleen verstoord werd door de kreten van de meeuwen en het geruis van de branding.

Op deze dag zat ze bij de rand van de laatste steile heuvel voordat het land overging in de blauwe hemel en opeens zag ze verderop twee mannen die met elkaar stonden te praten. Onmiddellijk liet ze zich op haar buik vallen en bleef doodstil in het gras liggen. Ze was zelf verbaasd over haar plotselinge reactie. Ze had nu immers niets meer te vrezen van de Romeinen? Voorzichtig hief ze haar hoofd een eindje omhoog en tuurde door de wuivende grashalmen. Toen trok een vreemde huivering door haar leden en haar vingers verkrampten. Een van de twee mannen was een centurion, zijn stok hield hij losjes in zijn hand en de zon deed zijn uit metalen stroken samengestelde schort glanzen, maar de ander... De andere man was Adminius! Ze rekte haar nek en tuurde ingespannen naar het tweetal. Nee, er was geen twijfel mogelijk. Zijn lichtbruine haar bewoog in de wind in haar richting, zijn tunick was purper en geel, het lange zwaard hing af langs zijn broekspijp en toen hij zich omdraaide om iets tegen de centurion te zeggen, zag ze de brede, dikke neus en het kuiltje in de kin, zoals haar vader dat ook had gehad. Maar dit was een karikatuur van de gelaatstrekken die ze vroeger zo liefgehad had. Adminius was dik geworden. Zijn verblijf in Rome had hem pafferig gemaakt en de bittere gedachten van verraad en wraak hadden sporen achtergelaten op zijn knappe gezicht, dat nu een norse, korzelige uitdrukking had. Ze herkende de onovertroffen sluwheid van Cunobelin in zijn gezicht, zoals die ook in Caradocs gelaatstrekken voorkwam, maar bij Adminius werden die trekken niet verzacht door Caradocs gevoeligheid. Gladys voelde zich misselijk worden. Ze wist dat Plautius hen met opzet uit elkaars buurt had gehouden om haar te ontzien, maar nu stond haar broer daar, alleen in gezelschap van die centurion. Ze haalde de slinger uit haar gordel en dacht terug aan de laatste keer dat ze Adminius had gezien, toen hij in de schemerige stallen woedend bezig was zijn paard te tuigen. Hij had zijn halsring met een woest gebaar tegen haar wang gesmeten. Ik had hem toen moeten doden, dacht ze, maar misschien had het uiteindelijk weinig uitgemaakt. Claudius zou zijn invasie toch begonnen zijn, dan was Plautius gekomen en dan zou ik nu evengoed de zware last van mijn eerverlies en schuld dragen. In gedachten zag ze Sholto weer voor haar ogen sterven, maar ze verdrong het visioen uit haar geest. Voorzichtig tastte ze om zich heen. Geef me een steen, Camulos, bad ze in stilte, je hebt Adminius binnen mijn bereik gebracht, geef me nu ook een steen. Ze vergat alles, ook de nog vage dromen dat ze door de stevige uitnodigende armen van Plautius omhelsd werd. Nu was ze weer een zwaardvrouw die de vijand in het oog krijgt, al haar aandacht gericht op snel en dodelijk toeslaan. Want de man die daar brede armgebaren maakte en lachte toen de centurion iets zei was haar broer niet meer. Haar vingers sloten zich om een steen, rond en glad maar te klein. Toch moest ze het hiermee doen. Ze wist dat ze niet zo bedreven was met dit wapen van de boeren en haar enige hoop was dat ze hem uit zijn evenwicht kon brengen, zodat hij in de afgrond zou vallen. Ze rolde de slinger uit en stopte de steen in de lus. En als ik die centurion raak?

dacht ze. Dan sta ik ongewapend tegenover Adminius en hij zal mij doden. Ze schudde de gedachte van zich af. Laat ze blijven praten, bad ze weer in stilte toen ze langzaam overeind kwam. Laat ze alsjeblieft naar de zee blijven kijken. Snel bracht ze haar arm omhoog en begon de slinger rond te draaien, zwiepend tegen de wind. Sterf, ellendeling, dacht ze, toen de slinger steeds sneller ronddraaide. Geen eervolle dood voor jou. Sterf in schande... Ze liet de steen wegvliegen en dook snel naar de grond. Maar voordat ze achteruit begon te kruipen naar de bescherming van de bomen op de rivieroever, keek ze met opeengeklemde tanden of het lot haar gunstig gezind was geweest. De steen trof zijn doel. Adminius slaakte een kreet, zijn hand schoot naar zijn nek en op hetzelfde ogenblik verloor hij zijn evenwicht en gleden zijn voeten weg. De centurion deed een sprong naar de getroffen man en greep zijn tuniek, maar de stof scheurde en de doodskreet die langs de afgrond weerklonk, galmde zoeter na in de oren van Gladys dan het lieflijkste lied van Caëlte ooit zou kunnen.

Eindelijk, eindelijk, juichte ze in stilte, terwijl ze op haar buik teruggleed door het gras, terwijl de verbijsterde centurion het rafelige stuk stof uit zijn hand liet vallen en schreeuwend van de afgrond wegrende. Ik ben gezuiverd, ik heb mij gewroken, Tog, en alle anderen nobele doden, zie toe! Ze bereikte de bomen en dwong zichzelf langzaam te lopen, over de venige grond naar de plek waar ze het bootje had achtergelaten. Ze liet de slinger in het water vallen en pakte de peddel op. De zon schitterde op het water en verlichtte de ondiepten, vissen schoten als koude schaduwen weg onder de waterplanten toen Gladys tegen de stroom in peddelde. Ze ging terug naar Camulodunon. Vandaag had ze geen behoefte aan de heilzame zee.

Plautius hield zijn mening over de onverwachte dood van de Catuvellaunse hoofdman voor zich. Hij ondervroeg de centurion kort en luisterde inwendig glimlachend naar zijn verslag. Daarna liet hij de wachtposten van de rivier bij zich komen en vroeg hun op welk uur Gladys met haar bootje langsgevaren was. Toen wist Plautius genoeg. De centurion zei dat Adminius door een insekt in zijn nek werd gestoken en dat hij daardoor zijn evenwicht verloor, zodat hij naar beneden gestort was. Twee dagen lang was dit voorval het gesprek van de dag in Camulodunon, maar toen keerde Vespasianus uit Rome terug en de legionairs vonden andere onderwerpen van gesprek. Plautius liet de zaak verder rusten. Hij wist dat het noodzakelijk was gebruik te maken van verraders en informanten. Dat had hij in het verleden al vele malen gedaan, maar vrijwel altijd met een bijna tastbaar gevoel van weerzin. Hij voelde geen spijt dat Adminius dood was, want de man had zijn nut al bewezen. De invasie was zo voorspoedig verlopen dat deze overloper niet eens nodig was om als stroman leiding aan zijn overmeesterde volk te geven. Zijn dood was ook geen gevolg van moordlust. Voor de Catuvellaunse zwaardvrouw was het alleen een afrekening geweest en Plautius wist dat Gladys niet nog eens iemand op deze manier zou doden. Sinds die dag noemde hij de naam van Adminius nooit meer in haar aanwezigheid, en daaruit begreep ze dat Plautius wist dat zij degene was die Adminius gedood had.

Hij vergezelde haar elke avond als ze naar het strand liep en langs de donkere zee wandelde, en in haar aanwezigheid leken de beslommeringen en zorgen van alledag kleiner en minder gewichtig te worden. De zomer was nu bijna voorbij. In de vroege ochtend hing er een dunne witte mist, 's avonds was het erg fris, en dagelijks verschenen grote zwermen trekvogels ruisend aan de hemel. De voorbereidingen voor de winter waren nu in volle gang. Het Negende Legioen had een legerkamp gebouwd bij de grens met het gebied van Brigantia en de soldaten bereidden zich daar voor op een winterverblijf, waarbij het front geen gevaar liep omdat Aricia samenwerking beloofd had. Vespasianus had zich weer bij het Tweede gevoegd, dat nu ondergebracht was in tijdelijke barakken, en de Durotriges trokken zich terug nadat ze ettelijke keren een smadelijke nederlaag hadden geleden. Het Veertiende en het Twintigste Legioen trokken nog steeds door het gebied van de Cornovii, zich steeds bewust van de nabijheid van de geduchte stammen in het westen, maar verder scheen alles rustig.

Plautius wist dat hij spoedig een rondreis langs zijn legioenen moest beginnen, maar de dagen die hij voor zijn vertrek in Camulodunon doorbracht leek hij te aarzelen en als hij naast Gladys liep werd hij steeds zwijgzamer. Beiden hadden ze een dikke mantel aangetrokken, omdat het 's nachts een stuk kouder was en dan keken ze naar de maan die puur en helder omhoogrees en een zilveren spoor op het water tekende. Ze stonden bij het grauwe schuim van de branding en zagen de sterren twinkelen tussen de bewegingloze wolken aan de stille hemel. Toen hij haar eindelijk kuste, diep onder de schaduw van een rots die zilt rook en vooroverhing boven het water, gebeurde dat heel ongekunsteld, alsof zij en hij, het zand, de kliffen en de zee innig met elkaar verbonden waren. Haar lippen waren zacht en koel, als van nature passend bij de zijne, en ze geurde naar kruiden en de droge wind. Hij voelde weinig emotie. Hij wilde alleen haar lange haren aanraken, hij wilde met zijn vingers langs de fraaigelijnde omtrek van haar gezicht glijden, haar warmte onder de beschermende mantel voelen en hij wist dat het leven met deze vrouw rijk en vol kon zijn. Hij nam haar mantel van haar schouders en spreidde die uit op het grijze zand. Ze gingen naast elkaar zitten, de mantel van Plautius om hen beiden heengeslagen. Haar handen lagen koel in de zijne. Hij vertelde haar zachtjes over zijn buitenhuis in de heuvels buiten Rome, over de marmeren gangen en de verstikkende hitte 's middags in de zomer. Hij vertelde haar hoe groen zijn tuin was met het kleine gesmede poorthek, onder de platanen, vanwaar je kon uitkijken over zijn stoffige wijngaarden en nog verder naar de Tiber, naar de torens en de zuilen van de machtige stad. Hij vertelde haar over de zon die in de vertrekken doordrong, over zijn studeerkamer vol boeken en boekrollen, over de jaren dat hij gouverneur van Pannonië was, ver weg van de plaats die hij liefhad. Albion zou zijn laatste post zijn. Over vijf, zes, hoogstens zeven jaren kon hij eindelijk eervol terugkeren naar Rome, naar zijn druiven en zijn paarden, en naar zijn prachtige stille huis. Hij vroeg niets van haar. Er waren geen onuitgesproken vragen. Na een poosje zweeg hij en legde zijn armen om haar schouders, trok haar dicht tegen zich aan. De zee ruiste aan hun voeten, tegen Gladys sprekend over een nieuwgevonden vrijheid.

Zomer, A.D. 43

16

Toen ze het geschreeuw en gejuich hoorde, trok Boudicca de slaperige, voldane baby weg van haar borst, wikkelde het kindje snel in een deken voor ze het in handen van Hulda gaf, en rende naar buiten. De middag was warm en drukkend. Achter de stad leek het bos bewegingloos, als verdoofd door de verstikkende hitte, en ook de moerassen lagen er verlaten bij onder de hoge brandende zon. Ze zag haar echtgenoot met zijn gevolg uit de koele schaduw van de Vergaderzaal komen en in de richting van de poort lopen. Ze greep snel haar zwaard dat naast de deurhuiden stond, gespte het om en haastte zich om hem in te halen. Zodra hij haar zag bleef hij staan en wachtte op haar. 'Wat is er aan de hand?' riep ze hem toe. 'Waarom zijn de mensen zo opgewonden?' Boudicca kwam naast hem lopen; haar gezicht was rood aangelopen van de warmte en de zon bescheen haar blote, gebruinde armen, haar koperkleurige haren en haar bruine, sproetige gezicht. 'Valt de hemel soms op ons?'
Prasutagus glimlachte om haar nieuwsgierige spanning en Lovernius, de bard, herkende het oude grapje, liet zijn dobbelstenen rammelen en floot even schel. 'Sommigen zeggen van wel, anderen ontkennen het,' antwoordde Lovernius. 'Het hangt er maar van af hoe je de terugkeer van onze boodschapper uit Camulodunon ziet. Uiteraard hangt het er ook van af hoe je de boodschapper zelf bekijkt.
U, vrouwe, mag dan verwachten dat de hemel elk ogenblik kan instorten,

terwijl u, heer, zich erover verheugt dat hij zo hoog en helder is.'

'Bewaar je spitsvondigheden liever voor de Vergadering, Lovernius!' zei Boudicca geërgerd. 'Is de boodschapper terug, Prasutugas?'

'Ik geloof van wel.'

Ze liepen verder naar de poort, waar een aangroeiende menigte zich verzamelde, alle ogen strak gericht op de drie ruiters die in de verte door de hete nevel in het zuiden aan kwamen galopperen. Prasutugas baande zich een weg door de mensen, gevolgd door zijn vrouw, zijn bard en zijn wagenmenner.

'Vrede voor ons allen, Prasutugas!' riep iemand vrolijk. Hij knikte en wuifde. Boudicca kwam naast hem staan en greep zijn naakte onderarm.

'Zijn er soms Romeinen bij?' vroeg ze naar adem happend. 'Als ze de vijand hierheen brengen, dan zal ik mij opsluiten en ik weiger hun gastvrijheid te verlenen. Ik zal...'

'Hoe gaat het vandaag met mijn dochter?' onderbrak Prasutugas haar vriendelijk maar dringend, en ze liet haar hand van zijn arm glijden, naar het gevest van haar zwaard. 'Wil ze goed drinken?'

'Soms, Prasutugas,' zei ze uitdagend, 'geloof ik dat ik een hekel aan je heb, omdat je geen intuïtie en zeker geen intelligentie hebt.'

Hij drukte een vluchtige kus op het topje van haar kleine neus. 'Goed hoor,' zei hij plagend. 'Ik zal ervan genieten dat je een hekel aan mij hebt, want dan laat je mij tenminste met rust. Van alle mannen in dit stamgebied ben ik immers degene die het meest van zijn vrouw te verduren heeft, en dat weet iedereen!'

Ze keek hem van opzij aan, zag zijn blauwe, lachende ogen en liet haar hoofd met de verwarde haren toen plotseling tegen hem aan leunen. Maar nog voordat ze iets kon zeggen ging er een gejuich op uit de menigte. De kleine gestalten in de verte waren nu uitgegroeid tot ruiters die vlak bij de poort waren gekomen. Het blauw, geel en scharlaken van hun tuniek kleefde bezweet tegen hun bovenlijf en hun broekspijpen wapperden om hun benen. Toen ze binnen gehoorsafstand waren gekomen trokken de ruiters hun zwaard en hieven het hoog in de lucht. Een ogenblik later trokken ze de teugels in en hielden stil voor de nieuwsgierig opdringende menigte. De dichtstbijzijnde hoofdman smeet zijn zwaard voor de voeten van Prasutugas en de spitse punt drong in de droge aarde.

'Gegroet, heer!' hijgde hij. 'Wij hebben veel nieuws, maar de berichten zijn allemaal gunstig! De Iceni zijn veilig!'

'Vrede?'

'Ja, vrede!'

De kreet ging van mond tot mond. Vrede! Vrede! schreeuwden de mensen toen Prasutugas, zijn gevolg en de boodschappers naar de stad terugliepen. Alleen Boudicca liep met kaarsrechte rug en een boze trek op haar gezicht.

'Deed uw hoofd pijn, toen de hemel neerstortte en in stukken viel?' fluisterde Lovernius in haar oor. Ze draaide zich snel om en wilde hem slaan, maar durfde het toch niet. Zijn ogen keken haar meelevend aan.

'Houd van nu af aan je mond, Lovernius,' mompelde ze. 'Als je de hemel nog eens krakend hoort instorten, houd dat dan vóór je.'

In de zaal was het aangenaam koel en schemerig, een beschaduwde ruimte waarin hoge strenge schilden opgehangen waren aan de muren, en met zijn oude zwaarden die in de winter het schijnsel van het vuur weerspiegelden als de Vergadering bijeengeroepen werd, en de dikke kettingen waaraan de kookketel opgehangen was. Mannen en vrouwen drongen opgewonden naar binnen; ze gingen op de huiden zitten of bleven afwachtend staan, en Prasutagas, Boudicca, de boodschapper en anderen gingen bij de nu uitgedoofde haard zitten. Er werd bier gebracht en de dorstige mannen dronken gretig; de ruiters die zojuist aangekomen waren goten wel drie grote bekers snel naar binnen. De boodschapper veegde zijn mond zorgvuldig af met de mouw van zijn tuniek en leunde met een tevreden zucht achterover. Een bediende die kaas, brood en verse gestoomde vis kwam brengen zocht zich een weg tussen de mensen door.

'Wel?' vroeg Prasutagas, 'heb je met de keizer gesproken? Wat was zijn antwoord? Neemt hij ons aanbod om voortaan samen te werken aan?' Er werd om stilte gesist in de zaal en de mensen spitsten hun oren om te verstaan wat er gezegd werd.

De man nam een brood dat hem op een blad voorgehouden werd en brak het in kleinere stukken. 'Wij hebben de keizer ontmoet,' zei hij langzaam en trots. 'Hij is een heel grote ricon en zijn gastvrijheid kent geen grenzen. Hij heeft ons vreemde gerechten laten proeven en hij gaf ons zoete wijn te drinken. Hij sprak veel tegen ons, maar vooral over de verbeteringen waarvan we in de toekomst zullen profiteren en toen begrepen wij al spoedig dat we niet met hem moesten onderhandelen maar met de bevelhebber die de Catuvellauni heeft verslagen. Er waren daar veel boodschappers uit andere stamgebieden aanwezig; zij mochten ook aan tafel bij de keizer. Hij was aldoor zo beleefd dat wij geen enkel moment een smet op onze eer voelden.'

Boudicca snoof en wilde iets zeggen, maar Prasutagas was haar voor en zei snel: 'Vertel me wat er in Camulodunon gebeurd is. Waren daar veel krijgers? En de Catuvellauni? Wat is er van hen geworden?'

De boodschapper hield op met kauwen. 'Er zijn daar overal soldaten, maar ze behandelen ons met respect. Ze hebben de aarden wallen afgegraven en het grootste deel van de stad was in de as gelegd. De bevolking daar was inmiddels aan het werk gezet door de nieuwe heersers, en kennelijk hadden ze zich daarbij neergelegd.

Wat vond ik dat een prachtig gezicht, zoals die honden daar moesten zweten

met scheppen en houwelen in hun handen, in plaats van zwaarden!'
'En Caradoc?' Boudicca kon zich niet langer inhouden. 'Is hij dood? Is hij wegevoerd? Vertel op!' Prasutugas keek haar onderzoekend aan. Hij vroeg zich af of hij werkelijk een verdrietige ondertoon in haar diepe stem had gehoord, en onder de toehoorders bogen degenen die veel verwanten hadden verloren in de oorlogen met Cunobelins zonen zich nog verder naar voren. De boodschapper gaf een wenk dat hij nog meer bier wilde.

'Caradoc en vele van zijn belangrijkste hoofdmannen zijn gevlucht. Sommigen beweren dat de god van de Catuvellauni hen over de muren heeft gedragen, naar de veilige beschutting van het woud, maar de meeste geruchten spreken ervan dat hij naar het westen getrokken is. Hij heeft de boeren in de belegerde stad achtergelaten om ze daar genadeloos te laten afslachten en zijn eigen zuster is gevangengenomen. De lafaard! Maar wat kun je ook anders verwachten van een Catuvellaun?'

De omstanders mompelden instemmend, maar Boudicca bleef doodstil zitten en zag in gedachten weer de knappe jongeman met de bruine ogen die haar vóór zich op zijn paard gezet had toen samen met haar door de heldere winterse ochtend gegaloppeerd was. Ze had met het snelle begrip van een kind zijn zachte karakter aangevoeld, maar later was haar trots diep gekrenkt toen hij zo luid en minachtend moest lachen om haar vader. Die minachting had haar woede nog aangewakkerd toen ze met haar vader ten strijde trok tegen de twee hooghartige Catuvellaunse broers. Maar nu, terwijl het in de zaal warm en bedompt werd, en terwijl ze luisterde naar de boodschapper die zo luchtig en gemakkelijk over de onderwerping van dit stamgebied sprak, herinnerde ze zich Caradocs vaste greep op de teugels en het veilige gevoel toen ze door de velden en langs de opgewonden, woedend kijkende veeboeren bij de rivier draafden. Dus hij was verdwenen, hij was ontkomen. Ze voelde een siddering van vreugde. Hij had zich dus niet onderworpen aan Rome. Uiteindelijk was zijn eergevoel toch groter dan dat van haar eigen man en haar eigen stamgenoten. De eens zo corrupte Caradoc was door het vuur gegaan en hij was herrezen – als wat? Waarom was hij naar het westen getrokken? Welke toverspreuk had hem ertoe gebracht zijn eigen bloedverwanten op te offeren? Ze geloofde geen ogenblik dat hij als een lafaard gevlucht was.

'Ik heb zijn zuster gezien,' vervolgde de boodschapper. 'Ze liep door de stad met een bewaker en sprak met andere hoofdmannen, maar ze kwam niet naar ons toe. Niemand weet waarom de Romeinen haar niet ter dood hebben gebracht.' Zijn lip krulde geërgerd. 'Misschien wordt ze naar Rome gebracht en aan stukken gescheurd in de arena.'

Prasutugas merkte dat zijn vrouw onrustig begon te draaien, haar ergernis nam snel toe. 'Dus Caradoc is weggetrokken uit het laagland,' zei hij. 'Vertel eens verder over Plautius. Welke afspraken hebben jullie gemaakt? Zal hij ons met rust laten in ruil voor onze onderwerping?'

'Hij zal ons niet aanvallen, zolang wij geen oorlog met hem beginnen, maar we moeten wel vrije doortocht door ons gebied verlenen en misschien wordt hier een garnizoen gelegerd. De keizer biedt elke stam die vrede wil een goudschat aan en daarbij verzekert hij plechtig dat wij met rust gelaten worden.'

Boudicca sprong woedend met wapperende haren overeind. 'Omkoperij!' schreeuwde ze. 'Noem het toch bij de naam, en draai er niet met zoveel zoete woorden omheen! Die zogenaamde gift is niets anders dan omkoping, en er wordt ook geen vriendschapsverdrag gesloten. Geloof je nu werkelijk dat Claudius goud en beloften weggeeft, zonder daar iets anders dan een dankbare glimlach voor terug te vragen? Welke hoofdman kan ooit zulke zaken aanbieden zonder er iets voor terug te vragen, zonder dat hij voor een dwaas of een misdadiger wordt versleten? Jullie maken dat ik mij schaam! Jullie allemaal!' Ze keek naar Prasutugas. 'En bang ben ik ook. Welke zaden van verderf worden hier door jullie gezaaid?'

'Ga zitten, Boudicca!' riep iemand. Een andere stem klonk schallend: 'Geen oorlog meer!' Deze kreet werd overgenomen door de anderen. 'Geen oorlog meer!' De hoofdmannen en de vrouwen riepen het in koor. Toen Boudicca nog een keer haar blikken langs de koppige, vastberaden gezichten had laten glijden, stampte ze met haar voet en schudde haar vuist naar Prasutugas, voordat ze met grote passen naar buiten liep.

Hij trof haar een uur later aan, zittend bij de oever van de rivier. Ze staarde met een sombere blik voor zich uit, haar blote voeten in het koele water bewegend. Zwijgend trok hij zijn sandalen uit, legde zijn zwaard af en ging naast haar zitten. Hij hield even zijn adem in toen hij zijn bezwete voeten in het ondiepe water liet zakken, maar ze bleef strak in een andere richting kijken.

'Over twee dagen zal een Romein met de naam Rufus Pudens hier zijn,' zei hij na een korte stilte. 'Met zijn gevolg. Hij brengt ons het goud en de papieren voor de overeenkomst die wij moeten tekenen.'

'Kun je Latijn lezen?' zei Boudicca vinnig, maar ze bleef strak naar het in de zon glinsterende water kijken.

Hij bracht zijn hand naar haar wang en dwong haar naar hem te kijken. 'Boudicca,' zei hij zacht, 'weet je nog dat de hoofdmannen het onthoofde lichaam van je vader naar huis droegen, en dat we 's nachts huilend en rouwend naast zijn baar liepen, terwijl de regen voortdurend neergutste? Weet je nog hoe Iain die lange Catuvellaunse krijger neersloeg, nadat die mijn arm afgehouwen had en er bulderend van het lachen mee boven zijn hoofd rondzwaaide? Kun je ooit vergeten hoe je krijste en tierde tegen Lovernius omdat hij je vertelde dat ik zou sterven? Zulke verschrikkingen, zulke afgrijselijke herinneringen! Wil je werkelijk dat zulke vreselijke dingen je hele leven blijven gebeuren?'

Ze trok zich van hem terug, ging in het water staan en liep verder naar het midden van de rivier, tot het water schuimend om haar gebruinde knieën spoelde. Ze bukte zich en wierp water tegen haar gezicht. Toen sloeg ze haar armen over elkaar en keek hem aan. Zo jong nog en zo ernstig. Zijn openhartige kwetsbaarheid trof haar in haar hart.

'Wij hebben de Catuvellauni bestreden als vrije mensen,' zei ze hees. 'Uiteindelijk hadden we verloren of gewonnen, we hadden vrede kunnen sluiten en dan een oorlog tegen de Coritani kunnen beginnen. Zo is het altijd gegaan. Maar toen kwamen de Romeinen en Caradoc smeekte ons om hulp, die we uit boosaardigheid geweigerd hebben, omdat onze mensen niet verder keken dan wraak en het veel grotere gevaar daarachter niet zagen.'

'Dat is niet de enige reden,' bracht hij haar in herinnering. 'De mensen werden moe...'

'Jij hebt hun wijsgemaakt dat ze de strijd moe waren!' schreeuwde ze. 'Jij sprak over eeuwige vrede en ze hebben jou tot ricon gekozen, in plaats van mij, in ruil voor deze vrede. Maar de prijs, Prasutagas, de prijs die daarvoor betaald moet worden! Voor de nederlaag van de Catuvellauni, voor Romeins goud en voor die zogenaamde vrede, heb jij hun ziel weggenomen!'

'Wat een onzin kraam je uit! Wij wilden een verandering, wij allemaal. Ben je soms blij dat je eigen vader zonder hoofd in zijn graf ligt? Ben je blij dat een mouw van mijn tuniek doelloos neerhangt, en dat ik nog altijd veel pijn lijd? Ik begrijp je niet, Boudicca. Waar ben je bang voor?'

Ze duwde haar rossige haren met twee natte handen naar achteren en keek langs hem heen naar het vette vee dat rustig in het lange gras graasde. Het graan rijpte al en kreeg een gouden kleur op de akkers. 'Ik ben niet bang voor Rome zelf,' antwoordde ze langzaam. 'En ik ga ook niet tegen jou in, mijn lief, omdat ik onwetend en gemeen ben. De mensen willen inderdaad verandering, maar ze beseffen niet dat die verandering niet buiten hen, maar innerlijk zal zijn. De Iceni zullen iets kwijtraken, Prasutagas, iets kostbaars en al weet ik zelf nog niet precies wat het is, ik voel heel duidelijk dat het nooit door iets anders vervangen kan worden.' Ze strekte haar armen uit. 'De druïden zijn al weggegaan en spoedig zullen de goden niet meer tegen ons spreken. De dood sluipt naar de Iceni toe, kun jij dat ook voelen?'

'Nee,' zei hij kalm. 'Nee, dat kan ik niet. Je laat je meevoeren door je eigen noodlottige gedachten, en wat hoor je je eigen stem graag! Ik denk dat je een spiegel pakt en tegen jezelf gaat krijsen, als je geen tegenstanders hebt.'

'Dwaas!' zei ze woedend. 'Mijn vader had gelijk, en de ziener had ook gelijk. Ik had nooit met je moeten trouwen. Dit jaar is een ware beproeving voor mij geweest, en ik denk dat ik een andere echtgenoot ga kiezen.'

Hij barstte in lachen uit. 'Elke andere man zou jou op dit ogenblik al met geweld het zwijgen opgelegd hebben en dan zijn eigen keel doorgesneden hebben uit verveling.'

'Ik zie liever een opgeheven vuist, dan jouw eeuwige tegemoetkomendheid en berusting, alsof je een rund bent!'

Hij boog zijn hoofd en met een snelle beweging wierp hij zich naar voren; nog steeds lachend greep hij haar onverwacht beet. Zijn ene arm sloeg hij om haar nek. Boudicca verloor haar evenwicht en samen vielen ze met een plons en opspattend schuim in het diepere water. Snel greep hij haar anders beet en drukte haar onder water tegen de kiezels op de bodem, terwijl ze heftig schopte en aan zijn kleren rukte om zich vrij te worstelen. Langzaam liet hij los en sprong zelf snel opzij, buiten haar bereik. Grijnzend keek hij toe hoe ze proestend weer overeindkrabbelde. 'Boudicca!' riep hij, toen ze weer op adem was.

'Wel heb ik…!' schreeuwde ze woedend en nog steeds hoestend. 'Andrasta! Hoe kan een man met maar één arm op zoveel plaatsen tegelijk knijpen?'

'Ik houd toch veel van je? Geef me je hand.' Hij greep haar vingers stevig vast en een ogenblik bleven ze daar in hun doorweekte kleren staan. Haar rode haar en zijn blonde natte haar kleefde tegen hun wangen en de waterdruppels glinsterden op hun gezicht en armen.

Ze krabbelden weer naar de warme oever. 'Ik neem je wel ernstig,' zei hij. 'Er zijn twee verwondingen die mij voortdurend kwellen. De ene is voor iedereen zichtbaar, maar de andere pijn lijd ik omdat jij niet gelukkig bent en omdat ik mij voortdurend bezorgd maak over je.'

Ze ontspande zich, dicht tegen hem aan gedrukt, en ze sloeg haar beide armen om hem heen. 'Ik houd ook veel van jou, Prasutagus,' fluisterde ze. 'O, wat houd ik veel van je. Meer nog dan van mijn verwanten, mijn liefde voor jou is groter dan voor mijn volk. Wat zou het leven zonder jou zijn? Ik zal die Romein, die Pudens, gastvrijheid verlenen, omdat jij het graag wilt, ik zal vriendelijk naar hem glimlachen, maar mijn glimlach en mijn uitgestoken hand zijn er alleen omdat ik van je houd.'

Hij kuste haar teder en hun dikwijls zo grote verschillen van inzicht verdwenen even onder de liefde die ze voor elkaar voelden.

Ze kwam overeind en trok de natte, zwaargeworden tuniek weg van haar benen. 'Ik moet me aan mijn plichten gaan wijden. Ethelind zal wel weer huilen en als Hulda haar niet kan sussen zal ze bozer en bozer worden.' Ze streek het natte haar uit haar hals. 'Wat is het warm vandaag! Ik kan me geen zomer herinneren die net zo verzengend heet was. De Romeinen zullen zich wel gelukkig prijzen dat ze een nieuwe provincie gevonden hebben die even warm en vruchtbaar belooft te zijn als hun eigen land.' Ze snoof minachtend.

'Laat ze maar wachten tot het gaat sneeuwen! Dan zullen we nog wel eens zien.'

Hij kwam moeizaam overeind en keek haar aan. Hij begreep dat ze, plotseling peinzend en stil, met haar gedachten bij Caradoc was en bij het geheim van zijn verdwijning uit de belegerde stad. Hij pakte zijn sandalen en zwaard en liep weg. 'Zullen we vannacht onder de sterren slapen?' vroeg hij. 'We kunnen dekens meenemen en bij de rivier gaan liggen. Ethelind zal tot de dageraad blijven slapen.'

Ze werd door zijn woorden uit haar overpeinzing gerukt en grinnikte naar hem. 'Als je belooft dat je me niet in het water zult rollen, zodra het tijd is om op te staan. Want dan kan ik kou vatten en ziek worden, zodat jij die Romein alleen te woord moet staan!'

Samen liepen ze terug langs het groene hakhout in de zomerhitte en lang voordat ze bij de deur van hun hut gekomen waren, kon Boudicca het gehuil van de baby al horen.

Die avond droegen ze beddegoed naar het lange gras op de oever van de rivier en ze keken naar het verdwijnende daglicht en naar de witte sterren die langzaam zichtbaar werden aan de hemel. In de vallende duisternis klonken veel geluiden, vol warmte en leven. Kikkers kwaakten in de modder, insekten zwermden zoemend rond en in de verte, in het bos, klonk het roepen van uilen. De twee jonge mensen spraken vertrouwelijk met elkaar over de dagelijkse beslommeringen van de stam, over hun simpele hartsaangelegenheden, maar ze vermeden over de toekomst te spreken. Voor hen was de avond kostbaar, ze hadden geleerd die uren voor zichzelf te bewaren, om samen door te brengen, zonder anderen. Prasutugas vergat de knagende zorgen over de stam en het welzijn van zijn onderdanen dat als een zwaar rad om hem heen wentelde. Boudicca verdrong de sluipende angst die soms alle vreugde leek te verdrijven. Alleen hier, aan de oever van het kalme en eeuwig voortstromende zilveren water, onder de twinkelende sterren, konden ze de verantwoordelijkheden en zorgen van zich afzetten. Ze zaten dicht bij elkaar, fluisterden en lachten zachtjes. Ze gingen in het gras liggen om te vrijen en liepen daarna naar de rivier om het koele heldere water te drinken voordat ze weer gingen liggen, en hoewel ze weinig sliepen liepen ze de volgende ochtend verfrist en uitgerust terug naar de poort, toen de eerste stralen van de dageraad door de heldere lucht drongen.

Overdag werd het weer erg warm en het was windstil. Het vee stond in de rivier en liet de koppen hangen, terwijl de naakte kinderen tussen de runderen spetterden en schreeuwden. Paarden liepen traag voorbij, en zwiepten met hun staart naar de hinderlijke vliegen. De mensen zaten in de schaduw van hun hut en alleen enkele slaven waren in de weer bij het vuur dat buiten de palissade was opgerakeld en waar de Vergadering gehouden zou worden.

Zelfs de smeden en de wevers, de leerlooiers en de kleermakers lieten hun gereedschap rusten en verzamelden zich bij de waterkant om daar in de zinderende hitte te gaan zitten. Prasutugas richtte al zijn gedachten op de Romeinse delegatie die nu op weg was naar de grenzen van hun gebied. Hij liep samen met Lovernius en Iain over de paden in de stad. Alle drie waren ze bezweet en ze zeiden niets. Boudicca bracht de ochtend door met een rit te paard langs haar vee en over haar velden. Ze sprak met de boeren die voor haar werkten en toen ze haar bezittingen inspecteerde vroeg ze zich bitter en bedroefd af hoeveel hiervan zou verdwijnen in de altijd hongerige magen van de Romeinse soldaten. In de namiddag ging ze vermoeid en afgemat door de hitte op haar bed liggen, met de baby in de bocht van haar arm.

Tegen de avond leek het koeler te worden en na de maaltijd in de buitenlucht liep Boudicca alleen in de richting van het bos. Ze liep op blote voeten over de droge aarde en droeg haar mantel over haar arm. Het heilige bos van Andrasta lag ver tussen de bomen, aan het eind van een pad dat al smaller was geworden door het weinige gebruik. Boudicca merkte dat ze de ranken van braamstruiken opzij moest duwen, of over afgevallen takken moest stappen. Deze zomer waren er geen offers gebracht, sinds de druïden verdwenen waren niet meer, en terwijl ze verder liep dacht Boudicca aan de bijeenkomsten van de hoofdmannen en hun vrouwen die zich verzameld hadden om zegeningen af te smeken en hier gebeden hadden gezongen, voordat de strijdwagens naar het zuiden wegreden om de strijd met de Catuvellauni aan te gaan. Haar vader had hier met de anderen zijn grote hoofd eerbiedig gebogen, zijn schedel die nu ergens lag te verbleken, of anders vergeten naast de deuropening van een verlaten Catuvellauns huis bengelde. Prasutugas had hier met zijn twee sterke levenskrachtige armen zijn grote zwaard opgeheven en ermee door de lucht gezwaaid en haar lachend getoond hoe scherp Iain het blad had geslepen. Met het zwaard had hij een dwarrelend blad in tweeën gekliefd. Nee, dacht ze, terwijl ze haar ogen even tot spleetjes samenkneep en verder liep over het pad dat ze zo goed kende. Nee, ik wil niet terugkeren naar die tijden. Hij heeft gelijk. Als de stammen vroeger in een gezamenlijke Vergadering tijdens Samain ooit afgesproken hadden de onderlinge twisten te staken en voortaan in vrede naast elkaar te leven, wat zou hun bestaan dan rijk en vredig geworden zijn. Maar wat Rome betreft… de strijd met Rome is niet hetzelfde. Het lijkt wel of we onze vurigste wens verkopen, in plaats van er eervol voor te strijden. En als we daarvoor in ruil geld of goederen terugkrijgen, dan zullen onze schouders een zware last van wroeging en zelfverwijt opgelegd krijgen.

Het heilige bos lag er stil en geheimzinnig bij, vaag verlicht door de aarzelende stralen van de pas opgekomen maan. De schaduwen van wel duizend takken vormden een netwerk over de halve cirkel van de houten schrijn zonder dak en het donkere stenen altaar. Het beeld van Andrasta zat daar met ge-kruiste benen, slank en met smalle schouders. De ogen waren gesloten, de lippen weken iets uiteen en het maanlicht bestreek de gevleugelde helm en de kronkelende strengen haar die vanonder de helm te voorschijn kwamen. Haar dunne armen rustten naast haar knieën en in elke naar boven gekeerde handpalm staarde een bewerkte zilveren schedel voor zich uit in de duister-nis. Boudicca deed een stap naderbij, maar zelfs toen ze voor de gesloten ogen stond voelde ze dat er geen magie op deze verlaten, lege plek was. De ge-heimzinnige kracht was verdwenen. De druïden hadden gevoeld dat er ver-anderingen bij de Iceni op til waren en ze hadden het volk uitdrukkelijk ge-waarschuwd, maar de mensen hadden hun gezicht naar de nieuwe wind ge-wend en tegelijk de aanroeper en de wijzen hun rug toegekeerd, en toen ze voorzichtig weer omkeken merkten ze dat de druïden spoorloos verdwenen waren en dat hun dreigende vervloekingen geen kracht hadden. Als jullie met de demonen uit Rome dansen, dan zullen jullie met al jullie have en goed en nog méér moeten boeten, hadden de druïden hun bezworen. Maar Prasutu-gas was er kalm en vastberaden onder gebleven. Zijn koppigheid trok Bou-dicca aan en stootte haar tegelijk af. De bevolking die de oorlog moe was had de toorn van Andrasta getrotseerd en zich achter Prasutugas geschaard.

'Waar is je toorn, Koningin van de Overwinning?' vroeg Boudicca zachtjes. 'Waar blijft je wraak?' Maar het bleef doodstil en er klonk geen gefluister door de nacht. Boudicca stond daar hulpeloos en ze wist dat haar aanroepin-gen en gebeden niet verhoord werden. Ze had nooit gedacht dat haar echtge-noot zich uiteindelijk aan Rome zou onderwerpen, maar nu was Rome hier-heen gekomen om de duisternis die de druïden hadden achtergelaten op te vullen met een nog zwartere aanwezigheid. Zelf kon ze daar niets aan doen. Opeens knnnapte er een twijg achter haar en ze hoorde geritsel in het dorre gras. Ze keerde zich om. Lovernius stapte in het maanlicht, met een bundeltje in zijn hand, en even keken ze elkaar aan. Toen deed hij nog een stap dichter-bij en begon te spreken.

'Ik dacht dat je Hulda was,' zei hij. 'Ik herkende u niet, vrouwe.' Zijn stem klonk behoedzaam. 'Ik heb deze zomer nog geen enkel offer gebracht.' De woorden konden zowel berouw over zijn nalatigheid uitdrukken als erken-ning dat Andrasta in vergetelheid was weggezonken. Lovernius keek haar nauwlettend aan.

'Wat heb je meegebracht?' vroeg ze onverschillig, toen hij zijn offerande uit-pakte.

'Wat geld. Een zilveren armband die nog van mijn moeder was. En een mes.' Maanlicht bescheen het glanzende heft en granaatstenen glinsterden op de korte schede. Ze keek hem even aan en liet haar vinger toen bewonderend over de fraai ingelegde schede glijden.

'Dat zal niet baten, Lovernius. De godin neemt deze geschenken niet aan. De druïden hebben haar met toverspreuken gebonden en wij kunnen niets doen om haar jegens ons gunstig te stemmen.'

'Toch wil ik dit offer brengen en ik zal dat ook blijven doen.'

Ze zag hoe hij zijn offer op de knieën van Andrasta legde en ze luisterde naar zijn schuldbewuste geprevel. Maar Boudicca besefte dat de godin geen dienst in ruil voor dit geschenk zou verlenen en ze zwaaide haar mantel langzaam om haar schouders voordat ze aanstalten maakte het gewijde bos te verlaten.

'Wij zijn alleen, jij en ik,' zei ze, toen hij overeind kwam. 'Vertel me eens, Lovernius, wat moet ik nu doen?'

'Hetzelfde als ik doe,' antwoordde hij eenvoudig. 'Ik blijf zingen voor mijn heer, over zijn triomfen en nederlagen, en u moet uw kind grootbrengen en toezicht houden op uw bezittingen.'

'Zodat de Romeinen ten slotte alles in beslag kunnen nemen? Ik wil hier weg, Lovernius. Ik wil naar het westen.'

Hij keek haar lange tijd in de ogen en nam toen voorzichtig haar hand. 'Dat wilt u niet werkelijk,' zei hij. 'U houdt te veel van hem om naar het westen te vluchten en hem hier weerloos achter te laten. Houd moed, Boudicca! Onze tijd komt nog wel, maar eerst moeten we afwachten.'

Ze keerden zich om en liepen achter elkaar terug naar het pad. 'Ik houd niet van wachten,' zei ze na een korte stilte. 'Ik heb veel geleerd in mijn korte leven, Lovernius, maar geduld hoort daar niet bij!' Ze sprak nu opgewekt; het neerslachtige gevoel was verdwenen en hij antwoordde even opgewekt.

'Als u meer tijd zou doorbrengen met gesloten mond en naar de sterren kijkend, zonder met gebogen hoofd als een dolle stier naar iedereen uit te vallen, dan zou u het wel leren!' zei Lovernius vermanend, en ze moesten allebei lachen.

'Maak maar een lied om me daaraan te herinneren,' riep ze over haar schouder. 'En kom het dan elke dag voor mij zingen. Prasutagas zal je rijkelijk belonen, als je mij leert mijn tong stil te houden.'

'Nee hoor, dat doet hij vast niet,' antwoordde Lovernius. 'Hij houdt veel te veel van u zoals u nu bent.'

Ze giechelde weer, maar zei niets en de lichten van de stad wenkten hen toen ze de bomen achter zich lieten en langzaam naar de poort liepen.

Rufus Pudens en zijn gevolg van tribunen en infanteristen arriveerden aan het eind van de volgende middag. Ze werden luidruchtig begroet door de stadsbewoners, de boeren uit de verre omtrek en enkele rondtrekkende kooplieden die zich hier verzameld hadden om een glimp van de nieuwe heersers over Albion op te vangen. Prasutagas en Boudicca stonden met hun gevolg voor de ingang van de vergaderzaal, als een felgekleurd groepje tussen de grauwe menigte. Prasutagas had zijn hoge bronzen helm opgezet en zijn goudblonde haren vielen los over zijn schouders. Zijn ceremoniële zwaard hing af van zijn met email versierde gordel en zijn ene arm rustte op een met juwelen bezet schild dat vroeger van zijn vader en daarvóór van zijn grootvader geweest was. Boudicca stond naast hem, gekleed in haar zachtgele tuniek. Gouden armbanden rinkelden als ze haar vingers bewoog, en om haar voorhoofd droeg ze de met amber afgezette gouden band, die een huwelijksgeschenk van Prasutugas was geweest, maar de band en de edelstenen gingen gedeeltelijk schuil onder haar krullende haren die tot op haar borst vielen.

'Denk erom,' fluisterde Prasutugas vanuit zijn mondhoek. 'Ik heb je verboden vandaag kwaad te worden. Als dat toch gebeurt zal ik je straffen, en deze keer meen ik het heel ernstig.'

'Dat heb ik toch beloofd!' siste ze terug. 'Bij Andrasta, de liefde heeft een dwaas van mij gemaakt. Kijk eens, Prasutugas! Daar komt hij aan! Wat een schitterende wapenrusting, wat een machtsvertoon! En wie is die man daar naast hem?'

'Ssst!' Hij stootte haar even aan en deed toen een stap naar voren, want de groep gewapende soldaten kwam op een kort bevel tot stilstand bij de poort en er viel een stilte onder de bewonderend toekijkende menigte.

Pudens en zijn tribunen lieten zich van hun paarden glijden en liepen over het pad dat rechtstreeks naar de zaal leidde. Onwillekeurig voelde Boudicca een huivering bij het zien van de fraaie plooien in de purperen mantel, het glanzende borststuk en de bepluimde schitterende helm. Discipline en ordelijkheid straalden af van de vier mannen, toen ze met afgemeten passen en naar achteren getrokken schouders stram verder liepen. Achter hen liep een grote, zwaargebouwde hoofdman, gekleed in een mouwloze helderblauwe tuniek. Armbanden drongen in het uitdijende vlees van zijn bovenarmen en een onbewerkt ijzeren zwaard bonsde onder het lopen telkens tegen zijn dikke linkerbeen. Zijn haren waren lichtbruin en wat grijzend boven zijn hoge voorhoofd. Boudicca kon zijn gezicht beter onderscheiden toen hij naderbij kwam, een gezicht dat knap en geestig kon zijn als er niet zo'n norse uitdrukking op te lezen was geweest. Ik ken die man, dacht Boudicca verrast. Ik heb hem eerder gezien. Prasutugas kreeg plotseling het gevoel of hij en Boudicca kinderen waren die door strenge volwassenen bij een verboden spel betrapt werden. De Romeinen kwamen naar hem toe, namen hun helm af en Prasutugas gaf zijn schild over aan Iain om zijn arm uit te steken.

'Welkom in dit stamgebied,' zei hij hartelijk. 'Eten, wijn en vrede voor u allen.'

Rufus Pudens schudde de uitgestoken pols. 'Ik dank u, heer, uit naam van de keizer,' antwoordde hij ernstig. 'Het is mij een groot genoegen u eindelijk persoonlijk te ontmoeten.' Hij wees even naar de man in de blauwe tuniek. 'Hij is mijn tolk.'

De man vertaalde Pudens' woorden snel en voegde er toen aan toe: 'Mijn naam is Saloc. De nobele Pudens spreekt onze taal wel enigszins, maar niet voldoende om zijn bedoelingen duidelijk over te brengen. Die eervolle taak is mij gegund.' Hij deed een stap opzij en schudde Prasutugas' pols even, maar daarna richtte hij zijn aandacht weer op Pudens die zijn hand naar Boudicca uitstak.

Prasutugas stelde haar snel aan hem voor. Ze aarzelde een ogenblik, haar ogen strak gericht op de tenen van de Romeinse sandalen; trots en loyaliteit aan haar man streden hevig in haar binnenste, maar toen stak ze langzaam haar hand uit en ze keek hem aan. Ze voelde zijn hand, niet de kille wrede tentakels die ze eerder in haar verbeelding had gevoeld, maar eerder een hartelijke, vriendschappelijke handdruk en de glimlachende ogen in het jongensachtige scherpzinnige gezicht keken haar vanonder het kortgeknipte donkere haar belangstellend aan. Ze slaagde erin terug te glimlachen, maar woorden van dank wilden niet over haar lippen komen. Pudens begreep wat er in haar omging en liet haar hand los om zijn tribunen aan haar voor te stellen. Al spoedig waren de formaliteiten voorbij en met een buiging ging Prasutugas de bezoekers voor naar de zaal. Ter ere van hen was er een klein vuur aangelegd; de huiden waren daar in een kring omheen gelegd en het gezelschap ging met een opgeluchte zucht in de koele schaduw zitten. Ze reikten naar de bekers wijn die Prasutugas had laten komen, maar Boudicca klemde een beker mede in haar handen en hield haar gezicht strak in de plooi. Deze middag zou verder verstrijken met beleefde gesprekken, zonder dat er iets van wezenlijk belang werd gezegd en ze moest zich schrap zetten tegen golven van verzet en wroeging, omdat ze wist dat ze deze avond, na de feestelijke maaltijd, al haar zelfbeheersing nodig zou hebben om kalm te blijven als de reden van het bezoek eindelijk ter sprake zou komen. De mannen dronken en praatten over luchtige onderwerpen, en Pudens vermeed in de gesprekken zorgvuldig elke toespeling op oorlog en strijd, bezetting of Romeinse eisen, terwijl Saloc handig en snel vertaalde. Boudicca merkte dat ze belangstellend luisterde naar de uitleg die haar gegeven werd over de Romeinse jachtmethoden en landbouw. Toen begon Prasutugas over zijn kostbare jachthonden en hij bood de Romeinen een rondleiding langs de hokken aan, en ook langs andere plaatsen die interessant voor hen konden zijn. Na de rondleiding keerde het hele gezelschap terug en toen ze in het afnemende zonlicht door de stad liepen waren er grote groepen hoofdmannen en vrije mannen die met ontzag en wat ongemakkelijk naar de scherpe, afgemeten klank van de Latijnse woorden luisterden. Later, toen het laatste daglicht verdwenen was, verzamelden ze zich buiten de poort rond een groot vuur dat hoog oplaaide en de Romeinen mengden zich onder de plaatselijke bewoners, drinkend en etend, terwijl ze keken naar de schijngevechten van hoofdmannen en de snel rijdende strijdwagens die over een met toortsen verlicht parcours raasden. Op zeker ogenblik merkte Boudicca dat Pudens naast haar kwam staan, met een beker wijn in zijn hand. Het was te laat om hem te ontwijken en daarom klemde ze haar beker stevig tegen haar borst en keek hem recht aan.

'Hebt u een dochter, vrouwe?' vroeg Pudens met enige moeite in haar eigen taal. Zijn stem klonk uit boven het geroezemoes in hun omgeving. Ze knikte kortaf.

'En wat is haar naam?' Alleen haar stamgenoten krijgen te horen hoe ze heet, wilde Boudicca bits antwoorden, maar ze zei onderdanig: 'Ethelind.'

'Die naam klinkt zangerig. Ik ben erg op kinderen gesteld. Ik heb veel nichtjes en neefjes die mij telkens weer om cadeautjes vragen, als ik in Rome terug ben, maar dat vind ik niet erg.' Hij lachte naar haar. Was je ook zo dol op de kleine kinderen die je in Gallië afgeslacht hebt? schoot het door Boudicca heen, maar om de een of andere reden was het gezicht naast haar zo openhartig en vol jeugdige levenslust, dat ze de venijnige opmerking voor zich hield.

'Bent u getrouwd?' vroeg ze kortaf. Pudens schudde zijn hoofd.

'Nee, nog niet. Op het ogenblik ben ik getrouwd met mijn carrière, zoals ze zeggen, en mijn carrière is een erg jaloerse en veel tijd vragende minnares. Maar ze geeft ook veel voldoening.' Hij besefte onmiddellijk dat hij iets verkeerds gezegd had. Hij zag haar ogen donker worden en haar mondhoeken omlaag trekken. Hij dacht snel aan een ander onderwerp, maar begreep toen dat deze vrouw niet het type was om zich daardoor te laten misleiden. Daarom zei hij zacht: 'Het spijt me, maar het lukt me niet mijn tong voortdurend in toom te houden en ik leer uw taal nog maar kort. U haat ons zeker?'

Haar hoofd schoot omhoog. 'Ja, dat doe ik.'

'Dan heeft het geen zin nu te zeggen dat u over enkele jaren, zodra u ons beter hebt leren kennen, geen haat meer zult koesteren en mogelijk alleen een zekere afkeer jegens ons zult voelen. Ik bewonder uw oprechtheid, Boudicca, en al klinkt het ongeloofwaardig, ik heb er ook begrip voor. Ik heb slechts één keer eerder een vrouw ontmoet met dezelfde kijk op erezaken.'

'Caradocs zuster.'

'Inderdaad!' zei Pudens verrast. 'Als dat misschien een troost is, zij waagde het zelfs de keizer te beledigen.'

'Dat is geen enkele troost,' antwoordde ze hees, 'want de keizer is daarom niet weggegaan.'

Ze dronken allebei zwijgend en ongemakkelijk. Zonder dat er nog een woord gewisseld werd maakte hij een korte buiging en verdween.

Terwijl de vrije mannen nog ruzieden en lachten en de oranje en rode vlammen van het vuur nog hoog oplaaiden, fel afstekend tegen de fluweelzachte nachtelijke hemel, keerden de Romeinen en Saloc, Boudicca, Prasutagus en hun gevolg terug naar de zaal en gingen daar bij het vuur zitten. Er waren olielampen ontstoken en een vage gloed verlichtte de plechtige ruimte. Bedienden slopen af en aan; onopvallend verzorgden ze het vuur en droegen meer wijn aan. Zodra ze daarmee klaar waren, gebaarde Prasutagas dat ze moesten verdwijnen en hij keerde zich naar Pudens. Er viel een stilte. Boudicca maakte de gesp van haar zwaard los en legde het wapen voor haar knieën. Lovernius en Iain volgden haar voorbeeld.

Pudens schraapte zijn keel. 'Eerst moet ik u nogmaals bedanken, heer, voor uw gastvrijheid en voor de wijsheid die u had vrede tussen uw en mijn volk te willen. Ik twijfel er geen ogenblik aan dat deze stam u zal gedenken als een ware vader en gids, omdat u dit pad gekozen hebt. Rome wenst alleen het goede voor u, zodat wij vrienden kunnen worden.'

Saloc herhaalde de woorden met melodieuze stem in Boudicca's taal maar Boudicca zelf voelde een grote droefheid in zich opkomen. Ze had zich voorgenomen zich te beheersen, maar nu voelde ze een sterke aandrang om in huilen uit te barsten. Nee, o nee, ik mag geen tranen storten, en zeker niet in aanwezigheid van deze vreemdelingen...

Prasutagas stak zijn hand op; zijn gezicht was getekend door vermoeidheid en spanning op dit gedenkwaardige uur. 'Heer,' begon hij met iets van humor, 'in uw ogen lijk ik amper meer dan een kind, maar dat komt omdat in uw volk de kinderjaren veel langer duren en kinderen beschermd worden. Maar ik ben een volwassen man en ik ben de ricon van mijn volk. Daarom vraag ik u mij niet te beledigen en toe te spreken alsof ik traag van begrip ben. Laten wij geen uren van gezonde slaap verkwisten met welgekozen, maar lege woorden. Rome heeft de overwinning behaald. Ik wil Rome niet bestrijden en dat wil mijn stam ook niet. Wat die vriendschap betreft, dat zal in de toekomst nog blijken. Laten wij daarom eerst de voorwaarden bespreken.'

Saloc glimlachte vaag toen hij de woorden vertaalde en de tribunen grinnikten triest en staarden in het vuur. Pudens, even uit zijn evenwicht gebracht, keek Prasutagas verrast aan. Toen gleed zijn blik naar Boudicca en hij zag dat haar lippen beefden en dat ze heftig met haar ogen knipperde. Hij rechtte zijn schouders tegen het gevoel van schaamte dat in hem kwam opzetten.

'Heel goed,' zei hij luid. 'Ik ben blij, heer, dat ik die voorwaarden niet in verbloemende woorden hoef te zeggen. Sommige hoofdmannen zijn ook zo overgevoelig!' Hij glimlachte innemend. 'De voorwaarden zijn aldus. De goddelijke Claudius geeft u goud. Dat is een geschenk en bedoeld als blijk van zijn goede wil. Als bewijs van uw oprechtheid jegens Rome zult u de eed afleggen nooit de wapens tegen enige burger van Rome op te nemen. Als er hier onenigheid ontstaat zult u de zaak voorleggen aan de rechters in Camulodunon. U zult ook moeten toestaan dat hier een klein garnizoen wordt gelegerd, dicht bij de stad. En langs de weg die voor dat garnizoen aangelegd zal worden komt er elke tien mijl een wachthuis. Later, als alles naar wens verloopt, zal er een tweede weg aangelegd worden.'

Weer stak Prasutugas zijn hand op. 'Ik wil geen wegen die dwars door de akkers van mijn onderdanen lopen. En er mag ook geen eik geveld worden om de aanleg van zulke wegen mogelijk te maken. Hoeveel soldaten zullen in dat garnizoen gelegerd worden? En welk gezag hebben zij over ons? Ik wil niet dat onze regels doorkruist worden, Pudens.'

Rufus knikte begrijpend. 'De wegen zullen langs bestaande paden aangelegd worden. Ik ben hierheen gereden vanuit het zuiden en er zullen weinig veranderingen aangebracht behoeven te worden. Het garnizoen zal uit tachtig tot honderd man bestaan, afhankelijk van de vreedzaamheid die hier in deze provincie heerst. De bevelhebber zal geen enkele bevoegdheid hebben over welke interne aangelegenheid dan ook, heer. Hij zal alleen belast worden met de handhaving van de vrede en daarnaast zal hij een waardevolle tussenpersoon tussen u en de gouverneur zijn.'

'Dat hangt er helemaal van af wat voor man hij is,' zei Boudicca scherp. 'Als hij een barbarenhater is kan hij van ons leven een hel maken.'

'Dat is waar,' gaf Pudens toe. 'Daarom zal ik vragen of hij voorlopig op proef hierheen gezonden wordt. Als na zes maanden blijkt dat hij u niet bevalt, zal de gouverneur hem vervangen.'

'Waarom wilt u hier eigenlijk een garnizoen?' drong Boudicca aan. 'Icenia is aan drie zijden omringd door de zee, en alleen in het zuiden grenst het aan een ander gebied, maar dat heeft Rome stevig in handen. U wilt ons zeker bespioneren?'

Pudens nam zijn beker en zette die neer om bij te schenken uit de zilveren kan die vlak bij hem stond. Nadat hij enige tijd had nagedacht gaf hij haar antwoord. 'Ik mag toch aannemen, vrouwe, dat u ook geen kind meer bent? Uw volk wil op het ogenblik vrede, maar wie weet hoe men er volgend jaar of het jaar daarna over denkt? U zult toch zeker begrijpen dat Rome onze belangen hier moet beveiligen en er zeker van moet zijn dat er geen opstandige elementen zijn binnen dit stamgebied die het goede werk van uw echtgenoot in de toekomst in een chaos doen verkeren? De bevelhebber zal u niet bespioneren, maar hij zal hier alleen aanwezig zijn om er zeker van te zijn dat er nooit reden is om dat wel te doen.'

'Daar bent u tenminste eerlijk in!' zei Boudicca bits. 'Maar zoals ik het zie, zal Icenia in handen van één man komen. Als hij eerlijk en rechtvaardig is, zullen wij redelijk af zijn, maar is dat niet het geval dan zijn wij gevangenen! Dan zullen wij niet eens kunnen doordringen tot het gehoor van de gouverneur.'

'U veronderstelt dat de mensen alleen maar goed of alleen maar boosaardig zijn,' zei hij met een bijna tegemoetkomende glimlach. 'En de Romeinen zijn uiteraard allemaal boosaardig, en als ze dat niet zijn dan verbergen ze hun onbetrouwbare harten achter een masker. U zult spoedig merken dat uw vrees ongegrond is.' Hij wendde zich weer tot Prasutugas. 'Dan is er ook nog de belastingheffing.' Boudicca slaakte hoorbaar een lange zucht en het gezicht van haar man verstrakte. 'Ik kan niet met zekerheid zeggen welke belastingen precies geheven zullen worden, omdat de procurator nog niet uit Rome gearriveerd is. Maar als hij hier is, zal hij een bezoek komen brengen en vaststellen hoe groot uw bezittingen aan kudden schapen en ander vee zijn. Dit is een rijk gebied, heer, en daarom zullen de belastingen hoog zijn,' waarschuwde hij.

Prasutugas keek strak in de vlammen en was verbaasd dat Boudicca bleef zwijgen. Ze zat achterovergeleund in de schaduw, maar hij voelde dat ze woedend was. Waar blijven haar stekelige en woedende vragen? dacht hij bezorgd.

'Ik zal de belastingen betalen,' zei hij langzaam. 'Wij zijn daartoe in staat, in ruil voor vrede. Maar ik weiger beslist dat enige Icenische vrije man of vrouw als slaaf wordt meegevoerd, en er zullen ook geen jongemannen geronseld worden voor de legioenen of voor de arena. Daarover valt beslist niet te onderhandelen, Pudens.'

'Dat begrijp ik. U weigert nog steeds te geloven dat Rome u goedgezind is? Ik zal u de waarheid vertellen, Prasutugas. Er zullen geen vrije mensen weggevoerd worden als slaven, maar ik kan niets beloven wat de dienstplicht betreft. Rome heeft gezonde jongemannen nodig, en in Albion zijn die in overvloed te vinden. Ik denk dat u wat dit betreft geen keus hebt.'

Zijn stem klonk duidelijk en vastberaden. Prasutugas gaf hem verbitterd antwoord. 'Ik begrijp al dat wij helemaal geen keus hebben. Maar ik zal niet klagen. Ik snak naar een leven van voorspoed en rust voor mijn volk. De prijs is hoog, maar wij zullen wel moeten betalen.' Nog steeds zei Boudicca niets. Zij, Lovernius, en Iain zaten ineengedoken in de duisternis, maar Prasutugas voelde haar woede als een zwaar gewicht op zijn schouders drukken. Zijn hoofd deed pijn en hij voelde zich jaren ouder dan hij in werkelijkheid was.

'Ik wil u iets vragen,' zei hij. 'Ik heb gehoord dat de filosoof Seneca een zeer rijk man is, en dat hij bereid is zijn geld uit te lenen aan ieder die de rente kan betalen. Ik en enkele van mijn hoofdmannen willen geld van hem lenen.'

Boudicca schoot overeind. 'Nee, Prasutugas!' barstte ze uit. 'Nee, nee! Wij hebben geen geld nodig. Zo'n schuld is een schande, en bovendien, wie moet garant staan als je niet kunt terugbetalen? Wie zal die belofte doen?' Saloc begon haar woorden te vertalen, maar ze legde hem het zwijgen op met een hartgrondige vloek. 'Prasutugas,' smeekte ze, 'wij zijn al als wanhopige drenkelingen en wij vrezen dat het water zich boven onze hoofden zal sluiten. Vraag niet meer, anders zullen wij zeker verdrinken!'

Hij keerde zich naar haar en greep haar verhitte hand. 'Mijn lief,' fluisterde hij, bijna in tranen. 'Zie je niet dat ik alles probeer om mijn volk te redden?

Het geld zal de pijn van de overgang verzachten. Daardoor zullen wij sneller aan de Romeinse zeden wennen. Voor de Catuvellauni duurde het lang, wel honderd jaren van geleidelijk wennen, maar voor ons moet het snel gebeuren. Dit jaar moet met een snelle zwaardslag de band met het verleden doorgesneden worden en dan volgt een geleidelijk herstel. Ik weet wat ik doe. Ik dood en ik vermoord, zodat iets nieuws geboren kan worden. Begrijp dat toch! Laat me nu niet in de steek, Boudicca!'

Pudens en zijn mannen zaten met gebogen hoofd. De onverbloemde aandoening van Prasutugas gaf hun inwendig een beschaamd gevoel, maar het kon hem en Boudicca kennelijk niet schelen dat de Romeinen op dit ogenblik aanwezig waren.

Boudicca stond op en deed een stap naar voren. Toen knielde ze voor Prasutugas en legde haar hoofd tegen zijn warme borst. 'Help me toch,' fluisterde ze. 'Ik wil doen wat rechtvaardig is. Ik kan niet verdragen wat hier vanavond gebeurt. Ik kan het werkelijk niet verdragen, en je zult mij als eerste moeten doden.' Hij sloeg zijn arm om haar heen en legde zijn wang tegen haar haren, maar hij wist niets meer te zeggen. Zo bleven ze even zwijgend heen en weer wiegen. Toen duwde hij haar zachtjes weg. Ze keek op, gebaarde dat Saloc verder kon spreken, en liep zonder nog om te kijken de zaal uit.

Toen Prasutugas eindelijk naar huis kwam, lag ze nog steeds wakker en staarde naar de zoldering. Naast haar, in de wieg, sliep de baby vast en alleen op de tafel naast de deur brandde een flakkerende olielamp.

'Hij vertrekt morgenochtend,' zei Prasutugas. 'Aricia en Venutius verwachten hem in Brigantia. Ik heb de lening besproken, Boudicca, voor mijzelf en voor de overige hoofdmannen die dat willen.' Hij keek haar aan en verwachtte antwoord, maar ze zei niets. Ze knipperde niet eens met haar ogen. Ze bleef omhoogstaren en uiteindelijk ging hij met een gekreun van uitputting naast haar liggen. 'Ik ben te moe om mij uit te kleden,' zuchtte hij. Niet lang daarna werd zijn adem zwaarder en hij lag ontspannen naast haar. Maar hij voelde de tranen niet die langs haar wangen druppelden en zijn verwarde haren vochtig maakten.

Na een haastige maaltijd in de zaal namen Pudens en zijn soldaten afscheid. Geen van hen had werkelijk goed geslapen. Hun gezicht was grauw in de vroege ochtend, hun ogen waterig en Boudicca zag eruit alsof ze helemaal niet geslapen had. Saloc, die zich op de een of andere manier tot haar aangetrokken voelde, probeerde even haar terzijde te nemen, terwijl Prasutugas de tribunen de weg naar het noordwesten wees, maar ze ontweek hem en weigerde hem de hand te schudden. Toen besteeg Pudens zijn paard; de infanteristen sloten de rijen en op een kort bevel zette de kleine groep zich in beweging, op weg naar het bos. Even bleef Boudicca hen nakijken. Het eerste aarzelende zonlicht deed de harnassen blinken. Plotseling pakte ze de zoom

van haar tuniek op en rende achter Pudens aan. Hij keek om en zag haar naderbij komen. Hij trok de teugels aan en liet zijn onrustig snuivende paard
stilstaan. Hijgend greep ze zijn in leer geschoeide hiel.
'Laat me u één ding duidelijk maken,' zei ze hees. 'Zelfs honden hebben hun
waardigheid. Begrijpt u me?'
Hij keek lange tijd neer op haar sproetige gezicht, omlijst door de kastanjerode haren, en hij voelde haar sterke vingers in zijn hiel knijpen. In haar door
slaapgebrek holle ogen zag hij minachting maar ook een smeekbede. Hij
knikte kortaf. 'Dat weet ik.' Ze liet zijn hiel los; hij rukte aan de teugels en
galoppeerde achter zijn mannen aan. Boudicca liep langzaam terug naar Prasutugas.
'Wat heb je tegen hem gezegd?' vroeg hij nieuwsgierig. Ze haalde haar
schouders op. 'Niets bijzonders. Ik wilde alleen weten of hij op honden gesteld is.'

17

Bran trok de teugels van zijn vermoeide paard in en liet zich op de grond
zakken. Hij liep naar Caradoc, die stil bleef zitten met Cinnamus en Caelte
aan zijn zijde. Eurgain bleef achter hen staan. 'We zijn er,' kondigde Bran
aan. 'Laat de paarden hier achter, de dieren zullen verzorgd worden.'
Caradoc gleed van zijn rijdier en liet Gladys voorzichtig op de grond zakken.
Het kind was ziek en rilde voortdurend. Ze huilde zachtjes toen ze de doorweekte aarde onder haar laarzen voelde. Bran bukte zich, keek naar haar
koortsige gezicht, pakte haar op en droeg haar weg. Caradoc rekte zich uit,
maakte zijn zwaard los en gaf Cinnamus opdracht de kleine Eurgain te dragen en achter Bran aan te lopen. Hij keek om zich heen. Er was hier weinig te
zien. Het was een aardedonkere nacht en de regen viel neer als een kil, eindeloos gordijn. Het regende nu al vijf dagen en Camulodunon, waar de zomer
warm en droog was en waar een man voor de Grote Zaal kon staan om mijlen
ver uit te kijken over de wouden en de rivier, lag drie weken reizen achter
hen. Caradoc kon ze niet zien, maar hij voelde de aanwezigheid van de bergen, oprijzend van lage beboste heuvels tot ongenaakbare pieken, waar de
sneeuw in de zomer verdwenen was. Hij voelde zich slecht op zijn gemak bij
de gedachte aan deze bergen; ze gaven hem het gevoel dat hij een dwerg was.
Een weeklang hadden ze overdag en ook een groot deel van de nacht snel
verder gereden, door kurkdroge bossen en langs warme rivieren. Ze sliepen
met hun gezicht naar de sterren gekeerd en wierpen de mantels van hun war-

me lijf. Maar geleidelijk was het weer veranderd. In het westen duurde de zomer niet lang. De groep bereikte bijna onmerkbaar steeds verder stijgend terrein, rijzend en weer dalend in smalle valleien, maar gestaag steeds verder omhoog, en op een dag begon het te regenen. Eerst was het aangenaam, de koele reinigende druppels na de stoffige zomerse hitte, maar naarmate ze verder reden werd de regen venijniger en killer. De kinderen niesten en doken dieper weg in hun mantel die nooit helemaal droog was. Bran en Jodocus gingen met zekere tred voorop, onverschillig voor het slechte weer. Al die lange mijlen tussen hun vaderland en hun reisdoel zagen ze niemand. Soms waren er kleine akkers, op plekken die opengehakt waren in het alles overwoekerende bos, en er rijpte een schrale korenoogst, geel en hoog, als hoekige gekleurde vlekken in het verder onontgonnen gebied. Maar de boeren die deze akkers bewerkten waren spoorloos verdwenen. Alleen de dieren keken hen met spiedende ogen vanuit hun schuilhoeken aan, toen ze verder liepen over de jaagpaden, even snel en schichtig als de wolven zelf. 's Nachts kon Caradoc de wolven in koor horen huilen, met klaaglijke uithalen, en hij voelde zijn bloed in zijn aderen stollen, want de maan was nu bijna vol en onder de druipende takken leek de geheimzinnige tovenarij steeds dichterbij te komen en sterker te worden. Meestal kende het gezelschap de namen van de godinnen in de streken die ze doorkruisten niet en ze konden ook niets doen om hen goedgunstig te stemmen. Alleen Bran en Jodocus voelden zich kennelijk op hun gemak. Ze spraken 's nachts zachtjes met elkaar, met gekruiste benen zittend bij het vuur dat siste als de regendruppels op de gloeiende as vielen. De heldere en de blonde baard bewogen in het flakkerende schijnsel.

Toen kwam de ochtend dat Eurgain al vroeg wakker werd en overeind kwam van de bemoste grond onder de eiken, waar ze hun kamp hadden opgeslagen. Ze liep tussen de bomen door naar de plek waar het veel lichter was. Een ogenblik bleef ze ongelovig staan. Ze klemde haar mantel stevig tegen haar borst, toen draaide ze zich snel om en holde terug. Ze schudde Caradoc wakker aan zijn schouder. 'Word wakker, word wakker!' fluisterde ze. 'Kom eens gauw kijken!' Hij was onmiddellijk klaarwakker, greep zijn zwaard en volgde haar snel. Ze werkten zich door het kreupelhout en Eurgain wees alleen, niet in staat iets te zeggen van opwinding. Het bos hield hier plotseling op en de bodem daalde steil naar beneden tot een wijde vallei, waar zich in de morgenzon een rivier doorheen kronkelde. De bodem van de vallei leek wel een lappendeken van goudgele akkers waar de oogst rijpte. Ze konden wel twee mijlen ver over de vallei uitkijken en zagen dat het land daar weer oprees, als de kam van een reusachtige bevroren golf. Maar het was niet deze vallei die Eurgains stem deed beven. In de verte, achter de begroeiing aan de overzijde van de vallei, rees een rij hoge pieken op, kaal en knobbelig, als de ruggegraat van een slapend monster. En nog verder, zo ver dat ze op de roze mist leken te drijven, zag ze de bergen.

'O, Caradoc, nu zie ik ze, nu zie ik de bergen echt!' zei Eurgain ademloos. 'Welke vreemde gesteenten en kristallen liggen daar te wachten om door mij ontdekt te worden! Ik kon hun geheimen alleen vaag voelen, als ik thuis voor mijn venster zat, maar hier krijgen ze een stem!'

'Ze zingen een lied vol beloften voor je, mijn lief,' zei hij. 'Maar wees voorzichtig: verpand je hart niet aan de bergen, want als je dat doet zul je heel eenzaam zijn.'

Ze keerde zich naar hem, lachte en gaf hem een kus op zijn mond. Ze liet haar hoofd tegen zijn schouder rusten.

'Ben je jaloers, Caradoc?'

'Misschien. Er zijn dingen die veel sterker zijn dan een andere man, als het erom gaat de liefde van een vrouw weg te nemen.' Ze keek naar hem op.

'En wat zeg je van de dingen die een man van zijn vrouw scheiden? Jou van mij? Hoe vaak zal ik je nog kunnen omarmen op een stille, vredige plek zoals hier, ver weg van beraadslagingen en oorlog, en van alle andere zaken die jouw aandacht opeisen? O, Caradoc, ik wilde maar dat het lot een andere weg voor je had gekozen. Ik houd van je. Hoe kan ik verder leven als ik steeds, van dag tot dag, moet twijfelen of je het wel zult overleven?' Ze liet haar koele zelfbeheersing zelden vallen, zelfs niet voor hem, en hij omhelsde haar stevig. Er viel niets te zeggen. Hij kende haar beter dan zichzelf, dacht hij, maar toch kon ze hem, na tien jaar huwelijk, nog voor verrassingen plaatsen, en zag hij weer een andere glimp van haar karakter dat toch raadselachtiger en geheimzinniger bleek dan hij vermoed had. Hij greep haar hand en leidde haar zacht tussen de bomen door, weg van het nog slapende kamp. Even drong een waterige zon door de regenwolken die zich, zoals elke dag, weer boven hun hoofd verzamelden.

Tot Eurgains teleurstelling trokken ze niet de bergen in. Ze volgden een weg over het vlakke gedeelte van de vallei en langs de rivier, weer in zuidelijke richting. Twee dagen lang reden ze verder, zonder de beschutting van de bomen en genadeloos blootgesteld aan de fel striemende regen. Toen doorwaadden ze de rivier, waar de stroom zich verbreedde en poelen met een ondiepe rotsbodem vormde. Caradoc meende dat hij de zilte geur van de zee kon ruiken, vermengd met de modderige geur van de rivier en die van de zurige aarde. Met een steek in zijn hart dacht hij aan de grot van Gladys, waar het in de schemerige ruimte nu voorgoed stil zou blijven. Ze beklommen de andere oever en reden weer verder; ze volgden de voet van de heuvels die rechts steil omhoogrezen. Nog vier dagen en een halve nacht moesten ze reizen voordat ze hun bestemming bereikt hadden.

Caradoc wachtte tot Eurgain verstijfd was afgestegen en naast hem kwam staan. Toen volgden ze Bran en de zwijgende Catuvellaunse hoofdmannen volgden hen wankelend. Het dorp was klein; het bestond uit slechts drie, vier cirkels van houten hutten met schuine rieten daken, maar de woningen zelf waren ruim en licht. Elke hut had een eigen lage poort, met enkele treden voor de deurhuiden. Bij de poort van de grootste hut stond een man te wachten. Hij droeg geen mantel en toen Caradoc naar voren kwam stak hij zijn hand uit. 'Welkom in deze zaal,' zei hij. 'Als je in vrede komt, verblijf hier dan in vrede.' De koude natte vingers van Caradoc vonden de warme en krachtige pols van de man. 'Ik heet Madoc, van het Huis Siluria. Ik moet me verontschuldigen voor de regen. Onze zomer is bijna voorbij, en tussen zomer en herfst is er altijd een periode met veel regen.' Hij trok zijn hand terug, keerde zich om, en wenkte dat ze hem moesten volgen. Gretig strekten ze hun handen uit naar de warmte van het oplaaiende vuur.

Slaven, kleine donkere mannen met kraaloogjes als van merels, stonden gereed om de doorweekte mantels aan te pakken. In het midden van de ruimte laaide een hoog vuur van houtblokken op. De rook bleef dik onder de hoge zoldering hangen. Toen Caradoc zijn mantel had uitgetrokken kreeg hij het gevoel dat hij in een grote, gerieflijke tent was. Madoc trok zijn mes en sneed een homp vlees van het varken dat langzaam rondwentelend boven het vuur geroosterd werd en overhandigde die aan Caradoc. Daarna wees hij hem een plaats op de vloerhuiden. Een andere slaaf bracht donker, sterk bier en een schaal vol verse peulen, groen en sappig. Llyn en Fearachar waren ook binnengekomen; de jongen wankelde op zijn benen en knipperde ingespannen om zijn ogen open te houden. Madoc wenkte dat ze naderbij moesten komen. Caelte wachtte niet tot hij uitgenodigd werd. Hij zat al naast Caradoc en liet zijn blik over de aanwezigen dwalen. Ongeveer veertig hoofdmannen zaten gehurkt bij de resten van hun maaltijd op de vloer vóór hen. Hun blik dwaalde onbeschaamd over de vermoeide, smerige bezoekers. De kleine Eurgain was al in slaap gevallen; te moe om te eten lag ze in een droge mantel gewikkeld bij de muur, maar Caradoc zag zijn andere dochter, zijn vrouw, Cinnamus en Bran nergens. Madoc zag zijn bezorgde blik en duwde de schotel dichter naar hem toe. 'Eet, eet toch! De druïde past op de kleine. Koorts is voor hem gemakkelijk te genezen met zijn kruiden. Na een goede nachtrust zal ze overmorgen weer helemaal gezond zijn.' Caelte wisselde een blik met zijn meester en knikte.

'Ze zijn naar een andere hut gegaan,' zei hij. 'Eurgain is daar ook naar toe.' Madoc grinnikte.

'Jij vertrouwt ons duivels van het westen niet! Nu, dat zul je nog wel leren.' Hij keek naar zijn zwijgende en starende hoofdmannen en verhief zijn stem. 'En *jullie* zullen ook wat leren! Waar is mijn bard? Sta op, man, en zing voor ons! De vreemdelingen zijn hongerig en vermoeid, daarom zal er vanavond geen Vergadering zijn.' Zijn merkwaardige piekharen leken recht overeind te gaan staan toen hij deze woorden tot hen richtte. Daarna ging hij met een zucht achterover liggen op de huiden en sloot zijn ogen. 'Eten en slapen en dan de strijd, nietwaar, Catuvellaun? Ik hoop dat jullie het waard zijn dat wij ons zoveel moeite voor jullie hebben getroost en dat de druïde gelijk had.' De bard stemde zijn kleine harp en schraapte zijn keel. Caeltes ogen begonnen te glanzen in het schijnsel van het vuur. Op dat ogenblik duwden Cinnamus en Eurgain de deurhuiden opzij, kwamen binnen en gingen naast Caradoc zitten.

'Het gaat al beter met haar,' fluisterde Eurgain. 'Ze slaapt. Bran is nog bij haar.' Toen voelde Caradoc pas hoe uitgeput hij was. Hij trok de vreemd geurende mantel dichter om zich heen, liet zijn hoofd op zijn knieën zakken en viel prompt in slaap.

Halverwege de nacht, toen het vuur gedoofd was tot rode sintels en de mannen allemaal verdwenen waren, kwam Jodocus hem wekken en Caradoc wankelde achter de man aan, nog zo moe dat het hem niet kon schelen waar hij zijn hoofd zou neerleggen. Hij zag verward en vaag een hoog oplaaiend vuur dat lange schaduwen wierp en een uitnodigend warm bed. Hij trok zijn mantel en tuniek uit, en liet zich naast Eurgain vallen. Slaperig dekte ze hem en zichzelf toe en draaide zich weer om. De regen ritselde gestaag op het dak. De volgende ochtend werden ze verfrist wakker in het zonlicht. Fearachar was al op en verzorgde het vuur. Hij had schone kleren voor hen klaargelegd. De bedden waarin de kinderen hadden geslapen waren ook leeg. Caradoc hoorde de lage stemmen van Cinnamus en Caelte buiten en hij stond snel op, waste zijn gezicht in de kom water die naast het bed stond, kleedde zich snel aan en nadat hij de nog steeds soezende Eurgain een vluchtige kus had gegeven ging hij naar buiten. Zijn hoofdmannen begroetten hem en samen keken ze uit over Caer Siluria. Het dorp lag in een kleine vallei aan een rivier. In het westen rezen de heuvels op en in de verte waren de toppen van de bergen te zien. Naar het noorden kronkelde de vallei zich gelijk op met de rivier en daar was het bos dichtbegroeid. De hoge bergen die ze eerder boven de grote vallei hadden gezien waren vanaf deze plaats niet goed te zien, maar ze moesten achter de nevels oprijzen. 'Moeder!' zei Cinnamus. 'Dit is een mooie plaats om te sterven! De vijand hoeft alleen de kant vanwaar de rivier stroomt te bezetten en dan zitten deze domme mensen hier als konijnen in de val.'

'Ze zijn bepaald niet dom, Cin,' merkte Caradoc op. 'Dit dorp ligt dicht bij de rivier en hun akkers. Ze hebben hier vlak land voor hun koeien en schapen. En je kunt er zeker van zijn dat de mannen hier elk pad kennen dat zich naar de bergen omhoogkronkelt. Bij het eerste teken van onraad zullen ze als sneeuw voor de zon verdwijnen in die wildernis, om nooit gevonden te worden, behalve als ze dat willen.'

'Inderdaad,' klonk een stem vlak bij hen en Madoc kwam naar hen toe drentelen. Zijn piekharen stonden borstelig overeind, zijn rode tuniek glinsterde van de halskettingen en zijn armen hingen, zwaar van de armbanden, langs zijn zijden. 'Dus je bent eindelijk wakker geworden, Caradoc. Je hebt de eerste maaltijd van deze dag gemist, maar dat geeft niet. We hebben alleen brood en appelen gegeten. Kom mee, dan zal ik je de caer laten zien.'

Zijn bard en zijn drager die een reusachtig groot leren schild, bewerkt met bronzen paardegezichten en krullen, torste, kwamen naast hem staan en gezamenlijk liepen ze langs de hutten waarin kookgeuren hingen en vrolijk gelach van de vrouwen weerklonk. Honden kwamen naar buiten rennen, evenals kinderen die blootsvoets meeliepen. Hun tuniek trokken ze tot boven hun magere bruine knieën op en hun haar hing in vlechten tot op hun borst. Voorbij de laatste kring hutten bleef Madoc staan. 'Hier zijn de stallen,' zei hij en wees. 'Wij houden slechts weinig paarden, omdat we daarvan geen gebruik kunnen maken op de steile rotspaden en strijdwagens hebben we helemaal niet. Als je om je heen kijkt zul je begrijpen waarom niet.' Dat deden ze inderdaad. Een strijdwagen zou nooit over de smalle en oneffen rotspaden kunnen rijden. 'In die richting,' zei Madoc, en wuifde met zijn arm, 'twee dagmarsen verderop in de vallei, is nog een caer van ons, en daartussen liggen veel boerderijen. Wij houden er niet van dicht opeen te leven zoals jullie Catuvellauni,' zei hij met een zijdelingse blik. 'Wij vechten liever voor ons eigen bestaan. Elke hoofdman woont op zijn boerderij met zijn horigen en slaven en elke hoofdman heeft gelijk recht van spreken in de Vergadering. De druïden hebben het laatste woord. Na mij, dat spreekt vanzelf!' Hij grinnikte weer, een droog, schor geluid, en zijn mannen glimlachten plichtmatig.

'Deze vallei is inderdaad smal, maar zij is erg lang en scheidt de bergen van ons. De meesten van onze stam wonen in de vallei, maar wij horen slechts zelden iets van onze broeders en zusters aan het andere einde. We drijven wat handel, per boot.' Hij grinnikte zijn gele tanden bloot in zijn zwarte baard, 'En verder is onze stam verspreid over vele kleine valleien die daar verborgen liggen.' Hij maakte een weids armgebaar naar de ongenaakbare rotsen in de verte en Caradoc voelde de moed in zijn schoenen zinken. Madoc keek hem aan en Caradoc begreep aan de twinkeling in zijn ogen dat de Siluriër begreep wat er in hem omging. Deze mensen konden nooit verenigd worden. Ze konden misschien wel vechten als duizend demonen, maar altijd met een hooghartige houding van onoverwinlijke onafhankelijkheid, en zelf beslissend wanneer en met wie ze zouden vechten.

Caradoc keek Madoc aan; zijn maag was leeg en hij voelde zich mistroostig. Madoc kwam dichter naast hem staan en knikte. 'Ja, we hebben een grote taak voor ons liggen, vriend,' zei hij met zijn lage stem. 'Ik heb naar de druïde geluisterd toen hij over jou sprak, omdat... wel, ik kan mijn hoofdmannen voorgaan in de strijd, want er is geen groter krijger dan ik, maar hier...' Hij tikte met een stramme vinger tegen zijn grijzende haar – 'hier ben ik dom. Jazeker, ik, Madoc, hoofdman en machtige zwaardvechter, erken tegenover jou, vreemdeling, dat ik niet de hersens heb om zo'n plan op te zetten. Daarom heb ik je laten komen. Spoedig zal de Vergadering bijeenkomen en dan wil ik dat jij zulke woorden zegt dat mijn mannen naar je luisteren. Als je dat niet doet, kun je evengoed weer vertrekken. Ik kan hen dwingen te luisteren, maar niet dat ze ook gehoorzamen, als ze dat niet willen.' Zijn stem werd nog lager en klonk als een gezoem in Caradocs oor. 'Zeg niets over de droom van de druïde dat er een nieuwe arviragus moet opstaan. Ik denk dat hij wat dit betreft, een dwaas is, en ik zie dat jij hetzelfde denkt, maar dat is van later zorg. Eerst moet je het vertrouwen van mijn mannen winnen. Daarna, Caradoc, moet je met mij en de druïde naar de kleine valleien trekken waar ik zojuist over sprak. Als wij heel Siluria weten te winnen, dan hebben we een groots werk verricht.'

Caradoc keek met meer ontzag in de fonkelende donkere ogen van Madoc. Deze man bleek bepaald geen woeste bergbewoner te zijn: achter zijn ruwe manieren, zijn overdadige sieraden en zijn pochende manier van lopen, ging het sluw berekenende verstand van een machtige ricon schuil. Cunobelin had zijn zoons geleerd alleen ontzag voor de mannen in het westen te koesteren, en nu begreep Caradoc waarom. Madoc was een tweede Cunobelin, een Cunobelin zonder de matigende invloed van Rome, en Caradoc besefte dat hij hier een man zag zoals zijn vader had kunnen zijn, een zuivere, ongekunstelde krijger. Een vreemd gevoel van trots welde in hem op en de dimensies van de kennis die hij van zijn voorvaderen had geleerd breidden zich plotseling uit. Hij had zijn nieuwe taak eerst als onuitvoerbaar beschouwd, maar stel eens dat het wel mogelijk was? Als hij er wel in slaagde deze uitmuntende, onbevreesde krijgers tot een eenheid te smeden? Bran geloofde dat hij daartoe in staat was. Hij glimlachte naar Madoc en sloeg hem op de schouder.

'Ik heb het begrepen,' zei hij. 'Ja, Madoc, samen kunnen wij grootse daden verrichten.' Een glimp van waardering werd zichtbaar in Madocs ogen en hij bromde iets en klauwde in zijn baard. 'Ik denk dat we daarmee al begonnen zijn,' zei hij. 'Laten we nu een eindje verder lopen. Ik wil je nog iets laten zien.' Hij beende weg en ze volgden hem, langs de hokken van de jachthonden en de ovens waarin het aardewerk werd gebakken. De kinderen verloren hun aandacht en liepen niet verder mee. Ze renden lachend en schreeuwend naar de rivier. Ze doken zonder aarzelen in het water, hoewel het buiten koel was, en met geoefende slagen zwommen ze tegen de stroom in, alleen hun bruine, rode en zwarte hoofden waren boven het water oppervlak te zien. Madoc leidde de bezoekers weg van de rivier en bleef uiteindelijk staan voor een sobere, met riet gedekte hut.

'Vrije man, ben je daar?' riep hij en de deurhuid werd met een ruk opzij ge-

schoven. Een jongeman met in zijn hand gereedschap begroette hen vluchtig. 'Breng je werk naar buiten,' beval Madoc. 'Ik wil dat deze mannen het bij daglicht kunnen bekijken.' De jongeman verdween om een ogenblik later weer naar buiten te komen, met iets dat hij zorgvuldig in een doek gewikkeld had. Hij hurkte neer en begon de doek af te wikkelen, en de anderen knielden naast hem neer. Met liefkozende vingers hield hij het voorwerp omhoog en Caradoc, Cinnamus en Caelte keken verrast toe. Ze zagen een gouden halsketting die kennelijk nog niet helemaal af was. 'Hij maakt dit voor een van mijn vrouwen,' legde Madoc uit. 'Wat vind je ervan?' Glanzende slangen kronkelden door elkaar, hun giftanden waren uitgerekt tot de stengels van vreemde planten met vlakke bladeren die op hun beurt weer overgingen in vloeiende bochten. Het oog kon de patronen volgen, maar nooit met zekerheid zien waar de slang eindigde en een blad begon, of waar een blad overging in een giftand. Caradoc raakte het gouden sieraad met ontzag aan en hij voelde een kracht in zich overvloeien die recht naar zijn hart voerde en een oude, langvergeten reactie opriep. Het deed hem denken aan de bewerkte patronen op de pilaren in de Grote Zaal en aan de bronzen versieringen op de mantels van Aricia's hoofdmannen. Maar het sieraad leek ook te leven, vol magie, vibrerend, alsof de pilaren van de Grote Zaal een onbezielde weerspiegeling van deze zinderende werkelijkheid waren geweest. Madoc was aangenaam getroffen door hun bewonderende stilte. Hij keek hen sluw van opzij aan. 'Breng meer van je werk naar buiten,' beval hij en de zwijgzame jongeman kwam met een zilveren mantelgesp in de vorm van de kop van een wolf, en de roofzuchtige hongerige ogen leken de blik van Caradoc te volgen. Tussen de tanden was het kleine hoofd van een man te zien; zijn haren krulden zich rond de hoektanden van de wolf en uit de mond leek bloed te druipen. In de geluidloze kreet uit de mond van de man zag Caradoc nog een tweede wolfskop. Ja! dacht hij opgewonden. Ja, ja, o ja!
'Laat meer zien,' fluisterde Caradoc en de jongeman keek hem even scherp aan. Hij bracht een grote stapel kostbaarheden naar buiten, ringen, gespen en armbanden, stukken harnas voor de paarden, haarbanden, enkelbanden voor vrouwenvoeten, en alles leek wel een verward visioen van zomerse nachtmerries, een overvloed van visioenen. Caelte liet zijn handen over de sieraden glijden.
'Heb jij dit alles gemaakt?' vroeg hij en de jongeman knikte.
'Ja, inderdaad.' Hij begon zijn kostbaarheden weer te verzamelen.
'In mijn stamgebied…' begon Caradoc, en de jongeman hield zijn handen stil om hem een kille, bittere glimlach toe te werpen.
'In uw stamgebied', zei hij ijzig, 'zou mijn werk vol verachting vertrapt worden in de modder, en zelf zou ik verjaagd worden.' Hij borg zijn schatten zorgvuldig in zijn mantel en Madoc begon te lachen.

'Speelgoed!' klonk het bulderend. 'Leuke snuisterijen voor mijn vrouwen en mijn hoofdmannen die er veel voor betalen, zodat jij, mijn wolfsjong, er nog rijk van wordt! Ah, maar je weet hun harten wel te raken met je kunstwerken!' Hij stond op. Caradoc keerde zich om en wilde iets tegen de edelsmid zeggen, hij wilde vertellen dat hij een trotse hoofdman was geweest en later weer vernederd opgestaan, maar de man was al verdwenen. Hij en Madoc liepen naast elkaar terug.

'Jullie vinden hier goud,' merkte Caradoc op en weer grinnikte Madoc.

'Ja,' antwoordde hij tevreden. 'Daarboven, in de bergen.'

In de grote hut waar vergaderd werd was het erg druk en het vuur laaide hoog op. Madoc leidde hen naar de aangewezen plaatsen, slaven brachten brood en bier, en Caradoc begon snel te eten. Hij wist nog steeds niet wat hij tegen deze argwanende mannen moest zeggen. Het viel hem op dat de rangorde in plaatsen heel strikt was. Eurgain en Vida zaten bij de andere vrije vrouwen. Llyn kreeg een plaats bij de zonen van plaatselijke hoofdmannen en de Siluriërs, met hun schilddragers en bards, vormden rijen langs de wanden. Alleen Bran, gekleed in zijn witte tuniek, liep heen en weer door het gezelschap en overal bleef hij even staan om een woord te wisselen of een kwinkslag uit te delen. Hij kwam naar Caradoc toe en hurkte voor hem neer. 'De koorts van je dochter is afgenomen,' zei hij. 'Maar ze moet nog wel een dag in bed blijven. Heb je al besloten wat je tegen de mannen zult zeggen?' Zijn ogen waren kalm en Caradoc schudde ontkennend zijn hoofd.

'Nog niet,' antwoordde hij kortaf. Bran liep naar Madoc toe en baande zich een weg door de hoofdmannen die nog niet op hun plaats waren gaan zitten. Caradoc zag iets dat hem de vorige avond ontgaan was, omdat hij toen zo uitgeput was. In de ruimte hingen overal afgehouwen, gedroogde menselijke hoofden. De koppen waren op gelijke afstanden van elkaar aan het lange haar opgehangen en de ogen waren diep weggezonken in de kassen, de huid was gerimpeld en verweerd, en de lippen waren weggetrokken van de tanden. Jodocus, die naast Cinnamus zat, zag waar Caradoc naar keek en hij leunde naar voren.

'Allemaal buitgemaakt door de hoofdmannen die je hier ziet,' zei hij trots. 'En de meeste koppen zijn ook van hoofdmannen, van de Ordovices, van de Demetae en een paar Cornovii. Zie je die kop daar?' Hij wees naar een groot hoofd met zwart haar en een stuk bot dat onder de dikke nek uit stak. 'Dat was een kampioen van de Ordovices. Madoc vocht man tegen man met hem, en wist hem te doden. Die dag hebben we heel wat vee over de bergpassen gedreven!'

'Moeder!' siste Cinnamus. 'En jij wilt dat deze lieden binnenkort zij aan zij strijden?' Caradoc zei niets. Aan de andere zijde van de ruimte keek Eurgain in zijn richting en ze lachte. Bij de deur waren twee hoofdmannen met elkaar aan het vechten; de zwaarden rinkelden en de zitplaats waar ze ruzie om maakten was leeg. Madoc stond op, stak zijn arm op en er viel prompt een stilte. De twee vechtersbazen weken uiteen, allebei vloekten ze onverstaanbaar, maar geen van beiden wilde de lege plaats innemen en beiden bleven bij de muur staan.

'De Vergadering is bijeengeroepen!' klonk de bulderende stem van Madoc. 'Alle slaven moeten nu verdwijnen!' De slaven stroomden naar buiten, de poort werd gesloten en Caradoc schoof zijn beker en zijn bord opzij. Met tegenzin maakte hij zijn zwaard los van de gordel en legde het voor zich op de huiden, zoals de andere hoofdmannen dat ook deden. 'Bran,' vervolgde Madoc na een ogenblik, 'wil jij iets zeggen?' Bran kwam overeind, stak zijn handen in zijn lange mouwen en zijn goudblonde, maar hier en daar al grijze, haar glansde in het schijnsel van het vuur.

'Ik heb niets nieuws te zeggen,' zei hij bedaard. 'Maar ik wil jullie er wel aan herinneren dat de Catuvellauni tegen de Romeinen hebben gestreden, en wij niet. Luister daarom goed naar hen.' Daarna ging hij weer zitten.

'Jullie weten allemaal waarom ik de zoon van Cunobelin hierheen gebracht heb,' riep Madoc. 'En nu moeten jullie zelf beslissen of ik daar juist aan gedaan heb. Spreek op, Caradoc!'

Madoc ging naar zijn plaats en Caradoc kwam met tegenzin overeind. Hij wist nog steeds niet wat hij wilde zeggen en zijn ogen dwaalden over de vijandige, jaloerse gezichten die strak op hem gericht waren. Wel honderd verschillende beelden schoten door zijn hoofd, verwrongen en vervormd, en hij probeerde een aangrijpingspunt te vinden, een schakel die de ervaring van deze mannen met zijn eigen ervaringen kon verbinden. Hij bleef zwijgen en keek naar zijn laarzen. Er ontstond een onrustig gefluister. Toen keek hij op. 'Mannen van het westen! Jullie noemen mij de zoon van Cunobelin, en het klinkt als een belediging. Cunobelin onderhandelde met Rome. Cunobelin gaf Rome een steunpunt in dit land. Cunobelin droomde van overwinningen waarbij jullie ook het onderspit zouden delven, en als hij langer geleefd had, zouden jullie ook tegenover hem hebben gestaan. Dan zou de macht van ons stamgebied zich tot hier hebben uitgestrekt. Daarom schimpen jullie op hem en op mij. In jullie ogen ben ik getekend door de omgang met Rome. Maar ik vraag jullie, wie stond vrijwel alleen tegenover de vrijandelijke legioenen, terwijl jullie en vele andere stammen weigerden ons te helpen? Ik deed dat, met mijn volk. En daarom zijn de overlevende Catuvellauni nu slaven. Als jullie mij vervloeken en mij een handlanger van de Romeinen noemen, bedenk dan dat jullie geen antwoord gaven op mijn smeekbeden om hulp, en ook dat Rome nu als giftig water over de laaglanden spoelt. Alles wat daar belangrijk was voor de stammen wordt nu vernield en ongedaan gemaakt.

Cunobelin was een groot man, en ik ben er trots op dat ik zijn zoon ben, maar Cunobelin zag het werkelijke gevaar van Rome niet. Dat was zijn grootste vergissing, Siluriërs. Maar dat is niet mijn fout. Ik zag het gevaar en ik weigerde een verdrag met Rome. Ik heb mijn hoofdmannen verzameld, ik heb gevochten om mijn gebied te behouden, maar ik heb de slag verloren. Als een van jullie nog steeds aarzelt mij te vertrouwen, denk dan aan de veldslag bij de Medway en aan de dood van mijn broer Togodumnus. Ik ben niet langer ricon van mijn volk. Ik heb geen stamgebied, geen bezittingen en geen geld meer. Maar ik heb nog één ding dat waardevoller is dan al die zaken: mijn vrijheid.' Er was geen geluid te horen. De ogen keken hem nog steeds genadeloos en kil aan. Caradoc had hen bijna beschuldigd van lafheid, en dat was iets dat ze nooit konden toestaan. Maar hij sprak verder, de woorden kwamen nu gemakkelijker en een nieuw zelfvertrouwen en een nieuwe kracht rezen in hem op. Bran leunde gerustgesteld achterover en glimlachte achter zijn hand. De Siluriërs zouden spoedig een nieuwe aanvoerder hebben, al beseften ze dat zelf nog niet.

'Waarvoor strijden jullie? Wat vrezen jullie het meest? Slavernij! Dat jullie ziel je wordt afgenomen. Hier zijn jullie vrij. Jullie kunnen komen en gaan wanneer je wilt. Niemand vertelt wat jullie moeten doen. Jullie bezitten de rivier, de vallei en de bergen. Jullie zijn nergens bang voor. Hier, in dit gebied, ligt het hart van de vrijheid, en vele jaren lang hebben jullie neergekeken op de stammen die hun vrijheid verkopen aan de Romeinen, in ruil voor juwelen en wijn. Jullie vrijheid is niet te koop. Maar de vrijheid kan jullie wel afgenomen worden!'

Caradoc schreeuwde de laatste woorden bijna en zijn toehoorders gingen meer rechtop zitten. De minachting in hun ogen veranderde langzaam in voorzichtige belangstelling. Wat zijn ze toch onnozel, dacht Caradoc, zoals ze daar zo trots zitten en nog nooit verder hebben gekeken dan hun bergen. Ze zitten hier jaar in jaar uit ingepakt in hun trots en eigenwaan. 'De Romeinen willen jullie je vrijheid afnemen,' zei hij zacht. 'Nu verspreiden ze zich en bouwen overal versterkingen. Steeds dichter naderen ze dit gebied en ze zijn vastbesloten deze keer geen nederlaag te lijden. Ze zullen het niet opgeven en ook niet toegeven. Jullie dagen als vrije mensen zijn geteld.'

Een van de hoofdmannen sprong overeind. 'De bergen zullen hen tegenhouden!' riep hij. 'Ze hebben die oude Cunobelin ook tegengehouden!'

Caradoc grijnsde meewarig. 'Cunobelin was bang voor jullie en alleen zijn vrees weerhield hem,' antwoordde hij. 'De bergen zullen Rome niet tegenhouden. De Romeinen hebben al eerder in de bergen gevochten en altijd gewonnen. Rome zal naar de voet van de bergen kruipen, daar vaste voet krijgen en steeds verder oprukken om jullie uiteindelijk te vernietigen.'

Een andere hoofdman kwam moeizaam overeind. 'Het enige dat wij moeten doen is de krijgers verzamelen, naar de laaglanden marcheren en daar slag leveren met de legioenen,' snauwde hij. 'Wij zullen Rome terugjagen naar de kust. Misschien kunnen we hun beste strijders uitdagen en verslaan en dan maken we hun koppen buit. Dat zal ons veel moeite besparen.' Hij ging weer zitten en een instemmend gemompel klonk in zijn omgeving. Caradoc slaakte inwendig een zucht. In gedachten zag hij de ijzeren slagorde van het Veertiende Legioen weer, en hoe zijn mannen al sneuvelden nog vóór ze een zwakke plek in die genadeloze rij gedisciplineerde soldaten konden ontdekken.

'Geloof mij,' zei hij met stemverheffing. 'Als wij proberen het tegen de Romeinen in een gewone veldslag op te nemen, dan zullen wij zeker verliezen. De Romeinen vechten anders dan wij. Elke soldaat is een kampioen. Die vergissing mogen de stammen nooit meer maken. Maar er zijn wel andere manieren om het tegen Rome op te nemen.'

'Dat weten wij,' zei weer een andere Siluriër, en er klonk afschuw in zijn stem. 'Door de bossen sluipen, dan toeslaan in het donker en weer wegsluipen. Maar dat is niets voor ware strijders.'

Caradoc verloor zijn geduld. 'Wat vinden jullie meer waard?' riep hij kwaad. 'Jullie vrijheid, of een misplaatst gevoel van trots? Als jullie je gebied aan Rome willen uitleveren, verzamel de krijgers dan en trek ten strijde. Niemand van jullie zal hier ooit nog terugkeren!' Hij stampvoette. 'Luister toch naar mij, jullie dwazen! De Romeinen vechten als demonen! Ze hebben helemaal geen gevoel en geen eigen mening. Ze vechten door zonder ooit terug te wijken, en ze gehoorzamen bevelen, zoals een hond de bevelen van zijn baas gehoorzaamt, zonder er zelfs maar bij na te denken. Hun officieren zijn ervaren mannen, schrander en nuchter, en ze maken geen fouten. Horen jullie wel wat ik zeg? Begrijpen jullie dat? Als jullie Rome willen verslaan dan moet je elke les die je ooit geleerd hebt over de strijd, vergeten. Jullie moeten nieuwe strijdmethoden leren en wel van mij! Wees dankbaar dat je die niet op dezelfde manier hoeft te leren zoals ik dat moest, in het aangezicht van de vijand! Jullie zijn het enige volk dat overgebleven is om de strijd voort te zetten, jullie en de Ordovices, de Demetae en de Deceangli. Als jullie het onderspit delven is Albion verloren en dan zal de Romeinse nacht voor altijd vallen. Leg je lot in mijn handen en grijp deze laatste kans, of jaag mij weg om daarna te sterven!'

Hij greep zijn zwaard en liep met grote passen weg, maar nog voordat hij bij de poort gekomen was, klonken druk geroezemoes en verhitte kreten achter hem op. Hij glimlachte hoofdschuddend voor zich uit. Ze zouden hem nooit als leider erkennen. Hij hoorde Cinnamus en Caelte achter hem aan komen en samen liepen ze naar de rivier, waar ze in het fletse zonlicht op de oever gingen zitten. Caelte haalde op verzoek van Caradoc zijn harp te voorschijn en begon te zingen. Cinnamus luisterde er niet naar en wierp steentjes in het water. Caradoc liet zijn kin op zijn knieën rusten en luisterde aandachtig naar de melodie en de woorden.

De Vergadering duurde de hele dag. Eurgain, Llyn, de kleine Eurgain, Vida en de andere Catuvellauni verlieten ten slotte de grote hut en ze vertelden Caradoc eerst over de hevige twisten en woordenwisselingen die op zijn toespraak gevolgd waren. Ze brachten de dag verder door met elkaar verhalen te vertellen over gebeurtenissen uit het verleden. Ze voelden zich allemaal eenzaam, behalve Eurgain, en ze kregen heimwee in deze onbekende streek. Bran had Eurgain beloofd dat hij haar mee zou nemen naar de bergen, en ze zat nu tevreden naast Caradoc die zijn arm om haar schouders had geslagen. Cinnamus en Vida kibbelden. De kleine Eurgain zat naast haar moeder en vlocht bloemenkransen van madeliefjes. Llyn, gevolgd door een zuchtende Fearachar, liep weg om de andere jongens te zoeken. Toen de middagwarmte plaats maakte voor de kilte van de avond, kwamen Madoc en zijn mannen snel over het gras aangelopen. Madoc grijnsde. Caradoc ging meteen staan en Madoc sloeg zijn brede arm om zijn schouders. 'Mijn mannen hebben ermee ingestemd jou te volgen, maar ze behouden zich wel het recht voor om bevelen te weigeren als ze dat willen.'

Caradoc uitte een kreet van afschuw, maar Madoc trok zijn arm terug en schudde vermanend zijn vlezige wijsvinger. 'Nee, nee,' zei hij, 'dat is juist goed. Als ze je nu gehoorzamen gebeurt dat uit overtuiging en vol toewijding, en dan zullen ze ook beter vechten. Ik ken mijn mannen. Ze hebben ook geëist dat je zoon ingewijd moet worden volgens de riten van deze stam zodra hij daarvoor de leeftijd heeft.'

'Nee!' schreeuwde Caradoc geschokt. 'Dat nooit! Nooit! Llyn behoort tot het Huis Catuvellauni en dat zal altijd zo blijven!'

'Je zult moeten toegeven,' zei Madoc zacht, 'dat het voor hen een soort zekerheid is. En trouwens,' lachte hij schor, 'misschien bereikt hij die leeftijd wel nooit.'

'O, Moeder,' verzuchtte Cinnamus. 'Wat ben ik blij dat ik geen kinderen heb!' Caradoc keek met een misprijzend gezicht naar de anderen, maar Madoc grijnsde en greep zijn arm.

'Kom mee en eet, jullie allemaal, dan kunnen we met mijn mannen overleggen. We leven in een moeilijke periode en we moeten ons niet laten afleiden door het verleden.' Caradoc volgde hem schoorvoetend en besefte bitter dat Madoc gelijk had. Waarom ik? dacht hij kwaad. Waaraan hebben ik en de mijnen dit lot verdiend?

In de ruime hut was het warm en de geur van geroosterd varkensvlees kwam hen tegemoet. Ze gingen met opgeheven hoofden naar binnen.

Caradoc, zijn gevolg en enkele van zijn mannen, begonnen samen met Bran en Madoc aan de moeilijke taak overal in het gebied van de Siluriërs de verspreide dorpen en gehuchten, elke boerderij en elke trotse en hooghartige hoofdman te bezoeken. De zomer verstreek en de herfst kwam met zijn rode gloed over de velden. De bomen langs de rivier en op de heuvels vertoonden bloedrode en goudgele kleuren. Enkele weken scheen de zon warm en fel aan de onbewolkte hemel. Caradoc werkte aan zijn taak; hij sprak, smeekte en schreeuwde tot diep in de nacht tegen de Siluriërs, hij weersprak de onnozele tegenwerpingen die hij te horen kreeg, zittend bij de ruwe houten palissaden of in de benauwde, naar rook stinkende hutten, of geleund tegen stenen muren in de koude wind. En voortdurend was er in zijn achterhoofd de benauwende gedachte dat Rome langzaam maar gestaag in deze richting optrok, en hij wilde de onwillige mannen wel door elkaar schudden tot hun tanden ervan rammelden en uitschreeuwen dat er geen tijd te verliezen was, geen uur! Tijd! Tijd! Geen tijd!

Eurgain zag hem wekenlang niet, en toen hij eindelijk terugkeerde waren de lijnen op zijn verweerde gezicht weer dieper en scherper geworden, zijn ogen keken listiger en zijn mond was grimmiger. Steeds minder leek hij geneigd te lachen of zelfs maar te glimlachen. Ze lag wakker in de koude nachtelijke uren en luisterde naar de onverstaanbare kreten en het gekreun die hij in zijn slaap uitte. Ze voelde diep medelijden met hem, maar tegelijk voelde ze zelf haar eigen machteloosheid. Hij zou overwinnen, óf hij zou instorten, en zij kon hem alleen de troost van haar warme armen bieden, hem even vergetelheid schenken en hem in haar lichaam laten binnendringen met het scherpe zwaard van zijn teleurstelling. Caradoc nam zijn zoon Llyn mee, waarheen hij ook ging, en de jongen doorstond alle ontberingen zonder te klagen. Als Caradoc naar hem keek moest hij denken aan Togodumnus en alleen dat was een schrale troost voor hem.

De herfst verdween in één enkele nacht. Een wrede, snijdende wind stak op en rukte de laatste bladeren van de takken. IJzige regenbuien volgden en voor het eerst voelde Caradoc enige hoop. Een aantal hoofdmannen had hij nu aan zijn zijde en ze hadden geleerd een zeker behoedzaam ontzag voor elkaar te koesteren. De Siluriërs zagen hoe volhardend en onzelfzuchtig Caradoc probeerde hen te overtuigen, en ze steunden hem nu bij zijn woordenwisselingen met de argwanende hoofdmannen op de afgelegen boerderijen en in de verste gehuchten. Hun steun betekende duidelijk meer voor degenen die ze bezochten dan alle welsprekendheid van Caradoc. De regen maakte paardrijden ten slotte onmogelijk en de paden veranderden in onbegaanbare moddersporen. De hoofdmannen bleven onderling ruzie maken, terwijl Caradoc en Eurgain in hun hut bleven, blij dat ze nu enige tijd konden rusten.

Caradoc nam de kleuren van zijn nieuwe stamgebied aan. Hij knipte zijn haar korter en waste het met kalkbrij, zodat zijn natuurlijke haarkleur tot blond verbleekte. Nu was boven zijn gefronste voorhoofd een stekelige kuif te zien, als de korte manen van een paard. Hij legde zijn Romeinse bronzen sieraden af en vroeg de edelsmid nieuwe voor hem te maken, waarbij hij beloofde in natura, niet met munten te betalen. De Siluriërs gebruikten geen muntgeld. Hun rijkdom werd gemeten in runderen en schapen en Caradoc begreep al spoedig dat hij zelf zijn tastbare bezittingen moest verwerven. Dit betekende dat hij op strooptocht moest gaan, maar dat wilde hij liever vermijden. Het seizoen was er niet geschikt voor en bovendien kon hij de hoofdmannen onmogelijk verenigen als hij tegelijkertijd op roof ging in de omgeving. Hij beloofde de edelsmid dat hij in het voorjaar zou betalen, en de jongeman haalde zwijgend zijn schouders op en knikte. Hij hoefde geen rijkdom te verwerven, betaling was niet meer dan een erezaak. Madoc beloofde de edelsmid dat hij garant stond voor Caradoc. De afspraak beviel Caradoc niet, omdat Madoc erop aangesproken kon worden als zou blijken dat hijzelf niet in staat was te betalen, maar hij wilde de nieuwe bronzen sieraden beslist bezitten.

Eurgain zag de veranderingen bij Caradoc en ze had er begrip voor, maar ze wees er wel op dat hij niet moest denken dat hij zich ooit werkelijk zou aanpassen. 'Wij zijn anders, mijn echtgenoot,' zei ze op een avond zacht tegen hem, toen ze op een kruk zat en hij haar lange haren kamde, een van de weinige bezigheden die hem rust leken te geven. 'Wij zullen altijd anders blijven, hoe dikwijls jij je haren ook bleekt, en het maakt ook niet uit hoeveel Silurische sieraden je draagt. Aan de buitenkant kunnen we de invloed van onze voorouders, van Cunobelin en Tasciovanus en alle jaren van Romeinse omgang afschudden, maar of je het wilt of niet, die jaren hebben ons veranderd.' Hij gaf geen antwoord en bleef met langzame halen haar haren kammen, die in blonde golven bijna tot de vloer reikten. Ze raakte haar borst aan. 'Maar hier kunnen we niet meer veranderen, want onze wortels zitten te diep.' Hij bromde iets. 'We kunnen het proberen,' zei hij alleen.

De regen hield op en de aarde bevroor hard. Caradoc hervatte zijn zware tochten. Hij wilde dat de Siluriërs in de zomer tot één grote strijdmacht aaneengesmeed waren, maar de gewoonten en gebruiken van eeuwen her konden niet in één enkele dag veranderd worden en voor elke hoofdman die hem als een broeder begroette waren er wel drie anderen die hem recht in zijn gezicht zeiden dat ze Rome met een enkel gebaar konden verslaan en dat ze hem bepaald niet nodig hadden.

Madoc was echter heel tevreden. 'Jij bezit een gave,' zei hij bewonderend. 'Je hebt een overredende tong. De hoofdmannen mogen dan argwanend zijn, ze luisteren wel en ze zullen zeker over jouw woorden nadenken. Laat je niet ontmoedigen, want we hebben genoeg tijd.'

Inderdaad leek het dat ze voldoende tijd hadden. Toen de eerste natte sneeuw viel, kwamen verkenners de caer binnenrijden met nieuws voor de Vergadering. Caradoc zat met de anderen in de warme ruimte; zijn zwaard lag vóór hem en hij hoorde van de verkenners dat de legioenen nu voor de winter ingekwartierd waren en dat ze geen veldtochten meer zouden ondernemen voordat de lente aanbrak. Het Negende Legioen werkte niet verder aan de weg door het gebied van de Coritani. Het Tweede was nog bezig met een strafexpeditie tegen de Durotriges en zou in dat gebied overwinteren, terwijl de overige twee legioenen, met Plautius zelf, bij de Dobunni met hun hoofdman Bodiocus hun tenten hadden opgeslagen. In het laagland was het overal rustig, maar ze beseften wel dat het gebied van de Dobunni aan hun eigen grondgebied grensde.

Toen wendde de verkenner zich tot Caradoc. 'Ik heb nieuws voor u, Caradoc zoon van Cunobelin. Uw zuster Gladys leeft nog. De Romeinen houden haar gevangen en behandelen haar goed, dat heb ik tenminste vernomen. Ik heb haar niet met eigen ogen gezien.'

De man wendde zich weer van hem af en begon over een ander onderwerp, maar Caradoc voelde een schok door zijn leden trekken toen hij deze woorden gehoord had. Gladys leefde nog? Dat was onmogelijk! Ze was zo vastbesloten geweest voor de dood te kiezen, zo zeker van het lot dat haar wachtte. Wat was er dan gebeurd? Snel zocht zijn geest naar een mogelijke verklaring maar die kon hij niet vinden. Waarom had Plautius haar niet gebruikt om hem op de knieën te dwingen? Niet dat Caradoc zich overgegeven zou hebben, dat was onmogelijk, maar er zouden toch minstens boodschappers naar hem gestuurd zijn, mogelijk druïden. Hij voelde zich warm en tevreden bij de gedachte dat Gladys nog leefde, en iets van zijn schuldgevoel leek weggenomen. Maar toch bleef het bericht geheimzinnig en zijn vreugde werd getemperd door bezorgdheid. Wat zou Plautius onder die smetteloze plooien van zijn korte tuniek verborgen houden?

Die nacht lag Caradoc naast Eurgain en kon de slaap niet vatten. Het was stil in de hut, de kinderen sliepen rustig, maar zelf staarde hij naar de zoldering en dacht na over Gladys, over Plautius en over de legioenen die zich zo snel verspreid hadden. Het Negende was dus bij de Coritani. En achter het gebied van de Coritani lag dat van Aricia. Zou Aricia strijden? Hij dacht van niet. Het was veel waarschijnlijker dat ze haar ruwe onderdanen zou dwingen een verdrag te sluiten. Aricia zou nooit afstand willen doen van comfort en weelde.

Hij merkte dat zijn gedachten telkens om haar heen draaiden, die donkere kleine heks, met haar vooruitstekende jonge borsten, haar geurige haren en de schoonheid van haar lange benen. Hij sloot zijn ogen. Hoe oud zou ze nu zijn? Vierentwintig, of vijfentwintig, ze was een rijpe vrouw geworden en al op weg naar de middelbare leeftijd. Zou ze veranderd zijn? Zou ze ooit aan hem denken? Hij betwijfelde het. Als ze al aan hem dacht zou dat zeker met verbittering zijn.

Hij zuchtte en bewoog onder de dekens, verhit en rusteloos... Een leegte die nooit opgevuld zal worden... Maar die leegte is toch opgevuld, heks? Het was gemakkelijker haar voor te stellen tussen de mannen hier in het westen. Haar eigen stamgebied zou lijken op deze streek, woest en ongerept, met de vage gewaarwordingen van tovenarij en bezweringen, en telkens weer kwam haar eigen voorspelling hem hier kwellen, op onbewaakte ogenblikken als hij geen kracht meer had om zich daartegen te verzetten. Hij tastte naar het blonde haar van Eurgain, wond het rond zijn vinger en keerde zich op zijn zij. Maar deze nacht bereikte haar kalmerende uitstraling zijn koortsige ziel niet.

De sneeuw smolt weg onder hevige, ijskoude regenbuien en weer zagen Caradoc en zijn mannen zich gedwongen in de stad te blijven. De Siluriërs dreven hun vee bijeen en naar de rivier, waar het geslacht zou worden. Cinnamus kon zich niet langer beheersen. Hij raakte zelfs in een tweegevecht met een Siluriër verwikkeld. Al maanden voelde hij hoe arm Caradoc en hijzelf waren, maar nu de dag van Samain naderde werden de schimpscheuten van de Silurische hoofdmannen hem te veel. De Catuvellauni hadden geen vee voor de slacht. De Catuvellauni leefden als parasieten op hun kosten, alleen omdat hun hoofdman en de druïde dat toestonden. Op een regenachtige dag kon Cinnamus het niet langer verdragen en hij schreeuwde opgewonden, terwijl bloed al uit een verwonding aan zijn schouder vloeide en zich vermengde met de regendruppels. Hij dreef tien magere koeien voor zich uit. Caradoc rende hem geschrokken tegemoet en Cinnamus sprong op de grond, terwijl het vee onrustig loeide. 'Cin, wat heb je gedaan?' begon Caradoc verbaasd, maar Cinnamus maakte een afwerend gebaar en in zijn groene ogen was een triomfantelijke blik te lezen.

'Nee, ik ben niet op rooftocht geweest, heer,' verzekerde hij en hij tastte naar zijn gewonde schouder. 'Ik heb een van die Siluriërs uitgedaagd voor een tweegevecht, omdat hij ons beledigd had en hij was zo overmoedig mij tien stuks vee te beloven als ik van hem zou winnen. Uiteraard verwachtte hij dat ik in het gevecht gedood zou worden.' Hij wiste het regenwater van zijn voorhoofd en veegde zijn natte haren naar achteren. 'Hij wist naturlijk niet dat ik Cinnamus met de IJzeren Hand ben, maar geloof me, deze kerels kunnen goed vechten! Ik moest mij tot het uiterste inspannen en het scheelde nog maar weinig of ik had alsnog verloren. Maar het was wel een genot weer eens een zwaard te gebruiken! Deze lieden mogen zich allemaal wel IJzerhand noenen. En hij gedroeg zich bovendien waardig, want toen ik hem op de grond gedwongen had vroeg hij of ik hem de genadeslag wilde geven, omdat hij de schande niet kon verdragen, maar dat heb ik toch niet gedaan. En kijk!' Hij wuifde naar het vee, waarna hij prompt een gesmoorde kreet van pijn slaakte. 'We hebben koeien! Niet veel, dat weet ik, maar misschien is het wel genoeg voor deze winter.' Caradoc wist niet wat hij moest zeggen. Hij omhelsde zijn schilddrager en Cinnamus liep fluitend weg om de koeien naar de omheining te brengen en daarna zijn verwonding door Vida te laten verbinden.

Op de avond van Samain hield de regen op. De wolken werden dunner en dreven langzaam weg naar het noorden. Toen de avond viel rees de maan hoog en koud boven de heuvels. Caradoc en Eurgain kleedden zich warm aan en liepen met de Silurische hoofdmannen naar de gewijde plaats. De kinderen bleven achter bij Fearachar en Tallia. De stad stroomde leeg en de mensen liepen zwijgend op een rij weg van de rivier en naar de beboste helling van de eerste heuvel. Caradoc en Eurgain volgden, met Cinnamus en Caelte aan hun zijde. De oude angst tikte tegen hun hielen, nog versterkt door de schimmige schaduwen die het schrale maanlicht wierp, omdat ze niet wisten waar ze precies naar toe gingen. Ze liepen dicht naast elkaar het bos in, terwijl de Siluriërs hen zonder geluid te maken voorgingen. Boven hun hoofd huilde de winters kille wind door de kale takken die elkaar raakten als de benige vingers van kwaadaardige oude mannen. Ze klommen gestaag omhoog langs een vaag zichtbaar pad, en ze durfden niet met elkaar te fluisteren, uit angst dat ze de aandacht van de demonen zouden trekken. Na enige tijd weken de bomen uiteen. Er flakkerden lichtjes, de dansende vlammetjes van de doden, en Eurgain liet haar hand in die van Caradoc glijden. Het licht werd feller en ze merkten dat ze de top van de heuvel hadden bereikt; hier stonden geen bomen meer en de wind rukte wild aan de flakkerende toortsen. In het midden van de open plek stond één enkele steen; de donkere schaduw ervan reikte tot hun voeten en de mensen liepen behoedzaam en bijna werktuiglijk in een boog naar het zonnepad. Ze herinnerden zich opeens oude verhalen, oude liederen en de rituelen van Samain die door de geromaniseerde Catuvellauni sinds lang niet meer in ere werden gehouden. Het was heel stil in het maanlicht. Bran en de aanroeper stonden bij de steen, onbeweeglijk in hun witte gewaad, als schimmig zilver in het vage schijnsel en ze wachtten tot de laatsten van de stam ook boven gekomen waren. Caradoc keek om zich heen en hij zag houten staken met daarop verbleekte schedels. Al deze schedels waren verweerd, maar één staak was vrij en de pasgeslepen punt wachtte op zijn bloedige kroon.

De laatste hoofdman kwam bij de steen staan; hij leek wel een geestverschijning. De aanroeper deed een stap naar voren, strekte zijn armen uit en de mouwen van zijn gewaad vielen terug van zijn met zilveren armbanden gesierde polsen. 'Goden van het woud, goden van de wateren,' zong hij zacht. 'Belatucadrus, Taran, Mogons, laat af deze nacht!' Een gemompel rees op en de wind gierde door de bomen op de helling, alsof dat het antwoord van de goden was. 'Wij offeren bloed. Drink en wees verzadigd. En laat ons in vrede en veiligheid.' Weer mompelden de omstanders, een gezongen aanroeping die wegstierf in gefluister. Terwijl de aanroeper verder ging met het ritueel, kwamen Madoc en Jodocus in het toortslicht naar voren. Tussen hen in liep een naakte man. De gebruinde huid van zijn armen en benen stak vreemd af bij de witheid van zijn borst en billen. De twee leidden de naakte man naar de steen en draaiden hem om, zodat hij naar de omstanders keek. Caradoc probeerde tevergeefs in het rusteloze licht het gezicht te onderscheiden. Zwart haar viel tot op zijn ellebogen, en Madoc had nu een eind touw waarmee hij voorzichtig het zwarte haar opbond, terwijl de aanroeper zachtjes bleef zingen. Toen werd het opeens stil.

'Alweer een slaaf,' klaagde iemand zachtjes achter Caradoc. 'Deze keer zou het een hoofdman moeten zijn.'

Caradoc keerde zich snel om. 'Volgend jaar,' zei hij op gedempte toon en zijn ogen vernauwden zich, 'volgend jaar geef ik jullie een Romein.' Hij keerde zich weer om. Bran liep naar de naakte man en haalde een lang mes uit zijn mouw. Even sprak hij zachtjes tegen het slachtoffer en Caradoc zag dat de verdoemde man eenmaal rustig knikte, daarna keerde hij zich om, leunde tegen de steen en sloot zijn ogen. Caradoc meende te zien dat de bruine knieën beefden. Madoc kwam naar voren en Bran overhandigde hem het mes. Zonder aarzelen liep Madoc naar de slaaf en stak met het mes diep in de witte rug van het slachtoffer. Een kreet klonk op toen het lichaam stuiptrekkend op de grond viel, bloed golfde uit de neus, de mond en uit de wond, maar de aanroeper en Bran hurkten bij het in doodskrampen schokkende lichaam en keken aandachtig toe. Zou deze winter zonder hongersnood en ziekten verstrijken? Waren de goden tevreden gesteld?

Een laatste stuiptrekking van het trillende lichaam en toen bleef de naakte man stil liggen, als een witte bundel in het donkere gras. Jodocus trok zijn zwaard en hakte met een snelle beweging het hoofd af. Hij pakte het hoofd en stak het op de staak die daarvoor gereedgemaakt was. Bran begon te spreken. 'De winter zal streng en langdurig zijn. Maar dit jaar zullen wij geen honger lijden en de demonen zullen vannacht geen mens roven. Zo zegt de aanroeper.' Hij nam het bebloede mes van Madoc, glipte weg en verdween tussen de schaduwen onder de eiken. De mensen liepen weg van de heuveltop, en zonder iets te zeggen haastten ze zich terug naar hun hutten, uit angst dat de aanroeper de voortekenen verkeerd gezien had en dat de demonen nu al naderbij slopen door het woud.

Caradoc was de laatste die wegging. Hij keek achterom. De toortsen sputterden en doofden langzaam terwijl het maanlicht feller werd. Een flets en vreugdeloos licht viel op de heuveltop. De ongenaakbare steen stond daar als een vermanende vinger van het noodlot en bloed druppelde langs de houten staak op de aarde. De wind streek door het lange gras. Hij keerde zich om en rende weg om Cinnamus in te halen.

De volgende dag werd op een andere heilige plaats in het woud een witte stier geofferd. Daar brandde een vuur op het stenen altaar en het beeld van Dagda hurkte naast de stamgod van de Siluriërs, een lang en mager beeld met drie handen en drie langgerekte gezichten die met holle ogen zowel in het verleden, het heden als in de toekomst staarden. Dit jaar was er geen maretak. Bran en de aanroeper hadden ver door het woud gezworven, zoekend naar de heilige witte bessen, maar ze vonden niets en het altaar bleef leeg. De zachte witte huid werd van het dode offerdier afgestroopt en stukken vlees werden afgesneden voor de druïde. De mensen keerden terug naar de rivier en keken de hele dag toe bij het slachten van het vee. De warme, weeë geur van bloed hing overal in de stad. Caradoc werd herinnerd aan de Samain lang geleden toen hij, Tog en Aricia de jachthonden hadden meegenomen en kwijtgeraakt waren in de lieflijke, groene bossen bij Camulodunon, en hij bedacht ook dat hij hier nooit zo onverstandig zou zijn geweest, want hier waren de wouden woest en eenzaam, bezield door kwaadaardige machten, loerende wolven en zelfs beren. Geen mens die hier op de avond van Samain naar deze wildernis trok, anders dan om banspreuken te zeggen, keerde ooit behouden terug.

Het winterseizoen sleepte zich voort, lang, koud en hardvochtig, zoals de aanroeper al had voorspeld. Telkens vielen er nieuwe sneeuwlagen, waardoor de vallei afgesloten werd van de buitenwereld. In de lage gebieden regende en stormde het onophoudelijk. De schaarse verkenners die erin slaagden zich een weg langs de besneeuwde voet van de heuvels te banen of anders de zeeweg trotseerden, vertelden dat er nergens beweging te bespeuren was. De boeren en de weinige hoofdmannen die achtergebleven waren stierven bijna van de honger omdat Rome het grootste gedeelte van de najaarsoogst had opgeëist voor de legioenen, en uiteindelijk was Plautius zelfs gedwongen het graan te rantsoeneren om zijn soldaten en de plaatselijke bevolking te voeden. De lente begon laat en bracht ook veel regen. De sneeuw smolt weg onder de neergutsende stortbuien en het water in de rivier steeg tot onheilspellende hoogten. Maar uiteindelijk weken de wolken terug en brak de zon toch door, zodat de aarde langzaam begon te drogen.

Caradoc en de anderen hervatten hun reizen door de omgeving. De Silurische hoofdmannen waren teleurgesteld. Ze hadden verwacht dat nu spoedig, meteen na het uitbotten van de knoppen, een leger gevormd zou worden om de Romeinse legioenen aan te vallen, maar Caradoc was meer dan ooit vastbesloten de strijd pas te beginnen als hij alle stammen in de bergen onder zijn bevel verenigd had. Een vroegtijdige aanval kon rampzalig zijn en het einde van al zijn voorbereidingen betekenen. Koppig en vasthoudend bezochten hij en Madoc de boerderijen en de zomerhutten van de hoofdmannen die het voorgaande jaar geweigerd hadden hun steun toe te zeggen. Ze merkten al spoedig dat er nu minder beslist geweigerd werd en ook kregen hun woorden meer aandacht. Het was wel duidelijk dat Plautius niet zou optrekken naar het westen, althans voorlopig niet. De Romeinse veldheer had zijn handen vol aan het veilig stellen van het veroverde gebied: er werden wegen aangelegd, de ricons die zich overgegeven hadden kregen belastingplichten opgelegd en er werden meer permanente versterkingen en forten gebouwd om de ongerieflijke winterkampen van zijn manschappen te vervangen. Vanuit zijn hoofdkwartier in Camulodunon maakte Plautius met zijn procurator tochten in de omgeving en hij zag met tevredenheid dat de nieuwe provincie geleidelijk vaste vorm kreeg.

Caradoc begon een netwerk van spionnen aan te leggen. Hij koos daarvoor vrije mannen, geen hoofdmannen omdat die zulk werk minderwaardig vonden en ook omdat zij te veel de aandacht zouden trekken met hun gebleekte, borstelig geknipte haren en hun trotse manier van lopen. Hij stuurde de mannen weg zoals ze waren, sommigen naar de streken waar Rome gebieden in leen had uitgegeven – zoals bij de Atrebates, de Iceni, de Brigantes en de Dobunni – en anderen naar de wouden van de Coritani en de Durotriges. Hij beloofde deze verspieders een nieuwe status als ze hun werk goed deden en het twee jaar volhielden. De mannen wilden graag van hem leren; ze kwamen naar zijn hut en hij vertelde dan over de levenswijze in de vreemde gebieden waar ze naar toe zouden trekken, en ook over de zeden en gewoonten van de Romeinen. De mannen vertrokken uit de caer met het stralende vooruitzicht binnen afzienbare tijd hoofdman te worden. Maar velen overleefden het eerste moeilijke jaar niet; ze vielen ten prooi aan de Romeinse soldaten, aan wilde dieren en argwanende zenuwachtige boeren en ook aan hun eigen eenzaamheid. Caradoc besefte wat hij hen aandeed. Zonder hoofdmannen die hen konden verdedigen, hun land en desnoods te eten konden geven, raakten ze stuurloos. Alleen de meest ondernemende mannen slaagden erin zich elders te vestigen, zogenaamd als vluchtelingen die verbannen waren door de woeste bewoners van het westen, als bezit van de een of andere plaatselijke hoofdman en zelfs als leerling-druïden. Caradoc maalde niet om de hoge prijs die betaald moest worden. Hij voelde heel duidelijk dat er dit jaar een begin gemaakt moest worden, dit was een jaar waarin veel zaad uitgezaaid werd, om uiteindelijk vrucht te kunnen dragen. De lente ging over in de zomer toen de eerste Silurische mannen over de grens trokken, maar velen van hen zouden nooit terugkeren.

Eurgain en Bran begonnen aan de reis naar de bergen die haar beloofd was. Ze bleven twee weken weg, terwijl Llyn en Caradoc naar de kust reden. Eurgain keerde terug met een buidel vol nieuwe kristallen en in haar ogen waren nieuwe mysteriën te lezen. Zij en Bran gingen dikwijls onder de sterrenhemel liggen. Dan wees hij haar de eeuwig onveranderlijke sterrengroepen aan en ook wat de betekenis daarvan was. Geboeid keek ze naar het uitspansel en droomde weg, als in de ban van de geheimen die haar met de bergen verbonden. Toen Bran met Caradoc en de anderen vertrok om naar het noorden te rijden, waar de argwanende vrije mannen bij de grens voortdurend in angst voor de rooftochten van de Ordovices leefden, ging Eurgain alleen op het koele droge gras liggen en staarde zonder met haar ogen te knipperen omhoog, terwijl haar ziel naar de hemel sprong en bandeloos danste te midden van de flonkerende sterren.

Caradoc zag zijn dochters weinig. Ze hadden nu veel vriendjes, Silurische kinderen die ruwe spelletjes speelden, als dolle windvlagen renden, schreeuwden en met elkaar vochten en als waterratten konden zwemmen. Hun vader hadden ze steeds minder nodig. Soms, als hij zag hoe zijn dochters speelden op de rivieroever, hun verwarde haren wapperend, hun voeten bloot en hun tunieken opgetrokken boven hun bemodderde benen, voelde hij spijt. Ze waren dochters van een koninklijk geslacht, ze zouden moeten genieten van rijkdommen en weelde en veel bedienden moeten hebben. Hun armen behoorden met zilver behangen te zijn en gouden banden moesten hun voorhoofd tooien, en de zomen van hun tuniek moesten met gouddraad geborduurd zijn. Zijn dochters zouden op fraaie, met brons geharnaste paarden moeten rijden, omringd door hoofdmannen. De pijn dat hij dit alles kwijtgeraakt was begon aan zijn ziel te knagen. Hij bezat niets meer, alleen zijn verstand en zijn visioenen van een betere toekomst voor zijn berooide kinderen. Hij hoorde hen uitbundig lachen, maar dat was toch geen troost voor hem.

18

Een groep ruiters kwam uit de heuvels naar de stad gereden. Cinnamus was de eerste die hen zag naderen en hij klauterde van de tak in de appelboom waarin hij gezeten had naar beneden om snel naar de plek te lopen waar Caradoc, Caelte en Madoc zich in de zon koesterden. Ze waren de vorige dag teruggekeerd uit het noorden, vanwaar Bran verder gereisd was om de hoofdmannen van de Ordovices te bezoeken. Het werd tijd dat ook deze mannen bij de Vergadering aanwezig waren en daarom zou Bran de komende maanden in hun gebied blijven om zijn overredende woorden in hun onwillige oren te fluisteren. Cinnamus kwam dichterbij; zijn groene ogen straalden. 'We hebben gasten, heer. Bij de Moedergodin, we hebben hier in geen maanden bezoekers gehad!' Caradoc en de anderen kwamen overeind; hun handen gleden naar hun zwaard en Cinnamus kwam vlak naast zijn meester staan. Hij zag de zes ruiters met grote sprongen over de zompige veengrond galopperen. Madoc knikte en Jodocus trok zijn zwaard voordat hij de ruiters, die nu de teugels introkken, tegemoetliep.

'Wie komt naar dit stamgebied? Een vriend of een vijand?' riep Jodocus en de langste ruiter boog zich naar voren, alsof hij te vermoeid was om nog langer rechtop te zitten. 'Is er in jullie gezelschap een druïde?'

'Nee, geen druïde,' antwoordde een zware, vaste stem. Caradoc verstarde. De stem klonk bekend, er ontwaakte een lang vergeten gevoel in zijn hart, maar hij wist het nog niet goed te plaatsen. 'Wij konden geen druïde vinden. Maar we komen in vrede en we vertrouwen op jullie rechtvaardigheid, mannen van het westen. Wij zoeken de Catuvellaunse hoofdman Caradoc, de zoon van Cunobelin.'

'Werp je zwaarden neer.' De andere ruiters begonnen verstoord te mopperen, maar de lange man reikte naar zijn gordel en wierp zijn zwaard met een boog in het gras. De anderen volgden met tegenzin zijn voorbeeld. 'Stijg af, En houd de handen weg van je mouwen,' beval Jodocus weer en de mannen lieten zich op de grond zakken, waar ze afwachtend bleven staan.

'Wie zijn zij?' bromde Madoc dicht bij Caradocs oor. 'Ken jij deze lieden?' Caradoc schudde zijn hoofd. 'Misschien. Ik weet het niet zeker.' Hij gaf met een korte hoofdknik Cinnamus en Caelte een wenk en ze wierpen hun zwaarden ook op de grond. Samen liepen ze naar de plek waar Jodocus met zijn handen in de zij stond te wachten. Met een argwanende en weinig toeschietelijke blik keek hij naar de bezoekers.

'Jullie breken de wetten van de gastvrijheid,' merkte de lange man op en Jodocus bromde terug: 'In deze dagen moeten de wetten van de gastvrijheid wijken voor de wet van overleven.' Caradoc bleef staan, aarzelde even en deed toen nog een stap naar voren. Hij zag rode haren, een krullende baard en ogen die snel langs de gezichten heen en weer schoten. Hij liep verder en strekte zijn arm uit. Opeens voelde hij zich weer zeventien jaar, tegelijk vol trots en hooghartige laatdunkendheid, maar ook vol onduldbare schaamte.

'Venutius!' zei Caradoc, toen de sterke vingers zich om zijn pols sloten. Venutius glimlachte. 'Caradoc! Ik ben blij dat ik je eindelijk gevonden heb. Er deden deze winter zoveel geruchten de ronde bij de stammen. Sommigen wisten te vertellen dat je dood was, anderen beweerden dat je naar Mona was gevlucht, maar ik verwachtte al dat ik je hier zou vinden.' Met een vriendelijke, onderzoekende blik keek hij naar de gebleekte, kortgeknipte haren, donker bij de wortels, naar de raadselachtige motieven op de sieraden die Caradoc om zijn hals en polsen droeg, en naar het te vroeg getekende gezicht dat zijn jongensachtigheid verloren had. In de ogen van Caradoc las hij koppigheid en sluwe vastberadenheid, die daarin zoveel jaren geleden nog niet te zien waren. Caradoc glimlachte.

'Neem je zwaard maar weer op en gord het aan,' beval hij en de ruiters deden dat opgelucht. Hij ging hen voor naar Madoc, die met zijn armen voor zijn massieve borst gekruist rustig afwachtte. 'Dit is Venutius, hoofdman van Brigantia,' legde Caradoc uit en Madoc liet zijn armen zakken. Hij stak zijn ene pols vooruit, maar op zijn gezicht verscheen geen uitnodigende glimlach.

'Ik schud uw pols, als begroeting,' bromde hij, 'maar een uitbundig welkom spreek ik niet uit. Er wordt gezegd dat uw ricon zijn grenzen voor Rome heeft geopend met een gretigheid die u niet past, en daarom verontschuldig ik mij niet voor mijn terughoudendheid.' Hij keek van Venutius naar Caradoc en zag dat dezelfde onnavolgbare spanning op de gebronsde gezichten te lezen was, dezelfde verborgen wonden zag hij in de donkere ogen. Toen keerde hij zich abrupt om en ging hen voor naar de Vergaderhut. De Brigantiërs volgden hem op de voet.

Binnen trokken ze hun mantel uit en zochten een plaats onder de verstarde en vreugdeloos grijnzende, gesnelde koppen. Madoc, Caradoc en hun hoofdmannen gingen ook zitten, terwijl slaven een nieuw speenvarken aan het spit regen en het vuur oprakelden. Er werd bier aangedragen en de mannen dronken zwijgend. De droesem goten ze eerbiedig op de vloer voor de Dagda en de godin. Eurgain en Vida kwamen binnen en hurkten bij de mannen. Venutius keek naar hen, herkende de twee vrouwen en keek snel in een andere richting. Zijn gedachten keerden terug naar de kille ochtend waarop hij Aricia, zijn kleine ricon met haar zwarte lange haren en haar grimmig opeengeklemde lippen uit Camulodunon had weggevoerd. Ik had haar daar moeten laten, dacht hij mistroostig. Of ik had haar moeten doden in de bossen, of toen ze ziek was en koortsig in mijn armen lag. Die vervloekte heks. Nu slapen wij onder haar dwingende betovering en ons stamgebied, dat eens zo machtig was, is nu vergaan tot een wrak van een nederig volk van gedienstige en onteerde mensen en verloren dromen. Cartimandua, doder van mannelijke zielen!

Ze spraken over onbelangrijke zaken, over het weer en over de nieuwe ziekte die het fokvee teisterde. De boeren beweerden dat deze kwaal door de Romeinen hierheen gevoerd was, maar Madoc meende dat de besmetting een gevolg van de langdurige en vochtige winter was. De Brigantiërs, de Siluriërs en de Catuvellauni dronken weer en de gesprekken stokten in momenten van broeierige stilte, terwijl de slaven lachten en zich door de grote ruimte haastten om de schotels en borden overal uit te delen.

Eén voor één kwamen de hoofdmannen en de vrije mannen naar binnen, aangelokt door het gerucht dat er bezoekers gekomen waren, en ze hurkten of bleven staan om met gretige oren te luisteren naar wat er besproken werd. Het varken kleurde langzaam bruin en de geuren van geroosterd vlees dreven door de rokerige ruimte, zodat het water de hongerige en vermoeide mannen in de mond liep. Caradoc bedacht dat hij, als hij zijn ogen sloot, terug was in Camulodunon, met de Koninklijke Krijgersbende van Cunobelin lachend en babbelend om zich heen – Aricia met haar donkere, fonkelende ogen, Gladys, diep in haar mantel gedoken en peinzend toekijkend, zijn Eurgain die reageerde op Togs ruwe plagerijen, met een blos op haar wangen en een glimlach om haar vriendelijke mond.

Venutius sprak over de verwoestende vloedgolven die tijdens de afgelopen winter de rivier van zijn stamgebied overstroomd hadden; zijn stem rees en daalde boven het geroezemoes uit. Caradoc besefte dat het verleden niet uitgewist kon worden, wat Eurgain hem al eerder duidelijk gemaakt had. Heimwee overviel hem, nu de levendige herinneringen in overvloed los kwamen, en hij zou er alles voor over gehad hebben, zijn zwaard, zijn eer en zelfs zijn kinderen, als hij nu terug kon zijn op de plaats waar zijn vader en zijn vrienden waren, om onbekommerd en zonder zorgen weer jong te zijn. Hij besefte nu pas duidelijk dat hij een Catuvellaun was en dat hij dat altijd zou blijven.

Madoc ging staan en liep naar het geroosterde varken. Hij pakte het mes dat Jodocus hem voorhield aan en sneed de beste stukken van het vlees af voor de gasten. Daarna bediende iedereen zichzelf en ging zitten om te eten, terwijl Madocs bard zong. De kinderen waren al snel klaar met eten en gingen vlug weer naar buiten om in de warme zon te gaan spelen.

Ten slotte schoof Madoc zijn bord weg en leunde, steunend op één elleboog, naar achteren. 'Is uw boodschap bedoeld voor de Vergadering?' vroeg hij aan Venutius, en de ander zweeg even nadenkend voor hij antwoord gaf.

'Nee, dat niet,' zei hij langzaam, 'hoewel u natuurlijk het recht hebt dit in de Vergadering te bespreken. Dat moet u beoordelen. Ik zou graag eerst alleen met u en Caradoc willen spreken.'

Madoc knikte met zijn ruige, borstelige hoofd. 'Dan zullen we samen naar de rivier wandelen.' Hij en Caradoc en Venutius kwamen moeizaam overeind. Beiden liepen met Madoc het felle zonlicht in en snoven de geuren van het bos op. Ze liepen voorbij de drie ringen, langs het huis van de edelsmid en langs de hondehokken en de pottenbakkersovens. Toen wandelden ze door het hoge gras langs de oever van de rivier; het modderige water kabbelde rustig naast hen voort. Het smeltwater uit de bergen en de overvloedige regens van het voorjaar voerden drijfhout, de kadavers van wolven en ook dode berggeiten met opgezwollen buiken mee. In de verte leek het bos te dampen en een nog nauwelijks waarneembaar groen waas kleurde de boomkruinen. De verre heuvels waren onzichtbaar achter de vochtige nevel. De hoofdmannen liepen achter hen; Cinnamus had zijn zwaard ontbloot en zijn harde groene ogen bleven voortdurend op Venutius gericht, terwijl hij aldoor moest denken aan die zwarte heks voor wie hij altijd zo'n afkeer had gekoesterd. Caelte floot voor zich uit en hield zijn gezicht naar de zon opgeheven. 'Spreek nu,' zei Madoc. 'Wat wilt u van ons?'

'Ik heb gehoord,' begon Venutius zacht, 'dat de mannen in het westen hun hutten in de bergen verlaten en dat andere boeren de streken die door de oorlog ontvolkt zijn, nu gaan bewonen. Ik heb ook gehoord dat er in de steden nieuwe vrije mannen zijn die spreken en zich kleden alsof ze uit verschillende stamgebieden komen, maar dat is niet zo. Ik heb zelfs gehoord dat onoplettende Romeinse soldaten onthoofd zijn aangetroffen, op een steenworp afstand van Camulodunon. Is het juist wat ik gehoord heb?'

'Dat hangt ervan af wat je wilt horen,' zei Caradoc effen. 'In deze dagen zijn de mensen vaak geneigd een onnozele gebeurtenis tot angstwekkende proporties op te blazen en maken ze van elke molshoop een berg.'

'Ik ben geen spion van Rome,' zei Venutius kwaad. 'Antwoord mij niet met zulke ontwijkende woorden, Caradoc! Ik ben met onbezoedelde eer hierheen gekomen.'

Caradoc greep zijn arm. 'Onbezoedeld?' siste hij. 'Hoe is dat mogelijk als jouw stam het Negende Legioen met open armen ontvangen heeft, als jouw ricon wijn drinkt met Romeinse officieren, die al bezig zijn met de aanleg van wegen en versterkingen in haar land? Is er ook nog maar één Brigantische hoofdman over die het waagt over eer te spreken? Romeinse schepen varen langs jouw kust, niet alleen handelsvaartuigen, maar ook schepen van de Classis Britannica! En is jouw ricon niet begonnen met de bouw van een grote Romeinse villa, ontworpen door de architect van het legioen? En dan te bedenken dat jullie schaapherders mij, Caradoc, ooit beschuldigden van pluimstrijkerij bij Rome!' De bijtende, minachtende woorden geselden Venutius.

'Dus het is waar,' zei Venutius en er verschenen rode vlekken op zijn gebruinde gezicht. 'Hoe zou jij anders zoveel kunnen weten van wat er bij mijn volk gebeurt? O Caradoc, wat ben jij sluw en doortrapt geworden!' Hij liet zijn stem dalen. 'Stuur je spionnen naar mij. Ik zal hun vee en schapen geven, ik zal hen opnemen in mijn gevolg en ze kunnen tegen mijn stamgenoten woorden zeggen die ik zelf niet durf te uiten. Stuur je mannen naar ons toe en leer hun eerst hoe ze de verzwakte moed van mijn hoofdmannen weer kunnen versterken. Ach, Caradoc…' Zijn stem brak. 'Hoe zul je het ooit kunnen begrijpen? Ze heeft ons behekst met fraaie beloften over rijkdom en weelde, en de mensen luisteren naar haar als gehoorzame honden, met de tong uit de bek ernaar snakkend hun baas een plezier te doen. Ze zegt dat Rome vrede en voorspoed brengt en dat er een eind zal komen aan onze angst voor de naburige stammen. Door haar zijn de mensen vergeten dat ze hun eer vroeger belangrijker vonden dan hun eigen leven.'

'Waarom verzamel jij zelf de mannen niet? Jouw hoofdmannen hebben een geduchte reputatie en je bondgenoten beheersen het grootste deel van het noorden. Je zou het Negende Legioen kunnen verslaan zonder al te veel moeite, voordat ze zich te stevig hebben ingegraven.'

Venutius staarde in de richting van de rivier. 'Omdat ik haar trouw heb gezworen, en die eed kan ik niet breken,' zei hij zacht, en op dat ogenblik begreep Caradoc het. Venutius hield nog steeds van zijn verraderlijke, hem betoverende vrouw. Hij brandde elke dag op de brandstapel van haar roofzuchtige hebzucht, maar was niet in staat een koude duisternis onder ogen te zien en verder te leven zonder die verzengende vlammen. 'Ik zal de spionnen steunen,' zei Venutius, 'maar je zult begrijpen dat ik hen niet kan helpen of verdedigen, als de mannen van mijn ricon hen ontmaskeren en ik zal niet kunnen voorkomen dat ze door haar hand gedood worden.' Zijn blik schoot naar Caradoc. 'Dat is het enige wat ik kan doen. Ik kan een spoor leggen, ik kan herinneringen levend houden en ik kan de geesten van mijn hoofdmannen prikkelen met het zwaard van verloren eer, als jij me wilt helpen.'

'Vreemde opvattingen over eer hebt u, Brigantiër,' barstte Madoc woedend los. 'U bent nog te laf om te doen wat mijn Silurische vrije mannen wel aandurven, en dat noemt u eervol! Als u uw ricon zo haat, sla haar hoofd dan af en verjaag zelf de Romeinen!'

'Dat kan ik niet,' fluisterde Venutius. 'Ik kán het niet!' Zijn stem klonk als de laatste zucht van een opgejaagd prooidier. Caradoc keerde zich om en liep verder. Madoc en de anderen volgden hem.

'Ik zal je aanbod aanvaarden, al is het erg onbevredigend,' zei Caradoc. 'Ik zal meer verspieders sturen. Maar wat zul jij doen, Venutius, als de opstand een feit is en als de hoofdmannen niet langer in haar ban zijn?'

De lippen van Venutius verstrakten. 'Ik weet het niet. Je vraagt mij een voorspelling te doen over mijn diepste zieleroerselen, en dat is onmogelijk. De tijd zal het leren, Catuvellaunse wolf!' Ze glimlachten naar elkaar met een treurig begrip voor elkaars dilemma terwijl ze verder liepen. De zon scheen warm op hun rug en hun zwaarden rinkelden in de met juwelen versierde scheden.

Die avond, toen Venutius zich na de maaltijd in de gastenhut had teruggetrokken en zijn hoofdmannen, behalve zijn bard en zijn schilddrager, zich hadden opgerold in hun mantels op de met as bestrooide vloer van de Vergaderruimte, reikte Caradoc Eurgain haar mantel aan. 'Ga naar Venutius en spreek met hem,' zei hij. 'Jij en Aricia zijn samen opgegroeid. Het is heel vanzelfsprekend dat je wat meer over haar wilt horen. Laat hem over haar vertellen, lieve, want ik moet beslist weten hoever de Romeinse invloed bij haar reikt, hoe strak Aricia de teugels in handen heeft en of er soms een zwakke plek in haar wapenrusting is. Brigantia is de ideale stad voor Plautius om, als hij dat wenst, een aanval naar het westen te beginnen en de spionnen hebben nog niet voldoende het vertrouwen van de Cornovii weten te winnen om mij alle gegevens te melden die ik nodig heb.' Ze schikte de mantel om haar schouders, verborg haar handen onder de blauwe plooien en keek hem koel aan.

'De verspieders in ons gebied zeggen dat de keizer Plautius opdracht heeft gegeven zijn greep te versterken, en zijn invloed niet verder uit te breiden naar het noorden of westen, voordat hij het laagland stevig onder de duim heeft. Ik verwacht niet dat hij ons de eerstkomende twee jaar zal aanvallen.'

'Tenzij hij daartoe uitgedaagd wordt. En dat is precies wat ik wil doen, Eurgain. Ik wil hem uitdagen, vooropgesteld dat ik volgende zomer een afspraak met de Ordovices kan maken. Dan worden de wegen door het gebied van de Cornovii naar Brigantia van het grootste belang.'

Ze knikte bedachtzaam. 'Maar toch, Caradoc, tussen nu en over een jaar kan de toestand ingrijpend veranderd zijn. Weet je wel zeker dat je me alleen naar hem toe stuurt omdat je strategische gegevens van Venutius wilt horen?'

'Wij zijn al heel lang getrouwd, Eurgain,' antwoordde Caradoc rustig, maar met een zekerheid waarvan hij opeens niet zo zeker meer was, 'en ik heb nooit een andere vrouw genomen, of er zelfs maar naar verlangd. Dat moet voldoende antwoord op je vraag zijn.'

'Ja, dat zou zo moeten zijn,' beaamde ze luchtig, voordat ze hem een snelle kus op de lippen drukte, 'maar het is niet zo. Ik hoor in dit antwoord alleen dat mijn wettige man niet graag liegt, en er liever omheendraait.' Haar ogen, zo blauw als korenbloemen, werden donkerder door de opwellende jaloezie, toen ze besefte welke vreemde aantrekkingskracht Aricia op sommige mannen had, maar ze verdreef de gedachte weer uit haar geest. Ze wilde haar man niet bezitten naar lichaam en ziel, zoals Aricia had gewild, hoewel ze niet van hem hield. In haar ogen had Aricia nooit van Caradoc gehouden. Eurgain hield van hem omdat hij een onafhankelijk wezen was en ze respecteerde Caradoc omdat ze hem hoogstens aan het wankelen kon brengen, maar nooit zou kunnen laten buigen. Maar soms, zoals op deze avond, als ze de pijnlijke herinneringen vol begeerte op zijn gezicht kon lezen, voelde ze een wanhoop die met de jaren niet verdwenen was, zoals de wond in Caradocs ziel ook nooit helemaal genezen was. Ergens diep in hem was een plek waar zij geen toegang had, een plek waar Aricia zich slapend genesteld had om pas te ontwaken als zich een geschikte gelegenheid voordeed, om dan golven van ellende over hen beiden uit te storten. Zo zou het altijd blijven, ook al hielden ze allebei veel van elkaar, zij het op hun eigen manier. Eurgain zuchtte. 'Ik zal gaan,' zei ze ten slotte.

Venutius' bard hield haar bij de deurhuiden tegen. Zijn arm reikte van de ene deurpost naar de andere en hij vroeg haar bars wat ze kwam doen. 'Ik ben Eurgain,' legde ze geduldig uit. 'Lang geleden was ik een vriendin van jouw ricon. Ik wil alleen vragen hoe het nu met haar gaat. Vraag Venutius of hij mij wil ontvangen.' Ze tilde haar mantel op en spreidde haar armen. 'Ik kom ongewapend. Ik draag geen zwaard en ook geen mes.' Hij bukte zich om naar binnen te gaan en ze bleef voor de hut wachten, kijkend naar de met sterren bezaaide hemel. Sereen rees de maan op; het was windstil en de lucht was mild. Ze haalde diep adem, zoals Bran haar dat geleerd had en opende haar geest en haar hart voor de vrede van de nacht. Ze stelde zich voor dat haar angsten en zorgen wegvloeiden met de uitgeademde lucht, en keerde zich toen om naar de hut, waar de bard de deurhuiden voor haar opzij hield.

Venutius kwam overeind van zijn kruk naast de uitgedoofde haard. Hij had zijn wapenrusting afgelegd en was gekleed in een korte, groene tuniek. Zijn armen en benen waren onbedekt. Hij had zijn lange haar losgemaakt en geborsteld, zodat het als een zacht glanzende kap over zijn schouders viel, en het vage schijnsel van de olielamp in rossige golven weerspiegelde. Eurgain zag even in een visioen hoe Aricia in zijn armen lag, hoe haar zwarte haren zich vermengden met zijn rode, minnares en slaaf, tovenares en slachtoffer, geboeid in hartstocht. Toen legde ze haar mantel af en glimlachte. 'Het spijt me dat ik je stoor,' begon ze, 'maar ik wilde in alle rust met je spreken. Aricia en ik hebben elkaar lange tijd goed gekend. Hoe gaat het met haar?'

Een schaduw trok over zijn gezicht. Hij glimlachte terug, gebaarde dat ze moest gaan zitten en ze zag nu voor het eerst hoe knap hij was. Hij pakte een kan en schonk bier voor haar in, schoof de beker naar haar toe en ging weer zitten op zijn kruk. Natuurlijk kon hij zich deze vrouw herinneren. Ze was zo stil en bedachtzaam geweest, met onderzoekende ogen, de denkster met die achtergrond van koppig, gezond verstand. Hij kon zich de andere vrouw ook herinneren, ouder en donker, eveneens zwijgzaam maar met meer ingehouden spanning en gevaarlijker. Vreemd, peinsde Venutius toen hij zag hoe Eurgain haar slanke vingers om de beker strengelde, hoe veel ik mij nog herinner van die dagen lang geleden, de laatste dagen dat ik gelukkig was. Misschien juist daarom. Er zijn zo weinig herinneringen uit de jaren daarna die ik wil koesteren... 'Vertel eens, Eurgain,' zei hij terwijl hij de bronzen beker langzaam tussen zijn vingers liet ronddraaien, 'heeft je man je naar mij toe gestuurd?'

Ze lachte verrast. 'Ja, dat deed hij. Ik zal niet tegen je liegen. Maar ik denk dat ik toch wel gekomen was. Wij hebben zo weinig over Aricia gehoord, sinds jij haar wegvoerde uit Camulodunon.'

'En het meeste nieuws was nog slecht ook,' onderbrak hij haar bruusk. 'Je hoeft mijn gevoelens niet te ontzien, vrouwe. Ik heb er nog maar weinig,

285

want de meeste zijn door haar gedood.'

'Aricia hield altijd erg van weelde,' zei Eurgain ongemakkelijk en ze probeerde een beleefde kalmte te bewaren, 'maar toch waren wij allemaal erg op elkaar gesteld, in de stad van Cunobelin, en we vormden een hechte familie. Het was een zware schok voor haar dat ze moest vertrekken, Venutius.'

'Dat is al elf jaren geleden. Ik wil liever niet over het verleden spreken. Wat voor zin heeft dat? Ze kwam naar Brigantia, ze haatte ons en ze heeft ons misbruikt, en wij sjokten, even dom als onze schapen, achter haar aan. Eerst ging het om wijn en snuisterijen. Wat is er verkeerd aan, hield ze ons voor, om de huiden en vachten die we over hebben te ruilen voor wijn? Wij gehoorzaamden haar omdat we trouw hadden gezworen en omdat ze de dochter van onze gestorven ricon was. En inderdaad, wat voor kwaad kon daar in schuilen?' Hij zweeg en nam een slok en bleef peinzend in zijn beker staren. 'Ik trouwde met haar. Ze was zestien. Ze droeg witte bloemen in haar haren en mijn huwelijksgeschenk om haar hals. 'Jij en ik, Venutius,' zei ze, 'jij en ik samen zullen Brigantia machtiger maken dan de Catuvellauni!' Ik begreep toen nog niet wat ze daarmee precies bedoelde. Wat moet ze om mij gelachen hebben! O, Sataida, godin van de smarten! Ik trouwde niet met een vrouw, maar met een demon!'

Eurgain bleef doodstil zitten, terwijl de man tegenover haar worstelde met een vloedgolf van verbittering. Haar kalme uitstraling en belangstellend zwijgen maakten het dikwijls voor anderen gemakkelijker haar confidenties te doen, dat wist ze. Daardoor was ze lang geleden ook voor Caradoc nuttig geweest, maar ze had niet zo'n wroeging opgewekt zoals ze nu bij Venutius zag. Je zou er nu net zo aan toe zijn als hij, Caradoc, dacht ze, als je niet met mij, maar met Aricia getrouwd was. Wist je dat? Voorvoelde je dat toen al? 'Je zei dat je haar vriendin was,' vervolgde Venutius weer wat kalmer. 'Maar zij was je vriendin niet, Eurgain. Dat wist je, nietwaar?' Hun ogen ontmoetten elkaar in het besef wat ze samen gemeen hadden. Eurgain knikte even, waardoor het licht langs haar glanzende gouden vlechten gleed.

'Ja, dat wist ik. Ik begrijp het allemaal, Venutius.'

'En toch houd ik nog steeds van haar,' zei hij zacht, met een soort verbaasde tederheid in zijn stem. 'Als ze mij roept, dan haast ik me naar haar toe. Ik weet precies wat ik aan haar heb, en ik ben hierheen gekomen om haar val te bespoedigen, maar ondanks mijn haat houd ik toch van haar.'

Ze bleven zwijgend zitten; tussen hen was een band van gedeeld verdriet ontstaan, een band die uitsteeg boven woorden en Eurgain veranderde van onderwerp. Ze voelde zichzelf sidderen van emotie, haar zenuwen onder de onverstoorbare uitdrukking van haar gezicht schreeuwden dat ze hier weg moest vluchten. 'Bouwt Rome binnen jullie landsgrenzen?'

Hij nam een grote slok bier, vouwde zijn armen over elkaar en antwoordde

286

haar met vaste stem. De bijzondere sfeer was verdwenen. Nu was hij weer de trotse zoon van de woeste heuvels die ze jaren geleden ontmoet had. 'Nog niet. Een fort in het gebied ten zuidoosten van ons, even over de grens met de Coritani, is bijna gereed. De soldaten en officieren komen en gaan vrijelijk van en naar het huis van mijn ricon, maar tot nog toe zijn er geen wegen over ons grondgebied aangelegd. Waar zouden die wegen naar toe leiden? Plautius is nog niet zo ver dat hij tegen de stammen verder in het noorden ten strijde kan trekken – of jullie gebied! Hij zal ons gebruiken als een bevriende wal, met de gretige instemming van mijn ricon. Hij heeft haar prachtige geschenken gestuurd, hij heeft beloofd dat ze haar macht mag behouden, zolang ze meewerkt, en dat doet ze dus maar al te graag.'

'En hoe denkt de bevolking erover?'

'De mensen gehoorzamen haar zwijgend. Ze denken dat het al te laat is en dat ze zich toch niet tegen het onvermijdelijke kunnen verzetten. Sommige hoofdmannen mopperen in het geheim. Ze nemen het mij kwalijk, en terecht, dat ze hun vrijheid kwijtraakten maar ze zien nog niet in dat ze ook hun eer verloren hebben. Ik wil dat de Silurische spionnen hen daarvan overtuigen. Wat mij betreft...' Hij spreidde zijn handen uit en Eurgain zag de gitzwarte edelstenen aan zijn korte, met littekens overdekte vingers glinsteren. 'Ik ben al op twee manieren tot slaaf gemaakt, maar ik zal doen wat ik kan.'

Ze ging staan, beschaamd dat ze hier was gekomen met de bedoeling hem koelbloedig te misleiden, en beschaamd dat Caradoc dat nodig gevonden had. 'Het spijt me, Venutius,' zei ze zacht. 'Het zijn slechte tijden en ik heb het nog erger gemaakt door deze avond hier te komen.'

Hij deed een stap naar haar toe en kuste haar koele hand. 'Nee, dat deed je niet, Eurgain. Caradoc bezit in jou zijn grootste schat.'

Ze glimlachte. 'Ga in vrede, wandel in vrede.'

'Jij ook, vrouwe.'

Ze trok haar hand terug en liep de hut uit, om met snelle passen naar haar eigen hut terug te keren. Haar mantel hield ze over haar arm. Haar gezicht gloeide in de koele nachtelijke bries en de geur van pas ontloken bloesems drong in haar neus. Ergens vlak bij zong een nachtegaal, lieflijk en ontroerend, maar haar gedachten waren naar binnen gekeerd. Ze ging de hut binnen, wierp de mantel op een stoel bij de deur en trok haar tuniek uit, voordat ze haar haren losmaakte. Caradoc zag haar hoekige, boze bewegingen vanuit de schaduw bij het bed.

'Wel?' vroeg hij ten slotte. Eurgain trok met een snel gebaar haar broek uit, zonder hem aan te kijken.

'Venutius is een goed en oprecht man, maar vertrouw hem niet voordat hij zich bewezen heeft. Hij wordt door tweestrijd verteerd.'

'Is dat alles?'

Ze liep met grote passen naar het bed, haar neusvleugels bewogen woedend en in haar ogen was een koele verbeten blik. 'Ja, dat is alles. Ik wil er niet meer over praten. Nooit meer! En raak me niet aan, Caradoc. Ik voel me vanavond al genoeg bezoedeld.'

Venutius en zijn hoofdmannen reden weg uit de vallei, toen de dageraad nog parelmoer en rood was, om naar huis terug te keren. Twee dagen later vierden de Siluriërs het feest van Beltine. De knoppen aan de bomen openden zich plotseling in stralend groen en overal vielen de witte bloesems van de appelbomen als geurige sneeuw onder de gewelven van het woud, waar de hele dag vogels zongen. De gedroogde grauwe botten van de dieren die tijdens de laatste Samain geslacht waren werden opgestapeld voor twee grote kampvuren. Het fokvee en de pasgeboren kalveren werden tussen de vuren door gedreven, loeiend van angst, met rollende ogen en tegenstribbelend toen de rookwolken hen omringden. In de avond dansten de mensen met wapperende haren en rinkelende halskettingen. Hun ogen weerspiegelden de oranje gloed van de vuren en ze zongen oude liederen terwijl de biervaten steeds leger raakten. Het feest duurde de hele nacht. Kinderen schreeuwden en speelden in de schaduw van de hutten, en renden overal rond. De hoofdmannen trokken hun tunieken uit en worstelden in het gras, hun gespierde lijven glansden van het zweet en de bronzen en gouden armbanden vonkten in het schijnsel van de vlammen. Eindelijk gingen ze slapen, sommigen keerden terug naar hun hutten, maar de meesten rolden zich in hun mantels en bleven uitgeput, maar tevreden in het gras liggen. De wind, ruisend door de bomen bij de rivier, zong hen in slaap.

Laat in de ochtend pakte Fearachar Caradocs en Llyns bagage in, omdat zij en de hoofdmannen weer op reis gingen, deze keer naar het westen om met de Demetae te beraadslagen. Hun ricon was nieuwsgierig geworden door de geruchten dat een vreemde ricon erin geslaagd was de koppige Siluriërs uit zijn hand te laten eten, en daarom waren er boodschappers naar Madoc gestuurd, nu de sneeuw ook in de hoogste bergpassen wegsmolt. Eurgain had hem gesmeekt of ze dit keer mee mocht op reis, omdat ze ernaar verlangde de hoge kale bergpieken in de zomer te zien, bergruggen waar de wind nooit ging liggen en nimmer geurend naar bloesem of gras. Maar Caradoc had beslist geweigerd.

'De Demetae zijn erg argwanend en onberekenbaar,' had hij gezegd. 'En er is geen bevriende Silurische druïde bij hen geweest om de weg voor ons te effenen. Als ik volgende zomer naar de Ordovices reis, mag je wel mee.' Ze had tevergeefs betoogd en gepleit. Maar Caradoc zweeg eenvoudig en zijn lippen vormden een smalle streep, want aan zijn besluit viel niet te tornen. Hij bleef hardnekkig zijn hoofd schudden. Ze kuste hem vaarwel en omhelsde Llyn, die daar niet van gediend was en zijn ergernis maar nauwelijks kon verbergen. Toen bleef Eurgain achter en ze zag de groep wegrijden over de heuvels. Blauwe, gele en scharlaken mantels waaierden uit als de veren van een grote, exotische vogel.

Caradoc keerde niet terug voordat de eerste sneeuw van de volgende winter neerdwarrelde en toen hij eindelijk thuiskwam schrok Eurgain van de verandering in zijn uiterlijk. Hij was tot op het bot vermagerd, zodat alleen de staalharde spieren overgebleven waren. Hij was rusteloos, wilde niets eten en kon de slaap niet vatten tot het moment dat de dageraad bleek en aarzelend onder de deurhuiden van hun hut kroop. Hij sprak overdag weinig tegen de anderen, maar als hij sliep mompelde hij voortdurend, onrustig woelend, en Eurgain lag verstijfd van bezorgdheid naast hem toen ze merkte dat zijn obsessie steeds meer aan zijn geest knaagde. Hij dacht en sprak over niets anders dan de komende confrontatie met Rome, en hij ergerde zich mateloos aan de onderlinge twisten van de stammen in het westen. Eenheid en gezamenlijke strijd waren het enige dat telde voor hem en met dat doel voor ogen zweepte hij zichzelf en zijn mannen op om door de ruige bergen van dorp naar dorp te trekken. Bezorgd zocht Eurgain Cinnamus op. Ze trof hem languit op bed liggend aan. Zijn helm, zijn schild en zwaard lagen op de grond tussen grauwe poetsdoeken. Toen ze binnenkwam ging hij rechtop zitten. Het gezicht van Cinnamus was ook vermagerd door de ontberingen en om zijn anders zo stralend groene ogen waren nieuwe rimpels te zien. Eurgain ging op de kruk zitten. De tunieken van Vida lagen in een stapel bij het vuur, maar zijzelf was er niet.

'Wat is er deze zomer gebeurd, Cin?' vroeg ze gebiedend. Cinnamus strekte zijn stijve ledematen en kwam van het bed. Hij liep naar het vuur en wierp nieuw hout op de vlammen. Hij bleef voor het vuur staan.

'De Demetae hebben hem bijna krankzinnig gemaakt,' antwoordde Cinnamus. 'Moeder! Wat een stam is dat! Was Bran er maar bij geweest, dan hadden we daar niet urenlang in Vergadering gezeten, terwijl ze telkens weer over de rooftochten begonnen die ze ooit tegen de Siluriërs hebben ondernomen. Ze deden werkelijk hun uiterste best om ons allemaal tot razernij te brengen. En de wanden van hun Vergaderzaal zijn behangen met de buitgemaakte hoofden van Siluriërs en Ordovices. Ik heb nog nooit zoveel trofeeën gezien. Maar hun juwelen en sieraden zijn prachtig en hun vrouwen zijn trots. Als Caradoc erin slaagt hen voor zijn veldtocht te winnen, dan zullen de Romeinen goed op hun fraaie lauwerkransen moeten passen. Hij heeft met drie van hen gevochten, Eurgain, één man gedood en de andere twee raakten zwaargewond.'

'Wat zeg je?'

Cinnamus grijnsde innemend naar haar. 'Ze luisterden naar hem omdat hun leider dat wilde, maar ze wilden eerst zien of hij wel zo'n groot krijger was, voordat ze zijn woorden ernstig zouden overwegen. Die lieden beoordelen een man niet op zijn woorden, Eurgain, alleen op zijn daden. Ik geloof niet dat Caradoc die hoofdman werkelijk wilde doden, maar hij verloor zijn zelfbeheersing. Hij was al die snoevende woorden meer dan beu. En ik kan je vertellen dat de Demetae, toen dat gevecht achter de rug was, opeens wel wilden luisteren. Ze hebben toegezegd dat ze een gezamenlijke Vergadering zullen bijwonen, maar niet voordat Madoc hun beloofd had dat hij niet langer rooftochten in hun gebied zal houden. Hij deed dat uiteindelijk, maar eerst heeft hij wel duidelijk gemaakt dat de Siluriërs ook veel verliezen hebben geleden door hun toedoen.'

Eurgain bleef een ogenblik zwijgen. Ze hield haar hoofd gebogen. Toen zei ze: 'Wat is er toch met hem, Cin? Hij heeft nergens meer plezier in, en hij gunt zichzelf geen ogenblik rust. Ik zie elke dag hoe hij verandert en daar maak ik me zorgen over.'

Cinnamus werd ernstig. Hij kwam naar haar toe, hurkte voor haar neer en nam haar handen in de zijne. Ze keek naar zijn gezicht, naar de wilskrachtige mond, de hoekige neus en de groene ogen die zo vrolijk en vol liefde konden kijken, maar ook zo hard als steen konden zijn, en Eurgain voelde iets in zich breken. Ze was uitgeput van zorgen en spanning, ze had zoveel dagen en nachten eenzaam doorgebracht, dat ze hevig naar warmte en aandacht verlangde. Ze strekte haar hand uit naar zijn golvende blonde haar. Cinnamus sloeg zijn armen voorzichtig om haar heen en hield haar stevig vast. Ze zuchtte.

'Hij sluit zich af voor ons allemaal, behalve voor Llyn,' zei hij. 'En er is maar één ding dat hem op de been houdt – de droom dat hij op zekere dag de arviragus wordt van de stammen die hij verenigd heeft en dat hij met duizenden strijders de Romeinen de zee in drijft. Hij gelooft dat hij de laatste hoop van Albion is, Eurgain, en ik geloof dat hij gelijk heeft. Madoc en Bran en de Siluriërs denken er ook zo over. En bovendien heeft hij heimwee. Caradoc haat de bergen, hij snakt naar het golvende groene Catuvellaunse laagland. Elke dag lopen wij gevaar als we onderweg zijn – door de honger, door het slechte weer, door woeste hoofdmannen en nog gevaarlijker wilde dieren en door de gierende wind als we over de bergpassen kruipen. Mij kan het niet schelen, want ik heb mijn leven lang deze gevaren al moeten trotseren en ik heb nooit een belangrijke positie gehad die ik kon verliezen, of al te veel vlees om mijn maag te vullen. Maar mijn heer heeft een koninkrijk verloren en daarvoor in de plaats een vreselijk visoen ontmoet. Hij worstelt om dat te aanvaarden, maar hij weet dat er geen weg terug is. Hij weet, en wij weten het ook, dat we alleen voorwaarts kunnen gaan.' Hij kuste haar voorhoofd, een gebaar dat alleen bedoeld was om aan te kondigen dat hiermee alles gezegd was, maar hij merkte dat zijn lippen naar haar haren gleden en hij voelde hoe haar armen zich dichter om zijn hals sloten. Cinnamus wist dat hij zich terug moest trekken, en dacht ook dat hij dat al deed, maar in plaats daarvan grepen zijn handen haar schouders en zijn mond gleed langs haar slaap, langs de kromming van haar wang om haar lippen te vinden. Ze verstarde niet, al beefden de lippen even onder zijn mond, maar toen opende ze haar mond en ze liet zich tegen hem aan glijden. De kruk viel achterover. Haar handen wiegden zijn hoofd, toen hij haar schouders losliet en haar zachtjes op de vloerhuiden legde, terwijl hij zijn mond stevig tegen de hare gedrukt hield, maar toen hij haar tuniek omhoogschoof lieten haar handen hem los en ze liet hem begaan. Ze voelde zijn mond naar haar nek bewegen. Vreemde kussen, dacht ze, en toch ook weer niet. Handen die met een onbekende aanraking over mijn lichaam strelen, maar toch ken ik deze handen al sinds mijn jeugd. O, Cinnamus, bemin me! Laat jouw lichaam mij zeggen dat ik nog steeds degene ben die ik wil zijn! Voorzichtig drong hij bij haar naar binnen en Eurgain was nog steeds verbaasd over het onbekende dat toch zo warm en vertrouwd was. Het ritme van een ander leven, dacht ze, gekoesterd door zijn tederheid, en ze voelde hoe de spanning langzaam wegebde uit haar lichaam. Vertel het me, Cinnamus, liefste vriend, vertel het me! Genees de wonden! Ze dreef met hem weg op de golven van zijn hartstocht, zoals ze daar onder hem lag, omgeven door het onuitgesproken antwoord op haar eenzaamheid en ze liet blijken hoe dankbaar ze hem was. Toen hij niet langer bewoog liet hij haar niet onmiddellijk los. Hij drukte zich overeind, leunde op zijn ellebogen en glimlachte naar haar. Hij kuste haar met dezelfde warmte en tederheid, en pas toen hij haar een glimlach had afgedwongen, kwam hij overeind en hielp haar op.

'Volgende zomer sluiten we een verdrag met de Ordovices,' zei hij, alsof er niets was gebeurd. 'Dat is de laatste en grootste beproeving. Daarna weten we meer.'

'Dan zal ik met je meegaan,' antwoordde ze met vaste stem, hoewel ze huiverde. 'Ik kan hier niet langer wachten en werkeloos toezien, terwijl mijn gedachten ver weg zijn op een plek waar mijn lichaam niet is. Ik deed er verkeerd aan hem deze last te laten dragen, zonder dat ik er zelf bij was. Ik wil ook graag terug, Cin, maar niet omdat ik naar Camulodunon verlang. In de bergen voelt mijn ziel zich thuis. Ik wil alleen terug omdat ik een zorgeloze en gezonde Caradoc wil, een man die zich alleen bezighoudt met zijn bezittingen en rooftochten.'

'Die dag zal ook komen, Eurgain, wees daar gerust op.' Hij probeerde haar op te beuren, maar haar lip krulde en op haar gezicht verscheen een verbitterde trek.

'Ik denk het niet,' zei ze, terwijl ze haar tuniek recht trok en naar de deur liep.

Ze maakte aanstalten om naar buiten te gaan, maar keerde zich toen aarzelend om, haar hand op de deurhuid. 'Cinnamus, ik...' begon ze, maar hij onderbrak haar.

'Denk er niet meer aan, Eurgain,' zei hij. 'Het was geen schande, niet voor jezelf en ook niet voor Caradoc. Vida zou er begrip voor hebben, als ik het haar vertelde. Het was een vorm van troost, dat is alles.'

'Ja,' antwoordde ze langzaam. 'Ik weet het. Troost. Ik ben zo moe, Cin.'

Ze verdween naar buiten en de deurhuiden vielen terug. Cinnamus pakte de kruk op en bleef er even naar kijken, maar toen zette hij de kruk weer recht en pakte zijn helm en een schone poetsdoek. Fluitend en voor zich uit glimlachend hervatte hij zijn werk.

Drie zomers achtereen was Caradoc voortdurend onderweg geweest, en nu kwamen zijn spionnen met berichten die zijn ongeduld tot het uiterste opzweepten. Romeinse burgers kwamen in een steeds wassende stroom naar Albion, nog altijd voor het grootste deel kooplieden en avonturiers, maar er kwamen ook steeds meer vrouwen en gezinnen van officieren: mensen die van plan waren zich hier te vestigen. Veel wegen waren nu gereed en de boodschappers te paard reden er langs met berichten van wachtpost naar versterking; reiswagens en karren ratelden over het plaveisel, volgeladen met graan en wijn, met vreemde planten en zaailingen voor de door heimwee geplaagde kolonisten, die probeerden hun houten huizen te veranderen in Romeinse villa's, en veel karren waren geladen met allerlei voorraden voor de legioenen. De eens zo machtige versterkte heuvelforten, zoals Camulodunon, veranderden geleidelijk in vredige Romeinse nederzettingen, de armzalige hutten maakten plaats voor keurige rijen houten huizen, winkels en badhuizen. In Camulodunon verrees de tempel voor de goddelijke Claudius, betaald door de vernederde vrije mannen die niet langer met hevige protesten naar hun machteloze hoofdmannen liepen. De groepen geketende Trinovantische en Catuvellaunse dwangarbeiders betaalden ervoor met hun bloed. Maar Caradoc werd niet door deze berichten, maar door ander nieuws tot roekeloosheid gedreven.

Een verkenner stond voor hem en rapporteerde zonder emotie dat de eerste scheepslading jongemannen uit Albion naar Rome vertrokken was, om daar getraind te worden voor de dienstplicht in de legioenen en dat er meer zouden volgen. Rome wist dat een groot deel van de rijkdom in de nieuwe provincie te vinden was in de grote, gezonde en onbevreesde strijders, en veel hoofdmannen en zwaardvrouwen stonden machteloos huilend en vloekend op de kust. Hun broers en minnaars zouden nooit meer naar de stammen terugkeren.

Caradoc luisterde met onbewogen gezicht, maar inwendig kookte hij van woede en opeens moest hij beschermend aan Llyn denken. Llyn was nu elf jaar en zijn magere armen en benen kregen dezelfde gespierde soepelheid als die welke Togodumnus vroeger had gehad, al was hij nog geen volwassen man. Caradoc zag zijn zoon in gedachten met Romeinse ketens om zijn hals en later in de gelederen van een of ander legioen, gehard en veranderd, zijn vlugge verstand en onbekommerde lach voorgoed verdwenen. Caradoc dacht ook aan andere berichten, afkomstig uit de omgeving van de caer. Romeinse patrouilles waren dichterbij gezien dan hem lief was; ze trokken door het dichte woud waar het gebied van de Dobunni eindigde en dat van de Siluriërs begon.

Caradoc besefte dat hij niet veel tijd meer had en hij wilde niet wachten totdat de winter zijn greep zou hebben verloren. Hij riep een Vergadering bijeen. Zoals hij al verwacht had zwoeren de Siluriërs hem trouw. Ze wierpen hun zwaarden voor hem neer, begerig eindelijk tot daden over te gaan, en Caradoc, Cinnamus en Caelte, gingen samen met Madoc en Jodocus voorop toen ze door de vallei naar het oosten trokken. Ze reden door de verlaten wouden, met niet meer dan hun wapens en zoveel voedsel als ze op hun rug konden dragen. Ze hadden hun les wel geleerd, en bleven uit de buurt van het nieuwe fort waar Boduocus zijn oude handen warmde bij een Romeins vuur. Ze zochten dekking in de struiken langs de nieuwe weg die naar het fort in het gebied van de Belgae leidde, overvielen eenzame ruiters en lokten kleine Romeinse patrouilles in een hinderlaag. Ze overvielen karren met voedsel toen de laatste winterse regenbuien de heldere kleuren van hun mantels waste en het Romeinse bloed van het hobbelige plaveisel spoelde.

Caradocs aanvallen veroorzaakten weinig meer dan een rimpeling bij de veroveraars van het laagland. Hij zorgde ervoor het Tweede Legioen niet al te zeer te prikkelen, omdat hij niet wilde dat de grote legermacht van Vespasianus tegen hem op zou trekken voordat hij gereed was. De Ordovices wachtten op zijn komst en zij waren de laatste schakel die nog met de gehele ketting verbonden moest worden. Geërgerd verdubbelde Vespasianus het aantal gewapende begeleiders van de transporten; hij waarschuwde zijn patrouilles en zond een rapport naar Plautius in Camulodunon, dat er voorlopig geen reden was werkelijk alarm te slaan. Enkele opstandige hoofdmannen, gedreven door honger, hadden het aangedurfd zijn manschappen aan te vallen, maar ze zouden toch spoedig sterven. Dat was alles. Maar toen Plautius in het fletse, winterse zonlicht de boodschap las bij het raam van het nieuwe hoofdkwartier, voelde hij intuïtief dat er meer aan de hand was. De mannen in het westen, en Gladys' broer. Dat moest het zijn. Hij voelde weer de wens deze man te ontmoeten, in zich opkomen en hij overhandigde de op een rol geschreven boodschap aan Pudens zodat deze haar ook kon lezen. Hij ging achter zijn schrijftafel zitten en hield zijn vingers nadenkend onder zijn kin. 'Bent u van plan tegenaanvallen te bevelen, heer?' vroeg de jongeman. Maar Plautius bleef even zwijgen voor hij zijn beringde vingers op het gladde blad van de tafel legde en zijn hoofd schudde.

'Nee, nog niet. Daarvoor is het nog te vroeg. En bovendien, het is nog winter. Ik denk dat we beter kunnen wachten tot de lente en dan zien wat er gebeurt. Beantwoord deze boodschap, wil je, Rufus?' Plautius nam zijn helm en mantel en liep naar buiten; hij zocht de eenzaamheid om beter na te denken, maar nergens in het bedrijvige Camulodunon was stilte te vinden. Het leek hier even druk als in Rome.

Tijdens de laatste aanval in het winterse jaargetij, toen de wind al warmer werd en de eerste groene sprieten zich vastberaden omhoogwerkten boven de modderige aarde, raakte Llyn zoek. Caradoc en zijn hoofdmannen hadden een groepje Romeinen aangevallen, zonder te weten dat op korte afstand achter de soldaten een groep ruiters volgde, en het gevecht dat volgde was hevig en kwaadaardig. Llyn en Fearachar hadden zich zoals gewoonlijk schuilgehouden, zij lagen in de dichte struiken op de heuvel vanwaar de mannen hun aanval begonnen. Ze hoorden de kreten en het geschreeuw, het metalige geluid van de zwaarden en de dof tegen elkaar stotende schilden, maar ze konden niet veel zien van het strijdverloop, omdat deze ochtend een mistige motregen het zicht belemmerde. Verderop langs de weg vochten Caradoc en zijn krijgers grimmig en verbeten, terwijl de Romeinse centurion zijn bevelen blafte en de soldaten probeerden een slagorde te vormen, ondanks de verwarring na de plotselinge aanval. Even leek het of de Siluriërs de overhand kregen, maar Caradocs scherpe oren vingen het geluid van trappelende paardehoeven op en hij gaf zijn mannen opdracht zich terug te trekken.

Zonder vragen te stellen keerden de hoofdmannen en de vrije mannen zich meteen om en renden weg naar de mist en de bomen. Maar nu wisten de Romeinen zich in de rug gesteund door de cavalerie en ze zetten prompt de achtervolging in om genadeloos jacht op de vluchtende vijand te maken. Onder de druipende takken renden ze weg naar de veiligheid van het onbegaanbare bos, en pas toen Caradoc, Cinnamus en Caelte de rivier overgestoken waren, dacht Caradoc aan zijn zoon. Hij rende langs zijn mannen en zocht overal koortsachtig naar Fearachar. Cinnamus hield hem tegen. 'Zoeken heeft nu geen zin, Caradoc! We moeten ons eerst verzamelen in de caer, voordat we onze mannen kunnen tellen.' Caradoc besefte kwaad dat hij gelijk had, een grote angst greep hem naar de keel. Llyn was zijn talisman. Llyn was zijn enige troost, zijn beschermengel tegen de wanhoop en als Fearachar zonder Llyn kwam opdagen zou Caradoc zijn hoofd afslaan. Hij liep rechtstreeks naar de Vergaderzaal en beende voor de poort heen en weer in de miezerige regen. De hoofdmannen kwamen één voor één langs hem, op zoek naar warmte en beschutting, maar van Fearachar was geen spoor te bekennen.

Eurgain smeekte Caradoc eerst droge kleren aan te trekken en wat te eten, maar hij weigerde ruw en daarom bleef Eurgain moedeloos naast hem heen en weer lopen, tot Madoc hem kwam vertellen dat de mannen die de strijd overleefd hadden inmiddels allemaal geteld waren. Er viel een stilte over het kleine groepje, maar na een ogenblik kwam Caradoc in beweging.

'Cinnamus, verzamel onze Catuvellaunse hoofdmannen! Madoc, ik moet de weinige paarden die je hebt gebruiken. Jaagt die patrouille nog steeds op ons?'

'Nee. De officieren kwamen tot bezinning en riepen hun manschappen terug naar de weg. De verkenners vertelden me dat de groep weer verder trekt, maar hun aantal is wel flink uitgedund.'

'Mooi. Eurgain, waar ga je heen?' Ze haastte zich weg en riep over haar schouder: 'Mijn zwaard halen!'

'Nee!' Caradoc rende achter haar aan. 'Nee, dat gebeurt niet. Blijf hier! Wat kun je doen in die vervloekte mist?'

Ze draaide zich met een ruk om en keek hem recht aan. Twee rode vlekken verschenen op haar winters-bleke wangen. Met overslaande stem schreeuwde ze tegen hem, haar zelfbeheersing verliezend: 'En wat denk je zelf te doen? Vervloekt, Caradoc, ik laat me door jou niet langer zeggen wat ik moet doen! Ik ben je eigendom niet, ik ben een vrije zwaardvrouw! Ik ga en sta waar ik wil, bij Camulos!' Ze krijste nu en Madoc en de andere Silurische hoofdmannen keken geschokt toe, maar om Cinnamus' mond speelde een vage, goedkeurende glimlach. 'Ben je nog steeds zoveel Romein dat je je vrouw liever thuis achterlaat, alsof ze alleen een fraai meubelstuk is? Ik deed geen slavenketting om toen ik met je trouwde en volgens de wet kan ik je verlaten als ik dat wil!' Ze liet haar stem dalen. 'En soms denk ik er werkelijk over om je te verlaten,' zei ze hees. 'Voor jou ben ik alleen maar iets dat tot jouw gemak dient.'

Een ogenblik bleef ze hem woedend aankijken, kaarsrecht voor hem staand. Haar borst ging heftig op en neer en haar haren zaten verward tegen haar gezicht gekleefd en kronkelden zich over de schouders van haar oranje tuniek. Toen keerde ze zich snel om en rende naar haar hut. Ze riep dat Tallia een droge mantel, haar laarzen en haar gordel moest pakken. Verbijsterd keek Caradoc haar na; toen keerde ook hij zich om en liep naar de paarden die gereedgemaakt waren. Zijn gezicht was wit en een afgrond van hopeloosheid opende zich voor hem. Hij steeg snel te paard en nam de teugels in zijn handen. Onbeweeglijk bleef hij zitten en staarde naar de grond, terwijl de andere mannen ook opstegen. Eurgain kwam terug; haar blauwe mantel sleepte over de grond, ze had haar haren opgebonden en het zwaard sloeg telkens tegen haar laars. Ze liep hem zonder hem aan te kijken voorbij. Caradoc staarde nu in die afgrond en voelde zich duizelig worden. Llyn was dood.

Hij was Eurgain kwijtgeraakt. De Ordovices zouden hem niet steunen en de Demetae evenmin. Toen vermande hij zich en het was alsof een zonnestraal door de grauwe wolken drong. Natuurlijk was Llyn niet dood, hij was alleen verdwaald. En als hij Eurgain het hof maakte, kon hij haar voor zich terugwinnen. De Ordovices en de Demetae zouden de eed van trouw afleggen, dat wist hij opeens zeker. Hij knipperde met zijn ogen en keek om naar de wachtende mannen. Met moeite wist hij zich te beheersen en niet in een hysterisch bulderende lach uit te barsten. Hij stak zijn arm op. 'Doorwaad de rivier en dan verspreiden!' riep hij. 'Ga met telkens twee man zoeken! Speur in het bos langs de weg en keer dan terug!' Hij drukte zijn hielen in de buik van zijn paard en galoppeerde weg in de mist.

Cinnamus en Caelte reden met hem mee en samen doorkruisten ze het bos, dat nu beschenen werd door een somber, naargeestig licht. De mist werd dunner toen het middaguur verstreek. Ze volgden de paden, maar nergens vonden ze iets, zelfs geen sporen en daarom stegen ze af, bonden de paarden vast en zochten met getrokken zwaarden verder tussen de struiken. Toen ze dichter bij de weg kwamen struikelden ze over lijken die daar in het hoge natte gras lagen, en in het voorbijgaan ontdeden ze de gesneuvelden zorgvuldig van de kostbare wapens. Ze hoopten dat de godin van het woud zag wat ze deden en begrijpen zou dat deze wapens aan haar geofferd werden, en dat ze daarom Llyn naar hen terugbrengen zou. Caradoc liep in gedachten verzonken verder, terwijl Cinnamus nu en dan knielde en naar sporen op de vochtige bodem zocht. Togodumnus had op dezelfde manier geknield in de lieflijke bossen bij Camulodunon, toen ze naar Cunobelin zochten. Caradoc voelde een bijgelovige angst in zich opkomen en hij moest zichzelf dwingen naar de gezichten van elke gesneuvelde te kijken, omdat hij telkens het gezicht van zijn dode vader meende te zien, met gebroken nek, zijn grijze haren uitwaaierend over het gras onder de bomen. Toen Cinnamus iets tegen hem zei, meende Caradoc even de vlugge, lichte tonen van Togs stem te horen, en elk wit en stil gezicht scheen hem sluwer en dreigender aan te kijken.

Ten slotte knielde Cinnamus neer en uitte een gedempte kreet. 'Hier! Kijk eens! Verse sporen, van een Romeins paard dat geen al te zware last draagt. Eén hoefijzer ontbreekt en het andere raakt los!' Caradoc boog zich ook naar de grond en hij zag het vage spoor in de vochtige aarde. 'Ja, dat is wel duidelijk,' zei hij bits, 'maar daar hebben we niets aan, Cin. We zoeken geen verdwaalde soldaat. Laat de anderen hem maar zoeken en doden.'

'Je luistert niet goed, Caradoc,' kwam Caelte tussenbeide. 'Dat paard draagt geen zware last, misschien alleen de wapenrusting van iemand, of een jongen!'

Caradoc ging rechtop staan.

'Ja, je hebt gelijk. De kans is klein, maar we moeten dat beest toch gaan zoeken. Cin, volg het spoor, dat kun jij beter dan ik.'

Ze liepen langzaam verder en Cinnamus bleef dikwijls staan om het spoor beter te bekijken. Boven hen, achter de dunne bewolking die als een deken over het bos lag, zakte de zon naar het westen. Een uur lang zochten ze verder zonder een woord te wisselen, twijfelend tussen hoop en de wetenschap dat ze hun kostbare tijd verdeden, maar toen ging Cinnamus rechtop staan en een vragende blik verscheen in zijn ogen.

'Die ruiter is zeker verdwaald,' zei hij. 'We lopen in een grote cirkel, heb je dat ook gemerkt?' Caradoc was aldoor zo afwezig dat het hem ontgaan was, maar nu zuchtte hij en zei: 'Je hebt gelijk. Hoever zijn we van ons vertrekpunt? Weet je dat?'

Cinnamus wees. 'We zijn bijna terug op de plek waar we begonnen. Achter die bomen, voorbij die twee met elkaar vergroeide eiken, zijn we begonnen.' Caradoc vloekte, maar durfde de naam van de woudgodin niet te noemen. 'We kunnen alleen nog hopen dat de andere mannen meer geluk hadden dan wij,' zei hij, bitter teleurgesteld. 'Er is geen teken van die ruiter of van zijn paard te bekennen, en als het inderdaad een Romein is, heeft hij geluk want ik zou hem met mijn blote handen aan stukken scheuren.'

Opeens liet Caelte zich languit op de grond vallen en de andere twee volgden zijn voorbeeld, zonder iets te zeggen. 'Wat is er?' siste Cinnamus en Caelte wees voor zich. Tussen de stammen bewoog een grijze schim; even was een scharlaken rode flits te zien, maar toen was Caradoc al overeind gesprongen en hij rende naar voren, zich een weg brekend door de takken als een gewond hert, telkens de naam Llyn roepend en schreeuwend. Cinnamus en Caelte volgden zo snel ze konden.

Llyn zat schrijlings op een groot cavaleriepaard dat ook nog de ransel van een Romeinse soldaat droeg. Hij zat rechtop en hield de teugels in zijn kleine vingers. Zijn mantel was hij kwijtgeraakt, evenals zijn laarzen. Zijn tuniek was gehavend, één mouw ontbrak en van zijn knie tot zijn schouder waren rode bloedvlekken te zien. Hij zag de drie mannen naderen, bijna zonder hen te herkennen. Zijn ogen leken verstard in een gezicht dat besmeurd was met modder waarin tranen hun sporen hadden getrokken. Zijn bruine haren waren verward en vol dorens en twijgen. Caradoc stortte zich naar voren, toen bleef hij opeens staan, geschokt en verbijsterd. Een afgehouwen hoofd zwaaide heen en weer langs de flank van het paard; de bleke dode oogleden waren halfgesloten en de ogen staarden glazig in de met bloed omrande oogkassen. De neus was verbrijzeld en gedroogd bloed koekte rond de mond en bij de rafelige hals. Onder de kin was een touw gebonden, omhoog naar het voorhoofd en om het kortgeknipte zwarte haar. Een Romeins hoofd.

'Moeder,' fluisterde Cinnamus. Caradoc voelde het bloed uit zijn gezicht wegtrekken, toen herstelde hij zich en sprong naar voren, zijn armen in mateloze vreugde voor zich uitgestrekt. Llyn draaide langzaam zijn hoofd om en keek naar zijn vader. Op zijn bleke, starre gezicht verscheen een angstige trek en hij liet zich van het paard in de armen van Caradoc vallen.

'Vader... O, v-v-vader... Hij heeft Fearachar gedood en toen heb ik met een mes in zijn rug gestoken en zijn hoofd afgesneden. Het duurde zo lang... Ik ben verdwaald, ik... ik kon de weg niet meer vinden, vader... vader...!' Llyn begroef zijn gezicht in Caradocs nek en brabbelde onsamenhangende woorden, terwijl de andere mannen zwijgend toekeken. Caradoc omhelsde zijn zoon stevig en hij voelde dat zijn knieën sidderden van opluchting en emotie. Toen zette hij Llyn met troostende woorden op de grond en hij las afschuw en trots tegelijk in de ogen van zijn zoon. Een krijger stort geen tranen van angst en al had Llyn eerder gehuild toen hij eenzaam en verdwaald door het bos zwierf, nu zou hem dat niet weer gebeuren. De smalle lippen trilden onophoudelijk, en hij kon zijn mond niet stilhouden, maar Llyn hield zijn hoekige kin opgeheven. 'Ik heb zijn zwaard ook meegenomen, Fearachars zwaard, maar ik kon hem niet op het paard tillen.' Zijn gezicht vertrok in een grimas, om niet weer in huilen uit te barsten, en zijn ogen keken smekend om steun naar Caradoc. Langzaam haalde Caradoc de bronzen torc van zijn eigen hals. 'Llyn,' zei hij, hees van ontroering, 'je hebt de vuurdoop ondergaan. Niet bij een rooftocht, en ook niet in gezelschap van je gevolg, en ook niet op de juiste leeftijd, maar helemaal alleen, en zonder hulp. Om je vriend te verdedigen.' Hij streek het natte haar van Llyn opzij en deed de ring om zijn slanke hals. 'Als ricon van de Catuvellauni maak ik jou nu tot krijger, ik verklaar je vrij man en geef je mijn zegen. Wil je nu de eed van trouw aan mij afleggen?' Llyn sloeg zijn ogen op en daarin las Caradoc dat de laatste kinderlijke onschuld van Llyn verdwenen was. Hij zag hoezeer Llyn geleden had, en ook nog een zekere angst, maar geen jongensachtige onbekommerdheid meer. Llyn was nu een man geworden. Llyn trok zijn zwaard uit de schede. Eigenlijk was het nog te groot om goed door hem gehanteerd te worden, en hij smeet het wapen aan de gelaarsde voeten van Caradoc.

'Ja, dat wil ik,' zei hij luid.

'Wil je voor mij strijden, in aanwezigheid van de druïden trouw zweren en mij dienen tot in de dood?'

'Ja, dat wil ik. En wilt u mij en mijn bezit beschermen? En dat zweren in aanwezigheid van de druïden, en mij bevrijden van mijn eed als ik dat om een goede reden wens?'

'Ja, dat wil ik, Llyn, zoon van Caradoc. Nu ben je een Catuvellaunse hoofdman.' Hij raapte Llyns zwaard op en gaf het terug, zich afvragend wat Madoc hiervan zou zeggen. Er zou geen Silurische inwijding komen, maar Madoc zou daar ongetwijfeld begrip voor hebben en hem vergeven, want de omstandigheden waren wel heel ongewoon geweest. 'Ga nu mee met Cinnamus,' zei Caradoc zacht, 'en rijd mijn paard terug naar de caer. Ik zal dit paard berijden.' Dankbaarheid verscheen op Llyns bleke gezicht, maar hij aarzelde even en greep de mouw van Caradocs mantel.

'Vader,' fluisterde hij, 'het was niet zoiets als een everzwijn doden, wat ik mezelf ook wijs maakte. Ik denk niet dat ik het nog eens kan doen.'

Caradoc kon het wel uitschreeuwen van medelijden. Hij legde zijn hand tegen Llyns koude wang. 'Denk daar nu niet meer aan,' zei hij. 'Ik zal je de eerste tijd heus niet vragen met andere volwassen mannen te vechten. Wees maar gerust.' Llyn knikte vaag en liep met wankelende passen naar Cinnamus en Caelte. Caradoc klom op het grote paard. Hij keek neer op de levenloze pluk bebloed, zwart haar. Toen keek hij voor zich naar de rechte rug van zijn zoon. Opeens proefde hij een smaak zo bitter als gal in zijn mond en hij spuwde vol afschuw. Snel gaf hij zijn paard de sporen en volgde de anderen.

Eurgain was teruggekeerd en zat onbeweeglijk in haar wijde blauwe mantel op de oever van de rivier te wachten. Ze zag hen langzaam door de ondiepe plek in de rivier waden, drie dodelijk vermoeide mannen en een kleine jongen. Ze liep hen tegemoet, met van spanning gebalde vuisten onder haar mantel. Llyn liet zich van zijn paard glijden en toen Eurgain bij hem gekomen was, kuste ze haar zoon en ze zag de bebloede vingers en zijn besmeurde kleren. 'Ik ben blij dat je veilig terug bent, mijn zoon,' zei ze effen. 'Ga nu naar de Vergaderzaal en eet wat. Vraag daarna aan Tallia schone kleren.' Hij knikte afwezig en liep weg. Eurgain keek Caradoc aan en haar ogen werden groter toen ze het afgehakte hoofd, druipend van het water, naast de paardeflank zag. 'Wat is er gebeurd?' vroeg ze toen Caradoc afsteeg. De stalknechten renden naderbij en namen de teugels over, terwijl Cinnamus het vastgebonden hoofd losmaakte en op de grond legde. Caradoc schudde zijn hoofd.

'Dit is niet voor mij,' zei hij kortaf. 'Dit hoofd heeft Llyn buitgemaakt. Ik vertel je later wel wat er gebeurd is, maar eerst heb ik behoefte aan eten en een warm vuur.' Hij liep haar voorbij en Eurgain bleef achter, staarde naar het afgehouwen hoofd en voelde haar hart pijnlijk in haar borst bonzen.

Tijdens de Vergadering die avond brulde Madoc van het lachen toen hij hoorde wat Llyn overkomen was. Caradoc had nu zoveel aanzien verworven bij de Siluriërs dat ze het al spoedig eens waren dat Llyn niet volgens de Silurische riten ingewijd hoefde te worden. De mannen zaten rond het vuur in de grote warme hut, waar zachte muziek weerklonk en het bier van hand tot hand ging in de rokerige ruimte. Het Romeinse hoofd was schoongewassen en toonbaar gemaakt en het werd naar binnen gedragen om aan Llyn aangeboden te worden, maar hij hield zijn handen verlegen op zijn rug en begon te blozen. Het licht van de olielampen glansde op de torc om zijn hals.

'Ik wil het eigenlijk niet hebben,' zei hij bedeesd.

'Maar dat is toch je recht!' riep Madoc uit en hij duwde het hoofd naar voren.

'Dat is het bewijs dat je een echte man bent, en het is wel wat meer waard dan de kop van een everzwijn, nietwaar, Llyn?'
'Ik zou liever weer een kind zijn en Fearachar naast mij hebben,' hield Llyn vol. 'U mag het hebben, als u wilt. Hang het maar naast de andere koppen.'
'Maar ik heb dit hoofd niet buitgemaakt en mijn hoofdmannen evenmin. Het behoort niet tot de trofeeën van de Siluriërs.' Madoc begreep er niets van. Hij haalde diep adem en zijn borstelige wenkbrauwen vormden een frons. Geen Silurische zoon van dezelfde leeftijd had ooit zo'n eervolle buit naar de caer gebracht, en daarom was Llyns houding een raadsel voor hem.
'Geef het dan maar aan de godin,' zei Llyn vastbesloten. Hij ging naast zijn vader zitten en Madoc haalde zijn schouders op voordat hij de Romeinse kop aan Cinnamus overhandigde. Wat een vreemde lieden waren die Catuvellauni toch. Ze vochten als duivels, wanneer dat nodig was, maar ze zaten ook vol vrouwelijke gevoeligheden. Ze hadden vermoedelijk te lang onder de zwak makende Romeinse invloed geleefd. Maar ondanks alles koesterde Madoc toch veel bewondering voor hen.
Fearachars lijk werd gevonden in de dichte struiken, met ingedrukte ribben, omdat hij daar getroffen was door de harde knop van een schild. Zijn armen en benen waren overdekt met snijwonden en aan de rechterkant van zijn borst was een diepe steekwond te zien. Het dode lichaam werd plechtig naar de caer teruggedragen, en Llyn waste het lijk, geholpen door Cinnamus, om het daarna te kleden in de mooiste met gouddraad geborduurde tuniek. Het korte zwaard werd op Fearachars borst gelegd en zijn hoofd werd gedekt met de helm van een hoofdman. Caradoc kocht een eenvoudige bronzen halsring bij de edelsmid en deed die om Fearachars nek. 'Eens, lang geleden,' vertelde hij aan Llyn, 'was Fearachar een rijke hoofdman met veel bezittingen. Maar hij en zijn familie begonnen een bloedvete, het ging om een vrouw, en daardoor heeft hij al zijn bezit verloren. Nu heeft hij zijn vrijheid voor eeuwig teruggekocht.'
Ze begroeven Fearachar niet op de Silurische wijze. Er werd een grote brandstapel aangelegd en de dode werd daar plechtig bovenop gelegd. Toen de vlammen omhoogschoten door het dorre hout, hield Llyn zelf de lofspraak, maar de tranen liepen hem over de wangen. Er werden liederen gezongen en herinneringen opgehaald, en alle Catuvellauni bewezen de gestorvene de laatste eer. Fearachar was onder zijn bars en zure uiterlijk een achtenswaardige en betrouwbare stamgenoot geweest. Toen verzamelden ze de Romeinse wapens die gevonden waren bij de gesneuvelde soldaten en Llyn droeg zelf het buitgemaakte hoofd. Ze liepen naar de bron die ver in het bos geheimzinnig opwelde. De bomen waren nu groen en het geurde tussen de stammen naar lentebloesems. Ze wierpen de schatten in het modderige water en Llyn zag zijn trofee langzaam naar de diepte zinken, zijn eigen kinderjaren met zich

meevoerend. Hij wist dat de angst en de verschrikkingen van deze inwijding hem zijn leven lang bij zouden blijven, maar nu telde het verdriet om zijn gestorven vriend en bewaker zwaarder. Daarom keerde hij alleen terug naar de rokende brandstapel en trok zijn zwaard. De hele nacht bleef hij daar staan, af en toe geluidloos huilend en naar de gloeiende as starend.

Een week later keerde Bran terug. Hij leek magerder dan ooit. Hij en Caradoc gingen in de zon bij de rivier zitten en Bran vertelde dat de Ordovices uiteindelijk bereid waren in vergadering naar Caradoc te luisteren. 'Maar dan moeten we er nu meteen naar toe gaan,' waarschuwde Bran, 'want als we te lang wachten zullen ze zeker van gedachten veranderen, en dat wil ik beslist voorkomen.' Hij keek met zijn doordringende ogen naar Caradoc. 'Ben je gereed voor de strijd, mijn vriend?'

'Ja, dat ben ik, maar ook al zou ik nog niet klaar zijn, de tijd van voorbereidingen is bijna verstreken. Als we te lang wachten zullen de stammen in het laagland vergeten zijn dat ze ooit vrij waren, en dan kan geen enkel zwaard hun oude zucht naar vrijheid weer opwekken.'

'Zal Eurgain deze keer met je meegaan?' De vraag werd luchtig gesteld, maar Caradoc keek argwanend op. Bran had meteen na zijn terugkeer met Eurgain gesproken. Hij had nieuwe kristallen voor haar meegenomen en een sterrenkaart die voor haar gemaakt was door de meester van de druïden op het heilige eiland Mona. Toen hij naar zijn hut liep had Caradoc haar verraste en opgetogen kreten gehoord, een onbezorgde en gelukkige lach die hij niet langer met haar deelde. Hij was niet jaloers. Geen man was ooit jaloers op een druïde, omdat ze zelden seksuele belangstelling voor vrouwen toonden. Maar Caradoc herinnerde zich wel wat Eurgain had gezegd, over de vele dingen die man en vrouw van elkaar kunnen scheiden, en hij voelde zich daar schuldig onder. Hij moest zijn taak vervullen. Niemand anders kon dat doen, en dat kon ze begrijpen. Maar ze had nooit begrepen waarom hij haar alleen achtergelaten had, in plaats van haar mee te nemen, en hij wist dat hij er verkeerd aan gedaan had, toen hij probeerde haar de gevaren en ontberingen van zijn reizen in de verre omgeving te besparen. Nu hij Bran aankeek, kreeg hij het onprettige gevoel dat de druïde wist wat er in hem omging.

'Als ze dat wil, mag ze meegaan,' zei hij quasi-onverschillig.

Bran keek over het stille water. 'Caradoc,' zei hij toen. 'Als je haar niet meeneemt, zul je haar nog kwijtraken. Ze is een trotse en begaafde vrouw, maar ze verdoet haar tijd hier met nietsdoen. Ze zou een grote steun voor je kunnen zijn. Ze houdt van je, nog evenveel als vroeger, maar als ze werkelijk het gevoel krijgt dat je haar niet langer nodig hebt, zal ze op een nacht haar bezittingen bijeenrapen en stilletjes verdwijnen om elders een nieuw leven te beginnen.'

'Dat weet ik,' antwoordde Caradoc. 'Maar ik ben te moe om er goed over na te denken. Een leven zoals wij dat leiden brengt veel dood met zich, en niet alleen voor het lichaam. Er zijn delen van mijn ziel gedood, Bran, en niets zal die weer tot leven wekken. Ik wankel op de rand van krankzinnigheid. Ik ben een gedrevene en ik kan niet rusten.'

'Houd vol, Caradoc. Nog even, want we staan voor onze laatste grote taak, voordat wc de eeuwigheid ingaan. Wat zijn je plannen, als je tot arviragus wordt gekozen?'

Caradoc kwam overeind. 'Eén ding tegelijk, druïde! Er zal een geweldige toverspreuk voor nodig zijn om deze mannen tot een gezamenlijke stam te smeden en mij tot arviragus uit te roepen!'

Bran ging ook staan en hij lachte. 'Maar die spreuk is al lang uitgesproken over jou. En zelf heb je daar al drie jaar steeds meer kracht aan gegeven.'

19

Van de Siluriërs ging niemand naar het noorden, naar het gebied van de Ordovices. Carodac liet Madoc achter om gedurende de zomer de Romeinse patrouilles te hinderen. Alleen Bran en de andere Catuvellaunse hoofdmannen trokken naar de hoge bergpassen. Ze gingen allemaal te voet, ook Eurgain, en ze droegen hun bagage op de rug. Inmiddels waren ze zo veranderd dat niemand er zelfs maar bij stilstond dat ze zulke lasten moesten dragen, terwijl ze daar vroeger, in Camulodunon, beslist hun neus voor hadden opgehaald.

De vroege zomer was zacht en het weer bleef stabiel. Eurgain genoot in de lange uren van lopen over kronkelende paden die zich steeds verder omhoogslingerden door bloeiende weiden en langs koele, ruisende bergstromen, tot aan de toppen van de kale heuvels, vanwaar het gehele westen zich aan hun voeten ontrolde, als een zinderende luchtspiegeling. Ze brachten de nacht door in de luwte van een heuvel, langs een rivier, of in de beschutting van grote rotsblokken die naar beneden gerold en nu met mos begroeid waren. Ze legden vuren aan en kookten wat er aan jachtbuit gevangen was, ze dronken het ijskoude water, en brachten de avond lachend en zingend door. Alleen Caradoc was zwijgzaam. Hij wist welke gevaren in de bergen scholen als het weer plotseling veranderde, en zijn gedachten waren al bij de gierende wind boven de ravijnen waar ze doorheen moesten trekken, of bij de besprekingen die ze met de hoofdmannen van de Ordovices moesten voeren. Bran had hem niets over hen verteld. Hij had volstaan met een geheimzinnige glimlach. 'Je zult elders nooit zulke lieden ontmoeten,' was alles wat hij erover kwijt wilde. En Caradoc bleef piekeren, gehuld in zijn mantel, terwijl Llyn samen met Cinnamus brandhout sprokkelde en Eurgain met Bran naar de nachtelijke hemel staarde en naar het zachte zingen van Caelte luisterde. Elke dag leek wel een feestdag, van Beltine of van Imbolc, en het weer bleef goed, ook toen de maan tot een grote zilveren schijf wies.

Na een week hadden ze de onzichtbare grens overschreden die in een vallei tussen de grauwe en brokkelige rotsen lag en ze begonnen weer te klimmen, nu in een gebied waar alleen Bran eerder doorheen gereisd was. De wind stak op, draaide naar het noorden en zwarte wolken, voortgedreven door een huilende storm, scheerden snel voorbij. Op deze hoogte, waar de weinige bomen zich vast leken te klampen aan de steile hellingen en waar verder alleen mos en kruiden groeiden, was de zomer nauwelijks doorgedrongen en hij duurde maar kort, tussen de periode van smeltende sneeuw, wanneer het water zich in donderende bergbeken naar beneden stortte in de lente, en de nieuwe sneeuwstormen, die spoedig na de snel invallende herfsttijd met betrekkelijk kalm weer, de bergen geselden. Het pad over de bergpassen was smal, maar duidelijk zichtbaar. Deze weg werd gebruikt door horden die op rooftocht waren, door verkenners en door druïden die berichten overbrachten. Ze maakten flinke vorderingen en, terwijl ze achter Llyn liep, begon Eurgain zich af te vragen waarom Caradoc er zo op aangedrongen had dat ze in de stad zou blijven. Maar Cinnamus, Bran en de andere mannen wisten dat dit deel van de reis het gemakkelijkst was. De gevaren en uitputting zouden pas komen als ze toestemming van de Vergadering hadden om naar de afgelegen, met palissaden omringde boerderijen te trekken, waarheen geen gebaande paden leidden en waar een reiziger makkelijk kon verdwalen, om ellendig te sterven, waarna zijn gebeente achterbleef en in de zon en de wind verbleekte. Toen het pad steiler omhoogklom, moesten ze hun passen vertragen omdat grote keien dikwijls de weg versperden en het pad vaak niet breder dan een smal lint was. Maar na nog een dag waren ze voorbij de bergen en lag het gebied van de Ordovices voor hen in de diepte. Dit was een woest, met rotsen bezaaid gebied en er rezen donkere wouden op langs de hellingen, een verlaten streek die alleen bewoond werd door klaaglijk krijsende vogels en naargeestig huilende wolven.

Na nog drie dagmarsen trokken ze over de kam van een lage bergrug en daarachter zagen ze onder aan de helling een dorp liggen. De ronde hutten waren van steen en rook kringelde omhoog boven de daken die de vorm van bijenkorven hadden. In de vallei, die zich uitstrekte rond de in cirkels gebouwde hutten, lagen kleine akkers als een lappendeken met de heldere kleuren groen van de nieuwe oogst, en ook waren er grazende kudden schapen en koeien bij de rivier. Bran verschikte het pak bagage op zijn rug en begon de helling af te dalen, in de richting van de brug die een smal gedeelte van de rivier overspande en de anderen volgden zwijgend zijn voorbeeld.

'Je kunt het bijna ruiken, hè?' fluisterde Caelte tegen Cinnamus. Cinnamus knikte met opeengeperste lippen en zijn ogen bleven strak gericht op de hutten. Hij hoefde geen uitleg aan Caelte te vragen. De magie leek zo zuiver over deze vallei te liggen dat hij de betovering zelfs meende te zien en te ruiken, in de vorm van dunne nevelslierten boven het water die zich om de hutten krulden, en die afkomstig waren uit de duisternis onder de bomen aan weerszijden langs de rivier. Het was nu laat in de middag. Ze bereikten zonder moeilijkheden de brug, maar toen kwamen opeens drie mannen met getrokken zwaarden en hun grote schilden opgeheven te voorschijn. Twee van hen droegen vreemd bewerkte helmen en het gezicht van de derde man was bedekt met een masker van gedreven brons, in de vorm van een wolfskop; de oren ervan lagen achterover tegen het zwarte haar van de man en de spitse snuit bedekte zijn mond. De blik van twee zwarte ogen, zo hard als edelstenen, schoot snel over de bezoekers.

'Wacht hier,' zei Bran gedempt; toen liep hij snel over de brug en strekte zijn arm uit. 'Aneirin! Gervase! Ik ben het, Bran! Sine, ik ben gekomen in onschendbaarheid met de Catuvellaunse hoofdman Caradoc en zijn gevolg. Is dat toegestaan?'

De mannen schudden zijn pols en groetten hem kalm en plechtig, en tot haar verrassing hoorde Eurgain een vrouwenstem onder het wolfsmasker klinken. 'Wij staan dat toe. Breng de vreemdelingen over de brug.'

Bran keerde zich om en wenkte dat ze over de brug konden lopen, en daarna kwam hij bij Caradoc staan. 'Dit is Caradoc, de zoon van Cunobelin. Hij is gekomen om de Vergadering toe te spreken. Caradoc, dit zijn Aneirin, Gervase en Sine, de hoofden van dit stamgebied.'

Ze staken hun bruine armen uit, die beladen waren met zilver en brons, en daarna begroetten ze zijn mannen en toen Eurgain de dunne pezige pols van Sine greep voelde ze de koele ogen nieuwsgierig op zich gericht. Ze keek even zelfbewust terug en merkte tot haar tevredenheid dat Sine haar ogen neersloeg.

'Onze heer zal jullie verwelkomen zoals het behoort,' zei Gervase. 'Volg mij.' Ze liepen achter hem aan, omhoog langs de oever en verder door een groene weide en het viel op dat deze mensen heel anders liepen dan de Siluriërs. Ze gleden bijna, met opgeheven hoofden en soepele ledematen, vloeiend als de bewegingen van een hert, maar op de een of andere manier had hun gelijkmatige gang ook iets dreigends, en Caradoc wist dat ze zich snel als de bliksem konden omdraaien en onmiddellijk dodelijk toeslaan, maar nog steeds met dezelfde aangeboren gratie. Ze passeerden de stenen hutten, waaruit kinderen nieuwsgierig naar buiten gluurden en blaffende honden wegrenden; toen kwamen ze bij de achterkant van een gebouw en opeens drong de hete geur van gesmolten metaal in hun neusgaten. Daar waren ook hondehokken, maar geen stallen. Met zulke benen, dacht Eurgain, toen ze naar de lange sierlijke benen van Sine voor haar keek, hebben ze zeker geen paarden nodig.

De Vergaderhut stond in het midden van het dorp, omgeven door een lage stenen muur. Bij de ingang stonden nog drie mannen te wachten; hun zwaarden waren in de schede gestoken en om hun met email versierde gordels waren leren slingers gewikkeld. Twee van de mannen droegen geen helm, maar de derde had een smalle zilveren band om zijn voorhoofd. De lage middagzon legde een gouden gloed op hun bronzen gespen, hun gouden halsringen, hun met juwelen behangen armen en op de vrolijk gekleurde mantels. Bran gebaarde dat ze stil moesten staan.

'Caradoc, de ricon van de Catuvellauni is gekomen, heer,' zei hij kortaf. De man in het midden keek in de richting van Caradoc. Hij was langer dan alle anderen en leek zo sterk als een eik, recht en stevig, en op de een of andere wijze prettig om naar te kijken. Zijn ogen stonden wijd uit elkaar en er was een open, strenge blik in te lezen. Van zijn hele gezicht straalde een bezonken wijsheid uit, van zijn strenge mond tot aan zijn hoge voorhoofd. Als ik deze man voor mijn doel kan winnen, dacht Caradoc, dan zal ik mij nooit zorgen maken of hij mij zal verraden of bedriegen. De man leek iets van Cinnamus' karakter te hebben: openheid en vertrouwen, gepaard aan de kunde snel te doden, als dat nodig bleek. Er was nog iets anders op zijn gezicht te lezen, een edele trek, ongekunsteld op een manier die Caradoc nooit eerder in zijn leven gezien had. Hij besefte dat hij in aanwezigheid van een raadselachtig man verkeerde, een tovenaar, een man die anderen in zijn ban kon houden, en Caradoc kon weinig anders dan nogal onbeleefd zijn gastheer aanstaren.

De hoofdman glimlachte vriendelijk en stak zijn hand uit. 'Welkom in mijn stamgebied, Caradoc zoon van Cunobelin. Als je in vrede komt, blijf hier dan in vrede. Treed binnen en eet. Er is vlees, brood en bier.' De man was uiterst beleefd en Caradoc dwong zichzelf eraan te denken dat hij op zijn hoede moest blijven. Deze mannen waren een legende onder de stammen, en terwijl de krijgers van andere stammen dappere en uitstekende strijders waren, beschikten deze Ordovices over krachten die meer verborgen onder de oppervlakte lagen, maar ook veel dieper reikten. Caradoc nam de uitgestoken pols aan. 'Ik ben Emrys, hoofdman der hoofdmannen. Dit is mijn bard Cerdic en dit mijn schilddrager Ninian.'

Caradoc antwoordde met de formele dankwoorden en stelde zijn eigen gevolg voor. Toen Llyn een stap naar voren deed, fronste Emrys zijn donkere wenkbrauwen. 'Ik wist niet dat de Catuvellauni hun zonen al zo jong inwijden,' zei hij verbaasd toen hij Llyns halsring zag. Caradoc legde het snel uit. 'Dat doen we ook niet. Wij wachten gewoonlijk tot ze de volwassenheid bereiken, maar mijn zoon heeft zich buitengewoon dapper gedragen en daarom heb ik hem volwassen verklaard.'

'Werkelijk? Wel, dan zal hij de plaats van een hoofdman toegewezen krijgen in de hut. Kom binnen.' Hij schoof de deurhuiden met een soepele beweging opzij en de anderen volgden hem naar binnen.

In de hut was het heel licht en de Catuvellauni, die verwacht hadden een rokerige, bedompte ruimte te betreden, knipperden met hun ogen en raakten een ogenblik in verwarring. Toen begrepen ze waarom het ook binnen zo licht was. De ronde stenen muur eindigde ruim onder de rieten overkapping van het dak, en daarom konden het zonlicht en frisse lucht op ieder uur van de dag binnendringen, terwijl de rook gemakkelijk een uitweg vond. Aan de steunen van het dak waren trofeeën opgehangen. Het vuur brandde in het midden van de ruimte, de vlammen werden beschenen door de late zonnestralen, en zes hoofdmannen zaten hier met gekruiste benen op de huiden, kennelijk in gedachten verzonken, want ze staarden naar de grond of in de vlammen en met afwezige gebaren brachten ze af en toe de bekers naar hun lippen. Maar toen hun hoofdman binnenkwam rezen ze als één man overeind en begroetten met sierlijke gebaren de Catuvellauni die achter hem liepen. Daarna gingen ze weer zitten om weer in zwijgend gepeins te verzinken.

'Ga zitten,' zei Emrys. 'Wanneer de zon ondergaat zullen wij een feestmaal aanrichten. Of hebben jullie nu al honger? Willen jullie kaas of brood?'

De bedienden wachtten niet op antwoord, maar droegen al kleine tafels voor de bezoekers aan en daarop werden schotels geplaatst. Het ontging Caradoc niet dat Bran als eerste eerbiedig bediend werd. Emrys was met zijn gevolg wat afzijdig gaan zitten. De vrouw met het wolfsmasker ging naast hem zitten; haar lange benen strekte ze voor zich uit. Caradoc zou willen dat ze haar masker afzette, en hij vroeg zich af of haar gezicht misschien misvormd was door een of andere ziekte. Hij nam een slok bier en zette zijn tanden in de sterk riekende kaas.

'Ik heb nog nooit eerder bewoners van de laaglanden ontmoet,' zei de wolfsvrouw. 'Vertel mij, is het waar dat de van de Catuvellauni niet langer met het zwaard overweg kunnen en hun wapens alleen nog als versiering dragen?'

Caradoc verstrakte. Hij kende dit spel maar al te goed, omdat hij het eerder had moeten spelen in de vergaderhut van de Demetae. Maar deze keer werden de beledigingen die langzaam venijniger zouden worden niet op hemzelf gericht en hij wenste dat hij Eurgain had achtergelaten bij de Siluriërs. Ze ging naast hem verzitten, zette haar beker neer en sloeg haar armen over elkaar.

'Dat is niet waar,' antwoordde ze kalm. 'Misschien, vrouwe, willen de vrije vrouwen van de Ordovices zichzelf graag wijsmaken dat zij geen gelijkwaardige tegenstandsters hebben in de zwaardgevechten, en overdrijven zij daarom graag zulke geruchten.'

'Hmm.' De vrouw leunde nu op haar elleboog naar achteren. 'Maar is het dan waar dat de Catuvellaunse vrouwen, zodra ze drie kinderen gebaard hebben, alle belangstelling voor hun eer verliezen en hun zwaard aan de wilgen hangen?'

'Teef,' hoorde Caradoc zacht naast zich sissen. 'U moet de druïden vragen wat de waarheid en wat alleen een gerucht is,' zei ze hardop. 'Ik raad u aan dat nu meteen aan Bran te vragen. U hebt kennelijk hulp nodig om dit verschil te kunnen onderkennen. De Catuvellaunse vrije vrouwen zijn de beste zwaardvrouwen in heel Albion, want zij weten hoe het grootbrengen van kinderen gepaard moet worden aan de nobele kunst van de strijd. De vrouwen van andere stammen verstaan die kunst niet. Ze besteden al hun aandacht aan de strijd om zo te verbloemen dat ze als vrouw te kort schieten.'

Sine bleef een ogenblik zwijgen, getroffen door de slag die Eurgain haar had toegebracht, en ze overwoog kennelijk wat nu de beste tegenaanval zou zijn. Eurgain leek dodelijk kalm en nam een hapje, voordat ze haar beker opnam, maar Caradoc voelde haar aura van zelfbeheersing naast zich als een ijsbal.

'Zo'n evenwicht is bewonderenswaardig, als het bereikt kan worden,' merkte Sine op. 'Maar de Catuvellaunse vrouwen hebben dit evenwicht niet bereikt, en de kinderen hebben hun zwaarden bot gemaakt. Alleen de Catuvellaunse krijgers hebben de strijd met de Romeinse legioenen aangebonden. De vrouwen bleven achter in Camulodunon, samenhokkend rond hun kroost.'

Nu was de handschoen in de ring geworpen. Alle aanwezigen luisterden aandachtig, zonder zich te verroeren. De hoofdmannen van de Ordovices luisterden grijnzend en met open mond, vol verwachting. Caradoc kon tussenbeide komen met de opmerking dat Catuvellaunse vrouwen gehoorzaam zijn aan hun eed en dat hij, als ricon, had bevolen dat ze in Camulodunon moesten blijven, maar als hij dat inderdaad deed zou hij daarmee de regels van het spel schenden. Daarom bleef hij met opeengeperste lippen zwijgen.

'Catuvellaunse vrouwen hoeven hun dapperheid niet te bewijzen met dwaas gedrag, en evenmin voelen zij zich gedwongen trots rond te stappen om met veel vertoon van wapengekletter hun eigen onzekerheid te overstemmen,' kaatste Eurgain. 'Het was beter dat de vrouwen achterbleven om de stad te verdedigen, voor het geval de mannen verslagen zouden worden, dan mee te gaan naar het slagveld zodat de stad onverdedigd in vlammen opging. En wij zijn voldoende zeker van onze zaak; wij hoeven onze houding en ons gedrag niet te verklaren. Het is eervoller te sterven tijdens een belegering, dan te overleven zonder ooit een overwinning behaald te hebben. Uw trots is alleen hoogmoedig, en uw eer is alleen onbezoedeld, omdat die hier in de bergen nooit op de proef gesteld is. De vrouwen van de Ordovices komen nooit voor de vuurproef te staan.'

'Noemt u mij een lafaard?'

'Nee. Ik zeg alleen dat u onwetend en slechtgemanierd bent.'

Emrys fronste zijn wenkbrauwen. Geen stam was zo beleefd als de Ordovices, maar nu had het woordenspel een gevaarlijke wending genomen en de uitdaging voor een gevecht zou zeker niet in nette bewoordingen gedaan worden.

Sine sprong overeind. 'Maar ik noem jou wel een lafaard, jij Catuvellaunse kindermeid! En ik zet mijn leven op het spel om te bewijzen dat jouw eer wegrot, net zoals je zwaard!'

'Niet doen,' fluisterde Caradoc tegen zijn vrouw, maar ze kwam al overeind. 'Dit is jouw zaak niet, Caradoc,' fluisterde ze heftig terug. 'Zelfs al geef je geen zier om mijn eer, wat het geval schijnt te zijn, ík doe dat wel. Als ik nu niet vecht, kun je net zo goed snel naar Madoc terugrennen.' Er klonk zoveel verbetenheid in haar stem dat hij er verder het zwijgen toe deed.

'Dood deze vrouw niet, Sine,' waarschuwde Emrys. 'Zij is onze gaste.' Sine keek glimlachend op hem neer. 'Dat zal wel of niet gebeuren, het hangt alleen af van haar bedrevenheid met het zwaard. Kom naar buiten, moeder van drie kindertjes. Weet je eigenlijk wel hoe je je zwaard moet trekken?'

Cinnamus stond tegelijk met Eurgain op. 'Ik heb gehoord dat ze vechten in de vorm van een lange, voortdurende dans,' mompelde hij in haar oor. 'De ene beweging gaat vloeiend over in de andere. Onthoud dat.'

'Bedankt, Cin.' Eurgain liep waardig achter Sine naar buiten en alle mannen kwamen achter hen aan.

Emrys kwam naast Caradoc staan. 'De schilddrager van je vrouw is niet meegekomen,' merkte hij op. Kortaf antwoordde Caradoc: 'Eurgain heeft geen schilddrager in haar gevolg.' Hij wilde eraan toevoegen dat Eurgain ook geen schild had, maar hij voelde er op dat ogenblik weinig voor het gesprek voort te zetten en liet zich daarom snel op de warme aarde zakken en hurkte naast Cinnamus en Caelte, terwijl de twee vrouwen hun mantels aflegden.

Bran stond wat opzij, met zijn armen over elkaar geslagen en zijn ogen gericht op de langzaam rood kleurende hemel. Evenals Caradoc besefte hij dat, als Eurgain verslagen werd, de deur naar samenwerking met de westelijke stammen beleefd maar beslist gesloten zou worden. Hij verkeerde in angstige spanning over Eurgains lot, maar zijn gedachten waren toch meer bij de toekomstige samenwerking, terwijl Caradoc in een visioen zijn kalme, moedige vrouw onder het bloedige zwaard van deze vreemde, vijandige vrouw zag liggen. Cinnamus keek met een deskundige blik naar Eurgain. Ze keek over het terrein en hij zag met instemming dat ook zij de lichte helling opgemerkt had, en hoe het schuin invallende zonlicht in haar voordeel kon zijn. Sine wenkte en haar schilddrager kwam snel naar voren met het grote bronzen gevaarte in zijn handen. Evenals haar masker was het schild bewerkt in de vorm van een wolfskop, maar de ogen werden hier gevormd door twee grote klompen geel kristal. Ze pakte het schild aan en stak haar arm achter de leren banden. Eurgain stond met gespreide voeten en liet haar beide handen op het gevest van haar zwaard rusten.

'Wat zie ik, Wolfsvrouw?' riep Eurgain schamper. 'Verschuilen de vrouwen van de Ordovices zich altijd achter hun schild?'

Cinnamus grinnikte. 'Ze is sluw,' fluisterde hij tegen Caradoc. Eurgain en Gladys hadden nooit schilden gebruikt, en als Sine haar schild niet kon gebruiken zou ze uit haar evenwicht raken.

Sine bleef staan en haar blikken gleden snel over Eurgain; alleen haar vingers verraadden dat ze gespannen was. Eurgain wilde dat haar tegenstandster het masker zou afzetten, zodat ze haar gezicht kon zien en daaraan aflezen of het ontbreken van een schild een belemmering zou vormen. Sine haalde haar schouders op en trok haar arm uit de leren draagbanden. Ze gaf het schild terug aan haar drager. 'Voor mij maakt het niets uit!' schreeuwde ze terug, maar Eurgain hoorde dat haar stem trilde.

'Als je wilt, mag je met de zon in je rug vechten,' bood ze aan. 'Dat maakt mij niet uit.' Schiet op, vrouw, dacht Eurgain. Als je de zon achter hebt, sta je op de helling. De hellende aarde houdt het licht uit mijn ogen, maar jij zult heuvel op moeten vechten.

'Wat een zelfverzekerdheid!' schamperde Sine, en ze deed drie stappen, zodat de zon op haar schouders viel. 'Wil je mij soms ook nog je zwaard aanreiken?'

Eurgain gaf geen antwoord, maar stak het wapen even omhoog, eerst in de richting van Caradoc, toen in de richting van Sine, kennelijk zeker van haar zaak. Ze was vermoeid en op vreemd terrein, maar toch zou ze nu snel en waakzaam moeten zijn, om het er levend af te brengen. Maar toen haar tegenstandster ook haar zwaard omhooghield, bij wijze van saluut, merkte ze dat ze zich gelukkig voelde.

De toekijkende hoofdmannen onderbraken hun gesprekken en er viel een diepe stilte. De twee vrouwen kwamen naar elkaar toe; Eurgain greep met beide handen het gevest van haar zwaard en hief het wapen omhoog. Sine verkeerde duidelijk in onzekerheid wat ze met haar plotseling gewichtloze linkerarm moest doen. Het masker schoot rode en gouden vonken als ze bewoog. Eurgain wachtte niet tot Sine een besluit genomen had. Het zwaard zwaaide door de lucht boven haar schouder en kwam met een zwiepend geluid in een boog omlaag, maar dit was een schijnbeweging en Sine wist de slag gemakkelijk te ontwijken. Eurgain haalde achterwaarts weer uit, nu met zoveel kracht dat ze gemakkelijk haar evenwicht had kunnen verliezen. Toen sloeg Sine toe. De toeschouwers zagen hoe snel ze haar linkerarm bewoog en haar knieën met een soepele beweging boog. Ze beheerste haar lichaam volkomen en kwam nu binnen het bereik van Eurgains zwaard. Eurgain sprong naar voren om uit te halen naar de lange hals van haar tegenstandster, maar opeens was het vijandelijke zwaard vóór haar en sloeg naar haar schouder, als een havik die zich uit de hemel op zijn prooi stort. Eurgain liet haar ene hand los, bracht haar zwaard omhoog en sloeg met kracht zijdelings toe. Als ze zich terugtrok zou haar arm afgehouwen worden. De twee bladen sloegen schrapend tegen elkaar en Sines lichaam kromde zich als een boog, terwijl ze zich tot het uiterste inspande om haar greep op het zwaar niet te verliezen. Nu week Eurgain achteruit en maakte aanstalten om weer toe te slaan; ze ver- wachtte dat Sine rechtop zou gaan gaan, maar haar tegenstandster bleef diep gebogen en hield alleen haar arm omhooggestrekt. Weer moest Eurgain wegduiken om een dodelijke slag te ontwijken die haar anders in tweeën ge- spleten zou hebben. Sines lichaam leek te bewegen in een trage, elegante dans, zonder muziek of vaste bewegingen; ze deed luchtige passen die over- gingen in de volgende, terwijl ze moeiteloos de aanvallen pareerde. Ze leek wel losgemaakt van haar zwaard en de bewegingen van het wapen schenen een eigen, dodelijk patroon te vormen, een patroon dat Eurgain begon te herkennen. Het had geen zin zich op het traag bewegende lichaam te richten, ze moest haar aandacht vooral bepalen bij de snellere dans van het flitsende wapen. Ze merkte nog iets anders: zonder haar schild was Sine minder in evenwicht, haar bewegingen waren te snel en moeilijker te beheersen, zodat het zwaard te vroeg belandde op de plaats waar het terechtkomen moest. De helling van het terrein werd steiler en bemoeilijkte Sines evenwicht, daarom begon Eurgain nu ook langzamer en meer doelgericht met haar zwaard toe te slaan. Haar pols en benen begonnen pijn te doen door de inspanning, maar ze hoorde de hortende ademhaling van Sine en begreep dat deze wolfsvrouw spoedig vanuit een stilstaande positie verder moest vechten. Zweet druppel- de in Eurgains ogen, maar ze durfde niet te knipperen. Sine deed weer een uitval – ze haalde opwaarts uit, sloeg met een brede zwaai naar beneden en dook weer weg. Minuten verstreken. Sines nieuwe aanvallen misten kracht en het geluid van de tegen elkaar ketsende zwaarden klonk minder fel, eerder als een schrapend geluid van metaal op metaal. De zon zonk weg achter de horizon en hun voeten bewogen steeds moeizamer, als van twee dronken wankelende mannen. Sine struikelde plotseling en zonder erbij na te denken beschermde ze haar borst met haar linkerarm toen ze met haar ene knie de grond raakte. Eurgain verzamelde haar laatste krachten en sprong omhoog, maar de arm van Sine graaide wanhopig naar haar enkel. Ze trachtte de slag goed te richten, maar haar arm gehoorzaamde niet en de uithaal miste doel. Pijn schoot vlammend omhoog langs haar been. Een zucht klonk uit de mond van de toeschouwers en Eurgain greep met twee bevende handen het gevest van haar zwaard om het wapen hoog op te heffen. In de seconde voordat het zwaard neerkwam rolde Sine weg en kwam snel overeind met haar eigen zwaard in de aanslag, maar geen van beide vrouwen had nog de kracht om weer toe te slaan. De zwaarden sloegen tegen elkaar en vielen in het gras. De twee vechtende vrouwen zaten nu geknield tegenover elkaar, hijgend en bevend. Het zweet stroomde langs hun gezicht.

'Neem je woorden terug,' hijgde Eurgain.

Sine hapte naar adem. 'Nee.' Eurgain viel naar voren en haar handen grepen naar Sines keel. Maar die liet zich snel opzij vallen en haar vingers rukten aan Eurgains blonde haren. Geen van beide vrouwen bewoog zich. Sine voelde dat haar keel werd dichtgeknepen en besefte dat ze zou stikken. Ze lagen bewegingloos in het gras, terwijl de toeschouwers ademloos afwachtten.

Eurgain liet haar greep eindelijk verslappen en Sine, nog steeds naar adem snakkend, rukte het masker af en smeet het naast haar op de grond. Eurgain zag een scherpgetekend gezicht, met een puntige kin en twee gitzwarte ogen. Het gezicht had een dierlijk soort schoonheid, een bruine gelaatskleur en een scherpe, smalle neus, maar er was geen zachtheid op te lezen, evenmin in de harde glinstering van de twee grote ogen.

'Misschien zullen wij weer vechten, Eurgain,' zei Sine, terwijl ze haar voorhoofd met haar tuniek afwiste, 'maar laten we dat dan zij aan zij doen. Ik denk dat ik beter kan vechten, maar al ontbreekt het jou aan lichamelijke kracht, daar weegt een dodelijke en listige sluwheid tegenop.' Eurgain kwam moeizaam overeind en keek naar het pas zichtbaar geworden gelaat van haar tegenstandster. 'Zullen we vrede sluiten?' vroeg Sine. 'Ja,' antwoordde Eurgain, nog steeds onderzoekend naar het gezicht tegenover haar kijkend, 'laten we dat doen.'

Ze stonden daar allebei wankelend en liepen even later te midden van de hoofdmannen samen terug naar de Vergaderhut.

In de volgende dagen ontdekte Caradoc nog iets. De Ordovices waren een zwijgzaam en nadenkend volk. Ze glimlachten dikwijls peinzend, maar lachten zelden hartelijk. Ze beslisten onenigheid met het zwaard, en altijd tot de dood erop volgde. Tijdens hun maaltijden werd er weinig gesproken. De mannen en vrouwen aten en dronken, terwijl ze naar de zingende en spelende bard luisterden en in hun ogen waren wel duizend betoveringen en duizend geheimen te lezen. Ze luisterden naar muziek die klaaglijk en angstaanjagend mooi klonk, een wilde overgave aan klanken die de zinnen niet prikkelden maar een groot verlangen in de ziel wekten. Caelte bracht vele uren door in gezelschap van de bard, voortdurend opgewonden, en door een nieuwe waarheid ruw uit zijn warme, zonnige zekerheden gestoten. De hele vallei leek in de ban van magie, alsof de werkelijkheid hier gevaarlijk dicht bij een andere wereld kwam en zich daarmee soms zelfs vermengde, zoals de bizarre en wonderlijke patronen en gezichten op de sieraden van de hoofdmannen, woest of als in trance, die dualiteit van de droom in wakende toestand en in de slaap verbeeldden, die de kern van het bestaan van de mensen hier in het westen vormde.

Eurgain paste zich snel aan, zoals Gladys dat ook gedaan zou hebben. Zij en Sine, de vrouw van Emrys, aten al spoedig samen en brachten hun dagen gezamenlijk door met het beklimmen van de steile heuvels en de jacht op everzwijnen. Ze kruisten de zwaarden, maar nu in oefengevechten, terwijl Llyn het verhaal van zijn vuurdoop en volwassen worden telkens weer vertelde aan de vol bewondering luisterende zonen van de stam. Caradoc, Bran en de anderen zaten bijeen in de Vergadering.

Hier moest Caradoc uiteindelijk al zijn kunde inzetten. Ondanks hun raadselachtige houding en hun zwijgzaamheid waren de hoofdmannen en de vrije mannen van de Ordovices koppig en schrander. Caradoc merkte dat hij hen beter niet van lafheid kon beschuldigen, zoals hij dat bij Madoc en zijn Siluriërs gedaan had. Die benadering zou onzinnig zijn. Hij kon alleen spreken over de Romeinse forten en voorposten die elk jaar dichterbij kwamen, over de stammen die eens vrij geweest waren, maar nu geketend als slaven dwangarbeid moesten verrichten aan wegen en op de akkers die eerst hun eigendom waren geweest. Hij sprak over de schepen vol jongemannen die weggevoerd werden, jongens die nooit meer te paard door de bossen zouden rijden. De hoofdmannen gingen beleefd staan, spraken op gedempte toon en ze luisterden aandachtig, maar Caradoc merkte toch dat de barrière tussen hen steeds hoger werd. Ze hadden hem niet nodig. Ze verkozen de afzondering, niet alleen in de wereld, maar ook in de geest.

Toen, op een avond, na zes dagen vruchteloos praten, zei hij uit pure wanhoop tegen hen dat, als ze zijn raad niet opvolgden en als ze de andere stammen niet wilden steunen in de strijd, hun goden en de Dagda hen zouden verlaten en dat hun stamgebied in het verderf zou worden gestort. De mannen gingen met een ruk rechtop zitten en hun ogen dwaalden naar Bran en Emrys. De laatste keek Caradoc verwonderd aan en hij ging staan. 'Is dat waar, Bran?' vroeg hij. 'Spreek op, en zeg de waarheid. Wat zeggen je broeders van Mona?'

Bran ging staan en Caradoc liet zich op de grond zakken. Zweetdruppels parelden op zijn voorhoofd en sijpelden langs zijn slapen naar beneden. Ik geloof dat het me gelukt is, dacht hij ademloos. Maar hoe? Hoe kwam ik op dat idee?

'Vrije mannen!' begon Bran. 'Jullie kennen allemaal de oude wet die het richtsnoer in je leven is: aanbid de goden, doe geen kwaad en houd je eer hoog. Jullie hebben gehoord uit de monden van de vluchtelingen die door dit gebied naar het heilige eiland trekken dat de Romeinen onze goden vernietigen en ons tot slaaf maken, en ook dat ze gezworen hebben elke druïde te doden. Kan één van jullie er nog aan twijfelen dat de Romeinen hier in Albion niet langer geduld mogen worden? En wie blijft er dan over om hen te verjagen? Kunnen de goden ertoe gedwongen worden een volk te dienen dat hen alleen in slavernij vereert? Dat zou een grove belediging zijn, en de Dagda zal zich van zo'n volk afwenden. Hoe kan iemand zijn eer hoog houden wanneer hij geketend is met slavenkettingen om de hals? Ga naar de ziener, naar de aanroeper en naar de godin, zoals andere broeders hebben gedaan en leer dan dat de druïden gezegd hebben dat de strijd aangevangen moet worden om de eredienst voor de goden te bewaren. Jullie kennen mij, vrije mannen! Jullie hebben vertrouwen in mij. Ik ken deze stam en ik weet welke vrees hier heerst. Caradoc is geen ricon zonder gebied die de macht van deze vorst wil overnemen. Hij is gekomen om zich aan te bieden als arviragus, en om de strijders aan te voeren tot de bezetters verdreven zijn. Daarna zal hij terugkeren naar zijn eigen stamgebied, zoals de gewoonte is. Jullie moeten zelf een besluit nemen in deze Vergadering. Maar laat me jullie een waarschuwing geven! Als jullie Caradocs hulp afwijzen en jullie ogen en oren sluiten, dan zullen jullie ten onder gaan. De Romeinen zullen naar deze vallei komen, ze zullen de hoofdmannen doden en de vrouwen en kinderen in slavernij wegvoeren. De Dagda en de godin zullen dan hun armen over elkaar slaan en een andere kant op kijken.' Bran zweeg en ging zitten. Er viel een diepe stilte, vol verbijstering en argwaan.

Toen ging Emrys staan, met een berustende uitdrukking op zijn kalme, strenge gezicht. 'Wij weten diep in ons hart,' begon hij langzaam, 'dat Brans woorden waar zijn. Toch zullen wij de Dagda en de godin om raad vragen. En wanneer wij dat doen, kan Caradoc door ons gebied trekken, zoals hij dat ook gedaan heeft bij de Siluriërs en de Demetae, want ik ben heerser over een verspreid levend volk. Daarna zullen wij een grotere Vergadering beleggen en de hoofdmannen uit de verborgen valleien roepen, voordat we ons besluit nemen. Is enige vrije man het hiermee niet eens?' Hoofden werden aarzelend geschud. Toen sprak Gervase namens allen.

'Als de Catuvellaun de bergen kan overwinnen, dan kan hij ons aanvoeren, want wij zijn als de bergen.'

Toen Caradoc later terugdacht aan de dagen die volgden, leken zijn herinneringen wazig en duister, alsof er een deur in zijn geest dichtgevallen was, en er alleen delen van herinneringen door de smalle kier vlak boven de drempel van die beschermende deur konden ontsnappen. Hij was een gedrevene, toen hij met Eurgain, Bran en zijn hoofdmannen door de eenzame, verlaten bergen trok en dagenlang verdwaald rondzwierf langs koude bergstromen die zich door diepe, doodstille ravijnen kronkelden.

Ze leden vaak honger en voelden zich bijna altijd uitgeput. De Ordovices hadden hun geen gids willen geven.

'Als je deze bergen niet kunt bedwingen, dan ben je niet één van ons,' had Emrys niet onvriendelijk gezegd, toen Caradoc met zijn kleine groep op weg ging naar de wildernis. Llyn bleef achter als gijzelaar. 'Vergeef ons,' had Emrys beleefd maar beslist uitgelegd, 'maar hij moet hier blijven; dat is de gewoonte, weet je.' Caradoc had er inderdaad begrip voor, maar nu moest hij zich tegen een nieuwe zorg wapenen. Hij miste Llyn, hij miste zijn opgewektheid, zijn troost en gezelschap en hij kreeg het gevoel dat zijn geluk hem langzaam in de steek liet. Eurgain zou hem moeten steunen bij de ontberingen in zijn ziel en in werkelijkheid, maar de muur van onbegrip en wrok tussen hen was hoger geworden en hij wees haar pogingen hem te helpen zonder woorden af. Caradoc wist dat hij er alleen voor stond en dat zijn toekomst aan een dunne draad hing, terwijl Eurgain zich in zichzelf terugtrok en al haar energie naar binnen keerde, toen ze de beproevingen in de bergen moest doorstaan. Ze voelde de uitdaging en besefte dat deze reis haar eigen eer op de proef stelde, en 's nachts lag ze, gewikkeld in een deken, met angst en ontzag te luisteren naar de ijle stem van de wind die over de kale rotspieken floot. Ondanks alles voelde ze zich gelukkig; haar spieren en geest moest ze tot het uiterste en tot de grenzen van haar uithoudingsvermogen inspannen, en daarom zette ze trots de gedachten over haar mislukkende huwelijk van zich af.

Ze strompelden langs de vele boerderijen die hier weggedoken lagen tussen de plooien van het groene landschap, langs groepen stenen hutten, omringd door stenen muren waarbinnen de graanvoorraden en werkplaatsen lagen. Deze hutten werden bewoond door zwijgzame mannen, lang van gestalte, door boeren met hun gezinnen, die hen verwelkomden met gastvrije woorden en hun te eten gaven, voordat ze ernstig naar Caradoc luisterden zonder hem tegen te spreken. Als ze de nacht onder het dak van zulke mannen doorbrachten, zette Caradoc altijd Cinnamus of Caelte op wacht, omdat hij goed besefte dat sommige hoofdmannen van de Ordovices, ondanks de onschendbaarheid die Bran hun moest garanderen, toch konden besluiten hen allemaal te doden, en hen hun wapens af te nemen. Dan zou Emrys' vermoeden dat ze ergens omgekomen waren in de woestenij van zijn uitgestrekte en moeilijk begaanbare gebied. Wanneer ze weer verder trokken, kregen ze aanwijzingen hoe ze bij de volgende bewoonde plaats konden komen, en werd hun een goede reis toegewenst. Dan vertrok Caradoc om verder te gaan door de valleien, waar het armzalige vee en de onverschillig starende schapen graasden, zonder de zekerheid dat zijn woorden inderdaad ernstig genomen werden.

De herfst viel in en nog steeds zwierven ze door de noordwestelijke streken van Emrys' gebied. De warme zomerwind ging liggen en na een periode van windstilte staken de huilende winterstormen op. Iedere ochtend waren hun dekens met een dunne laag rijp bedekt. Nu spraken ze weinig met elkaar. Het leek wel of de bergen hen neerdrukten en een last op hun schouders legden. Het leek wel of elk onnodig woord veel inspanning kostte en er wel twee keer nagedacht moest worden of het de moeite van het uitspreken wel waard was. Ten slotte zei Caradoc helemaal niets meer. 's Morgens, wanneer Cinnamus op jacht ging en Caelte een vuur aanlegde, wisselden Eurgain en Bran enkele woorden over het weer, over wat er gekookt moest worden en over de mijlen die afgelegd moesten worden. Maar Caradoc hield zich afzijdig, kruiste zijn benen en liet zijn kin op zijn knieën rusten, terwijl hij met een afwezige blik naar elke nieuwe horizon staarde. Als er iets tegen hem gezegd werd, leek hij dat dikwijls niet te horen. Hij naderde een crisis, al besefte hij dat zelf nog niet. Bran zag het wel, maar hij begreep tegelijk dat hij machteloos stond en hem niet kon helpen. Eerst moest Caradoc door het vuur gaan en de schors moest weggebrand worden, als Caradoc inderdaad als arviragus te voorschijn wilde komen, al bestond ook de kans dat er niets anders dan een geschroeid omhulsel overbleef.

Eurgain was bijna voorbij het stadium dat ze medelijden voor hem kon voelen. Uit zelfbehoud sneed ze de band van liefde tussen hen door en zonder iets te vragen of te zeggen wachtte ze tot hij weer tot zichzelf kwam. Het scheen dat Caradocs uiterste zwijgzaamheid een nieuwe kracht in hem wekte als hij de Ordovices in hun afgelegen woonplaatsen toesprak, en alsof zijn langdurig zwijgen zijn overtuigingskracht meer gezag gaf. Zittend in de donkere hutten, gelegen op door de wind gegeselde berghellingen, of in de schaduw van grote rotsblokken, luisterde Eurgain ingespannen, met haar ogen gericht op de vreemde bewoners die zich hier verzameld hadden om naar Caradoc te luisteren. Haar scherpe intuïtie vertelde haar dat de mensen onder de indruk raakten van Caradocs bezwerende woorden, zoals zij zelf ook telkens weer onder de indruk raakte als ze de hen allen geselende woorden uit zijn krampachtig verwrongen mond hoorde.

Caradoc zelf had het gevoel dat al zijn gedachten over uiterlijke zaken al in de kiem gesmoord werden, en hij besefte dat er slechts één ding was dat zijn waken en slapen beheerste: de naderende confrontatie met Rome en zijn roeping de leider van alle verzamelde stammen te worden. Soms, in het zoete, onbewaakte moment als hij ontwaakte uit zijn dromen, voordat hij de harde werkelijkheid weer onder ogen moest zien, vroeg hij zich af of Bran hem in het geheim bedwelmd had, zodat zijn allesverterende obsessie nog sterker werd. Dat was niet helemaal onmogelijk, want de druïden waren gewetenloos als het hun haat jegens Rome betrof. Maar Caradoc zette deze gedachte weer van zich af. Bran was een goede vriend geworden. Bran zou hem verteld hebben dat hij geheime kruiden gebruikte… Of toch niet?

Op een avond kwamen ze langs een rechte rij bomen onder aan het gebergte dat ze moeizaam gepasseerd waren. Ze waadden door de dikke laag rode en bruine bladeren die opwarrelden in de genadeloos snijdende wind en in de verte zagen ze een dorp. Het dorp lag genesteld tussen de rand van het bos en de zee. Ze bleven allemaal staan en ademden de zilte lucht diep in. In de diepte zagen ze de grauwe golven breken en uitrollen op de kust. Voor het eerst sinds weken voelden ze zich op hun gemak en ze keken elkaar verbaasd en in verwarring gebracht aan, alsof ze al die tijd in een diepe droom verzonken waren geweest, of onder de invloed van een betovering verkeerd hadden. Cinnamus zuchtte. 'Mona, het heilige eiland Mona,' mompelde hij. 'Wat een vreemde en wonderlijke zaken heb ik gezien sinds ik uit Camulodunon vertrok!' Het eiland lag als een grijze, onbeweeglijke schim ongeveer driehonderd meter van de plaats waar ze stonden en Bran stak zijn arm in begroeting omhoog.

'De ziel van het volk,' zei hij zacht. 'Het hart van de vrijheid. Kom, laten wij naar beneden gaan en naar een warm vuur en eten zoeken. De hoofdmannen hier kennen mij en in dit dorp wonen veel verwanten van mij. Wij zullen hier zonder angst de nacht kunnen doorbrengen.' Ze trokken hun vuil geworden, verbleekte en rafelige mantels dichter om de schouders en liepen langs de helling naar beneden achter Bran aan.

Die nacht bleven ze in het dorp om uit te rusten, te eten en hun geschramde en vermoeide ledematen te verzorgen. De bewoners van dit dorp waren eraan gewend dat hier afgematte en ongewapende vreemdelingen kwamen. Elk seizoen strompelden vluchtelingen dit dorp binnen, verslagen en zonder hoop, zonder iets anders mee te brengen dan verhalen over de wreedheden van Rome en de dringende boodschap dat er spoedig vrede moest komen. Caradoc werd vriendelijk ontvangen en hij sprak in de Vergadering. Hij zette zijn visie uiteen en de toehoorders begrepen hem. Deze mensen konden zich, in tegenstelling tot hun verre ricon, heel goed voorstellen wat overheersing en bezetting door Rome zouden betekenen, en zij waren de eersten sinds hij weggegaan was bij Madoc in het westen die Caradoc onmiddellijk en zonder bezwaren hun steun toezegden. Caradoc ontspande zich, en hij sliep goed. Maar hij en Eurgain bleven vreemden voor elkaar. Zij was te trots om zijn onverschillige houding te verdragen en hij was te zeer bezig met zijn taak om veel aandacht aan de verwijdering tussen hen te besteden.

In de ochtend staken ze over naar het eiland Mona. De wind was hard en kil, en bracht schuimende, grauwe koppen op de golven in de smalle zeestraat, en het eiland zelf leek te glanzen onder de zon, terwijl grote grijze wolken er laag en snel overheen scheerden. De vissersboot stampte en rolde heftig, zodat Caradoc en de anderen zich stevig moesten vasthouden aan de boorden, en al spoedig waren hun gezicht en handen zout van het opspattende water. Maar na korte tijd sprongen de twee zwijgzame vissers die de boot roeiden overboord in het kniediepe water en trokken de boot op het zand. Cinnamus knielde en kuste de zandige, hellende oever. Bran gaf Eurgain een hand en ondersteunde haar toen ze door het ondiepe water waadde en zich met moeite staande hield in de sterke onderstroom, maar Caradoc en Caelte liepen samen al vooruit, naar de plaats waar het grindstrand overging in gras. Verder naar rechts, voorbij de eiken die tot dicht bij het strand reikten, rees het eiland steiler omhoog, nog steeds dichtbegroeid, maar vóór hen lagen zacht glooiende velden met gele stoppels tussen de stammen van de bomen. Hier en daar rees rook op boven de daken van de vele hutten en huizen, maar de kringelende rook werd al spoedig meegevoerd door de stijve bries. Vanaf de plaats waar ze stonden merkte Caradoc dat er beweging in het bos was. Kinderstemmen drongen tot hem door, twijgen kraakten in de struiken en ook de lachende stemmen van vrouwen kwamen aangewaaid van de kleine akkers. Hij keerde zich naar Caelte.

'Hier heerst vrede,' zei hij. 'Een vrede die mij kan overhalen mijn taak te vergeten, als een steen die in het water wegzinkt.'

'Ik weet het,' antwoordde Caelte. 'Ik voel dat ik moet zingen, maar ik weet geen lied. Hoe ver zijn Madoc en Emrys, en de donkere dreiging van Rome!'

Niet ver genoeg, dacht Caradoc, en zijn ogen werden waterig van de stekende wind, of van een langvergeten emotie, dat wist hij niet. Toen kwamen Bran, Cinnamus en zijn vrouw bij hen en gezamenlijk volgden ze Bran langs het pad dat smal, maar goed begaanbaar tussen de eiken liep. Ze haastten zich niet. Ze liepen gestaag door, en hun ogen bleven waakzaam, omdat er telkens afsplitsingen waren van het pad dat ze volgden en elke nieuwe weg leek hen te wenken. Langs een pad dat recht omhoog langs de helling leidde, zag Caradoc aan het eind ervan een glimp van een stenen altaar, omringd door staken waarop de koppen van evers en de hoofden van mensen gespietst waren. Een ander pad eindigde bij een palissade, waar ook de muren van een schrijn zonder dak te zien waren en de onbeweeglijke gestalte van een druïde die daar zwijgend voor de poort op de grond zat. Een mijl verder weken de bomen uiteen en ze zagen meer akkers, en ook konden ze zien dat de aarde hier overal bewerkt werd. De oogsten waren al binnengehaald, maar vrouwen en kinderen waren nog bezig met gebogen ruggen aren te lezen. Hun mantels werden opgebold door de wind. Ze gingen rechtop staan en riepen een groet als de groep voorbijtrok, en velen maakten een buiging voor Bran, maar alleen Caelte beantwoordde hun opgewekte roepen. Cinnamus leek in gedachten verzonken en verwonderd toen hij voorzichtig verder liep over de gewijde grond. Eurgain liep met stevige passen door; haar armen hield ze voor haar borst gevouwen en haar kin stak trots omhoog en ze was zich voortdurend bewust van de norse blik in de ogen van haar man. Twee mijlen lang moesten ze door de stoppelige velden lopen, onder de takken van bladerloze eiken en langs hutten waaruit de huiselijke kookgeuren naar buiten dreven en waarin het geroezemoes van stemmen weerklonk. Toen bereikten ze een rivier. Het water stroomde traag in een brede stroom langs de moerassig groene oever en overal waren zwermen vogels te zien. Langs beide oevers stonden verspreide hutten die met elkaar een stad vormden. Voorbij de stad was het land eerst nog vlak en glooiend, maar verder naar het noordoosten zag Caradoc de heuvels oprijzen, met toppen die in nevels gehuld waren. Bran stond stil. De Vergaderhut was een groot houten gebouw en werd beschermd door een hoge palissade die op haar beurt weer omringd werd door meer houten staken. De bovenste gedeelten van deze staken waren gesneden in de vorm van plechtige, naar binnen gekeerde gezichten die met een onaangedane blik over de voorbijgangers in de verte staarden. Bij de lage houten poort stonden twee mannen op wacht, hun speren kaarsrecht omhoogwijzend in de ene hand en in de andere een getrokken zwaard. Vóór hen had zich een klein groepje druïden verzameld, bestaande uit vijf, zes mannen en allemaal hielden ze hun handen in de mouwen en ze luisterden met een vage glimlach om hun lippen naar de grote, gespierde druïde die in het midden stond. Hij was lang van gestalte en had een getaand gezicht. Hij had de mouwen van zijn tuniek opgerold, zodat zijn gespierde bruine armen, gekruist voor zijn borst, zichtbaar waren. Zijn baard was diepbruin en glanzend, en het zonlicht deed een dozijn bronzen ringen in zijn haren glinsteren. Zijn haren vielen weelderig maar verward tot halverwege zijn in het wit geklede, rechte rug. Terwijl ze hem aankeken haalde hij zijn armen van elkaar en wees naar zijn hoofd. De man lachte en de omstanders begonnen ook te lachen. Toen zag hij de naderende groep en keerde zich naar de vreemdelingen. Hij strekte zijn arm uit en lachte zijn tanden vriendelijk en verwelkomend bloot. Caradoc voelde een schok toen hij de man aankeek. Caelte slaakte geschrokken een zucht en Eurgain achter hem bleef met een ruk staan. De ogen van deze man waren blauw. Niet het diepe korenblauw zoals de kleur van Eurgains ogen, of het blauwgroen van de zee, maar het meest fletse en bleke blauw dat maar denkbaar is, een melkachtige, opaalblauwe en bijna doorschijnende tint. Als Caradoc even daarvoor niet gezien had dat de man zijn blik snel over zijn gehoor liet dwalen, zou hij gedacht hebben dat deze druïde blind was. Bran deed drie stappen naar voren. 'Meester,' zei hij, 'ik breng u Caradoc, zijn vrouw en zijn gevolg.'

'Ja, ja, dat weet ik,' antwoordde de welluidende stem. 'Ik heb van je gedroomd, Caradoc, en de nacht daarvoor ook al. Ik zag je zitten, met je rug tegen een rots geleund. Het was nacht. Ik verwachtte je al.' De arm die rinkelde van zilveren banden schudde Caradocs pols met een warm en stevig gebaar. Toen hij zag hoe geschrokken Caradoc was verscheen er een brede glimlach op zijn lippen. 'Maar je had je mij zeker anders voorgesteld, is het niet, vriend? Je dacht zeker dat de meester van de druïden een oude grijsaard zou zijn, zoals Bran, met een gekromde rug, gebogen onder de last van veel wijsheid, nietwaar? Nu, het spijt me, maar dan moet ik je toch teleurstellen.' Caradoc keek naar het jeugdige gezicht en de merkwaardige oude ogen, en opeens leek Bran in zijn ogen inderdaad een broze oude man. Hij wilde een buiging maken, maar kon dat niet, en toen wenkte de meester al achter hem. 'Eurgain, kom eens hier.' Ze deed enkele passen naar voren en hij nam haar hand in de zijne, streek langs haar wang, haar haren en kuste haar zacht. 'Ik heb jou ook gezien,' zei hij, 'met je voeten in de aarde en je vingers uitgestrekt naar de sterren. Ik zag je zitten bij het raam en je brein pijnigend over de geheimen, zowel van de hemel als van de aarde. Je had een druïde moeten zijn, Eurgain, want dan zouden je voeten de aarde nooit raken en dan zou je niet in tweestrijd verscheurd worden. Ach ja.' Hij glimlachte meewarig. 'Vingers zijn heel nuttig, maar ze kunnen het hart niet dragen naar de plaats waar het heen wil. En jij…' De meester wendde zich tot Cinnamus, en even verscheen er een gepijnigde trek op zijn gezicht, maar de uitdrukking in zijn ogen veranderde niet. Zijn ogen leken een spiegel van zijn innerlijk die alleen zijn eigen visioenen weerkaatste. 'Het kostbare zaad is uitgestrooid over de grond', mompelde hij, 'en daar vertrapt. Maar hoe zou een nieuwe oogst anders kunnen opkomen? Ik groet je, IJzerhand. Een pijl is niet genoeg voor jou.' En tot ieders verbazing knielde de druïde voor de verbijsterde Cinnamus en kuste zijn zwaard, maar nog voor de situatie beklemmend zou worden, sprong hij weer overeind en omhelsde Caelte lachend. 'Caelte!' riep hij uit. 'Jouw ziel is als een kristallen beek in een zuivere lente! Een gift aan jou is als een kiezelsteen die aan een berg wordt geschonken, want jij bezit de grootste gave die er bestaat, en denk niet dat ik je prachtige stem bedoel!' Hij liet Caelte weer los, verschikte zijn gordel met een snelle beweging en keerde zich toen om. 'Kom mee naar de Vergaderhut,' beval hij. 'Wij zullen eten en lachen en nergens over spreken, want hier zijn we op het heilige Mona en hier kunnen jullie uitrusten.'

De hut was ruim en schoon, en het was er warm na de kilte van de wind buiten. Zelfs op dit uur van de ochtend was het er druk. Mannen stonden bij het vuur, waarboven uit een grote ketel geurige damp ontsnapte. Vrouwen zaten gehurkt of met gekruiste benen op de huiden die overal verspreid lagen en ze klemden hun kinderen of hun schaarse bezittingen dich tegen zich aan, terwijl ze gespannen naar de druïden keken die heen en weer liepen tussen de andere aanwezigen. Niemand wierp ook zelfs maar een korte blik op Caradoc en zijn gevolg toen die hun mantel uittrokken en de kommen aanpakten die Bran hun aanreikte.

'Hier moeten we onszelf bedienen,' zei Bran, 'want elke slaaf of knecht die gemist kan worden is bezig met het dorsen van het graan en zoals je ziet zijn er juist weer nieuwe vluchtelingen uit Gallië aangekomen. Mijn broeders hebben het erg druk.' Ze vulden de kommen met dampende soep en vonden een open plek bij de deur waar ze konden zitten. Langzaam genoten ze van de hete soep, terwijl het ene na het andere nieuwaangekomen vluchtelingengezin de hut verliet in gezelschap van een druïde. De mannen zetten hun kinderen met een zwaai op hun schouders; de vrouwen verzamelden de weinige bezittingen die ze bij zich hadden en trokken hun mantels dicht om zich heen tegen de kou buiten. Al spoedig was het binnen minder druk en bleven alleen enkele hoofdmannen achter die van de jacht teruggekeerd waren, en een paar kleine groepjes druïden die bij elkaar stonden of zwijgend aten, met hun ogen gericht op hun meester die ten slotte bij de Catuvellauni kwam zitten.

'Je had wat moeite met Emrys, nietwaar Caradoc?' merkte hij op terwijl hij in zijn pap roerde met een gladgepolijste stok die hij daarna schoonlikte en in de plooien van zijn tuniek borg. 'Dat verbaast me niets. Hij en zijn stam hebben zich lange jaren afgezonderd in de bergen en de gebeurtenissen in de wereld zijn aan hen voorbijgegaan. Ze komen nooit naar de vierschaar van Samain, want ze hebben nooit geschillen met andere stammen waarvoor een oplossing gevonden moet worden, en dat is jammer. Ze zijn te trots geworden, te zeker van hun eigen onoverwinnelijkheid, en dat maakt hen juist kwetsbaar als iemand met een gladde tong tegen hen spreekt.'

Caradoc hield op met eten en keek hem scherp aan en hij glimlachte. 'Jouw woorden waren natuurlijk waar, maar ik geloof niet dat je er zelf veel geloof aan hecht, of wel soms?'

'Ik weet het niet.'

'Ach, het doet er ook niet toe. Je hebt ze aan het denken gezet, en ik denk dat ik erheen moet gaan om hen verder tot daden aan te zetten. Ik wil trouwens mijn neef graag bezoeken.'

'Uw neef, meester?' vroeg Eurgain nieuwsgierig en de druïde knikte met volle mond.

'Ja, Emrys is mijn neef. Ik kwam naar Mona toen ik zeven jaar oud was, om mijn dromen te laten verklaren, en ik ben hier nog steeds, zoals je ziet!' Hij lachte en Caradoc keek naar zijn eigen kom. Opeens was hij teleurgesteld in deze grote, gespierde man die te veel lachte en bepaald de waardigheid van een opperdruïde scheen te missen. Zijn gevoel van eenzaamheid en teleurstelling werd sterker en hij wenste dat hij nooit naar Mona overgestoken was. Caradoc dacht terug aan de voorstelling die hij zich gemaakt had van een grote en geheimzinnige tovenaar, een man die banvloeken en bezweringen over Rome kon uitspreken, terwijl Caradoc zelf de strategie voor de aanval zou uitdenken. Nu zat hij naast een meester die naar Eurgain grijnsde en met een stuk brood zijn papkom schoonveegde, terwijl zijn lange, met ringen doorvlochten haren tot op zijn armen vielen. Caradoc voelde zich bedrogen en misbruikt, en hij voelde het heimwee naar vroeger dagen weer knagen. Camulodunon, dacht hij treurig. Mijn thuis. Waarom heb ik mij niet overgegeven aan Claudius, om daar in vrede onbekommerd verder te leven? De meester gaf zijn lege kom aan een jonge bediende en kwam overeind. 'Ik wil je het eiland graag laten zien,' zei hij tegen zijn bezoekers. 'Hebben jullie het niet koud meer? Is jullie honger gestild? Mooi! Laten we dan gaan. Bran, jij hoeft je benen niet te vermoeien door mee te gaan. Blijf maar hier.'

Ze liepen die dag vele mijlen, door een gebied dat meer bevolkt was dan ze in lange tijd hadden gezien; het eiland leek zelfs dichter bevolkt dan hun eigen stamgebied. Overal, bij de randen van akkers en onder de eiken, waren hutten te zien. De berooide vluchtelingen hadden hun eigen onteerde goden meegenomen, zodat overal op open plekken een altaar of een stenen godenbeeld stond, en ook waren er veel putten en bronnen, waarin de offerandes werden geworpen. Afgezien van de gewapende hoofdmannen die de Vergaderhut bewaakten, zagen ze geen wapens, en Caradoc vroeg de reden daarvan.

'De mensen hier komen van heel verschillende stammen,' legde de meester uit. 'En hier op Mona willen wij alleen vrede. Hun wapens worden aan de goden gegeven, als dank voor de veiligheid die ze hier vinden, en ik laat de mensen werken, in plaats van vechten. We zijn er gelukkig in geslaagd veel akkers te ontginnen aangezien de bevolking hier sterk gegroeid is, en we hebben een overvloed aan graan geoogst. De goden zijn tevreden met hun nieuwe woonplaats en zegenen de grond. Zo worden de Ordovices nog dik!' Hij grinnikte en liep naar de beschutting van een windscherm, dat van lange twijgen gevlochten was. Daar hurkte hij en de anderen volgden zijn voorbeeld. Het fluitende geluid van de wind zwakte hier af tot een zacht gefluister. Ze maakten hun mantels los, sloegen opgelucht de kappen terug, en keken verbaasd om naar de grote afstand die ze inmiddels hadden afgelegd. Achter hen rees het terrein voortdurend, en vóór hen strekte de diepblauwe zee zich uit met witte schuimkoppen op de golven achter de rustige baai op de voorgrond. Vissersboten lagen op hun kant op het strand en de vissers zelf zaten bij elkaar te praten rond een vuurtje dat ze hadden aangelegd. Maar het groepje van de opperdruïde zat zo hoog dat het noch de stemmen noch het knetteren van het vuur kon horen.

'Meester, waar zijn de zalen van kennis?' vroeg Eurgain nieuwsgierig. 'Ik dacht... ik hoopte... Waar zijn de heilige plaatsen?'

De meester zat op zijn hielen en zijn handen rustten, losjes ineengeslagen, op de grond. 'De zalen van kennis zijn overal om je heen, Eurgain,' antwoordde hij. 'Heb je de kleine groepjes jongemannen en druïden niet gezien, die overal heen en weer lopen? Het trage en langdurige vergaren van kennis vindt plaats op elke plek waar de leraar maar wil onderwijzen. Dat kan hij doen, zittend in een veld, lopend langs een rivier of staand bij de gewijde plaatsen. En zijn leerlingen volgen hem. Het hele eiland is bezield van een gedachtenstroom, en na twintig jaar studie is hier geen stuk rots, geen rimpeling in de rivier en geen heilige boom die onontdekt blijft of de kracht mist een of andere les terug te brengen in het bewustzijn van de leerling. Dat is één van de redenen waarom heel Mona heilig genoemd wordt. Zelfs de modder hier roept de ingewijde toe wat hij geleerd heeft. En de kinderen die hier vijf of tien jaar verblijven nemen een diepe liefde voor dit eiland mee, omdat ze het zogezegd als hun wieg beschouwen.'

'Maar de goddelijke plaatsen dan? De plaatsen waar de sterren worden gelezen? Waar oefenen de waarzeggers hun kunst uit?'

'Je bent wel nieuwsgierig, Eurgain,' zei hij vermanend. 'Pas daarvoor op. Maar toch zal ik je een plaats tonen waar de avondsterren hun geheimen prijsgeven. Caelte, er is hier een jongeman die zich bezighoudt met het vervaardigen van harpen. Zou jij met hem willen spreken?' De meester praatte luchtig met Caelte, Eurgain en Cinnamus. Caradoc was zwijgzaam en staarde over het vredige tafereel beneden hem, en het viel hem op dat, hoewel de meester hem sinds de begroeting niet meer rechtstreeks aangesproken had, hij al zijn innerlijke aandacht alleen op Caradoc leek te richten.

Caradoc voelde deze stille peilende aandacht die op hem gericht was, en dat maakte hem onrustig; het verstoorde zijn gedachten al sinds het ogenblik dat de boot die hen hierheen bracht de zandige kust geraakt had. Herinneringen die al lang vergeten waren en hun betekenis hadden verloren, zweefden door zijn geest en sleepten woede en wrok met zich mee. Aricia was daar, zittend op de vloer van zijn hut in Camulodunon; ze giechelde en al meende hij eerst dat hij de pijn overwonnen had, nu besefte hij dat hij verteerd werd door een hevig verlangen en hij besefte ook dat hij niet van haar genezen was. Togodumnus liep in zijn gedachten voorbij, zijn trotse, bewonderende hoofdmannen volgden hem op de voet en de golf van jaloezie die door hem trok was zo heftig dat zijn hand zich vaster om het gevest van zijn zwaard klemde. Jaloers? Was ik dan jaloers op Tog? O nee, schreeuwde hij in stilte, dat is niet waar! Hij was mijn broer en ik hield van hem! Maar na Tog zag hij Eurgain voor zijn geestesoog, lang en in een blauwe tuniek die tot op de grond sleepte; goud schitterde in haar haren en zilver glansde op haar blanke armen, en de stroom van jaloezie zwol aan. Weer een leugen! riep hij tegen zijn herinnering. Ik houd van haar, ik heb geen reden haar kwaad te doen, ik houd haar niet weg van de plaats die haar toekomt. En het kan mij niet schelen hoeveel van haarzelf ze voor mij verborgen houdt!

Caradoc gromde hardop en de gesprekken stopten plotseling. Ze keken allemaal naar hem, en met een nieuwe emotie keek hij in de nachtmerrieachtige ogen van de meesterdruïde. Deze man beschikte over meer kracht dan de grijsaards van zijn verbeelding. Hij was gevaarlijker dan de krachtigste toverspreuk die Caradocs vage, beperkte visie van wat een meester moest zijn, ooit had opgeroepen in de zaak van de overwinning. Caradoc was bang. 'Ik denk dat we nu beter kunnen terugkeren naar de stad om weer wat te eten,' zei de meester luchtig en allen stonden op. Terwijl ze dit deden, zag Caradoc een laatste tafereel in zijn geest, even helder en kleurrijk alsof hij het werkelijk beleefde. Gladys kwam naar hem toe; ze liep langs de rand van de hoge kliffen, op de plek waar de mannen tevergeefs op de komst van Plautius hadden gewacht. Haar gebruinde gezicht stond ernstig. Uit haar ogen straalden warmte en gezonde kracht. De zeewind deed haar lange haren wapperen en drukte de tuniek in strakke plooien tegen haar benen, en toen ze naderbijkwam kon Caradoc de zilte geur rond haar ruiken, de geur van zeewier en kruiden die hier op de rotsen groeiden. Zijn hart opende zich als de bladen van een gekwetste bloem onder haar reinheid en oprechtheid. 'Heb je eraan gedacht de voortekenen te raadplegen?' vroeg ze hem. 'Ik wil dat wel doen, Caradoc.' De meesterdruïde keek hem met een vage grijns aan. Caradoc keerde zich om en volgde de anderen over de met struiken begroeide helling. Ze keerden terug in de stad en gebruikten een verlaat middagmaal. Tegen de tijd dat ze daarmee klaar waren kwam de lichte herfstnevel al opzetten. De wind ging liggen, maar de schoongewaaide hemel bleef helder. De meester wenkte hen naar buiten, waar een druïde op hen stond te wachten en Eurgain werd aan hem voorgesteld.

'Hij zal je de avondster laten zien,' zei de meester, 'maar dan moet je wel vlug zijn, want de zon gaat al onder.' Zonder een woord volgde Eurgain de in een grauwe mantel gehulde druïde en de meester wees in een andere richting. 'Caelte, volg het pad dat naar links afbuigt. Aan het eind vind je de hut van de instrumentmaker. Ga daar vrolijke muziek maken!'

'Kom je mee, Cin?' vroeg Caelte, maar Cinnamus geeuwde en schudde zijn hoofd.

'Nee, ik ga terug naar de Vergaderhut om nog wat met de strijders uit Gallië te praten. We hebben elkaar veel verhalen te vertellen. Daarna ga ik slapen. Heb je mij nog nodig, Caradoc?'

Caradoc keek naar de meester. 'Nee, Cin, ik denk het niet. Slaap lekker.'

'Jij ook, Caradoc.' Cinnamus verdween door de deurhuiden en zo bleven Caradoc en de meester achter in de vallende avond.

De man gebaarde en liep weg en Caradoc volgde hem. Zijn lichaam was vermoeid na de lange wandeling die ze deze dag hadden gemaakt, maar zijn geest was volkomen helder. Ze liepen snel over het pad langs de rivier, die kalm in de laatste stralen zonlicht voortstroomde, maar onverwacht liep de meester naar de eiken rechts van hem en verdween onder de bomen. Caradoc volgde hem en merkte dat de bodem langzaam opliep. Een halfuur lang liepen ze door het stille bos, maar toen bereikten ze plotseling de kale top van de heu- vel. Eerst hadden ook hier bomen gestaan, merkte Caradoc, want nieuwe twijgen streken langs zijn benen waar het bos probeerde het verloren terrein terug te winnen. Nu waren hier drie grote ringen van steen opgericht, en in de middelste ring zag hij een laag stenen altaar. Er waren geen staken, geen afgehouwen hoofden en er was ook geen godenbeeld. Alleen de kale, verweerde steen in het lange, berijpte gras.

De meester liep rechtstreeks naar het altaar. Hij keek niet over zijn schouder om te zien of Caradoc hem volgde, en met een licht geërgerd gevoel bedacht Caradoc dat het wel leek of de druïde hem vergeten was. Hij beende langs de stenen ringen en kwam bij het altaar. Hij zag dat de meester een kleine leren buidel van zijn gordel haalde en wat poederige grauwe graankorrels in het gat schudde dat in de steen uitgehakt was. Toen begon hij te spreken. 'Zie hoe donker het is geworden,' zei hij. 'Ik kan je amper zien, en jij kunt mij amper onderscheiden.' Opeens merkte Caradoc dat de duisternis inderdaad helemaal was ingevallen, en tussen hem en de druïde was het zo donker dat zijn ogen de duisternis bijna niet konden doordringen. 'Nu moeten we wachten,' zei de meester en hij wendde zijn gezicht naar het oosten. Caradoc keek in die richting en hij vroeg zich af wat voor wonderlijks hij daar moest zien. Maar de nacht bleef stil. Enkele sterren twinkelden vaag aan het uitspansel, en de maan was nog niet opgekomen. In het bos klonk de schelle kreet van een nachtzwaluw. De twee mannen stonden daar onbeweeglijk, terwijl de sterren steeds hoger klommen en toen verscheen ook de maan, in het derde kwartier en heel helder. De meester slaakte een zucht. 'Kijk heel aandachtig, Caradoc,' mompelde hij. 'Houd je ogen strak gericht op de stenen recht onder het gezicht van de maan.' Caradoc tuurde ingespannen in de aangeduide richting.

Na enkele minuten raakte een straal maanlicht de onderkant van een van de stenen in de verste ring. Langzaam, bijna onwaarneembaar, kroop de straal omhoog, streek over de oppervlakte van de steen en Caradoc zag de straal niet meer, tot hij even later merkte dat het dunne licht nu de tweede ring bereikt had. Weer gleed het licht omhoog en streek over de bovenkant, zakte weg om de binnenste ring van stenen te bereiken. Caradoc keek omhoog. De maan stond nu veel hoger, maar het was hem niet opgevallen dat er inmiddels veel tijd verstreken moest zijn. Hij keek weer naar de kring van stenen. Het licht kroop nu naar hem toe, al leek de straal onbeweeglijk; toch kwam het dunne spoor steeds nader en ten slotte schoof de straal langs het altaar omhoog. De druïde keerde zich om met een stuk vuursteen in zijn hand. Het fletse licht kroop verder en raakte het korrelige poeder dat daar in de holte uitgestrooid was. De meester sloeg met de vuursteen en een vonk spatte over. Meteen begon het poeder te smeulen en een bedwelmend zoete geur verspreidde zich door de koele, nachtelijke lucht.

'Kijk achter je,' beval de meester en Caradoc keerde zich snel om. 'Zie je die ster daar recht boven de verste steen? Dat is jouw ster. Ik heb die ster voor het eerst in die positie gezien toen Bran terugkeerde van zijn eerste ontmoeting met jou, toen je nog een jongeman was. Nu staat die ster weer in dezelfde positie, vol wetenschap over de jaren die intussen verstreken zijn. Ga aan de andere kant van het altaar staan en adem diep de wierook in.' Caradoc deed wat hem gezegd was en leunde naar voren om zich door de geurige rook te laten omringen. 'Blijf nu doodstil staan en blijf strak voor je kijken. Niet naar mij kijken!'

Caradoc voelde dat de man zich in zichzelf terugtrok en opeens voelde hij zich heel eenzaam. Zijn lichaam werd koud en hij begon te huiveren. Zijn gedachten dwaalden voorbij de rookpluim boven de wierook, voorbij de lange grijze gestalte tegenover hem en voorbij de drie ringen van steen, naar zijn zoon, naar Emrys en naar Madoc. Wat zouden zij doen in hun gebieden waar warme lijven tegen warme lijven streden en waar het enige dat iemand hoefde te begrijpen was dat zwaarden kunnen doden? Zouden de mannen nu rustig bij het vuur slapen? Hij zag in gedachten de krullende haren van Llyn uitgespreid op zijn strozak, de hut schaars verlicht, de schaduwen rossig en het vuur langzaam uitdovend in rode sintels. Hij zag Llyn rustig ademhalen, diepverzonken in zijn dromen. Dromen... Hij keek even naar de meester en voelde een golf van afschuw door zich heen trekken. De man staarde hem aan, met wijdopen ogen, en in het kille maanlicht leken de ogen werkelijk doorschijnend. Verder zag hij alleen vaag de donkere grauwe tuniek, een wolk van duisternis waar zijn haren moesten zijn en een grijs gezicht, maar daarin waren die twee groteske, onmenselijke ogen als lichtende stippen op de wierook gericht. Afschuw ging over in angst en de angst veranderde in paniek.

Voor het eerst in zijn leven wilde Caradoc alleen maar wegrennen, vluchten en zwemmen, snikkend door de bergen struikelen en door rivieren waden, alles om maar te ontsnappen aan deze man die niet langer een menselijk wezen leek. Hij keek verwilderd omhoog naar de hemel. De maan zakte naar de horizon. Het was ongelooflijk, maar er waren vele uren voorbijgegaan. De aanblik van de sterren kalmeerde hem en hij liet zijn blik weer dalen om naar de dunner wordende rookpluim te kijken. Toen zag hij een hand naar voren komen die de holte bedekte en de zachte gloed verdween op hetzelfde ogenblik.

'Je maakt me moe met je angsten, Caradoc,' zei de meester afwezig. 'Ik ben niet meer en niet minder dan een mens.' Zijn stem klonk effen en toonloos, geen vreugde en geen mannelijke kracht was in zijn stem te bespeuren. De stem leek uit de stenen zelf te komen, zwaar, leeftijdloos en zonder buiging.

'Ik ben een ziener, de grootste ziener die de druïden ooit gekend hebben, maar de last is te zwaar, en wat hebben visioenen voor zin als ze niet geduid kunnen worden? Kom mee, dan gaan we daar onder de bomen zitten en praten.'

Hij ging voor en liep langzaam, als een kreupele, met gebogen rug. Samen lieten ze zich onder een eik in het gras zakken. 'Ik ben moe,' zei hij na een korte stilte. 'Ik zou zo graag een nacht slapen, al is het maar één nacht, zonder te dromen.' Toen leek hij zich te herstellen. Zijn handen stak hij in de mouwen van zijn gewaad en hij trok de tuniek over zijn knieën. 'Ik had je vandaag weinig te zeggen, Caradoc, want de uitleg van visioenen over een arviragus is niet voor alle oren bestemd. Maar toch was deze dag niet verloren. Je hebt het met eigen ogen kunnen zien. De magie die hier opgeroepen wordt kan dat een man aandoen, want alle onbekende geheimen die hij hiervandaan meeneemt zullen hem op zekere dag duidelijk gemaakt worden, en dan gaat hij weg zonder ergens een schuilplaats te vinden.'

'Jíj riep die tovenarij op!' snauwde Caradoc en zijn stem klonk ruw en luid in zijn eigen oren nu zijn angst verdwenen was. 'Jij gaf me die herinneringen, druïde, maar het waren valse herinneringen!'

'Is dat zo? Allemaal? Ik kan de waarheid uit de ziel van een man omhoogbrengen, Caradoc, maar ik kan leugens niet wegnemen. En ik zal je vertellen dat de herinneringen die jou het zuiverst leken in wezen de meest valse waren. Ik zie dat je mij aankijkt, en ik lees verbittering in je blik. Waarom werd ik uitverkoren? vraag je mij diep in je hart. Is mijn leven dan helemaal niet mijn eigen leven? Wat is een arviragus meer dan een domme pion in het spel van de druïden? Je begint het in te zien, nietwaar, Caradoc? En wist je dat er onder die herinneringen een verborgen verlangen schuilt naar de mannen van Rome? Waarachtig, het kind houdt een spookachtig mes bij de keel van de man!'

'Nee! Nee. Je hebt het mis!' De woorden van de meester hadden hem gegeseld, alsof hij een offerdier was, een dode witte stier die nu gevild werd. Het bloed van de slachting gutste uit zijn keel en zijn lichaam verstijfde van pijn. 'Ik heb alles gegeven, ik ben Bran gevolgd en heb veel ontberingen geleden. Ik heb mezelf een vredig huis en het gezelschap van mijn kinderen ontzegd! Ik ben leeg... Leeg! Hoor je dat? Zelfs een eervolle dood is mij niet gegund!'

'Je liegt jezelf wat voor.'

'Nee!' snauwde Caradoc. 'Nee, dat doe ik niet. Jij zwerft door je visioenen, meester, maar wie zal zeggen welke waar zijn en welke de dansende schimmen van waanzin? Als je werkelijk de kronkels van mijn geest kende, zou je me niet zo onder druk zetten!'

'Ik ken ze wel,' zei de meester zacht. 'En ik weet ook dat je zonder die kronkels eenvoudig Caradoc, een Catuvellaunse krijger, zou zijn. De druïden zien jou niet als een simpele gevangene zonder verstand. Jij, en jij alleen, hebt de macht ja of nee tegen ons te zeggen, zoals je al eerder gedaan hebt. Jij bent werkelijk de man die ons in zijn macht heeft, ons allemaal en alle stammen daarbij. Een arviragus is evengoed heer over de druïden als over zijn volgelingen, en wel om belangrijke redenen. Meer dan alle andere mannen moet hij zichzelf in bedwang kunnen houden. Daarom toonde ik je de duisterste plaatsen van je hart. Daarom word jij gekweld door je eigen visioenen en dromen. Een arviragus is enig in zijn soort.'

'Maar ik bén toch nog geen arviragus!'

'Nee, dat ben je niet, maar je zult het wel worden. Daarom moet ik je niet alleen je verleden geven, maar ook je toekomst, voor zover ik die kan onderscheiden. Ik ben niet onfeilbaar, Caradoc. Ik zie niet één toekomst, maar vele wegen; paden die elkaar kruisen en aansluiten op weer andere paden. Allemaal leiden ze naar een mogelijke toekomst. Ik kan niet altijd de schaduwen onderscheiden van de waarheid. Ik mag je ook niet vertellen wat ik gezien heb, maar ik kan je wel raad geven. Wil je naar mij luisteren?'

'Ja.'

'Heel goed. De voortekenen en visioenen zijn erg verward, wat jou betreft. Misschien wel omdat jouw lot en dat van Albion zozeer met elkaar verweven zijn. Ik kan je slechts weinig vertellen. Ik heb je als overwinnaar gezien, ik heb je gezien in een eenzame vallei, in een hinderlaag gelokt en gedood. Ik zag je verwikkeld in een grote veldslag. Eens, vele jaren geleden, zag ik je in Camulodunon, vreedzaam levend onder de Romeinse overheersers, maar de weg van dat visioen is nu afgesloten. Ik kan met zekerheid zeggen wat je morgen zult doen, wat je waarschijnlijk een dag later zult doen, maar dan verveelvoudigen de visioenen zich, splijten en worden onzeker, omdat jouw eigen beslissingen en die van anderen elke dag hun invloed doen gelden. Het enige dat ik zeker weet, is dat jij de uitverkorene bent en arviragus zult zijn, ten goede of ten kwade, en ik weet ook zeker dat het heelal onvergankelijk is!'

'Wat hebben die dromen dan voor zin, meester, als je mij niet kunt zeggen of ik zal slagen of zal falen?' De man naast hem leunde achterover. De kleurloze ogen werden onzichtbaar toen hij zijn hoofd boog.

'Ik heb niet gezegd dat ik machteloos tegenover de dromen sta, Caradoc. Ik droom nu al bijna dertig jaar en ik heb geleerd de haastig aan mij voorbijschietende hiel van de waarheid te grijpen. En daarnaast lees ik in de sterren en breng dat samen met de boodschap uit mijn visioenen. Als die twee bronnen niet overeenstemmen is er geen waarheid.'

'Zeg mij dan wat je wel weet! Laat mij niet dagelijks gekweld worden omdat ik mijn mensen zie sterven, zonder te weten of hun dood tevergeefs zal zijn!'

'De sterren vertellen mij dat je zult falen, en ook dat door jouw falen de toekomst ten goede keert. Maar mijn visioenen leren mij dat je zult slagen. Daarom zie ik het zo. Je zult een punt bereiken, Caradoc, een plaats, een groot noodlotsmoment, maar de grenslijn tussen slagen en falen zal zo dun zijn dat zelfs de sterren aarzelen en geen rotsvaste voorspelling over de uitkomst durven te doen. Dat mag ik ook niet doen. Ik kan geen voorspelling doen. Je hebt zwakke plekken in je karakter, arviragus, maar of die zwakke plekken de stammen zullen vernietigen... Dat hangt helemaal van jou af. Maar ik weet ook dat er geen sluwer, geen stoutmoediger strijder dan jij in heel Albion te vinden is. Daarom is de enige raad die ik je kan geven de volgende. Vertrouw alleen op je eigen oordeel en stel dat oordeel op de proef in je eigen hart. Maar als je ernstig twijfelt, luister dan naar Bran. Hij is geen ziener, maar zijn intuïtie is mogelijk waardevoller voor jou dan mijn visioenen.'

Caradoc was nu verstijfd van kou en hij merkte dat de dageraad bijna aanbrak. Hij was ook verstijfd van woede, en al wilde hij uit teleurstelling deze druïde een bedrieger noemen, hij durfde dat toch niet. Hij zat daar met zijn knieën opgetrokken tot zijn kin; zijn hart was koud en zijn geest in verwarring. De meester grinnikte. 'Je haat mij, Caradoc, en je wilt graag geloven dat ik de waarheid voor jou verborgen houd, of dat ik een valse profeet ben. Maar jij weet ook dat de waarheid vele gezichten heeft en zeer subtiel is, en je weet ook dat ik niet alleen een profeet ben, maar dat ik jouw gedachten alleen kan lezen, als je dat toestaat. Jij kunt je voor mij afsluiten, Caradoc, als je daar sterk genoeg voor bent!'

Caradoc begreep dat de druïde dit gekscherend zei, en ondanks zijn ergernis glimlachte hij. 'Vergeef me,' zei hij. 'Ik wilde zo graag zekerheid, meester, ik wil dat al mijn twijfels verdwijnen.'

'Zelfs al zou ik daartoe in staat zijn, dan zou ik dat nog geweigerd hebben. De druïden moeten zich aan eeuwenoude wetten houden, Caradoc, en als we die wetten schenden, zullen wij ten onder gaan. Eén van de wetten bepaalt dat we een man nooit mogen vertellen wat zijn toekomst is, want dan kan hij niet meer kiezen en dan verliest hij zijn ziel. Daarom moeten mijn broeders en ik de wil van het volk omzeilen en van Vergadering naar Vergadering trekken met woorden die niet altijd welkom zijn, en we moeten onze raad wel inkleden in raadsels.'

'Wil je in elk geval de laatste proef nemen?'

'De Stierendroom?' De meester huiverde even, maar kwam toen overeind. In het oosten groeide langzaam een smalle streep van grauw daglicht. Nu kon Caradoc zien dat de lange nacht zijn sporen had nagelaten op het knappe gezicht van de druïde en dat zijn dromen hun tol hadden geëist. Onder zo'n zware last zou ik krankzinnig worden, wist Caradoc plotseling. Deze man moest zo sterk als een beer zijn. Ze begonnen langzaam over het pad terug te lopen.

'Ja, dat wil ik doen, maar weet wel dat ik daar een hoge prijs voor moet betalen. Wat zul je mij in ruil geven?'

Een vogel begon te zingen, hoog tussen de takken van de eik, en de ochtend-bries hief de haren van de gebogen schouders van de meester. Caradoc kreeg weer hoop. Hij had het gevoel of hij deze nacht duizenden jaren doorleefd had en wel duizend gevechten met zichzelf had gevoerd, maar toch kon hij zich niet één vastomlijnde gedachte herinneren. Hij wierp zijn hoofd in de nek en lachte. 'Ik zal je heel Albion teruggeven,' zei hij. 'Is dat genoeg?'

'O, dat denk ik wel,' antwoordde de meester, en toen barstte hij in lachen uit. Niet lang daarna kwamen de stille hutten van de stad en het donkere, koele water van de rivier weer in zicht.

Ze aten allemaal gezamenlijk, twee uren nadat de zon was opgekomen, en daarna omhelsde de meester hen en nam afscheid. 'Bedenk, Caradoc, dat je geen kwaad mag spreken tegen man of vrouw, vriend of vijand, want van nu af aan zul je daartussen geen onderscheid kunnen maken,' waarschuwde hij. 'Houd de goden in ere, maar je eigen eer nog meer. Ga nu.' Ze maakten een buiging voor hem en de druïde liep fluitend weg. Toen liepen ze naar het strand, waar de boot gereedlag en in de verte zagen ze de grauwbegroeide kustlijn van het vasteland.

'Vertel eens, Eurgain,' zei Caradoc toen het kleine scheepje over de helder-blauwe, kalme zee gleed, 'wat heeft de druïde je laten zien?'

Ze bleef een ogenblik zwijgen en liet haar vingers door het water spelen. 'Hij liet me veel wonderen van de hemel zien, en hij vertelde mij ook over veel wonderlijke zaken.' Ze probeerde verder te spreken, maar barstte opeens in snikken uit.

Drie dagen lang bleven ze in het dorp dat aan de zeestraat vóór Mona lag, toen werden ze verrast door de sneeuw die plotseling werd aangevoerd op de vleugels van de wind die scherp naar het noorden draaide. Caradoc wilde onmiddellijk tot daden overgaan. 'We moeten gaan,' zei hij tegen zijn gastheren. 'We mogen niet gescheiden worden van uw ricon.' Hij maakte zich zorgen over Llyn, als hij gedwongen was hier te overwinteren, en hij was bezorgd over de onpeilbare krijgersgeest van Emrys, bang voor de bergen en bang voor de tijd die inmiddels verstreek. Er was zoveel om bezorgd over te zijn, dacht hij mismoedig, zo heel erg veel, en ik ben maar een man alleen. 'Keer niet langs dezelfde weg terug,' was hem gezegd. 'Ga langs de kust naar het zuiden, tot je de grens van de Demetae bereikt. Vandaar moet je verder naar het oosten trekken. Er is daar een pad, goed begaanbaar in de zomer, en de ricon gebruikt dat om vluchtelingen naar ons te sturen.'

Maar nu was de winter bijna ingevallen, dacht Caradoc grimmig, en hij keek naar de wervelende sneeuwvlokken die het eiland aan het gezicht onttrokken. Toch moesten ze gaan, wist hij. Ze namen afscheid van de dorpsbewoners en bedankten hen voor hun gastvrijheid. Daarna controleerden ze hun zwaarden, verzamelden de bagage en gingen op weg.

De sneeuw bleef niet lang liggen, want het was nog te vroeg in het seizoen. De fletse zon deed de dunne, witte laag wegsmelten, maar de wind was snijdend koud en zou alleen maar ijziger worden. Spoedig kwamen ze in het gebied van de Gangani, maar de hoofdmannen van het dorp bij de zee hadden hen gerustgesteld. De Ordovices hadden een tijdelijk verdrag met de bewoners van het schiereiland en ze zouden door hen niet lastig gevallen worden. Ze hadden dwars over het schiereiland kunnen trekken, maar na enige aarzeling besloot Caradoc toch de kust te blijven volgen. Hij wilde niet stranden in een onbekend gebied nu de winter naderde, dus trokken ze moeizaam verder, gebogen tegen de wind en onbeschermd op de ongenaakbare, verlaten kust. Terwijl Caradoc verder liep, dwaalden zijn gedachten af naar zijn zuster. Het geraas van de koude branding klonk in zijn oren en de zoute druppels raakten af en toe zijn gezicht. Waar was ze nu? Hadden de Romeinen haar ter dood gebracht, of was ze nu een slavin en geketend in het huis van een of andere officier? Als Gladys in de boeien geslagen was zou ze niet blijven leven, dat wist hij zeker. Als ze zichzelf niet doodde dan zou het verlies van haar vrijheid haar spoedig tot krankzinnigheid drijven. Maar hij voelde toch geen emotie. Hij kon alleen nuchter nadenken, want zijn gevoelens hadden hem verlaten.

Na twee weken trokken ze verder het binnenland in. Het was niet moeilijk het pad te vinden, want het was breed en uitgesleten, maar drie dagen nadat ze de kust achter zich gelaten hadden begon de eerste wintersneeuw echt te vallen, en nu bleven de vlokken wel liggen. Het pad werd smaller. Bran ging voor, omdat hij deze route vele malen had gevolgd als hij vluchtelingen op weg naar Mona begeleidde. Zijn grauwe mantel was moeilijk te onderscheiden in de witte koude wereld die hen omringde en ze sjokten als geslagen honden achter hem aan. Hun gezicht en handen werden blauw van de kou, hun voeten waren nat en ijskoud. Het pad ging nu opwaarts en naarmate ze hoger kwamen was het gebied droger, zodat de reizigers gemakkelijker konden zien waar ze liepen. Ze moesten wel verder omhoog, op gevaar af te verdwalen, al moesten ze nu de bescherming van de dalen missen. Op de hoge heuveltoppen was nergens beschutting, en ze moesten hier overnachten en eten, huiverend van kou en voortdurend gegeseld door de snijdende wind. 's Nachts kropen ze dicht tegen elkaar; met hun armen om elkaars schouders geslagen probeerden ze elkaar te troosten met hun eigen lichaamswarmte, zwijgend en uitgeput. Wilde dieren waren hier niet te vinden en als Cinnamus op jacht ging, keerde hij vaak met lege handen terug. Caradoc voelde dat zijn redelijke verstand steeds meer op de proef werd gesteld en dat hij elke dag meer moeite had zijn zinnen bij elkaar te houden. Met uiterste wilskracht hield hij zich in toom en bracht huiverend te midden van de anderen de koude nachten door. Als hij het nu opgaf, zou alle strijd tevergeefs geweest zijn, dan zouden alle visioenen op niets uitlopen. Hij kon niet langer slapen. Hij doezelde alleen weg tussen golven duizeligheid, als de wind met een woeste, gierende stem tegen hem schreeuwde. Hij droomde dat Eurgain naar hem toe kwam, zacht en mooi zoals ze in haar jonge jaren geweest was, en ze fluisterde tegen hem over de vrede die zou volgen als hij zich onder de Romeinse overheersing schikte. Hij wilde zijn hersenen uitrukken en ver van zich werpen. Hij wilde zijn zwaard grijpen en zich de ogen uitsteken, in een vertwijfelde poging de bron van zijn ontreddering te stillen, maar in plaats daarvan klemde hij zijn tanden op elkaar, sloot zijn ogen en hield nacht na nacht vol, terwijl Eurgain en Cinnamus dicht tegen hem aangedrukt zaten en Bran voor zich uit staarde met uitdrukkingsloze ogen.

Het kostte hen nog drie weken om de stad van de Ordovices te bereiken. Weken van honger, ontbering en natte ellende, maar geleidelijk werd het land vlakker en ten slotte liepen ze over de uitlopers van de beboste heuvels. De sneeuw veranderde in regen. Cinnamus slaagde erin met zijn speer een hert te doden, verdoofd als hij was van kou en honger, en Eurgain vond droog hout onder de beschermende takken van de eiken. Het zwaarste gedeelte van de reis was nu voorbij.

Twee dagen na Samain werden ze bij de brug begroet door Llyn, Emrys en Sine. Ze bleven staan voor de hoofdman en lieten hun bagage op de doorweekte grond vallen. Llyn rende naar voren en omhelsde zijn vader en moeder. Nog steeds werd er niets gezegd en Emrys, die zwijgend van de een naar de ander keek, knikte tevreden. Ze leken wel vogelverschrikkers, met hun wapperende mantels en de gehavende en rafelige tunieken, waarvan de kleuren verbleekt waren en waarvan iedere zachtheid weggevreten was. De huid op hun vermagerde gezicht en handen was verweerd en schilferde, en in hun holle ogen werden de geheimen van de eenzame, ongenaakbare bergen, de ontberingen en de angst tijdens de barre tocht weerspiegeld. De Ordovices stuurden hun zonen als inwijdingsrite naar de bergen, en wanneer ze terugkeerden hadden ze dezelfde verwilderde en tegelijk geheimzinnige blik in hun ogen. Emrys knikte nogmaals en Sine zette haar bronzen masker af; ze keek naar Eurgain die onverschillig terugkeek. Caradoc deed een stap naar voren.

'We hebben hen overtuigd,' zei hij schor. 'Roep nu de grote Vergadering bijeen. Ik keer terug naar de Siluriërs.'

'Dat heb je inderdaad gedaan,' antwoordde Emrys. 'Als het niet zo was zou ik het aan de blik in je ogen kunnen zien, maar nu hebben jullie dezelfde ogen als de Ordovices, jullie bewoners van het zachte laagland, en waar je ook gaat, jullie zullen het stempel van de bergen met je meedragen.

Caradoc, ik kan de Vergadering pas in de lente bijeenroepen. Ik smeek je de winter hier door te brengen.'

Maar Caradoc schudde zijn hoofd. 'Er zullen berichten van mijn verspieders voor mij zijn,' zei hij en zijn stem klonk nauwelijks luider dan een hees gefluister. 'En ik wil ook weten hoe het Madoc vergaan is. Geef mij vlees en brood, Emrys, en laat me dan gaan.'

Opeens kwam Emrys snel naar voren en hij greep Caradocs arm. 'Ik had niet verwacht dat je terug zou komen,' zei hij, 'al werd voor jou een slaaf in de kookketel verdronken. Ik heb bewondering voor je vasthoudendheid, vriend.'

Caradoc gaf geen antwoord. Hij raapte zijn bagage met een vermoeid gebaar op en volgde Emrys naar de Vergaderhut.

Ze rustten een week uit bij Emrys en zijn zwijgzame hoofdmannen. Urenlang zaten ze bij het grote vuur, terwijl het buiten onophoudelijk regende, maar toen verzamelden ze hun bezittingen en trokken verder. Bran reisde niet met hen mee. 'Ik zal hier blijven, Caradoc,' zei hij, 'en wachten tot Emrys een besluit genomen heeft. Ik denk dat ik ook een kort bezoek aan de Demetae breng, want tegen het voorjaar zullen zij ook wel een besluit genomen hebben.' Hij glimlachte warm naar Caradoc. 'Wanhoop niet!'

'Wat is wanhoop?' vroeg Caradoc. 'Wat is geluk? Deze woorden hebben voor mij geen betekenis meer, Bran.'

De druïde raakte de lange vingers aan die stil op de knie naast hem lagen. 'Zo zal het niet altijd zijn, en dat weet je. De sterren beloofden grootse dingen voor jou, strijder, vele jaren geleden toen je nog roekeloos en onbezorgd was. En de sterren liegen niet. Kijk omhoog! Het einde is in zicht.'

'Het kan me niets schelen. Ik heb nergens belangstelling voor, behalve de Romeinen verslaan. Ik weet dat de sterren niet liegen, maar ze zeggen me ook nooit wat de waarheid is. Want wat de sterren voorspellen is dikwijls onherkenbaar vermomd.'

'Maar', fluisterde Bran voor zich uit, 'wat is de waarheid? Kun jij me dat vertellen? De waarheid is iets dat mijn broeders ontelbare jaren ontglipt is, al proberen we dat tot in de dood en zelfs daar voorbij te hervinden.'

'Waarheid is de keerzijde van de leugen,' antwoordde Caradoc. 'Het is wat je ziet wanneer je de munt omkeert. Het is niets, niet meer dan een woord.'

'Misschien. Maar ergens moet er een waarheid zijn die morgen niet in een leugen verandert.'

'Ik heb geen zin daarover te redetwisten,' zei Caradoc fel. 'Je gebruikt mooie woorden, druïde. Je vecht met woorden en toverspreuken, maar geef me liever een zwaard en een vijand die ik kan zien.'

'Die heb je allebei,' bracht Bran hem kalm in herinnering. 'En het is onmogelijk een druïde te beledigen, Caradoc. Je hebt een taak te verrichten, evenals ik. Ik heb niet voor niets twintig jaar op Mona doorgebracht. Ik heb daar veel

wijsheid vergaard en vele geheimen doorgrond, maar ik verdeed mijn tijd daar niet met het uitspreken van bezweringen. Dat heb ik je al eens eerder verteld.'
'En wat heb je daar dan wel gedaan?'
Bran grinnikte. 'Ik heb geleerd de dobbelsteen van het lot te laten rollen.'

De Catuvellauni trokken langzaam naar het gebied dat Eurgain steeds meer als haar thuis ging beschouwen. Ze kwamen daar aan op een dag dat er telkens hevige regenbuien vielen en koude windvlagen steeds weer wolken voor de zon schoven. Madoc en Jodocus kwamen hen tegemoet, en Madoc, met zijn bulderende lach, omhelsde met zijn korte sterke armen de teruggekeerde reizigers om de beurt. 'Rust uit in vrede!' riep hij. 'Dus de bergen lieten je weer los, Caradoc! Hoe is het je vergaan? Wat vond je van onze nobele neven? Kom verder en eet!'
De zwarte baard bewoog heftig, zijn donkere ogen keken hartelijk en Caradoc was opeens blij dat deze grote man zijn vriend was. Na de kille en zwijgende dreiging van gevaar bij de Ordovices, leek Madoc wel een bergstroom van warm later. Llyn verdween om zijn vrienden te zoeken. Eurgain ging onmiddellijk naar Annis en naar haar twee dochters, terwijl Caradoc, Cinnamus en Caelte naar de Vergaderhut liepen, waar het vuur hoog oplaaide en waar ze eindelijk droog en beschut konden zitten. De verschrompelde hoofden aan de wanden leken hen toe te grijnzen, zodra ze de deurhuiden opzij duwden en de Silurische hoofdmannen kwamen meteen overeind om hen te begroeten. Maar er was geen Fearachar die klaarstond om zijn heer te bedienen met vlees en bier, intussen een stroom van klachten en opmerkingen uitend, en Caradoc voelde een steek in zijn hart omdat hij zijn trouwe bediende nooit meer zou zien. Hij kruiste zijn benen en liet zich op de huiden zakken. De gloed van het vuur bestraalde zijn gezicht en een Silurische slaaf kwam naderbij met een schotel everzwijnvlees, een plat brood, appels en bier. Eurgain kwam binnen en zijn dochters renden opgewonden naar Caradoc toe om hem te omhelzen. Hij drukte hen even tegen zich aan, verbaasd dat ze in de afgelopen maanden zo gegroeid waren. De kleine Eurgain was nu elf jaar en Gladys tien, en toen ze weer van hem wegliepen om hun moeder met nieuwsgierige vragen te bestoken bedacht Caradoc dat ze zonder hem opgegroeid waren en bijna vreemden leken, deze twee kleine zwaardvrouwen die hij in een periode die zo ver achter hem lag verwekt had bij een Catuvellaunse jonge vrouw die evenzeer zo veranderd was dat hij haar amper herkende. Of ben ik alleen degene die veranderd is? vroeg hij zich treurig af.
Eurgain ging met haar dochters op de huiden zitten en Tallia bracht haar wat te eten. Caradoc keek zijn vrouw even aan zonder uitdrukking. Hij keerde zich naar Madoc.

'Hoe verliepen de aanvallen deze zomer?'

Madoc fronste en zijn brede schouders gingen even omhoog. 'Niet goed. Het wordt tijd dat we onze tactiek veranderen, Caradoc. Op de weg wordt voortdurend gepatrouilleerd door soldaten die naar ons uitkijken en elke boodschapper te paard wordt ook zorgvuldig bewaakt. We hebben te veel mannen verloren en de Romeinen te weinig. We moeten ergens anders toeslaan. De spionnen wachten om met je te spreken. Er gaan geruchten dat Plautius teruggeroepen wordt naar Rome en dat er een nieuwe gouverneur benoemd zal worden, maar we weten nog niet wie dat is. Dat is jammer, want Plautius voelde er weinig voor over de grenzen van zijn gebied te trekken en het zou veel gemakkelijker zijn vanuit de bergen een aanval te beginnen.'

Caradoc overdacht dit nieuws en schudde zijn hoofd. 'Nee, vriend, dat is niet zo. Laat de Romeinen hun hoofd maar verliezen en proberen ons hier te bevechten. Wij kennen dit gebied, zij niet. De kansen zijn voor beide partijen even groot. Nu kunnen we alleen wachten tot de andere stammen een besluit hebben genomen.'

Madoc keek nieuwsgierig naar het magere gezicht naast hem. De Catuvellaunse hoofdman was veranderd. Dat was niet zo verbazend. Geen enkele man kon maandenlang door de bergen zwerven, zonder te veranderen. De treurige klank in Caradocs stem was Madoc niet ontgaan, maar hij bromde iets en zei toen: 'Geduld. Ja, ik weet het. Maar laat het niet te lang duren, want anders zullen de Siluriërs zelf op het oorlogspad gaan. Waar is Bran eigenlijk?'

'Hij is achtergebleven om ons in het voorjaar te vertellen wat er besloten is. Dat zal niet zo lang meer duren. En ik heb de periode van rust die ons nog gegund is nodig om mijn verspieders erop uit te sturen.'

'Dus het uur van de waarheid nadert, nietwaar Caradoc? Spoedig kunnen we niet alleen afscheid nemen van Plautius, maar van elke Romeinse soldaat op dit eiland. O ja, dat is waar ook, er is een vreemde druïde die je wil spreken.'

'O ja?' Caradoc bleef dooreten.

'Hij is hier al twee maanden en zegt dat de boodschap persoonlijk is en niet bestemd voor de Vergadering. Hij wil alleen met jou spreken.'

Caradoc zuchtte. Hij wilde slapen, zijn geest had behoefte aan vergetelheid, maar een druïde kon hij niet laten wachten, en zeker niet als deze druïde al zo lang op hem gewacht had. Misschien was het bericht wel dringend. 'Laat hem komen,' zei hij. 'Dan zal ik hem aanhoren.'

'Jodocus!' riep Madoc met bulderende stem. 'Ga die druïde halen!'

Caradoc was klaar met eten en bleef als gehypnotiseerd in het vuur staren. Het was stil in de grote hut. Regen viel eerst ruisend op het rieten dak, maar hield plotseling op. Zijn dochters en Tallia waren verdwenen, maar Eurgain was blijven zitten, met een beker in haar hand, en ze keek door de vlammen naar haar starende echtgenoot. Ze wist dat ze niets voor hem kon doen, en ook dat ze niet langer in staat was hem te bereiken. Haar blik dwaalde naar Cinnamus die zwijgend naast Vida zat en haar stemming verbeterde. Cinnamus. Ook hij was veranderd door de beproevingen in de bergen, maar hij hoefde niet zo'n zware last als Caradoc te dragen. Hij was nog steeds warm en menselijk. Ze wendde haar blik af, geschokt door haar eigen gedachten. Ik moet gaan, hield ze zichzelf voor. Wat kan ik anders doen? Het is al te laat.

Jodocus stapte zwierig naar binnen, gevolgd door een in wit geklede gestalte. Deze druïde was nog jong; zijn baard was zo zwart als de nacht en in zijn lange haren, die hij achter zijn oren gekamd had, schitterden bronzen ringen. Jodocus wees naar Caradoc en ging toen zitten. De druïde kwam voor Caradoc staan, die zelf overeind kwam en zijn geest losmaakte van de herinneringen die hem altijd overvielen als hij even rustig zat.

'Gegroet, Caradoc zoon van Cunobelin,' zei de man met zachte stem. 'Ik heb lang moeten wachten voordat ik mijn boodschap kon overbrengen, maar mij werd gevraagd jou te zoeken en met niemand anders te spreken. Ik heb nieuws. Wil je het horen?' Hij stak zijn handen in de mouwen van zijn lange tuniek en Caradoc knikte. 'Ik heb een bericht van je zuster.'

Eurgain sprong op en Caradoc voelde dat al zijn spieren verstrakten. Gladys! Hij bedwong de opwinding en verwarring die in zijn binnenste woelden. Ze was aan de dood ontsnapt en ze had belangrijk nieuws over de legioenen, natuurlijk, dat was het! Hij begon te sidderen toen hij in gedachten haar vertrouwde gezicht vóór zich zag. Een bruine vlecht die over haar schouder hing, haar zwarte mantel, vastgemaakt met een gesp bezet met parels, en haar zelfbewuste ogen, waarin de zee weerspiegelde, keken hem aan. Zijn hart sloeg over. Gladys! Hij wilde de druïde vol ongeduld door elkaar schudden, maar durfde dat niet toen hij zag dat de man zijn ogen had gesloten. Hij besefte dat de woorden die hij nu zou horen woordelijk uit Gladys' mond waren gekomen. Eentonig en wiegend begon de druïde te spreken.

'Ik groet mijn geliefde broeder Caradoc. Dat jij nog in leven bent is een grote vreugde voor mij en ik ben ook blij als jouw naam vol verwachting gefluisterd wordt, te midden van de stammen die tot slavernij zijn gebracht en naar het westen kijken, in de hoop van daaruit bevrijd te worden. Ik ben zelf ook in slavernij gebracht, maar zonder ijzeren ketens. Luister naar mij, mijn broeder, en vergeef me als je dat kunt wanneer je bedenkt dat ik degene was die alleen achterbleef om het tegen Rome op te nemen. Ik was degene die naast je streed bij de Medway, en ik was ook degene die Adminius, die verrader en lafaard doodde.' De luisterende Catuvellauni hielden hun adem in en keken elkaar verbluft aan, maar niemand durfde iets te zeggen, uit angst dat ze de concentratie van de druïde zouden verstoren. Caradoc bleef onbeweeglijk luisteren; zijn ledematen leken versteend. De druïde sprak zangerig verder. 'Mijn ketens zijn gesmeed uit liefde en mijn vrijheid heb ik opgegeven vanwege mijn geliefde. Vergeef me, Caradoc. Dit was mijn laatste gevecht en ik heb verloren. Ik ben te lang eenzaam geweest. Je moet me begrijpen. Mijn hele leven heb ik mijn vrijheid boven alles gesteld en ik heb daarvoor zo goed ik kon gevochten. Maar nu kan ik dat niet langer. Mijn zwaard hangt aan de muur bij mijn geliefde en ik zal het nooit meer opnemen. Ik ga trouwen.' O, zeg het niet, smeekte Eurgain de druïde in stilte. Niet nu, niet hier, want het zal zijn dood worden... En Caradoc hoorde opeens dat de woorden naar hem geschreeuwd werden, het was alsof zijn hoofd in vlammen explodeerde. Plautius! Plautius! De druïde leek de gedempte uitroepen om hem heen niet te horen en sprak met zijn eentonige, gedragen stem verder. 'Je begrijpt waarom ik om vergeving moet smeken, Caradoc, want mijn echtgenoot zal Aulus Plautius zijn, een eervol man die mijn hand gevraagd heeft. Jij bent zijn vijand, Caradoc, maar zelfs vijanden kunnen ontzag afdwingen en deze man, Caradoc, is je respect waard. Hij wordt teruggeroepen naar Rome en ik zal met hem meegaan. Oordeel niet te hard over mij, geliefde broer. Breng een offer namens mij aan Camulos, want het zal mij zwaar vallen de kust van mijn land voor het laatst te zien, zonder dat iemand van mijn verwanten afscheid van mij neemt. En ik zal altijd blijven treuren om de verloren jeugd die wij samen doorbrachten. Ik hoop dat je de legioenen ooit in zee zult drijven, en weer over je volk kunt regeren. Groet Eurgain namens mij. Ik zweer dat ik alles zal doen om het lot van de vernederde stammen te verlichten. Vaarwel.' De druïde zweeg en opende zijn ogen. 'Hier eindigt de boodschap,' zei hij. 'Ik zal er zelf geen commentaar op leveren, heer, maar op eigen gezag wil ik er wel aan toevoegen dat ze in goede gezondheid verkeert en gelukkig is.' Hij beende met grote passen naar buiten en liet een verbijsterde stilte achter. De kleur was weggetrokken uit Eurgains gezicht en ze leunde machteloos tegen de muur achter haar. Gladys en een Romein. Dat was onmogelijk! Wat gebeurt er met de wereld? De mogelijkheid dat dit bedrog was schoot even door haar hoofd, maar ze zette de gedachte weer snel van zich af. Geen enkele druïde zou ooit een boodschap overbrengen die op leugens gebaseerd was, en druïden wisten wanneer de waarheid tegen hen gesproken werd en wanneer niet. Caradoc stond daar met gebogen hoofd en Eurgain kon zien dat zijn handen zich langzaam tot vuisten balden en verkrampten. Met een ruk wierp hij zijn hoofd in de nek en begon als een wilde te schreeuwen. 'Die slavin! Verachtelijke slavin en Romeinse hoer! Ik verstoot haar!' Hij trok zijn zwaard en greep het bij de spits en het gevest. Bloed spatte van zijn vingers toen hij het wapen met geweld in twee stukken trachtte te breken. 'Caradoc! Nee!' krijste Eurgain en ze rende naar hem toe, maar hij duwde haar ruw opzij en wierp het zwaard op de grond om er met beide voeten op te

trappen. Zijn ogen waren wijd opengesperd en het schuim stond op zijn verwrongen mond.

'De stam zal haar verstoten en vervloeken! Mijn familie zal haar vervloeken!
Voortaan is zij niet langer Catuvellaunse, maar een paria en een slavin! Laat
haar vervloekt zijn door Camulos! Laat haar opgejaagd worden! Dat de Koningin van de Paniek haar geest in bezit neme! Raaf van de Strijd, scheur haar
in stukken! Moge zij nooit, nooit meer in vrede eten, slapen, lopen of vechten!'

'Nee!' schreeuwde Eurgain. 'Nee, nee!' Maar hij brulde terug: 'Haar bezittingen zijn voorgoed verbeurd verklaard. Ik, Caradoc en ricon van mijn volk,
verklaar dat zij uit de stam verstoten en verbannen is. Ik verbied dat haar
naam ooit nog uitgesproken wordt.' Hij sidderde over zijn hele lichaam van
razernij en met krampachtig samengeklemde kaken herhaalde hij de vreselijke woorden van eeuwige verbanning. 'Zij is geen zwaardvrouw meer. Zij is
onteerd. Zij is niet langer mijn zuster. En moge deze vervloeking haar achtervolgen in het hiernamaals!' Cinnamus leek bevroren. Caelte hield zijn gezicht afgewend naar de muur. Toen keerde Caradoc zich om en liep met grote passen naar de deur. Zodra hij verdwenen was ging er een druk geroezemoes op onder de Silurische hoofdmannen die zich rond Madoc verzamelden. De mannen lieten duidelijk blijken dat ze het volkomen eens waren met
de woorden van Caradoc, terwijl de achtergebleven Catuvellauni met stomheid geslagen achterbleven. Eurgain was de eerste die zich herstelde en ze liep
haastig naar buiten, de regen in, achter Caradoc aan.

Caradoc rende. Hij wist niet waarheen en het kon hem ook niet schelen. Hij
wilde alleen nog wegvluchten en zijn eigen woorden weergalmden in zijn
verhitte brein op het ritme van zijn stampende voeten. Hoer! Hoer! Hoer!
Bomen omsloten hem opeens, maar hij bleef niet staan. Takken zwiepten in
zijn gezicht, stekels en doornen rukten aan zijn mantel, maar de woede en
schaamte dreven hem voort, en hij kon daaraan niet ontsnappen. Hij opende
zijn verkrampte handen en voelde dat zijn verstand wegsmolt in de kokende
hitte van deze marteling. Hij kreeg het gevoel dat zijn hoofd zou barsten,
tegelijk met zijn bijna barstende longen. Romeinse hoer. Ontrouwe slavin.
Hij struikelde en strekte zijn armen wijd uit voor hij een brede stam omhelsde. Hijgend bleef hij staan, met gesloten ogen, en hij drukte zijn bezwete
voorhoofd tegen de vochtige, naar hout geurende schors. De pijn leek als een
scherp zwaard door zijn ingewanden en door zijn hoofd te snijden. Hij liet
zich op de grond zakken en leunde met zijn rug tegen de brede stam. Zo bleef
hij gekweld heen en weer wiegen, terwijl de regen door de takken drupte en
koud op zijn al doorweekte broekspijpen en schouders viel. Er was hier geen
ander geluid te horen dan zijn raspende ademhaling, het heftig bonzen van
zijn eigen bezwaarde hart en de verwarde kreten die door zijn geest galmden.

Hoer... Hij opende zijn ogen. Op de open plek vóór hem viel een grauw schijnsel, de aarde was bedekt met een laag natte bladeren onder de kale bomen. Dood, alles leek oud, dood en verrot. Ik ben zelf ook dood en oud. Alle vreugde en gelach zijn verdwenen, alle liefde is weggebrand en verdwenen. Het is beter als ik mij op mijn zwaard stort en laat de Romeinen dan maar komen. Ze zullen niets anders vinden dan schimmen die in hun nieuwe forten komen spoken, en geesten die vanuit het dichte bos op hen loeren. Ik heb dit lot niet zelf gekozen, het werd mij opgedrongen. Ik ben ook maar een mens, een eenzaam mens. Ik heb gedaan wat menselijkerwijs mogelijk was. Meer kan ik niet doen. Hij tastte naar zijn zwaard, maar vond het niet. Toen werd zijn aandacht getrokken door een kleur die even oplichtte aan de andere kant van de open plek; het leek alsof een rood blad naar beneden dwarrelde. Hij verstijfde.

Een vos kwam behoedzaam naderbij, bleef even staan en keek hem onderzoekend aan. Het dier ging op de grond zitten en krulde zijn pluimige rode staart om zijn pootjes. De vos geeuwde, zodat zijn scherpe witte tanden zichtbaar werden, en met een roze tong likte het dier langs zijn snorharen. Toen bleef de vos hem strak aankijken met twee zwarte kraalogen. Caradoc bewoog zijn hand, maar de vos verroerde zich niet. Het dier bleef daar doodstil zitten en naar hem staren. Caradoc voelde zich vreemd duizelig. Hij kwam op handen en knieën overeind, en weer geeuwde de vos. 'Dus jij bent niet bang voor me,' fluisterde Caradoc. 'Waarom niet? Heb ik geen andere geur dan de geur van een dier?' De vos knipperde met zijn ogen en Caradoc voelde dat de pijn in zijn maag naar zijn borst kroop. De hevige pijn was ondraaglijk. Hij hapte naar adem en probeerde zich te verzetten toen het pijnlijke brok naar zijn keel verschoof, steeds verder naar zijn mond. O, laat mij toch sterven, smeekte hij wanhopig. Laat mij sterven, maar toen had het brok zijn lippen bereikt en de tranen stroomden over zijn gezicht. Bittere tranen, brandend en heet en stekend, en de pijn van de tranenvloed was even ondraaglijk als die welke het doorbreken van de dam die deze tranen vier lange jaren tegengehouden had, veroorzaakte. Caradoc wierp zich languit op de grond en begroef zijn gezicht in zijn armen, heftig snikkend; van wanhoop en ontreddering kon hij zich niet langer beheersen. De regen hield op en de zon brak even door, om spoedig weer te verdwijnen, en nog steeds huilde hij hartverscheurend. De dagen van verdriet en mislukking, de eenzame last die hij zo lang had moeten dragen, de pijnlijke verliezen en de onveranderlijke spanning, alles spoelde weg naar de rulle aarde.

Toen hij helemaal uitgeput was bleef hij doodstil liggen en ademde de zware vochtige geuren van het bos in. Zijn gezwollen ogen hield hij stijf gesloten en zijn armen hield hij uitgestrekt om de aarde die hij liefhad en die hem troostte te voelen. Na lange tijd kwam hij langzaam overeind, veegde zijn gezicht af met een punt van zijn mantel en keek om zich heen. De vos was verdwenen. Met stramme bewegingen ging hij staan. Zijn benen leken verzwakt en beefden, zijn maag was leeg en gelukkig was zijn geest nu ook ontdaan van gedachten, een vredig gevoel. Toen keerde hij zich om en zag haar staan in haar blauwe mantel die tot aan de grond reikte. Met onvaste passen liep hij naar haar toe. Even voelde hij zijn trots opvlammen, maar de opwelling was spoedig verdwenen. Ze wachtte roerloos op hem, ze zag hem naderen en alleen in haar ogen was te lezen welke prijs ze had betaald om hem achterna te gaan. Hij wist dat zij niet als eerste zou spreken. De woorden moesten uit zijn mond komen. Hij bleef voor haar staan en dwong zichzelf met de weinige kracht die zijn Catuvellaunse geest nog had te spreken.

'Vergeef me, Eurgain,' zei hij hees. 'Ik heb je vernederd. Als je dat wilt, kun je nemen wat van mij is en weggaan. Maar ik vraag je er goed over na te denken voor je daartoe besluit. Ik heb je nodig.'

Er verscheen geen glimlach om haar lippen. Ze bleef hem geruime tijd aankijken en zag zijn ogen voor het eerst weer helder en ook om zijn mond was nu geen verbitterde trek. Ze pakte zijn vuile, bebloede handen en keerde de palmen omhoog en kuste ze. 'Waar zou ik heen moeten om ooit aan jou te ontsnappen?' zei ze met bevende stem. 'Wij zijn aan elkaar gebonden, Caradoc, of ik nu ga of blijf.'

Hij trok haar dicht tegen zich aan en zo bleven ze staan, vol van woorden die te beladen waren om werkelijk uitgesproken te worden. Toen grepen ze elkaars hand en liepen terug over het pad. Zodra ze bij de rand van het bos kwamen keerde hij zich naar haar toe en kuste haar. 'Kunnen we nog teruggaan?' vroeg hij, en ze lachte. 'We kunnen het proberen,' zei ze.

De Siluriërs en de Catuvellauni brachten de winter verder door met jagen en afwachten. Het weer was dat jaar erg veranderlijk, vorst en zon, regen en enkele korte, maar hevige sneeuwstormen, daarom hadden Caradocs verspieders weinig moeite hun tochten te volbrengen. De geruchten dat Plautius naar Rome teruggeroepen was bleken waar te zijn, zoals Caradoc al verwacht had. In het voorjaar zou Plautius naar Rome gaan, om de eerbewijzen van Claudius in ontvangst te nemen. Er werd zelfs gezegd dat Plautius een ovatie zou krijgen en dat de keizer persoonlijk tijdens zijn zegetocht naast hem zou lopen. Maar Caradoc dacht alleen aan zijn zuster, aangestaard door het fluisterende en naar roddels hunkerende gewone volk van Rome, zoals ze daar in een vreemd land met een vreemde bevolking te maken zou krijgen. Hij had er juist aan gedaan haar te verbannen uit zijn stam, dat wist hij zeker, zelfs al had hij in een opwelling van razernij zijn zwaard gebroken. Cunobelin zou hetzelfde hebben gedaan. En toch voelde hij ook medelijden met haar. Als Plautius niet de man bleek die hij volgens haar was, dan zou haar leven verder ellendig en eenzaam zijn. Haar naam werd nooit meer uitgesproken in zijn aanwezigheid, maar toch bleef ze in zijn gedachten en in die van Eurgain, en soms, als ze 's avonds laat bij het knappende vuur zaten en naar de fluitende wind luisterden, werden ze allebei stil en leek het wel of Gladys, waardig en afstandelijk, tussen hen oprees, leunend op haar met parels en stukjes email bezette ceremoniële schild, een raadselachtige glimlach om haar lippen. Haar onverwachte overlopen naar de vijand leek een symbool van de kwetsbaarheid van hun eigen bestaan, en deze onzekerheid bracht Eurgain en Caradoc weer dichter tot elkaar.

Ze ontdekten elkaar opnieuw die winter, langzaam en verwonderd, en allebei beseften ze dat ze onherroepelijk veranderd waren, en dat ze allebei een ander waren dan de twee jonge mensen die elkaar zo lang geleden trouw hadden gezworen op het gras bij Camulodunon. Maar er waren nieuwe uitdagingen gekomen en ze waren bezig aan een grootse taak. Nieuwe ontdekkingen brachten hen in verrukking, oude gewoonten verdwenen. Alleen af en toe, in de lange en koude nachten, rouwden ze allebei in stilte om de tijd die voorgoed voorbij was en om het paar dat ze ooit geweest waren.

De lente brak aan, vol bloesems en zingende vogels. De mensen rukten de deurhuiden opzij en kwamen knipperend en verkrampt naar buiten, omdat het kalven begon en omdat er vergaderd moest worden. Bran keerde terug. Hij kwam met soepele passen door de vallei gemarcheerd, zijn hoofd achterovergebogen om de geurige lente in te ademen. Voordat hij ging uitrusten liep hij eerst rechtstreeks naar Caradoc, die met Cinnamus en Caelte aan zijn zijde toezag hoe zijn kudde vee bijeengedreven werd voor de tocht naar de zomerweiden. Caradoc zag Bran naderen. Als een witte stip kwam hij omhoog langs de helling naar de houten hutten, en onmiddellijk liet hij de rusteloze, loeiende kudde en zijn hoofdmannen in de steek om de druïde zo snel mogelijk tegemoet te gaan. Cinnamus en Caelte volgden hem. Bran bleef even staan toen hij Caradoc aan zag komen met stevige, zelfbewuste passen; Caradocs gezicht was duidelijk voller geworden. Ogen als donkere wijn lachten hem toe, zonder een bezeten of gespannen uitdrukking en Bran knikte tevreden. Deze man had de zware beproeving doorstaan en was nu goed voorbereid op nieuwe verschrikkingen.

De twee mannen omhelsden elkaar. 'Bran! Wat zie je er goed uit! Zijn de bergpassen alweer begaanbaar? Heb je nieuws?'

'Ik heb nieuws, en vermoei je niet met plechtige begroetingen, Caradoc. Ik moet het wel meteen vertellen.' Hij liet zich zakken en het groepje mannen hurkte in het gras. 'De Demetae zullen je trouw zweren. Over drie weken zal hun aanvoerder met zijn mannen hierheen komen om dat plechtig te beloven. De Deceangli zullen hetzelfde doen, omdat ze nu beseffen dat het voor

Rome de gemakkelijkste weg is door hun gebied te trekken voordat ze Mona aanvallen.'

Caradoc knikte ernstig, maar Cinnamus barstte los: 'En de Ordovices, Bran? Bij de Moeder, als wij voor niets door hun geliefde bergen zijn getrokken, zal ik teruggaan en die Emrys zijn nek omdraaien!'

Bran begon te lachen. 'Je zou sterkere polsen moeten hebben om die nek om te draaien, Cinnamus. Maar je hoeft niet bezorgd te zijn. Emrys en zijn mannen zullen Caradoc trouw zweren, en ze trekken al op, maar je moet wel weten dat de Vergadering daar erg lang duurde en dat er vol verbittering gesproken werd. Er werd pas een beslissing genomen toen de aanroeper daar gesproken had en nadat de meesterdruïde zelf een bezoek aan die stam had gebracht.'

'Dat geeft niet. Ze leggen de eed af, dat is het enige dat telt.' Caradoc ging staan. Hij keek uit over de groene, vredige vallei. Zijn blik dwaalde nog verder, naar de verre heuvels die in blauwe nevels gehuld leken, achter het snel voortstromende water. De wolken dreven als witte plukken langs de hemel en bedekten de verste bergpieken, en opeens wilde Caradoc dansen en zingen, kraaien als een wilde fazant en schreeuwen tot de wereld vervuld was van zijn triomf. Hij keek naar Bran. 'Ik word arviragus,' fluisterde hij.

Bran boog zijn hoofd. 'Arviragus. Er is goed werk geleverd, Caradoc, en een nog grootser werk zal spoedig beginnen.' Hij ging staan en zocht in zijn tuniek. 'Ik heb een geschenk voor je, afkomstig van de meester op Mona.' Hij haalde een kleine buidel uit de plooien van zijn tuniek en haalde daaruit een klein voorwerp, gewikkeld in een stukje leer. Eerbiedig overhandigde hij het aan Caradoc. Cinnamus en Caelte kwamen naderbij om te zien wat het was. Caradoc wikkelde het stukje leer voorzichtig van het voorwerp. Toen zagen ze een klein grauwwit ding, kraakbeenachtig, en zo groot als een appel. Cinnamus en Caelte sprongen achteruit, maar Caradoc betastte het eerbiedig met zijn vingers en hij voelde de vreemde kracht die ervan uitging.

'Een magisch ei,' zei hij met ontzag.

'Ja. De meesterdruïde heeft de Stierendroom voor je gedroomd, Caradoc, en in zijn droom zag hij hoe een groene slang dit ei vormde met zijn eigen speeksel, en het achter een rots duwde. Toen hij ontwaakte heeft hij een van mijn broeders weggestuurd om het te zoeken, en hier is het.'

'"Grotere wijsheid dan welke man ook, een sterkere zwaardarm dan welke man ook, en de macht om een koninkrijk te vormen."' Caradoc omwikkelde het ei voorzichtig en liet het weer in de kleine buidel glijden voordat hij die aan zijn gordel bevestigde. 'Bedankt, vriend. In lange jaren heeft geen hoofdman zo'n geschenk mogen ontvangen.'

'Niet sinds Vercingetorix,' merkte Bran luchtig op, en Caradoc wierp hem snel een onderzoekende blik toe. Veel Silurische hoofdmannen hadden onomwonden gezegd dat de ziel van Vercingetorix geduldig had gewacht tot hij het lichaam van Caradoc in bezit kon nemen om weer als arviragus op te staan, en dat hij deze keer de overwinning zou behalen. Voor het eerst vroeg Caradoc zich af, terwijl hij onderzoekend naar Brans gebruinde gezicht staarde, of het misschien inderdaad waar was. De zwaarte van zijn nieuwe verantwoordelijkheid tegenover het volk en de bijzondere positie die hij nu innam, drukten hem opeens terneer en hij voelde zich even mistroostig worden. Maar de teerling was geworpen en hij had zijn eerste schreden op het zelfgekozen pad gezet.

'Vercingetorix faalde,' zei hij kortaf. Brans glimlach werd breder.

'Maar jij zult slagen,' zei hij vol overtuiging.

Ze kwamen in lange rijen uit de bergen, Emrys en zijn slanke Sine, de lange nobele hoofdmannen van de Ordovices, de donkere, robuuste Demetae, en de strijders van de Deceangli. Ze verspreidden zich over de stad, als een rivier die buiten zijn oevers treedt en ze vulden de hutten of sloegen hun kamp op onder de sterren van de zomernacht. Er ontstonden geen ruzies. De stammen hadden elk hun eigen territorium, ze kookten hun eigen voedsel en zongen hun eigen liederen. Toen de bergpassen en de paden naar het westen er weer verlaten bij lagen riep Caradoc zijn Vergadering bijeen, in de open lucht rond een groot kampvuur. Hij zat op een stoel, met een gouden band om zijn hals en de strijdhoorn rustte op zijn knieën. De edelsmid was naar hem toe gekomen, zodra het nieuws dat de stammen zich aan Caradoc onderworpen hadden zich door de stad verspreid had, en de man had het nieuwe sieraad in de handen van een verbaasde Caradoc geduwd. 'Dit vervangt de torc die je aan je zoon hebt gegeven,' zei de meestal zo zwijgzame jongeman. 'Het is een geschenk, maar ik krijg nog wel geld voor twee mantelgespen en een enkelband, heer.' Caradoc keerde het sieraad om. Het was zwaar en hij besefte meteen dat het van zuiver goud gemaakt was, dus moest het meer waard zijn dan alles wat hij bezat. Hij wist niet wat hij moest zeggen. Het sieraad was bewerkt met krullende bladeren die in de wind leken te bewegen, en daartussen lachten de gezichten van godinnen met lang haar hem toe, te midden van sierlijke bloemen met trompvormige kelken. Er was nergens een verwijzing naar bloed, angst of geheimen. Caradoc vroeg hem waarom niet. De edelsmid lachte even. 'Een arivagus is de heer van de dood, en dikwijls vergeet hij dat hij ook de beschermer van leven en vrijheid is. Mijn geschenk zal daaraan herinneren.' Hij maakte afwezig een buiging en liep weg. Caradoc deed de schitterende halsring met bevende handen om. Heer van de dood, beschermer van de vrijheid. Arviragus... Nu was alles mogelijk.

In het late avondlicht, toen de zon al laag boven de westelijke horizon stond, aarzelend om onder te gaan, kwamen de hoofdmannen trots naar Caradocs stoel gelopen en wierpen hun zwaarden aan zijn voeten. Eurgain leunde over zijn schouder en telde de wapens; haar blonde haren vielen om haar gezicht en Llyn stond naast zijn vader. Zijn eigen zwaard had hij onder Caradocs voeten gelegd. Cinnamus en Caelte legden opnieuw de eed van trouw af en kwamen naast hem zitten, bestraald door de rode gloed die aan de lange, zwoele schemering voorafging. Ze hadden hun helm opgezet en hun bronzen halsring glinsterde en vonkte. Toen Emrys kwam gooide hij zijn zwaard niet op de grote stapel. Hij trok het zwaard met trage, weloverwogen bewegingen, kuste het en legde het wapen op Caradocs knieën. 'Je bent de eerste onder je gelijken,' zei hij zacht. Caradoc keek naar de donkere, omfloerste ogen en glimlachte.

'Zoals het altijd al geweest is, Emrys. Maar wees niet bezorgd, want er komt een tijd dat jij en ik weer op rooftocht kunnen gaan en daarna grote feestmalen aanrichten.' Emrys maakte geen buiging. Hij knikte alleen met zijn hoofd, keerde terug naar zijn plaats en ging naast zijn vrouw zitten.

Toen de eerste sterren aan de hemel verschenen was het tellen van de zwaarden voltooid en Caradoc ging staan. Hij liep om de slordig opgetaste stapel zwaarden en bracht de strijdhoorn naar zijn lippen. Hij haalde diep adem en blies op het instrument. De schelle, doordringende toon weergalmde en uit de heuvels kwam een echo alsof een geest daar in de duisternis de strijdroep beantwoordde. 'Is er iemand die bezwaar heeft tegen mijn taak?' riep hij luid. De mannen rezen overeind en schreeuwden in koor terug: 'Arviragus! Arviragus! Caradoc brengt ons de vrijheid!'

'Is er iemand die zijn taak niet op zich wil nemen?'

'Dood aan Rome! Albion voor de stammen!'

Hij overhandigde de strijdhoorn aan Cinnamus die achter hem stond en stak zijn arm omhoog. De mensen gingen zitten en er viel een stilte. 'Dan geef ik jullie nu mijn eerste bevelen. Keer terug naar jullie stamgebieden en neem dan alle vrije mannen mee. Bewapen ook de vrije vrouwen. Laat de boeren achter om de oogst binnen te halen en voor het vee te zorgen, maar breng wel zoveel mogelijk graan mee. Vergeet jullie hutten, vergeet jullie jachtgronden en jullie warme haardvuren en juwelen. Voortaan zullen jullie leven waar ik ben, jullie zullen alleen op mensen jagen en jullie rijkdom bestaat voortaan uit Romeinse hoofden! Maak voort!' Hij zei dat ze konden gaan en wenkte Bran. 'Breng deze boodschap naar Mona,' zei hij. 'Zeg tegen je broeders daar dat ze de graantransporten naar de Ordovices moeten verdubbelen, en ik wil ook drie druïden voor elke stam die met mij meetrekt. Ik wil geen onderlinge ruzies, zolang ik arviragus ben.' Bran knikte en Caradoc wendde zich tot Eurgain. 'Jij, Vida en Sine zullen toezicht houden op de andere vrouwen en kinderen, Eurgain.' Ze wilde kwaad gaan protesteren, maar hij stak met een ongeduldig gebaar zijn hand op. 'Ik wil dat zij in krijgers veranderen en ik wil dat ze gehoorzaam zijn. Geen roddels, en geen dwaas gepoch over de mannen. Leer hen over zichzelf te pochen. Iedere man of vrouw die ouder dan zestien jaar is, zal voortaan moeten vechten.'

Llyn schoot naar voren. 'Maar vader, dan ben ik buitengesloten! Ik ben toch een hoofdman? Ik draag een halsring! Ik eis het recht om te vechten!'

Caradoc legde zijn hand op de schouder van zijn zoon. 'Voor jou heb ik een andere taak, Llyn. Ik wil dat nieuwe spionnen de plaats van de andere verspieders innemen, zodat de ervaren mannen vrij kunnen gaan en staan, zodat ze elke beweging van de legioenen kunnen volgen en heen en weer kunnen reizen tussen mij en de vijand. Ga naar je Silurische vrienden en vermom hen als bedelaars en zwervers. Nog wat meer spionnen in de nieuwe steden in het zuiden zullen niet meteen opvallen en ik heb daar jonge oren nodig.'

'Weet je wel wat je die kinderen aandoet?' vroeg Cinnamus zacht, en Caradoc keek op naar de uitdrukkingsloze groene ogen.

'Natuurlijk weet ik dat, en zij ook. Sommigen zullen sterven, maar ze zullen allemaal beamen dat het beter is in vrijheid te sterven dan te kreperen als galeislaaf of als dwangarbeider in de Romeinse mijnen.' Ze bleven elkaar nog even aankijken. 'Ach Moeder,' zuchtte Cinnamus ten slotte en hij sloeg zijn ogen neer. De verandering was een feit. Zijn heer, zijn jeugdvriend, was nu arviragus geworden.

Voorjaar, A.D. 50

20

Boudicca bleef staan terwijl Hulda de zware, purperen mantel om haar schouders schikte. Toen hief ze haar kin op en de dienares maakte de mantel met een kleine gouden gesp vast aan haar tuniek. De kamer was groot en schemerig, vol van de vochtige lucht op deze natte avond in het voorjaar. En al hoorde Boudicca het gelach en de luchtige gesprekken van de vrije mannen die buiten voorbijliepen, toch voelde ze zich eenzaam en afgesloten van de buitenwereld in deze stille kamer. Met snelle passen liep ze naar de tafel en pakte de gouden, met glanzende amber bezette hoofdband, en zette die op haar voorhoofd. 'Waar zijn de meisjes?' vroeg ze en Hulda kwam dichterbij met een beker wijn in haar handen.

'Ze zijn naar de zaal gegaan. Lovernius heeft beloofd dat hij ze het nieuwe spel zou leren en dat ze op zijn harp mochten spelen.'

'Goed, ga er dan heen en blijf bij hen, Hulda. En let op dat Lovernius zijn dobbelstenen niet te voorschijn haalt. Prasutugas wil niet dat ze gokspelletjes doen. Je kunt nu gaan, want ik heb je niet langer nodig.'

De dienares maakte een buiging en nam haar eigen mantel op. Boudicca bleef alleen achter met de slaapverwekkende, traag bewegende schaduwen. Prasutugas was laat. Hij was deze dagen altijd laat, want zijn schouder deed voortdurend veel pijn als het weer omsloeg en vochtig werd en wanneer de kwalijke dampen oprezen uit de moerassen. Maar hij droeg zijn kwelling moedig en klaagde niet. Ik zou wel klagen, dacht Boudicca. Ik zou het uitschreeuwen van woede en eerder mezelf bedrinken dan als een druïde met een stille glimlach de pijn te verdragen en af te wachten tot iemand me vroeg hoe het ging. Och, Andrasta, wat heeft het voor zin? Ze dronk de beker leeg en zette die met een klap terug op de tafel. Toen sloeg ze haar armen over elkaar en liep met trage passen heen en weer tussen het vuur en de rijke tapijten die wanden en deur aan het zicht onttrokken. De berekeningen waren nu vast wel afgelopen, maar hij zou met de assistent van de procurator napraten en beleefd nieuwtjes uitwisselen, terwijl de vrije mannen met lege handen terugreden naar hun boerderijen, terwijl ik hier wacht en steeds kwader word. Ik wilde vanavond niet gaan, dat weet hij, maar toch laat hij mij hier wachten, terwijl hij zijn tijd verpraat. Nu zou Favonius tegen zijn keurige, geparfumeerde Priscilla wel weer een minachtende opmerking kunnen maken. Die barbaren hebben geen manieren, mijn liefste, tijd betekent niets voor hen. En Priscilla zou kakelen als een van die buitenlandse, merkwaardige vogels die kippen genoemd worden en een slaaf naar de keuken zenden met de opdracht dat het eten warm gehouden moest worden. Boudicca glimlachte toen ze het tafereel vóór zich zag. Ze strekte haar arm uit naar de beker op tafel, maar toen ze besefte dat die al leeg was liet ze zich in een stoel vallen. Nee, dat was niet terecht. Favonius en Priscilla doen alleen hun best om ons beschaving bij te brengen. Wat een vreselijke, ondankbare taak! O Subidasto, trotse en waarachtige zoon van de Iceni, wat moet je nu van ons denken? Zijn we niet verfijnd, met onze zachte Romeinse wandkleden, onze ligbanken en ons prachtige zilverwerk? Abrupt kwam ze overeind en begon opnieuw door het vertrek te ijsberen. Niet vanavond, nu moet ik niet nadenken. Ik moet lief en aardig zijn. De honger maakt mij onverschillig.

Buiten hoorde ze snelle voetstappen en de hoofdman bij de deur salueerde. Toen kwam Prasutugas haastig binnen en trok zijn mantel uit. Hij morrelde met één hand aan zijn gordel, maar Boudicca schoot hem te hulp. 'Het spijt me, Boudicca, maar ik kon niet wegkomen. De assistent van de procurator kon de berekening niet sluitend krijgen, en mij lukte dat ook niet. Waar is Hulda?'

'Ik heb haar naar de meisjes gestuurd om een oogje op ze te houden. Laat mij dat doen.' Ze trok de met bloemmotieven versierde tuniek voorzichtig over zijn hoofd, langs de stomp van zijn arm, maar ondanks haar voorzichtige bewegingen vertrok zijn gezicht van pijn. 'Heb je vandaag veel pijn?' vroeg ze bezorgd, terwijl ze naar de kast liep en een schone tuniek voor hem pakte. Hij maakte een berustend handgebaar.

'Niet meer dan gewoonlijk in het voorjaar. De oude wond is weer gaan dragen.'

'Favonius kan zijn arts laten komen, dan zul je je beter voelen.' Ze trok de tuniek over zijn hoofd, deed hem de gordel om en begon zijn haren te kammen. Hij bleef gedwee staan, als een kind. 'We zullen nog veel te laat komen.' Ze legde de kam neer en schikte zijn mantel over zijn schouders. 'Ik denk dat we beter te paard kunnen gaan.'

Hij zocht vier zilveren armbanden uit en schoof ze over zijn vingers aan zijn pols. 'Dat gaat niet, Boudicca, vanavond niet. De strijdwagen staat gereed.' Zijn stem klonk hoog, bijna klaaglijk en ze begreep dat hij veel pijn moest hebben. Een druïde zou hem een pijnstillend middel kunnen geven, maar er was geen enkele druïde meer te vinden in het gebied van de Iceni. De arts zou zalf op de stomp smeren en verder moest wijn de pijn maar verzachten. Ze raakte zijn wang aan.

'We hoeven niet te gaan, Prasutagus. We kunnen ook hier blijven en bij het vuur zitten; dan eten we schapevlees en we drinken er bier bij. En dan gaan we vroeg slapen.' Ze zei het zonder veel hoop, want nog voor ze uitgesproken was schudde hij zijn hoofd en hij liep al in de richting van de deur.

'Het is nu te laat om de uitnodiging af te slaan. En bovendien, ik wil graag gaan. Favonius zal ons veel nieuws te vertellen hebben.' Met een schouderophalen blies ze de lamp naast de deur uit en volgde hem naar buiten.

De regen sloeg in hun gezicht toen ze de korte afstand naar de wachtende strijdwagen aflegden en Boudicca zette de kap van haar mantel op tegen de warme, natte wind. In het westen was de groeiende maansikkel laag boven de horizon te zien, maar boven hun hoofd dreven grauwe wolken snel voorbij. De bomen in de omgeving bogen door in de harde wind van de eerste voorjaarsstorm. Ze stapten in; Prasutagus had even moeite zijn evenwicht te bewaren en Boudicca pakte de teugels. Zo reden ze ratelend over de weg die naar de poort beneden en naar de afgegraven aarden versterkingen, waar vroeger de gracht was, leidde. De verdedigingsgracht was nu gedempt en er groeide gras op de plek waar eens het water kabbelde. Toen de kar voorbijkwam sprongen de Romeinse wachtposten saluerend in de houding. Boudicca klakte naar de paarden en ze reden snel langs de bomen. In de verte zagen ze de lichtjes van het kleine garnizoen als stippen in de duisternis. Na een korte rit waren ze er. Andere wachters hieven hun olielampen omhoog en duwden de grote houten poortdeuren wijd open. Stapvoets reden ze het terrein op om daar stil te houden en uit te stappen. Een Romeinse stalknecht nam de teugels over.

Een officier kwam hen tegemoet. 'Gegroet, heer,' zei hij tegen Prasutugas. 'Onstuimig weer, vanavond. Volg mij alstublieft.' Ze beantwoordden zijn groet en liepen over de aangestampte aarde van het excercitieterrein, langs het hoofdkwartier en toen linksaf naar het gedeelte waar de woningen van de officieren stonden, een keurige rij houten gebouwen. De deur van Favonius' woning stond open, kaarslicht en het schijnsel van olielampen schenen naar buiten en vermengden zich met de regen, die daardoor in een glinsterend, koud vuur veranderde. Alle drie stapten ze op de veranda; hun laarzen dreunden hol op de houten planken. Boudicca schoof haar kap naar achteren en schudde haar haren, en de officier nam beleefd afscheid voor hij hen achterliet. Favonius kwam hen persoonlijk buiten begroeten, met gastvrij uitgespreide armen en een brede glimlach op zijn vlezige gezicht. Zijn elegante witte toga reikte tot de sandalen aan zijn grote voeten.

'Gegroet, Prasutugas, en jij ook, Boudicca. We dachten al dat jullie niet meer zouden komen. Kom binnen, kom binnen!' Hij gebaarde dat ze snel verder moesten komen en een bediende sloot de deur achter hen, voordat hij hun mantel aanpakte. Toen Favonius de gepijnigde uitdrukking op het gezicht van Prasutugas zag, klakte hij medelijdend met zijn tong. 'Jij voelt je vandaag niet goed, vriend. Is het je arm? Longinus!' De bediende maakte een buiging. 'Ga onmiddellijk de arts halen!' Hij keerde zich weer naar Prasutugas. 'Je had een boodschap moeten sturen dat je je niet goed voelt. Priscilla zou het zeker begrepen hebben.'

Ze liepen verder de kamer in. Tegen de achterwand brandde een hoog oplaaiend, knetterend haardvuur. Rechts van de haard weerkaatste het schijnsel van de vlammen op het huisaltaar waar Jupiter de Allerhoogste, Mercurius, Mars en Mithras hun dagelijkse offers ontvingen. Favonius was toegewijd aan Mithras, en er werd gezegd dat hij de graad van Leeuw bereikt had, maar niemand behalve zijn mede-ingewijden en hijzelf wisten of dit gerucht waar was. De mannen van Mithras waren oprecht. Ze leefden volgens de regels van een strakke, bijna ascetische leer, waarin persoonlijke discipline en eerlijkheid een belangrijke plaats innamen, en Prasutugas had Boudicca dikwijls voorgehouden dat de Iceni zich gelukkig mochten prijzen dat hun belangen behartigd werden door een man als Favonius. Maar Boudicca, misprijzend kijkend naar de god, die geflankeerd werd door zijn twee strenge toortsdragers, raakte er evenmin als andere keren van onder de indruk. Geef mij maar de zuivere wind in de heilige bossen van Andrasta, dacht ze. Toen kwam Priscilla naar voren, blozend en mooi in haar gele stola. Haar zwarte haren had ze deze avond hoog opgestoken, en er waren gele linten doorheengevlochten. Om haar enkels waren ook linten gewikkeld, gouden enkelbanden schitterden boven haar voeten en een sterk geurend parfum drong in Boudicca's neus toen de vrouwen elkaar omhelsden. Ze glimlachten stijfjes, in wederzijdse afkeer van elkaar.

Romeinse vrouwen zijn speelgoed, dacht Boudicca, niet meer dan versiering, zoals de gesponnen krullen van suiker op hun kostelijke gebak, en ongeveer even nuttig. Priscilla vormde daarop geen uitzondering, al had haar echtgenoot haar meegevoerd naar deze afgelegen grens van het grote rijk en al had ze elk gevaar en alle ongemakken moeten trotseren. Priscilla keek met zorgvuldig verholen minachting naar Boudicca; ze beschouwde deze vrouw als een ruwe, mannelijke barbaar, een voorbeeld van de onopgevoede massa inboorlingen die geen besef hadden van tact of zachtheid, en die zich tegen al haar pogingen hen tot meer beschaving te brengen verzetten met een ongeëvenaarde koppigheid. Ze had medelijden met Prasutagus, die zeker de kans had een behoorlijk Romeins burger te worden, als hij zich maar kon ontdoen van zijn overheersende vrouw. In zijn zwakheid, dacht Priscilla, liet hij haar voortdurend over zich lopen. Geen Romein zou dat ooit verdragen. Nu het ritueel van de begroeting gelukkig voorbij was wenkte Favonius hen naar de ligbanken en ze lieten zich daar snel op zakken. Hun maag knorde. Priscilla knikte naar de bediende die met over elkaar geslagen armen bij de deur stond te wachten. 'Breng het voorgerecht,' beval ze, en met een glimlach keerde ze zich naar haar gasten, terwijl wijn werd ingeschonken in de blauwe glazen. Buiten sloeg de wind tegen het venster.

'Hoe staat het met de wijnranken?' vroeg Prasutagus aan Favonius. 'Is daar al een teken van leven te zien?'

'Het ziet ernaar uit dat de nieuwe twijgen nu uitlopen,' antwoordde Favonius, 'maar wel erg langzaam. Als de druiven deze herfst weer zo zuur blijken als vorig najaar, dan geef ik het op en ga ik me aan de teelt van rozen wijden. Die schijnen goed te gedijen in dit vochtige klimaat.'

'Deze zomer laten we heteluchtverwarming aanleggen voor de winter,' zei Priscilla, hem in de rede vallend. 'Ik ben de afgelopen winter bijna bevroren en Marcus heeft van december tot mei gehoest.' Ze babbelde door en Boudicca nam kleine slokjes van haar wijn voor ze haar glas wegzette. Er was honing door de wijn gemengd en ze vond de drank afschuwelijk zoet. Alles aan hen is afschuwelijk zoet, dacht ze cynisch. Arme Marcus, met zijn gekuch. Ze vond hem een aardige knaap met zijn heldere, openhartige ogen en zijn gevatte opmerkingen. Toen de bedienden op een rij binnenkwamen met dienbladen in hun handen, pakte ze haar wijnglas weer op en nam een flinke slok. Ze was blij dat er vanavond een salade werd geserveerd, die gemaakt was van de eerste verse scheuten uit de moestuin van het garnizoen. De bediende maakte een buiging en zette een schotel voor haar neer op het verblindend witte tafellinnen, en in stilte slaakte Boudicca een zucht. Alweer oesters. Ze begreep de voorliefde van de Romeinen voor schelpdieren niet, en met een geamuseerde blik keek ze toe hoe Priscilla haar lippen aflikte en een lepel pakte.

'Hoe gaat het met de meisjes?' vroeg Favonius, terwijl hij heftig kauwde. 'Ik zag Ethelind gisteren op haar paard voorbijrazen. Wat groeit ze snel!'

'Ze zal een uitstekend paardrijdster worden,' antwoordde Prasutagas voor zijn vrouw, toen hij haar afwezige blik zag. 'Ze heeft er aanleg voor, maar ze is wel erg roekeloos.'

'Marcus rijdt ook erg goed,' zei Priscilla. 'Hij kan amper wachten tot hij oud genoeg is om bij de cavalerie te gaan. Favonius laat uit Rome een privéleraar komen, maar het is zo duur hem hier een goede opvoeding te geven. Ik kan zelf de lessen grammatica en geschiedenis wel geven, als die wildebras eindelijk rustig luistert, maar hij is nu oud genoeg voor filosofie en welsprekendheid, en dat is te moeilijk voor mij.'

Filosofie! dacht Boudicca. Welsprekendheid! O, verheven Andrasta, die knaap is het waard tot hoofdman of ricon opgeleid te worden, en zij wil hem filosofie leren…

De bedienden begonnen de lege schalen weg te ruimen en op dat ogenblik kwam de arts binnen. Zijn hoofd was nat van de regen en zijn voeten lieten een vochtig spoor na op de betegelde vloer. Favonius begroette de man hartelijk. 'Kom verder en drink een glas met ons. Ik heb de wijn al voor je gewarmd. En kijk dan even naar Prasutugas' arm, wil je? Hij heeft er weer veel last van.'

De arts begroette hen en ging naast Prasutugas zitten. Voorzichtig betastte hij de stomp van de arm en schoof de losse mouw weg. Priscilla keek snel een andere kant op. De wond was weer open, en er druppelde een gelige vloeistof uit. De arts slaakte een geërgerde uitroep. 'Misschien moet ik er nog een deel afhalen,' zei hij botweg. 'De zalf werkt helemaal niet.'

Prasutugas trok de stomp terug en schoof met zijn gezonde arm de mouw weer recht. 'Maar je hebt er al een stuk afgezaagd en dat hielp ook niet,' protesteerde hij. 'In de zomer zal het wel beter gaan. Geef me voorlopig alleen maar zalf.'

De arts ging staan. 'Ik zal hem u vanavond nog laten brengen. Nee, geen wijn, bedankt. Ik zal de maaltijd niet onderbreken.' Met een buiging verdween hij naar buiten en rond de tafel viel een stilte. De bedienden kwamen weer binnen met de volgende gang, dampend schapevlees, en de kruidige geur van rozemarijn en tijm verspreidde zich in het vertrek. De bedienden schepten de gerechten in kleine porties op de glanzende, koraalkleurige borden. Boudicca keek op. 'Is er nog nieuws uit het westen?' vroeg ze, en haar wat hese stem klonk luider dan ze bedoeld had. Favonius trok zijn wenkbrauwen op en keek Boudicca recht in haar bruine, goudgevlekte ogen. Wat een vrouw! dacht hij bewonderend. Ze domineert deze tafel als een adelaar die op prooi uit is en haar conversatie is bijna even verfijnd als het gekras van een adelaar. De rossige huid rond zijn ogen vormde rimpeltjes toen hij haar antwoordde.

'Nee, er is geen nieuws. Er zijn geruchten dat de gouverneur deze zomer een groot offensief wil beginnen om Caradoc en zijn stamgenoten te omsingelen, en het is zeker waar dat er de laatste tijd veel gebeurt in de omgeving van Colchester. De laatsten van de actieve legionairs zijn naar het westen gemarcheerd en de veteranen nemen nu hun plaats in. Dat bevalt de plaatselijke bevolking uiteraard niet. De veteranen hebben recht op een stuk land en dat moet eerst van de boeren afgenomen worden. Er zullen nog grote moeilijkheden ontstaan als Scapula niet voorzichtig is.'

'Hij is niet langer voorzichtig,' merkte Priscilla op, terwijl ze een stuk vlees aan haar mes prikte. 'Hij is helemaal in de ban van Caradoc. Hij droomt zelfs van hem. Elke dag laat hij de waarzeggers komen en hoopt dan dat zijn kansen zullen keren, maar die inlandse aanvoerder valt telkens weer onze soldaten aan en verspreidt ze als bladeren in de wind. De gouverneur heeft zelfs een prijs van zesduizend sestertiën op zijn hoofd gezet, en hij heeft de inlander die hem aanbrengt het Romeinse burgerschap beloofd.'

'Nog wat wijn, Priscilla?' vroeg haar echtgenoot snel, en hij leunde al naar voren voordat de wachtende bediende dat kon doen. Zachtjes fluisterde hij tegen haar: 'Zeg niets meer! Je brengt hen nog in verlegenheid.' Hij ging weer rechtop zitten en glimlachte. 'Ga je morgen op jacht, Prasutugas? Als je inderdaad gaat, ga ik, denk ik, mee. Ik wil met eigen ogen zien waartoe de jachthonden in staat zijn.'

Maar Boudicca liet zich niet afleiden. 'Zesduizend sestertiën! Werden er in Rome soms wenkbrauwen gefronst, vraag ik me af?' Ze begon te lachen, een zwaar, bijna mannelijk geluid. 'Er zal meer voor nodig zijn dan geld om de mannen te overtuigen dat ze hun eed van trouw aan Caradoc moeten vergeten. Scapula is nu al drie jaar geleden naar Albion gekomen, en hij heeft de Cornovii en de Dobunni toen uiteengeslagen aangetroffen. De legioenen waren gedemoraliseerd en nog steeds heeft hij de situatie nauwelijks in de hand. Wat een man is die Caradoc! Ik heb hem ooit ontmoet, wist je dat, Prasutugas?'

Favonius staarde naar zijn bord. Priscilla bloosde gekwetst en schraapte haar keel. Ze probeerde het gesprek op een ander onderwerp te brengen, maar Boudicca wilde daar niet van weten. En terwijl de moed hem in de schoenen zonk zag Prasutugas hoe de sfeer van deze avond snel bedorven werd. Hij schudde zijn hoofd, alsof hij niet geïnteresseerd was en keek zijn vrouw met een smekende blik aan, maar ze lachte veelbetekenend naar hem, hief spottend haar glas naar hem op en dronk.

'Ik was toen zes jaar. Mijn vader nam mij mee naar Camulodunon, toen hij daar om de een of andere reden een protest bij Cunobelin ging indienen. Ik kan me niet meer herinneren waar het precies om ging, maar ik weet nog goed dat Caradoc mij bij de hand nam en me op zijn paard liet rijden. Hij leek in mijn ogen zo groot als een reus, en ook erg knap. Hij had dik, bruin haar en warme ogen. Hij lachte om mij en mijn vader, toen ik hem vertelde dat de Catuvellauni de Romeinse ziekte hadden.'

Prasutagas kreunde hoorbaar en Priscilla slikte; haar eetlust was verdwenen. Maar Favonius leunde achterover en keek strak naar Boudicca, met een gezicht waaruit alle vrolijkheid verdwenen was. Ik ken jou wel, vrouw, dacht hij, terwijl hij zag hoe de vlammen achter haar bewogen en een rossige gloed op haar kastanjebruine haar toverden en hoe de vuurgloed aan de amberstenen waarmee haar gouden hoofdband gesierd was een honingachtige glans gaf. Ze lachte naar hem; op haar sproetige bleke gezicht was een spottende uitdrukking verschenen en haar lichtbruine ogen straalden. De nagels van haar stompe, beweeglijke vingers tinkelden tegen haar wijnglas. Ik weet wel waarom de Iceni besloten hebben Prasutagas tot vorst uit te roepen, in plaats van jou. Probeer mij maar te tergen als je daar zin in hebt, want ik laat me toch niet kwaad maken. En als jouw vijandigheid op deze wijze een uitweg vindt, dan is het mij best. Jouw handen zijn gebonden, en dat weet je zelf ook. Jouw hoofdmannen willen vrede en voorspoed, dus je kunt zeggen wat je maar wilt. Ik heb hier de macht. 'Wat dom van hem, dat hij daarom lachte,' merkte hij droog op. 'Je moet toch toegeven, Boudicca, dat onder zijn leiding het stamgebied van de Catuvellauni uiteengevallen is.'

'Als stamgebied wel, maar als vrij volk niet, althans wie ervan overgebleven zijn. In jouw ogen is hij een waanzinnige opstandige, en daarom is er een prijs op zijn hoofd gezet, maar voor de stammen in het westen is hij een arviragus, een redder.'

'Redder waarvan? Zijn volgelingen sterven als vliegen van de honger, of door het zwaard, terwijl één woord van hem voldoende voor hen zou zijn om hun wapens neer te leggen en terug te keren naar hun steden om verder in vrede te leven. Ik beschouw hem als een moordenaar.'

'Dat zou dan de vrede zonder ziel zijn,' zei Boudicca zacht, en in haar ogen verdween de glans om plaats te maken voor een harde uitdrukking. 'Favonius, ik vraag vergeving voor mijn onbeleefdheid vanavond, maar je kent me goed genoeg om te weten dat ik hier niet kan zitten en luchtig mijn principes weglachen. Scapula is vergeten dat hij hierheen kwam om te regeren. Hij heeft alle legioenen op de been gebracht, en dat voor slechts één doel: het opsporen van een eenzaam en opgejaagd man. Wat heeft die dwaasheid te maken met voorspoed en vrede in dit gebied?'

Favonius wenkte naar de bedienden. 'Breng de volgende gang,' beval hij kortaf. Toen keek hij haar weer aan. 'Zelfs jij weet het antwoord op die vraag, Boudicca. Als Caradoc eenmaal gevangengenomen is, dan kan al het verzet verdwijnen. En dat zal gebeuren ook. Hij alleen laat de strijd voortduren, en als hij eerst maar in de boeien geslagen is en naar Rome afgevoerd, wat uiteindelijk toch zal gebeuren, dan kunnen de mensen weer terugkeren naar een normaal bestaan.'

Ze schudde heftig haar hoofd. De wijn uit haar glas spatte op haar handen. 'Nee, dat zal niet gebeuren! O, Favonius, dat zul jij nooit kunnen begrijpen. Het volk wil jouw vrede en voorspoed helemaal niet. Ze willen alleen hun vrijheid terug.'

'Onzin!' zei hij gemelijk. 'Vrijheid is een woord dat kinderen gebruiken. Geen mens is ooit werkelijk vrij geweest. Wat voor vrijheid willen ze dan? Rome kan de mensen bevrijden van oorlog en strijd, van ziekte, gebrek en angst. Wat zouden ze meer kunnen wensen? Wát dan?'

Er viel een ongemakkelijke stilte rond de tafel, en terwijl de bedienden gebak, andere zoetigheden en schalen met fruit opdienden, vermeden de vier zorgvuldig elkaar aan te kijken. Favonius besloot hun een lesje te leren. Boudicca en Prasutagas waren al dikwijls gast aan zijn tafel geweest, maar hij wist dat de altijd al scherpe tong van Boudicca nu uit angst zo sprak. Het strijdseizoen was aangebroken. Scapula, tot het uiterste getergd, had besloten zijn tactiek te veranderen en liet met schepen van de Classis Britannica grote aantallen soldaten naar de Silurische kusten brengen, terwijl alle beschikbare manschappen verzameld werden in het gebied van de Dobunni, gereed om zich te verspreiden door de bergen, om vervolgens de opstandelingen in te sluiten. Deze keer zouden er geen vergissingen gemaakt worden. De reputatie van de gouverneur hing af van de gevangenneming van Caradoc, en dat besefte hij heel goed. Hij raakte in tijdnood, zijn gezondheid was niet al te best, en de onderwerping van de nieuwe provincie was tot stilstand gekomen, omdat hij al zijn aandacht moest richten op de jacht op Caradoc. De gebeurtenissen naderden de kritieke fase, en Boudicca wist dat ook. Hij dacht dat ze niet zo dom was alle voorzichtigheid te laten varen en weer een opstand zou beginnen, nee, dat zou ze niet doen. Haar hoofdmannen hadden dat twee jaar geleden geprobeerd, toen Scapula bevolen had dat de stammen ontwapend moesten worden, voordat hij zijn achterhoede slecht bewaakt achterliet om voor het eerst op Caradoc te gaan jagen. En hoewel ze daaraan zelf feitelijk niet had meegewerkt, wist hij dat ze in het geheim deze opstand van harte had aangemoedigd. Evenals Caradoc. Zijn spionnen waren overal en Favonius twijfelde er niet aan dat de plotselinge uitbarsting van oproer aan hun ondermijnende invloed te wijten was. Maar de opstand was spoedig weer neergeslagen, Prasutagas had zijn verontschuldigingen aangeboden, en Rome had zich genadig betoond. De Iceni hadden hun les geleerd en dreven nu vredig hun winstgevende en steeds groeiende handel. Alleen Boudicca leek een smeulend vuur dat niet behoorlijk gedoofd was. Favonius koesterde bewondering voor haar, maar haar wilde schoonheid maakte hem niet blind voor haar onbetrouwbaarheid. Hij wist dat Rome niets hoefde te vrezen zolang zij zo openhartig was en zich zo uitdagend gedroeg. En daarom behandelde hij haar tegemoetkomend, ondanks haar uitdagende woorden. Maar hij hield haar scherp in de gaten en lette op tekenen die erop wezen dat haar scherpzinnige verstand onopvallender en duisterder wegen van verzet zocht. Hij en Priscilla hadden haar tartende woorden tijdens een gezamenlijke maaltijd vele malen moeten aanhoren, maar vanavond had hij er genoeg van.

'Ik heb gisteren een spion gegrepen,' zei hij langs zijn neus weg, terwijl hij bedaard een appel schilde. 'Mijn officieren hebben hem de hele nacht ondervraagd, maar hij wilde niets zeggen. Vanmorgen is hij ter dood gebracht.'

Ze bleef onbeweeglijk zitten, alleen het snel op en neer bewegen van haar scharlaken tuniek verraadde dat dit een schok voor haar was. Favonius keek haar niet aan.

'Hoe weet je dat hij een spion was?' vroeg Prasutugas even nonchalant, al slaagde hij er met moeite in zijn gezicht in de plooi te houden en niet zijn schrik te tonen. Favonius kauwde op een stuk appel en nam een slok wijn.

'Hij loog tegen mij. Hij beweerde dat hij een reizende edelsmid was en dat hij hier wat wilde verdienen, maar toen ik zei dat hij zich uit moest kleden was zijn lichaam overdekt met littekens. Zulke ambachtslieden vechten gewoonlijk niet. Jammer, want hij was een knappe jongeman.'

'Kunstenaars plachten wél te vechten,' wist Boudicca met schorre stem uit te brengen, 'voordat Rome hen wijsmaakte dat het kunstenaars niet past te vechten.' Ze schoof haar bord weg en zwaaide haar benen naar de vloer. 'Hoeveel onschuldige mannen heb je al laten doden, Favonius?'

'Niet zoveel als jij graag denkt, Boudicca,' zei hij kalm, en zijn ronde, rode gezicht bleef onverstoorbaar. 'En zeker niet de laatste tijd. Voordat mijn soldaten hem doodstaken, hief hij beide armen omhoog en schreeuwde: "Vrijheid!"'

Priscilla nam snel een besluit en stond op. 'Het was een heerlijke maaltijd, maar ik krijg er genoeg van dat jullie mijn avonden vergallen met je eeuwige getwist. In je hart zijn jullie het met mij eens, dat weet je ook, en ik wilde maar dat we hier vanavond muziek hadden om jullie woorden te overstemmen. Laten we nu bij het vuur gaan zitten en over niets anders dan het weer praten.'

Boudicca ving Favonius' blik op en voor deze keer beantwoordde hij haar glimlach. Ze stond ook op. 'Vergeef me, Priscilla,' zei ze vriendelijk. 'Ik houd wel van een woordenwisseling, dat weet je toch? Nodig je mij nog een keer uit? Zeg eens, neem je Marcus deze winter mee naar Rome, of is de vloerverwarming dan al klaar?' Ze liet zich zakken bij het haardvuur en bracht zorgvuldig een glimlach op haar harde gezicht. Priscilla begon opgelucht tegen haar te praten over onbelangrijke onderwerpen, terwijl Prasutugas een bediende wenkte dat hij zijn glas moest bijvullen. Zelf begon hij over de jacht en over zijn grote trots, zijn jachthonden.

Toen de gasten afscheid genomen hadden, ging Priscilla met een diepe zucht zitten. 'Wat is zij toch een vreselijk mens, Favonius! Je zou toch mogen verwachten dat ze nu zo langzamerhand een begin van manieren heeft geleerd. En die stem! Soms, als ik haar bekijk, denk ik dat ze ouder is dan de heuvels bij de Tiber, maar ze kan toch amper ouder dan drieëntwintig of vierentwintig zijn? Arme Prasutugas! Geen wonder dat hij zo zwijgzaam is.' Favonius kwam bij haar staan en keek peinzend op haar neer. 'Ze is drieëntwintig. Ze heeft meegevochten tijdens twaalf rooftochten en daarbij vijf mannen gedood. Door ons is ze haar koninkrijk kwijtgeraakt, en een manier van leven die haar meer waard is dan al het andere. Denk je ook niet, liefste, dat het wat merkwaardig overkomt, als deze strijdlustige koningin aan jouw voeten zit, terwijl jij kwebbelt over je meloenen en je zoon?'

Ze keek gekwetst naar hem op. 'Ik probeer alleen mijn plicht te doen. Ik ben voortdurend bang dat jij en zij op een avond nog op de vuist gaan, maar toch blijf ik haar uitnodigen, omdat jij dat vraagt.'

Hij boog schuldbewust zijn hoofd en kuste haar. 'Het spijt me. Maar je weet waarom ik zulke maaltijden aanricht. Het is belangrijk dat we weten wat er bij dat stel omgaat.'

Ze keerde zich pruilend om. 'Dat is niet de enige reden. Geef toe dat je haar aantrekkelijk vindt.'

Hij lachte naar haar boze gezicht en de meisjesachtige linten in haar haren. 'Ja,' zei hij, 'ik mag haar wel. Kom nu mee naar bed.'

Boudicca deed haar mantel af, smeet de met amber bezette gouden hoofdband op de tafel en liep met zware passen naar haar stoel. Ze liet zich in de stoel vallen en glimlachte berouwvol naar Prasutugas. 'Het spijt me,' zei ze hees. 'O, wat spijt het mij. Ik heb het weer gedaan, hè? En ik had me nog wel zo voorgenomen dat ik beleefd zou blijven.' Ze geeuwde. 'Ik had nooit moeten vragen of er soms nieuws uit het westen was, want daar begon het mee. Als Priscilla mij al lomp vond, dan moet ze na deze avond wel heel erg teleurgesteld over me zijn.'

Prasutugas liep naar het vuur, een beetje onvast omdat hij te veel wijn had gedronken en bovendien maakte de voortdurend kwellende pijn in zijn bovenarm hem duizelig. 'Het maakt niet uit,' zei hij. 'Favonius is een tolerant man, en ik denk dat hij zich wel amuseert met jouw gevatte uitspraken.'

'Net alsof ik een geketende dansende beer ben, veronderstel ik!' zei ze vinnig.
'Ach, Prasutugas, wat een schandelijk lot ondergaan we toch... Als mijn vader nog leefde, zou Rome nu tegen twee fronten moeten strijden, in plaats van één, en dan zou Caradoc weten dat hij vrienden onder de Iceni heeft. Hij verafschuwt ons, en terecht!'
Prasutugas sloot vermoeid zijn ogen. Zijn gezicht was asgrauw. 'Vanavond niet, alsjeblieft. Ik ben zo moe.' Ze stond op en liep naar hem toe, hielp hem met zijn mantel en met uitkleden. Hij bleef uitgeblust vóór haar staan.
'Zal ik Hulda laten komen, om je arm te baden?'
'Nee, ik wil slapen. Als het morgen zonnig is, zal ik me beter voelen.'
'Misschien moeten we de wond weer dichtschroeien?'
Hij trok de dekens weg en stapte in bed. Met een diepe zucht van opluchting strekte hij zich uit. 'Dat wil ik niet nog eens. Het helpt een maand of twee, maar dan gaat de wond toch weer open en begint het opnieuw. Vervloekte Coritani! Ik weet hoe je je voelt, Boudicca, maar zelf ben ik blij dat de periode van rooftochten voorbij is. De Romeinse vrede is me veel waard. En als de Romeinen eerder gekomen waren zou ik mijn arm niet kwijtgeraakt zijn. Dan was ik nog een gezonde man.' Ze trok snel haar kleren uit, kamde haar haren en ging naast hem liggen, bezorgd dat zijn lichaam zo gloeide en over zijn van pijn verwrongen gezicht. Telkens wanneer de wond begon te ontsteken en zijn gezondheid minder werd, voelde ze grote bezorgdheid, maar elke keer herstelde hij weer om terug te keren naar zijn honden en paarden, en deze keer zou het niet anders zijn. De avond had de wrange smaak van oude dromen in haar mond gebracht, en ze kon zich niet weerhouden een hand op zijn gezonde schouder te leggen.
'Die wond wordt nog eens je dood, mijn echtgenoot, en dat weet je zelf ook. Wat zal er dan met de Iceni gebeuren? Het beleid van Rome tegenover de onderdanige koninkrijken is wel duidelijk, maar je weigert het onder ogen te zien. Toen Boduocus stierf, heeft zijn zoon hem toen opgevolgd? Nee! Er kwam een procurator met zijn staf van aasgieren en die hebben de Dobunni beroofd van de geringe rijkdommen die ze nog bezaten. Daarna werden ze door een praetor bestuurd. En toch moet die arme zoon van Boduocus nog steeds successierechten betalen, al erfde hij alleen meer belastingen!'
Prasutugas kwam moeizaam overeind en er verscheen een matte glimlach op zijn gezicht. 'Favonius heeft me verzekerd dat de situatie hier heel anders is. Boduocus maakte er een puinhoop van toen hij over de Dobunni heerste, en over veel van zijn hoofdmannen had hij helemaal geen gezag meer, omdat ze door Caradoc beïnvloed werden. Rome moest wel ingrijpen. Maar hier gaat het anders.'
'Hoe dan? Door mij uit je testament te laten, speel je de keizer in de kaart. Als jij sterft voordat de meisjes oud genoeg zijn om de macht over te nemen, kan

Rome het gezag heel legaal overnemen en ik zal er niets tegen kunnen beginnen. Dan zijn de Iceni niet langer een volk. Rome zal alles afnemen wat het ons nog niet afgenomen heeft.'

'Rome heeft ons niets afgenomen,' zei hij geduldig, omdat hij begreep dat hij toch niet kon gaan slapen voordat ze over haar ongerustheid had gesproken. 'Wij zijn het rijkste gebied in heel Albion. Zelfs onze vrije mannen dragen kleren van de fijnste wol en ze kunnen zich permitteren dat kunstenaars kostbare werkstukken voor hen maken. Voor het eerst leiden onze inspanningen tot echte vooruitgang. Geen rooftochten, geen oorlogen. We hebben het nog nooit zo goed gehad.'

'Op een dag zul je sterven', hield ze vol, en haar diepe stem klonk wat schor, 'en dan moet al het geld dat je van Seneca geleend hebt om jezelf en je hoofdmannen in Romeinen te veranderen terugbetaald worden. Zullen de meisjes die som kunnen opbrengen? Alleen ik kan die bloedzuiger tevreden stellen. Door mij alle macht te ontzeggen zal dit stamgebied tot een ruïne vervallen, als je sterft. En dat weet Favonius ook. Hij lacht ons achter onze rug uit en beschouwt ons als arme, onnozele wilden die proberen hun overheersers na te bootsen, arme, blinde, onwetende barbaren!'

'Je hebt ongelijk en je bent achterdochtig. De tijden zijn veranderd, Boudicca, sinds jouw vader je leerde Rome te haten. Favonius werkt hard voor ons en ik vind hem aardig.'

'Ik vind hem ook aardig, maar als ik in de zaal zit en naar het verleden kijk, wat zie ik dan? De Galliërs zijn Romeins geworden, de Pannoniërs zijn Romeins geworden, de Mauretaniërs zijn Romeins geworden... De hele wereld verandert in één grote Romeinse provincie, de stammen worden vermalen door heren die het over samenwerking en voorspoed hebben, maar daarbij in één adem over wreedheden en uitroeiing spreken. Jazeker, de tijden zijn inderdaad veranderd. Eer heeft plaats gemaakt voor zogenaamd verstandig redeneren. De hoofdmannen dragen geen zwaarden meer aan hun gordel, terwijl het vijf jaar geleden ondenkbaar was zonder zwaard op reis te gaan. Ik ben bang, Prasutagus, en ik verlang terug naar vroeger tijden. Het zal niet lang meer duren of de Iceni bestaan niet meer, en dan zullen mensen die uiterlijk stamgenoten lijken, maar in werkelijkheid Romeinen zijn, in de wouden jagen en in hun boten door de moerassen peddelen. Soms zou ik dood willen zijn.'

Hij wiste het zweet van zijn voorhoofd en liet zich met gesloten ogen terugzakken onder de dekens. 'Deze stam heeft mij tot ricon verkozen omdat ik vrede met Rome en bescherming tegen de Catuvellauni aanbood. Je staat alleen, Boudicca. Je ziet deze stam zoals jij hem wilt zien, en niet zoals hij in werkelijkheid is. Wees nu stil en laat me alsjeblieft slapen.'

Ze keerde zich om en kuste zijn hete koortsige lippen. Haar hart stroomde over van herinneringen en Prasutagas zuchtte. Ze voelde dat hij zich ontspande, dat lichaam dat ze zo goed kende en ze keerde zich van hem af. Haar hoofd rustte op de palm van haar hand en ze staarde in de door het vuur verlichte stille schemering. Ze waren nu acht jaar samen, ze hadden tijden van grote teleurstelling en wanhoop beleefd, maar ook dagen van kwetsbare vreugde. Hun eerste liefde was gegroeid tot diepe genegenheid. In Prasutagas had ze een zachtheid gevonden die haar rusteloze en heerszuchtige geest aantrekkelijk vond, en hoewel haar vader ernstige bezwaren had gehad, was ze toch met hem getrouwd. Al spoedig had ze ontdekt dat onder zijn zachtaardige, kalme uiterlijk een koppige wil school, even sterk als haar eigen wil, en al haar pogingen hem de baas te zijn bleken vruchteloos. Want de Vergadering had hem, niet haar, tot ricon gekozen, en hij had zijn onderdanen zelfbewust de zekerheid gegeven die ze nodig hadden. Soms had ze hem gehaat, als hij weigerde in te gaan op de argumenten die ze naar zijn hoofd slingerde, en hij haar antwoordde met een nonchalante glimlach en zachte woorden. Maar daardoor had ze ook ontzag voor hem, hoewel hij al spoedig een gewillige, beschaafde stroman werd die zich naar de wensen van de Romeinen schikte en met het stamgebied deed wat de overheersers wensten. Ze maakte hem heftige verwijten en probeerde door zijn zelfverzekerdheid heen te dringen; ze bestookte hem met harde woorden en soms zelfs met dreigementen, maar hij liet zich niet van zijn stuk brengen of opjagen. Hij hield van zijn volk. Hij hield van de veiligheid en rust die Rome gebracht had. En hij hield ook van haar, hij bekeek haar opvliegendheid met een geamuseerde blik, zonder ooit werkelijk kwaad te worden. In zijn ogen was ze een kind, de opvliegende en verwende enige dochter van een oude dwaas, maar toch onderschatte hij haar. De korte opstand van sommige van zijn hoofdmannen had hem geschokt, maar niet voor lang. Hij gaf de schuld aan die rebel in het westen, niet aan zijn vrouw.

Boudicca voelde dat de slaap haar verliet, al verlangde ze er hevig naar. Ze kon haar gedachten niet tot rust brengen. Ze had gelogen tijdens de avondmaaltijd, toen ze beweerde dat ze Caradoc slecht één keer ontmoet had, want ze had hem nog eens gezien, drie jaar geleden, toen de schitterend witte tempel van Claudius gereed was en de leenheren en hoofdmannen uit alle hoeken van de provincie gekomen waren om bij de inwijding aanwezig te zijn.

Sommigen kwamen daar onwillig heen, zoals Boudicca zelf, want al werd er geen druk op de stammen uitgeoefend, het was overduidelijk dat hun aanwezigheid gewenst was. Anderen waren nieuwsgierig en kwamen graag, zoals Aricia, die heer uit Brigantia, die haar echtgenoot met zich meesleepte toen ze door de straten van Camulodunon van de ene feestelijkheid naar de andere liep. Nee, nu heette de stad Colchester, de aanzienlijke en bedrijvige stad Colchester, een oord waar Rome overdag heerste, maar waar 's nachts de

357

geesten van de eens zo machtige versterkte heuvel te voorschijn kwamen en door de straten zweefden, met hun zwaarden bleek in het maanlicht, een wrokkige blik in hun holle ogen en een wanhopige trek om hun verwrongen monden. Prasutugas en Boudicca hadden daar met anderen in de tempel gestaan, met ontzag opkijkend naar het gouden standbeeld van de keizer, waar de verstikkende wierook omheenkringelde. Plautius was daar aanwezig, zijn strakke gezicht in de plooi en kennelijk met zijn gedachten al bij de terugreis naar huis, en achter hem stond zijn arrogante gevolg stram in het gelid.

De rituelen en plechtigheden waren onbegrijpelijk en leken dwaas in de ogen van de stamleden, die druk met elkaar fluisterden en onrustig heen en weer schuifelden, terwijl de uren traag voorbijkropen. Boudicca was na afloop met een zucht van opluchting naar buiten het zonlicht ingelopen. Een nieuwsgierige menigte had zich onder aan de treden voor de ingang verzameld – bedienden en bedelaars, kunstenaars, sjacheraars en rondreizende barden waren hierheen gekomen om de plechtigheden te zien en de bezoekers geld af te zetten, als ze daar de kans toe kregen. Toen Boudicca naar de menigte keek voelde ze zich kwaad en beschaamd. Voordat de Romeinen hierheen gekomen waren had niemand zo luchtig over zijn eer gedacht, maar nu gaven mannen die konden werken er de voorkeur aan te bedelen. De kunstenaars vergaten hun nobele roeping en werden nabootsers in plaats van scheppers, en ze vroegen buitensporige sommen voor de prullen die ze met één oog dichtgeknepen maakten.

Ze streek met een hand haar door de zon rood beschenen haren naar achteren en maakte aanstalten de treden af te dalen, en toen zag ze hem opeens. Ze wist meteen zeker dat hij het was. Hij was gekleed in een haveloze bruine tuniek, met daaroverheen een even armoedige mantel. De kap was opgeslagen en bedekte zijn magere gezicht voor de helft, maar wat zijn ogen betreft kon ze zich niet vergissen. De schok deed haar wankelen en als Prasutugas haar niet met zijn gezonde arm ondersteund had zou ze zeker gevallen zijn. Ze daalden de treden verder af in zijn richting, en hij verroerde zich niet. De menigte begon op te dringen, zodat ze gedwongen was te blijven staan. Ze sloeg haar ogen naar hem op. Even verscheen er een vonk in zijn ogen toen hij merkte dat ze hem herkend had, toen duwde hij de kap wat verder terug en hij grijnsde minachtend en vol haat. Ze had het gevoel vastgenageld op de trede te staan toen ze de blik in zijn ogen zag. Ze probeerde met al haar wilskracht iets in haar ogen te leggen waaruit hij troost zou kunnen putten. Ze wilde hem duidelijk maken dat hij niet alleen stond, maar hij zag alleen de fraaigeklede vrouw van de geromaniseerde Prasutugas en met onzegbare minachting spuwde hij veelbetekenend op de grond. Ze deinsde geschokt terug, maar Prasutugas duwde haar naar voren.

'Doorlopen!' zei hij. 'Plautius komt eraan.' De gouverneur kwam vanuit de schaduwen van de pilaren naar voren, met naast hem zijn Catuvellaunse minnares, en voor het laatst keek Boudicca naar Caradocs gezicht. Hij keek niet langer in haar richting. Zijn blik was naar zijn zuster gekeerd, hij aarzelde even, maar keerde zich toen met een ruk om en verdween in de schreeuwende en duwende menigte.

De schande van die korte ontmoeting kwelde haar nog steeds en Boudicca draaide zich onrustig op haar andere zij. Prasutugas tilde slaperig zijn arm op en ze kroop dicht tegen zijn schouder. Je zult het me nu wel vergeven hebben, arviragus, dacht ze. Je weet hoeveel van jouw spionnen ik in het geheim beschermd heb, hoeveel wapens ik voor de zoekende centurions verborgen hield, en hoeveel offers ik breng voor Andrasta in het heilige bos. Je moet minder slecht van mij denken dan van die zwarte heks uit Brigantia.

Aricia had enkele glorieuze dagen in Colchester doorgebracht; ze voelde zich veilig omdat ze wist dat de gouverneur haar beschermde en daarom glimlachte Boudicca tevreden in zichzelf toen ze aan de huidige moeilijkheden in Brigantia dacht. Venutius was een gekweld man: twee jaar tevoren had hij zijn vrouw verstoten, nadat hij eerst haar minnaar tot bloedens toe afgeranseld had, en vervolgens was hij met zijn hoofdmannen naar het westen getrokken. Drie maanden had hij naast Caradoc gestreden, maar zijn verbetenheid was van korte duur gebleken. Hij was als een man die in de woestijn omkomt van dorst, terwijl Aricia de luchtspiegeling van koel water was, telkens net buiten zijn bereik. Hij besloot naar haar terug te keren en Caradoc had daar begrip voor, maar Venutius had nog wel zoveel trots dat hij niet op zijn knieën terug wilde gaan. Zijn hoofdmannen omsingelden haar versterkte heuvel, maar Aricia stuurde onbeschaamd haar krijgers naar de belegeraars en een vertoornde Scapula moest twee regimenten cavalerie en een groep van honderd kostbare soldaten naar haar toesturen, voordat Venutius opgaf. Scapula had beiden ernstige vermaningen gezonden, maar zijn gedachten werden toen al te veel in beslag genomen door de verraderlijke passen in het westelijke gebergte, en door de man die zich daar schuilhield om zijn listige strategieën uit te denken voordat hij de Romeinen opwachtte en de patrouilles overviel. Toen de rust in Brigantia eindelijk terugkeerde was hij Aricia al vergeten. Zij en Venutius verzoenden zich met elkaar, en de verminkte minnaar werd voorgoed verbannen. De hartstocht tussen hen laaide weer op, maar toch hadden ze niets met elkaar gemeen behalve de blinde begeerte naar elkaars lichaam, en al spoedig weergalmden de wederzijdse verwensingen en verwijten weer door hun huis.

Boudicca had medelijden met Venutius. Hij was een eerzaam man, hij hield van zijn hebzuchtige en onvoorspelbare vrouw met dezelfde oprechtheid en trouw die hij zijn volk en zijn goden betoonde. Hoewel hij tegen haar snauwde en haar uitschold kon hij zich toch niet bevrijden uit het net waarin ze hem zo handig verstrikt had. Ze had hem nodig. De bevolking had nog steeds eerbied voor Venutius en Aricia besteedde juist voldoende aandacht aan hem, zodat hij in haar ban bleef, terwijl haar stamgenoten onrustig werden onder het Romeinse juk. Maar naarmate ze meer in de gunst van Rome kwam, vooral omdat ze grote gebiedsdelen beheerste die de Romeinse provincie van de vijandige stammen scheidden, waardoor het niet nodig was bij de moeilijk te bewaken grenzen kostbare garnizoenen te legeren, verdween haar ingeboren waakzaamheid. Haar onoprechtheid werd berucht en zelfs vermeld in brieven aan de keizer. Haar zucht naar weelde verteerde haar. Toch bleef Venutius bij haar, zich bewust van de onzekerheid in haar hart, en hij liet haar beledigingen en verwijten afketsen op het schild van zijn liefde voor haar. Toen Scapula geleidelijk de strijdmacht in het hele laagland mobiliseerde, liet Venutius' geweten hem niet met rust. Hij wist dat Caradoc hem nodig had, maar zelf was hij even machteloos als een marionet zonder eigen wil.

Boudicca doezelde weg. Buiten regende het niet langer. De Romeinse nachtwakers liepen verveeld en vermoeid hun rondes. Onder de moerassen kwam de lente tot leven. Op de verlaten stranden van Icenia brak eentonig de branding.

21

Lynn hoorde hen het eerst naderen en hij liet zich snel op de grond vallen. Hij drukte zijn oor tegen het gras en sloot zijn ogen. Caradoc wenkte dat zijn mannen stil moesten zijn en hij keek neer op zijn zoon onder hem. Zijn armen hingen losjes over de rand van zijn schild. Ze waren allemaal vermoeid. Deze morgen was fris en helder en de zon rees langzaam omhoog in de blauwe lentehemel. Ze hadden de nacht doorgebracht hoog boven het smalle pad dat zich van de doorwaadbare plaats omhoogslingerde en zich ver naar de noordelijke uitlopers van Madocs gebied uitstrekte. Hier wachtten ze op de komst van het Twintigste Legioen. Dat legioen was kort na middernacht gekomen; het maanlicht glansde op de ijzeren helmen en de paardehoeven klonken gedempt op de zachte aarde. Caradoc en zijn mannen waren snel uit de bomen waarin zij zich verschanst hadden van de takken naar beneden gesprongen, en stuitten toen op een kleine voorhoede van verkenners, hulptroepen en boogschutters, maar de mannen van deze voorhoede werden snel gedood, voordat het legioen zelf in zicht kwam. Er was een korte, maar hevige schermutseling ontstaan; de boogschutters kregen geen kans om hun pijlen aan te leggen, en al spoedig stierven de gedempte kreten en het gekreun weg. De mannen van Caradoc werden weer onzichtbaar tussen de donkere bomen. Het pad was verlaten, op de achtergebleven lijken na, die eerst zorgvuldig van zwaarden en wapenrusting ontdaan waren.

Caradoc grijnsde tevreden toen hij zich langs de rivier haastte, zwijgend op de voet gevolgd door de anderen. Hij kon zich het gezicht van Scapula voorstellen als die het bericht te horen kreeg dat zijn voorhoede uitgeroeid was – een woede die nauwelijks in bedwang gehouden zou kunnen worden. Rode vlekken zouden op het verweerde gezicht van de bevelhebber verschijnen, en zijn maag zou van pijn samentrekken, zoals altijd wanneer de naam van de opstandeling genoemd werd.

De groep krijgers bereidde een nieuwe hinderlaag voor, enkele mijlen stroomopwaarts, waar de bomen overhingen van de steile rotswand. Ze verborgen zich in het struikgewas en probeerden met moeite niet in te slapen. Caradoc bracht de tijd van wachten door met koortsachtig nadenken; hij dacht aan Emrys, Gervase en Sine, die nu ook ergens op een eenzame plek dekking hadden gezocht, en evenals hij lagen te wachten, maar veel verder naar het noorden. Voor Scapula begon nu de laatste en zwaarste taak, terwijl de mannen in het westen toekeken en beseften dat de jacht geopend was. Caradoc wist dat het westen langzaam maar zeker door zijn vingers glipte. Madoc en de Siluriërs waren verder landinwaarts gedreven, gestaag maar onherroepelijk, weg van de kust en de rivierdalen, dag en nacht strijdend, zomer en winter, maar elke maand moesten ze meer gebied prijsgeven. Een legerkamp van het Tweede Legioen was nu opgezet op de plaats waar zich eens Madocs stad bevonden had. Al geruime tijd geleden had de Silurische hoofdman zich uit de stad teruggetrokken, en was vervolgens naar de heuvels gevlucht, voordat de legereenheden, gebracht door de lange oorlogsschepen in de monding van de rivier, op de kust geland waren. Nu trok zijn volk, zowel mannen, vrouwen als kinderen door de bergen, heen en weer, evenals Caradoc en zijn strijders verder naar het zuiden.

De Siluriërs hadden veel geleden. Met genadeloze wreedheid werden ze als dieren opgejaagd, en dikwijls namen de soldaten, tot het uiterste getergd omdat ze de vijand die hen steeds weer ontweek niet lijfelijk ontmoetten, wraak op de achterblijvers. Veel Silurische kinderen lagen gedood en onbegraven in het bos, en naast hen verbleekte het gebeente van hun moeders die tevergeefs hadden getracht hun kroost tegen de geharnaste overmacht te beschermen. Eurgain en Vida en hun volgelingen bewaakten de flanken van elke uittocht, en zelfs de jongste vrouwen onder hen raakten al spoedig gehard in de strijd. Niet langer werden er jaarlijks slaven of misdadige vrije mannen geofferd tijdens de rituele plechtigheden.

Eurgain en haar zwaardvrouwen leverden voor dat doel Romeinse krijgsgevangenen en ze keken koel toe als de druïden zongen en Madoc het gewijde mes pakte. Bloed was niet veel waard. Het vloeide onophoudelijk en als Eurgain nu terugdacht aan de eerste Samain die ze bij de Siluriërs had meegemaakt, moest ze schamper lachen dat ze zich toen zo slecht op haar gemak gevoeld had. Ze raakten allemaal gewend aan de dood. De dood was niet langer een erezaak of een reden om te rouwen. Alle lichamen leken op elkaar. Het enige dat telde was hoeveel ervan gedood werden. Zelfs Llyn besteedde even weinig aandacht aan een gedode vijand als aan de vrouwen met wie hij de liefde bedreef, vrije vrouwen die zich willig door de sterke jonge armen van deze zoon van een arviragus lieten omhelzen. Overleven was het enige dat telde, en overleven betekende vóór alles dat de tegenstander gedood moest worden. Alleen Caelte leek niet veranderd, hij bleef vasthouden aan zijn zonnige wereld van muziek en gedichten, maar hij zong alle oude liederen alleen voor zichzelf en het woud, want Caradoc vroeg niet langer naar de balladen uit zijn jeugd, en de liederen die nu bij het kampvuur werden gezongen gingen allemaal over de dood en over de bevrijding die spoedig zou komen.

Nu kwam Llyn weer overeind. 'Misschien tweehonderd man, met reiswagens, ongeveer een mijl hiervandaan,' zei hij afgemeten. 'Ze zijn erg laat. Ik vraag me af waarom.'

Caradoc verschikte ongeduldig zijn mantel; zijn ogen bleven strak gericht op Llyns gezicht. Nu Llyn zestien geworden was leek de ziel van Togodumnus uit zijn bruine, beweeglijke ogen te stralen, en ook de trekken van zijn gezicht en het kuiltje in zijn kin deden Llyn sterk op zijn oom lijken. Maar Llyn verstond evenals zijn vader de kunst met koele beredenering bevelen te geven, en hij had niet het impulsieve karakter van Tog. De smalle mond, wreed en sluw, leek ook meer op die van Cunobelin. Vrouwen voelden zich tot hem aangetrokken, maar evenals Togodumnus zorgde Llyn ervoor dat ze hem niet tot last werden. Als Caradoc aan zijn eigen gewetensnood dacht, toen hij zichzelf met Aricia onteerd had, zag hij met een weemoedig gevoel dat Llyn zich bepaald niet druk maakte over zijn veroveringen. Maar de tijden waren veranderd en eer werd nu alleen afgemeten aan de aantallen Romeinse hoofden die aan de takken werden opgehangen. Er waren geen knapen meer bij de stammen in het westen. Er waren alleen nog krijgers en kinderen.

'Dat maakt niet uit,' zei hij ruw. 'Ze lopen toch wel in de val.' Hij keerde zich om en riep naar de groep achter hem: 'Van het pad af!' Snel krabbelden de mensen omhoog langs de helling en verdwenen tussen de bomen. Caradoc en Llyn volgden, en Cinnamus werkte zich naast hen omhoog. Hij begroef zich onder de dikke laag bladeren. Lang geleden had Caradoc felle kleuren voor de kleding verboden, opdat de grauwe en bruine tunieken van zijn volgelingen niet zouden afsteken tegen de kleuren van het bos.

'Eurgain?' snauwde hij. Cinnamus wendde de blik van zijn koele, groene ogen in zijn richting.

'Zij en Vida hebben zich verderop in het bos verscholen, zodat ze degenen die aan ons ontkomen kunnen afmaken.' Hij bleef een ogenblik stil liggen, en zei toen: 'Caradoc, we moeten dit gebied verlaten. Dit is al de vierde hinderlaag in één week, en we hebben daarbij te veel mannen verloren. Als we wachten tot het Twintigste zich met het Veertiende verenigt, zullen we omsingeld worden.'

'Dat weet ik. Maar ik voel er weinig voor, Cin, want als we nu naar het noorden gaan, krijgt Scapula het gebied van de Siluriërs in handen, en ik betwijfel of we het dan nog ooit kunnen terugveroveren.'

'Emrys houdt goed stand,' kwam Llyn tussenbeide, 'hoewel het met de Deceangli bijna afgelopen is. We kunnen hier nog wel een seizoen blijven, Cin.'

Maar Cinnamus was het daar beslist niet mee eens. 'Als wij afgesneden worden, zullen we sterven. Laten we onze krachten bundelen met Emrys, en dan verder vechten in bergen waar Scapula ons niet kan volgen. Moeder! Ik mag de Ordovices bepaald niet, maar zij hebben hun gebied tot nu toe ongeschonden behouden, en bovendien zijn er bergpassen naar het westen en naar het gebied van de Cornovii, en verder naar Brigantia. Als het werkelijk slecht afloopt kunnen we altijd nog bescherming aan Venutius vragen.'

'Hij is niet betrouwbaar,' zei Caradoc. 'En als we vanuit Brigantia willen vechten, dan zullen we eerst Aricia moeten doden.' Hij voelde een huivering toen hij deze woorden uitsprak. Cinnamus snoof luid.

'Dat lijkt me een uitstekend idee, Arviragus! Had je maar veel eerder aan je spionnen opdracht gegeven haar te doden!'

'Stil!' siste Llyn opeens en hij hief zijn hoofd op. 'Ze komen eraan!'

Alle ogen keken naar het pad onder hen. Het grootste gedeelte van het legioen was onder de vijandige ogen van de opstandelingen een uur geleden voorbijgetrokken, als een lange metalen slang die zich door de dageraad kronkelde. De cavalerie en enkele groepen voortrekkers werden gevolgd door het zware materieel, en daarna kwamen de mannen die de weg vrij moesten maken als er obstakels gevonden werden die dikwijls aan een confrontatie met de vijand voorafgingen, en vervolgens de bevelhebber en zijn bereden staf, nog meer cavaleristen, muilezels die de belegeringswerktuigen voortsleepten, officieren, en de vaandels, glanzend in het vroege zonlicht en bewaakt door een wacht. Daarna volgde de eentonige reeks soldaten, zes rijen breed en geflankeerd door centurions; rij na rij verdween in westelijke richting. Maar de wagens met bagage en de achterhoede waren niet voorbijgekomen, en Caradoc wilde deze kans benutten om het graantransport te overvallen. Er was voortdurend gebrek aan voedsel, en sinds het nieuwe offensief begonnen was, bezetten de Romeinen de valleien waar kort tevoren

de oogst rijpte. Caradoc had bevolen dat de Silurische akkers met de kostelijke oogsten afgebrand moesten worden, en dit bevel was zonder morren opgevolgd, al beseften de boeren dat ze van honger zouden omkomen als de
winter inviel. Ze hadden hun kleine akkers in brand gestoken en waren zelf in
de heuvels verdwenen. Caradoc moest de last van hun hongerdood stapelen
op de verpletterende verantwoordelijkheid die hij nu al te dragen had.
'Trek je zwaarden,' beval hij, en de mannen gaven het bevel fluisterend door.
Ze lagen doodstil en keken naar de bocht in het pad waar de karren nu naderden. De karren waren overladen en de ossen moesten zich schrap zetten, aangespoord en met zwepen bewerkt door de mannen die naast de trekdieren
liepen. Een ruiterescorte vergezelde het transport. De ogen van de zwetende
soldaten schoten telkens omhoog naar de steile rotshelling. Ze waren bang,
dat kon Caradoc duidelijk zien. Des te beter. Hij spande zijn spieren en zijn
mannen keken hem afwachtend aan, maar nog steeds gaf hij niet het sein voor
de aanval. De eerste zware karren bereikten de bocht op het ogenblik dat de
achterste groep soldaten juist in zicht kwam. Pas toen hij gezien had dat er
geen soldaten meer volgden sprong hij overeind en zwaaide zijn zwaard boven zijn hoofd. 'Vrijheid!' schreeuwde hij met een stem rollend als de donder,
en als de weerlicht kwamen de strijders naast hem overeind. Ze stortten zich
naar voren en namen de strijdkreet over. 'Vrijheid!' klonk het uit talloze kelen. 'Vrijheid!' De soldaten onder hen probeerden zich snel in slagorde op te
stellen, maar in het tumult werden de geschreeuwde bevelen van hun officieren overstemd.
'De karren, Llyn!' brulde Caradoc, voordat hij, Madoc en Cinnamus zich in
de strijd stortten. De aanvallers kenden geen genade, dat wisten de soldaten
en ze hieven hun schilden snel omhoog, toestekend met hun korte, dodelijk
scherpe zwaarden. Lang geleden hadden de officieren elk gevoel van genade
verloren en het maakte hen niet meer uit of ze woeste mannen tegenover zich
zagen, of de krijsende vrouwen met hun lange, verwarde haren. Als ze een
ogenblik aarzelden, betekende dat een onmiddellijke dood en daarom worstelden ze zich verbeten in aaneengesloten rijen, terwijl Caradoc en zijn mensen juist probeerden de soldaten uiteen te drijven. Romeinen konden niet
goed man tegen man vechten, en daarom had Caradoc veel successen behaald
door hen onverhoeds aan te vallen en te verspreiden. Maar deze groep Romeinen was groot; ze bestond uit bijna tweehonderd legionairs en de opstandelingen moesten duur betalen voor het graan dat Llyn met een aantal helpers
van de karren roofde. Ze gooiden de zakken graan omhoog langs de helling,
waar andere handen begerig ernaar uitgestrekt werden. Caradoc hoorde
Cinnamus naast hem vloeken en Madoc gromde en krijste als een aanvallend
everzwijn. Vele minuten lang bleef de strijd onbeslist, het strijdtoneel golfde
heen en weer. Caradoc begon vermoeid te raken. De karren waren nu leeg en

de zakken graan werden inmiddels al naar het kamp gesjouwd, dat goedverscholen in het dichte bos lag. Hij zag zijn zoon, die zonder schild, om een ruiter danste die zich opzij boog en tevergeefs trachtte de snelbewegende armen te raken. In beide handen had Llyn een mes. Toen de Romein weer een poging deed hem te grijpen, sprong Llyn snel opzij en riep 'Nu!' tegen zijn medestrijders. Een van hen sprong onverhoeds achter op het paard en rukte het hoofd van de ruiter naar achteren, voordat hij zijn mes diep in de onbeschermde keel dreef. Dit was een listige tactiek die Llyn zijn strijdmakkers had geleerd en het lukte telkens weer een tegenstander te doden.

'Llyn!' schreeuwde Caradoc boven het rumoer uit. 'De vrouwen!' Llyn klemde een mes tussen zijn tanden, trok het lijk van het paard en sprong er zelf op. In galop verdween hij over het pad. Toen begrepen de Romeinen dat ze deze ingesloten plek, met de van bloed doordrenkte aarde niet meer zouden verlaten, want Eurgain en Vida verschenen op dat ogenblik met de andere vrouwen bij de bocht in het pad. Ze slaakten schelle, doordringende strijdkreten en toen hun mannen hen zagen naderen, vochten ze met hernieuwde kracht.

Een handjevol officieren slaagde erin te ontsnappen, door zonder wapens weg te vluchten in het dichte struikgewas, maar toen de zon zo hoog aan de hemel was gerezen dat de stralen recht naar beneden op het pad vielen hadden de opstandelingen de reiswagens op hun kant geworpen met de lijken van de gesneuvelde Romeinen erbovenop gestapeld, zodat de doorgang versperd was. Toen beval Caradoc een snelle aftocht. Hij wist dat binnen afzienbare tijd een groep verkenners van het legioen op onderzoek uitgestuurd zou worden, om te kijken waar de achterhoede bleef, en zodra ontdekt zou worden wat er bij de hinderlaag gebeurd was, moesten Caradoc en zijn afgematte mensen al vele mijlen van deze plek vandaan zijn.

'Wat doen we met de paarden?' vroeg Llyn en hij bleef even staan. Er waren veel paarden en op elke paarderug waren de bagage en de uitrusting van de gedode berijders vastgebonden. Maar het pad naar het kamp was moeilijk begaanbaar en gevaarlijk, en daarom zou het veel tijd kosten de dieren daarheen te leiden. 'We kunnen het vlees goed gebruiken,' drong Llyn aan. Caradoc knikte instemmend.

'Goed, Llyn, maar dan moet jij met je hoofdmannen de paarden wegvoeren. Schiet op!' Hij draaide zich om en zag Eurgain naast het pad zitten. Ze hield haar ene hand tegen haar dijbeen gedrukt en haar gezicht was bleek. Hij liep naar haar toe, veegde zijn zwaard schoon aan zijn mantel en stak het wapen in de schede. 'Eurgain, je bent gewond!' zei hij bezorgd. Hij knielde naast haar neer en ze keek even naar hem op. Ze beet op haar lip en knikte zwakjes. Hij tilde haar tuniek voorzichtig op, greep zijn mes en sneed haar broekspijp open. Een ruwe wond, waaruit donkerrood bloed welde, werd zichtbaar.

Hij onderzocht de verwonding zorgvuldig en ze kromp ineen van pijn. Toen sneed hij stroken stof uit zijn mantel en verbond daarmee de wond. 'Het is niet ernstig,' zei hij, 'maar dit is al je derde verwonding in drie maanden. Je bent niet voorzichtig genoeg.' Hij sprak de woorden ruw vermanend, maar toch klonk er bezorgdheid in door. Ze antwoordde hem met opeengeklemde kaken toen hij de stroken stof strak vastbond.

'We zijn allemaal moe, Caradoc. We hebben behoefte aan rust. Als je met dezelfde snelheid blijft doorgaan, zullen we meer mensen verliezen door uitputting dan door Romeinse zwaarden.'

Hij liet haar tuniek terugvallen en week achteruit. 'Het bloeden zal hierdoor gestelpt worden, tot Bran de wond kan verzorgen. Kun je lopen?'

'Ik kan het proberen.' Ze ging staan en bracht haar gewicht voorzichtig over op haar ene been. Caradoc zag dat ze haar ogen van pijn dichtkneep. Hij wenkte een van Llyns mannen.

'Breng een paard hierheen.' Toen keek hij weer naar Eurgain. 'Je kunt met Llyn meerijden. Hoeveel vrouwen hebben we vandaag verloren?'

'Vijf, misschien meer. Maar Caradoc...'

'Nu niet, Eurgain!' verzocht hij haar dringend. 'Ik wéét het, wie zou het beter kunnen weten dan ik? Elke beslissing die ik neem kost mensenlevens, elke stap die ik zet betekent meer offers, meer lijden voor de mensen die mij vertrouwen. Als je werkelijk van me houdt, moet je mij nu geen raad geven.'

'Ja, ik houd van je,' zei ze zachtjes, en de grimmige trek op haar gezicht verzachtte zich tot een glimlach. 'En evenals alle mannen ben ik bereid voor je te sterven.'

'Maar nu nog niet, bij Camulos!' Hij hielp haar op het paard en ze zwaaide met moeite haar been over de brede rug. Haar ene been begon al stijf te worden; de pijpen van haar broek werden kleverig van het gedroogde bloed. Zo liet hij haar achter en Eurgain pakte de teugels en wachtte tot haar zoon het sein voor vertrek zou geven. Ze zag Caradoc weglopen onder de pasontloken blaadjes aan de takken. Hij sprak altijd bars tegen haar, en ze besefte dat zijn liefde voor haar ook een last voor hem was die hem voortdurend zorgen baarde. Geen enkele man kon haar bevelen geven. Geen hoofdman kon haar anders dan uiterst hoffelijk bejegenen, op het gevaar af dat hij zich anders de toorn van Caradoc op de hals zou halen, en geen enkele vrouw kwam dichter bij hem dan het haardvuur in de Vergadering, hoe aantrekkelijk hij ook was. Zijn gehechtheid aan bezit maakte deel uit van zijn kwelling. Zij en de kinderen waren het enige dat hij nog bezat, en als hij ook zijn dierbaren kwijtraakte, dan zou dat noodlottig zijn. Alleen Cinnamus besteedde nog gewone menselijke aandacht aan haar; hij plaagde haar en daagde haar uit, hij ging met haar op jacht, vriendschappelijk zoals ze altijd met elkaar omgingen, en dat scheen Caradoc niet te deren. Cinnamus was hem ook dierbaar, evenals

Caelte, en hij hechtte veel waarde aan hun oordeel, want hij gaf hun eerder dan Madoc en Emrys het laatste woord.

Nu ging Caradoc naast Cinnamus lopen en zijn gedachten waren bij de komende Vergadering en bij de nieuwe beslissing die hij moest nemen. De groep krijgers volgde hem in het beschermende bos, weg van de plaats waar de slachting had plaatsgevonden en weg van het tafereel dat het razende vuur van Scapula's woede spoedig nog verder zou aanwakkeren.

Toen ze het kamp bereikten, dat verscholen lag in een nauwe kloof die weinig meer was dan een met bomen begroeide uitsparing in de rotsen, maar vanwaar ze een goed uitzicht op de omgeving hadden, stond Bran hen op te wachten met Caelte en de meisjes. Voordat er gegeten werd gingen de mannen naar de beek. Bran zong de gebeden en de buitgemaakte Romeinse wapens en harnassen werden ter ere van de godin in het water geworpen. Daarna verzamelden ze zich bij het vuur en aten zwijgend.

Een uur later kwam Llyn met de paarden. Hij wees een paard aan dat door de vrije mannen geslacht moest worden, terwijl de overige paarden ergens in het bos vastgebonden werden. Llyn kwam bij de andere mannen zitten. Eurgain ging naar haar tent en Bran volgde haar om de wond te verzorgen. Het was stil in de omgeving, en alle strijders waren in hun eigen gedachten verzonken. De dagen van vrolijkheid, opschepperij en vriendschappelijk gekrakeel lagen ver achter hen. Hier in het westen waren ze onder de invloed geraakt van de drukkende sfeer in de verlaten streken die nu hun thuis waren, en ze hadden de gewoonte aangenomen net als de dieren te slapen waar dat maar mogelijk was, en daarbij voortdurend toch waakzaam te blijven. Zelfs de kinderen leken nu meer op dieren, zo snel en schuw en argwanend tegenover iedereen waren ze geworden.

Caelte zat met zijn rug tegen een boom geleund; hij neuriede zacht terwijl hij een melodie op zijn harp tokkelde, en de meisjes staken met hun houten zwaarden naar elkaar. Caradoc lag op de grond en keek toe, met zijn ene elleboog onder zijn hoofd. Zijn dochter Eurgain was nu vijftien en Gladys veertien, twee ongedisciplineerde wildebrassen, dacht Caradoc, en meer gewend aan bloed en een plotselinge dood dan aan jachtpartijen en honden, of aan de jongemannen die hen nu het hof zouden moeten maken. Ze waren nu allebei oud genoeg om zich te verloven, maar ze hadden geen belangstelling voor de jonge strijders in Llyns groep. Tenminste, dat dacht hij. Erg goed kende hij zijn eigen dochters niet. Al spoedig zouden ze toegevoegd worden aan de groep zwaardvrouwen van Eurgain, en dan hun geluk beproeven met de andere vrouwen die dapper vochten en sneuvelden. Ze waren ingewijd zonder rituelen en zonder feestelijkheden, zoals alle jongemannen. Hij ging rechtop zitten en trok zijn zwaard. 'Cin,' zei hij, 'geef Gladys jouw zwaard. Eurgain!' De meisjes kwamen hijgend en verhit voor hem staan, en hij hield zijn eigen zwaard omhoog voor zijn dochter. Haar blonde haren vielen over haar schouders, en ze pakte het wapen gretig aan met twee sterke, gebruinde handen. Gladys nam het grote zwaard van Cinnamus, ze greep het gevest stevig beet en even later weerklonk het metalige geluid van ijzer op ijzer. De andere mannen kwamen dichterbij om het oefengevecht beter te volgen. Caradoc bleef zitten; hij dacht aan Eurgain en aan zijn zuster, zoals die lang geleden hetzelfde hadden gedaan op de open plek voor de Grote Zaal. Cinnamus kon zich niet meer bedwingen. Hij sprong overeind en bewoog met de twee zwaardvechters mee.

'Je voeten verder uit elkaar, Gladys,' beval hij. 'Eurgain, niet naar het zwaard kijken, let op haar ogen, anders ben je er geweest!' Het oudste meisje maakte dezelfde koele berekende bewegingen als haar tante vroeger gedaan had, maar de jongste was sneller. Ze vochten goed, maar waren nog geen partij voor geoefende volwassen strijders, en het gewicht van schilden zou hun bewegingen nog te veel vertragen. Caradoc stond op en ging naar zijn tent.

Eurgain lag op de dekens, gehuld in haar mantel. Ze lachte naar hem toen hij zijn gordel losmaakte en liet vallen. Zijn eigen mantel wierp hij naast haar op het bed. 'Gaat het nu wat beter met je been?' vroeg hij, en hij nam voorzichtig de dekens weg om het verband te bekijken. Ze knikte.

'Bran heeft er kruiden op gedaan, en de wond trekt al dicht, maar mijn been zal de eerste dagen wel erg stijf blijven. Morgen zal ik niet kunnen vechten.'

'Niemand van ons zal morgen vechten. Ik heb besloten verder naar het noorden te trekken en dit gebied aan Scapula over te laten.'

'Hij heeft geen belangstelling meer voor dit land, hij jaagt alleen op jou.'

Hij lachte met een scheve grijns naar haar. 'Maar zoals Emrys zou zeggen: ik *ben* het land. We zullen een nieuw front openen in het noorden, Eurgain, en dan hebben we het voordeel van een ontsnappingsweg naar Brigantia, terwijl het terrein daar bovendien moeilijker begaanbaar is voor de Romeinen. Bovendien zijn we dan dichter bij Mona en bij onze graanvoorraden.' Caradoc was verbaasd dat Scapula geen poging had gedaan een doorbraak naar Mona te forceren, om daar de vruchtbare akkers te verwoesten. Zelf zou hij dat wel gedaan hebben, als hij in de positie van Scapula verkeerde, maar Scapula leek zijn bezadigde oordeel te verliezen en zich alleen nog verbeten met de opstandelingen bezig te houden.

'In het noorden zullen we tegenover het Veertiende en het Twintigste Legioen staan,' bracht Eurgain hem in herinnering. 'Tot nu toe hebben we weinig last van die legers gehad. Maar je bent natuurlijk de verstandigste, want als we hier blijven, zitten we inderdaad in de val.'

'Scapula zal merken dat de Ordovices en hun bergen geduchte tegenstanders zijn,' antwoordde hij. 'Emrys heeft me verteld dat de Romeinse patrouilles tamelijk ver de bergen ingetrokken zijn, en kennelijk verkent Scapula daar de paden en bergpassen. Dat zal hem niet baten. Hij verliest elke dag soldaten door ons toedoen. We hebben het westen bijna vijf jaar vrij gehouden. Denk daar eens over na, Eurgain, vijf jaar, en als we dat nog enkele jaren volhouden, dan zal Rome bepalen dat de grens die Plautius ingesteld heeft de officiële grens van het rijk is, en dan behouden wij onze vrijheid.'

Ze leunde achterover. 'Ik denk liever aan jou, Caradoc,' zei ze zacht. 'Ach, Caradoc, ik houd zoveel van je. Als je mij in je armen neemt, kan het me niets meer schelen als we morgen zouden sterven.'

Hij betastte haar glanzende blonde haar en spreidde het breed uit over de dekens. Ze strekte haar armen uit. Hij trok snel zijn bruine tuniek en broek uit en omhelsde haar. Hij voelde haar warme handen zijn rug en zijn billen strelen. Ze is als de regen, dacht hij, toen hij haar mond zocht. Een zoete, koude zomerregen die zachtjes op de uitgedroogde velden van mijn ziel neerdaalt. Eurgain! Hij lichtte haar mantel open keek naar haar naaktheid, liet zijn vingers over haar huid glijden, evenzeer getekend door littekens van zwaardhouwen als zijn eigen huid, maar nog altijd even geliefd en vol verlokkende geheimen. Met een vreemd gevoel in haar borst zag ze zijn gehavende gezicht boven haar wazig worden.

'Arviragus,' fluisterde ze. 'Het kan mij niet schelen of de hele wereld in vlammen verteerd wordt, zolang er maar ergens een hoekje is waar jij en ik samen kunnen liggen.' Hij lachte traag en bracht zijn handen om haar gezicht, zo smal, waarin de blauwe ogen vol verlangen straalden en haar volle lippen weken uiteen, maar op dat ogenblik verscheen er een schaduw voor de tent en Cinnamus riep hem. 'Caradoc, er is een boodschapper van de Ordovices gekomen. Emrys is gevaarlijk in het nauw gedreven en hij vraagt of wij vannacht nog naar hem op weg kunnen gaan.' Caradoc zuchtte. 'Geef de mannen vlees en bier, Cin, en zeg dat ze moeten wachten. Zeg maar dat ik met een belangrijke zaak bezig ben.'

Ze hoorden Cinnamus lachen en weglopen. Toen trok Eurgain met een ruw gebaar zijn hoofd omlaag. 'Welke zaak kan ooit belangrijker zijn?' mompelde ze. Caradoc grinnikte, een van de zeldzame keren dat zijn gevoel voor humor weer eens bleek.

'Niets, liefste, helemaal niets,' beaamde hij.

De Ordovices brachten grimmig nieuws. Het Veertiende en Twintigste Legioen hadden zich verenigd om gezamenlijk een doorbraak te forceren in de richting van de Severnvallei, en Scapula was daarbij aanwezig, vastbesloten geen dag te verliezen tijdens het zomeroffensief. Hij had vijftienduizend man op de been gebracht, zoveel als de legioenen konden missen van de forten en versterkingen en uit de vreedzame steden, zodat het laagland nu bijna onverdedigd was, terwijl hij zijn ongrijpbare vijand met verbetenheid achtervolgde. Caradoc luisterde en er speelden twee gedachten door zijn hoofd. Als de

Brigantiërs, de Iceni en de Trinovantes nog een spoortje eergevoel bezaten, dan was het nu tijd om hard toe te slaan, terwijl hijzelf Scapula in het westen bezighield. Maar hij besefte met verbittering dat er, behalve door hem, nergens meer verzet werd geboden, en dat deze kans voorbij zou gaan om misschien nooit meer terug te keren.

Hij peinsde ook over het komende jaar. Zijn tijd als arviragus was bijna voorbij; ook dat besefte hij. Scapula had nog nooit zo'n groot leger op de been gebracht en terwijl Caradoc, met zijn hand onder zijn kin, voor zich uit staarde, zonder de gezichten van de Ordovices scherp te zien, dwaalden zijn gedachten ver weg, over de bergen, op zoek naar het brein van de Romeinse veldheer die zijn blik zo hardnekkig op het westen gericht hield, zoekend naar hem. Wat zou Scapula doen? Zou hij doorgaan hem met zijn patrouilles en speurtochten onder druk te zetten? Zou hij ergens in een vallei op zijn prooi wachten? Of zou hij weer tot zijn verstand komen en oprukken naar Mona, en daar handenwrijvend afwachten terwijl de opstandelingen allemaal van honger stierven? Als het zo ver kwam, dan zouden ze ongezien naar Brigantia kunnen vluchten, maar zou Venutius hen met open armen ontvangen?

Hij wenkte dat de Ordoviciër moest gaan zitten en ging zelf staan, knipperend tegen de laatste zonnestralen. Er waren te veel vragen die hij niet kon beantwoorden. Hij voelde zijn levensbestemming door zijn aderen bonzen en kloppen op het ritme van zijn verhitte bloed, en hem voortdurend kwellen met een kracht die hem opzweepte als van een op hol geslagen paard. Hij klemde de teugels in zijn handen maar was niet in staat te mennen. Hij kon alleen recht vooruit kijken, met de plotselinge angst dat zijn bestemming even onverwacht en onvoorspelbaar aan hem voorbij zou schieten, terwijl hij voortraasde, zonder enige leiding. Zijn hand ging naar het magische ei aan de ketting om zijn hals en hij sloot zijn vingers om het gladde voorwerp. De betovering die ervan uitging kalmeerde hem en hij begon met effen stem te spreken. 'We zullen komen,' zei hij, en keerde zich om. 'Madoc, Cin, en jij ook, Llyn, laat het kamp opbreken. Laat niets achter, behalve as.'

De mannen begonnen aan de taak die hun opgedragen was en Eurgain hinkte naar hem toe. 'Het wordt tijd dat we de hele strijdmacht van de Demetae oproepen,' zei ze, maar hij was het niet met haar eens.

'Ik zal hen om steun vragen,' antwoordde hij, 'maar ik wil dat een aantal hoofdmannen daar achterblijft om zich zoveel mogelijk tegen de kustpatrouilles te verzetten. Scapula denkt dat hij mij in de rug kan aanvallen, maar daar vergist hij zich in. De Demetae zwemmen nog beter dan vissen, en vanuit hun schepen vechten ze als watergoden. Hem staat nog een verrassing te wachten, die taaie Romein met zijn maagpijn! Ga nu, Eurgain. Zorg ervoor dat de vrouwen gereed voor vertrek zijn.' Ze hinkte weg en hij bleef doodstil staan en luisterde naar de gedempte geluiden om hem heen, en weer nam hij afscheid van een plek die voor korte tijd zijn thuis was geweest.

Ondanks zijn gestaag tot hysterie aangroeiende ongeduld slaagde Scapula er toch niet in Caradoc die zomer te grijpen. De verzamelde Siluriërs, Ordovices en Demetae hinderden het Romeinse leger voortdurend. Af en toe lieten ze tergend een glimp van zich zien, en ze dwongen hem tot lange, vermoeiende marsen om hen te achtervolgen, totdat ze weer spoorloos verdwenen, als nevel voor de opkomende zon, in de dichtbegroeide en uitgestrekte gebieden, om even onverwacht weer op te duiken en zijn achterhoede aan te vallen. Scapula had die zomer dagen achtereen veel last van zijn maag. Hij kon amper slapen en werkte zijn eten met moeite naar binnen, wetend dat het spoedig in brandend zuur zou veranderen en hem een scherpe pijn in zijn maag zou bezorgen. Hij zag zijn manschappen onder veel ontberingen over de rotsachtige bergpassen trekken, en diepe snelstromende rivieren doorwaden, waar telkens bagage en lastdieren verloren gingen. Zijn mannen verdwaalden in wouden die zich eindeloos ver uitstrekten. En hoe koel en vredig deze bossen ook leken, toch keerden veel verkenners nooit meer terug. 's Nachts klonken het gehuil van wolven en het klaaglijk roepen van uilen, en de volgende ochtend zou er weer een wachtpost of verkenner vermist worden; het lijk van een onvoorzichtige officier werd dan onthoofd teruggevonden, of dode paarden met doorgesneden kelen. Hij kon ook geen boeren gevangennemen om zijn hevige dorst naar meer gegevens te stillen. Het gebied leek volkomen verlaten onder de brandende zon en de drukkende, onweersachtige hemel. In het zuiden boekten de kustpatrouilles weinig successen en hij herhaalde zijn bevel dat iedere levende ziel die het ongeluk had dat hij op Silurisch gebied aangetroffen werd, gedood moest worden. Wanneer hij de vijand verslagen had, bedacht hij kwaadaardig, dan zou hij opdracht geven iedere gevangene, elke smerige en verraderlijke opstandeling te doden. Maar toch was deze zomer niet helemaal verloren. Hij leerde het gebied kennen. Zijn verkenners en cartografen tekenden sporen en paden en noteerden de plaatsen die het geschiktst leken om er een fort te bouwen, en onder het toeziend oog van Scapula werd daaraan zorgvuldig gewerkt.

De Romeinen haalden evenals de opstandelingen opgelucht adem toen de lange hete dagen korter en koeler werden. Scapula dacht na over de plaats waar hij zijn winterkwartier zou opslaan, maar Caradoc, Emrys en Madoc brachten, zittend bij het vuur, lange uren door met het uitdenken van de strategie tot aan het volgende voorjaar. Als Scapula zich gedurende de winter terugtrok, dan zouden ze hem niet kunnen aanvallen en in plaats daarvan eerder met ongedurige vrije mannen te maken krijgen. Dat vooruitzicht was niet erg aanlokkelijk. Toen de lucht langzaam droger werd en de vochtige

geuren van de zomer weggeblazen werden door de kille wind van de vrieskou, bracht Scapula slapeloze uren door met de gedachte dat hij er steeds
minder voor voelde hier weg te trekken. Als hij de legioenen naar hun winterkwartieren liet gaan, dan zouden de opstandelingen de donkere maanden
kunnen gebruiken om hun macht in het zuidwesten te vergroten en hun verzwakte grens te versterken. Als hij dat niet deed, dan moest hij met lede ogen
toezien hoe zijn patrouilles uitgedund werden in een strijd tegen drie venijnige tegenstanders: het weer, het terrein en de ongrijpbare aanvallers. Hij kreeg
soms de indruk dat ook het weer en het ruige terrein tegen hem samenspan-
den, door zijn manschappen te laten verdwalen over ogenschijnlijk goede
paden, die dan onverwacht doodliepen. En het weer leek telkens te veranderen als het hem heel slecht schikte: het begon te stortregenen als de mannen
zich moesten ingraven, en de zon brandde juist ongenadig als de troepen op
mars waren en er nergens water te bekennen was.

De geheimzinnige en ongrijpbare magie in deze streken omhulde hem, waar
hij ook ging, een mysterieuze, wel voelbare maar onzichtbare kwaadaardige
invloed die de reflexen van de soldaten vertraagde en de officieren minder
scherpzinnig deed oordelen. Er stroomde veel geld naar de nieuwe provincie, er moesten veel soldaten in de gelederen vervangen worden, maar alle
inspanningen hadden veel te weinig resultaat. Waarom, vroeg Claudius in
steeds barser gestelde brieven, waarom zijn de stammen in het westen nog
steeds niet onderworpen? Scapula voelde zich met de dag ouder worden.

De Romeinse legioenen gingen niet naar hun winterkwartieren en Caradoc
begon aan de voorbereidingen voor een winteroffensief, wat hem nieuwe
hoop gaf. De winter was voor iedereen een gevaarlijk jaargetij, maar toch
bedreigender voor de halfbevroren soldaten die zich door de sneeuw worstelden over onbekende paden, op weg naar een nog onzekere bestemming.
De opstandelingen eisten een hoge tol aan Romeinse levens, al waren ze zelf
ook verzwakt door honger en de noodzaak steeds weer verder te trekken
zonder ergens een behoorlijk onderdak te vinden. Er werden baby's geboren
in de tenten, waar vrouwen tussen twee dagmarsen op vochtige, kille dekens
lagen. Vele van deze zuigelingen stierven. Kinderen die niet sterk genoeg
waren om lange dagen voort te strompelen en de koude nachten te doorstaan
werden ook ziek. Maar de sterksten van hen raakten al spoedig gehard en
konden onbeweeglijk in het ijskoude water van een rivier staan, als onverwacht een Romeinse patrouille voorbijkwam; ze wisten zich vast te klampen
aan steile rotshellingen, zonder dat hun voeten steun vonden, en ze krabden
de harde aarde onder de sneeuw weg om zich met wortels en bevroren bessen
te voeden. De verkenners en spionnen slopen tussen de twee kampen heen en
weer. Zij vormden de ogen en oren van Caradoc, zijn onmisbare verbinding

met de bewegingen van Scapula, en dank zij hun informatie waren hij en zijn mannen steeds weer in staat ergens op een besneeuwde helling in hinderlaag te liggen om de vermoeide soldaten te begroeten met de genade van een snelle dood. De dag van Samain kwam en werd door de verzamelde hoofdmannen gevierd met een hongerige woestheid, zodat de gedemoraliseerde Romeinen bijna tot muiterij overgingen, als ze weer langs een open plek kwamen waar een groot aantal staken stond, die bekroond waren met de bevroren koppen met in doodsnood verwrongen gelaatstrekken van hun landgenoten.

Scapula liet zijn leger ten slotte toch halt houden. De soldaten trokken zich dankbaar terug in winterkwartieren op meer vertrouwd gebied, en de mannen onder gezag van Caradoc kregen gelegenheid hun vermagerde en afgematte lichamen te laten rusten. Hun gedachten dwaalden af naar hun kleine boerderijen, hun schapen en vee, naar de langvergeten genoegens van bier en vlees bij een warm en vriendelijk haardvuur. Ze hadden hun arviragus trouw gezworen en volgden gehoorzaam zijn bevelen op, maar het was nu al vier jaar geleden dat velen van hen ten strijde waren getrokken en hun kleine hutten hadden achtergelaten, en het leek wel of er geen enkele vordering gemaakt was.

Caradoc begreep hun twijfels, maar hij kon niets zeggen. Hij had al meer met deze mannen gedaan dan hij ooit gedroomd had te kunnen doen. Hij had deze mannen hun grootste trots ruw ontnomen: met veel wapengekletter een open gevecht beginnen, en hij had hen zo ver gekregen dat ze een onverhoedse aanval, een schermutseling zonder duidelijke overwinnaar nu als aanvaardbaar beschouwden. De voorraden raakten uitgeput, naarmate de winter strenger werd, en de vrije mannen koesterden hun heimwee als er niet gevochten of verder getrokken werd, wat hun gedachten ervan had kunnen afleiden. Ze zaten ineengedoken bij kleine vuurtjes, kauwden langzaam op gezouten vlees of lepelden smakeloze graanpap. De mannen kregen het gevoel dat ze in een trage reeks zinloze schermutselingen waren beland waaraan geen einde kwam. Ze konden terugdenken aan dagen vol zonnige beloften van een hevige strijd met daarna een gemakkelijke overwinning. Maar als ze nu in de toekomst keken, zagen ze alleen lange jaren vol ontberingen, in ruil voor de kleine aantallen Romeinen die elk seizoen gedood werden.

De hevige regenbuien van het voorjaar begonnen neer te gutsen en avond aan avond zaten de hoofdmannen zwijgend en nors bij elkaar, ellendig en doorweekt, denkend aan hun bezittingen die ze hadden toevertrouwd aan de twijfelachtige handen van achtergebleven horige boeren. Ze vroegen zich af hoe het kalven dit voorjaar zou verlopen, en of hun kleine akkers wel opnieuw ingezaaid zouden worden.

Er begon een gerucht de ronde te doen, en Caradoc slaagde er niet in te ontdekken wie het als eerste verspreid had. De vrije mannen fluisterden dat ze omsingeld waren, dat hun boerderijen al maanden geleden tot de grond toe afgebrand waren, en dat hun vee verdwenen was. Scapula zou niet weggetrokken zijn naar zijn winterkwartier. Een verrader zou de Romeinse veldheer door verborgen valleien hebben geleid en daar wachtte hij nu tot de regen zou verminderen en hij een grote aanval zou kunnen lanceren.

Een geniepige ontevredenheid breidde zich langzaam uit. Er waren al eerder uitbarstingen van ongenoegen geweest, maar deze keer werd Caradoc zelf steeds meer het mikpunt van allerlei verwijten. De arviragus was zijn visie kwijtgeraakt. De goden spraken niet langer tegen hem. Evenals zijn mannen was hij het spoor bijster geraakt, en het magische ei had zijn geheime krachten verloren. Caradoc zou hen bedriegen, hij sprak niet langer de waarheid tegen zijn mannen. Het waren niet de Siluriërs die klaagden, want zij begrepen wel dat Caradoc steeds een geduldige tactiek van uitputting volgde. Caradoc was immers eerst naar hen toe gekomen om steun te vragen. Zij waren ook de eersten geweest die hem trouw hadden gezworen, ze streden al aan zijn zijde toen Emrys en zijn trotse volk zich bij het opstandelingenleger hadden gevoegd, en daarom hechtten zij geen waarde aan het gerucht. Maar de Ordovices luisterden wel, en deze mannen wilden voor één seizoen naar huis terugkeren, om daar hun eigen zaken te regelen. Madoc ging op een natte avond naar Caradoc.

'Roep een Vergadering bijeen, Caradoc,' stelde hij zonder omwegen voor. Maar Caradoc keek niet eens op. Hij was bezig zijn haren te vlechten. 'Nee,' zei hij kortaf.

Madoc hurkte voor hem neer. Zijn borstelige zwarte wenkbrauwen vielen over zijn bezorgd kijkende ogen. 'Laat de mannen bijeenkomen en lucht geven aan hun twijfels en verlangens. Dan zullen ze tevredengesteld zijn en dan verdwijnen de geruchten vanzelf.'

'Nee!' Caradoc gooide zijn vlechten naar achteren en legde de kam weg. 'Ik ben arviragus. Ze hebben mij allemaal trouw gezworen. Ik beveel dat ze mij moeten gehoorzamen, en als arviragus heb ik meer macht dan een Vergadering. Zelfs de druïden moeten mij gehoorzamen. Als ik een Vergadering bijeenroep, is dat een blijk van onzekerheid, en dan zal mijn gezag nog verder afbrokkelen. Ik kan dat risico niet nemen.'

'Ze ontkennen niet dat jij het recht hebt hun bevelen te geven, omdat ze de eed van trouw hebben afgelegd. En de mannen zijn aan hun eer verplicht die belofte gestand te doen. Ze willen alleen het gevoel hebben dat ze ook iets over hun eigen lot te zeggen hebben.'

'Daar hebben ze niets over te zeggen, en dat weet jij ook, Madoc. Als arviragus ben ik heer en meester over hun leven en dood, totdat mijn taak volbracht is.'

Madoc trok bedachtzaam met zijn beringde hand aan zijn baard. 'Ze houden van je, Catuvellaun, maar deze mannen zijn simpele zielen die veel geleden hebben voor de vrijheid. Laat hen spreken, smeek ik je.'

Caradoc keek zijn vriend aan. De lijnen in het gegroefde gezicht deden Madoc lijken op een treurige, tragikomische oude bard. Caradoc voelde een hevig schuldgevoel in zich opkomen. 'Het past jou niet mij te smeken, Madoc,' snauwde hij en het gezicht van de oudere man liep rood aan.

'Wij zijn allemaal bedelaars en verschoppelingen geworden, arviragus, en toch schaam ik mij niet. Werp een paar kruimels van je ongenaakbare trots voor de mannen neer en laat hen lucht geven aan hun bezorgdheid. Waar ben je bang voor?' Madoc ging staan, groette en liep weg. Caradoc keek peinzend voor zich uit. Ik ben bang dat het geluid van hun stemmen hun ontevredenheid nog zal versterken, en dat ze me in de steek zullen laten om naar huis terug te keren, en dat alle jaren van opofferingen dan vergeefs zullen blijken. Moest jij het ook opnemen tegen deze problemen, Vercingetorix, en niet alleen tegen de oorlogsmacht van Julius Caesar?

Na een ogenblik riep hij Cinnamus bij zich. 'Ik zal een grote Vergadering bijeenroepen,' zei hij. 'Verzamel de hoofdmannen en de vrije mannen, Cin. We kunnen deze avond evengoed doorbrengen met vruchteloos gepraat als met werkeloos bij de kampvuren zitten.'

Cinnamus dacht even over deze woorden na, met een peinzende blik in zijn groene ogen. Toen knikte hij. 'Ik denk dat het verstandig is, Caradoc. Laat ze hun bezwaren maar uiten, dan hebben ze hun gemoed gelucht.'

'Je hoeft mij niet te vertellen wat ik zelf al weet!' snauwde Caradoc. 'Ga doen wat ik je gevraagd heb.'

Cinnamus draaide zich snel om en beende weg. 'Moeder!' mompelde hij hoofdschuddend in zijn baard. 'Ik heb medelijden met die arme vrije mannen!'

De mannen kwamen die avond vol verwachting rond het vuur zitten en Caradoc, die met gekruiste benen op een deken zat, de strijdhoorn in zijn vingers geklemd en om zijn voorhoofd een dunne gouden band, zag de vele verwachtingsvolle en tegelijk beschaamde ogen glanzen in het flakkerende licht van de vlammen. De mannen waren nog steeds verdeeld, zelfs tijdens deze Vergadering. De Silurische hoofdmannen zaten dicht bij Caradoc, zeker van zijn gunsten, maar ook zij waren zo voorzichtig de onzichtbare begrenzing van de macht die hij uitstraalde niet te overschrijden. De Ordovices slopen geluidloos naderbij en vormden een ordelijke groep op de grond, terwijl de Demetae met veel rumoer op de achtergrond bleven en elkaar op tenen en vingers trappend verdrongen. Madoc zat, onrustig heen en weer draaiend, naast Caradoc, en even later kwam Emrys met snelle passen binnen, om zich links van Caradoc op de grond te laten zakken. 'Jij geeft je mensen niet behoorlijk bevelen,' zei Caradoc bits, en Emrys keerde zich langzaam om, zodat hij de arviragus met een koele blik kon aankijken.

'Ik ben een hoofdman onder de hoofdmannen,' antwoordde hij onaangedaan, 'zoals jij de grootste onder de groten bent, arviragus. Ik leid en beoordeel mijn mensen, maar ik geef geen bevelen. De Ordovices zijn een vrij volk.'

'De Ordovices zijn een koppig en eigenwijs volk,' merkte Caradoc woedend op. Emrys besloot wijselijk hier niet op in te gaan.

Llyn kwam achter Madoc zitten, daarna volgden Cinnamus en Caelte, die zijn harp en het schild van Caradoc droeg. Eurgain en Vida gingen bij de andere zwaardvrouwen zitten. De gesprekken verstomden langzaam, tot op de open plek alleen de geluiden van de nacht en het ruisen van de wind te horen waren. Caradoc gaf de strijdhoorn aan Cinnamus en ging staan. Aan zijn hoekige en gehaaste bewegingen merkten de toehoorders hoe slechtgehumeurd hij was.

'Ik roep een Vergadering bijeen!' schreeuwde hij. 'Alle slaven moeten verdwijnen.' Toen begon hij meteen met zijn betoog, zonder eerst zijn zwaard af te gespen, maar niemand waagde het hem op dit verzuim opmerkzaam te maken. 'Jullie wilden een Vergadering,' zei hij bruusk, 'daarom heb ik die bijeengeroepen, al ben ik het er niet mee eens. Ik wil jullie er wel aan herinneren dat je de eed aan mij hebt afgelegd, en dat beslissingen die hier genomen worden mijn goedkeuring moeten hebben.' Hij ging zitten. Sine, een slanke, in het bruin geklede gestalte, met daarboven het glanzende, vervaarlijke wolfsmasker, kwam overeind en liep naar voren.

Ze sprak rechtstreeks tegen Caradoc. 'Bedenk, arviragus, dat ik namens mijn stam spreek, en niet alleen voor mijzelf.'

'Dat zal ik,' zei Caradoc toonloos. 'Zet eerst dat masker af, Sine.'

Ze deed wat hij gevraagd had en wendde zich tot de toehoorders. 'Strijders! Vrije mannen en vrouwen! Vier lange jaren hebben wij samen ons voedsel gedeeld en naast elkaar gestreden. We hebben al onze onderlinge geschillen bijgelegd om het westen te verdedigen. Wij verloren broers en zonen, zusters en dochters, wij leden honger en verkeerden in gevaar, maar we hebben nooit geklaagd omdat we beseften dat Albions toekomst in onze handen lag. De naam van onze arviragus is een magische talisman geworden, een klank vol hoop voor de geknechte volkeren in het laagland, maar nu de jaren verstrijken en hoofdmannen sterven, en hun plaatsen ingenomen worden door jongeren die op hun beurt sneuvelen, hebben we nog steeds geen overwinning behaald. Wij willen weten hoeveel tijd wij nog langer van huis en haard gescheiden zullen zijn, voordat onze arviragus zegt dat het genoeg is. Wij willen niet langer als slangen op onze buik door het bos kruipen! Wij willen rechtop vechten als dappere strijders! Zeg ons, arviragus, wanneer zullen wij onze mooie mantels weer kunnen aantrekken?' Ze liep door de rijen toeschouwers terug naar haar plaats en ging naast Eurgain zitten. Op hetzelfde ogenblik sprong de hoofdman van de Demetae overeind; zijn zware helm leek te vonken in het schijnsel van de vlammen.

'De Demetae verlangen niet naar huis,' zei hij luid en schamper. 'Voor ons is elke plaats waar onze zwaarden toeslaan ons thuis! Maar wij willen de Romeinen doden. Onze zwaarden zijn hongerig, en nu gedwongen slechts kleine krassen te maken, terwijl wij hele legioenen de kop willen afslaan. Geef ons een veldslag, arviragus, geen hinderlagen, en geen gesluip door het bos, om beschaamd en achterbaks aan te vallen.' Hij was amper gaan zitten of een Ordovicische vrouw achteraan stond op. 'Sla nu toe, arviragus,' vroeg ze dringend, 'want nu zijn de Romeinen vermoeid en ontmoedigd.'

'Hoe kunnen ze moe zijn, als ze al twee maanden in hun winterkwartier uitrusten?' riep Caradoc woedend terug. Cinnamus legde een hand op zijn schouder.

'Onderbreek degene die het woord neemt in de Vergadering niet,' waarschuwde hij zachtjes. 'De mensen zijn niet in de stemming om te laten spotten met de regels.'

Caradoc moest zich bedwingen de hand van zijn vriend niet weg te slaan, en intussen sprak de vrouw met nerveus overslaande stem verder. 'Nooit eerder hebben zoveel soldaten zich op een plaats verzameld, en wel dicht in de buurt. Deze kans is te mooi om zo maar voorbij te laten gaan.' Ze liet zich weer tussen de anderen terugzakken.

Toen slaakte Madoc een diepe zucht, boog even zijn ruige, zwarte hoofd en ging toen langzaam staan. 'Ik spreek voor mijzelf en namens de Siluriërs,' klonk zijn luide, zware stem. 'Wij zijn gewaarschuwd door de arviragus dat we vertrouwen in zijn oordeel moeten hebben, zelfs als zijn besluiten ons vreemd voorkomen. En we hebben er steeds goed aan gedaan naar hem te luisteren. Onder zijn leiding is het westen nog steeds vrij gebied. Wees hem nog enige tijd gehoorzaam. Ik ben geen man die mooie woorden kan spreken. Ik en mijn stamgenoten houden onze eed in ere en we zullen, zolang dat nodig is, onder zijn opperbevel blijven.' Hij ging hijgend van inspanning zitten en even bleef het stil. Toen sprongen verscheidene mensen tegelijk op en ze begonnen door elkaar te schreeuwen.

'Hij krijgt geen leiding meer van de Dagda!'
'Hij kan geen juiste beslissingen meer nemen!'
'Hij weet zelf niet wat hij moet doen!'

Alle toehoorders kwamen nu kwaad overeind en wierpen boze blikken naar Caradoc. De Siluriërs trokken hun zwaarden, maar de Ordovices waren hen al voor. De kinderen stoven uiteen. Op de open plek ontstond een geweldig tumult toen de hoofdmannen tegen elkaar begonnen te schelden en te schreeuwen. Als een woeste bergstroom zocht de opgekropte ergernis een uitweg. Emrys sprong op en verdween met getrokken zwaard naar zijn stamgenoten, op de voet gevolgd door Aneirin en Gervase. Madoc rende naar de Siluriërs. Toen ging ook Caradoc staan en hij bracht de strijdhoorn naar zijn mond, om er uit alle macht op te blazen. De klaaglijke, lang aangehouden toon echode tussen de bomen. Geschrokken lieten de mannen hun zwaard zakken en keken naar een stampvoetende Caradoc.

'De Romeinen bidden hun goden dat ons een waanzin zoals deze overvalt!' brulde hij. Zijn gezicht was krijtwit geworden en zijn handen beefden van woede. 'Ga zitten, jullie allemaal!' Met beschaamde gezichten en zonder een woord te zeggen lieten de verhitte mannen zich weer op de grond zakken en iedereen richtte zijn ogen op de lange gestalte die met opgeheven armen voor hen stond. Zijn lichaam stak zwart af tegen de achtergrond van rode en oranje vlammen, en van zijn halsring en de band om zijn voorhoofd leken vonken te spatten, zodat zijn hals en hoofd wel omringd leken met een krans van vuur. Hij stampte weer op de grond en zette zijn handen in zijn zij. Boeren! dacht hij, en hij liet zijn woedende blikken over de toehoorders gaan. Stompzinnig vee! En toch is het mij dierbaarder dan mijn eigen leven. 'Ik heb al dikwijls gezegd,' begon hij met van ingehouden woede bevende stem, 'dat geen enkele stam ooit in een echte veldslag met de Romeinse legioenen de overwinning heeft behaald. En nu herhaal ik dat nog eens. Als wij nu alle trage vorderingen die we in de afgelopen jaren gemaakt hebben op het spel zetten, voor een dwaze en roekeloze zucht naar dapperheid, dan zullen we alles verliezen. Alles! Jullie verwanten zullen dan tevergeefs gedood zijn. Jullie kinderen zijn tevergeefs van honger omgekomen. Wij moeten verder gaan zoals we begonnen zijn, door onverwachts toe te slaan en dan weer weg te vluchten, door de soldaten bang te maken en hen één voor één naar de dood te lokken. Dan zal Rome het na twee of drie jaar opgeven, en dan kunnen we allemaal als vrije mensen naar huis gaan.'

Gervase stond op. 'Heer,' zei hij rustig, 'wij hebben vele harde lessen geleerd sinds we aan deze samenwerking begonnen. Nu zijn we moe. We kunnen het niet veel langer meer volhouden. Luister naar ons, en laat deze veldslag de laatste zijn. Wij zijn gereed. Als wij winnen, dan zullen er liederen gezongen worden die nooit meer vergeten worden, zolang Albion bestaat. Als wij verliezen, dan hebben wij ons best gedaan en dan zal er geen lied meer in de herinnering blijven in de lange jaren van gevangenschap. Wij zijn als jouw vee, arviragus, en als beesten zijn wij opgejaagd tot ons hart barstte en tot we geen sprankje leven meer in ons voelden. De bloedhonden van Rome zijn onvermoeibaar en het is heel goed mogelijk dat wij over tien jaar nog steeds door deze bossen kruipen. Ik smeek je, geef ons een echte veldslag, en laat ons dan gaan.'

Jullie hebben het allemaal verkeerd, dacht Caradoc wanhopig, jullie allemaal!

Hij voelde dat de mannen opdrongen en steeds dichter om hem heen kwamen staan. Claudius zal er genoeg van krijgen dat deze onderwerping hem zoveel geld en manschappen kost. Hij zal een vervanger voor Scapula laten komen. Hij zal grenzen in het westen vaststellen. O, waarom willen jullie dat niet onder ogen zien, dwazen?

'Een stemming!' klonk ergens een stem, en het voorstel werd door andere kelen overgenomen. 'Ja, een stemming! Laat ons stemmen, arviragus!'

'Jullie hebben mij tot arviragus verkozen', bracht hij de mannen in herinnering, 'en zolang er een arviragus is, wordt er geen stemming gehouden.'

Er viel een stilte. Hun ogen keken strak naar hem en langzaam keek Caradoc langs de vermagerde gezichten; in de ogen las hij hoop en angst, onzekerheid en verwarring, maar ook vertrouwen. Hij wisselde een blik met Eurgain. Laat ze maar stemmen, hoorde hij haar woordeloos zeggen. Maak er een eind aan, Caradoc. Het uur is gekomen. Hij wendde zijn blik af. Ook Brans donkere ogen spraken tegen hem. Het gezicht van de aanroeper ging schuil onder de witte kap, maar Caradoc besefte dat het weinig zin had de druïden te hulp te roepen. Waarom zou hij ook niet een laatste besluit nemen? Misschien had Gervase wel gelijk. De stammen waren gereed voor een veldslag. Maar in zijn binnenste klonk ergens een fluisterende, verbitterde stem dat het niet waar was, dat ze niet klaar waren voor een openlijke veldslag en dat Scapula trots de vaandels en aquilae in een triomftocht naar het westen zou dragen. Mijn taak is volbracht, zei hij tegen zichzelf. Meer kan ik niet doen.

'Goed, stem dan!' blafte hij hun minachtend toe. De mensen kwamen snel in beweging. 'Wie met mij op de ingeslagen weg wil voortgaan, moet nu opstaan!' Madoc en de Siluriërs rezen als één man overeind, evenals enkele Demetae. Tot zijn verbazing voelde Caradoc dat Emrys ook in beweging kwam en naast hem ging staan.

'Ik kan mijn volk niet dwingen,' zei hij. 'Maar dit is mijn persoonlijke keus.' Sine bleef op de grond zitten.

'En de rest van jullie?' drong Caradoc aan. 'Willen jullie van je eed bevrijd worden?' De ogen ontweken hem, maar er werden hoofden geschud en hij hoorde een heel koor zachtjes ontkennen. 'Ik weet wel wat jullie willen, argeloze lieden,' zei hij vriendelijk. 'Doe jullie eed gestand en ik zal jullie voorgaan naar het slagveld, zoals jullie dat wensen. Als wij de overwinning behalen zullen jullie nooit meer aan mijn oordeel twijfelen, en als wij verliezen zal ieder van jullie onteerd zijn tot de laatste Romein van deze kusten verdwenen is. Zijn jullie het daar mee eens?'

Ze wilden het niet met hem eens zijn, maar waren verstrikt geraakt in het net dat ze zelf uitgeworpen hadden. Nu ze hun onvrede in deze Vergadering openlijk hadden uitgesproken, begonnen velen weer te twijfelen, maar het was nu te laat om de trotse woorden terug te nemen, zonder dat er bloed zou vloeien. Ze wilden niet eerloos de dood ingaan, want een eerloze dode kon geen rust vinden en niet weer tot leven komen, voordat er wraak genomen was. Die schuld bleef eeuwig bestaan. Maar toch werden ze voortgedreven door vrees. Vrees voor nog meer ontberingen en honger, vrees dat de stammen geleidelijk zouden veranderen in berooid rondzwervende groepen, weinig meer dan de dieren die omwille van het vlees geslacht werden. Ten slotte, maar met grote tegenzin, stemden ze in met het voorstel.

Caradoc verklaarde de Vergadering gesloten. De nacht was stil en donker en het zou nog vele uren duren voordat de dageraad aanbrak. Hij riep Madoc, Emrys en de hoofdmannen van de Demetae bij zich en ze bleven rond het uitgedoofde vuur zitten om deze laatste beproeving te bespreken, evenals alle lessen die ze geleerd hadden tijdens de jaren van moedige en wanhopige roekeloosheid die hen op de rand van de afgrond hadden gebracht. Het is nu eenmaal zo ver gekomen, dacht Caradoc berustend. Ik heb deze stammen langer dan enige andere arviragus vóór mij bijeengehouden, maar trouw aan verwanten komt uiteindelijk toch altijd op de eerste plaats, en deze mensen hebben mij al meer trouw betoond dan ik verdiend heb. Nu nemen ze die terug en ik kan het hun niet verwijten. Het wordt zoveel gemakkelijker voor mij. Ik heb niet langer een stamgebied, geen verwanten die jaloers op mij zijn. Maar, bij Camulos, wat had ik graag gezien dat ze daar een ander tijdstip voor uitgekozen hadden! Het zaad is gezaaid, en de eerste spruiten van hoop zijn opgekomen. Maar nu wordt er te vroeg getracht te oogsten, nog vóór de juiste tijd gekomen is.

'Laat Scapula naar ons toe komen,' stelde Emrys voor. 'Wij moeten het terrein voor de strijd bepalen en dan wachten tot hij naar ons oprukt. En het moet ook snel gebeuren, voordat de legioenen ons kunnen scheiden.'

Caradoc knikte afwezig. Hij voelde zich merkwaardig leeg, alsof de reden voor zijn bestaan weggevallen was, en alsof hij vergeten was waarom hij zich hier bevond. Zijn drijvende kracht was plotseling verdwenen. Hij wist dat hij zich in het ochtendgloren bij de nieuwe situatie neergelegd zou hebben, en dat hij dan weer vooruit kon kijken zoals hij altijd gedaan had, maar nu zat hij daar, met zijn handen losjes om zijn knieën geslagen, en hij hield zijn ogen naar de grond gericht.

Toen hij vroeg in de ochtend ontwaakte, motregende het en er woei een warme wind. Hij had het gezag over zichzelf en zijn ondergeschikten hersteld. Hij riep zijn spionnen bij zich. 'Ga naar het oosten', beval hij, 'en bezoek daar de legioenen. Zorg dat je dronken wordt of maak onderling ruzie. En laat dan doorschemeren wat hier gebeurt, maar zorg ervoor dat Scapula dat te weten komt.' Hij stuurde de mannen weg en wendde zich tot Cinnamus. 'Hoeveel strijders zullen er meegaan?'

'De vrouwen meegeteld?'

'Ja natuurlijk! Heb je soms weer ruzie gemaakt met Vida?'
Cinnamus grijnsde zuur. 'Caradoc, ik heb mijn hele leven al ruzie met Vida
gemaakt. Heb ik je wel eens verteld dat, toen ik naar haar vader ging om haar
ten huwelijk te vragen, ze haar beker wijn over mijn hoofd uitgoot en bezwoer dat ze nooit met zo'n arme drommel als ik zou trouwen? Moeder, wat
een vrouw is dat toch! dacht ik toen ik weer wegging. Maar ik wist meteen
dat ik haar wilde hebben. Ze liet me voor haar vechten, die feeks, en sindsdien
is dat altijd zo gebleven, voor, mét en tegen haar...'
Caradoc lachte. 'Ik vroeg je hoeveel strijders we hebben, beste vriend.'
'O ja. Als de vrouwen meegeteld worden, dan heb je een leger van tienduizend koppen, Caradoc.'
'Scapula heeft er vijfduizend meer. Denk je dat we gelijke kansen hebben?'
Cinnamus keek hem geruime tijd met zijn ondoorgrondelijke groene ogen
aan. 'De kansen zijn nooit gelijk geweest, Caradoc. Maar toch staan we hier
nog steeds in de regen, en het westen is nog altijd vrij gebied. Dat is het antwoord op je vraag, denk ik.'

22

Binnen twee weken kreeg een verraste Ostorius Scapula te horen dat de leider
van de opstandelingen zijn tactiek van onverhoedse aanvallen op kleine
schaal verlaten had en dat hij zich nu voorbereidde op een grote veldslag.
Eerst geloofde Scapula dit bericht niet; hij gaf er de voorkeur aan het nieuws
te beschouwen als een sluwe misleidingspoging die het nieuwe strijdseizoen
moest inleiden, maar na korte tijd bevestigden zijn eigen verspieders de
waarheid van het gerucht. Voor het eerst sinds maanden kon Scapula de
nacht rustig slapend doorbrengen, zonder geplaagd te worden door akelige
nachtmerries, veroorzaakt door zijn brandende maag. Eindelijk, eindelijk
speelde Caradoc hem in de kaart, en wel met een ongelooflijke onnozelheid.
Scapula stond met zijn tribunen in de druipende tent die zijn hoofdkwartier
was en vandaar kon hij zien hoe de soldaten haastig hun keukengerei inpak-
ten. In een opwelling wilde hij naar buiten stormen en dansen door de poelen
die de regen had gevormd, als een opgetogen kleine jongen. Hij had toch
gelijk gekregen dat hij hier gebleven was en voortdurend het westen onder
druk hield. De barbarenleider had de eerste fout gemaakt, zoals Scapula altijd
wel verwacht had. Nu, goddelijke Claudius, dacht hij tevreden, nu zullen we
zien wat er verder gebeurt. De horde opstandelingen trok in noordelijke richting, nog steeds dekking vindend in hun ruwe bergen, maar de verkenners

marcheerden met hen mee en hielden zich zorgvuldig schuil in de uitbottende struiken langs de paden. Er werden geen pogingen gedaan hen te grijpen, en daardoor raakte Scapula er steeds meer van overtuigd dat Caradoc het ernstig meende. Hij wilde kennelijk dat Rome in een veldslag tegenover hem kwam te staan. Op Scapula's gezicht verscheen een brede grijns en hij keek zijn onderbevelhebber aan.

'Ik denk niet dat het strijdseizoen dit jaar erg lang zal duren, Gavius. Wat een gelukkige wending van het lot! Caradoc en zijn legermacht zijn op dezelfde plaats en ze wachten mij daar op! Je zou toch denken dat die dwaze barbaar eindelijk verstandig is geworden. Hij moet toch weten dat wij in een geregelde veldslag veel sterker zijn?'

'Ik heb anders gehoord dat zijn besluit niet bepaald werd ingegeven door zijn verstand, heer,' antwoordde de tribuun op zijn hoede, en in zijn stem klonk een lichte teleurstelling door.

De officieren hadden allemaal bewondering voor de koppige en sluwe vijand die ze nog nooit gezien hadden, en in hun brieven naar huis werden speculaties over hem geschreven die de belangstelling van heel Rome kregen. Welke man kon gedurende vier jaren niet één maar twee complete legioenen weerstaan? Was hij een mens of een demon die opgerezen was uit de rivieren waar de inlandse stammen hun goden vereerden? Moeders joegen hun ongehoorzame kinderen schrik aan door alleen maar zijn naam te noemen. Jonge vrouwen droomden ervan door deze geheimzinnige man geschaakt te worden, jongemannen wilden het tegen hem opnemen en hem verslaan, terwijl het verveelde gevolg van Claudius de lange winteravonden doorbracht met de wonderlijkste roddelverhalen over de leider van de opstandelingen. Hij zou misvormd zijn, en eerder op een monster lijken. Hij was de bastaardzoon van een Romeinse koopman die zijn moeder verleid en daarna in de steek gelaten had, en daarom had hij wraak gezworen. Hij was de god Mars in eigen persoon, die zijn lakse aanbidders tot nieuwe eerbied kwam dwingen. De verhalen namen telkens weer een nieuwe wending. Zelfs Agrippina, de nieuwe echtgenote van Claudius, deed mee in dit spel, wanneer ze zich niet bezighield met gevaarlijker intriges. Maar Claudius herinnerde zich de vijandige en minachtende blik in de ogen van de barbaarse prinses die hem zoveel jaren geleden beledigd had, en hij maakte zich niet vrolijk, zoals de anderen. Hij had het Plautius vergeven dat hij met haar getrouwd was. De keizer had weinig anders kunnen doen, want zijn opperbevelhebber keerde naar Rome terug, op een golf van hysterische toejuichingen van het publiek en daarom had hij het paar een tweede buitenhuis en een span paarden voor de arena geschonken. Maar hij moedigde Plautius toch niet aan naar het hof te komen. Claudius wist wie de arviragus van de opstandige stammen was: een man, scherpzinnig en met een aangeboren leiderschap, maar toch niet meer dan een man, iemand die als iedereen at en sliep, streed en liefhad, en daarom kon hij ook verslagen worden, om daarna naar Rome afgevoerd te worden, naar het centrum van de wereld. Claudius kon wachten.

'Caradoc heeft niet uit eigen wil voor een openlijke confrontatie gekozen,' vervolgde de tribuun. 'Zijn hoofdmannen hebben genoeg van zijn tactiek telkens prikaanvallen te doen, en ze willen nu een beslissende veldslag.' Scapula keek de man scherp aan. 'Dus jij ziet hem ook als een grootse volksheld?' Hij keek weer recht voor zich uit naar het grauwe landschap. 'Je zult nog van gedachten veranderen als je hem in werkelijkheid ziet. Hij is niets meer dan een smerige, magere en onbeschaafde krankzinnige.' De stem van de bevelhebber klonk nu hoger en zijn gezicht liep rood aan.

'Zeker, heer,' zei de tribuun haastig.

Emrys liep naar Caradoc toe en legde zijn hand dringend op de arm van zijn strijdmakker, die peinzend voor zich uit staarde, met gefronste wenkbrauwen onder zijn gevleugelde helm. 'Arviragus, je moet een besluit nemen, en spoedig ook!' zei hij. 'Vier dagen zijn wij langs de rivier en door veel valleien getrokken, en nu moeten we halt houden. De legioenen zijn hier nog slechts twee dagen vandaan.'

'Ik weet het,' antwoordde Caradoc werktuiglijk. 'Ik weet het. Laat me even nadenken, Emrys.' Ze waren voor het eerst sinds maanden uit de heuvels te voorschijn gekomen, naar de voet van de steile, met rotsen bezaaide hellingen en naar de oevers van de brede rivier die dicht bij Emrys' eigen stad stroomde, en vandaar waren ze in noordelijke richting getrokken om ergens een geschikt terrein voor de veldslag te vinden. Caradoc wist dat de bomen in de omgeving vol Romeinse verspieders zaten, maar hij had Madoc verboden hen eruit te jagen. Laat ze maar toekijken en tellen, laat ze maar naar Scapula snellen en laat de legermacht dan spoedig komen. Daarna, zo het de moeder behaagt, daarna graag even vrede en een beetje rust. Nu schudde hij beslist zijn hoofd en wenkte dat de mannen verder moesten gaan. 'Deze plaats is niet geschikt!' riep hij. Berustend sjokten de mannen verder door het zonlicht van de late middag en toen Caradoc de rijen bekeek leek het in zijn ogen alsof ze door een fijne, van bloed doorweekte mist liepen. Hij kwam ook weer in beweging. Hij wist zelf niet goed waarnaar hij zocht, maar hij had nog geen enkele vallei gezien die hem onmiddellijk het gevoel gaf dat daar de juiste plaats was. Iets in hem zei dat hij nog verder moest kijken, over de volgende rij heuvels en voorbij de volgende met rotsblokken bezaaide bergwand.

'We zullen bij de volgende bocht in de rivier een kamp opslaan,' zei hij tegen zijn gevolg. 'Madoc, de Siluriërs zijn aan de beurt om de wacht te houden. Zorg daarvoor.' Achter hoorde hij weer gezang opklinken. De grote legermacht had elke avond gezongen, sinds ze uit de beklemmende bergen waren gekomen, en hun vuile, vermoeide lijven in het water van de rivier konden baden. Nu rees een lied op uit wel tienduizend kelen, terwijl de zon als een vurige bal naar de horizon daalde. Deze avond werd een lied over rooftochten gezongen, rijk aan triomfantelijke woorden, en Caradoc luisterde er onverstoorbaar naar, onaangedaan door het machtige geluid dat tegen de hellingen weerkaatste en terugrolde over de rivier. Zijn voorhoede was al om de uitstulping van het land verdwenen. De zon stond al lager. Caradoc kwam bij de bocht en dacht aan niets anders dan eten en een warm vuur, maar opeens bleef hij met een ruk staan.

Hij keek in een vallei die zich naar links uitstrekte, zeker een mijl lang, tot de verste helling die in de eerste avondnevels gehuld werd. De bodem van de vallei helde licht, en was eerst bezaaid met scherpe grijze rotsblokken die van een hoger gedeelte naar beneden waren gerold, maar rees dan snel en duizelingwekkend steil omhoog en op de wand van deze afgrond groeiden schaarse bomen, tot aan de bovenkant, waar hij de resten van een oude versterking zag. De zon was nu bijna verdwenen en het verlaten gebied werd beschenen door de vreugdeloze laatste lichtstralen die vervaagden voordat de schaduwen van de nacht naderbijkwamen. Caradoc bleef als vastgenageld staan.

Cinnamus kwam naast hem staan en floot tussen zijn tanden. 'Dit is de plek, Caradoc, daar is geen twijfel aan. We kunnen de verdedigingswerken daar boven op die helling herstellen, en zelfs een man als Scapula zal zich niet tegen die steile wand omhoog kunnen vechten!'

'Ik denk dat je gelijk hebt, Cin.' Caradoc keek om. 'Emrys! Geef door dat de mannen niet hier beneden hun kamp moeten opslaan. Ik wil dat ze daar naar dat plateau boven deze vallei klimmen, en daar kunnen ze hun vuren tussen de bomen aanleggen!'

'Dus je hebt deze plaats uitgekozen?' vroeg Emrys nieuwsgierig. 'Zullen we hier tegen de vijand strijden?'

Caradoc haalde zijn schouders op. 'Ik weet het nog niet zeker. Morgenochtend zal ik je zeggen wat ik besloten heb.'

Emrys stond op. 'Dan is het misschien al te laat,' waarschuwde hij en liep samen met Cinnamus weg.

Caradoc keek naar de groepen strijders die een lange slang vormden en zo langs de steile helling omhoogkropen. Het was nu bijna helemaal donker geworden en ergens, aan de andere kant van de rivier, onzichtbaar in de geurige zomeravond, wachtten vijftienduizend geoefende Romeinse soldaten om zijn strijders neer te sabelen en te verslaan. Caradoc voelde zich eenzaam en zonder vrienden. Hij liet zich op een rotsblok zakken en bleef daar lange tijd zitten, tot de nachtelijke bries opstak en zoete geuren meevoerde van de nieuwontloken bladeren waarin het sap nu weer stroomde en de wilde, delicate geur van doornige struiken.

Ik heb die geur ook op mijn trouwdag geroken, dacht hij, Eurgain en ik, nog jong en onschuldig, en vol bruisende levenslust. Waren de mensen maar geen domme pionnen van het noodlot. Kon ik mijn levensloop maar veranderen en naar mijn hand zetten. Cin had gelijk. Geen enkele andere plaats als deze is zo geschikt voor ons doel, en dat is een goed voorteken. Het zou dwaas zijn nog verder te marcheren en dan misschien overvallen te worden door Scapula op een plek waar we ons niet goed kunnen verdedigen. Hij liet zijn hoofd op zijn knieën zakken, strengelde zijn vingers ineen en legde zijn handen in zijn nek. Ik zal hier blijven. Ik zal niet verder trekken. Hij voelde het noodlot dichterbij komen, maar verzette zich tegen de greep ervan. Ik zal de overwinnaar zijn, dacht hij koppig. Ik zal mijn ziel dwingen mij te gehoorzamen. Zo bleef hij zitten, onbeweeglijk in het zwakke licht van de sterren en langzaam werd de vallei ook bestraald door het kille, zilveren licht van de opkomende maan.

De volgende ochtend brachten zijn verspieders hem het bericht dat de Romeinen vertraging hadden opgelopen. Scapula wilde er beslist zeker van zijn dat zijn achterhoede goed beveiligd was, voordat de beslissende veldslag zou beginnen. De Romeinse bevelhebber meende dat hij tijd genoeg had, en zijn soldaten maakten de laatste voorbereidingen, terwijl zijn spionnen hem berichtten dat het overal in het laagland rustig was.

Caradoc gaf opdracht dat elke man en vrouw aan het werk moest gaan, en ze brachten de dag door met het verzamelen van rotsblokken om de vervallen verdedigingsmuur te herstellen, waarachter ze beschutting en dekking konden vinden, en vanwaar de vrije mannen hun slingers konden gebruiken. Hij, Emrys en Madoc stonden op de rand van het hoge plateau en keken uit over het door de zon beschenen landschap.

'Ik wil niet dat de mannen zich doodvechten,' zei Caradoc tegen de andere twee. 'Als we aan de verliezende hand raken, dan moeten ze vluchten, zodat we in de toekomst verder kunnen strijden. Druk de mannen op het hart dat het weliswaar eervol is op het slagveld te sneuvelen, maar dat het nog beter is in leven te blijven om later de strijd voort te zetten.'

'Je twijfelt aan een overwinning,' merkte Emrys op, en Caradoc keek hem geërgerd aan.

'Natuurlijk twijfel ik! Als wij morgen winnen, zal het de eerste keer zijn dat zoiets de verzamelde stammen lukt. We hebben een goede kans de overwinning te behalen, als de stammen maar gehoorzamen. Maar jij weet evengoed als ik dat ze erop staan op eigen kracht te vechten, en dan kan zelfs ik hun in het heetst van de strijd geen leiding geven. Het zal vooral aan jullie beiden liggen of de stammen gehoorzamen.'

Ze keken even naar de drukte en bedrijvigheid daar beneden hen. Overal in de vallei krioelden in bruin en grijs geklede figuren, met opgerolde mouwen en strakgespannen spieren. De muur begon er al minder verwaarloosd uit te zien. De mensen werkten opgewekt aan het herstel; ze lachten en zongen tijdens het sjouwen, alsof ze bezig waren met de voorbereidingen van de offers voor het lentefeest. Hun vrolijkheid ergerde Caradoc. Het zijn net kinderen, dacht hij. Allemaal kleine kinderen. Abrupt keerde hij zich om.

'Emrys, jij en je mensen kunnen het midden van de vallei voor je rekening nemen. Madoc, de Siluriërs moeten de rechterflank verdedigen, waar minder dekking voor ons is. Ik zal de Demetae naar de linkerkant sturen,' – hij wees in de aangegeven richting – 'daar waar de bomen laag op de helling en in de vallei groeien, zodat de cavalerie er niet door zal kunnen breken. Verzamel je mensen dicht bij de rivier, zodat we de vijand met stenen en keien kunnen bestoken als ze door het water waden. Daarna kunnen we ons achter de muur terugtrekken.' De anderen knikten instemmend. 'En dan is er nog iets,' merkte Caradoc op. 'Vanavond kunnen de strijders hun voddige kleren in het vuur gooien. Wij zullen ons niet langer kleden in de kleuren van de bosdieren.'

Tegen zonsondergang was de muur hersteld, en de mensen trokken zich achter deze bescherming terug om daar hun wapens te poetsen en gebeden te zingen. De goden waren met hen meegereisd, en Caradoc liep van kampvuur naar kampvuur. Hij hoorde het aanzwellen en wegsterven van de zachte stemmen die daar uit de groepjes rond de stenen en houten beeldjes opklonken. De godenbeelden zaten gehurkt of met gekruiste benen in de kring van gelovigen, met drie gezichten of met drie koppen, met grotesk opgezwollen buiken, of juist zo mager als twijgen. Caradoc en zijn hoofdmannen hadden bij de rivier gestaan en toegekeken toen Bran eikebladeren in het water doopte en voortdurend bezweringen mompelde, en in de modderige poelen hadden de strijders eerder buitgemaakte zwaarden en pijlen geworpen. De godin antwoordde niet, maar plotseling was er wel een dode vis komen bovendrijven, zilverig glanzend, en dat moest een goed voorteken zijn.

De nacht was gekomen, na een dreigende zonsondergang met donkere onweerswolken, rood en oranje opgloeiend aan de onderzijde. Toen keerden de verspieders terug. Scapula was gearriveerd. Caradoc liep met hen mee naar de rand van de vallei en keek in de verte, waar wel duizend rode kookvuurtjes aan de andere kant van de rivier te zien waren. Juist toen hij het aantal probeerde te tellen, hoorde hij een klaroenstoot die de avondceremoniën voor Jupiter aankondigde. Hij zond de spionnen weg en liep naar zijn tent, blij dat er spoedig wat gebeuren zou. Hij hield het tentzeil opzij en ging naar binnen. Eurgain legde zijn kleding voor de volgende ochtend klaar. Een gele broek, geborduurd met gouddraad, een blauwe tuniek met fleurige patronen, zwarte en gele vlakken, en een lange zachtpaarse mantel, voorzien van gouden tressen. Ze had het kistje waarin ze haar juwelen bewaarde opengemaakt en

Caradoc haalde er de zilveren armbanden, de met koraal bezette gespen, en de met parels ingelegde hoofdbanden uit.

'Cin heeft je schild gebracht,' zei ze. 'Ga je dat gebruiken?' Hij keek naar zijn ceremoniële schild dat naast het gehavende, veelgebruikte houten schild stond, en schudde zijn hoofd.

'Het email zou beschadigd worden,' was het enige dat hij kon uitbrengen, en hij voelde een brok in zijn keel toen hij haar bruine vingers door haar eigen sieraden zag bewegen. Het leek wel speelgoed uit een andere tijd. 'Eurgain,' zei hij, 'ik wil de vrouwen in reserve houden. Ik vertrouw de Demetae niet helemaal. Ze vechten goed, maar ze zijn net als Tog: als de eerste aanval mislukt, dan raken ze snel in verwarring en misschien moet ik jou en Vida dan naar hen toe sturen om de linkerflank te versterken.'

'En wat zal Llyn met zijn hoofdmannen doen?'

Caradoc liet zich op de grond zakken en schonk zichzelf een beker bier in. 'Llyn zal naast mij vechten. Hij zal wel protesteren, maar deze keer heb ik hem echt nodig.'

'En de meisjes?'

'Die zullen niet vechten. Ze kunnen in de achterhoede blijven, bij de kinderen en de ouderen.' Hij dronk zonder veel vreugde en Eurgain sloot het juwelenkistje voordat ze naast hem ging zitten.

'Als we de strijd verliezen, Caradoc, wat doen we dan?'

Hij zette de beker neer en trok haar dichter tegen zich aan. Met één hand nam hij haar ene vlecht en maakte die langzaam los. 'Dan zullen we vluchten. Terug naar het westen of naar Brigantia. Dan moeten we weer opnieuw beginnen.' Hij schudde haar haren en begon de andere vlecht los te maken.

'Soms denk ik wel eens dat wij nog oud zullen worden en in deze bergen sterven,' zei ze. 'En dat we nooit meer een thuis zullen kennen, anders dan een lekkende tent, of een andere mantel dan een haveloos vod. Dat we nooit meer zonder angst samen zullen lachen, en dat we nooit meer zonder gevaar in het maanlicht kunnen lopen.'

Hij gaf geen antwoord, maar verzamelde zwijgend de gouden waterval in zijn handen en keek naar haar gebruinde gezicht.

'Eurgain,' zei hij, 'ik houd van je. Hoe lang is het al geleden dat ik dat voor het laatst tegen je zei?'

Haar ogen werden groot van verbazing en blijdschap. 'Ik geloof niet dat je het ooit eerder tegen mij gezegd hebt,' antwoordde ze, en in haar stem klonk ontroering door. Hij kuste haar begerig, in de wetenschap dat de tijd niet zou blijven stilstaan voor hen en dat de avond wreed en onvermijdelijk plaats zou maken voor de nacht, de nacht voor de dageraad en dat hij haar dan misschien nooit meer in zijn armen zou kunnen nemen, deze vrouw die als de spiegel van zijn ziel geworden was. De gedachte aan de komende strijd prikkelde hun hartstocht en bracht hun vermoeide lichamen een voorzichtige vreugde. Toen er niets meer te zeggen was, vielen ze in een diepe slaap, dicht tegen elkaar aan.

In het bleke, slaperige ochtendlicht ontwaakten ze en ze kleedden zich snel aan. Ze gordden hun zwaarden om boven de helder gekleurde tunieken en pakten hun schild op. Ze namen afscheid van elkaar, alsof ze tegen de middag zouden terugkeren voor de maaltijd bij het oplaaiende vuur. Met bestudeerde onverschilligheid gingen ze uiteen, Eurgain naar de vrouwen die zich onder de onbeweeglijke bomen verzamelden, en Caradoc naar het vlakke gedeelte van de vallei, waar Cinnamus en Caelte hem al opwachtten.

Die ochtend was het weer erg drukkend. Wolken vormden een dichte laag van horizon tot horizon, en in het oosten weerlichtte het geluidloos. De atmosfeer was zo drukkend dat de lucht wel tastbaar leek en geladen met een voelbare dreiging. Het gezicht van de mannen stond slaperig en ze konden met moeite hun gedachten ordenen.

De drie mannen liepen naar het water en keken naar de Romeinse legermacht aan de overkant. In de verte galoppeerde de cavalerie heen en weer, de pluimen van de ruiters bewogen amper, en in de stille lucht die vooraf moest gaan aan een onweer, kon Caradoc een groepje officieren ontwaren die kennelijk instructies kregen. Hij kon de gezichten zelfs onderscheiden. Was Scapula één van hen? Het leger had zich verzameld bij een smalle strook vlak land, duizenden mannen met helmen en harnassen, als groteske in ijzer geklede insekten, die in de ogen van de drie hoofdmannen allemaal op elkaar leken. Vlak bij het water rees een pluim wierook recht omhoog.

'Wat doen ze daar?' vroeg Caradoc nieuwsgierig.

'Ze lezen de voortekens,' antwoordde Caelte. 'Dat gebeurt al voor de tweede keer deze ochtend. Het weer maakt de soldaten onrustig en ik vermoed dat ze een duidelijker uitleg willen, voordat het gevecht begint.'

'Dan zullen hun priesters moeten liegen,' zei Cinnamus prompt, 'want wij zullen de overwinning behalen en dat zal niemand tegen hen durven zeggen.'

'Zijn onze hoofdmannen gereed?' vroeg Caradoc.

Cinnamus knikte en ze keken alle drie om. Caradocs strijders hadden zich verspreid over een breed front, dat wel een mijl lang was, en overal waren de felle kleuren van hun tunieken in het grijze licht te zien. De hoofdmannen droegen trots hun bewerkte bronzen schilden en grote helmen. Hun speren staken recht omhoog en hun tot op de grond reikende mantels waren naar achteren geslagen. Vóór hen vormden de vrije mannen rijen, sommigen gekleed in eenvoudige tunieken, anderen bijna geheel naakt, en de blauwige, ingewikkelde tatoeages kleurden goed bij de grauwe rotsen van de omgeving. Allemaal hielden ze leren schilden vast en over hun schouders hingen buidels vol gladde ronde kiezelstenen.

Caradoc wendde zich naar zijn twee hoofdmannen en greep beurtelings hun polsen, voordat hij hen omhelsde. 'Ik wens jullie veiligheid en vrede,' zei hij zacht. 'Jullie hebben mij trouw gediend, allebei, en mogen jullie eeuwig leven!'

Ze beantwoordden snel de afscheidsgroet, struikelend over de woorden, en opeens voelden ze ook de beklemming die onverwachts tranen in Caradocs ogen bracht. Meteen renden ze alle drie weg langs de gelederen van de vrije mannen, naar de plaats waar Llyn en zijn jonge hoofdmannen onrustig heen en weer beenden, met een felle gloed in hun ogen.

Caradoc greep zijn speer, gespte zijn mantel los en liet die op de grond vallen. Hij keerde zich om. Het leek allemaal zo griezelig vertrouwd, en één kort, huiveringwekkend ogenblik meende hij dat hij naast Eurgain in zijn bed lag in Camulodunon, en dat dit alles een droom was. Maar zijn duizeling was spoedig verdwenen. De sfeer was dreigend, de wolken hingen laag en donker, en in de vallei heerste een vreemde stilte, terwijl de twee legers, nu alle voorbereidingen gedaan waren, op de schok van het begin van de strijd wachtten. Angst bekroop Caradocs bewustzijn, maar hij haalde diep adem en wist de opwelling te verdrijven. Toen klonk het Romeinse sein voor de stormloop, een helder en schallend geluid aan de overzijde van de rivier. De eerste Romeinse soldaten kwamen in beweging en waadden door het water. Caradoc bracht de strijdhoorn naar zijn lippen en blies uit alle macht. Een hoge, schelle toon klonk op en weerkaatste honderdvoudig. Hij trok zijn zwaard, zwaaide het rond boven zijn hoofd en sprong naar voren. 'Een ochtend van dood!' schreeuwde hij. 'Een ochtend van strijd! Camulos voor de Catuvellauni!' Met een luid gebrul sprongen de strijders op, trommelden op hun schilden, krijsten en schreeuwden en in de voorhoede draaiden de eerste slingers steeds sneller rond. Legionairs vielen in het water, getroffen door de kiezels uit de slingers, maar meer soldaten volgden spoedig, en opeens kwamen de eersten al wankelend aan deze kant van de rivier omhoog, terwijl achter hen nieuwe aanvallers als golven zwarte kevers aanrolden. Caradoc, gevolgd door Cinnamus en Caelte, sprong naar beneden en begon te rennen, en de groep van Llyn omringde hen met getrokken zwaarden. Zo vielen ze aan, met een grimmige blik in hun ogen, en woest om zich heen maaiende armen.

Drie uur lang vochten de strijders van de stammen onder leiding van Caradoc als bezetenen, en ze hadden hun lessen goed geleerd. De Romeinen kregen niet de kans een wig tussen de wild zwaaiende zwaarden van hun tegenstanders te drijven, en zo werden de legionairs gedwongen als eenlingen te vechten, zonder de arm van een strijdmakker aan hun zijde. Hun bewegingen werden ook vertraagd door de angst voor het naderende onweer.

Scapula keek toe. Hij maakte zich voorlopig geen zorgen en toen hij zag dat zijn voorhoede van infanteristen geen doorbraak kon forceren, gaf hij bevel meer troepen in de strijd te brengen. Gehoorzaam doorwaadden zijn soldaten de rivier, gevolgd door hulptroepen, die de strijders van de stammen met hun eigen wapens aanvielen, omdat ze afkomstig waren uit Gallië en Iberia. Plotseling hoorde Caradoc een schetterend geluid. De Demetae raakten vermoeid en zodra de Romeinse officieren merkten dat de tegenstand verminderde, klonken er trompetstoten. Soldaten renden over de oever, druipend van het water, en ze vormden dichte gelederen die de in verwarring gebrachte Demetae vloekend en schreeuwend terugdreven, zodat ze moesten vluchten naar de bomen hoger op de helling. Toen zag Caradoc de vrouwen met getrokken zwaarden te voorschijn komen uit het bos, hoog boven het tumult. Hij meende het koperkleurige starre masker van Sine te onderscheiden. Ze stroomden langs de helling naar beneden, naar de plaats waar de Romeinen onweerstaanbaar naar Emrys en zijn Ordovices oprukten. Daar vielen de vrouwen als wraakzuchtige godinnen de achterhoede van de Romeinen aan. Toen kon Caradoc niet meer kijken, want de strijd verplaatste zich in zijn richting en hij had al zijn aandacht daarvoor nodig.

De strijders weken langzaam achteruit. De strijdgroep van de Demetae had ongewild de Romeinen een kans gegeven zich te verzamelen, zodat de mannen nu tegenover een ondoordringbare rij schilden stonden, van waaruit de korte steekzwaarden snel als de giftanden van slangen naar voren sprongen. Scapula vatte meer moed. Het middaguur was aangebroken en hij kreeg honger, voor het eerst sinds vijf jaar kreeg hij werkelijk honger, toen hij zag hoe de strijders teruggedreven werden naar hun verdedigingsmuur. Hij zag zijn tegenstanders over die muur springen.

'Vorm een *testudo*,' beval hij tevreden, en het bevel werd snel doorgegeven. De trompetten schetterden. De verzamelde legionairs smolten samen tot één ijzeren front voor de rotswand. De schilden werden opgeheven boven de gehelmde hoofden en de hoofdmannen die zich over de muur bogen om naar de Romeinen te steken merkten dat hun zwaarden afketsten op de dichte laag schilden. Nu roken de Romeinen de overwinning. Met hernieuwde moed rukten ze op naar de muur, intussen bekogeld door de verbeten strijders. Caradoc keek lang de rand van de muur en zag het gevaar. 'Terugtrekken!' schreeuwde hij. 'Allemaal naar boven!'

Hij speurde koortsachtig naar Llyn, maar zag hem nergens. Toen hij met de andere bebloede mannen naar het plateau klauterde, ging een nieuw gehuil op. Pijlen werden in grote aantallen op de verdedigers afgeschoten, zodra de hulptroepen merkten dat de vijand binnen bereik kwam, en overal vielen mannen en vrouwen, in de rug geraakt door de scherpe projectielen. Caradoc rende weg, Cinnamus en Caelte volgden zijn voorbeeld en met een uiterste krachtsinspanning bereikten ze de rand van de vallei, maar ze leken geen voorsprong te kunnen opbouwen, en onverminderd daalde een regen van fluitende pijlen rond hen neer. Cinnamus schreeuwde: 'Nog is alles niet verloren, Caradoc! We kunnen ons omkeren en dan moeten zij tegen de helling omhoogvechten!'

'Spaar je adem!' beet Caradoc hem toe, en op hetzelfde ogenblik hoorde hij een pijl fluiten. Snel wierp hij zich op de grond.

'Nee!' krijste Caelte, en Caradoc hoorde een geluid als een zucht. Hij keerde zich razendsnel om. Cinnamus lag op de grond, met beide handen uitgespreid probeerde hij overeind te komen. In zijn grote groene ogen was dodelijke schrik te lezen, en een golf helderrood bloed welde uit zijn mond. 'Moeder!' hoestte hij. 'Ik ben getroffen...' Hij zonk terug naar de grond, zijn ene arm vreemd verdraaid graaiend naar de zwarte schacht van de pijl die zijn rug doorboord had, maar toen gleed de hand weg, zijn ogen werden glazig. Cinnamus was dood.

Eén bevroren ogenblik leek al het tumult van de strijd verstomd. De tijd stond stil. De rennende mannen vertraagden hun voetstappen en bewogen zich nauwelijks meer. Caradoc wierp zich op het lichaam van zijn vriend, zijn wang drukte hij tegen de met bloed besmeurde blonde haren, en zijn arm sloeg hij om de brede gespierde rug, nog warm onder hem. 'Nee, niet jij, Cin!' fluisterde hij verbijsterd. 'Jij niet...' Tranen stroomden in een pijnlijke vloed uit Caradocs ogen om dit verlies en hij keek naar het verstilde gezicht, zonder acht te slaan op de strijders die dichterbij kwamen. Cinnamus staarde hem met een edele, wat bedroefde dode blik aan. Caradoc sprong overeind, zette zijn ene voet op de rug van Cinnamus en greep met beide handen de pijl beet. Hij rukte de pijl woest los en brak de schacht woedend op zijn knie voor hij de twee stukken wegsmeet. Toen boog hij zich weer over de dode man om hem op te tillen. Maar Cinnamus was zwaargebouwd, ondanks zijn altijd zo soepele bewegingen, en Caradoc slaagde er niet in hem omhoog te krijgen. Snikkend van machteloze woede hurkte hij in het gras, tot Caelte hem bij de schouder schudde. Ook hij had tranen in zijn ogen.

'Dat is het noodlot, heer. U kunt niets meer doen, behalve om hem rouwen. Hij zou niet gewild hebben dat u voor hem gestorven was. We moeten de strijd voortzetten.'

Caradoc knikte en kwam overeind, onverschillig voor de nieuwe beschieting met pijlen die overal tegen de rotsblokken afketsten. Snel maakte hij de gesp van Cinnamus' gordel los, en weer schoten tranen in zijn ogen toen hij het zwaard uit de verkrampte vingers losmaakte. Nog één keer boog hij zich naar voren en kuste het hoge voorhoofd van de dode, voordat hij met Caelte wegvluchtte naar de dekking van de bomen. Toen ze hijgend het laatste stuk aflegden, schoot een felle bliksemflits langs de hemel, en meteen daarop klonk een oorverdovende donderslag recht boven hen, voordat de regen begon neer te storten. Een warme muur van water daalde neer, en doorweekte hen voordat ze de schaduwen van het bos bereikten, maar ze merkten het amper. Caradoc rende verder, stond een ogenblik stil om het zwaard van Cinnamus tegen een boom te zetten, daarna voegde hij zich zo snel mogelijk weer bij de anderen, want de Romeinen rukten onweerstaanbaar op, en de hoofdmannen konden zich alleen nog verweren.

Maar hun wilskracht was niet gebroken. Een uur lang streden ze verbeten terug tegen de legioenen, en de bittere herinneringen aan de voorafgaande jaren gaf hun een bijna bovenmenselijke kracht. Toch raakten de strijders steeds meer aan de verliezende hand. De regen viel gestaag neer en veranderde de steile hellingen in verraderlijk glibberige modderstromen. De mannen zakten tot hun enkels in de doorweekte bodem. Onder de bomen was het droger, en ook hier werd hevig gevochten, maar toch sneuvelden de mannen één voor één, terwijl de middag langzaam vorderde. Uiteindelijk zocht Caradoc naar Madoc.

'Geef dit bevel door,' hijgde hij. 'Het is tijd om te vluchten! Verspreiden in het bos, naar het westen en naar het noorden. Niemand mag nog sneuvelen, willen we de strijd later kunnen hervatten!' Madoc verdween met vermoeide passen en Caradoc begon koortsachtig naar Llyn, naar Eurgain en naar Vida te zoeken... O, Moeder, Vida! dacht hij en de paniek schoot naar zijn keel. Wat moet ik tegen haar zeggen? Hij zag zijn eigen leger uiteenvallen, de mannen liepen in kleine groepjes naar verschillende windstreken.

Scapula, aan de andere kant van de rivier, knarsetandde toen hij zag wat er gebeurde.

'Ze proberen weg te komen!' zei hij verbolgen. 'Geef de cavalerie opdracht de achtervolging in te zetten! Als Caradoc weer ontsnapt, dan zal ik alle officieren laten kruisigen!' Zijn maag krampte en hij sloeg bijna dubbel van de pijnlijke aanval, maar toch dwong hij zijn schouders naar achteren. Overal in de vallei lagen de lijken van gesneuvelden. O, Mithras, smeekte hij in stilte, laat één van hen Caradoc zijn...

Rechts van hem hoorde Caradoc hinnikende paarden, maar hij bleef niet staan en rende zwijgend verder, zo snel zijn dodelijk vermoeide benen hem wilden dragen. De cavalerie kon weinig beginnen in het dichte bos, vol kloven en ravijnen, doorsneden met bergbeken die zich naar de rivier onder aan de steile helling stortten. Caradoc was niet bang dat hem de weg werd afgesneden. Hij wist niet waarheen hij liep, hij rende alleen maar, en de geluiden van de achtervolgende Romeinen vervaagden. Caelte draafde naast hem voort. Opeens vertraagden ze hun passen, toen een in het wit geklede gestalte achter een grote eik vandaan kwam. Caradoc greep naar zijn zwaard, maar Caelte fluisterde verrast: 'Bran!'

De druïde kwam snel bij hen en verspilde geen woorden. 'Luister naar mij,

Caradoc. Blijf niet hier zoeken. Ik zal hier blijven en proberen Eurgain, Llyn en je dochters te vinden, dat zweer ik je, en dan stuur ik hen naar jou toe. Jouw leven is voor de stammen meer waard dan dat van hen, dat weet je. Waar is Cinnamus?'

'Dood,' zei Caradoc zachtjes, en de kille eenvoud van dit woord leek pijnlijk als een pijl in zijn eigen rug. Bran zweeg een ogenblik, zoekend naar woorden.

'Dat is een wrede slag,' zei hij ten slotte. 'Cinnamus was een van de grootste strijders die ooit geboren werd bij de Catuvellauni. Maar rouw niet om hem, vriend. Hij stierf een eervolle dood, en hij zal herrijzen.' Hij deed een stap naar voren. 'Luister. Ga niet naar het westen. Scapula zal daar dag en nacht als een bezetene naar je zoeken, en de bevolking daar zal maandenlang wreed opgejaagd worden. Voordat Madoc en Emrys de stammen weer kunnen verenigen zullen er velen gedood zijn. Onder geen voorwaarde mag jij gegrepen worden. Ga daarom naar Brigantia, naar Venutius. Hij zal je in elk geval onderdak en een schuilplaats geven.' Bran omarmde Caradoc en duwde hem toen van zich af. 'Maak voort! Ga snel hier vandaan, want Scapula is nu al tussen de lijken naar jou aan het zoeken. Houd de middagzon achter je linkerschouder.' Zonder verder nog iets te zeggen keerde de druïde zich om en verdween tussen de bomen. Caradoc bleef staan en luisterde naar de stilte. Zijn stamgenoten in hun doodsnood leken ver weg. Eurgain, dacht hij, mijn liefste, moet ik jou verlaten? En mijn zoon en mijn twee dochters? Hij hoorde de regendruppels treurig van de takken op de aarde druppen. Hij rook de eenzame, geheimzinnige geuren van het bos. Langzaam en eerbiedig streken zijn vingers langs het zwaard van Cinnamus en het leek wel of er een gapende kloof in de oneindig verstrijkende tijd ontstond. Toen vermande hij zich en kwam weer in beweging. 'Kom mee, Caelte,' zei hij. 'Nu moeten we samen verder. Laten we rennen.'

Binnen twee dagen werden overal in het westen patrouilles gezien. Na vijf jaren ervaring had Scapula het terechte vermoeden dat Caradoc zich niet zou terugtrekken op het grondgebied van de Ordovices. Deze keer niet, want het opstandelingenleger was uiteengedreven, alle moeizame voorbereidingen waren tevergeefs gebleken en Caradoc zou zeker veel tijd nodig hebben om zich te herstellen.

Daarom gaf de Romeinse bevelhebber opdracht dat hulptroepen naar de heuvels tussen het westen en Brigantia moesten trekken, en de soldaten haastten zich al spoedig daarheen, om te proberen hem de weg af te snijden voordat hij zou ontsnappen. Scapula wist dat zijn kansen op succes maar klein waren. De strijders van de stammen hadden zich teruggetrokken in de ondoordringbare, geheimzinnige bergen, en al waren zijn soldaten niet langer bang voor onverwachte aanvallen, het was alsof ze moesten zoeken naar een schim in het land van de schaduwen. Scapula kon alleen maar hopen dat hij de leider van de opstandelingen de weg kon afsnijden. Hij beende ontstemd heen en weer bij de rivier. De regen kletterde in dikke druppels op zijn geharnaste borst en op zijn helm, terwijl hij toekeek hoe de lijken van de gesneuvelden op grote stapels werden geworpen, om vervolgens verbrand te worden. De maag van Scapula leek in brand te staan. Niet meer dan vierhonderd inlanders waren hier gesneuveld, de overlevenden moesten allemaal gevlucht zijn. Scapula was niet zo onnozel dat hij het westen nu als overwonnen beschouwde: de stammen zouden enige tijd hun wonden likken en dan pas zou Caradoc naar hen terugkeren, waarschijnlijk met versterkingen die hij met veel zoete woorden had weten te lokken. Dan zou Claudius zijn geduld helemaal verliezen en Scapula naar Rome terugroepen, niet voor een triomfantelijke intocht, maar om genadeloos beschimpt te worden.

Zweetdruppeltjes verschenen op zijn voorhoofd en vermengden zich met de warme regen. Zijn reputatie stond op het spel en die kon alleen gered worden als hij erin slaagde Caradoc gevangen te nemen, of als hij de versterkingen in het westen kon overmeesteren. Maar beide kansen waren niet groot, eerder hoogst onwaarschijnlijk, al had hij gedaan wat hij kon. En hoewel hij medelijden met zichzelf kreeg, hij had nog meer medelijden met zijn opvolger. Albion was inderdaad een modderige, verraderlijke val vol geheimen.

Hij wendde zich naar zijn onderbevelhebber. 'Ik wil dat de cohorten naar het zuiden en naar het westen trekken, Gavius. Ik wil dat Siluria uitgekamd wordt. Daar heeft die opstandeling de meeste medestanders, en als we dat steunpunt kunnen vernietigen is er een kans dat de andere stammen in het westen zich overgeven.' Hij keek naar de twee zwarte, stinkende rookpluimen die traag oprezen in de regen. 'Ik wil dat de Siluriërs uitgeroeid worden, tot de laatste man. Elke man, vrouw en ook alle kinderen moeten gedood worden. De akkers moeten platgebrand worden, evenals de dorpen. Dan zal er daar de eerste tijd geen verzet zijn.' Hij wachtte niet op antwoord maar keerde zich snel om en liep met grote passen naar zijn boot, om de rivier over te steken en vervolgens naar de eenzaamheid van zijn eigen tent te gaan. Scapula besefte hoe koud en nat hij was. Hij voelde zich ellendig.

Caradoc en Caelte lagen op de rand van de kloof, verscholen in de dichte begroeiing van bosjes die zich daar aan de helling vastklampten. Drie dagen lang waren ze verder gevlucht, slechts af en toe enkele uren uitrustend om wat te slapen, wanneer ze zo uitgeput waren dat ze werkelijk niet meer vooruit kwamen. Ze vingen konijnen in strikken, als de honger hen te machtig werd, maar ze waagden het niet een vuur aan te leggen, omdat ze zich voortdurend bewust waren dat er overal in de omgeving Romeinse soldaten moesten zijn. Maar het rennen was als een balsem, het gestage lopen werkte verdovend, zodat hun benen werktuiglijk bewogen zonder dat ze erbij dachten. Ze richtten hun aandacht alleen op de betekenis van de geluiden om hen heen.

Tegen de avond van de eerste dag waren ze een rivier over getrokken. Ze hadden zich eerst uitgekleed, ontdeden hun kleren van alle versieringen en glanzende knopen, daarna drukten ze hun mantels, tunieken en broeken in de bruine modder, om minder op te vallen. Toen waren ze snel verder gegaan, gekleed in schemerige kleuren als van dode bladeren, zodat zelfs het maanlicht hun snelle voorbijgaan niet markeerde.

Nu lag het gevaarlijkste deel van de ontsnappingsroute vóór hen. In de diepte kronkelde een rivier, en de schemering kwam al naderbij, ondanks de gouden stralen van de zon die nog door het donkere bladerdak heen drongen. Tussen de twee mannen en de bomen op de oever van de rivier stonden Romeinse soldaten op wacht.

Caradoc keek naar beneden. Scapula was hen te slim af geweest.

'We moeten terug,' fluisterde Caelte. 'Verderop kunnen we de rivier oversteken.' Maar Caradoc gaf geen antwoord.

Verder naar het zuiden was een fort, en in de brede vallei die zich naar het westen uitstrekte waren veel dorpen. Bovendien, er was geen veilige terugweg mogelijk, want in het bos werd overal gepatrouilleerd. Caradoc bleef doodstil liggen en hij dacht koortsachtig na. De mannen daar in de diepte waren geen gewone soldaten. Het waren hulptroepen, mannen uit Thracië of uit Gallië die zich onhoorbaar als herten door de bossen konden bewegen. Caradoc wist dat deze mannen eigenlijk lotgenoten waren, maar hij besefte ook dat ze niet omgekocht konden worden. Hoewel ze de wereld bekeken met even blauwe ogen als Eurgain, waren ze tot Romeinen verworden. En deze mannen als kinderen, weggehaald uit hun stamgebied, maakten genadeloos jacht op hem, omdat hij nu hun vijand was. Hij verdrong de gedachte aan zijn vrouw en keek Caelte aan.

'We moeten wel langs deze weg verder,' zei hij, 'en we moeten hier deze nacht voorbij de rivier zien te komen. Als we nog een dag wachten, zullen we gegrepen worden. De patrouilles zijn al te dicht achter ons. De maan neemt af en ik zie wolken in het oosten, dus misschien is het donker genoeg om de rivier over te zwemmen zonder gezien te worden.'

'We weten niet waar het ondiep is,' wierp Caelte tegen. 'En al zullen we niet gezien worden, die soldaten kunnen ons misschien wel horen. Was Bran hier maar om een toverspreuk over die wachters uit te spreken.'

Caradoc wees. 'We kunnen langs de rand van deze kloof sluipen, en dan daar waar de bomen het dichtst op elkaar staan oversteken. Er zullen daar één of twee wachtposten zijn, maar wij zullen niet meer dan twee schaduwen zijn. Nu moeten we om de beurt slapen. Jij eerst, Caelte.'

De bard protesteerde niet. Hij rolde zich op als een vos en viel bijna onmiddellijk in slaap, maar zelfs toen bleef hij toch nog waakzaam. Caradoc lag naast hem, zijn ogen gericht op het vriendelijke gezicht van Caelte en zijn hand plukte met trieste bewegingen aan het natte gras op de plek waar Cinnamus nu had moeten liggen. Resoluut zette hij alle gedachten aan zijn gezin van zich af. We zijn nu allemaal alleen, hield hij zichzelf voor. Levend of dood, we kunnen niets voor de ander doen. Het gouden licht vervaagde tot bleek roze. Zo bleef Caradoc in de schemering liggen, met het zwaard van zijn schilddrager naast zich en hij rouwde geluidloos.

Kort nadat de maan opgekomen was stonden ze op, maakten een bundeltje van hun mantel die ze onder hun gordel stopten, en gingen behoedzaam verder. Het was stil in de vallei, toen ze als schimmen onder de donkere bomen slopen, naar de plaats waar de helling steiler was en waar de rotsen hun dekking boden. Na een uur kwamen ze weer bij de rand en keken voorzichtig naar beneden. De wachters liepen traag heen en weer. Hun laarzen kraakten op de losse steentjes. Ze kropen verder onder de donkere rotsen, voorzichtig tastend of er geen losse stenen lagen die hun aanwezigheid konden verraden, en ze waagden het niet naar beneden te kijken, uit angst dat het fletse maanlicht in hun ogen zou weerkaatsen.

Eindelijk kropen ze naar de voet van de helling en tuurden ingespannen naar de plaats waar de kleine groep tenten stond. Overal was het stil. Alleen de wachters maakten hun rondes, drie van hen liepen door het kamp, zes mannen hielden de wacht bij de rivier. Bij de boomgroep recht voor de mannen was het stil en donker, maar ze wisten allebei dat daar meer bewakers moesten zijn, met de hand aan het gevest van hun korte zwaard en ingespannen naar de omgeving turend.

Caradoc klopte op zijn borst en Caelte knikte. Ze lagen op hun buik en begonnen stilletjes over de met keien bezaaide aarde naar voren te schuiven; telkens drukten ze hun oren tegen de grond om te horen of er onraad dreigde. De bomen kwamen tergend langzaam dichterbij, en ze konden de wilgen nu onderscheiden. Caradocs scherpe ogen zagen iets dat op een boomstronk leek, maar hij was er niet zeker van of dat inderdaad zo was. Hij liet zich zonder geluid opzij rollen. Caelte volgde zijn voorbeeld.

De wolken waren niet dichterbij gedreven om de maan te bedekken, maar bleven koppig in het oosten hangen, zodat de vallei door het maanlicht bestraald werd en de vredige rivier zacht glinsterde. Eindelijk voelden de twee vluchtende mannen mos op de grond toen ze de schaduw van de bomen hadden bereikt.

Er moet hier ook een wachter zijn, dacht Caradoc gespannen. Maar waar is hij? Ze waren binnen gehoorsafstand van een andere soldaat die onbeweeglijk links van hen stond. Voordat ze verder kropen veegden ze voorzichtig twijgjes en dorre bladeren weg, terwijl de maan langzaam naar haar hoogste punt aan de hemel rees en vervolgens naar het westen afdaalde. Caradoc zag het water voor zich glinsteren. Eindelijk hadden ze de rivier bereikt, maar tussen hem en het water rees weer een grote gehelmde schaduw op en hij begreep dat er geen mogelijkheid was een omweg te maken. Hij vloekte inwendig en gebaarde dat Caelte stil moest blijven liggen, terwijl hij zelf in gebogen houding overeindkwam en zich afvroeg of de zwijgende soldaat vóór hem naar de rivier of juist in zijn richting keek. Hij deed een stap naar voren en trok zonder geluid zijn mes. Toen was hij met een sprong bij de wachter, sloeg met een snel gebaar zijn hand voor de mond en rukte het hoofd van de Romein naar achteren, zodat hij met zijn andere hand het mes naar de onbeschermde keel kon steken. De man keek inderdaad naar de rivier, zodat hij te verbouwereerd was om te beseffen wat er gebeurde. Caradoc haalde het vlijmscherpe mes langs zijn keel. De Romein zakte ineen, hij rochelde even nauwelijks hoorbaar, maar toch was het geluid opgemerkt, want toen Caelte snel langs Caradoc naar de rivier rende, riep een andere wachtpost: 'Hoorde jij iets?'

Caradoc legde het lichaam van de dode Romein plat op de grond, veegde zijn mes schoon en stak het terug in zijn gordel.

'Nee, niets!' antwoordde hij luid en het kostte hem na zoveel jaren moeite de Latijnse woorden uit te spreken. 'Een eekhoorn, dat is alles!' De andere wachter bromde iets en Caradoc ging achter Caelte aan. Hij liet zich zonder geluid in het koele, donkere water zakken, en voor hij goed en wel zwom had de stroom hem al ettelijke meters meegesleurd. Maar toen haalde hij diep adem, liet zich onder water zakken en zwom met krachtige slagen naar de overkant. Hij hees zich omhoog uit de slijmerige waterplanten en zag dat Caelte hem al opwachtte. Zonder eerst hun doorweekte kleren uit te wringen lieten ze zich op de aarde zakken en kropen snel naar de bescherming van de met struiken begroeide helling verderop.

De hele nacht worstelden ze zich sluipend door het dichte woud; de dikke stammen werden overal overwoekerd of omgeven door wegrottende takken. Toen de dageraad aanbrak konden ze niet verder. Ze aten wat van de opgekrulde jonge bladeren van varens en een stuk konijnevlees dat ze nog bij zich hadden. Toen gingen ze slapen, zo ver mogelijk weggedoken onder een grote braamstruik. Het opgejaagde gevoel was minder geworden, nu ze de rivier gepasseerd en voorlopig buiten het bereik van Scapula waren. Hoewel er overal in Brigantia veel Romeinen waren, maakten de soldaten daar geen jacht op Caradoc, en daarom was er een goede kans dat hij en Caelte zich konden voordoen als eenvoudige boeren die op weg waren naar het boomloze, golvende gebied van Aricia, waar haar volk de kudden schapen liet grazen. Caradoc dacht even aan haar, voordat de slaap hem overmande, maar hij was te vermoeid om zich herinneringen aan haar scherp voor de geest te halen. Hij voelde alleen een vreemd warm gevoel dat zich in zijn ingewanden verspreidde. Hij vroeg zich af waar Venutius nu was: als hij bij haar was, dan liepen ze het ene gevaar na het andere, maar als Venutius – zoals de spionnen hem verteld hadden – opnieuw met zijn hoofdmannen naar het verre noorden was getrokken, dan kon een nieuwe veldtocht beraamd worden, misschien het komende voorjaar al. Dat vooruitzicht was angstaanjagend en Caradoc voelde zich wanhopig worden. Maar met een vasthoudende koppigheid besefte hij dat het zo moest zijn. Hij wist dat hij zelf moest sterven, of Claudius moest uiteindelijk toegeven. Want Caradoc was nog steeds arviragus, en hij kon deze verantwoordelijkheid niet meer afleggen. Hij viel in een onrustige slaap, terwijl de warme zomerzon trots langs de hemel trok. In de verte wachtte Scapula op bericht van zijn hulptroepen bij de rivier, die daar nog steeds zochten naar de opgejaagde ever die zich al uit hun netten had gebroken.

Na twee dagen kwamen ze bij een dorp en Caradoc besloot, zij het aarzelend, dat ze hier behoorlijk voedsel moesten zoeken en zoveel mogelijk inlichtingen moesten inwinnen. Hij deed zijn gouden halsring en het magische ei af en verborg beide voorwerpen diep in zijn tuniek. Langzaam liep hij met Caelte naar de cirkel van gevlochten hutten. In het dorp was alles rustig. Rook steeg kringelend boven de daken uit, honden geeuwden loom en sjokten langs de smalle schaduw bij de palissade. Er speelden twee bijna naakte kinderen in het ondiepe water van een rivier die in meanders tussen de bomen te voorschijn stroomde. In het midden was een Vergaderhut, omringd door een stenen muur, en de twee vluchtelingen kwamen daar aan, voordat ze opgemerkt waren. Toen doemde er een grote baardige hoofdman uit de schaduwen op en versperde hen de weg.
'Gegroet!' zei hij nieuwsgierig. 'Welkom in dit dorp. Er is vlees en er is brood als jullie honger hebben, maar zeg me eerst wie jullie zijn.'
'We zijn Cornovii,' antwoordde Caelte. 'We zijn op zoek naar een heer die ons wil aannemen als vrije mannen, want de opstandelingen in het westen hebben onze landerijen afgebrand en onze heer is gedood.' De scherpe ogen van de man dwaalden naar de twee zwaarden die aan hun gordels hingen, en toen Caradoc deze steelse blik opmerkte, vloekte hij inwendig. De zwaarden hadden ze ergens op een veilige plek moeten verbergen, want de meeste Cornovii en Brigantiërs droegen nu geen wapens, omdat Scapula dat verboden had. Caradoc had de laatste uren alleen maar aan een warm stuk vlees en een schuimende beker bier gedacht. In lange tijd was hij niet zo onoplettend geweest.
'Leg eerst eens uit waar die zwaarden vandaan komen,' zei de hoofdman, en er klonk argwaan in zijn stem door. Caelte haastte zich te zeggen dat ze deze

zwaarden buitgemaakt hadden tijdens de laatste rooftocht waaraan ze meegedaan hadden. Maar Caradoc zag dat de andere man niet overtuigd was en
hij wilde zich het liefst meteen omdraaien en weglopen, want hij voelde dat
de vage verdenking die nu gekoesterd werd elk ogenblik in zekerheid kon
veranderen.

'Gesp die zwaarden af en zet ze daar tegen de muur,' beval de hoofdman kortaf. 'Ze zullen daar onaangeroerd blijven.' Hij keek toe terwijl de twee bezoekers de zwaarden van hun gordel losmaakten. Inmiddels waren meer mannen naderbij gedrenteld, en toen Caradoc de hoofdman naar binnen volgde,
waar het koel en schemerig was, hoorde hij een van hen zeggen: 'Kijk eens
naar die schede! Dat ding is niet in het westen gemaakt, maar het is ook geen
werk van een Romeinse smid. Wat zou dat ding waard zijn?' Caradoc moest
zich bedwingen niets te zeggen, daarom draaide hij zich snel om naar de
hoofdman die hem binnen opwachtte.

'Nu weet ik waar jullie vandaan komen,' zei de man rustig. 'Ik had niet gedacht dat iemand in het westen zo onnozel zou zijn. Ga zitten, eet snel wat, en
ga dan vlug verder, want veel mensen hier worden betaald door Rome, en
jullie hebben veel geluk dat dat niet voor mij geldt. Zeg me ook niet hoe jullie
heten, want ik wil je naam niet weten.' Caradoc en Caelte strekten zich uit op
de lemen vloer; ze leunden met hun rug tegen de gebogen wand en de man
bracht hun geroosterd schapevlees, appels, roggebrood, en twee bekers bier.
Hij hurkte voor hen neer en bekeek hun gezichten aandachtig toen ze het eten
gulzig naar binnen werkten. De man leek in tweestrijd te verkeren. Enkele
keren opende hij zijn mond, alsof hij iets wilde zeggen, maar bedacht zich dan
weer. Ten slotte ging hij met gekruiste benen zitten en zei zachtjes: 'Als jullie
op zoek zijn naar Venutius, dan moeten jullie opschieten. Hij is op weg naar
het noorden, terug naar zijn vrouw, en als je hem niet inhaalt, kunnen jullie
evengoed naar het westen terugkeren. Ik kan jullie hier geen onderdak geven,
dat is te gevaarlijk voor mij en de vrije mannen die trouw aan Venutius zijn.
Eet snel en vertrek dan. Misschien brengt de godin van Brigantia jullie geluk.'

Caradoc kon niet nalaten een vraag te stellen. 'Is er nog nieuws van de legioenen?' vroeg hij. De man keek hem geruime tijd aan voordat hij antwoord gaf.
Toen knikte hij. 'De arviragus is verdwenen,' zei hij, en even lichtten zijn
ogen op. 'Daarom neemt Scapula nu wraak op de Siluriërs. Hij heeft opdracht gegeven dat volk uit te roeien, en zijn soldaten moorden overal de
kinderen en de ouden uit, omdat ze nergens strijders kunnen vinden. Hele
dorpen en de oogst gaan in vlammen op.'

Dit is mijn schuld, dacht Caradoc, en het stuk vlees in zijn mond leek in as te
veranderen. Misschien is het uur wel gekomen dat ik mij moet overgeven,
zoals Vercingetorix ook deed, en moet ik mij uitleveren aan de genade van

Claudius om mijn volk te redden. Maar toen zag hij voor zijn geestesoog het gezicht van Madoc verschijnen, en dat van Bran, met Emrys en Sine naast hen, en allen keken hem koel en vastberaden aan. De vrijheid of de dood, arviragus. Er is geen tussenweg, en de genade van Rome is als de beet van een adder. Hij slikte moeizaam en greep de beker bier. Waar ben je, Eurgain? Waar ben je Llyn?

'Er is ook een bericht dat er opstandelingen gevangen genomen zijn,' vervolgde de hoofdman. 'Maar dat nieuws is juist gekomen, en misschien is het niet waar. Ik heb medelijden met elke stakker die door Scapula gegrepen wordt.' Opeens boog hij zich naar voren en sprak op zachte toon verder. 'Bewijs mij een dienst, mannen van het westen.'

'Dat zullen we doen,' antwoordde Caradoc, 'als het in onze macht ligt.'

'Als jullie Venutius niet vinden, en als jullie terugkeren naar het westen om daar verder te strijden, en als je dan de arviragus ontmoet, wil je hem dan zeggen...' De lippen van de man beefden en hij boog zijn hoofd om zijn gezicht te verbergen. 'Zeg hem dan dat er mensen in Brigantia zijn die weliswaar zwijgen, maar dat ze hun eer niet verkwanseld hebben. En zeg hem ook dat hij niet alleen staat.'

'Ik denk dat hij dat al weet,' zei Caradoc vriendelijk, 'maar mocht dat niet het geval zijn, dan zal zijn hart verheugd zijn als hij deze wooren te horen krijgt.' Caradoc stond op, Caelte ook. Caradoc bedankte de gastvrije heer en samen met Caelte liep hij de hut uit. Ze pakten hun zwaard, baanden zich een weg door de verzamelde menigte, en liepen snel naar de rand van het dorp. Ze moesten zich bedwingen om het niet op een lopen te zetten, toen ze de talloze vijandige ogen in hun rug voelden prikken.

Met stevige passen liepen ze een uur en ze haalden pas opgelucht adem toen het dorp achter de horizon verdwenen was. Terwijl de zon hoog aan de hemel stond en de middag zich oneindig leek uit te strekken, trokken ze door de laatste bossen voordat ze het onafzienbare grauwe gras van Aricia's gebieden betraden. Dikwijls bleven ze even staan om water te drinken uit een koele beek onder de eiken. Toen de zon in het westen begon onder te gaan rustten ze uit en wachtten op de duisternis die hun hier bescherming moest bieden nu ze de rand van het bos bereikt hadden. Ze waren juist bij een stroompje gaan zitten en hadden hun leren sandalen uitgetrokken om hun vermoeide voeten in het water te dompelen, toen Caradoc opeens waarschuwend zijn hand opstak. Caelte verstijfde. Achter hen, onder de bomen, klonk een zacht geritsel. Ze gingen staan en trokken hun zwaarden, maar het was geen Romein die zich een weg door de struiken baande. Ze zagen een Brigantische hoofdman met omhooggestoken handen naderen.

'Vrede, vrede!' zei hij haastig. 'Doe die zwaarden weg, ik ben niet gewapend.'

Caradoc knikte naar Caelte en de bard liep op de man toe. Met snelle bewegingen trok hij de mantel weg en liet zijn handen zoekend over zijn lichaam glijden. 'Ook zijn haar,' beval Caradoc en Caelte voelde in de verwarde zwarte lokken. Ten slotte was hij tevreden en deed een stap terug. Caradoc stak zijn zwaard in de schede. 'Dus jij bent achter ons aangeslopen,' zei hij bits. 'Waarom?' Het gezicht van de man stond hem niet aan, er was iets schichtigs in zijn blik dat hem aan Sholto deed denken, en de donkere ogen keken hem geen ogenblik recht aan.

'Mijn heer heeft me opdracht gegeven u te volgen,' legde hij uit. 'Later bedacht hij dat hij de juiste weg niet had gewezen, en hij heeft mij gevraagd u naar Venutius te gidsen.'

Caradoc deed een stap dichterbij. 'Wij willen geen gids,' zei hij. 'We reizen liever alleen. Keer terug naar je heer en bedank hem namens ons.'

'Maar zonder gids zult u Venutius nooit vinden voordat hij naar zijn vrouw in de stad terugkeert, en daar zult u hem ook niet ontmoeten, omdat in de stad erg veel soldaten en kooplieden zijn.'

'Dat is waar, heer,' zei Caelte. 'We kunnen dagenlang door de heuvels zwerven en tevergeefs naar Venutius zoeken.'

Caradoc wenkte Caelte naderbij en fluisterde: 'Zijn gezicht staat me niet aan. Ik geloof niet dat hij de waarheid spreekt.'

'Heer,' siste Caelte terug, 'we hebben een druïde nodig om erachter te komen of dat zo is, en bovendien zijn er veel mensen die zich zo schichtig gedragen, omdat ze door de aanwezigheid van de Romeinen dikwijls gedwongen worden te liegen. Zo kijken de spionnen ook, maar toch zijn dat betrouwbare mannen.'

'Ja ja, ik weet het, maar toch ruik ik hier onraad. Als ik me vergis en zijn hulp weiger, dan maken we nu een vergeefse reis. Maar als ik gelijk heb en we gaan met hem mee, dan zou hij ons wel eens naar een duister noodlot kunnen voeren.' Hij liet zich op de grond zakken, trok zijn mantel dicht om zich heen en verzonk in gepeins.

De Brigantiër keek toe; zijn ongeduld bleek uit het krampachtig wringen van zijn handen en nu keek Caelte ook met onverholen argwaan naar hem.

Ten slotte ging Caradoc weer staan. 'Ik voel er weinig voor me aan jou toe te vertrouwen,' zei hij langzaam, 'maar ik heb geen keus. Ik heb maar weinig tijd, en daarom zullen wij met je meegaan. Ik hoop dat je een goede gids blijkt te zijn.'

Caelte keek de man nog steeds vorsend aan en even meende hij een tevreden, bijna gretige trek op zijn ronde gezicht te zien. De man knikte heftig.

'Ik zal een goede gids zijn, in ruil voor uw bescherming zolang ik bij u ben. Wilt u het voedsel met mij delen?'

'Ja, dat zullen we doen.'

'Ik ook.'

'Dan zullen we hier samen de nacht afwachten.' De man ging zitten in het gras en strengelde zijn vingers in elkaar. Caradoc en Caelte trokken hun sandalen weer aan. Hun voeten deden niet langer pijn, maar de pijn in hun hart bleef.

23

Drie nachten trokken ze verder, en het beschutting en veiligheid biedende bos lag inmiddels ver achter hen. De twee Catuvellauni hadden een afkeer van het open gebied waar ze nu als vleugelloze insekten doorheen liepen, blootgesteld aan de harde, verzengend hete wind die het gras deed golven alsof het de zee was, en wanneer ze hun kamp konden opslaan onder de kruinen van lage bomen die beschutting boden in de valleien, braken ze later met tegenzin weer op. Elke nacht rees de grote, wassende maan boven de verre horizon, en het hemellichaam leek medelijdend neer te kijken op de drie mannen die zich langzaam over de heuvels voortbewogen. De Brigantiër maande hen tot spoed. We moeten opschieten, herhaalde hij telkens, anders zullen we nog te laat komen, maar het was niet nodig de twee anderen aan te sporen. Met elke voetstap waren ze zich ervan bewust dat hun lot voor hen lag te wachten. Wanneer ze te laat op de ontmoetingsplaats kwamen, zou Venutius alweer verdwenen zijn. Ze voelden zich neerslachtig door het landschap, door de lange dagen vol spanning, door de nachtelijke stilte die alleen verstoord werd door de schorre kreten van haviken. Sataida, de godin van de smarten in Brigantia, leek uit de aarde onder hen op te rijzen, en in de ogen van Caradoc leken de mijlen die ze afgelegd hadden op grote ruwe stenen, waar Eurgain overheen probeerde te klimmen, telkens zijn naam roepend. Enkele keren doken ze weg in het hoge gras, als een Romeinse patrouille voorbijgaloppeerde, maar ze werden niet opgemerkt en eindelijk, tegen middernacht, toen het vier dagen geleden was dat ze het bos achter zich hadden gelaten, kwamen ze bij een lage bergrug en daarachter zagen ze lichtjes in de diepte.

De gids wees. 'Daar moet Venutius zijn.'

'Maar dat is een stad!' protesteerde Caradoc. 'Venutius zou toch in een kamp zijn?'

De man schudde ongeduldig zijn hoofd. 'Waarom? Als er overal in Brigantia verspreide dorpen zijn, dan hoeft hij toch geen kamp op te slaan? Ik zeg u dat hij hier is. We zullen meteen naar beneden gaan.'

Een soort zesde zintuig waarschuwde Caradoc. Een oude, langvergeten herinnering kwam in hem op toen hij naar de vredige stad in de diepte keek. Was die donkere heuvel daar in het midden een versterking? De Brigantiërs wierpen toch geen verdedigingsheuvels op? Maar de man was al aan de afdaling begonnen; Caelte volgde hem op enkele passen afstand en ook Caradoc kwam in beweging. Zijn gedachten waren verward en zijn voeten wilden amper vooruit. Er klopte iets niet, al sinds deze vervloekte gids tussen de struiken opgedoken was leek alles verdacht. Hij had op zijn eigen gevoel moeten afgaan, maar daarvoor was het nu te laat. En eigenlijk ben ik nu te moe om mij er nog druk om te maken, dacht hij.

Hoewel het al diep in de nacht was, bleek het in de stad erg druk te zijn. Kooplieden met toortsen in de hand liepen overal heen en weer, vrije mannen zaten voor de deurhuiden te dobbelen of vertelden elkaar oude verhalen. Hier en daar was een soldaat te zien, die verdiept was in zijn eigen bezigheden. Niemand sloeg acht op de nieuwaangekomen bezoekers toen ze door de lage poort in de verdedigingswal liepen, en er was ook geen poortwachter die hen tegenhield. Ze begonnen het glooiende pad, dat naar de stad omhoogspiraalde, te beklimmen. Links en rechts stonden hutten, ruim en goedgebouwd, in ordelijke rijen. Toen Caradoc bij de derde cirkel kwam blies een zilte zeewind in zijn gezicht. Met een ruk bleef hij staan.

'We zijn helemaal niet naar het noorden getrokken!' zei hij beslist. 'De zee moet hier heel dichtbij zijn, en ik weet dat de kust van Brigantia in het oosten ligt!' Met één sprong was hij naast de gids, greep hem bij zijn tuniek en schudde de geschrokken man heftig door elkaar. 'Ik vertrouwde mijn veiligheid aan jou toe, giftige adder!' siste hij. 'Zeg me nu waar wij ergens zijn, anders klief ik je doormidden!' De ogen van de gids schoten heen en weer, als van een rat die in een hoek gedreven is en zijn tanden klapperden, zo heftig schudde Caradoc hem door elkaar.

'U hebt gezworen me te beschermen!' zei hij klaaglijk, en Caradoc liet hem op hetzelfde ogenblik los. De man trok zijn tuniek recht en voelde even aan zijn nek, voordat hij Caradoc verwijtend aankeek. 'Ik heb u wél goed de weg gewezen,' jammerde hij, 'en Venutius is hier, zoals ik al gezegd heb. Ja, we zijn inderdaad naar het oosten afgebogen, en bijna waren we te laat, want de stad van Aricia is hier niet ver vandaan, ongeveer een halve dagmars naar het zuidoosten. Morgen zal Venutius weer bij haar zijn. Verspil toch geen tijd, maar volg mij liever!'

Caradoc en Caelte keken elkaar even aan. Omdat ze zich toevertrouwden aan deze gids, hadden ze zelf niet goed gelet op de richting waarin ze liepen. Nu waren ze verdwaald en dat beseften ze allebei. Als ze de gids doodden en weer snel uit deze stad verdwenen, zouden ze Venutius misschien nooit meer vinden. Ze begrepen dat ze nu in de val zaten.

Caradoc keerde zich woedend om. 'Ga ons dan voor!' snauwde hij. De frisse zeewind bracht hem nog steeds aan het twijfelen toen ze verder liepen.

In het middelpunt van de binnenste cirkel, hoog oprijzend boven de stad, kwamen ze ten slotte bij een huis dat omringd werd door een hoge stenen muur. Hier werd de poort bewaakt door een lange, zwaarbewapende hoofdman met een donker gezicht. Zijn speer hield hij in zijn ene hand, aan zijn andere arm hing een groot schild, en aan zijn gordel was een zwaard bevestigd. Achter hem, in de schemering van de binnenplaats, zaten meer mannen zwijgend bijeen, kennelijk vormden zij een lijfwacht. Nog voor ze de laatste meters hadden afgelegd riep de poortwachter enkele woorden en de mannen kwamen snel naar de poort. 'Wacht hier,' fluisterde de gids, en de man liep weg om met de verzamelde mannen te spreken.

Caelte boog zich dichter naar Caradoc toe. 'Nu is het tijd om te vluchten,' siste hij. 'Ik ruik verraad, heer, en nu heb ik spijt dat ik niet naar u geluisterd heb. Venutius is hier niet. Hij zou zijn kwartier nooit opslaan in een stad als deze. De stank van Rome is hier overal te ruiken.'

Caradoc legde zijn arm op de schouder van zijn vriend. 'Al mijn beslissingen zijn verkeerd gebleken sinds ik toegaf in die noodlottige Vergadering, en daarom zijn Camulos en de Dagda verstoord geraakt,' antwoordde hij mat. 'Het spijt me, Caelte, ik vrees dat je gelijk hebt, maar nu is het te laat om te vluchten.'

De gids wenkte hen en de andere mannen weken achteruit. Hun donkere ogen waren vol nauwelijks verholen opwinding. Caradoc en Caelte liepen langzaam langs de groep en voorbij de poort, die prompt ruw achter hen dichtgesmeten werd. De gids gebaarde dat ze moesten wachten en haastte zich toen weg in de schaduwen. Caradoc keek om zich heen. Aan de wand waren toortsen opgehangen, die een rossig flakkerend schijnsel op de vloertegels verspreidden. Caradoc merkte dat hij voor een groot houten huis stond dat in Romeinse stijl was opgetrokken, met vier vertrekken die allemaal uitkwamen op een overdekte, verhoogde veranda. Een van de deuren stond open en daarachter was het gele licht van kaarsen te zien. Het gevoel van verraad was benauwend en legde een verstikkende deken over deze lege binnenplaats. De moed zonk de beide Catuvellauni in de schoenen. Caradoc keek over zijn schouder en zag de gesloten poortdeur, waarachter de groep mannen van de lijfwacht zich moest bevinden. Hij keek naar de muren van de binnenplaats, te hoog om eroverheen te springen en te glad om erlangs omhoog te klauteren. Hij keek weer naar de open deur, waar de gids nu weer verscheen, met een brede grijns op zijn gezicht. Dwaas! Onnozele dwaas! schreeuwde het in Caradocs gedachten. Je bent in de val gelopen als een kleine jongen! Zijn hand vloog naar het magische ei en hij omklemde het met zijn vingers, maar zijn hand werd niet verwarmd door de betovering die de druïden eraan gegeven hadden, en hij kon de Brigantiër alleen maar volgen. De gids leidde hen naar een andere deur, opende die en gebaarde met een buiging dat ze verder moesten komen.

Caelte wrong zich langs de man en het viel hem op dat er nu een goedgevulde buidel aan zijn gordel hing, maar hij kreeg geen tijd om daarover na te denken.

De man grinnikte spottend. 'Een goede reis gewenst, arviragus,' merkte hij gnuivend op. De deur viel met een slag achter hem dicht en ze waren alleen.

Slecht op hun gemak bekeken Caradoc en Caelte de ruimte. Een klein vuur knetterde in de haard die in de wand uitgespaard was. Witte schapevachten lagen verspreid op de vloer, de wanden waren gepleisterd en paars en geel geverfd. Drie rieten stoelen stonden bij elkaar. Er waren drie nissen in de langste wand. In één ervan stond een beeld dat een godin moest voorstellen. Brigantia, de Verhevene, vermoedde Caradoc, toen hij de warrige haardos en de halfgesloten, starre ogen zag, maar de andere twee goden kwamen hem vreemd voor. Hij keerde zich naar Caelte, maar nog voor hij iets kon zeggen zwaaide de deur open en de godin in eigen persoon gleed het vertrek binnen, geflankeerd door vier bewapende hoofdmannen. Caradoc voelde dat Caelte links van hem ging staan. Hij zag hoe een Brigantische hoofdman de deur zachtjes sloot en dat de anderen ervoor gingen staan, maar tegelijk leek het gezicht van de vrouw de werkelijkheid uit het vreemde vertrek te verdrijven, om niets anders dan een warreling van droombeelden, van vurige fantasiebeelden achter te laten.

Het zwarte haar, waarin nu dunne grijze strepen te zien waren, viel nog steeds als een waterval over haar schouders, en de bleke huid leek nog witter dan hij zich kon herinneren, maar ook had de huid iets ongezonds, alsof het vlees onder de oppervlakte wat weggeteerd was. Een geheimzinnige zwarte steen sierde haar hoge voorhoofd, dezelfde soort edelstenen vormden een ketting om haar lange hals, glinsterden aan de gordel om haar zachtrode tuniek en glansden op de banden om haar naakte armen. Maar het waren vooral haar ogen die hem willoos maakten. Ze waren nog zwarter dan de nacht, maar de onbeschaamde felheid die hij zich al die jaren met zoveel wee makend verlangen had herinnerd, de felle heerszucht die hem telkens weer uitgedaagd had, was nu uitgegroeid tot een allesverterend en duivels egoïsme. Caradoc keek strak voor zich uit, hij voelde dat vanonder haar wat gezwollen oogleden, gerimpeld bij de hoeken, een diepe zelfzucht uitstraalde, maar hij was er onverschillig voor. Hij werd overspoeld door de golven van oude begeerte die opeens door hem heen spoelden. Aricia. Toen, als door een verandering van perspectief die hij bijna tot in zijn botten voelde, herkregen de ruimte en de aanwezigen weer hun vaste vorm en ook zij veranderde. De nevels van die obsessie uit zijn jonge jaren werden weggeblazen en hij merkte dat hij nu naar een lichaam keek dat hem ooit zo gefascineerd had, het lichaam van een ondoorgrondelijk uitdagend meisje dat een luchtspiegeling van het verleden had achtergelaten. Maar nu huisde in dit stoffelijk omhulsel iemand die hij niet kende. De heks die ooit zijn jonge lusten had opgewekt leek nog een laatste keer te roepen, een zwakke, wegstervende echo. Toen haalde hij diep adem en zei zacht: 'Aricia.'

'Caradoc.' Ze glimlachte, even vertrok haar gezicht pijnlijk, maar toen gleed ze naar hem toe met nog steeds die soepele, verleidelijke bewegingen. 'Als je geen kuiltje in je kin had, en je hoofd niet in een bepaalde houding hield, zou ik je nooit herkend hebben. Ik nam afscheid van een speels felle Catuvellaunse welp, maar nu zie ik een volwassen koningswolf terug.' Ze kwam nog dichterbij en haar hand beefde even toen ze zijn arm aanraakte. 'Je ziet eruit als een wolf, weet je. Mager en grauw, getekend en hongerig, brandend van verloren kansen. Het doet me pijn je zo terug te zien. Ik heb de afgelopen jaren veel aan je gedacht, maar mijn herinneringen hebben mij bedrogen, schijnt het.'

Hij slaagde er niet in haar glimlach te beantwoorden, maar nam met een treurig gezicht haar vingers in de zijne. 'Dat geldt ook voor mij, Aricia. Ik dacht niet dat ik zelf zo ingrijpend veranderd was, tot ik jou zag binnenkomen. Het doet mij ook pijn dat ik nu de droom van mijn jonge jaren moet begraven.'

'Ik heb mijn dromen al lang geleden begraven,' zei ze en er klonk bitterheid in haar stem. 'Op de dag dat ik Camulodunon verliet. Jij had het geluk dat je jouw droom nog zo lang kon koesteren. Ik haatte je, Caradoc, wist je dat? Lange jaren heb ik je gehaat, maar nu…' Ze haalde haar schouders op. 'Nu heb ik geen reden iemand te haten. Liefde en haat zijn voor de onnozele jonge mensen, evenals grootse dromen. Ik heb beide overwonnen.'

'Dan moet je nu een heel tevreden mens zijn,' merkte Caradoc op, en hij vroeg zich tegelijk af of ze zelf besefte dat ze loog.

Ze keek hem even met haar donkere ogen boos aan, en wendde zich toen van hem af. 'Ik ben tevreden, en dat kun jij niet zeggen. Ik heb je verdoemde pad al die jaren gevolgd, Caradoc. Al sinds je je zuster Gladys achterliet in Camulodunon. Ik had medelijden met je.'

'Waarom?' Hij stond nog steeds kalm op dezelfde plaats, maar Aricia begon onrustig heen en weer te lopen. Haar smalle vingers plukten nerveus aan elkaar.

Met een ruk wendde ze zich van hem af en ze begon opgewonden voor het vuur heen en weer te lopen. 'Omdat de tijden veranderd zijn, maar jij bent achtergebleven,' antwoordde ze met hoge, gehaaste stem. 'Jij en die misleide wilden in het westen. Veranderingen zijn niet tegen te houden, Caradoc. Mensen moeten zich aanpassen, anders zullen ze sterven. Het tijdperk van de stammen is afgelopen. Eer is ook voor de Romeinen een begrip, maar daar betekent het geen bloedvergieten.' Ze bleef opeens staan en riep uit: 'O, Caradoc! Waarom kon je dat niet aanvaarden, waarom kon je je niet schikken in de situatie en verder in vrede leven?'

'Wil je zo soms je positie rechtvaardigen?' klonk zijn antwoord, en hij voelde woede in zich opkomen. 'Wat is er met je gebeurd, Aricia?'

Haar gezicht werd hard als een masker en ze kon elk ogenblik uitbarsten in een aanval van razernij. 'Jij waagt het daar in je smerige lompen te staan en me dan te vragen wat er met me gebeurd is? Met *mij*? En jij dan? Al het bloed dat in het westen vergoten is kon jouw overwinningsdromen niet verdrinken. Evenals je vader en die krankzinnige Togodumnus wil jij de wereld onderwerpen. Je hebt de goedgelovige eenvoudige hoofdmannen van het westen genadeloos misbruikt, je at het malse vlees van hun schapen en zij zijn voor jou gesneuveld, alleen omdat je weigert toe te geven dat je het mis hebt!' Ze vloog bijna op hem af en hield haar bevende handen uitgestrekt voor zijn gezicht. 'Jij bent ook maar een man, niets meer dan een man met gebreken, iemand die kan falen, en jij verbergt ook schandelijke geheimen, zoals ieder ander! Wat geeft jou het recht een volk te laten uitroeien?'

Hij pakte met beide handen haar polsen. 'Ik kan je niet geven wat je van mij verwacht,' zei hij tussen zijn tanden. 'Wil je soms dat ik mezelf wreed, onverzettelijk en zelfzuchtig noem? Ik weet wel dat ik me zo gedraag. Heb je soms geld geboden voor mijn gevangenneming, om dan uit mijn mond te horen dat ik jou zo lang geleden misbruikt heb en dat ik dat nu deemoedig erken? Goed, ik geef het toe, Aricia, ik heb je gemeen behandeld, maar zoek de oorzaak van jouw kwellingen niet bij mij. Zoek die ergens anders.' Ze wrong haar polsen los en in haar ogen las hij dat ze hem wilde slaan. 'Ik zal niet zeggen dat ik de mantel van arviragus ontrecht heb aangenomen, noch dat ik de stammen voor mijn eigen belangen heb misbruikt. Deze beschuldiging zul jij niet kunnen weerleggen: je hebt je eigen volk en je echtgenoot in het verderf gestort, en daarvoor was geen enkele reden.'

'Laat Venutius er buiten!' snauwde ze, en ze liep met grote passen naar het vuur. Haar rode tuniek wervelde, evenals haar lange haren. 'Jij begrijpt er niets van, Caradoc,' siste ze. Ze wendde zich van hem af, legde haar arm op de schoorsteenmantel en keek naar de gloeiende as.

Opeens, in de stilte die volgde, voelde Caradoc zich uitgeput. De vermoeidheid prikte in zijn ogen en maakte zijn ledematen zwaar. Hij wilde gaan zitten, maar toen keek Aricia hem weer aan en ze lachte. Nu herkende hij in haar weer het meisje dat ze in zijn vurige jeugd was geweest.

'Ach, Caradoc,' zei ze. 'Het is maar goed dat je niet meer op de knappe zoon van Cunobelin lijkt, anders zou ik nog in de verleiding komen je hier bij me te houden. Vertel eens, hoe gaat het met Eurgain?'

'Dat weet ik niet.'

De zwarte wenkbrauwen schoten omhoog. 'En je kinderen?'
'Weet ik ook niet.'
'Waar is Cinnamus IJzerhand?'
'Dood.'
Om haar lippen verscheen een spottende trek. 'Brigantia, wat ben je meedogenloos geworden. De druïden hebben met jou een goede keus gemaakt, nietwaar? Ik geloof niet dat zelfs ik nu nog enig medelijden met je voel.' Ze bracht haar handen naar haar slapen en wreef even over de zijkanten van haar hoofd. Toen knikte ze koel naar haar hoofdmannen. 'Domnall, haal de centurion.' Zodra de aangesproken man de deur achter zich gesloten had liep Aricia naar Caradoc toe. 'Hier eindigt het bloedvergieten, arviragus. Vercingetorix werd in de boeien geslagen en naar Rome weggevoerd, en dat zal ook met jou gebeuren. Misschien begint dan eindelijk de vrede. Ik kan je hoofd laten afhouwen en dat naar Scapula sturen, maar ik heb besloten dat het beter is als een levende arviragus op het Forum verschijnt. De strijders van de stammen zullen het bepaald niet leuk vinden dat ze beschaamd worden door een arviragus die slaaf is geworden.'
'Het is nog niet te laat om tot jezelf te komen, Aricia,' zei Caradoc zacht. 'Als Brigantia zich alsnog aansluit bij de stammen in het westen zullen de Romeinen nooit stand kunnen houden.'
Van verbazing uitte ze een schelle lach, en ze kwam nog dichter bij hem staan. Ze streelde zijn gezicht, zijn hals en zijn haar met haar beringde vingers. 'Jij arme, schurftige oude wolf! Welke oude overwinningsliederen klinken nog altijd in je verwarde brein? Ik heb het geld dat jij zult opbrengen hard nodig om daarmee te betalen voor de diensten van de architect die ik uit Rome laat komen. Kijk eens, Caradoc, jij bent voor mij niets meer waard dan de kosten van wat meer gerief in huis.' Ze legde haar handen op zijn schouders, en nog voor hij zijn hoofd kon wegtrekken kuste ze hem vluchtig op de mond. 'Net als toen we nog kinderen waren,' fluisterde ze. Toen liet ze zich in een stoel vallen en kruiste haar benen. Ze keek hem strak aan. 'Vergeef me, maar als ik je niet uitlever zal Scapula denken dat ik geen bondgenootschap meer met hem heb, en dan zal hij tegen mij ten strijde trekken, terwijl in het andere geval mijn reputatie als trouwe dochter van Rome geweldig verbetert. Dat kun je toch wel begrijpen?'
'Ja,' antwoordde hij geduldig. 'Ik begrijp het.'
'O, jij dwaas,' mompelde ze. 'Waarom liet je jezelf toch grijpen?'
Er viel niets meer te zeggen en allebei wachtten ze in een berustende stilte op de komst van de bewakers. Caelte hurkte op de vloer; hij hield zijn hoofd gebogen. Het vuur in de haard knetterde fel. Op dat ogenblik zwaaide de deur open en zes legionairs stormden naar binnen, met getrokken zwaarden. De gehelmde en geharnaste mannen vormden een kring. De centurion sa-

lueerde voor Aricia en keek toen nieuwsgierig naar de zwijgende, in haveloze kleren gestoken man, die hem met een vaste blik aankeek.

'Is dit hun arviragus?'

'Inderdaad.'

'Bent u daar zeker van, Cartimandua?'

'Ja, natuurlijk!' Aricia haalde snel, oppervlakkig adem. 'Ik heb hem in het verleden goed gekend.'

Op het gezicht van de officier was duidelijk teleurstelling te lezen. Deze gevangen hoofdman zag er zo onbeduidend en gewoontjes uit. Waar was de nobele, sluwe barbaar, die hij in zijn verbeelding vóór zich had gezien, gebleven? Maar toen hij nog eens naar Caradocs gezicht keek wist hij dat er geen vergissing in het spel was. 'Optio,' beval hij, 'breng de ketens.'

Caradoc bleef onbeweeglijk staan toen de ijzeren ringen om zijn polsen werden gedaan. Hij keek naar Aricia toen een soldaat knielde om ook boeien om zijn enkels vast te maken. Ze keek onverschillig naar de vloer, en opeens schreeuwde Caradoc: 'Kijk mij aan, Aricia! Of ben je daar te laf voor? Jij draagt ook boeien, maar je kunt ze niet zien!'

Ze gaf geen antwoord en de optio trok Caelte overeind, om ook hem te ketenen. Caradoc worstelde tegen de paniek. De man keerde terug en gespte zijn zwaard af. Nu was Caradoc niet langer een vrij man. 'Naar buiten,' beval de officier kortaf tegen zijn mannen. Caradoc wilde een stap verzetten, maar hij struikelde prompt over de enkelboeien. Aricia was gaan staan en ze lachte spottend en schel. Toen hij langs haar strompelde zei ze iets tegen hem. 'Dat is waar ook, Caradoc, met je gezin is alles goed. Scapula heeft hen in Camulodunon gevangengezet.'

Hij keerde zich langzaam om en zag in haar ogen een begeerte alsof ze hem aan stukken wilde scheuren, maar hij weigerde te bezwijken onder de vernederingen die hij hier moest ondergaan.

'Dat lieg je!'

'Nee hoor, deze keer niet.'

'Teef!'

'Ik wens je een goede reis, een vredige reis,' zei ze spottend. Even later was Caradoc buiten onder de zachte nachtelijke hemel, en hij voelde de warme wind in zijn gezicht. De deur werd achter hem dichtgesmeten.

Binnen liet Aricia zich in de stoel zakken en sloot haar ogen. Brigantia, ik ben zo moe, dacht ze. Zo vreselijk moe, tot in mijn botten. En morgen zal Venutius hier zijn, met zijn gluiperige smekende gezicht en zijn grote stuntelige handen. Jouw handen waren nooit stuntelig, Caradoc, en je gedroeg je waardig, zoals een heer betaamt. Wat een tijd brachten wij door, jij en ik, toen ons bloed nog verhit stroomde en de regen ons 's nachts in slaap zong. Ze zocht in haar tuniek en haalde er een klein houten sieraad uit; afwezig gleden haar vingers over de kronkelende slangen, zacht en warm in haar hand. Ik heb al die jaren in mijn ballingschap gewacht op dit ogenblik, hield ze zichzelf voor. Waarom is het dan niet zoet? Waarom die pijn, die knagende kwelling? Haar hand sloot zich om het hout en ze klemde het stevig vast. Ze voelde zich opeens heel eenzaam. Niets schenkt mij nog tevredenheid, dacht ze gepijnigd, elke triomf is tevergeefs en dit, mijn grootste beloning, glipt al door mijn vingers. Ik kan het niet vasthouden... Plotseling voelde ze tranen achter haar gesloten oogleden prikken en ze opende haar ogen. De wanden waren wazig en het vuur leek een regenboog van kleuren, maar toen ze knipperde begonnen de tranen sneller te stromen. 'Ach, Sataida, Vrouwe van Smarten, laat mij toch met rust!' fluisterde ze fel. 'Ik kon niets anders doen!'

Ze bracht de nacht door in haar gevlochten stoel, ze dronk wat en onderhield zelf het vuur in de nachtelijke uren, toen de bedienden sliepen. Ze zag hem in gedachten wegrijden in de hobbelende en hotsende kar, geketend onder de sterren, op weg naar Lindum. Teef, had hij tegen haar gesist en een ogenblik was er een bittere trek op zijn gezicht gekomen. Ze herhaalde het woord in gedachten, alsof ze het kon proeven. Teef. Goed, dan was ze dat. Ze kon Caradoc niet van leugens betichten. Alle mannen die ze ooit ontmoet had waren als gulzige honden die aan haar snuffelden – Caradoc, Togodumnus, Venutius en zelfs Cunobelin, op zijn eigen manier, allemaal... In al die jaren zoveel tongen die uit zoveel hijgende monden hingen... Maar toen ze de schaduwen van de nacht langzaam over de geelgeschilderde wand zag glijden en de gloed van het vuur op haar wangen voelde, wist ze dat Caradoc dit níet bedoeld had. Ze kon maar beter niet piekeren over de werkelijke betekenis van zijn belediging. Eer was in tijden van oorlog een luxe, en in tijden van vrede een waarborg. Verder niets. Dat had ze tegen hem moeten zeggen, toen ze hem vertelde dat mensen moeten veranderen, of anders sterven. Ze verzonk in gedachten en overpeinsde haar eigen verandering. Voor het eerst besefte ze dat die verandering niet wezenlijk genoeg was. De jonge Brigantische koningsdochter, die eens wreed werd weggerukt uit de schoot van Camulodunon, sluimerde nog altijd op de achtergrond van geest en herinnering, beroofd van haar eer, en nog steeds vol wraakgevoelens over het verraad en jegens haar Catuvellaunse wortels. Jaren geleden had ze een stap gedaan, weg van dat jonge meisje, maar die stap was niet groot genoeg geweest. Jij arme kleine meid zonder vrienden, dacht Aricia, toen ze haar beker wijn leegdronk. Ik dacht werkelijk dat ik je lang geleden gedood had.

Venutius keerde bij het aanbreken van de dag terug. Aricia moest weggedoezeld zijn, want ze ontwaakte met een schok toen ze zijn zware stem kwaad bij de deur hoorde klinken. 'Uit de weg, jij bastaardwelp! Laat me erlangs, anders spuw ik nog op je!'

Ze hoorde geluiden alsof er een schermutseling begon en kwam zelf verstijfd overeind. Haar tong was droog als leer en haar hoofd nog duizelig van de wijn. Er klonken een kreet en een vloek en toen zwaaide de deur open. Venutius stormde naar binnen en trapte de deur achter zich dicht. Hij bleef vlak voor haar staan en smeet zijn zwaard op de vloer.

'Zeg me dat het niet waar is!' brieste hij. 'Zeg dat, voor ik je met je eigen haren wurg! Heb je de arviragus aan Rome verkwanseld?'

Aricia keek hem kalm en onaangedaan aan, niet onder de indruk van een woede die ze al zo dikwijls gezien had, en overtuigd dat hij zich uiteindelijk toch wel met veel omhaal zou verontschuldigen.

'Ja, dat deed ik.'

'Aaah!' Venutius stootte een woedende kreet uit en bleef met gebalde vuisten en trillende benen vóór haar staan. Zijn rossige haren vielen over zijn ene schouder. 'Dat geloof ik niet! Ik weiger dat te geloven! Jij...' De woorden stokten in zijn keel.

'Teef?' maakte ze de zin behulpzaam voor hem af. 'Zo noemde Caradoc mij ook al. En ik ben het helemaal met hem eens.'

'Waarom? Waarom toch? Elke andere laaghartige streek, Aricia, elke andere sluwheid had ik van je kunnen verdragen, maar dit... dit nooit! Een man die zoveel ellende heeft doorstaan! Met zoveel eer en moed!'

Weer dat verderfelijke woord zonder betekenis. Ze haalde haar schouders op. 'Ik moest wel, Venutius. Ik kon hem niet laten gaan. Dat zou het einde van Brigantia betekenen.'

'Jij geeft niets om Brigantia! Dat heb je nooit gedaan! Caradoc gaat zijn dood tegemoet, zodat jij eindelijk je handen kunt warmen aan je vurige wraak!'

'Denk ervan wat je wilt. Ik heb het gedaan en ik zou het weer doen, en verdwijn nu. Ik heb vannacht niet geslapen en ik ben moe. Kom later terug, dan kunnen we samen eten, als je dan tenminste in een beter humeur bent.'

Venutius reageerde niet zoals gewoonlijk op de vage toespeling op het genot dat hem dan te wachten stond. Hij deed een wankelende stap en sprong op haar af. Hij greep haar bij de schouders en begon haar heftig door elkaar te schudden. Haar hoofd schokte voor- en achterwaarts en ze kreeg geen kans adem te halen om het uit te schreeuwen. Haar halsketting brak en een regen van gitzwarte stenen viel op hen en kletterde op de vloer. Venutius sloeg haar in het gezicht. Bij de eerste slag viel ze achterover in de stoel, naar adem snakkend, en ze probeerde te krijsen, terwijl hij als een razende bleef slaan, met een verwilderde blik in zijn woedende ogen.

'Je vermoordt me nog! Hou op, Venutius!' krijste ze.

Eindelijk, toen ze voelde dat de huid van haar wang en bij haar slapen opengebarsten was en Venutius het bloed op zijn vuist zag, bleef hij hijgend staan. Aricia zakte huilend ineen op de vloer, beide handen hield ze voor haar gehavende gezicht. De zwarte stenen knarsten onder haar knieën. Venutius huilde ook, de tranen stroomden langs zijn wangen.

'Zelfs nu kan ik je niet doden!' snikte hij. 'Aricia! Aricia!' Hij strekte zijn hand uit en greep haar haren in zijn grote vuist en trok haar omhoog. Toen sleepte hij haar naar buiten, in het heldere zonlicht en de warme wind.

Haar lijfwacht kwam met getrokken zwaarden aangesneld over de binnenplaats, maar deze mannen werd de weg versperd door anderen, krijgers van Venutius die daar in slagorde opgesteld stonden. De mannen keken elkaar zwijgend aan. Venutius sleepte Aricia naar het midden van de binnenplaats en liet haar toen los. Nog steeds huilend begon hij zijn sieraden af te doen – de met git gesierde armbanden, zijn halsring en de gesp op zijn schouder – en hij liet de glanzende stenen één voor één op de grond vallen. Met één snelle beweging trok hij zijn geborduurde tuniek over zijn hoofd en legde die voor haar voeten neer.

'Ik verstoot Brigantia,' fluisterde hij schor, en hij pakte het kleine mes van zijn leren gordel om er een snee dwars over zijn brede borst mee te maken. Bloed verscheen waar hij het scherpe mes vanaf zijn linker sleutelbeen tot aan zijn middel langs gehaald had – rood en glanzend in de zon. Hij veegde er met zijn hand over en wreef het toen in haar gezicht. 'Mijn bloed!' spuwde hij naar haar. Hij boog zich voorover en maakte met zijn mes een klont aarde los, die hij verkruimelde tussen zijn vingers, voordat hij de zwarte aarde met geweld op haar wangen drukte. 'Het bloed van Albion! Jij hebt ons beiden gedood. Dat ik vervloekt mag zijn, als ik ooit nog naar jouw liefde smacht!'

Ze stond daar met gebogen hoofd voor hem, haar handen bewogen langzaam en bevend omhoog, als om de vernedering af te weren. Toen keerde Venutius zich op zijn hielen om en beende zonder nog iets te zeggen naar de poort, een spoor van bloeddruppels achterlatend. Aricia liet zich vallen op zijn tuniek, nog warm van zijn lichaam. Ze maakte geen geluid, maar de toekijkende mannen zagen haar lichaam heftig schokken. Eén voor één staken de mannen van Venutius hun zwaard terug in de schede, en verdwenen. Haar bard en haar schilddrager bleven als enigen achter, gehurkt in het stof zittend, bang haar aan te raken.

De zon rees naar het zenit, en de mussen, aangemoedigd door de stilte op de binnenplaats, fladderden naar de grond, waar het bloed van Venutius al dezelfde kleur had gekregen als de aarde zelf.

Caradoc werd naar het fort van het Negende Legioen gebracht, bij Lindum, de eerste stad op het grondgebied van de Coritani. Hij en Caelte waren vastgeketend aan een ossekar en ze werden omringd door een grote groep soldaten. Zijn arrestatie had zo snel en onopvallend plaatsgevonden, dat niemand, behalve een handjevol Brigantiërs en deze soldaten, het opgemerkt had. Het groene landschap waar ze doorheen reden lag er vredig en verlaten bij. De centurion was duidelijk zenuwachtig. Caradoc zag de man telkens heen en weer lopen langs zijn ondergeschikten, en in zijn rauwe stem klonk een onderdrukte angst door. Caradocs ogen dwaalden dikwijls af naar de met bomen begroeide hellingen die soms steiler werden en dan tot dicht bij de weg reikten. Maar Madoc hield zich hier niet schuil tussen de struiken en er was ook geen Emrys die gereedstond om hem uit zijn boeien te bevrijden. Na een dag en een halve nacht rees het grauwe massieve fort voor hen op. De centurion wiste opgelucht het zweet van zijn voorhoofd, maar de twee gevangenen, met geschaafde en beurse polsen en enkels beseften dat elke hoop op bevrijding vervlogen was, toen de grote poortdeuren achter hen dichtvielen en dat ze hun vrijheid voorgoed kwijtgeraakt waren.

De prefect kwam naar buiten om hen te zien en de helft van de soldaten kwam stommelend van hun warme britsen en ging in een kring rond de ossewagen staan om nieuwsgierig naar deze legendarische man te kijken. Maar Caradoc stelde hen teleur. Hij gromde niet en rammelde evenmin als een gevangen beer met zijn boeien. Hij stortte geen regen van onverstaanbare verwensingen over hun hoofd uit. Hij droeg zelfs geen verschrompeld hoofd aan zijn gordel, en daarom gingen de meeste soldaten al spoedig teleurgesteld mompelend terug naar bed. Caradoc stapte kalm van de wagen; zijn benen hield hij dicht bij elkaar, zodat hij niet zou struikelen voor de mannen die hem gevangen hielden, en hij volgde de centurion en de prefect naar zijn cel. Caelte volgde enkele passen achter hem.

De ruimte was klein en kaal. Er stonden geen brits en geen tafel, er was geen raam en de harde vloer was kil en vochtig. De ketens werden weggenomen, maar alleen om de twee mannen uit te kleden en te visiteren. Caradoc stond daar naakt en huiverend, terwijl de prefect met een koele cynische blik toekeek. De buidel met het magische ei werd van zijn hals gerukt. De soldaat maakte de buidel open en hield het kleinood triomfantelijk omhoog. De prefect fronste zijn wenkbrauwen.

'Wat is dat?'

'Ik weet het niet, heer. Het lijkt wel een stuk kraakbeen uit de ingewanden van een of ander ellendig beest.' Hij betastte het gladde oppervlak, gooide het ei omhoog en ving het weer op. 'Wat een wilden zijn deze inboorlingen toch!' De prefect stak zijn hand naar voren en het ei werd aan hem doorgegeven. Hij bekeek het van alle kanten, snoof eraan en smeet het toen met een minachtend gebaar naar Caradoc. 'Hier, kannibaal, vang!'

Caradoc ving het ei op. Hij hield het stevig vast, zijn vingers sloten zich liefkozend om het ronde ei, als om bescherming te bieden tegen zoveel onwetende heiligschennis. Intussen voelde hij zijn gezicht gloeien van schaamte over het ongemanierde, ruwe gedrag van deze Romeinen.

Ook de halsring werd ruw van zijn nek getrokken, evenals die van Caelte, maar nu hield de prefect deze sieraden bewonderend in zijn handen. Hij liet zijn vingers over het sierlijk bewerkte metaal glijden.

'Deze dingen zijn anders prachtig gemaakt,' zei hij. 'Wat zijn jullie barbaren toch eigenaardige lieden! Ik zal de bronzen ring zelf houden, maar ik denk dat de gouverneur die van goud zelf zal willen hebben.'

Hun kleren werden voor hun voeten gesmeten en ze hoorden het bitse bevel dat ze zich moesten aankleden, maar Caradoc en Caelte verroerden zich niet, ze waren niet in staat zich te bewegen. Nu ze geen halsringen meer droegen en de naaktheid van hun hals voelden, drong het volle besef van hun wanhopige toestand pas goed tot hen door. Nadat het bevel kortaf herhaald was bukten ze zich langzaam, raapten hun broek en tuniek op en trokken ze aan. Maar Caradoc besefte dat kleren niet langer de naaktheid van zijn ziel konden bedekken, en de wetenschap dat hij tot slaaf vernederd was gloeide als een licht in de nacht op, onzichtbaar voor Rome, maar een vurig schijnsel voor elke stam die het wilde zien. De boeien werden weer vastgemaakt en de centurion wendde zich naar zijn superieur.

'Wie krijgt de beloning, heer? Mijn detachement?'

De prefect lachte even schamper. 'Nee, die gaat aan jou voorbij! Cartimandua krijgt die uiteraard, zoals ze alles krijgt. De gouverneur zal dat niet kunnen weigeren. Het is nu eenmaal veel eenvoudiger haar trouw te kopen, maar we zullen allemaal opgelucht ademhalen als ze dood is, en we daarna een praetor in Brigantia kunnen benoemen. Ze is veel te sluw, die vrouw. Voor goud zou ze haar eigen kinderen nog verkopen, als ze die had.' Terwijl hij dit zei liep hij naar de deur, en bij de laatste woorden was hij verdwenen. De deur viel dicht en de twee gevangenen bleven alleen achter in het donker.

Caradoc bukte zich en zocht tastend over de vloer naar de buidel. Hij raapte die op en kuste het magische ei teder, voordat hij het weer wegborg. Toen liet hij zich naast Caelte zakken en sloot zijn ogen. *'Meer wijsheid dan elke andere man...'* Wat heb ik gedaan dat ik de bescherming van de goden kwijtraakte? Maar Caradoc wist zelf het antwoord al. Hij had niet op zijn eigen oordeel vertrouwd, dat was alles. Hij ging naast Caelte liggen en zo vielen ze in slaap, met hun armen om elkaar heen geslagen.

Scapula maakte een handgebaar, waarop de wachters salueerden en op een rij naar buiten liepen. Toen kwam hij achter zijn schrijftafel overeind, liep naar voren en bleef geleund tegen de tafel staan, met zijn armen over elkaar gevouwen. Zijn blik gleed langzaam naar het kleine groepje dat voor hem stond, en hij zag dat ze onbevreesd terugstaarden: de meisjes met hun grote ogen, openlijk gefascineerd, de trotse jongeman met een vijandige blik en de vrouw met een vaste, moedige oogopslag. Ze was van middelmatige lengte, te mager, zoals alle vrouwen in het westen, de mannen trouwens ook. Haar haar was dik en donkerblond, en het viel in twee lange vlechten neer. Bij haar voorhoofd en ook om haar gebruinde wangen krulden losse lokken. Ze hield haar mond stijf gesloten, een warme, scherpgelijnde mond. Rond haar diep blauwe ogen was een fijn net van lachrimpeltjes te zien. Een fascinerende vrouw, dacht Scapula. Hij keek amper naar de druïde die rustig wachtte; zijn bijna witblonde haren vielen tot op zijn schouders en zijn handen gingen schuil in de wijde mouwen van zijn groezelige tuniek. De druïde bestond voor Scapula niet; dat was een kleine vis die toevallig gevangen was toen het net rond deze haaien dichtgetrokken werd. Scapula haalde zijn armen van elkaar en haakte zijn duimen achter zijn gordel. Hij had deze ochtend genoten van de maaltijd; het voedsel verteerde zonder pijnlijke steken in zijn maag en bovendien waren de voorspellingen beter dan ooit.

'Vooruit,' begon hij opgewekt, 'laten we geen tijd verspillen met het uitwisselen van beleefdheden. Ik weet wie jullie zijn. Ik wil jullie een paar vragen stellen, en als jullie verstandig zijn geef je daar snel antwoord op.' Op de tuniek van de vrouw zag hij bloedspatten. Die waren hem eerst niet opgevallen, en opeens voelde hij toch een pijnlijke steek in zijn maag. Beesten! Ze leefden als beesten, en ze vochten ook als beesten, maar goddank vermenigvuldigden ze zich niet als beesten.

'Waar is je man?'

Eurgain glimlachte flauwtjes. 'Dat weet ik niet.'

'Natuurlijk weet je dat! Waarheen waren jullie anders op weg dan naar hem, toen je gegrepen werd? Geef antwoord, vrouw! Waar is hij? Is hij naar het noorden of naar het zuiden getrokken, nadat hij voorbij de rivier gekomen was?'

'Vertel hem niets, moeder,' kwam Llyn bedaard tussenbeide. 'Als hij werkelijk zo slim is, dan kan hij daar zelf wel achter komen.'

Scapula keek met een ruk om naar de donkerbruine, wijze ogen van Llyn. De jongeman grijnsde onbeschaamd naar hem. Scapula was even met stomheid geslagen. Hoe langer hij in dit van tovenarij doortrokken natte gebied verbleef, des te minder begreep hij ervan, en dat gold ook voor de bewoners. Telkens wanneer hij een besluit genomen had en duidelijk zijn beleid uitgestippeld had, raakte hij in verwarring, en werd het wazig in zijn geest, alsof zich daar plotseling mist vormde. Hij besefte dat hij hier zijn leven lang kon blijven, maar dat hij toch altijd even onwetend zou blijven als een kind voordat het zijn eerste boekrol krijgt. Vóór hem stond een knaap die niet veel ouder dan zeventien kon zijn, en toch droeg hij al een glanzende halsring, zijn zwaard was duidelijk veel gebruikt, en Scapula kreeg het gevoel dat hij tegenover een man stond die meer ervaring had opgedaan dan zijn eigen oudste adjudant. Hij verachtte hen allemaal, deze bloeddorstige hoofdmannen, met hun onaantrekkelijke, onverzorgde vrouwen. Deze lieden spaarden zelfs hun kinderen niet in hun zelfmoordoorlogen.

'Als jij mij nog eens onderbreekt,' zei hij, 'dan laat ik je wegbrengen en geselen. Zoveel onbeleefdheid leidt nergens toe.' Hij keek weer naar Eurgain.

'Ging hij naar Venutius? Of is hij op weg naar de kust?'

'Ik heb u al gezegd dat ik het niet weet,' hield Eurgain vol. 'Hij zal ergens een veilige toevlucht zoeken.'

'Er is nergens een veilig oord voor hem,' wierp Scapula tegen, 'behalve in het westen of bij Venutius. Maar ik heb gehoord dat Venutius en Cartimandua zich weer met elkaar verzoend hebben. Is hij dus teruggegaan, met de andere hoofdmannen van het westen?'

Deze keer zei Eurgain niets. Ze sloeg haar ogen neer en keek naar de vloer, terwijl Scapula ongeduldig op antwoord wachtte.

'Het zal heel weinig verschil maken of je me nu de waarheid zegt of niet. Spoedig zal hij te horen krijgen dat zijn vrouw en kinderen hier gevangenzitten, en dan zal hij zich overgeven.'

'Nee, dat doet hij niet!' schreeuwde Llyn. 'Scapula, je bent een dwaas! Hij is meer dan een man, hij is onze arviragus, en hij zal doorvechten, ook al sterven wij allemaal!'

Scapula wenkte zijn centurions. Ze staken hun handen naar Llyn uit, maar die draaide zich snel om en beende voor hen uit naar de deur. Toen de deur weer gesloten was ging Scapula achter zijn schrijftafel zitten en leunde achterover.

'Als het toch geen verschil maakt wat ik zeg,' begon Eurgain, 'waarom dringt u dan zo aan? Llyn sprak de waarheid. Caradoc zal heus niet hierheen komen als een afgerichte hond, alleen omdat ik hier gegijzeld word.' Ze zweeg even. 'Ik weet heus wel', vervolgde ze en haar stem klonk nu luider van woede, 'dat ik de dood voor ogen heb, misschien wel een marteldood. Dat weten Llyn en mijn dochters ook. Maar zij weten werkelijk niet waar Caradoc is en zelfs als we het wisten, zou noch ik, noch Llyn verraden waar hij is.'

'Dappere woorden,' merkte Scapula schamper op. 'En waarschijnlijk is het inderdaad zo. Daarom zal ík je vertellen waar je man is.'

Haar blik vloog naar hem en hij bleef haar strak aankijken, speurend naar iets dat haar kon verraden terwijl hij verder sprak. 'Hij is naar Venutius in Brigantia gevlucht, en daar zal ik hem gaan halen.' Het was een gok, bedoeld om haar uit haar evenwicht te brengen, zodat hij aan haar reactie kon zien wat de waarheid was, maar haar ogen bleven onveranderlijk vast op hem gericht, en hij moest onwillekeurig denken aan alle druïden die hij had zien sterven, met dezelfde onaangedane gezichten. Hij kon dat gezicht met die uitdrukking van onbegrensde superioriteit erop, wel slaan, hij wilde het gebeente voelen kraken onder zijn knokkels, en zien hoe die zachte mond verwrong van pijn.

Toen de woede langs zijn hals omhoogkroop zette hij zijn vingertoppen tegen elkaar en leunde naar voren.

'Ik zál hem grijpen,' zei hij vastberaden, 'en zodra dat gebeurd is, gaan jullie allemaal naar Rome, waar jullie na verloop van tijd ter dood zullen worden gebracht. Als die koppige echtgenoot van jou niet zo opstandig was, dan zou in het hele land al lang vrede heersen. Dan zou er geen jacht gemaakt worden op de Siluriërs. De Demetae zouden nog tevreden en onbezorgd door hun geliefde bergen dwalen. Jullie zijn misdadigers, allemaal, en even blind voor verantwoordelijkheden en moraal als de rest van je stam. Jullie lot zal hetzelfde zijn als dat van alle andere hoofdmannen in de stad.' Hij slikte, haalde diep adem en beheerste een woedeaanval. Hij dacht aan alle maanden vol twijfel en gebrek aan slaap die nu achter hem lagen, aan alle mannen die gesneuveld waren, aan de vooruitgang die tot stilstand was gekomen, allemaal alleen omdat de vader van deze haveloze, hooghartige familie zich zo hardnekkig bleef verzetten. De twee meisjes staarden nog steeds met grote, niet-begrijpende ogen naar hem, alsof ze niet helemaal bij hun verstand waren.

'Laat me je één ding zeggen, Scapula,' zei Eurgain. 'Het kan mij niet schelen waar hij is. Voor mij telt alleen dat hij vrij is, en dat hij vrij man zal blijven tot hij weer een leger op de been heeft gebracht en weer ten strijde kan trekken. Dat ik blijf leven of zal sterven kan mij niet schelen, en hem ook niet, zolang de mannen in het westen maar blijven vechten. Je hebt nooit begrepen waartegen je strijdt. Het is geen gevecht tegen lichamen, maar tegen zielen, en daarom moet Caradoc vrij man blijven, en daarom zullen jullie nooit de overwinning behalen.'

Scapula opende zijn mond om te antwoorden, zijn gezicht werd rood tot aan zijn grijze haarwortels, maar op hetzelfde ogenblik werd er op de deur geklopt en geërgerd riep hij: 'Binnen!'

Zijn secretaris kwam binnen, salueerde en hield een rol papier omhoog. 'Een spoedbericht, heer, uit Lindum.' Scapula wuifde het weg. 'Ik ben bezig, Drusus. Leg het bij de andere rollen, dan zal ik er na de middagmaaltijd naar kijken.'

'Het spijt me, heer, maar deze boodschap is erg dringend. Buiten wacht een ruiter op uw antwoord.'

Met een berustende zucht graaide Scapula de rol uit de handen van zijn ondergeschikte. De zonnestralen vielen niet meer rechtstreeks in de kamer, nu de zon hoog aan de hemel stond, maar ondanks de geopende luiken was het binnen erg benauwd en warm. Eurgain keek naar buiten toen Scapula de zegels verbrak en de rol afwikkelde.

Het was zo vertrouwd, de blauwige nevel boven de beboste heuvel die zich uitstrekte tot aan de rivier. De weg, nu verhard, kronkelde zich voorbij de poort langs hoge eiken en verder naar de plaats waar vroeger de grotere en kleine schepen voor anker dobberden. Ze dacht aan de riviermonding, de uitgestrekte baai waar zoveel snippen en andere vogels naar voedsel zochten, ze dacht aan het strand, de witte kliffen en aan de grotten waar Gladys zo graag ging liggen om naar het ruisen van de aanrollende branding te luisteren. Vol verlangen dacht ze daaraan terug toen een naar bloemen geurende windvlaag de kamer binnendrong. Ze keek vastberaden naar de gouverneur. Scapula was gaan staan en zijn handen beefden terwijl hij de rol papier stevig vasthield. Met een snelle beweging wierp hij het papier op zijn schrijftafel. 'Bij Mithras!' fluisterde hij. 'Hoe is het mogelijk! Eindelijk! Eindelijk!' Hij rende bijna vanachter de schrijftafel vandaan en Bran deed snel een stap naar Eurgain toen Scapula vlak voor haar bleef staan. Zijn ogen straalden.

'Ik heb hem!' jubelde hij, zwaar ademend. 'Vrouwe, bereid je maar voor op het afscheid van Albion! Hij is gewoon naar de voordeur van Cartimandua's huis gelopen, zie je het vóór je? Wie had dat gedacht? Hij kwam daar met zijn bard en zij heeft hem onmiddellijk uitgeleverd aan de prefect van Lindum. Zijn goden hebben hem in de steek gelaten en mijn gebeden zijn verhoord! Caradoc! Eindelijk... in mijn handen!' Hij sprak de laatste woorden triomfantelijk en met veel nadruk uit, intussen met zijn vuist op de palm van zijn andere hand slaand. Toen rechtte hij zijn rug en keerde terug naar de stoel achter zijn schrijftafel. Hij ging zitten.

'Drusus, vraag alsjeblieft de boodschapper of hij een ogenblik wil wachten, en laat hem dan hier binnenkomen. Ik wil dat die opstandeling zo snel mogelijk overgebracht wordt naar Colchester, voordat zijn kameraden te horen krijgen wat er gebeurd is, en misschien een poging doen om hem te redden.' Hij wreef zich vergenoegd in zijn handen en grijnsde. 'Nu eerst die druïde. Drusus, laat de wachters komen.'

De secretaris liep naar de deur en Scapula vervolgde: 'Volgens de wet moet jij sterven, maar dat wist je natuurlijk al. De keizer heeft bevolen dat alle druïden uitgeroeid moeten worden, wegens opruiing. Als je nog iets te zeggen hebt tegen deze vrouw, dan kun je dat beter nu doen.'

Vier soldaten kwamen binnen en ze stelden zich op, onverstoorbaar wachtend, met hun voeten uit elkaar en hun handen op de rug.

Eurgain kwam plotseling in beweging. Ze stormde op de schrijftafel af en leunde naar voren. 'Nee, dat kunt u niet doen! Niet met deze man! Hij is een goed en zachtaardig man, hij heeft niemand ooit kwaad gedaan! Heb genade, Scapula, op deze dag van je triomf! Spaar zijn leven bij wijze van dank aan de goden!'

'Waarom', vroeg hij koel, 'smeek jij wel voor deze druïde en niet voor je eigen echtgenoot? Wat voor een vrouw ben jij? Begrijp je niet dat Caradoc en al zijn mannen niet meer dan pionnen zijn in het spel dat de druïden spelen? Voor hem ben je nu waardeloos geworden, en als ik hem vrij zou laten dan verdwijnt hij naar zijn vervloekte eiland, om later nieuwe pionnen voor zijn duivelse spel te zoeken. Als hij en zijn broeders er niet waren, dan zou jij met je gezin altijd vredig in Colchester hebben gewoond, en dan zouden wij zelfs vrienden zijn geworden.'

'Nooit!' riep Eurgain woedend, en ze wilde nog veel meer zeggen, maar op dat moment deed Bran een stap naar voren, greep haar schouders en keerde haar gezicht naar zich toe.

'Luister naar mij, Eurgain,' zei hij bedaard. 'Het is niet belangrijk. Er zullen altijd sterren zijn om naar te kijken, in zwoele nachten vol adembenemende verwondering, en er liggen meer kristallen op je te wachten in de bergen. Verder is het niet belangrijk, heb je dat begrepen?' Ze schudde haar hoofd en liet het tegen zijn borst rusten, als een vermoeid en verdrietig kind. Bran drukte haar even tegen zich aan. Toen week hij achteruit. 'Kijk in mijn ogen, Eurgain.' Langzaam hief ze haar gezicht op; tranen druppelden langs haar wangen, en hij pakte haar handen. 'Wij zullen elkaar weer ontmoeten. Twijfel daar nooit aan. Groet de arviragus namens mij.' Toen ze naar zijn bruine ogen keek, voelde ze dat haar tranen opdroogden en het leek of een vreemd licht haar ziel raakte.

Scapula knikte kortaf naar de soldaten en ze kwamen naar voren. Bran wendde zich naar de deur.

'Een veilige reis, meester, een vredige reis!' riep Eurgain hem met gebroken stem na. Bran antwoordde met heldere stem: 'Vrede voor jou en de jouwen, Eurgain!'

Toen was hij verdwenen.

De deur werd gesloten en er volgde een moment van drukkende stilte voordat Scapula ging staan.

'Jullie worden teruggebracht naar je cel. Over een week zal je echtgenoot hier zijn. Dat klinkt toch beter dan het bericht dat hij dood is?'

Eurgain ging kaarsrecht voor hem staan. 'Nee,' zei ze.

Zes dagen later, op een avond toen de zon juist ondergegaan was en het gouden licht nog boven de boomtoppen hing, arriveerde een gewapende legermacht uit Lindum in Colchester, met de gevangenen. Scapula had geen enkel risico willen nemen: vijfhonderd zwaarbewapende soldaten marcheerden met de reiswagen mee, en voortdurend werd er scherp opgelet of ergens een strijdkreet weerklonk, maar de warme nachtelijke stilte werd niet verstoord en ook overdag waren er geen incidenten.

Scapula wachtte de gevangen opstandeling persoonlijk op bij de poort en hij liep met hem mee de heuvel op, omringd door glanzende speren. Hij verdeed geen tijd met het fouilleren van Caradoc, dat was van later zorg. Eerst moest de gevangene achter slot en grendel, en elk uur werden de bewakers afgelost.

Scapula had opgetogen een spoedbericht naar Rome verzonden, en hij wist dat het schip dat hem van zijn grote verantwoordelijkheid zou verlossen weldra in de baai voor anker zou gaan. Maar tot dat ogenblik moest hij nog op de toppen van zijn toch al zo getergde zenuwen leven. Scapula wist dat hij nooit erg veel geluk in zijn leven had gehad, en hij verwachtte niet dat deze gelukkige wending van het lot erg lang zou duren.

De groep volgde het pad omhoog vanaf de poort, langs de keurige huizen en tuinen, langs de werkplaatsen en Caelte keek verbaasd om zich heen in het afnemende daglicht. Niets van hun stad was hier overgebleven. Als hij de bossen voor de stad niet herkend had, met een groeiend gevoel van heimwee naar vroeger, dan zou hij niet geloofd hebben dat deze welvarende en trotse Romeinse gemeenschap ooit zijn speelterrein was geweest. De grote versterkte heuvel was afgegraven, en waar het pad naar de Grote Zaal eerst steil omhoogleidde, was nu een glooiende helling met bovenaan een witte tempel, die nu roze leek in het laatste avondlicht.

Caradoc had deze tempel al eens eerder gezien en hij wendde zijn ogen af toen hij terugdacht aan Boudicca, zoals ze hem daar aangestaard had vanaf de treden, met Prasutugas achter haar. Hij werd toen verteerd door minachting voor haar, maar even later waren Plautius en Gladys verschenen en zijn woedende minachting maakte op dat moment plaats voor diepe schaamte.

Caelte staarde naar de tempel, tot ze voorbij het grote gebouw waren en bij het hoofdkwartier van de gouverneur kwamen. Daar waren ook de gebouwen voor de administratie.

Caradoc bleef met een ruk staan en hief zijn hoofd op. Iemand riep zijn naam, met een hoge angstige stem, en al werd met de stompe kant van een speer in zijn rug gepord, hij bleef toch staan om te luisteren. Hij herkende de stem van Eurgain. Zijn ogen zochten koortsachtig langs de muren van de omringende gebouwen, en toen zag hij opeens de witte arm die tussen de tralies door gestoken werd, en de wazige vlek van een gezicht.

De groep kwam tot stilstand en Scapula wrong zich tussen zijn mannen door. Hij knikte naar zijn centurion. 'Laat hem maar even,' zei hij en de soldaten weken uiteen.

Caradoc bukte zich en raapte zijn ketens op, half rennend, half struikelend ging hij naar het kleine raam. Haar vingers streelden zijn wangen, zijn lippen, en hij greep de tralies voor het venster beet, terwijl zijn kettingen tegen de muur rammelden.

'Eurgain! Aricia beweerde al dat jij gevangengenomen was, maar ik dacht dat ze loog. Hebben ze je goed behandeld? Waar zijn de kinderen?'

'In de cel hiernaast.' Ze drukte haar gezicht tegen het koele ijzer en liet haar stem dalen, beschaamd over de vraag die ze nu wel moest stellen, omdat ze wist dat ze anders nooit meer rust zou kennen. 'Caradoc, waarom ben je toch naar Aricia gegaan? Bij Camulos, je had toch kunnen weten dat ze je zou uitleveren?'

Hij keek haar even onderzoekend aan, toen verscheen een brede glimlach op zijn strakke gezicht. 'Nee, liefste, ik ben niet naar haar gegaan, omdat ik in mijn wanhoop naar haar armen verlangde. Ik was op weg naar Venutius, en Caelte en ik hebben ons lot toevertrouwd aan een gids die ons verraden heeft. Is Bran hier?'

Ze liet haar voorhoofd tegen zijn vingers rusten. 'Ze hebben hem gedood. Ach, Caradoc, zoveel mensen zijn gewelddadig gedood! Soms kan ik het niet meer verdragen.' Haar stem begon te beven, maar alles wat hij kon doen was haar gezicht strelen.

'Cinnamus is naast mij gesneuveld, Eurgain,' zei hij zacht en ze drukte haar voorhoofd nog steviger tegen zijn hand.

'Ik weet het. Vida nam haar zwaard en verdween in het bos, toen Bran ons vertelde wat er gebeurd was. Ze rusten nu in vrede, allemaal, maar onze lijdensweg is nog niet voorbij.'

Llyn stak zijn hand door de tralies van het volgende raam. 'Vader! Ben jij het?' Caradoc deed een paar stappen naar zijn zoon, maar nu hield Scapula hem tegen.

'Zo is het wel genoeg,' zei hij bars. 'Terug in de rijen!'

'Vrijheid!' schreeuwde Llyn hem na. 'Vrijheid! Vrijheid!'

'Vrijheid,' fluisterde Caelte toen Caradoc weer naast hem kwam staan, en ze keken elkaar zonder verder iets te zeggen aan met vastberaden ogen. Toen kwam de colonne weer in beweging en de schemering daalde langzaam neer over de stad.

24

Het oorlogsschip uit Gesoriacum ging voor anker in de riviermonding, een week voordat de eerste herfststormen het water in de zeestraat gevaarlijk hoog opzwiepten. Het was laat in het seizoen, en Scapula bad in stilte, gekweld door zijn verkrampte maag en hoofdpijnen, dat de gevaarlijke stormen dit jaar ook laat zouden komen, zodat hij eindelijk van zijn verantwoordelijkheid verlost werd. In Colchester wemelde het van soldaten. Ze omringden het cellenblok. Ze krioelden door de straten, ze stonden met drie man tegelijk op wacht bij de poort en struikelden bijna over elkaar bij de oever van de rivier, maar Scapula wilde geen enkel risico nemen. In berichten uit Rome werd hij gelukgewenst met zijn vangst en andere boodschappers kwamen melden dat in het westen grote verwarring heerste. Romeinse soldaten konden ongehinderd door de bossen patrouilleren. Maar Scapula stond elke nacht voor zijn raam en keek uit over het door sterren beschenen landschap, want van spanning kon hij de slaap niet vatten.

Ondanks alle berichten weigerde hij te geloven dat de mannen in het westen hun arviragus zo maar in de steek zouden laten. Daarom beende hij onrustig door de stad en dacht aan het slechte weer waardoor het grote oorlogsschip misschien niet zou kunnen vertrekken. Hij wilde van Caradoc verlost zijn en dan snel terugkeren naar het westen, want spoedig zou, hoog in de bergen, de eerste sneeuw vallen, en dan zouden de legioenen naar hun winterkwartieren moeten gaan, zodat de opstandelingen ongehinderd hun gang konden gaan. Scapula had het akelige vermoeden dat de opstand in dit betoverde land nog lang niet onderdrukt was. Vijf jaren van zijn leven had hij besteed aan het opsporen van de man die de speerpunt vormde van het hardnekkig volgehouden verzet, om zo de opstand te bedwingen. Nu was Caradoc in boeien geslagen, maar de onderhuidse vijandigheid leek sterker te worden, en overal in het land werd geheimzinnig gefluisterd, wat zijn haat tegenover dit volk weer aanwakkerde.

Hij had Caradoc bij zich geroepen, de ochtend na zijn aankomst in Colchester, maar uiteindelijk bleek er weinig te zeggen. De twee mannen hadden tegenover elkaar gestaan, terwijl het geroezemoes van de stad door het venster naar binnen drong, en toen Scapula de twee donkere ogen zag die vast op hem gericht bleven, voelde hij zijn zelfverzekerdheid wegebben. Hij had een lichaam gevangengenomen, meer niet. De geest was nog steeds vrij als een vogel in de lucht, een geheimzinnige en onbekende vogel die hem angst aanjoeg, en die altijd buiten zijn bereik zou blijven. Scapula voelde zich onhandig, als een stuntelige, onnozele soldaat, toen Caradoc meewarig naar hem grijnsde, alsof hij de verwarde gedachten van de Romein had gelezen.

'Het is een goede strijd geweest, gouverneur,' zei Caradoc rustig. 'Maar besteed niet te veel tijd met uzelf geluk te wensen. U denkt erover mij naar Rome te zenden, maar dat zal geen verschil maken. Dat begint u te begrijpen, nietwaar? Nu, op dit ogenblik, staat een nieuwe arviragus in het westen op, en in gedachten zal ik bij hem blijven.'

'Onzin!' snauwde Scapula wrevelig. 'Je faam is je naar het hoofd gestegen, Caradoc. Je hebt veel talenten, maar die zijn verspild, mag ik wel zeggen, aan deze wilden, terwijl je een groot generaal had kunnen zijn. Nu jij er niet meer bent zullen de inboorlingen in verwarring raken.'

'Dat denk ik niet. Uw voorganger begreep ons heel goed, en hij trok niet over de grens, maar hoewel u hier al jarenlang verblijft, hebt u geweigerd iets te leren.'

'Dat was een beslissing van de keizer!' beet Scapula hem toe. Hij wist dat hij niet kwaad moest worden, maar hij kon zich niet beheersen. 'En jij hebt hem daar zelf toe gedwongen, toen je naar het westen trok om de stammen daar te verenigen!'

Ik zal het hem nooit kunnen uitleggen, dacht Caradoc wanhopig. Ik hoef het niet eens te proberen... Hij liet zijn blik naar de blauwe hemel met de melkwitte strepen dwalen en na een ogenblik haalde Scapula zijn schouders op.

'Wat is het toch dwaas, Caradoc, om kwaad te worden over iets dat toch niet meer veranderd kan worden. Ik geef toe dat je mijn gezondheid geknakt hebt, dat mijn betrekkingen met de keizer onder druk kwamen te staan, en dat je me de kans ontnomen hebt hier vreedzaam verder te werken aan de taak die Plautius begonnen was. Maar dat is nu allemaal voorbij. Wanneer jij afgevoerd bent, zal het westen voor mij open liggen, en over vijf jaar zullen de mensen jouw naam vervloeken, omdat ze de Romeinse voorspoed door jouw toedoen zo lang moesten missen.'

'O, Scapula,' lachte Caradoc. 'Wat een zelfvertrouwen, wat een blind vertrouwen! De naam van Vercingetorix wordt nog steeds met bewondering uitgesproken door de hoofdmannen in Gallië, terwijl de mensen daar al honderd jaar genieten van de Romeinse voorspoed! Het is inderdaad waar dat het geheugen sterker is dan de koppigste wijn!'

Ondanks alles glimlachten ze even naar elkaar en gaven daarmee te kennen dat ze wederzijds respect voor elkaar voelden, al zouden ze met elkaar gevochten hebben tot de dood erop volgde, wanneer ze nu allebei de beschikking over een zwaard hadden gehad. Toen stuurde Scapula hem weg en Caradoc keerde terug naar zijn klamme cel, waar Caelte met gesloten ogen zat en nieuwe melodieën neuriede, nu hij zijn onoverwinnelijke optimisme hervonden had.

Scapula keek naar zijn ondergeschikte. 'Vertel eens, Gavius,' vroeg hij, 'wie was Vercingetorix?'

Op een koude, mistige morgen, toen in de stad de geluiden gedempt klonken onder de grauwe, herfstige hemel en de bomen onbeweeglijk en druipend oprezen met bladeren die aan de randen al rood en geel kleurden na de eerste nachtvorst, werden de celdeuren ontgrendeld en Caradoc, Caelte, Eurgain, Llyn en de twee meisjes stapten voor het laatst over de drempel. Buiten wachtte een gewapend escorte, vage schimmen in de witte nevel, en even later werden de laatste bevelen gegeven, voordat Scapula zijn paard besteeg en zijn mantel dichter om zijn schouders trok. Caradoc omhelsde zijn vrouw, greep daarna de pols van zijn zoon en kuste zijn dochters. 'Houd moed!' fluisterde hij. De meisjes lachten aarzelend naar hem, maar Llyn keek hem met een opstandige blik aan. 'Denk je dat de hoofdmannen ons vandaag komen bevrijden?' fluisterde hij. 'Mijn strijders zullen toch niet werkeloos toezien als ik in slavernij word weggevoerd?'

'Er zal geen redding komen, Llyn,' antwoordde Caradoc nadrukkelijk. 'De mannen hebben niet genoeg tijd gekregen en ze zullen in elk geval niet zo onverstandig zijn, hier in het hart van Romeins gebied, een aanval te wagen. Ze zullen de strijd voortzetten, maar mijn taak is afgelopen en de druïden zullen een nieuwe arviragus moeten zoeken.'

Een gedempt bevel werd gegeven en de groep kwam snel in beweging en liep zwijgend langs de tempel en het nieuwe kleine forum en de huizen, grauw in de ochtendschemering en met gesloten luiken. De hoeven van Scapula's paard trappelden op het plaveisel en even later kwamen ze bij de gereedstaande reiswagen voor de poort. De paarden waren nat van dauw en hun adem kwam in damp uit hun neusgaten. Het gezin van Caradoc, gevolgd door Caelte, klom gehoorzaam in de wagen, waar hun ketens aan de zijkanten werden vastgemaakt. Weer werd een bevel gegeven en met een ruk kwam de wagen in beweging, over de weg waarlangs lang geleden de Catuvellaunse strijdwagens en jagers, minnaars, en krijgers op rooftocht waren gekomen. Het leek of aan weerszijden een lange rij geesten, als schimmen in grauwe mantels, en met uidrukkingsloze gezichten, in de mistflarden stond opgesteld. De weldadige zon kwam langzaam op en deed de nevel geleidelijk oplossen.

Onaangedaan keek Caradoc naar de voorbijtrekkende stoet schimmen. Overal in Colchester leken ze aanwezig, en onder het rumoer van de Romeinse stad sluimerde altijd een afspiegeling van wat eens Camulodunon geweest was, als een stroom van nooit verdwijnende herinneringen. Hij hoorde de gespannen stem van Scapula bevelen schreeuwen. 'Sluit de rijen! Schiet op!' En met een schok besefte Caradoc dat de schimmen die hij langs de weg meende te zien geen geesten waren, maar mannen en vrouwen uit de omgeving die zich hier verzameld hadden in een zwijgend protest. Toen de reiswagen voorbijreed liepen ze een eind mee, een ongewapend, medelijdend leger. In de rivier lag een schuit gereed, dobberend in de dichtere mist boven de rivier. De ketens werden losgemaakt en de gevangenen stapten aan boord, waar de boeien weer werden vastgemaakt. Zo voeren ze weg op de ebstroom, in de richting van de zee. Ook langs de rivier stonden veel onderworpen bewoners; gehuld in mantels waarvan ze de kappen opgeslagen hadden, stonden ze onder de bomen en toen Caradoc voorbijvoer, rezen hun armen omhoog. Opeens klonk een luide stem, hoog en schel boven het murmelende water; het was de stem van een vrouw.

'Een veilige reis! Een vredige reis, arviragus! Wij zullen niet vergeten! Vrijheid! Arviragus, vrijheid! Ga in vrede, ricon!'

Eurgain greep zijn hand en kneep er stevig in. Caradoc legde zijn eigen hand op de hare en hij bleef zitten, met opgeheven kin, maar er was een brok in zijn keel en tranen sprongen in zijn ogen.

Scapula keek met samengeperste lippen en van woede verkrampte kaken toe, maar hij durfde niet in te grijpen. Hij wilde geen uitbarsting van volksoproer, nu niet. De soldaten, slecht op hun gemak, keken naar elkaar en hielden de hand steeds op het gevest van hun zwaard. Nog een bocht in de rivier en dan zou het oorlogsschip in zicht komen. In elk geval werd het strand zwaar bewaakt.

Het roepen ging over in gezang. Enkele stemmen begonnen aarzelend het krijgslied van de Catuvellauni te zingen en al spoedig schalde het lied aan weerszijden van de rivier, uit talloze monden; het gezang won aan kracht en rees op tot een machtig koor. De mensen klapten in hun handen en stampten de maat. Ze schoven de kap van hun mantel naar achteren en schudden hun haren los, alsof ze met hun luide gezang de mist konden verdrijven. De zon drong door tot het water en verleende een vurige gloed aan de toppen van de bomen, en al spoedig leek de branding zich te voegen bij het gezongen verlangen naar vrijheid.

De schuit kwam bij de landingsplaats en de soldaten sprongen haastig op de oever, om de gevangenen te omringen terwijl ze van boord gingen en traag in de richting van de loopplank van het grote schip liepen. De vaandels en keizerlijke vlaggen hingen roerloos aan de masten. De kapitein stond wijdbeens bij de loopplank en zijn ogen schoten van de groep gevangenen naar de dichte menigte die zich op het strand verspreidde. Al voor de dageraad aanbrak hadden de eersten zich hier verzameld, en de mensen bleven voor de vloedlijn staan, terwijl er voortdurend meer uit de bossen te voorschijn kwamen of langs de kliffen naar beneden afdaalden. De kapitein had niets kunnen doen, behalve toekijken en afwachten. De menigte was niet naar voren gedrongen en de mensen negeerden de gewapende bewakers bij het schip hooghartig en onverschillig. De kapitein voelde hoe de spanning toenam en tot zijn grote opluchting zag hij dat de gouverneur op tijd arriveerde. Twee zwaarbewapende cohorten bewaakten hier de leider van de opstand en dat was voldoende.

Caradoc en Eurgain, die nog steeds elkaars handen vasthielden, liepen over de loopplank omhoog, gevolgd door Llyn en de twee meisjes. De zon was nu helemaal opgekomen en tegelijkertijd stak een lichte bries op, die de kou van de naderende winter al met zich voerde. Toen de nevels verdreven waren werd de ochtend helder en stralend, een ochtend die het bloed sneller deed stromen en de ogen sneller deed bewegen.

Caradoc bleef staan en liet Eurgains hand los. Hij keerde zich om. Onmiddellijk leek het stiller te worden en de enige geluiden kwamen nu van de golven, die tegen de romp van het schip kabbelden, en van de naargeestig krijsende zeemeeuwen. Caradoc haalde diep adem en liet zijn blik langs de afwachtende, veelkleurige menigte dwalen. Hij zag veel ogen vol medeleven en troostend op hem gericht, blauwe ogen, bruine ogen, waterig van ouderdom of fel en jeugdig stralend. Met een steek in zijn hart keek hij verder, naar de witte kliffen, het wuivende gras en de donkere massa van de bomen, licht bewegend in de aanwakkerende wind.

Albion, Albion, schreeuwde zijn ziel. Woelig en verraderlijk, wild en als betoverd, droomde je een droom met mij. Wij waagden ons aan een grootse taak, maar ik heb gefaald. De as van mijn geliefde doden rust in jouw bodem. Bewaak hen goed.

Langzaam strekte hij zijn armen omhoog en bracht zijn geboeide polsen bij elkaar.

'Zeg hun dat ik mij niet overgegeven heb, en dat zij dat ook niet moeten doen!' schreeuwde hij. 'De strijd gaat door! Zeg hun dat!' Hij keerde zich met een ruk om en liep verder. Toen hij midden op het dek stond gebaarde Scapula dat hij bij de verschansing moest gaan staan en de anderen kwamen naast hem staan.

'Ik ben niet onredelijk,' zei de gouverneur. 'Jullie mogen aan dek blijven, tot het land achter de horizon verdwenen is.' De woorden werden afgemeten gesproken.

Caradoc bloosde, maar zei niets. Scapula kreeg een wenk van de kapitein en hij liep snel de loopplank af. Matrozen haalden de loopplank in en achter zich hoorde Caradoc geschreeuwde bevelen en de eerste regelmatig dreunende slagen op de grote trom waarmee het ritme voor de roeiers werd aangegeven. Hoeveel van deze galeislaven liepen ooit als vrij man door de velden? vroeg hij zich in stilte af toen het grote schip traag en waardig in beweging kwam.

Llyn klemde zich vast aan de verschansing en Eurgain kwam naast haar man staan. Maar Caradocs ogen bleven strak gericht op de zwijgende menigte die het schip vanaf de kust nakeek.

Een ogenblik leek hij zich niet te kunnen beheersen en hij voelde het heftige verlangen in zich opkomen om overboord te springen en het warme zand van zijn land nog één keer door zijn vingers te voelen stromen. Als slaaf, als mijnwerker, of als horige landarbeider zal ik zwoegen voor Rome, ik zal elke vernedering verdragen, maar ach, laat mij toch uiteindelijk sterven in mijn eigen land!

Als een antwoord daarop klonk een roep van de kust. Hij kon de woorden niet verstaan, maar alle zoete herinneringen en alle hoop uit zijn jeugdjaren leken hierin samengebald. De menigte liep het water in. Hij zag de mensen staan, tot hun middel in de woelige golven; ze wierpen hem armbanden en gespen, munten en kralen na, alles wat ze van waarde bij zich hadden. Toen gleed de kust langzaam steeds verder van hem weg en vervaagde tot een donkere streep onder de hoge kliffen.

Eurgain snikte openlijk naast hem, maar hij verroerde zich niet om haar te troosten en ze vroeg hem ook niet om steun. Llyn hing over de verschansing, zijn lichtbruine haren vielen tot op zijn schouders en aan weerszijden stonden zijn zusters naast hem. Ze hadden hun armen gevouwen onder hun mantels en hun gezicht was strak als het wolfsmasker van Sine. Opeens begon Caelte te neuriën; zijn ogen bleven strak gericht op de verdwijnende kust. De melodie klonk Caradoc bekend in de oren en wekte een langvergeten herinnering in hem. Toen de bard ook de woorden begon te zingen dacht Caradoc terug aan de feestelijke avond, zo lang geleden, toen hij en Togodumnus teruggekeerd waren naar Camulodunon om de afsluiting van hun eerste seizoen van strijd tegen de naburige stammen te vieren. De hele nacht hadden de Catuvellauni gezongen en gedronken, overmoedig en vol dromen dat ze het hele eiland zouden onderwerpen, en zowel Caradoc als Togodumnus was vol vuur geweest van roekeloze zelfverzekerdheid dat ze tot alles in staat waren.

Er was een schip, zijn zeilen zijdezacht rood,
Vredig lag het op de gouden zee,
En rondom gleden sierlijk de meeuwen, krijsend…

Hij lachte onwillekeurig, toen hij in gedachten weer Caeltes bezwete gezicht zag, toen hij overeind moest komen om gehoor te geven aan de wens van de aanwezigen. Wat was het leven mooi in die dagen! Nu luisterde hij naar de klaaglijk gezongen woorden en het lied kreeg een nieuwe betekenis voor hem. Altijd had deze ballade een diepe indruk op de mannen gemaakt, meer dan enig ander lied, en het werd door alle stammen gezongen. Dikwijls had Caradoc zich afgevraagd waarom, maar nu, terwijl Albion voorgoed achter de horizon verdween, meende hij het antwoord te weten. Een bard in een ver verleden had ooit zijn harp genomen en deze voorspellende woorden voor het eerst gezongen. Niemand, behalve misschien de druïden, had de tekst ooit goed begrepen, maar er schemerde iets van de waarheid in door voor de tochoorders, en daarom behield het lied altijd zijn aantrekkingskracht. Het was geen simpele ballade over een strijder en zijn vermoorde geliefde. Albion zelf lag stervend onder de bomen en hijzelf was de strijder die ook zou sterven, met brekend hart, terwijl het schip hem wegvoerde.

Hij wendde zich naar Caelte. 'Waarom zing je, mijn vriend?' De klaaglijke zang haperde en Caelte beantwoordde de vraag met een vage glimlach. 'Waarom? Omdat ik nog leef, Caradoc,' zei hij hees.

Caradoc keek weer voor zich uit. Zonlicht schitterde op de vredige blauwe zee en aan de horizon was niets meer te zien, behalve een nevelige dunne streep.

Albion was verdwenen.

DEEL TWEE

25

Venutius bracht niet meer dan twee uren in de stad door en hij vertrok nog dezelfde ochtend. In de afgelopen twee weken had hij ver gereisd en hij bracht zijn mannen naar het zuiden, omdat Aricia hem een boodschap vol spijt en wroeging had gestuurd, en dat had zijn hart geraakt. In het verleden hadden ze dikwijls ruzie gemaakt. Vele keren was hij weggereden naar het noorden, en dan had hij verbitterd gezworen dat hij nooit meer in haar deuropening zou verschijnen. En telkens weer had ze hem om verzoening gevraagd, en dan was hij weer teruggesneld, altijd bereid haar te vergeven, altijd begerig haar weer te zien en haar aan te raken, om korte tijd later weer haar sarcastische opmerkingen ten koste van hem te horen. Hij was gewend geraakt aan haar beledigingen, en haar stekelige grappen deerden hem nu niet meer. Hij wist dat ze hem nodig had, een behoefte die diep onder haar hebzucht en hatelijkheid schuilging, en hij wist ook dat ze bang was om alleen achter te blijven. Hij was daarom altijd teruggekomen als ze hem liet ontbieden. Maar deze keer was het toch anders.

Hij kon amper bewust beseffen wat ze gedaan had. Schaamte vloeide als een hete rivier van gesmolten trots over hem heen, schaamte over zichzelf en over Brigantia. Het land leek erdoor besmet en de bewoners stonken ernaar. Zijn opwinding was zo hevig, zijn teleurstelling en woede zo groot dat hij niet langer passief kon blijven en met korte bevelen gaf hij zijn mensen opdracht hun bezittingen weer in te pakken, en hij liep van hoofdman naar hoofdman, van gezin naar gezin, met een van machteloze woede verstikte stem. De mensen keken naar hem, op hun hoede, en ze zagen zijn roodaangelopen verwrongen gezicht, zijn gebalde vuisten, zijn met bloed doorweekte broekspijpen en zijn naakte borst waarop het bloed uit de lange snede stolde. Lang voordat hij bij al zijn mensen geweest was, ging het verhaal van het verraad van zijn vrouw en de reactie van Venutius zelf van mond tot mond en dit verhaal werd snel over het hele gebied verspreid.

Voordat Venutius drie dagen naar het westen was getrokken, begon zijn groep volgelingen al aan te zwellen. Boerderijen werden in de steek gelaten. Gezinnen trokken weg uit de hutten in de dorpen. Tegen de tijd dat hij weer bij de grote wouden kwam en verder trok naar het westen, had een kwart van de bevolking in het gebied Brigantia zich al bij hem aangesloten.

Venutius had geen plannen gemaakt. Hij hoorde verwarde geruchten over Caradocs laatste fatale veldslag, en hij begreep dat de mannen die hij zocht moeilijk te vinden zouden zijn, omdat ze zich ver in de veilige bergen teruggetrokken hadden. Maar hij zocht verder, aangespoord door de genadeloze misdaad van zijn vrouw. Hij kon de slaap niet vatten. 's Nachts, als de vuren van zijn volgelingen langzaam uitdoofden, verliet hij zijn tent en dwaalde door de duistere bossen, want hij voelde dat hij in de vloedgolf van ondraaglijke smart zou verdrinken als hij bleef stilstaan. Aricia, dacht hij, lopend onder de statige, donkere bomen. Maar er kwamen geen andere samenhangende woorden in zijn geest op. Alleen haar naam. Aricia... Zijn voeten ritselden die naam door de dorre laag afgevallen bladeren. Zijn hart pompte ritmisch zijn verhitte bloed, op de maat van haar naam. Aricia... Aricia... Pas wanneer hij zo uitgeput was dat zijn lichaam niet meer gehoorzaamde en gevoelloos werd, en wanneer hij niet meer rechtop kon staan, keerde hij terug naar de beschutting van zijn tent en bleef enkele uren als bewusteloos liggen, totdat de dageraad weer aanbrak.

Hij kwam met zijn groep aan de noordzijde van het halfvoltooide fort bij Deva, en ze marcheerden de hele nacht langs de zee, om te voorkomen dat ze opgemerkt werden. Als hij bij zijn nuchtere verstand was geweest, dan zou hij dit nooit gedaan hebben. Een rivier liep van het fort naar de kust en daar werd altijd veel gepatrouilleerd, want de Deceangli vielen hier telkens weer de soldaten van het Twintigste Legioen aan, en de Romeinen hielden daarom scherp de wacht. Maar het geluk was met hem. De moerassen en de riviermonding lagen er vredig bij onder de half gewassen maan. Venutius wist het niet, maar het Twintigste, overmoedig geworden na Caradocs nederlaag en nadat de stammen verspreid waren, had dit fort verlaten, en dit trotse legioen trok nu naar het zuiden, naar de voet van de bergen in het gebied van de Ordovices. Vier dagen lang bleef Venutius de kust volgen, toen zwenkte hij af naar het binnenland. Er waren hier geen paden. Hij had geen duidelijk doel, behalve dan een wrekend gevecht en het vinden van genoegdoening. Hij trok verder, voortgedreven door zijn instinct, en herinnerde zich vaag de wegen die hij moest gaan, want hij had drie koortsachtige maanden samen met Caradoc doorgebracht in deze bergen, deels als opstandeling, deels hevig en zonder ophouden naar Aricia en naar de kale streken van Brigantia verlangend. Hij had Caradoc uiteindelijk verlaten en was zo snel hij kon naar huis teruggekeerd, naar de armen van zijn vrouw, als een schuldbewust kind.

Venutius besefte dat hij niet kon hopen zelf Emrys en Madoc te vinden, als ze nog in leven waren. Zij zouden hem moeten vinden, en dus uit hun schuilplaats diep in de kille bergen moeten komen, gehavend en verslagen. Dag na dag klom hij met zijn honderden volgelingen langs de beboste hellingen, langs rivieren die zich naar beneden stortten, en door kleine valleien die zo verscholen lagen dat ze er dikwijls ongemerkt voorbijliepen. Af en toe stuitten ze op een afgelegen hoeve, altijd verlaten, het rieten dak wegrottend, en de muren in verval, en de bijbehorende akkers waren al overwoekerd door onkruid en het oprukkende bos. Stilte heerste in dit gebied, als een waakzame god, een stilte die hen leek te zien en te horen, naarmate ze verder in deze streken doordrongen. En hoewel ze zo goed mogelijk offers brachten, en probeerden zich met toverspreuken te beschermen om onschendbaar te blijven, voortdurend voelden ze een onzichtbare dreiging.

Toen, op een hete, windstille middag, nadat ze uitgerust hadden bij een rivier om te drinken en hun vermoeide voeten in het water te dompelen, kwamen ze weer overeind en merkten opeens dat ze omsingeld waren. Er was geen geluid geweest, geen twijg had waarschuwend gekraakt, maar toch voelde Venutius toen hij opstond een zwaard tegen zijn nek, en wel een dozijn felle ogen was vijandig strak op hem gericht. Zijn hoofdmannen stonden verrast naast hem en zagen dat kleine messen dreigend op hen gericht werden.

'Wie zijn jullie, en wat doe je hier?' vroeg de hoofdman van hun belagers, terwijl hij Venutius strak en koel bleef aankijken.

Er klonken geen woorden van begroeting of gastvrijheid, maar dat had Venutius ook niet verwacht. Hij knipperde met zijn ogen. 'Ik ben Venutius, hoofdman uit Brigantia, en dit is mijn gevolg,' antwoordde hij. 'Ik ben op zoek naar Madoc, of anders naar Emrys, de hoofdman van de Ordovices.'

'Waarom?'

'Dat wil ik hem liever persoonlijk zeggen.' Even schoot de gedachte door hem heen dat hij deze mannen moest waarschuwen dat hij een grote groep volgelingen had, en dat ze beter niet snel tot geweld konden overgaan, maar hij besefte tegelijk dat hij evengoed meteen naar huis kon terugkeren als deze mannen overmeesterd en misschien wel gedood werden. Hij lachte bitter in zichzelf. Hij had niet langer een huis. En bovendien, als hij deze opstandelingen aanviel, dan was elke kans om ongedeerd weg te komen uit de bergen verkeken.

'Ik heb wel eens van deze hoofdman gehoord,' zei een van de mannen. 'Hij heeft enige tijd aan de zijde van de arviragus gestreden, maar hij is weer weggetrokken. Zijn ene hand is aan Rome gebonden.'

'Dat is niet waar!' brieste Venutius. Maar het was wel zo, het was althans tot nog toe zo geweest, en hoe konden deze strijders ooit weten wat er in zijn ziel omging?

De voorman dacht even na en kwam toen tot een besluit. 'Neem ze mee,' beval hij kalm en hij verdween in de onbeweeglijke schaduwen van de middag. Zijn mannen gebaarden. Venutius pakte zijn spullen op, zei tegen zijn schilddrager dat de anderen ook moesten gehoorzamen, en daarna volgde hij de man die als eerste tegen hem gesproken had in de groene schemering onder de bomen.

Na twee uren lopen kwamen ze opeens bij een kamp. De bruine tenten stonden langs dezelfde rivier waar Venutius met zijn mensen water gedronken had. Twee mensen zaten gehurkt op de oever; ze spraken op gedempte toon met elkaar, en Venutius herkende tot zijn vreugde het bronzen wolfsmasker van Sine. De man naast haar was hem onbekend. Zonder een woord te zeggen liep de gids die Venutius hierheen geleid had weg, en de twee op de oever kwamen overeind. De Brigantiërs hurkten in kleine groepjes overal in het kamp neer, hun ogen afwachtend op hun leider gericht. Venutius wachtte ook af, hij voelde zich vaag ongerust. Toen kwam Sine voor hem staan. Ze bekeek hem met haar donkere harde ogen, en haar rechterhand rustte losjes op het gevest van haar zwaard.

'Ik ken jou,' zei ze. 'Venutius. Hoofdman in Brigantia. Wij hebben zij aan zij gestreden, nietwaar? Maar toen werd je neerslachtig en je kreeg heimwee, zodat je ons verliet.' Haar stem klonk even kil als haar ogen, even metalig als het brons van haar masker. 'Je bent hier niet gewenst, want wij vertrouwen jou niet.'

Hij wilde geen uitleg geven , nu niet. 'Waar is Emrys?' vroeg hij.

'Hij is op reis, hij probeert de mannen die door Scapula verdreven werden weer bijeen te brengen.'

'En Madoc?'

'Die is naar Siluria gegaan om zijn mensen daar te verzamelen, voordat ze allemaal gedood zijn. Het Tweede Legioen lijkt wel krankzinnig geworden. De soldaten steken de bossen in brand en ze doden elk levend wezen dat ze tegenkomen.' Venutius las in haar ogen dat ze opeens aan iets anders moest denken, en de vurige gloed in haar blik deed hem achteruitdeinzen. 'Er gaan geruchten dat de arviragus door de bergen zwerft en naar ons zoekt,' zei ze. 'Maar het sterkste gerucht is toch dat hij naar Brigantia is ontkomen, naar jou. Breng je hem naar ons terug, Venutius?'

De vurige hoop in die zwarte ogen bracht hete schaamte naar zijn keel en hij sloeg zijn ogen neer. 'Nee, Sine, Caradoc is niet bij mij,' antwoordde hij. Ze begreep dat hij nog meer zou zeggen en knikte; de hoopvolle gloed verdween snel uit haar ogen. Venutius kon niet verder spreken. Hij slikte krampachtig. Zweetdruppels rolden langs zijn slapen. Pijn deed zijn tong opzwellen en hij kon zijn gedachten niet ordenen. Uiteindelijk drukte hij twee gebalde vuisten tegen zijn voorhoofd. 'Sine!' bracht hij uit, en zijn stem klonk hees en schor. 'De arviragus zal niet terugkeren. Hij kwam naar mij om hulp te vragen. Maar mijn vrouw heeft hem gevangengenomen en aan Rome uitgeleverd. Hij moet nu in het fort bij Lindum zijn, of misschien is hij al op weg naar Camulodunon.'

Onmiddellijk viel er een ademloze stilte. Venutius kon Sine niet aankijken. Ook zij hield haar adem in. Toen begon het weeklagen, eerst zacht, maar al spoedig steeds luider, toen het besef van Venutius' woorden tot de omstanders doordrong, en de kreten en jammerklachten weergalmden onder de groene bomen. Sine bracht haar hand bevend omhoog naar haar gezicht onder het bronzen masker, maar dit was het enige blijk dat het bericht een verpletterende schok voor haar was. Toen ze weer woorden had gevonden klonk haar stem, even kil en vast als altijd, luid boven het smartelijke weeklagen van de anderen uit.

'Heeft zij jou met deze boodschap hierheen gestuurd?'

Venutius had zich nu wat hersteld. Zijn vuisten ontspanden zich en zakten naar zijn gordel. 'Nee, ik heb haar verlaten, en Brigantia ook, voorgoed. Ik zal nooit meer terugkeren.'

Plotseling werd Sine razend. Ze siste tegen hem vanachter haar grijnzende masker: 'Wij willen jou hier niet! Wij willen geen Brigantiërs hier! Jullie vormen een smerige, leugenachtige stam, jullie zijn eerloze lieden die niet langer verdienen dat ze vrije mensen genoemd worden! Ga weg! Verdwijn!' Venutius kon niet zien of ze huilde. Waarschijnlijk niet. Hij kon zich herinneren dat ze hardvochtig was en geen medelijden of begrip voelde. Hij deed een stap naar haar toe.

'Ik kan niet weggaan, Sine. Ik kan nergens heen. Ik heb mijn mannen en vrouwen meegebracht, om voor jou te vechten, en er zullen meer mensen komen zodra bekend wordt dat de arviragus gevangengenomen is. Laat mij blijven. Laat mij bewijzen dat ik niet langer een man ben die Caradoc uit zwakheid in de steek liet.'

Sine keek hem aan en las op zijn gezicht meer dan woorden konden zeggen. 'En wat is er met Eurgain gebeurd? En met Llyn? Waar is zijn gezin?' vroeg ze.

Venutius schudde mismoedig zijn hoofd. 'Ik weet het niet. Ze waren niet bij hem toen... toen...' Hij zweeg en Sine sloeg haar armen over elkaar.

'Goed, je kunt voorlopig blijven, maar ik doe geen enkele toezegging voordat mijn man en Madoc teruggekeerd zijn. Zij kunnen alsnog besluiten je te doden.'

'Ik begrijp het. Je zult me misschien willen bewaken, Sine, maar ik zal niet vluchten. Mijn lot ligt nu hier.'

Ze keek hem na; zijn verwarde haren vielen over zijn schouders en zijn lange benen bewogen met soepele passen.

'Je zult hier niet lang blijven, Brigantiër,' mompelde ze, 'want je zult het niet volhouden.'

Een van Venutius' mannen had deze woorden toch verstaan en hij liep naar haar toe. 'U vergist u, vrouwe,' zei hij. 'Hij heeft een eed gezworen en die met zijn bloed bezegeld. Hij zal hier blijven.'

Sine keerde zich om naar de man. 'Dat klinkt ernstig genoeg,' zei ze bits, 'maar het zou eervoller zijn geweest als hij haar gedood had. Hoeveel waarde hecht zij aan zijn bloed?' De man maakte een buiging en verdween weer. Sine bleef staan en luisterde naar het aanhoudende geweeklaag, ze hield haar vingers nog steeds om haar zwaard geklemd. Keer snel terug, Emrys, dacht ze. Maak voort! Anders zal ik hem nog doden.

Emrys keerde drie weken later terug, met het grootste deel van zijn stam. Tegen die tijd was het gerucht dat Caradoc in Camulodunon gevangen zat bevestigd door de spionnen, die verder wisten te melden dat Eurgain ook gevangen zat en dat Bran ter dood gebracht was, maar de boodschappers trokken toen snel verder om met deze onheilstijding naar Mona te gaan. Emrys hoorde het bericht berustend aan. Hij riep Venutius bij zich, groette hem beleefd en stelde toen een aantal indringende vragen. Venutius kon weinig toevoegen aan het verslag van de tragische gebeurtenissen, maar het was wel duidelijk dat hij er zelf diep door getroffen was. Emrys besloot, na een lange avond vol meningsverschillen met zijn vrouw, dat Venutius kon blijven. Uiteindelijk bracht hij veel mensen met zich mee, mensen uit het laagland die vernederd en kwaad waren en dus een goede aanvulling op de gelederen van de opstandelingen zouden vormen. Elke dag groeide het aantal krijgers, wanneer de haveloze overlevenden van de laatste veldslag zich kwamen aanmelden, maar er was geen samenhang, geen gezamenlijke daadkracht. Er was nu geen Caradoc die hen kon bezielen en aansporen tot nieuwe moed. Emrys was blij toen Madoc gewond, maar ongeslagen kwam opdagen, met wel drieduizend volgelingen. Het zuiden van Siluria bestond niet langer. Dat was veranderd in een kale woestenij, waar het vuur alles verteerd had en waar de Romeinse soldaten overal geplunderd hadden. Maar Madoc had de moed niet opgegeven. Er kon een nieuw front gevormd worden in het noorden van zijn stamgebied, een plaats waar de strijders konden samentrekken – als eerst de arviragus maar gevonden werd. Toen Emrys hem vertelde wat er met Caradoc gebeurd was, reageerde Madoc zoals te verwachten viel. Hij stootte een gebrul als van een gewonde stier uit. Hij trok zijn zwaard en liep als een dolleman rond, zwaaide woest met het wapen naar de bomen, en ten slotte zakte hij snikkend bij het vuur ineen. 'Wat nu, Emrys?' vroeg hij. 'Kunnen we zonder arviragus wel verdergaan?'

'We kunnen ons niet overgeven, dus we hebben geen keus,' antwoordde Emrys vastberaden, toen Madoc de tranen uit zijn gezicht wiste en zijn zwaard weer in de schede stak. 'Ik denk dat we een harde les geleerd hebben, sinds de trots van mijn volk Caradoc dwong tot een grootse veldslag. Zo dom mogen we geen tweede keer zijn. Jij en ik, Madoc, moeten de strijd voortzetten.'

'De Demetae. De Deceangli. Zullen zij wel naar ons luisteren?'
'Ik denk het wel. Maar als ze dat niet doen, dan maakt dat niet uit. Ze strijden nu op eigen kracht verder, de Demetae bij de kust en de Deceangli vallen telkens het Twintigste Legioen aan. Maar de Deceangli moeten rekening met ons houden, want wij kunnen hun de steun geven die ze nodig hebben.'
'Ach, Moeder, wat is dit alles treurig en ellendig!' zuchtte Madoc. 'En dat allemaal omdat jouw trotse vrije mannen weigerden hun nek te buigen onder het juk van de arviragus!'
'Ik zal daarover geen ruzie met je maken, oude vriend,' zei Emrys met stemverheffing. 'Als je verstandig bent, moet je nu geen verwijten over onze hoofden uitstorten, want we moeten nu alleen naar de toekomst kijken.'
'Liever niet,' bromde Madoc, 'maar je hebt gelijk. En wat doen we met die Brigantiër? Sine mag hem bepaald niet.'
'Mijn Sine heeft haar eigen voorkeur en afkeer van mensen,' antwoordde Emrys, en zijn ogen dwaalden even naar de plaats waar Sine een mat oefengevecht met haar schilddrager hield. 'Maar ze laat zich niet van de wijs brengen door haar gevoelens. Venutius moet zichzelf eerst bewijzen. We zullen hem scherp in de gaten houden, maar het lijkt me wel beter dat hij hier blijft.'
'Bah! Een man die toestaat dat een vrouw als die Brigantische teef hem de wet voorschrijft is zwak en verdient niet dat hij gespaard wordt,' bromde Madoc misprijzend. 'Maar hij is wel een groot strijder.' Emrys gaf geen antwoord. Hij liet zijn kin op zijn hand rusten en keek weer naar Sine, zoals ze bij het water met haar zwaard uithaalde en telkens wegsprong. Madoc kwam met een zucht overeind en liep weg om te gaan slapen.
Die avond kwamen Emrys, Madoc, Venutius en enkele andere hoofdmannen bij elkaar. Het werd geen echte gezamenlijke Vergadering, want het bijeenroepen daarvan zou betekenen dat ze nog dagen moesten wachten, totdat alle in de bergen rondzwervende vrije mannen verzameld waren. De mannen hadden eerst gegeten en gedronken en zaten nu met gekruiste benen in de warme duisternis bij het kleine vuur. Achter hen werd het geleidelijk stil in het steeds groter wordende kamp. Wachtposten waren op de uitkijk gezet. Moeders zochten hun kinderen, omdat het bedtijd was, en overal klonken zachte stemmen in de avond. Ergens zong een bard een lied over de zomer en nog verder weg klonk het metalige geluid van ijzer op ijzer, wat een bewijs was dat niet alles vreedzaam was. Emrys liet zijn mantel van zijn schouders vallen en keek de anderen één voor één aan.
'Ik wil over Caradoc spreken,' zei hij. 'Is er een kans dat hij bevrijd wordt? Zeg mij wat jullie ervan denken.'
Een ogenblik dachten de andere mannen na, met neergeslagen ogen, maar toen klonk de zware stem van Madoc. 'Scapula heeft jarenlang op hem gejaagd, en nu is het hem gelukt hem te vangen. Hij zal niet rusten voordat

Caradoc onderweg naar Rome is, en tot die tijd zal het in Camulodunon wemelen van de soldaten. Zijn manschappen zullen overal schouder aan schouder staan om Caradoc te bewaken. Een poging hem te bevrijden staat gelijk aan zelfmoord.'

'Als we ook maar een sprankje hoop hadden dat de arviragus zou terugkeren, zelfs al betekende dat de dood van ons allen, dan zouden we een poging wagen,' vulde een andere hoofdman aan. 'Maar er is geen enkele hoop. Onze enige kans om hem te bevrijden was toen hij overgebracht werd naar Camulodunon, maar aangezien we pas hoorden dat hij gevangengenomen was toen hij daar al aangekomen was, konden we niets doen. Nu is het te laat.'

'Dat ben ik met je eens.' Venutius begon aarzelend te spreken, hij besefte dat de anderen hem met een zekere argwaan bekeken, en dat zou zo blijven tot hij duidelijk bewezen had dat hij werkelijk bij hen wilde blijven. 'Een gewelddadige bevrijding was mogelijk geweest toen hij naar het zuiden werd gebracht, maar wij waren te zeer verspreid om een hinderlaag te beramen. Misschien is het voor een kleine groep strijders mogelijk ongezien in Camulodunon te komen, maar dat betwijfel ik. Geen enkele man zal ook maar op een mijl afstand mogen komen van de cel waarin de arviragus zit. Die kans is verkeken.' Venutius voelde meteen de vijandigheid jegens hem. *Jij* hebt die kans verspeeld, leek het onuitgesproken antwoord. *Jij* hebt hieraan schuld. Emrys sloeg zijn gebruinde armen over elkaar.

'Caradoc zou niet willen dat we naar hem toe komen, tenzij er een goede kans is dat we hem bevrijden,' zei hij. 'Hij zou zeggen dat we elke krijger voor de verdere strijd in de toekomst nodig hebben.'

'En de vrouwen?' kwam Venutius ertussen. Alle anderen staarden hem aan.

'Spreek op, Brigantiër,' zei Madoc en zijn ogen lichtten sluw op.

'Mannen kunnen niet naar Camulodunon komen, maar vrouwen misschien wel, zwaardvrouwen die zich als boerinnen vermommen. Niet te veel, hooguit vijf of zes.' De anderen bleven hem aanstaren, toen riep Emrys zijn schilddrager.

'Breng mij de verkenner uit Camulodunon!'

Ze wachtten vol spanning tot de man gekomen was. Hij hurkte voor hen neer. 'Vertel ons hoe de troepen in de stad gelegerd zijn,' vroeg Emrys.

De verkenner, balancerend op zijn blote voeten, antwoordde prompt. 'In Camulodunon, bij het forum en bij de overheidsgebouwen, waar de arviragus en zijn gezin gevangengehouden worden, zijn tweehonderd soldaten. Geen inlandse man mag daar komen, dat is streng verboden. Alleen Romeinen mogen naar de tempel, en naar de kantoren van de gouverneur. Tussen die plaats en de poort zijn vijfhonderd soldaten; ze houden in elke straat de wacht. Tussen de stad en de rivier, en verspreid in het omringende bos zijn wel duizend soldaten.'

'Weet je dat zeker?' De aantallen leken belachelijk: tweeduizend man om één gezin te bewaken.

'Heel zeker. Soms maak ik harnassen schoon in de stallen, als hulp van een centurion. Hij praat graag. Alleen als de arviragus vleugels heeft kan hij eraan ontkomen naar Rome overgebracht te worden. En dat zal spoedig gebeuren. Binnen een maand.'

Emrys bedankte de man, stuurde hem weg en de opwinding onder de teleurgestelde toehoorders ebde weg. 'Ik denk niet dat we een reddingspoging moeten ondernemen,' zei Emrys uiteindelijk. 'Het was geen slecht idee, Venutius, maar de Romeinen weten inmiddels dat onze vrouwen even genadeloos met het zwaard omgaan als de mannen. Caradoc zal er begrip voor hebben.'

Ze bleven zwijgend zitten, het ene wilde plan na het andere schoot door hun gedachten, maar ze beseften dat elke poging tot mislukken gedoemd was. Tussen dit kamp en Camulodunon waren vele mijlen, en in Camulodunon zelf wachtte alleen een wisse dood. Toch wilde niemand als eerste bij het vuur weggaan en daarom bleven alle mannen zitten tot het overal in het kamp heel stil was geworden en de sterren aan de zachte zomerhemel straalden.

Venutius wist dat hij nauwlettend in de gaten gehouden werd. Alleen tijdens zijn slaap kreeg hij rust, hoewel zijn verwanten en volgelingen zich zonder problemen bij de anderen in het kamp aansloten. Elke ochtend werd hij door Madoc of Emrys ontboden, heel beleefd en zonder dwang. Soms ging Madoc of Emrys op reis, want er werd een heel netwerk van verbindingen opgebouwd tussen de kampen in de bergen, kampen die twaalf, honderd of wel vijfhonderd bewoners telden. Venutius maakte geleidelijk in gedachten een kaart, en tekende daar aanvoerlijnen, verkennerspaden en marsroutes op, die de verschillende groepen rebellen met elkaar verbonden. Hij besefte nu pas goed hoe geniaal de arviragus leiding aan de opstandelingen had gegeven, nu Emrys en Madoc met veel moeite herstelden wat Rome vernield had. Een onzichtbaar netwerk van fijne draden hield het westen bijeen, en langs die smalle draden werd graan uit Mona overgebracht, er liepen mannen langs, als stille spinnen, en er werden nieuwsberichten uitgewisseld. Bevelen werden gegeven, strategieën ter beoordeling voorgelegd en goedgekeurd. Emrys en Madoc begonnen de draden die geknapt waren, te herstellen en in de gedachten van Venutius vormde het uitgestrekte westen weer één geheel, nu het noorden en het zuiden, oosten en westen met elkaar verbonden werden. Het hele gebied in het westen was één legerkamp, al waren de manschappen verspreid over een uitgestrekt en onherbergzaam gebied, te groot om door een Romeins veldheer overzien te worden. Maar het gebied was niet te groot voor een begaafd strijder, als de kameraden zich maar snel konden aanpassen en in staat waren een wijziging in de bevelen gemakkelijk op te volgen, en als ze maar strijdvaardig bleven wanneer ze afgesneden werden van het opperbevel. De krijgers veranderden van positie en hun aantal groeide of verminderde, maar de onzichtbare lijnen bewogen mee, telkens wanneer dat nodig was.

Alleen een man met buitengewone gaven en een grote kunde was in staat geweest een dergelijk levend netwerk op te bouwen. Langzamerhand begreep Venutius dat zijn vrouw een onvervangbaar man in de boeien geslagen en uitgeleverd had. Toen hij over de bergpassen trok, met de hoofdman van de Ordovices of die van de Siluriërs, groeide zijn droefheid en woede over Caradocs lot gestaag. De druïden hadden niets gedaan om een ander als arviragus naar voren te schuiven. Een arviragus moest eerst gevormd worden en kon daarna pas gekozen worden. Daarvoor was het nu nog te vroeg, en misschien zou het zelfs nooit meer gebeuren.

Venutius merkte welke kampen sterk en welke zwak waren. Hij zag hoe het graan van Mona een lange route volgde, tot het diep in de heuvels gebracht werd, en hij kwam tot de conclusie dat dit een gevaarlijke manier van werken was. Hij zat 's avonds alleen te peinzen en verschoof in gedachten de strijders, als stukken op een schaakbord, zonder al te veel waarde te hechten aan hun eergevoel, zoals Emrys wel deed, en geleidelijk kreeg het westen in zijn hoofd een nieuwe vorm. Omdat elke raad die hij gaf toch met wantrouwen bejegend werd, zei hij niets tegen de anderen, die nog steeds argwanend waren. Hij keek, leerde en wachtte af. Sine kwam soms in de avond naar hem toe; ondanks haar beleefdheid wist hij dat ze nog steeds vijandig tegenover hem stond, en dan spraken ze over onbelangrijke onderwerpen. Hij merkte dat ze nieuwsgierig was naar iets dat dieper dan woorden ging, maar wat dat precies was wist hij niet. Misschien tastte ze naar zijn kern, naar zijn ziel. Uiteindelijk kwam hij op de gedachte dat Emrys haar gestuurd had, maar dat kon hem niet schelen. Haar lange, nonchalant over elkaar geslagen benen, haar door de wind verwarde zwarte haren, en haar uitstraling van onbezoedelde, woeste eer werden nog beklemtoond door het starre wolfsmasker, en zijn gesprekken met haar waren toch een troost voor hem. Ze was zo anders dan Aricia. In haar woorden klonk geen sluwe, slechts halfgeuite begeerte door, ze probeerde hem niet op een kille manier naar haar hand te zetten, en dat gaf hem langzaam zijn gemoedsrust terug. Venutius genas van zijn geestelijke verwondingen.

Een maand later, toen aan de wind te merken was dat de herfst in aantocht was, keerde een van de spionnen uit Camulodunon terug en hij trof Emrys en Venutius samen aan, bezig aan een middagmaaltijd van hertevlees en bessen. De man hurkte snel voor hen neer en ze deelden het voedsel voordat hij zijn nieuws meldde.

'De arviragus is weg,' zei hij ten slotte. 'Ik was erbij. Veel stammen waren naar de kust gekomen om hem uitgeleide te doen. Hij zag er erg vermoeid, maar verder wel gezond uit.'

'Heeft hij iets gezegd?' Emrys had dit bericht wel verwacht, maar het was toch een schok voor hem, en weer brak het sluimerende besef van het grote verlies pijnlijk naar de oppervlakte.

'Ja, hij heeft gesproken, maar niet met veel woorden. "Zeg hun dat ik mij niet overgegeven heb, en dat zij dat evenmin moeten doen", heeft hij gezegd. Ik denk dat hij verder niets kon zeggen, omdat hij besefte dat hij Albion voor het laatst zag.'

Emrys zuchtte zacht. 'Bedankt, vrije man. Keer terug naar Camulodunon. Ik moet zo snel mogelijk weten welke plannen Scapula voor de komende winter maakt, maar je moet niet zelf verslag komen uitbrengen. Geef het bericht door langs de keten van onze mensen.' Emrys zweeg even, het kostte hem moeite de woorden uit te spreken. Zijn stem klonk hees. 'Wanneer de boodschap komt dat de arviragus geëxecuteerd is, dan wil ik dat zo snel mogelijk weten.'

'Ik heb het begrepen, heer.' De man kwam overeind en ging weg. Venutius en Emrys wisselden geen blik met elkaar. Een gevoel van verlatenheid daalde op hen neer. Zolang Caradoc nog in Albion was, leek zijn aanwezigheid op de een of andere manier uit te stralen naar het westen, maar nu voelden de twee mannen zich moedeloos en zonder leiding. De kracht en de warmte van een machtig man waren weggenomen, en ze bleven eenzaam en leeg achter. Venutius stond als eerste op. Hij schudde zijn rossige haren naar achteren en keek neer op Emrys. 'Je hebt gehoord wat zijn laatste bevel voor ons was,' zei hij nors. 'Wij zullen ons niet overgeven. Nooit! Zolang er nog één strijder is die kan uitroepen dat het westen vrij is, zullen wij verder vechten. Wij zullen niet langer aan het verleden denken, en ik zal niet langer schaamte voelen voor iets waarvoor ik mijn ziel gegeven zou hebben als ik het had kunnen voorkomen. En ik zal hier niet langer met gebogen hoofd lopen, afhankelijk van jouw vergevingsgezindheid. Ik zal hier als een vrij man lopen, met een rechte rug. Vooruit, Emrys! We mogen hem nu niet teleurstellen.'

Verrast keek Emrys naar Venutius op, en de barse blik in zijn ogen deed hem snel opstaan. Even stonden ze oog in oog, en zonder woorden waren ze het eens dat ze samen verder zouden strijden, om desnoods samen te sneuvelen. Maar er ontstond geen ware vriendschap tussen de twee mannen. Ze begrepen elkaar, dat was alles.

26

De reis was kort en onderweg gebeurde er niets bijzonders, maar na het van
boord gaan in de Gallische havenplaats Gesioracum werden Caelte, Caradoc
en zijn gezin geboeid naar de treden voor de tempel gevoerd en daar aan elkaar vastgeketend. De hele dag, terwijl de zon het stoffige, warme plein bescheen, kwamen de bewoners van Gesioracum, die al veel langer dan de bewoners van Albion door de Romeinen onderworpen waren, naar het plein
om de geschokte en weerloze Catuvellauni te bespotten en te bespuwen, en
hun voortdurend beledigingen toe te roepen. De Romeinse bewakers stonden erbij en keken werkeloos toe, verveeld door dit schouwspel dat ze al zo
vaak hadden gezien. Naarmate de uren verstreken, verschenen op het marktplein telkens weer andere nieuwsgierige, op schandaal beluste toeschouwers
om met eigen ogen de man te zien wiens naam berucht en gehaat was in de
hele Romeinse wereld. In al die jaren dat hij voor de vrijheid had gestreden,
had Caradoc er nooit bij stilgestaan dat hij een levende legende was geworden. Ver weg in het uitgestrekte westen, waar zijn dagen en nachten in beslag
werden genomen door nieuwe strategieën en plannen, was hem ontgaan dat
zijn naam genoemd werd van Gallië tot in Thracië. Maar nu, ten ondergaand
in die zee van kwade en spottende gezichten, begreep hij het. Hij was een
jachtbuit. Hij werd als een gevallen afgodsbeeld door nietsvergevende, teleurgestelde gelovigen in de modder geduwd.
'Honden!' brieste Llyn dicht bij zijn oor. 'Lafaards! Hun handen hebben in
lange jaren geen zwaard opgepakt, en dat weten ze! Daarom beschimpen ze
nu de grootste vrijheidsstrijder van de wereld!' Hij schold nog meer, maar
Caradoc voelde dat Llyn beefde onder zijn haveloze kleren en hij zag dat zijn
dochters met gebogen hoofden in tranen uitbarstten. Hun haren hingen over
hun betraande gezichten en hun handen konden de schaamte niet wegvegen.
'Kijk hem!' brulde iemand. 'Luizige boer! Wat voor een arviragus ben jij? Als
in heel Albion geen betere te vinden is, dan begrijp ik best waarom de Romeinen je verachten!'
Caradoc voelde dat Eurgain naast hem verstijfde. 'Ik houd van je, Caradoc,
ik houd van je,' fluisterde ze telkens weer, terwijl de omstanders met kiezelstenen naar hen smeten die ratelend langs de verblindend witte treden naar
beneden rolden. Toen het in de namiddag heet werd, begon de afvoer van het
slachthuis en de keuken smerig te stinken, maar Caradoc bleef uiterlijk onbewogen staan; zijn ogen staarden naar de verste zijde van het marktplein. Zijn
bruine, vuil geworden haren vielen tot op zijn brede schouders. Iets in zijn
ogen maakte het toegestroomde volk razend, en zijn trotse gelaatstrekken,
waarop de sporen van ouderdom al zichtbaar waren, riepen in de toeschou-

wers angstaanjagende gevoelens van wrok op die het kleine groepje om-
spoelden.
Moest jij dit ook doorstaan, Vercingetorix? vroeg Caradoc zich in stilte af.
En was dit nog de minste van je beproevingen?
De hete middag verstreek langzaam en zwaar; een misselijk makende walm
steeg op van de samengepakte, ongewassen lichamen onder de zon. De twee
meisjes snikten zachtjes. Llyn en Caelte ondersteunden elkaar; hun benen
werden pijnlijk van het lange staan. Maar Caradoc en Eurgain stonden kaarsrecht en met opgeheven gezichten, als een stil verwijt en een levende verpersoonlijking van de smartelijke herinneringen van het volk hier op het vasteland.

Het duurde een maand eer ze Rome bereikten en in elke stad of dorp onderweg vond dezelfde smadelijke vertoning plaats. Telkens weer verzamelde
zich een menigte schimpende boeren, dezelfde beledigingen en scheldwoorden werden hun toegeroepen, en elke keer moesten ze zo blijven staan, urenlang in de hete zon. Terwijl de herfst al begonnen was in de frisse, natte wouden van Albion, heerste op de weg naar het zuidoosten nog steeds de stoffige
hitte van de nazomer.
In Caradocs ogen leek het of dezelfde verwrongen gezichten hem volgden,
en of hij telkens weer op dezelfde treden van de tempel op een van hitte zinderend marktplein stond, alsof de tijd een grap met hem uithaalde. Toch begreep hij dat het niet zo was, nu zijn ziel ineenkromp en de schande die hij
voelde steeds groter werd. Het viel hem steeds zwaarder zijn hoofd opgeheven te houden, en de domme scheldwoorden te negeren. Er waren dagen dat
hij zich wel op het warme plaveisel wilde laten vallen, en kruipend voor de
toeschouwers om genade of vergeving wilde vragen, als hun hardvochtige
bejegening dan maar in medelijden zou omslaan.
De macht en omvang van het Romeinse keizerrijk waren groter dan hij zich
in zijn hoogmoedige naïviteit ooit had voorgesteld, en in de donkere stille
nachten, als hij met gekruiste benen in een cel zat, vroeg hij zich verwonderd
af hoe hij ooit de moed had gehad die macht uit te dagen en te trotseren. Hij
was alles bij elkaar niet meer dan een hinderlijke vlo geweest die zich in de
pels van een ongevoelige reus genesteld had. Even had de reus tevergeefs
gekrabd, maar toen was hij gevonden en meteen weggevaagd. Hij was niets –
niet meer dan een onbetekenende ergernis – en Albion was ook niets, niet
meer dan een kruimel voor de open muil van het grote rijk. Cunobelins koninkrijk was een haveloos, onbeduidend gebied geweest, waar hij en Tog,
Cin, Caelte en alle anderen zo mateloos trots op waren geweest, als onnozele
kleine kinderen in... Hoe had Bran dat ook al weer genoemd? ...de droomwereld van een dwaas... De druïden wisten het. Geen wonder dat de kleine

443

rooftochten, de loze ruzies en het ijdele geparadeer van de stammen hen tot wanhoop hadden gedreven. Ik ben niets, dacht Caradoc, helemaal niets. En de wanhoop maakte alles nog veel donkerder dan de benauwde duisternis in zijn cel. De Catuvellauni zijn niets, en Camulodunon was ook niets. Ach, Moeder, helemaal niets! Zijn gedachten keerden terug naar zijn verwanten, naar de vreugde en de liefde, en dat besef deed hem pijn. Toch ben ik mijzelf, dacht hij. Ik leef nog. Ik heb recht op mijn plaats, zoals de keizer in het grote Rome die ook heeft. Ik kan niet zeggen dat mijn leven nutteloos geweest is, want ik stond achter de zaken waarvoor ik streed.

Toch waren deze gedachten slechts een schrale troost voor hem. Hij bezag de pracht en praal van steden zoals die van Gallia Narbonensis met de sombere ogen van iemand die langzaam beseft dat hij zijn illusies verloren heeft. Hij liep in Arausio onder de triomfboog van Julius Caesar door en voelde zich een onbeschaafde barbaar. En toen Caradoc eindelijk met zijn bewakers uitkeek over de grote en uitgestrekte stad Rome, vielen de schellen voorgoed van zijn ogen. Hij zag een geweldige, eeuwigdurende macht en dat besefte hij. Hij hoorde de niet aflatende geluiden van de stad en rook de scherpe geuren van kruiden en mest. Hij voelde hoe onuitputtelijk deze macht was en begreep dat geen mens zich hiertegen kon verzetten. Met gebogen hoofd volgde hij zijn bewakers over de imposante toegangsweg.

Maar Caradoc had zijn eigen belangrijkheid grotelijks onderschat, zoals Claudius wel verwachtte. De keizer had opdracht gegeven Caradoc in elke stad op weg naar Rome tentoon te stellen, in de hoop dat de opstandeling vóór zijn aankomst in de stad helemaal murw geworden was, want hij wenste niet dat de gevangene zich trots en heldhaftig zou gedragen en zo een circus van de keizerlijke triomftocht zou maken. Claudius wist hoe de burgers van Rome over deze belangrijke krijgsgevangene dachten: jarenlang had de bevolking gewacht tot ze deze schaamteloze en beruchte Caradoc in levenden lijve zou zien, en nu kreeg Claudius, wiens imago ernstig geschaad was door de uitspattingen van zijn favoriete Griekse vrije burgers en zijn gezin, de kans dat te herstellen en hij greep deze gelegenheid met beide handen aan. Hij bezorgde het volk een verrukkelijke nachtmerrie met levende hoofdpersonen. Eindelijk had hij de barbarenleider tot onderwerping gedwongen en nu zouden er een militair verslag van de veldtocht, een bijzondere zitting van de Senaat, en uiteraard, een parade komen.

In deze laatste nacht werden Caradoc en de andere gevangenen ondergebracht in barakken die juist binnen de stadsmuren lagen. Caradoc en Eurgain wisten wat hun de volgende ochtend te wachten stond en ze brachten de donkere uren zwijgend door, elkaar stevig vasthoudend. Hun hart stroomde over van medelijden met de kinderen die niet wisten wat er zou gebeuren. In de afgelopen maand waren de twee meisjes afgestompt geraakt en schuw geworden, en Llyn vervloekte de goden niet langer nu hij besefte dat het einde van zijn leven nabij was. Llyn was met stomheid geslagen. De dood was iets dat anderen overkwam door zijn toedoen, maar nu hij zelf de dood in de ogen moest zien raakte hij in paniek. Hij zat weggedoken in een hoek en verborg zijn gezicht in zijn verkrampte handen.

Vroeg in de ochtend werd hun water gebracht en ze kregen schone kleren. Een soldaat hield toezicht toen ze zich wasten en zwijgend aankleedden. Daarna werden ze naar buiten geleid. De zon brandde onbarmhartig op het witte stof van de brede, met bomen omzoomde Via Sacra. De wind was schraal en droog. Ze kregen niets te eten. Ze hoorden het joelen van de grote menigte die zich op dit vroege uur al verzameld had. Vóór hen reden veel strijdwagens heen en weer. Officieren met rode mantels en bronzen helmen, voorzien van fleurige pluimen, wachtten ongeduldig op het vertreksein.

Caradoc maakte van de korte verwarring gebruik en omhelsde en kuste zijn twee dochters. 'Loop langzaam, met opgeheven hoofd,' raadde hij hun zachtjes aan. 'Kijk recht vooruit. Bedenk wie je bent. Er is geen reden om je ergens voor te schamen, en je hoeft nergens spijt van te hebben. Als wij vandaag moeten sterven, laten wij dan trots sterven en onze stam niet beschamen.'

Ze keken hem met grote verschrikte ogen aan en Gladys klemde zich angstig aan hem vast. 'Ik kan het niet, vader! Ik kan het niet!' fluisterde ze hysterisch. 'Ik voel me zo zwak en mijn benen zullen mij niet dragen! Ik ben zo bang om te sterven!'

Een officier liep naar hen toe, met kettingen over zijn arm. 'Het is tijd,' zei hij. 'De jonge vrouwen gaan voor, dan de bard, dan je vrouw en je zoon, en daarna volg jij.'

'Vader!' krijste Gladys en de officier knikte kort naar zijn ondergeschikten. Twee gespierde soldaten trokken Gladys weg uit Caradocs armen en haar zusje Eurgain volgde als verdoofd.

'Ze herstelt zich wel,' zei Llyn geruststellend. 'Ze heeft de dood al zo dikwijls in de ogen gezien.' Zijn woorden klonken troostend, maar zijn stem beefde en Caradoc omhelsde hem kort.

'Vaarwel, mijn zoon. Vandaag zullen we ervoor zorgen dat ze weinig vreugde aan hun schouwspel beleven.' Llyn boog zijn hoofd en kuste zijn moeder. Daarna boog Caelte voor Caradoc, terwijl de Romeinse officier weer naar hen toe kwam.

'Ik dank u, heer, voor alles,' zei hij eenvoudig. 'U bent altijd rechtvaardig jegens mij geweest en dat zal ik niet vergeten.'

Caradoc greep zijn pols. 'Vaarwel, Caelte. Bedankt voor je muziek... Welke liederen zul jij voor mij zingen als wij na een Vergadering weer bij elkaar zitten rond het vuur?' Caelte grijnsde, maar draaide zich snel om. Caradoc keerde zich naar zijn vrouw. 'Eurgain,' begon hij, en zijn wangen waren nat van tranen. 'Huil jij ook? Jij, die altijd mijn bron van zoete rust en steun bent geweest?' Ze probeerde te glimlachen maar haar lippen beefden onbeheerst. Toen omhelsden ze elkaar, met gesloten ogen tegen het felle zonlicht. 'Mijn zwaardvrouw,' fluisterde Caradoc.

'Mijn arviragus...'

Ze lieten elkaar weer los. 'Een veilige reis,' zei Caradoc zacht.

'Een vredige reis, Caradoc.'

Naast elkaar liepen ze naar de wachtende strijdwagens. Caradoc bleef gehoorzaam staan, met zijn polsen dicht bij elkaar, en hij keek strak voor zich uit toen de boeien hen werden omgedaan en door soldaten snel aan de achterzijde van de wagen werden vastgemaakt. Op straat wemelde het overal van generaals, tribunen en senatoren, te paard of staand achter een wagenmenner in strijdwagens. Het leek wel of de aristocratie van heel Rome getuige van deze triomf wilde zijn. Llyn was vastgeketend aan de voorkant van de strijdwagen. Hij keek om en glimlachte. Caradoc glimlachte terug en keek toen voor zich uit, spande zijn ogen in om te zien waar heel in de verte, de zon even op goud en purper schitterde. Daar stond de keizer. Soldaten deden tevreden een pas opzij, en ergens klonk trompetgeschal. De parade was begonnen.

Waar moet ik nu aan denken? dacht Caradoc toen de strijdwagen met een schok in beweging kwam, zodat hij een pijnlijke ruk aan zijn schouders voelde. Moet ik aan jou denken, Vercingetorix, en je eenzame beproeving? Of aan jou, Cunobelin, en aan je sluwe plannen die uiteindelijk niets meer dan kinderlijke pogingen tot misleiding waren? Aan jou, Madoc, jij zwarte snoodaard, of aan jou, trotse Emrys?

Het doffe geluid van het geroep van de duizenden die langs de route stonden klonk steeds luider en de stramme, in ijzer gehulde stadscohorten die de afzetting van de weg vormden stonden hier dichter naast elkaar, en alleen hun ogen verraadden hoe opgewonden ze waren. Hier stonden geen bomen meer; overal rezen hoge gebouwen op en Caradoc sloot zich bewust af voor het luide tumult om hem heen.

Ik zal aan jou denken, Cinnamus, aan je groene ogen en je glanzende zwaard. Ik zal terugdenken aan je scherpzinnigheid, je begrijpende glimlach, aan je onbevreesdheid en trouw. Jij was toegewijd aan Camulos en aan de Grote Moeder, maar wat betekenen zij naast Jupiter en de onoverwinnelijke goden van Rome? Nee, nee, dat mag ik niet denken. Ik moet denken aan wat Cinnamus zou zeggen als hij naast mij stond en aan zijn verachting.

Het zonlicht maakte hem duizelig en verblindde zijn ogen die meer aan de duisternis gewend waren. Het harde plaveisel deed pijn aan zijn voeten. De straat werd breder en ging over in een rechte laan. Aan weerszijden ervan rezen torens en tempels op, winkels en huizen stonden hier in lange rijen in het gelid, als een oneindige rivier van steen, waartussen nergens iets groens groeide, en het leek wel of zelfs de stenen naar Caradoc schreeuwden: Barbaar! Barbaar! Als hij vóór zich probeerde te kijken voorbij de dansende pluim op de helm van de generaal die trots in de strijdwagen zat waaraan Caradoc vastgeketend was, dan werd hij meteen weer duizelig van de machtige stad die hem omringde en de vele indrukken die hij moest ondergaan. Cinnamus. Cinnamus met de IJzeren Hand...

De massa's, zonder gezichten, verdrongen zich en probeerden naar voren te komen, maar de mensen werden tegengehouden door de sterke armen van de cohorten die de weg vrij hielden voor de parade. De toeschouwers raakten buiten zinnen van opwinding en leken te veranderen in een bewegende zee vol witte en bruine slangen, een zee van koppen met open monden. Cinnamus.

De trompetten schetterden. De zon straalde en geselde hem genadeloos.

Caradoc hoorde opeens een man schreeuwen: 'Goed gedaan, barbaar!' Hij begreep de woorden niet en struikelde. De werkelijkheid leek hem te misleiden.

'Dat was een grootse strijd, barbaar!'

'Wij groeten je, barbaar!'

'Caradoc, Caradoc, je hebt goed en dapper gestreden!'

De toeschouwers belasterden hem niet. Ze riepen niet ziedend van woede dat hij gedood moest worden. Er werd niet met vuil naar hem gesmeten, maar bloemen werden hem toegeworpen, roze, gele, zachtrode en blauwe bloemen. De mensen wierpen steeds meer bloemen naar hem, en de gezichten waren vriendelijk en nieuwsgierig, ze glimlachten breed en riepen telkens weer aanmoedigingen.

'Lauweren voor die barbaar! Vrijheid voor Caradoc! Genade voor hem! Claudius, heb genade met hem!'

Caradoc keek verbijsterd naar de menigte. Het was waar. Zijn laatste vernedering veranderde in een triomftocht voor hem. Voor de wagen zag hij Llyn trotser lopen, nu met opgeheven hoofd. Caelte stapte naast hem voort, met een gezicht alsof Caradoc hem zojuist gevraagd had een nieuw lied ter ere van de lente te bedenken. En opeens hervond ook Caradoc zijn moed en leek zijn geest vleugels te krijgen om hoog boven het gewoel op te stijgen. Het leek wel of hij uiteindelijk toch Rome had veroverd.

De processie naderde langzaam het Forum en hield daar stil. De toeschouwers stroomden achter de optocht het grote plein op. Claudius steeg van zijn paard af en liep langzaam de brede, marmeren treden van de Curia op; zijn purperen mantel waaierde achter hem aan. Zodra hij de zonbeschenen hoogste trede tussen de oprijzende pilaren bereikt had keerde hij zich om en strekte zijn met gouden banden gesierde arm omhoog. Zijn vrouw kwam uit de schaduwen te voorschijn en ging naast hem staan. De menigte barstte nu uit in een oorverdovend en instemmend gejuich. Even bleef de keizer zo staan, hoog verheven boven zijn opgewonden onderdanen, toen deed hij een stap achteruit en liet zich zakken in een zetel met daarboven een purperen baldakijn. De trompetten schalden weer luid en op dat sein begon de processie aan een plechtige rondgang over het Forum. De praetoren liepen in vol ornaat vooraan.

In zijn wildste dromen had Caradoc zich nooit zoveel grandeur voorgesteld. De zonnestralen verblindden hem en maakten hem weer duizelig, en het felle licht weerkaatste op de zuilen van de grote tempel die Julius Caesar hier had laten bouwen. Het licht stroomde onder de trotse triomfboog van Augustus door en vormde patronen op de talloze bogen van de Basilica Julia en de tempel van Castor en Pollux. Caradoc vergat bijna dat hij geboeid was, hij strekte zijn hals vol ontzag in alle richtingen uit. Hij waande zich in een bevroren bos van reusachtige witte bomen en gigantische stenen stronken die de ziel van de wereld beschermden, zoals de eikenbossen op Mona de ziel van het volk daar bewaakten. Levende bomen werden oud en stierven uiteindelijk, evenals de mensen die hun takken snoeiden, maar dit verstarde woud zou hier eeuwig oprijzen, als de onaantastbare kern van het Romeinse Imperium. Caradoc liep langs de triomfboog van Tiberius en Germanicus, hij keek naar de tempel van Saturnus, waar duizenden mensen op de treden waren gaan zitten en zich aan de pilaren vastklemden, maar toen zwenkte de strijdwagen naar links en reed langs de tempel van Concordia, waarachter, hoog op de heuvel, de tempel van Jupiter trots oprees, met daarnaast het Tabularium. Zoveel grandeur, zoveel overdadige pracht en praal! En ik heb daartegen gestreden? dacht Caradoc verwonderd. Ik moet krankzinnig geweest zijn. Hij dacht aan de trots van Aricia, in haar armzalige houten imitatie van een Romeinse villa. Hij dacht aan de kleine forums in de steden waar hij met zijn lotgenoten in de hete zon vuil en bezweet had gestaan, aangestaard door de plaatselijke bewoners. Toen keek hij op naar de keizer, een man die een dwerg leek tussen de reusachtige pilaren en in het verblindende zonlicht. Opeens moest hij bijna lachen.

De strijdwagen kwam eindelijk tot stilstand. Een tribuun en een soldaat kwamen naderbij om zijn boeien los te maken. Caradoc zocht met zijn ogen Eurgain, maar hij zag haar nergens. Claudius wenkte en de trompetten schalden weer. Caradoc beklom naast de tribuun de treden, waarbij zijn ketens metalig tegen elke trede rinkelden.

Claudius zag hem naderen en de vrouw van de keizer leunde naar hem over en fluisterde: 'Wat is hij lang!' Haar stem klonk kirrend. Claudius knikte onverstoorbaar en bleef strak kijken naar de man die met gebogen hoofd steeds hoger klom, en zijn armen uitgestrekt hield om te voorkomen dat hij zijn evenwicht zou verliezen. De keizer wist al welk lot deze man te wachten stond, maar dat schonk hem geen voldoening. De komende jaren zouden de gevangene doden, als de speren van de beul die taak niet kregen. Claudius had de vorige dag de bijzondere zitting van de Senaat bijgewoond, en hij had zitten luisteren naar de senatoren die één voor één overeind kwamen en naderbij liepen over de koelbetegelde vloer van de Curia, om te spreken over Syphax en Scipio Africanus, over de clementie van Aemilius Paulus jegens de grote Perseus, en hun hoffelijke toespelingen waren als klaterend water van een fontein in zijn oren doorgedrongen. Deze barbarenkoning was een waardige tegenstander van het machtige Rome geweest en oordeelde het volk niet gunstig over hem? Ook Claudius had de gunst van het volk nodig. Aandachtig had de keizer geluisterd hoe de sprekers verwezen naar zijn eerbied voor het grootse Romeinse verleden, over de bescherming die hij de grote Livius had geboden, en al moest hij cynisch glimlachen, toch was Claudius gevleid. Het volk verlangde een ruimhartig gebaar van hun nobele, geleerde heerser, een blijk van superioriteit en menselijkheid. En in voorzichtige bewoordingen verlangde de Senaat hetzelfde. Zo zij het. Rome zou genadig zijn. De tijden waren veranderd sinds Julius Caesar opdracht gaf Vercingetorix te wurgen. Nu zou Rome tonen dat het ondankbare verzet van de bewoners in de nieuwe provincies geen werkelijke bedreiging vormde. Agrippina schoof opgewonden in haar stoel heen en weer toen Caradoc de laatste treden beklom en voor de keizer bleef staan. Claudius gebaarde dat hij in de schaduw tussen de pilaren mocht gaan staan.

'Dus eindelijk ontmoeten wij elkaar,' zei Claudius en hij keek de man voor hem welwillend aan, terwijl op de achtergrond nog onverminderd gejuicht werd. 'Het was een eervolle strijd, barbaar, maar vanaf het begin al zonder enige hoop op de overwinning. Dat zul je nu ongetwijfeld ook beseffen. Je hebt het recht te spreken, zo je dat wilt, voordat ik mijn vonnis over je uitspreek.'

Caradoc keek naar het wat vermoeide, wereldse gezicht en de droefheid die nog extra nadruk kreeg door de naar beneden gebogen hoeken naast de strenge mond en de rimpels tussen de wijd uit elkaar staande wenkbrauwen. Al probeerde hij zich te beheersen, Claudius slaagde er niet in zijn hoofd stil te houden, en ook begon zijn neus weer te lopen door de spanning van dit moment. Caradoc voelde medelijden. Deze man mag dan de spil van een imperium zijn, toch is hij nog minder vrij dan ik, al is hij gekleed in het keizerlijke purper en al sta ik geboeid voor hem in de sobere kleren van een boer.

Hij keek niet naar Agrippina, maar merkte dat de keizerin met haar handen de leuningen van haar vergulde zetel vastklemde, en dat ze hem met haar donkere ogen verslond. Haar witte gezicht was zorgvuldig gepoederd om de sporen van naderende ouderdom te verbergen. De zware geur van haar parfum drong in Caradocs neusgaten, de juwelen die in haar haren waren gevlochten en waarmee haar voorhoofd gesierd was leken uitnodigend naar hem te wenken. Met zijn scherpe intuïtie bespeurde Caradoc meteen dat hij deze vrouw meer moest vrezen dan haar echtgenoot.

Caradoc bleef de keizer strak aankijken en vroeg zich af wat hij moest zeggen. Hij richtte hier niet het woord tot een groep ruwe mannen, maar hij zou spreken tegen de verpersoonlijking van een machtig keizerrijk. Even voelde hij zich verlegen worden, maar hij herstelde zich snel. Ik ben een arviragus. Ik houd van mijn volk. Daarom zal ik mijn hoofd niet buigen, en ook zal ik geen schande brengen over de mannen die voor mij gesneuveld zijn. Caradoc begon te spreken, eerst langzaam en voorzichtig naar woorden zoekend.

'Als voor mijn hoge afkomst en status begrip was geweest in dit uur van uw overwinning, dan zou ik deze stad binnengekomen zijn als een vriend, en niet als gevangene. U zou niet geaarzeld hebben in mij een gelijke te zien, want ik ben een man met een indrukwekkende stamboom en ik heerste over vele stammen. Nu verkeer ik in een situatie die vernederend voor mij is, maar glorieus voor u. Ik had paarden, strijders en goud. Dat ik daar niet graag afstand van deed is toch niet verwonderlijk?' Caradocs stem werd krachtiger. Zijn woorden kregen meer nadruk en onwillekeurig hief hij zijn geboeide armen omhoog en zette trots zijn ene voet voor de andere. 'Zou iedereen de slavernij moeten aanvaarden, alleen omdat u ernaar streeft over de hele wereld te heersen? Wanneer ik hierheen gesleept was als een man die zich zonder strijd had overgegeven, dan zou er aan uw overwinning en aan mijn nederlaag weinig eer te behalen zijn. En als u mij straft zullen beide spoedig vergeten zijn.' Ik zeg dit voor jou, Eurgain, dacht Caradoc, en ook voor jou, Llyn en voor mijn dochters, maar ik zal niet deemoedig smeken. Hij gooide zijn hoofd uitdagend in de nek en keek met een koele, hooghartige blik naar Claudius. 'Spaar mijn leven daarom, als een eeuwigdurend voorbeeld van uw genade!' De woorden klonken helder en echoden tussen de beschaduwde pilaren van de Curia. Agrippina begon te glimlachen.

Claudius keek naar de man voor hem, zoals hij daar stond met zijn snel op en neer gaande borst, zijn voeten stevig uit elkaar geplant en met zijn fonkelende ogen die hem onvervaard en zonder om vergeving te smeken, aankeken. Je vraagt mij je leven te sparen op een toon alsof je mij uitdaagt voor een tweegevecht, dacht Claudius geamuseerd, maar ook met een zeker ontzag. Nu begrijp ik waarom die arme Scapula zo wanhopig werd. Je hebt een sterk karakter, jij barbaarse hoofdman. Claudius stond met een sierlijke beweging op.

'Luister naar het volk, Caradoc,' zei hij. 'De mensen juichen je toe en schreeuwen dat je vrijgelaten moet worden. Laat er nooit gezegd worden dat Rome geen eerbied heeft voor moed en volharding, of dat nu zijn eigen geliefde medeburgers betreft of zijn nobele vijanden. Je verdient dit eerbewijs wegens je taaie verzet. Daarom, in de naam van Jupiter en de goden van Rome, schenk ik je genade. Maak de boeien los!'

Leden van de keizerlijke lijfwacht kwamen naar voren en vol ongeloof merkte Caradoc dat zijn polsen en enkels niet langer bezwaard werden door de ketens. Hij hoorde de boeien op het marmer rinkelen. Was hij nu vrij? Zo maar? Keerde de hoop dan zo onverwacht en gemakkelijk terug?

Claudius deed een paar stappen naar hem toe en legde zijn arm op Caradocs schouder en keerde hem naar het verzamelde volk. Samen stonden ze daar in het zonlicht. Claudius strekte zijn andere arm langzaam omhoog, de purperen mantel gleed terug en onder aan de treden rees een oorverdovend gejuich van instemming omhoog, toen het volk de keizer naast zijn vijand zag staan. Caradoc lette niet op hen. Zijn verbijstering hield hem nog steeds in haar greep en hij tuurde naar de kleurige menigte en zocht koortsachtig naar zijn vrouw en kinderen. Hij zag even een glimp van Eurgains blonde haren, maar hij kon de uitdrukking op haar gezicht niet onderscheiden. Zo bleef hij even naast de keizer staan, maar toen trok hij zich naast Claudius terug in de welkome koele schaduw.

'Er zijn uiteraard voorwaarden,' zei Claudius. 'Je moet zweren bij welke goden je ook vereert dat je nimmer meer de wapens tegen Rome zult opnemen.'

Caradoc besefte dat de zilveren vleugels van de hernieuwde hoop die hij even gekoesterd had weer onzeker klapwiekten. Als ik die eed moet zweren, betekent dat dat ik mijn handen weer moet uitstrekken om als een slaaf geboeid te worden. Wat maakt het uiteindelijk voor verschil? Albion zal de strijd dan zonder mij moeten voortzetten, onverschillig of ik leef of dood ben.

'Dat zal ik zweren,' antwoordde hij met bevende stem. 'Ik zweer bij Camulos, bij de Dagda, bij de Grote Moeder, dat... dat...' Hij kon de woorden eerst niet over zijn lippen krijgen, maar vermande zich. '... dat ik nooit meer mijn zwaard zal opnemen tegen het volk van Rome.'

Claudius knikte. 'Goed. Ik begrijp dat dit moeilijk voor je was, maar het was noodzakelijk, Caradoc. Verder ben je voortaan verbannen van je geboortegrond. Je kunt je in Rome vrijelijk bewegen, en onder zekere voorwaarden ook tot vijf mijl daarbuiten, maar bij overtreding van dit gebod zul je onmiddellijk gedood worden.'

Caradoc keek naar de schrandere grijze ogen en hij zag zijn eigen gedachten daarin weerspiegeld. Je zult sterk moeten zijn om een langzame dood te sterven, Caradoc, zei Claudius woordloos tegen hem. Een snelle dood zou genadiger zijn; genade heeft niets met vriendelijkheid te maken.

'De Senaat heeft je een huis toegewezen en je zult op staatskosten in je levensonderhoud mogen voorzien.' De keizer zweeg even. 'Overigens heb je ons al grote sommen geld gekost,' voegde Claudius er met een zweem van humor aan toe, 'maar ik denk dat er nog wel wat geld af kan.'

Ik voel het net al rond mij dichtgesnoerd worden, dacht Caradoc. Hoe lang zal ik nog blijven wie ik nu ben? Hoe lang zullen mijn kinderen tegen mij spreken in de taal van hun geboorteland, en zullen ze de herinneringen aan Albion en het verleden nog bij zich dragen? Dat weet jij ook, wrede en onverstoorbare Romein. Maar weet dat ik mij zal blijven verzetten, en dat ik daarmee doorga, tot de dag waarop ik sterf. Caradoc zei niets meer en na een korte stilte kwam de keizerin uit haar zetel. Ze deed een stap naar voren en greep zijn hand.

'Rouw, als je daar behoefte toe voelt, om je kleine, vochtige eiland,' zei ze, 'maar rouw niet te lang, barbaar. Je zult hier gelukkig worden, want Rome is een eindeloos fascinerende stad die nooit verveelt.' En ik verveel ook nooit, vertelde de koele, onbeschaamde blik in haar ogen hem. 'Ik bied je mijn gelukwensen aan voor een dapper volgehouden strijd.' Caradoc trok zijn hand terug en antwoordde niet, maar Agrippina was niet beledigd. Ze glimlachte alleen begrijpend en keerde terug naar haar zetel.

'Ik heb een kleine verrassing voor je,' zei Claudius en Caradoc voelde een steek door zijn hart toen hij besefte wat er nu zou gebeuren. Hij keerde zich om en wilde in een opwelling wegrennen, maar dat was onmogelijk.

'Plautius, mijn vriend! Kom naar voren!'

Caradoc keerde zich weer naar de schemering achter hem en hij voelde zijn hart heftig bonzen. Twee gedaanten kwamen uit de schaduwen naar voren, lange gestalten die beheerst liepen, en de lijfwachten weken uiteen om het paar door te laten. De man liep kaarsrecht; zijn haren waren grijs en in zijn magere gezicht straalden twee lichtgrijze ogen. Hij glimlachte toen hij met zijn zekere soldatenpas naar voren kwam, maar Caradoc keek langs hem heen en voelde dat zijn keel werd dichtgeknepen. Het bloed gonsde in zijn oren en zijn knieën beefden van emotie. Ze was maar weinig veranderd, zijn zuster. Ze was wat dikker geworden, haar eerst zo hoekige gelaatstrekken waren nu wat meer gerond door tevredenheid. In haar lange, zwarte haren was nu grijs te zien, en het was opgebonden boven haar hoofd. Maar haar ogen, hoewel gebed in talloze ragfijne rimpeltjes en gevuld met tranen, keken hem nog altijd even vast en ondoorgrondelijk aan, en uit haar hele houding sprak nog steeds dezelfde koninklijke waardigheid. Ze staarden elkaar geruime tijd aan; Caradocs gezicht werd steeds bleker, tot hij plotseling zijn ogen sloot en zijn hoofd afwendde. 'Ik kan het niet,' zei hij. 'Ik heb haar verbannen uit mijn stam, ik kan niet tegen haar spreken. Dat heb ik gezworen!'

'Caradoc,' zei ze hees en traag. 'Bij Camulos, wat ben je veranderd. Ik herken in jou een arviragus, dat stempel is duidelijk, maar waar is mijn broer? Wat hebben de verloren jaren je aangedaan?' Ze sprak tegen hem in hun eigen taal, haar woorden klonken zangerig, zij het met een Latijns accent. 'Ik heb gehoord dat je uit woede over mij een zwaard hebt gebroken. Ik hoorde dat je mij vervloekt hebt en een dure eed zwoer. Toen heb ik gehuild, Caradoc, omdat ik geen stam en geen verwanten meer had. Ik voelde mij door iedereen verlaten, zoals jij je ook verlaten gevoeld moet hebben. En toch was ik daarna gelukkig. Mijn keuze, als het al een keus was, is goed geweest.' Ze liep op hem toe, maar raakte hem niet aan, al voelde ze een sterke aandrang haar broer te omhelzen. 'Caradoc, ik weet dat je je wortels nooit zult vergeten. Welke Catuvellaun zou ooit de bodem vergeten waarop hij opgegroeid is en de wouden waarin hij een volwassen man werd? Ik ben nu bijna tien jaar in Rome en er is geen dag verstreken zonder dat ik heimwee had naar de geur van natte eiken of de koele aanraking van een glanzend zwaard in mijn hand. Door jouw woord heb ik geen stam en geen verwanten meer. En nu sta je hier, ook zonder gebied of volk, op bevel van de keizer. Herroep je eed, broer! Laten wij elkaar steunen en gezamenlijk de last die op ons geladen is torsen. Ik vocht aan jouw zijde, ik riskeerde mijn leven voor een ricon die mij later verstootte. Nu vraag ik je deze schuld uit het verleden, vanuit je eigen uiterste nood, te erkennen.'

Caradoc luisterde naar de zachte stem, maar hield zijn gezicht nog steeds afgewend naar waar de menigte roerig in de hete middagzon wachtte. 'Ik kan de woorden waarmee ik die verbanning uitsprak niet herroepen, en dat weet je,' zei hij effen. 'Toen ik die avond de Grote Zaal verliet, toen de vlammen rond mij oplaaiden en mijn hart zo zwaar van schuld was, leunde jij eenzaam tegen de muur. Ik had nooit verwacht je ooit nog terug te zien. Ik ben met zoveel pijn naar het westen gevlucht. Ach, Gladys, waar is de tijd gebleven? Wat betekent dit alles?'

'Caradoc, alsjeblieft!' Ze zag de spieren in zijn hals verstrakken, zijn schouders hield hij gebogen, alsof hij een harde slag afweerde. Claudius, Plautius en de soldaten keken zwijgend toe en zagen de vloedstroom van persoonlijke ellende aanzwellen en wegebben, ze hoorden de treurige woorden in een taal vol zachte klanken die ze niet konden verstaan. Maar Agrippina trommelde met haar slanke vingers op de leuning van haar zetel; plotseling was er een verveelde trek op haar gezicht verschenen en ze merkte dat ze honger had.

Caradoc keerde zich langzaam en bijna onwillig om, alsof hij door onzichtbare handen gedwongen werd. 'Soms is het nodig dat een man opzij zet wat hij geleerd heeft goed of slecht te vinden, soms moet hij de ene waarheid afwijzen, om plaats te bieden aan een andere.' De woorden kwamen moeizaam over zijn lippen. 'Dat zeggen de druïden. Ik denk niet dat de druïden daarbij aan iets als dit dachten, Gladys. Maar toch, ik zal het proberen.' Hij deed een stap en nog één. Zijn armen rezen omhoog, en plotseling rende ze dwars over het glanzende plaveisel en wierp zich in zijn armen.

Claudius glimlachte als een welwillende oom. Plautius voelde grote opluchting, maar hij liet dat niet blijken. Híj was de man die het vurigst in de Senaat ervoor had gepleit deze man te sparen, deze man die door huwelijk zijn verwant was geworden. En het was Plautius niet ontgaan hoe geamuseerd de andere senatoren naar hem geluisterd hadden. Gladys had hem niets gevraagd, maar ze had de afgelopen maand niet kunnen slapen; 's nachts liep ze met gebogen hoofd en haar armen over elkaar gevouwen heen en weer over de betegelde vloeren in hun huis. Met geen enkel woord had hij haar kunnen troosten. Agrippina geeuwde achter haar beringde hand.

Claudius wenkte met zijn hoofd en de lijfwacht sprong in de houding. 'Nu zullen wij gezamenlijk aan tafel gaan,' zei hij. 'Ik mag toch aannemen dat je niet, zoals je zuster zoveel jaren geleden, bezwaren hebt om van mijn wijn te proeven?'

'Olifanten en keizers vergeten nooit iets,' fluisterde Plautius tegen Gladys toen ze zich weer had losgemaakt uit Caradocs omhelzing en haar arm in die van haar echtgenoot haakte. 'Het ziet ernaar uit dat ik weer moet wachten voordat ik samen met Caradoc de maaltijd kan gebruiken, zoals ik zo lang geleden al wilde toen ik je broer op de verdedigingswal van Camulodunon zag staan!'

De vestingwerken van Camulodunon... Gladys haalde diep adem en stak haar hand toen uit naar Caradoc.

Agrippina kwam overeind. Zij en Claudius schreden langzaam het felle zonlicht in en de anderen volgden naar de plaats waar Eurgain, Llyn en de twee meisjes onder aan de treden zaten, een kleine familie-oase in een woestijn van donkere, vreemde gezichten.

Eind van de winter, A.D. 52

27

De spion werkte voor een van de secretarissen van de gouverneur. Deze secretaris hield toezicht in het blok bestuursgebouwen in Camulodunon. De spion deed allerlei boodschappen. Hij was een heel gewillige en attente dienaar, en daarom deed de secretaris dikwijls een beroep op hem, in de wetenschap dat er snel en goed aan zijn verzoeken voldaan werd. Maar de spion, de bediende, werd ziek, en daarom stemde de secretaris ermee in, zij het met tegenzin, dat er voorlopig een vervanger kwam.

De spion verliet Camulodunon, reizend als een schaduw in de nacht. Hij trok naar het westen door het woud van de Catuvellauni, tot hij Verulamium bereikte, maar hij ging deze stad niet in. Hij liep verder naar het noorden en volgde de weg die rechtstreeks naar het Romeinse garnizoen bij Viroconium leidde, en naar de nauwe pas door de bergen in het westen erachter. Hij grinnikte in zichzelf toen hij onder de schaarse donkere bomen liep, en hij hield de weg aan zijn rechterhand, maar hij maakte geen gebruik van het geëffende wegdek ervan. Hij bleef steeds in het bos lopen, hoewel hij dikwijls een omweg moest maken als het struikgewas te dicht was. Hij was bijna geneigd Rome te danken voor het duidelijke spoor dat hij zo kon volgen. Het was bitter koud weer. De lente zou pas over drie maanden ontluiken en Albion lag verstild onder de witte, ijzige hand van de winter. De regen en natte sneeuw in het zuiden dreven de spion steeds voort, en diep in het bos zocht hij naar plekken waar het nog droog was, zodat hij daar kon uitrusten, maar de nachtelijke koude gunde hem nooit meer dan enkele uren onrustige slaap. Toen hij de grens met het gebied van de Coritani bereikte veranderde de regen in ijskoude, scherpe hagel, maar hij durfde geen vuur te maken om zijn natte kleren te drogen of een warm maal te bereiden. Hij zat ineengedoken onder de gebrekkige beschutting van doornige braamstruiken. Zijn ogen bleven gericht op het deel van de weg dat hij tussen de bomen door kon zien. Hij huiverde, maar durfde de beschutting van het bos toch niet te verlaten om over de weg sneller te vorderen. Dat was wel verleidelijk, maar ongeveer om de twintig mijl was er een controlepost, versterkt als een klein garnizoen, en de verspieders en patrouilles kwamen dikwijls in galop voorbij terwijl hij zijn koude, doorweekte voeten dwong verder te lopen. Hij bedacht met wrange humor dat zijn leven in Camulodunon hem verzwakt had, maar hij was nog niet te zeer verzwakt om nu op de bosgrond te gaan liggen en daar van uitputting te sterven. Hij glipte als een schim voorbij de controleposten en bereikte eindelijk Viroconium, een schakel in Scapula's ketting die zich uitstrekte van Glevum in het zuiden tot Deva in het noorden, dat de westelijke grens van het gebied van de gouverneur was.

Het begon te sneeuwen, maar het bleef windstil. Hij maakte uiterst voorzichtig een omtrekkende beweging langs het garnizoen en liep zoveel mogelijk op plaatsen waar geen sneeuw lag, zodat hij geen sporen zou achterlaten. Toen zag hij de bergpas waarlangs hij in zuidelijke richting het gebied van de Siluriërs kon bereiken, en hij ademde de kille, natte lucht diep in. Hij keerde zich echter om en trok verder in noordelijke richting. In het holst van de nacht zwom hij over een rivier en hield daarbij zijn vochtige mantel hoog boven zijn hoofd. Hij bereikte de andere oever en keek om zich heen. Het woud wenkte hem en hij wist dat daarachter een oneindig gebied vol rotsen lag. Hij begon te rennen. Hij kwam nu op bekend terrein.

Zes dagen later bereikte hij wankelend Emrys' kamp. Het sneeuwde niet meer en een aarzelende zon scheen aan de waterig-blauwe hemel. De schamele tenten waren half met sneeuw bedekt, maar de vuren laaiden hoog op. De uitgeputte spion rook de heerlijke geur van geroosterd varkensvlees. Emrys liet zijn stuk vlees, dat hij aan het eten was, vallen en liep snel de man tegemoet.

'Ik ben blij u eindelijk te ontmoeten, heer,' zei de spion hees. 'Ik heb vele jaren voor de zaak van de vrijheid gewerkt, maar alleen de laatste schakel in mijn kleine keten heeft u ooit van aangezicht tot aangezicht gezien.' Hij glimlachte en Emrys voelde dat zijn hart oversloeg. Dus deze man was de belangrijkste spion van Caradoc in Camulodunon, een man die zijn brood verdiende uit Romeinse handen, een man die de stad nooit verlaten had, maar toch van groter belang was voor de strijd in het westen dan Emrys zelf. Het nieuws moest heel belangrijk zijn.

'Kom in mijn tent,' zei hij gastvrij. 'Wacht met het nieuws tot je gegeten hebt.'

'Warm eten', zei de man, 'en droge kleren. Dat heb ik moeten ontberen sinds ik uit het zuiden vertrok.' Emrys liet Venutius en Madoc waarschuwen en hij gaf een vrije man opdracht eten te halen. Emrys zat in zijn tent op de huiden en keek zwijgend toe terwijl de bezoeker zijn natte kleren uittrok en een broek en tuniek van Emrys aandeed, voordat ook hij ging zitten en begon te eten. Dat duurde geruime tijd, maar Emrys maande hem niet tot spoed. Madoc en Venutius kwamen de tent binnen en de zurige geur van natte wol verspreidde zich in de kleine ruimte. Toen nam de spion een grote slok bier, veegde zijn mond af en na een korte knik van Emrys begon hij te vertellen.

'Twee dingen, heren,' zei hij. 'In de eerste plaats heeft Caradoc gratie gekregen. Dat bericht kwam al twee weken eerder, maar ik heb gewacht tot ik zekerheid had voordat ik het doorgaf. Het schijnt dat Claudius zijn vijand wel mag, althans, het volk van Rome waardeert hem. Want het volk heeft zijn vrijlating geëist.'

'Dat is niet genoeg!' zei Venutius scherp. 'Dan moet de Senaat daar ook over gestemd hebben. Kan het zijn dat Claudius gratie heeft verleend omdat hij wel moest? Of zou hij...'

Madoc verwoordde de twijfel die bij de anderen gerezen was. 'Of heeft Caradoc een schandelijke afspraak gemaakt met de keizer, in ruil voor zijn leven?' Ze keken elkaar geschokt aan, maar de spion schudde zijn hoofd.

'Nee,' zei hij beslist. 'Nee. Nooit. Ik ken hem daar veel te goed voor. Claudius is de laatste tijd erg impopulair geworden. Zijn familieleden zijn een stel gedegenereerde dieren en zijn Griekse vrije mannen schokken met hun losbandige gedrag zelfs het gewone volk van Rome. De keizer hoopt door de arviragus gratie te verlenen weer in de achting van zijn onderdanen te stijgen.'

De mannen dachten even over deze woorden na; ze hadden hun eigen herinneringen aan Caradoc en werden daardoor gerustgesteld. Wij zijn zelf nog meer dieren dan Claudius' zielige familie, dacht Emrys. Ik ken geen dieren in het bos die lager zinken – alleen mensen kunnen ontaarden – maar toch is het zover met ons gekomen dat wij iedereen wantrouwen. Zijn blik kruiste die van Venutius. 'Wat zijn de voorwaarden voor die gratie?' vroeg hij toen.

De spion schudde zijn hoofd. 'Ik weet het niet zeker, maar het zullen wel de gebruikelijke voorwaarden zijn. Verbanning uit zijn geboorteland, en de doodstraf als hij de stad Rome verlaat.'

Verbanning uit Albion is even erg als de dood, dacht Emrys. Er waren veel plaatsen in Gallië waar een man zichzelf kon wijsmaken dat hij daar thuis was, maar levenslang in die stad te moeten wonen, zonder wouden of bergen, zonder heldere beken en de stilte van de gouden velden op een zomermiddag... Ach, ik zou liever sterven! Emrys keek op. 'En wat is er met Eurgain gebeurd? En met Llyn en zijn dochters?'

'Geen van hen zal ter dood gebracht worden. Ze zijn allemaal helden en bezienswaardigheden in Rome geworden.' De woorden klonken ironisch en Venutius vroeg scherp: 'Welk nieuws heb je verder?'

De spion glimlachte weer, maar het leek eerder een kwaadaardige grijns. 'De gouverneur is dood. Caradoc heeft hem uiteindelijk toch gedood.'

Alleen Madoc slaakte een kreet. De anderen keken verrast op en de spion sprak verder, toen hij de reactie op zijn woorden gemerkt had. 'Het nieuws dat Caradoc gratie had gekregen was te veel voor hem. Immers, hij had jarenlang jacht op deze man gemaakt. Zijn gezondheid en zijn gemoedsrust, alles had hij opgeofferd aan zijn vurige verlangen Caradoc te grijpen. En toen dat eindelijk gelukt was, meende Scapula dat zijn levenstaak vervuld was, maar in één enkel ogenblik ontnam de keizer alle betekenis aan zijn triomf. Hij stierf van woede, heren.' De man wreef in zijn handen. 'Zijn maag barstte, en er moet ook iets geknapt zijn in zijn hoofd, want hij stierf krijsend als een waanzinnige. Zijn doodsstrijd kon op het hele forum gehoord worden. Het schijnt dus zo te zijn,' besloot de man en hij keek naar Venutius, 'dat uw vrouw ons uiteindelijk toch een goede dienst heeft bewezen.'

Ons wel, dacht Venutius, maar Caradoc niet. Hij gaf geen antwoord en de spion wendde zijn onderzoekende blik weer af.

'Wel,' bromde Medoc, 'wat gebeurt er nu verder? Kun je ons dat ook vertellen, vrije man?'

'Ik ben een hoofdman,' zei de spion met nadruk. 'Maar ik neem aan dat dat geen verschil maakt. Ik kan u niet met zekerheid vertellen wat er nu zal gebeuren, maar ik heb lang genoeg bij de Romeinen gewerkt om mijn oordeel uit te spreken. Het nieuws dat Scapula dood is zal Rome nog niet bereikt hebben, want het weer is te slecht. De keizer zal door dit bericht verrast worden en het zal enige tijd duren voordat hij een nieuwe gouverneur benoemd heeft. En dan zullen de voorjaarsstormen de eerste tijd verhinderen dat iemand over zee naar Albion komt, tot de lente al een eind gevorderd is.'

En er moest hier een gouverneur zijn... Venutius' geest begon koortsachtig te werken. Zonder gouverneur is de bevolking even stuurloos als een schip waarvan het roer afgebroken is. Dus is het tijd weer op het oorlogspad te gaan. Venutius hoorde amper dat de spion opstond en het woord tot Emrys richtte.

'Dat is al mijn nieuws, heer,' zei hij. 'Ik wil u vragen mij eten voor onderweg en een mantel te geven, want ik moet onmiddellijk weer vertrekken. Men denkt dat ik nu ziek in mijn eigen huis lig, maar er heerst zoveel verwarring in Camulodunon dat niemand er hopelijk aan denkt naar mijn gezondheid te vragen, voordat ik weer helemaal hersteld ben.' Hij boog even en stapte naar de voorhang van de tent, maar Emrys vroeg hem: 'Wie ben je, hoofdman? Wat is je naam?'

De man keek hen allen aandachtig aan. Als hij vertelde wat hier gevraagd werd kon dat zijn dood betekenen, wanneer een van de mannen hier gegrepen en gemarteld werd, want Rome was koortsachtig op zoek naar handlangers van de opstandelingen. Maar hij besefte ook dat het veel waarschijnlijker was dat hij zelf oog in oog met een beul kwam te staan. Hij boog zijn hoofd. 'Ik ben een Catuvellaunse strijder. Ik was vroeger Caradocs kameraad tijdens de jacht, toen hij en ik en Togodumnus nog jong waren. Maar kort geleden heb ik het Romeinse burgerschap gekregen, als dank voor de diensten die ik voor de gouverneur heb verricht. Wie weet, zal ik ooit nog de burgemeester van Camulodunon worden.' Hij grijnsde om zijn eigen grapje. 'Het verbaast me dat je mij niet herkende, Madoc. Mijn naam is Vocorio.' Madoc staarde hem aan en slaakte een diepe zucht. 'Dan ben je wel erg veranderd, Catuvellaun.'

'Ik ben ouder geworden, net als jij, Silurische beer. Jij bent ook veranderd. Er is maar één ding waardoor een man meer verandert dan door het verstrijken van de tijd.' Toen haalde hij zijn schouders op en de voorhang van de tent viel met een ritselend geluid achter hem terug.

'Wat zou hij daarmee bedoelen?' mompelde Madoc. Emrys begon te lachen. 'Dat iemand voortdurend bittere herinneringen opnieuw doorleeft,' antwoordde hij. 'Dat zeggen de druïden.'

In de loop van de twee volgende maanden kwam er telkens nieuws binnendruppelen. Claudius was inderdaad verrast door de plotselinge dood van zijn gouverneur. Hij slaagde er niet in een vervanger te benoemen voor de zomer was begonnen. Het was een moeilijke en gevoelige afweging wie hij voor dit ambt moest benoemen en terwijl de keizer hierover nadacht, kwamen de hoofdmannen in het westen bijeen om hun plannen voor de zomer te bespreken. De winter was geen verloren jaargetij geweest. Nu waren de krijgers weer volledig bewapend en de verbindingslijnen hersteld. Het westen was klaar voor de strijd en met hoopvolle ogen keken de leiders naar de verwarring die in Camulodunon na de dood van Scapula ontstaan was. De legioenen kregen geen orders en de bevelhebbers in de legerkampen wachtten tevergeefs op berichten uit Camulodunon. Scapula's onderbevelhebber wist ook niet wat hem nu te doen stond. Hij had de leiding tijdens de gevechten in de zomer op zich kunnen nemen, maar omdat Scapula ervan overtuigd was geweest dat het westen zich deemoedig zou onderwerpen, zodra Caradoc weggevoerd was, had hij geen nieuwe krijgsplannen ontwikkeld. Dus aarzelde de onderbevelhebber, evenals de keizer in Rome. Op het eiland Mona bereidden de vluchtelingen en de knechten van de druïden zich voor op het zaaien van de gewassen die de opstandelingen van voedsel moesten voorzien en Emrys stuurde een boodschap naar de Demetae en de Deceangli, waarin hun gevraagd werd voor een Vergadering bijeen te komen. Ze stuurden geen antwoord maar keerden tegelijk met de boodschappers terug.

De Vergadering werd bijeengeroepen op een zachte, bewolkte dag. Overal was het gedrup van smeltende sneeuw te horen. Vijfhonderd hoofdmannen, de leiders van hun volken, zaten met Emrys, Madoc en Venutius bijeen onder aan de voet van een steile, goedbewaakte helling. In de rug werden zij gedekt door de rotswand, en vóór hen was een klein meer dat tot aan het woud reikte. Na de rituelen waarmee de Vergadering geopend werd kwam Emrys overeind. Hij legde zijn zwaard af en begon te vertellen hoe de situatie in de Romeinse provincie was.

'Dit is een gunstig moment om de eerste slag van dit seizoen toe te brengen,' zei hij. 'Nu is het nog vroeg; de heren in Camulodunon hebben nog niet besloten dat ze actie tegen ons moeten ondernemen, gouverneur of geen gouverneur. Maar we moeten gezamenlijk bespreken waar wij die eerste slag toebrengen. Wie wil mag het woord nemen.'

Een van de Demetae sprong overeind. 'Wij hebben geen arviragus meer!' riep hij. 'Daarom moeten wij zelf beslissen wat te doen. Ik vraag de Vergadering om meer steun in het zuiden. Wij Demetae hebben vanuit onze boten de kustpatrouilles bestreden. Ondanks grote verliezen hebben wij voorkomen dat de Romeinse soldaten verder landinwaarts trokken en jullie in de rug konden aanvallen. Maar nu is het zuiden van Siluria verloren en kunnen wij de Classis Britannica niet langer vanaf de Silurische kusten bestrijden. Wij zijn geen strijders van de bergen, maar we zullen daar deze zomer wel moeten vechten, nu Rome het grootste deel van Siluria bezet heeft. Kom verder naar het zuiden, jullie Ordovices! Help ons, zoals wij jullie geholpen hebben.' De man ging weer zitten en nu stond Sine op. Ze zette haar masker af en legde haar zwaard neer. 'Jullie woorden zijn waar,' antwoordde ze, 'maar als wij deze streek moeten verlaten en verder naar het zuiden trekken, dan zal het Twintigste Legioen dit gebied innemen. Dan zullen de Deceangli afgesneden worden van het overige westen en de strijders zullen uitgeroeid worden. Daarna is het nog eenvoudiger voor het Twintigste en het Tweede om ons in het nauw te drijven. Laat de Demetae toch begrijpen dat zij, evenals de Siluriërs dat eerder deden, hun kust zo lang mogelijk moeten blijven verdedigen, en dat ze pas in het uiterste geval aansluiting bij ons moeten zoeken. Wij kunnen niets doen. We zijn met te weinig mensen. Daarom is het in de eerste plaats zaak de grens van de Deceangli tegen het Twintigste te verdedigen.' De Demetae fronsten hun wenkbrauwen en mompelden met elkaar. Toen Sine weer ging zitten werden er veel boosaardige blikken op haar gericht. Maar toch was het waar wat ze gezegd had, en niemand wist er iets tegenin te brengen. Een krijger van de Deceangli, een zwijgzame hoofdman, ging staan en herinnerde alle anderen aan het feit dat de Deceangli niet alleen tegenover het Twintigste Legioen stonden, maar ook tegenover de Brigantische hoofdmannen van Aricia die nu in opdracht van Rome in het tussenliggende gebied patrouilleerden. De Deceangli hadden meer geleden dan alle overige stammen, uitgezonderd de Siluriërs. Elke nieuwe aanval van Rome scheen tegen hen gericht, om te zien welke zwakke plekken er mogelijk in de verdediging van het westen zaten. En ook, zoals Sine al gezegd had, als ze zich terugtrokken, zou Rome hen achtervolgen en dan was er weer een deel van het vrije gebied verloren gegaan. De man sprak onaangedaan, zonder met gebaren zijn woorden kracht bij te zetten en zonder te smeken. Venutius keek toe en luisterde, terwijl hij koortsachtig nadacht. Toen de hoofdman van de Deceangli zweeg, stond iemand van de Demetae op om het woord te nemen. Een uurlang werden bekers bier doorgegeven en de verhitte argumenten schoten heen en weer. Emrys keek ook toe en de moed zonk hem in de schoenen. O Caradoc, dacht hij, ik kan niets doen. Ik heb geen gezag en kan alleen namens mijn eigen stam spreken. Madoc mompelde vloekend in zijn baard, maar ook hij stond machteloos. Er kwam geen steun voor de Demetae en maar erg weinig bijval voor de Deceangli. De Ordovices en de Siluriërs moesten naar het oosten optrekken.

Venutius raakte Emrys' arm aan. 'Mag ik wat zeggen?' vroeg hij zacht en toen Emrys de vreemde gloed in Venutius' ogen zag, knikte hij kort. Venutius ging staan, smeet zijn zwaard op de grond en bulderde: 'Zwijg! Jullie allemaal! Ik wil iets zeggen!'

Het gekibbel nam snel af, maar achteraan schreeuwde een stem terug: 'Ga zitten, jij minnaar van een verraadster! Welk recht heb jij om te spreken?'

Venutius verbleekte en hij perste zijn lippen even krampachtig op elkaar. 'Ik heb het recht in deze Vergadering te spreken!' bulderde hij. Iets in zijn stem en in de gloed in zijn fonkelende ogen maakte elk bezwaar verder onmogelijk. Eén ogenblik zweeg hij, maar toen hij zag dat niemand aanstalten maakte om te vertrekken vermande hij zich. 'Als jij niet naar mijn woorden wilt luisteren, verdwijn dan!' Venutius haakte zijn duimen achter zijn gordel en hij liet zijn stem dalen. Maar zijn woorden bleven goed verstaanbaar en niemand ontging iets. 'Ik heb de vorige zomer een kwart van alle vrije mannen uit Brigantia meegebracht naar het westen,' zei hij. 'Sindsdien hebben meer Brigantiërs hun weg hierheen gevonden. Geen hoofdman die de vrijheid liefheeft is achtergebleven in het gebied van mijn vrouw. Ik weet niet hoeveel Brigantiërs ik nu aanvoer. Vijfduizend, misschien nog meer. Ik zal hen naar jullie gebied sturen, heren van de Demetae, om samen met jullie te vechten, maar op één voorwaarde.' Nu had hij ieders aandacht. Ze keken naar hem met strakke gezichten; alleen hun ogen volgden elke beweging en Venutius zag dat Sine haar masker weer voor haar gezicht bracht om haar verrassing te verbergen. Hij sprak bedaard verder. 'Ik wil dat de Demetae zich massaal verzamelen op de plaats waar het noorden van Siluria aan het gebied van de Dobunni grenst, dicht bij het fort van het Tweede Legioen bij Glevum. Ik wil dat ze daar zijn, voordat de maan een tweede keer vol wordt dit voorjaar. En jullie, Deceangli...' de aangesprokenen keken afwachtend naar hem op – 'willen jullie dat de dreiging van het Twintigste Legioen weggenomen wordt? Als dat zo is, vertrouw dan op mij en ik beloof je dat het Twintigste nog vóór de zomer verslagen is. Neem met elkaar een beslissing.'

'Wat doe je, krankzinnige Brigantiër?' siste Madoc tegen Venutius.

Venutius keerde zich om en lachte meewarig naar de oude Siluriër. 'Heb geduld, Madoc. Ik zal mijn plannen voor jou en alle anderen verduidelijken.' Hij sprak nu weer met stemverheffing tegen zijn gehoor. 'Ik weet een manier om niet alleen het Twintigste, maar elk ander garnizoen en elke controlepost langs Scapula's grens te verslaan. Maar mijn plan zal alleen slagen als jullie mij gehoorzamen. Denk erover na, en geef voor de zon ondergaat antwoord.' Hij keerde terug naar zijn plaats en Emrys zei kwaad tegen hem: 'Wat probeer je eigenlijk te doen, Venutius? Probeer je soms het gezag over ons allemaal te krijgen? Heb je daar de afgelopen maanden op gebroed?'

'Nee, Emrys,' antwoordde Venutius nadrukkelijk. 'Ik wil niet onwettig tot arviragus uitgeroepen worden.'

'Waarom heb je jouw plan dan niet besproken met Madoc en met mij? Waarom moeten wij hier beschaamd en met open mond luisteren, evenals alle anderen?'

Venutius greep hem stevig bij zijn arm en uit de ogen in zijn scherpgetekende, dierlijke gezicht straalde opwinding. 'Omdat ik mijn plan niet wilde openbaren voordat de stammen allemaal het woord konden doen. Alle stammen! En ik wilde niet spreken voordat ze onderling genoeg ruzie gemaakt hebben en bier gedronken. Ze praten alleen maar over onbelangrijke zaken, over een garnizoen hier en een patrouille daar, ze denken meer aan verdedigen dan aan aanvallen. Maar nu wordt het tijd voor de aanval, Emrys, en wel langs de hele grens! Laten wij de strijd beginnen, nu er in Albion geen gouverneur is!'

Emrys trok zijn arm niet terug, hoewel Venutius hem in zijn opwinding pijnlijk hard kneep. 'Als jij met het voorstel komt voor een grote veldslag dan zal ik de Ordovices verbieden nog langer naar je te luisteren,' zei hij dreigend. 'Welke andere manier is er dan om een heel legioen te verslaan?'

Venutius schudde ongeduldig zijn hoofd. 'Nee, nee. Zo dwaas ben ik niet. Er is een andere manier, Emrys, maar dat hangt af van de bereidheid van de stammen om te luisteren naar de bevelen van één man, al is het ook voor korte tijd. Ze moeten goed begrijpen wat ik probeer te doen en ze moeten zich niet door mij bedreigd voelen. Ik wil de macht over hen, maar alleen voor een korte periode.'

'Goed.' Emrys keek in de richting van zijn vrouw en zag haar op een van de achterste rijen zitten. Vanachter haar wolfsmasker keek ze met een sluwe, begrijpende blik terug. Ze had naar Venutius geluisterd en ze begreep het al, dacht Emrys; ze is tevreden. 'Ik denk dat ik wel tot zonsondergang kan wachten voordat ik je plannen te horen krijg, Venutius.' Venutius liet Emrys' arm los; kennelijk besefte hij nu pas dat hij die vasthield.

'Ik zou het je verteld hebben, Emrys,' zei hij, veel zachter, 'maar ik wilde zekerheid dat de Demetae naar de Vergadering zouden komen, en de Deceangli ook. Zonder hen kan dit plan niet slagen en dan zou ik vergeefs nieuwe hoop bij jou hebben gewekt.'

Emrys begon te lachen. 'Jij bent inderdaad niet erg lang in het westen geweest,' grinnikte hij, 'anders zou je wel weten dat er voor ons niet zoiets als hoop of wanhoop bestaat. Wij volgen het midden van de weg, Venutius en daar houden we ons verstand bij. En we blijven daardoor in leven.'

Die avond kwamen twintig hoofdmannen voor Venutius zitten, tien van de Demetae, en tien van de Deceangli. Hun barden en schilddragers hielden zich op de achtergrond. 'Wij zullen nu naar je luisteren,' zeiden ze onderdanig en nog twijfelend, want ze werden eerder door nieuwsgierigheid gedreven dan door de verwachting dat deze Brigantiër iets nieuws te vertellen had. Maar Venutius grijnsde naar hen; klaarblijkelijk was hij niet beledigd. Hij pakte het mes van zijn gordel en schetste op de grond met snelle bewegingen een kaart van het westen – geen kustlijn, geen rivieren en ook geen wegen, alleen Deva en Glevum, de reeks van garnizoenen die daartussen gelegerd waren en de verbindingslijnen van de opstandelingen zelf.

462

'Mooi zo,' zei hij toen iedereen zich uitrekte om de tekening beter te kunnen zien. 'Luister nu goed. Jullie, Demetae, verlaten allemaal je gebied, en trekken naar het oosten. Dat is hier.' Zijn mes wees trefzeker op de grond. 'Daar zullen Madoc en de Siluriërs op jullie wachten. Jullie verdelen je krachten in evenveel groepen als er garnizoenen zijn, van Viroconium tot Glevum, maar jullie moeten het fort met rust laten. Er mag geen gerucht over wat er gaande is doordringen tot de oren van de bevelhebber daar.' Het begon te dagen in Emrys' brein en hij keek vragend naar Venutius, maar die sprak inmiddels verder. 'In het noorden moeten de Ordovices zich in twee groepen splitsen, de helft van de stam onder leiding van Emrys, de andere helft onder bevel van Sine. En jullie, Deceangli,' zei hij, even zwijgend om naar hen te glimlachen, 'jullie moeten je daar verzamelen, bij de grens van je gebied, en dan optrekken naar het fort bij Deva.' Er klonken heftig protesterende kreten, maar Emrys bleef zwijgen en hij keek bewonderend naar de man die in het verleden zwijgend naast hem gelopen had, van kamp naar kamp, intussen de ligging van de bergen en de plaatsen waar de mannen gelegerd waren goed in zijn geheugen had geprent, en zo zijn gewaagde, ogenschijnlijk onmogelijke, maar toch uitvoerbare plan ontworpen had. Venutius stak zijn hand gebiedend omhoog. 'Laat mij uitspreken. Het legioen zal jullie verwachten. De geruchten dat jullie naderen zullen eerder bij het legioen zijn en de poorten van het fort zullen geopend worden, lang voor je daar bent. Maar jullie moeten hier tegen de vijand strijden, weg van het bos. Want tussen de bomen zal de helft van de strijdmacht van de Ordovices gereedstaan. Zo! Het fort stroomt leeg en jullie binden de strijd met de vijand aan. Uiteraard hebben jullie geen kans tegen zo'n overmacht, daarom trekken jullie je langzaam terug naar het bos. En dan, als de soldaten een eind van de veilige bescherming van hun fort zijn gelokt, en de achtervolging inzetten...' – even verscheen er een sluwe trek bij Venutius' mondhoeken – '... dan komt Sine of Emrys, maar liever Emrys, uit het bos te voorschijn om de rechterflank van het legioen aan te vallen. Als de verrassing groot genoeg is, zal de Romeinse bevelhebber zeker in verwarring raken. En als de vijand dan aan een haastige aftocht begint, zal de andere groep van de Ordovices hem achterna gaan. Wanneer in de tussentijd het verlaten fort ingenomen en in brand gestoken is, is er geen enkele kans dat de Romeinen zich veilig kunnen terugtrekken. Het legioen zal omsingeld zijn, maar niet meteen. Dat moet schoksgewijs gebeuren, zodat de bevelhebber geen kans krijgt een tegenaanval te bedenken.'

'Hij zal versterkingen laten aanrukken langs de grens,' merkte een van de hoofdmannen aarzelend op.

Venutius schudde langzaam zijn hoofd. 'Dat zal hij wel doen, maar tevergeefs. De Siluriërs en de Demetae zullen elk garnizoen langs de grens dan al verwoest hebben. Zij zullen aanvallen terwijl de Deceangli het fort naderen.

En daarna, als wij de overwinning behaald hebben, kunnen de Deceangli naar huis terugkeren om uit te rusten en de Ordovices zullen dan naar het zuiden optrekken om zich bij de Demetae en Siluriërs te voegen om dan bij Glevum het Tweede aan te vallen. Als het Tweede eenmaal verslagen is, kunnen de Demetae ook naar huis gaan en dan kunnen wij een volgend doelwit in het zuiden uitkiezen.'

'Het Tweede zal zich anders niet zo gemakkelijk laten verslaan,' merkte Madoc op.

Venutius knikte weer terwijl hij met zijn hand de geschetste kaart uitwiste. 'Dat weet ik. Maar we kunnen het proberen, Madoc. Als we veel tegenslagen te verduren krijgen kunnen we dat legioen met rust laten. Wat kunnen die Romeinen anders doen dan ons naar het zuiden achtervolgen? En wanneer we het laagland beheersen, zullen andere stammen zich bij ons voegen. Wij zullen het Tweede helemaal naar het zuiden lokken.'

'Naar het Veertiende?' Emrys kon het ongeloof en de opwinding die hij voelde niet bedwingen, en er verscheen een glans in zijn ogen.

'We kunnen niet zo ver vooruitzien. Als we het Twintigste verslaan en die garnizoenen ook, dan hebben we al heel wat bereikt. Daarna moeten we nieuwe plannen smeden.' Hij keek naar de Demetae en de Deceangli. 'En?' vroeg hij, 'wat zeggen jullie van dit voorstel?'

De mannen kwamen overeind. 'We zullen er met elkaar over praten,' zei een van hen. 'En we zullen bij het eerste licht morgenochtend antwoord op deze vraag geven.'

Toen ze verdwenen waren bromde Madoc: 'Ik wil niet samen met de Demetae vechten. Dat is toch een onbeschaafde stam.'

'Maar het zijn wel machtige krijgers,' zei Emrys terechtwijzend en toen Venutius zijn gezicht zag, wist hij dat hij gewonnen had.

'Je moet naar het zuiden gaan, Madoc, dat is jouw gebied,' vervolgde Venutius. 'En bovendien, het zou goed zijn als gemengde strijdgroepen van Siluriërs en Demetae gevormd worden voor de aanval op de garnizoenen. Want dan kunnen de Demetae niet op het laatste ogenblik van gedachten veranderen en toch naar huis gaan.'

'Caradoc zou hun leiding kunnen geven,' protesteerde Madoc. 'En ik bén geen Caradoc!'

Maar jij misschien wel, Brigantiër, dacht Emrys, toen hij met nieuw ontzag naar Venutius' ernstige gezicht keek. Misschien is het toch niet zo onmogelijk dat het westen uiteindelijk deze ellendige en langdurige oorlog wint. Wat zou jij zeggen, Caradoc, mijn oude vriend, als je deze woeste, gekwetste schaapherder hoort spreken? Deugt zijn redenering wel of niet? En wat zouden de druïden ervan zeggen? 'Venutius,' zei Emrys en hij zuchtte, 'het is een goed plan. Mogelijk erg roekeloos, maar zijn we niet altijd gokkers geweest?

Ik sta aan jouw kant.'

'En ik,' zei Madoc, 'ik zal mijn best doen beleefd te zijn tegen de hoofdmannen van de Demetae.'

'Dan moeten we nu wachten op de dageraad,' zei Venutius en zijn ogen werden donker van de gedachten die door zijn hoofd maalden. 'Ik heb honger gekregen. Zullen we naar het vuur gaan en wat eten?' Hij stond op en leek een nieuwe waardigheid uit te stralen. Emrys en Madoc zagen het en volgden hem, zonder nog een woord te zeggen.

Venutius' strategie werkte bijna belachelijk gemakkelijk. De hoofdmannen van de Demetae gingen eerst terug naar hun gebied om later met veel strijders terug te keren. Zij en de Siluriërs zochten dekking bij de rand van het bos, op twee mijl afstand van de garnizoenen bij de grens, maar hun verspieders kropen nog dichterbij tussen het struikgewas, zodat ze de Romeinen konden zien. Een oplettende patrouille in het woud zou hen zeker ontdekt hebben, maar de bevelhebbers in de garnizoenen wachtten op bevelen uit Camulodunon en daarom was hun aandacht weinig op de omgeving gerichhht. Daar had Venutius op gegokt. Als Rome de zaken beter georganiseerd had, dan zou zijn plan zeker mislukken. De Ordovices trokken in twee aparte groepen naar het noorden, en Sine leidde haar groep eerst naar het zuiden en vervolgens naar het oosten, om met een omweg door het gebied van de Cornovii in noordelijke richting te gaan en aan de andere kant van het fort bij Deva weer op te duiken. Haar groep liep een groter risico. De Cornovii in het noorden waren de opstandelingen gunstig gezind, maar de bevolking werd hier al overheerst door de Romeinen en inmiddels was de lente aangebroken. De sneeuw was verdwenen en overal botten de knoppen aan de bomen uit, zodat de prille, bleekgroene blaadjes zich ontplooiden als de vochtige vleugels van een vlinder. De Cornovische boeren en vrije mannen zaaiden hun kleine akkers in en al probeerde het leger van Sine ongezien te blijven voor de bewoners van dit gebied, er waren toch boeren die de stilletjes voortsluipende Ordovices zagen. Deze stakkers konden hun ontdekking niet meer doorvertellen, omdat ze prompt gedood werden. Venutius zag dat de Deceangli zich bij de grens van hun gebied verzamelden. Hij besefte dat deze groep er niet gelukkig mee was dat ze hem en de Ordovices wel moesten gehoorzamen, om te voorkomen dat ze in mootjes gehakt werden. Maar in de jaren met Caradoc hadden ze uiteindelijk toch geleerd dat geen enkele stam op eigen kracht de overwinning kon behalen. Ze waren afhankelijk van elkaar en bovendien zouden ze de strijd nooit kunnen voortzetten als ze niet gesteund werden door Emrys en zijn mannen. Venutius ging naar hen toe en legde telkens weer uit wat ze moesten doen. Zijn woorden werden begrepen. 's Avonds gaf hij zijn verspieders opdrachten, mannen en vrouwen die hij zorgvuldig had uitgekozen om berichten tussen hemzelf, Sine en de Deceangli te wisselen. Als ze vertrokken waren ging hij naar zijn tent en lag daar op zijn rug te denken aan Aricia en de kooi die ze voor hem had gebouwd. Hij dacht ook aan het vrije westen en de eigen kooi daarvan. Soms verwarde hij in gedachten die twee kooien, dan was het alsof uitbreken uit het westen ook een ontsnapping uit de onzichtbare gevangenis van zijn vrouw betekende, maar hij besefte dat hij daarin nog steeds gevangen zat.

Toen het uur voor de strijd aangebroken was en Venutius zich ervan vergewist had dat hij geen onzekere factoren over het hoofd had gezien gaf hij zijn laatste bevelen. 'Houd hen gedurende drie uren tegen,' zei hij tegen de Deceangli. 'Begin daarna aan de aftocht naar het bos. Laat niet toe dat de Romeinen van beide zijden aanvallen. Jullie moeten met je rug steeds naar Emrys gekeerd blijven.'

Er kwam bericht van Sine; zij lag achter het hoge, onvoltooide fort achter de tijdelijke kwartieren van het Twintigste, en uiteindelijk verdeelde Venutius de legermacht van Emrys in twee groepen achter elkaar. Zelf zou hij het bevel over de ene groep voeren. 'Jullie steunen de Deceangli in de rug,' zei hij. 'Ik ga de anderen voor naar de flank van het Romeinse leger. Sine zal een deel van haar mannen naar het verlaten fort sturen en daarna de andere flank aanvallen. Zo zal de vijand omsingeld worden.'

Met de dageraad kwam een kleine groep Deceangli uit het bos te voorschijn; ze voelden zich onbeschermd en beklagenswaardig alleen, en zodra Manlius Valens, de bevelhebber van het Twintigste Legioen, dat hoorde rende hij naar de verdedigingsmuur, naar de wachttoren in de hoek, om hen te zien naderen. Zodra hij hun aantal geschat had, gaf hij opdracht dat de hulptroepen moesten aantreden en dat de poorten van het fort geopend moesten worden. En de poorten bleven open. Nadat een uurlang gestreden was merkte Valens dat de hulptroepen te gering in aantal waren en hij gaf bevel dat nog duizend infanteristen zich in de strijd moesten mengen. Toen, berustend, gaf hij bevel dat ook de rest van de infanterie, de cohorten en de cavalerie het fort moesten verlaten. Hij klom van zijn hoge uitkijkpost naar beneden en reed zelf naar het slagveld. Naast hem schitterde de aquila in de felle lentezon. Na nog een uur van verbeten strijd bleek dat de Deceangli niet tegen de legionairs opgewassen waren. Valens had het verloop van de strijd nu goed in de hand en hij zag dat de gelederen van de inboorlingen uiteenvielen en dat de krijgers terugweken naar het bos. Op het gras bleven de gesneuvelden achter. Valens gaf bedaard het bevel dat de achtervolging moest worden ingezet en de cavalerie gehoorzaamde meteen. De infanteriegelederen kwamen ook in beweging en zetten rennend de achtervolging in. Achter de Romeinse soldaten werd het grote geruststellende fort kleiner en schrompelde ineen tot een kleine grijze doos.

Toen weerklonk opeens het schallende geluid van een strijdhoorn. Valens hoorde het vaag maar onmiskenbaar, een spottende, uitdagende toon, en hij begreep meteen welk gevaar er dreigde. Hij schreeuwde om een koerier en trok de teugels in. Haastig gaf hij een bevel en de man galoppeerde weg in zuidelijke richting, waar de garnizoenen lagen. Er zou spoedig versterking moeten komen. Valens schreeuwde naar zijn trompetter: 'Geef het sein dat de eerste cohorte hierheen komt! De aquila moet bij mij blijven, die mag onder geen beding vallen!' Het trompetsein schalde luid en nu kon Valens zijn tegenstanders zien. De strijders kwamen in golven tussen de bomen vandaan in grijze, bruine en donkergroene tunieken gekleed, hun schilden hoog opgeheven en hun grote zwaarden in de aanslag. Uit Valens' mond klonken opnieuw bevelen, maar op dat ogenblik maakte hij zich nog niet werkelijk ongerust. Hij werd omringd door zijn tribunen en officieren en gaf telkens nieuwe bevelen om de aanval van de Deceangli te beantwoorden. Maar een nieuwe golf strijders rolde aan en de Romeinse bevelhebber zag dat zijn eigen manschappen nu moeite hadden de impuls te beheersen zich om te draaien en weg te vluchten. Iemand dicht naast hem slaakte een kreet. Hoofden werden in die richting gewend. Valens voelde dat zijn hart oversloeg, want verder weg, bij de rechterflank, kwam een nieuwe zwerm in grauwe kleuren gehulde strijders uit het bos te voorschijn, en terwijl hij toekeek vormden deze nieuwe aanvallers een halve cirkel. Hij opende zijn mond om een waarschuwing te schreeuwen, maar de woorden bleven in zijn keel steken. Angst greep hem naar de keel, maar hij raakte nog niet in paniek. Hij gaf zijn paard de sporen en draafde weg, gevolgd door zijn staf. De glanzende aquila schitterde nog in de handen van de vaandeldrager. Terwijl zijn paard verder draafde kregen de bevelen die door zijn geest warrelden vastere vorm en luid roepend verwoordde hij ze. De belaagde flank van zijn leger vatte nieuwe moed toen de bevelhebber naderde, maar Valens merkte al dat de eenheid verzwakt was. Hier kon hij geen slag leveren. In de rug was nu geen dekking meer en van drie kanten kwam de vijand naderbij. 'Sluit de rijen!' brulde hij. 'Terugtrekken naar het fort!' Met trompetsignalen werd het bevel voor alle legionairs duidelijk, maar toen Valens over zijn schouder keek zag hij het fort niet. Dat werd aan het oog onttrokken door een nieuwe wolk, laag en dreigend, die hem naderde. Nu voelde hij hoe de angst hete armen om hem heen sloeg en hij kon niet langer nuchter nadenken. Ze hebben hun les geleerd! Jupiter, red ons! Ze hebben het door! Valens besefte pas dat hij deze woorden uitschreeuwde toen zijn tribuun hem bij de arm greep.

'Wat zijn de orders, heer, wat zijn de orders?' smeekte de man en zijn stem sloeg in paniek over. Maar er waren geen bevelen die zijn mensen konden redden. De Romeinse soldaten vielen al als rijpe halmen voor de zeis van de maaier. Valens gaf geen antwoord maar rukte aan de teugels en stormde in de richting waar zijn cavalerie in verwarring heen en weer draafde. Hij rukte de aquila uit de handen van de vaandeldrager. 'Redde wie zich redden kan!' schreeuwde hij. 'Het legioen is verloren!' Toen was hij verdwenen en na een laatste blik vol afschuw op de bloedige slachting volgde zijn staf hem zo snel als mogelijk was. De vluchtende officieren keken niet op of om en zagen de horizon niet. De ochtend was zonder nevels begonnen. Nu waren er grauwe mistflarden te zien. Scapula's grens was ineengestort.

Laat in het voorjaar, A.D. 52

28

Favonius beantwoordde afwezig de groet van zijn wachtpost, voordat hij met Priscilla door de houten poort van het kleine garnizoen en verder over het pad naar het onderhout liep. Het was een zwoele, geurige dag, laat in het voorjaar in Icenia; het zonlicht scheen mild en er woei een aangename wind, maar Favonius had geen belangstelling voor het weer. Hij liep langzaam, met gebogen hoofd en een frons op zijn gezicht, terwijl het opgewekte gebabbel van zijn vrouw in zijn oren niet meer was dan het tsjilpen en zingen van de vogels die nestelden in de koele boomkruinen boven zijn hoofd. Favonius bleef in gedachten verzonken terwijl Priscilla hem van opzij aankeek en verder sprak. De schaduwen en zonnestralen die tot hier doordrongen streken over hun gezichten. Toen Favonius met niet meer dan een onverstaanbaar gebrom antwoordde, greep ze zijn arm en dwong hem met een ruk stil te staan.

'Wat is er toch? Ik vroeg je of ik Marcus een paar dagen naar Colchester kan meenemen. Betekent dat gebrom nu ja of nee?'

'Ja!' snauwde hij en de frons bleef onveranderlijk op zijn voorhoofd. 'Ik bedoel, nee! Ach, Priscilla, jouw vragen worden steeds belachelijker naarmate de tijd verstrijkt. Eerst wilde je een vloerverwarming, alsof we een villa in Rome bouwden, in plaats van dat we hier aan de rand van het rijk in een eenvoudig houten huis wonen. Toen moest er zilveren tafelgerei komen op de tafel van de officieren, alsof we de gouverneur hier in huis moesten ontvangen. Nee, Marcus hoeft niet een paar dagen mee naar Colchester. Misschien volgend jaar.'

Hij liep verder en ze stak haar arm weer door die van haar man. 'Wat heb je vandaag een slecht humeur! Laat het garnizoen toch zijn eigen zaken regelen, liefste. In de spoedberichten staat toch zelden iets opwindends. Wat is het hier toch vredig en veilig! Omdat je me gedwongen hebt deze vertoning van barbaarse moed en ruwe feesten bij te wonen, kun je toch minstens je best doen en mij helpen te doen alsof ik me amuseer.'

Geërgerd versnelde hij zijn passen, toen slaakte hij een zucht en glimlachte verontschuldigend. Ze kwamen dicht bij een groepje eiken en hij hoorde het rumoer van de menigte die zich buiten Prasutugas' stad had verzameld. Dit was de dag van de jaarlijkse paard- en strijdwagenrennen, die geleidelijk in de plaats waren gekomen voor de rituelen ter ere van Beltine. Juichkreten en luid geschreeuw, gefluit en gelach mengden zich met het metalige geluid van de bronzen harnassen die elkaar raakten en het zenuwachtige hinniken van de pony's.

'Misschien zou je het bericht dat ik vanmorgen ontving wel opwindend vinden,' antwoordde hij. 'Er is een grote veldslag geweest, Priscilla, en daarbij is het Twintigste Legioen vernietigend verslagen.'

Haar mond viel open. 'Zo plotseling!? Of is dat alleen een gerucht? Dat moet haast wel. Geen enkel legioen in Albion laat zich toch verslaan?!'

Favonius keek vermoeid naar haar meisjesachtige, rode mond en haar knipperende ogen met de lege blik erin. Voor de duizendste keer vroeg hij zich af of het verkeerd van hem was geweest toestemming te vragen haar hierheen te laten komen. Het was ongebruikelijk dat de bevelhebber van een garnizoen zijn gezin liet overkomen, zolang hij in actieve dienst was. De commandanten van een fort, de gezanten en hun officieren deden dat dikwijls wel, maar een fort werd meestal pas gebouwd als een gebied redelijk veilig was. Favonius was acht jaar geleden met zijn manschappen naar Icenia gekomen. Hij had hier een garnizoen gevestigd en tegen de tijd dat Scapula in Albion arriveerde werd hij al benijd door alle andere garnizoenscommandanten, omdat Icenia een van de veiligste gebieden van heel Albion was, en de bevolking was hier bijna net zo meegaand als in Camulodunon. De stamleden waren rijk en betrekkelijk vriendschappelijk. Het heersende vorstenhuis werkte niet alleen gewillig, maar zelfs gretig mee aan het bevorderen van de Romeinse zaak. Favonius had daarom een verzoek ingediend of zijn vrouw en zoon bij hem mochten komen en zonder aarzelen had Scapula zijn toestemming gegeven. Ja, een Romeins gezin in het verre garnizoen scheen de gouverneur wel gunstig toe, omdat daardoor de indruk dat het gebied militair bezet was wat minder sterk werd. Maar Priscilla was geen geharde, plebejische pionier en ze was ook niet van plan er ooit een te worden. Ze snakte naar de dag dat haar man overgeplaatst zou worden. Ze kon zich niet voorstellen dat er een zwaardere post dan Icenia was en dat zei ze ook dikwijls. Favonius antwoordde haar bruusk.

'Doe niet zo dwaas, Priscilla. Je zou eerst moeten nadenken voordat je iets zegt. Als het alleen een gerucht was, dan zou dat in het bericht ook vermeld worden. Manlius Valens kon te paard met zijn cavalerie-escorte ontsnappen. De opstandelingen hebben getracht het fort in brand te steken, maar naar het schijnt is dat niet gelukt.'

'En wat betekent dat allemaal voor ons?' Zoals altijd dacht ze het eerst aan zichzelf en aan haar zoon, en het verwijt dat Favonius haar maakte scheen haar te ontgaan.

'Niet veel. Wij kunnen haast niet verder van het strijdtoneel zijn, tenzij we de zee in lopen. Maar ons is wel gevraagd paraat te blijven. Er gaan ook geruchten dat er garnizoenen belaagd worden langs de grens die Scapula nog bepaald heeft, maar daarover is nog geen zekerheid.' Hij wreef over zijn voorhoofd, waarin nog steeds een frons te zien was. 'Vijf jaar geleden zou de gedachte dat een heel legioen verslagen kon worden nog als belachelijk zijn afgedaan. Er gebeurt iets in het westen, Priscilla, en iets groots ook. Er wordt op een nieuwe manier gestreden, of er staat weer een nieuwe arviragus op. Het bevalt me helemaal niet.'

Ze lachte en maakte een wegwuivend handgebaar. Haar korte moment van paniek was alweer voorbij toen hij gezegd had dat het in Icenia veilig was. 'Nu doe jij dwaas. Het is allemaal zo'n onzin. Spoedig zal er een nieuwe boodschapper komen, Favonius, en dan krijgen we te horen dat het maar een kleine kloppartij tussen de cavalerie van Valens en een groepje opstandelingen was, en dat de eerste boodschapper het allemaal verkeerd begrepen heeft. Uit het westen horen wij nooit iets anders dan tegenstrijdige berichten. En trouwens, het Twintigste is zo'n trots legioen. Die soldaten sterven nog liever dan dat ze verslagen worden.'

Favonius klemde zijn tanden op elkaar en zuchtte onhoorbaar. 'Misschien zouden ze jou als nieuwe gouverneur moeten benoemen,' zei hij sarcastisch, maar zoals gewoonlijk ontging het haar. Ze trok alleen haar neus op.

'Ruik je die paardemest, Favonius? Ze zouden dat allemaal moeten verzamelen en op hun akkers uitstrooien, maar het zal hier wel dagenlang in de zon blijven stinken. Ga vandaag niet met Prasutagas mee en lever me niet uit aan de scherpe tong van Boudicca. Ik vergeef het je nooit als je dat toch doet!'

Hij was verstandig genoeg om geen antwoord te geven. Samen kwamen ze bij de rand van het bos. Een ogenblik later stonden ze te midden van een grote menigte opgewonden en elkaar verdringende vrije mannen, die allemaal luidkeels met elkaar praatten. Op de open vlakte rond de stad waren overal mensen en zwetende pony's. De zon straalde vrolijk op de met brons beslagen wielen van de strijdwagens en glinsterde op de halsringen en armbanden van de vrije mannen die te midden van het gedrang druk bezig waren de pony's onder het juk en in het tuig te krijgen. Bij de poort brandde een groot vuur en dikke, zwarte rookwolken rezen op naar de blauwe hemel. Favonius en Priscilla baanden zich een weg door het gedrang naar de plaats waar Prasutugas en Boudicca zaten. Mensen liepen telkens van en naar het vuur; ze kauwden op stukken geroosterd schapevlees en hompen kaas. Bij de biervaten waren stapels houten kommen opgetast.

Marcus rende Favonius en Priscilla tegemoet toen ze naderbij kwamen. Op zijn gezicht waren vegen schapevet. Zijn benen en voeten waren bloot, maar hoewel het een warme dag was droeg hij een lange mantel van groengeverfde wol. In zijn ene hand hield hij een broek, purper met zilveren biezen, en in zijn andere hand het stuk bot van een schapebout. Hij wuifde ermee onder hun neus. Nog voor hij iets kon zeggen barstte zijn moeder los tegen hem.

'Marcus! Waar heb je die kleren vandaan? En wat is dat... dat ding om je hals?'

'Dat is een talisman van Epona, de Godin van het Paard. Vind je het mooi, moeder? Prasutugas heeft hem mij gegeven. En hij heeft me deze kleren ook gegeven. Ze waren van hem toen hij even oud was als ik.' Hij trok zijn schouders naar achteren en liep trots voor hen heen en weer. 'Zie ik er niet mooi uit? Denk je dat ik zo voor een hoofdman kan doorgaan?'

Favonius keek naar de huid van zijn zoon die al aardig gebruind was, hoewel de zomer nog moest beginnen. Marcus' haren hingen zwart en glanzend tot op zijn schouders. Twee onbezorgde ogen van een plattelandskind keken naar Favonius op en die keek op zijn beurt naar de schapebout in de knuist van zijn zoon, die hand die al wist hoe een paard voor een strijdwagen te mennen en hoe het voelde om een mes tussen de vingers te klemmen. Maar een zwaard krijgt hij niet, dacht Favonius. Nog niet.

'Nee, dat denk ik niet,' beantwoordde hij de vraag. 'Want je hebt geen halsring.'

'Ga die belachelijke spullen meteen uittrekken!' snauwde Priscilla. 'Ze zullen nog denken dat we vandaag de Saturnalia vieren!'

Marcus grijnsde naar haar. 'Dit is veel leuker dan de Saturnalia,' kaatste hij terug. Hij wierp het bot weg en stapte snel in de broek. 'Vader?'

Favonius kon niet weigeren. 'Goed, Marcus. Mij kan het niet schelen. Doe je vandaag mee aan de wedrennen?'

'Ja, maar ik zal verliezen van de jonge vrije mannen. Dat is niet best voor de Romeinse eer. Ethelind wil mijn paard lenen en Brigid heeft me uitgedaagd om mee te doen aan de wedrennen.'

'Nee toch!' riep Priscilla verschrikt uit.

Deze keer was Favonius het wel met haar eens. 'Jij stapt niet in een strijdwagen, zoon,' zei hij beslist.

Marcus trok de mantel dichter om zijn schouders en lachte naar hen.

'Ach, dat kan me ook eigenlijk niet schelen. Conac heeft vanmorgen bijna zijn nek gebroken toen hij een bocht oefende. Ik heb hem gezegd dat hij moet wachten tot hij groter is, maar hij gaf me een stomp.' De jongen betastte de amulet om zijn hals. 'Als Epona mc vandaag beschermt, dan kan ik misschien de wedstrijd winnen.' Toen was hij al verdwenen tussen de mensen, roepend naar deze en gene van zijn vrienden, terwijl Priscilla wit van woede achterbleef.

'Epona! Dat is zeker de een of andere bloeddorstige inlandse god! Werkelijk, Favonius ik vind hun rcligieuze smaak afschuwelijk en ik wil niet hebben dat Marcus zich daarmee bemoeit.'

'Ach, stil toch,' suste hij. 'Wat maakt het uit? Wat betekent een amulet nu, Priscilla? Die jongen is gezond en gelukkig. Wat wil je nog meer?' Hij sprak nu bitser dan zijn bedoeling was, want opeens kreeg hij ccn ongemakkelijk gevoel. Op dat moment zag Prasutagas hen en het sproetige gezicht van Boudicca was ook naar hen toegewend.

'Welkom, welkom!' zei Prasutagas glimlachend. 'We zijn vereerd dat je gekomen bent, Favonius. Ik wil je graag het span paarden tonen dat ik voor de wedstrijd van vandaag heb uitgekozen.' Favonius beantwoordde de groet, maar zijn bezorgdheid was nog niet geweken. Toch ontging het hem niet dat Prasutagas een gezonde kleur op zijn gezicht had en daar was hij blij om. 'Heeft mijn arts nu wat meer succes met de behandeling van je wond?' vroeg hij. 'Hij verheugde zich erop de nieuwe zalf die hij samengesteld had te proberen.'

'Die bijtende brouwsels van jouw arts doen geen wonderen,' antwoordde Prasutagas opgewekt, 'maar wel de warmte van de nieuwe zon. Overigens, drie van mijn merries hebben een veulen geworpen, Favonius. Kom maar kijken, want ik wil weten wat je ervan vindt.'

Hij en Favonius begonnen weg te lopen en na een scherp protest gaf Priscilla toe en ging naast Boudicca op het gras zitten. Ze probeerde tevergeefs de honden die nieuwsgierig hun koude neuzen tegen haar aandrukten af te weren. Ergens dichtbij klonk het signaal van een strijdhoorn en de mensen verspreidden zich.

'Dit is de derde wedstrijd,' zei Boudicca. 'Zo dadelijk worden de strijdwagens weggereden en dan beginnen de draverijen. Tot nu toe is er alleen één gebroken arm en één versplinterde enkel. Gaat Marcus ook rijden?'

Priscilla keek haar schuin aan, argwanend of de ruw uitgesproken woorden smalend of uitdagend bedoeld waren, en zoals altijd scheen ze boosaardige wrok te ontdekken in dat wat alleen maar een milde, beleefde weerzin was. Je zou vast blij zijn als Marcus zijn arm brak, dacht ze verhit. 'Ja,' zei ze hardop, 'hij doet mee, maar ik denk niet dat hij zich zal bezeren. Hij kan uitstekend rijden.'

Boudicca draaide haar hoofd om en keek onderzoekend naar het afkeurende, hooghartige gezicht naast haar. 'Ik wilde heus niet suggereren dat Marcus aan het eind van deze dag een gebroken arm of been heeft,' bromde ze. 'Priscilla, waarom denk je altijd dat iemand je beledigt, terwijl dat helemaal niet de bedoeling is? Ik en mijn man zijn erg gesteld geraakt op die jongen van jou, en ik zou niet graag zien dat hij gewond raakt. Ik stelde je alleen maar een eenvoudige vraag.' Jij hebt iets anders op je hart, Romeinse vrouw, dacht Boudicca, en ik vraag me af wat dat is.

Ze voelden dat de aarde onder hen begon te trillen. De toeschouwers rekten hun halzen naar voren. Er kwamen zes strijdwagens in zicht, de paarden ervoor met gestrekte benen en gebogen hoofden en de wagenmenners met hun zwepen hoog opgeheven en hun haren en mantels achter hen aan wapperend. De menigte begon te juichen en op en neer te springen, terwijl de deelnemers in vliegende galop om de bocht verdwenen. 'Dat was de eerste ronde,' merkte Boudicca droog op. 'Iain zal wel weer winnen. Weet je, Priscilla, jouw zoon Marcus zou de wedren dit jaar kunnen winnen, als hij alles wat hij geleerd heeft maar zou vergeten en alleen op zijn gevoel afgaat. Hij zit nog steeds te paard alsof hij daar niet één geheel mee vormt.'

'Hij heeft een uitstekende zit,' antwoordde Priscilla stijfjes. 'Hij moet alleen nog wat langer oefenen.' Wat is ze toch zielig, dacht Boudicca. Zoals ze daar plichtmatig in het gras zit, alleen omdat Favonius dat wil. Ik vraag me af of ze ooit erbij stilstaat dat ze geen enkele vriendin heeft in deze wereld, en dat dat haar eigen fout is. 'Heb je trek?' vroeg Boudicca vriendelijk. 'Ben je dorstig? Heb je zin een eindje te wandelen?'

'Eigenlijk niet,' zei Priscilla kortaf. 'Ik eet wel als Favonius terug is. Als je andere verplichtingen hebt, Boudicca, laat je dan niet door mij weerhouden.' Boudicca zuchtte en stond op toen de strijdwagens weer met donderend geraas door de bocht kwamen aanrollen. Er was nu meer afstand tussen de wagens ontstaan en de schorre kreten van de wagenmenners waren onverstaanbaar door de geschreeuwde aansporingen van het publiek. 'Ik ben zo terug,' zei Boudicca. Priscilla keek haar na toen ze met grote stappen wegliep over het veld: een forse, lange vrouw, gekleed in een groene, met franje versierde broek en een blauwe tuniek. Haar rossige haren golfden op de maat van haar mannelijke passen.

Boudicca liep naar de plaats waar de strijdwagens uitrolden en tot stilstand kwamen. Het was er druk, een warreling van mantels, zwepen en paardetuig, en bezwete, met schuim overdekte paarden. Marcus en Brigid renden haar tegemoet en met een steek van jaloezie zag Priscilla dat Marcus naar Boudicca opkeek en hoe ze hem speels en met genegenheid over zijn hoofd aaide, voordat ze neerhurkte om naar haar dochter te luisteren en even met de drie goudblonde vlechten op haar rug speelde. De negen jaar oude Ethelind drentelde naar het groepje toe, haar eigen roodblonde krullen dansten in de wind, en opeens voelde Priscilla zich eenzaam. Ze keek naar haar zoon. De talisman glansde om zijn hals en ze besefte dat hij niet opviel tussen de zonen van de inlandse hoofdmannen. Haar emotie bereikte nog niet de gevarenzone en ze wist zich te beheersen, al werd het gevoel van eenzaamheid, vermengd met heimwee, groter. Ze trok haar knieën op en keek tevergeefs om zich heen of ze ergens de geruststellende glimlach van haar man zag.

Boudicca sprak tegen Marcus en toen hij even later wegrende naar een biervat om een kom in te schenken, sprong Iain van zijn strijdwagen en kwam langzaam en hijgend naar haar toe. Hij grijnsde tevreden.

'Je hebt weer gewonnen!' riep Boudicca uit, maakte de buidel die aan haar gordel bevestigd was los en wierp hem Iain toe. Marcus kwam erbij staan en hield hem de houten kom voor. Iain dronk gulzig en slurpend terwijl de andere deelnemers zich in het gras lieten zakken. De strijdwagens werden weggereden.

'Je zou dit met de andere hoofdmannen moeten delen, anders raken ze nog ontmoedigd en weigeren ze ooit nog aan een wedren mee te doen,' zei Marcus en hij grinnikte.

Iain stopte de buidel in zijn tuniek. 'Wat ik zou moeten doen en wat ik ga doen zijn twee heel verschillende dingen!' riep hij, overmoedig geworden door zijn overwinning. 'Met dit geld kan ik vee en een offer voor Andrasta kopen!'

Onmiddellijk werd het stil. De mensen keken schichtig over hun schouder, maar de Romeinse soldaten die hier in de buurt waren hadden de opmerking niet gehoord en liepen verder in de pijnlijke stilte. Iains gezicht liep rood aan en hij klemde zijn handen om de houten kom. 'Het spijt me, vrouwe, ik vergat mezelf.'

Boudicca keek hem recht in de ogen. 'Integendeel, Iain, je herinnerde je wie je eigenlijk bent, en de mensen ook,' zei ze zacht. 'Het maakt niet uit hoe lang geleden het is, maar je zult het nooit vergeten.'

Hij wendde zijn gezicht af. 'Het is beter te vergeten,' antwoordde hij. 'Mijn tong herinnerde het zich. Dat is alles.'

Nee, Iain, dat is niet alles, dacht Boudicca. Andrasta slaapt ook in jouw hart en op een dag zal je hart dezelfde herinnering hebben als je tong. Ethelind trok aan haar tuniek.

'Moeder, laat Marcus zijn paard aan me lenen voor mijn wedstrijd! Brigid heeft op mijn paard gereden en dat is nu uitgeput. Ik heb geen goed paard en als ik niet win moet ik aan Rittia de verjaardagsgordel met amber geven die ik van vader gekregen heb.'

'Ik heb je al gezegd, Ethelind, dat je mijn paard niet krijgt!' riep Marcus. 'Ik wil dit jaar mijn eigen wedstrijd winnen en ik heb niets te maken met jouw stomme weddenschap!'

'Als je mij je paard niet leent, dan mag je mijn strikken niet meer gebruiken en dan leer ik je ook niet hoe je die zelf moet maken!'

'Dat kan me niet schelen! Lovernius zal me dat wel voordoen!'

474

'Dat doet hij niet! Ik verbied het hem!'

Ze waren Boudicca vergeten en liepen, nog steeds ruziënd, weg, tot Brigid haar voet opeens uitstak, zodat Marcus struikelde en op de grond viel. 'Dat zal je leren een prinses iets te weigeren,' zei ze met haar hoge stem. Ethelind barstte in lachen uit en Marcus, bleek van woede, greep Brigids vlechten in zijn handen en trok er venijnig aan. Toen renden ze alle drie schreeuwend weg over het gras. Boudicca voelde dat iemand zijn hand op haar arm legde. Ze keek om en zag Lovernius naast haar staan. Zijn harp hing over zijn schouder.

'Glimlach tegen mij, vrouwe,' zei hij. 'Glimlach eerst en lach dan, zodat de mensen die ons zien denken dat wij grapjes maken.'

Haar mond gehoorzaamde hem, maar haar ogen keken opeens waakzaam in de zijne. 'Wat is er?'

'Groot nieuws. Het Twintigste Legioen is vernietigend verslagen en de garnizoenen langs de grens staan in brand. Venutius en zijn opstandelingen zijn uit de bergen te voorschijn gekomen.'

Ze knipperde met haar ogen en haar gezicht tintelde. De glimlach werd langzaam breder toen de betekenis van deze woorden tot haar doordrong. 'Zeg dat nog eens, Lovernius,' gebood ze. 'Ik wil er zeker van zijn dat ik je goed verstaan heb.'

Hij haalde de harp van zijn schouder en plukte bedachtzaam aan de snaren. Zijn ogen bleven op zijn vingers gericht. 'Het Twintigste heeft een vernietigende nederlaag geleden na de aanval van de Ordovices en de Deceangli, en terwijl de soldaten sneuvelden vielen de Siluriërs en de Demetae de garnizoenen aan. Ik heb de spion weer weggestuurd, maar over zijn veiligheid maak ik mij vandaag niet druk.' Hij plukte weer aan een snaar van zijn harp. Boudicca kon hem wel omhelzen. Ze wilde haar armen uitstrekken naar de blauwe hemel en ze kon het wel uitschreeuwen. Ze gooide haar hoofd in de nek en lachte en hij lachte ook. De harpmuziek was als een echo van het crescendo van hun vreugde en steeds meer hoofden werden in hun richting gedraaid. 'Wie heeft dit zo bedacht?' vroeg ze, weer tot bedaren gekomen, maar de glimlach verdween niet van haar gezicht.

Priscilla zat juist buiten gehoorsafstand en keek nieuwsgierig in haar richting. Ze had nog nooit gezien dat deze stugge, zich mannelijk gedragende koningin van Icenia zo uitbundig in een meisjesachtige, onbeheerste lachbui kon uitbarsten, en ze vroeg zich af of zij soms de reden van deze vrolijkheid was.

'De spion vertelde mij dat het plan door Venutius bedacht is,' vervolgde Lovernius.

'Werkelijk? Dan is hij dus nog steeds bij Emrys en Madoc. Ik dacht niet dat hij het zo lang zou uithouden, ondanks alle verraad dat Aricia gepleegd heeft.'

Ze deed een stap dichter naar Lovernius toe. 'Kan dit het begin van het einde voor Rome betekenen, Lovernius? Hebben de stammen ermee ingestemd dat Venutius voortaan hun leider is?'

'Ik weet het niet, vrouwe, maar ik betwijfel het. Ik denk dat zijn strategie zo prachtig uitgedacht was dat de stammen er zelf door verrast werden en dat ze daarom hebben toegestemd hem te gehoorzamen, maar alleen voor een korte periode.'

Boudicca sloeg met beide handen tegen haar wangen. 'Ik kan niet meer nadenken! Ik ben zo gelukkig, zo blij, Lovernius. Wat nu?'

'Praat met Prasutagas.' Lovernius zei de laatste woorden op gedempte toon, maakte toen een buiging en liep fluitend weg. Boudicca keerde zich om en zag Favonius en haar eigen man naar Priscilla toe lopen. Ze rende zo snel mogelijk naar het groepje. Prasutagas zag haar verhitte gezicht en hij moest inwendig glimlachen, niet zonder een spoor van verbazing. Dus ze wist het. Favonius had hem het nieuws verteld toen ze tegen de omheining leunden waar de veulens stonden, maar nu straalden de ogen van Boudicca al omdat ze hetzelfde wist wat hem eerder een steek van angst had bezorgd. Hij wist dat zij onderdak verschafte aan spionnen die berichten over het dagelijks doen en laten van de Iceniërs naar het westen overbrachten, maar het verontrustte hem dat de hoofdmannen in het westen haar zo hoog achtten dat ze zelf ook spionnen naar haar stuurden. Toen hij naar Favonius keek voelde hij zich schuldig. Hij had zichzelf er nooit toe kunnen brengen de Romein te vertellen dat het in dit stamgebied wemelde van de spionnen, en tot nu toe was dat ook niet erg geweest. Hier maakten de hoofdmannen en de vrije mannen zich niet druk over wat de opstandelingen in het westen deden, maar nu was de grens geschonden. In de Romeinse provincie was geen gouverneur en de zomer moest nog beginnen. Het strijdseizoen kon lang en heet worden, nu niet duidelijk was wat er nog zou kunnen gebeuren. Hij keek naar haar en zij naar hem, en op dat ogenblik was hij blij dat ze aan hem gebonden was door een eed van trouw. Gebonden door die eed en ook door haar liefde voor hem. Als dat niet het geval was, dan zou Boudicca nu al bezig zijn geweest de hoofdmannen aan te sporen tot actie en verzet. Ze glimlachte besmuikt naar hem en hij keek fronsend terug, maar ze was niet roekeloos en zei niets.

Die avond keerden Favonius en Priscilla terug naar het garnizoen, met de troostende gedachte dat alleen Prasutagas wist welke chaos zich over Albion uitbreidde. Het was een mooie dag geweest. Marcus had zijn wedren niet gewonnen, maar hij was toch een goede tweede geweest. Ethelind had ook niet gewonnen, en daarom treurde ze over het verlies van haar gordel. Toen de schemering viel en de Romeinse bezoekers verdwenen waren, begonnen de bewoners aan een drinkgelag met veel gezang rond het vuur, en het veld, waarop de sporen van de strijdwagens en de afdrukken van snelle paardehoeven nog zichtbaar waren, lag nu warm en geurig onder de blote voeten van het slempende volk. Marcus, Ethelind en Brigid zwierven een poosje door het feestgewoel, maar toen slopen ze weg naar het onderhout, om in de duisternis verstoppertje te spelen en elkaar verhalen te vertellen. Prasutugas was moe geworden en hij keerde samen met Boudicca naar huis terug.

'Favonius heeft zich vandaag niet erg vermaakt,' merkte ze op toen hij zich in de gevlochten stoel liet zakken en met een zucht zijn lange benen voor zich uitstrekte. 'En Priscilla was erg somber. Ik vraag me af waarom.'

Hij antwoordde haar schelmse grijns met een korte beweging van zijn blonde hoofd en glimlachte toen wat onwillig terug. 'Goed dan, Boudicca, Favonius had bepaalde problemen aan zijn hoofd en ik wed dat Priscilla woorden met hem heeft gehad omdat hij haar aan jouw koesterende zorgen heeft toevertrouwd. Ze is doodsbang voor je.'

'Dat arme, dwaze mens! Ik ben ook bang voor haar, bang dat ze in scherven valt, als ik op zekere dag eens tegen haar aan bots. Denk jij dat Favonius gelukkig met haar is? Of zouden we hem een gezonde, stevige bijvrouw moeten aanbieden?'

Prasutugas begon te lachen. 'Romeinen hebben maar één vrouw tegelijk', zei hij, 'en bovendien, ik denk dat die twee elkaar heel goed begrijpen, al schijnen ze voor de buitenwacht een even slecht paar te vormen als wij.'

Ze keek geschrokken. 'Vormen wij een slecht paar, Prasutugas?'

'Natuurlijk. Jouw vader en de druïden dachten er net zo over. De hele stam denkt zo. Alleen jij en ik beseffen nog niet dat wij niet voor elkaar geboren zijn.'

Ze kwam naar hem toe en knielde bij zijn voeten. 'Hoe kun je toch zo goed voor mij zijn, terwijl je weet wat ik tegen je ga zeggen?' fluisterde ze. 'Tien jaar lang heb ik tegen je gestreden. Je lijkt wel een schild dat ooit glansde maar nu dof en gespleten is door het zwaard van mijn tong. En toch blijf je staan en vangt mijn slagen op.'

Hij verroerde zich niet, maar bleef rustig achterover in de stoel liggen. Zijn ogen waren naar de zoldering gericht en hij had zijn benen losjes bij de enkels gekruist. Een vage glimlach zweefde om zijn lippen. 'Ik blijf staan en weersta het zwaard van je tong,' antwoordde hij. 'Ik laat mij niet vertrappen onder het gewicht van je voeten. Zeg wat je wilt zeggen, Boudicca. Wij weten allebei waarom Favonius zich zorgen maakt.'

Ze stond op en liep naar het venster. Ze bleef staan en staarde naar de plek waar het vuur hoog oplaaide naar de hemel.

Hij rolde zijn hoofd zo dat hij naar haar kon kijken; de rode weerschijn van de vlammengloed was op haar hals zichtbaar en deed haar ogen glanzen, een bloedrode kleur. De vrolijke geluiden van het feestgewoel buiten drongen tot hem door en even miste hij de scherpe geur van de vreugdevuren die vroeger ter ere van Beltine werden ontstoken.

'Ze kunnen nooit winnen, liefste,' zei hij. Hij ging rechtop zitten en trok zijn benen onder de stoel. 'Ze hebben een legioen verslagen, maar er staan nog drie andere gereed om hen te belagen en Venutius kan die legermacht niet bij verrassing aanvallen met een slimme zet, zoals hij klaarblijkelijk gedaan heeft met het Twintigste. De grens is verbroken. Wat betekent dat? Jij weet dat even goed als ik. Er is daar een keten van garnizoenen, maar het laagland is overdekt met garnizoenen. Ze kunnen hoogstens denken dat ze vorderingen maken als ze ongehinderd enige tijd door het land trekken. Maar er zal een nieuwe gouverneur komen en de legioenen mobiliseren, dan dan is het afgelopen.'

Ze keerde zich met een ruk van het venster af, alsof zijn woorden een sein waren. 'Zo hoeft het niet te gaan! Heb je ooit zoveel dapperheid gezien, Prasutugas, zoveel vasthoudendheid en moed, zo'n hardnekkige zucht naar vrijheid en zoveel bereidheid te lijden? Telkens wanneer ik aan hen denk wordt mijn hart doorboord van schaamte. Ze vergeven ons dat wij zo laf zijn! Ze smeken ons om hulp!' Ze kwam nu snel naar hem toe en boog zich over hem heen. Haar armen hield ze nog steeds stijf over haar blauwe tuniek gevouwen. 'Ze zijn zo eenzaam, Prasutugas. Ja, ja, je hebt gelijk, ik weet ook wel dat ze teruggedreven worden. Maar dat zal niet gebeuren als wíj nu iets doen. Dit is het juiste tijdstip. Nooit zal het geluk de zaak van de vrijheid gunstiger gezind zijn. Een legioen verslagen, er is geen gouverneur, en de bevelhebbers zijn besluiteloos wat ze nu moeten doen. Denk toch na!' Ze spreidde haar armen wijd uit. 'Wij zouden het garnizoen hier in brand kunnen steken en dan snel wegtrekken uit Icenia. Wie zou dat van ons verwachten? We kunnen al in Camulodunon zijn nog voordat het nieuws over onze daden de stad bereikt heeft...'

'Nee.' Het woord klonk even scherp als beslist. Niet langer was er een glimlach om Prasutugas' mond. Zijn lippen vormden nu een vastberaden streep en hij keek haar koel onderzoekend aan.

'Jawel! Jawel! Deze keer hebben we een goede kans op succes. Wij hebben de mensen, de wapens, wij...'

Hij was gaan staan en een oogwenk later voelde ze dat haar pols in een ijzeren greep werd gehouden. 'Boudicca, wat heb je gedaan?' fluisterde hij hees en snel. 'Wat voor wapens? Wij hebben helemaal geen wapens. Althans', vervolgde hij, zijn greep versterkend tot ze kreunde, '*ik* heb geen wapens. Waar zijn die, Boudicca? Waar heb je wapens verborgen?'

'Dat kan ik je niet zeggen!' riep ze, krimpend van pijn. 'Als ik dat wel doe, dan ga jij meteen naar Favonius!'

'Je kent me wel beter!'

'Nee, dat doe ik niet! Ik kan het niet zeggen! Ze keken elkaar geruime tijd strak aan. Boudicca, vastgehouden in de greep van zijn sterke hand, stond op het punt in tranen uit te barsten. Zijn blauwe ogen leken vuur te schieten.

Hij liet haar plotseling los. 'Ik ben misschien wel te toegevend voor je geweest, meer dan ik zou behoren te zijn,' zei hij, terwijl Boudicca over haar pijnlijke pols wreef. 'Ik heb je alles gegeven wat de vrouw van een ricon maar kan wensen en meer. Ik heb geduld gehad met je aanvallen van woede, ik heb je geheimen niet aan Favonius verraden, ik heb je beledigingen waar anderen bij waren verdragen, omdat er liefde tussen ons bestaat. En ik dacht dat er ook vertrouwen was, Boudicca. Het schijnt dat ik me vergist heb. Wapens verbergen is een ernstige vorm van verraad, waar de doodstraf op staat, dat weet jij ook. Zoveel dwaasheid kan de hele stam in gevaar brengen. Jij dwingt mij ertoe nu tegen je te zeggen dat, als jij ook maar iets doet om de hoofdmannen tot oproer aan te zetten, als je plannen smeedt die het werk van Favonius en mij hier in Icenia in gevaar brengen, dat ik je dan uit mijn bed en uit mijn leven verjaag!'

Ze staarde hem vol ontzetting aan, haar ogen wijd opengesperd. 'Prasutugas! Zou je me dat werkelijk aandoen?'

Hij knikte. 'Ja, dat zou ik. Ik heb gedaan wat ik kan, Boudicca, ik heb genoeg geduld gehad.'

'Ja,' zei ze verbitterd, 'je hebt inderdaad gedaan wat je kon. Voor jou ben ik niet meer dan een slechtgehumeurd, opstandig kind. En toch heb je mij niet alles gegeven, Prasutugas. Ik heb mijn vrijheid nog niet terug.'

Zijn gezicht verstrakte. 'Je bent vrij om mij te verlaten, wanneer je dat maar verkiest.'

'Dat is niet het soort vrijheid waar ik op doel!' De geschreeuwde woorden troffen hem tot in zijn ziel, maar hij vertrok geen spier. Ze sloeg haar armen weer over elkaar, een gebaar vol schrik en diepe angst, en ze boog haar hoofd voor hem. Haar prachtige haren vielen voor haar gezicht en verborgen het. 'Ik voel mijn ketens, Prasutugas; elke dag snijden ze in mijn ziel als gloeiend metaal. Je kunt niet weten hoezeer ik lijd, je begrijpt niet dat de woorden die ik tegen je spreek zacht en smekend zijn in vergelijking met de woorden die mijn ziel uitschreeuwt. Misschien ben ik wel krankzinnig, maar als ik dat ben, dan is iedereen in het westen dat. Ik haat jouw verstandige redeneringen!'

'En haat je mij ook?' Prasutugas sprak rustig, maar hij was geschokt dat er zo plotseling een diepe kloof tussen hen was ontstaan en dat die kloof snel wijder werd. Hij wilde eroverheen springen, hij wilde haar in zijn armen nemen en haar tegen zich aan drukken, totdat ze weer één geheel vormden, maar de zwarte afgrond deed hem terugdeinzen.

'Ik weet het niet,' snikte ze. 'Ach, help me toch, Prasutugas, ik weet het niet! Ik weet alleen dat ik alles zo goed mogelijk verdragen heb, maar dat ik aan niets anders kan denken dan aan die arme, met bloed besmeurde mensen die stervend het gewicht van de vrijheid op hun rug dragen voor ons allemaal!' Ze hief haar hoofd op en hij zag haar gezicht, verwrongen door de tranen. 'Hoe lang geleden huilde jij voor het laatst, Prasutagus? Hoe lang geleden?' Hij stak zijn hand uit, maar kon geen antwoord geven en na een ogenblik rechtte ze haar rug en struikelde onzeker naar de deur, terwijl haar handen voor zich uit tastten. Prasutagus bleef roerloos staan, niet in staat zich te bewegen. Hij stond daar in de schemering, omgeven door flakkerende oranje schaduwen; zijn hart bonsde heftig en langzaam drupten tranen langs zijn wangen omlaag.

Ze wachtte een ogenblik in de schaduw van de deuropening, leunde tegen de deurstijl en veegde haar gezicht droog met de zoom van haar tuniek. Ze kon niet meer nadenken. Tien jaar lang hadden ze diepe meningsverschillen gehad over loyaliteit en iedereen in het hele stamgebied wist ervan, terwijl iedereen ook verbaasd was over het feit dat deze twee mensen, ondanks hun onenigheid, voor de buitenwacht toch zo eensgezind leken. Zij schreeuwde. Hij geeuwde. Zij dreigde en hij glimlachte, zonder iets te veranderen aan het beleid waarvoor hij als ricon had gekozen. Hun ruzies waren verstard in vaste bewoordingen, een onzichtbare, statige dans van woorden, en elk van beiden volgden ze dit patroon, omdat ze wisten dat afwijken van dit patroon kwetsend zou zijn. Maar deze keer zei hij nieuwe dingen, dacht ze, en de hete tranen begonnen weer te stromen. Deze keer overtrad hij de regels, hij speelde geen eerlijk spel en wat na zoveel ruzies tot een spel was geworden, bleek uiteindelijk een spel op leven en dood te zijn. Wat had hij gezegd? De schok verdrong de woorden uit haar geest. Ze herinnerde zich alleen zijn gezicht, hard, vreemd en met een vastbeslotenheid, zoals ze die nooit van hem verwacht had. De deur naar de aangrenzende kamer zwaaide open en Hulda liep naar buiten.

'Waar zijn jullie geweest?' riep ze boos. 'Dit is toch geen nacht om alleen rond te zwerven. Jullie vader zou kwaad worden als hij dat wist! Kom naar binnen!' Even meende Boudicca dat de dienares tegen haar sprak, maar toen zag ze Ethelind en Brigid langzaam naar het huis lopen. Boudicca dook weg in de schaduwen en de meisjes liepen voorbij zonder haar op te merken.

'Ik had hem uit de boom geduwd,' zei Ethelind dapper. 'Iedereen weet toch dat vader de Romeinen zou wegsturen als hij hen hier niet wilde hebben? Maar ik heb medelijden met hem omdat iemand als Priscilla zijn moeder is. Ze kan niet eens paardrijden.' De meisjes verdwenen in hun kamer, onverschillig voor Hulda's berispende woorden. De deur ging dicht en het licht van de lamp was niet meer te zien.

Boudicca bleef nog even in de duisternis staan. Het grote vuur doofde langzaam uit, de vlammen wierpen nog slechts een zachte gloed. Van steeds minder vrije mannen en hoofdmannen waren de bewegende silhouetten te zien. De nacht was gevallen, zacht en windstil, maar de maan was nog niet opgekomen, en ook de sterren waren nog niet helemaal zichtbaar. Er klonk geen geluid achter haar, waar Prasutugas op het bed lag, verstijfd en wakker, en ze peinsde er niet over naar hem terug te gaan en met hem te praten. Er viel nu toch niets meer te zeggen. De nachtlucht had nog iets kils van de winterse kou en ze huiverde, maar haar mantel lag nog achter de dichte deur en ze wilde beslist niet terug gaan om die te halen. Ze daalde de treden voor het huis af en liep door haar stad, langs de hutten waarin overal gelachen en gepraat werd. Ze voelde zich een wezen dat hier niet thuishoorde, alsof ze afkomstig was van een verre ster – onmenselijk, ongewenst, niet iemand van de aarde, maar een wezen van de nacht en de wind. Ik wist het niet, dacht ze, terwijl ze op haar blote voeten over de grauwe paden liep. Ik wist niet dat meer dan de helft van mij Prasutugas is en dat ik zonder hem een hulpeloze schim in de koude nacht ben. Welke goede zaak kan ooit zoveel vreselijke zelfvernietiging waard zijn? Als er een keus is tussen mijn man en de vrijheid – als het zo ver moet komen – is het ene dan meer waard dan het andere? Is het al zo ver gekomen? Ze bleef staan voor de deurhuiden van haar bard en tikte zachtjes tegen de deurpost. 'Lovernius, ben je daar?' riep ze en de huiden werden met een ruk opzijgetrokken. Hij groette haar en noodde haar naar binnen. Zijn hut was kaal en schaars ingericht; hier waren geen wandkleden of snuisterijen. Alleen een bed, een tafel voor de olielamp en zijn harp. Toch was zijn huis warm en gastvrij, alsof de wanden iets van de muziek die hij hier maakte in zich opgezogen hadden. Hij ging met haar de kamer in en met zijn snelle ogen zag hij al spoedig dat ze gehuild had.

'Bent u gekomen om te dobbelen, vrouwe?' vroeg hij. Ze ging op zijn bed zitten en sloeg haar armen weer over elkaar, alsof ze daar steun bij vond. Ze voelde zich kwetsbaar en leeg.

'Ik dobbel niet meer met jou, Lovernius. Je speelt vals, of je bent te sterk als tegenstander, één van tweeën,' zei ze in een poging luchtig te doen. Haar armen klemden zich nog vaster om elkaar. 'Ik heb met Prasutugas gesproken. Hij heeft het nieuws van Favonius gehoord. Zoals gewoonlijk zal hij niets doen.'

'Het is anders niet zijn gewoonte u aan het huilen te maken, vrouwe,' antwoordde Lovernius openhartig.

Haar tranen begonnen weer te stromen omdat hij zo weinig omzichtig over haar ontreddering sprak. 'Hij is bang dat ik hier in Icenia een opstand wil beginnen,' zei ze met gebroken stem. 'Hij zal mij verstoten als ik dat inderdaad doe. Dat heeft hij gezegd. Hij heeft me nooit eerder zo bedreigd, Lovernius. Hij zegt het niet met zoveel woorden, maar hij bedoelt dat hij aan de kant van Rome gaat staan als hij werkelijk moet kiezen.'

Lovernius hurkte voor haar neer en keek haar aan. 'Dat denk ik niet. Hij smeekt u alleen hem niet te dwingen die keus te maken. Hij moet aan het belang van heel Icenia denken, Boudicca. Niet alleen aan de belangen van zijn gezin. En in zijn ogen is Rome goed voor Icenia. U mag hem nooit tot een keuze dwingen, want dan zal hij inderdaad voor Rome kiezen, en later sterven aan een gebroken hart. Als u voor de keus stond: uw man of vrijheid in Albion, wat zou u dan kiezen?'

'Ik weet het niet!'

'En hij weet het evenmin. Jullie moeten elkaar vertrouwen, want als er geen vertrouwen meer is, dan is jullie huwelijk ook verloren.'

Vertrouwen. Ze deed haar armen van elkaar. Ja, dat was de kern van de zaak. Niet Rome of de vrijheid, niet liefde of haat, maar vertrouwen. Hij vertrouwde haar niet langer. Ze had hem moeten vertellen over de wapens, ze had hem moeten verzekeren dat het weinig te beduiden had. Maar ze had het hem niet verteld, want het betekende juist erg veel. Het betekende alles en ze kon niet tegen hem liegen. Soms is leven erger dan sterven, dacht ze bitter. Sterven is eenvoudig. Leven is moeilijk. Ze stond met een ruk op. 'Lovernius,' zei ze, 'ik wil vannacht op jacht.'

Hij knikte. 'Zoals u wilt. Ik weet alleen niet welk wild we kunnen verschalken, vrouwe. De wolven zijn weggetrokken, nu de lente gekomen is, maar we moeten wel ergens een everzwijn kunnen vinden, ook al is het donker.'

'Ik wil geen wolf,' vervolgde ze zacht, 'en ook geen ever. Ik wil op de Annis jagen.'

Hij voelde het bloed uit zijn gezicht wegtrekken. 'Wat?'

Ze keerde zich snel naar hem toe en in haar ogen zag hij zoveel smart en zo'n vurige gloed dat hij even bang werd. Toen begreep hij het. Net als lang geleden bij haar vader konden haar wonden alleen genezen door de balsem van wilde actie. Ze was een vrouw van daden, niet van bespiegelingen. Ik heb pijn, las hij in haar ogen, ik heb nog nooit zoveel pijn gehad, en ik moet terugslaan voordat ik sterf van pijn.

Toch probeerde hij haar op andere gedachten te brengen. 'Een Annis is niet losgelaten sinds uw vader leefde,' wierp hij tegen. 'Als wij betrapt worden zal Favonius ons onmiddellijk ter dood laten brengen. En bovendien is er geen tijd voor de ceremonie waarin de keuze bepaald wordt.'

'Er zal geen keuze gemaakt worden.'

'Dit is niet het juiste jaargetij,' protesteerde hij wanhopig. 'De winter is voorbij en de lente is al een eind gevorderd.'

'Ik wil de winter niet doden,' antwoordde ze fel. 'Wij zullen Rome doden. Rome is onze eeuwige winter. Rome is onze Annis. Er valt niets te kiezen, Lovernius. Bezorg mij een Romein, en laat de honden los.'

'Vrouwe,' smeekte hij, 'denk toch na! Het is iets vreselijks om op de Annis te jagen. Daardoor zullen de demonen weer ontwaken.'

'Ja, het is inderdaad vreselijk,' beaamde ze, 'maar het zijn ook vreselijke tijden, Lovernius. Ik zal de krachten van het woud tegen Rome richten.'

'Als ze zich in plaats daarvan maar niet tegen ons keren. Ik ben bang, vrouwe.'

'Dan zal ik alleen op jacht gaan. Mij kan het niet schelen. Zijn er de afgelopen tijd nog vossen in de strikken gevangen?'

'Ethelind heeft er gisteren een meegebracht,' gaf hij met tegenzin toe. 'Ze heeft de staart afgesneden voor Marcus, maar het karkas hangt buiten aan de dakrand van de Vergaderhut.'

'Zijn er hoofdmannen die met ons mee op jacht willen?'

'Er zijn hoofdmannen die voor de zaak van de vrijheid zijn, vrouwe, maar geen van hen durf ik te benaderen met de vraag of hij op een Annis wil jagen.'

'Dan gaan wij samen.' Ze huilde nog steeds, maar Lovernius merkte dat ze zich niet bewust was van de tranen die haar blauwe tuniek bij de hals al doorweekt hadden. 'Er wordt altijd een soldaat naar de rivier gestuurd om 's morgens water te halen. We zullen hem gebruiken.'

'Hij zal gemist worden.'

'Natuurlijk zal hij gemist worden!' riep Boudicca uit. 'Maar als hij later gevonden wordt zal Favonius denken dat de wolven hem aanvielen.'

'In het voorjaar?'

'Welke andere uitleg zal er mogelijk zijn? Een Romeinse Annis, Lovernius. Dat is rechtvaardig. Het is goed. Ga nu de honden halen. Ik zal de vos meebrengen en dan ontmoeten we elkaar bij de rivier, bij de plaats waar het water dicht langs het garnizoen stroomt.'

Ze verlieten de hut en gingen uiteen. Lovernius sloop ongezien naar de hondehokken en Boudicca liep naar de Vergaderhut, waar het nu stil en verlaten was, afgezien van enkele hoofdmannen die te dronken waren geworden om nog naar hun eigen huis en haard terug te keren en op de warme schapevachten in slaap waren gevallen. De nachtelijke hemel vol sterren strekte zich uit boven de stad, en er was nu een vlagerige wind opgestoken. Er drong niet langer licht onder de deurhuiden van de hutten door naar buiten, en evenmin was het geluid van menselijke stemmen te horen. De hutten rezen donker en massief op, als graftempels, en het licht van de opgekomen maan vormde lange schaduwen waar Boudicca doorheen liep. De vos was gemakkelijk te vinden.

Boudicca's tastende vingers streken over de koude, zachte vacht en met haar mes sneed ze het touw door waarmee de dode vos aan de dakrand was opgehangen. Ze legde het dier over haar schouder en begon te lopen in de richting van de lage stenen muur die de stad omringde, en verder over de zilverbeschenen velden daar voorbij.

Lovernius stond haar op te wachten, met zes aangelijnde en gemuilkorfde honden, en zodra Boudicca naderbijkwam en de honden lucht kregen van de vos op haar schouder begonnen ze te janken. Ze liet de vos met een plof op de grond vallen en Lovernius had moeite de honden in bedwang te houden.

'Jij moet hier wachten,' fluisterde ze. 'Er staan vannacht vier mannen op wacht, in plaats van twee – ik denk vanwege de staat van paraatheid – cn als ze de honden horen zullen ze op onderzoek uitgaan. Ik zal de waterdrager opwachten.'

'Dat hoeft niet,' fluisterde hij terug. 'Ik liep bijna tegen een wachtpost op in het bos ten westen van de stad. Favonius neemt zijn opdrachten kennelijk heel serieus en hij heeft onder de bomen mannen op wacht gezet, maar ze staan daar alleen, niet met twee tegelijk. Hij is niet zo slim, onze bevelhebber. Grijp een van hen, Boudicca, dan zal ik verder het bos in gaan, naar het noorden, weg van de rivier.' Ze dacht even na en knikte toen. Lovernius raapte de vos op, schopte naar de honden en was verdwenen.

Zwijgend baande Boudicca zich een weg door het bos tot het garnizoen opdoemde bij de rivier. Ze had drie soldaten geteld die dicht bij de rand van het bos stonden, met hun rug naar de bescherming van het garnizoen gekeerd. Hun gezicht keek in de richting van de donkere bomen. Ze konden elkaar niet zien en Boudicca vermoedde dat ze ook buiten gehoorsafstand van elkaar waren, maar ze besloot geen risico te nemen. Ze koos de vierde man uit, nadat ze hem enige tijd behoedzaam geobserveerd had. De man was zenuwachtig en verplaatste zijn gewicht telkens van zijn ene gesandaalde voet op de andere. Hij keek naar het garnizoen, tuurde naar links en naar rechts en zijn hand bleef steeds op het gevest van zijn korte zwaard rusten. Ze kroop dichterbij en was onzichtbaar in de duisternis. Met een omtrekkende beweging kwam ze achter zijn rug, en toen met enkele snelle stappen was ze naast hem. Ze sloeg haar hand voor zijn mond en siste in zijn oor: 'Schrik niet, soldaat. Ik ben het maar, Boudicca! Niet schreeuwen!'

Zijn vingers klauwden naar haar arm en hij rolde zijn ogen in haar richting. Voordat hij haar hand voor zijn mond kon wegtrekken fluisterde ze weer tegen hem. 'De mannen uit het westen komen eraan. Mijn bard en ik hebben een van hun verkenners gegrepen, maar we durven hem niet alleen naar het garnizoen te brengen. Kom alsjeblieft mee. Waarschuw je maats niet. Ze moeten op hun post blijven, voor het geval er nog meer verspieders naar Icenia zijn gekomen.'

De man keek verwilderd en ze kon zien dat hij twijfelde. Ze nam het risico, liet hem los en trok aan de korte mouw van zijn tuniek. 'Volg me,' zei ze met gedempte stem en ze deed een paar passen van hem vandaan. 'Schiet op!' Ze keek niet om, maar even later hoorde ze dat de man zwaar ademhalend achter haar aan liep. Glimlachend versnelde ze haar passen tot hij begon te hijgen.

Annis, roffelden haar voeten, blinde Annis, zwarte Annis, zelfs als je nu wilt omkeren kan dat niet meer. De betoveringen weven hun web al om je heen, Andrasta heeft haar blik al op jou laten vallen. Ze ging twee mijlen voor in noordelijke richting en boog toen af naar het westen. Ze vertraagde haar passen, zodat hij haar kon inhalen.

'Wat moet u zo ver van de stad?' vroeg de soldaat, terwijl hij hijgend naast haar voortsjokte.

Ze keek hem aan en grinnikte. 'Jagen,' was alles wat ze zei, maar toch was er iets in de klank van dat woord dat hem over zijn schouder deed kijken. Hij wist niet zeker waar hij nu was. Elke schimmige boom leek op de volgende, een eindeloze rij door de nacht zwartgeverfde stammen, en opeens kwamen alle gruwelverhalen over de bloeddorstige godin van Icenia hem weer voor de geest. Hij had eerst gelachen om deze primitieve godheid die zich kon veranderen in een raaf en met fladderende vleugels door de bossen vloog. Van zijn garnizoenscommandant had hij geleerd minachting voor haar te koesteren, en een afkeer te hebben van de druïden die haar vereerden, maar nu, diep in de uitgestrekte eikenbossen die zelfs overdag nog iets van de duistere nacht leken te behouden, kwam zij in zijn geest weer tot leven. De Icenische vrouw vóór hem scheen geen angst te voelen. Ze rende bijna, met de merkwaardige passen van de inlanders, en ze scheen niet vermoeid te raken. Haar ogen waren recht naar voren gericht en haar verwarde haren vielen tot op haar schouders. Haar benen bewogen met een vreemd ritme. Ze keek anders dan gewoonlijk. Er was iets vreemds aan haar gezicht. Haar oogleden waren gezwollen, alsof ze gehuild had, en terwijl ze verder snelde bewogen haar lippen voortdurend. Ze waren nu verder weg dan hij ooit gedacht had dat ze zouden gaan, en niets wees erop dat ze spoedig zou stilstaan. Hij wilde rusten en haar arm grijpen om haar tot stoppen te dwingen en een nieuwe uitleg te vragen, maar die aandrang scheen weg te zakken nog voordat hij iets kon doen. Het onwezenlijke gevoel werd steeds sterker. Ze renden verder. Toen vertraagde ze plotseling haar passen. Ze hief haar hoofd op en de man had durven zweren dat haar neusvleugels bewogen, zoals een dier dat een spoor ruikt. Ze liep weer verder. Minuten later hoorde hij een snuivend geluid. Ze draafde vooruit en voordat hij begreep wat er nu gebeurde schreeuwde Boudicca: 'Lovernius, grijp hem! Ik ben moe.' Een ogenblik later lag de Romein met zijn gezicht op de grond gedrukt en hij voelde hoe zijn armen met een ruk naar zijn schouderbladen werden getrokken. Verbijsterd probeerde hij naar adem te happen; twijgen en afgevallen bladeren prikten in zijn wang. Zijn helm werd afgerukt en hij hoorde die met een plof in de struiken vallen. Even later werden zijn gordel met het zwaard en zijn mes afgenomen. Toen begonnen handen zijn sandalen los te maken en hij worstelde om zich om te keren en overeind te komen, maar hij werd nog steeds stevig door zijn ongeziene belager vastgehouden. De handen lieten hem los, maar alleen om zijn borstbescherming af te doen. 'Wat doet u?' vroeg hij verbijsterd en Boudicca wierp het borstharnas ook in de struiken.

'Keer hem om en laat hem zitten, Lovernius,' zei ze, en ze bukte zich om zijn leren wambuis los te maken.

'Vrouwe, bent u krankzinnig geworden?' schreeuwde de soldaat en de andere handen trokken hem omhoog, zodat hij recht overeind op de grond zat. Boudicca pakte haar mes en sneed de linnen tuniek los. Hetzelfde deed ze met zijn schort van metalen stroken. Toen zag hij de honden, vastgebonden aan een boom; kwijl droop van de grote muilen, maar zelfs nu begreep hij het nog niet, hoewel zijn hart ineenkromp. Boudicca reikte naar zijn ondergoed en al schreeuwde hij schel en probeerde hij zich los te wringen, de greep van de man achter hem verslapte geen ogenblik en trok hem ten slotte verder overeind. De Romeinse soldaat merkte dat hij naakt was. De kille ogen van Boudicca waren onaangedaan op hem gericht. Ze liep weg en toen ze even later terugkeerde hield ze een dode vos onder haar arm. Een huivering trok door de toekijkende honden. Ze legde het karkas neer en met een snelle beweging van haar mes sneed ze de vos open. De glibberige ingewanden puilden naar buiten en op het gras. Haar slijmerige hand kwam omhoog, het mes glansde even en toen stond ze daar met de blaas van de vos in haar handpalm. De soldaat rook een scherpe geur toen ze naar hem toe kwam, een stank van bloed en verrotting. De honden begonnen te janken, en raakten steeds opgewondener, en Boudicca hield de stinkende blaas voor hun snuit.

'Annis,' fluisterde ze troostend tegen hem. 'Je hebt jezelf niet laten uitkiezen, en dat spijt me. Je bent ook geen misdadiger, en dat spijt mij ook. Maar ik moet op jou al het kwaad plaatsen dat je landgenoten Albion hebben aangedaan, Romein, en daarom leg ik de schuld van mijn lijden en de beschamende houding van mijn man op jouw schouders. Begrijp je dat?' Ze sprak langzaam en rustig, alsof ze een kind iets verduidelijkte. Onderzoekend keek hij naar haar gezicht, naar het glibberige orgaan in haar hand, naar de honden die heftig aan hun lijnen rukten en hij voelde hoe een ijzige paniek zich om zijn hart klampte. Annis. Een roedel honden en een vosseblaas. De jagers en Annis. Het slachtoffer. De opgejaagde. Nu begreep hij het. Nu kwamen andere herinneringen bij hem boven, andere verhalen over zaken die zo duister en zo vol dreiging waren dat zijn kameraden zelfs meenden dat alleen erover spreken al ongeluk bracht. Hij begon te krijsen, met wijd open gesperde ogen; zijn bleke ledematen bewogen krampachtig en in zijn hoofd was alleen nog doodsangst. Hij merkte niet dat zijn armen kraakten toen Lovernius probeerde hem tegen te houden. Boudicca wachtte terwijl de twee mannen worstelden, en ze bekeek het tafereel merkwaardig kalm. Voor haar geestesoog zag ze telkens het gezicht van Prasutagas opdoemen en weer vervagen. Toen werd de Romein op de grond gedwongen; Lovernius plantte zijn knie op de borst van de naakte soldaat en het tegenstribbelen nam langzaam af. 'Wat heb ik u ooit misdaan, vrouwe? Wat?' fluisterde de soldaat, en zijn jammerende stem beefde. Maar ze keek alleen afwezig op hem neer.

'Die vraag kan ik ook stellen,' zei ze, en ze zag in gedachten wel duizend dode lippen dezelfde vraag stellen, lippen die verwrongen waren van pijn, lippen die lang geleden tot zwijgen waren gebracht door Romeinse speren. 'Wat hebben wij Rome ooit aangedaan, dat jullie ons hier komen vernietigen?' Prasutugas sprak weer tegen haar. Ik zal je uit mijn bed en uit mijn leven verstoten, had hij gezegd. Ze sloot haar ogen bij de herinnering. En toch had hij dat werkelijk tegen haar gezegd. 'Houd hem stevig vast, Lovernius,' beval ze bruusk en ze liet zich op één knie naast haar slachtoffer zakken. 'Jij bent onze honger,' zei ze en het mes sneed in zijn schouder. 'Draag die. Jij bent onze ziekte,' en het mes werd in zijn andere schouder gestoken. 'Draag die. Jij bent onze verarming. Draag die.' Ze sprak de woorden van de toverspreuken en Lovernius mompelde zachtjes met haar mee. Pas toen de naakte borst van de soldaat één massa bloedende sneden was voegde ze er de laatste banvloek aan toe. 'Jij bent onze winter, de winter van onze smarten, de winter van onze onderdrukking. Jij bent Rome. Draag die last!' Het mes trok nog een bloedige kerf en de man schreeuwde het uit. Lovernius trok hem overeind en keerde hem om. Boudicca hield de volle blaas boven zijn hoofd en doorstak het orgaan met een snelle beweging van haar mes, zodat de stinkende inhoud op het hoofd van de ongelukkige Romein viel en langs zijn lichaam naar beneden droop. Nu raakten de honden door het dolle heen. Ze trokken als bezetenen aan de riemen en sprongen hoog in de lucht, maar telkens hielden de leren riemen hen met een ruk tegen. Ze jankten heftig, maar de muilkorven verhinderden dat ze konden blaffen. Hun ogen gloeiden bloeddorstig op in de duisternis. De jonge Romein leek versuft. Zijn blik gleed langzaam van de krankzinnige dans van de honden naar het grimmige gezicht van Lovernius en toen naar het uitdrukkingsloze gezicht van Boudicca. Verder weg rees het bos als een duistere muur op, een zwartheid die vol leedvermaak leek te luisteren. Slechts af en toe viel een bundel maanlicht op zijn bleke gezicht en maakte het nog bleker. Het bloed dat langs zijn naakte lichaam drupte leek ook zwart. 'Draag dit alles, Annis,' zei Boudicca. 'Draag het en sterf ermee. Neem dit alles weg van ons. Ontwaak!' Hij knipperde met zijn ogen. Langzaam draaide hij zijn ogen naar de hare en nu leek hij zich meer bewust van wat er met hem gebeurde.

'Waarom? Waarom toch?' vroeg hij verdwaasd, maar ze negeerde de vraag. 'Ik zal je helpen,' vervolgde ze. 'Klim niet in een boom. Als je dat wel doet, dan zullen de honden rustig blijven wachten tot je naar beneden valt. Loop niet in een rechte lijn. Zoek stromend water als je je leven wilt redden. Je krijgt een zekere voorsprong, voordat ik de honden loslaat. Gebruik die tijd goed. En nu rennen!' Lovernius liet de man los, maar hij bleef hulpeloos staan. 'Ren weg, sukkel! Rennen!' Nog één ogenblik bleef hij haar aanstaren, zijn mond bewoog geluidloos, maar toen draaide hij zich wankelend om en begon te rennen.

Ze keken hem na toen hij naakt tussen de bomen verdween, als een bleke streep tussen de stammen. De honden probeerden nog heftiger zich los te rukken, maar werden nog door de riemen tegengehouden. Lovernius en Boudicca bleven onbeweeglijk staan, blind voor de stille wereld om hen heen. Ze voelden alleen het trage verglijden van de seconden en de minuten. Ze hoefden niet op te kijken naar de maan om te weten hoeveel tijd er verstreek. De tijd verstreek gestaag op het ritme van hun bonzende harten, heet, gespannen en levend. Een eeuwigheid, een mensenleven leken ze daar te staan. Toen zei Lovernius zacht: 'De dageraad breekt over drie uren aan.'

'Ik weet het,' antwoordde Boudicca kalm. 'Haal de muilkorven weg en laat de honden los.'

De Romeinse soldaat draafde met grote sprongen door het bos, onverschillig voor de dorens, de taaie ranken en de struiken. Hij besefte niet in welke richting hij liep en het kon hem ook niet schelen; onder het lopen snikte hij van pijn. De stank van urine uit de vosseblaas voerde hij met zich mee, de scherpe geur drong in zijn neusgaten en leek zijn keel dicht te knijpen. Rennen... water... rennen... water, fluisterde hij ademloos op het gebroken ritme van zijn voeten. Hij kreeg scherpe steken in zijn zij van vermoeidheid, maar hij bleef draven tot de pijn hem doormidden leek te klieven bij elke ademtocht. Hij zou zijn blijven rennen tot zijn hart gebarsten was, als zijn voet niet in een konijnehol was blijven steken. Met een pijnlijk verdraaide enkel viel hij languit op de grond. Zo bleef hij in zijn volle lengte naakt liggen, hijgend en huilend. Rennen! schreeuwde zijn geest, maar nu was de eerste opwelling van paniek en ongeloof voorbij en hij kon weer nadenken, ondanks alles. Ik kan niet veel verder dan vijf mijl van het garnizoen zijn, dacht hij, en achter het garnizoen stroomt de rivier. Stromend water. Waar heeft ze mij heen geleid? Uit welke richting is ze gekomen? Ik moet niet van hen wegvluchten. Ik moet op de een of andere manier terugkeren, maar hoe weet ik wat de juiste richting is, nu de maan onzichtbaar is en de sterren mijn gids niet kunnen zijn? De wind. Voelde ik eerst wind op mijn rechterwang, en later in mijn hals? Jupiter, mijn voeten zijn helemaal rauw. Ik ben ten dode opgeschreven... Hij krabbelde overeind en rekte zijn hals uit om beter te kunnen luisteren, maar achter hem in het bos was het doodstil. Dus ze had de honden nog niet losgelaten. Hij huiverde en begon te jammeren. Toen brak hij een stevige tak van een boom en rukte de twijgen ervan los. Hij wist dat hij een van de verscheurende honden kon neerslaan, voordat de andere dieren zich op hem stortten.

Hij overwoog even of hij zich door de losse aarde zou rollen, maar liet de gedachte weer varen. Hij begon weer te rennen, nu met rustiger bewegingen en hij probeerde adem te halen op het ritme van zijn snelle passen. Alleen hard schrobben met zand en as kon hem bevrijden van deze geur des doods. En water. Water, dat stroomde en zijn enige redding betekende. Hij snelde verder, af en toe omhoogkijkend tussen de takken die zich hoog boven zijn hoofd sloten, en de nachtelijke hemel en de maan aan zijn oog onttrokken. Hij probeerde de wind op zijn gezicht te voelen. Hij rende verder met een bevroren grimas op zijn gezicht, onverschillig voor de pijnscheuten in zijn gekerfde borst, waarop nog steeds bloed uit de sneden drupte. Nog steeds hoorde hij het geblaf van de honden niet. Annis. Ik ben nu een Annis. Vier uren geleden was ik Dio Balbilla, soldaat van een garnizoen, en nu ben ik een Annis. Kon ik de commandant maar bereiken. Kon ik iedereen maar waarschuwen. Ik wil verder leven, maar ik ben een Annis en dus moet ik sterven. Ze lachte gisteren naar mij, toen ik een stuk vlees uit haar handen aannam, maar nu ben ik zelf een homp vlees, en ze herkende mijn gezicht niet. Hij dwong zichzelf weer aan zijn hachelijke toestand te denken. Wat zou een opgejaagd dier doen? vroeg hij zich af. Ik ben nu een opgejaagd dier, ik ben als een wolf of een ever. Wat moet ik doen? Water vinden, of een hol onder de grond. Dicht struikgewas is niet goed. De honden zullen me daar misschien niet bereiken, maar de jagers wel. Klim niet in een boom. Nee, nee, de honden zouden hun grote poten tegen de stam zetten en naar mij janken, maar de jagers... Hij hijgde, geheel buiten adem. Het zweet liep in stromen langs zijn naakte rug, zijn ademhaling ging raspend en zijn keel was droog. Ik moet uitrusten, ik kan niet verder. Hoe ver ben ik gekomen? Waarom houdt zij die honden tegen? Ze speelt met me. Ze weet dat het niet uitmaakt hoe ver of hoe hard ik ren, ik ben toch al ten dode opgeschreven. Ik zou hier moeten gaan liggen, mijn ogen sluiten en afwachten... Het visioen dat hij hier uitgestrekt op het donkere gras lag terwijl de honden dichterbij kwamen bracht weer een kreet naar zijn lippen. Hij dwong zijn pijnlijk geschramde benen te gehoorzamen en vluchtte verder. Met een ruk bleef hij staan. Boven zijn hoofd zag hij een glimp van de maan en toen hij dat zag kreeg hij nieuwe hoop. Hij merkte dat hij in een wijde cirkel had gelopen, nee, eerder was het een boog, een boog naar de veiligheid. Hij mompelde koortsig tegen zichzelf en probeerde zich te herinneren waar de maan zou moeten staan als hij nu op wacht stond bij de toegangspoort van het garnizoen. Toen hoorde hij het geluid. Een geluid dat hij al honderden keren in zijn angstige verbeelding had gehoord: het geblaf van hongerige honden. Hij sloeg zijn ellebogen tegen zijn middel en begon luid te snikken. Hij viel meer naar voren dan hij rende, hij wankelde en probeerde zijn voorsprong, hoe klein ook, te behouden. Hij vergat de maan. Hij vergat zijn eigen naam. Hij vergat de trekken van zijn eigen gezicht. Ik

ben Annis en gedoemd te sterven, snikte hij. Annis en gedoemd te sterven...
Annis... sterven... Ik draag... ik draag... Het blaffen zwol aan tot een woest
gehuil toen de honden het spoor duidelijker roken en nog sneller verder
draafden.

Als in een visioen zag hij het: een vaag schijnsel van licht op stromend water.
Ah! brabbelde hij. Ah! Zijn ogen sperden zich wijd open en zijn benen kregen
nieuwe kracht. Daar was het weer. De zilveren stralen van het maanlicht streken over het water. Water dat zijn enige hoop op redding was. Hij stormde
tussen de bomen vandaan en liet zich met een schreeuw van opluchting in de
rivier vallen. Voordat hij weer tot zichzelf gekomen was en begon te zwemmen had de krachtige stroom hem al door een bocht in de rivier gevoerd en
uit het zicht van de honden die op de oever heen en weer draafden, met hun
tong uit de bek en happend naar niets. De naakte vluchteling zwom naar de
overkant. Hij wist nog steeds niet waar hij was. Er was geen stad aan de andere kant van het water, en er was ook geen garnizoen. Alleen donkere bomen
van een volgend woud, maar dat kon hem niet schelen. Hij hoefde maar een
klein eindje weg te lopen van de oever om onzichtbaar te zijn vanaf de rivier
en dan kon hij de stroom volgen in de richting van de zee. Ergens tussen deze
plek en de riviermonding moest het garnizoen zijn. Licht en stemmen,
zwaarden en veiligheid. Hij hees zichzelf overeind en bleef geen ogenblik
staan. Zonder om te kijken drong hij het bos in. De duisternis omhulde hem,
maar nu voelde hij geen angst meer. Hij begon te lopen, met onvaste passen,
maar zijn hoofd was licht en duizelig van vreugde. Ik ben Dio Balbilla, zei hij
tegen zichzelf. Dat is mijn naam. Wat een ongelooflijke, onbeschrijflijke zegen, dat ik mijn eigen naam weer weet...

Hij hoorde een droog geritsel in de bladeren boven zijn hoofd en bleef met
een ruk staan. Zijn breekbare vreugde leek te verdampen, hij meende een
donkere schaduw te ontwaren, iets zwarts waarop het maanlicht weerkaatste. Zijn hart stokte en zijn knieën begaven het bijna. Toen hij snel naar de
grond dook meende hij een echo te horen die naar hem fluisterde als droog
tegen elkaar ritselende bladeren, als veren die tegen elkaar strijken. A-Annis... A-Annis... fluisterde de echo. Zijn hart sloeg over, heet en pijnlijk in
zijn borst.

'Nee!' bracht hij uit. 'Ik ben... Ik ben...' De pijn in zijn hart straalde uit naar
zijn lendenen, zijn armen en benen en brandde als een wit vuur in zijn hoofd.
Hij kreeg geen tijd zijn eigen naam nog eens te noemen.

De jagers stonden op de oever van de rivier, de honden draafden zoekend
heen en weer en blaften teleurgesteld dat hun prooi ontsnapt was. 'Hij is ontkomen!' zei Boudicca ongelovig. 'Hij heeft het water gevonden! Hoe deed hij
dat? Zelfs ik zou moeite hebben de rivier te vinden zonder licht van maan of
sterren. De banvloeken hebben gefaald, Lovernius! Waarom?'

Lovernius hurkte in de modder, zijn handen gleden langzaam over de diepe voetstappen die de Annis had achtergelaten voordat hij naar de vrijheid sprong. 'Omdat Andrasta niet langer luistert,' antwoordde hij. 'Omdat Rome hier eeuwig zal blijven en omdat de spreuken geen kracht meer hebben. Wat zal er gebeuren, Boudicca, als hij Favonius zijn verhaal vertelt?'

Boudicca staarde hem aan. 'Favonius zal hem niet geloven. Zou jij zo iets geloven, als je een Romein was? We moeten zo snel mogelijk terug naar de stad, en dan ontkennen we morgenochtend alles. Prasutagas zal me niet geloven, maar dat maakt niets meer uit.' Met haar diepe stem zei ze deze woorden, en op hetzelfde ogenblik voelde ze zich totaal verlaten. Ze keek naar het zwarte water van de rivier en even kwam de gedachte in haar op dat één stap voldoende was om nooit meer pijn te voelen, en eeuwig vergetelheid te vinden in het koele water. Lovernius begreep wat ze dacht, toen ze zich naar het murmelende water vooroverboog.

'Alleen lafaards beroven zich van het leven, omdat ze bang zijn te lijden,' zei hij kalm. 'Een vrije man kan zichzelf doden, wanneer hij beseft dat het einde voor hem gekomen is, maar hij zal dat nooit uit lafheid doen, Boudicca. Voel het, proef het, en ga dan verder. Er komt altijd een nieuwe dag.'

Onwillig trok ze zich terug van de waterkant. 'Je hebt natuurlijk gelijk,' zei ze, en er klonk spijt in haar stem. 'Andrasta is verdwenen en ik heb het vertrouwen van mijn eigen man verloren, maar toch is er nog geen einde aan mijn wereld gekomen. En mijn tijd is ook nog niet gekomen. Bind de honden vast, Lovernius. We zullen naar huis gaan.'

Ze keerden zwijgend terug naar de stad. Ergens leefde de Annis nog, en de winter van Romes almacht zou onverminderd over Iccnia blijven heersen. De moedeloosheid van de twee mensen leek over te gaan op de honden die met hun staart tussen de poten vooruitsjokten, en zelfs de bomen zagen er treurig uit. Ze bereikten de stad, liepen langs de lage stadsmuur en klommen er zonder geluid overheen bij de hondehokken. De honden sprongen met krabbelende poten over de muur. Lovernius sloot de dieren op in de hokken en Boudicca liep met trage passen naar het Romeinse huis van haar en Prasutugas. Ze opende stilletjes de deur en ging naar de schemerige, naar rook geurende kamer. Buiten vervaagde het kille licht van de sterren en de nacht lag minder zwaar over de stad. Binnen was het stil en donker.

Prasutugas lag op zijn rug op het bed, nog steeds helemaal gekleed. Hij had zijn hand onder zijn hoofd gelegd. Boudicca bleef staan. Hij had zich niet verroerd, maar iets vertelde haar dat hij naar haar keek.

'Ben je wakker?' fluisterde ze.

Het antwoord kwam meteen en rustig. 'Ja. Ik heb vannacht niet geslapen.' Hij sprak de woorden op vlakke toon, maar ze begreep dat zijn eigen zorgen hem wakker gehouden hadden. Opeens kon ze het niet langer verdragen, deze eenzaamheid en de zinloze, moorddadige muur van woorden die tussen hen opgerezen was. Ze deed een paar snelle passen en knielde naast hem neer. 'Prasutagus, niets in deze wereld is een scheiding met jou waard. Ik heb erover nagedacht, maar ik zou nog liever sterven dan uit jouw mond horen dat je niet langer van mij houdt. Misschien ben je het niet met me eens. Misschien is de welvaart van Icenia onder Romeins gezag voor jou belangrijker dan wat wij samen hebben. Als dat zo is, zeg het me dan niet. Ik wil het niet weten. Ik weet alleen dat een leven zonder jou alles zinloos maakt, en als wij niet langer één zijn, zoals we dat eens waren, dan is de wereld en alles wat erin is voor mij één grote leugen. Voel je nog liefde voor mij?'

Hij probeerde te spreken, maar de woorden bleven in zijn keel steken. Hij ging langzaam overeind zitten, zwaaide zijn benen over de rand van het bed en sloeg zijn arm om haar heen. Hij trok haar dichter naar zich toe. 'Boudicca,' zei hij hees, 'ik kan mijn liefde voor jou niet bedwingen. Die welt op als helder water. Ze overstroomt me en vloeit naar alle hoeken van mijn bestaan. Zelfs de pijn die wij elkaar aandoen is nog een vreugde, in vergelijking met de smart die ik zou voelen als wij van elkaar gescheiden zouden worden. Wij zijn op drift geraakt. Als dat niet zo was, hoe zou je me dan ooit kunnen vragen hoe lang geleden het is dat ik voor het laatst werkelijk huilde? Dat zou jij dan moeten weten. Laten we nu opnieuw beginnen, vannacht nog. Laten we zeggen dat ik vannacht voor het eerst geweend heb. Laat me je vannacht voor het eerst vertellen dat ik van je houd. Zullen we dat doen?'

Ze omhelsde hem stevig en begroef haar gezicht tegen zijn borst. Tederheid, schaamte en opluchting leken haar keel dicht te snoeren. 'Ik wil niet dat er ooit weer iets tussen ons komt,' zei ze. 'Maar ach, Prasutagus, wat gebeurt dat toch gemakkelijk en ongemerkt! Woorden drijven ons uiteen. Alleen jouw omhelzing vertelt me de waarheid. Ik zal niet weer tegen je liegen met een onuitgesproken leugen. Nu geloof ik de druïden, wanneer ze zeggen dat dat van alle leugens de ergste is. Lovernius en ik, en enkele van de hoofdmannen hebben voldoende wapens in het bos verborgen om heel Icenia weer te bewapenen, nadat Scapula had bevolen dat wij onze wapens moesten inleveren. De bergplaatsen zijn gemerkt met tekens die jij waarschijnlijk wel zou herkennen, maar een Romein zeker niet. Ik zweer je bij mijn zwaard, bij mijn eer, dat die wapens daar zullen blijven, tot je van gedachten verandert. Als jij niet van gedachten verandert, zullen ze daar wegrotten en verroesten.'

'Je zweert dus niet bij Andrasta?' zei hij, haar plagend uitdagend, en hij merkte dat ze verstrakte.

'Andrasta heeft me verlaten,' fluisterde ze bitter. Hij begon haar gezicht te strelen.

'Waarom zeg je dat?'

'De toverspreuken hebben geen kracht meer. Ze zijn niet meer dan loze woorden, dat weet ik. Mijn eer is me meer waard dan de verdwenen magie van de Koningin van de Overwinning.'

Hij drong niet verder aan en vroeg haar ook niet waar ze de hele nacht geweest was. 'De dageraad breekt aan', zei hij, 'en geen van ons beiden heeft geslapen.' Hij trok haar in bed en ging naast haar liggen, voordat hij de deken over haar heen trok. 'Sluit je ogen,' beval hij. 'Rust uit. Spoedig zal Brigid op de deur trommelen dat ze met Marcus naar het garnizoen wil gaan, en ik moet mijn boerderijen bezoeken en met mijn vrije mannen praten.'

Ze gehoorzaamde en ging op haar zij dicht tegen hem aan liggen. 'Ik ben zo moe,' mompelde ze. 'Ik zou de hele dag wel kunnen slapen.' Even doezelden ze allebei weg, elkaar verwarmend en eindelijk rust vindend.

Toen zei Prasutugas: 'Ik hoorde vannacht honden blaffen, ver weg. Was je op jacht Boudicca?'

Ze verroerde zich niet. Haar ogen bleven gesloten. Maar toen hij haar gezicht zag ontging het Prasutugas niet dat er een teleurgestelde schaduw overheen trok. Na een lange stilte gaf ze antwoord.

'Ja,' zei ze alleen.

Ze sliepen lang en hadden juist in de Vergaderhut met Lovernius, Iain en enkele andere mannen hun eerste maaltijd van die dag gebruikt, toen Favonius te paard arriveerde, haastig afsteeg en zich snel langs het groepje voor de deur naar binnen drong. Zodra Boudicca hem met een bezorgd gezicht en grote passen zag naderen, voelde ze dat haar hart sneller begon te kloppen. Ze keek even opzij naar Lovernius en hij keek veelbetekenend terug. Toen stond Favonius voor hen. Hij sprak geen begroetingswoorden.

'Prasutugas,' begon hij, 'ik wil dat je met mij meekomt, want ik sta nu voor een raadsel waarvoor ik geen oplossing weet, en dat baart mij zorgen.'

Weer wisselde Boudicca een blik met haar bard, maar Favonius sprak snel verder. 'Ik wil er niets over zeggen tot je gekeken hebt.'

Met een verbaasd gezicht gaf Prasutugas zijn beker aan een van de bedienden. 'Natuurlijk ga ik mee. Je bent nogal van streek, beste vriend. Maar als ik je kan helpen zal ik dat zeker doen.' Hij volgde Favonius naar buiten en Boudicca ging naast Lovernius staan. Maar ze hoefde niets te zeggen. Ik wil dat jij komt kijken, had Favonius gezegd. Niet: Ik wil dat je naar een vreemd verhaal luistert. Graag was ze achter de twee mannen aangegaan, maar ze wist zich te beheersen. Ze liet zich op de huiden zakken en wond met ongeduldige gebaren een lok van haar haren om haar vinger. Favonius had haar niet eens aangekeken. Wat zou er gebeurd kunnen zijn?

Prasutugas liet zich van zijn paard glijden en Favonius sprong op de grond. Hij wierp de teugels in handen van de stalknecht die hem opwachtte. Samen liepen de twee mannen naar het kleine excercitieterrein; ze passeerden de bestuursgebouwen, het huis van Favonius en de woningen van de andere offi-

cieren. Ze liepen verder naar de achterkant van de barakken en magazijnen ·
die hier keurige rijen vormden. Favonius knikte naar een soldaat die voor een
van de kleinere voorraadhutten voor de opslag van graan op wacht stond en
de man maakte de deur open. Favonius wenkte dat Prasutugas naar binnen
moest gaan. De deur viel achter hen dicht.

Het was schemerig in de hut en het stonk er. Prasutugas herkende de misselijk makende geur. De onder een laken verborgen figuur die op een plank
over twee zaagbokken was gelegd, leek op te lichten in de schaduwen. Prasutugas voelde dat de haren in zijn nek overeind rezen toen Favonius hem
wenkte dat hij dichterbij moest komen en het laken wegtrok. Hij bleef Prasutugas daarbij strak aankijken. Prasutugas liep naar het lichaam toe en keek.
Eerst begreep hij er niets van. De man was helemaal naakt. Zijn armen en
benen waren besmeurd met modder en overal waren schrammen te zien,
kennelijk veroorzaakt door doornstruiken alsof de man zich een weg door
dicht struikgewas had gebaand. Op zijn borst waren korsten roestbruin gedroogd bloed te zien, maar op andere plaatsen was de huid schoon en gaaf.
Op zijn naakte huid, schrikwekkend wit tussen de vlekken gedroogd bloed,
was duidelijk te zien dat het slachtoffer overal met een scherp mes bewerkt
was. Het waren met precisie toegebrachte, gapende, maar ondiepe sneden,
waarvan de randen droog waren.

'Keer het hoofd om en kijk naar zijn gezicht,' zei Favonius.

Prasutugas gehoorzaamde. Hij greep de aan elkaar gekoekte zwarte haren en
draaide het gezicht naar zich toe. Onwillekeurig deed hij een stap achteruit.
Een doodsangst die bijna even tastbaar leek als het gehavende lichaam was op
het gezicht te lezen. De ogen waren zo wijd opengesperd dat het oogwit
overal rond de bruine irissen zichtbaar was. Ook de mond was wijd open en
verwrongen in een grimas, alsof de dood zelf deze uitdrukking op het gezicht
bevroren had. De tanden glinsterden wit naar Prasutugas toen hij zijn hand
naar zijn neus bracht. De verstikkende stank drong in zijn neusgaten, een
onmiskenbare geur die een herinnering aan lang geleden terugbracht, toen
hij nog een knaap was en Subidasto nog over de Iceni regeerde. Zijn vermoeden veranderde in zekerheid. De smerige inhoud van een vosseblaas. Honden die de afgelopen nacht in de verte geblaft hadden, toen hij wakker lag op
zijn bed. Was je op jacht, Boudicca? Ja. Ik had haar moeten vragen waarop ze
jacht maakte, maar dit, dit had ik nooit vermoed. Annis. Arme jongeman...

'Kijk hier eens naar,' zei Favonius en hij wenkte Prasutugas die met stijve
passen naast hem kwam staan. Hij tilde de voeten op en Prasutugas zag dat de
voetzolen rauw en met blaren overdekt waren en de teennagels ver inge-
scheurd. 'Deze man vluchtte ergens voor, en hij rende zo hard dat hij niet eens
op zijn voeten lette,' merkte Favonius op. 'Waar vluchtte hij voor? Wat deed
hij, mijlen ver van zijn post, helemaal naakt en overdekt met messneden? Die

kunnen wel pijnlijk zijn geweest, maar die kunnen toch niet zijn dood veroorzaakt hebben?'

Prasutugas zocht naar woorden. Hij wist dat Favonius hem scherp aankeek en hij deed zijn uiterste best op nuchtere toon tegen de Romein te spreken. 'Waaraan is hij dan wel gestorven?'

'Dat weet ik ook niet.' Favonius liet de voeten vallen en sloeg zijn armen over elkaar. 'Hij werd vanmorgen hierheen gebracht door enkele soldaten die ik erop uit gestuurd had om naar hem te zoeken. Hij verliet zijn post tijdens de nacht. Zijn lijk werd drie mijl stroomopwaarts gevonden, het lag op de rug onder een boom.'

'Is hij verdronken?' Prasutugas stelde de vraag omdat hij wist dat dit van hem verwacht werd, maar de pijn diep in zijn hart was teruggekeerd, een kwellende hopeloosheid toen zijn gedachten weer naar zijn vrouw afdwaalden. Toch had ze gezegd dat de macht van Andrasta verdwenen was. Misschien had ze hier uiteindelijk helemaal niets mee te maken.

'Nee. Hij was te ver van de rivieroever om daarop aangespoeld te kunnen zijn. Hij moet op eigen kracht naar de plaats waar hij gevonden werd gelopen of gerend zijn. De sporen zijn duidelijk. Maar als hij niet verdronken is, wat gebeurde er dán met hem? Hij ziet eruit alsof een of andere grote vogel aan zijn borst klauwde. Degene die hem zo met een mes bewerkt heeft, heeft in elk geval die indruk willen wekken. Waarom werd hij wel zo toegetakeld, maar niet door dezelfde aanvaller gedood?'

'Misschien werd hij krankzinnig en heeft hij zichzelf zo verwond. Misschien werd zijn angst voor het bos hem te veel.'

'Misschien.' Favonius keek hem met een scherpe blik aan. 'Wat heeft hem gedood, Prasutugas?'

Prasutugas slikte en dwong zichzelf de Romein aan te kijken. 'Kijk eens naar zijn gezicht, Favonius. Hij stierf van angst.'

'Maar wat maakte hem dan zo bang?'

'Waar is een man bang voor? Angst is een ziekte, zoals elke andere. Die begint in de geest, niet buiten het lichaam. En zoals elke kwaal kan ook angst dodelijk zijn.'

'Zeker. Maar vrees alleen kan de borst van een man niet zo afschuwelijk toetakelen.' Prasutugas antwoordde niet en Favonius leek niet te kunnen besluiten of hij nog meer zou zeggen. Toen de stank in de ruimte ondraaglijk werd maakte hij de deur open en de twee mannen stapten opgelucht naar buiten.

'Ik denk dat je hierover meer weet dan je wilt zeggen,' merkte Favonius langzaam op. 'Ik zal een onderzoek laten instellen, maar ik weet nu al zeker dat dat vruchteloos zal blijken. Heb ik je erewoord, Prasutugas, dat er verder geen soldaten van angst zullen sterven?'

Prasutugas keek hem kwaad aan. 'Ik heb niets te maken met de omstandigheden waaronder deze man gestorven is,' zei hij bits. 'Ik kan zo mijn vermoedens hebben, maar die zullen even nutteloos zijn als die van jou. Ik bestuur veel mensen, bewoners van een gebied dat zich schikt naar de Romeinse overheersing, en wij hebben jullie erg weinig last bezorgd, Favonius. Wat er ook met deze man gebeurd is, het moet een incident zijn, een daad van een gefrustreerde eenling. Ik kan geen enkele toezegging doen, dat zou belachelijk zijn.'

'Ik vraag me anders wel af wiens frustraties zo diep smeulen?' kaatste Favonius terug.

Prasutugas slaagde erin te glimlachen. 'Ach, gebruik je gezonde verstand toch, Favonius. Wat deze man werd aangedaan stelde niet zoveel voor. Hij werd aangevallen en wat gemarteld, een beetje maar, en daarna werd hij weer losgelaten en hij kon vluchten. Geen belager heeft hem gedood. Hij stierf gewoon van angst.'

Favonius siste scherp tussen zijn tanden en beende met grote passen weg. Prasutugas liep door de stadspoort naar de met bomen begroeide heuvel. Geen belager heeft hem gedood, hield hij zichzelf telkens weer voor. Dat is waar. Maar om gedood te worden door zijn eigen angst moet iemand hem over de grens van de krankzinnigheid hebben gedreven. Boudicca, deze arme jongeman was een Romein. Hoe kon hij zijn rol ooit begrijpen? Annis. Ik ken jou, mijn liefste, ik weet welke last je dagelijks torst, een last die ik plotseling te zwaar om te dragen maakte. Ik ben ook verantwoordelijk voor de dood van die soldaat. Toen Prasutugas bij zijn hut kwam riep hij Boudicca naar buiten. Ze kwam overeind van de vloerhuiden en liep naar hem toe. Hij leidde haar weg van de mensen die altijd in de buurt van de hut stonden en toen ze alleen waren zei hij zachtjes tegen haar: 'Je was de vorige nacht op jacht, Boudicca. Welke prooi achtervolgde je toen?' Als je nu tegen mij liegt zal alles tussen ons voorbij zijn, dacht hij, en in zijn geest klonken de woorden zo duidelijk dat hij even bang was dat hij ze hardop gezegd had. Ik zal je verstoten, van mijn lichaam, maar niet uit mijn ziel... Prasutugas was uiterlijk volkomen beheerst, maar hij wachtte gespannen op haar antwoord. Ze glimlachte triest naar hem, en kneep haar ogen wat dicht tegen de felle zon. Haar rossige haren omkransten haar hoekige kin en bewogen op de warme bries. 'Je weet het niet zeker, of wel soms, Prasutugas? En als ik het je nooit vertel, dan zul je alleen maar vermoedens hebben. Daarom zal ik je zeggen wat er gebeurd is. Lovernius en ik hebben de Annis losgemaakt.'

Opluchting stroomde door hem heen en hij ademde met een zucht uit, maar tegelijk voelde hij een hevige woede in zich opkomen. Hij hoefde haar niet te vragen waarom ze zo iets wanhopigs gedaan had. Hij wist zich toch te beheersen en vroeg: 'Hebben de honden hem gevonden?'

Ze keek naar haar voeten. 'Nee. Hij slaagde erin te ontkomen. Denk je eens in, Prasutugas! Nooit eerder was een Annis de honden te snel af. O, ik weet wel wat je nu van me denkt, ik weet wel hoe krankzinnig mijn daad in jouw ogen is, maar vind je het niet vreemd dat de Annis ontsnapte?' Ze keek weer op en nu zag hij dat ze op het punt stond in tranen uit te barsten. 'De goden hebben Icenia in de steek gelaten. Ze zijn al jaren geleden weggegaan, toen de druïden vertrokken, maar ik heb het nooit echt willen geloven.' Haar lippen beefden. 'Andrasta is verdwenen. Alleen de Romeinse goden hebben nog macht in Icenia.'

Dus ze wist niet wat er werkelijk gebeurd was. Ondanks de warmte van deze ochtend voelde Prasutugas een huivering toen hij weer aan het van afschuw verwrongen gezicht dacht. Hij greep haar schouder en schudde zijn hoofd. 'Nee, Boudicca. Andrasta is nog steeds de Godin van de Overwinning, al is ze misschien door iedereen behalve door jou en Lovernius, vergeten. Ze heeft de toverspreuken wel gehoord.'

Even fronste Boudicca verbijsterd haar wenkbrauwen, toen klemde ze de pols van haar man krampachtig in haar beide handen. 'Prasutugas! Wat heeft Favonius je laten zien? Je weet iets!'

Hij bleef doodstil staan en de treurige klank in zijn woorden ontging haar niet. 'Favonius liet mij het lijk van een jongeman zien, met de bloedige tekens van een Annis, en de geur van een Annis in zijn haren.'

'Maar dat begrijp ik niet! De honden hebben hem niet gedood, dat zweer ik je, Prasutugas! Ik zeg je de waarheid!'

'Dat weet ik. Hij werd niet aan stukken gescheurd, Boudicca. Hij stierf van angst. Ik wou dat je zijn gezicht had gezien.'

Verbijsterd liet ze haar armen machteloos zakken. Prasutugas liet haar schouder los. 'Dus heeft Andrasta hem toch gegrepen,' fluisterde ze voor zich uit. 'Ik kan het niet geloven. Ze is naar hem gekomen in het bos…'

'Hij werd gedood door angst, dat is alles wat we weten,' onderbrak hij haar nadrukkelijk. 'Boudicca, ik moet je vragen voor mij de eed af te leggen dat er in Icenia nooit meer op de Annis gejaagd wordt zolang ik hier de macht heb.'

'Je zou het Favonius eigenlijk moeten vertellen, nietwaar?' zei ze zacht. 'Het spijt me heel erg, Prasutugas. De verwijdering wordt nu al weer groter tussen ons…'

'Nee,' zei hij met een glimlach, 'deze keer is het anders. Deze keer zijn er geen geheimen tussen ons in onze kleine oorlog.'

'Geen enkel geheim. Dat beloof ik je. En ik zal bij Andrasta zweren dat ik nooit meer op de Annis zal jagen, als je mij belooft Favonius niet te vertellen waar de wapens verborgen zijn.'

'Dat wil ik wel doen, Boudicca, maar als ik ze door toedoen van een ander ontdek, zal ik de vondst toch moeten melden.'

'Die vind je nooit!' Ze grinnikte onbeschaamd. 'Wat fijn om weer eens bij

Andrasta te zweren!'

Ze gingen uiteen. Boudicca ging op zoek naar Lovernius en Prasutugas liep verder om zijn boeren toe te spreken. Ik verloochen je macht niet, Andrasta, dacht Prasutugas terwijl hij verder liep. Dat heb ik nooit gedaan. Maar ik wil mijn leven ook niet in vrees voor jou doorbrengen. Je moet begrijpen dat je macht ingeperkt werd door mijn toedoen, in het belang van het volk. Ik misgun je geen Romein, maar ik wil ook niet dat je je spookachtige vleugels weer over heel Icenia uitspreidt. De wouden zijn jouw gebied, en daarmee moet je tevreden zijn.

Prasutugas besteeg zijn paard en reed naar de doorwaadbare plaats in de rivier, en toen verder door het bos naar zijn akkers. Onderweg werden zijn gedachten voortdurend in beslag genomen door de twee koninginnen van Icenia: zijn indrukwekkende en impulsieve vrouw, en het duistere mysterie van Andrasta. Zijn gedachten dwaalden daarna weer af naar het nieuws uit het westen, maar evenals Favonius meende hij dat deze ontwikkelingen voor Icenia niet belangrijk waren. Het westen was een luchtspiegeling, het westen was een andere wereld. Hier sproten zijn gewassen jong en frisgroen op, en zijn lammeren en kalveren dartelden over de velden, en herinnerden hem eraan dat hij rijk en in veiligheid was. Wanneer hij zijn oude wond voelde, die klopte op het ritme van de gang van het paard, dan moest hij terugdenken aan een verleden dat hij nu voorgoed afgesloten had en dat hij nooit zou toestaan naar zijn volk terug te keren. Rome had zijn sterke, beschermende armen om dit gebied geslagen en Prasutugas was daarmee tevreden.

29

Het was een zomer vol overwinning en hoop geweest. De deur naar het westen was opengezwaaid en de onstuimige gevangenen waren erdoor gestroomd. De Demetae wilden niet naar huis terugkeren, de Deceangli evenmin. Enige tijd marcheerden de opstandelingen heen en weer langs de grens, zeker van hun nieuwe kracht, terwijl het Tweede Legioen zich bij Glevum achter onneembare muren terugtrok. Venutius besloot het fort met rust te laten, in de wetenschap dat een belegering lange tijd kon worden doorstaan, als het nodig was zelfs de hele zomer. Hij wilde hieraan geen tijd verspillen. De stemming onder de stammen was uitgelaten, een bijna krankzinnige vrolijkheid had zich van de mannen meester gemaakt. Geleidelijk waagden de strijders zich verder naar het oosten en het zuiden en Venutius, die wist dat aan zijn gezag over hen een einde kwam, zag hen gaan met niet meer dan een licht ongerust voorgevoel. Ze wilden nu plunderen, dat was hun recht als overwinnaars, en de Cornovii en de Coritani waren gedwongen hun bezittingen prijs te geven aan de rondtrekkende benden westerlingen die door hun zomerse wouden trokken. Emrys, Madoc en Venutius hielden hun stammen bij elkaar en in een grote groep trokken ze langzaam te paard naar het zuiden, onderweg uitrustend in het welige landschap, maar steeds in de richting van Camulodunon. Daar gedroegen de heersers zich als angstige konijnen. De procurator gaf met tegenzin opdracht dat het Veertiende moest opmarcheren naar Camulodunon, maar later herriep hij dit bevel en de legaat van het Veertiende, evenals de bevelhebber van het Tweede, negeerde zowel het eerste als het tweede bevel. Hij bleef waar hij was. Maar Venutius hield rekening met hun aanwezigheid en hij besefte dat de legioenen in hun forten afwachtten tot de nieuwe gouverneur gearriveerd zou zijn. Het Negende Legioen in Brigantia en het Tweede in het gebied van de Dobunni lagen nu achter hen. Het Veertiende, ook achter hen, lag midden in het land van de Coritani. Drie legioenen, en als de nieuwe gouverneur snel van begrip zou zijn, zouden deze legioenen de aftocht naar de bergen zonder veel moeite kunnen afsnijden. Venutius besprak dit met Emrys.

'Wij moeten de legioenen uitdagen voor de strijd, maar niet meer dan één legioen tegelijk,' zei hij. 'Wij moeten deze drie gedurende de zomer verslaan, anders zullen we in de herfst weer naar de bergen worden gedreven.'

'Ze zullen zich niet uit hun forten laten lokken,' wierp Emrys tegen. 'Ze weten dat ze alleen maar hoeven te wachten tot de nieuwe gouverneur hier is aangekomen. Ik vraag me af wat we werkelijk gewonnen hebben, Venutius.'

Dat vroeg Venutius zich ook af, maar gezamenlijk vielen ze de kleinere bastions van Rome aan, de garnizoenen en de posthuizen, en enkele dorpen waar grote graanvoorraden voor de legionairs waren opgeslagen. Soms had hun aanval succes, soms ook niet.

Uiteindelijk waagde het Negende zich in het roerige laagland. Het legioen verliet zijn fort en begon aan de opmars naar het zuiden. De bevelhebber wist niet waar de opstandelingen waren, maar hij wist wel dat de nieuwe gouverneur eindelijk op de kust geland was en dat hij spoedig van zich zou laten horen. De bevelhebber had gelijk. Het nieuws dat Aulus Didius Gallus was aangekomen bereikte ook Venutius, maar te laat en te vaag, want de spion had de nieuwe heerser niet gezien en hij was alleen op geruchten afgegaan.

'De nieuwe gouverneur is gekomen,' zei de spion. 'Hij is al oud. Verder weet ik niets over hem. Als u haast maakt, kunt u Camulodunon misschien nog bestormen en hem doden, voordat hij plannen kan beramen om uw val te bewerkstelligen.'

Camulodunon innemen? Venutius en Emrys keken elkaar aan. In Camulodunon waren geen legionairs ingekwartierd; er woonden alleen veteranen op
de in beslag genomen boerderijen van de Catuvellauni, of ze amuseerden zich
in de stad, terwijl slaven het werk op het land verrichtten. De spion verliet
hen en Venutius verspilde geen tijd.

'Camulodunon!' zei hij beslist. 'Daar kunnen wij binnen twee weken zijn, als
we snel verder rijden.'

Ze trokken haastig naar het gebied van de Catuvellauni, maar vier dagen later
ontmoetten ze een andere spion. 'De bevelen zijn gegeven,' zei hij. 'Aan het
Tweede, het Negende en het Veertiende.'

'Zo spoedig al?' Emrys was verbijsterd. Deze gouverneur had snel gereisd
voor een oude man die Albion alleen van landkaarten kende.

'We trekken verder,' zei Venutius kortaf. 'We kunnen Camulodunon platbranden. Is het mogelijk de koeriers te doden, voordat ze hun bestemming
bereiken?'

De spion keek hem aan alsof hij meende dat Venutius krankzinnig was geworden. 'Nee, heer. We weten niet langs welke route ze rijden. Nu het land
zo in beroering is, trekken ze niet langs de wegen.'

'Natuurlijk.' Venutius probeerde het oude gevoel dat hij faalde van zich af te
schudden, maar tevergeefs. Uiteindelijk was er niets bereikt. Er was geen
uitzicht op een oplossing. Albion was gevangen in een of andere vreemd-
soortige val, waardoor de tijd stilstond, zoals op de avond voor Samain. Het
leek wel of hij, Emrys en Madoc en alle andere hoofdmannen nooit zouden
sterven, dat deze oorlog nooit zou eindigen en dat de eeuwigheid bestond uit
nieuwe aanvallen, doden, aftochten, aanvallen, slachtingen, terugtrekken, in
oneindige afwisseling. Hij wilde gaan liggen op het gras om nooit meer op te
staan. Hij wilde zijn ogen sluiten en elk verzet staken.

Emrys zag de brede schouders van Venutius zakken. 'Venutius?' vroeg hij.
'Gaan we verder?'

'Vraag je dat aan mij, Emrys?' Venutius glimlachte flauwtjes. 'Jij?' Hij gaf
geen antwoord op de vraag. Hij stond op en wenkte met een mat gebaar dat
ze weer verder moesten.

De volgende dag bracht ander nieuws, deze keer uit het noorden. Het Negende had het Veertiende bereikt en gezamenlijk trokken deze legioenen op
naar het zuiden en het westen. Het Tweede was ook in beweging gekomen en
marcheerde naar het zuiden. Venutius begreep wat deze opmars betekende.
De legioenen zouden elkaar ontmoeten en een ondoordringbaar front van
drie verenigde legioenen vormen, een overmacht die voor zijn mannen veel
te groot was.

'Er is nog voldoende tijd om de gouverneur te bereiken,' drong Emrys aan,
maar Venutius was het pertinent niet eens met hem.

'Als wij onze tijd gebruiken om Camulodunon te plunderen, dan zullen we afgesneden worden,' zei hij. 'Onze enige hoop is een snelle vlucht.' Hij vloekte hartgrondig en tot verbazing van Emrys knielde hij op de grond en stak zijn handen in het gras. 'Ach, vrijheid,' fluisterde hij. 'Wanneer? Wanneer? Hoe lang moet deze bodem nog doordrenkt worden met het bloed van uw kinderen? Vooruit, we moeten voortmaken.' Hij kwam langzaam overeind, met moeizame bewegingen, alsof zijn eigen bloed al trager stroomde. 'Als we snel zijn, kunnen we meteen naar Glevum gaan, want dat fort zal nu verlaten zijn.'

Er werd verder niets gezegd. Emrys vroeg zich af wat de Demetae en de Deceangli nu deden. Het bericht zou eerder bij hen zijn dan het hier gekomen was, maar waren de strijders verspreid en op de vlucht geslagen, of waren ze vastbesloten het land dat ze veroverd hadden in hun bezit te houden? Met een fatalistische blik keek hij naar de horizon en keerde zich toen om. Hij volgde Venutius en schreeuwde bevelen naar zijn mannen.

Ze haastten zich naar het noorden en westen, opgejaagd door de vrees dat hun aftocht al afgesneden was. De zomer was als een heerlijke droom geweest, een rustpauze, maar nu werden ze voortgedreven als prooidieren en ze trokken snel verder. De hete adem van de angst blies onophoudelijk in hun nek. Flarden van nieuws bereikten hen tijdens hun tocht. De Demetae waren naar het westen verdwenen. De Deceangli hadden getracht de strijd met het Negende aan te binden, maar de aanval was afgeslagen en ook zij waren nu op de vlucht. De golven strijders joegen door Albion, zoekend naar veiligheid, hun ogen, handen en voeten voortdurend naar het westen gericht. Ze bereikten Glevum. Het fort lag er inderdaad verlaten en stil bij, maar ze reden snel verder, zonder stil te houden en de zomer vervaagde tot een herinnering.

De herfst daalde over hun kampen waar ze terneergeslagen en verbitterd bijeenzaten, en al bleven ze daar schuilen, in gedachten vluchtten ze nog steeds verder.

Vroeg in de zomer, A.D. 53

30

De schemering op deze vroege zomerse avond was warm en een voorbode van de hitte die de komende maanden zou volgen. In de grote hal was het druk en rumoerig. De olielampen flakkerden en het licht weerkaatste op de machtige koperen kandelaars. De geparfumeerde rook mengde zich met de zwaardere voedselgeuren. Jongleurs, naakt op een witte lendendoek na, wierpen hun helder gekleurde ballen hoog in de lucht, terwijl een vuurvreter op de grond zat met zijn toortsen en ander gerei. Hij wachtte rustig tot hij geroepen werd voor zijn voorstelling. Caradoc, Caelte, Eurgain en de jonge Gladys liepen heen en weer onder de galmend hoge, beschilderde koepel en baanden zich toen een weg langs de tafels en aanliggende gasten, om naar de keizer te lopen. De keizer lag op zijn rustbank, gehuld in een gekreukelde toga. Met zijn beringde hand speelde hij met het tafelzilver. Claudius zag hen naderbijkomen en strekte met een brede glimlach zijn arm uit toen Gladys over de vloertegels naar hem toe rende en naast hem knielde. De Grieken uit het gevolg van de keizer zaten hier ook en wisselden verveeld roddels uit, terwijl de keizerin, stralend van parels, half naar de conversatie en half naar haar zoon luisterde. Gladys kuste de keizer op zijn wang nadat ze een korte buiging voor Agrippina had gemaakt. 'O, keizer, u ziet er vanavond zo vermoeid uit!' fluisterde ze. 'Slaapt u nooit?'

'Ik heb geen slaap nodig,' antwoordde hij en gaf haar een speels tikje tegen haar wang. 'Ik ben oud, en daar is geen kruid tegen gewassen. Je ziet er vanavond schattig uit. Kom even bij me zitten.' Hij schikte op zodat ze zich naast hem op de bank kon nestelen. Hij keek op naar Caradoc en de anderen. 'Wel, mijn nobele barbaar,' vervolgde hij. 'Voordat je iets vraagt: ik kan je vertellen dat er niets gebeurt in Britannia, zodat je rustig kunt eten. De nieuwe gouverneur is daar zojuist gearriveerd.'

Caradoc glimlachte mat en hij voelde de vijandige ogen van de Grieken op zich gericht. 'Bedankt,' antwoordde hij. 'U bedoelt daarmee dat de situatie niet veranderd is.'

'Grijns niet naar mij! Ik zie trots op je gezicht.'

'Heer, als u wilt dat er meer gebeurt in Albion, dan moet u mij naar huis laten terugkeren. Ik kan u verzekeren dat ik die Didius Gallus ertoe kan dwingen veel interessantere berichten hierheen te sturen.'

Claudius bromde. 'In alle jaren sinds ik jouw primitieve land heb bezocht, denk ik alleen maar aan geld als ik jou zie, Caradoc. Ik heb niet het voornemen nog meer geld aan jou of aan Britannia te besteden dan ik nu al doe. Ga nu naar je ligbank. Eurgain, ik groet jou ook.'

Ze kregen een wenk om zich terug te trekken en met een buiging gingen ze naar de banken die voor hen achter de keizerlijke tafels gereserveerd waren. Bedienden volgden hen op de voet. Er werd op trompetten geblazen en de eerste gang werd aangedragen. Agrippina knikte naar de vuurvreter, die prompt overeind kwam, en Gladys glipte weg bij de keizer. Ze wrong zich tussen de Grieken door naar haar plaats tegenover Claudius en de keizerin.

Nu kon ze tegen hem spreken tijdens de maaltijd. Er werden schalen voor haar neergezet en ze begon met smaak te eten.

'Je zou eigenlijk niet met loshangende haren aan tafel mogen komen, kindje,' zei Agrippina, 'anders krijgt mijn man nog te veel belangstelling voor je.' Gladys keek naar de uitdrukkingsloze zwarte ogen en ze wist dat ze tegenover een vijandin zat. Jij noemt mij een kind, dacht ze, maar je weet best dat ik volgens de riten van mijn volk al twee jaar volwassen ben. Ik balanceer hier op de rand van een afgrond in een weelderige dodencel en ik moet mij gedragen als een kind, wil ik in leven blijven. Ik houd van je, Claudius, jij bent een lieve oude man, en ook eenzaam. Maar jij, vrouwe... Mijn vader weet dat je soms zelf je geverfde haren losmaakt en dat je dan gevaarlijker bent dan deze gulzige Grieken die mij haten omdat ik meer in de gunst bij de keizer sta dan zij. Jullie walgelijke dieren. Allemaal proberen jullie met onzichtbare tanden mijn arme keizer aan stukken te rijten.

'Vrouwe, ik moet mij kleden, zoals mijn moeder wil,' antwoordde ze ernstig, 'en mijn moeder staat erop dat mijn haar gevlochten is of loshangt, dat is zo de gewoonte.'

Nero leunde naar voren, in zijn ogen was een hete gloed toen hij haar glanzende haren, de groene tuniek die strak om haar lichaam sloot, en de smaragden rond haar hals en hangend aan haar oren bekeek. Een geschenk van Claudius aan haar.

'Ach, laat haar toch met rust,' zei Nero ruw tegen zijn moeder. 'Ik vind haar leuk met die vlechten die tot in de jus hangen.' Hij keek weer naar Gladys. 'Ik heb weer een gedicht geschreven, Gladys. Ik zal het je later voorlezen en dan moet je zeggen wat je ervan vindt.'

Ze glimlachte beleefd naar hem, maar ze voelde zich zoals altijd in zijn aanwezigheid slecht op haar gemak. Hij bezat alles wat hij begeerde. Zijn moeder aanbad hem en overlaadde hem met geld en kostbaarheden; ze omringde hem met alle pracht en praal en vervulde elke gril die in hem opkwam. Tot nu toe had hij niets anders gedaan dan haar met zijn ogen volgen, hij raakte haar soms even aan in het voorbijgaan, en daagde haar af en toe veelbetekenend uit, maar Gladys wist wat hij werkelijk wilde. Agrippina wist dat ook, en ze lachte luchtig na Nero's opmerking voordat ze zich van hem afwendde. Gladys probeerde hem even luchtig te antwoorden, maar ze hield haar gezicht afgewend van zijn brutale grijns en van zijn korte, stompe vingers, waarmee hij voortdurend plukte aan de zachte baard die hij sinds kort probeerde te laten groeien.

'Ik weet niets van poëzie, Nero, daarom is mijn oordeel waardeloos, maar je kunt het voorlezen, als je dat wilt.'

'Onnozele kleine barbaar,' mompelde een van de Grieken, net luid genoeg voor haar om hem te verstaan. 'Claudius wordt zeker kinds dat hij zich in haar netten laat verstrikken. Ik haat kinderen.'

Gladys pakte een perzik, stak er een pauweveer in en wierp de vrucht in zijn richting. Hij werd op zijn wang geraakt. 'Jij hebt geen kinderen en je zult ze ook nooit verwekken,' antwoordde ze grof. 'En bovendien lieg je als je beweert dat je niet van kinderen houdt. Ik heb horen zeggen dat je dol op kleine jongetjes bent.'

Nero klapte in zijn handen. Agrippina glimlachte. De Griek keerde zijn gladde, opgemaakte gezicht naar haar toe en keek haar vol walging aan.

Ze beantwoordde zijn blik zwijgend en bleef hem strak aankijken. Toen wees ze met haar lepel naar hem. 'Die veer kun je door de ring in je neus steken,' zei ze. Claudius stak bezwerend zijn hand op.

'Zo is het wel genoeg,' zei hij. 'Houd op met kibbelen, Gladys, je hebt me nog niet verteld wat je vindt van het glaswerk, dat ik je gestuurd heb.'

Ze reikte over de tafel en greep berouwvol zijn hand vast. 'O, keizer, ik vergat u te bedanken. Dat spijt me heel erg. Het glas is prachtig, maar het is zo teer dat ik het niet durf te gebruiken. Ik heb de glazen voor mijn bed gezet, zodat ik er telkens bewonderend naar kan kijken. Ik ben bezig aan een bijzonder cadeau voor u, maar vraag me niet wat het is. Het moet een verrassing voor u zijn.' Ze glimlachten naar elkaar en toen richtte Claudius zijn aandacht weer op de gerechten. Er barstte applaus los voor de vuurvreter. De kunstenaar maakte een buiging en zocht de munten die rinkelend rond hem op de vloer vielen bij elkaar. Gladys zag dat haar vader naar haar keek, en opeens wilde ze op zijn knie kruipen en haar gezicht tegen zijn borst drukken. Ze wilde zich weer veilig voelen, zoals toen ze nog klein was. Ze herinnerde zich hoe dikwijls hij toen lachte en hoe vol levenskracht hij toen was. Nu glimlachte hij wel vaak, maar hij lachte nooit meer. Ze wendde haar gezicht af en merkte dat Nero haar aanstaarde. Ze bewoog zenuwachtig haar vingers toen ze haar zilveren beker pakte.

Muziek zweefde door de hal en een groep dansers kwam binnen en boog naar de tafel van de keizer. Caradoc voelde een hand op zijn been en toen hij opkeek zag hij dat Britannicus wachtte tot hij erlangs kon. Met een verontschuldiging zwaaide Caradoc zijn benen naar de vloer en Britannicus schuifelde voorbij. 'Dus je bent toch gekomen,' zei Britannicus. 'Dat had ik niet verwacht. Het is lang geleden, Caradoc, sinds je mijn vader voor het laatst met een bezoek vereerde. Ben je ziek geweest?'

Caradoc glimlachte naar de jongeman die vernoemd was naar de enige militaire veldtocht van zijn vader. Ik zou hem eigenlijk moeten haten, deze levende herinnering aan mijn nederlaag in Camulodunon, dacht Caradoc. Maar het was moeilijk een hekel aan Britannicus te hebben. Hij was gevat, zwierig en charmant. Hij en zijn stiefbroer konden niet met elkaar overweg en zetten elkaar voortdurend de voet dwars. Britannicus probeerde ook wat te vangen van het licht van de publiciteit die Agrippina vastbesloten voor Nero organiseerde, en Nero gebruikte zijn groeiende populariteit telkens weer om Britannicus te dwarsbomen. Maar op zijn twaalfde jaar had Britannicus, ondanks zijn onnatuurlijke wereldwijsheid, nog steeds de innemende manieren van een kleine jongen.

'Je weet best dat ik niet ziek geweest ben,' antwoordde Caradoc en hij bood hem tegelijkertijd wijn aan. 'En je weet ook dat ik niet bepaald dol ben op grote schranspartijen.'

Britannicus lachte. 'Maar je hebt me anders genoeg verhalen verteld over feestmalen in Camulodunon die dagen en nachten duurden,' kaatste hij, 'en ik heb nog steeds niet genoeg van die verhalen. Maar dat geeft niet, Caradoc. Ik weet waarom je hier niet vaker komt. Heeft mijn vader je verteld hoe saai het nu is in de provincie waarnaar ik vernoemd ben? Ben je daar gelukkig mee, of ben je bedroefd?'

'Ik probeer geen van beide te zijn. Wat heeft dat voor zin? Ik ben alleen tevreden, dat is veiliger. Zeg eens, Britannicus, waar is de vrouw van Nero?'

Op het gezicht van Britannicus verscheen een sluwe uitdrukking. 'Hoe moet ik dat weten? Denk je dat de aanwezigheid van Octavia hier ook maar enig verschil zou maken en dat Nero dan minder wellustig naar Gladys zou gluren? Mijn broer denkt dat hij al een god is, en mijn moeder is het daar helemaal mee eens. Vermoedelijk verveelt die kleine Octavia hem, en zit ze ergens te pruilen.'

Caradoc zuchtte inwendig. Dit was een familie van fretten, daar leken ze allemaal op. Naast hem lag Eurgain aan op haar ligbank; ze at noch dronk iets. Haar ogen waren gericht naar de hoogste verdieping van de koepel, waar de beelden elkaar in de schemering aanstaarden, maar ze luisterde aandachtig naar de verschillende gesprekken rondom haar. Britannicus zette zijn ellebogen op de tafel.

'Misschien pruilt ze niet vanwege het gedrag van haar man,' merkte hij op. 'Ik heb een gerucht gehoord dat mijn vader op het punt staat een andere dochter te krijgen.' Hij keek sluw vanuit zijn ooghoeken naar Caradoc. 'Nee, nee,' vervolgde hij, 'de keizerin is niet zwanger, en als dat wel zo was dan betwijfel ik of ze het van Claudius zou zijn. Nee, mijn vader wil jouw Gladys adopteren.'

Eurgain ging langzaam rechtop zitten. Caradoc staarde naar het grijnzende gezicht dat naar hem gekeerd bleef. Het overdadige voedsel gaf hem plotseling een brandend gevoel in zijn maag. 'Ik heb al heel veel geruchten gehoord sinds ik naar Rome gekomen ben,' zei hij kalm, 'en bijna geen enkel gerucht bevatte ook maar een grond van waarheid, Britannicus. Dit lijkt me ook niet meer dan een gerucht.'

'Wel, ik hoop voor jou en voor Gladys dat je gelijk hebt. De keizerin zou er bepaald niet mee in haar schik zijn, omdat ze zich dan zorgen zou maken over de toekomst van haar lieve Nero.' Britannicus wuifde zijn eigen woorden luchtig weg. 'Ach, ik weet wel wat ze voor hem wil, en als mijn vader Gladys zou adopteren, dan zou ik meteen alles in het werk stellen om met haar te trouwen, en zo dichter bij de keizer en de mij toekomende plaats komen.' Hij tikte op Caradocs knie. 'Je hoeft je geen zorgen te maken. Ik mag haar werkelijk graag, zelfs al is ze vier jaar ouder dan ik. Getrouwd met mij zou ze veel veiliger zijn dan nu het geval is.' Hij wachtte niet op antwoord, maar stond op en liep weg. Zijn korte tuniek wapperde rond zijn dijen.

Caradoc en Eurgain wisselden een blik. 'Ik voel me misselijk,' zei Eurgain uiteindelijk. Caradoc zweeg. Plotseling hoorde hij zijn dochter lachen en hij zag dat Claudius zich vooroverboog om zijn mond af te vegen aan het witte tafellinnen. Agrippina fluisterde tegen Nero, die nog steeds aan zijn dunne baardje voelde. Zijn ogen bleven intussen op Gladys gericht. De Grieken spraken op ruzietoon met elkaar over een of ander onderwerp. Britannicus leunde tegen een pilaar en sprak met zijn leraar; een vage, geheimzinnige glimlach zweefde om zijn lippen. De muziek zwol af en toe aan, en toen boog Caelte zich naar zijn meester Caradoc.

'Ze zal het wel overleven,' zei hij zachtjes. 'Ze heeft de jaren in de bergen overleefd, en de gevaren die hier dreigen zijn niet zo heel veel anders. Vertrouw haar, heer, en wees niet bang. Zolang ze de bescherming van de keizer geniet is ze veilig voor de wolven.'

'Je vergist je, Caelte,' bracht Caradoc na een kort stilzwijgen uit. In gedachten zag hij zichzelf, Gladys en alle anderen met hun handen geklemd om de tralies van de kooi waarin ze nu al bijna twee jaar opgesloten zaten, afhankelijk van de luimen van Claudius. 'Als de keizer ervan afziet Gladys met zijn aandacht te vereren, dan neemt de aandacht voor ons ook af, en dan hoeven we niet langer met een mes onder onze kussens te slapen. Ik had haar moeten verbieden naar het hof te komen.'

'Niemand mag de keizer ongehoorzaam zijn,' bracht Caelte hem in herinnering, 'en het was Claudius die plotseling belangstelling voor Gladys kreeg. Misschien is zij wel de dochter die hij zo graag had gekregen.'

'Op Octavia is anders niets aan te merken. Ze is nog de meest eerbare van hen allemaal.'

'Dat is waar. Maar om de een of andere reden geeft Claudius de voorkeur aan Gladys. Misschien doet Octavia hem aan haar moeder denken.'

'Misschien. Ach, Caelte ik word zo moe van elk "misschien".'

Caelte wilde weer iets zeggen, maar op dat ogenblik kwam een slaaf onderdanig naderbij en fluisterde in zijn oor. Caelte pakte zijn harp en stond op. 'De keizer wil dat ik zing. Ik haat zingen in deze omgeving, Caradoc. De Grieken lachen spottend om mij en mijn muziek.'

506

'Weiger dan,' zei Eurgain opeens. 'Laten we met Gladys naar huis gaan. Ik wil hier nooit meer Caradoc. Nooit eerder in mijn leven heb ik zo'n smerige geur van corruptie en boosaardigheid ingeademd. Ik zie hier nergens lippen die in staat zijn ook maar één waarheid uit te spreken.' Ze zei dit luid en uitdagend, maar omdat Caelte juist vóór haar stond, konden alleen Caradoc en haar slaaf de woorden verstaan. Caelte liep naar de keizer en maakte een buiging.

'U wenst dat ik vanavond zing, heer, maar dat kan ik niet. Ik heb te veel wijn gedronken. Mijn keel doet zeer.'

Claudius fronste teleurgesteld. 'Je komt haast nooit wanneer ik je uitnodig,' bromde hij. 'Nu ben je hier wel, maar je wilt niet zingen?' De stem van de keizer klonk gemelijk; zijn gezicht liep rood aan en hij stotterde meer dan eerder op de avond. Gladys keek hem even aan en ging toen rechtop zitten. 'Ach, Caelte, zing alsjeblieft één lied. Is je keel zo pijnlijk dat je zelfs niet één lied kunt zingen?' Claudius veegde zijn neus af en Gladys ging nog wat meer rechtop zitten. Ze hield haar vingers ineengestrengeld onder het tafellinnen. De keizer was vermoeid. Hij kon elk ogenblik kwaad worden.

'Zelfs niet één,' antwoordde Caelte haar snel.

'Ook niet voor mij?' Haar ogen keken hem smekend aan, en opeens begreep hij het gevaar. Met een berustende zucht knikte hij.

'Goed. Ik zal proberen één lied voor u te zingen, heer, omdat u dat graag wilt. Welk lied wilt u horen?'

'Dat kan me niet schelen,' zei Claudius met bevende stem. 'Alles is goed. Vrolijk mij op, barbaar.'

'Ik ben alle opgewekte liederen vergeten, heer.'

Gladys liet haar schouders zakken. Ze stak haar kin omhoog. 'Ik heb een verzoek, Caelte,' zei ze luid. 'Ik wil dat je "Het Schip" voor me zingt.'

'Nee!' protesteerde Caelte geschrokken, maar Gladys stond op en greep de rand van de tafel vast. Haar ogen leken plotseling vuur te schieten.

'Doe het voor mij, Caelte! Ik wil, ik moet dat lied horen. Zing het nu voor mij, hier in deze hal. Dat smeek ik je!'

'O Gladys,' antwoordde hij bedroefd in hun eigen taal. 'Wat doe je hier toch? Moet ik voor deze oude man buigen en mijn eer aan zijn voeten leggen?'

'Nee,' zei ze fel. Haar ogen schitterden nog steeds en haar wangen liepen rood aan. 'Samen, tussen deze bruten, zullen we het lied laten klinken. Hij is een goede oude man, Caelte.'

'Het schip is ten onder gegaan.'

'Niet voordat er niemand meer is die een begrafenislied kan zingen.'

'Waar brabbelen jullie over?' onderbrak Agrippina hen argwanend. 'Gladys, gaat hij nog zingen of niet?'

Caelte boog zijn hoofd hoffelijk voor de keizerin. 'Ik zal zingen.' Hij nam zijn harp van zijn schouder. Gladys zette het lied in. Caeltes stem was veranderd met de jaren. Zijn stem klonk voller en met meer volume. Niet langer klonk zijn zangstem hoog, om zich melodieus met het kwinkeleren van de vogels en het ruisen van de wind te vermengen. Nu moest hij zijn stem verheffen tegen de harde pilaren en de ongevoelige oren van de grote stad. Tot deze dag was de stad ongevoelig geweest voor Caeltes muziek, maar dit lied bracht zijn eigen betovering mee. Gladys stond wiegend achter de tafel en neuriede zachtjes met hem mee. De keizerin sloeg haar benen over elkaar en leunde achterover. Ze keek aandachtig toe. Claudius hield zijn hoofd schuin en spande zich in iedere noot te horen, want hoewel hij de woorden niet kon verstaan, toch werd hij geboeid door de weemoedige melodie. Nero was duidelijk onder de indruk. Hij zag Caeltes lange vingers aan de snaren van de harp plukken. Ook Nero hield zijn hoofd schuin. De laatste toon klonk gedragen en klaaglijk, als een onbeantwoorde vraag, een zacht smeken. Toen sloot Caelte langzaam zijn mond. Hij wapende zich al tegen het minachtende gegrinnik dat hij voelde aankomen, maar de Grieken keken onverschillig naar hem toen Gladys op hem toe liep en hem kuste.

'Dank je,' fluisterde ze. 'Ik zal niet meer zoiets moeilijks van je vragen.' Agrippina applaudisseerde kort, ook zij was even ontroerd. De keizer was opgehouden zijn neus te snuiten.

'Dat was mooi,' zei hij zonder aarzelen. 'Kom dat lied morgen weer voor mij zingen.' Caelte wilde protesteren, maar Gladys schudde waarschuwend haar hoofd. Morgen zou de keizer dit lied alweer vergeten zijn. Nero ging rechtop zitten.

'Ik denk dat ik het beter kan zingen,' kondigde hij aan. 'Leer mij de woorden en de melodie op mijn eigen harp. Wat voor lied is het eigenlijk?'

'Het is een liefdeslied,' antwoordde Caelte. 'Een heel bijzonder en geheimzinnig lied. Ik denk dat het niet verstandig is als u het zingt, heer, zelfs al zou u de woorden leren. Want het behoort alleen aan mijn eigen volk.'

'O? Wel, ik wil niets te maken hebben met toverspreuken, en voor een liefdeslied klinkt het mij te somber. Ik geef de voorkeur aan iets vrolijkers, wanneer ik de liefde bezing. Je kunt nu wel gaan.'

Gladys keerde niet terug naar haar plaats, maar ze liep naar Claudius en legde haar armen om zijn hals.

'Keizer,' zei ze dicht bij zijn oor, 'ik denk dat mijn moeder en vader nu naar huis willen gaan, en ik moet ook gaan. Heb ik uw toestemming?'

'Ik heb waardering voor plichtsgetrouwe vrouwen,' zei Claudius en hij begon weer te stotteren. 'Natuurlijk kun je gaan. Misschien laat ik je morgen weer bij me roepen.' Ze kuste zijn gerimpelde wang, maakte een buiging voor Agrippina en liep achter Caradoc en Eurgain aan, die al onder de donkere hoge koepel terugwandelden, gevolgd door Caelte en enkele slaven. Toen ze weer in de buitenlucht was merkte ze pas dat ze helemaal bezweet was. Ze kwamen op het terras dat trapsgewijs naar beneden afliep en zich uitstrekte in de duisternis. Even bleven ze kijken over de stad, terwijl een slaaf de dragers ging waarschuwen. Niemand zei iets. Gladys huiverde, al was het een zwoele nacht. Eurgain sloeg haar armen over elkaar en keek naar de grond. Mensen liepen af en aan, een enkeling riep een groet, maar zelfs Caradoc kon geen woord over zijn lippen krijgen. De dragers kwamen, maar nog voor ze in de draagstoelen konden gaan zitten rende een boodschapper haastig uit de met toortsen verlichte hal naar hen toe.

'De keizerin wenst u in haar privé-vertrekken te spreken,' zei hij tegen Caradoc. 'Volgt u mij alstublieft.'

'Wees voorzichtig, vader,' waarschuwde Gladys, maar hij kuste haar en hielp haar in de draagstoel.

'Ga meteen naar huis,' zei hij tegen Eurgain. 'Het zal niet lang duren.'

'Deze keer zal het over Gladys gaan,' antwoordde ze bedaard. 'Er is niets dat die vreselijke vrouw niet weet. Ben je gewapend?'

'Ik heb mijn mes bij me. Maak je geen zorgen. Als ze mij iets wil aandoen, dan zou ze me niet openlijk laten roepen.'

Eurgain sprak kortaf tegen de slaven en Caradoc keek de zwaaiende draagstoelen na. Caelte liep naast die van Eurgain. Hij keerde zich om en volgde de boodschapper die vóór hem naar binnen ging. Ze liepen langs het roerloze water in het grote, met pilaren omzoomde atrium, omhoog langs de marmeren trappen, waarlangs rijen soldaten in het gelid stonden. Hier flakkerde fel het toortslicht en ze verdwenen in een doolhof van gangen van glanzend gepolijst marmer. Caradoc wist vaag waar hij was. Ze beklommen nog meer trappen en hij merkte dat het hier stil was; het rumoer van de eetzaal klonk ver achter hen. Ze kwamen bij een breed, door de maan verlicht balkon met aan de rechterzijde een grote deur. De boodschapper klopte op de deur, maakte een buiging en was verdwenen.

Agrippina deed zelf de deur voor hem open en wenkte ongeduldig dat hij binnen moest komen, waarna ze de deur even snel weer achter zich sloot. Caradoc deed enkele passen en stond in het midden van een helder verlicht vertrek. Hij voelde zich niet langer klein, zoals toen hij voor het eerst het hoge beschilderde plafond zag, de rood-wit geblokte mozaïekvloer en de zware wandtapijten, zo zwaar dat er twee mannen nodig waren om het kleed te dragen. Vensters omlijstten een zwarte nacht vol sterren en een windvlaag drong naar binnen, fris en zuiver, boven de geuren en de rook van de stad. Hij nam de omgeving snel in zich op en keek of er nergens in een hoek een man verborgen stond. De keizerin lachte zachtjes toen ze dit zag.

'Hoe zou ik daarmee mijn voordeel kunnen doen, Caradoc?' vroeg ze hem. 'Niets dat speciaal gunstig voor mij zou zijn. Ik zou het integendeel eerder jammer vinden als ik je moest laten vermoorden, Caradoc. Ik kijk graag naar je. Jij bent de enige oprechte man in Rome. Dat is te zien aan je gezicht en aan je manier van lopen. Je dwaalt hier in het paleis en in de stad nog steeds rond als een vis die op het droge naar lucht hapt. Je zegt en doet dingen waarvoor lang geleden een schrandere man al lang met geweld het zwijgen opgelegd zou zijn, maar ik vermoed dat eerlijkheid en openhartigheid hun eigen bescherming meebrengen.' Ze begon haar juwelen af te doen, eerst van haar armen, daarna haalde ze de sieraden uit haar haren. 'Je kunt je ontspannen, barbaar. Ik beraam geen aanslag tegen je leven. Je hebt me anders wel een keer heel kwaad gemaakt, dat weet je toch?'

Hij ontspande zich en glimlachte naar haar. 'Ja, dat weet ik.'

'Ik word omringd door oude mannen, door eunuchs en perverse lieden,' vervolgde ze nuchter. 'Toen je weigerde je aan mij te onderwerpen was ik gegriefd en verbaasd, want geen man weigert ooit, als zijn leven hem lief is. Maar ik moet nu toegeven dat ik teleurgesteld zou zijn als je je wél onderworpen had. Het prachtige beeld dat ik van je heb zou bezoedeld zijn. Misschien had je me anders ook wel teleurgesteld, want een eerzame barbaar zal zeker de vereiste verbeeldingskracht missen.' Ze glimlachte zuurzoet, haar vingers bewogen bij de spelden in haar haren. Caradoc moest opeens grinniken toen hij zich afvroeg of ze de ware reden had geraden waarom hij weigerde het bed met haar te delen.

Hij was voortdurend bang geweest tijdens de eerste maanden van zijn verblijf in Rome, bang voor de stad, bang voor de keizer en voor de onderstroom van macht die hij bespeurde bij iedereen die hij ontmoette, en die hem een vreemde, verwrongen kijk op zichzelf en de wereld verschafte. Dat had hem in verwarring gebracht. Ze had hem duidelijk gemaakt dat hij in zijn eigen belang en dat van zijn familie aan haar gril moest toegeven, maar hij had het eenvoudig niet gekund. Hij was er niet toe in staat geweest. Ze was te vreemd, te zeer een onbekende. Toen hij zich hersteld had van de emoties na zijn gevangenneming en de lange reis naar Rome, kon hij ook om een andere reden niet aan haar verlangen voldoen. Hij besefte instinctief dat zijn onderwerping uiteindelijk zijn dood zou betekenen. Ze zou al spoedig genoeg van hem krijgen en hij wist dat veel minnaars van de keizerin nu in hun mausoleum lagen.

Hij keek toe terwijl Agrippina de stijve krulletjes om haar hoofd losmaakte en tegen haar nek op en neer liet stuiten; ze omlijstten op macabere wijze haar wangen, eens stevig en vast, maar nu ingevallen en dor naast haar brede, merkwaardig onscherpe neus. Haar ogen waren ook oud, bedacht hij, oud en vermoeid, en vol begrip van het verval van de mensheid. En toch is ze een jaar jonger dan ik.

'Het is inderdaad waar dat beproevingen en armoede een man van deze...

deze verbeeldingskracht kunnen beroven,' beaamde hij niet zonder humor.
'U zou helemaal niet tevreden over mij zijn, vrouwe.'
'Waarschijnlijk heb je gelijk.' Ze smeet een kussen in een stoel en ging zitten, achterovergeleund, maar haar vingers bleven bezig met aan de krullen in haar haren te trekken. 'Maar ik heb je niet hierheen laten komen om over het verleden te spreken. Je zwerft hier rond, Caradoc, en je bezorgt niemand last. Het is zelfs zo dat sommige senatoren en andere invloedrijke personen je graag mogen, vermoedelijk omdat je te vertrouwen bent. Maar nu raakt je gezin in een situatie verzeild die je niet begrijpt. Ik zal openhartig met je spreken, want als ik dat niet doe, zul je me verkeerd begrijpen.'
In een flits begreep Caradoc heel goed wat ze zou gaan zeggen, en hij zag in gedachten alle vertakkingen die geheimzinnige en onzichtbare paden vormden in het paleis en in zijn eigen huis. Hij liet zich uit gewoonte op de grond zakken en hurkte voor haar, zijn vingers losjes ineengevlochten en balancerend op de ballen van zijn voeten. Ze sprak verder. 'Ik heb je dochter in het paleis getolereerd, omdat ze de keizer verstrooiing bood en niets voor zichzelf vroeg. Kortom, ze is even weinig ambitieus als jullie allemaal. Maar nu wil ik haar niet langer hier. Claudius zegt dat hij erover denkt Gladys te adopteren, en dat hij haar naam dan wil veranderen in Claudia, zodat ze aan het hofleven kan deelnemen. Mijn zoon loopt als een verliefde stier achter haar aan. Als ze gewoon een rustige affaire met hem wil beginnen, dan zou dat geen probleem zijn, want dan zou hij al spoedig over zijn eigenaardige passie heen zijn. Maar als ik jullie goed ken, dan zou ze daar nooit mee instemmen. Nero laat niets los, voordat hij zijn zin heeft gekregen.' Ze glimlachte cynisch. 'Je ziet hoe de eenheid in onze familie gemakkelijk verstoord kan worden. Britannicus zou haar gebruiken om weer bij zijn vader in de gunst te komen en zijn eigen belangen te bevorderen. Hij is nog maar twaalf, maar dat betekent hier niets, Caradoc. Mijn zoon kan zelfs een poging doen zich van Octavia te laten scheiden, of erger. Met twee dochters zou Claudius inwendig verscheurd worden en jijzelf zou opeens een heel gevaarlijke nieuwe positie krijgen.'
Gevaarlijk, dat zeker, dacht Caradoc. Gevaarlijk voor jou, Agrippina. Als Gladys in het paleis komt, zou er plotseling veel aandacht voor allerlei intriges komen en jij kunt je niet veroorloven dat je de controle verliest.
'Ze is een heel lief jong meisje,' vervolgde Agrippina. 'Maar ik weet wat plotseling in de gunst komen en macht verwerven een jong iemand kunnen aandoen. Als Gladys haar verstand verliest kan ze geweldige moeilijkheden veroorzaken. Als Claudius je benadert met zijn adoptieplannen dan moet je weigeren. En je moet verhinderen dat Gladys te dikwijls bij hem komt. Ik krijg er genoeg van haar steeds in het oog te moeten houden.'
Caradoc ging staan. 'Ik begrijp het heel goed,' zei hij. 'Maar ik vraag me af of

u het ook begrijpt. U bent bang voor mij en voor mijn gezin, nietwaar? U denkt dat een zuchtje macht voldoende voor ons is om meer te willen. Maar wat wij werkelijk willen is in vrede leven, met ons verdriet en onze herinneringen. Is het nooit in u opgekomen dat Gladys oprecht van de keizer houdt? We zullen daarover onderhandelen.'

Ze schudde heftig haar hoofd. 'O nee, barbaar. Ik onderhandel met niemand.'

'Deze keer zult u wel moeten, keizerin. Ik zal de adoptie weigeren en Gladys uit de omgeving van Claudius weghouden, maar alleen als u ervoor zorgt dat uw zoon zo ver mogelijk uit haar buurt blijft. Ze wil niets met hem te maken hebben.'

Ze dacht een ogenblik na en ging toen ook staan. 'Afgesproken. Ik zal een ander speelmakkertje voor Nero zoeken. Maar denk erom dat je jouw deel van de afspraak nakomt, Caradoc. Vergeet de Grieken niet.'

Hij keek haar aan en zijn ogen vernauwden zich toen hij dit dreigement hoorde. Ze verduidelijkte het nog voor alle zekerheid. 'Claudius is erg gesteld op deze mannen. Zij oefenen meer invloed op hem uit dan wie ook. Eén enkel woord is wat dit betreft al voldoende om je de zekerheid te geven dat je je dochter plotseling zult verliezen.'

'Mag ik gaan?' vroeg hij stijfjes en hij probeerde zijn woede te beheersen.

Met een handgebaar gaf ze hem toestemming te verdwijnen. 'Ja, je kunt gaan. Neem je gezin dit jaar mee naar de zomerresidentie van Aulus Plautius. De frisse lucht op het platteland zal jullie goed doen.'

Hij sloot de deur zachtjes en liep door de koele, donkere gang. De slaaf die hem hierheen had geleid rende achter hem aan. Caradoc wist dat hij Agrippina eigenlijk dankbaar moest zijn dat hij de kans kreeg zichzelf en zijn dochter uit de intriges te bevrijden, maar hij kon nu alleen aan zijn eigen mes in haar rug denken. Hij volgde de slaaf blindelings. Wat was het moeilijk hier, in de meest beschaafde stad, in leven te blijven... Caradoc kwam op het terras en liep meteen naar de trappen door de keizerlijke tuinen, langs een kortere weg naar zijn eigen huis tegenover de Clivus Victoriae, op de heuvel van het Palatium. De duisternis onttrok het Forum en de rivier met de sierlijke bruggen aan het oog, maar dat kon Caradoc niet schelen. Hij haatte dit alles!

Llyn en zijn zuster Eurgain verlieten het huis met Chloë, Eurgains Griekse slavin, en ze verdwenen onopgemerkt in de drukke menigte die 's avonds op straat was. De zon was ondergegaan, maar de duisternis was nog niet gevallen, en toen ze de voet van het Palatium bereikten en verder liepen over het Forum, dat zich in zuidelijke en westelijke richting naar de rivier uitstrekte, moesten ze zich een weg banen door de groepjes rondslenterende wandelaars die zich hier verzamelden om roddels uit te wisselen voordat ze thuis de avondmaaltijd zouden gaan gebruiken. Ze liepen achter elkaar, zonder iets te zeggen. Eurgain voorop, gevolgd door Chloë, maar toen het Forum achter hen lag, de straten steeds smaller werden en de huizen en winkels dichter op elkaar stonden, ging Llyn voorop lopen met Eurgain achter hem en ze keken scherp naar alle voorbijgangers. Het werd donkerder, maar ze bleven niet staan om de toortsen aan te steken. Zonder dralen en zonder zich in de weg te vergissen liepen ze steeds verder door de schaduwen. De mannen en vrouwen die hen passeerden waren winkeliers en kooplieden, allen op weg naar hun eigen huis en gezin. Het drietal werd door niemand aangesproken of uitgedaagd. De nacht was nog jong. Eindelijk bleef Llyn staan. Ze waren bij een hoek gekomen. Links kronkelde de straat naar een haveloze wijk waar de armste bewoners leefden en werkten, maar rechts leidde de hellende straat naar beneden. Het geluid van de stromende rivier en het rumoer in een taveerne waren hier te horen.

Eurgain duwde de kap van haar mantel naar achteren en ze kwam naast Llyn staan. 'Morgen zie ik je weer, Llyn, tenzij ze je lijk uit de Tiber opdreggen. Zorg ervoor dat je niet te veel geld kwijtraakt.'

'Waarom zou ik daarvoor oppassen?' antwoordde Llyn luchtig. 'Het is mijn geld niet en er is trouwens nog veel meer geld waar het vandaan komt. Jij bewaart mijn geheim, dan zal ik jouw geheim bewaren.'

'Ga je met mij mee?'

'Nee, dank je. Misschien is er toch nog iets om voor te leven, en ik ben niet bereid om aan het kruis genageld te worden of me aan stukken te laten scheuren door uitgehongerde leeuwen. Vertel eens, is het waar dat die lieden kleine kinderen in meel wentelen en dan doden om ze op te eten?'

Ze lachte even. 'Nee Llyn, dat is niet waar. Ze zouden nooit iemand doden.'

'Hoe dan ook, ze zouden toch beter moeten weten dan een samenzwering tegen de keizer te beramen. Je bent een dwaas dat je je daarmee bemoeit.'

'Ze beramen geen samenzwering. Hun God heeft hun gezegd dat ze het wereldse gezag moeten gehoorzamen.'

'Wat saai. Dan zullen ze je niet lang kunnen boeien, Eurgain.'

'Dat weet ik niet, Llyn.' Ze kuste hem. 'Ik denk dat zij de onveranderlijke waarheid hebben ontdekt waarnaar de druïden eeuwenlang gezocht hebben, en als dat inderdaad zo is, dan is er niets in de wereld belangrijker voor mij.'

'Je lijkt moeder wel,' bromde hij goedhartig. 'Pas goed op haar, Chloë.' Hij wuifde en liet hen verder gaan.

'Ik kan heus wel op mezelf passen!' riep Eurgain, en de echo van haar woorden volgde hem in de duisternis.

Llyn rende naar beneden, de drukke straat door, dook een steegje in en kwam weer te voorschijn op een plek waar een verstikkende stank van rottend afval, vermengd met de zware, vochtige geur van de rivier, opsteeg. Even overwoog hij verder te gaan naar de magazijnen en de dokken, naar de brug over de rustig stromende Tiber, maar al spoedig besloot hij te kiezen voor de warmverlichte taveerne waar hij zijn gokvrienden zou ontmoeten. De kooplieden lieten nachtwakers langs de oever van de rivier en bij de pakhuizen met hun voorraden patrouilleren. Hij was een keer ontsnapt aan arrestatie door net te doen of hij zo dronken was dat hij ergens in een portiek zijn roes uitsliep. Dat gevaar zocht hij vandaag niet. Hij ging in looppas verder, en dacht aan zijn vader, zijn moeder en aan Gladys, zoals ze nu bij de keizer aan tafel zaten. Gladys zou zeker de Grieken uitdagen. Llyn vertraagde zijn passen. Niets voor mij, dacht hij. Gladys is moediger dan ik, dat ze Nero's blikken trotseert. Vóór hem straalde het schijnsel van de taveerne door de open deur naar buiten en hij hoorde het schorre gelach van zijn vriend Valog, de Gallische gladiator, naar buiten klinken. Llyn maakte zijn mantel los, keek om zich heen en ging snel naar binnen.

Wel twaalf stemmen begroetten hem toen hij zich een weg baande langs de lange houten tafels in de kleine ruimte. Een groepje mannen zat rond een andere tafel met bekers bier vóór zich. Ze maakten plaats voor Llyn. Hij rolde zijn mantel op en maakte de kleine buidel aan zijn gordel los.

'Je bent erg laat, Linus,' klaagde Valog. 'We dachten al dat je gisteren zo goed gespeeld had dat je de eerste maand niet zou terugkomen.'

'Wat doe jij hier, Valog?' antwoordde Llyn opgewekt. 'Ik dacht dat je morgen moest vechten. Ik zal Plautius vertellen waarom hij zoveel gladiatoren kwijtraakt. Hij zou jullie allemaal moeten opsluiten.'

'Hij heeft mijn gevecht afgelast,' zei Valog gemelijk. 'Hij moet zijn boerderij bezoeken.'

'Nou, als hij je evengoed zou kennen als ik, dan zou hij je nooit toestemming geven om vrij door de stad te lopen. Op een dag zal hij nog merken dat zijn bezit beschadigd is.'

'Door jou zeker?' zei Valog grinnikend. 'Jij brutaal jong eilandkonijn!'

'Pas op, Valog! Ik kan hem een aanbod doen. Zou je graag voor mij vechten?'

'Gaan we nou nog spelen of niet?' zei de man naast Llyn.

Llyn keek hem aan. 'Heb je vannacht geen dienst, Publius?'

'Nee. Morgen heb ik een dubbele dienst. Het soldatenleven is niet gemakkelijk, Linus!' Hij schoof een beker bier naar Llyn, die gretig een slok nam, de munten uit zijn buidel op tafel legde en vol verwachting om zich heen keek. Dobbelstenen verschenen en de mannen begonnen te spelen, onverschillig voor het rumoer om hen heen. 'Ga je later met me mee naar Sabella?' vroeg Publius aan Llyn, maar de laatste schudde zijn hoofd.

'Nee, daar ga ik niet meer heen. Sabella heeft Acte verkocht, ik weet niet aan wie, en de andere meisjes hebben de ziekte.'

'Dat is niet waar!'

'Ik heb geen zin in hun magere lijf,' zei Llyn en hij schoof de dobbelstenen bij elkaar. Publius keek schuins naar Valog en legde zijn geldstukken op tafel. De avond vorderde en buiten werd de nacht koel. De munten gingen van hand tot hand. Het geluk was met Llyn. Enkele speelvrienden stonden op en verdwenen, maar hij, Valog en Publius speelden door totdat Llyn zijn buidel weer pakte en zijn winst telde.

'Gaan jullie maar door,' zei hij. 'Ik kijk alleen toe.' De dobbelstenen ratelden in de leren beker. Llyn riep dat er meer bier gebracht moest worden en bleef toen met zijn kin in zijn hand zwijgend toekijken. Hij dronk te veel, en dat wist hij. Het bier in Albion was donker en dik, het gleed langzaam naar de hersenen, maar het Romeinse bier was licht en koppig. Romeins bier slaat plotseling toe, als een slang, als een Romeinse moordenaar, dacht hij, of als een Romeinse keizer. Maar het geeft vergetelheid zoals geen enkel Catuvellauns brouwsel dat kan. Hij nam een grote slok. Valog keek ongelukkig en ging verzitten op zijn stoel, terwijl Publius begerig naar hem lachte. Ze waren vergeten dat Llyn toekeek. Publius veegde Valogs laatste geld bijeen, maar ze bleven zitten en vertelden elkaar wel een uurlang verhalen. Llyn dronk stug door, tot hij de taveerne wazig zag en de meubels leken te zweven. De bezoekers leken ineen te schrompelen en de stemmen van de gladiator en de soldaat klonken zangerig. Het leek wel of ze over hem spraken, alsof ze hem beledigden. Hun lachen echode in zijn hoofd en hun bewegingen leken steeds trager. Nog één beker, dacht hij halfbewust. Nog één, niet meer. Al kan ik zelfs in mijn slaap niet ontsnappen.

'Eigenlijk mag ik jou niet, Publius,' zei Llyn moeizaam maar nadrukkelijk. Hij legde zijn beide armen op tafel en zijn tong had moeite de woorden te vormen. 'Ik heb te veel van jouw soort gedood om je ooit nog te mogen. Ik mag je helemaal niet.'

Publius keek even nonchalant naar Llyn en grijnsde toen naar Valog. 'Hij is weer dronken. Is het jouw beurt of de mijne?'

'De jouwe,' zei Valog zuur. 'Ik ga niet nog eens die heuvel op.'

'Nou, hij heeft vanavond in elk geval van jou gewonnen. Ik heb weinig geluk gehad. Misschien is het beter als we hem hier achterlaten.'

'Dan wordt zijn geld gestolen en zijn schedel gespleten. Nee!'

'Dat zal toch wel een keer gebeuren.'

Valog keek geboeid naar Llyn, die zijn hoofd tussen zijn ellebogen liet zakken. 'Jij begrijpt die barbaren niet, Publius. Op een dag zal hij ophouden met zoveel drinken en heeft hij geen medelijden meer met zichzelf. En een dag later zien we hem in de Curia bij de senatoren zitten. Op een dag stop ik met vechten voor Plautius en dan leer ik zingen. Het maakt niets uit, weet je. Het is toch allemaal hetzelfde.'

'Misschien is het voor jou allemaal hetzelfde, maar ik moet die dwaas straks over het Forum slepen. Ze kunnen me nog arresteren als ze denken dat ik hem gemolesteerd heb.'

'Er zijn geen dwazen,' mompelde Llyn en hij sloeg zijn waterige ogen op. 'Er zijn alleen lieden die het niet begrijpen.'

'Kun je nog lopen, Linus?' vroeg Valog luid.

Llyn hief zijn hoofd op van de tafel en knipperde traag met zijn ogen. 'Wie niet kan lopen moet kruipen, en wie niet kan kruipen moet sterven zodat ze kunnen vluchten,' zei hij.

Publius slaakte een kreet van ergernis en ging staan. Hij trok Llyn overeind. 'Als hij dronken is praat hij altijd zulke onzin,' klaagde hij. 'Toch is hij best aardig. Help eens, Valog.'

'Heb je het bier al betaald?'

'Waarmee? Jij hebt alles ingepikt!'

Valog tastte voorzichtig in Llyns buidel en haalde er drie munten uit. 'Dat vindt hij niet erg, Publius. Hij wint het de volgende keer wel terug.' Ze lieten het geld op tafel liggen en samen hielpen ze Llyn naar buiten. Publius vloekte. Er viel een lichte regen. Llyn leunde tegen de stenen muur van de taveerne en glimlachte wezenloos voor zich uit. 'Ik zal tot aan de straat van de kruidenverkopers met je meelopen,' zei Valog. 'Kom mee, Linus. En houd je mond dicht. Ik hoef vanavond geen druïdenwijsheden meer te horen.' Ze ondersteunden hem en begonnen te lopen in de richting van de straat, die nu alleen nog verlicht werd door het schijnsel dat naar buiten drong uit de huizen waar de bewoners nog niet sliepen.

De regen was koel en verfrissend. Llyn keek omhoog en zijn voeten volgden gehoorzaam de richting die zijn twee begeleiders kozen. In gedachten was Llyn terug in de uitgestrekte eikenwouden en hoorde hij het knetteren van een groot kampvuur. 'Het kronkelende pad schijnt recht voor hen die erop lopen,' dreunde Brans stem in zijn hoofd. Llyn was duizelig, de gedachten warrelden door zijn brein. De dood is een illusie. De waarheid is een illusie. De werkelijkheid... de werkelijkheid is je eigen keus. En vrijheid... Hij begon te lachen, eerst zachtjes, maar steeds luider tot hij onbedaarlijk schaterde. Toen ze bij de straathoek kwamen waar hij Eurgain en Chloë had achtergelaten, wenste Valog hun een goedenacht en liep daarna met grote passen weg. Publius greep Llyns arm en legde die om zijn eigen nek. 'Ik weet niet waarom ik dit allemaal voor je doe,' bromde hij, maar hij wist het antwoord al.

Llyn wankelde naast Publius voort en neuriede zachtjes. 'Als je begint te zingen laat ik je hier liggen!' siste Publius, maar Llyn zong niet. Hij bleef alleen neuriën en enkele voorbijgangers keken verbaasd op. Ze kwamen bij de rand van het Forum en nadat ze daar veilig voorbij waren ging Publius zijn eigen weg, zonder nog een woord te zeggen. Llyn bleef licht wankelend staan, nog steeds zachtjes neuriënd. Boven zijn hoofd rees de helling naar het Palatium omhoog, met de pralende patriciërshuizen. Zwakke lichtjes leken te knipogen als de wind de bomen in beweging bracht. Hij begon aan de lange klim naar het huis van zijn vader, en volgde de kronkelende lijn van de muur. Maar toen hij halverwege de helling was, besefte hij dat hij niet verder kon. Hij ging op de grond liggen en keek naar de hemel. Het was nu harder gaan regenen. De druppels vielen op zijn gezicht en ritselden in de bladeren van een donkere boom. Hoe vaak, dacht hij, heb ik onder de eiken gelegen en ingespannen geluisterd naar vijandelijke soldaten? Hoe vaak heb ik gezien dat bloed zich vermengde met de regen in Albion en het gras een purperkleur gaf? Albion. Hij sprak het woord langzaam voor zich uit. Ergens bestaat dat land, ergens waar het groen en stil is, maar ik kan mij niet meer voorstellen dat de wereld niet gemaakt is van weerbarstige steen en nimmer aflatend geluid. Misschien is Albion alleen maar een mooi verhaal. Hij spreidde zijn armen uit en voelde dat zijn tuniek zwaar van het regenwater geworden was. Het weefsel kleefde aan zijn huid, maar het was een prettig, schoon gevoel. Gladys is al bezig het te vergeten, dacht hij. Angst deed hem onhandig overeind krabbelen tot hij op zijn knieën lag. Hij kwam overeind en liep verder door de duisternis, tot hij bij de poort van zijn vaders huis kwam. Hij miste de kracht om over de muur te klimmen, maar de portier hoorde hem bij het ijzeren hek scharrelen. De man kwam naar buiten en begroette hem voordat hij, zonder een spier te vertrekken, het hek openmaakte. Llyn wankelde door het hek en hoorde het slot weer achter hem dichtvallen. Toen voelde hij gras onder zijn voeten en boven hem waren de takken van de bomen. De fraaie veranda van zijn vaders huis doemde statig voor hem op, met grijze pilaren als de stammen van dode wilgebomen en hij voelde de aanwezigheid van de soldaten die hier op wacht stonden eerder dan dat hij hen zag. Hij maakte een diepe buiging voor het huis en salueerde met een spottend gebaar voordat hij verder liep, nog steeds tussen de bomen, tot hij bij het brede terras en het grasveld met de rozenperken kwam. Hier klonk het eentonig suizende geluid van de fonteinen. Hij liep over het grasveld en kwam bij een borstwering vanwaar men op heldere dagen de hele stad kon overzien. Je beloont ons met de belediging van gratie, dacht hij. Jij beantwoordt onze wanhopige kreten met het verzachtende gif van de rijkdom en je houdt ons in bedwang terwijl wij ervan eten. Emrys, Madoc, hebben jullie ons vergeven dat wij nog steeds in leven zijn? Ik maakte mijn eerste Romeinse kop buit toen ik nog maar een kleine jongen was. Wat vreemd dat ik daaraan nu moet denken. Ik droeg dat hoofd naar de bron en keek terwijl het wegzonk in het water. Madoc vond het grappig. Die dag is er iets in mij gestorven, en Madoc moest lachen. Madoc. Emrys. Llyn sprak de namen hardop uit, alsof ze een bezwering vormden en met gesloten ogen legde hij zijn handen tegen de natte stenen muur. Alle namen die hij zich kon herinneren, namen van mannen die aan zijn zijde gestreden hadden, mannen die naast hem gesneuveld waren. Makkers die alles gegeven hadden, zodat hij nu in een Romeinse tuin bij een schitterend huis kon staan, dronken van te veel Romeins bier. Hij verhief zijn stem en de namen klonken steeds sneller na elkaar. Hij klom boven op de muur en schreeuwde luidkeels.

Caradoc werd opeens wakker en meende even dat hij Togodumnus hoorde roepen. Hij was naar huis teruggekeerd met te veel gedachten in zijn hoofd om rustig te gaan slapen. Hij was in een stoel naast de vijver in zijn grote atrium gaan zitten en uiteindelijk toch weggedoezeld, in slaap gezongen door het ruisen van de regendruppels op het gladde water. Nu ging hij met een ruk overeind zitten, nog steeds half dromend. Daar hoorde hij het geluid weer. De hoge stem van zijn broer, boven het gorgelende geluid van de regen in de afvoerbuizen uit naar hem roepend. Hij bromde iets en kwam overeind om alsnog naar bed te gaan, maar nu hoorde hij de stem weer – Togs uitdagende en bevelende stem. Maar hij verstond de naam Cinnamus. Caradoc kreeg een tintelend gevoel in zijn vingers en een prikkelend gevoel in zijn hoofdhuid. Tog was dood. Tog was al heel lang dood, en niemand wist in welk lichaam zijn ziel nu huisde. Hij was nu klaarwakker en liep met vlugge passen over de gele tegels, langs de colonnade naar de beregende tuin van het peristylium, en verder onder de overkapte gaanderij. Hij rende de glibberig natte treden af, naar het terras en over het zompig geworden grasveld. Toen bleef hij met een ruk staan. Daar stond Tog op de muur, als een donkere schaduw afstekend tegen de nog donkerder achtergrond. Zijn haren waaierden wijd uit en hij hield zijn armen uitgestrekt. Een reeks namen kwam in een stroom over zijn lippen. Nu leek hij eerder op Mocuxsoma, een dode die de doden riep, een aanroeper in deze vreemde tuin, een oordeel. Caradoc staarde met wijd opengesperde ogen en heftig bonzend hart naar de wankelende gedaante. Hij slaakte een zucht toen hij zijn zoon herkende. Vannacht werd angst op angst gestapeld. Eerst Agrippina, nu Llyn. Hij naderde de muur.

'Llyn! Kom naar beneden! En houd op met dat geschreeuw!'

Llyn keek naar zijn vader. 'Jij bent niet dood,' zei hij met dikke tong en keerde zich toen weer naar de stad. 'Rome!' brulde hij. 'Moordenaars!'

Caradoc strekte zijn arm uit en greep de mouw van Llyns tuniek. Met een ruwe beweging trok hij zijn zoon naar beneden. Llyn belandde struikelend op de grond, zijn tuniek was doornat. Caradoc bukte zich, schudde hem heftig door elkaar en trok hem overeind.

'Je bent weer dronken,' zei hij driftig. 'Ik word misselijk als ik naar je kijk, Llyn. Waar is je eergevoel gebleven? Waar is je trots?'

'Waar is die van jou, ricon?' schamperde Llyn, heen en weer zwaaiend. Zijn gezicht was bleek en verwrongen. 'Je had ons allemaal moeten doden en daarna zelfmoord plegen, toen je deze gevangenis vol marmer en damast voor het eerst zag. Ze zijn dood! Dood! Ze geloofden in jou, maar nu zijn ze dood, terwijl jij hier rustig verder leeft en dik wordt op kosten van Claudius. Jij had een prijs. Dat wisten de stammen niet, of wel soms? Wist Cin dat? Rome heeft die prijs betaald. Rome slaagde erin je te verleiden.'

Achter zich hoorde Caradoc rumoer toen zijn bedienden haastig achter hem aan kwamen; sommigen hadden een mes in de hand. Eurgain kwam ook blootsvoets aangehold, haar blonde haren hingen los en ze hield haar bovenkleed dicht tegen haar borst gedrukt. Hij keerde zich niet om. Hij bleef naar Llyns natgeregende haar kijken, naar de glazige bruine ogen en de half opengevallen mond. Toen balde hij zijn vuist en sloeg met kracht tegen Llyns kaak. Eurgain slaakte een kreet toen ze het zag en ze Caradocs knokkels krakend tegen het gezicht van haar zoon hoorde slaan. Llyn sloeg achterover op het gras. Caradoc bukte zich en greep Llyn bij zijn tuniek om hem weer overeind te sjorren en naar de dichtstbijzijnde fontein te slepen. Met een snelle beweging schopte hij Llyns voeten onder hem weg en gaf hem een harde duw, zodat hij in het heldere koude water viel. Proestend en naar adem happend kwam Llyn weer boven, zijn handen graaiden krampachtig naar de stenen rand, en toen hij daar houvast aan had gevonden hurkte Caradoc voor hem neer. Hij greep een pluk haar en trok eraan tot Llyn het uitschreeuwde van pijn.

'Ze vochten niet voor *mij*,' siste Caradoc. Zijn stem beefde van woede. 'Ze stierven niet voor *mij*.' Hij strekte zijn arm uit en met een kaarsrechte wijsvinger wees hij over de muur, waarachter de onzichtbare stad lag te wachten op de dageraad. Met zijn andere hand dwong hij Llyn in die richting te kijken. 'De stad is daar!' schreeuwde hij, 'en ze zal nooit verdwijnen, hoeveel bier jij ook verzwelgt! Die stad heeft betere mannen dan jij of ik gebroken, en Rome zal daarmee doorgaan als jij en ik allang dood zijn! Rome ziet met genoegen dat jij je leven verwoest.' De stramme arm begon te beven van de intensiteit van de ingehouden woede. 'Als je jezelf wilt doden, doe dat dan als een strijder, met een zwaard! En niet als een armzalige boer met een kruik drank! Word volwassen, Llyn!' Opeens keerde een herinnering in zijn gedachten terug die hem deed verstommen. Cunobelin stond over Togodumnus gebogen, en wreef zijn pijnlijke knokkels, terwijl Tog verdoofd door de harde slag op de grond lag, maar nog voordat Caradoc de woorden van zijn eigen vader in gedachten kon horen, stond hij op en verdreef de herinnering uit zijn geest.

'Haal hem daar uit en breng hem naar bed,' beval hij de bedienden. Daarna liep hij snel terug naar het huis. Eurgain liep naast hem. Toen hij weer in de beschutting van de colonnade was liet hij zijn schouders zakken en keek haar met een bedroefd gezicht aan. 'Llyn heeft gelijk,' zei hij. 'Ik had ons allemaal moeten doden, zoals onze voorouders ook gedaan zouden hebben; dat zou een les voor het geweten van deze stad geweest zijn.'

'Rome heeft geen geweten,' antwoordde Eurgain. 'Rome zou eerst verbaasd zijn en dan hartelijk lachen, zonder het te begrijpen. Je moet geen wroeging hebben omdat Llyn zo ongelukkig is. We hebben allemaal geleerd hoe we moeten overleven.'

'Alleen Gladys heeft dat geleerd,' zei hij bitter, 'en soms, als ik haar hoor, vraag ik me af hoe goed ze die les geleerd heeft. Ik heb haar nooit eerder met zoveel hartstocht horen vragen of Caelte een lied wilde zingen. Wij spelen allemaal een spel, Eurgain, net als iedereen in deze stad. Moet ik het Llyn kwalijk nemen dat hij zichzelf is?'

'Ga je morgen met Gladys praten?'

'Ik weet het niet. Ik kan niet goed denken. Ga slapen, Eurgain.'

Ze liep zonder verder iets te zeggen weg en Caradoc ging, geleund tegen een pilaar, op de vloer zitten. Hij luisterde naar de gedempte stemmen van de bedienden die Llyn, kwaad en misselijk als hij was, met zachte hand naar de trap leidden. Ik weiger medelijden met hem of met mezelf te hebben, besloot Caradoc vastberaden. Hij moet leren niet gebukt te gaan onder de slagen van het noodlot. Hij moet daartegen leren vechten.

In de ochtend vertelde hij Eurgain en zijn dochters wat de keizerin tegen hem gezegd had. Ze lagen aan een tafel in het triclinium en aten brood en vruchten, terwijl de vroege zon het tafelzilver en de schalen bestraalde. Een vochtige lichte bries deed de gordijnen naast de vensters bewegen. Llyns plaats was leeg. Hij kwam zelden de eerste maaltijd van de dag met zijn familie delen. Ze hoorden de stemmen van de bewakers die deze ochtend dienst hadden en de wacht van de nachtwakers overnamen. Een tuinman kwam voorbij met een kruiwagen vol zaaigoed. Ze aten zwijgend verder. Toen stuurde Caradoc de bedienden weg en ging rechtop zitten. 'Gladys,' vroeg hij zijn dochter, wier gezicht van woede was gaan blozen, 'weet jij welke plannen de keizer met je heeft?'

'Nee. Tenminste, ik heb wel geruchten gehoord, maar hij heeft zelf niets tegen mij gezegd. Ach, die arme oude man! Agrippina zit daar als een loerende kat te wachten tot hij sterft, zodat ze zijn plaats kan innemen, met Nero in haar kaken, terwijl die vervloekte Grieken hem helemaal leegzuigen! Ik zal hem in elk geval gezelschap blijven houden, want hij heeft mij nodig.'

'Hij is geen arme oude man,' interrumpeerde haar moeder kalm. 'Als dat zo was, dan zou hij niet de keizer van Rome zijn. Ik denk dat je hem moet zien zoals hij werkelijk is, Gladys, en niet zoals jij hem graag ziet. Hij wordt inderdaad oud, en zijn gezondheid is zwak, maar zijn geest is even scherp en berekenend als die van Agrippina. Je hebt medelijden met hem, maar je moet ook op je hoede voor hem zijn.'

'Dat heb ik geprobeerd, maar ik kan het niet. Hij is goed voor me en vriendelijk. We kunnen heel goed met elkaar spreken. Ik troost hem.'

Caradoc en Eurgain wisselden een blik. Toen zei Caradoc: 'Hij kan jou niet beschermen tegen de keizerin, Gladys, al beseft hij dat misschien niet. Hij kan het hoogstens proberen. Hij kan jou omringen met soldaten, hij kan voorproevers voor je voedsel benoemen, en je gezelschap geven overdag en 's nachts, maar op een kwade dag zal Agrippina je toch vermoorden. Zo eenvoudig is dat. Ik denk dat ze gelijk heeft wanneer ze zegt dat wij hier te veel zijn. Wij hebben hier in het paleis niets te zoeken. We zijn als makke schapen die zich naar de slachtbank laten leiden.'

Zijn dochter Eurgain keek aandachtig over de tafel naar haar vader, maar Gladys begon te antwoorden terwijl ze haar ogen neergeslagen hield. 'Ik zal adoptie weigeren, als hij dat vraagt,' zei Gladys. 'Ik houd van hem, maar ik heb slechts één vader. Maar hoe kan ik weigeren naar hem toe te gaan als hij mij laat komen? Hij zal gekwetst zijn. Zijn beminnelijkheid zal omslaan in woede.'

'Niet als hij werkelijk op je gesteld is,' zei Eurgain. 'Zeg hem dat je meer tijd nodig hebt voor je studie. Zeg hem dat je leraar er genoeg van krijgt zijn tijd te verdoen met geroddel met de huisknecht.' Niemand wilde dat Claudius de waarheid te horen zou krijgen. Allemaal dachten ze dat hij waarschijnlijk heel goed op de hoogte was van de ambities die in het verborgene door zijn familieleden gekoesterd werden en het leek niet gunstig daar hardop tegen hem over te spreken.

'Hij zal je missen,' zei haar zusje zacht. 'Hij zocht de oprechtheid van onze tante Gladys en die heeft hij bij jou gevonden. Octavia is eerlijk, maar erg verlegen. Ze zal hem niet laten blijken wat ze voor hem voelt, uit vrees voor de keizerin. Agrippina wil dat niemand zo dicht bij Claudius komt, dat zijn liefde voor Nero vermindert.'

'En dan zijn de Grieken er ook nog.' De woorden klonken bij de deur en toen ze omkeken zagen ze Llyn daar staan. Zijn gezicht was bleek maar hij grijnsde wrang. 'Ik heb naar jullie gesprek geluisterd, toen ik achter de deur stond om te voorkomen dat de bedienden het zouden horen. Heus, jullie zijn allemaal veel te zorgeloos.'

'Jij hebt geen recht van spreken!' zei Gladys kwaad. 'Ik weet wat er gisterenavond gebeurd is. De hele stad kon je gescheld horen!'

Llyn liet zich op een bank vallen. Caradoc schoof brood naar hem toe, maar hij schudde zijn hoofd. 'Ik denk dat jullie erop moeten aandringen dat Gladys door Claudius geadopteerd wordt,' merkte hij op. 'Zij zou haar intrek in het paleis moeten nemen, en niet lang daarna zal ze verloofd zijn met die aardige Britannicus, dat toonbeeld van Romeine deugden. Ik zal Octavia het hof maken en samen kunnen we Nero aan de kant schuiven. Vroeg of laat, maar eerder vroeg, zal Claudius sterven. Wat zal er dan met ons gebeuren?'

Zijn zuster Eurgain lachte. 'Dan verwerven wij de macht in het Romeinse rijk.'

'Juist.' Llyn nam een tros druiven, snoof eraan en legde de vruchten terug. 'Zonder Nero zal Agrippina gebroken zijn. Wat een heerlijke gedachte! Het Huis Catuvellauni, de nieuwe ricons van Rome!'

'Wat zou je dan doen?' vroeg Caradoc aan Llyn, en zijn gezicht werd langzaam ernstig.

'Ik zou de legioenen uit Albion en Gallië terugtrekken, deze stad in brand steken en dan naar huis terugkeren.'

Er viel een diepe stilte. Toen nam Eurgain het woord. 'Llyn heeft gelijk wat de Grieken betreft,' zei ze op effen toon. 'Je ziet hen alleen als parasieten en zwelgers, Gladys, maar de meesten van hen hebben veel invloed en het zijn schrandere lieden. Zij maken deel uit van de keizerlijke macht. Claudius vertrouwt op hen, en dikwijls terecht. Ze haten je nu al, omdat ze voortdurend aan hun toekomst denken. Zij zien hetzelfde als Llyn. Ook al zou Agrippina minder hardvochtig over je denken, zij zullen dat zeker niet doen.'

Gladys gooide met een woest gebaar haar servet neer en stond op. 'Je hebt gelijk,' zei ze luid. 'En soms ben ik doodsbang voor die stad binnen de stad op de heuvel. Ik zal Claudius proberen duidelijk te maken waarom ik niet langer naar hem toe zal komen.'

'Leg het hem vandaag nog uit, Gladys,' waarschuwde Caradoc. Ze knikte met stijf opeengeklemde lippen en verliet het gezelschap.

Llyn geeuwde. 'Ik denk dat je me vandaag wil vragen of ik mijn gedrag zal verbeteren,' zei hij tegen zijn vader. 'Maar ik kan alleen zeggen dat ik zal nadenken over de woorden die je gisteren zo hardhandig met je vuist hebt onderstreept. Besef je wel, dat je mijn leeftijd had en al ricon was toen ik geboren werd?'

'Ja, Llyn,' antwoordde Caradoc zacht. 'Dat weet ik. Maar dat is mijn leven. Jij moet je eigen leven leiden.'

'Onzin!' snoof Llyn. De twee vrouwen stonden op.

'Je krijgt de kans daar heel diep over na te denken, Llyn,' zei zijn moeder. 'Want we zullen de zomer op het landgoed van Silvanus doorbrengen.'

Llyn keek verbaasd op. 'Met of zonder toestemming van de keizer?' Hij stond ook op en werkte zich langs hen heen. Ze hoorden zijn voetstappen weergalmen tegen de pilaren rond het atrium.

Claudius zag haar onder de bomen naderbijkomen, met de stevige passen van een gezond meisje. Ze was gekleed in een sierlijk geplooide rode tuniek. Ze was veranderd sinds ze hem voor het eerst had ontmoet, dacht hij, maar nu zou ze niet meer veranderen. Dat wist hij ook. Haar hart was nog even onschuldig als eerst, al was het eerst bezwaard geweest door angst en ontzag.

Hij voelde zich aangetrokken tot haar hart, dat in hem de jongen wekte die hij vijftig jaar geleden was, verlegen en onschuldig, een liefhebber van boeken, een dromer. Hij had gedacht dat zijn jeugd gestorven was, maar toen was zij gekomen, met haar openhartige glimlach, en iets in hem was ontwaakt. Ze hadden hem verteld dat alle vrouwen van de barbaren moordenaars waren, dat ook bloed aan haar jonge handen kleefde, maar dat wilde hij niet geloven. Zij niet. Haar moeder zeker, en haar oudere zusje ook, maar dit gold niet voor Gladys. Ze was geoefend, op de ruwe manier van de barbaren, om te doden, maar om de een of andere reden wist hij dat haar zwaard onbesmet gebleven was. Hij had zelf bloed aan zijn handen, veel bloed, en dat deerde hem evenmin als de gedachte dat de vingers van zijn vrouw ook rood waren. Claudius, de jonge onzekere knaap die was uitgegroeid tot de machtigste man van de wereld, stak zijn hand nu uit naar de slanke hand van Gladys.

Ze beantwoordde zijn hartelijke glimlach met een brede lach en toen ze voor hem stond gaf ze hem een kus. 'Keizer,' zei ze, 'ik draag de smaragden weer, is dat niet dwaas? Maar ik vind ze zo mooi. Wat ruiken de tuinen heerlijk na de regen! Ik kan de zomerhitte haast niet verdragen.' Ze greep zijn arm en ze liepen samen over het pad. Zijn gevolg bleef op een afstand. 'Ik heb niet langer dan een uur, lieve kind,' zei hij. 'Maar wil je vanavond samen met mij aan tafel gaan? Ik wil dat je met mij naar Capri gaat, Gladys, als het in Rome ondraaglijk heet wordt. Neem je familie mee, als je dat wilt.' Ze hield zijn arm steviger omklemd. 'Dat kan niet,' zei ze, en hij bespeurde in haar stem spijt vermengd met iets anders. Angst misschien? 'Mijn oom heeft ons in zijn zomerverblijf uitgenodigd. Ik denk dat mijn vader spoedig uw toestemming zal vragen of hij mag gaan.'

'Dat zal ik dan weigeren. Jullie komen allemaal naar Capri, dit jaar. De zeelucht zal je goed doen.' Zijn stotteren werd heviger en hij bleef even staan om zijn mond af te vegen. Gladys liet zijn arm los. Hij was van streek vandaag, en ze wist dat ze hem moest geruststellen voordat zijn ergernis in woede zou omslaan. Maar ze besefte ook dat ze dingen moest zeggen die hem nog meer konden ergeren. Ze slikte en haar keel was droog.

'Doe dat alstublieft niet, keizer. Als u ons toestemming weigert naar het buitenhuis van Plautius te gaan, dan zullen wij hier in de stad blijven, maar ik kan echt niet met u meegaan.' Spijt klonk nog steeds door in haar stem, maar er was nog iets anders dat haar woorden scherper deed klinken en op haar gezicht te lezen was. Angst, en de keizer begreep dit nu ook. Ze waren bij een stenen zitbank gekomen, tegenover een avenue van witte naakte beelden en geflankeerd door vruchtbomen. Claudius ging zitten en hij gebaarde dat ze naast hem moest gaan zitten.

'Waarom niet?' zei hij half luid, en ze voelde een regen van speekseldruppeltjes. Ze werd bleek, maar haar handen bleven roerloos in haar schoot liggen.

'Omdat ik achter raak met mijn studies en omdat mijn leraar niet tevreden over mij is,' antwoordde ze vlak. 'Mijn vader wil graag dat ik meer tijd aan mijn plichten besteed.'

'Je bent niet getrouwd, dus heb je ook weinig plichten!' zei Claudius luid. 'En wat je studie betreft, neem je leraar dan maar mee. Je mag mij niet tegenspreken, Gladys.'

Ze keek hem geruime tijd aan; verontschuldigingen schoten snel door haar hoofd, leugens om bestwil, maar ze wees elk excuus van de hand. 'Het is erg moeilijk om twee vaders te hebben,' zei ze met een glimlach. 'Het ziet ernaar uit dat ik beiden niet tegelijk tevreden kan stellen, maar ik weet wel een oplossing. Kom met ons mee naar het landgoed van Silvanus, keizer, u alleen. Dan hoef ik niemand tegen te spreken. We zullen daar een heerlijke zomer doorbrengen. Ik kan u voorlezen en we kunnen samen door de heuvels wandelen. Caelte kan u mijn taal leren en voor u zingen.'

Het gevolg van de keizer barstte in lachen uit, maar Claudius lachte zelf niet mee. Hij staarde haar aan; zijn blik verstrakte en ze keek hem afwachtend glimlachend aan, maar ze voelde een knoop van angst in haar maag. Toen leunde hij achterover, keek met toegeknepen ogen naar de zon en bij zijn mondhoeken verschenen rimpels.

'Gladys,' zei hij, 'ik twijfel er niet aan dat bepaalde geruchten jouw oren bereikt hebben, en ook niet dat jij en je familie daar ernstig over gesproken hebben. Daarna heeft je vader je verboden nog langer mijn gezelschap te zoeken. Ik wil de waarheid van je horen, en geen uitvluchten. In ruil daarvoor zal ik je zeggen wat ik denk.'

De knoop werd strakker en Gladys kon amper ademhalen. Claudius zag haar wanhoop maar hij deed geen poging haar te helpen. Toen verzamelde Gladys al haar Catuvellaunse trots en greep zijn hand.

'Het is een zaak van leven en dood, lieve keizer,' zei ze. 'Als u mij adopteert als dochter, dan zal ik niet lang in leven blijven. Dat moet u toch weten. Bent u zo zelfzuchtig? Laat u toch geen verplichtingen tussen ons ontstaan, laten wij niets aan elkaar verplicht zijn, zodat ik mag blijven leven.'

Er viel een ademloze stilte. Zijn hand krulde zich om de hare, even warm als anders, maar hij keek haar niet langer aan. Zijn ogen waren gericht op de pergola aan het eind van de avenue. Toen moest hij plotseling niezen; hij trok zijn hand terug en stond op. Verbaasd merkte ze dat hij van onderwerp veranderde, en de pijn in haar borst werd zo hevig dat ze weg wilde van de bank om verderop met haar gezicht in het gras te gaan liggen.

'Ik ben van plan deze tuinen om te laten spitten,' zei Claudius, 'en gebouwen op de helling te laten verrijzen; daardoor zou het uitzicht een stuk fraaier worden, denk je ook niet?' Langzaam liep zijn gevolg achter hem aan. Hij negeerde Gladys totdat ze langs de hele avenue waren gelopen. Toen keerde hij zich naar haar om en leidde haar weg van de anderen.

'Ga naar huis,' zei hij kortaf. 'Maar ik verwacht je hier vanavond terug. En ik heb nog geen beslissing genomen over deze zomer.'

'Keizer,' antwoordde ze, bijna in tranen, 'als u de waarheid niet wilde horen, dan had u daar niet naar mogen vragen. U hoefde dat niet te vragen, want u wist het al. U bent almachtig, maar niet alomtegenwoordig.'

'Er zijn mensen voor minder gedood. Dat weet je toch, of niet soms?'

'Het spijt me. Geef mij toestemming te gaan.'

'Ga.'

Ze liep weg van hem en kwam uit de schaduw onder de bomen in het felle zonlicht, dat verblindend en duizelingwekkend van de vlakke stenen van het terras weerkaatste. De dragers van haar draagstoel kwamen naderbij, maar nog voor ze ingestapt was kwam Britannicus aangerend uit de schemerige hal. Zijn honden sprongen telkens tegen hem op.

'Gladys! Ga je nu al naar huis? Ik ga naar de markt om de slavenveiling te zien. Kom met me mee, dan kunnen we later naar de arena gaan.'

'Nee.' Ze keek hem niet aan. Ze stapte in haar draagstoel en trok met een ruk de gordijntjes dicht, maar een ogenblik later werden die weer opengeschoven en ze keek in het uitdagende gezicht van Britannicus, dicht bij het hare.

'Wel, geef me dan tenminste een kus.'

Ze keek hem koel aan. 'Iemand zou jou een pak ransel moeten geven, Britannicus.'

Hij bloosde. 'Parvenu!' schreeuwde hij en ze duwde hem weg. Ze liet zich achteroverzakken en hield haar ogen gesloten toen de slaven de draagstoel optilden en de treden afdaalden. Red mij, dacht ze in paniek. Het water is diep en sluit zich boven mijn hoofd. En ze zullen mij onder water houden tot ik verdronken ben. Het was warm en benauwd in de draagstoel, maar ze schoof de gordijntjes niet open. Toen de draagstoel voorzichtig voor haar huis werd neergezet, had ze amper de kracht uit te stappen en tussen de pilaren, een koele, tochtige tunnel, door naar het zonnige peristylium te gaan.

Llyn lag daar op zijn rug, met zijn vingers ineengestrengeld achter zijn hoofd. Hij keek naar de wolken die langzaam aan de hemel voorbijdreven. Hij hoorde haar naderen, ging rechtop zitten, en begroette haar opgewekt, maar ze liep voorbij zonder een woord te zeggen. Llyn krabbelde overeind en liep achter haar aan. Hij greep haar schouder en keerde haar naar zich toe. 'Heb je te hard op de keizerlijke tenen getrapt?' voeg hij met een grijns, maar toen zag hij haar gezicht. Hij sloeg zijn armen om haar heen, en ze klemde zich snikkend aan hem vast. 'Dus de arme oude man is vandaag een echte keizer,' merkte hij droog op. 'Kom mee naar binnen, dan drinken we samen wat wijn, Gladys. Vader heeft, nadat je vanmorgen van tafel was weggegaan, nieuws ontvangen dat je zeker zal opfleuren.'

'Ik kan het niet langer verdragen!' snikte ze met een door tranen verstikte stem. 'Het lijkt wel of ik over velden van gebroken glas loop. Wat moet ik doen, Llyn? Hij zal mij geen toestemming geven te gaan.'

'Je bent een zwaardvrouw,' zei Llyn troostend. Hij legde zijn arm om haar schouders en leidde haar het huis in. 'Je zult verder strijden.'

Samen liepen ze door het atrium; de vissen in het schitterende water van de vijver schoten weg op het geluid van hun voetstappen. Ze gingen de ontvangstkamer binnen, waar het felle licht van de ochtendzon naar binnen viel. Llyn drukte een wijnlas in haar hand en schonk het tot de rand vol. Daarna hief hij zijn eigen glas hoog voor haar op. 'Ik hef het glas,' zei hij. 'Op de vrijheid!'

Tranen rolden over haar wangen. 'Drijf je de spot met mij, Llyn?' vroeg ze, maar hij legde een vinger op zijn lippen. 'Claudius stuurde een afschrift van een spoedbericht dat hij zojuist van Gallus in Albion heeft ontvangen. Toen de nieuwe gouverneur daar arriveerde trof hij een grote chaos aan. Het Twintigste Legioen is verpletterend verslagen. De grens van Scapula bestaat niet meer. Het westen ligt open!'

Ze staarde hem met grote ogen gespannen aan. 'Llyn! Ah! Wat is er gebeurd?'

'Iemand in de bergen is bezig de stammen weer te verzamelen. Ik vraag mij af wie dat is. Misschien is het Emrys. Drink je daar samen met mij op?'

Ze bracht het glas met beide handen omhoog. Haar angst was verdwenen. 'Ja, dat doe ik. Op de vrijheid, Llyn en op de hernieuwde hoop!' Ze dronken en bleven lachend tegenover elkaar staan; de opwinding straalde van hun gezichten. Toen zette Gladys haar glas neer. 'Misschien was de keizer daarom wel zo kortaf,' zei ze peinzend. 'Waar is vader?'

'Hij staat buiten en kijkt uit over de muur. Dat doet hij altijd als er nieuws is. Ga jij maar, dan blijf ik hier en drink de wijn op.'

Ze rende het vertrek uit, vloog langs de galerij en sprong met drie treden tegelijk het terras af. 'Vader!' riep ze en Caradoc keerde zich om. Hij zag hoe ze over het grasveld naar hem toe kwam hollen. De smaragden glinsterden om haar hals. Hij spreidde zijn armen wijd uit en ze drukte zich dicht tegen hem aan. 'Is het uur gekomen?' vroeg ze hijgend. 'Is het afgelopen met de Romeinse overheersing in Albion?'

'Ik weet het niet, Gladys. Alles hangt af van wat voor soort man Didius Gallus is. Maar dit zal wel de zomer van de hoop worden.'

'Roep Caelte! Er moet een nieuw lied gemaakt worden!'

Hij liet haar los, wierp zijn hoofd in de nek en lachte schaterend. Zijn grimmige gezicht leek opeens weer jongensachtig. 'Ja, inderdaad!' beaamde hij. 'Ik denk dat we moeten zingen. En drinken en dansen. Laat de keizer en zijn hielenlikkers maar schransen. Wij drinken op de vrijheid!'

Claudius was spoedig weer in een goed humeur en gaf toch zijn toestemming. Caradocs slaven begonnen de bagage in te pakken in het grote huis, terwijl het elke dag snel warmer werd omdat de zomer naderde. De keizer bleef zwijgen over de situatie in Albion, al probeerde Gladys zijn mening te weten te komen. Zo verliet Caradocs gezin Rome, in martelende onzekerheid. Het landgoed van Aulus Plautius lag twee dagreizen ten noorden van Rome, een schitterend stenen buitenhuis dat oorspronkelijk door de overgrootvader van Plautius gebouwd was, maar door de opeenvolgende generaties van het geslacht Silvanus telkens verfraaid en uitgebreid was, zodat het geheel nu wat onordelijk leek. Het was echter wel een gerieflijk huis. Een dag verder naar het noorden lag de boerderij van Plautius, en nadat Llyn een weeklang had uitgerust in de zon ging hij te paard en in gezelschap van een slaaf daarheen. Af en toe keerde hij terug, gebruind en zoals gewoonlijk vol scherpe opmerkingen, om snel weer te verdwijnen en over de landerijen van Plautius te rijden, ruzie met zijn huisbedienden te maken en te dromen van bezittingen die hij nooit verworven had. Enkele keren vergezelde hij Gladys terug naar de stad, want de keizer stond erop dat ze hem regelmatig kwam bezoeken. Gladys maakte de reis naar Rome gedurende het zomerseizoen in totaal vier maal voordat het jaargetijde voorbij was. Maar Llyn keerde telkens terug naar de boerderij, al was Caradoc daar zeer verbaasd over. Ze wachtten allemaal ongeduldig op meer nieuws uit Albion, maar de drukkend warme dagen regen zich aaneen en het leek wel of de provincie Britannia niet langer bestond. Ze spraken er onder elkaar niet meer over, maar de sombere gedachten hielden hen toch voortdurend bezig. Uren van hoop en zekerheid wisselden elkaar af met neerslachtigheid, als ze zeker meenden te weten dat zij en Albion nooit meer de vrijheid zouden kennen. Toen kwam Plautius en Caradoc drong er bij hem op aan iets te vertellen over de situatie in Albion, al was het niet meer dan een gerucht, maar Aulus wist niet meer te vertellen dan dat Gallus de legioenen gemobiliseerd had.

'Ik heb daar niet langer de militaire contacten die ik vroeger had,' zei hij tegen Caradoc toen ze op een broeierige middag samen in de schaduw van een galerij zaten. 'En mijn vrienden worden, evenals ik, oud en zijn niet langer in actieve dienst. Als ik iets wist, zou ik het je heus wel vertellen.'

'Ik wil graag weten hoe het Twintigste Legioen werd verslagen', zei Caradoc, 'en ook waarom de grens zo gemakkelijk overschreden werd. In het westen moet iemand met veel gezag de leiding genomen hebben, en ik kan niet slapen voordat ik weet wie het is.'

'Denk je dat de druïden een nieuwe arviragus gekozen hebben?'

'Dat is mogelijk. Maar dan zal het toch geen hoofdman uit het westen zijn, Aulus. De druïden zouden bang zijn voor onderlinge jaloezie. 's Nachts probeer ik me voor te stellen wie weggetrokken is uit het laagland.'

'Wat denk je van Venutius? Hij en zijn vrouw zijn uiteindelijk toch uit elkaar gegaan, tenminste, dat zouden we kunnen afleiden uit het laatste spoedbericht dat Scapula verzonden heeft.'

'Hij is al eerder bij haar weggegaan, maar steeds keerde hij terug,' antwoordde Caradoc en zijn stem klonk merkwaardig onaangedaan. 'En bovendien wordt hij in het westen niet vertrouwd. Wie kan het anders zijn? Welke man het ook is, ik weet zeker dat hij nog geen arviragus is. Daar is de tijd nog niet rijp voor.'

'Kan het ook een vrouw zijn?'

Caradoc glimlachte naar zijn vriend. 'Nee. Een arviragus is altijd een man. De druïden hebben nog nooit op een vrouw gegokt, noch in Albion, noch in Gallië. Dat is nooit eerder het geval geweest.'

Ze dronken hun gekoelde wijn en bleven enige tijd zwijgen terwijl ze vanuit de schaduw uitkeken over de zonbeschenen tuin. Toen nam Plautius een doek en veegde zijn verhitte gezicht af. 'Waarom haten de druïden de Romeinen zo erg, Caradoc? Waarom wakkeren ze de vijandelijke gevoelens onder de bevolking steeds aan? Wij zijn geen hardvochtige overheersers. Integendeel, wij brengen voorspoed en rust in al onze provincies. Ik krijg werkelijk de indruk dat de druïden schuldig zijn aan al het bloed dat in Britannia vergoten is.'

Caradoc keek naar de hoge takken van de stoffige platanen die nauwelijks merkbaar bewogen in een zuchtje wind. Hij bracht zijn vingers naar het magische ei dat nog steeds verborgen onder zijn tuniek op zijn borst hing. Eens, dacht hij, zou ik heftig ontkend hebben dat Rome iets anders dan dood en verderf in de bezette gebieden brengt, maar nu moet ik toegeven dat Plautius voor een deel de waarheid spreekt. Ben ik dan veranderd? Besluipt de trage dood mij al, die ik zag in de ogen van de keizer toen ik tegenover hem stond in de Curia? Ik haat de stad Rome. Ik verafschuw de soldaten, het hele land en de geldwolven. Ik haat de superieure en hooghartige officieren, maar toch heb ik ook mannen van eer ontmoet, zoals Plautius zelf, en daardoor heb ik verwante geesten gevonden. Waarvoor zijn de druïden bang? Wat is zo kostbaar voor hen dat het tegen elke prijs verdedigd moet worden? Maar toen voerden zijn herinneringen hem weg van deze warme Romeinse middag en hij bleef voor zich uit staren naar de tuin, zonder iets te zien. Hij dacht terug aan de meester op Mona, met zijn ogen als uit een nachtmerrie en zijn duistere tovenarij. Hij zag Brans bebaarde gezicht en hoorde hem zeggen, dat hij, Caradoc, een keus moest maken in de vochtige schemering van zijn eigen wouden, terwijl achter hem Camulodunon door Romeins vuur verteerd werd. Er was altijd een keuze geweest. De vrijheid betekende een keus maken. Rome nam deze keuzemogelijkheid weg. Vrijheid kon niet bestaan zonder eer, en eer ging hand in hand met vrijheid. Ik ben niet wezenlijk veranderd, dacht hij. Ik ben zachter geworden, en ik heb mezelf toegestaan een kameleon te worden, maar mijn hart vraagt nog steeds waarom ik hier geen vrede kan vinden.

Plautius wachtte op antwoord en nadat Caradoc even met zijn ogen geknipperd had, sprak hij kortaf: 'Met of zonder de druïden, de vijandelijkheden zullen nooit ophouden. De beslissingen van een Vergadering tellen altijd zwaarder dan de bevelen van een druïde, Aulus, en ik zou liegen als ik beweerde dat de stammen onder de plak van wijze mannen zitten. Rome was niet welkom in Albion. Rome kwam als een dief en een moordenaar, begerig om te doden, zodat bezittingen en mensen geroofd konden worden. Bezittingen die nooit Romes eigendom waren. Hoe zou jij je voelen in een land dat overheerst wordt door een volk dat alles heeft afgenomen, ook je eigenwaarde, en dan zegt dat je daar dankbaar voor moet zijn? Je zou graag geloven dat de druïden verhinderen dat de mensen zich vreedzaam onderwerpen, maar dat is niet waar. Vercingetorix...' Caradoc zweeg opeens en zijn keel werd dichtgeknepen. Hoe kon ik die naam ooit vergeten? De Romeinen sloten je in. Ze hongerden je uit en gaven je zweepslagen. Jij smeet uiteindelijk je zwaard op de grond en knielde voor Julius Caesar, omdat je niet langer kon verdragen dat je volgelingen zo moesten lijden. En alleen omdat je hield van de bodem die je had voortgebracht werd je in een donkere cel gesmeten. Ik zit hier over de vrijheid te praten, alsof het een of ander vaag begrip is waarmee we de dag kunnen doorkomen, terwijl jij ernaar smachtte alsof het een brandend vuur in je spieren en je bloed was. Zeven jaren zat je in het donker, voordat Caesar weer aan je bestaan moest denken en iemand naar je cel stuurde om je te laten wurgen.

'Ja?' drong Plautius aan. Caradoc keek op en hij proefde plotseling de bitterzoete smaak van een compromis op zijn tong.

'Vergeef me, maar ik wil er verder niet over spreken.'

Plautius knikte begrijpend. Hij zag dat Caradoc leed, al probeerde hij zich groot te houden. 'Ik had er niet over moeten beginnen. Maar ik had graag gezien dat jouw religie in Rome gewaardeerd zou worden, Caradoc. Dat had ook gekund als de druïden minder onverzoenlijk waren geweest. De keizer had geen andere keus dan de druïden als verraders af te schilderen. De joden zouden ook in vrede hun godsdienst hebben kunnen belijden, als ze niet voortdurend intrigeerden. Nu moeten de volgelingen van De Weg eveneens sterven. Religie zou niet vermengd mogen raken met politiek.'

'Religie ís politiek. Religie is als het leven. Dat zal ook zo blijven als het Romeinse rijk in chaos ten onder gegaan is. Ik zie nog liever dat alle druïden van de aardbodem weggevaagd worden, dan dat de keizerin met eikebladeren en bronzen ringen in haar haren loopt, of dat de Grieken zich vrolijk maken als ze een vervloeking proberen te begrijpen. Spreek alsjeblieft over iets anders!'

'Goed.' Plautius zweeg even. 'Ik verwacht vanavond een gast. Ik denk dat je hem wel aardig zult vinden. Hij wil je graag ontmoeten, maar de laatste keer dat hij je zag vormden de verdedigingswerken van Camulodunon een belemmering.'

'Wie is hij?'

'Laat dat een verrassing blijven, Caradoc. Verwacht je Gladys?'

Caradoc keek hem, niet op zijn gemak, van opzij aan. 'Ja, en Llyn zal bij haar zijn. Claudius weet heel goed dat hij haar in gevaar brengt, maar toch is hij nog niet naar zijn zomerresidentie vertrokken. Gladys is al drie keer heen en weer naar Rome gereisd.'

'Heb je met hem gesproken?'

'Nee. Gladys wil dit zelf regelen.'

'Ze is niet langer een aankomende strijdster, Caradoc, al denkt ze dat misschien wel. Ze is zachter geworden, net als je andere dochter, sinds jullie je hier gevestigd hebben. Ze moet er niet te vast van overtuigd zijn dat ze een aanval kan afslaan.'

'Misschien is haar lichaam zachter geworden, maar haar hart zeker niet,' antwoordde Caradoc. 'En dat baart me zorgen. Britannicus is een oude man met het aantrekkelijke gezicht van een kind, en Nero..'

Eurgain en Gladys verschenen. Ze waren nog buiten gehoorsafstand en liepen naast elkaar, druk in gesprek. Caradoc zag hen verheugd naderen. Hij kende zijn eigen kinderen niet zo goed als zijn vrouw en zuster. Llyn, Gladys en de jonge Eurgain brachten hem alleen de herinnering aan eenzaamheid, maar de twee oudere vrouwen herinnerden hem eraan wie hij werkelijk was. Plautius zag hen ook, maar hij maakte geen aanstalten op te staan.

'Nero heeft zowel de zaden van grootsheid als van corruptie in zich,' zei hij. 'Toen hij geboren werd zei zijn peetvader Gnaeus in het openbaar dat de jongen niet anders kon opgroeien dan als een monster, gezien de verdorvenheid van zijn ouders. Wist je dat?' Caradoc schudde zijn hoofd. 'Maar hij is nog steeds in handen van zijn leraren, Seneca en Bhurrus, en allebei doen ze hun best een tegenwicht te bieden aan de funeste invloed van zijn moeder. Tot nog toe zijn ze daar goed in geslaagd. Toen Claudius verleden jaar op reis was deed Nero zijn werk als praetor heel goed. Hij heeft zeker bestuurlijke vaardigheden.'

'Dat zal niet lang duren,' zei Caradoc bits. 'Op een dag krijgt hij genoeg van zijn leraren, en dan krijgt Rome het soort keizer dat de stad verdient.'

'Britannicus zal regeren.'

Caradoc keek om zich heen en ondanks zijn donkere gedachten glimlachte hij naar Plautius' cynische gezicht. 'Je weet dat hij niet lang genoeg zal leven om ooit een toga te dragen, laat staan dat hij het keizerrijk zal regeren.'

De twee vrouwen liepen nu met klapperende sandalen over het koele plaveisel in de schaduw. Allebei waren ze gekleed in korte mouwloze tunieken. Hun haren waren hoog opgebonden en hun gebruinde armen rinkelden van de bronzen armbanden. Ze kwamen voor de twee mannen staan en lieten zich op hun hielen zakken.

'Geef me je wijn, Caradoc, het is zo warm,' zei Eurgain en hij reikte haar zijn glas aan. Ze dronk gulzig.

'Gladys is terug,' zei haar tante en naamgenote. Ze vlijde zich tegen Plautius' benen aan. 'Ik zag Llyn bij de wijngaard.' Juist toen ze dit zei, verscheen de jonge Gladys. Ze liep langzaam langs de pilaren, gevolgd door haar slavin. Haar zwarte haren hingen los. Caradoc dacht dat ze, zoals ze daar liep, zijn zuster had kunnen zijn, zoals die tien jaar geleden, vechtend tegen heimwee, hier alleen met haar Romeinse echtgenoot in dit prachtige buitenhuis woonde. Hij keek zijn zuster aan. Plautius had zijn hand op haar schouder gelegd, met een beschermend gebaar, als om haar eraan te herinneren bij wie ze hoorde. Toen zijn dochter zich vooroverboog om hem een kus te geven, moest Caradoc een opwelling van ergernis onderdrukken. Het was niet aan te duiden waaraan het lag, maar op de een of andere wijze behoorde Gladys niet meer tot het Huis Catuvellauni. Er ontstond bij haar telkens een vage spanning als ze tegelijk de vrouw van een Romein en de zuster van een barbaar probeerde te zijn. Meer dan al het andere deed dit Caradoc beseffen dat hij oud werd. Zijn jaren waren niet veel in getal, hij was nu achtendertig, en ook Eurgain zag er nog altijd even jeugdig uit als toen ze door de bergen trokken, maar hij wist dat hij opgebruikt was en even nutteloos als Cunobelin in zijn laatste jaren. Zijn dochter Gladys zag er bezorgd uit; ze mompelde een paar woorden van begroeting tegen hem en liep toen het huis in. Ze kwam pas weer naar buiten toen de avondmaaltijd opgediend werd.

In de koelte van de avond arriveerde Plautius' gast. Een bediende leidde hem de ontvangstkamer binnen, waar iedereen bijeenzat voor het geopende venster. Buiten was het donker, maar de zoete geur van rozen drong naar binnen. Plautius ging staan om de bezoeker te omhelzen. 'Rufus! Wat doet me dat een plezier, dat je gekomen bent. Ik heb een verrassing voor je, want je wist niet dat onze nobele tegenstander hier zou zijn, en hij wist niet wie er zou komen.' Gladys ging ook staan en kuste hem hartelijk, daarna liet ze hem aan Plautius over die hem voorging, de kamer in, terwijl de anderen de bezoeker nieuwsgierig bekeken. 'Caradoc, dit is Rufus Pudens, hij was mijn tweede man in Albion. Rufus, dit is de man die aan ons wist te ontkomen.'

Pudens keek verrast, maar toen verscheen er een steeds bredere glimlach op zijn gezicht en hij stak zijn hand uit. 'Caradoc! Hoe dikwijls heb ik je al niet willen ontmoeten. Ik wist dat je in Rome was, maar ik ben lange tijd met mijn legioen in het oosten geweest, en daarna moest ik de zaken op mijn landgoederen regelen. Welkom in Rome!'

Caradoc greep zijn pols en keek onderzoekend naar Pudens' gezicht. Hij was lang voor een Romein, zijn schouders waren recht onder zijn witte toga. Ook zijn neus was recht. Hij had zwarte wenkbrauwen en scherpe ogen. Zijn magere wangen, de kortgeknipte donkere haren, alles was even recht en leek bijna pijnlijk nauwkeurig afgemeten. Zijn hele houding was die van een militair in actieve dienst. Hij nam op zijn beurt Caradocs pols, op de wijze zoals de inlandse stammen dat doen. De glimlach was nog steeds op zijn gezicht. Caradoc wist opeens niet wat hij nu moest zeggen. Hij werd zich bewust van het ironische van de situatie, en daarom keerde hij zich snel naar Eurgain. 'Bedankt voor deze woorden. Dit is mijn vrouw Eurgain, mijn dochter heet ook Eurgain, en dit is mijn zoon Llyn.'

'Heer,' zei Llyn, toen Pudens zich naar hem wendde, 'zeg ons wat u van Albion vond, als u dat nog weet. U moet sindsdien toch veel andere overwonnen volkeren gezien hebben, en misschien lijken die na verloop van tijd allemaal op elkaar?'

Pudens' donkere ogen keken opeens waakzaam, en hij gaf kortaf antwoord, terwijl de bediende van Plautius hem een wijnglas aanreikte.

'Albion is uniek, Llyn.'

'Linus,' zei Llyn, hem bits verbeterend. De wenkbrauwen van Pudens schoten omhoog.

'Ik begijp het, Linus. Je tante weigerde zich ook door ons bij haar eigen naam te laten noemen, maar nu kan het haar niet meer schelen, al breek ik mijn tong op die naam. Albion zal altijd een mysterie blijven. Ik heb nog nooit zulke armzalige levensomstandigheden gepaard zien gaan met zulke prachtige kunstwerken en zo'n trotse en nobele bevolking. Ik heb nooit zeker geweten of de bewoners nu erg onnozel waren, of juist heel slim.'

In Llyns ogen verscheen een bewonderende blik. 'Ik denk dat ik u wel mag,' zei hij stug. 'Op een dag zal ik u misschien wel vertellen of wij werkelijk zo'n dom volk zijn, of dat we in wezen een veel hogere beschaving hebben dan de Romeinen ooit zullen bereiken.' Hij ging weer zitten en pakte zijn glas wijn op. De bediende van Plautius kwam melden dat de avondmaaltijd gereed was. Gladys was nog niet beneden gekomen.

Pudens kreeg een plaats op een bank tegenover Caradoc, en al sprak hij ernstig en hoffelijk met de anderen, zijn ogen dwaalden telkens weer af naar Caradocs getekende gezicht, dat omlijst werd door grijze en zwarte krullen. Ten slotte leunde Caradoc naar voren.

'Je kunt mij aanstaren, als je daar behoefte aan hebt, Pudens, dat maakt mij niet uit. Kijk maar goed, en zeg me dan wat je ziet.'

Pudens was er niet door in verlegenheid gebracht. 'Bedankt, dat zal ik doen,' zei hij. 'Ik heb al zo lang je gezicht willen bestuderen.' Hij ging wat meer rechtop zitten, terwijl Caradoc stil bleef aanliggen. Alleen zijn ogen glimlachten vaag. Toen knikte Pudens, half uit dankbaarheid, half bevestigend. 'Mijn zuster zei vroeger altijd tegen haar kinderen, als ze niet naar bed wilden, dat het monster van Albion hen zou grijpen,' zei hij. 'En dan bedoelde ze jou, Caradoc.' Ze lachten allemaal, maar Pudens begreep dat hij een krachtig man zag die eens grote macht had gehad. Hij las op het gegroefde gelaat een stuwende kracht die nog steeds littekens kon maken. Hij las in Caradocs ogen visioenen en wist dat deze ogen meer verborgen hielden dan ze onthulden. Geen wonder dat de keizerin door hem geboeid werd. Toen zei hij hardop: 'Ik zie een van de grootste mannen van onze tijd. Vergeef me, Caradoc, ik wilde je niet beledigen, maar ik heb zoveel mannen op deze manier over je horen spreken, en ik moet nu toegeven dat ik het met hen eens ben.' Hij haalde met een hulpeloos gebaar zijn schouders op. 'Jij bent arviragus. Je zult veel beter dan ik weten wat dat werkelijk betekent, maar ik ben lang genoeg in Albion geweest om dat enigszins te begrijpen. Mag ik nog een brutale vraag stellen?'

Caradoc glimlachte eerst en lachte toen zelfs hardop, wat heel zelden gebeurde. 'Ik had moeten weten dat elke vriend van Aulus heel openhartig van aard is. Vraag maar!'

Pudens ging verzitten en het leek wel of hij zijn maaltijd vergeten was. 'Vertel me dan waarom Scapula jou kon verslaan. Slechts vierhonderd van jouw strijders werden toen gedood, waarom was het dan niet mogelijk de overlevenden weer te verzamelen en de overwinnig te behalen?'

Carardoc staarde hem aan en de glimlach verdween langzaam van zijn gezicht. Er was daar een vallei, dacht hij. Ach, bij Camulos! Ja, nu herinner ik het me weer. Het uur waarin de meester sprak over het pad dat zich splitste, en ik zat daar op een rots, zonder te weten welke richting ik moest kiezen. En jij stierf daar, Cin. Ze schoten een pijl in je rug... Hij ging langzaam rechtop zitten. Hij nam een servet en vormde daarvan op de tafel een berghelling. Even keek hij naar Eurgain en zag zijn eigen smart in haar ogen weerspiegeld. 'Ik zal het uitleggen,' zei hij met vaste stem, en zijn handen bewogen snel om van stukken brood en tafelgerei twee legers te vormen. 'Dit servet is het terrein van de veldslag. Er was daar een vallci...'

Plautius trok zijn bank dichterbij. De slaven stonden geduldig te wachten op het sein dat ze de volgende gang konden opdienen, maar de drie mannen besteedden spoedig al hun aandacht aan de uiteenzetting die Caradoc gaf. Gladys hoorde haar man zeggen: 'Waarom werden de Demetae aan de flank opgesteld, als ze onbetrouwbaar waren?' En toen ze zag dat Llyn dichter naast zijn vader ging zitten om zich in de discussie te mengen, wenkte ze de bedienden.

'Zet alle gerechten maar neer. Vanavond kunnen we onszelf wel bedienen.' Ze lachte naar Eurgain. 'Inderdaad, *waarom* stelde hij de Demetae daar op? Ik heb de indruk dat, als zij in het midden waren geplaatst en inderdaad te zwak zouden blijken te zijn, hun plaats daar snel door anderen ingenomen had kunnen worden.'

'Rome zou de lege plekken eerder opgevuld hebben, en bovendien, hij heeft hen aan de flank opgesteld, zodat Sine en ik hen konden steunen met de andere vrouwen. Hij dacht dat de flank beter onder druk kon komen, dan dat de strijders in het midden in twee groepen verdeeld zouden worden en dat de twee helften dan van elkaar gescheiden zouden worden.'

Ze aten en spraken met elkaar, en hielden telkens even op met eten om naar Caradocs effen stem te luisteren, die vaak onderbroken werd door de ongeduldige opmerkingen van Llyn. 'Caradoc is tevreden,' zei Gladys zacht, 'maar jij bent aldoor zo stil, Eurgain. Is er iets?'

Het meisje hief haar met blonde lokken omgeven gezicht op naar haar tante en glimlachte. 'Nee, er is niets. Ik heb de druiven vandaag bekeken, voordat het te warm werd. Ze zijn nog groen, maar ze worden snel rijp. Ik denk dat Aulus dit jaar een goede oogst zal hebben.' Haar moeder keek haar vanuit haar ooghoeken aan. Ze had iets mysterieus, dit meisje. Zeker van zichzelf scheen ze nergens bang voor te zijn, of ze wist dat heel goed te verbergen. Eurgain had met haar willen spreken over haar tochten naar Rome, maar om de een of andere reden had ze dat toch niet gedurfd. Het was wel zeker dat ze niet de hele nacht dronk en dobbelde zoals Llyn deed. Ze had haar eigen zwaard in het verleden terecht verdiend, ze had gestreden naast de andere vrouwen, zonder ooit een klacht te uiten, en ze was ingewijd, maar toch verlangde ze niet zoals de anderen terug naar Albion. Ze scheen haar verbanning kalm te aanvaarden. Als ze in Albion was gebleven zou ze op een dag zeker uit Camulodunon vertrokken zijn om naar de van tovenarij doortrokken nevels van Mona te reizen. Niemand sprak de jonge Eurgain tegen. Ze had een gezaghebbende uitstraling, ze sprak zelden met stemverheffing en wist zich altijd te beheersen, al duldde ze geen verzet. Ze was heel anders dan de doldrieste Llyn. Ze had in wezen dezelfde aard als haar moeder, alleen veel sterker en krachtiger. Het was alsof de druïden haar met een onzichtbaar teken gemerkt hadden en haar onhoorbaar riepen. Haar moeder keek in de uitdagende blauwe ogen en ze glimlachte.

'De oogst zal overvloedig zijn als de kinderen hier in de buurt ervan afblijven. Ik vraag me af of we iemand naar Gladys moeten sturen?' zei Eurgain.

Haar dochter schudde haar hoofd. 'Die zal zo wel naar beneden komen. Zij en Caelte zijn in haar kamer. Ze zingen liederen, want ik hoorde hun stem toen ik langs de deur kwam.'

De mannen spraken nog steeds met elkaar, gebogen over de tafel, en toen klonk er opeens rumoer buiten. Gladys en Caelte kwamen naar binnen. Caelte hield zijn harp tegen zijn borst geklemd. Toen Gladys een vreemde aan

tafel zag, bleef ze aarzelend staan. 'O Aulus, het spijt me,' zei ze. 'Als ik geweten had dat er een gast was zou ik niet zo lang in mijn kamer zijn gebleven.'
Pudens was inmiddels gaan staan. Dat is dus de andere dochter, dacht hij.
Natuurlijk. Hij keek belangstellend naar deze lieveling van de keizer, het
meisje op wie Nero verliefd was. Ze ging gekleed op de wijze van de inlanders. Een lange, nachtblauwe tuniek, om haar middel strak dichtgesnoerd
met een smalle leren riem, viel van haar schouders tot aan de vloer. Haar
haren hingen los en vielen recht en glanzend tot op haar middel. Om haar
hoofd droeg ze een smalle zilveren band die in het midden van haar voorhoofd versierd was met een lichtgroene steen die dof het kaarslicht weerkaatste. Rond haar polsen en aan haar vingers droeg ze dezelfde stenen. Toen ze
naar haar oom liep zag Pudens dat een tweede zilveren band een van haar
enkels sierde. Plautius stelde hen aan elkaar voor en ze greep zijn pols stevig
vast. 'Vergeef me mijn slechte manieren,' zei ze en lachte verontschuldigend.
'U moet het maar aan mijn barbaarse aard wijten.'
'Je lijkt veel op je tante,' merkte hij op en zijn glimlach werd breder.
'Dan moet ik mooi zijn, want dat is mijn tante ook,' spotte ze luchtig. Haar
ogen straalden, maar toch zag hij daarin een schaduw van zenuwachtige
spanning en in haar vrolijkheid was iets krampachtigs. Hij voelde opeens een
diep medelijden met haar, waarom wist hij zelf niet. Ze deed hem aan iemand
denken en toen ze haar plaats zocht en de anderen weer begonnen te eten,
probeerde hij zich te herinneren aan wie. Opeens wist hij het weer, en hij
moest zich bedwingen de naam niet uit te schreeuwen. Ze leek op die vrouw
uit Icenia, ze leek op Boudicca. Niet wat haar uiterlijk betreft, maar door de
innerlijke opstandige treurigheid die hij bij haar bespeurde. Je haat ons, nietwaar? had hij tegen haar gezegd, en Boudicca had dat gretig beaamd. Er
school iets onder haar eerlijkheid, een groot meer van verdriet, en dat had
hem getroffen. Hij kon zijn blik niet van Gladys afwenden terwijl ze at, en hij
vroeg zich af hoe oud ze nu was. Niet ouder dan zeventien, dat was wel zeker.
Hij bedacht dat hij zelf al in de dertig was, maar toch kon hij zich onmogelijk
losmaken van het besef van haar aanwezigheid.
Later liepen ze naar buiten en gingen daar zitten of liggen op het droge gras,
omgeven door een fluisterende duisternis. Toen de sterren zilverig aan de
hemel stonden en de smalle maansikkel wit straalde, zong Caelte voor hen.
Het ene zachte lied ging over in het volgende. Hij hield zijn hoofd gebogen
over de snaren van zijn kleine harp. Plautius en Pudens luisterden tevreden en
genoten van de vreemde muziek, maar de Catuvellauni werden er diep door
ontroerd. De bard bracht voor hen herinneringen tot leven, en hij liet hun de
voorbije jaren weer zien. Caelte zong zo bedreven dat Pudens zich in gedachten liet meevoeren naar plaatsen waar hij in werkelijkheid nooit geweest was,
naar tijden die hij nooit had meegemaakt, zoals hij ook de taal die hij eens

haastig geleerd had en spoedig weer vergeten was niet meer beheerste. Caelte keek naar hem op en lachte. Pudens vroeg zich, voor de eerste keer sinds hij en Plautius uit Albion vertrokken waren af, of magie soms meer was dan alleen iets van de verbeelding.

Na een uur vol melodieën ging Caelte plotseling wat meer rechtop zitten en veranderde van toonsoort. De glanzende ogen van de Catuvellauni werden snel op hem gericht. Hij zette een nieuw lied in, klaaglijk en opstandig, een lied dat Pudens zich niet kon herinneren en dat hem een huivering bezorgde. Steeds meer stemmen klonken op en in de schemering zag Pudens dat ze hun handen naar elkaar uitstrekten en ineenklemden. Op hetzelfde ogenblik voelde hij zich buitengesloten en de dunne draad van verstandhouding leek geknapt, al bleef hij aandachtig naar de muziek luisteren. Er klonken tranen in de stemmen, zelfs in Llyns warme bromstem, maar op de witte gezichten die heen en weer wiegden in de nacht verschenen geen tranen. Toen het lied afgelopen was geeuwde Llyn. 'Ik ben nuchter,' merkte hij op. 'Krijg ik nu een lauwerkrans? Ik ben trouwens ook moe.' Hij stond op en liep het huis in waar hij in de schaduwen verdween. De anderen kwamen ook overeind en wensten Pudens beleefd goedenacht.

Het licht van de sterren leek diep weg te zinken in de edelsteen op Gladys' voorhoofd toen ze naar hem toe liep en hij zocht haar donkere, omfloerste ogen. Hij wilde in een idiote opwelling zijn handen op haar ogen leggen en de lange wimpers in zijn palmen voelen bewegen. 'Komt u nog eens?' vroeg ze en toen hij knikte en zij zich weer omgedraaid had herinnerde hij zich opeens weer de naam van de edelstenen die ze droeg. Het waren maanstenen.

'Blijf vannacht logeren, Pudens,' stelde Plautius voor. 'Het is al erg laat. Je kunt morgen toch naar Rome gaan?'

Maanstenen. Hij probeerde zich te concentreren en keek zijn gastheer aan. 'Dank je, Aulus. Dat lijk me een goed idee. Ik word pas overmorgen in Rome verwacht.'

'Mooi. Dan kunnen we praten. Ik wil weten hoe de Pannonische legioenen erin geslaagd zijn zonder mijn leiding in leven te blijven!'

'Je hebt anders een grote leegte achtergelaten, Aulus, en dat weet je best! Goedenacht!'

'Goedenacht. Gladys zal je de gastenkamer wijzen.'

Pudens voelde zijn hart overslaan; toen lachte hij om zichzelf en hij verliet de tuin. Onnozele dwaas! Morgenochtend zie je haar zoals ze werkelijk is, zonder juwelen, en zonder haar schitterende gewaad. Dan zal het zonlicht je niet bedriegen zoals het schijnsel van kaarsen en maanlicht wel kunnen doen. Ze is nog maar een kind.

De volgende morgen besprak Pudens militaire zaken met Caradoc en Plautius, en in de middag reden ze te paard over de winderige heuvels in de omgeving van het landgoed. Pudens was vastbesloten zijn belangstelling voor Gladys te beschouwen als een onbezonnen opwelling, maar toen hij haar met Llyn zag rennen naar de stallen waar hij en de anderen wachtten tot de paarden naar buiten geleid werden, merkte hij dat hij zijn gedachten niet van haar kon losmaken. Ze was gekleed in een inlandse broek en een korte tuniek. Haar voeten waren bloot. Haar haar hing in vier strakke vlechten op haar schouders en aan haar armen zag hij geen sieraden. Ze begroette hem vrolijk boven het getrappel van de paardehoeven op de binnenplaats uit, en met één grote sprong zat ze op de rug van haar rijdier. Ze wist haar evenwicht goed te bewaren toen het nerveuze paard onrustig naar Llyn trapte. Hij en de andere familieleden stegen ook te paard en stapvoets liepen ze door de poort, en verder over de weg die naar het bos leidde dat nog door Plautius' vader aangeplant was. Pudens manoeuvreerde zijn paard tot hij naast Gladys reed en ze keek hem met een glimlach van opzij aan. De spanning in haar ogen was verdwenen.

'Waar zijn uw landerijen, heer?' vroeg ze aan Pudens. Plautius had de vraag gehoord en hij riep uit: 'Je rijdt naast een van de rijkste mannen van het hele keizerrijk, Gladys. Hij bezit de helft van heel Umbria.'

'En u bent zeker de eigenaar van de andere helft, oom?' kaatste ze gevat. Pudens moest lachen.

'Nee,' zei hij. 'De keizer bezit de andere helft. Ik ben op weg naar Rome om een nieuwe huisknecht te zoeken.'

'Rome ligt anders die kant op,' zei ze grinnikend en wees. 'Huur een gids, als u zelf de weg niet weet. Uw gevoel voor richting is vreselijk!'

Dat is waar, dacht Pudens. Ik weet niet eens meer waarheen ik op weg was. Ik dacht wel dat ik het wist, maar jij rijdt hier naast mij en je vlechten bewegen telkens op je soepele rug, de zon weerkaatst in je ogen en je voeten zijn stoffig. Jij hebt het pad dat ik gekozen heb versperd.

Gladys drukte haar hielen in de flanken van haar paard en ze schoot naar voren. Llyn zette de achtervolging in en Pudens zag haar gaan. Hij wenste dat er nooit een einde aan deze middag zou komen.

De volgende dag vertrok Pudens niet naar Rome. Hij verbleef nog twee nachten in de stille gastenkamer van Plautius' landhuis; slapeloos en onrustig woelend dacht hij aan het meisje dat ergens onder hetzelfde dak sliep, diep verzonken in haar dromen. Hij stond de derde dag vroeg op en liet een bedankbriefje achter bij een van Plautius' bedienden, voordat hij stilletjes het huis verliet, zijn paard uit de stal haalde en met zijn slaven op weg ging naar de grote stad. De zon rees rood op aan zijn linkerhand. Met een terneergeslagen en geërgerd gevoel besefte hij dat hij verliefd was op Gladys. Een meisje dat in wezen nog een kind was. Hij wilde niet verliefd zijn. Hij had een uitstekende carrière achter de rug en hij had zijn leven zorgvuldig uitgestippeld.

Hij had een minnares op zijn landgoed in Umbria en nog een in Ostia, waar hij naar toe zou gaan om zijn schepen te inspecteren. Zijn familie drong er vaak bij hem op aan dat hij zou trouwen, maar hij kon zich de ontsteltenis bij zijn zusters al voorstellen als hij met de dochter van een barbaar, en nog half een kind ook, zou trouwen. Belachelijk, hield hij zichzelf voor. Ze zou me toch nooit willen. Ze is nog niet half zo oud als ik. Toch kon hij niet verhinderen dat zijn gedachten telkens weer naar haar afdwaalden.

Caradoc en de anderen keerden, een maand nadat Pudens weer vertrokken was, terug naar Rome. Claudius liet Gladys onmiddellijk bij zich roepen. Ze had regelmatig de reis tussen het landgoed en de stad gemaakt, ondanks Caradocs bezwaren, en als ze tijdens haar bezoeken tegen de keizer over dit onderwerp probeerde te spreken dan deed hij alsof hij haar niet gehoord had, of hij weigerde eenvoudig op dit onderwerp in te gaan zodra ze erover begon. Gladys wist niet wat ze moest doen. Ze had het gevoel dat ze in een val zat. Ze voelde zich wat meer op haar gemak toen ze haar bezoeken voortzette en er niets bijzonders gebeurde, maar Caradoc ergerde zich steeds meer en uiteindelijk maakte hij haar duidelijk dat ze nu zelf tegen de keizer moest zeggen dat ze niet meer zou komen, anders zou hij het wel doen. Ze beloofde het, al werd ze eerst woedend, wat voor haar hoogst ongebruikelijk was en een blijk dat ze zelf door de situatie erg gespannen was geraakt, maar ze keerde later met een bleek gezicht terug uit het paleis.

'Heb je het tegen hem gezegd?' wilde haar vader meteen weten. Gladys knikte.

'Ja, ik heb het gezegd. Ik heb er niet omheen gedraaid. Maar hij keek me aan en lachte alleen. Toen tikte hij me speels op mijn hand, zonder antwoord te geven. Hij geeft nooit antwoord, en ik denk dat hij mij spoedig weer zal laten komen.'

Caradoc keek naar haar strakke schouders en haar bevende vingers. 'Hij zal míj wel antwoord geven,' zei hij bruusk. 'Ik krijg genoeg van dit spel, Gladys. Hij gebruikt je, en het wordt tijd dat hij te horen krijgt dat hij niet met jouw leven mag spelen. Agrippina zal me geen tweede keer waarschuwen en haar geduld moet inmiddels uitgeput zijn.'

'Ik geloof niet dat hij niets om mij geeft.'

'Natuurlijk houdt hij van je, maar op een egoïstische manier, zoals een oude man dat doet. Als hij je weer ontbiedt, zal ik zelf naar hem toe gaan.'

'Hij zal kwaad op u worden. Hij verbeeldt zich beledigd te worden als dat helemaal het geval niet is. En hij heeft al eerder iemand laten doden, alleen vanwege een blik die hem niet aanstond.'

'Dan zal ik hem nu eens echte vrees inboezemen!'

'Vader!'

Caradoc keek haar woedend aan. 'Wil je liever dat ik hier thuis afwacht tot je lijk in de Tiber drijft? Mijn eer eist van mij…'

'Een oordeel,' zei ze met verstikte stem en haar lippen beefden. 'En offers en wraak. Ik weet het. Maar dat is allemaal nutteloos, vader! Soms denk ik dat we allemaal voorbestemd zijn voor een gewelddadige dood. Het zal niet lang duren voordat iemand Llyn neersteekt met een mes als hij weer dronken is, omdat hij zijn tong dan niet in bedwang kan houden. Nero of Agrippina, of zelfs de keizer zelf zal mijn leven bekorten. Eurgain moet op zekere dag wel opgepakt worden omdat ze zich bemoeit met die gelovigen van De Weg, en dan zal ze een vreselijke marteldood sterven. Jij denkt dat het een zware taak was om ricon te zijn en dat het juk van arviragus nog veel moeilijker te dragen was! Maar, bij Camulos, het is een dagelijkse kwelling voor ons om hier in Rome uw kinderen te zijn!' Ze maakte aanstalten de kamer uit te rennen, maar hij greep snel haar arm en hield haar tegen. Hij hield zijn van machteloze woede vertrokken gezicht vlak voor dat van zijn dochter en hield haar pols stevig vast.

'Vertel me eens, Gladys en zeg de waarheid,' fluisterde hij, 'is het uur om zelf de dood te kiezen al gekomen? Moet ik een mes nemen en jullie allemaal doden, en dan mijzelf? Zou dat voldoende zijn om jouw eer en de mijne te redden! En de eer van Llyn, van je moeder en van Eurgain?'

'Nee!' gilde ze in zijn gezicht. 'Dat ogenblik is voorgoed voorbijgegaan toen Claudius u gratie schonk! Nu is er een nieuwe strijd begonnen. Wij vechten om in leven te blijven. Wij vechten met alles wat we hebben, zolang we kunnen. Want deze stad is onze vijand en wij zijn nog steeds de strijders uit de bergen!' Ze rukte zich los uit zijn greep en liep snel weg, terwijl ze Caelte riep. Caradoc bleef bevend staan. Hij voelde zich een vreemde en het leek ook of hij een vreemde nakeek.

Rufus Pudens liet zich de volgende middag aandienen. Hij werd in de ontvangstkamer van Caradoc geleid en even later zaten ze naast elkaar en keken naar het zonlicht dat op het stille water en de rode tegels weerkaatste. Ze spraken opgewekt met elkaar, maar Pudens voelde toch dat Caradoc ondanks zijn beleefde opmerkingen afwezig was en aan heel andere dingen dacht. Het was rustig in het huis. De slaven waren op de verdieping bezig en hun zachte stemmen echoden door de centrale hal. Vogels kwetterden en tjilpten op de dakgoten rond de vijver en keken naar de zilverige heen en weer schietende vissen, maar in de grote vertrekken van het huis en tussen de pilaren was het stil en verlaten. Het gesprek stokte en Pudens zei: 'Ik weet niet goed wat de gewoonten bij jouw volk zijn, Caradoc, dus is het mogelijk dat mijn woorden beledigend overkomen. Als dat het geval is, vergeef me dan. Ik wil graag met je dochter Gladys spreken.'

Caradoc keek niet langer naar het water vóór hem en wendde zijn blik naar de

Romein naast hem. 'Ik begrijp het niet. Het staat je toch vrij met ieder van ons te spreken, als je dat wilt?'

'Zo bedoelde ik het niet,' zei Pudens, de ander aankijkend. Hij voelde hoe groot de verschillen tussen hem en Caradoc waren. De man uit Albion zat ontspannen naast hem; zijn donkere haren vielen tot op zijn schouders, hij steunde met zijn elleboog op de leuning van zijn stoel en hield zijn hand onder zijn kin. Hij was amper vier jaar ouder dan Pudens, maar toch begreep de laatste dat hij Caradoc nooit als gelijke kon beschouwen. Pudens was rijk, had veel invloed en was ontwikkeld, maar toch kon hij zich niet meten met de tijdloze ogen van Caradoc die plotseling waakzaam en onderzoekend keken. Caradoc glimlachte.

'Aha, ik geloof dat ik het nu wel begrijp. Ben je al getrouwd, Pudens?'

'Nee.'

'Dan heb ik er niets mee te maken. Ik vraag je alleen haar eerlijk te behandelen, en dat je niet vergeet dat een jong en onschuldig meisje aantrekkelijk mag zijn voor een oudere man, maar dat duurt nooit lang.'

'Ik dacht dat jullie vrouwen streden en stierven nog voor ze Gladys' leeftijd bereikt hadden,' zei Pudens zacht. 'Hoe oud is ze nu?'

'Dat moet je zelf maar uitzoeken.' Caradoc ging verzitten. Zijn vingers gleden met een vermoeid gebaar over zijn gezicht. 'Soms denk ik dat ze ouder is dan ik zelf ben.'

'Mag ik haar vaak bezoeken?'

'Zo vaak je wilt, maar ik moet je waarschuwen dat je binnen afzienbare tijd liever niet gezien zult willen worden in dit huis.' De glimlach zonder warmte werd even breder en verdween toen van Caradocs gezicht. Pudens trok zijn wenkbrauwen op. 'Ik denk dat ik de keizer spoedig erg kwaad zal maken,' legde Caradoc uit. 'Als je belang hebt bij de keizerlijke gunst, dan kun je ons beter met rust laten. Gladys zal nu wel klaar zijn met haar werk. Ga maar kijken of ze in de tuin is.'

Pudens maakte een buiging en liep weg. Caradoc zag hem door het atrium lopen, een lange soldaat met zwart haar, die met stevige passen liep waarbij zijn witte toga van zijn rug opbolde. Zodra hij uit het gezicht verdwenen was, kwam Caradoc overeind en liep naar de trap. Hij keek naar boven, zijn ogen half dicht geknepen tegen het felle zonlicht. 'Eurgain!' riep hij. 'Kom eens beneden!' Ze deed wat hij gevraagd had en hij leidde haar rond de vijver en door de zuilengalerij naar het terras. Naast elkaar bleven ze daar staan en ze zagen dat Pudens in de schaduw van een boom met over de muur hangende takken naar Gladys toe liep. Hun dochter zat daar met haar borduurraam voor zich. Ze zagen dat hij haar begroette. Eurgain keek vragend naar Caradoc.

'Ik weet het niet zeker,' zei hij langzaam, 'maar ik denk dat je naar de man kijkt die Gladys zal bevrijden van de boosaardige keizerin.'

Ze begreep meteen wat hij bedoelde en hij keek haar onderzoekend aan terwijl zij naar de schitterende tuin keek. Toen keerde ze zich met een ruk naar hem toe. 'Alleen als ze zelf van hem houdt, maar het lijkt me niet waarschijnlijk dat haar liefde uitgaat naar een man die twee keer zo oud is als zij.'

'Zou jij dit willen?'

'Ze zal Albion nooit meer zien,' antwoordde Eurgain bitter. 'Niemand van ons zal Albion weerzien. Er zijn geen jonge hoofdmannen meer die haar het hof kunnen maken. Ik kan alleen hopen dat hij even veel van haar houdt als Aulus van jouw zuster houdt.'

'Houd jij nog van mij, Eurgain?'

Ze deed geschrokken een stap achteruit. 'Die vraag klinkt alsof alles tussen ons al een leven lang voorbij is,' zei ze, verbaasd dat zijn zelfverzekerdheid plotseling verdwenen was. 'Waarom heb je mijn geruststelling nodig? Stond ik niet altijd naast je, wanneer je me nodig had?'

'Ik voel me zo oud!' barstte hij kwaad uit. 'Er is geen man in heel Rome die sterker is dan ik, mijn lichaam is sterk en gezond, maar ik heb het gevoel dat ik beter in een hoekje kan wegkruipen onder een stapel dekens, zoals mijn vader deed. Ik had naast Cin moeten sterven, in de modder, met een pijl tussen mijn schouderbladen.'

'Misschien deed je dat wel,' zei Eurgain zacht. Caradocs zinloze woede kwam nog heftiger tot uiting.

'En wat deed *jij*?' snauwde hij. Maar toen herstelde hij zich, hij sloeg zijn armen om Eurgain en kuste haar. 'Vergeef me,' zei hij hees. 'Ik heb je leven verwoest, Eurgain.'

'Nee, dat is alleen zo als de liefde verdwijnt. En ik houd van je.'

Gladys hoorde hem naderen en ze keek op van haar werk. 'Ben jij het?' zei ze. 'Als je mijn vader zoekt, die is ergens in huis.'

Pudens groette haar. 'Ik heb al met hem gesproken,' antwoordde hij en ze bleef hem even aankijken, voordat ze haar ogen neersloeg. 'Ik wist niet dat de strijdsters van Albion zich bezighielden met borduurwerk. Wat maak je?'

Ze zuchtte. 'Het moet een cadeau voor de keizer worden, maar ik weet niet of hij het wil hebben. Ik heb leren borduren, maar ik moet zeggen dat ik het erg moeilijk vind, en als dit af is zal ik niet aan iets anders beginnen.' Ze wees naar het borduurraam, stak de naald in het doek en ging toen staan. Pudens kwam dichter bij haar staan en boog zich over haar werkstuk heen. Hij was zich ervan bewust hoe dicht haar gebruinde gezicht bij het zijne was.

'Je hebt het al bijna af.' Toen hij het werk beter bekeek werd zijn belangstelling gewekt. Hij zag een blauwe oceaan, met aan de ene kant een paarse adelaar, de bek geopend en de klauwen uitgeslagen, en aan de andere kant een vogel zo zwart als de nacht. De klauwen van de adelaar hadden rode punten, maar de zwarte vogel stak af tegen een zilveren achtergrond – sierlijk en zwevend, iets hoger dan de aanvallende adelaar. Pudens wilde weer rechtop gaan staan, maar toen werd zijn aandacht door iets anders getrokken en hij boog zich weer voorover om beter te kunnen kijken. Hij hoorde dat Gladys naast hem lachte. Het oog van de zwarte vogel was geen oog. Daar zag hij het gezicht van een vrouw, verwrongen van angst, wier haren uit de oogkas van de vogel waaierden om zich met zijn glanzende veren te vermengen. 'Ik herken de adelaar,' zei hij na een korte pauze, 'maar wat voor vogel is dat?'

'Dat is de Raaf van de Nachtmerries.' Met een snel gebaar draaide Gladys het borduurwerk om, zodat de afbeelding niet meer te zien was. 'Ze kan de Raaf van de Strijd niet zijn, want alle veldslagen zijn voorbij, en evenmin de Raaf van Paniek, want die tijd is ook voorbij. Alleen de nachtmerries blijven over.'

Hij wist niet wat hij moest zeggen. Hij deed een paar stappen van haar vandaan en ging op de stenen muur zitten. Hij keek uit over de nevelige rivier en de stad, en na een ogenblik sloeg ze haar armen over elkaar en begon bedaard tegen hem te spreken. 'Britannicus wil mij, om zo de waardering van zijn vader te krijgen,' zei ze. 'En Nero wil mij om weer andere redenen. Wat wil jij van mij, patriciër?'

Hij wendde zijn gezicht naar haar en keek strak in haar donkere ogen, waarin hij evenveel kennis weerspiegeld zag als in die van haar vader. Niets, had hij moeten zeggen, ik wil hier alleen de dag doorbrengen, dat is alles. Maar in plaats daarvan zei hij zacht: 'Ik geloof dat ik verliefd op je ben, Gladys. Ik wil niets van je dat je kan bezeren.'

Ze liet geen verbazing blijken, ze maakte geen spottende opmerking en lachte ook niet. 'Hoe kun je dat zeggen als je me nog maar zo kort geleden voor het eerst ontmoette?' Hij deed een stap terug van de muur.

'Ik ben geen knaap meer, die zo maar voor de grap verliefd wordt, en ik zoek ook niet gretig naar liefde om het plezier alleen,' antwoordde hij. 'Ik ben vierendertig jaar, ik heb zo mijn vaste gewoonten en ik heb een familie die vol afschuw zal reageren als ik hun vertel dat ik met een jong meisje van barbaarse afkomst wil trouwen. Maar die zaken kan ik wel aan, als je tegen mij zegt dat ik weer samen met jou in je tuin mag zitten en me dwaas mag gedragen.'

Ze keek onderzoekend naar zijn gezicht en zag de sporen die het soldatenbestaan op zijn gezicht had getekend – ze zag het gezicht van een man die eraan gewend was dat zijn bevelen werden opgevolgd en ze begreep dat hij altijd zijn eigen weg ging.

'Romeinse mannen trouwen geld en bezittingen, en met een wezen dat hun kinderen kan baren,' zei ze zacht. 'Voor de man die met mij trouwt wil ik meer zijn, Rufus. Ik ben heel anders grootgebracht dan je zusters.'

'Dat weet ik. Je vergeet dat ik in Albion een zwak voor de zwaardvrouwen daar heb gekregen. Hoe oud ben je, Gladys?'

Ze antwoordde hem met een uitgestreken gezicht, maar in haar ogen waren pretlichtjes te zien. 'Ik ben vierendertig.' Hij begon te glimlachen en ze deed een stap naar hem toe. 'En jij bent zestien, nietwaar?'

'Ja, dat zal wel.'

'Laten we dan samen naar de fonteinen lopen, dan kun je mij meer vertellen over die snobistische familie van je.'

Een uurlang wandelden ze over de geplaveide paden en de zorgvuldig onderhouden grasvelden in Caradocs tuin. Ze bleven staan om naar de fonteinen te kijken die het water in regenboogkleuren opwierpen, maar toen nam Pudens afscheid van haar. 'Ik was eigenlijk op weg naar de baden,' zei hij. 'Martialis zal zich afvragen waar ik blijf, want ik heb beloofd hem daar te ontmoeten.'

'Martialis? De dichter Martialis? Is hij een vriend van jou?'

Pudens glimlachte toen hij zag hoe verrukt ze keek. 'Jazeker. Zou je hem willen ontmoeten?'

'Heel graag, en Caelte ook, dat weet ik zeker. Nodig hem gauw eens uit voor de avondmaaltijd. Woon je hier eigenlijk ver vandaan?'

Hij trok haar mee naar de muur en wees naar de stad in de diepte, in zuidelijke richting. 'Ik heb drie kamers gehuurd in een huis op de Clivus Victoriae,' zei hij. 'Je kunt het hier vandaan niet zien, omdat er bomen tussen staan, maar het is bijna recht onder aan de helling. Ik kom zelden in Rome, en wanneer ik daar ben is het meestal voor zaken. Daarom zijn drie kamers wel voldoende.'

'In dat grijze stenen huis direct aan de straat? Dat ken ik. Heb je veel vrienden aan het hof, Rufus?'

Hij was getroffen door de gretigheid waarmee ze dit vroeg. 'Een paar,' zei hij alleen en hij pakte haar hand. 'Nu moet ik gaan. Ik vrees dat ik nu weer vierendertig ben. Vergeef me mijn onhandigheid, Gladys, en laat me je weer bezoeken.'

'Morgen!' riep ze, toen hij naar de poort liep. Hij keerde zich om en wuifde voor hij tussen de bomen verdween.

Pudens bleef drie uren in het badhuis, maar pas toen hij naast Martialis op de rustbank lag om met olie ingewreven te worden, luchtte hij zijn gemoed. Martialis grijnsde naar hem. 'Je lieve moeder besterft het bij zo'n schok,' zei hij. 'En heus, Rufus, ik denk dat je getikt bent..Je zult uiteindelijk haar neus moeten snuiten als ze huilt, of liedjes voor haar moeten zingen als ze wakker wordt van een nachtmerrie.'

'Ze wil jou ontmoeten. Haar bard trouwens ook.'

De zware, donkere wenkbrauwen schoten verrast omhoog. 'O? Dan moet ze toch redelijk beschaafd zijn, als ze mijn werk weet te waarderen. Maar wat die bard betreft weet ik het nog niet. Zeker allemaal gerijmel over de liefde en bloemen, denk ik zo.'

Pudens zag zichzelf in gedachten weer terug, die avond in de tuin van Plautius' landhuis, toen Caelte zijn harp bespeelde. 'Niet bepaald. Bewaar je oordeel liever tot je hen ontmoet hebt.'

Martialis kreunde toen een slaaf met twee sterke handen op zijn ruggegraat drukte. 'Niet zo hard! Goed, wat doen we? Met gekruiste benen in een kring gaan zitten en met onze bloten handen stukken gebraden vlees uit elkaar scheuren?'

'Ze zullen jou nog aan stukken scheuren, als je je zo gedraagt, en geloof me, Martialis, ik sta liever tegenover een leeuw dan dat ik me de woede van die familie op de hals haal. Wanneer was je voor het laatst aan het hof?'

'Drie weken geleden, toen de keizer teruggekeerd was. Hij was niet te spreken over mijn verzen, en dat heeft hij me ook duidelijk gemaakt. Dat verhaal zal natuurlijk weer de hele stad rondgaan. Ik had een opmerking gemaakt over de kraaiepootjes van de keizerin.'

'Dan verbaast het me dat je mijn Gladys toen niet gezien hebt. Ze is de lieveling van de keizer.'

Martialis floot tussen zijn tanden en ging rechtop zitten. Hij wenkte dat de slaaf kon gaan. 'Dus *die* barbarendochter bedoel je! En je noemt haar al *mijn* Gladys. Het begint erop te lijken dat ik de enige aantrekkelijke vrijgezel ben die nog over is in Rome. Wat zal Lucia ervan zeggen?'

'Het gaat haar niets aan.'

'Dat is waar. Doe haar maar aan mij over, Rufus, als ze onder jouw toegeeflijke hand niet al te onhandelbaar geworden is.'

'Parfum, heer?' vroeg de slaaf. Martialis spreidde zijn armen uit. 'Natuurlijk.' Hij keek Rufus aan. 'Laat me weten wanneer ik op de heuvel moet verschijnen, Rufus. Ik ben werkelijk vereerd dat ik zo in de belangstelling van die vreemdelingen sta.'

Pudens glimlachte naar hem. 'Ik zie je over een dag of twee wel, Martialis, en ik zal Lucia vragen of ze er iets voor voelt in jouw huishouding opgenomen te worden.'

De dichter knipoogde naar hem. 'Je kunt beter nog maar even wachten. Misschien stelt jouw kleine barbarenmeid je nog teleur.'

'Nooit!' Pudens pakte zijn handdoek op en verdween naar buiten.

Twee dagen achter elkaar bracht hij Gladys een bezoek. Hij wandelde met haar in de tuin en zat naast haar onder de galerij toen de rozen door een flinke regenbui besproeid werden. In de avond van de tweede dag kwam Martialis als gast aanliggen tijdens de maaltijd en hij vermaakte iedereen met zijn scherpzinnige en spottende opmerkingen.

'Ik ben een satiricus,' zei hij tegen Caelte, nadat hij de bard had horen zingen, 'maar jij bent een ware dichter.' Caelte was het niet met hem eens.

'Wij zijn broeders in de kunst en bovendien, ik ben eerder een musicus dan een dichter. Een melodie vind ik gemakkelijker dan woorden.'

Op de derde dag was het koud, want de zomer was nu bijna voorbij. Pudens moest deze dag een zitting van de Senaat bijwonen. Gladys liep door het huis, ze raakte telkens de kunstvoorwerpen aan en ze keek naar de winderige tuin, waar straks, na een schijnbaar tijdeloze pauze, de wisseling van de seizoenen zichtbaar moest worden. De slaven hadden de vloerverwarming aangestoken en de warme lucht steeg op waar ze ook liep, door de gangen en in de vertrekken. Eurgain bleef veel in haar kamer en sprak op zachte toon met Chloë, haar trouwe dienares. Llyn was al spoedig na het invallen van de schemering verdwenen en Caradoc zelf zat met zijn vrouw, in gezelschap van Caelte, in het triclinium. Toen Gladys voorbij de poort kwam hoorde ze haar moeder zeggen: 'Maar er moet toch nieuws zijn? Iemand zorgt ervoor dat wij het niet te horen krijgen.' Gladys vertraagde haar passen en bleef, geleund tegen een pilaar, met gesloten ogen staan luisteren. Nieuws. De dagen rijgen zich aaneen. Wij eten en slapen, wij kleden ons mooi aan en gaan naar de stad, terwijl in Albion de kinderen in het bos sterven en de strijd om te overleven doorgaat. Achter onze maskers gaan gezichten van anderen vol verlangen en wanhoop schuil, en mijn keizer weet dit en houdt al het nieuws voor ons verborgen om ons te straffen. Zal ik je aanzoek aanvaarden, Rufus Pudens, en dan weer een warme mantel om mijn eigen kleine ongeluk leggen? Welke strijd van liefde en spijt moet jij gevoerd hebben, tante, toen je voor de keuze stond je vrijheid op te geven voor Plautius of te sterven op de bodem van Albion? Ik geloof niet dat ik die beslissing kan nemen. Ze liep verder naar buiten waar nu een harde wind stond en ze voelde zich opeens weemoedig gestemd.

De avondmaaltijd werd bijna zwijgend gebruikt. Llyn was nog steeds niet verschenen toen het gezin eindelijk opstond en het triclinium achterliet voor de slaven. Gladys liep door de diepe schaduwen in de hoeken van het atrium naar haar kamer en opeens zag ze een donkerder schaduw bewegen achter het schijnsel van een olielamp. Ze bleef geschrokken staan en verstijfde. De schaduw bewoog weer en een wenkende hand verscheen. Ze greep haar kleine mes en wachtte af. Een man stond daar in de donkere schaduw achter een pilaar te wachten. Hij was klein, maar stevig gebouwd en gekleed in een rafelige tuniek. Zijn voeten staken in smerige sandalen en zijn gezicht werd bedekt door een zwarte vettige baard. Toen ze voorzichtig een stap naderbij deed greep hij haar arm en trok haar verder het donker in. 'Wie ben je?' zei ze luid. 'Hoe ben je hier binnengekomen?'

Hij legde een vinger op zijn lippen. 'Stil, vrouwe. Ik kom van Linus. Hij verkeert in moeilijkheden, want hij dobbelde vanavond met vreemdelingen. Hij heeft al zijn geld verloren en de mannen daar nemen geen genoegen met zijn belofte dat hij morgen zijn schuld zal betalen. Ze houden hem vast tot u het geld gebracht hebt.'

Ze keek hem aan, bedacht op gevaar. 'Ga dan naar mijn vader.'

'Linus wil niet dat uw vader het te weten komt. Hij zei dat uw vader erg kwaad zou worden als hij dit hoort.'

Gladys staarde de man aan, nog steeds argwanend en op haar hoede. Het had geen zin hem een geschreven briefje van Llyn te vragen om de norse woorden van de man te bevestigen. Llyn had nooit de moeite genomen te leren schrijven, hoewel hij nu vloeiend Latijn sprak. Maar ze begreep ook dat ze het geld niet aan deze man kon geven en hem dan weer wegsturen. Ze overwoog even of ze Eurgain, die zich al meermalen gewaagd had in de maalstroom van menselijke wezens langs de oevers van de rivier, zou vragen erheen te gaan, maar ze liet die gedachte meteen weer varen. Eurgain zou gaan argumenteren, terwijl de man al die tijd hier zou wachten en zijn blik langs de wanden van de grote verlaten hal zou laten dwalen. 'Goed,' zei ze uiteindelijk, al voelde ze zich erg slecht op haar gemak. 'Wacht hier. Kun je mij naar hem toe brengen?' De man knikte en ze liet hem achter. Snel liep ze de trappen op, door de gang van de eerste verdieping en naar haar kamer. Het beangstigende gevoel van dreigend gevaar verliet haar niet.

Ze liep naar haar kist en klapte het deksel op. Op dat moment kwam haar bediende dichterbij. 'Wilt u een gokspelletje doen, vrouwe?' vroeg de dienares toen Gladys haar buidel met geld te voorschijn haalde en aan haar pols bevestigde.

'Nee, vanavond niet. En als iemand naar mij vraagt, zeg dan dat ik vroeg ben gaan slapen.' Ze pakte haar mantel en liep stilletjes de kamer uit. De dienares sloot de deur achter haar.

Beneden stond de man nog steeds in een donkere hoek van het atrium en zodra hij haar zag komen liep hij snel naar de galerij en verder naar de tuin. Gladys holde over de treden van het terras achter hem aan. Ze zag dat hij over de muur sprong en tussen de bomen daarachter verdween. Natuurlijk, daar waren geen wachters. Gladys besloot dat ze tegen haar vader moest zeggen dat hij Claudius om meer wachtposten moest vragen en onwillekeurig moest ze glimlachen. Ze verwachtte niet dat de keizer nog meer verzoeken van de Catuvellauni zou inwilligen. Ze klauterde over de muur, rolde in het harde gras aan de andere kant, en holde achter haar gids aan. Hij liep met snelle passen vóór haar en keek af en toe even over zijn schouder om er zeker van te zijn dat ze hem nog steeds volgde. Achter elkaar liepen ze snel over de glooiende helling van de Clivus Victoriae en verder de heuvel af. Ze sprongen over de lage muren die de erven van andere huizen omringden en draafden door steegjes, tot het Palatium hoog achter hen oprees. De man doorkruiste het Forum niet rechtstreeks. Hij bewoog zich met een zigzagbeweging langs de rand van het grote plein en Gladys moest zich inspannen om hem niet uit het gezicht te verliezen. Toen zwenkte hij af naar een blok huizen dat halfverborgen achter de bomen stond en waar hier en daar ook winkels en een enkele taveerne waren. Het was duidelijk dat hij ervoor zorgde dat ze hem kon blijven zien, maar tegelijk wilde hij niet dat ze vlak bij hem kwam lopen. Ze raakte buiten adem van het snelle lopen en voor het eerst besefte ze hoe slecht haar conditie was geworden doordat ze altijd gebruik kon maken van draagstoelen en slaven die haar naar de stad vergezelden. Hier waren geen tuinen meer en er stonden ook geen bomen. De straten werden nauwer en kronkelig. Er waren hier veel taveernes en bordelen en Gladys hoorde in het voorbijgaan een geroezemoes dat ze nooit eerder gehoord had. Achter de deuren leken zich talloze groezelige geheimen te verbergen. Llyn, hoe kon je hier verzeild raken? dacht ze. Jij bent zo gezond en sterk, er zijn zoveel andere mogelijkheden. Waarom hier? Is dat een opzettelijke ontkenning van je verbanning? Is het een welbewuste keuze?

De man voor haar beende verder in de onwelriekende duisternis, dikwijls sneed hij een stuk af door via een steeg in de volgende straat te komen, en Gladys strompelde verder, zwetend ondanks de kille wind. Ze wilde juist roepen of hij niet wat langzamer kon lopen en op haar wachten, toen ze bij een hoek kwam en hem plotseling nergens meer zag. Ze bleef staan, leunde tegen de ruwe muur en tuurde in de duisternis, maar nergens hoorde ze voetstappen boven het gelach en gevloek dat vanuit de taveerne aan het eind van de straat naar buiten drong. Ze vloekte in zichzelf en schreeuwde toen: 'Waar ben je? Wacht! Wacht toch op me!' Maar er kwam geen antwoord. Ze stond daar hijgend en er verstreken enkele minuten. Ze wilde weer roepen, maar toen zag ze vanuit haar ooghoeken een man verschijnen in een deuropening aan de overzijde van de straat. Het was te donker om meer dan zijn silhouet te zien, maar ze wist dat hij naar haar keek. Ze keek opzij en zag een tweede schim die zich losmaakte uit de schaduwen vóór haar, en langzaam naar haar toe kwam lopen. Er was nog een heel stuk straat tussen hen – ze kon hem vaag zien in het zwakke schijnsel dat uit de taveerne naar buiten straalde, maar hij kwam onmiskenbaar dichterbij. Toen begreep ze het pas, en haar hart sloeg over van schrik. Ik ben in een val gelopen, dacht ze ongelovig, en ik zal sterven. Ik ben in de val gelopen, alsof ik een stomme Romeinse meid ben geworden. Ik zit gevangen in de sloppen van de stad. Ze zullen beweren dat ik met Llyn aan het slempen was en dat de zeelieden, of dieven en dronkaards die hier over straat zwerven, mij gedood hebben. De man tegenover haar kwam zonder haast naderbij, zeker van zijn gemakkelijke prooi, en de man in de deuropening deed een stap op straat. Ik zal niet lang meer leven! dacht ze in paniek. Ik ben veel vergeten, ik ben het allemaal vergeten, ik ben verdwaald, en er is hier geen maan die mij de weg wijst tussen de bomen. De ingewanden van deze stad kronkelen zich in duisternis en bederf. Vader! Help me! Toen keerde haar nuchtere verstand terug. De taveerne. Ze kon beter de gevaren van de ruimte vol nieuwsgierige mannen trotseren dan de zekere dreiging van de keizerlijke messen. Misschien was er in die taveerne wel iemand van de lijfwacht. Misschien was Llyn zelf daar wel.

Ze deed drie onhandige passen en toen zwaaide de deur van de taveerne wijd open. Een andere man kwam naar buiten. Hij sjorde zijn gordel omhoog. Ze haalde diep adem om het uit te schreeuwen, maar nog voor ze dat kon doen zag ze dat de man al een mes getrokken had. 'Grijp haar!' riep de man verderop in de straat en de andere twee schoten naar voren. Gladys krijste en draaide zich snel om. Ze stormde een steeg in en liet het licht en de veiligheid van de taveerne achter zich. Aan het eind van de steeg rees een hoge muur op en bijna hysterisch wilde ze zich weer omdraaien, maar toen zag ze een smal pad dat vlak langs de muur omhoogleidde en struikelend krabbelde ze erlangs naar boven. Ze kon zich amper tussen de twee muren bewegen en ze hoorde de zware voetstappen niet ver achter haar. Vlug! snikte ze, schiet op! en toen kwam ze in een volgende straat. Nergens straalde vriendelijk lamplicht naar buiten, hier heersten alleen duisternis en stilte, en ze kreeg geen kans aan de deuren te rammelen. Ze rende verder en ze hoorde weer een kreet toen de drie achtervolgers haar weer zagen. Ze wist niet waar ze was en terwijl ze verder rende probeerde ze na te denken, maar het statige Palatium en het Forum konden wel duizend mijl hier vandaan zijn, in een andere wereld. Ze hoorde iets langs haar hoofd flitsen en met een rinkelend geluid op de keien vallen, en ze krijste weer van angst toen ze begreep dat een mes in haar richting was gegooid. Ze bereikte het eind van de straat en daar rukte ze haar mantel los en de gordel waarmee de stola om haar lichaam op haar plaats gehouden werd. Ze liet mantel, gordel en stola op straat vallen en rende verder, nu wat minder door de zware kleren gehinderd en alleen gekleed in haar korte, witte tuniek. Ze kreunde. Ach Moeder, moet ik soms naakt sterven? De sandalen met de dunne bandjes en voorzien van gouden gespen hinderden haar bij het lopen en ze schopte ze uit. Zo legde ze haar Romeinse uiterlijk af en ze voelde dat ze weer nuchter kon nadenken. 'Zwaardvrouw, zwaardvrouw,' hoorde ze de stem van Cinnamus fluisteren, alsof ze opeens weer zijn leerling was, met haar zwaard in de hand en haar ogen op hem gericht terwijl hij haar aanspoorde. 'Laat ze rennen, laat ze zweten.' Ze snikte toen ze weer een steeg in rende en in het duister verdween. Haar moordenaars volgden nog steeds op korte afstand. Lieve Cin, ik ben het die rent, ik ben het die nu zweet, het zijn mijn spieren die verzwakt zijn door te veel eten en te weinig oefening. Ik heb geen enkele kans.

Ze kon de rivier nu ruiken, en in gedachten probeerde ze zich voor te stellen hoe het water onder de trotse bruggen van de stad stroomde, in een bocht zoals die te zien was vanuit de tuin hoog op de heuvel. Toen zag ze de rivier opeens, het sterrenlicht weerspiegelde op het gladde oppervlak en de schaduwen van de pakhuizen leken donker te rimpelen. Nachtwakers, dacht ze, waar zijn de nachtwakers? Maar ze durfde niet om hulp te roepen. Stroomopwaarts, of juist de andere kant op? Camulos, waar ben ik? Ze rende een donkere nis in en probeerde op adem te komen. Ze legde een hand voor haar mond om zich niet te verraden door haar hijgende ademhaling. Ze boog haar hoofd en luisterde ingespannen. Toen hoorde ze haar achtervolgers uit de doolhof van kleine straatjes bij de dokken komen en ze wist dat ze verder moest, omdat ze anders in de hoek gedreven was. Ze kwam uit haar schuilhoek, maar de lichte kleur van haar tuniek verraadde haar. Een van de mannen dook naar haar, zijn arm uitgestrekt, en hij schreeuwde naar de anderen, maar ze kon hem niet meer ontwijken en botste harder dan ze verwacht had tegen hem aan. De man struikelde en zijn arm sloeg tegen de muur van het pakhuis. Nog voor ze goed en wel besefte wat er gebeurd was zag ze zijn mes vallen. Ze sprong naar het wapen en liet zich op haar knieën vallen, voordat ze het mes zo hard ze kon met beide handen diep in zijn borst dreef. De andere twee beulen moesten nu vlak bij zijn. Ze ging weer staan en rende weg. Het eerste bloed, snikte ze voor zich uit. Het eerste bloed in mijn leven. Ze keerde zich naar de rivier, rende stroomafwaarts, en het kon haar niet schelen dat ze nu te zien was, want de stad week terug en loosde haar als een nietige witte worm uit haar stinkende ingewanden. Vóór haar rees de massieve heuvel met het Capitool op en ver daarachter leek de heuvel met het Palatium haar spottend te wenken met zijn lichtjes. Ooit leerde ik hoe ik moet rennen. Gehoorzaam nu, mijn lichaam. Ze begon te draven met de grote, weinig sierlijke passen van haar volk, ze snelde voort langs de rivier en achter haar volgden stampende voeten en een hijgende ademhaling.

Eén man! Waar was de andere? Ze kreeg geen tijd om zich dat af te vragen. De rivier beschreef hier een wijde bocht naar het westen. De Capitolijnse heuvel leek de hele horizon te beheersen en ook de tempels bij het Forum kwamen nu in zicht. Ze voelde gras onder haar voeten en wierp een snelle blik over haar schouder. In de schaduwen bij de rivier bewoog niets. Ze bleef met een ruk staan. De man was verdwenen. Waarheen? Waarom? Bevend van uitputting en angst dwong ze zichzelf naar de gebouwen vóór en achter haar te turen. Hij was nergens te zien. Ze sloot haar ogen en trachtte zijn aanwezigheid te voelen, maar hij was er niet meer. Even liet ze zich op de grond zakken, maar ze was niet zo onnozel te denken dat haar belagers haar zo maar lieten ontsnappen. Waar ben ik? Waar? Ik moet rechtstreeks het Forum oversteken, maar wat dan? De bomen op de Palatijnse heuvel zijn donker en ik durf geen praetoriaanse lijfwacht te zoeken, nu niet. Hoevelen van hen worden door haar betaald? Ze ging weer staan en trok haar smoezelige en bebloede tuniek recht. Ze dwong zichzelf langzaam over het plein te lopen. Niemand keek naar haar en ze wist dat geen enkele burger zich met een bezweet en vuil meisje zou bemoeien, uit angst met haar belagers te maken te krijgen.

Het duurde geruime tijd voordat ze het Forum overgestoken was en ze klampte zich vast aan de hoop een bekend gezicht te zien, maar toen doemde het Palatium dichterbij op, een donkere massa, bekroond door lichtjes en het bos daarnaast. Toen zag ze hem staan, aan de rand van de weg die zich afsplitste naar de hier omhooglopende Clivus Victoriae. Hij zag haar ongeduldig naderen en weer begon haar hart heftig te bonzen. Snikken van teleurstelling knepen haar keel pijnlijk dicht en ze probeerde haar laatste krachten te verzamelen. Toen sprong ze naar voren, als een opgejaagd hert en rende naar de voet van de heuvel. Ze dook weg in de duisternis die haar dood of haar redding kon betekenen. Hij zag wat ze van plan was en sprong achter haar aan, in een poging haar de weg af te snijden. Hij wilde haar dwingen onder aan de heuvel te blijven, maar met een uiterste krachtsinspanning wist ze zich omhoog te werken en ze keek naar de weg beneden, waar de man hijgend volgde. Ze kreeg geen kans weg te duiken; met een gewaagde sprong belandde ze op de weg en half rennend, half wankelend klom ze verder omhoog, rondde een bocht en volgde nu een muur die eindigde bij een rij grauwe stenen huizen. Ze wist dat ze totaal uitgeput was en geen kracht meer had om rechtstreeks omhoog te klimmen naar haar vaders huis. Ze moest de weg blijven volgen. Er klonk een geluid achter haar. De man haalde zijn achterstand snel in. Toen besefte Gladys dat ze de poort van haar vaders huis nooit zou bereiken. Ze had het uiterste van haar krachten gevergd. Ze klemde haar tanden op elkaar en keerde zich om. 'Kom dan, monster!' schreeuwde ze. 'Maar je zult me van achteren moeten aanvallen!' Ze draaide zich weer om en deed nog vier wankele passen.

Toen, onverwacht als een zomers onweer, hoorde ze zijn stem. Rufus Pudens… *'Ik huur drie kamers in een huis op de heuvel van de Clivus Victoriae… het is hier bijna recht beneden…'* Een laatste kans, begreep ze. Opluchting en angst doorstroomden haar, en toen ze bij de eerste deur kwam keek ze op. De andere man, de man die ze al een tijd niet meer gezien had, deed een stap naar voren bij de deur van het verste huis. Hij grijnsde en hield zijn mes opgeheven. Ze zag zijn witte gezicht en het mes flitste als zilver. 'Moeder!' krijste ze en ze beukte met twee vuisten op de deur. Laat het dit huis zijn, smeekte ze, laat hij toch thuis zijn. De man bleef staan en mikte nauwkeurig, voordat hij het mes naar haar wierp. Ze drukte zich plat tegen de onbeweeglijke deur, maar het mes trof haar als kil vuur tussen de ribben en ze zakte kreunend ineen, zonder te merken dat de deur geopend werd. De huisbewaarder keek geschrokken naar de gestalte voor het huis en toen hij zag dat ze bloedde en dat er twee mannen op korte afstand op straat stonden, maakte hij aanstalten de deur weer te sluiten. 'Ik wil geen moeilijkheden hier,' zei de huisbewaarder vastberaden, maar Gladys keek hem met een verwrongen en betraand gezicht aan en naar het schemerig verlichte peristylium achter hem. In een laatste poging, door pijn gedreven, opende ze haar mond. 'Rufus!' gilde ze. 'Rufus! Rufus!' De twee mannen die verderop in de straat wachtten tot de deur weer gesloten werd keken elkaar aan en verdwenen toen snel in de donkere nacht. De huisbewaarder aarzelde een ogenblik, maar toen kwam Rufus Pudens al met grote passen door het peristylium naar zijn voordeur, gevolgd door Martialis. Zodra hij Gladys op zijn drempel zag liggen, haar tuniek gescheurd, vuil en bebloed, terwijl meer bloed al een plasje op de tegels voor de deuropening vormde, was hij met één sprong op straat en keek zoekend om zich heen. Even snel keerde hij bij haar terug en knielde naast haar. ' Ze zijn verdwenen,' zei hij. 'Bij Jupiter! Hoe kon Caradoc dit ooit laten gebeuren? Help me haar naar boven te krijgen, Martialis, voordat de anderen in het huis wakker worden.'

'Ik zal het mijn meester moeten vertellen,' zei de huisbewaarder bezorgd. 'Ik hoop maar dat dit niets te maken heeft met de keizer of met het hof.'

Pudens knarsetandde. 'Ik zal het zelf wel aan je meester vertellen,' zei hij. 'Uit de weg!'

Samen met Martialis droeg hij Gladys door het peristylium, langs het atrium en de trappen op naar de kamers van Pudens. 'Pak die kussens', beval hij, 'en sluit de deur.' Ze legden haar voorzichtig op de met kleden bedekte vloer en Martialis sloot de deur voordat hij de kussens pakte. Pudens trok voorzichtig haar tuniek uit. 'Haal wat water, zodat ik dit schoon kan maken,' zei hij even later. 'De wond is niet diep, alleen erg pijnlijk en hij zal haar veel ongemak bezorgen.' Hij keek naar haar betraande gezicht. 'Gladys! Gladys!' Ze lag daar en huilde terwijl hij haar waste en een verband om de wond legde. Daarna sloeg hij een deken om haar schouders. Haar gezicht vertrok van pijn toen ze moeizaam rechtop ging zitten.

'Ze waren met zijn drieën,' zei ze met bevende stem. 'Ik heb één van hen gedood, Rufus. Dat was mijn eerste moord. Ik heb een Romein in Rome gedood.'

Hij en Martialis wisselden een blik. 'Je hebt een wild beest gedood, dat is alles,' antwoordde hij. 'Het was geen eerlijke strijd, Gladys. Ze maakten jacht op je alsof je een prooidier was en daarom moet je daar niet langer over nadenken. Vertel me eens wat er precies gebeurd is.'

Ze deed wat hij gevraagd had en ongemerkt liet ze haar hand in de zijne glijden. Martialis keek haar onderzoekend aan, met een geamuseerde trek om zijn mond.

Pudens luisterde aandachtig zonder te laten blijken hoe verward en kwaad hij was. Toen ging hij staan. 'Ik moet je meteen naar huis terugbrengen,' zei hij. 'Martialis, waarschuw de bedienden. Ik wil dat mijn draagstoel gereedstaat en drie of vier mannen moeten ons vergezellen.'

'Zal ik hen bewapenen?'

Pudens dacht even na, maar schudde toen zijn hoofd. 'Nee. Ik denk dat we met voldoende mannen zijn, en het is niet ver.'

Niet ver, dacht Gladys. Nee, het is niet meer dan een korte wandeling, maar in haar ogen had het een eindeloze afstand geleken. Ze huiverde toen Martialis de kamer verliet. 'Help me, Rufus,' zei ze. 'Ik wil gaan staan.'

Hij sloeg zijn armen om haar heen en tilde haar op. Ze onderging het gelaten, maar even later kuste ze hem op zijn lippen.

'Dank je, Rufus Pudens,' zei ze. 'Er zijn mensen aan het hof die het je zeer kwalijk zullen nemen dat je dit gedaan hebt, en dat weet jij ook. En misschien moet je nu wel ergens anders kamers huren.'

'Dat zou best eens kunnen,' zei hij ernstig. 'Wel jammer, want ik had het hier naar mijn zin.'

Ze keek in zijn glimlachende ogen en ze maakte zich los uit zijn omhelzing. 'Ik vind het anders helemaal niet grappig en jij ook niet, als mijn vader een bloedvete met Agrippina begint.'

'Zal hij dat dan doen?'

Ze zuchtte. 'Ik weet het niet. Misschien niet, als ik hem een eervolle uitweg kan wijzen.'

'Trouw met me! Dan zijn al je problemen en de zijne opgelost.' Pudens besefte dat hij misbruik maakte van haar moeilijke positie, maar dat kon hem niet schelen. Ze bleef hem geruime tijd aanstaren, met haar grote donkere ogen die opeens weer zelfbewustzijn en onafhankelijkheid uitstraalden. Ze had hem nog steeds geen antwoord gegeven toen Martialis weer binnenkwam om te melden dat de draagstoel beneden gereedstond. In een gespannen stilte verlieten ze het huis.

Pudens nam geen risico. Hij stuurde een hardloper vooruit en toen ze eenmaal bij de poort van Caradocs huis waren gekomen stonden de bewakers in groepjes bijeen om hen op te wachten. Caradoc zelf liep met grote passen heen en weer en zodra hij de draagstoel, geflankeerd door Pudens en Martialis, zag naderen rende hij ernaar toe. Met een woest gebaar rukte hij de zwarte gordijnen open. Hij zei niets. Hij keek zijn dochter strak in de ogen en voor het eerst sinds hij naast Claudius de treden van de Curia was afgedaald en zijn armen wijd uitspreidde naar zijn familie, zag ze weer een vurige en machtige gloed uit zijn ogen stralen. 'Arviragus,' fluisterde Gladys, 'geef jezelf hier niet de schuld van. Dit was helemaal mijn fout.'

'Gladys, het zal nog heel lang duren voordat ik kinds word,' zei hij schor. 'Ik was een dwaas toen ik geloofde dat mijn leven geen doel meer had.' Hij liet het gordijn van de draagstoel terugvallen en wuifde dat de wachters konden gaan. Samen liepen ze verder naar het huis. Zodra ze daar gekomen waren wenste Martialis hun goedenacht en liep weg. De anderen gingen Caradocs ontvangstkamer binnen. Gladys liep langzaam, maar zonder hulp. De andere familieleden stonden op, met bleke gezichten. Alleen Llyn bleef onderuitgezakt in zijn stoel zitten, vechtend om weer nuchter te worden. Gladys liep naar hem toe en ging naast hem zitten. 'Ik heb gehoord,' zei hij overdreven nadrukkelijk, 'ik heb gehoord dat jij langs die taveerne rende. Ik hoorde de twee mannen die je volgden ook. Het is niet verstandig daar moeilijkheden te zoeken, en ik won juist veel geld van een vreemdeling. Ik wist niet dat jij daar buiten was, Gladys.'

'Llyn…' begon ze, maar hij wendde zijn gezicht af, bleek en misselijk.

De andere twee vrouwen bleven staan. Caradoc legde zijn mantel af en ging naar Gladys. Hij vroeg haar in hun eigen taal te vertellen wat er die avond gebeurd was. Ze deed snel haar relaas en onbewust bewogen haar handen zoals de hoofdmannen deden, als ze bij het vuur zaten in Vergadering en over hun rooftochten vertelden. Pudens stond in de deuropening. De grens die hem van de anderen scheidde was weer duidelijker geworden en leek even werkelijk alsof Caradoc hem met een krijtstreep op de vloer getrokken had. Hij was niet een van hen. Ze hadden de rijen gesloten en hem plotseling buitengesloten, omdat hij een Romein en dus een vijand was. Eén voor één hurkten ze neer op de grond, alsof daar gras was, zoals op de bodem van hun uitgestrekte wouden. Hij keerde zich om en wilde weggaan, maar op dat moment bracht Gladys haar handen samen en ze zag hem door haar tranen heen staan aan de andere kant van het vertrek.

'Rufus,' zei ze in het Latijn, 'ga alsjeblieft niet weg. Ik ben je veel verschuldigd, en dat maakt het voor mij niet eenvoudig.'

'Tussen vrienden bestaan geen schulden,' antwoordde hij, maar hij keerde terug in de kamer. Toen Gladys uitgesproken was viel er een korte stilte. Llyn zat met gesloten ogen, maar hij was niet in slaap gevallen. De twee Eurgains zaten gehurkt en keken naar de vloer. Caradoc had zijn armen over elkaar gevouwen en staarde naar de wand. Caelte plukte gedachteloos aan zijn harp, maar er klonk geen geluid. Toen begon Caradoc te spreken.

'Eurgain?'

Zijn vrouw keek niet op. 'Bloed,' zei ze alleen.

'Llyn?'

'Bloed.'

'Eurgain?'

Het meisje aarzelde, maar toen verstrakte haar mond. 'Bloed.'

'Gladys?'

'Geen bloed!' Allen wendden hun gezicht naar haar en ze probeerde haar stem niet smekend te laten klinken. 'Er is al bloed verspild. Ik werd achtervolgd en raakte daarbij gewond, maar door mijn hand is een man gedood en daarom wordt er geen bloedwraak gevraagd, tenzij het moord was.'

'Dat ben ik met haar eens,' zei Caelte zacht. 'Geen bloed.'

'Maar bloedwraak was juist de opzet!' schreeuwde Caradoc naar zijn dochter. 'Moord was toch de bedoeling!' Gladys keek hem met een wanhopige blik aan.

'Een bloedvete is niet rechtvaardig als er alleen een motief is. Er moet ook een dode zijn.'

'Zal Agrippina soms voor een Vergadering verschijnen en een eed zweren dat ze jou met rust zal laten?' Caradoc schreeuwde nog steeds.

'Nee!' riep ze terug. 'Maar Agrippina zal mij wel met rust laten en Nero zal me spoedig vergeten, want ik ga met Rufus Pudens trouwen!'

Opeens werd het doodstil. Pudens hoorde haar zijn naam roepen en een ogenblik later werden alle gezichten naar hem gekeerd. Llyn knipperde met zijn ogen en ging rechtop zitten.

'Ze heeft zojuist aangekondigd dat ze met je wil trouwen, Pudens,' zei Llyn. 'Vergeef onze ruwe manieren. Maar je zult dan wel met een dochter van een onbeschaafde familie wilden trouwen.'

Pudens liep naar Gladys en ze keek hem met opgeheven kin aan. 'Ik wil niet dat jouw schuld op deze manier wordt afgelost,' zei hij kwaad. 'Je bent me niets verschuldigd.'

'Ik ben je alles verschuldigd en dat weet je,' antwoordde ze. 'Maar ik zal je geen geld aanbieden. Ik bied je mijn liefde aan, niet uit angst, maar omdat ik het meen. Wil je mij leren van je te houden, Rufus?'

Hij keek haar in de ogen. Het is een begin, dacht hij en hij glimlachte droevig. 'De voorwaarden lijken me heel aanvaardbaar,' zei hij.

'Er zal geen bruidsschat zijn,' onderbrak Caradocs stem hen. 'Ik heb zelf geen bezittingen en ik betwijfel of Claudius geld aan jou zal willen besteden, Gladys, als ik met hem gesproken heb. Ik zal nog deze avond naar hem toe gaan. Wie gaat er met mij mee?'

Eén voor één kwamen de anderen overeind. 'Ik zal ook meegaan,' zei Rufus, maar Caradoc schudde heftig zijn hoofd.

'Dit is een familieaangelegenheid,' zei hij ruw. 'Gladys, jij kunt ook niet meekomen. De anderen moeten hun mantels halen. Neem geen messen mee, want als we dat doen zullen we niet toegelaten worden.' Caradoc liep naar Gladys en in zijn ogen was nog steeds die gloed. 'We zullen niet lang wegblijven,' zei hij, 'want ik heb weinig te zeggen. Ga nu naar bed.' Hij draaide zich om en liep naar buiten. Gladys hoorde het gezelschap door het atrium gaan en met grote passen over het terras lopen, een kleine kern uit Albion die nu on-

554

bevreesd door de stad liep, verbonden door de gemeenschappelijke woede over de hun aangedane smaad.

Toen ze verdwenen waren knikte Gladys in de richting van de wijnkruik en de glazen. 'Schenk jezelf een glas wijn in, Rufus. Ik ben zo terug.' Ze liep weg naar het donkere atrium, vanwaaruit zo kort geleden een man haar naar de dood had gelokt, en ondanks de pijn in haar zij liep ze de trap op.

Zodra ze in haar kamer gekomen was deed ze haar tuniek uit en trok een andere aan. Ze zocht niet naar een stola maar trok haar broek aan. Haar dienares sliep naast het bed, opgerold in een deken, en Gladys zorgde ervoor dat ze haar niet wakker maakte. Toen ze zich aangekleed had pakte ze het mes dat ze op het bed had laten liggen en liep naar haar borduurraam. Het was schemerig, stil en warm in de kamer. 'Ik vervloek je,' fluisterde ze. 'Arm oud slachtoffer, ik vervloek jou en je gevolg, en al je verwanten. Ik houd wel van je, maar niet genoeg, Claudius. Niet genoeg om mijn leven weg te geven.' Ze hield het mes met beide handen vast en even keek ze naar de afbeelding van de man. Toen bracht ze het mes met kracht naar beneden. Het weefsel scheurde en het borduurraam viel uiteen. Vrijheid, dacht ze, maar niet voor mij. Nooit meer voor mij. Ze smeet het mes op de vloer en liep de kamer uit. Ze sloot de deur achter zich.

De praetoriaan aarzelde toen hij de vijf verbeten gezichten tegenover zich zag. 'Wacht hier,' snauwde hij ten slotte en liep weg. Ze wachtten terwijl de feestgeluiden van een uitgebreide maaltijd tot hen doordrongen. De man keerde na korte tijd weer terug, groot en onbeschaamd in zijn superioriteitsgevoel. 'Zijn jullie gewapend?' vroeg hij en bij wijze van antwoord sloegen ze hun mantels open. 'Goed,' bromde de wachter. 'Ga naar binnen.'

Het was een heel eind lopen. Ze hadden hier allemaal dikwijls gelopen, maar in deze nacht, nu de dageraad zich al aankondigde, ademde het keizerlijke domein een sfeer van verwaarlozing en verval. Caradoc had het gevoel dat hij de enige was die hier met rechte rug door de overvolle gangen liep, recht op zijn doel af. Claudius zag hen naderen, als vijf grote vogels, als goden uit een duister verleden. Hun mantels wapperden achter hen aan en hun merkwaardig lange haren omkransten hun kalme, onverstoorbare gezichten. Britannicus kwam aangerend en hij trok aan Caradocs arm, maar werd genegeerd. De keizerin ging wat meer rechtop zitten op haar ligbank. Even verscheen er rond haar kleine mond een verwachtingsvolle glimlach, die echter snel weer verdween. Haar zoon fluisterde tegen haar: 'Wat heb je gedaan, heks? Waar is Gladys?' De vijf kwamen op een rij naderbij en de luide conversatie in de eetzaal stierf langzaam weg. Ze bleven staan zonder een buiging te maken en Agrippina merkte dat ze haar adem inhield. Ze wachtten tot de keizer iets zou zeggen, en Claudius liet hen wachten. Zijn ogen gleden van de een naar de ander, maar ze bleven geduldig, onverschillig en vol zelfbeheersing. Claudius veegde zijn vochtige mond af en liet zijn bevende hoofd op één hand rusten. Opeens gaf hij zich gewonnen. Deze barbaren konden een hele dag in ijskoud water staan zonder zich te verroeren, ze konden zes dagen achtereen lopen zonder te eten, en dus konden ze dit spel ook eindeloos volhouden.

'Wel, mijn nobele barbaar,' stotterde Claudius. 'Jij vereert ons met een bezoek, hoewel je niet uitgenodigd bent. Wil je een gunst vragen? Heb je soms meer geld nodig?'

Maar Caradoc liet zich niet beledigen. Hij glimlachte naar Claudius en had het gevoel dat een zware last van zijn schouders werd genomen. Hij voelde zich opeens weer jong en vrij. 'Ik heb niets nodig, Claudius,' antwoordde hij, 'helemaal niets. Uw edelmoedigheid daalt altijd ruimschoots op mij neer.'

De keizer hoorde andere woorden achter dit vreemde compliment, en dat gold ook voor Agrippina. 'Een van jullie ontbreekt,' merkte ze luchtig op. 'Ik had niet gedacht dat Gladys deze kans voorbij zou laten gaan om te laten blijken hoezeer ze op mijn echtgenoot gesteld is. Waar is ze?'

Jij smerige heks, dacht Caradoc. Jij demon in vrouwengedaante. Wanneer is de keizer aan de beurt? 'Eens kende ik een vrouw als u,' zei hij hardop, zonder dat er aanleiding toe leek dit te zeggen. 'Ze was erg mooi.'

De geëpileerde wenkbrauwen van Agrippina schoten omhoog. 'O? *Was* ze mooi? Leeft ze dan niet meer?'

'Dat weet ik niet, maar ik denk dat ze nog wel leeft. Vrouwen als zij worden meestal heel oud.'

De keizerin haalde met een verveeld gebaar haar schouders op. 'Waar is Gladys?' herhaalde ze. Caradoc voelde dat Llyn naast hem bewoog. Nee, dacht hij, beheers je, Llyn. Dit is geen tijd om te sterven, en als je nu die beschuldiging hier uit, zullen wij allemaal gedood worden.

'Ze voelt zich niet goed,' antwoordde hij. 'Ze ging alleen wandelen en is toen verdwaald. Het was een erg lange tocht om weer thuis te komen. Maar ze zal spoedig hersteld zijn.'

Langzaam ging Agrippina rechtop zitten en ze begon te glimlachen. Haar glimlach werd breder en ten slotte lachten ook haar ogen mee. Ze strekte haar beide handen uit met een jeugdig, opgetogen gebaar. 'Neem mijn handen, Caradoc,' beval ze, en na een korte aarzeling gehoorzaamde hij. 'Je moet naar huis gaan en je dochter namens mij gelukwensen. Ik ben werkelijk onder de indruk, want ze moet zeker een heel eind gelopen hebben vanavond.' Ze drukte haar nagels in zijn handen met een venijnige kracht, maar hij vertrok geen spier. Voorzichtig liet hij haar handen los. 'Stuur haar morgenochtend naar mij toe, dan kan ik haar een paar gidsen aanbieden. Ze moet niet zonder bewaking door de stad lopen.'

'Gladys zal niet meer naar het paleis komen,' zei Caradoc. Claudius' gezicht verstrakte. 'Ze staat op het punt zich te verloven. Haar toekomstige echtgenoot heeft een jaloerse aard en daarom verwacht ik dat hij haar geen toestemming geeft om zich in het openbaar te vertonen. Overigens is hij een goed Romein. Ik ben gekomen om u dat te vertellen.'

Nero leunde over naar zijn moeder. 'Nu ben je eens een keer schaakmat gezet!' siste hij triomfantelijk. 'Ze zijn te sterk voor je!' Claudius zweeg. Zijn gezicht was uitdrukkingsloos en Caradoc kon niet ontdekken wat de keizer nu dacht, hoezeer hij dat ook probeerde.

'En wie mag die goede Romein wel zijn?' vroeg Agrippina zuurzoet. 'Hij moet overigens ook een domme Romein zijn.'

'Een dwaas ziet overal dwaasheid,' zei Llyn en deed een stap naar voren. 'Dat zou u, vrouwe, toch moeten weten. U wordt omringd door dwazen. Gladys zal trouwen met Rufus Pudens. Hebt u genoeg invloed om u daartegen te verzetten? Niemand van ons is toch werkelijk de moeite waard?'

Rufus Pudens. Caradoc merkte dat de keizer hem in gedachten snel beoordeelde. Vermogend, invloedrijk en een patriciër. Een man die respect in de Senaat geniet. De keizerin had kennelijk plotseling alle belangstelling verloren. Haar ogen waren nu op Llyn gericht, die brutaal teruggrijnsde.

Claudius zuchtte. 'Ik heb nieuws uit Britannia voor je, Caradoc,' zei hij en hij probeerde zijn stotteren te bedwingen. Op het gezicht van de keizer was een kwaadaardige trek verschenen en kennelijk wilde hij de man tegenover hem kwetsen. De Catuvellauni zwegen meteen en keken hem afwachtend aan, maar Claudius liet hen wachten. Hun geduld was nederig en uit wanhoop geboren en de keizer zag dat zij hun onzichtbare handen smekend naar hem uitstrekten en dat hij hen uiteindelijk op de knieën gedwongen had. Daarom genoot hij van elke seconde.

'De opstandelingen hebben deze zomer een beetje van hun vrijheid kunnen genieten,' zei hij, de stilte ten slotte verbrekend, 'maar zoals gewoonlijk konden ze hun aanvallen niet voortzetten. Mijn nieuwe gouverneur heeft die horde weer teruggejaagd naar de bergen, en daar zullen ze blijven ook.'

'Zijn er veel verliezen geleden?' fluisterde Caradoc hees en Claudius wuifde met zijn hand.

'Aan onze kant? Sinds het voorjaar niet meer.'

'Vervloekt!' snauwde Llyn. 'Aan *onze* kant natuurlijk!'

Claudius reageerde niet. 'Nee,' antwoordde hij. 'Jullie kameraden zijn gevlucht. Ze vluchtten als angstige kleine konijnen terug naar het westen.' Hij zag dat de anderen nadachten en dat ze begrepen dat tot deze aftocht besloten was om te overleven. Claudius las dat op hun gezichten. Toen, als op een geheim teken, keerden de Catuvellauni zich tegelijkertijd om en liepen met grote passen weg uit de zaal, onder de koepel door, en verdwenen uit het zicht van de keizer, een pijnlijke onzekerheid achterlatend.

'Ze moeten allemaal gedood worden,' gromde Nero, al meende hij het niet, maar Claudius had hem toch niet gehoord. Hij zou haar missen, het meisje dat zo onverwacht in zijn leven was gekomen. Hij had het vertrouwen dat ze in hem gesteld had beschaamd en dat vond hij spijtig.

Zodra ze buiten waren greep Llyn zijn vaders arm. 'Ik kan dicht bij die oude vrouw komen,' zei hij. 'Ik zou haar gemakkelijk kunnen doden.'

Caradoc draaide zich snel naar hem om. 'Als jij of een van jullie nog één voet in dat paleis zet, zal ik degene zijn die doodt!' Toen liep hij weer verder met grote passen door de afnemende duisternis.

Llyn stapte de taveerne binnen en baande zich met zijn ellebogen een weg naar het achterste gedeelte, waar hij zich op een houten bank liet vallen. Er was een maand verstreken sinds Agrippina haar blik bewonderend over zijn jonge, gezonde lichaam had laten glijden. Gladys had haar woord tegenover Pudens gehouden en de verloving was inmidels een feit, zonder dat er zelfs maar een woord van toestemming of bezwaar uit het keizerlijk paleis gekomen was. Het leek wel of de keizer zijn kleine barbarendochter nooit met geschenken overladen had, of arm in arm met haar gewandeld had. De Catuvellauni leefden in een nieuwe roes van vreugde. Pudens werd een dagelijkse bezoeker in het huis op de heuvel en hij bracht zijn vrienden mee, die dikwijls aan het eind van de dag tijdens de avondmaaltijd aanschoven. Hun nieuwsgierigheid sloeg om in bewondering voor de man die hen hartelijk begroette en zijn huishouding met een vanzelfsprekend gezag leidde. Martialis was de meest geziene gast van allen. Pudens bracht jonge senatoren mee en Martialis andere dichters, musici en denkers, die zich thuisvoelden in de ongedwongen sfeer van Caradocs huis dat al spoedig een trefpunt werd. Maar Llyn ontvluchtte het huis vol toga's zo vaak hij kon. Deze avond was zijn beurs vol en zijn maag leeg. Hij sloeg met zijn vlakke hand op de tafel en bestelde luidkeels bier voordat hij zijn makkers begroette. 'Waar is Valog?' vroeg hij.

'Die moet morgen vechten,' antwoordde de man naast hem. 'Ik denk dat hij al slaapt.'

'Waar is Publius dan? Heeft zijn vrouw al een ring door zijn neus gestoken?'

'Publius heeft vanavond speciale dienst. Zijn eenheid moet een nest Volgelingen uitroeien.'

'Wat voor volgelingen?' vroeg Llyn, maar opeens werd zijn keel droog.

De man wendde zich ongeduldig naar hem. 'De Volgelingen van De Weg. Dat Christus-volk. Ze hebben een bijeenkomst, nog geen twee straten hier vandaan. Daar moest Publius heen. Speel je nog mee of niet?'

Het bier werd gebracht en Llyn dronk zijn kroes in een teug leeg, zonder goed te proeven. En toen hij de lege kroes terugzette was zijn mond nog even droog als de zandige bodem van de arena waarin de Volgelingen elke dag hun bloed vergoten. 'Nee,' zei hij afgemeten en hij stond onvast op. 'Vanavond speel ik niet.' Hij liep de taveerne uit en verder de straat in. Zodra het rumoer achter hem weggestorven was begon hij te rennen. Zijn gedachten waren bij zijn zuster Eurgain. Laat de anderen als makke schapen naar de slachtbank gaan, maar jij niet. Jij zult als een strijdster gaan. Hij zwenkte opzij om een hoek af te snijden, sprong behendig als een kat op een muur en was er met een snelle beweging overheen. Hij liep verder. Weer een straat, weer een hoek. In een linnenwinkel, had ze gezegd, en er is de ruwe afbeelding van een vis boven de deur gekerfd. Hij bleef staan en trok zijn mes, voordat hij om de hoek tuurde. Met een beetje geluk kan ik haar nog tegenhouden, dacht hij. Maar zo iets als geluk bestond niet in dit hol. Aan het eind van de straat zag hij de soldaten al staan, met één oog op de voorgevel van de winkel gericht. Hij begreep dat aan de achterzijde nog meer soldaten moesten staan. Ze wachtten tot iedereen binnen was, dat had Publius vaak genoeg gezegd. De hele groep werd omsingeld en dan ingerekend. Llyn trok een grimas van spanning. Wat moet ik doen als ze al binnen is? De minuten kropen voorbij. Ik haat dit. Ik haat dit alles. Overal zijn vallen voor ons opgezet, dit is een stad waar de ratten wachten op een kans om ons aan te vallen. Ze was geen Romeinse. Ze zouden haar kruisigen en uit trots zou Eurgain niet bekennen dat ze alleen maar een vriendin was van de mensen zonder één enkele andere vriend, dat wist hij zeker. Ze was zijn zuster, een verwant van hem. Llyn klemde het mes vaster in zijn hand.

Toen zag hij haar komen, gevolgd door Chloë die een mand droeg. Ze droeg haar geliefde blauwe broek en de vlechten die nooit geknipt waren zwaaiden tot bij haar knieën. 'Eurgain!' riep hij zacht. Ze hoorde hem, maar keek niet in zijn richting. Ze hief de toorts wat hoger en vertraagde haar passen, voordat ze de straat overstak naar hem toe. Zodra ze dichtbij genoeg was greep hij haar beet en rukte de toorts uit haar hand en gooide hem op de grond. 'Jullie zijn allemaal verraden,' siste hij gejaagd en hij trok haar verder de schaduw in. 'De soldaten houden de deuren in de gaten, aan de voorkant en ook aan de achterzijde. Ga nu vlug naar huis! Vlug!'

'Dank je, Llyn,' zei ze bedaard. 'Je kunt mijn arm nu wel loslaten.'

Hij liet haar meteen los, maar greep haar even snel weer vast toen ze een stap naar de straat zette. 'Wat ga je doen? Eurgain! Begrijp je het dan niet? Ze zullen je arresteren en vader zal daar niets tegen kunnen doen!'

'Ik moet de anderen waarschuwen. Er zijn veel kinderen bij.'

'Laat ze toch! Die lieden zijn toch niet bang voor de dood!'

Woede verscheen in haar ogen. 'Praat niet zo gemakkelijk over iets dat je niet begrijpt,' zei ze. 'En laat me los, Llyn. Wil jij hier blijven en de mensen die nog komen waarschuwen? Dan ga ik naar de achterdeur.'

'Ik heb een beter idee. Jij hebt toch een mes? Kruip naar achteren en dood de soldaten daar. Ik kan de twee hier op straat gemakkelijk aan.'

Ze dacht snel na en hij meende dat haar vingers jeukten om aan te vallen en om het net dat hen gevangen hield te verscheuren, maar toen schudde ze haar hoofd. 'Nee. De onmiddellijke vergelding zou verschrikkelijk zijn. O Llyn, het zijn net kinderen, allemaal. Het zijn eenvoudige en oprechte mensen, volkomen argeloos. Je zou denken dat ze bij de aanblik van een zwaard al uiteenstuiven, maar ik heb mensen nooit zien sterven zoals zij dat doen. Zelfs niet in Albion. Alsjeblieft, zeg alleen dat ze naar huis moeten gaan en dan zullen ze ook gaan.'

'Eurgain,' zei hij verbaasd en geschrokken, 'ben je naar de arena geweest?'

'Ja. Help je me nog of niet?'

'Ik zal je helpen, maar op één voorwaarde.'

'Schiet op!'

'Ik zal ophouden met dobbelen en voortaan alleen thuis drinken, als jij je niet meer met deze lieden bemoeit en voortaan alleen thuis nadenkt.'

Ze glimlachte even en begon toen zachtjes te lachen. Opeens sloeg ze haar armen om hem heen. 'Jij hebt behoefte aan een vrouw,' zei ze.

'Nee, niet waar. Ik kan er zoveel krijgen als ik maar wil.'

'Dat bedoelde ik niet. Je hebt behoefte aan een vrouw van wie je echt kunt houden, zodat je onrust verdwijnt. Goed dan, ik stem ermee in.'

'Een slechte overeenkomst,' gromde hij. 'Nu moeten we elkaar thuis vermaken.'

Na deze woorden verdween hij in de duisternis, om verderop in de straat weer te verschijnen.

'Blijf hier, Chloë,' beval Eurgain en ook zij verdween.

Later die avond, in de taveerne, dronk Publius met een kwaad gezicht zijn bier. 'Iemand heeft een fout gemaakt, want ze lieten ons op een wever, een pottenbakker en twee slaven jagen,' mopperde hij. 'Het was een verloren avond. Maar ach, morgen zal Valog in de arena verschijnen. Kom je mee, Linus?'

Llyn zat tegen de wand geleund en legde zijn voeten op tafel. 'Ik denk het niet,' zei hij bedachtzaam. 'Ik heb besloten mij kandidaat te stellen als senator. Ik heb geen geld en ook geen invloed, maar ik ben wel heel aantrekkelijk. De keizerin zou verrukt zijn als ik een zetel in de Curia krijg. Wat vind jij ervan?'

'Jij praat te veel,' zei Publius zuur, maar hij herinnerde zich wat Valog over Llyns temperament had gezegd en hij keek hem met nieuw ontzag aan. In de toekomst zou hij een vriend op een hoge post goed kunnen gebruiken.

Aulus Plautius en zijn vrouw verhuisden naar hun winterverblijf, een ruim huis omringd door wijngaarden aan de rand van de stad. Caradocs dochter

Eurgain besteedde veel tijd aan gesprekken met haar tante en haar moeder, waarbij ze vragen stelde over de oude religie en hoe de druïden deze in ere hielden. Op zeker moment stelde ze hen voor een raadsel met de opmerking: 'De druïden geloven niet in goden. Bij hun speurtocht naar de waarheid hebben ze de goden ver achter zich gelaten en ze noemen de namen alleen omdat de stammen nog niet in staat zijn het te begrijpen. Maar er zijn geen goden.'

'Ze beschikken anders wel over magie en toverspreuken,' wierp haar tante tegen, maar Eurgain glimlachte alleen raadselachtig.

'Ik heb niet gezegd dat ze geen macht hebben, ze wachten alleen. Kennis weegt zwaar op hun schouders. Het universum drukt met zijn geheimen op de aarde. Ze zijn wijs, maar toch dragen ze de kennis op hun schouders, en niet in hun handen. Het universum verstikt hen, terwijl het luchtig als een lauwerkrans of een sieraad om hen heen zou moeten hangen. Ik zou willen dat ik met hen kon spreken.'

Zij, Llyn en Gladys gingen dikwijls naar de stad met Pudens, Martialis en verscheidene andere vrienden van Pudens. Het was merkwaardig, bedacht Pudens, dat niemand zich druk scheen te maken over de lange uren die hij en Gladys samen 's avonds in de tuin doorbrachten, en niemand zei er iets van wanneer ze laat na het avondeten met hem naar huis terugkeerde. Als er al een begeleider voor haar was, dan scheen Llyn die taak te hebben. Hij bezag de omgang van zijn zuster met Pudens met een zekere afkeer, maar hij daagde de vrienden van Pudens nooit meer tot verhitte gesprekken uit. Llyn scheen zachtaardiger te worden; zijn uitspraken werden minder venijnig, en toen Caradoc de verandering in het gedrag van zijn zoon zag, vroeg hij zich af wat er verder met hem zou gebeuren. Llyn kreeg belangstelling voor de lessen die Gladys ook moest leren. Hij spande zich in om lezen en schrijven te leren, met dezelfde ongedurigheid als al het andere wat hij deed, en hij dreef iedereen in het nauw met zijn reeksen vragen – Pudens, Plautius, de jonge senatoren – over onderwerpen als de Romeinse geschiedenis en het afwateringssysteem van de stad Rome. Hij dronk minder, maar zijn rusteloosheid nam weer toe, omdat hij besefte dat zijn familieleden nog altijd gevangenen waren. Hij liep met een gespannen gezicht rond en verstoorde de rust in elke kamer, nu hij bezig was aan een ingrijpende gedaanteverwisseling.

Hij ging alleen naar de arena, of in gezelschap van zijn vader en Plautius, en daar zat hij urenlang met zijn elleboog op zijn knie en zijn kin op zijn hand gesteund. Dan staarde hij onaangedaan naar de parade van degenen die ten dode opgeschreven waren, terwijl het duizendkoppige publiek op de tribunes schreeuwde en joelde. Bij de Catuvellauni vielen deze georganiseerde slachtingen niet in de smaak, terwijl de Romeinen urenlang en ademloos konden kijken hoe het ene na het andere leven beëindigd werd op het warme zand van de arena. Vaak gingen ze naar de gladiatorengevechten, waarbij ze het ingezette geld zelden verloren, omdat ze met een ervaren oog de tegenstanders op hun juiste waarde konden schatten. Vooral de wagenrennen deden hen vergeten wie of wat ze waren en waar ze zich bevonden, omdat ze er helemaal in opgingen.

'Valog zal vandaag vechten,' zei Plautius op een zonnige ochtend tegen Llyn. 'Ga je ook kijken? Rufus en Gladys in elk geval wel.'

'Ik denk het wel. Je zou die man zijn vrijheid terug moeten geven, Aulus. Je kunt je wel twaalf van zulke kerels veroorloven.'

'Hij zal het me zelf wel vragen als het zover is, en bovendien, wat kan hij anders? Hij zou naar zijn stam kunnen terugkeren en daar sterven van verveling, of hij kan hier in Rome opscheppen over zijn heldendaden, tot hij zo vervelend wordt dat iemand hem uit de weg ruimt.'

'Dat maakt niet uit.'

'Ook niet voor hem?'

'Nee. De enige reden dat hij nooit een gevecht verliest, is dat hij weigert als een onvrije man te sterven. Laat hem gaan, Aulus. Je hebt genoeg andere gladiatoren. Voor jou maakt het geen enkel verschil.'

'Hij verdient anders veel geld voor me.'

'Ik zal zijn plaats innemen. Maar natuurlijk als vrije man!'

Plautius lachte. 'Je zou een geweldig strijder zijn, Llyn, maar toch zou ik geen weddenschappen op jou afsluiten.'

'Waarom niet?'

'Omdat je het geen week zou volhouden. Voor jou is je eer belangrijker dan je drang te overleven.'

In de vroege middag liep de hele familie onder de hoge, koele bogen van de arena, omhoog langs de stenen treden, en naar de zitplaatsen die in een wijde boog uitzicht boden op de vlakke, helwitte zandvlakte van het strijdperk. De toeschouwers zaten dicht opeen, en toen Plautius zich een weg naar zijn plaats baande, werden hoofden in zijn richting gekeerd en veel vingers wezen naar hem, omdat geen enkele gladiator zoveel gevechten als Valog had overleefd. Het publiek stroomde hier samen om zijn reputatie nog groter te zien worden. Maar er moest een dag komen dat zelfs Valog in het zand zou bijten en niemand wilde die gebeurtenis missen. Maar voor het zover was werd Valog hysterisch toegejuicht. Ze gingen op de kussens zitten en er werd een baldakijn uitgevouwen. Gladys leunde naar voren over de rij toeschouwers vóór haar. Ze probeerde te zien of de ereplaats van de keizer bezet was, maar Pudens trok haar zachtjes naar achteren.

'Hij is er,' zei hij, 'maar het is beter als je hem niet herinnert aan zijn moeilijkheden. Llyn, wist jij dat Claudius aan Aulus gevraagd heeft of hij Valog voor een belachelijk hoge prijs wil verkopen? Maar Valog heeft geantwoord dat hij niet voor de keizer wil vechten.'

'Dat zou ik ook niet doen,' antwoordde Llyn. 'Dan worden, hoe het gevecht ook verlopen is, de duimen naar beneden gehouden als Claudius om de een of andere reden genoeg krijgt van zijn gladiator. Ik zou best naar beneden willen om hem veel geluk te wensen, maar hij zal wel met zijn talisman in de weer zijn en gebeden prevelen. Tegen wie vecht hij vandaag, Aulus?'

Op Aulus' strenge gelaat verscheen even een vreemde uitdrukking, half uitdagend, half verlegen. 'Tegen een nieuwe tegenstander, Llyn. Een man die afkomstig is uit Albion, maar nu eigendom is van een van de Grieken.'

Llyn knikte alleen, maar Caradoc vroeg plotseling: 'Van welke stam komt hij?'

'Dat weet ik niet zeker, maar ik geloof dat hij een Trinovantiër is. Ik heb hem nog niet gezien, maar de Grieken weten het meteen wanneer een strijder veelbelovend is. Het gevecht zal zeker de moeite waard zijn.'

Niemand maakte verder nog een opmerking. Caradoc en zijn familie deden plotseling gereserveerder tegenover de Romeinen en de afstand tussen hen en Plautius en Pudens leek opeens groter. Gladys trok haar hand weg van Pudens' arm en haar tante wendde het hoofd af van haar echtgenoot om naar de rusteloze menigte rondom de keizerlijke familie te kijken. Toen klonken luide trompetstoten en de gladiatoren kwamen met trage passen de arena in. Ze liepen tot voor de keizerlijke loge en brachten een saluut. Het werd stil. 'Wij die gaan sterven groeten u,' dacht Caradoc. Wij die gaan sterven... Altijd weer die verwachting, de duisternis die op een afstand werd gehouden door trots en vastberadenheid in de jaren van strijd. Hier hadden de woorden een diepere betekenis dan in de wouden van het vrije westen, waar dagelijks de dood loerde. Hoe dikwijls had Valog deze woorden al luidop tegen de keizer gesproken? Hebben deze woorden voor hem dezelfde betekenis als voor ons, ieder uur dat we in deze stad doorbrengen? Claudius knikte onverschillig en de rij gladiatoren viel uiteen in paren die de gevechtshouding aannamen.

Pudens wendde zich naar Gladys. 'Ik hoop dat ze vandaag de tweegevechten na elkaar houden. Wil je iets drinken, Gladys?'

'Nee. Ik heb nog geen dorst. Kijk! Daar staat Valog! O Llyn, dat is de Trinovantiër. Wat groot is hij!'

Llyn bromde iets, ook zijn ogen waren gericht op de trots heen en weer stappende hoofdman met het diepzwarte haar die minachtend opkeek en zijn werpnet en de drietand omhooghield, om de goedkeuring van het publiek in ontvangst te nemen. Toen verstijfde Llyn en met een ongelovig gezicht keerde hij zich naar zijn vader. 'Die man draagt een halsring! Vader, hij is nu een slaaf en eigendom van een Griek, maar toch is hij zo onbeschaamd een teken van koninklijke waardigheid te dragen! Ik wil wedden dat zijn vader en grootvader al slaven van Cunobelin waren, terwijl hij hier nu trots rondloopt, alsof hij vroeger heel Albion beheerste!'

'Dat maakt nu niets meer uit, Llyn. Wij zijn allemaal slaven van Rome,' antwoordde Caradoc.

Pudens had de opmerking gehoord, maar hij zei niets. Beneden in de arena was het tweegevecht inmiddels begonnen, maar de menigte keek zonder al te veel belangstelling toe. Geen enkele gladiator had zich zoveel roem verworven als Valog en daarom wachtte het publiek op zijn gevecht, intussen de tijd dodend met gesprekken en gelach. Plautius en Pudens bespraken terloops enkele politieke aangelegenheden, terwijl de Catuvellauni ongemakkelijk op hun plaatsen zaten en scherp naar de twee strijders in de arena keken. Ook Claudius zelf leek verveeld. Hij zat onderuitgezakt in zijn zetel, beschut onder het baldakijn, en degenen die naar hem keken, konden zien hoe het zonlicht schitterde op de ringen van zijn hand waarmee hij op de leuning van zijn stoel trommelde. Weer schetterden de trompetten. Valog verhief zijn machtige schouders, trok zijn zwaard en liep vanuit de schaduwen naar het volle zonlicht in het midden van de arena. De menigte kwam overeind. 'Valog! Valog!' werd er luidkeels geschreeuwd en Valog maakte met trage passen zijn ererondje. Zelfs vanaf zijn plaats kon Llyn zien dat de gladiator onder zijn bruine baard grijnsde. Toen schreeuwde hij iets naar de Trinovantiër. In zijn stem klonk uitdagende minachting en de Trinovantiër beantwoordde de opmerking door even dreigend met zijn drietand te schudden. Met een sprong was de man binnen het bereik van Valogs zwaard. Het publiek ging weer zitten en begon aanmoedigingen te schreeuwen.

'Valog zal weer winnen,' zei Pudens. 'Die andere barbaar is te zeker van zijn zaak en hij heeft nog niet geleerd de kreten van het publiek te negeren. Maar hij beweegt zich wel snel! Zal Valog hem doden? Ik ben benieuwd!'

'Dat hangt van het publiek af,' merkte Llyn op. 'Luister toch! Ze zouden hem de keizer zelf nog laten doden, als ze de kans kregen!'

'Ach!' hijgde Gladys geschrokken. 'De Trinovantiër is gevallen!'

Maar de man bleef niet lang liggen. Nog voordat Valog op hem toe kon springen was hij al weggesprongen en had hij zijn net van Valogs zwaard weggerukt. Caradoc voelde zich plotseling bedroefd, toen hij dacht aan de eer van Albion. De machtige en trotse kampioen van een stam werd hier vernederd tot dit publieke vermaak. Twee slaven die nu met elkaar streden, alleen omdat het onnozele publiek dat wilde. Maar hij besloot er niet rouwig om te zijn, want dat was toch zinloos.

Plotseling ging er een gesis door de rijen, alsof de toeschouwers allemaal tegelijk diep ademhaalden en in de stilte die volgde reikte Gladys haar hals naar voren. 'Wat is er?' fluisterde ze. 'Wat is er gebeurd?' Haar tante gaf antwoord. 'Valog is gevallen. Hij struikelde over het net.'

'Nee, hij struikelde niet over het net!' zei Caradoc luid. 'Die sluwe Trinovantiër wierp zijn net, maar tegelijk stak hij zijn voet uit. Wie zou dat nog meer gezien hebben vraag ik me af?'

'Sta op, Valog! Sta op!' spoorde Llyn de gevallen gladiator aan. Hij zat tot het uiterste gespannen op de rand van zijn zitplaats, maar Valog kwam niet overeind. De man worstelde krampachtig, maar het net werd steeds dichter om hem heen getrokken. Overal klonken kreten. 'Sta op, Valog! Sta toch op!' Nu kwam het publiek massaal overeind en de toeschouwers scandeerden: 'Sta... op! Sta... op!' De Trinovantiër kwam Valog niet te hulp, en toen wist Llyn het zeker. De meeste mensen hadden niet gezien dat de man op slinkse wijze zijn voet had uitgestoken toen hij zijn net wierp. De kreten klonken steeds luider en scheller. Ze riepen nog steeds dat Valog moest opstaan, maar hun stemmen klonken nu ongeduldig, alsof hij zich met opzet op de grond had laten vallen en nu om hun medelijden smeekte. De Trinovantiër deed een stap naar zijn slachtoffer toe en zette een voet op zijn machteloos wiekende arm. Hij hief de drietand hoog op en strekte zijn andere arm naar het publiek. 'Dit zal het publiek niet accepteren!' zei Gladys geschokt. 'Wat is er toch met Valog? Is hij ziek?'

Plautius keek met een grimmig gezicht voor zich uit. 'Ik zie er de eigenaar van dat sterke Trinovantische beest wel voor aan. Hij heeft goede kansen de volgende favoriet van het publiek te worden, maar daarvoor moet hij eerst vijf of zes gevechten gewonnen hebben. En veel kanshebbers leefden toch niet lang genoeg om de lauwerkrans in ontvangst te nemen. Ik ben zeer benieuwd wat er gebeurt.'

'Ach, nee,' fluisterde Gladys. Het geschreeuw was verstomd. De mensen stonden doodstil en hun teleurstelling breidde zich langs de rijen uit. Valog had vandaag slecht gestreden. Valog had hen teleurgesteld. Misschien begon Valog wel oud te worden. Eén voor één, rij na rij, werden handen opgestoken, met de duimen naar beneden gericht. De Trinovantiër volgde het voorbeeld en hij keek langzaam langs de rijen om te zien wat het oordeel van de meerderheid was. Toen keek hij naar de keizer. Claudius ging staan en liep naar de rand van zijn loge. Zijn blik dwaalde over het publiek. Hij haalde even zijn schouders op en strekte toen zijn arm uit.

'Nee,' mompelde Llyn. 'Valog werd gemeen onderuitgehaald. Nee, *nee!*' Hij stond ook op. 'Nee!' schreeuwde hij en met een sprong was hij een rij lager, de mensen ruw opzij duwend. Hij sprong weer en struikelde, maar wist zijn evenwicht te bewaren. Nog voordat Caradoc besefte wat er gebeurde stond zijn zoon al op het zand van de arena.

'Aulus, houd hem tegen!' riep de oudere Gladys schel. Pudens kwam verbaasd overeind van zijn zitplaats. Llyn beende met grote passen voor het front van de toeschouwers heen en weer en hield zijn beide armen wijd uitgestrekt omhoog, terwijl hij het talrijke verbaasde publiek uitschold.

'Omhoog! Omhoog die duimen!' brulde hij. 'Woestelingen! Barbaren! Minnaars van de stank van bloed! Steek omhoog die duimen, kannibalen, slaven! Jullie zullen nooit meer een gladiator als Valog zien. Denk je soms dat deze bedrieger jullie kan vermaken met zijn smerige streken? Valog is wel honderd van zulke lieden waard, wel duizend! Krengen! Aasgieren!' Llyn paradeerde voor de rijen, schold en beledigde de toeschouwers. Hij daagde hen uit en opeens ontstond ergens gelach dat zich snel verspreidde. De duimen begonnen te bewegen. Claudius liet zijn arm zakken en wachtte. 'Omhoog!' schreeuwde Llyn. 'Steek je duimen omhoog voor een dapper man, voor een ware kampioen! Heeft hij jullie niet vele malen geamuseerd?' Het gelach werd luider. Het publiek ontspande zich en moest hartelijk lachen; ze mochten deze brutale, gekke barbaar in zijn buitenissige broek en opzichtige tuniek opeens. Een duim wees omhoog, spoedig gevolgd door een tweede en toen wezen steeds meer duimen omhoog. Llyn bleef woedend schreeuwen naar het publiek, maar niemand luisterde naar zijn woorden. De toeschouwers vereerden hem nu en riepen om meer. Steeds meer duimen werden omhooggestoken. Claudius wenkte en Llyn rende naar hem toe en maakte een diepe buiging.

'Jij bent ofwel erg dom, of de goden van Rome zijn je zeer gunstig gestemd, Linus,' riep Claudius hem toe. 'Je had evengoed verscheurd kunnen worden door het publiek.'

'Maar dat gebeurde niet,' riep Llyn terug en glimlachte. 'Ik ben inderdaad dom en het is ook waar dat de goden mij welgezind zijn. Wat is het, keizer? Omhoog of niet?'

Het was onmogelijk een hekel aan Llyn te hebben. Claudius strekte zijn arm weer uit en nu wees zijn duim recht naar de hemel. De massa begon hysterisch te brullen, terwijl Llyn na een haastige buiging naar Valog rende. Hij duwde de Trinovantiër opzij en knielde neer om het net te ontwarren.

'Ben je gewond, Valog?' vroeg hij snel.

Valog ging overeind zitten en wreef zijn enkel. 'Nee. Hij liet me struikelen. Mij!' Valog krabbelde overeind en wuifde dankbaar naar het publiek, voordat hij zich weer naar Llyn wendde. 'Ik sta niet graag bij jou in de schuld, Llyn. Mijn eer is gekwetst, tot ik je terugbetaald heb.'

'Het gaat hier niet om eer,' antwoordde Llyn met een grijnslach. 'En dat weet jij ook. Ik vond het jammer als ik zou moeten aanzien hoe ze jouw talent verspilden. Dat is alles.'

Ze keken elkaar een ogenblik aan; toen deed de grote Galliër een stap naar Llyn toe en omhelsde hem.

Llyn keerde niet naar zijn plaats terug. Hij baande zich een weg naar buiten en liep langzaam naar huis. Caradoc verwachtte dat zijn zoon naar de taveernes was gegaan, maar hij trof Llyn zittend in de ontvangstkamer aan, met een boekrol op schoot. Met een brede glimlach begroette hij zijn vader, en Caradoc vroeg wat hij daar deed.

'Ik ben aan het lezen,' antwoordde Llyn. 'En morgen ga ik Rufus vragen of hij mij meeneemt naar het gebouw van de Senaat.'

'Waarom? Je zult nooit toegelaten worden in de Curia.'

'O, jawel hoor. Ik wil met eigen ogen zien hoe dit grote rijk bestuurd wordt. En ik zal op een goede dag zelf senator worden.'

Caradoc staarde hem aan, maar Llyn bleef glimlachen, al was de warmte rond zijn mond veranderd in koel cynisme en al was er in zijn ogen geen bepaalde uitdrukking meer te lezen.

Twee weken later, op een zachte, winderige avond, kwamen Caelte en de jonge Eurgain naar Caradoc toe, toen hij in gedachten verzonken door zijn tuin liep. Hij zag hen naderbijkomen op het door de ondergaande zon rood-gekleurde gras. Ze hielden hun hoofd gebogen en iets in hun houding waarschuwde hem dat ze met een ongunstig bericht kwamen. Hij groette hen met een hoofdknik en keerde zich toen af om geleund tegen de tuinmuur over de stad en de kalme rivier uit te kijken. 'Jullie hebben slecht nieuws voor me,' zei hij. 'Dat voel ik. Vertel maar.'

Eurgain kwam naast hem staan en legde haar hand op zijn arm. 'Ik houd van je, vader,' zei ze toen. 'Ik hield van je in de bergen, en elke dag was ik toen bezorgd over je. Maar ik geloof dat ik nu nog meer van je houd, nu het gevaar geweken is en er alleen nog hulpeloosheid rest.' Hij keek haar vragend aan en zag dat haar ogen betraand waren. Ze gaf hem een kus. 'Ik ben gekomen om afscheid te nemen. Ik wil weggaan.'

Nu was het uur dus gekomen, stil als de melancholieke mist in Albion. Weer een afscheid, weer een gezicht dat hij nooit meer zou zien. 'Vanaf het begin waren wij samen,' zei hij tegen haar. 'Wij verlieten Camulodunon gezamenlijk, we streden samen te midden van vreemde stammen, en we hebben samen deze ballingschap doorstaan. Er is een eenheid in onze familie die dieper geworteld is dan de trouw die wij vanwege onze bloedverwantschap aan elkaar verplicht zijn, Eurgain. Zul jij die band nu verbreken?'

'Ja, dat zal ik doen,' antwoordde ze en de tranen rolden over haar wangen. 'Ik moet wel. Ik kan mijn leven niet geketend aan dit huis doorbrengen, en ik wil geen echtgenoot die mij alleen meeneemt naar een ander huis en van mijn leven een dagelijkse sleur van plichten en kleine genoegens maakt, tot ik op een dag zal sterven terwijl ik nog steeds een gevangene in deze stad ben. De keizer zal mij niet missen, en als dat wel het geval is, dan maakt dat niet uit. Het gaat hem erom dat jij en Llyn onder zijn toezicht blijven.'

'Waar ga je naar toe?'

Ze veegde de tranen uit haar ogen en stond daar kaarsrecht. De laatste zonne-stralen veranderden haar blonde vlechten in koorden van goud en haar kalme, betraande gezicht kreeg een bronzen gloed. 'Naar Eriu. Ik moet met de druïden praten. Ik wil niet naar Mona gaan. Ik heb rust nodig, vader, lange stille dagen, zodat ik kan nadenken. Eriu zal nooit de pijn voelen van Romeinse laarzen die de kusten daar betreden. Ik zal scheep gaan naar Albion, dan naar het noorden trekken en met een ander schip langs Mona varen.' Hij nam haar beide handen in de zijne en kuste die. 'Eurgain,' zei hij, en hij trachtte zijn stem onaangedaan te laten klinken, 'de tijd dat je mij toestemming moest vragen om ergens heen te gaan is al lang voorbij. Ik wens je een veilige reis, een vredige reis toe. Kus de bodem van Albion namens mij, en laat jouw lot in Eriu vervuld worden.' Even kon hij niet verder spreken. Hij werd opeens overmand door verdriet en pijn wegens het verlies, en hij voelde een hevige steek van heimwee en verlangen naar de vredige kusten van zijn vaderland en naar de beregende, stille wouden. Verandering, dacht hij. Mensen moeten veranderen, anders sterven ze. Wie heeft dat tegen mij gezegd? Toen wist hij het weer. Ik kan niet meer veranderen, dacht hij toen, en ik weiger te sterven. Maar, dochter van mij, ik kan mij wel gekwetst voelen. Lang geleden had Caradoc geleerd gedachten die tot dagdromerij en herinneringen leidden te onderdrukken en daarom wendde hij zich naar Caelte.

'En jij? Zul jij je muziek van mij wegnemen, Caelte?'

'Heer,' begon Caelte, 'mijn muziek gaat haar eigen weg. Elke dag hebben mijn liederen minder kracht en minder schoonheid. Het vuur dooft uit, en ik ben bang. Ik heb voor je gezongen in tijden van geluk en in tegenspoed, bij overwinningen in de strijd en bij nederlagen, maar ik kan niet meer zingen in deze ballingschap. Zelfs al probeer ik het, de liederen komen niet meer over mijn lippen zoals eerst. En wat is een bard zonder muziek?'

'Als een arviragus zonder volgelingen. Staat je besluit vast, Caelte?'

Hij knikte; zijn gezicht was bleek en de harp sloeg tegen zijn borst. 'Vergeef me, heer. Ik zal uw leven bezingen zo ver in het westen als maar mogelijk is, in Eriu, zodat uw leven niet licht vergeten wordt, zoals hier tussen de woestelingen van Rome. Ik smeek u, bevrijd mij van mijn eed en geloften, want ik ben hier niet langer nuttig voor u, noch voor mezelf.'

Caradoc omhelsde hem snel en deed toen een pas achteruit. Hij was blij dat de schaduwen dieper werden en dat het daglicht verdween. 'Ik laat je gaan, Caelte. Ga in vrede. Ik wens alleen…' Hij leunde zwaar tegen de muur. Een ogenblik later voelde hij hoe Eurgain haar armen om hem heen sloeg en haar hoofd even tegen zijn schouder legde. Toen hoorde hij hen stilletjes weglopen. Eurgain snikte hoorbaar, maar al spoedig stierf het geluid weg en bleven alleen het ruisen van de wind en het rumoer van de stad in de diepte achter. Jij, ik en Cin, dacht Caradoc. Vanaf het begin, toen wij alle drie nog kinderen waren, was het altijd Caelte, Cinnamus en Caradoc. En ergens, geborgen in een afgesloten kast waarin de tijd zijn schatten uit het verleden bewaart, zit ik

bij mijn vuur in Camulodunon, als een jonge onbesuisde hoofdman vol levenskracht, en mijn bard strijkt met zijn hand over zijn harp, terwijl mijn
schilddrager gehurkt aan mijn voeten zit, naar de oranje gloed van de vlammen staart en zijn eigen rijke dromen droomt. Een veilige reis... een vredige
reis... Voor jou, Cin, voor jou, Caelte, en ook voor jou, mijn dappere dochter. Verbeten probeerde hij zijn tranen terug te dringen. Jij dwaas, hield hij
zichzelf voor. Alleen zwakkelingen voelen zelfmedelijden. Caradoc bedekte
zijn gezicht met beide handen.

Winter, A.D. 53-54

31

Aricia werd met een kreet wakker en ze ging rechtop zitten. Haar hart bonsde
hevig en haar longen sidderden van droge snikken. Door de kieren in de luiken drong het eerste licht van de dageraad naar binnen. Ze zag dat Androcretus nog voor haar lag, lang en met een bleek gezicht, gehuld in zwart. Alleen
zijn tenen waren naar het kleed op de vloer gegleden. De kamer was schemerig, stil en koud, en hoewel ze huiverde merkte ze dat haar huid vochtig van
het zweet was, haar gezicht was opgezet en haar ogen waren gezwollen van
ingehouden tranen. Ze bleef even rechtop zitten; haar handen klemden zich
aan het laken onder haar, en ze wachtte tot de opwelling van paniek afnam en
haar heftig bewegende borst bedaarde. Ze had weer gedroomd. Altijd dezelfde droom. Venutius stond voor haar, groot en met een wit gezicht. Alleen de neuzen van zijn bemodderde laarzen waren zichtbaar onder zijn zware
donkere mantel die een stank als van een lijkenhuis verspreidde. 'Wat heb je
gedaan? Wat heb je toch gedaan?' fluisterde hij. 'Je weet hoezeer ik je bemin-
de!' En zijn stem klonk als de stem van Caradoc, hees en begerig, zinderend
van jeugd. Ze wist dat haar echtgenoot tegen haar sprak en ze zag in zijn
bruine ogen een vurige gloed. Maar tegelijk behoorde het getekende gezicht
toe aan de arviragus en de stem was die van de zoon van Cunobelin, wiens
nagedachtenis al lang begraven was onder de as van Camulodunon.
'Mager en uitgehongerd... uitgehongerd... o, mijn ziel...' stamelde ze, en
Venutius, die tegelijk Caradoc was en met de stem sprak die elke vezel van
haar lichaam in vervoering had gebracht, deed twee stappen naar haar toe. De
misselijk makende stank wolkte om hem heen.

'Wat heb je mij aangedaan?' schreeuwde hij nu en al bleef zijn hand onzichtbaar onder de zwarte mantel, ze voelde hoe de woorden haar troffen, in haar gezicht, tegen haar borsten en haar maag, in felle pijnscheuten. Ze begon te snikken, maar er kwamen geen tranen. 'Wat heb je mij aangedaan, mij, mij? Ik hield van je!' Als vuistslagen daalden de striemende woorden op haar neer. 'Alles is verloren,' jammerde ze met gesloten ogen, zodat ze hem niet hoefde aan te kijken. 'Ik ken je niet. Wie ben je?'

Toen hield het schreeuwen op. Ze opende haar ogen en keek in twee holle oogkassen, ze zag het rottende vlees van het gebeente vallen, ze zag plukken rossig haar aan de ontvelde schedel kleven, en terwijl ze begon te krijsen sprak de gedaante voor het laatst tegen haar. De kaak viel krakend open. 'Ik... ben...' Maar op dat moment werd ze wakker.

Ze stapte uit het bed en ging huiverend in de stoel bij het smeulende vuur zitten. Ik kan dit niet langer verdragen, dacht ze afwezig. Nacht na nacht onderga ik deze kwelling, en het zal mijn dood nog worden. Wie ben je, wat ben je, dat je hierheen komt om mij aan stukken te rijten? Wil je mijn bloed soms? Ik offer niet langer aan de godin van Brigantia. Wil je mijn ziel soms? Ik richt ook geen smeekbeden tot Sataida, want ik geloof dat mijn ziel al dood is. Ach, Grote Moeder, ik ben zo eenzaam, zo alleen.

Achter de houten wand klonk geluid. Iemand zuchtte en hoestte. Domnall, haar schilddrager, kwam van zijn strozak op de vloer van de kamer waar ze nooit meer naar binnen ging, de kamer waarin Caradoc zijn polsen had uitgestrekt zodat hij geboeid kon worden en waar hij haar met holle ogen had aangestaard. De kamer waar Venutius... Ze boog zich naar voren om het vuur op te rakelen, maar het was al bijna uitgedoofd. Toen kwam ze overeind en ze begon langzaam met haar vingers over de schoorsteenmantel te strijken, heen en weer, op en neer, alles beter dan zich dit alles te moeten herinneren. Ik wil je niet, ik heb je nooit gewild, jij lompe beer, jij grote sukkel! Je schreeuwde het uit dat je door mij gebruikt werd, en ik gebruikte je inderdaad! Met welk recht heb je me verlaten? Ik ben je welkome folteraar en jij bent mijn slachtoffer. Hoe kon je leven zonder die dagelijkse pijn? Is je leven niet leeg en geesteloos zonder dat? Venutius! Jij keerde niet terug. Het is al jaren geleden, twee Samains zijn gekomen en gegaan, en waar ben je? Je hebt mij nodig, je kunt niet zonder mijn toorn, zonder mijn haat en mijn lichaam leven.

Haar vingers bewogen opeens niet meer. Haar borst deed pijn. En ondanks haar heftige verzet ertegen keerden de herinneringen terug, ze waren als een droom, nacht na nacht, tot ze besefte dat ze langzaam krankzinnig werd. Er was ook iets anders gekomen, toen Venutius haar met zijn bloed besmeurd had, iets dat ze nooit eerder in haar leven gevoeld had. Een stekend gevoel diep in haar hart, telkens wanneer ze in die tredmolen van herinneringen stapte. Dat gevoel heette schaamte, en noch de omhelzingen van Androcretus, haar bard, noch het goud, haar beloning, het bloedgeld voor Caradoc, dat uiteindelijk uit Lindum gekomen was, konden de kille wanhoop die haar telkens weer overweldigde wegnemen.

Ze liep door de kamer en duwde de luiken open. Het koor van de dageraad begon met honderd stemmen en prees de nog onzichtbare zon. Een zacht licht straalde haar door de koele, vochtige lucht tegemoet. Het zag ernaar uit dat er later ijzel zou vallen. Een kille, winterse ochtend, windstil en mistig. 'Androcretus!' riep ze, zonder zich om te keren. 'Sta op!' Even later was er beweging onder de dekens en hij ging geeuwend rechtop zitten. Ze bleef naar buiten staren, naar de stad, met daarboven de nevelslierten en de rook van de hutten, tot aan de onzichtbare helling die kaal oprees in de verte. Dit is mijn stad, dacht ze, mijn heuvel. Alle heuvels van Brigantia zijn van mij, meer vraag ik niet. Waarom moet ik dan toch lijden? Achter haar was Androcretus uit bed gekomen. Hij trok zijn kleren aan en pakte zijn harp. Hij had de vorige avond voor haar gezongen, met gekruiste benen op het bed zittend, en zij was achter hem geknield, bezig hun haren, donker en blond, samen te vlechten. Maar zodra hij zich naar haar omgekeerd had, en zij hem begerig naar zich toe getrokken had, wist ze dat de droom weer zou komen. De herinneringen waren er nog, ze dwaalden langs de grenzen van haar gedachten. Ze wendde zich naar hem toe en haar vingers gleden afwezig over de dunne streep van het litteken op haar gezicht.

'Haal iets te eten,' zei ze. 'En zoek een druïde.'

Hij staarde haar met doffe, slaperige ogen aan, maar toen drongen de woorden tot hem door en zijn ogen werden helder. Hij liep naar het wasbekken en brak het ijs op het water. Hij maakte zijn gezicht en hals nat, huiverde even en knielde toen bij het haardvuur om droge takken op de as te leggen.

'Dat is onmogelijk, vrouwe,' antwoordde hij. 'De druïden zijn niet meer te vinden, behalve als ze dat zelf willen, en geen enkele druïde die bij zijn verstand is zou erin toestemmen hierheen te komen. Als ik naar het westen reis om een druïde te zoeken, dan zal ik zeker gedood worden.'

Ze dacht een ogenblik na en keek toe hoe hij met de vuursteen vonken sloeg. 'Ik wil een druïde hier –. Ik moet beslist met hem spreken.'

'Laat Domnall dan komen. Hij weet waar hij moet zoeken.' Androcretus keek op en ze wisselden een blik. Toen hurkte ze naast hem en ze strekte haar handen uit naar het weer oplaaiende vuur.

'Als ik hem laat gaan, zal hij dan terugkomen?'

'Hij is niet met Venutius meegegaan, toen hij de kans kreeg. Hij is nog steeds aan u gebonden door zijn eed van trouw.'

'Zijn eer, ach ja,' mompelde ze. 'Zeg eens, Androcretus, houd je van me?'

Hij glimlachte vaag naar het vuur. 'Hebt u mijn liefde nodig, ricon?'

'Nee. Ik heb alles wat ik nodig heb van je. Je muziek en je lichaam.'

'Dan houd ik niet van u.'

Ze sloeg haar armen om zijn blonde hoofd en trok hem dicht tegen zich aan. Toen kuste ze hem op zijn voorhoofd. Hij week verbaasd achteruit, omdat ze zelden zo zachtmoedig was. 'Ga Domnall zeggen dat hij hier komt. Hij is wakker, want ik hoorde hem naar buiten lopen.'

Androcretus kwam overeind, rekte zich uit en ging stilletjes naar buiten. Aricia deed de luiken weer dicht en begon zich aan te kleden, zonder op haar bediende te wachten.

Toen haar schilddrager binnenkwam stond ze met haar rug naar het vuur, gekleed in een dikke groene tuniek, die tot op de vloer hing, en waaromheen ze een gordel, rijkbezet met git, droeg. Om haar schouders was een gele mantel geslagen en in haar lange vlechten was ook git aangebracht, de kleur van de duisternis, de kleur van haar haren. Ze keek hem geruime tijd aan. Hij had warrige zwarte haren en een woeste baard. De donkere ogen waren koud, en als altijd hing een oranje mantel om zijn brede schouders. Ze had hem dikwijls naar haar bed willen leiden, maar er was iets in zijn houding dat haar weerhield. Hij was te beheerst, te onbenaderbaar. Ze wist dat hij alleen door zijn eed van trouw aan haar gebonden was.

'Domnall,' zei ze kalm, 'hoofdman van Brigantia, ik heb je hulp nodig, en alleen jij kunt mij helpen. Ik zou het niet vragen als er een andere mogelijkheid was.'

Hij gaf geen antwoord. Hij stond daar en wachtte af. Zijn kalmte maakte haar nerveus en ze strengelde haar vingers ineen. 'Ik heb een... een droom, en die moet geduid worden,' vervolgde ze haastig. 'Als ik niet snel verlost word van die droom zal ik krankzinnig worden! Ik voel dat het leven uit mij gezogen wordt, Domnall, en ik kan het niet langer verdragen. Breng mij een druïde!' Ze had eigenlijk niet zoveel tegen hem willen zeggen. Zijn ogen vernauwden zich, maar hij verroerde zich niet.

'En waar, vrouwe, moet ik een druïde gaan zoeken?' vroeg hij scherp. 'De meeste druïden hebben zich teruggetrokken op Mona, of ze trekken met Madoc en de anderen door het westen. Als u mij deze opdracht geeft onder de bedreiging dat ik anders mijn eed gebroken heb, dan zal ik gaan. Maar ik ben niet bereid om zonder goede reden te sterven.'

Haar vingers bewogen zenuwachtig. 'Als je mij een druïde brengt, dan zweer ik dat je bevrijd bent van je gelofte van trouw. Dan kun je naar het westen gaan, naar Venutius. Ach, Domnall, doe dit voor mij! Ik ben wanhopig. Ik weet dat jij een druïde voor me kunt vinden. Je weet waar je moet zoeken. Spreek met de verspieders die door Brigantia zwerven. Ik weet dat ze er zijn, en dat weet jij ook. Alsjeblieft!'

Uw beloften, vrouwe, kunnen duizend dagen duren of duizend tellen, afhankelijk van uw nukken, dacht hij cynisch. Maar toen hij naar haar gezicht keek zag hij iets dat hij niet eerder had gezien: hulpeloosheid en een machteloze wanhoop. Hij voelde een steek van medelijden met haar en boog zijn hoofd. 'Ik zal gaan,' zei hij. 'Maar tel de dagen niet, vrouwe. Want mijn speurtocht zal langdurig en moeilijk zijn. Ik wil ook de gelofte dat, wanneer ik met een druïde terugkeer, u hem niet zult folteren of uitleveren aan Rome om daar afgeslacht te worden. En ook dat u mij eervol uit Brigantia zult laten vertrekken.'

Ze hield haar vingers stil. Zonder warmte glimlachte ze. 'Dat zweer ik bij de Hoge Ene, en op het graf van mijn vader. En ik dank je, Domnall.'

Zijn ogen werden groot van verbazing en hij glimlachte even aarzelend terug. Toen was hij verdwenen en ze keerde zich weer naar het vuur. Venutius, dacht ze, ik mis je. Wanneer zul je ooit naar mij terugkeren? Maar zelfs toen ze deze woorden vormde, zag ze in gedachten weer de walgelijke gedaante voor haar oprijzen en haar verstikken. Ze zag hem weerloos en geboeid, zoals Caradoc voor haar had gestaan, en de verwilderde blik in zijn ogen bracht een zoete smaak in haar mond.

De winter werd strenger en lag ijzig over het land, onbeweeglijk en star. Aricia vocht een eenzame strijd. De droom keerde elke nacht in alle afgrijselijkheid terug, en ze bracht de uren van duisternis nu pratend met Androcretus door, terwijl ze overdag enkele uren sliep in de Vergaderzaal. Het hielp allemaal niet. Zittend of liggend, overdag of 's nachts, de geestverschijning keerde telkens terug om haar te beschuldigen, en daarbij verspreidde hij een smerige walm die nu ook op andere uren, zelfs wanneer ze waakte, tot haar neus leek door te dringen. Het was alsof ze zelf deze damp verspreidde.

Een tweede nachtmerrie voegde zich bij de eerste: een voortdurende bezorgdheid. Want er werden geen vorderingen gemaakt in het westen. De opvolger van Scapula, Aulus Didius Gallus, was tijdens zijn eerste maand als gouverneur snel en doortastend door het land getrokken, en weer hadden de opstandelingen zich ver in het gebergte teruggetrokken om hun wonden te likken bij de door sneeuw gevoede watervallen. Gallus zelf had betere tijden gekend. Hij was al op jaren en kon terugzien op een leven van toegewijde dienst voor het grote rijk. Met tegenzin begon hij aan deze nieuwe functie. Hij was met Claudius naar Albion gekomen als aanvoerder van het Achtste Legioen uit Moesia, maar hij haatte deze nieuwe provincie al op het eerste gezicht. Spoedig had de keizer hem teruggestuurd naar Moesia en later was hij daar zelfs gouverneur geworden. Hij had zich erop verheugd daar zijn tijd uit te dienen, voordat hij van zijn pensioen kon gaan genieten in Rome. Aulus had tegen de geheimzinnige en schatrijke prins Mithridates gestreden en hem onderworpen, daarna was hij ten strijde getrokken om prins Zorzines van

Moesia te verslaan. Aulus had zijn plicht gedaan en verwachtte nu een beloning. En Albion was bepaald geen beloning. Dit was een door twisten verscheurd, regenachtig gebied vol magie, dat gouverneurs leek te verslinden als een hongerig beest. Aulus werd begroet door zijn opgeluchte ondergeschikten en nog voordat hij het zout van de zeereis van zijn gezicht had kunnen spoelen kreeg hij al te horen dat een van zijn legioenen vernietigend verslagen was en dat de stammen in het opstandige westen ongehinderd door het land trokken. Vermoeid had hij om landkaarten gevraagd en aangewezen welke plaatsen goed verdedigd en welke juist gevaarlijk zwak waren, zodat binnen twee maanden het Veertiende, het Negende en het Tweede Legioen de laaglanden hadden kunnen ontdoen van opstandelingen, die zich terughaastten naar hun ontoegankelijke bergen. Er was geen goede reden waarom het Twintigste zo verpletterend verslagen was, duizenden overgebleven legionairs hadden ook geen goede reden om zich als verschrikte kinderen in hun forten schuil te houden. Volgens Aulus was er zeker geen reden voor de wanorde die hij hier aantrof, maar gelaten zette hij zich aan de taak deze te ontwarren. Dit gebied was gewoon Albion, een provincie waarop een vloek rustte, een provincie die geen bijdrage leverde en dat waarschijnlijk ook nooit zou doen. Hij herstelde het gezag langs de westgrens die zijn voorganger had ingesteld en verdubbelde daar het aantal patrouilles. Hij overlegde met de procurator en bekeek diens kasboeken – rood, steeds in het rood staand. Als er het volgende jaar of een jaar later geen verbetering in de situatie zou zijn gekomen, zou hij een aanbeveling doen bij de keizer om alle troepen uit Albion terug te trekken. Een kostbare nederlaag zou de keizer zeker niet aanstaan. Hij bekeek met een sombere blik de landkaarten en liet zijn vinger langs de dunne, kronkelige lijnen van de grenzen glijden. Er was nog zoveel gebied in handen van de inboorlingen, bijna het hele westen, en het verre noorden was nog helemaal niet verkend. Al tien jaar lang streed Rome tegen Albion en nog steeds was het niet nodig gebleken nieuwe kaarten te laten tekenen. Aulus had Siluria overstroomd met soldaten, hij had daar de laatste haarden van verzet met tegenzin en verveeld schoongeveegd, alsof hij een huis bezemde dat altijd smerig zou blijven. Maar zelf was hij nooit buiten Camulodunon geweest. Hij bracht zijn tijd door in zijn werkkamer, peinzend en de dagen aftellend, als een schoolkind dat verlangend op het aanbreken van de vakantie wacht.

Sindsdien, als een van demonen vervuld lichaam dat telkens weer doorstoken wordt maar niet wil sterven, vochten de stammen in het westen nog steeds door. Hier brandde een wachthuis af, daar werd een garnizoen aangevallen, of een onvoorzichtig groepje soldaten werd nooit meer teruggezien. En hoewel de Romeinen telkens snel represailles namen, meende Aricia dat de soldaten, evenals zijzelf, bijna verlamd toekeken hoe de schaduw van de vrijheid in het westen steeds hoger oprees. Ze had dit gehoord van Caesius Nasica, de legaat van het Negende Legioen. Ze gaf opdracht manschappen naar haar grenzen te zenden en ze bracht vele uren door met zich afvragen wat Madoc, Emrys en ook Venutius zouden doen, wanneer ze zich een weg tot haar voordeur hadden gevochten. Misschien zouden ze haar de keus geven. Verbranding, verdrinking of de snelle genade van een scherp zwaard, om aan elke droom, aan elk symptoom van naderende krankzinnigheid een einde te maken. Ze zag hen, mensen die ze nooit in werkelijkheid had gezien, in haar verbeelding, ze gleden haar tegemoet over de besneeuwde heuvels en hun ogen bleven begerig op haar gericht.

Androcretus lachte om haar bezorgdheid, als hij tegenover haar bij het vuur zat, alleen gekleed in zijn broek. 'Wanneer hebben die stammen ooit een meter gebied dat ze gewonnen hadden in hun macht weten te houden?' zei hij luchtig. 'Ze vechten voor een verloren zaak. Ze dromen van vrijheid, maar ze putten hun krachten alleen uit. Rome beheerst de hele wereld, dus zal Rome de eindoverwinning behalen.'

Een verloren zaak... Ach, Sataida! Zal niemand mij dan redden? Wie haalt mij uit de put waarin ik gevallen ben? dacht Aricia. 'Je vergist je,' zei ze hardop. 'Niets is zo sterk als strijders die verbitterd vechten voor een verloren zaak. Als Rome vrede wil in Albion, dan zullen elke man, elke vrouw en elk kind in het westen gedood moeten worden.'

'Dat zal ook gebeuren, als het nodig is. Wat scheelt er toch aan, vrouwe?'

'Ik wil sterven.'

Hij keek haar onderzoekend aan, toen strekte hij zijn hand uit om de harp van de vloer op te rapen. 'Ik heb vanmorgen een nieuw lied bedacht,' zei hij toen. 'Wilt u het graag horen? Er zal altijd muziek zijn, Aricia, en pittig bier. Er zullen altijd lachende witte tanden en golvende zwarte haren zijn onder de zon. Laat hen die geen muziek of liefde kennen maar oorlog voeren.'

'Je bent een bard tot in het merg van je botten,' zei ze afwezig. 'Help me toch, Androcretus!'

Hij zong voor haar met zijn glimlachende ogen op haar gericht. Zijn volle stem klonk krachtig en zijn lange vingers plukten aan de snaren van de harp. Maar voordat het lied afgelopen was knielde Aricia voor hem en greep zijn benen stevig vast. Ze begroef haar gezicht in de rode stof van zijn broek. 'Zingen alleen is niet genoeg,' fluisterde ze en hij legde de harp weg, voordat hij haar in zijn armen nam.

32

De lente brak aan. Eindelijk keerde Domnall terug. Vermoeid en grauw kwam hij door het kille regengordijn aanlopen. Hij hurkte voor haar neer in haar huis, te moe om rechtop te staan. Het water droop van zijn gezicht, alsof hij huilde.

'Ik heb een druïde meegebracht,' zei hij kortaf. 'Ze wacht bij de deur.'

'Ze? Heb je een vrouw meegebracht?'

Hij lachte schamper. 'Ik heb een druïde voor u meegebracht. Ik heb lang gezocht en veel gevaren doorstaan, maar toen ontmoette ik deze druïde bij de Silurische vrouwen en kinderen.'

'Heb je... heb je hem gezien?'

Hij ging met een zucht staan. 'Nee, dat niet. Denkt u dat ik krankzinnig ben? En laat me u ook herinneren aan uw belofte. Deze druïde is meegekomen omdat ik haar mijn woord heb gegeven dat haar geen kwaad zal worden gedaan.'

'Daaraan hoef ik niet herinnerd te worden! Maar ik vraag je, Domnall, blijf nog wat langer mijn schilddrager.'

'Ik zal blijven zolang de druïde hier blijft. Niet langer.'

In zijn woorden klonken uitputting, vastbeslotenheid en berusting door, en die waren ook op zijn gezicht te lezen. Met een handgebaar wenkte ze dat hij kon gaan. Ze had het gevoel alsof ze over een hoge muur tegen hem probeerde te schreeuwen. 'Heel goed. Als de druïde gegeten heeft, laat haar dan binnenkomen.'

'Ze heeft al gegeten.' Domnall knikte en liep naar buiten, maar hij liet de deur open. De regen woei naar binnen en doorweekte de fijne schapevachten op de vloer. Aricia hoorde het geluid van de regen op het dak roffelen als paardehoeven in oorlogstijd, of als een waarschuwing van de Raaf van de Strijd. Toen onderschepte een schaduw het licht in de deuropening en belette de regen tot in de kamer te vallen. De gestalte deed een stap naar voren en sloot de deur achter zich. Er heerste nu weer stilte.

Aricia stak haar hand uit. 'Welkom in Brigantia,' zei ze. 'Ik wens u rust en vrede.'

Tegenover haar zag ze een mager bruin gezicht met twee zwarte ogen, zo rond als kiezelstenen, en daarboven nat bruin haar. De mantel van grofgesponnen wol was bemodderd bij de zoom en leek veel te groot voor haar kleine lichaam. Haar voeten waren bloot.

'Niet voor mij,' antwoordde ze, de uitgestoken hand weigerend, met een hoge stem, als van een kind. 'Ik dien de meesterdruïde en de Raaf van de Strijd, in die volgorde. Geen van beiden biedt mij ooit rust of vrede aan.' Ze deed haar mantel uit en legde die op het bed. Haar tuniek was smetteloos wit. Magere polsen staken uit de wijde mouwen en toen pas zag Aricia de dikke zilveren armband en de zilveren ring aan haar vinger. Het sieraad was bewerkt in de vorm van kronkelende slangen, met zilveren giftanden en gevorkte tongen, op dezelfde manier als bij het ingewikkelde patroon van de gesp die Gladys haar lang geleden gegeven had. Het begin en het einde, dacht ze, verlamd van schrik. Het begin... en het einde... laat me eruit!

De vrouw liep naar het vuur en ging in een rieten stoel zitten. Ze keek met een openhartig gezicht belangstellend op naar Aricia. 'Dus u bent de roemruchte vrouwe van Brigantia,' zei ze. 'Knap en verraderlijk. En bovendien in moeilijkheden. Mooi bent u zeker, ricon, zo mooi als een zwoele zomernacht. Maar ik kan het verraad hier ruiken, en de stank van dode dromen of van levende nachtmerries.' Ze zweeg even. 'Nee,' vervolgde ze, nadat ze de uitdrukking op Aricia's gezicht had zien veranderen, 'voor u ben ik niet bang. U brengt mij meer dan ik u breng, zieke vrouwe.' Aricia haalde haar schouders op en ging in de andere stoel zitten. Toen werd haar aandacht getrokken door de voeten van de druïde. Die waren blauw, maar niet omdat het koud was. Ze boog zich verder voorover. Meer slangen krulden zich in ingewikkelde bochten en Aricia zag overal scherpe tanden en sluwe ogen op de lichte huid getatoeëerd. De druïde begon te lachen en schoof haar mouwen terug, zodat op haar armen nog meer blauwige slangen zichtbaar werden. De monsters strekten hun koppen kennelijk uit naar haar hals. Aricia deinsde geschrokken achteruit. De vrouw schudde haar mouwen terug en de blauwe verschrikking was weer onzichtbaar.

'U kunt mij niet recht in het gezicht kijken, want u weet niet of ik een vrouw of een monster ben,' merkte de druïde op. 'Voor u, vrouwe, is een vrouw altijd zacht en heeft ze een hongerig lichaam, al het andere is in uw ogen een monster. Goed, zeg me nu wat u van mij wilt.'

Aricia slikte en dwong haar stem de afgrond tussen haar en de ander te overbruggen. 'Ik wil dat u een droom van mij wegneemt,' zei ze schor. 'Dat is alles. Wanneer dat gebeurd is kunt u weer gaan. Ik zal betalen wat u maar vraagt.'

De zwarte ogen keken nu zachter. 'Als u niet voorzichtig bent laat ik u met uw ziel betalen. Vertel mij hoe die droom is.'

Aricia vertelde haar wat ze telkens weer droomde. Er klonk steeds meer afgrijzen door in haar stem. Buiten wakkerde de wind aan, maar het regende nu minder hard. De druïde luisterde zwijgend; haar ogen bleven strak op het vuur gericht en ze liet de woorden tot zich doordringen. Toen Aricia eindelijk zweeg, sloot ze haar ogen en sloeg haar armen over elkaar. Ze verviel in langdurig zwijgen. Aricia wachtte af. De middag sleepte zich traag voort. Vlak buiten de deur zat Androcretus; hij zong zachtjes voor zich uit, een regenlied, een bloemenlied. De druïde verzonk lange tijd in gedachten, klein en stram, bruin en wit. Toen ging ze verzitten en haalde een rinkelende leren buidel uit de plooien van haar tuniek. Ze maakte de buidel open en haalde een bronzen ring te voorschijn, toen nog één, en beide ringen bond ze in haar nu droge haren. 'Vraag!' beval ze.

'Wie is dat... die verschijning die telkens naar mij toe komt? Is het de dood van mijn man die ik aangekondigd zie?'

'Nee. Venutius komt naar u toe vanwege uw trouweloosheid en de arviragus komt vanwege uw eerloosheid, maar het is de verpersoonlijking van Albion zelf die in doodsgewaad voor u verschijnt, het land dat reiner en oprechter was dan enig ander land, maar nu door u verraden is en tot dood en verderf gedoemd. "Ik ben," zegt de verschijning, "ik ben Albion. Uw wortels zijn gekapt, vrouwe van Brigantia. Er is geen bevriende bodem meer waar u uw voeten kunt zetten. U hebt uzelf ontworteld en dit is uw lot." '

'Albion bestaat uit aarde, rotsen en bomen! Het land kan zijn aard niet veranderen, wie er zijn voeten ook zet!'

'Dat kan wél. Dat heeft het land al gedaan. Twee mannen zijn door u verslonden, en nog is dat niet genoeg voor u. U werd ziek van begeerte en hebzucht, maar zelfs een hebzuchtig iemand kan een heel mens blijven. U wordt verscheurd door zelfhaat!'

'Neem die droom van mij weg! Genees mij!'

De andere vrouw schudde haar hoofd. 'Ik kan die droom niet wegnemen. Het is geen slecht voorteken of een waarschuwing. Het zit in uzelf. Alleen u zelf kunt de droom uitdrijven.'

'Maar hoe dan? Hoe?!'

De druïde bond de laatste ring in haar haren en legde de buidel opzij. Toen keek ze Aricia recht aan, met een meelevende blik. 'Laat uw echtgenoot komen. Smeek hem om vergiffenis. En schaar u dan aan zijn zijde in de strijd tegen Rome. Doe dat, dan zult u nooit meer door deze droom gekweld worden, dat beloof ik u. Diep in uw hart, ricon, weet u dat ik de waarheid spreek. En het was eigenlijk niet nodig mij helemaal hierheen te laten komen om dat te zeggen.'

Langzaam en met een pijnlijk gezicht, alsof ze een oude vrouw was, kwam Aricia overeind. Haar gezicht was asgrauw, zoals Caradoc het gezien had, en Venutius toen hij haar geslagen had. 'Jullie druïden zijn allemaal hetzelfde,' zei ze moeizaam. 'Leugenaars en bedriegers! Jullie willen alleen de macht terug over de stammen en het land, zodat jullie de mensen kunnen beïnvloeden. Ik vraag iets eenvoudigs, en zelfs dat is onmogelijk.'

'Luister naar mij, Aricia, en luister goed!' zei de druïde kwaad. 'Ik zal een van de oude wetten die mijn leven beheersen nu overtreden, want als ik dat niet doe, dan zal niets u kunnen redden. Ga zitten!'

Aricia liet zich zwijgend zakken, alsof een onzichtbare hand op haar hoofd drukte. 'De Romeinen zullen u uit Brigantia verjagen. Ze zullen u het koningschap afnemen en u tot de bedelstaf brengen, en niemand, zelfs geen boer, zal u onderdak bieden. Ze zullen uiteindelijk zien wat u werkelijk drijft en dan slaat hun vertrouwen om in toorn. Denk aan deze woorden, wanneer Julius Agricola hier gouverneur wordt. Dan zult u moeten zwerven, u en uw droom en uw krankzinnigheid. Vandaag, op dit uur, kunt u dit vooruitzicht nog veranderen. Keer terug naar Venutius! Snijd Rome uit uw ziel en laat de leegte opvullen door uw eigen man, met zijn liefde en zijn gezond verstand!'

'Ik verafschuw mijn man!' schreeuwde Aricia. 'Ik heb hem altijd verafschuwd en ik wil hem niet terug. Die onnozele dwaas!' Ze sloeg haar handen voor haar gezicht. 'Ik weet niet wat ik van u verwachtte,' fluisterde ze. 'Ik had beter moeten weten. Toen ik naar Brigantia kwam, hoorde ik dat een van de druïden trachtte het volk tegen mij op te hitsen door te spreken over het kwaad dat Rome zou brengen. Maar de mensen luisterden niet en ik luisterde ook niet. Romeinen zijn mensen, druïde, gewone mensen die meer naar Albion brengen dan ze hier ooit vandaan kunnen halen. Ik heb mijn angsten, maar u ook. Waar bent u bang voor? Waarom haat u Rome? Zeg mij wat ik moet betalen, en verdwijn dan.'

De vrouw stond op en raapte haar mantel op. 'Dus u zult niets doen?'

'Nee.'

'Dan is uw ziel de prijs die u mij moet betalen. Ik zal u daarom vragen op de avond dat ik uit Brigantia vertrek. Nu ga ik naar de zaal om daar wat wijn te drinken.' Ze liep naar buiten terwijl ze de mantel om haar schouders zwaaide. Aricia kon zich enkele ogenblikken niet verroeren. Ze wilde Androcretus bij zich roepen, ze wilde op haar bed gaan liggen en huilen, maar ze bleef zitten, met haar hoofd op haar knieën; haar wang met het litteken rustte tegen haar handpalm en ze voelde zich wanhopig.

Drie dagen lang kwam Aricia niet uit haar kamer en ze at noch dronk iets. De wind gierde nog steeds in vlagen over de boomloze veenmoerassen van Brigantia, maar de zon scheen weldadig en de kinderen renden naar de velden om de eerste lentebloemen te plukken. Androcretus kwam elke avond naar haar deur, maar ze stuurde hem weg zonder open te doen. Er werd een lam geroosterd in de Vergaderzaal, de kruiken werden doorgegeven en er werden grappen verteld zonder dat Aricia daarbij aanwezig was. Toen, laat in de avond van de derde dag, liet ze de druïde bij zich komen. De vrouw verscheen spoedig en Aricia stond haar op te wachten in de deuropening. Ze zag de vrouw met lange wapperende haren door de poort naderen, haar witte tuniek bolde op als de veren van een zwaan in de wind. Zodra ze zag dat Aricia haar een paar stappen tegemoetkwam, vertraagde ze haar passen.

'Ik heb een besluit genomen,' zei Aricia gehaast en dringend. 'Ik wil dat u een bericht naar mijn man overbrengt, waar hij ook is.'

De druïde keek Aricia nieuwsgierig aan. Er waren donkere kringen onder haar ogen. Ze stond daar diep weggedoken in haar gele mantel en haar handen beefden. 'Bent u ziek, vrouwe?'

Aricia schudde heftig haar hoofd. 'Nee. Nee! Wilt u dat bericht voor mij overbrengen?'

'Dat hangt van de inhoud af. Wat moet ik hem zeggen?'

Aricia rechtte haar rug. Ze hield haar gezicht afgewend van de snijdende wind en al leunde ze tegen de deurpost, het beven van haar handen en knieën verminderde niet.

'Zeg hem dat ik mij diep schaam vanwege het verraad dat ik jegens Caradoc heb gepleegd. Zeg dat ik hem vergeving vraag. Zeg hem dat ik verblind en dom ben geweest, maar dat ik nu mijn fouten wil herstellen. Zeg hem dat hij terug moet komen en dat ik Brigantia en alle hoofdmannen onder zijn gezag stel, voor de verdediging van Albion.' Het uitspreken van deze woorden kostte haar veel moeite. Ze sloot haar ogen en de druïde meende even dat ze zou flauwvallen. 'Zeg hem... zeg dat ik hem dringend nodig heb.' Een krampachtige huivering trok als zichtbaar teken van haar kwelling door haar lichaam en de druïde legde haar handen op Aricia's schouders, voordat ze haar wegtrok van de deur.

'Open je ogen, Aricia, en kijk mij aan!' beval de vrouw. Langzaam deed Aricia wat haar gevraagd was en toen ze de druïde aankeek zag ze een blik, hard als steen, op haar gericht.

De vrouw zuchtte en liet haar schouders los. 'Nee.'

'Waarom niet? In naam van Brigantia, waarom niet?'

'Omdat het mij verboden is berichten over te brengen die leugenachtig zijn.'

Er viel een lange stilte en de sfeer werd nu vijandig. Toen glimlachte de druïde wrang. 'Ik lees op je gezicht dat de gedachten elkaar in je geest najagen. Jij wilt hem terug, maar niet in zijn belang, noch in dat van Albion. Wat zou je hem aandoen als hij inderdaad terugkeert? Heeft zich al een plan gevormd in dat verhitte en sluwe brein? Arme Aricia! Ik wil morgen vertrekken uit Brigantia. Ga dan met mij mee. Samen kunnen we hem vinden. Verlaat dit Romeinse huis en laat je mooie kleren en juwelen achter. Kom mee naar het westen. Wees herboren, Aricia!'

Aricia worstelde met zichzelf één lange seconde, een eeuwigheid, haar gezicht een en al zielefoltering en lijnen van de naderende ouderdom, als een levend litteken. De druïde trok zich van haar terug en liet Aricia deze strijd alleen uitvechten, maar toen trok de grimas van Aricia's gezicht weg en haar volle lippen vormden een lelijke streep van vastberadenheid. Aricia's ogen vestigden zich op een punt ver achter de muur en de druïde wist dat ze haar verloren had.

'Als u morgen vertrekt, zult u eerst betaald moeten worden,' zei Aricia.
'Ik zal mijn beloning heus wel krijgen, wees daar maar niet bang voor,' zei de
druïde en knikte. 'Als ik morgen uit deze stad vertrek, zal ik geen geld vragen. De prijs heb ik al genoemd.'
'Dat is een waardeloze prijs.'
'Misschien een goedenacht, ricon.'
Aricia liep met onvaste passen naar binnen en sloot de deur. Terwijl ze dit
deed, besefte ze dat ze deze druïde niet levend uit Brigantia kon laten vertrekken. Die zekerheid schoot als een kille gedachte door haar heen. Geschrokken
bleef ze staan en ze sloeg haar handen voor haar gezicht. Een druïde doden?
Maar dat was onmogelijk. Niemand in de lange historie van haar volk had
ooit de hand aan een druïde geslagen, en de vervloekingen die zo'n moordenaar zouden treffen waren zo verschrikkelijk dat zelfs de druïden daar amper
aan durfden te denken, laat staan uitspreken. Een druïde doden. Een druïde
vermoorden.. Ik moet het nu doen, vannacht nog, dacht Aricia. Als ik het
niet doe zal ze Venutius vinden en hem zeggen... hem zeggen... Zou ze mijn
gedachten inderdaad gelezen hebben? Zou ze weten wat ik met hem wil
doen? Ik wil je terug, Venutius, ik wil je hier terug. Je zult boeten omdat je
mij vernederde en wegging. Ik wil jou hier, geketend en geknield op de
vloer, je rode hoofd voor mij gebogen. Emrys en Madoc zou ik ook in mijn
macht willen krijgen, maar jij alleen bent al voldoende. Nee, ik kan het niet.
Ik kan die druïde niet doden. Misschien kan ik haar tong uitsnijden, of haar
hier gevangen houden, of... Of haar doden. Nee! Dat niet! Nooit!
Het mes lag in de houten kast, onder de stapel met goud geborduurde tunieken en schitterende mantels. Ze haalde het te voorschijn en legde het op haar
schoot; haar vingers lagen koud en krachteloos op het mes. De duisternis viel
snel in, alsof de wind donkere wolken over de stad blies. Haar dienares kwam
binnen om hout op het vuur te gooien en de lampen aan te steken. Aricia bleef
zitten; die ene gedachte kreeg steeds vastere vorm, de kwaadaardige gedachte
veranderde in de zekerheid dat de druïde moest sterven.
Ze moest Venutius terughebben, zodat de tijd weer kalm en zinvol zou verstrijken in een opeenvolging van dagen en nachten, in plaats van deze werve-
ling van radeloze verwarring. Als de druïde met hem sprak zou hij nooit komen. Al kon ik hem maar één keer zien, dacht ze. Dan zou zijn zelfverzekerdheid wel verkruimelen. Hij moet nog steeds van mij houden. Dat kan niet
anders. En dan, als hij hier is, als ik verontschuldigende woorden uit zijn
mond heb gehoord... Ze ging met een ruk staan en liep met onvaste passen
naar de deur; het mes klemde ze stevig in haar gevoelloze vingers... dan zal ik
hem aan Rome uitleveren.
De nacht was nu helemaal gevallen en op het erf was het aardedonker. De
kille wind rukte aan de mantels van haar bewegingloze lijfwachten die eruit-

zagen als groteske zwarte vogels. Huiverend sloop ze naar de poort. Het maanlicht ging schuil achter een snel voorbijdrijvende wolk. Nog voordat haar wachters dichterbij konden komen riep ze naar hen dat ze op hun plaats moesten blijven en ze verliet het met een stenen muur omgeven erf. In de stad was het druk en levendig. Stemmen klonken lachend op en het zachtgele toortslicht viel in flakkerende bundels op straat. Overal klonken haastige voetstappen, lichter en sneller omdat de lente gekomen was. Dit alles leek uit een andere wereld tot Aricia door te dringen, een wereld buiten haar bereik. Hier leek alles vaste vorm te hebben, de schaduwen losten niet op zoals in haar gedachten en de mensen vormden de kern van een werkelijkheid die niet wegsmolt in een nachtmerrie – vuur, zonlicht en kaarslicht, licht dat niet grauw en diffuus werd, zoals in haar geest.

Ze glipte stilletjes over de verlaten paden achter de houten huizen van de hoofdmannen en passeerde de achterzijde van de Vergaderzaal. Even hoorde ze de stem van Androcretus die daarbinnen een lied zong. Het pad begon hier te hellen naar de aarden wal en het sombere veenmoeras daarachter. Nog verder weg glansde de rivier. De gastenhutten stonden dicht bijeen onder aan de wal, rechts van de hoge, onbewaakte stadspoort. Het was hier erg donker. Geen licht straalde onder de deurhuiden naar buiten. Aricia liep voorzichtig naar de deuropening van de eerste hut en schoof de huiden opzij. Er was niemand binnen. In de tweede hut was het ook donker en kil. Maar toen haar hand het soepele leer van de derde hut opzij trok zag ze de vage gloed van een smeulend vuur en een gestalte die op de brits lag. Zonder geluid te maken stapte ze naar binnen; de deurhuiden vielen ritselend achter haar terug. Ze bleef even staan, naar adem happend toen angst haar keel dichtkneep, en in gedachten zag ze de beschermende spreuken en bezweringen bijna tastbaar en waarschuwend boven de slapende gedaante zweven. Toen trok ze het mes uit haar gordel en sloop naar de brits.

De druïde lag op haar rug; ze had een deken slordig over zich heen getrokken en een van haar met slangen getatoeëerde armen hing losjes af naar de vloerkleden. Aricia boog zich voorover. De ogen van de vrouw waren gesloten, de mond hing iets open. Nu moet ik niet meer nadenken, dacht Aricia. Doe het nu, en denk later pas. Denk aan Venutius die naar Brigantia en naar mij terugkeert. Denk dan aan Venutius, geboeid op weg naar Lindum in een hotsende kar. Maar ze bleef als bevroren staan, met beide handen om het heft van het mes geklemd. Haar ogen waren gericht op het vredige kleine gezicht, zo menselijk leek het nu, zo weerloos, zo... zo gewoon. Onder haar lange mantel spande ze al haar spieren die even later weer verslapten van angst. De kou trok door de vloerkleden langs haar voeten en benen omhoog. Maar ze kon zich nog steeds niet verroeren, ze kon niet toeslaan maar evenmin terugdeinzen. Ze begon geluidloos te huilen, zonder zich bewust te zijn van de tranen die langs haar wangen naar beneden drupten. Als hij hier was zou dit niet gebeuren, dacht ze telkens weer. Als hij hier was om mij tegen te houden... Toen zag ze de ogen van de liggende vrouw even glanzen in het duister en haar hart sloeg eerst over en begon toen heftig te bonzen. De druïde verroerde zich niet.

'Nee,' zei ze. 'Nee, Aricia. Ik wil uiteindelijk je ziel toch niet. Je mag die behouden. Jouw ziel is voor mij niets waard.' Ze sloot haar ogen weer en draaide zich om. De slangen leken soepel met haar mee te bewegen. Na een ogenblik liet Aricia haar arm zakken en ze sloop als een gewond dier de hut uit.

De volgende ochtend kwam de druïde afscheid nemen. Domnall was met haar mee gekomen en ze stonden voor de deur van Aricia's woning in het uitbundige zonlicht. Ze begroette hen koeltjes en stak haar hand naar Domnall uit. Hij boog zich voorover en greep haar hand. Zijn ogen keken haar strak aan. De warmte die ze in zijn blik las was niet voor haar bestemd, dat wist ze.

'Dus, schilddrager, je vertrekt inderdaad,' zei Aricia. 'Naar de honger en de voortdurende afmatting, om te eindigen met een zwaard door je ingewanden en een pijl in je borst. En dat alles voor niets. Wil je echt niet op je besluit terugkomen?'

Hij trok zijn hand terug. 'Nee, vrouwe.'

'En jij, arme vrouwe?' vroeg de druïde, met haar gitzwarte ogen vast op Aricia gericht. 'Wil jij er nog eens over nadenken?'

Ik haat je, dacht Aricia opeens. Ik haat je hooghartige reinheid, je onnozele eer, je blinde, koppige zelfverzekerdheid. Jou doden was de moeite niet waard geweest.

'Nee,' zei ze bits.

Ze wenste hun geen veilige en vredige reis toe, maar keerde zich om en smeet de deur achter zich dicht. Binnen bleef ze tegen de deur geleund staan, met gesloten ogen, en ze voelde een verandering in haar binnenste. De hitte van de schaamte was verdwenen en haar hoofd werd helder. Ze bleef alleen achter met haar haat en haar koppige wil, want elke andere emotie leek tegelijk met haar schaamte verdwenen. Gevraagd of ongevraagd, haar ziel had haar verlaten om de vrouw met de blauwe slangen op haar lichaam naar het westen te volgen.

De lente en de zomer verstreken zoals altijd. Eerst werden de lammeren geboren, toen ontsproten de groene gewassen krachtig en gezond. Het vee graasde traag op het kale, golvende land en de kooplieden uit Rome trokken langs de kusten en de rivier. De herfst ging voorbij en in de winter reed Aricia dikwijls van haar stad naar het fort bij Lindum om daar met Caesius Nasica de avondmaaltijd te gebruiken. Ze bespraken dan zaken als de jaarlijkse lichting vrije mannen uit Brigantia die naar Rome gezonden moest worden en op een avond spraken ze ook over de plotselinge dood van Claudius. Volgens de geruchten was hij vergiftigd met een schotel paddestoelen die door Agrippina was bereid. De nieuwe drager van het keizerlijke paars was de zeventien jaar oude Nero, een kwaadaardige dwaas die zich inbeeldde acteur te zijn en zo de hovelingen verveelde met zijn dunne, hoge zangstem. Hij gedroeg zich daarbij alsof hij een nieuwe Augustus was. Van meer belang voor Aricia en Nasica was de toestand bij de zuidwestelijke grens van haar gebied. Velen van haar hoofdmannen patrouilleerden daar met de soldaten van het Twintigste Legioen, op de plaats waar het gebied aan dat van de Deceangli grensde. Tot nu toe was ze erin geslaagd de andere grenzen van haar gebied zonder Romeinse hulp te beveiligen, een feit dat voor elke nieuwe legaat van het Negende zorgvuldig ter sprake werd gebracht wanneer hij met de ricon van Brigantia onderhandelde. Ze was al het goud en de goederen die naar haar land stroomden waard, maar ook niet meer dan dat. Als de opstandelingen besloten tot een aanval op Brigantia, om daarna verder op te trekken naar het laagland, dan zouden de hoofdkwartieren van het Negende naar haar stad verplaatst worden en dan zouden de Romeinen het gezag in haar koninkrijk overnemen. Maar de opstandelingen in het westen waren nog niet zo wanhopig dat zij deze aanval gewaagd hadden.

Winter, A.D. 54-55

33

Aricia lag op een ligbank in Nasica's Spartaans ingerichte huis. Een tafel vol schalen en serviesgoed stond tussen hen in en een inlandse bediende stond gereed om haar wijn bij te schenken. Het was al laat. Ze hadden gegeten en gedronken, en toen nog wat meer gegeten, terwijl het buiten gestaag en stil sneeuwde. De olielampen brandden laag en hun gesprek was bijna verstomd, op enkele plichtmatige beleefdheden na. Nasica nam zijn beker van de tafel en leunde achterover. Hij legde zijn andere hand achter zijn hoofd.
'Ik hoorde gisteren een bericht dat je misschien interessant zult vinden, Cartimandua,' zei hij. 'In feite is het alleen een gerucht, maar wel een erg hardnekkig.' Het was nu bijna een jaar geleden dat Domnall en de druïde met snelle

passen en opgelucht uit Brigantia vertrokken waren. Hij keek haar nadenkend en onderzoekend aan met verwachtingsvolle ogen. 'Er wordt gezegd dat de mannen in het westen een nieuwe arviragus gekozen hebben.' Hij wachtte op haar reactie, maar ze verschikte de kussens op de bank gerieflijker en onderdrukte een geeuw.

'Dat kan ik moeilijk geloven,' zei ze. 'De hele zomer hebben ze door het land gezworven en de legioenen zijn pas kort geleden naar hun winterkwartieren getrokken. Ze hebben nog amper gelegenheid gehad een nieuwe Vergadering bijeen te roepen.'

'Ik hoorde dat de beslissing door de meesterdruïde zelf genomen is, en dat de hoofdmannen dit besluit alleen moesten goedkeuren. Er zijn geen bezwaren geuit. Zal ik je vertellen wie er gekozen is?'

'Als je dat wilt.' Ze lachte even naar hem en merkte slaperig dat de wijn een vage blos op zijn pokdalige en wat gezwollen gezicht had gebracht.

'Ja, dat wil ik zeker. En jij wilt het ook horen. Ik heb dit nieuws vanavond voor het laatst bewaard, omdat ik dacht dat het de kroon op een voortreffelijke maaltijd zou zijn.' Hij glimlachte naar haar, al bleef de cynische trek zoals altijd om zijn mondhoeken zweven. Zijn ogen bleven rechtstreeks en onderzoekend op haar gericht. 'De keus is gevallen op Venutius, je wettige echtgenoot. Het schijnt dat hij inderdaad de nieuwe arviragus geworden is.'

De glimlach op Nasica's gezicht verbreedde zich toen hij zag dat ze bleek werd. Hij keek koel observerend toe terwijl ze naar voren leunde om haar beker op te pakken en het ontging hem niet dat haar vingers nauwelijks waarneembaar sidderden toen ze snel een grote slok wijn nam.

'Nee,' zei ze met een zucht. 'Hem zouden ze nooit kiezen. Nooit! Hij is niet te vertrouwen. Hij werkte te veel jaren samen met mij en met Rome. Hij...'

'Nú kan hij wel vertrouwd worden,' antwoordde Nasica. 'In wezen is het een voor de hand liggende keus, aangezien hij zelf niet afkomstig is uit het westen. Door hem als arviragus te kiezen zal er tussen de stammen onderling geen jaloezie ontstaan. Hij draagt een zware last van vergissingen en persoonlijke wroeging met zich mee. Haat vanwege de Romeinse bezetting in zijn geliefde Brigantia, en haat jegens de onderdanige bewoners, en vooral jegens jou, Cartimandua. Je moet toch toegeven dat je zijn leven tot een hel gemaakt hebt. En hij heeft drie jaar de tijd gekregen om zichzelf te bewijzen. Die periode ligt nu achter hem. Ja, hij is de nieuwe arviragus. Hij zal niet naar je terugkeren, hoezeer je ook naar hem smacht. Ik vind de situatie nogal vermakelijk: jij, een van onze betrouwbaarste bondgenoten, bent nog altijd getrouwd met onze grootste vijand.'

Ze knipte ongeduldig met haar vingers en de dienares schoot snel uit de schaduwen naar voren om haar glas nog eens bij te vullen. Weer bracht ze de wijn naar haar lippen, ze dronk gulzig en meteen daarna smeet ze het glas op de tafel, waar het brak en rinkelend in scherven viel tegen de schotels en tegen Nasica's lege bord. Ze likte langs haar lippen. 'Ik kan de humor ervan bepaald niet inzien. Wat zal de gouverneur ervan zeggen?'

'Niets. Waarom zou hij? Ik heb het nieuws aan hem doorgegeven en hij zal heus niet vergeten zijn wie Caradoc aan de keizer uitleverde. Hij zal jou niet lastig vallen, Cartimandua.'

Ze ging op haar rug liggen en staarde naar de zoldering. Nasica trommelde op de leuning van zijn bank. Venutius als arviragus. Dat heetgebakerde en onnozele warhoofd was door de meesterdruïde zelf uitgekozen om de taak van Caradoc op zich te nemen... Aricia krulde minachtend haar lippen. Onmogelijk! Caradoc had een briljante en sluwe geest, een listigheid waarmee hij Scapula telkens weer te slim af geweest was. Hij had een uitstraling van macht en gezag bij zijn volgelingen en bezat kennis van zaken. Ach, Sataida, Caradoc, Caradoc! Venutius was een groot kind en nog niet in staat de weg te vinden van het noorden naar het zuiden, laat staan dat hij jarenlang militaire veldtochten kon voorbereiden. Of zou hij dat wel kunnen? Heb ik hem ooit gezien als een man? vroeg Aricia zich verwonderd af. Misschien ken ik hem helemaal niet. Plotseling kreeg ze behoefte aan zijn aanwezigheid en dat bracht haar op een idee. Ze ging enigszins onvast rechtop zitten.

'Laat de bedienden uit de kamer verdwijnen, Nasica.' Met opgetrokken wenkbrauwen deed hij wat ze gevraagd had, en zodra de deur zacht achter hen gesloten was keek hij haar weer aan. 'En,' vroeg ze, 'wat geef je mij als ook deze nieuwe arviragus geketend bij jouw deur wordt gebracht?'

Je bent werkelijk een kreng, dacht hij, maar hij keek haar bewonderend aan en zag dat ze snel langs haar vochtig rode lippen likte. In haar ogen was nu een glans van opwinding verschenen. Jij duivels klein kreng. Hoelang zal het nog duren voordat er niets meer te verkopen is? 'De beloning zal even groot zijn, denk ik. Ik moet de gouverneur daarvan bevestiging vragen. Hoe denk je hem gevangen te nemen?'

'Zolang ik leef en gezond ben zal hij niet komen, maar als ik op mijn sterfbed lig... Ik denk, Nasica, dat ik moet beginnen met heel langzaam te sterven, heel langzaam en erg pijnlijk.'

Hij bracht zijn glas toostend omhoog en even wisselden ze een blik van verstandhouding. Toen zei ze: 'Vertel me eens, legaat, hoe vrijen Romeinse mannen eigenlijk?'

Hij was niet uit het veld geslagen. Hij had dit al lange tijd zien aankomen en geamuseerd gewacht op dit moment. Nu gedroeg ze zich vurig en gejaagd, haar handen bewogen voortdurend met heftige gebaren. Het was duidelijk dat ze gespannen was als een veer die elk ogenblik los kan springen. Aricia was niet langer de lusteloze, slaperige vrouw. Hij wist beter dan zijzelf wat de oorzaak van deze plotselinge uitbarsting van wellust en energie was. Hij beantwoordde haar uitdaging. 'Ik zou het niet weten,' zei hij luchtig, 'omdat ik het nooit zo ver heb laten komen. Maar ik weet wel hoe inlandse vrouwen de liefde bedrijven: met tegenzin.'

Ze lachte en stond op van haar bank om naar hem toe te lopen en zich over hem heen te buigen. 'Verlaagt een Romeinse bevelhebber zich wel eens tot verkrachting?'

'Meestal niet. Een bevelhebber kan zijn vrouwen beter kopen.' De lach was van zijn gezicht verdwenen en hij ging afwachtend en ontspannen liggen. In zijn ogen weerspiegelde het sarcasme van zijn woorden. Aricia begon langzaam de sieraden die ze om haar armen droeg, af te doen.

Aricia sloot zich op in haar huis en Caesius Nasica maakte tijdens een stafbespreking aan zijn officieren bekend dat de koningin van Brigantia ernstig ziek was. Het duurde niet lang of de soldaten spraken over de aard van haar ziekte en over de vraag of ze spoedig zou sterven, waarna de macht in Brigantia overgedragen zou worden aan een praetor. Het gerucht drong geleidelijk door naar de forten en garnizoenen in het laagland en verder naar de inlandse bevolking van de steden. Toen de lente de winter verdreef was het gerucht uitgegroeid tot het verhaal dat Cartimandua stervende was omdat ze aan een verterende ziekte leed die het vlees van haar gebeente deed schrompelen en er werd al gezegd dat ze niet meer kon staan. Sommigen zeiden dat dit een straf van de goden voor haar was, een passende wraak vanwege haar verraad van Caradoc. Anderen zeiden dat de Romeinen haar vergiftigden. Weer anderen beweerden dat ze, nu het einde nabij was, wroeging had van haar trouweloosheid en wenend op haar bed lag, dat ze haar kleren scheurde en om haar echtgenoot schreeuwde. Slechts weinigen kenden de waarheid: haar meest trouwe hoofdmannen, Nasica en de gouverneur zelf. Zij wachtten met spanning tot het gerucht Venutius' oren bereikt zou hebben.

De lente werd krachtig en warm, en in Brigantia werd het feest van Beltine uitbundig gevierd. Maar Aricia, ijsberend van haar raam naar de deur, zat gevangen in haar schemerige Romeinse huis en ze zag noch de zon, noch de dansfeesten op de heuvel en evenmin de heldere sterrennachten. Ze wachtte op het juiste ogenblik tot ze zeker wist dat Venutius van haar ziekte gehoord had, zodat ze Androcretus naar hem toe kon zenden om het gerucht te bevestigen. Dat zou zijn hart ongetwijfeld breken en zijn dagen versomberen. Ze regelde de zaken van de stam via Androcretus en ging zelf niet meer naar de Vergaderzaal. Ze had niet de moeite genomen Domnall te vervangen door een nieuwe schilddrager, want haar armen waren er toch niet meer aan gewend een zwaard of een schild te dragen. Op zekere dag liet ze Androcretus bij zich komen.

'Vertel mij hoe de stemming in het stamgebied is,' vroeg ze. Hij sloot zacht de deur en kwam over de dikke wollen schapevachten naar haar toe. Zijn benen waren bloot en gebruind. Zijn blonde haren hingen los en waren al verbleekt omdat hij vele zonnige dagen buiten bij zijn kudde schapen doorbracht.

Hij haalde zijn schouders op. 'De stemming is niet veranderd. Uw hoofdmannen weten dat u niet echt ziek bent, maar omdat alle mannen van wie de betrouwbaarheid betwijfeld werd met Venutius zijn meegegaan, maakt dat niet uit. De vrije mannen zijn druk bezig met zaaien en de geboorten van de kalveren. Ik heb het zaaigoed verdeeld, en erop gewezen dat het uit Rome afkomstig is, zoals je gevraagd had.'

'Dus als ik Venutius nu uitnodig en hij komt inderdaad, dan zal er geen Brigantiër zijn die alsnog zijn kant kiest?'

Androcretus liet zijn blik dwalen over haar bleke gezicht dat duidelijk lange tijd niet in de zon geweest was. Hij zag haar afhangende schouders. De verveelde en moedeloze atmosfeer in het vertrek kreeg invloed op hem en hij voelde zich plotseling vermoeid. 'Nee, niemand. Geen Brigantiër kwam trouwens toesnellen om Caradoc te bevrijden. Alleen uw eigen man, vrouwe. In Brigantia hoeft u niemand meer te vrezen.'

Ze keek hem scherp aan, maar op zijn gebruinde gezicht was alleen een onschuldige trek te zien. 'Heel goed. Ik wil dat je met een hoofdman te paard naar het westen gaat. Zoek Venutius. Zeg hem dat ik stervende ben en dat ik hem wil zien en ook dat ik om vergeving smeek. Verzin maar een verhaal, het kan me niet schelen wat voor een. Maar overtuig hem wel dat hij moet komen.'

'Hoe kan ik hem bereiken voordat een van die woeste opstandelingen mij met een zwaard doorsteekt?'

'Denk je dat het gerucht dat ik ziek ben hem inmiddels al bereikt heeft?'

'Ja.'

'Dan kun je er zeker van zijn dat een man die in het westen gevangengenomen wordt niet gedood zal worden voordat hij zijn nieuws heeft kunnen vertellen. Venutius zal reikhalzend naar berichten over mij uitzien. Ik weet dat hij nu al verteerd wordt door bezorgdheid, Androcretus. Hij zal gretig naar elk woord uit Brigantia luisteren. Je zult hem zonder kleerscheuren kunnen bereiken.'

'En wat zal Rome doen?'

Ze liep weg van hem en liet zich op het onopgemaakte bed vallen. 'De gouverneur kniest in zijn hoofdkwartier. Hij wil niets liever dan naar huis gaan. Nu de grens die Scapula instelde weer veilig gesteld en versterkt is, zal hij de opstandelingen niet aanvallen, omdat hij zelf met rust gelaten wil worden. Hij zorgt ervoor dat de forten en garnizoenen zichzelf verdedigen, maar hij geeft geen bevel voor een aanval. Hij vindt dat hij zijn plicht heeft gedaan, nu hij Siluria voorgoed schoongeveegd heeft. Dat heeft Nasica me zelf verteld. Je zult dus ongehinderd voorbij de frontlinies komen.'

'Gallus wil dat de keizer een volledige aftocht uit Albion beveelt,' zei Androcretus zacht.

'Daarom doet hij ook niets. Maar hij is een dwaas. Als hij persoonlijk een tocht langs de westgrens zou maken, dan zou hij pas goed begrijpen dat hij Venutius juist helpt door de opstandelingen zo lang met rust te laten. Ze krijgen nu de tijd om sterk te worden en hun aantal kan groeien. Ze krijgen veel tijd om uit te rusten en plannen te beramen. Maar dat kan hem niet schelen. Hij doet hier niet meer dan zijn diensttijd volmaken, en als hij uit Albion vertrekt voordat Venutius weer een aanval vanuit het westen begint, dan heeft hij meer geluk dan hij eigenlijk verdient.'

Aricia keek naar haar vingers die onwillekeurig verkrampten toen Androcretus zei dat Gallus de wens koesterde alle legioenen voorgoed uit Albion terug te trekken. De gedachte dat Rome voorgoed zou verdwijnen was te vreselijk om zelfs maar te overwegen, maar wat daarna zou volgen was nog afgrijselijker. In gedachten zag ze een bloedig tafereel, wanneer de hoofdmannen in het westen uit hun bergen zouden komen, als toornige goden die haar opjoegen. Dat mag niet gebeuren, hield ze zichzelf voor. En als ik Venutius aan de gouverneur uitlever, dan zal dat ook niet gebeuren.

'Onze gouverneurs hebben niet veel geluk gehad,' zei ze zo luchtig mogelijk. Androcretus voelde zijn mond droog worden, toen hij bedacht dat hij op weg moest om een boodschap over te brengen naar de verre wouden waar overal vijandige ogen op hem zouden loeren, langs smalle en eenzame bergpaden.

'Ik haat de oorlog!' zei hij fel. 'Mijn vader plaagde mij en noemde mij een lafaard omdat ik als jongen meer van liederen dan van mijn zwaard hield. Maar ik ben helemaal geen lafaard. Ik heb alleen een hekel aan oorlog.'

'Arme Androcretus,' zei ze zacht. 'Je had een druïde moeten worden.' De minachting in haar stem ontging hem. Ze wist dat hij begaafd en knap was, maar hij had weinig lichamelijke kracht. Androcretus was zwak, maar anders dan Venutius. Hij was niet zwak omdat hij te veel waarde aan de liefde of aan zijn eer hechtte. Androcretus was zwak omdat hij te zeer op zichzelf gericht was, hij was middelmatig in alles behalve zijn zangkunst. In de dagen dat barden ook druïden waren, zou hij waarschijnlijk op beide gebieden gefaald hebben. Maar hij zag er goed uit, gezond en fris, en Aricia stond op om hem verlangend te kussen.

'Ga nu,' zei ze. 'Verzin een goede leugen. Als je je ogen neerslaat voor Venutius zal hij argwaan krijgen. Hier, breng dit naar hem toe.' Ze liep naar de tafel en wierp hem een zwaar gouden halssnoer toe, bezet met git en kleine parels. 'Dit zal zijn grote hart doen smelten. Het was zijn huwelijksgeschenk

voor mij.' Androcretus ving het sieraad op en borg het in de buidel aan zijn
gordel. 'Als je het ongeluk hebt dat je je verhaal moet vertellen in aanwezigheid van een druïde en als je van leugens beschuldigd wordt, maak hem dan
duidelijk dat de druïden mij altijd gehaat hebben en argwaan jegens mij koesteren. Breng hem terug, Androcretus, als je werkelijk van mij houdt!'
'Maar ik houd niet van u, vrouwe,' zei hij spottend, terwijl hij naar de deur
liep en die opende. 'Nasica soms wel?' Toen begon hij te lachen en ook Aricia
moest lachen. Androcretus sloot de deur achter zich en liep onder de poort
door. De zomerzon straalde fel en warm.

Hij trok rechtstreeks naar het westen, in gezelschap van een andere jonge
hoofdman, een lid van Aricia's lijfwacht, maar ze waren beiden ongewapend. Toen Scapula de stammen ontwapende had hij sommige ricons en
hoofdmannen toegestaan hun wapens te behouden, maar de meerderheid
van de Brigantiërs reisde ongewapend en Androcretus had besloten dat het
veiliger voor hen zou zijn als hij en zijn metgezel zich weerloos opstelden. Ze
haastten zich niet. Ze trokken door de heuvels van Brigantia en hun huid
kleurde dieper bruin in de onveranderlijk warme wind en de steeds weer fel
schijnende zon. Hun ogen keken uit naar de golvende, weidse horizon en in
hun neusgaten drongen de geuren door van rijpende grassen en wilde bloemen. Ze zongen opgewekte marsliederen en Androcretus was blij dat hij nu
enige tijd verlost was van zijn ouder wordende minnares met haar ondoorgrondelijke karakter. Hij kon begrijpen dat zij ernaar verlangde de nieuwe
arviragus voor Rome gevangen te nemen, maar dat zij tegelijk verlangde
naar haar echtgenoot die ze nooit werkelijk bemind had en met wie ze voortdurend strijd had geleverd sinds haar terugkeer naar Brigantia, stelde hem
voor een raadsel. Hij besloot voorlopig niet meer aan haar te denken, alleen
vooruit te kijken en te genieten van de lengende dagen vol zomers zonlicht en
van de nachten wanneer hij opgerold in zijn mantel lag. Dan leek het wel of de
sterren heel zachte muziek maakten. Hij en zijn reismakker aten onderweg
goed, ze vroegen gastvrijheid aan de hoofdmannen in de dorpen waar ze
doorheen trokken of ze deelden uien en prei met rondtrekkende Romeinse
patrouilles die zich door het gebied van Brigantia bewogen. Ze bereikten de
kust in het westen en zwenkten met tegenzin af naar het zuiden. Hun paarden
moesten door het grauwe schuim van de branding sjokken.

'Waar is Venutius?' vroeg zijn kameraad hem, terwijl hij stukken oud brood
omhoogwierp naar de krijsende zeemeeuwen die hen bleven volgen.

Androcretus trok één schouder op. Zijn ogen vernauwden zich toen het zeewater opspatte. 'Dat weet ik niet. We zullen de kust blijven volgen tot we het
gebied van de Deceangli bereiken, en daar zoeken we het eerste het beste pad
dat naar het binnenland leidt. We zullen halt houden bij het fort Deva, denk
ik, en daar meer nieuws horen over de opstandelingen.'

'Ik hoop maar dat ze de zomer niet in de bergen doorbrengen. Ik hoop dat ze naar beneden gekomen zijn om te vechten. Ik ben bang voor de bergen.'
'Ik ook. Maar met wat geluk vinden we goede gidsen.' Zijn makker knikte en ze gaven hun paard de sporen.

Een week nadat zij langs de kust naar het zuiden waren afgeslagen, ontmoetten ze een Romeinse patrouille van het fort bij Deva. Er werd niet gelachen of luchtig gepraat met deze zwaarbewapende soldaten die hun tijd doorbrachten met patrouilleren aan de voet van de heuvels. Deze mannen hadden al zo lang geleefd met de nooit aflatende kans dat ze elk ogenblik een gewelddadige dood konden sterven dat hun ogen een bijna dierlijk waakzame glans hadden gekregen. Als Androcretus hen niet tijdig gezien had en in hun eigen taal had aangeroepen, dan zouden de twee reizigers zeker zonder pardon gedood zijn. De centurion verspilde geen tijd met nodeloos gepraat; hij bond hun paarden vast en voerde hen rechtstreeks naar het fort. De groep ruiters reed zo snel mogelijk weer weg van de kust door het uitgestrekte woud van de Deceangli. Zelfs toen de grote muren van het fort in de verte oprezen spraken de centurion en zijn ondergeschikten geen woord met elkaar.

Zodra ze in het fort gearriveerd waren leidde de centurion Androcretus en zijn metgezel naar de kamer van de bevelhebber, en zonder nog om te kijken verdween de man weer. De legaat, Manlius Valens, bekeek de twee opgebrachte mannen vluchtig toen ze voor hem stonden. Hij had zijn armen voor zich op zijn schrijftafel gevouwen.

'Wie zijn jullie, waar komen jullie vandaan en waar gaan jullie naar toe?' vroeg hij afgemeten.

'Wij zijn Brigantische hoofdmannen en we zoeken Venutius, de leider in het westen,' antwoordde Androcretus kalm en beleefd. 'Wij moeten hem vertellen dat zijn vrouw stervende is en dat ze hem vraagt naar hem terug te keren.'

'Brigantia,' mompelde de legaat en hij begon te bladeren door de paperassen die in een keurige stapel voor hem op het bureau lagen. 'Brigantia,' herhaalde hij nog eens. Androcretus en zijn maat wachtten tot de Romein gevonden had wat hij zocht. Hij bekeek het papier even en wierp het toen terug op tafel, voordat hij kil glimlachte naar de twee mannen vóór hem. 'En wat willen jullie van mij weten?' vroeg hij toen.

Androcretus deed een stap naar voren. 'Wij moeten weten waar Venutius is, en waar hij de zomer doorbrengt.'

De legaat barstte in een hartelijk gelach uit. 'Drie dagen geleden viel hij met zijn mannen een wachthuis aan dat nog geen twintig mijl hier vandaan ligt. En hij heeft alle paarden daar geroofd. Ze hebben dertig van onze manschappen gedood. Dus hij is hier dicht in de buurt, maar de gouverneur wil niet dat wij hem op voorhand aanvallen. Jullie zullen weinig moeite hebben hem te vinden. Hij weet dat ik niets kan doen. Willen jullie een gids?'

De twee jongemannen keken elkaar aan. Toen schuddc Androcretus zijn hoofd. 'Nee, heer. Wij willen het risico niet nemen dat wij in gezelschap van een Romein gezien worden. Maar we willen wel graag onze voorraden aanvullen.'

Valens sloeg zijn armen weer over elkaar. 'Uitstekend. Dan wens ik jullie een goede jacht.'

Ze begrepen dat het gesprek hiermee afgelopen was. Verlegen verlieten ze de werkkamer en liepen naar het paradeterrein, onzeker wie ze moesten aanspreken. Ze keken naar de roerloze mannen die bij de aquilae op wacht stonden en naar de wachtposten op de hoge muren. Ze voelden zich hier duidelijk te veel en waren slecht op hun gemak. Androcretus vroeg zich af hoe lang geleden het was sinds de soldaten in Deva vrolijk gelachen hadden. Nu ik daaraan denk, peinsde hij, ik heb nog nooit gehoord dat een Romein zo maar lacht, alleen om het simpele feit dat hij leeft. Wat een zwaarwichtig volk is dit toch! Toen kwam de secretaris van de bevelhebber naar buiten en wenkte hen. De man ging hen voor naar de pakhuizen achter de administratiegebouwen.

'Vul je ransels,' zei hij. 'Jullie paarden zijn gevoed en verzorgd. Als je wilt kunnen jullie hier vandaag en deze nacht blijven, zo niet dan geeft de bevelhebber je de raad bij zonsondergang te vertrekken en je een paar mijl van het fort te verwijderen voor je een plek zoekt om uit te rusten. Als de opstandelingen jullie dicht in de buurt van Deva ontdekken zullen ze zeker argwaan krijgen.' Hij liep weg en ze vulden hun ransels met graan. Androcretus wilde niet langer in deze naar de dood riekende omgeving blijven. Hij en zijn vriend gingen naar de stallen en leidden hun paarden naar buiten. Met een zucht van opluchting hoorden ze dat de zware poortdeuren haastig achter hen gesloten werden.

Het was twaalf uur 's middags. De zon stond hoog aan de blauwe hemel, waarlangs wolken als witte plukken watten voorbij dreven. Ze reden snel uit de vallei, bereikten weer het woud, en trokken in zuidelijke richting iets naar het westen. Ze reden zwijgend verder en vertraagden hun gang. De bomen sloten hen benauwend in omdat ze gewend waren aan de weidse vlakten van Brigantia. Ze begonnen al spoedig te zweten. In het bos was het drukkend stil. Af en toe kraste een vogel of ritselde er een dier in de struiken, maar verder leek de stilte als een deken op hen neer te dalen. Ze hielden pas stil om te eten toen het al laat in de middag was. Het zonlicht viel in schuine bundels door de takken en een lichte bries deed de donkere bladeren ruisen. Androcretus trok zijn teugels in. 'Ik kan dit niet langer verdragen,' fluisterde hij. 'Ik zal in een boom klimmen om te zien waar we ergens zijn.' Hij ging op de brede rug van zijn paard staan en sprong naar een dikke tak. Snel klauterde hij naar boven, bijna zonder geluid te maken. De minuten verstreken terwijl de jongeman op de grond de twee paarden bij de teugels hield en gespannen naar boven tuurde. De eerste schaduwen van de avond werden langer. Toen stond Androcretus opeens weer naast hem. 'Verder naar het zuiden wordt het woud minder dicht,' hijgde hij. 'Daar zijn ook rotsen en steile hellingen. Maar ik denk dat we nog wel een dagmars moeten rijden voordat we de voet van de bergen bereiken. Laten we hier ons kamp voor de nacht opslaan.'

Ze leidden de paarden naar een geschikte plek onder de eiken, waar de dieren tussen de dichte begroeiing moeilijk te zien waren. Daarna aten ze een koud maal en ze rolden hun dekens uit. Androcretus waagde zich verder het woud in om een beek te zoeken, want ze hadden erge dorst gekregen. Zijn makker bleef bij de paarden. Toen Androcretus terugkwam met gevulde waterzakken over zijn schouder, vroeg hij half fluisterend: 'Wie zijn de goden van dit bos? Weet jij dat, Androcretus? Welke goden vereren de Deceangli?' Androcretus gaf hem water en kroop toen onder zijn deken. 'Ik weet het niet. Maar alle mannen van het westen en de Romeinen bewegen zich hier vrij rond. Ik denk niet dat de goden van de Deceangli ons kwaad zullen doen. Het duurt nog lang eer de dag van Samain aanbreekt.' Toch kropen ze dicht bij elkaar toen de zon onderging en de duisternis steeds dieper werd. Ze staarden omhoog en luisterden gespannen naar elk geluid. Geen van beiden sliep goed en zodra de dageraad aanbrak, flets en koel, kwamen ze snel overeind om weer verder te gaan.

De hele dag trokken ze door een eindeloze oceaan van groene bladeren. Twee keer passeerden ze een slaapverwekkend ruisende beek met kristalhelder, ijskoud water. Androcretus deed geen moeite om te voorkomen dat de paarden een spoor in de sponzige mosbodem langs de oevers achterlieten. Hij wilde alleen dat er een einde kwam aan deze reis door het dichte woud. Toen het daglicht weer afnam, verlieten ze het vaag aangeduide pad dat ze deze dag gevolgd hadden en ze sloegen hun kamp op, zonder een vuur aan te leggen. Ze merkten dat de bodem niet langer zacht en verend was. Hier bedekte de dunne laag aarde amper de harde rotsen. Angst lag nu als een zware last op hun schouders en ze bleven steeds dicht bij elkaar. Ze gingen rug aan rug onder een boom liggen, hun ogen wijd opengesperd en allebei met een mes onder handbereik. De sterren twinkelden grillig naar hen toen de nachtelijke bries het bladerdak van het woud in beweging bracht. Afgezien van de ritselende bladeren was het doodstil. Androcretus meende dat zijn vermoeide ogen even een schittering van het maanlicht op metaal zagen. Hij ging meteen rechtop zitten. Daar was het weer: een matte glans lichtte op in het duister. Hij ging staan en zijn makker volgde zijn voorbeeld. Met bonzend hart spanden ze hun oren tot het uiterste in, maar zonder hun belagers te zien werden ze plotseling tegen de grond geslagen. Androcretus zag het donkere woud rondtollen en als in een nachtmerrie boog de grijnzende muil van een wolf zich over hem heen. Zwarte manen streken langs zijn borst. Hij sloot zijn ogen.

'Dood hen snel, en dan wegwezen!' hoorde hij de wolf zeggen. 'We zijn te dicht bij Deva en het is een rustige nacht. De patrouilles zullen op pad zijn.'

'Wacht!' antwoordde een zware stem. 'Wacht even.' Handen betastten de halsketting van git rond Androcretus' keel en gleden zoekend langs de band om zijn pols. Hij bleef doodstil liggen en hield zijn ogen stijf gesloten. Toen werd hij door twee ruwe handen omhooggetrokken. 'Open je ogen, Androcretus,' beval dezelfde stem en hij gehoorzaamde.

De wolf stond voor hem, het gezicht leek een metalen masker, maar Androcretus voelde een huivering van opluchting toen hij de hoofdman met de zwarte baard herkende die hem nog steeds bij zijn haren vasthield. 'Domnall! Brigantia is mij gunstig gezind! Het gaat slecht met mijn ricon, maar ik was al bang dat ik de arviragus nooit zou vinden. Kun jij ons naar hem toe brengen?'

Achter Domnall en de wolf stonden zeven of acht hoofdmannen onbeweeglijk in de duisternis. Hun gestalten waren haast even donker en dreigend als het woud zelf. Domnall liet Androcretus los en de wolf keerde zijn starre masker naar hem toe.

'Dus de geruchten zijn waar!' fluisterde de wolf. 'Aricia...'

'Zwijg, Sine!' beval Domnall. Toen deed hij een stap naar Androcretus en zei, zo dicht bij het gezicht van de ander dat deze de warme adem op zijn wang kon voelen: 'Ik moet nu beslissen of ik jullie hier zal doden of met ons meevoeren. Dat jij goed kunt liegen is me bekend, Androcretus. Je liegt beter dan je zingt, en dat is al goed genoeg! Wat doe je hier?'

Androcretus probeerde zijn krachten te verzamelen en hij sloeg zijn ogen op naar Domnall. 'Ik kom hier niet uit vrije wil,' zei hij gejaagd. 'Ik ben bang voor deze wouden en ook voor de bergen. Maar mijn ricon is stervende, Domnall. Ze ligt de hele dag in bed en het vlees slinkt weg van haar botten. De Romeinse arts kan niets voor haar doen. Ze verlangt naar haar echtgenoot, want ze wil hem vergeving vragen voor alle verspilde jaren. In haar wanhoop heeft ze mij opdracht gegeven Venutius te zoeken.' Zijn blauwe ogen keken strak in Domnalls bruine ogen. Maar Domnall was geen druïde. Hij sloeg als eerste zijn ogen neer en keek fronsend naar de grond.

'"Gelukkig is degene die langzaam sterft",' citeerde hij, '"want hij kan zijn ziel herwinnen." Dat zeggen de druïden. Maar toch...'

'We moeten hen doden en gaan!' drong Sine weer aan. 'Die vrouw heeft nog nooit in haar leven de waarheid gesproken. Hij liegt, Domnall!'

Domnall liet zijn brede schouders zakken. 'Zwijg toch, Sine. Dit is iets dat alleen mijn stam aangaat, en daar mag jij je niet mee bemoeien.'

'Maar jij dient nu de arviragus! En Venutius is niet langer trouw aan zijn stam verschuldigd!'

594

Domnall negeerde de opmerking en Androcretus keek nieuwsgierig naar Sine. Het was geen wolf. Ze was een slanke vrouw met een harnas en haar zwarte haren vielen onder een bronzen masker dat haar gezicht verborg. Maar vanachter dat masker keken hem twee ogen vol argwaan aan. Na een korte stilte keek Domnall op. 'Ik denk niet dat hij liegt,' zei hij, 'maar zelfs al liegt hij wel, dan maakt dat weinig uit voor mij. Mijn heer moet met eigen oren horen wat hij te zeggen heeft.' Domnall keerde zich om naar de mannen achter hem. 'Bind hen vast op hun paard en blinddoek hen!' Sterke handen trokken Androcretus en zijn makker naar het pad. Sine greep Domnalls arm. 'Je weet wat er kan gebeuren,' waarschuwde ze. 'Zelfs al liegt deze man, dan kan Venutius toch in tweestrijd raken. Domnall, ik smeek je deze twee boodschappers te doden. Als het inderdaad waar is, dan maakt dat toch niet uit. Laat haar toch sterven, want dat verdient ze. Je zult Venutius een grote dienst bewijzen.'

'Dat kan ik niet, Sine,' antwoordde Domnall. De frons was nog steeds op zijn gezicht. 'Hij heeft opdracht gegeven dat alle vreemdelingen eerst naar hem gebracht moeten worden. En bovendien, als hij ontdekt dat ik dergelijk nieuws voor hem verborgen probeer te houden, dan zal hij mij zeker doden. Er zijn druïden in het kamp. We...' Maar ze was al weggelopen en in de duisternis verdwenen.

De rest van de nacht en tot laat in de ochtend reden ze door het woud. Androcretus zat geblinddoekt en met zijn polsen achter op zijn rug vastgebonden te paard. Hij voelde zich alleen. Er was geen geluid van voetstappen of stemmen te horen en toch wist hij dat minstens tien anderen dicht bij hem waren. Ze gaven Androcretus en zijn makker geen eten of water, noch hielden de mannen stil om zelf wat te eten. Zijn paard sjokte gestaag voort. Het terrein was zo ruw dat hij hevig door elkaar geschud werd en al zijn spieren deden pijn. Het pad helde steeds kronkelend omhoog. De wind blies in zijn gezicht. Na lange uren meende hij iets te horen, een zacht gemompel, en eindelijk werd het sein gegeven dat ze halt moesten houden. Zijn paard bleef staan. Handen werden naar hem uitgestrekt en hij werd omlaaggetrokken. Een mes sneed het touw om zijn polsen door en de blinddoek werd van zijn gezicht getrokken. Hij keek om zich heen, knipperend tegen het felle zonlicht. Grauwe, gehavende tenten waren hier opgeslagen tot zo ver hij kon zien, half aan het zicht onttrokken door struiken en grote rotsblokken. Enkele kleine vuurtjes smeulden zonder rook te verspreiden. Bij de vuren en voor de tenten zaten mannen en vrouwen gehurkt of stonden zwijgend in groepjes bijeen. Hij keek naar de horizon, een lange, met bomen begroeide helling die overging in kale rotsen. In de verte zag hij wachtposten staan. Achter hem daalde de helling naar een rivier en verder naar de zoom van het woud, waaruit ze gekomen waren. Ook daar zag hij mannen en vrouwen zo bewegingloos als bomen op wacht staan. Zijn makker stond naast hem; hij masseerde zijn verkrampte polsen. Ze glimlachten aarzelend naar elkaar en beseften allebei dat ze nu op een zeer geheime plaats waren, met de gedempte geluiden van een kamp waar het in vredestijd levendig en vrolijk zou moeten zijn.

Androcretus en zijn metgezel moesten bij een van de vuren gaan zitten en daar lieten ze zich met een zucht zakken. Eten werd aangedragen – koude stukken konijn, donker brood, een ui en hompen sterk riekende witte kaas. Daarbij kregen ze donker bier dat een nare zurige bijsmaak had. Na de maaltijd bleven ze in de drukkende stilte zitten, scherp bewaakt door mannen die hun ogen niet van hen afwendden. De middag verstreek langzaam. Ze doezelden geleidelijk in slaap, omdat ze de twee vorige nachten slapeloos hadden doorgebracht, en op een vreemde manier voelden ze zich in dit kamp volkomen veilig.

Een bewaker wekte hen en ze kwamen snel overeind. De zon ging juist onder. De vuren werden gedoofd toen het laatste rossige daglicht de hellingen bescheen. Het bos leek te sluimeren in de avondschemering. Achter de drie mannen die naar Androcretus en zijn makker toe liepen vormden zich lange schaduwen. Androcretus herkende met bonzend hart Venutius, maar de stevig gebouwde hoofdman die naast hem liep kende hij niet, en de derde die een stap achter hen bleef evenmin. Hij keek hen aan en maakte een buiging voor Venutius. Zodra hij het vertrouwde gezicht met de rossige baard en de doordringende ogen boven de grote neus duidelijk kon onderscheiden voelde hij zich even misselijk worden. Venutius wist dat Androcretus meer was dan alleen de bard van zijn vrouw, maar toch keek hij hem zonder wrok aan. Alleen om zijn mond was een gepijnigde trek te zien. Androcretus dacht terug aan Venutius' gezicht, toen hij lang geleden in het zonlicht had gestaan, beschaamd en woedend, en aan het bloed dat langs zijn brede borst naar beneden droop. De misselijkheid dreigde zijn mond te bereiken. Hij slikte en vermande zich voor de komende beproeving. 'Gegroet, heer,' zei hij. 'Ik ben blij dat ik u eindelijk gevonden heb.'

Venutius stak zijn hand niet uit, en hij stelde de andere twee hoofdmannen niet aan Androcretus voor. Hij keek gespannen naar Androcretus' gezicht en probeerde daarop te lezen wat hij wilde weten.

'Je hebt gegeten en gedronken,' zei Venutius na een korte stilte. 'Vertel me nu welk nieuws je brengt. Nee, wacht even! Emrys, laat eerst de druïde erbij komen.' De woeste hoofdman liep met grote passen weg. Toen hij terugkeerde zag Androcretus tot zijn schrik dat dezelfde druïde die Aricia in Brigantia bezocht had hem vergezelde. Ze liep als een man, blootsvoets; haar benige schouders bewogen energiek en haar magere gezicht stond vijandig. De makker van Androcretus wist nog juist een kreet van herkenning te bedwingen.

'Zo!' zei de vrouw, toen ze voor hen stond. 'Daar hebben we Aricia's knappe zanger.' Ze bleef naast Emrys staan en Venutius maakte een geërgerd gebaar, maar ze sprak onverstoorbaar verder. 'Nu zullen we weten of de geruchten inderdaad waar zijn.'

Androcretus keek naar Venutius, wiens gezicht asgrauw geworden was. 'Spreek op!' beval hij en Androcretus dwong zich recht in de ogen van de grote man tegenover hem te blijven kijken. Dat was moeilijk, moeilijker dan alles wat hij eerder in zijn leven gedaan had en al was het afschuwelijker dan hij verwacht had, toch sprak hij zijn leugenachtige woorden uit.

'Heer, Aricia is stervende. Ze heeft nog zo weinig vlees aan haar gebeente dat ze amper een vrouw lijkt. Ze smeekt u naar haar toe te komen, zodat ze vergiffenis kan vragen voor alles wat ze gedaan heeft, voordat de dood haar komt halen. Ze heeft me gevraagd u dit te geven.' Hij dwong zijn vingers niet te beven toen hij de buidel aan zijn gordel openmaakte en het halssnoer te voorschijn haalde. 'Ze vraagt u niet voorgoed bij haar te blijven, ze wil alleen maar vergiffenis vragen.' Hij hield het sieraad omhoog en Venutius nam het langzaam aan en draaide het snoer om zijn vingers. Toen bracht hij zijn andere hand ook omhoog en boog zijn hoofd. 'Druïde,' fluisterde hij hees, 'herhaal nog eens met welke woorden ze over mij sprak', en Androcretus zag dat Emrys en de hoofdman met het zwarte haar en de gedrongen gestalte een snelle blik met elkaar wisselden. De druïde gaf prompt antwoord.

' "Ik verafschuw mijn echtgenoot. Ik heb hem altijd geminacht, en ik wil hem niet terug." '

De knokkels van Venutius' vingers werden wit. 'Je hebt de geruchten vals genoemd,' zei hij tegen de druïde. 'Wat zeg je er nu van? Kijk naar deze jongeman en zeg me de waarheid!' Venutius sprak met stemverheffing en hij leek de wanhoop nabij. De druïde keek koeltjes naar Androcretus' knappe, gebruinde gezicht, naar de heldere blauwe ogen en het blonde haar dat soepel tot op zijn slanke schouders viel. Androcretus bleef strak naar de smalle mond van de vrouw kijken, uit vrees dat zijn ogen hem zouden verraden.

Na een korte stilte zuchtte ze. 'Hij is een leugenaar,' zei ze botweg. 'Een gewiekste, knappe leugenaar. Je vrouw ligt niet op haar sterfbed, arviragus. Ze is niet eens ziek – althans haar lichaam is niet ziek. Dat is de waarheid.'

'Ik zei het toch!' bromde de grote hoofdman triomfantelijk, en een glimlach plooide zijn getekende gezicht. 'Dood deze valse boodschapper nu meteen en besteed er verder geen aandacht aan!'

Venutius keek langzaam op en Androcretus meende op dat ogenblik dat hij gewonnen had. Niemand zou Venutius ooit de waarheid over Aricia kunnen vertellen. Al had hij met zijn eigen oren woorden van haat en verraad over haar lippen horen komen, al had hij haar ondanks zijn hartstocht verlaten, toch bleef zijn geest verblind en in die verblinding kreeg twijfel een kans.

Daarom hechtte hij geen geloof meer aan wat er over haar verteld werd. Androcretus begon zacht en voorzichtig weer te spreken.

'Heer, u weet dat alle druïden uw vrouwe hartgrondig haten, en dat geldt dus ook voor deze druïde. Daarom gaf ze me de enige schat die ze bezit mee: haar huwelijksgeschenk, en daarom smeekt ze u naar haar te komen om haar wroeging aan te horen, nu ze stervende is. Ze heeft u nu meer dan ooit nodig.'

'Ach, heer, hoe goed kent ze u!' barstte de forse hoofdman uit. 'Alleen dit sieraad kan u naar haar terugbrengen, dat wéét ze, en daarom is ze bezig te sterven! Het is een valstrik!'

'Kalm, Madoc!' Venutius kon zich maar met moeite beheersen. Zijn blik dwaalde van de Siluriër naar de druïde, van de zwijgende Emrys naar Androcretus, speurend naar een teken van zekerheid, naar een spoor waarheid. Met zijn sproetige hand streek hij over zijn gezicht en bromde toen: 'Kom mee, Emrys.' Toen keerde hij zich om en liep met onvaste passen als een beschonken man weg. Zijn ene hand rustte op het gevest van zijn zwaard, zijn andere hand klemde zich stevig om het halssnoer. Androcretus zag hem weglopen, maar hij waagde het niet zijn vriend aan te kijken.

Zodra hij buiten het kamp was liet Venutius zich op de grond zakken, sloeg zijn armen om zijn benen en liet zijn hoofd op zijn knieën rusten. Emrys ging met gekruiste benen naast hem zitten en keek hoe de nacht viel. Een lichte wind fluisterde in de bladeren, en voerde geuren mee van het bos en het water. De wind deed ook de dikke haardos van de in hevige tweestrijd verkerende man naast hem bewegen. Emrys bleef stil zitten en liet zijn gedachten terugdwalen naar de jaren met Caradoc, die wanhopige jaren, en hij moest ook denken aan zijn eigen haard, al zo lang uitgedoofd, en aan zijn hut die nu tot een ruïne vervallen was. Met verwondering liet hij de herinneringen in zijn geest nog eens voorbijtrekken, de tijd dat hij jong en vrij was geweest, samen met Sine. Ze waren toen nog sterk en onschuldig, maar op een dag was die door de oorlog getekende vreemdeling gekomen, met zijn jonge zoon die al hoofdman was. Toen had hij zich niet kunnen voorstellen wat de toekomst zou brengen. Caradoc. Mijn broeder in de strijd, mijn heer en mijn noodlot. Er was zo vaak een bloedig afscheid geweest in een bestaan waarin de dood nooit ver weg was, en zo dikwijls werden harten gebroken. We meenden dat we de strijd niet konden voortzetten, maar toch gaf jij, Caradoc, opdracht de oorlog voort te zetten voordat je voorgoed uit Albion werd weggevoerd. En toen besloot de meesterdruïde een nieuwe arviragus te laten aantreden. De bloedrode dagen duurden voort en gaven ons geen uur rust. Wij zijn verdoemd, elk van ons en nu... nu dit. Ten slotte bewoog Venutius zich in de duisternis en hief zijn hoofd op. Emrys vergat zijn droefheid en keek hem aan.

'Zeg me wat ik moet doen, Emrys.' De stem klonk hopeloos vermoeid en leek van ver te komen. 'Geef mij snel antwoord. Wie liegt en wie haat? Wie sterft er en wie gaat zijn dood tegemoet?'

'Ik denk dat het geen verschil maakt wie er liegt of haat,' antwoordde Emrys ernstig. 'Het enige dat telt is dat u de nieuwe arviragus bent. U bent heer en meester over ons bestaan en onze dood, niet over dat van uw vrouw. Het maakt niet meer uit of Aricia sterft of in leven blijft. U bent uw hele leven een gevangene geweest, Venutius. Bevrijd uzelf! Stuur deze twee jongemannen weg of dood hen, en vergeet Cartimandua. Sinds u bij ons gekomen bent hebt u een zekere rust gekend, en dank zij die rust beschikt u over krachten die u zelf niet vermoed had. De druïden hebben met u een goede keus gemaakt. Het uur van onze bevrijding is nabij, dat weet u ook. U kunt het evenals wij voelen. De nieuwe gouverneur heeft ons wonderlijk gunstig in de kaart gespeeld. Nog voordat de maan weer gewassen is zullen wij de grootste legermacht sinds de dagen van Caradoc verzameld hebben. En wij zullen het fort Deva overmeesteren. Dit is nog maar het begin. De vrijheid komt in zicht, na al die jaren van verliezen, schande en bloedvergieten. We hebben u nu dringend nodig, arviragus! De nieuwe opmars begint spoedig, u hebt de plannen beraamd en u moet ze ook uitvoeren. Als u ons nu verlaat, zullen wij onze aanval moeten uitstellen en wanneer we die te lang uitstellen is alles verloren. Blijf bij ons. Wij zullen de grens van Scapula weer vernietigen, alsof die van rottend hout is. En de keizer zal uiteindelijk besluiten de legioenen terug te trekken, die geruchten doen al de ronde.'

Venutius luisterde aandachtig en hij drukte het halssnoer stevig tegen zijn borst. Toen Emrys' smekende stem zweeg vroeg hij bedaard: 'Wat zou jij doen, Emrys, als je in mijn schoenen stond en het was Sine die je liet roepen?'

'Dan zou ik gaan,' moest Emrys na een korte stilte toegeven. 'Maar, heer, Sine houdt van mij en ze is altijd oprecht. Wij liegen nooit tegen elkaar, terwijl uw vrouw wel altijd tegen u liegt. Vergeef me, maar ik zou nooit geloven dat Aricia werkelijk ziek is. En verder geloof ik ook dat ze uw aandacht niet waard is, na een leven van onbeantwoorde liefde en verloren eer.'

'En toch,' zei Venutius, 'stel dat ze werkelijk stervende is. Stel eens dat ze mij laat komen omdat haar hart inderdaad breekt van wroeging? Moet ik dan toch weigeren?'

'Ja, dat moet u inderdaad. U hoeft uzelf niets te verwijten.'

Venutius kwam moeizaam overeind en Emrys ging tegelijk staan. De nacht was nu helemaal gevallen. Venutius kreeg het gevoel dat zijn ziel even donker was als de nacht, verzegeld, jaloezie hield zijn langdurige liefdesziekte in hem gevangen en dat deed zo'n pijn dat er geen genezing meer mogelijk was. 'Als de druïden meenden mij te genezen door de mantel van arviragus om mijn schouders te leggen, dan hebben ze zich vergist,' zei hij fel. 'Ik ben gebroken, Emrys, elke dag weer voel ik dat. Ik ontleen mijn krachten aan jou, aan Madoc en aan Sine, niet aan mijzelf. Ik moet naar haar toe gaan, zelfs al zou het mijn dood worden.'

'Venutius, het hele westen staat aan de vooravond van de overwinning. Iedereen wacht op het sein dat u moet geven! Wees toch redelijk! Er zijn mannen en vrouwen gesneuveld, gestorven zeg ik u, opdat deze dag mocht aanbreken. Ik kan u niet laten gaan!'

'Ik heb geen keus! Dat zie je toch!' riep Venutius hem toe. 'Denk na en help mij, Emrys!'

'Laat mij dan gaan,' zei Emrys zacht. 'Sine en ik zullen uw woorden aan haar overbrengen en als ik mij vergis, als Aricia inderdaad stervende is, dan zal ik terugkeren en mijn hoofd voor uw zwaard buigen. U kunt, u mag nu niet gaan.' In de duisternis voelde Emrys de hevige tweestrijd van Venutius, en hij was blij dat de nacht het gezicht van de arviragus verborg. Venutius keerde zich om en leunde met zijn voorhoofd tegen een boom. Hij kneep zijn ogen stijf dicht. Na een lange stilte fluisterde hij: 'Jij bent verstandig, Emrys. Je hebt gelijk. Goed dan. Ik zal niet gaan, maar jij ook niet. Jij kunt hier niet gemist worden. Ik zal een ander naar haar toe sturen.'

'Wie?'

'Domnall.'

'Nee, hij is nog niet lang hier bij ons geweest en bovendien, u mag het woord van één man niet geloven. Laat Sine gaan, samen met een of twee van uw verwanten.'

'Goed. Ik zal mijn neef Manaw en zijn vrouw Brennia naar Brigantia sturen.' Hij haalde zijn voorhoofd van de stam. 'Vergeef me, Emrys. Ik dacht niet na. Ik zal mij niet nog eens laten kennen.'

Emrys gaf geen antwoord. Venutius keerde zich om en liep weg naar het kamp dat weggedoken lag in de beschermende vallei.

Toen Venutius het halssnoer weer aan Androcretus overhandigde en gezegd had dat hij niet zou meegaan naar Brigantia, viel er even een stilte. Toen riep Androcretus uit: 'Maar heer, als u niet meegaat zal ze de strijd opgeven! Mijn vrouwe zal haar gezicht naar de muur keren en sterven!' Tranen glansden op zijn lange wimpers. Androcretus was werkelijk hevig ontdaan, maar vooral bij de gedachte aan het gezicht dat Aricia zou trekken als hij weer voor haar stond om te zeggen dat haar man niet zou komen. Venutius kon het niet langer verdragen.

'Vertel het hem, Emrys!' zei hij bruusk en keerde zich toen met een ruk op zijn hielen om. Hij liep met grote passen weg in de duisternis.

'Hij heeft niet gezegd dat hij niet naar Brigantia zal gaan,' zei Emrys bedaard tegen Androcretus. 'Maar hij wil pas komen als hij de absolute zekerheid heeft dat Aricia inderdaad op haar sterfbed ligt. Hij kan nu niet gemist worden in het westen.'

'Maar dat is een belediging van mijn eer! Dan twijfelt hij aan mijn woord! Ik...'

'Jongeman,' onderbrak Emrys hem vermoeid, 'heel Brigantia is bezoedeld met de onbetrouwbaarheid van je vrouwe en dat weet je. Geen enkele Brigantische hoofdman wordt nu nog op zijn erewoord geloofd. Mijn vrouw zal je naar huis vergezellen, samen met een bloedverwant van de arviragus. Zij zullen zich er zo snel mogelijk van vergewissen of je de waarheid gesproken hebt. Wanneer zij terugkeren en verklaren dat ze inderdaad stervende is, dan zal Venutius alsnog naar haar toe gaan.'

Androcretus kon niets meer doen. Hij knikte kortaf en bedacht met afschuw dat hij vele mijlen in gezelschap van twee opstandelingen zou moeten afleggen, en wat er zou gebeuren als ze onderweg door Romeinen aangehouden werden, zonder dat hij de kans kreeg het doel van zijn reis uit te leggen. Emrys liep weg, schudde achter een rots zijn deken uit en maakte zich gereed om te gaan slapen. In Androcretus' geest klonk die nacht geen muziek.

Het groepje van vijf verliet het kamp de volgende ochtend bij het aanbreken van de dag. Ze trokken naar het oosten over ongebaande paden door het woud. 'We zullen naar het zuiden afbuigen, door het gebied van de Cornovii, en dan weer noordoostelijk naar Brigantia reizen, om het fort bij Deva te ontwijken,' had Sine vastberaden tegen Androcretus gezegd. Hij had haar dan ook niet durven tegenspreken, bang als hij was voor haar gehavende metalen wolfsmasker en haar lange ijzeren zwaard. Hij kon zich de neef en zijn vrouw nog vaag herinneren. Twee jonge, zwijgzame mensen, met wie hij in het verleden nooit een woord gewisseld had. Hij had even weinig belangstelling voor hen als zij voor hem. Ze waren inderdaad verwanten van de arviragus, maar ze waren afkomstig van de boerderij van zijn broer, ver naar het noorden, waar de meeste aanhangers van Venutius waren opgegroeid. Al was Venutius erg op zijn bloedverwanten gesteld, en hoewel hij veel tijd in het noorden had doorgebracht, waren ze nooit naar de stad gekomen.

Androcretus besteeg zijn paard in de muffe, gebruikte lucht, die erop wachtte door de frisse ochtendbries weggeblazen te worden, en hij voelde zich misselijk worden toen hij zag dat Emrys en Sine zich even van het groepje verwijderden. Hij besefte dat zijn eigen lot en dat van zijn metgezel nu in handen van Emrys en zijn vrouw lagen. Hij kende het gebied van de Cornovii niet, en de wegen die vandaar naar Brigantia leidden evenmin. Als deze vrouw besloot hen aan hun lot over te laten, dan waren ze vrijwel zeker ten dode opgeschreven.

Emrys trok het wolfsmasker weg en omhelsde zijn vrouw. 'Vertrouw die knappe jongen nooit,' zei hij. 'Verlies hem niet uit het oog, ook niet om water te halen of op jacht te gaan, of om welke andere reden dan ook. En geef hem ook geen kans alleen met zijn maat te spreken. Als Aricia inderdaad gezond is, wat ik geloof, en als deze twee handlangers van haar erin slagen haar te melden dat je eraan komt, dan zal ze je laten doden. Je hebt alleen een kans veilig hierheen terug te keren – als ze inderdaad niet ziek is – wanneer je met-een rechtsomkeert maakt zodra je haar gezien hebt, en nog voordat ze de gelegenheid heeft zich van de schok te herstellen. Als er onderweg ook maar even gevaar dreigt, dan moet je de twee Brigantiërs doden en meteen terug-keren. Jouw leven is meer waard dan de gemoedsrust van de arviragus.' Wees voorzichtig, had hij nog willen zeggen. Wees desnoods laf en doortrapt, zo-als de Brigantiërs ook zijn, maar kom in elk geval terug. Hij kuste haar teder op haar wrede mond die alleen zachter leek als hij tegen haar sprak en keek haar recht in de harde ogen die hij alleen aan het lachen kon maken. Even liet ze haar hoofd tegen zijn schouder rusten.

'Deze reis is zo zinloos, zo nutteloos,' fluisterde ze. 'Waarom zou hij zich er nog druk over maken of ze leeft of sterft? Waarom zou ik mijn leven moeten riskeren, alleen vanwege zijn stomme, noodlottige obsessie?'

'Ter wille van onze eigen stomme, noodlottige obsessie,' antwoordde hij met zijn mond in haar donkere haren. 'Venutius moet van die obsessie be-vrijd worden. Het einde is in zicht en hij moet zijn aandacht nu helemaal op de strijd richten. Hij kan op zijn manier een even briljant leider als Caradoc zijn, als hij zich maar weet te bevrijden van die verraderlijke vrouw.' Ze keken elkaar aan en hij gaf haar het masker terug. 'Ik wens je een behouden reis,' zei hij na een korte stilte. 'Ik houd van je, Sine.'

'Ik ook van jou, Emrys. Ga in vrede.' Ze zette haar angstaanjagende masker weer op. Toen draaide ze zich om en reed weg.

Ze trokken een weeklang gestaag naar het zuiden en oosten, zo ver dat An-drocretus al meende dat ze in een wijde cirkel reden. Sine ging zwijgend voorop, gevolgd door Androcretus en zijn maat, terwijl de achterhoede door het jonge echtpaar werd gevormd. 's Nachts ging Venutius' neef enkele uren op jacht, terwijl de anderen ineengedoken op een beschutte plek of in een grot zaten. Soms zaten ze zwijgend op de oever naast een ondiepe beek. Sine en de andere vrouw gingen dan tussen Androcretus en zijn metgezel zitten, zodat het tweetal niet afzonderlijk met elkaar kon spreken. Nu ze Brigantia nader-den dacht Androcretus steeds koortsachtiger na. Telkens bedacht hij weer een plan om Aricia te waarschuwen, maar hij moest het even snel weer ver-werpen. Ze zou hem opwachten, gekleed in haar fraaiste gewaden; sterk en gezond zou ze voor hem staan, zich er niet van bewust dat de beloning voor het uitleveren van haar echtgenoot aan de Romeinen veilig opgeborgen zou blijven in de geldkisten van het fort in Lindum. Wanneer het tijd werd om te gaan slapen hield een van Venutius' verwanten of Sine zelf de wacht, en zelfs wanneer Sine ging liggen kon Androcretus haar ogen nog altijd op zich ge-richt voelen, onveranderlijk vijandig achter haar bronzen masker. Ze was als een wolfsjong, dat de kinderen in Brigantia wel eens meenamen naar hun hut om het dier te temmen, maar later groeide zo'n wolf toch uit tot een onbetrouwbaar volwassen roofdier. Het leek wel of ze hem met een dierlijke bloeddorst aanstaarde. Androcretus was bang voor haar.

Zijn kans kwam op een dag, laat in de middag, toen ze nog twee dagmarsen van Brigantia verwijderd waren. Het dichte woud in het uiterste zuiden van Brigantia lag achter hen en ze reden nu over de eerste glooiende heuvels, waar de wind vrij spel had. Sine en Venutius' verwanten raakten vermoeid en hun afmatting leek sterker te worden onder de wijde hemel, terwijl het landschap geen enkele bescherming bood. Hier hadden Caradoc en Caelte zich ook slecht op hun gemak gevoeld toen ze door de verraderlijke gids naar Aricia waren gebracht. Maar Androcretus en zijn maat zogen de lucht diep in hun longen en ze vatten nieuwe moed nu ze bijna thuis waren. Ze trokken langs de schaarse, verspreide dorpen, en over woeste stromen waarvan het water snel voorbijkolkte. In dit gebied groeiden slechts weinig bomen, zodat hier geen dicht en bedreigend woud meer was.

Ze sloegen hun kamp op onder een schraal groepje bomen en zaten in de fletse schaduw van de middagzon, toen Sine opeens een hand vlak op de grond legde. 'Paarden!' waarschuwde ze. Onmiddellijk liet ze zich plat op het gras vallen en drukte haar oor tegen de grond. Androcretus' hart begon heftig te bonzen. 'Ik denk dat het een bereden patrouille is,' zei ze even later. Nog voordat Sine deze woorden had uitgesproken sprongen de anderen al naar hun paarden om ze verder naar de dekking biedende bomen te leiden. Alle vijf drukten ze zich plat tegen de grond en wachtten gespannen af. Androcretus lag niet ver van zijn maat. Voorzichtig kroop hij zo dicht mogelijk naar hem toe. 'Zodra die patrouille voorbij is,' fluisterde hij, 'moeten we vluchten.' De ander bewoog zich niet en gaf ook geen teken dat hij de woorden gehoord had, maar Androcretus wist dat hij het begrepen had. Bijna een halfuur lang bleven ze roerloos op de grond liggen. De patrouille kwam tergend langzaam voorbij, zo dichtbij, dat Androcretus de stemmen van de officier en zijn mannen kon horen. De vijf hielden hun adem in, en hun paarden, in het westen geoefend in stil blijven, hinnikten geen begroeting naar de Romeinse paarden. Sine bleef aandachtig met haar oor op de grond luisteren naar de lichte trillingen van de aarde, nog lang nadat elk geluid van de voorbijtrekkende groep weggestorven was en alleen het ruisen van de wind te horen was. Toen kwam ze overeind en ze opende haar mond om iets te zeggen. Maar Androcretus gaf haar geen kans. Hij rolde snel naar haar toe en belandde boven op haar. Met een grommend geluid sprong zijn maat overeind en schoot naar voren. Hij hield zijn hoofd gebogen en met snelle passen verdween hij in de richting van een klein dorp dat ongeveer twee mijl verderop lag. Vloekend sprong Venutius' neef hem achterna, terwijl Sine worstelde om onder het gewicht van Androcretus uit te komen. Toen voelde Androcretus dat hij opzij geduwd werd en dat een arm ruw om zijn keel werd geslagen. Sine vloekte en schoot overeind. Op hetzelfde ogenblik voelde Androcretus het mes van de andere vrouw bij zijn oor. 'Verroer je niet, mooie jongen,' siste ze. Dit waren de eerste woorden die ze sinds hun vertrek tegen hem sprak. Hij sloot zijn ogen en huiverde.

Sine trok haar mes terwijl ze wegrende. Ze zag Manaw voor haar uit rennen; zijn armen en benen bewogen snel, maar een eind vóór hem vluchtte de jonge Brigantiër weg, met de lange passen die de bewoners van het open gebied zich aangeleerd hadden. Venutius' neef was te lang in de bergen geweest en al waren zijn spieren gehard en sterk, hij was niet meer gewend te rennen. Sine probeerde wanhopig de ontsnapte man in te halen, beseffend dat ze al spoedig moe zou worden. Ze haalde telkens zo diep mogelijk adem. Dichterbij, smeekte ze in stilte, iets dichterbij. Toen zag ze de vluchteling struikelen en weer overeindkrabbelen; de achterstand tussen hen was kleiner geworden. Het was nu of nooit, anders zou hij zeker ontkomen. Het mes klemde ze in de palm van haar hand. 'Ga liggen, Manaw!' schreeuwde ze en hij deed het onmiddellijk. Op hetzelfde ogenblik zwaaide ze met haar arm en wierp het mes met een krachtige beweging naar de man vóór haar. Het mes draaide flitsend in de zon. Toen slaakte de Brigantiër een schelle kreet. Hij wankelde en viel languit op de grond. Na enkele ogenblikken was Sine bij hem, maar hij was al dood. Ze bukte zich om het mes dat tussen zijn schouderbladen stak los te trekken, en ze veegde het bebloede lemmet aan de broekspijpen van haar slachtoffer af. Daarna stak ze het mes weer in haar gordel. Hijgend kwam Manaw aangerend. 'Pak ook een arm,' beval ze hees, en samen sleepten ze het lijk terug.

'Jij ellendige dwaas!' siste ze tegen Androcretus. 'Aricia zou gewaarschuwd zijn en ons allemaal gedood hebben. Dan zou ze later een ander slachtoffer naar het westen hebben gestuurd om te vragen waar haar bard en haar halssnoer waren, en ook om te vragen waarom de arviragus niet naar haar sterfbed gekomen was. Maar jij dacht zeker slim te zijn, hè?' Ze hurkte in de schaduw en deed haar masker af om het zweet van haar gezicht te wissen. Nu kon Androcretus haar gezicht voor het eerst goed zien. Gebruind, maar zonder vriendelijkheid, al was ze bepaald knap. Ze had grote donkere ogen, een smalle mond en een puntige kin. Het was geen jong gezicht, maar hij kon niet ontdekken of haar gezicht in haar jeugd wel zacht en vriendelijk was geweest, of dat de hardheid van het bestaan haar getekend had. Rond haar ogen waren lijnen te zien, alsof ze gehard was door de strijd, maar verder had ze zuivere en regelmatige trekken. Ze had Emrys' zuster kunnen zijn, niet zijn vrouw, zoveel leken haar gelaatstrekken en lichaamsbouw op die van hem. Hij staarde haar aan toen ze het bloed van haar vingers veegde.

'Nu weet ik zeker dat Aricia een koningin van leugens en bedrog is. Daar heb je zeker nooit bij stilgestaan?' Het mes werd nog steeds tegen zijn hals gehouden en Androcretus durfde zich niet te verroeren.

'Laten we deze kerel ook doden,' zei de andere vrouw, 'en dan meteen naar het westen terugkeren.' Sine dacht even na, maar toen schudde ze haar hoofd. 'Dan is de arviragus vast niet overtuigd,' zei ze. 'Eerst zou hij het misschien geloven, maar na korte tijd zou hij zich afvragen of deze idioot', – ze schopte tegen het roerloze lijk – 'alleen uit angst gevlucht is, of dat wij hem gedood hebben omdat hij een onschuldig bedoelde beweging maakte waarna wij hem uit angst neerstaken. Nee. We moeten verder en dit dwaze spel tot het einde toe volhouden. We zullen die ellendige Aricia met eigen ogen zien, en uiteindelijk zal de arviragus tevreden zijn. Laat hem los.' Met tegenzin stak de vrouw het mes in haar gordel en Sine boog zich voorover. Ze greep Androcretus met een stalen greep stevig bij zijn kin. 'En jij, mijn kleine laffe knaap, als je nog één onverhoedse beweging maakt, dan vergeet ik het doel van onze reis en ik snijd je aan duizend bloedige repen.' Haar stem klonk niet eens dreigend of kwaadaardig, eerder nonchalant. Ze gingen staan en maakten zonder verder een woord te spreken de paarden los.

Twee dagen later, omstreeks hetzelfde uur, stegen ze af aan de voet van Aricia's hoge aarden wal en liepen door de niet bewaakte poort de stad binnen. Het was hier erg druk; overal liepen mensen op hun gemak in het zachte licht van de ondergaande zon. Androcretus zag meteen dat er nu meer Romeinse soldaten dan gewoonlijk waren. Ze stonden in groepjes van twee of drie man, of liepen te midden van de vrije mannen. Zweetdruppels vormden zich in zijn oksels toen hij aan Aricia dacht, die nu ongeduldig in haar huis op hem wachtte.

Sine gaf hem geen kans een van de legionairs een teken te geven. Ze kwam naast hem lopen en trok haar mes, maar het wapen bleef verborgen onder haar mantel. 'Zo,' zei ze met gedempte stem, 'ik zal op je leunen, alsof ik erg moe ben.' Ze legde haar linkerarm over zijn rechterschouder. 'En jij moet je arm om mijn middel slaan.' Hij deed met tegenzin wat ze vroeg en voelde haar warme spieren, sterk als van een man, onder haar korte tuniek. Met haar rechterhand hield ze het vlijmscherpe mes tegen zijn ribben. 'Als je probeert een teken te geven of iemand aanroept, dan dood ik je meteen,' voegde ze eraan toe. 'Breng ons nu naar Aricia's huis. Hoeveel mannen bewaken haar?' Androcretus slikte. 'Zes.'

'Ah. En ik mag zeker aannemen dat al deze Romeinse soldaten hier verzameld zijn om de arviragus naar Lindum te begeleiden?'

Dus dat was haar ook opgevallen. Androcretus was de wanhoop nabij. 'Er zijn hier altijd veel soldaten en handelaars,' antwoordde hij. Sine knikte kort-af.

'Denk je dat ik achterlijk ben? Zodra we bij haar huis komen moet je haar roepen. En denk erom dat er opwinding in je stem doorklinkt. Begrepen? Ze zal naar buiten komen en dan heb ik mijn taak volbracht. Doorlopen, leugenaar.'

Langzaam zochten ze zich een weg door de stad. Sine liet Androcretus door smalle stegen lopen, maar overal waren mensen buiten om van het zachte weer te genieten. Er werden veel nieuwsgierige blikken op het voorbijlopende groepje geworpen: de jeugdige bard van Aricia, een vermoeide vrije vrouw met een wolfsmasker en een paar noorderlingen. Androcretus probeerde niet eens de aandacht te trekken van mannen die hij kende. Het mes werd voortdurend venijnig tegen zijn zij gedrukt. En bovendien, vroeg hij zich af, wat had het voor zin? Venutius is niet bij ons. Ik had misschien mijn leven opgeofferd als hij wel meegekomen was, maar voor deze lieden wil ik niet sterven.

Het duurde nu niet lang meer of ze stonden bij de hoge stenen muur en het ijzeren hek van Aricia's huis. Sine keek over haar schouder. De frisse zeewind blies haar zwarte haren uit haar nek. Ze kon voorbij de hutten en huizen van de stad kijken, over de aarden wal en verder naar het golvende landschap dat zich uitstrekte tot het bos dat in de verte een nevelige streep leek. Het zonlicht viel in rossige schuine bundels op de lage hellingen. Even voelde ze een opwelling zich om te keren en te vluchten, terug naar Emrys en het vrije westen. Het mes beefde even in haar hand, maar toen gaf ze hem een duw en keerde het metalen masker voor haar gezicht naar de poort. 'Spreek!' siste ze.

'Doe open!' zei hij schor. 'Ik ben het, Androcretus!'

Het grote hek zwaaide open en Sine overzag snel het erf van een groot houten huis. Daarvoor, bij de muur, stond een groepje gewapende mannen, allen omhuld door de komende nacht en omgeven door de hoge wal. De mannen wachtten tot ze door de poort zou lopen, maar Sine aarzelde, want ze begreep dat er geen uitweg mogelijk was als het hek achter haar gesloten werd. En dit hek zou zeker weer gesloten worden. Het was onmogelijk over de hoge muur te klimmen. Ze had dit eerder moeten bedenken, ze had de bard moeten vragen of er inderdaad een hoge muur om het erf was, maar daarvoor was het nu te laat. Dit heb ik niet verdiend, dacht ze verbitterd. Ik ben er zoveel jaren in geslaagd in leven te blijven, hoe slecht ik er ook voor stond. En moet ik nu dan in een val lopen die opgesteld werd door een vrouw die ik zelfs geblinddoekt in een gevecht zou kunnen doden? Androcretus hapte naar adem toen het scherpe mes door zijn kleren heen prikte en zijn huid doorboorde. Een warm vochtig gevoel verspreidde zich onder zijn tuniek. Sine knarsetandde en wierp haar hoofd met een ruk in de nek. Toen liepen ze verder naar de wachtende mannen. Met een dreunende slag viel het hek achter hen dicht.

In het midden van de binnenplaats bleef Sine staan. Manaw en zijn vrouw kwamen vlak naast haar staan. 'Ik ben van gedachten veranderd,' bromde Sine tegen Androcretus. 'Vraag een van die mannen of hij naar binnen wil gaan om tegen Aricia te zeggen dat je hier bent, met degene die ze verwacht.' Androcretus verhief met moeite zijn stem. 'Ga naar de ricon en zeg haar dat ik terug ben!' riep hij. 'En zeg dat degene die ze verwacht hier ook is. Hij wacht in de Vergaderzaal op het bericht dat ze zich goed genoeg voelt om hem te zien.'

De hoofdmannen keken argwanend naar Sine, die op de bard leunde alsof hij haar minnaar was, maar toen ze langzaam rechtop ging staan bromde een van hen iets tegen de anderen en hij liep weg. Sine voelde haar hart bonzen. Als de vrouwe inderdaad ziek was, dan waren ze veilig, maar dat sprankje hoop op zelfbehoud verdween al spoedig. Ze wachtten allemaal gespannen, hun ogen gericht op de geopende deur van het huis. De zon zakte inmiddels naar de verre horizon en het daglicht begon nu snel af te nemen.

Toen verscheen Aricia, een lange gestalte in een rode tuniek verduisterde de deuropening en deed een stap naar voren. Venutius' neef slaakte een gesmoorde kreet. Sine begreep nu waarom haar arviragus zo in tweestrijd verkeerde, want deze vrouw was heel mooi, ondanks de grijze strepen in haar zwarte haren en de lijnen die de ouderdom al op haar gezicht had getekend. Een man kon zichzelf verliezen in die donkere ogen en vergeten wie hij was. Aricia deed nog enkele stappen naar voren en bleef toen staan. Sine hield haar adem in.

'Gegroet, Androcretus,' klonk haar volle stem. 'Je hebt goed werk gedaan. Wie is dat schepsel dat zich zo tegen je aan drukt en waar is Venutius?'

Androcretus kon geen antwoord geven, en terwijl hij nog naar woorden zocht, begon Sine met heldere stem te spreken. 'Gegroet, vrouwe. Ik ben een gezworen vrije vrouw van uw echtgenoot. Hij wacht op nieuws over u in uw Vergaderzaal. Ik zal hem hier brengen.' Sine liet Androcretus los en keerde zich om. Samen met Manaw en zijn vrouw liep ze met grote passen terug naar het hek.

'Nee, dat doen jullie niet!' riep Aricia hen schel na. 'Androcretus, jij moet hem halen. Je weet wat je te doen staat.' Plotselinge argwaan deed haar woorden scherper klinken, want ze zag dat Sine en de twee anderen begonnen te rennen. Androcretus zakte ineen op de grond, één hand hield hij op de bloedende wond in zijn zijde. Zijn hoofd tolde en de drie opstandelingen wierpen zich op het hek. Met graaiende handen en trappende voeten probeerden ze zich omhoog te werken.

'Grijp hen!' schreeuwde Aricia en haar lijfwacht sprong naar voren. Ruwe handen trokken Sine en de twee anderen weg van het hek, en er was geen tijd om een zwaard te trekken, geen tijd om een tweegevecht te beginnen. Aricia liep ziedend van woede op hen af. De edelstenen aan haar vingers en om haar hals glinsterden. Met een woeste beweging rukte ze het wolfsmasker van Sines gezicht en terwijl sterke armen haar tegenhielden, beantwoordde Sine licht hijgend Aricia's blik. Ze wist dat haar leven spoedig voorbij zou zijn, maar ondanks dat bleef ze Aricia recht aankijken. Dat het einde zo moet komen, dacht ze. Wat een verspilling, wat zinloos. Maar ik weet zeker dat de arviragus veilig is en dat is het belangrijkste.

'Ontwapen hen!' beval Aricia. De gordels met de zwaarden en de messen werden hen afgenomen en op de grond gesmeten. Aricia bekeek Venutius' neef wat beter en opeens barstte ze in lachen uit. 'Zo! De kleine Manaw! Je had beter alleen strikken kunnen zetten voor konijnen, want het vangen van mensen kun je beter aan lieden overlaten die daarmee meer ervaring hebben.' Ze wilde hem nog meer tarten, maar toen ze de blik in zijn ogen zag, de berusting in zijn lot, zonder enige spijt, keerde ze zich weer naar Sine. 'Waar is Venutius?' siste ze in Sines gezicht. Achter haar krabbelde Androcretus overeind en hij ging naast Aricia staan.

'Hij zal niet komen voordat hij de zekerheid heeft dat u hem niet misleidt,' zei hij moeilijk. Zijn ene hand hield hij nog steeds tegen zijn zij gedrukt. 'Deze mensen heeft hij gestuurd om te zien of je werkelijk ernstig ziek bent.' Aricia keerde zich woedend om. 'Dan heb je gefaald! Ik had beter moeten weten dan deze taak toevertrouwen aan zo'n jongen als jij!'

Androcretus voelde dat de pijn in zijn zij zich uitbreidde naar zijn arm. Nog steeds dropen warme bloeddruppels langs zijn dijbeen. Voor het eerst in zijn leven waagde hij het haar te weerstaan. 'U noemt me anders nooit een jongen als ik bij u tussen de lakens lig, vrouwe!' snauwde hij. 'Ik heb niet gefaald. Venutius wilde hierheen komen, maar zijn hoofdmannen hebben hem daarvan afgebracht. Denk goed na wat u met hen doet.' Met een hoofdknik wees hij naar Sine. 'Zij is de vrouw van een opstandelingenleider, een machtig man. Ik ga nu mijn wond laten verbinden.' Hij liep langs haar, gaf kortaf een bevel en het grote hek werd meteen geopend om hem door te laten. Aricia keek hem een ogenblik met samengeknepen ogen na, toen keerde ze zich weer naar Sine. Haar wangen liepen rood aan. Sine grijnsde tevreden naar haar. 'Hij zal niet komen,' zei ze. 'Hij heeft een grotere liefde gevonden, Brigantische hoer!' Met de snelle beweging van een aanvallende slang schoot de beringde hand van Aricia naar voren en ze gaf de vrouw vóór haar een harde slag in het gezicht. Bloed drupte langs Sines wang waar de scherpe edelstenen haar geraakt hadden.

'Bewaak hen goed,' zei Aricia met bevende stem. Haar lichaam sidderde van woede en ze slaagde er amper in zich te beheersen. 'Keten hen vast aan de muur, met hun nek, hun armen en benen. En neem hun halsringen af.'

Ze draaide zich bruusk om en beende naar het huis. De deur werd achter haar dicht gesmeten. Toen Aricia binnen in het donkere stille vertrek stond, waar behalve de vlammen in het haardvuur en haar hijgende borst niets bewoog, besefte ze dat ze het wolfsmasker nog steeds in haar hand klemde. Ze bekeek het masker aandachtig. Het voorhoofd was glanzend gepoetst, maar er waren blutsen en schrammen van vele zwaardslagen op te zien. Ze streek met haar vingers over het metaal en besefte dat dit masker een leven lang gedragen was in tijden van gevaar en oorlog. Een trotse man in het westen zou deze vrouw missen. Zijn gedachten gingen verlangend en bezorgd naar haar uit. Aricia keerde het masker om. De binnenkant was zwart geworden en aangetast door zweet en ademdamp. In een opwelling hield ze het masker voor haar eigen gezicht. Toen ze erdoorheen keek leek de kamer langer te worden. Ze zag haar tafel scherper in de schemering en de juwelen leken feller te glanzen in het schijnsel van de haard. Het gezicht van de godin Brigantia stak scherper af tegen de omgeving en het laatste avondlicht vormde een grauwe rechthoek op de plaats waar het venster was. Sterke geuren drongen door in haar neus, geuren waarvan ze zich eerst niet bewust was. Rook van het houtvuur en een doordringende geur van de gelooide schapehuiden, en ook de vertrouwde zoete geuren van slaap en genot die uit haar bed opstegen. Ze meende zelfs even haar juwelen en het kristal te ruiken. Geschrokken legde ze haar hand op het bronzen voorhoofd. Toen zweefde een andere geur naar haar toe, eerst vaag, maar steeds sterker: de misselijkmakende geur van vers bloed en daarmee vermengd een walm van verrotting. De smerige stank uit haar telkens weerkerende droom leek in onzichtbare nevels op te rijzen. Ze hoestte en kon plotseling niet meer inademen. Ze worstelde heftig om lucht in haar longen te zuigen, maar het masker leek haar neusgaten en mond dicht te knijpen. De walgelijke en bijna tastbare stank van verderf, bloed en verrotting verstikte haar keel. In paniek rukten haar vingers het masker weg en het viel rinkelend op de vloer. Het masker grijnsde haar venijnig aan. De kamer nam meteen haar gewone afmetingen aan en ze kon gretig de warme, onbedorven lucht weer inademen. Aricia rende naar de deur, rukte die open en schreeuwde om wijn. Zodra de wijn gebracht was en de lampen aangestoken waren, ging ze zitten om een slok te nemen. Ze dacht na wat haar volgende zet moest zijn. Ze dacht aan het drietal dat inmiddels vastgeketend was aan de muur van haar gevangenis, en ze dacht ook aan Venutius die haar ontglipte. Haar ogen waren gericht op het masker dat nog steeds op de vloer lag. Ze probeerde met wijn haar jaloezie en de pijn weg te spoelen die ze gevoeld had toen ze naar Sines kalme gezicht voor haar keek, maar het lukte niet. Het masker grijnsde spottend naar haar. Haar eigen verlangen naar iets onbenoembaars dreef de spot met haar. De toewijding van een man, die ze nooit gezien had, voor een koppige vrouw die nu in haar macht was leek met haar te spotten. Aricia voelde zich heel eenzaam.

De volgende ochtend liet ze de vrouw van Manaw komen. 'Jij zult terugkeren naar het westen,' zei ze langzaam en duidelijk, 'en je moet daar tegen Venutius zeggen dat ik zijn neef en die vrouw zal doden als hij niet komt. Ik zal hen niet aan Rome uitleveren, maar ik zal hen met mijn eigen handen doden, boven op de aarden wal, zodat alle inwoners van Brigantia het kunnen zien.' De jonge vrouw tegenover haar werd bleek. Aricia keek haar met onverholen minachting aan.

'U kunt doen wat u wilt,' antwoordde ze met effen stem, al bleven haar wangen bleek. 'Mijn man en Sine hebben daar gisteren al over gesproken. Ze wisten al dat de bewaker vanmorgen zou komen en dat u dit tegen mij zou zeggen. Maar ik zeg u dit, ricon: als u hen wilt doden, doe het dan nu meteen, want ik zal inderdaad naar het westen gaan en de boodschap overbrengen, maar ik zal niet meer terugkeren, en de arviragus evenmin. U betekent helemaal niets meer voor hem, en wat maken nog twee doden uit, wanneer het om de vrijheid gaat?' Ze haalde haar schouders op. 'U kunt mij wegsturen, als u dat wilt, maar ik sterf liever naast mijn man.'

Aricia keek haar verbijsterd aan. Weer werd ze zich bewust dat er een muur tussen haar en Venutius verrezen was, zoals eerder tussen haar en Caradoc. Ze wendde zich af en begreep opeens waarom deze jonge vrouw haar zo ergerde dat ze zich amper kon beheersen: ze leek op Eurgain.

'O, verdwijn toch!' snauwde ze. 'Ik weet zeker dat je geen gids nodig hebt. Ik gun je het leven, en als je verstandig bent ook dat van je man. Zorg ervoor dat Venutius hierheen komt!'

Er kwam geen antwoord. Toen Aricia zich weer omkeerde was de vrouw verdwenen.

Twee dagen later zat Caesius Nasica tegenover Aricia aan de eettafel en hij keek haar woedend aan. Zijn gezicht was rood van ingehouden drift. Ze had nooit eerder meegemaakt dat hij zijn zelfbeheersing verloor, en daarom leunde ze verrast achterover toen hij met zijn dikke vinger priemend naar haar wees. 'Je hebt het deze keer heel onverstandig aangepakt, Cartimandua!' zei hij ruw. 'Ik zou je moeten arresteren omdat je onderdak hebt gegeven aan misdadigers. Je had die lieden aan mij moeten overdragen, zodat mijn beulen hen konden ondervragen om zo de ligging van hun kampen te weten te komen. Je maakt misbruik van Romes goedgunstigheid!'

Ze lachte om zijn kwaadheid. 'Je zou nu toch zo langzamerhand moeten weten dat die opstandelingen nooit spreken, al worden ze nog zo lang gemarteld,' merkte ze op. 'Ze blijven zwijgen tot de dood erop volgt.'

Hij zuchtte hoorbaar en leunde achterover. 'Het is altijd te proberen,' vond hij. 'Je had je bard kunnen vragen of hij ons naar hun kamp kan brengen.'

'Dat heb ik gedaan. Maar hij zei dat hij geblinddoekt was toen hij daarheen werd gebracht, en toen hij uit het kamp vertrok was de mist zo dicht dat hij zijn gevoel voor richting kwijtraakte.' Ze nestelde zich in de kussens. 'Je weet ook hoe snel ze zich in de bergen verplaatsen, en hoe dikwijls ze hun kampen opbreken om schijnbaar in het niets te verdwijnen. Nu is er tenminste nog een kans dat Venutius komt.'

'Hij zal niet komen.'

'We zullen zien. Ik denk dat hij wel komt. Hij heeft een keer geweigerd, en ik weet hoeveel moeite die weigering hem kostte. Hij zal dat niet nog eens kunnen.'

Nasica trok zijn benen omhoog van de vloer en begon aan zijn maaltijd. 'Jij overschat je charme, vrouw,' merkte hij droog op. Ze lachte weer naar hem, met glanzende ogen.

'Ik lok hem niet met mijn charme hierheen,' zei ze. 'Deze keer zal hij juist hevig naar mijn dood verlangen.'

Nasica verborg zijn verbazing. 'Dat kan ik moeilijk begrijpen,' zei hij, terwijl hij een stuk brood in de jus doopte. 'Hoe kan een man zich in zijn leven ooit laten leiden door een vrouw? Geen enkele vrouw is het waard je leven voor haar op het spel te zetten.'

'Dat ben ik met je eens.' Ze grinnikte kwaadaardig naar hem. 'En jouw aanwezigheid hier is natuurlijk alleen zakelijk!'

Nasica's gezicht liep rood aan. 'Natuurlijk!' zei hij kortaf.

Manaws vrouw verliet de stad toen de zon juist boven de vochtige witte nevels uitrees. Ze nam de paarden van Sine en van haar man mee en ging op weg naar het westen. Ze maakte snelle vorderingen over het lange bedauwde gras. De hele dag reed ze verder, alleen stilhoudend om bij een afgelegen boerderij waar de bewoners op het land aan het werk waren wat eten te stelen. Toen de nacht viel zocht ze een beschutte plek in de struiken en rolde zich in haar mantel. Ze viel in een diepe en ongestoorde slaap. Zo reisde ze een week lang, steeds verder rijdend over de golvende kale heuvels, met de twee onbereden paarden achter zich aan. Ze bereikte het woud en was eerst verheugd dat ze hier beschutting vond, maar al spoedig maakte haar opluchting plaats voor waakzaamheid. Ze luisterde steeds aandachtig en keek scherp om zich heen, voortdurend op haar hoede. De richting van de wind die langs haar wangen en handen streek, de geur van de aarde onder de paardehoeven en de hoek die de zon maakte waren haar gids onderweg.

Toen ze op een avond vaag de zilte geur van de zee rook, trok ze de teugels in. Ze haalde diep adem en zette toen zonder aarzelen koers naar het zuiden. Ze dacht verder niet na over de richting die ze gekozen had. Dat had ze dagen geleden ook niet gedaan, toen ze Brigantia verliet. Ze ging uitsluitend af op haar instinct en ze besefte dat nadenken de kracht ervan zou verminderen. Ze volgde dagenlang een onzichtbaar spoor, snel van schaduw naar schaduw rijdend. Ze reed met een wijde boog langs het fort bij Deva, dat een dagmars ten westen van haar moest liggen. De honger scherpte haar zintuigen en maakte dat ze alleen licht kon slapen. Toen zwenkte ze weer af naar het westen en bereikte het dichte woud langs de grens met het gebied van de Ordovices. Toen het terrein onder de paardehoeven begon te rijzen en rotsachtiger werd, besefte ze weer dat ze een mens en geen redeloos dier was. Haar gedachten gingen uit naar haar man en naar Sine, en naar de gevaarlijke Aricia in Brigantia. Ze huilde zachtjes terwijl ze verder reed.

Twee weken na haar vertrek bereikte ze de plaats waar het kamp was geweest, maar ze zag dat het terrein verlaten was. Met haar geoefende ogen zag ze de ondiepe kuilen waar vuurtjes gestookt waren en de losse keien voor de tenten die nu weer teruggelegd waren. Bij de waterloop zag ze sporen. Ze begon het spoor te volgen en na drie dagen bereikte ze de anderen weer. Er was een nieuw kamp opgeslagen tussen de bomen, dichter bij het fort. Ze werd aangesproken door een wachter en antwoordde met zachte stem. Toen liet ze zich van haar paard glijden en liep langzaam naar het vuur waar Venutius, Emrys en Madoc gehurkt bijeen zaten. Ze tekenden iets in het droge zand. Haar benen beefden van honger en uitputting, maar ook vanwege het slechte nieuws dat ze kwam brengen. De mannen zagen haar komen en ze gingen nieuwsgierig staan. Toen Emrys haar gezicht zag vermoedde hij al wat ze zou gaan zeggen.

Venutius omhelsde haar hartelijk. 'Brennia! Wees welkom! Wil je iets eten en drinken voordat je ons het nieuws vertelt?' Ze knikte. 'Vergeef me, Venutius, maar als ik niet eet zal ik nog flauwvallen. Ze hebben mijn wapens afgenomen, zodat ik onderweg geen dier kon doden. Ik heb wat eten gestolen, maar dat is al dagen geleden.' Ze liet zich op de grond zakken en trok haar benen onder zich. Emrys bracht haar wat kaas, een stuk vlees en koel helder water. Ze at langzaam en kauwde bedachtzaam. De mannen zaten in een kring om haar heen en wachtten tot ze gegeten had. Toen er weer kleur op haar wangen verscheen en haar handen niet langer beefden begon ze te spreken.

'Het nieuws dat ik breng zal bitter zijn, arviragus. Uw vrouw is niet ziek. Ze houdt mijn eigen man en Sine geketend gevangen en ik breng je deze boodschap namens haar: als je niet naar haar toe gaat zal ze hen allebei doden.'

Er viel een diepe stilte. Verderop liepen veel mensen rond en ze spraken met elkaar, maar de drie mannen waren blind en doof voor hun omgeving. Ze staarden naar Brennia's vermoeide gezicht. Madoc gromde onverstaanbaar en spuwde toen in de bosjes achter hem. Emrys bleef doodstil zitten. Zoals altijd wist hij zich te beheersen, al was een diepe frons tussen de wenkbrauwen boven zijn gesloten ogen verschenen. Venutius boog zijn hoofd. Hij leek met moeite adem te halen. Brennia bleef stil zitten, met haar handen in haar schoot. Tranen rolden langs haar wangen. 'Vergeef me, heer, dat ik zo zwak ben,' snikte ze. 'Ik had niet mogen terugkomen om dit nieuws te brengen. Sine en mijn man zouden dan gedood worden, maar u zou toch gerustgesteld zijn.'

'Gerustgesteld?' herhaalde Venutius. Hij lachte vreugdeloos. 'Ik zal pas rust vinden als ik dood ben.' Maar toch merkte hij, terwijl hij deze woorden sprak, dat zijn hart rustiger werd. Hij hief zijn hoofd op. Het nieuws was inderdaad een doodstijding. Zijn eigen twijfels waren door deze woorden gedood. Hij merkte dat hij nu aan Aricia kon denken zonder dat zijn gedachten in verwarring raakten en zonder dat hij argwaan koesterde of zijn vrienden hem soms misleidden als ze over haar spraken. Hij zag haar nu duidelijk als een kwaad, een kwellende zweer die uitgebrand moest worden. En ergens onder dat afzichtelijke uiterlijk moest zijn vrouw schuilgaan, de vrouw die hij bemind had. Venutius besefte dat zijn liefde voor haar nooit werkelijk kon verdwijnen, dat was onmogelijk, maar hij zou zich er niet meer door laten leiden.

Hij leunde voorover en veegde met een onhandig gebaar de tranen van Brennia's wang. 'Ik ben blij met dit nieuws,' zei hij zacht en ze keek hem verbaasd aan. 'Het is altijd beter om de waarheid te weten, Brennia, zelfs al is die nog zo pijnlijk.' Hij ging met een zelfverzekerde beweging staan. 'Madoc, roep de hoofdmannen bijeen! Ik heb hun iets te zeggen. Brennia, ga naar je tent en rust uit. Domnall zal je een nieuw zwaard brengen.'

Toen ze weg was wenkte Venutius dat hij Emrys even apart wilde spreken. 'Ik zou het je niet kwalijk hebben genomen als je mij het hoofd zou afslaan,' zei hij. 'Emrys, omdat ik zo zelfzuchtig en verblind was heb ik jou je grootste schat afgenomen. Ik weet niet wat ik moet zeggen.'

'Heer, als Sine niet gegaan was, dan zou u zelf naar Brigantia zijn gegaan.' Emrys' stem klonk verstikt al probeerde hij zo gewoon mogelijk te spreken. 'En als u inderdaad vertrokken was, dan wachtte u nu op het schip dat u naar Rome zou brengen. Het was haar leven of dat van u.'

'Nee!' zei Venutius luid. Hij ging rechtop staan. 'Nee, Emrys! Het zal Aricia's leven of dat van Sine zijn! Ik heb er genoeg van, ik kan het niet langer verdragen. Omdat ik zo zwak was, kon die teef ons zelfs hier in ons kamp beïnvloeden. Maar dat is nu afgelopen. Ik zal haar doden. Ik verander onze plannen voor de aanval. Deze keer is ze te ver gegaan!'

'Nee, heer,' antwoordde Emrys, al kostten deze woorden hem meer moeite dan alles wat hij eerder in zijn leven had gezegd. 'Laat Sine en uw neef sterven. Vergeet dat hun bloed vergoten werd en laten we de plannen uitvoeren zoals ze beraamd zijn. Wanneer ze nu tegen u konden spreken zouden ze u alleen vervloeken als u onze strijd voor de vrijheid vanwege hen in gevaar brengt. Ze zouden u zonder twijfel verzekeren dat ze die verantwoordelijkheid niet willen dragen.'

Maar Venutius schudde met samengeperste lippen zijn hoofd. 'Het is mogelijk, Emrys. Bekijk het eens strategisch. Als Aricia dood is zal Rome in het noorden minder sterk staan en dan moet de gouverneur maatregelen nemen om dat gevaar te bezweren. Daarvoor zal hij meer troepen vanuit het zuiden moeten verplaatsen.' Hij hurkte en raapte een stok op om zijn gedachten met een schets in beeld te brengen. Emrys hurkte aarzelend naast hem. Zijn vrees voor Sines lot werd nu overheerst door een andere bezorgdheid. Emrys geloofde niet dat Venutius sterk genoeg zou zijn om Aricia te doden, en hij vreesde dat er een tragedie zou volgen. De verandering in de houding van de arviragus was te plotseling gekomen.

'Luister,' zei Venutius, terwijl hij met snelle bewegingen een schets in het zand maakte. 'In plaats van het Twintigste Legioen nog eens aan te vallen bij Deva, en dan verder naar het zuiden op te trekken langs de heuvels naar het Tweede bij Glevum, naar Camulodunon, kunnen we ook naar Aricia marcheren en Brigantia verwoesten. Dan vallen we het Negende Legioen bij Lindum aan. Vandaar trekken we rechtstreeks naar het zuidwesten. Met het Tweede rekenen we af bij Camulodunon. Tegen die tijd zal het Twintigste zeker op mars naar het zuiden zijn, en dan kunnen we de aanval vanuit Camulodunon weerstaan.'

'Dat is te ingewikkeld,' wierp Emrys tegen. 'We mogen het Negende niet onderschatten, Venutius. Wij zijn strijders van de bergen, evenals de legionairs van het Twintigste, maar het Negende is al jaren gelegerd op de open vlakten van Brigantia. Het zal voor ons erg moeilijk zijn om te vechten tegen een legioen dat niet in een nauwe vallei is opgesloten, maar vrijuit over open terrein kan bewegen. Het plan dat we oorspronkelijk maakten lijkt me het beste. Laat het Negende voorlopig met rust, totdat we het laagland beheersen en zoveel mogelijk mannen van de stammen daar verzameld hebben. We moeten eerst zoveel strijders hebben dat we Nasica met een grote overmacht kunnen aanvallen. En bovendien moeten we te veel gebied veilig stellen als we uw nieuwe plan uitvoeren.'

Venutius trok met een twijg de lijnen van de paden naar het slagveld. 'Het Twintigste is in staat van paraatheid en verwacht ons. Dat is onvermijdelijk. Maar als we daar ongemerkt voorbijkomen en verder optrekken naar het Negende, dan kunnen we Nasica bij verrassing aanvallen.'

'Niet als we eerst naar Brigantia gaan.' Emrys wiste met zijn voet de zorgvuldig getekende schets uit. 'We moeten dit niet doen, arviragus. Het zal niet lukken.'

'Jawel! Ik zal ervoor zorgen dat het wél lukt. Aricia moet eerst sterven, dan lukt de rest ook.'

'Niets dat we kunnen doen, zal Sine en Manaw kunnen redden, heer.'

De breedgeschouderde Venutius met zijn rossige haren en de magere Emrys stonden koppig en oog in oog zwijgend tegenover elkaar. Toen snauwde Venutius: 'Kijk eens, Emrys, wij hebben paarden, wij hebben de mankracht en we hebben een tactische voorsprong. En bovendien hebben we de wil. We hebben veel tijd gehad om op krachten te komen en plannen te beramen. Het maakt niet uit of we eerst het Twintigste verslaan of het Negende. Wij zullen de overwinning behalen. De gouverneur is een oud en humeurig man, die aan iedereen een hekel heeft. De jonge Nero in Rome peinst al over het voorstel van zijn gouverneur om alle troepen uit Albion terug te trekken. Dat weten de legionairs ook. Ze hebben geen zin meer in vechten. Waarom zouden we nu sterven, zeggen ze, als we binnen enkele maanden deze kusten voorgoed verlaten? Ik zeg je dat het niet uitmaakt of we naar het oosten of naar het zuidoosten optrekken. De eindoverwinning zullen we in elk geval behalen.'

'Dan hebben we toch genoeg tijd om later met Brigantia af te rekenen, als de Romeinen vertrokken zijn?'

'Nee.' Op Venutius' gezicht verscheen een grimas vol haat. 'Ik wil haar zo snel mogelijk doden.'

'U hebt als arviragus niet het recht persoonlijk wraak op iemand te nemen,' hield Emrys hem voor.

Venutius keek hem woedend aan. 'Persoonlijk, Emrys? Wil jij ook niet dat ze gedood wordt?'

Emrys bleef hem strak aankijken, maar hij verloor bijna zijn zelfbeheersing. 'Niet ten koste van veel onnodig bloedvergieten.' Venutius keerde zich op zijn hielen om en liep weg.

Emrys was niet aanwezig in de Vergadering. Hij nam zijn mantel en een deken en liep het bos in, tot de geluiden van de duizenden die zich verzameld hadden om naar Venutius te luisteren niet meer te horen waren. Nog steeds liep hij met grote passen verder en voortdurend schoten allerlei gedachten door zijn hoofd. Ik zou hem kunnen doden, maar wat heeft dat voor zin? De Siluriërs, De Demetae en wat er over is van de Deceangli zullen mij niet als aanvoerder naar het slagveld volgen. En de Ordovices kunnen niet alleen de strijd aanbinden. We zijn onderling te veel afhankelijk van elkaar geworden. Ik zou hem kunnen tegenspreken in de Vergadering, maar dan raken de strijders verdeeld en wordt er kostbare tijd verspild met onderlinge ruzies. Deze keer hebben je visioenen je misleid, Venutius, en de druïden hebben een verkeerde keuze gemaakt. Waarom deze vergissing? Waarom zullen je dromen niet uitkomen? Is dit een slecht voorteken voor de toekomst? Komt er een einde aan je macht? Venutius is geen Caradoc.

Emrys kwam bij een kleine waterval die opspatte tussen de groene varens langs een achter de bomen verborgen rots. Hij vormde een kom van zijn hand en dronk van het koele water. Toen ging hij bij het ruisende water zitten en trok zijn mantel dichter om zich heen. Hij vouwde zijn handen en staarde voor zich uit naar het bos. Sine, mijn Sine. Ik kan me de tijd vóór ik jou kende niet meer herinneren, maar nu strekt de tijd zich voor mij uit als een eindeloze reeks dode dagen zonder betekenis. Ze brengen mij naar het niets, terwijl het noodlot lacht om jouw ellendige levenseinde. Jij en ik samen. Jij en ik gescheiden. Voor altijd. En de laatste kans om de vrijheid te herwinnen is ook verloren door toedoen van een onbetrouwbare en eerloze vrouw. Ik heb je opgeofferd, Sine, ik heb je leven in de waagschaal gesteld. En waarvoor? Sterf waardig, geliefde, zoals je ook waardig geleefd hebt. Sine... De pijn werd ondraaglijk voor Emrys en hij liet zich op de aarde vallen. Hij bracht zijn handen voor zijn gezicht en huilde.

De hele nacht bleef hij alleen in het bos, en toen hij vroeg in de ochtend weer naar het kamp terugkeerde, zag hij dat de tenten werden opgedoekt en dat iedereen zich gereedmaakte voor vertrek. Hij zocht Madoc, die hem met een kwaad gezicht begroette. Zijn ogen schoten vuur boven zijn zwarte, warrige baard.

'Ik word te oud voor dit onophoudelijke reizen en trekken,' klaagde hij. 'Ik zou mij op mijn zwaard moeten storten, nadat ik mijn zoon tot aanvoerder van de Siluriërs benoemd heb. Was ik maar gesneuveld toen Caradoc nog arviragus was!' Hij bromde nog wat, maar de woorden waren onverstaanbaar. Toen vroeg Emrys hem: 'Wil Venutius zijn onverstandige plan nog steeds uitvoeren?'

'Ja. We beginnen meteen aan de opmars. Toch hoeft zijn plan niet tot mislukken gedoemd te zijn. Er moet uiteraard meer gebied bestreken worden, en er mogen geen vergissingen gemaakt worden, maar uiteindelijk hebben we een goede kans dat onze aanval succes heeft.'

Vergissingen. Een goede kans. Opeens begon Emrys te lachen. 'Caradoc waarschuwde ons dat we nooit een regelrechte veldslag moesten beginnen, en wij luisterden niet naar zijn raad. Achteraf, toen wij uiteengeslagen waren en hij later als gevangene werd weggevoerd, gaven we hem gelijk. Toen waren wij wijs geworden, Madoc, o, wat waren wij verstandig! We konden het Twintigste verslaan omdat we goede plannen hadden beraamd, en dat zouden we nu ook moeten doen, in plaats van openlijk dwars door heel Albion trekken om dan tegenover een legioen te staan dat ons al verwacht voor de beslissende veldslag. Al onze overwinningen na de nederlaag van het Twintigste hebben wij te danken aan ons gezonde verstand. Nu staan we op het punt dezelfde fout te maken die we in het verleden ook gemaakt hebben. Daarom zullen we verslagen worden. Jij en ik zullen sterven als we steeds weer teruggejaagd worden naar onze bergen.'

Madoc keek hem onderzoekend aan en zag de sporen die de afgelopen nacht

vol verdriet op het magere gezicht van Emrys had achtergelaten. 'Het spijt me van Sine,' zei hij onhandig. 'Maar ze zal herrijzen, Emrys.'
In de ogen van Emrys leek al zijn verdriet samen te ballen. 'Dat weet ik,' fluisterde hij. 'Maar niet samen met mij, Madoc.'

In twee weken stroomde het westen leeg. Venutius leidde zijn troepen naar het zuiden en het oosten. De strijders trokken door het gebied van de Cornovii en zwenkten toen naar het noorden af, langs de grens met het gebied van de Coritani. Lang voordat de dorre paden hen naar Lindum zouden voeren boog de strijdmacht weer af en volgde de zoom van het uitgestrekte woud dat grensde aan de veenmoerassen van Brigantia. Niemand zag het leger voorbijtrekken. De Cornovische boeren waren druk bezig op hun akkers, want de oogsttijd naderde snel, en de Romeinse soldaten die onder Gallus' gezag stonden patrouilleerden nog steeds aan de voet van de bergen, zonder dat ze wisten dat hun vijand zich daar niet langer schuilhield. Het was erg warm weer en de wind was gaan liggen. De herfst wachtte geduldig tot de krachten van de zon zouden afnemen, terwijl de opstandelingen steeds verder trokken, zwetend onder de schaduw van de bomen. Bij het vallen van de nacht sloegen ze het laatste kamp op voordat ze het gebied van Brigantia betraden. Venutius riep Madoc en Emrys bij zich.
'Ik zal de groep krijgers uit Brigantia verzamelen en alleen naar de stad optrekken,' kondigde hij aan. 'Tweeduizend strijders moeten toch zeker voldoende zijn om Aricia's legermacht te verslaan. Jullie moeten hier blijven en dekking zoeken in het bos. Ik zal een bericht hierheen sturen zodra je veilig naar het Negende kunt optrekken. Zo hoeft geen enkele Romein te weten dat ons leger hier verzameld is en dat ik niet voor een zaak die alleen mij aangaat uit het westen gekomen ben.'
Dit was een verstandige voorzorgsmaatregel en Emrys voelde zich opgelucht. Nu de hoofdmacht zou achterblijven was er een kans dat ze het fort bij Lindum met een verrassingsaanval konden overmeesteren. Venutius en zijn mannen reden die nacht weg, zo snel ze konden en gehuld in donkere mantels. Emrys en Madoc bleven achter. Het wachten viel Emrys zwaar, want hij kon niets anders doen dan in het bos heen en weer lopen, terwijl zijn gedachten voortdurend bij Sine waren. Was zij ook langs deze wegen getrokken, op weg naar de dood? Hij keek naar de laatste volle maan van deze zomer, die als een zilveren bol aan de nachtelijke hemel stond, maar de aanblik kon hem niet ontroeren. Zijn hart was koud.
Venutius en zijn mannen reisden 's nachts en ze hielden zich overdag zo veel mogelijk schuil, maar toch werden ze opgemerkt. Een jonge schaapherder, die laat in de avond achter zijn kudde liep, zag de laatste mannen te paard verdwijnen tussen de wilgen bij de rivier waar zijn schapen graag dronken.

Met zijn scherpe ogen zag hij de schittering van het laatste zonlicht op de helmen en zwaarden. Geschrokken liet hij zijn kudde achter en rende naar de boerderij van zijn vader en nog voor de dageraad aanbrak werd een belangrijke boodschap haastig naar Aricia gezonden. Ze hoorde het nieuws tegen de middag van de volgende dag, toen ze met Androcretus en haar hoofdmannen voor de Vergaderzaal zat. Verbijsterd kwam ze met een ruk overeind.

'Het leger van de opstandelingen? Hier, in Brigantia? Dat is onmogelijk! Het moeten boodschappers van Venutius zijn.'

De hoofdman schudde zijn hoofd. 'Nee, want mijn zoon zag wapens en paarden. Hij zei ook dat veel mannen zich schuilhielden tussen de bomen. Hij kon hun stemmen horen.'

Ze keek langs de man naar de kalme hemel. De grauwe rook van de haardvuren rees recht omhoog boven haar stad. Ze voelde dat angst haar keel dichtsnoerde. De mannen uit het westen kwamen naar haar toe, hun grimmige ogen gloeiend van verwachting, en zij stond hier als vastgenageld aan de grond, niet in staat te vluchten. Ze perste haar droge lippen op elkaar. Venutius was in aantocht, maar kwam hij alleen met zijn lijfwacht, als teken van zijn waardigheid, of was hij gekomen om te vechten? Had de herdersjongen zich vergist, en hadden zijn ogen en oren hem soms bedrogen? 'Bedankt,' zei ze tegen de gebruinde haveloze man voor haar. 'Eet en drink, voordat je naar huis terugkeert. Mijn bard zal je betalen omdat je me dit nieuws kwam brengen.' De man maakte een onderdanige buiging en liep langs haar de zaal in.

Aricia liep langzaam door haar stad, tot aan de aarden verdedigingswal. 'Androcretus, laat de poorten sluiten en de wachters hun post bezetten,' beval ze. Daarna beklom ze de wal en stond hoog boven haar wereld. Ze tuurde naar alle richtingen, maar aan de horizon was nergens een paard of ruiter te bekennen. In het westen was een nevelige streep te zien waar de grote wouden zich uitstrekten. De meesten van mijn gewapende mannen zijn weg met Romeinse patrouilles, bij de grens met het gebied van de Deceangli, bedacht Aricia. Ik kan hen niet terugroepen, want ze zijn te ver hier vandaan. Ze kon amper nuchter nadenken. Haar geest leek vertroebeld en de gedachten warrelden door haar hoofd. Wat moet ik doen? Hij is een dagmars van hier, en Nasica is twee dagreizen ver. Dus zal hij als eerste hier zijn. Er zijn hier veel hoofdmannen verzameld die wachten tot hij in de val loopt, maar niet voldoende om de stad langer dan korte tijd tegen een overmacht te verdedigen. De wind van zee blies over de wal en de zilte geur deed haar denken aan Gladys en het onbekommerde bestaan in Camulodunon, zo lang geleden. Tegelijk besefte ze dat zij geen Caradoc was die zijn stad moest verdedigen tegen de overmacht van Romeinen, maar dat ze aangevallen zou worden door een betrekkelijk kleine groep strijders. Toch was ze bang.

Nog voordat er weer een uur verstreken was, stuurde ze een ruiter naar Lindum. 'Zeg tegen de bevelhebber dat een legertje opstandelingen naar Brigantia op weg is,' zei ze. 'Ik heb dringend hulp nodig. Als hij geen soldaten hierheen stuurt, zal Brigantia in vlammen opgaan.'

Daarna ging ze snel naar haar huis en bleef handenwringend en met bonzend hart voor het beeld van Brigantia staan. Maar ze had geen offer en ze wist ook geen gebeden. Die was ze sinds lange tijd vergeten.

Nasica luisterde met groeiende ergernis naar het bericht dat hem gebracht werd. Zodra de man uitgesproken was leunde hij achterover en slaakte een woedende kreet. 'Die vervloekte domme vrouw ook! Waarom kan ze haar eigen zaken niet behoorlijk afhandelen? Ze had Venutius met rust moeten laten toen haar eerste poging hem naar Brigantia te lokken mislukt was. Maar nee, ze bleef hem kwellen, totdat hij uiteindelijk zijn geduld verloor. Als het aan mij lag zou ik haar aan de eerste de beste boom ophangen. Hoe kan ik mijn werk ooit doen, als zij telkens weer nieuwe moeilijkheden zoekt met haar weggelopen echtgenoot?'

Zijn secretaris luisterde met een glimlach. 'Heer, we krijgen nu de kans deze nieuwe arviragus gevangen te nemen, of beter nog, in de strijd te doden.'

Nasica wuifde ongeduldig met zijn hand.

'Dat weet ik ook wel. Ik moet een aantal manschappen naar haar toe sturen, daar valt niet aan te ontkomen. Want als ik dat niet doe krijgen we nog veel grotere problemen. Ik ben alleen kwaad over haar domheid. Spoedig heeft ze geen enkel nut meer voor Rome, en dat zal ik ook aan de gouverneur melden.' Hij keek zijn ondergeschikte aan. 'Laat onmiddellijk twee regimenten infanterie aanrukken. Nee, maak er twee cohorten van. De primipilus moet de leiding krijgen, maar stuur hem eerst naar mij toe. Ik moet eens ernstig spreken met Cartimandua, als dit achter de rug is. Die stomme...' Hij keerde zich mompelend weer naar zijn schrijftafel. De secretaris salueerde en liep het vertrek uit.

De soldaten marcheerden die middag nog weg uit Lindum, maar ze waren pas halverwege Aricia's stad toen Venutius de teugels introk en wees. 'Daar ligt Brigantia. We zullen geen tijd verliezen door eerst met haar te spreken. Vooruit! Omsingel de stad!' Hij sprong naar voren en zijn mannen volgden onmiddellijk. Op de verdedigingswal slaakte Androcretus een kreet en hij liet zich snel naar beneden glijden waar veel gewapende mannen in dichte drommen gereed stonden. Aricia rende hem tegemoet.

'Ze komen eraan!'

'Hoeveel man?'

'Dat is moeilijk te zeggen. Misschien duizend, ze zijn gewapend en ze dragen helmen. Ze zijn kennelijk niet gekomen om te praten, vrouwe!'

Ze bracht haar vingers naar haar koude lippen en probeerde na te denken. Ze wist niet wat ze moest doen. Haar boodschapper was nog steeds niet teruggekeerd uit Lindum. Vermoedelijk bleef hij bij de Romeinse soldaten die nu in aantocht waren. Zonder de raad van Domnall en zonder de hulp van een Romeinse centurion raakte ze in verwarring. Ze liet haar handen weer zakken en keek om zich heen naar de horde hoofdmannen. 'Open de poort!' riep ze. 'Val aan in het open veld!'

'Vrouwe!' kreet Androcretus. 'Nee! Geef de mannen bevel naar de wal te gaan met slingers! Anders zullen ze zeker afgeslacht worden!'

'Waarom? Ze zijn geoefend door de Romeinen en ze zullen een slagorde vormen waar Venutius niet doorheen kan breken. Hij zal deze poort nooit bereiken!'

'Maar vrouwe...'

'Zwijg, Androcretus!' De grote poortmuren werden al opengeduwd en de mannen stroomden joelend en schreeuwend naar het veld buiten de stad. In de verte was het geschreeuwde antwoord van de vijand al te horen. 'Ik breng twee keer zoveel krijgers in de strijd!' riep Aricia. 'Ben je soms bang? Kom mee naar de wal om te kijken!'

Ja, ik ben inderdaad bang, dacht Androcretus. Maar u ook, vrouwe, want uw lippen zijn bleek. Hij volgde haar gehoorzaam toen ze de aarden wal beklom. Beneden vielen de poorten met een doffe dreun dicht. De straten van Brigantia lagen verlaten onder de blauwe hemel en de witte wolken. Haar lijfwacht klauterde ook omhoog en de mannen gingen gehurkt zitten op de plek vanwaar ze toekeek, ver buiten het bereik van de speren en stenen. Venutius keek uit over de rennende horde mannen die vroeger zijn stamgenoten waren en nu door de poort waren gekomen. Hij zag Aricia staan. Ze leek klein, haar zwarte haren bewogen in de wind. Haar rode mantel bolde op en haar gezicht leek een kleine witte vlek. De opwelling van liefde en haat die hij in zijn maag voelde kreeg geen gelegenheid zijn keel te bereiken, want het eerste wapengekletter begon.

De hevige veldslag duurde de hele ochtend. In weerwil van de sombere voorspellingen van Androcretus werden Aricia's mannen niet in het eerste uur afgeslacht. Ze vochten niet langer als heetgebakerde, onnadenkende inboorlingen die met een krijgshaftig gehuil in wanorde aan kwamen stormen in de verwachting na de eerste confrontatie de overwinning te behalen. Ze hadden in de loop van de jaren gezien wat Romeinse discipline inhield, en velen hadden zich dezelfde koele berekenende houding als de legionairs aangemeten. De krijgers stonden in het gelid en vochten schouder aan schouder of rug aan rug. Venutius' mannen moesten zich van hun paarden laten glijden en lopend verder strijden. De opstandelingen slaagden er nu in hun tactiek snel aan te passen, ze hadden dit geleerd van Caradoc en dank zij de vooruitziende blik van Venutius. Dit werkte al spoedig in hun voordeel. Aricia zat nog steeds omringd door haar onverstoorbare lijfwacht boven op de aarden wal, en ze merkte dat haar leger geleidelijk minder samenhang kreeg en dat steeds meer van haar soldaten omringd werden door tegenstanders. Opeens besefte ze dat er niet meer grauwe tunieken van de opstandelingen bijgekomen waren, maar dat het aantal van haar eigen manschappen snel verminderde.

'Waar blijven die Romeinse soldaten?' vroeg Androcretus bezorgd. 'Als ze niet snel komen opdagen is het afgelopen met ons!'

'Dat maakt niet uit,' antwoordde Aricia geruststellend. Tevergeefs probeerde ze geen angst in haar bevende stem door te laten klinken. 'Want zelfs al behaalt Venutius nu de overwinning, dan toch zal hij de poorten niet kunnen openbreken voordat de hulptroepen hier aangekomen zijn.'

'Vrouwe, mijn broers zijn daar beneden!' riep een van de hoofdmannen haar verwijtend en boos toe. Anderen begonnen ook te mompelen. Maar Aricia hield haar blik strak op de vlakte voor haar gevestigd, en het tumult van het strijdgewoel rees in aanzwellende golven omhoog. Ze keek toe en zag dat haar leger uiteengeslagen werd. Ze voelde niets. Het was alsof ze op de hoogste bergtop van de wereld zat en alsof de wind met een klaaglijk geluid dwars door haar heen blies. En uit dit niets rees een laatste gedachte op, een vreselijke en vernederende gedachte. Ze wendde zich naar Androcretus.

'Breng mij een strijdhoorn', zei ze langzaam, 'en laat de twee gevangenen hierheen brengen.' Hij zag de hongerige gele tongen van machtswellust in haar ogen. Zonder een woord te zeggen ging hij staan en daalde af naar de eerste ring. Ze keek weer naar het strijdgewoel en de slachting in de diepte voor haar, maar nu plukten haar vingers nerveus aan de plooien van haar mantel en haar mond bewoog zonder geluid te maken.

De brandende middagzon stond hoog aan de hemel en begon toen naar het westen te dalen. Op dat ogenblik bleef Venutius even staan. Hij leunde op zijn zwaard en wiste het zweet van zijn gezicht. Hij hoorde de hoge aanhoudende toon van een strijdhoorn opklinken. Hij keek verrast op en merkte dat er nu minder verbeten gevochten werd. Eén voor één deinsden de mannen die in een tweegevecht verwikkeld waren achteruit en ze keken zoekend om zich heen, om te zien uit welke richting het sein gegeven werd. Venutius liet het zwaard uit zijn hand vallen. Aricia was gaan staan. Ze stond daar hoog op de aarden wal, met de strijdhoorn in haar uitgestrekte hand. Naast haar waren twee gestalten zichtbaar die aan handen en enkels geboeid waren. Achter hen stonden de mannen van Aricia's lijfwacht, gehuld in hun lange mantels en met getrokken zwaarden. Het metaal schitterde in de zon. Venutius zag dat Domnall naar hem toe rende en wankelend tot stilstand kwam, maar zijn aandacht bleef gericht op de gebogen gestalte van Sine, en op die van zijn neef Manaw naast haar. Hij zag de wijd uitgespreide armen van Aricia. Ze smeet de strijdhoorn over de wal en schreeuwde zo luid dat de woorden gemakkelijk verstaanbaar waren boven het met lijken bezaaide slagveld.

'Venutius! Zie je wie hier naast mij staan? Kom naar voren!'

Er was een ademloze stilte over het strijdtoneel gevallen. Alle ogen waren gericht op de twee door de zon beschenen gedaanten op de hoge aarden wal. Domnall greep krampachtig Venutius' arm. 'Heer, verroer u niet! Ze kan u nog niet zien. Ze...' Maar Venutius liep al met wankelende passen, als van een slaapwandelaar, en met een star gezicht over het van bloed doorweekte gras. Domnall liep met hem mee. Aricia zag hem komen en slaakte een triomfantelijke kreet, schel als van een havik en vol verwachting. Toen liet ze haar armen zakken en boog zich voorover. Venutius bleef onder aan de wal staan en eindelijk slaagde hij erin zijn ogen af te wenden van haar en naar de twee anderen te kijken. Sine keek hem kalm aan. Haar hoofd leek klein en vreemd zonder het wolfsmasker. Manaw stond naast haar en uit zijn houding bleek dat hij zonder wanhoop berustte in zijn lot. 'Waar is mijn vrouw, arviragus?' riep hij naar beneden. Venutius schudde de webben van de herinneringen uit het verleden en het vreselijke heden van zich af. Hij rechtte zijn schouders en besefte dat de vrouw die op hem neerkeek het inderdaad niet eens waard was dat ze door hem gedood werd. Emrys had gelijk. Venutius besefte ook dat hij twee mensen had opgeofferd, alleen om deze zekerheid te krijgen. Met effen stem antwoordde hij zijn neef: 'Ze is veilig, Manaw!' Toen keerde hij zich hoofdschuddend naar Sine. 'Het spijt me, meer weet ik niet te zeggen,' zei hij tegen haar.

'Dat hoeft ook niet, arviragus,' antwoordde ze bedaard. 'Ik blijf u trouw tot in de dood. Groet Emrys namens mij.'

Aricia begreep dat er meer tussen hen werd uitgewisseld dan deze woorden, en ook dat zij niets kon veranderen aan besluiten die al genomen waren. Weer rees een onzichtbare muur op, dreigend en ondoordringbaar. Tegelijk voelde ze een hevige razernij in zich opkomen.

'Dit is je laatste kans om te bewijzen dat je een eervol man bent, Venutius!' schreeuwde ze hem toe. 'Ik bied je deze twee levens aan in ruil voor dat van jou. Laat je zwaard en schild achter bij Domnall en kom dan door de poort. Daarna zal ik deze gevangenen vrij laten. Als je weigert en de strijd voortzet, zal ik hen doden en nog voordat je mijn poort bereikt hebt, zal het Negende Legioen mij te hulp komen.'

'Luister niet naar haar, heer!' riep Sine schel. 'Die prijs is te hoog. Zelfs Emrys zou dat weigeren!'

Dat weet ik, bedacht Venutius. Ik weet het, Sine, want dat heeft hij me zelf gezegd, ondanks zijn grote verdriet. Toch heb ik jou roekeloos in haar macht gebracht. Ik hoef slechts tien passen te doen en dan heb ik voor mijn zelfzuchtige gedrag geboet. De zon brandde warm op zijn rug. Voor hem was de hoge wal zo dichtbij dat hij die kon aanraken. Er steeg een warme geur van aarde en steen op. Zonder het zelf te beseffen zette Venutius zijn beide handen tegen de vaste aarde, alsof hij zo met zijn eigen gewicht een bres kon slaan en al zijn zorgen vergeten. Caradoc, wat zou jij hebben gedaan als Eurgain en je zoon daar bedreigd door het beulsmes stonden? Wat zou jij doen als één woord genoeg was om hen te redden? Het getaande en geharde gezicht van de vorige arviragus leek even voor zijn ogen te verschijnen en hij gromde hardop. Caradoc zou niet geaarzeld hebben. 'Heer,' klonk Sines stem boven hem. 'De plannen zijn gesmeed en de overwinning is nabij. U had hier niet moeten komen. U kunt minder gemist worden dan ik, minder nog dan duizend man. Ik sneuvel in de strijd, dat is alles. Ik sterf zoals veel andere vrouwen vóór mij gestorven zijn. Ga niet in op haar voorstel en laat die heks meteen toeslaan!'

Het is niet hetzelfde, geliefde wolfsvrouw. O nee, het is niet hetzelfde! Langzaam deed Venutius enkele stappen weg van de wal en hij keek op naar zijn vrouw. Aricia lachte minachtend. Jij kunt nog steeds niet beslissen, zei die valse glimlach. Je hele leven bestaat uit één grote aarzeling. Het was zo stil rond Venutius dat hij de ademhaling van de anderen kon horen. Opeens vloekte hij hartgrondig, een machteloze kreet als van een dier en met een heftige beweging trok hij zijn zwaard en stak ermee in de aarden wal. 'Ik zal mij niet overgeven! Vaarwel, Sine! Gegroet, Manaw! Ik wens jullie een veilige reis, een vredige reis. Je kunt mij niet langer kwetsen, Cartimandua!'

Aricia knikte naar haar mannen. 'Houd hen vast en geef mij een mes.' Het mes werd haar aangereikt en ze streek peinzend over het lemmet. Ze had nog nooit eerder een menselijk wezen gedood, maar het zou haar niet zwaar vallen. Het zou gemakkelijk zijn. 'Dit is je laatste kans, dwaas!' schreeuwde ze naar Venutius in de diepte, maar hij schreeuwde meteen terug. 'Nee!'

Aricia greep het weelderige zwarte haar van Sine vast. 'Wil je bidden?' siste ze en met een ruk trok ze de kin van haar slachtoffer omhoog, zodat Sines keel zichtbaar werd. Sine slikte.

'Ja.'

'Waarom?' Aricia haalde uit met het scherpe mes en uit de gapende wond spoot het bloed te voorschijn en spatte tot Aricia's elleboog. Sine zakte ruggelings achterover. Aricia sleepte het dode lichaam naar de rand van de wal en na een trap rolde de dode naar beneden. Venutius deinsde achteruit toen het lijk tegen zijn laarzen rolde. Hij keek naar de recht in de zon starende ogen. Lokken zwart haar kleefden aan haar beblode keel. Venutius voelde dat zijn knieën knikten van pijn en dat zijn keel dichtgeknepen werd. Hij liet zich naast Sine zakken en op dat moment rolde een tweede lijk langs de aarden wal naar beneden, om met een plof stil te blijven liggen. De diepe stilte leek bijna tastbaar. Venutius en Aricia bleven allebei onbeweeglijk, alsof een druïde een toverspreuk had uitgesproken, maar Androcretus, boven op de aarden wal waar de wind vrij spel had, boog zich naar haar over. 'Stofwolken! Daar, in het zuiden. De Romeinen komen eraan!'

De mannen van Venutius op het veld hadden het ook gezien en de betovering leek plotseling verbroken. De mannen grepen hun wapens en Domnall trok Venutius overeind. 'Ze heeft het Negende Legioen gewaarschuwd,' siste hij. 'We kunnen vandaag niet meer vechten, want de mannen zijn al te moe. We moeten meteen vluchten, heer!'

Venutius knikte afwezig. 'Laten we ons dan snel terugtrekken. We zullen te paard zeker sneller zijn. Stuur een boodschapper naar Emrys, en laat hem weten dat hij onmiddellijk naar ons toe moet komen.' Domnall haastte zich weg en schreeuwde naar de opstandelingen die hem zo snel ze konden volgden en het open veld verlieten. Venutius dwong zichzelf nog eens omhoog te kijken naar de wal, maar daar was niemand meer te zien. Aricia was verdwenen. In een opwelling knielde hij naast de dode vrouw van Emrys en kuste haar. Daarna kuste hij ook zijn neef. Toen stak hij zijn zwaard in de schede en zette het op een lopen. Hij was verbaasd dat hij niet huilde. Maar de tijd van huilen lag al ver achter hem.

Aricia was in haar huis teruggekeerd, met Androcretus aan haar zijde. Ze hield haar roodbebloede handen voor zich uitgestrekt. 'Ik stink,' zei ze vol walging. 'Het bloed van die opstandelingen verspreidt een smerige geur. Kun jij het ook ruiken?' Hij schudde zijn hoofd toen ze naar het wasbekken liep, haar tuniek uittrok en een kan water pakte. Ze begon haar armen langzaam en aandachtig te wassen en merkte dat ze geen enkele ontroering voelde. Zodra ze zich gewassen en een schone tuniek aangetrokken had, ging ze in een stoel zitten en wees naar een hoek van de kamer. 'Raap dat ding op, Androcretus, en zet het op. Ik wil weten wat je dan ziet.'

'Dus u hebt dit bewaard?' zei hij en hij raapte het masker op.

'Ja. Zet het op.' Ze keek hem gespannen aan toen hij met een vies gezicht zijn neus optrok, maar toch haar bevel gehoorzaamde en het masker voor zijn gezicht bracht. Zijn vingers streken onzeker over het metaal. En? Wat zie je?' vroeg ze bits.

'Niets,' kwam het klaaglijke antwoord. 'Het lijkt hier wel zo donker als de nacht. Misschien heb ik het niet goed opgezet.' Zijn ogen knipperden even van achter het wolfsmasker naar Aricia. Toen rukte hij het weg van zijn gezicht. 'Het ruikt merkwaardig,' zei hij. 'Nat, en naar rottende bloemen en slijmerige bladeren. Ik begrijp niet dat ze die stank kon verdragen.'

'Breng het naar de werkplaats van de bronsgieter en laat het omsmelten,' beval Aricia. 'En laat ook een hoofdman met de Romeinen meegaan als ze de opstandelingen achtervolgen. Ik wil weten wat er gebeurt. Kom daarna zo snel mogelijk terug, Androcretus. Ik wil niet alleen zijn.'

Androcretus pakte het masker op en verdween naar buiten, maar hij ging niet naar de metaalbewerker. Er was iets aan dit masker waardoor hij geboeid werd en daarom bracht hij het naar zijn eigen hut en verstopte het onder zijn bed. In de maanden die volgden haalde hij het masker dikwijls te voorschijn uit de kist waarin hij het opgeborgen had en dan kon hij er urenlang naar kijken. Maar hij zette het nooit meer op. De herinnering aan de angstaanjagende duisternis die hij toen gezien had bleef te sterk.

Nasica's hulptroepen bereikten het leger van de opstandelingen bij het aanbreken van de volgende dag. Venutius, zijn mannen en hun paarden waren afgemat. Ze hadden uiteindelijk halverwege de nacht halt gehouden om te eten en te slapen, maar de primipilus en zijn soldaten marcheerden de hele nacht door. Zo werd een uur nadat de zon opgekomen was weer slag geleverd. Deze dag zou minder warm worden. Aan de hemel was bewolking verschenen, zodat het zonlicht minder fel was. De zuidenwind kondigde de nadering van de eerste herfststormen aan. De opstandelingen hadden echter weinig aandacht voor het weer. Het bericht van Venutius had Emrys inmiddels bereikt en met zijn grote legermacht trok hij al over de heuvels van Brigantia naar de strijders van de arviragus. Maar voordat ze daar aankwamen moesten ze het opnemen tegen wel duizend Romeinse soldaten.

Venutius gaf opdracht de paarden te bestijgen en daarna sprak hij met Domnall. 'Houd de mannen in beweging en zeg hun dat ze niet te voet moeten vechten. Alleen de Romeinse officieren zitten te paard, want Nasica heeft geen cavalerie hierheen gestuurd. Omsingel de vijand, dan vallen we de flanken aan. We hebben geen haast, en bovendien zal Emrys spoedig hier zijn om het karwei af te maken.'

De twee groepen strijders ontmoetten elkaar in de koele ochtenduren. De Romeinen stelden zich ordelijk op in vierkanten en hun officieren bewogen zich vrijelijk tussen de manschappen. Geleidelijk trok de groep zich samen. De primipilus, die al geruime tijd geen veldslag had meegemaakt en eerst verwachtte dat hij de vijand met een snelle frontale aanval kon verslaan, zag onthutst wat er gebeurde. Met hulp van de cavalerie zou hij in een halve dag de overwinning behaald hebben, maar zijn soldaten te voet waren kwetsbaar. Hij stelde zijn boogschieters en slingeraars in de voorhoede op, gaf het bevel dat ze vooral de paarden moesten treffen en wachtte verder af wat er zou gebeuren.

Tegen het vallen van de nacht was de veldslag nog steeds onbeslist. De opstandelingen hadden het grootste deel van hun paarden verloren, maar ze waren niet uiteengeslagen. Ze vochten met hernieuwde verbetenheid en de primipilus dacht verrast, toen hij het strijdtoneel bekeek, dat deze wilden uit de bergen hun les uiteindelijk geleerd hadden. Dat had de legaat van het Twintigste Legioen zijn eigen bevelhebber ook al gemeld, en hijzelf zou dit toch ook moeten weten. Maar het Negende had nooit eerder een veldslag met de opstandelingen uit het westen uitgevochten. Toen de duisternis inviel trokken beide kampen zich wankelend van uitputting terug. Aan het eind van de derde nachtwacht kwam één van de wachters naar de primipilus. 'Met uw permissie, heer,' zei de man, 'ik wilde u iets laten zien.' De primipilus kwam meteen overeind en volgde de soldaat die hem voorging naar de rand van het legerkamp en nog verder, naar de top van een heuvel vanwaar hij bij daglicht een ver uitzicht naar het westen zou hebben. De wachtpost liet zich op zijn buik vallen en kroop behoedzaam naar voren. Er was geen maan, maar overal twinkelden sterren aan de duistere nachtelijke hemel. De man wees in de verte. 'Als u in die richting kijkt en even geduld hebt, dan zult u het ook zien.'

De primipilus deed wat hem gevraagd was. Eerst zag hij niets in de duisternis die zich over het glooiende landschap uitstrekte, maar toen zag hij het inderdaad: een kleine rode flikkering, en toen nog één, op korte afstand van de eerste. Even later zag hij nog een derde lichtpuntje, mijlen ver weg en nauwelijks zichtbaar. Hij begreep meteen wat dit beduidde en zijn hart begon sneller te slaan. Kampvuren. Het moesten er tientallen, misschien wel honderden zijn. Kampvuren in het westen, niet in het zuiden, waar de stad Brigantia lag, en ook niet in het oosten, waar de dorpen op de oevers langs de vele rivieren in de beboste streken lagen. Hij verliet de wachter op zijn post boven op de heuvel en liep met grote passen terug naar zijn tent. Hij liet zijn ondergeschikte roepen.

'Ga met een legionair meteen te paard naar Lindum,' zei hij. 'Zeg daar tegen de legaat dat een veel grotere legermacht dan hij hier verwachtte onderweg is en dat hij de overige troepen moet mobiliseren. Zeg hem ook dat anders het gevaar dreigt dat het fort belegerd wordt.' Hij hoefde zijn woorden niet nader uit te leggen. Een belegering kon eenzelfde tragedie tot gevolg hebben als die waardoor eerder het Twintigste Legioen grotendeels vernietigd was. De man ging meteen weg en de primipilus bereidde zich voor op een nieuwe dag van afmattende strijd en veel bloedvergieten.

Tegen de middag van de volgende dag – het motregende af en toe en er stond een vlagerige wind – begreep de primipilus dat hij zijn leger moest terugtrekken, omdat de soldaten anders tot de laatste man afgeslacht zouden worden. De helft van het opstandelingenleger was inmiddels gesneuveld of gewond, maar aan Romeinse kant waren nog slechts tweehonderd manschappen over. En tegen het vallen van de nacht zou de grote horde van het opstandelingenleger hier gearriveerd zijn. Een aftocht over dit kale, open gebied, zonder wouden waarin dekking gevonden kon worden, stond bijna gelijk aan zelfmoord, maar als de Romeinen hier bleven was het einde zeker nabij. Hij gaf zijn trompetter opdracht het sein voor de aftocht te blazen en de kleine groep overgebleven legionairs sloot de rijen om zich terug te trekken.

Hij liet de slingeraars de achterhoede vormen. Van zijn boogschutters was niemand meer in leven.

Nasica luisterde tot zijn centurion uitgesproken was, en daarna volgde een onheilspellende stilte die pas verbroken werd toen de man gesalueerd had en verdwenen was. Toen kwam hij met een zucht overeind. 'Ik zal mijn oordeel niet uitspreken voordat ik alle feiten weet,' zei hij luid tegen de tribuun die binnengekomen was, na een wenk van Nasica's secretaris. 'Of die primipilus is een idioot, en dat is voor zover ik weet niet het geval, of die Brigantische ricon heeft haar echtgenoot opgehitst tot een grootscheepse aanval op haar stad.' Hij griste zijn helm van tafel en op een geblaft bevel kwam een bediende snel aanlopen met zijn borstbeschermer. 'Laat de manschappen zich allemaal gereedmaken voor een geforceerde mars. Stuur een boodschapper naar de gouverneur in Camulodunon. En laat de cavalerie aanrukken. Zorg ervoor dat ze onmiddellijk als voorhoede vertrekken.' Met een woedend gezicht liep hij hoofdschuddend naar de deur. 'Bij Hades!' gromde hij en liep naar buiten.

Tot grote opluchting van de primipilus en zijn honderd overlevende legionairs kwam de cavalerie anderhalve dag later opdagen. Zodra Nasica en de rest van het Negende Legioen ook gearriveerd waren kregen de Romeinen amper tijd om zich op de strijd voor te bereiden, want Emrys, Madoc en de overige westelijke stammen hadden Venutius inmiddels bereikt. Meteen begon een felle strijd. Door toeval, want er was geen tijd om een tactiek uit te denken, had Nasica het voordeel dat hij hoger op de heuvel stond. Hij steunde het voetvolk met vijftienhonderd ruiters. Emrys, Madoc en Venutius stelden hun mannen en vrouwen in losse rijen op en ze voelden zich onbeschermd omdat ze meer in de diepte stonden, zonder rugdekking en omdat er nergens beschutting van het woud, waarin ze zich eventueel konden hergroeperen, in de buurt was. Venutius wachtte niet tot Nasica het sein voor de aanval gaf. Hij gaf orders voor een aanval op drie fronten en zijn strijders gehoorzaamden prompt. Tot zijn tevredenheid zag hij dat de Romeinse legermacht in twee groepen werd gesplitst. De legionairs weken naar rechts en naar links, toen de hoofdmannen zich met speren een weg door het midden baanden. Maar de cavalerie wist terrein te behouden en wachtte op nadere bevelen, en al was Venutius er spoedig in geslaagd de infanterie in twee groepen te splitsen, nu werden zijn mannen aangevallen door de ruiters met hun lansen.

Nasica zat op zijn paard en keek kritisch toe. Van deze woestelingen zou ik binnen een jaar de beste strijdmacht ter wereld kunnen maken, dacht hij bewonderend. Het heeft lang geduurd eer ze de beginselen van een behoorlijke veldslag begepen, maar, bij Mithras!, nu staan ze op het punt slag te leveren op een manier die de oude Aulus Plautius nog met zijn ogen zou doen knipperen. Geen wonder dat het Twintigste verslagen was! Maar het Twintigste Legioen was altijd veel te eigenwijs. Valens is een snoevende vechtjas, en hij wil te veel slimmigheden uit zijn mouw schudden. Het Negende is niet te overtreffen in volharding, moed, en gehoorzaamheid.

Zijn tribuun kwam in korte galop naar hem toe en salueerde. 'De tiende cohorte wordt in het nauw gedreven, heer. En de tweede en derde zijn afgescheiden van de eerste, maar ze houden dapper vol.'

'Heel goed. Geef door dat een cohorte cavalerie naar de tiende moet gaan. En laat de vierde cohorte verder langs de helling naar beneden gaan.' De man reed weer weg, de trompetten schetterden en het verloop van de strijd veranderde. Nasica dook dieper weg in zijn mantel, toen het miezerig begon te regenen. Dit zou een lange dag worden.

Twee dagen later stond Aricia in de deuropening van de Vergaderzaal, warm ingepakt in haar blauwe mantel, en ze keek uit over het grauwe landschap. Het was sinds gisteren veel harder gaan regenen en nu gutste de regen in dichte gordijnen neer, zodat de paden veranderden in gladde, gele moddersporen. Het hemelwater spatte op van de rieten daken van de hutten. De regendruppels sijpelden langs de deurhuiden naar binnen. Nu stak ook de wind op en de gestaag vallende regen werd telkens in natte vlagen in haar gezicht geblazen. Aricia voelde amper de kilte die de naderende herfst aankondigde. Ze was bezorgd. De boodschapper, wie ze opdracht had gegeven om met de Romeinse troepen mee te gaan om achter Venutius aan te jagen, was nog niet teruggekeerd. Tevergeefs zochten haar ogen langs het pad dat naar het noorden leidde. Ze zag alleen de mistige schaduw van de poort en daarachter de vettige rook die oprees op de plaats waar haar gesneuvelde hoofdmannen door het vuur tot zwarte as verteerd werden. Ze zullen mij komen halen, dacht ze. Ze hebben de Romeinen verslagen en nu zullen ze uit de mist oprijzen als toornige goden. Ik zal hen langzaam zien naderen door de regen en dan zullen ze mij naar de wal slepen en mijn keel doorsnijden.

Het was stil in de stad. Vrije mannen hurkten bij hun haardvuren, vrouwen rouwden om hun gedode verwanten en in de heuvels zochten herders met hun druipnatte schapen beschutting. Hoewel een hoog vuur in haar gerieflijk warme en droge Romeinse huis oplaaide, en hoewel Androcretus daar op een enkel woord voor haar zou gaan zingen, stond ze uur na uur voor de sombere Vergaderzaal en haar bezorgdheid en angst namen steeds verder toe.

Androcretus kwam uit de schaduwen te voorschijn en sprak haar aan. 'Kom mee, en word weer warm, vrouwe.' Hij huiverde toen een windvlaag naar binnen joeg. 'Daar buiten is niemand te zien en u zult toch geen nieuws horen voordat de regen opgehouden en de grond wat opgedroogd is.'

'Hij zal naar mij toe komen,' zei ze afwezig. Haar ogen bleven onafgebroken op de grauwe verten gericht. Androcretus lachte even en wenste dat ze hier weg zou gaan, naar haar huis, zodat hij naar zijn eigen haardvuur kon gaan, wat wijn drinken en daarna slapen.

'Het is eenvoudig onmogelijk dat de Romeinen verslagen zijn en dat weet u ook. U maakt uzelf ziek met die waanvoorstellingen, Aricia.'

Ze liet haar schouders zakken en haar blik daalde af naar haar bemodderde laarzen. 'Ik denk dat je gelijk hebt. Ik zal naar huis gaan, maar laat eerst de mannen komen, Androcretus, want ik wil me veilig en bewaakt voelen.' Ze sloeg haar kap op en liep weg uit de betrekkelijke beschutting van de deuropening. Hij greep zijn mantel en volgde haar. Samen liepen ze naar de poort die in de natte stenen muren van haar huis was uitgespaard. Ze was bijna bij de poort gekomen toen een luide schreeuw haar op haar hielen deed omkeren. Ze zag een hoofdman die hijgend kwam aanrennen. Androcretus vloekte binnensmonds. Zijn mantel werd al zwaar van het regenwater. De man was nu bij hen.

'De legaat van het Negende komt achter mij aan!' hijgde de hoofdman. 'Hij schreeuwde net zo lang totdat we de poort voor hem openden.'

'Waarom kom je me dit vertellen?' riep Aricia hem toe, en haar korte opluchting sloeg weer om in angst. 'Natuurlijk moest je hem binnenlaten! Waarom lieten jullie hem wachten?'

'Omdat u gezegd hebt dat we voor niemand open mochten doen en omdat hij razend is.'

Ze bedankte de man kortaf en stuurde hem weg. Ze wendde zich weer naar haar poort en Androcretus greep haar arm. 'Vrouwe, ik denk dat ik binnen op u zal wachten,' fluisterde hij. 'Daar komt Nasica.' Hij was al door de poort verdwenen, nog voordat ze antwoord kon geven en toen ze zich omkeerde zag ze de zwaargebouwde bevelhebber met zijn blote benen, soppend over het modderige pad, naderbijkomen. Zijn korte mantel zat tegen zijn lichaam geplakt en zijn helm en borstbeschermer glansden van de regen. Zijn gezicht stond grimmig. Hij keek haar niet aan toen hij bij haar was en groette haar ook niet. Weer voelde Aricia de angst terugkeren. Zijn soldaten waren verslagen, zoals het Twintigste ook verslagen was. Hij was alleen en kwam nu haar hulp vragen, hij...

Toen stond hij voor haar, zwaar ademend, en de pokdalige littekens staken bleek af tegen zijn kwade, rood aangelopen gezicht. Zijn ogen waren koud, zo koud als de ijzige regen die langs haar keel sijpelde en de hals van haar tuniek doorweekte. Ze deed een stap achteruit, voelde de muur achter zich en kon hem niet verder ontwijken.

'Ik heb duizend man verloren,' zei hij zacht, maar de gedempte toon van zijn stem klonk dreigender dan wanneer hij tegen haar geschreeuwd had. 'Wel duizend goede strijders zijn gesneuveld, hoor je dat, Cartimandua? En de helft van dat aantal is gewond geraakt in de strijd. Ik moest het hele legioen door jouw halve gebied leiden en tegen elke krankzinnige uit het westen vechten, alleen vanwege jou!'

'Ik... ik begrijp het niet,' fluisterde ze, toen zijn lippen in een wrede grijns vertrokken en ze druppels speeksel bij zijn mondhoeken zag. 'Je hebt toch niet met een heel legioen de strijdmacht van Venutius achtervolgd?'

Hij deed nog een stap naar haar toe. De regen droop langs zijn ronde gezicht en zijn kaak stak dreigend naar voren. 'Ik heb versterkingen naar je toe gestuurd, zoals je vroeg, omdat ik merkte dat je je eigen kleinzielige twisten niet kunt uitvechten. Maar je wist niet dat het hele leger van de opstandelingen hierheen trok, of wel soms? Ik zal me nooit meer in jouw oorlogen mengen!'

De laatste woorden brulde hij en Aricia kromp geschrokken ineen. De kap viel terug van haar hoofd en de regen drong in haar zwarte haren en drupte langs het litteken op haar wang en verder naar haar kin. Dus het was waar. Ze maakten inderdaad allemaal jacht op haar. Allemaal wilden ze niets anders dan haar vernietigen. Nasica zou haar ook in de steek laten. Zij kon er niets aan doen.

'Alsjeblieft, Nasica,' klaagde ze. 'Hoe kon ik dat weten? Alles is misgegaan.'

'Alles gaat altijd mis in jouw omgeving, jij hebzuchtige, inhalige hoer!' schold hij. 'De gouverneur zal zeker niet blij zijn als hij dit hoort en ik zal ervoor zorgen dat hij alles te horen krijgt! Het wordt tijd dat hier een praetor aangesteld wordt om orde op zaken te stellen! Brigantia is strategisch veel te belangrijk om de macht hier over te laten aan jouw ondeskundige handen!'

'Mijn volk zal een praetor nooit gehoorzamen!' snauwde ze terug toen ze zich hersteld had van de schok. 'Hoeveel soldaten kan Rome missen om te patrouilleren op plaatsen waar mijn mannen dat nu doen? Je bent een dromer, Nasica.'

'Nee, jíj bent een dromer,' gromde hij tussen zijn opeengeklemde tanden. 'Rome heerst over Albion, maar elke dag dat jij hier de macht uitoefent is een kwelling voor de gouverneur. Je hebt je hele bestaan aan Rome te danken, maar dat ben je vergeten, Cartimandua. Rome heeft je groot gemaakt, maar Rome kan je ook weer laten vallen. Je hebt één keer te veel bloed en mankracht van het Negende verspild, vanwege dat dwaze en hardnekkige uitdagen van Venutius. Maar van nu af aan moet je het maar alleen uitzoeken.' Hij keerde zich om en al was het een diepe en bijna ondraaglijke vernedering, ze riep hem toch na.

'Nasica! Wat gebeurde er met Venutius... met de opstandelingen?'

Hij bleef staan en riep over zijn schouder: 'Ze werden verslagen, maar het scheelde weinig. Ik heb hun gesneuvelden voor de wolven achtergelaten. Venutius leeft nog. Probeer je charmes de volgende keer uit op Valens, Cartimandua. Hij heeft lange tijd geen vrouwelijk gezelschap gehad en misschien is hij nu niet al te kieskeurig. Misschien stuurt hij je zelfs soldaten, als je weer in moeilijkheden raakt, maar dan moet je wel de juiste prijs betalen. Ik word misselijk van je!' Hij verdween in de regen. Aricia bleef onbeweeglijk staan.

Ze huiverde van kou en was nu tot op haar huid doorweekt. De hatelijke, kwaadaardige woorden van Nasica dreunden na in haar hoofd, maar ze kon niet nuchter nadenken over de dreigementen die hij had geuit, nog niet, en evenmin wilde ze beseffen hoe groot de dreiging was dat ze haar macht in Brigantia voorgoed zou verliezen door toedoen van de opstandelingen uit het westen.

Ze wist dat ze deze nacht weer door de nachtmerrie geplaagd zou worden.

Emrys, Madoc en Venutius trokken zich terug in het bos. Het verbaasde hen niet dat de veldslag met het Negende hen veel levens gekost had. Ze hadden het terrein voor de strijd niet zelf kunnen kiezen. En ze beseften dat, zelfs als de herfstregens nu nog niet begonnen waren, de kans op een nieuwe grootscheepse aanval tegen het Twintigste, gevolgd door een verdere opmars naar het laagland, verkeken was. Ze begrepen dat ze weer hun toevlucht moesten zoeken tot de oude, vertrouwde tactieken van de winter – het in een hinderlaag lokken van patrouilles, overvallen plegen op transporten en het Twintigste weerstaan, als dat legioen pogingen deed hun kleine delen vrij gebied te ontfutselen. Ze moesten ook de strijd hervatten om het Silurische gebied te heroveren. Daar moesten ze zoveel verwarring stichten dat de vijand geen gelegenheid kreeg om een permanent fort op te richten. Toen ze eindelijk veilig bij een welkom laaiend kampvuur zaten, ging Emrys naar Domnall. De druïden gingen van de ene gewonde hoofdman naar de andere, door de miezerige regen die drupte van de bladeren, die al de eerste herfstkleuren vertoonden. De schilddragers en vrije mannen zaten onverschillig voor het natte weer hun wapens te poetsen en schoon te maken. Emrys ging niet naar Venutius zelf toe. Domnall was bezig het grote zwaard van de arviragus te slijpen. Het wapen lag op zijn knieën en de wetsteen schraapte langs het glanzende metaal met een ijzingwekkend geluid dat Emrys kippevel bezorgde toen hij na een groet naast Domnall hurkte.

'Niemand vertelt mij over het lot van mijn vrouw,' zei Emrys zacht. 'De mensen spreken wel overdreven medelijdend, maar dat staat mij tegen. Het lijkt wel alsof ik een kind ben dat in bescherming genomen moet worden. Domnall, vertel me de waarheid.'

Domnall liet de wetsteen los en het door merg en been gaande krassende geluid verstomde. Hij veegde zijn vingers af aan zijn mantel en keerde het zwaard om.

'Je vrouw is dood, Emrys.'

'Dat weet ik. Maar ik geloof dat jij haar zag sterven.'

Domnall keek even op, en toen weer naar zijn schoot. De wetsteen begon zijn eentonige cirkels weer te beschrijven. 'Wie heeft dat gezegd?'

'Niemand. Het is alleen een gerucht.'

'Denk er niet meer aan, Emrys. Ze is eervol gestorven, dat is het enige wat je moet onthouden.'

Emrys liet zijn ellebogen op zijn knieën rusten en strengelde zijn vingers bedachtzaam in elkaar. 'Hóé eervol is ze gestorven, Domnall?'

Domnall legde de wetsteen met een heftig gebaar opzij en legde beide handen vlak op het zwaard van zijn meester, maar hij keek Emrys niet aan. 'De vrouwe van Brigantia liet Sine en die jonge hoofdman boven op de aarden wal gaan staan en ze bood hun levens aan in ruil voor dat van de arviragus. Hij wilde al op het voorstel ingaan, maar Sine verbood het hem. Ze zei dat ze daarvoor de verantwoordelijkheid niet wilde dragen. Toen sneed Aricia haar de keel af en wierp haar naar beneden.'

Lange tijd zwegen beide mannen. Toen zei Emrys: 'En waar is haar wolfsmasker gebleven?'

'Dat weet ik niet. Ze droeg het niet toen ik haar voor het laatst zag.'

Emrys ging staan. 'Bedankt, Domnall,' zei hij zacht en liep weg. Domnall bleef zitten en hij leek vergeten waarmee hij bezig was. Zijn ogen staarden naar het gevlekte zwaard, kennelijk zonder het te zien.

De regen nam niet af. De herfst begon nat en somber, en de bladeren vielen nog half groen van de bomen in de modder. De regen veranderde in ijzel en nog later in sneeuw, die zwaar en dik bleef liggen. In de bergen leek alles verstard. Het was onmogelijk met dit weer verder te trekken, zelfs voor de geharde opstandelingen, die in hun kleine tenten bleven en veel sliepen. In de Romeinse forten dobbelden en roddelden de soldaten. De mannen verveelden zich en er braken veel ruzies uit. Madoc verzorgde zijn stijf wordende ledematen, hij dronk zoveel bier als hij krijgen kon en bracht uren door met zijn zoons verhalen te vertellen. Venutius zat in zijn tent en luisterde kritisch naar de schaarse berichten die de verspieders hem brachten. Hij liet Domnall zonder veel woorden blijken hoeveel verwijten hij zichzelf maakte en hoe groot zijn verbittering over zijn falen was. Als hij er niet zo hevig naar verlangd had zijn vrouw te doden, als hij haar niet ten koste van alles wilde laten lijden, dan zouden ze nu al voor de deuren van de gouverneur in Camulodunon staan. Hij had zijn volgelingen slecht gediend, hij had hen gruwelijk verraden en dat besef kerfde nieuwe rimpels in zijn gezicht. Emrys zwierf alleen rond in de omgeving. Hij dwaalde door de winters stille heuvels en zocht te midden van het rijzende en dalende landschap en in de grauwe wouden troost voor zijn verdriet. Maar de hoog oprijzende, glinsterende bergpieken behoorden aan Sine en ook de verblindend witte zon op de ijsvlakten behoorde haar toe. De diepe sporen van herten en wolven, het kille smeltwater op de stenen, zelfs de lucht, koud en zonder geuren, vertelden hem alleen dat zij samen herinneringen aan de bergen hadden die hem altijd scherp voor de geest zouden blijven, zolang hij hier rondzwierf. Hij huilde op de oevers van de bergbeken en hij riep haar naam tegen de snijdend koude wind. 's Nachts huilden de wolven haar naam, de maan zocht haar, maar al leek ze vanuit elke diepe vallei tegen hem te spreken, ze kwam niet naar hem toe. De dagen waren voor Emrys gevuld met een verwoestende eenzaamheid. In de nachten leek het lang voorbije verleden te herleven. Toen de zon weer meer kracht begon te krijgen staakte Emrys zijn lange omzwervingen. Hij kon weer spreken met Venutius en merkte dat hij, ondanks zijn grote verdriet, begrip kreeg voor de kwellingen van de arviragus. Ze zaten weer bij elkaar toen een spion voor hen in de modder hurkte. De adem van de man dampte en aan zijn benen kleefde samengekoekte sneeuw, vermengd met rottende bladeren, van zijn enkels tot aan zijn dijbenen.

'De bergpassen zijn weer begaanbaar, heer,' kondigde de man aan. 'En er is nieuws.'

'Vertel op,' drong Venutius aan.

'De gouverneur zal naar Rome terugkeren voordat de volgende winter aanbreekt. De keizer heeft een besluit genomen. De troepen zullen niet uit Albion teruggetrokken worden. Gallus weet dat hij teruggeroepen zal worden omdat hij niet sterk genoeg is voor slopende veldtochten, en hij zal vervangen worden door een jongere opperbevelhebber.' De spion grijnsde. 'Het gerucht gaat dat de keizer voorgoed met ons wil afrekenen.'

Venutius staarde hem aan. Dus er kwamen geen nieuwe kansen. Hij had de grootste kans dat het westen de overwinning zou behalen verspeeld, hij had zelfs betere kansen gehad dan Caradoc, maar die zouden nooit meer terugkeren. Het westen was niet langer een hinderlijk gebied, het westen stond nu in het middelpunt van de keizerlijke aandacht en de keizer zou niet aflaten voordat de opstand volledig neergeslagen was. Emrys kon hem niet helpen. Hij zat zwijgend naast Venutius, maar de laatste voelde de onuitgesproken verwijten. Dus Nero had in een bui van jeugdige koppigheid de adviezen van zijn raadgevers in de wind geslagen en besloten dat hij zijn troepen niet zou terugtrekken. Er was geen hoop meer. De ijzeren greep zou vaster en tot een gevoelloze stalen vuist worden waarin het vrije Albion vermorzeld moest worden.

'Is er verder nog iets?' vroeg Venutius schor.

'Ja, er doet nog één interessant gerucht de ronde. Er wordt gezegd dat Caesius Nasica tegelijk met Gallus zal vertrekken en dat hij het gezag aan een ander overdraagt. Ook hij heeft kennelijk genoeg van Albion.'

Venutius boog zijn rossige hoofd. Nieuwe bevelhebbers, nieuwe vijanden. Mannen die fris en fel waren, als gretige honden die naar de vermoeide en met blaren overdekte hielen van zijn mensen zouden happen. Venutius stond op, liep naar zijn tent en huilde.

34

Het was een heldere, zonnige dag toen Boudicca, Prasutugas en hun gevolg van hoofdmannen in felgekleurde mantels de grens overschreden die Icenia scheidde van de streek die vroeger het noordelijke gebied van de Catuvellauni was. Daar wachtte een militair escorte hen op. Camulodunon en de gouverneur waren hier drie dagreizen vandaan, of twee dagen als ze erg snel reden, maar ze hadden geen haast. De gouverneur had hen uitgenodigd voor een ontmoeting en een diner met hem, en voor een bezichtiging van de stad. De beleefde uitnodiging was door een speciale boodschapper gebracht, maar toen Boudicca de man in de Vergaderhut aanhoorde en de woorden tot zich liet doordringen, begreep ze al spoedig dat het haar niet vrij stond het aanbod af te slaan. Het was duidelijk dat deze Suetonius Paulinus, die amper een maand in Albion was, hen met eigen ogen wilde zien.

'Ik vraag me af of hij nog leeft, als we daar aankomen,' had Boudicca die avond kwaadaardig tegen haar man gezegd en Prasutugas moest zijns ondanks glimlachen.

'Waarom niet? Denk je soms dat de spionnen van Venutius zo gewiekst zijn dat ze een gouverneur in zijn eigen stad kunnen vermoorden? Sinds de executie van de man die jarenlang een vertrouwde dienaar van het Romeinse gezag was, de man die alle geheimen van elke secretaris in Camulodunon te horen kreeg, letten de Romeinen veel scherper op de veiligheid. Dat moet een harde slag voor de opstandelingen geweest zijn!'

'Maar het was evengoed een slag voor Rome. Wat zullen ze geschrokken zijn toen ze verraad ontdekten binnen de muren van het praetorium. Ik dacht overigens niet aan moord, Prasutugas.' Boudicca zat op het bed en nam haar kam op. 'Kijk eens wat er met Nepos gebeurd is. De keizer zocht hem heel zorgvuldig uit en hij beloofde Nero binnen drie jaar de totale overwinning in Albion. Hij was jong en deskundig, hij was de lieveling van het Romeinse volk en vol ambitie. Hij sprong in Londinium aan wal en verving Gallus doodgemoedereerd.' Ze begon de kam door haar weerbarstige lokken te halen. 'Toen sloeg Albion terug en binnen een jaar was hij dood. Er hoeft maar weinig te gebeuren of de nieuwe gouverneur krijgt ook een dodelijke koorts.'

'Maar niet voordat we het genoegen hebben gehad hem te ontmoeten.'

Ze schudde haar haren naar achteren en legde de kam neer. Ze grinnikte toen ze de klank in zijn stem hoorde. 'Prasutugas! Je gaat me toch niet vertellen dat je thuis wilt blijven?'

Tot haar verbazing knikte hij. 'Ja, dat doe ik wel.' Na deze woorden viel een stilte en de glimlach verdween van Boudicca's gezicht.

'Het is je wond weer, hè?'

'Soms denk ik dat ik de pijn niet langer kan verdragen,' zei hij. 'Vroeger had ik er alleen last van als het koud en vochtig weer was, maar nu heb ik voortdurend pijn. Ik kan me niet eens meer herinneren hoe lang geleden ik nog kon jagen of met de honden rennen. Boudicca, ik moet me erop voorbereiden dat ik aan deze wond zal sterven.'

Dat heb ik al lang geleden onder ogen gezien, dacht Boudicca, en sloeg haar ogen neer omdat ze niet wist wat ze tegen hem moest zeggen. Vroeger zou ze hem terechtgewezen hebben, maar nu wilde ze dat niet meer doen. Alleen een meedogenloos iemand kan zo wreed zijn. Boudicca zag de dood van Prasutugas elke dag dichterbij komen. 'Zal ik dan alleen gaan en je verontschuldigingen aan deze Paulinus overbrengen?' vroeg ze hardop.

'Dank je,' antwoordde hij zacht. 'Dank je, mijn liefste. Want ik weet dat je niets vervelender zult vinden dan alleen naar Camulodunon gaan, en toch zou je dat voor mij over hebben. Nee, Boudicca, ik moet deze reis maken. Ik wil bij de gouverneur niet de indruk wekken dat ik mijn bondgenootschap met Rome licht opneem.'

Boudicca had toen niets meer gezegd, maar nu, terwijl ze hem van opzij aankeek en zag hoe bleek en gebogen hij op zijn paard zat, zijn ogen gericht op het naderende Romeinse escorte, verweet ze zichzelf hartgrondig dat ze hem niet gedwongen had in de stad achter te blijven. Prasutugas zag eruit alsof hij elk ogenblik van zijn paard kon vallen, maar ze wist dat ze beter niets tegen hem kon zeggen, voordat hij haar zelf om hulp vroeg.

De officier en zijn ruiters waren nu dichtbij en salueerden. 'Ik ben Julius Agricola, de plaatsvervanger van de gouverneur,' kondigde hij opgewekt aan. 'De gouverneur laat u zijn groeten overbrengen, en ik groet u ook.' Hij keek de twee tegenover hem enige tijd onderzoekend aan. Hij had naast Paulinus gestaan toen Catus Decianus, de procurator, de cijfers liet zien waaruit bleek hoe veilig en welvarend Icenia was. Geen enkel ander stamgebied betaalde jaarlijks zoveel belastingen, maar er was ook geen enkel ander gebied dat trots kon melden dat de vrije mannen er leefden als hoofdmannen en dat zelfs de boeren zich het genot van wijn en ingevoerd aardewerk konden veroorloven. Hij had de verslagen over het heersende huis in Icenia gelezen. Daar was een wijs en vredelievend ricon aan de macht, maar zijn opvliegende gemalin stond openlijk vijandig tegenover alles wat Romeins was, zelfs tegenover Romeinse munten en wijn. Toch hield hun huwelijk al zestien jaar stand en Agricola merkte dat hij nieuwsgierig werd. Hij had de suggestie van zijn meerdere dat het geen kwaad kon dit paar eens uit te nodigen naar Colchester te komen, gretig aanvaard, en vroeg zich tegelijkertijd af of Paulinus' nieuwsgierigheid soms ook door dit ongelijke paar geprikkeld was. Maar hij verwierp deze gedachte meteen weer. De gouverneur had uitsluitend belangstelling voor militaire aangelegenheden.

De Brigantische ricon Cartimandua was al eens te gast geweest bij de gouverneur en Agricola, die zich het gesprek vol ontwijkende woorden en vage toespelingen goed kon herinneren, verheugde zich op de befaamde scherpe tong van deze kordate vrouw uit Icenia. Maar toen hij haar gezicht bekeek was hij teleurgesteld, en haar antwoord op zijn begroeting werd een nog grotere teleurstelling. Ze leek geen man in vrouwenkleren. Ze was inderdaad groot en fors, maar de bewegingen van haar handen waren sierlijk, en de golvende krullen rood haar, losgeraakt uit haar vier vlechten, omlijstten een gezicht dat niet hardvochtig of verweerd was. Ze keek hem met haar bruine ogen hoffelijk maar onverschillig aan en haar brede mond plooide zich in een hartelijke glimlach toen ze hem voor zijn welkomstwoorden bedankte.

Agricola keek naar Prasutagas: deze man leek ziek. Zijn knappe gelaat was grauw en de lijnen rond zijn mond moesten daar door pijn getekend zijn. Hij zag er ook veel ouder uit dan Boudicca, al wist Agricola dat dat niet het geval was. Zijn blonde haren waren al te veel met zilver gestreept, voor een man die nog maar net de middelbare leeftijd naderde. Jij moet een zwaar leven hebben geleid, dacht Agricola. De jaren hebben je meer getekend dan je vrouw. Wat vreemd…

Ze reden verscheidene uren gezamenlijk verder. Ze hielden enige tijd stil onder de bomen om te eten, en toen ging het weer verder. Onderweg werd gepraat over onbelangrijke onderwerpen. Agricola's aanvankelijke teleurstelling over Boudicca begon af te nemen. Een gesprek met haar voeren was zoiets als voorzichtig proberen kokend water aan te raken – hij wist nooit zeker of hij zijn vingers zou branden. Ze beantwoordde elke vraag openhartig en beslist; haar diepe stem klonk dan vriendelijk of juist fel, maar nooit gaf ze een ontwijkend antwoord. Hij begon nu te begrijpen waarom ze altijd werd afgeschilderd als een mannelijk karakter. Dat was ze inderdaad, maar niet op een onaangename manier. Hij voelde zich niet tot haar aangetrokken, en zij was niet het soort vrouw dat voor een man aantrekkelijk probeert te zijn. Maar toch raakte hij wel diep onder de indruk van Boudicca. Het viel hem op dat ze dicht bij haar man bleef rijden en dat haar ogen, evenals die van haar zwijgzame hoofdmannen, voortdurend op hem gericht bleven.

Prasutagas zelf zei erg weinig. Het spreken scheen hem veel moeite te kosten, en één keer, toen zijn paard bijna struikelde en hij hevig door elkaar werd geschud, kreunde hij van pijn.

Agricola besloot stil te houden voor de nacht, en hij gaf opdracht de tenten op te slaan. De herfst zou spoedig overgaan in de winter, en al was het overdag in de middag warm, 's ochtends en 's avonds veranderde de adem van de reizigers in zichtbare damp, terwijl hun neuzen en knokkels rood van de kou werden. Er werd een groot vuur aangelegd. Bedienden bereidden een maaltijd en ze verwarmden de wijn. Prasutugas dronk er dankbaar van, met gesloten ogen, maar Boudicca weigerde bruusk en ze ging met gekruiste benen op de kale grond zitten. Ze dronk gulzig haar koude mede. Toen de duisternis gevallen was en het gezelschap de tenten binnenging, bleef Agricola bij het vuur zitten. Zijn dienaar hield hem gezelschap en samen keken ze naar het lampschijnsel dat onder het doek dat de tent van het paar uit Icenia afsloot, naar buiten drong.

Halverwege de volgende ochtend stuitten ze op een groep dwangarbeiders. De weg aan de voet van een dicht begroeide heuvel was smaller geworden, maar hier zwoegden halfnaakte Trinovantische slaven met ijzeren ketens om hun hals. Hun rug kromde zich onder het gewicht van zware rotsblokken, en een opzichter met een zweep in zijn hand hield toezicht.

'Eerst liep de route over deze heuvel,' vertelde Agricola. 'De weg hield bij de voet op, om aan de andere kant weer verder te gaan. Maar zoals jullie kunnen zien hebben we besloten de twee wegen met elkaar te verbinden. De bomen zijn al geveld en opgeruimd, de oever is hier verhoogd en er zijn greppels gegraven. Ik vrees dat we een omweg moeten maken, maar die zal niet lang zijn.'

Agricola leidde zijn paard tussen de bomen door en Prasutugas volgde hem meteen, maar Boudicca en Lovernius bleven staan. Ze keken naar de gebogen, zwetende ruggen die lasten droegen waaraan geen vrije man zich ooit zou wagen. De slaven kwamen wankelend langs de oever omhoog, twee aan twee sleepten ze de stoffige stenen omhoog. Hun spieren waren tot het uiterste gespannen en hun benen bogen onder het zware gewicht. De gezichten waren niet te zien omdat hun zwarte sluike haar ervoor viel. De Trinovantiërs hielden hun hoofd gebogen, en toen Boudicca aandachtiger keek zag ze ook enkele Catuvellauni tussen de dwangarbeiders. Hun blonde en bruine haren waren slordig opgebonden en hun gebruinde huid glansde. Ze voelde medelijden en woede in zich opkomen. En al had ze dat gewild, ze was niet in staat meteen verder te rijden. Na enige tijd werden de twee zwijgend toekijkende ruiters opgemerkt. Een van de slaven hief zijn hoofd op om het zweet van zijn gezicht te wissen en zag hen. Hij bleef stokstijf staan en de man naast hem even later ook. Al spoedig keken een stuk of vijf, zes dwangarbeiders op naar de in het groen geklede vrouw en haar bard. In hun ogen was zoveel haat te lezen, zoveel woedende minachting, dat Boudicca als verlamd bleef staan. Een ogenblik later was de centurion bij de slaven en zijn zweep knalde venijnig, maar de mannen bleven kijken. Ze leken een smeulende verbittering naar de twee Iceniërs uit te stralen. Ten slotte hervond Boudicca haar stem.

'Vertel mij, centurion,' riep ze. 'Hebben deze mannen die greppels gegraven en de oever verhoogd?'

'Ja, dat hebben ze,' bromde de man onwillig.

'En wat doen ze met die stenen?'

Hij keek haar kwaad aan en antwoordde alsof ze niet helemaal bij haar verstand was. 'Ze werken aan de onderlaag van de weg.'

'En wat gebeurt er daarna?'

De man slaakte een zucht, maar besloot toch antwoord te geven. 'Die onderlaag wordt bedekt met klein geslagen stenen, grint en slakken uit de mijnen van de Catuvellauni.'

'Ik begrijp het. Moeten deze mannen die stenen klein maken en het grint over de weg verspreiden?'

'Ja, natuurlijk!' snauwde de Romein. 'En nu doorrijden, vrouwe!'

'Ik begrijp het,' herhaalde Boudicca nogmaals. Ze was zich voortdurend bewust van de ogen die haar aanstaarden en de luisterende oren. 'En wilt u mij ook nog vertellen wie van deze weg gebruik zullen maken?'

Tot het uiterste geprikkeld brulde de centurion: 'De opzichters, de vrijgestelde soldaten, de legionairs, de...'

'Ah, ja, ja,' onderbrak ze hem snel. 'Ik begrijp het. Bedankt!' De centurion wenkte dat ze verder moest gaan en ze leidde haar paard naar de rij bomen. De geketende Trinovantiërs mompelden verbaasd. Weer knalde de zweep in de lucht. De centurion vloekte en de mannen hervatten met tegenzin hun zware arbeid. Maar velen van hen grijnsden nu en ze vertelden 's avonds bij het eten van de soep aan hun maten wat er die middag voorgevallen was. Boudicca gaf haar paard de sporen om Prasutugas en Agricola in te halen. De rest van de dag was ze opmerkelijk zwijgzaam.

Tegen de avond van de derde dag trokken ze de teugels in toen ze Camulodunon zagen opdoemen. Boudicca probeerde zich haar laatste bezoek aan de stad te herinneren, toen de tempel van Claudius werd ingewijd, maar om de een of andere reden lukte dat niet goed.

'De stad ziet er anders uit,' zei ze, vooral tegen zichzelf. 'Natuurlijk is de stad gegroeid, maar toch...'

'Misschien zag u Camulodunon voor het laatst toen het bos nog dichter bij de bebouwing was,' hielp Agricola. 'We hebben veel land ontgonnen, of liever gezegd, de inwoners hebben veel bos gekapt, en er zijn nu veel meer akkers en bouwland.'

'Ja,' zei ze bedachtzaam. Haar ogen waren nog steeds gericht op de uitgestrekte velden in de zon. 'Er is inderdaad meer ruimte rond de stad. Maar de akkers zijn zo groot!'

'Onze ploegen zijn groter en zwaarder dan die van u,' antwoordde Agricola hoffelijk. 'Daarom moeten de akkers ook langer zijn. Onze ploegen kunnen ook kleigrond bewerken, die van u niet.'

Ze wendde haar gezicht naar hem toe en glimlachte met een plagerige schittering in haar ogen. 'Natuurlijk moeten de akkers groter zijn,' zei ze. 'En uiteraard moet het land ontgonnen worden. Meer bouwland betekent een grotere oogst, dus meer graan voor Rome en de legioenen. Dus ook meer geld in de beurs van de procurator.'

'Volkomen juist, vrouwe,' antwoordde Agricola luchtig. 'Maar wat goed voor Rome is, is onvermijdelijk ook goed voor zijn onderdanen, de bewoners hier. Dan is er ook meer graan om ieders maag te vullen.'

'Meer graan betekent ook dat er een gestage aanvoer van gezonde jongemannen geboeid en geketend dwangarbeid kan verrichten aan de wegen,' zei ze bits. Voor het eerst voelde Agricola ergernis in zich opkomen. De glimlach verdween van zijn gezicht.

'Laten we verder gaan,' zei hij kortaf. 'De gouverneur verwacht ons kort na zonsondergang voor de maaltijd.' Hij gaf zijn paard de sporen en galoppeerde weg. Prasutagas wierp haar een half geamuseerde, half bezorgde blik toe en Boudicca trok haar neus op. Ze wierp haar hoofd in de nek, haar paard kwam weer in beweging, en ze reden naar de bewaakte stadspoort.

Ze werden ondergebracht in een ruim huis achter het forum. Ondanks zijn vermoeidheid hield Agricola toezicht bij het opzetten van de tenten in de keurige tuin, waar het gevolg van Boudicca zou overnachten. Hij had hun ander onderdak aangeboden, maar ze weigerden hun ricon alleen achter te laten. Toen hij Boudicca en Prasutagas alleen liet waren de anderen uit het gevolg al bezig hun bagage uit te pakken op het droge gras en ze vertrapten de zorgvuldig aangelegde rozenperken.

'Een adjudant zal u over een uur komen halen voor de maaltijd,' zei Agricola. 'In de tussentijd zullen de bedienden erop toezien dat het u aan niets ontbreekt.' Hij wierp een zorgelijke blik op de geruïneerde tuin en ging toen weg. Prasutagas liep over de rood en wit betegelde vloer naar de plaats waar Boudicca een klein verzonken waterbekken bekeek. Ze had haar handen in haar zij geplant.

'Dat is te groot om in te koken en te klein om in te zwemmen. En de vissen die erin zwemmen zullen nooit groot genoeg worden om op te eten,' vond ze. 'Dus heeft dit waterbekken geen enkel nut.'

'Het is bedoeld om naar te kijken,' antwoordde haar echtgenoot. 'Ik vind het wel mooi, Boudicca. Trouwens de halssnoeren die jij draagt dienen ook geen enkel nuttig doel, behalve dan dat ze mooi zijn en de ziel verrukken door hun fraaie glans. Zo is het ook met dit bekken.'

'Toch zit ik liever naast stromend water waar de zon op schijnt. Ik hoor hier de echo van mijn stem, Prasutagas, alsof ik in een tempel ben waar ik niet mag komen. Dat haat ik. Van wie is dit huis, denk je? Deze hele straat is gebouwd sinds we hier voor het laatst waren. En die fonteinen! Ik zag ze door de poort toen we over het forum van Camulodunon liepen. Fonteinen in Camulodunon!'

'Colchester. Deze stad heet nu Colchester, Boudicca, vergeet dat niet. Ik vind het hier erg mooi geworden en het zal steeds mooier worden in de loop van de komende jaren. Op een dag zal onze stad er net zo mooi uitzien.'
'Andrasta!' Weer wilde Boudicca een snijdend afkeurende opmerking maken, maar toen ze merkte dat hij geen aandacht aan haar schonk, liep ze weg van het waterbekken en trok hem mee onder de pilaren, waar een bediende bezig was de olielampen aan te steken. 'Je bent erg moe, dat zie ik. Wel, waar wil je gaan zitten?' De kamer was schemerig en schaars gemeubileerd. Aan de wanden hingen brokaten en linnen wandtapijten, met motieven die in het vage licht niet duidelijk te onderscheiden waren. Een donker-eiken tafel stond in het midden van het vertrek. Enkele vouwstoelen stonden verspreid op de vloer, en er was één diepe rieten stoel met dikke kussens. De wollen vacht die over deze stoel gedrapeerd was hing af tot de vloer. Boudicca liep naar de stoel en sleepte die naar het lamplicht. Ze was vastbesloten niet onder de indruk van deze grote kamer met zijn onduidelijke schaduwen te raken, maar toen Prasutugas zich in de stoel liet zakken voelde ze plotseling heimwee naar haar eigen kleine houten huis en de gezellige eenvoud daar.
'Wie is de eigenaar van dit huis?' vroeg ze bars aan de bediende.
'Een koopman die ook schepen laat bouwen,' antwoordde hij. 'Hij is op het ogenblik in Rome, vrouwe, en hij gaf de gouverneur toestemming hier gasten onder te brengen.'
'Hoe gul van hem. En woont hij hier zonder familie? Wat een overdaad! Ga de hoofdmannen halen, want ik wil dat ze ook hier verblijven, tot ik met mijn echtgenoot naar huis terugkeer.' De bediende maakte een stijve buiging; uit zijn houding bleek iets van minachting. 'Doe niet zo dwaas, Boudicca,' zei Prasutugas. 'Niemand van de mannen wil hier naar binnen gaan terwijl wij bij de gouverneur eten.'
Ze negeerde zijn opmerking en wenkte de andere bediende terwijl ze wegliep. 'Help hem met kleden,' beval ze. 'Ik ga mij verkleden, Prasutugas, ik ben zo terug. Mijn voeten zijn erg warm en de muren voelen hier ook warm aan. Wat zou Priscilla genieten van zoveel luxe!'
Hun slaapkamer was ook verlicht; de lampen op de houten standaards verspreidden een zacht schijnsel en op een tafeltje bij het bed stonden sierlijke potjes. Boudicca pakte een van de potjes op en haalde de stop eraf. Een zwaar parfum drong in haar neusgaten. Ze moest ervan niezen en pakte een ander potje. Dit was groter en wit met groen gemarmerd en het bevatte een soort dikke olie die eveneens een zware geur verspreidde. Ze glimlachte. Die koopman mag dan geen gezin hebben, hij woont hier niet alleen, dacht ze geamuseerd. Ze trok snel haar kleren uit, prompt verscheen een meisje, alsof ze geroepen was. 'Wenst u te baden, vrouwe?' vroeg ze, maar Boudicca voelde zich plotseling erg moe en vroeg alleen om een kom heet water.

Ik wil naar huis, dacht ze, en ze bedoelde daarmee niet de doorweekte, met zwermen vogels overdekte moerassen van Icenia. Wat heeft deze vreemde, buitenissige manier van leven met Albion te maken? Ze hoorde de luide ruwe stemmen van de hoofdmannen; ze liepen met zware passen onhandig voor het verfijnde huis. Wij zijn als wilde pony's – verfomfaaid en haveloos, schuw en tegelijk trots in onze eenvoud. Wij zijn verzorgd en getraind, en worden nu ondergebracht in de stallen van de een of andere rijke koning, waar hij anders zijn edele raspaarden onderbrengt. We begrijpen niet wat er met ons gebeurt, zelfs Prasutugas niet, die toch met elke wind kan meewaaien.

Het dampend warme water werd gebracht; er steeg een vreemde, kruidige geur uit op. Toen het meisje naderbij kwam om Boudicca te wassen werd ze weggestuurd. Zodra ze het stof van de reis had afgespoeld en schone kleren had aangetrokken, hoorde ze het ruwe bulderende gelach van de mannen bij Prasutugas en het gedempte snarenspel van Lovernius' harp. Terwijl ze haar juwelen weer omdeed en de kamer uitliep, moest ze zichzelf toegeven dat ze zich nog nooit zo bedeesd had gevoeld.

Een uur later diende een jonge officier, vergezeld van vier centurions, zich aan bij de deur. Prasutugas en Boudicca verlieten het huis om met hem door de winderige avond te lopen. Bladeren werden van de bomen langs de straat gerukt en dwarrelden droog en gekruld door de lucht. Boudicca keek omhoog terwijl ze haar mantel dichter om zich heen trok. De maan hing opgeblazen in de duisternis, en het leek of ze door haar gewicht elk ogenblik op de aarde zou kunnen vallen. Telkens schoven donkere, snel voortdrijvende wolken langs het gezicht van de maan, maar Boudicca wist dat het niet zou gaan regenen. De lucht rook zo droog als de bladeren die tegen haar haren dwarrelden en erin bleven steken. Aan het eind van de straat sloeg het gezelschap linksaf en volgde de stenen muur die het forum omringde. Ze liepen onder de poort door die toegang verleende tot een geplaveid plein, met aan drie kanten massieve gebouwen, opgetrokken van steen en hout. De fontein in het midden spoot donker water omhoog dat spetterend terugviel in de kleine vijver, en de herfstbladeren werden ook hier ritselend tegen de muren en tot op de treden van de tempel geblazen. De hoge pilaren van marmer hadden een zilverige glans. Boudicca keek langs de pilaren omhoog naar het dak en ze huiverde. De maan stond boven het dak, maar tussen de maan en de zwarte massa van het dak schoten de wolken voorbij, zodat het dak naar haar toe leek te leunen. Boudicca wankelde en werd duizelig toen ze omhoogkeek. De officier stak snel een hulpvaardige hand toe en ze bedankte hem afwezig. De wachters voor de tempel verroerden zich niet.

'We konden vanwege de harde wind op het forum geen toortsen voor u ontsteken,' verontschuldigde hij zich. 'Maar morgen, bij daglicht, zult u alles beter kunnen zien.' Hij wees naar een gebouw. 'Daar is het kantoor van de burgemeester. Hij is inlander, een Catuvellaun, maar heeft nu uiteraard het Romeinse burgerschap gekregen, en hij vervult zijn taak uitstekend. In hetzelfde gebouw zijn de kantoren voor de burgerlijke stand ondergebracht.' Zijn arm wees verder naar links. 'En daarnaast is het hof van justitie, waar burgerlijke processen worden gevoerd. De legioenen hebben hun eigen rechtssysteem. De gouverneur en de procurator delen het gebouw daarnaast, dat is het praetorium. De tempel behoeft geen nadere uitleg. Het gebouw daarnaast, waaraan nog gebouwd wordt, is een ruimte waar de kooplieden elkaar kunnen ontmoeten.'

'Waar werd Caradoc gevangen gehouden?' Boudicca moest bijna schreeuwen om boven het geraas van de wind verstaanbaar te zijn. De officier keek haar aarzelend aan.

'Ik...'

'Ik bedoel de arviragus!' verduidelijkte ze ongeduldig, en ze hoorde dat Prasutugas naast haar zuchtte.

'Dat cellenblok is inmiddels afgebroken,' antwoordde de officier koeltjes. 'De gevangenis staat nu juist binnen de stadsmuren, maar voor belangrijke gevangenen zijn er drie cellen in het hof van justitie.'

'En waar zijn de openbare baden?' kwam Prasutugas snel tussenbeide.

'Daar wordt nog aan gewerkt, buiten de stadsmuur en dichter bij de rivier. Er zijn ook plannen voor de bouw van een arena, maar er is nog geen spa in de grond gestoken.'

Zijn er soms niet genoeg inlandse slaven? wilde Boudicca vragen, maar ze hield de opmerking voor zich. Ze liepen nu langs de treden van de tempel. De dorre bladeren ritselden onder hun voeten en toen kwamen ze voorbij het praetorium. Hier stonden meer huizen, nog steeds in de beschutting van de muur rond het forum, waar de gouverneur, de procurator en de hoge militairen en ambtenaren woonden. Het was hier 's avonds stil, maar overdag moest hier een drukte van belang heersen, dacht Boudicca. Toen stonden ze voor een zware eiken deur, met aan weerszijden wachters, die de deur voor hen openden, en ze stapten in het warme schijnsel van de lampen. Zwijgende bedienden, onopvallend als de blauwgrijze tegels onder hun voeten, namen hun mantels aan en de jonge officier mompelde een groet voor hij verdween. Agricola kwam hen tegemoet. Zijn armen waren bloot en aan zijn vingers droeg hij veel ringen. Zijn toga reikte tot zijn sandalen.

'Ik had niet de bedoeling u door de wind hierheen te laten blazen!' begroette hij zijn bezoekers opgewekt. 'Wat een ontvangst! Maar kom verder, want de gouverneur verwacht u.'

Boudicca plukte een dor blad uit haar haren en toen Agricola zich omdraaide fluisterde ze tegen Prasutugas: 'Wanneer zal ik beginnen met snauwen en vloeken? Zal ik wachten tot we allemaal half aangeschoten zijn van de wijn? Ik wil onze nieuwe gouverneur niet teleurstellen.'

Bij wijze van antwoord gaf hij haar een vluchtige kus. 'Niemand kan ooit in jou teleurgesteld worden, wat je ook doet,' fluisterde hij terug. Ze greep zijn arm en samen liepen ze achter Agricola aan.

Het huis was geen paleis, maar evenals het huis van de koopman was het zo ontworpen dat met het sluiten van de deuren de ontberingen en gevaren van deze afgelegen provincie buitengesloten werden. De vloeren waren blauw, grijs en geel betegeld, en er rezen smalle houten pilaren op. Er stonden vouwstoelen verspreid, waarover warmrood gekleurde doeken gedrapeerd waren die afstaken tegen de groene wandtapijten. In kleine nissen waar ze langs liepen waren gebeeldhouwde koppen opgesteld. Boudicca wist niet of dit godenbeelden of de voorouders van de gouverneur waren. Tegen de wanden stonden houten kasten, en de lage zware tafels werden ondersteund door poten die in de vorm van onbekende dieren waren gesneden. Overal waren tapijten en kussens, om het overigens schaars gemeubileerde en nogal sobere huis een gezellig aanzien te geven. Bedienden kwamen uit de schaduwen naar voren en droegen de geuren van warme gerechten en welriekende lampolie met zich mee. Boudicca liet haar blik langs de wanden dwalen, waar Paulinus al zijn persoonlijk stempel op het huis had gedrukt. Herinneringen aan zijn tijd als gouverneur in Mauretanië waren hier opgehangen, vreemd bewerkte zwaarden, in scheden van goud en filigrain. Er hing een harnas van paardeleer, messen met heften die glinsterden van bloedrode juwelen die Boudicca nooit eerder had gezien. Haar vingers jeukten. Ze naderden het atrium. Het water lag er rimpelloos bij in het donker en de wind was hier bij vlagen te voelen, voordat ze hier voorbij waren en ten slotte stilstonden in een helder verlicht vertrek waar veel bedienden aanwezig waren. De tafel was gedekt, en overal glansde het zilver. De ligbanken waren dicht bij de tafel geschoven, er was damast en nog meer brokaat, er lagen zachte kussens, blauw en paars, maar Boudicca had geen tijd alles goed in zich op te nemen, want een man kwam naar hen toe. Zijn met goud beklede arm hield hij naar haar uitgestrekt, zijn met purper afgebiesde toga viel wijd om zijn gezette, krachtige lichaam, en de sandalen aan zijn grote voeten flapten op de tegelvloer. Even verscheen er een glimlach op zijn gezicht, om snel weer te verdwijnen, een korte blijk van hoffelijkheid, toen Boudicca zijn pols greep. Deze Romein was geen man voor sociale verplichtingen. Hij deed zijn werk niet in geparfumeerde kamers met een glas wijn in de hand, waar de wensen en ambities omzichtig geuit werden. En al zou hij een uitstekend gastheer kunnen zijn, en al stroomde er blauw bloed van de Romeinse adel door zijn aderen, deze man was bepaald een militair die vóór alles aan zijn carrière dacht.

'Welkom, welkom,' zei hij, en voordat hij zich van Boudicca naar Prasutagas wendde, waarschuwde een korte schittering in zijn ogen dat hij veel over haar wist. 'Ik heb uitgekeken naar deze gelegenheid om met u te spreken en het is mij een genoegen dat ik mijn plichten nu even opzij kan zetten en wat kan genieten. Ik hoop dat uw tijdelijk onderdak in de smaak valt?'

Prasutugas antwoordde bedaard en vroeg naar zijn indrukken van Albion. Boudicca kreeg een glas aangereikt. Agricola wenkte hen om verder de kamer in te komen.

'U huiverde,' merkte hij op. 'Hebt u het soms koud? Kom dan tegen de muur staan.'

'Nee, nee,' zei ze en glimlachte afwezig tegen hem. 'Ik heb het helemaal niet koud. Eerlijk gezegd vind ik de warmte hier juist wat te drukkend. Ik denk dat ik gewoon wat vermoeid ben van de lange reis. En bovendien heb ik honger.'

'We zullen dadelijk gaan eten. Ik geloof dat een Icenisch schaap geslacht is, en de gouverneur is zeer tevreden dat hij erin geslaagd is een klein vaatje mede voor u te bemachtigen.'

'Dat is heel attent van hem!' riep Boudicca uit. 'Alleen jammer dat hij niet aan mijn andere verlangens kan voldoen.'

'Ik weet zeker dat hij het erg vervelend zou vinden als het u aan iets ontbrak tijdens een verblijf hier, maar ik denk dat u nu doelt op verlangens die zelfs de gouverneur niet kan vervullen?' Verrast keek ze hem recht in het gezicht. Hij was jong en knap, maar nu besefte ze pas dat hij ook heel schrander was. Deze twee mannen vormden een koppel en ze waren evengoed op elkaar afgestemd als Aulus Plautius en zijn tweede man Rufus Pudens. Ze voelde een steek van angst en even raakte ze in verwarring, al wist ze niet waarom. Ze hoorde Prasutugas lachen, niet beleefd en ingehouden, maar hartelijk en schaterend. Agricola lachte naar haar en nam een slokje van zijn wijn. Ze hebben me verslagen, ze hebben ons nu al klein gekregen. Zouden deze mannen de opstandelingen uit het westen kunnen verslaan? dacht ze. Na een korte pauze antwoordde ze hem met tegenzin, maar ook respect.

'U weet wie ik ben, en ik twijfel er niet aan dat de gouverneur weet welke wensen ik koester. Maar ik zal deze avond niet bederven.'

'Ach, vrouwe,' protesteerde hij, en zijn ogen leken nog meer op te lichten. 'Raakt u nooit in de verleiding de geduchte reputatie die u hebt waar te maken?'

'Misschien doe ik dat nog wel eens,' zei ze luchtig. 'Maar voor het zo ver is ben ik er tevreden mee het mikpunt van spot voor jullie Romeinen in Albion te zijn. Vertel me eens wat de gouverneur hier gedaan heeft, sinds zijn komst. Behalve dan zijn ernstige verkoudheid bestrijden.'

'Waarom denkt u dat hij verkouden is?'

'Omdat zo veel gouverneurs zich niet konden aanpassen aan het unieke klimaat van Albion.'

Hij grinnikte en lachte toen hardop. Hij beantwoordde Paulinus' hoofdknik en leidde haar naar de tafel. 'Boudicca vraagt naar uw gezondheid, heer,' legde hij uit, toen ze haar groene mouwen terugschoof en ging zitten terwijl hij zich ook op zijn plaats liet zakken. De gouverneur glimlachte weer even naar haar en knipte toen met zijn vingers. De bedienden schoten naar voren.

'Mijn gezondheid is uitstekend,' zei hij tegen haar. 'En in wezen is zij nooit beter geweest. Ik heb de afgelopen vijftien jaren weliswaar in hitte en droogte geleefd, maar in de bergen van Mauretanië kan het ook koud, nat en onaangenaam zijn. En daar heb ik mijn deel van gekregen.'

'Vond u het vervelend dat u overgeplaatst werd naar Albion?' vroeg Prasutugas. Hij lag niet aan, want dat was onmogelijk met één arm, en daarom zat hij op een rechte stoel die voor hem bijgeschoven was. Boudicca keek hem bezorgd aan, want ze was bang dat hij zijn eten niet kon snijden en zich zo belachelijk zou maken. Maar even later zag ze dat de portie die door een bediende op zijn bord werd geschept al kleingesneden was. Ze keek naar haar eigen bord en kon haar ogen amper geloven. Oesters. O nee toch, niet hier aan de tafel van de gouverneur, dacht ze met afschuw. Waarom veranderen de Romeinen toch in gulzige varkens als ze oesters voorgezet krijgen? Maar de gouverneur was aan het woord en ze richtte al haar aandacht op hem, terwijl ze haar lepel opnam en met afkeer van de schaaldieren begon te eten.

'Nee, eigenlijk niet. Mijn eerste jaren in Mauretanië spendeerde ik aan veldtochten, maar de laatste tijd hoefde er niet meer gevochten te worden en ik moet zeggen dat het saaie administratieve werk me danig verveelde. Ik zal blij zijn als ik wat meer in actie moet komen.'

'Daar zult u hier genoeg gelegenheid voor krijgen,' merkte Boudicca op, en ze spoelde de laatste grauwe oester weg met een flinke slok sterke honingmede. 'De keizer moet de wanhoop nabij zijn dat hij de op één na populairste generaal van zijn rijk naar een ongenaakbaar en afgelegen gebied als Albion stuurt. O, jazeker,' vervolgde ze toen ze de verrassing op zijn gezicht las, 'wij weten graag veel over de mannen die van de keizer het gezag over ons krijgen. En nog bedankt voor deze mede. Ik waardeer u vriendelijkheid zeer.'

Hij wuifde haar bedankje weg en liet zich niet van zijn stuk brengen door haar opmerking. 'Een beschrijving uit de tweede hand is altijd minder dan een persoonlijke ontmoeting, nietwaar, vrouwe? Ik heb veel over Albion gehoord van een zeer verrassende bron in Rome.'

Boudicca verslikte zich bijna. Ze legde haar lepel neer en liet elk vertoon van goede manieren varen. 'U hebt met Caradoc gesproken,' zei ze effen. 'Mag ik ook vragen hoe het met hem gaat?'

Paulinus trok zijn wenkbrauwen op. 'U trekt te snel de verkeerde conclusies,' antwoordde hij. 'Dacht u dat ik een man in verlegenheid zou brengen die in een situatie verkeert die hem verbiedt de juiste inlichtingen te geven? Ik heb inderdaad met hem gesproken. Maar hij vertelde mij met zijn stilzwijgen meer dan met woorden. Beide waren vol liefde en verlangen voor zijn vaderland. Dat is alles. Ik heb veel uren doorgebracht met Plautius en zijn vrouw.'

'En wat hebben ze verteld?' Boudicca wendde haar blik af van Paulinus' verweerde gezicht. De laatste woorden werden door Prasutugas gesproken.

'Ze vertelden mij dat Albion zich vermoedelijk nooit helemaal zou onderwerpen. Ik heb naar hen geluisterd, maar ik denk dat ze ongelijk hebben. Albion zal zich uiteindelijk wel onderwerpen.'

'Wel,' merkte Agricola luchtig op, 'als iemand in staat is de opstand in het westen te bedwingen, dan ben jij dat wel, Suetonius. Maar laten we het daar vanavond niet over hebben. Ik eet liever.'

'Nee, alstublieft,' protesteerde Boudicca. 'Wij zijn niet in verlegenheid gebracht. U weet allebei dat mijn man de Romeinse zaak is toegedaan, en ook wat mijn bedenkingen ertegen zijn, maar u moet ook weten dat ik beloofd heb hem te steunen. Als wij hier een avond moeten verdoen met beleefd gekeuvel, dan is onze reis tevergeefs geweest. Wij willen u leren kennen, en u wilt weten wat voor lieden wij zijn. Wat is daar verkeerd aan? Ik haat omhaal van woorden.'

'Ik ook,' beaamde de gouverneur, 'maar het lijkt me toch niet gepast hatelijkheden uit te wisselen aan deze tafel. U hebt me een vraag gesteld, Boudicca, en daar zal ik antwoord op geven. Met Caradoc gaat het goed, hoewel hij er ouder uitziet dan hij in werkelijkheid is. Hij en zijn vrouw zijn goede vrienden geworden van mijn vriend Aulus Plautius. Met zijn kinderen gaat het ook goed. Gladys is getrouwd met Rufus Pudens, de vroegere plaatsvervanger van Plautius, en ze is Romeins burgeres geworden. Caradocs dochter Eurgain is weggegaan, en als ze niet verdronken is woont ze nu op het eiland Hibernia, dat door jullie Eriu wordt genoemd. En Llyn...' Hij zweeg even. 'Llyn houdt niet erg van Rome.'

'Hoeveel dat "niet erg" is, vertelt u niet!' zei Boudicca schor. 'Wel, ik moet dankbaar zijn voor dat wat u mij wél wilt vertellen.' Ze keek Prasutugas aan. Het leek wel of hij wilde zeggen dat het allemaal zo lang geleden was, gebeurtenissen uit een andere tijd. De Caradoc die jij kent bestaat alleen in herinneringen en dromen. Boudicca wenste in stilte dat ze ook rust kende. Was ik maar zoals Prasutugas, of desnoods als Aricia. Was ik maar in staat mij aan te passen, kon ik maar voor elke dag een ander gezicht opzetten en had ik maar een andere ziel voor elk jaar.

'Daar komt het Icenische schapevlees,' zei Agricola. 'Vertel eens, Prasutugas, zijn er in uw land ook getemde varkens, of geeft u de voorkeur aan de wilde zwijnen die uzelf buitgemaakt hebt?'

'Ik kan helaas niet meer op jacht gaan,' antwoordde Prasutugas zacht, 'maar ik heb liever een wild zwijn. Mijn hoofdmannen gaan elke dag op jacht, en zelf richt ik de honden af.'

'De mannen in Mauretanië jagen te paard en met speren op leeuwen,' merkte Paulinus op. 'Dat is een prachtig gezicht. Jaagt u zelf ook, vrouwe? En welke buit hebt u het liefst?'

Boudicca voelde de blauwe ogen van Prasutugas op zich gericht en opeens zag ze in gedachten weer een donker bos voor zich, ze rook de smerige stank van een dode vos en ze zag de toegetakelde borst van een Romeinse soldaat. 'Jazeker, heer, ik jaag inderdaad. Toen ik nog jong was jaagde ik op mannen en vee. Maar toen de Romeinen hier kwamen gebruikte ik werpnetten om wilde zwijnen te vangen. Ik geef nu de voorkeur aan herten. Die zijn moeilijker te vangen dan mannen of wilde zwijnen.' Ze glimlachte naar hem en hij bleef haar even aankijken terwijl hij zich de zinnen uit de verslagen over Icenia weer voor de geest haalde. De berichten van de garnizoenscommandant daar waren aandachtig door Agricola en door hemzelf bestudeerd, en hij wist dat ze niet loog en evenmin pochte. Ze had inderdaad op mannen gejaagd, en in de verslagen werden bovendien andere wapenfeiten vermeld. Ze was een furie, deze opvliegende vrouw, maar ze werd goed in toom gehouden doordat ze oprecht van haar echtgenoot hield. Volgens de garnizoenscommandant was ze niet werkelijk gevaarlijk. Ze was een vrouw die graag veel stof deed opwaaien, maar dat was ook alles. Paulinus raakte niet van zijn stuk door haar zwierige verschijning. De lange, zachtgroene tuniek, bezet met zilver waar tegen haar krullende bronskleurige haar goed afstak, haar goudbruine ogen en de zes of zeven armbanden die losjes aan haar met littekens overdekte arm rinkelden, de band om haar voorhoofd met gepolijst amber, alles was voor hem alleen een teken dat Rome grote rijkdom naar haar gebied gebracht had. Hij had geen voorkeur voor of afschuw van haar. Zij en haar man waren eenvoudig twee factoren waarmee rekening gehouden moest worden, en terwijl hij zich een beeld van dit eiland schetste dacht hij dat hij hen al op de juiste plaats had ingepast.

'Dat ben ik met u eens,' zei hij. 'Want herten volgen hun instinct, terwijl mannen naast hun instinct ook verstandig proberen te denken. Helaas worden ze juist door nadenken in verwarring gebracht. Ik heb dat dikwijls meegemaakt tijdens mijn veldtochten in Mauretanië.'

'Hoe dat zo?' vroeg Prasutugas belangstellend.

'Het land is vrijwel verlaten,' vervolgde Paulinus, 'en het is onmogelijk een goede kaart van het gebied te maken, omdat het zand voortdurend verstuift. De inlanders hadden de vijandelijkheden tot in het oneindige kunnen rekken, als ze alleen op hun instinct waren afgegaan, maar dat deden ze niet. Ze hadden hun transporten van de ene voedselbron naar de volgende telkens langs andere wegen moeten vervoeren, maar ze slaagden er niet in hun eeuwenoude gewoonten te veranderen. Uiteraard kon voedsel alleen verbouwd worden in de buurt van water, dus bij de oases die in de woestijn voorkomen, en daarom moesten de bewoners telkens weer naar dezelfde plaatsen terugkeren. Het land waar ze doorheen zwierven kon hen niet voeden. Daarom moesten wij eenvoudig eerst de oases ontdekken en vervolgens de voedselbron vernietigen. Daarna hoefden we alleen maar rustig af te wachten.'

Langzaam drongen deze woorden tot Boudicca door. De voedselbronnen verwoesten. Voedsel... vernietigen... Opeens stond de veelzeggende betekenis haar scherp voor ogen en ze voelde een krampachtige steek in haar maag. Haar armen leken zo zwak dat ze met beide handen haar beker op tafel moest zetten. De mannen keken haar niet aan. Prasutugas maakte een opmerking, toen Agricola, en Paulinus weidde uit over de geneugten van Mauretanisch paardevlees. Het onderwerp van gesprek was inmiddels verlegd naar iets dat interessanter was dan militaire tactiek.

Hij zal dit ook doen, dacht Boudicca verward. Ik wist het, ik wist het meteen al, vanaf het ogenblik dat ik je voor het eerst zag, Paulinus. Ze kon haar ogen niet van hem afwenden. Alles aan hem was even ruw, machtig en meedogenloos, van zijn hoekige vingers tot de scherpe lijnen van zijn gezicht. Ze had gehoord dat hij een reputatie van wreedheid had, maar die was niet uit zwakheid voortgekomen. Hij was een scherpzinnig en gedisciplineerd man; al zijn beslissingen nam hij snel en zonder erop terug te komen. Hij was een man uit èèn stuk. Ze besefte dat alle anderen hadden gefaald, maar dat deze gouverneur zou slagen. Hij straalde een houding uit van vastberadenheid en doortastendheid. Hij wist wie hij was en wat zijn doel was. Wanneer hij eenmaal een besluit had genomen kon niets hem meer in de weg staan. Goden noch mensen konden hem van zijn doel afhouden. Hij zou... hij zou naar Mona gaan. De voedselbron. De belangrijke bron waaruit het westen kracht putte. Graan voor de lichamen van de mannen, magie voor hun zielen. Mona. Ze worstelde tegen een opkomende misselijkheid en slaagde er niet in de mede in haar mond door te slikken. Wat kan ik doen? Ze was zich niet bewust van de stilte die inmiddels gevallen was, totdat Prasutugas vroeg: 'Boudicca, wat scheelt eraan?'

Haar ogen schoten van de een naar de ander, met een geschrokken en gekwetste uitdrukking. Met veel moeite werkte ze de dikke, bitterzoete vloeistof in haar mond naar binnen. Ze weten het niet, dacht ze verbaasd. Misschien weet Paulinus het zelf ook nog niet? Maar ik weet het wel. 'Er bleef een stukje vlees in mijn keel steken,' zei ze ontwijkend.

'Is er iets mis met het vlees?' vroeg de gouverneur snel en ze knikte. 'Jullie Romeinen weten niet hoe dit vlees goed bereid moet worden,' loog ze wanhopig. 'Het is nog te rood.'

Paulinus knipte ongeduldig met zijn vingers. 'Haal dit weg en breng ons een

ander stuk,' beval hij. 'Het spijt me, Boudicca. Wilt u wat water?'
Ze schudde zwijgend haar hoofd, zich bewust van de vraag die in Prasutugas'
ogen te lezen was. Een andere schotel schapevlees werd voor haar neergezet
en ze nam haar mes op. Met het mes sneed ze een stuk af en werkte het met
tegenzin naar binnen. Iemand stelde haar een vraag en ze antwoordde afwezig. Mona. Ik moet hier weg, ik moet zo snel mogelijk weg. Het is voorbij,
Venutius, alles is voorbij. Caradoc, heeft hij dit verhaal ook aan jou verteld?
Wat moet ik nu doen?
'... een nieuwe belastingheffing,' zei Paulinus. 'Dat is erg vervelend, maar ik
kan het niet langer uitstellen. En uw belastingen zullen ook omhooggaan,
Prasutugas. De procurator is vastbesloten die te verhogen.'
Prasutugas haalde zijn schouders op en glimlachte, maar zijn ogen bleven op
Boudicca's gezicht gericht. 'Ze zijn elk jaar verhoogd, maar onze inkomsten
ook,' antwoordde hij. 'Als wij de belastingen niet langer kunnen opbrengen
zal ik het wel laten weten!' Ze moesten allebei hartelijk lachen. Het nagerecht
werd opgediend en er werd meer wijn geschonken. Fruit werd aangeboden,
en sterk riekende bruine geitekaas. Prasutugas voelde ondanks zijn vermoeidheid en pijn een groeiende bezorgdheid voor zijn vrouw. Ze had het
laatste uur geen woord meer gezegd. Ze zat daar maar, als een onderdanige
zwijgzame boerin, zonder uitdrukking op haar gezicht en ze leek zelfs verlegen. Prasutugas kon geen reden vinden waarom ze opeens zo teruggetrokken deed, hoezeer hij daar ook naar zocht. Hij was blij dat de maaltijd voorbij
was. Ze verlieten het triclinium, waar de bedienden geeuwend achterbleven,
en met onvaste passen liepen ze terug door het atrium, waar de wind in vlagen naar binnen woei, en verder naar de ontvangstkamer van de gouverneur.
Daar bleven ze weer een uur, om nog wat te praten en te drinken. Boudicca
had zich wat hersteld, maar haar sarcastische opmerkingen over de keizer en
de gouverneur waren slecht geplaatst en misten hun gebruikelijke gevatheid.
Ten slotte stond Prasutugas op, bedankte Paulinus voor zijn gastvrijheid, en
verliet met Boudicca het huis. Ze liepen door de winderige nacht, vergezeld
van een groepje gewapende soldaten.
'Heus, ik begrijp niet waar Boudicca die grote reputatie aan te danken heeft,'
merkte Paulinus op, toen hij met Agricola bij de deur stond en naar de kille
nachtelijke hemel keek. 'Ik vermoed dat haar reputatie op geruchten en roddels gebaseerd is en die zijn zoals altijd sterk overdreven. Die vrouw is geen
bedreiging voor Rome en voor anderen ook niet. Ze was zo mak als een Icenisch lammetje.'
'Ze raakte vanavond ergens door van streek, heer,' zei Agricola. 'Ik heb nog
nooit eerder zo'n krachtige vrouw ontmoet. Ik vermoed dat een van ons haar
beledigd heeft.'
'Wel, dat gebeurde dan niet met opzet,' antwoordde Paulinus geërgerd. 'Laat

hun morgen de stad zien, Julius. Ik zou dat graag zelf doen, maar ik vrees dat ik de hele dag in mijn kantoor moet zijn om weer die eindeloze reeksen cijfers van de procurator te bekijken. Ik kan die man niet uitstaan. Ik heb nog nooit zo'n gierige, hebzuchtige hielenlikker gezien. Als het aan mij lag werd hij meteen ontslagen.'

'Hij moet ook zijn werk doen.'

'Ja, maar dat is niet mijn taak, de goden zij dank. Hij kan wat mij betreft doorgaan met geld tellen, en als ik dan eindelijk klaar ben met zijn saaie verslagen, kan ik me misschien aan mijn eigen werk wijden. Deze winter kunnen we niet veel doen, maar ik verwacht dat we in het voorjaar een veldtocht kunnen beginnen die een einde maakt aan de hopeloos verwarde toestand in Albion. Nu ga ik slapen. Goedenacht.'

'Goedenacht, heer. Het was alles bij elkaar een geslaagd diner.'

'Hmm.' Ze gingen uiteen, Paulinus naar zijn slaapkamer en Agricola naar zijn eigen bescheiden woning.

Op de drempel van het grote huis van de koopman salueerden de vier soldaten voor ze in de nacht verdwenen. Boudicca en Prasutugas gingen naar binnen en sloten de gure nacht buiten. Ze zagen dat hun hoofdmannen vast sliepen, opgerold in hun mantels op de betegelde vloer rond de vijver, en ze maakten hen niet wakker. In de slaapkamer brandden de lampen nog steeds, zodat een gelig schijnsel de wanden verlichtte. Prasutugas wierp zijn mantel op de vloer. Hoewel zijn zwerende armstomp genadeloos veel pijn deed en hij duizelig was van de hoofdpijn, liep hij toch naar zijn vrouw toe. 'Vertel op,' zei hij zacht.

Boudicca stond in het midden van de kamer; ze hield haar mantel nog steeds tegen zich aangeklemd, en haar gezicht kreeg een rode kleur van opwinding. 'Hij zal de overwinning behalen,' zei ze toonloos. 'Hij weet het antwoord: "Vernietig de voedselbronnen," heeft hij gezegd. Prasutugas, weet je wat dat betekent? Hoe kon jou dat ontgaan? Hij zal in het voorjaar naar Mona optrekken. Hij zal doen wat Scapula had moeten doen, maar die hield zich te veel met Caradoc bezig. Gallus was daar te oud voor en Nepos had niet voldoende tijd om zo'n veldtocht te beginnen. Hij zal de oogsten verbranden, en dan is het voorbij. Hij zei dat die tactiek in de woestijn werkte, en hier in Albion zal hij daarmee ook succes hebben. Venutius kan de bergen niet bevelen graan voort te brengen. Ach, Prasutugas, deze man draagt de geur van militaire successen met zich mee, zoals de westenwind regen meevoert! Ik ben bang!'

Hij dacht over haar woorden na, ondanks de pijn in zijn hoofd. 'Je hebt gelijk, Boudicca,' zei hij na een lange stilte. 'Ik denk dat het westen vrede zal kennen onder deze gouverneur. Was hij maar als eerste hierheen gekomen, in plaats van Aulus Plautius. Wat zouden er dan veel levens gespaard gebleven zijn!'

Ze keek hem vol afschuw aan. 'Andrasta!' siste ze. 'Vrede is het enige waaraan jij denkt, Prasutugas, vrede tot elke prijs. Begrijp je dan niet dat vrede een hersenschim is, zolang die niet eervol is voor Albion? Wat moet ik doen? O, wat moet ik toch doen?'

Hij deed een pas naar haar toe, maar hij was zo moe dat hij alleen maar zijn arm om haar schouders kon leggen. 'Je weet best wat je moet doen,' zei hij beslist. 'Stuur een bericht naar Venutius. Zeg hem wat je vermoedens zijn. Het maakt geen verschil of hij dat nu van jou hoort, of in het voorjaar van zijn eigen verspieders, als de legioenen al op mars zijn.'

Boudicca begon te huilen. Zwijgend hielp ze hem met uitkleden. Ze huilde nog steeds toen zijn blonde hoofd op het kussen rustte en ze zichzelf klaarmaakte voor de nacht. Ze gleed onder de dekens naast hem en hete tranen vielen op zijn hand, terwijl hij probeerde haar haren te strelen.

'Boudicca, alsjeblieft,' smeekte hij zacht. Met een ruk draaide ze zich van hem weg.

'Zelfs bij jou ben ik alleen!' snikte ze. 'Alleen! Ik kan niet gaan, maar ik word hevig gekweld door wroeging als ik blijf!'

'Je hebt me ooit gezegd dat er niets zo belangrijk was als wij samen,' zei hij, 'en ik geloof dat je het meende. Laat de tijd desnoods alles wegnemen, Boudicca, maar bedenk dan dat ik altijd van je heb gehouden.'

Ze keerde zich weer naar hem en strekte haar armen uit. Ze drukte haar betraande gezicht tegen zijn schouder en ze probeerde de smart die ze voelde te onderdrukken. Maar zelfs toen ze uitgeput in een diepe slaap viel, werd ze nog gekweld door wanhoop.

Agricola kwam hen de volgende ochtend halen. Het waaide nog steeds hard, maar nu scheen ook de zon fel. Boudicca, Prasutugas en hun gevolg liepen achter hem aan, door de poort van het forum, waar het nu erg druk en rumoerig was, en verder naar de stallen, een rij barakken, naar hooi en paarden geurend, even buiten de stadsmuur. Agricola praatte joviaal tijdens de wandeling, al hield hij onopgemerkt zijn aandacht steeds op Boudicca gericht. Ze scheen haar gebruikelijke doortastendheid hervonden te hebben. Wat haar gisteren ook van streek gemaakt had, na een nacht rust leek ze er niet meer onder te lijden, al zag ze er wat afgetobd uit. Er werden paarden naar buiten geleid en ze bestegen elk een rijdier. Agricola gaf een rondleiding door heel Colchester, tot het tijd voor het middagmaal werd. De stadsmuur bevond zich nog altijd op dezelfde plaats als waar Caradoc zijn aarden wal om Camulodunon had opgeworpen, maar nu waren er vier trotse poorten en de stad had zich uitgebreid buiten de beschermende muur, in een rommelige verzameling hutten en tenten, waar horigen zonder heer en verarmde landloze boeren zich met diefstallen en oplichterij in leven probeerden te houden.

'Regelmatig wordt deze buurt opgeruimd,' vertelde Agricola toen ze stapvoets langs de armoedige bouwsels reden. 'Sommige lieden worden naar Gallië of naar Rome verscheept, voor de arena's en de legioenen. Anderen worden overgebracht naar de voormalige barakken van het Twintigste en krijgen daar onderdak en eten in ruil voor hun arbeid. Maar het duurt nooit lang of andere gelukzoekers van het platteland komen hierheen en nemen hun plaats in.'

'Waarom geven jullie deze lieden niet een stukje land, zodat ze een boerderij kunnen bouwen? De meesten van hen zijn waarschijnlijk hun hele leven boer geweest,' zei Prasutugas. Agricola haalde zijn schouders op.

'Bouwland is hier in het zuiden erg schaars. De veteranen uit de legioenen hebben het recht een boerderij te beginnen als ze met pensioen gaan, dus krijgen ze land. Velen van hen geven er de voorkeur aan in de stad te wonen, en dan laten ze op hun boerderijen inlanders het werk doen. Hier is de pottenbakkerij van het Twintigste. De vorige gouverneur heeft die heropend en er wordt nu weer eenvoudig aardewerk vervaardigd, al is de kwaliteit nog niet zo goed als het serviesgoed dat uit Gallië komt. We moedigen de inlanders ook aan om hun eigen linnengoed te weven en wol te spinnen. Er is nu vrij veel vraag naar kleurstoffen voor textiel en afgewerkte stoffen uit Albion, zodat sommige bewoners hier in goeden doen raken. Vanuit het legioen is voortdurend vraag naar laarzen en sandalen, dus daarmee hebben ondernemende ambachtslieden ook een kans geld te verdienen.'

Toen ze weer binnen de poort waren lieten ze de paarden stapvoets over de brede, onverharde wegen lopen. Alleen de straat die van de poort naar het forum leidde was geplaveid, maar het was nu herfst, een droge koele herfst, zodat de aarde stevig aangestampt was door de vele voeten van vrije mannen en soldaten, onder de poten van de ossen en onder de wagenwielen.

'Wat me bezorgd maakt,' zei Boudicca luid, 'is dat al deze mensen, in de pottenbakkerijen, in de winkels en leerlooierijen, voor hun bestaan nu volkomen afhankelijk van jullie Romeinen zijn. Als ze in de steek worden gelaten zullen ze de hongerdood sterven, voor de volgende generatie volwassen is. Wat gebeurt er als de Romeinen hier wegtrekken?'

'Maar, vrouwe, wij hebben bepaald niet de bedoeling hier weer weg te trekken,' antwoordde Agricola voorkomend. 'Waarom zouden we ook? Het is zeker waar dat de mensen hier van ons afhankelijk zijn, maar daarom prijzen ze zichzelf juist gelukkig. Als wij wegtrekken zou er in Albion spoedig een reusachtig bloedbad aangericht worden, er zou een slachting volgen, zoals hier nooit eerder gezien is.'

'Hoe dat zo?'

'De stammen die met ons samenwerken zouden aangevallen worden door de stammen die zich tegen ons verzetten. Het hele eiland zou erbij betrokken raken en dan komt er een oorlog die alle andere in de schaduw stelt.'

652

'Denkt u werkelijk dat het zo zal gaan? Zou dat heus gebeuren?'
'Uiteraard zal dat gebeuren!'
'Dan hebt u wel een erg lage dunk van ons wilden, al praat u nog zo vriendelijk,' beet ze hem toe. 'Vechten is het enige dat wij kunnen, moorden is het enige dat we leuk vinden, alsof we een horde wolven zijn. Uw Romeinse trots wordt gevleid bij de gedachte dat u de beschaving in de wereld brengt, nietwaar?'
'Ja,' beaamde hij, 'dat is zeker waar. Wij brengen hier beschaving. Vraag het uw echtgenoot en de anderen in de stam, als u mijn woorden niet wilt geloven.'
Boudicca bleef lange tijd zwijgen, maar uiteindelijk zei ze: 'Dat was niet eerlijk. Dat is een stoot onder de gordel.'
'Als u zelf zo'n stoot uitdeelt, moet u ook leren zelf een slag te incasseren,' zei hij kortaf.
'Van u zeker!' zei Boudicca schamper.
Ze reden langzaam langs een rij winkels waar van alles te koop was, van plaatselijk gebrouwen bier tot Romeins snoepgoed. De mannen stegen af en gingen de donkere winkeltjes in. Ze betastten verbaasd de uitgestalde waren en kwamen al spoedig beladen met geschenken voor hun families, thuis in Icenia, weer naar buiten, want het ontbrak hen niet aan Romeins geld, en het plezier waarmee ze hun geld uitgaven leek de opmerking van Agricola over de welstand die Rome had gebracht nog te onderstrepen. En zo is het inderdaad, dacht Boudicca. Waarom ben ik dan elke dag bedroefd? Waarom geven de mannen in het westen er de voorkeur aan te sneuvelen, in plaats van door de straten van Colchester te wandelen, met een buidel vol geld? De reden daarvoor lijkt zo diep weggezakt. Het gaat toch om de waardigheid zelf een keus te maken? De vrijheid om zelf ja of nee te zeggen, zonder angst. Rome brengt ons alles, behalve dat kostbare zelfbeschikkingsrecht. Ze had in de jaren sinds de Romeinse legioenen hierheen gekomen waren getracht dit Prasutugas duidelijk te maken, maar dat was haar nooit gelukt. Nu leken de woorden opeens helder en duidelijk, alsof een wijze druïde ze uitgesproken had. Wij staan boven de goden, want zelfs goden kunnen door een betovering gebonden worden. Wij zijn ook meer dan tamme dieren, die zich er niet druk over maken hoe hun magen gevuld raken. Wij zijn mensen, en ons bestaan als mensen hangt helemaal af van het behouden van een zekere waardigheid die met de vrijheid verbonden is. Dat mag ik niet vergeten. Dat moet ik hem zeggen. Maar toen ze naar Prasutugas keek, zoals hij schrijlings op zijn geduldige paard zat en de teugels losjes in zijn ene hand hield, zijn arm tegen de hals van het paard rustend en zijn rug wat gebogen, besefte ze dat ze niets meer tegen hem kon zeggen dat hem zou kwetsen. Hij zou niet lang meer leven. Dat was op zijn gezicht te lezen. Nu moest ze al haar bezwaren inslik-

ken en alleen vriendelijk zijn, zolang hij er nog was.

De hoofdmannen bestegen hun paarden weer, de aankopen werden weggeborgen in buidels of onder hun tunieken, en Agricola ging hen voor naar het eind van de straat, waar op een open plek grote vaten boven vuren te drogen hingen. Op de grond lagen overal raamwerken waarop pasgeverfd linnengoed bevestigd was. Boudicca liet zich van haar paard glijden. 'Ik wil een stuk stof kopen waarvan Hulda kleren voor de kinderen kan maken,' zei ze, en het groepje ruiters hield stil. De linnenverver kwam haar tegemoet, zijn armen waren tot de ellebogen purper gevlekt, en vlak achter hem volgden zijn vrouw en zoon. Boudicca knikte. 'Gegroet, vrije man.'

Hij nam haar snel onderzoekend op en glimlachte toen. 'Bent u de vrouwe van Icenia?'

'Ja, inderdaad. Hoe wist je dat?'

'Colchester is nog altijd klein genoeg om vol geruchten te zijn, en bovendien is er maar één vorstenhuis waarvan de vrouwe rood haar en haar man slechts één arm heeft. Zal ik u mijn waren tonen?' Ze knikte weer en maakte aanstalten hem te volgen in zijn kleine hut, maar Agricola's stem weerhield hen.

'Breng je werk naar buiten en spreid het uit op het gras,' riep hij. 'Misschien willen anderen in dit gezelschap ook wat kopen.'

Boudicca begreep het en ze grijnsde brutaal naar de Romein. De linnenverver haalde zijn schouders op en verdween in zijn hut. 'Gaat u niet een beetje te ver, heer?' riep ze naar Agricola. 'Ik kan me nog beledigd voelen en een klacht bij de gouverneur indienen!' Tot haar verrassing moest Prasutagas hartelijk lachen. Op dat ogenblik kwam de man weer naar buiten met armen vol vrolijk gekleurde stoffen die hij voor haar voeten uitrolde. 'Sta je soms onder verdenking?' fluisterde Boudicca tegen hem, toen hij zich bukte. Daarna zei ze luider: 'Dat ziet er prachtig uit. Vertel me wat over die kleurstoffen.'

'Ja,' fluisterde de man terug. Zijn mond bleef verborgen omdat hij zijn hoofd gebogen hield. 'Ik word voortdurend in de gaten gehouden.' Toen zei ook hij luider: 'Deze stof is met sleutelbloemen geverfd. U kunt zien hoe vers de bloemen waren toen ze geplukt werden. De kleur was zo helder en sprekend dat ik besloot er geen patroon op aan te brengen. Deze stof is gedoopt in vlierbessen, een heel dikke kleurstof. Deze paarsblauwe kleur is nu erg in trek. Ik vind hem nogal donker, en ik zou de stof met zilverdraad borduren om het geheel wat lichter te maken.'

Boudicca bukte zich ook en liet de stof door haar vingers glijden. 'Ik heb nog nooit een bleker groen gezien!' riep ze bewonderend uit. 'En dat rode patroon is zo gelijkmatig! Hoe krijg je die kleur groen?'

'Dat kunt u beter aan mijn zoon vragen,' antwoordde de verver, 'want hij maakt de kleurstoffen. Hij maakt lange tochten om de ingrediënten te vinden die hij nodig heeft. Mijn vrouw weeft de garens en ik maak de patronen.'

Hij maakt lange tochten. Het was Boudicca niet ontgaan dat de man bijna onmerkbaar de nadruk op die woorden gelegd had. 'Prasutugas!' riep ze, 'denk jij dat Ethelind dat geel van sleutelbloemen mooi zal vinden?'
'Groen zal haar beter staan,' antwoordde hij. 'Maar die gele stof moet je voor jezelf nemen, Boudicca. En die rode daar is dan voor Brigid.'
Ze liep langs de felgekleurde stoffen, betastte het weefsel en leidde de linnenverver geleidelijk steeds verder weg van de groep ruiters. Ze maakte een keuze en wenkte een hoofdman om de stoffen op te rollen. Toen zei ze luid: 'Hoeveel ben ik je verschuldigd, vrije man?'
'Tien denarii.' Zachtjes voegde hij eraan toe: 'Hebt u gisteren genoten van de maaltijd bij de gouverneur? Ik heb gehoord dat hij erg zwijgzaam is.'
'Lovernius!' riep Boudicca. 'Breng me mijn geld!' Zachtjes siste ze tegen de linnenverver: 'Toch is hij niet zwijgzaam genoeg. Ik kan niets met zekerheid zeggen. Zeg alleen dat ze het heilige eiland goed moeten bewaken.' Ze hield haar hand op en Lovernius legde enkele munten in haar hand. Ze betaalde de linnenverver en bedankte hem. Daarna liep ze terug naar haar paard. 'Heus, heer,' zei ze tegen Agricola, 'als ik met een spion wil spreken kan ik even goed wachten tot ik weer thuis ben. U maakte die arme vrije man belachelijk.'
'Ik vroeg hem alleen zijn waren naar buiten te brengen,' wierp hij tegen. 'Wie zei hier iets over spionnen, vrouwe? U bent wel erg achterdochtig.'
'Linnenververs zijn allemaal een beetje gek,' zei ze luchtig, toen ze weer verder reden. 'Dat komt omdat ze de hele dag over hete kleurstoffen gebogen staan. Ze kunnen niets meer in zwart en wit zien.'
Als Agricola dit al gehoord had, dan liet hij dat toch niet blijken. Ze brachten de ochtend verder door met een bezichtiging van de fraaie nieuwe huizen die in de binnenste cirkel van het vroegere Camulodunon verrezen waren.
Die avond ontving Agricola hen in zijn eigen huis en daarbij waren ook enkele kooplieden en belangrijke geldschieters uit de stad aanwezig. De mannen brachten hun vrouwen mee en Boudicca moest wel vier kwellende uren doorbrengen met luisteren naar de roddels die de vrouwen met elkaar uitwisselden, terwijl de mannen de laatste geruchten uit Rome of hun eigen bloeiende zaken bespraken. Ze voelde zich meer dan ooit een wezen uit een andere wereld, al merkte ze wel dat de andere aanwezigen ook provincialen waren. Ze zat in een hoekje, zo ver mogelijk weg uit de cirkel van het lamplicht. Met beide handen hield ze een beker mede omklemd, en ze had het gevoel dat de tijd stilstond. De ruwe wind in Icenia, het knetteren van de kookvuren, de bebaarde hoofdmannen die met zware passen heen en weer liepen, alles leek deel uit te maken van een oude, langvergeten droom, zoals dit gezelschap van geparfumeerde vreemdelingen. Ik hoor thuis in het westen, dacht ze opeens, daar heeft de tijd geen betekenis, daar heeft Camulodunon nog altijd een aarden wal en daar staat Cunobelin nog steeds voor de

Grote Zaal, met zijn vuisten in zijn zij, terwijl zijn hoofdmannen op het oefenterrein naar elkaar uithalen. Daar waren Prasutugas en ik jong en hevig verliefd op elkaar. En Subidasto, mijn vader, boog zich met de druïden in de heilige bossen van Andrasta. Daar ligt het verleden, in de bergen. Hier is de toekomst, overal word ik door de toekomst omringd, in deze warme benauwde kamer, en ik zit hier met een drank in mijn handen, terwijl ik besef dat ik er niet bij hoor.

Prasutugas dronk te veel. Hij zat met gekruiste benen op de vloer, zoals hij thuis ook deed als hij door pijn gekweld werd. Zijn zorgvuldig gevlochten blonde haren hingen in vlechten voor zijn borst. Op zijn voorhoofd glansde een gouden band. Zijn ogen glansden ook, met een koortsige, blauwe gloed, terwijl hij de gezichten langs keek en kennelijk ontspannen met de anderen sprak, maar het ontging Boudicca niet dat hij zijn knie stevig omklemde, en af en toe de elleboog van zijn schilddrager aanraakte. Agricola moest het ook gezien hebben, want tegen het einde van de avond kwam hij naast Boudicca zitten.

'Ik wist niet dat hij zo ziek is,' zei hij. 'Als ik dat geweten had, zou ik ervoor gezorgd hebben dat deze reis uitgesteld was.'

'Ach, nu hebt u in elk geval gelegenheid plannen te maken voor de toekomst van mijn gebied,' antwoordde ze bitter. 'Het moet toch prettig zijn dat het overlijden van een ricon zo duidelijk wordt aangekondigd.'

'Welke verzorging krijgt hij eigenlijk? Is er een arts in het garnizoen van Icenia?'

'Ja, die is er wel, maar de Romeinse geneeskunst is grof. Snijd een stuk af, schroei een wond wat verder dicht, en smeer er zalf op. Hij heeft de verzorging van een druïde nodig, maar hij wil jullie onzinnige wetten niet overtreden.'

Agricola dacht even na. Zijn ogen bleven gericht op haar blozende, droevige gezicht. Toen sloot hij opeens zijn handen om de hare. 'Als ik zelf iets kan doen,' zei hij zacht, 'dan hoop ik dat u alle vooroordelen even vergeet en mijn hulp inroept.'

Boudicca verroerde zich niet en hij trok zijn troostende handen weg. 'Het is niet alleen mijn vooroordeel, Agricola,' zei ze. 'Ik denk dat hij wil sterven. Hij is nog altijd hoofdman genoeg om zich te schamen voor zijn verminking, en ik weet dat hij eronder lijdt dat hij steeds meer een last voor mij wordt.'

'Waarom wil zijn wond niet genezen? Zijn arm werd toch met een snelle beweging afgehouwen, of niet soms?'

Ze wilde er niet over praten, maar toch was de belangstelling van deze jongeman een troost voor haar, en even deed zijn oprechte medeleven haar vergeten dat hij een Romein was. Daarom gaf ze hem zonder sarcasme antwoord terwijl de gesprekken rond hen nu eens luider, dan weer gedempter klonken.

'Ik weet het niet. Misschien was er een toverspreuk over dat zwaard uitgesproken dat elk slachtoffer veel pijn zou lijden als het door dat wapen getroffen werd. De druïden zouden zeggen dat die wond niet geneest omdat er een diep verdriet in zijn ziel is, dieper dan elke gedachte, maar... Ach, ik weet het niet. Ik weet alleen dat de wond in de loop van de jaren telkens weer openging en zich dan weer sloot, maar nu zal dat niet meer gebeuren. Hij zal de volgende Samain misschien nog beleven, maar dan is het waarschijnlijk afgelopen met hem.'

'Ik begrijp het. Heeft hij zijn opvolging in Icenia al geregeld?'

Het wederzijdse begrip tussen hen was opeens verdwenen. 'Hij is nog niet dood!' snauwde ze met een felle ondertoon in haar stem. 'Vraag maar aan de procurator wat u wilt weten!'

Agricola ging staan. 'Ik wilde alleen maar zeker weten of hij maatregelen heeft genomen om verwarring na zijn dood te voorkomen,' zei hij stijfjes en liep weg. De twee Iceniërs begonnen weer te drinken. Prasutugas om de pijn te verdoven en Boudicca om niet aan de volgende dag te denken.

In de ochtend gingen ze op weg voor de lange rit naar huis. Prasutugas moest toegeven dat hij niet genoeg kracht had om nog een dag langer officiële bezoeken af te leggen, en daarom waren Boudicca, Iain en Lovernius naar Agricola gegaan om hem toestemming voor een eerder vertrek te vragen. Het verzoek werd ingewilligd en de gouverneur reed een uurlang met hen mee, voordat hij en zijn gevolg afscheid namen en langzaam terugreden onder de bladerloze bomen van de wouden in het gebied dat vroeger van de Catuvellauni was. Ze gingen op weg naar hun eigen gebied, dat zes dagreizen ver lag. Maar Prasutugas was niet in staat de reis tot het einde zittend op zijn paard te volbrengen. Toen ze drie dagen onderweg waren, zakte hij ineen en nadat een draagbaar gemaakt was van de fraaie stoffen die Boudicca gekocht had, werd hij verder naar huis gedragen.

Herfst, A.D. 59

35

Brigid werkte zich omhoog op de rug van het paard en leunde voorover om de teugels te grijpen. Ze lachte naar Marcus. 'Ben je klaar?'

'Ja! Eén keer rond die boom, en dan verder naar het meer. De eindstreep is waar de rivier in het bos verdwijnt.'

'Maar Marcus, dat is veel te ver! De vorige keer stopten we bij het meer.'

'Ja, maar de vorige keer was je pas dertien. Vandaag ben je veertien en dus kun je ook verder rijden,' zei hij plagend.

Ze trok een lelijk gezicht tegen hem. 'Je moet me laten winnen, omdat het mijn verjaardag is. Je hebt me niet eens een cadeautje gegeven, weet je dat wel?'

'Ik weet het. Ik heb besloten dat je het geld niet waard bent dat ik anders had moeten besteden. En bovendien spaar ik voor mijn reis naar Rome!'

Ze sloot haar ogen en hief haar hoofd op naar de wind. 'O, Marcus, wat een prachtige ochtend. Is het niet heerlijk om op zo'n mooie dag te leven? Kom mee, nu is het mijn beurt om het startsein te geven!'

Ze manoeuvreerden hun paarden naast elkaar en grepen de teugels steviger beet. Terwijl Marcus nog klakkende geluiden maakte om zijn weerspannige paard Pompeius tot gehoorzaamheid te dwingen, riep ze: 'Nu!' en haar paard schoot naar voren over het veld.

'Brigid!' schreeuwde hij, 'dat is niet eerlijk!' Hij joeg achter haar aan en drukte zijn knieën stevig in de flanken van zijn paard. Zijn bovenlichaam was ver naar voren gebogen en de wapperende manen sloegen in zijn gezicht terwijl de wind in zijn oren floot.

Het was inderdaad een prachtige ochtend. Het vlakke, met schaarse struiken begroeide veenland van Icenia lag er frisgroen bij onder de wolkeloze blauwe hemel en de schrale wind deed het gras telkens golven. Brigid was al halverwege de boom, een snel bewegende stip van helder scharlaken, en Marcus siste aanmoedigend tegen zijn paard, terwijl de dof trappelende hoeven op de grond roffelden. Hij zag dat ze even rechtop ging zitten toen ze haar paard toesprak. Ze zwenkte snel om de boom heen en galoppeerde met een roekeloze snelheid naar de noordelijke oever van het meer. Marcus volgde even later en hij slaagde erin de afstand tussen hem en Brigid geleidelijk te verkleinen. Hij draafde langs de oever van het meer, waar de witte vogels, die daar juist weer neergestreken waren nadat Brigid voorbijgestoven was, onder veel gekrijs verschrikt opvlogen. Hij haalde haar in en voelde de opwinding door zijn aderen stromen. Even later reed hij naast haar en hij grijnsde breed. 'Ik ga weer winnen!' riep hij haar toe.

'Maar het is toch mijn verjaardag, Marcus!'

Ze bleven even nek aan nek rijden, maar toen kreeg hij een voorsprong. Al spoedig bereikte hij de wilgen langs de rivieroever, waar hij stilhield en zich van het bezwete paard liet glijden. Hij keek om en zag haar in galop naderbijkomen.

Ze tuimelde, hijgend en met een rood gezicht, op de grond. 'Je had me minstens een voorsprong moeten geven, Marcus. Ik verlies alleen van je omdat je een sneller paard hebt.'

'Nee hoor! Je verliest omdat je een vrouw bent.'

'En hoe rijden vrouwen dan?'

'Te voorzichtig.'

'Dat is niet waar en dat weet jij ook. Ik rijd veel beter dan jij.'

'Zou je gelukkig zijn als ik vals gespeeld had en je expres had laten winnen?'
Ze zuchtte, nog steeds boos. 'Nee, ik denk het niet. Maar vandaag of morgen
zal moeder dit oude beest naar de wei brengen en mij een echt paard geven.'

'Allemaal smoesjes! Zullen we het bos in gaan en koekoeksspog zoeken?'

'Nee. Laten we in het gras gaan zitten.' Ze bond de teugels aan een wilgetak.
'Het weer blijft niet zo mooi en als het eenmaal omslaat begint de herfst.'

'Brigid,' zei hij zacht, 'ik plaagde je alleen maar. Ik heb wel een verjaardags-
cadeautje voor je.'

'Natuurlijk heb je dat, Marcus. Je geeft me toch elk jaar iets leuks. Wat is het?
Krijg ik het vanavond, bij het feestmaal?'

'Je mag het nu meteen hebben. Je hebt er al de hele ochtend naar gekeken.' Hij
lachte breed en er verscheen een raadselachtige trek op zijn gezicht. 'Wil je
raden wat het is?'

Ze keek hem vragend aan en schudde toen haar hoofd. 'Ik zou werkelijk niet
weten wat je bedoelt. Zeg op!'

Hij maakte een zwierige buiging en wees naar zijn paard, dat inmiddels van
het natte, weelderige gras graasde. 'Daar!'

Haar ogen werden groot van verrassing. 'Pompeius? Je wil Pompeius toch
niet aan mij geven? O, nee hoor, Marcus, dat mag ik niet aannemen, jij houdt
veel te veel van je paard. En bovendien is hij een fortuin waard.'

Marcus keek verlegen naar de grond. 'Ik wist niets anders te bedenken voor
een meisje dat alles al heeft. En bovendien, Brigid, ik wil graag dat Pompeius
voortaan van jou is.' Hij keek verlegen grijnzend op. 'Morgen houden we
weer een wedstrijd en dan zul jij winnen!'

Ze wist niet wat ze hem moest antwoorden en liep naar het grote paard. Ze
streelde de lange manen en de brede neus. 'Dank je wel, Marcus,' zei ze zacht.
'Dit heb ik niet verdiend. En zo'n goede vriend als jij bent heb ik ook niet
verdiend. Ik beloof je dat ik je nooit meer zal plagen.'

'O, dat hoop ik niet!' antwoordde Marcus luchtig. 'Dat is tenminste iets anders dan het gezeur van mijn moeder. Kom mee. Dan zoeken we een plek om
te gaan zitten.'

Ze lieten de paarden achter en liepen over het veld, tot ze zich in het lange,
geurige gras lieten vallen. Marcus rolde zich op zijn rug en slaakte een zucht.
Hij strengelde zijn vingers achter zijn hoofd ineen en keek met samengeknepen ogen naar de zonnige hemel. 'Ik zal dit alles missen,' zei hij. 'Rome zal
zeker een boeiende stad zijn, maar ik denk toch dat ik liever in Icenia ben dan

in zo'n warme, stinkende stad.'

Brigid ging rechtop zitten. 'Dan ben je geen echte zoon van Rome. Heeft Aristoteles zelf niet gezegd dat het platteland alleen bestaat om de steden te dienen?'

'Nee, dat deed hij niet. Hij zei dat de mens een dier is dat in steden leeft. Ik denk dat mijn leraar met jou niet ver zou komen.'

Ze begon de wilde bloemen tussen het gras te plukken en wierp ze in haar schoot. 'Ik zal je missen.'

Hij keek naar haar op, maar ze was druk bezig een boeket van de bloemen te maken. 'We hebben nog tijd genoeg, Brigid,' zei hij zacht.

'Maar alles staat al vast, en je zult ons voorgoed verlaten om nooit meer terug te komen.' Ze liet de bloemen op haar tuniek vallen en begon er langzaam weer een boeket van te maken. 'Vind je het eigenlijk leuk om bij de cavalerie te gaan?'

'Ik word alleen de duvelstoejager van een generaal, weet je. Het zal nog jaren duren voordat ik zelfs maar met de echte oefeningen kan beginnen.'

Marcus verheugde zich helemaal niet op het naderende vertrek. Hij zag het zonlicht op haar zijdeachtige haren glanzen. Haar zuster was ook blond, een diep roodblond, een kleur die ze deels van Prasutagas, deels van Boudicca had gekregen, maar Brigid had lichtere vlechten dan men ooit eerder had gezien bij deze stam van blonde, blauwogige mensen. Marcus kon er nooit naar kijken zonder de aandrang te voelen haar haren aan te raken. Hij werd er al door geboeid toen hij nog een klein kind was en ze samen speelden in de schaduw van de aarden wal.

Marcus kende geen ander bestaan dan de vreedzame zonnige dagen in dit kleine, welvarende koninkrijk. Zijn ochtenden bracht hij gewoonlijk door bij zijn leraar, en in de middagen reed hij met Brigid en Ethelind door de velden. Ze jaagden in het bos of peddelden met kleine bootjes over de rivier of op de ondiepe poelen tussen de moerassen. Marcus was in totaal vier keer met zijn moeder naar Rome gereisd, maar dat had hij niet bepaald leuk gevonden. De drukte, de indringende geuren, en het gedrag van de mensen hadden hem tegengestaan en afgeschrikt. Hij was iemand uit de provincie, al zou zijn moeder dat graag anders zien. Icenia was zijn thuis en hij beschouwde Brigid en Ethelind als zijn gelijken, maar nu wilde zijn vader hem wegsturen om ergens in het land waar hij weliswaar geboren was, maar waaraan hij niet gehecht was, aan een militaire carrière te beginnen. Dat vooruitzicht was zowel spannend als afschrikwekkend. Tot vandaag had zijn toekomst onwerkelijk geleken, maar vandaag was het de verjaardag van Brigid, en nu leek de dag van inpakken voor het vertrek en van afscheid nemen snel naderbij te komen. Dan zou hij de lange reis naar Rome maken, om ergens onderdak te vinden in een barak en zijn eerste militaire oefeningen te beginnen.

Opeens leken zijn dromen van succes hol en bedreigend.

'Wil je eigenlijk wel vechten, Marcus? Of ben je bang?'

'Ik weet het niet. Ik heb nog nooit gezien dat een man gedood werd. Vader zegt dat je in een veldslag geen tijd hebt om bang te zijn. Hij zegt dat je alleen bevelen opvolgt en dat een veldslag niet anders is dan een oefening, maar dat betwijfel ik. Bij oefeningen vloeit toch geen bloed?'

'Mijn moeder zegt dat ze altijd bang is, maar dat je de angst leert negeren. Ik pakte een keer één van de ceremoniële zwaarden die vroeger, toen ik klein was, in de zaal hingen. Ik haalde het zwaard uit de schede, maar het was zo zwaar dat ik het amper kon optillen. Het is echt moeilijk te geloven dat de meisjes vroeger zulke zwaarden gebruikten als ze met elkaar streden.'

'Jouw moeder is anders een heel sterke vrouw.' Marcus ging rechtop zitten en pakte een kleine tere bloesem op uit haar schoot. 'Kijk eens naar deze bloem, Brigid. Die past prachtig bij de kleur van je ogen. Purper, zoals geronnen bloed.' Haar ogen keken hem stralend aan.

'Hoe kun je zoiets zeggen, Marcus! Ik ben blij dat je weggaat. Dan zal ik een vrijer vinden die me vertelt dat mijn ogen zijn als de sterren en mijn haren als de zon, zonder dat jij er bent om hem achter zijn rug uit te lachen. Herinner je je Connor nog?'

Marcus grijnsde vrolijk, zijn vingers bewogen door het gras en plukten madeliefjes. 'Natuurlijk. Ik heb hem in de rivier geduwd. Hij had veel te veel eigendunk en daarom verdiende hij een nat pak.' Marcus begon de taaie bloemstengels tot een krans te vlechten, en zodra hij daarmee klaar was knielde hij voor Brigid. 'Kijk eens, een kroon voor een jarige prinses.'

'Wat mooi! Zet maar op mijn hoofd.'

Hij legde de krans om haar voorhoofd en keek haar toen fronsend aan. 'Nee, zo staat het niet goed. Een prinses moet zo'n krans alleen dragen als haar haren los zijn. Maak je vlechten los, Brigid.'

'Nee. Het duurt veel te lang om nieuwe vlechten te maken.'

'Dan doe ik het wel voor je. Alsjeblieft?'

'Moeder vindt het vast niet goed.'

'Die is hier niet.'

Met tegenzin trok ze haar vlechten naar voren en begon ze los te maken. Marcus keek toe en voelde zijn hart plotseling in zijn keel bonzen toen haar weelderige haren als in een waterval over haar schouders en armen vielen, tot op het gras achter haar. Ze bewoog haar hoofd. 'Zo. Zie ik er nu meer uit als een prinses? Ik ben trouwens een prinses, wist je dat?'

Gesponnen glas, dacht hij. Ragfijn gouddraad waarin een godin zich kan kleden. 'Dat is veel beter,' zei hij hees. 'Nu heb je alleen nog een troon nodig.'

Ze lachte en begon haar haren weer te vlechten. 'Laat mij dat voor je doen,' zei hij, dichterbij komend. Nu kon hij de geur van haar haren ruiken, een warme zonnige geur. Hij sloot zijn ogen en liet zijn handen door haar gouden haren gaan. Brigid bleef doodstil rechtop zitten. Hij drukte haar lokken tegen zijn gezicht en wreef ermee langs zijn wangen. Ze keerde haar hoofd om en wilde hem aankijken. Zijn lippen streken langs de hare. Ze deinsde terug. 'Niet doen.'

'Waarom niet?'

'Omdat... omdat het zo prettig aanvoelt.' Kleur verscheen in haar hals en haar lippen beefden. 'Omdat moeder het niet goed vindt, bedoel ik. En omdat je toch weggaat.' Haar gezicht versomberde. 'O, Marcus, ga alsjeblieft niet weg!'

Ze zaten geknield tegenover elkaar, zijn vingers hielden haar haren nog steeds vast. Ze draaide zich om en liet zich in het gras vallen. Marcus liet zich naast haar zakken. 'Brigid,' fluisterde hij verward. 'Brigid...' Hij kuste haar weer en deze keer opende ze haar mond onder de zijne. Hij voelde een steek van genot. Duizelig lichtte hij haar hoofd wat op. Haar grote ogen vonden de zijne. Ze keek tegelijk angstig en verwonderd. 'Wat ben je mooi!' begon Marcus. 'Ik denk...' Maar ze rukte zich van hem los en ging rechtop zitten. 'Nee, Marcus, zeg dat niet! Niet nu, op mijn verjaardag, niet nu je weggaat.' Hij schudde heel langzaam zijn hoofd en sloeg zijn armen weer om haar heen. 'Ik geloof dat ik verliefd op je ben. Is dat niet fantastisch? Ik houd van je!'

'Waarom moet je dat juist vandaag zeggen?' snikte ze. 'Waarom zei je dat gisteren niet, toen Pompeius op mijn voet trapte, of de vorige week, toen ik mijn mooiste gouden armband in het bos verloor?' Een rode blos verscheen op haar wangen. Ze raakte in verwarring en probeerde met nerveuze bewegingen haar haren recht te strijken. 'Je zegt dat alleen maar omdat je rustig kunt vertrekken, en dan maakt het niets meer uit.'

'Doe niet zo gek!' zei hij snel. 'Je kent me wel beter! Ik meen het, Brigid. Ik houd echt van je. Vind je het goed als ik met mijn vader spreek, en daarna met die van jou? Wil je je met mij verloven?'

'Maar je begint daar zo plotseling over!' protesteerde ze schuchter.

'Vind je?' vroeg Marcus ongelovig. Hun ogen vonden elkaar even. Nee, het is niet plotseling, moest ze toen toegeven, en ze sloeg haar ogen neer.

'Ben je het met me eens?'

Ze keek niet op. Haar vingers bleven onrustig bewegen. 'Ja, Marcus,' fluisterde ze toen heel zacht.

'Prachtig! Dan mag ik je nu nog eens kussen om onze afspraak te bezegelen!' Ze lachte zwakjes en sloot langzaam haar ogen. Hij trok haar naar zich toe, maar een windvlaag duwde haar lange haren tussen hun mond en toen zat zijn neus opeens onhandig in de weg. Schaterend lieten ze zich op het gras vallen.

'Moet het een Romeinse bruiloft worden?' vroeg Brigid.

'Maar natuurlijk! Jouw vader zal eerst een inlandse trouwerij willen, maar daarna moet er toch ook een behoorlijke plechtigheid komen!'

'Hoe is een Romeinse bruiloft eigenlijk?'

Hij fronste en streelde haar haren. 'Dat weet ik niet precies. Maar ik weet wel zeker dat jij daarbij een lang wit gewaad draagt, als een Vestaalse maagd, en op je hoofd zul je een sluier dragen. Jij en je familie lopen dan naar mijn huis, met toortsen in de hand. O, Brigid, ik zie je al staan. Het licht valt op je sneeuwwitte kleren. En iedereen zal dan "Talassio!" roepen, als ik je over de drempel draag.'

Brigid slaakte een zucht. 'Het klinkt allemaal zo prachtig...' Ze bleven een poosje heel tevreden met hun armen om elkaar heen geslagen zitten, maar toen maakte ze zich opeens los en schudde met een beschuldigende vinger voor zijn verbaasde gezicht. 'Marcus Favonius! Nu weet ik waarom jij met me wilt trouwen. Dat is het! Hoe is het mogelijk dat ik daar niet eerder aan gedacht heb! Jij loert gewoon op een grote bruidsschat!'

Zijn mond viel open en Brigid sprong overeind. 'Ik ga mijn verjaardagscadeau berijden. En je zult me niet kunnen inhalen, onbeschaamde avonturier!' Ze was met een sprong weg en rende schaterend over het veld. Haar blonde haren waaierden als een zijden sluier in de wind.

Brigid bracht Pompeius naar de stal en gaf nauwkeurige instructies over zijn verzorging aan de paardenslaaf. Daarna liep ze langzaam langs de keurige huizen van de hoofdmannen. Tijdens het lopen vlocht ze haar haren en neuriede zachtjes voor zich uit. Ze kon wel huppelen en dansen. Marcus had gezegd dat hij van haar hield. Hij wilde met haar trouwen. O, dit is de mooiste verjaardag van mijn leven! O, Andrasta, Koningin van de Overwinning, ik zal een witte stier voor je offeren, als ik werkelijk met hem trouw!'

Brigid ging de Vergaderzaal binnen en bleef een ogenblik staan, tot haar ogen aan de schemering binnen gewend waren. Het was koud in de grote ruimte. Ze keek om zich heen, maar nergens was Ethelind te zien. Alleen een groepje hoofdmannen zat in de verste hoek bijeen. Verder was de grote ruimte verlaten. De huiden en vachten, die uitgespreid op de vloer lagen, waren smetteloos schoon en de schilden aan de wanden glansden zelfs in het schemerige licht. Bleke plekken gaven de plaatsen aan waar tien jaar geleden de wapens opgehangen waren, voordat Scapula bevolen had dat heel Icenia ontwapend moest worden. Het vuur was gedoofd en het metalen rooster was schoon geschrobd. Brigid liep dwars door de zaal en toen ze dichter bij het groepje mannen kwam hoorde ze een boze stem boven de andere uit. Lovernius stond daar met zijn mantel over zijn arm gevouwen. Hij hief een gebalde vuist omhoog.

'Hij wil rente, beweert hij. Waarom zou ik rente betalen? Ik ben hem toch helemaal niets verschuldigd? Hij heeft mij al mijn vee en de helft van mijn schapen afgenomen. Maar nu beweert hij dat de andere helft rente is. Dat is toch belachelijk!'

'Vrouwe!' zei een andere stem, 'hij heeft gedreigd mijn zoon weg te nemen, als ik hem geen geld betaal. Hij staat daar met vreemde soldaten die niet van het garnizoen zijn, en dan stelt hij zijn eisen. Wat gebeurt er toch?' Brigid kwam naderbij. Haar moeder zat op haar stoel. Ze hield een hand om haar kin geslagen, en haar rode haren vielen half voor haar gezicht. De hoofdmannen zaten in een kring rond haar. Hun gezichten waren bleek van woede. 'Hij heeft mij slavenketens gebracht,' schreeuwde een krijgshaftig kijkende man. 'En hij heeft al mijn knechten weggevoerd. Wie moet nu mijn akkers bewerken?'

'Ik bood aan met hem om mijn schapen te dobbelen,' zei Lovernius. 'Maar hij gaf niet eens antwoord.'

Boudicca kwam vermoeid overeind. 'Goed,' zei ze beslist. 'Ik zal naar Favonius gaan. Lovernius, ga met je harp naar Prasutugas en zing voor hem. Probeer hem wat op te vrolijken. Maar zeg hem niet waar ik naar toe ga. Zeg maar dat ik ga jagen.' Ze beende weg van de groep mannen en zag toen opeens haar dochter in de schaduwen. 'Brigid! Heb je vandaag gewonnen? Wat heb je buiten gedaan? Er zit overal gras in je haren.'

'Nee, ik heb niet gewonnen. Moeder... Ik moet je spreken.'

Boudicca keek nu aandachtiger naar het blozende gezicht en de schuldige ogen van Brigid. Ze vermoedde dat ze nog een probleem te horen zou krijgen. 'Ik heb nu geen tijd, Brigid. Het spijt me, maar kom vanavond maar praten.'

'Wat is er dan aan de hand?'

Haar moeder keek ernstig. 'Het gaat erg slecht met je vader.' Toen liep ze langs Brigid. Haar tuniek zwaaide om haar enkels en haar halsketting rinkelde. Toen ze buiten was liep ze meteen naar de stallen. 'Breng mijn paard naar buiten!' beval ze en de slaaf haastte zich haar te gehoorzamen.

Het net rond de Iceni werd dichtgetrokken. Dat wist Boudicca zeker. Langzaam maar onmiskenbaar viel het stamgebied uiteen. Gisteren en eergisteren was ze ook naar Favonius gegaan en had hem om opheldering gesmeekt, maar hij had ontwijkend geantwoord. Ik weet wel waarom, dacht ze. Het gaat om Prasutugas. Ik heb het hem telkens weer gezegd. Ik bestookte hem met woorden, maar hij wilde niet luisteren, en nu is het te laat. Het paard werd naar buiten geleid en het harnas glinsterde in de zon. Ze trok haar tuniek op en sloeg haar ene been over de brede rug. Even later reed ze door de open poort naar de bomen in de verte.

De afgelopen negen jaren hadden Boudicca en de Romeinse arts gevochten om Prasutugas' leven te verlengen, maar nu waren zijn dagen geteld, en dan zou er ook een einde aan de laatste resten van zelfbestuur in Icenia komen. Het pad slingerde onder de bijna bladerloze bomen door. Boudicca liet haar paard nu stapvoets verder gaan. Woede en verdriet welden in haar op, en ze wist dat die deze keer niet voorbij zouden gaan. Prasutagas zou spoedig sterven, dit keer zou er geen uitstel meer zijn. Boudicca probeerde de paniek die haar naar de keel greep weg te slikken. Ik moet niet vooruit kijken, hield ze zichzelf voor. Ik moet elke dag, elk uur onder ogen zien zoals het komt. Vandaag moet ik Favonius hulp vragen, omdat mijn hoofdmannen dat willen. En morgen... Ze liet de bomen achter zich, maar ze gaf haar paard niet de sporen. In de verte lag het door de zon beschenen garnizoen, onder aan de glooiende helling.

Caradoc, jouw leven was tevergeefs. Misschien, als je nog leiding aan de opstand in het westen gaf, zou ik nu opnieuw over de velden rijden met een helder glanzend zwaard aan mijn gordel. Maar al je opofferingen waren tevergeefs, en ik moet ook toegeven dat mijn leven één lange, zinloze woordenstrijd was. Als ik mij overgegeven had zou dit ogenblik ook gekomen zijn, maar dan zou ik tenminste kunnen terugkijken op zinvolle jaren van vrede. Dan zou ik de innerlijke kracht hebben gevonden die mij door de donkere dagen van angstaanjagende eenzaamheid die vóór mij liggen zou dragen. Ze liet zich in de schaduw van de palissade van haar paard glijden, gaf de teugels over aan een bewaker en liep dwars over het kleine paradeterrein. Ik kan me jou zo goed herinneren, Gaius Suetonius Paulinus, dacht ze. Ik heb je slechts één keer ontmoet, tijdens een maaltijd in je fraaie huis, en toch keerden mijn gedachten het afgelopen jaar telkens weer naar jou terug, alsof je een verre minnaar was. Jij bent onze onverslaanbare tegenstander. Jij zult ons overwinnen. Venutius is geen gelijke partij in de strijd. Je hebt Colchester nooit verlaten en toch heb je garnizoenen in Siluria gelegerd. Geen enkele gouverneur is dat eerder gelukt. Madoc mag dan in het noorden nog altijd heer en meester zijn, hij zal zijn eigen dorp nooit meer terugzien.

Ze schudde haar treurige overpeinzingen van zich af en liep met grote passen verder tot aan de veranda, waar ze luid op de deur bonsde. Ze moest niet aan Paulinus denken, niet op dit ogenblik. Ze had nu haar eigen beslommeringen. Favonius zat aan zijn schrijftafel, omringd door stapels paperassen. Zijn secretaris stond naast hem en las mee over zijn schouder. Een soldaat opende de deur voor Boudicca en gaf met een hoofdknik te kennen dat ze naar binnen kon gaan. Hij sloot de deur zacht achter haar. Ze bleef vlak voor de rommelige schrijftafel staan. Favonius keek eerst geërgerd op, maar ging prompt staan toen hij zag wie er vóór hem stond.

'Boudicca!'

Haar gezicht was bleek als perkament onder haar donkere sproeten, en ze hield haar mond stijf gesloten. Ze staarde hem aan.

'Is er iets met Prasutugas?' vroeg Favonius bezorgd.

'Je weet best wat er aan de hand is, Favonius. Ik ben gisteren hier gekomen, maar nu zijn er nieuwe grieven. Wat ben je van plan? Waarom geef je die rovers gelegenheid mijn gebied af te schuimen en de huizen te doorzoeken als ratten die op zoek zijn naar voedsel? Wie heeft daar opdracht toe gegeven?' Hij liet zich langzaam weer op zijn stoel zakken en wuifde zijn secretaris weg. 'Dat heb ik je gisteren al verteld,' zei hij vermoeid. 'Sommige opdrachten komen uit het kantoor van de procurator, dus uit Colchester. Andere komen rechtstreeks uit Rome. Ik heb er geen enkele macht over, en ze gaan mij ook niet aan.'

'Je hebt nog geen antwoord gegeven. Dat durf je zeker niet! Dan zal ik het zeggen: ze komen omdat Prasutagas spoedig zal sterven, nietwaar? Geef antwoord!' Boudicca sprak steeds luider en plantte haar handen op de rand van de tafel. Ze boog zich naar hem toe. 'Die arme Seneca maakt zich zeker zorgen. Hij is vast bang dat ons geld in andere handen terechtkomt als mijn man gestorven is. In wiens handen, Favonius? Waarom is Seneca zo bezorgd?' Ze schreeuwde nu tegen hem. 'Waarom zijn die handlangers van de procurator hier!?'

Hij zweeg zolang zij aan het woord was. Zijn armen rustten losjes op het tafelblad vóór hem en hij keek haar kalm aan. 'Seneca moet weten wat er in Prasutagas' testament staat. Wanneer hij sterft vervallen zijn landerijen aan de keizer en aan zijn dochters. Maar de schulden zullen allemaal afbetaald worden. In alle jaren sinds Prasutagas geld van hem geleend heeft is er nog nooit vertraging in de aflossing geweest.'

'Nee, dat is waar,' mompelde Boudicca. Ze stond nog steeds vóór hem. 'Dan moet een andere angst aan zijn oude hart knagen. Er is in het hele keizerrijk slechts één man die ongestraft het geld van Seneca kan afnemen. Dat verklaart de aanwezigheid van Decianus' mannen.' Ze liet haar stem dalen. 'Zeg me de waarheid, Favonius. Wat zal er met de Iceni gebeuren als Prasutagas gestorven is?'

Hij haalde zijn met leer beklede schouders op. 'Ik weet het niet. De gouverneur kan toestemming geven dat jouw dochters de macht overnemen, als Prasutagas dat bepaald heeft.' Hij wendde zijn ogen van haar af en ze schoot naar voren.

'Of de Iceni zullen niet langer zelfstandig zijn en er wordt een praetor benoemd! Ik ben niet dom, Favonius, en jij ook niet. Is dat niet het beleid van Rome, wanneer de heerser van een bezet gebied sterft, dat zijn land voortaan rechtstreeks vanuit Rome bestuurd wordt? Ach, wat was Prasutagas toch lichtgelovig! Alle leugens die je hem verteld hebt, jij smerige bedrieger! Al die heerlijke maaltijden en alle prachtige geschenken. Al die verzekeringen dat er niets zou veranderen! De Iceni zijn anders, heb je gezegd. De Iceni zijn onze vrienden, onze bondgenoten! Inlijving? Nooit!' Met haar harde, mannelijke stem vuurde ze de woorden op hem af en hij voelde zich steeds meer in het nauw gedreven. 'Je hebt gelogen, Favonius. O, Andrasta, meest Verhevene, wat heb je schandelijk gelogen. De mannen van Decianus zijn als hongerige wolven die op een nog levend karkas loeren. En als Prasutagas gestorven is, dan zullen ze Icenia in stukken scheuren voor Nero!'

'Je overdrijft, zoals altijd, Boudicca,' protesteerde hij kalm. 'Natuurlijk zijn hier agenten van de procurator. Als Prasutagas sterft, dan moet je successierechten betalen, en je dochters moeten dat ook. De ambtenaren zijn hierheen gekomen om er zeker van te zijn dat de keizer niet bedrogen wordt. En wat de dienaren van Seneca betreft, je kunt je toch zeker wel voorstellen dat zij willen weten wat er verder gebeurt? Maar maak je geen zorgen, alles wordt keurig uitgezocht.'

'Door wie? Prasutagas heeft mijn handen gebonden met zijn testament. Onder zijn toezicht zijn onze dochters opgegroeid tot elegante maar nutteloze wezens, zoals Priscilla er ook een is!' Favonius vertrok geen spier, maar de bijna geamuseerde schittering verdween uit zijn ogen en maakte plaats voor een kille uitdrukking. 'Help ons toch, Favonius. De wilde honden van Seneca plunderen nu al vee bij mijn onderdanen en er worden mensen als slaven weggevoerd. Ze komen naar ons toe, maar ik kan niets doen zonder jouw hulp.'

'Het is niet mijn taak tussenbeide te komen in afspraken die onderling tussen Seneca en de hoofdmannen gemaakt zijn,' zei hij beslist. 'Als de hoofdmannen de voorwaarden van die afspraken niet begrijpen dan heb ik daar niets mee te maken. Ik heb de leiding van dit garnizoen, dat is alles.'

Boudicca deinsde verbijsterd achteruit. Met veel moeite slaagde ze erin zich te beheersen en ze dwong haar stem redelijk te klinken. 'Dat is *niet* alles. Jij bent onze verbinding met de gouverneur. Jij kunt namens ons een verzoekschrift bij hem indienen. Favonius, ga voor ons naar Paulinus.'

'Onmogelijk! Je hebt niet naar me geluisterd, Boudicca. Het kantoor van de procurator is geen verantwoording aan de gouverneur verschuldigd, en dat is ook nooit zo geweest. Decianus staat rechtstreeks onder het gezag van de keizer. En zelfs al zou ik een verzoekschrift namens jou willen indienen, dan is dat toch onmogelijk: Paulinus is vertrokken uit Colchester. Hij is begonnen aan een veldtocht tegen de Deceangli en rukt dan verder op naar Mona. Hij is bezig met zijn beslissende veldtocht tegen de opstandelingen.'

Boudicca staarde hem enige tijd verbijsterd aan, slaakte toen een gesmoorde kreet en liet zich in de stoel tegenover hem zakken. 'Dus nu al,' fluisterde ze, half tegen zichzelf. 'De moeilijkheden stapelen zich voor mij op, de een na de ander, en zoals altijd ben ik machteloos.' Ze keek naar zijn harde, rode gezicht. 'Ik wil een gesprek met de procurator. Regel jij een afspraak voor een ontmoeting met hem, Favonius. Aan dit onwettige gedrag moet een einde komen.'

Favonius rees geërgerd overeind. 'Het is niet onwettig, Boudicca. De Romeinse wetten zijn rechtvaardig en eerlijk. Als er geen geld verschuldigd was, dan zouden er ook geen pogingen gedaan worden dat in Icenia op te eisen.'

Boudicca keek hem lange tijd zwijgend aan en haar lippen knepen zich tot een steeds dunnere, strakke lijn samen. 'Of de eerlijkheid en goedheid hebben je verblind, Favonius, en dat betwijfel ik sterk, of je bent nooit een vriend van ons geweest, en in al de jaren dat je met Prasutugas omging heb je hem achter zijn rug uitgelachen. Hij is degene die door eerlijkheid en goedheid verblind werd. Hij is duizend keer meer waard dan jij! Wil je dan werkelijk niets voor ons doen?'

Favonius spreidde zijn handen in een machteloos gebaar uit. 'Ik kan niets doen. Als Prasutugas sterft, dan zal de zaak heus niet uit de hand lopen, en je zult zien dat je angst ongegrond is.' Hij liep om zijn schrijftafel heen en Boudicca stond op. 'Ik wilde je vragen een beker wijn met mij en Priscilla te drinken, maar ze is aan het rusten en zoals je ziet heb ik het erg druk.' Hij maakte een gebaar of hij haar wilde aanraken, maar ze deinsde achteruit. 'Het spijt me, Boudicca. Ik zou graag willen dat Prasutugas blijft leven, en ik zou even graag willen dat jij en ik vrienden konden zijn, zoals hij en ik dat waren.'

Ze liep met grote passen naar de deur die de soldaat voor haar opende. 'Het spijt mij ook,' zei ze hees. 'Ik zou graag willen dat Caradoc nog steeds arviragus was, en dat Albion erin slaagt Paulinus te verslaan. Ik wilde dat ik je nooit ontmoet had. En ik zal hier nooit meer komen!'

Zodra ze buiten was rende ze over de binnenhof naar haar paard. Ze besteeg haar paard zo snel ze kon en gaf het dier meteen de sporen. In galop verdween ze in de richting van de bomen.

De legionair sloot de deur achter haar. Favonius en zijn secretaris keken elkaar aan.

'Decianus pakt het daar wel wat hardhandig aan,' zei de secretaris nonchalant. 'Als Prasutugas sterft worden zijn bezittingen toch verzegeld, zoals gebruikelijk? Waarom heeft hij dan zoveel haast?'

'Hij denkt eerst aan zijn eigen gewin, zoals gewoonlijk,' antwoordde Favonius met een zucht. 'Als ik protesteer raak ik mijn functie hier kwijt, maar als er in Icenia hoofdmannen gedood worden, moet ik toch wel mijn bezwaren laten horen.' Hij zocht tussen de paperassen vóór hem. 'Ik mag Boudicca en Prasutugas allebei graag, weet je. En het zit me werkelijk dwars dat onze verstandhouding met de inlanders geschaad wordt door de hebzucht van één man. Als Decianus inderdaad weet wat voor vrouw Boudicca is, dan zou hij zich wel twee keer bedenken voordat hij zich zo brutaal en hardvochtig gedraagt.'

De secretaris zweeg beleefd en Favonius besloot dit onderwerp van zich af te zetten. 'En?' bromde hij, 'wat is het volgende probleem?'

Boudicca liet haar paard bij de stallen achter en liep meteen naar de zaal. Lovernius stond haar op te wachten. Zijn dobbelstenen rammelden in zijn hand en hij droeg zijn harp over zijn schouder. Toen ze dichterbij kwam liep hij haar snel tegemoet. 'Wat heeft hij gezegd, Boudicca?'
'Niets!' antwoordde ze kortaf. 'Hij heeft helemaal niets gezegd, en hij zal ook niets doen. Voor Decianus zijn we even weerloos als fazanten in een boom. Hoe is het nu met Prasutugas?'
'Hij is erg zwak. Ik heb voor hem gezongen. Brigid is ook gekomen om hem verhalen te vertellen, maar hij viel in slaap.' Lovernius keek haar bezorgd aan. 'Wat kunnen we doen?'
Boudicca voelde zich machteloos. 'Niets, helemaal niets! Het is te laat. De kansen zijn verkeken, Lovernius, en wij moeten het lot dragen dat we jaren geleden zelf gekozen hebben. Prasutugas heette Rome hartelijk welkom, en antwoordde dat we ons geen zorgen hoefden te maken. Want al nemen ze ons alles af, we mogen als dank in die zogenaamde vrede delen.'
Boudicca keerde zich om en liep naar haar kleine hut. Iemand moest het gezag over de stam hebben, en zo lang Prasutugas nog leefde was dat haar taak. Ze had enkele maanden geleden het grote huis aan Prasutugas overgelaten, om zelf haar intrek in een eenvoudige hut te nemen. Ze kon het ziekbed van haar man niet langer aanzien, ze kon de geur van verrotting en bederf die hij verspreidde niet langer verdragen. En ze kon ook niet verdragen hoe hij uur na uur hevig leed, overdag en in de onrustige nachten. Hij lag daar doodziek in het bed dat ze samen met zoveel vreugde gedeeld hadden. Soms, als hij zich wat beter voelde, droegen zijn hoofdmannen hem voorzichtig naar buiten, zodat hij wat in de zon kon zitten. Dan kwam ze naar hem toe en ging aan zijn voeten zitten. Ze liet haar hoofd tegen zijn vermagerde knieën rusten. Maar het verdriet om zijn naderende einde en de steeds grotere problemen in het stamgebied dreven haar dikwijls naar de hut, waar ze zwijgend piekerde en trachtte de dood en de chaos een stap voor te blijven. Ze maakte hem nooit meer verwijten. En alle problemen werden zorgvuldig zoveel mogelijk voor hem verborgen gehouden, om zijn gemoedsrust niet te verstoren. Favonius bracht hem af en toe een bezoek en dan spraken ze over de jacht. De meisjes vertelden hem grappen. Lovernius speelde en zong voor hem. Maar Boudicca zelf kwam zwijgend bij hem zitten. Woorden van verontschuldiging welden in hem op, maar ze werden verstikt door zijn nooit aflatende pijn. Hij slaagde er met moeite alleen in over het weer, over feestdagen, of over zijn grote kudden te spreken. Voordat de Romeinen hier gekomen waren zou de zieke ricon in dit geval gedood zijn, zodat er een nieuwe heerser gekozen kon worden, maar de Icenische hoofdmannen hechtten niet langer aan deze oude

gewoonten. Ze vereerden nu andere goden, vooral de goden van rijkdom en vrede. Alleen Boudicca en enkelen uit haar eigen gevolg gingen regelmatig naar het heilige bos van Andrasta, en dan strekten ze hun lege handen uit voor de oorlogszuchtige Koningin van de Overwinning.

Boudicca duwde de deurhuiden opzij, trok met een woeste beweging haar mantel uit en wierp die op het bed. Ze keek even naar het uitgedoofde vuur en liet zich toen in een stoel zakken. Ze legde haar hoofd in haar handen. De stilte en duisternis omringden haar en ze slaakte een diepe zucht van vermoeidheid. Wat moet ik nu doen? Op die vraag wist ze geen antwoord. Ze kon niets doen, nu de dagen van hoop en opstand voorbij waren. De macht over het eiland was in Romeinse handen en het zou niet lang duren voordat de opstand in het westen tot een herinnering zou zijn vervaagd.

Een uur later kwam Brigid binnen. Boudicca zat nog steeds in de stoel, met haar lange benen voor zich uit gestrekt. Haar hoofd was naar haar schouder gezakt. Het meisje raakte haar voorzichtig aan.

'Moeder, slaap je?'

Boudicca opende haar ogen en glimlachte zwakjes. 'Nee, ik slaap niet, ik denk alleen na. Je wilde met me praten, nietwaar?' Ze ging rechtop zitten. 'Het spijt me, Brigid. Dit is niet de prettigste verjaardag voor je.'

'O, juist wel! Daarom wil ik ook met je praten.' Brigids stem beefde even. 'Het... het gaat over Marcus.'

Nu had Boudicca opeens alle aandacht voor haar dochter. 'Vertel op,' zei ze, maar Brigid wist niet hoe ze moest beginnen. Ze stamelde wat en ontweek de onderzoekende blik van haar moeder. Ze begon te blozen en strengelde haar vingers nerveus ineen. Eindelijk vatte ze moed.

'Hij heeft me gezegd dat hij van mij houdt. Dat heeft hij me vandaag verteld, op mijn verjaardag. Hij wil dat we met elkaar trouwen, voordat hij vertrekt. Ik weet dat hij daar met vader over moet spreken, maar vader is zo ernstig ziek en trouwens...' Ze maakte de zin niet af. En trouwens, vader spreekt toch niet meer in de Vergadering, had ze willen zeggen. Boudicca voelde zich overweldigd door een gevoel van wanhoop. Ze keek naar de heldere, onbezorgde ogen van haar dochter, naar de zachte handen die nooit een zwaard of speer hadden opgepakt en naar haar onschuldige mond. Ze dacht terug aan de tijd dat ze zelf zo jong was, toen al een sterke zwaardvrouw, en klaar om haar eerste vuurproef te doorstaan, als een man. Ik heb je verraden, Brigid, dacht ze. Je vader eiste dat jij en Ethelind onder deze gevaarlijke bescherming opgroeiden, maar ik had toch iets kunnen doen. Ik had je de oude gebruiken van ons volk kunnen leren, ik had je vroeg aan een jonge hoofdman kunnen uithuwelijken. Ik had je kunnen meenemen naar het bos en daar kunnen wijzen waar de wapens diep begraven liggen, voor een dag die misschien nooit meer zal aanbreken. Maar ik had geen vertrouwen in je, en misschien was het ook niet verkeerd wat ik deed.

'Brigid, ik moet je iets vertellen.' Ze zei het kalm en zonder emotie. 'Marcus is nog erg jong. Hij staat nog maar aan het begin van een lange en moeilijke carrière die hem naar alle uithoeken van het Romeinse keizerrijk kan voeren. Een vrouw zal hem alleen maar weerhouden, en ik weet wel zeker dat Favonius dat ook tegen hem zal zeggen. En hij heeft geen geld. Hij is nog lang niet toe aan een huwelijk, dat zal nog jaren duren. Jullie zijn samen opgegroeid, en misschien heeft je vader er verkeerd aan gedaan dat hij je zoveel vrijheid gaf. Marcus is een goede jongen, maar hij is niet geschikt voor jou.'

In Brigids violetkleurige ogen glansden tranen. 'Dus je weigert toestemming te geven? Maar hij houdt van me, moeder, en ik houd meer dan van wie ook van hem!'

'Brigid,' zei Boudicca langzaam en nadrukkelijk, 'hij is een Romein.'

Er viel even stilte tussen hen; toen liep Brigid naar het bed en ging op de rand zitten. 'Het kan me niet schelen wat hij is! Een Romein, een Siluriër, wat maakt dat uit? Ik houd van hem, dat is het enige dat belangrijk is!'

'Het gaat om de toekomst van ons stamgebied,' antwoordde Boudicca fel. 'Het gaat om de eer van ons volk. De Romeinen stelen onze schapen en ons vee, en ze slaan vrije mannen in de boeien om ze weg te voeren. En terwijl jij in het veld met de zoon speelt, zit zijn vader in een mooi kantoor en weigert ons te helpen. Dat gebeurt nu, Brigid, terwijl wij hier praten! Hoor je de jammerklachten van de mensen niet? Dit werd ons door Rome aangedaan! En door Marcus! Hij is een van de bezetters!'

'Nee.' Brigid schudde haar hoofd. 'Zo is Marcus niet. Hij zou ons helpen als hij dat kon, dat weet ik zeker. Hij houdt van dit gebied en van de bewoners. Hij wil helemaal niet naar Rome, want in Icenia voelt hij zich thuis.'

'Maar hij zal wel naar Rome vertrekken, en daar zal hij zich herinneren dat hij onderdaan van een groot keizerrijk is. Hij zal ons vergeten, Brigid, en hij zal aan jou terugdenken alsof je een simpele barbarendochter was die hem even kon amuseren toen hij nog te jong was om beter te weten.'

'Nee!' Tranen rolden over haar wangen, maar ze bleef roerloos zitten. 'Je begrijpt het niet! Hij is altijd als een broer voor mij geweest. We leerden samen paardrijden, we hebben samen onze eerste strikken gezet om konijnen te vangen. Ik heb nooit zonder hem geleefd! Moeder, als ik in de toekomst zonder hem verder moet, dan zal ik sterven!'

Boudicca stond op en greep Brigids bevende arm. Ze trok haar dochter overeind en boog haar gezicht dicht naar zich toe. 'Luister goed, Brigid. Als jij met een Romein trouwt, dan zal de stam je verstoten. Besef je wel wat dat betekent?'

'Maar dat gebeurt toch nooit meer? Dat heeft vader me zelf gezegd!'

'Het zal wel gebeuren. Elke kudde die naar het zuiden wordt gedreven, elke zoon die van zijn moeder weggerukt wordt om geketend weggevoerd te worden naar Gallië, maakt dat gevaar groter. Je vader ligt op zijn sterfbed, Brigid, en als hij dood is zullen Favonius en Priscilla weggaan. Dan zal hier een praetor benoemd worden en dan verrijst hier een Romeinse stad, hier op de plaats waar wij staan. Dan bestaan de Iceni niet meer.'

Brigid keek haar moeder vragend aan. 'Wel, wat is daar verkeerd aan?'

Een golf van machteloosheid en woede sloeg door Boudicca heen. Ze liet haar dochter los en liep wankelend naar de deur. 'Ik zou je willen verstoten, Brigid,' zei ze, 'maar dat kan ik niet. Favonius moet maar een beslissing nemen. Het is al te laat om de schade die aangericht is ongedaan te maken. Je kunt wat mij betreft met Marcus trouwen, Brigid, als zijn vader ermee instemt.'

Brigid keek haar moeder met een onzekere blik aan. De deurhuiden vielen weer terug toen Boudicca zonder verder een woord te zeggen naar buiten was gegaan.

Favonius keek naar het rode, opstandige gezicht van zijn zoon. 'Je bent onredelijk, Marcus. Het is nog veel te vroeg voor jou om te trouwen. Waarom zou je ook? Een vrouw is alleen een molensteen om je nek, terwijl je elke denarius hard nodig zult hebben en al je energie in je werk moet steken. En bovendien, ze is een inlandse.'

Marcus bloosde hevig. 'Dat heeft er niets mee te maken! In alle jaren is die gedachte nog nooit in me opgekomen. En ik dacht dat jij ook niet zo bevooroordeeld was. De grote Aulus Plautius is trouwens ook met een inlandse vrouw getrouwd.'

'Hij was veel ouder toen hij trouwde, en hij kon een weloverwogen besluit nemen. Kun je je voorstellen wat ze in het leger wel zullen zeggen? En hoe je vrienden in Rome achter je rug zullen grinniken? Heb je er ooit over nagedacht dat je carrière daardoor geruïneerd kan worden?'

Marcus wendde zijn blik af en Favonius speelde afwezig met de stylus die hij in zijn vingers hield. Op zijn gezicht was een frons verschenen. 'Je laat je verstand wijken voor je gevoelens, Marcus. Ze is jong en mooi, maar in Rome zijn zoveel mooie meisjes, en de meesten zijn heel wat beschaafder dan Brigid. Je zult haar na een paar maanden heus vergeten.'

Marcus sloeg zijn armen over elkaar, en in zijn ogen verscheen een koppige gloed. 'Wat ik voor haar voel is niet sentimenteel. Ik geef eerlijk gezegd geen zier om Rome. En wat je met "beschaafd" bedoelt is me ook niet duidelijk. Als je daarmee soms rijk en geschoold bedoelt, dan ben ik ook niet beschaafd.'

'Dat bedoel ik niet!'

Maar toen Favonius er even over nadacht begreep hij dat dat wel zo was.

Marcus had zijn jeugd in de bossen en bij de veenmoerassen van Icenia door-gebracht en toen was hem duidelijk dat zijn argumenten geen indruk maak-ten, omdat Marcus meer van herten en wilde zwijnen dan van welsprekend-heid wist. Marcus had totaal geen belangstelling voor filosofie. Favonius voelde zich in het nauw gedreven. Zelf was hij in hart en nieren een loyale Romein, maar met een vreemd spijtig gevoel besefte hij dat de knaap die voor hem stond, met zijn voeten zo vastberaden wijd uit elkaar, opgroeide tot een man die zowel Romeinse als inlandse trekken zou hebben.

Favonius legde de stylus op het tafelblad en streek met zijn hand peinzend door zijn grijzende haar. 'Dan is er nog een overweging, Marcus. Prasutugas zal niet lang meer leven. Na zijn dood zullen de Iceni rechtstreeks onder het gezag van Rome komen, zoals elk ander veroverd gebied. Alleen denk ik dat Boudicca zich daarbij niet zo maar zal neerleggen. Er zullen grote moeilijkhe-den ontstaan.'

Marcus grijnsde brutaal. 'Dat is dan nog een reden om wel met Brigid te trouwen en haar mee te nemen. Maar ik denk dat je het mis hebt wat Boudic-ca betreft, vader. Ze gromt en dreigt en vloekt wel, maar ze is verder nergens toe in staat. Ze zal zich schikken onder het nieuwe bestuur, net als de andere heersers, en wellicht komen Brigid en ik ooit terug om hier in Icenia verder te leven.'

'Weet je dat hier tien jaar geleden ook al een opstand is geweest?'

'Ik weet er alleen vaag iets van.'

'Als je dat scherper voor de geest stond dan zou je niet zo luchtig over Bou-dicca denken. Houd toch op met dagdromen, Marcus! Dit is een stervend volk en wij zijn hier de veroveraars! Van zo'n huwelijk kan niets goeds ko-men. Hoe denk je haar te onderhouden? Wat doe je als ze heimwee krijgt? Ik vraag je dringend er nog eens goed over na te denken.'

'Nee.' Marcus stak zijn onderkaak vastberaden naar voren. 'Zij betekent meer voor mij dan wie ook. Als je mij geen toestemming geeft om met haar te trouwen, dan ga ik naar de gouverneur.'

Favonius begon te lachen. 'Je spreekt als een ware zoon van mij. Goed, Mar-cus, mijn toestemming heb je, maar op één voorwaarde.'

'En die is?'

'Geen bruiloft voordat je je eerste verlof hebt.'

'Maar dat kan nog jaren duren!'

'Als ze werkelijk van je houdt, zal ze heus wel wachten.'

Marcus kwam dichter bij de schrijftafel staan. 'En jij hoopt natuurlijk dat ik zo in mijn werk zal opgaan en zoveel meemaak in Rome dat ik haar spoedig vergeet! Maar dan heb je het mis, vader. Helemaal mis!'

'Dat kan wel zijn, maar ik kom er niet op terug,' zei Favonius.

Marcus haalde wrokkig zijn schouders op. 'Dan moet ik me er maar bij neer-

leggen. Je hebt in elk geval je toestemming niet geweigerd.'
Favonius wijdde zich weer aan zijn werk. 'Ik hoefde niet te weigeren, want je zult zelf wel merken dat ik gelijk heb.'

36

De zomer werd plotseling door een flinke herfststorm verdreven. De bladeren werden genadeloos van de bomen gerukt, bijna nog voordat ze tot goudgeel konden verdorren. Donkere wolken dreven traag en majestueus boven de verlaten veengronden. Suetonius was met het Veertiende Legioen begonnen aan de opmars die hem eerst naar het noorden en later naar het westen zou brengen, het gebied van de Ordovices, waar nog steeds gevochten werd, ontwijkend en verder door het gebied van de Deceangli, en dan naar Mona. Het Twintigste Legioen, in aanzien hersteld, trok mee om in het fort Deva bij de kust ingekwartierd te worden en daar te wachten tot er nadere orders voor een verdere opmars werden gegeven als dat nodig mocht blijken. De helft van de Romeinse strijdmacht in Albion zwermde uit naar het westen, wel vijfentwintigduizend man, maar Paulinus maakte zich niet bezorgd. Hij had zijn plannen zorgvuldig beraamd en de route die hij zou volgen nauwkeurig in kaart gebracht. Verder naar het zuiden en westen, bij Glevum, deed het Tweede Augusta telkens snelle aanvallen op de verzwakte, maar onbuigzame Siluriërs, en ook werden de Ordovices van hun schepen beroofd. Zo ontstaat een sterke tang, bedacht Paulinus tevreden, waardoor wij Mona kunnen bereiken, en dat zonder de noodzaak over de bergen in het binnenland te trekken. Dan moeten we een tijdje wachten tot de opstandelingen van honger omgekomen zijn en daarna heb ik het westen veroverd. Een heel eenvoudig plan.

Hij was het afgelopen strijdseizoen in Colchester gebleven, en onderhield met koeriers het contact met zijn generaals, terwijl groepen legionairs traag naar de bergpassen klommen en langs de ruwe, moeilijk begaanbare kust trokken. Maar nu, in het tweede seizoen, had hij kalm en doelbewust het opperbevel persoonlijk op zich genomen. Nu zou er een einde aan jaren van bloedvergieten komen, en er zou een nieuwe, langdurige periode van vrede aanbreken. Zijn voorgangers, met uitzondering van Plautius, waren te zeer gevoelsmatig betrokken geraakt bij de strijd, of ze waren, zoals Ostorious Scapula, te zeer bezorgd dat ze zouden falen, zoals de oude Gallus. Het ontbrak deze bevelhebber aan afstandelijkheid, in tegenstelling tot Paulinus. Hij was voor alles een soldaat – koel, briljant, en met de eigenschappen van een geboren generaal, die uitstekend afstand van elk menselijk element in de oorlogvoering kon nemen. Hij verplaatste zijn legioenen alsof het stukken op een schaakbord waren. Hij had nooit een nederlaag geleden en verwachtte dat ook niet in de toekomst. In een vlaag van helder inzicht had Nero de juiste man voor deze taak gekozen, en Paulinus galoppeerde nu, vergezeld van zijn escorte ruiters en voor en achter hem de duizenden strijders, in de richting van het mistige en verraderlijke noorden. Al zijn gedachten waren op Mona gericht. In het laagland was het nu al tien jaar rustig, en dat zou de eerste honderd jaar wel zo blijven. Daarom wist Paulinus dat hij spoedig zijn succesvolle carrière met de lauwerkransen kon bekronen. Hij was een tevreden man.

Boudicca merkte dat het lichter werd in de kamer en ze was meteen klaarwakker. Het was een donkere koude nacht. Ze ging rechtop in bed zitten en trok de dekens dichter rond haar schouders. Ze duwde het bedgordijn opzij en zag dat het vuur nog maar zacht gloeide en dat de sneeuw zijn lange witte vingers tot voorbij de deurhuiden had uitgestrekt. Het licht hield stil voor haar deur en flakkerde even. Toen stak een man zijn hoofd door de deuropening en kwam naar binnen. Hij droeg een olielamp in zijn hand. 'Wat is er?' fluisterde Boudicca, toen de man naderbij kwam.
'Prasutugas heeft bijna de geest gegeven. Hij zal deze nacht niet overleven.'
Boudicca stapte uit het warme bed en pakte haar mantel en laarzen. 'Heb je de arts gewaarschuwd? Weet Favonius het al?'
'Nog niet, vrouwe. Prasutugas verbood me de Romeinse arts te waarschuwen. Hij wil niet dat er nog langer met hem gesold wordt. Hij wil rustig sterven.'
'Dus hij is bij bewustzijn.' Ze trok met snelle bewegingen de laarzen aan. 'Opstaan, Brigid en Ethelind. Schiet op!'
De hoofdman maakte een korte buiging en ging weer naar buiten, terwijl Boudicca haar mantel omsloeg. Allerlei gedachten schoten door haar hoofd, en op de achtergrond voelde ze de zwarte schaduw van angst oprijzen. Maar ze zette haar kap op en duwde haar haren eronder, voordat ze naar buiten ging.
Het sneeuwde zacht: de witte vlokken dwarrelden op haar gezicht toen ze omhoogkeek naar de nachtelijke hemel. Er was geen wind. Ze haalde diep adem toen ze voorbij de Vergaderzaal liep, naar het indrukwekkende Romeinse huis van Prasutugas. Zijn hoofdmannen hadden zich daar al verzameld. Ze zaten gehurkt en zwijgend bijeen onder de beschutting van het portaal. Ze mompelden een groet toen Boudicca voorbijkwam en de deur opende naar de kamer waar Prasutugas nu al zes lange maanden lag. Lovernius sloot de deur achter haar. Ze liep naar het bed en knielde ernaast.

Prasutugas was wakker en lag op zijn rug. Zijn brede kaak leek verstard en hij klemde zijn tanden stevig op elkaar. Zweetdruppeltjes rolden langs zijn slapen tot op het kussen. Hij ademde langzaam, met een raspend geluid, een geluid als van een versleten blaasbalg in een smederij, en zijn naakte, bezwete borstkas rees en daalde huiverend. Zijn ogen waren wijd open en hij staarde naar de zoldering, maar kennelijk zonder iets te zien. Toen ze haar hand op zijn ene arm legde, draaide hij langzaam zijn hoofd naar haar toe.

'Boudicca,' bracht hij moeizaam uit, 'ik heb in lange jaren niet tegen een vijand gevochten, maar deze is zo sterk. Ik sta alleen tegenover hem en ik ben al zo zwak.'

'Zeg maar niets, lieve,' onderbrak ze hem. 'Sterf in vrede. Je bent niet alleen, want ik ben hier bij je. En mijn vader en alle hoofdmannen die eervol gestorven zijn wachten je op. Je moet verder gaan.'

Hij likte met een droge bevende tong langs zijn gebarsten lippen. 'Breng mijn zwaard. Ik heb het nodig.'

Ze streek zijn witblonde haren naar achteren en keek Lovernius aan.

'Breng een zwaard.'

'Maar Boudicca,' fluisterde hij, tersluiks naar het bed kijkend, 'dat is toch verboden?'

'Als ik het zelf moet gaan halen zal je dat nog berouwen!' zei ze zacht maar dreigend. 'Ga nu, je weet waar je het kunt vinden.'

Lovernius boog met een ongelukkig gezicht en ging naar buiten. Boudicca wendde zich weer naar haar stervende man. Ze legde haar wang op zijn zwoegende borst. 'Ik houd van je, Prasutugas,' fluisterde ze. 'Ik heb altijd van je gehouden.' Hij kon geen antwoord geven. Een andere werkelijkheid zweefde hem al voor ogen. Boudicca zat gehurkt naast het bed en haar arm rustte op de klamme lakens die tot op de vloer afhingen. In de kamer was alleen het akelige raspende geluid van Prasutugas' ademhaling te horen. De twee meisjes kwamen stilletjes binnen. Angstig hielden ze hun mantels dicht en daaronder was de zoom van hun slaaptunieken te zien, nu modderig en druipend van de smeltende sneeuw. Ze gingen achter Boudicca staan.

'Hij zal toch weer beter worden, moeder?' fluisterde Ethelind, maar ze kreeg geen antwoord.

Wat ben je oud geworden, Prasutugas, dacht Boudicca, terwijl ze strak naar de gespannen spieren van zijn gezicht bleef kijken. En wat voel ik mij ook oud. Ik zal vanavond met jou sterven, al duurt mijn leven nog lange jaren. Ach, neem mij met je mee, Prasutugas, neem mij mee en laat mij niet achter in deze vreselijke kou!

Lovernius kwam weer binnen en ze ging staan. Ze pakte het zwaard aan en legde het voorzichtig naast Prasutugas. Het zwaard was bot en het metaal dof gevlekt. Aan het gevest kleefde vochtige aarde, maar Prasutugas streelde het wapen met zijn hand. Hij glimlachte even en sloot zijn ogen.

'Druïde,' mompelde hij zacht. 'Ik wil een druïde.'

'Hij zal komen, Prasutugas.' De stervende man sidderde en zijn rug kromde zich stuiptrekkend. Hij rolde met zijn ogen en toen schokte zijn lichaam heftig. Wat een sterven! dacht Boudicca wanhopig. Wat een wreed en ongevoelig afscheid, zonder druïde om zijn heengaan met troostende spreuken te verlichten. En er ligt alleen een bot geworden, nutteloos zwaard naast hem. Zo zal ook deze stam heengaan en een langzame en ellendige dood sterven, machteloos en verzwakt. Ze zat in de grote stoel waarin hij zo dikwijls gezeten had, met zijn ene arm in zijn schoot. Dan had hij haar altijd welwillend aangekeken, terwijl ze voor hem heen en weer liep en haar opgekropte gemoed lucht gaf.

De twee meisjes stonden dicht naast elkaar, ze durfden niets te zeggen. De hoofdmannen, Lovernius en Iain, zaten gehurkt bij het voeteneind en keken naar de vloer. De olielampen brandden flakkerend, maar de schaduwen leken evenals de mensen bevroren en roerloos.

Prasutugas sprak nog een keer voor hij stierf. 'Andrasta! Raaf van de Nachtmerries!' stiet hij uit, voordat zijn ademhaling haperde. Boudicca schoot overeind. Prasutugas zoog zijn longen nog eenmaal sidderend vol en opende zijn ogen. Hij worstelde nog even met de dood, maar moest toen opgeven en blies reutelend zijn laatste adem uit. Zijn borst bewoog niet meer. Zijn van pijn vertrokken gezicht ontspande zich en werd vredig. De anderen zagen roerloos toe.

Na een lange stilte wendde Boudicca zich naar Iain. 'Ga meteen naar Favonius,' zei ze toonloos. 'Hij zal een bericht naar de gouverneur en naar Rome willen sturen. Zeg dat hij morgen moet komen, als hij Prasutugas nog wil zien. Zeg hem...' Ze maakte haar zin niet af en wenkte dat hij moest gaan. Ze liep onvast terug naar de stoel naast het bed. Prasutugas lag stil op zijn rug. Zijn gezicht was naar haar toe gekeerd en hij hield zijn hand uitgestrekt, als een aarzelend en verlegen kind. De hoofdmannen kwamen in een kring bij haar staan, ze mompelden voor zich uit, en toen begon Brigid te huilen. Boudicca liet haar kin in haar hand rusten en keek haar gestorven man peinzend aan.

Prasutugas werd op een baar gelegd en naar de Vergaderzaal gedragen, waar hij drie dagen werd opgebaard. Drie dagen lang zaten de hoofdmannen van Icenia rond de baar op de vloer en ze spraken met elkaar over de deugden van de gestorvene. Boudicca zat op een stoel aan het andere einde van de ruimte, met Brigid en Ethelind zwijgend aan haar voeten. Ze luisterden onverstoorbaar naar het zachte, eerbiedige gemompel. Geen enkele hoofdman ging staan om te gewagen van Prasutugas' dapperheid tijdens rooftochten of in de strijd. Niemand deed zijn tweegevechten met de kampioenen van andere stammen herleven. Boudicca, verzonken in haar eigen herinneringen, dronk langzaam en bedachtzaam van haar goudkleurige mede. Hij was een vredestichter geweest, haar zachtmoedige echtgenoot, en misschien was het wel terecht dat de hoofdmannen vooral zijn zorgvuldige streven naar een goede verstandhouding met Rome memoreerden. Maar toch voelde Boudicca zich wat beschaamd dat Prasutugas als enige heerser in de lange historie van de Iceni, vooral zou voortleven vanwege zijn scherpzinnige geest, en niet wegens zijn lichamelijke kracht. Hij lag stil in hun midden, zijn haren rustten in vlechten op zijn borst. Een zilveren helm was op zijn hoofd gezet. Het grote ceremoniële schild, bezet met blauw email, lag naast hem. Maar onder zijn dode hand was geen zwaard en de weemoedige liederen die Lovernius af en toe zong klonken klaaglijk en zacht, bijna als liefdesliederen.

Het bleef gestaag sneeuwen. Soms werden de vlokken minder dicht en leken ze trager te vallen, maar er stak geen wind op om de grauwe wolken in beweging te brengen. Prasutugas werd naar zijn grafheuvel gedragen door een dik gordijn van vallende vlokken. De sneeuw bedekte hem zodat hij gekleed leek in het witte gewaad van een druïde. In de grafheuvel was het donker en koud, maar toch leek de ruimte hem te verwelkomen – een veilige, verborgen ruimte waar hij ongestoord eeuwig kon slapen, ver van het rumoer van de mensen – toen zijn hoofdmannen hem daar plechtig neerlegden en aan de laatste rituelen begonnen. De spaken van zijn strijdwagen glansden in het toortslicht. De rijkbewerkte zilveren plaat op zijn borst, de gouden gespen en armbanden, alles glansde voor het laatst nu hier in deze kleine ruimte waar spoedig alleen duisternis zou heersen. Zijn mannen hielden lofspraken, maar aarzelend en in verlegenheid gebracht. In hun woorden klonken wel dankbaarheid en vriendschap door. Boudicca sprak niet. Ze wilde de dode ricon prijzen om zijn zachtaardigheid, zijn meegaandheid, en hem bedanken voor de lange jaren van troostende liefde die ze gedeeld hadden, niet voor de vrede die hij had gebracht. Maar ze besefte dat dit zaken waren die alleen hem en haar aangingen. Ze wist geen lovende woorden te vinden voor zijn daden als bestuurder. Toen de plechtigheid afgelopen was liep ze terug naar haar hut. Ethelind ging naar de stallen en haalde haar onwillige paard weg van het warme hooi en de haver. Ze reed weg in de richting van het bos met de van sneeuw doorbuigende takken. Maar Brigid zag Marcus bij de groep mannen en rende naar hem toe. Hij droeg een Icenische broek tegen de kou en zijn lange mantel deed hem lijken op een inlandse jonge hoofdman, al waren zijn magere gezicht en kortgeknipte haren, bespikkeld met sneeuwvlokken, duidelijk die van een Romein.

'Ik leef met je mee, Brigid,' zei hij. 'Wij wisten allemaal dat het zou gebeuren, maar dat maakt het niet minder erg. Ik heb het gevoel dat ik een goede oom,

bijna een vader verloren heb. Prasutugas was altijd heel goed voor mij.'
'Bedankt, Marcus,' antwoordde ze. 'Ik denk dat hij nu gelukkiger is. Het was
zo vreemd, toen ik hem zag sterven. Ik was heel bang toen Lovernius mij
kwam halen, maar om de een of andere reden leek zijn sterven zo... onbeduidend, alsof het niet werkelijk belangrijk was. Begrijp je wat ik bedoel? Ik had
verwacht dat er iets schokkends zou gebeuren, dat de tijd een ogenblik stil
zou staan, of dat de lampen zouden doven, iets waardoor de dood tastbaar
aanwezig zou zijn, maar er veranderde niets.'
'Ik denk dat de dood alleen een weggaan is, zoals een geboorte een intrede is,'
zei hij onhandig. 'Alleen de mensen veranderen, Brigid.' Ze veegde de
sneeuw van zijn schouders en trok haar eigen mantel dichter om zich heen.
'Heb je het koud?'
'Nee.'
'Laten we dan met een boot stroomafwaarts varen over de rivier. Het landschap zal verlaten zijn en later kunnen we dan een vuur aanleggen. Heb je daar
zin in?'
Even wilde ze hem spottend antwoorden, maar voor het eerst sinds ze hem
kende wist ze zich te beheersen. Hij lachte naar haar, met opgetrokken wenkbrauwen, en zonder een spoor van verlegenheid boog ze zich naar voren en
kuste hem op zijn wang.
'Dank je,' zei ze. 'Dat wil ik heel graag.'
Ze liepen naar de rivier en zochten zich een weg tussen de vissersbootjes die
daar afgemeerd lagen. Even later staken ze van wal in een kleine boot van het
garnizoen. Marcus pakte de peddel en stuurde de boot naar het midden van
de stroom, waarop ze zich mee lieten drijven. De trage stroom voerde hen
langzaam in de richting van de zee. Het was minder koud op het water, al
waren de ondiepe oevers aan weerszijden van de rivier bevroren met een ijs-
rand en de bruine waterplanten bedekt met een dikke laag sneeuw. Er was
nergens een teken van leven in het nevelige moerasland dat zich tot in de verte
uitstrekte; alleen zwom af en toe een waterrat spetterend door de duisternis,
om spoedig weer op de oever te verdwijnen.
De sneeuwvlokken mengden zich met lichte ijzel en Brigid keek omhoog
naar de bewolkte hemel. 'Het wordt warmer weer,' zei ze. 'Het zal gauw
gaan regenen.' Marcus gaf geen antwoord en ze dreven verder, omringd
door stilte en winterse kou. Zo zaten ze een uurlang verzonken in hun eigen
trage gedachten, veilig in elkaars aanwezigheid. Marcus greep de peddel
weer en stuurde de boot met vaste hand naar de oever. Ze stapten aan wal en
trokken het kleine bootje een eind op het land. Ze begonnen twijgen en takken te verzamelen en terwijl ze daarmee bezig waren begon het bloed weer
warmer door hun tintelende vingers en tenen te stromen. Al spoedig hadden
ze een vuur aangelegd en ze staarden in de vlammen, zittend met hun knieën

hoog opgetrokken en hun schouders ver naar voren gebogen. Zo bleven ze minutenlang zwijgend zitten. Toen verroerde Marcus zich.

'Brigid,' begon hij aarzelend en zijn stem klonk vreemd in de stilte, 'zou jij met me mee willen gaan naar Rome, als ik vertrek?'

Ze keek hem verrast aan. 'Wat bedoel je?'

'Ik bedoel dat je in plaats van jarenlang op mij wachten ook meteen mee kunt gaan. Dan moet jij in het geheim aan boord van het schip komen.'

'Maar we kunnen toch niet zonder toestemming met elkaar trouwen, dat weet jij ook. En zelfs al zou dat kunnen, hoe kan ik eerst helemaal naar Colchester gaan, zonder dat mijn verdwijning opgemerkt wordt?' Er klonk opwinding door in haar stem, luider dan de twijfel aan zijn voorstel.

'We kunnen iets bedenken. Ethelind kan ons helpen, ik weet zeker dat ze dat doet. En trouwen kunnen we ook zodra we in Rome zijn.' Hij wierp een stuk hout op de vlammen en keek haar aan. Hij begon gejaagd tegen haar te spreken. 'Als we wachten komt er nooit een bruiloft, dat voel ik, Brigid. Iets zegt mij dat ik, wanneer ik hier zonder jou wegga, je nooit meer terug zal zien. Noem het verbeelding, als je wilt, maar ik kan dat gevoel niet van mij afzetten. Er dreigt iets noodlottigs.'

Brigid had hem nooit eerder zo ernstig horen spreken en ze ging wat dichter naast hem zitten. Hij legde zijn arm om haar schouders en trok haar tegen zich aan. 'Ik vertrouw je, Marcus,' zei ze heel zacht, 'maar het is onvergeeflijk als ik zonder toestemming wegloop van mijn stam en mijn familie. Als ik dat inderdaad doe, dan zal mijn moeder mij verstoten.'

'Wij zullen geen van beiden ooit nog terugkeren,' zei hij dicht bij haar natte haren. 'Als wij werkelijk bij elkaar willen blijven is dat de enige oplossing.'

'Ik ben zo bang.'

'Je zult altijd veilig bij mij zijn, dat zweer ik je,' beloofde hij nadrukkelijk. 'En als mijn vader over de eerste schrik heen is zal hij ons zeker steunen.'

Ze haalde haar handen uit de plooien van haar tuniek en ging staan. Toen trok ze een van haar bronzen armbanden van haar pols, liep naar de waterkant en gooide het sieraad zo ver mogelijk weg. Het zonk meteen onder water. Ze sloeg haar armen over elkaar en huiverde. 'Waarom deed je dat?' riep Marcus en ze keerde zich langzaam om. Ze probeerde te glimlachen boven de langzaam uitdovende vlammen van het vuur. In haar ogen verschenen hete tranen.

'Voor Andrasta,' zei ze. 'De Koningin van de Overwinning mag niet de Raaf van de Nachtmerries worden.'

Een maandlang verkeerde de stam in een vreemde tweestrijd. Twee dagen na de begrafenis van Prasutagus werd een Vergadering bijeengeroepen en zijn testament besproken. Al waren de hoofdmannen niet erg gelukkig met zijn laatste wensen en eisen, toch stemden ze er schoorvoetend mee in. Voortaan regeerden Brigid en Ethelind over de Iceni, maar iedereen wist dat dit alleen in naam zo was. Favonius was bij de beraadslaging aanwezig geweest. Hij had zelf niet gesproken, maar de mannen waren zich zeer bewust van zijn aanwezigheid en van alles wat hij hier vertegenwoordigde. Het ontging de inwoners van Icenia niet dat de helft van alle rijkdommen nu aan Nero toebehoorde. Ambtenaren uit het kantoor van de procurator waren in de stad en bemoeiden zich met de kooplieden en met de dienaren van Seneca. Ze schenen niet goed te weten wat ze moesten doen, of ze wachtten op nadere berichten. De winterdagen verstreken, maar geen hoofdman kwam naar Boudicca om zijn beklag te doen. Boudicca zelf was stil en terneergeslagen. Gegeseld door de gierende wind reed ze alleen over de hardbevroren aarde. Ze zat lange uren bij het vuur in de Vergaderzaal, of ze bleef peinzend en alleen in haar hut, omdat ze niet graag terugkeerde naar het grote huis waarin haar man zo smartelijk geleden had. De sneeuw veranderde eerst in regen, maar toen de hemel helder werd, daalde de temperatuur weer een heel eind en aan de daken van de hutten en huizen hingen lange ijspegels. Boudicca was moedeloos en gespannen, ze rouwde om haar gestorven echtgenoot, maar ze gaf de schuld aan het koude weer. De winter was altijd wreed en hardvochtig voor mens en dier, maar deze winter was de strengste sinds jaren. Het dichte woud leek gevangen in de koude, en de bomen, glinsterend van rijp, stonden er star en kaal bij. Op de rivier vormde zich een laag ijs. Mensen en dieren kropen dicht bijeen, wachtend op betere tijden, en zelfs de middagzon, die zonder warmte te verspreiden over het kristallen winterse landschap viel, kon hen niet opbeuren. Het leek wel of de lente nooit meer zou aanbreken, of in elk geval te laat, al kon niemand zeggen waarvoor te laat. Ze beseften dat er, tegelijk met de dood van Prasutagus, iets onvervangbaars verdwenen was en dat er tot nu toe niets gekomen was om deze leegte op te vullen en misschien zou dat ook nooit gebeuren. De stam leek op een boot zonder roeiriemen die juist buiten de snelle stroming heen en weer wiegde.

Priscilla was zich niet bewust van de stemming onder de bevolking en evenmin had ze aandacht voor het weer. Ze was druk bezig met inpakken in haar kleine huisje bij het garnizoen, omdat Marcus spoedig naar Colchester zou vertrekken en dan verder zou reizen naar Rome. Maar Favonius liep naar de hoge poort in de palissade en keek uit over de heuvel waarachter Boudicca's stad lag. Hij voelde zich slecht op zijn gemak. Hij had de wonderlijke godsdienst van de bevolking nooit eerder ernstig genomen, maar nu dwaalden zijn gedachten telkens af naar de oorlogsgodin Andrasta en haar sluwe druïden, die al zo lang geleden verdwenen waren. Hij kon zijn gedachten niet losmaken van de geheimzinnige en kwaadaardige tovernarij, die hij vanuit de uitgestrekte bossen op zich gericht voelde. De winter was een jaargetij van traagheid; dat gold niet alleen voor de gewone soldaten, maar ook voor de bevelhebbers.

Marcus en Brigid hielden niet langer wedstrijden te paard met elkaar. Ze liepen onder de stille bomen en werkten aan de laatste bijzonderheden van het plan voor Brigids ontsnapping. De drukkende sfeer werd zo zwaar dat ze onwillekeurig alleen fluisterend met elkaar spraken.

Toen, op de dag voordat Marcus afscheid van Icenia zou nemen, sloeg het noodlot toe. Boudicca had zich aangekleed en ze deed juist haar mantel om voordat ze naar de Vergaderzaal zou lopen om daar te eten, toen Lovernius de deurhuiden ruw opzij duwde en onaangekondigd naar binnen stapte. Hij borg zijn dobbelstenen in de buidel aan zijn gordel en zijn gezicht was rood van woede. Een stuk of zes hoofdmannen kwam meteen achter hem aan naar binnen, hijgend van opwinding. 'Boudicca! Favonius is gekomen met een vreemde Romein, en enkele honderden mannen, de meesten van hen zijn soldaten!' riep Lovernius haar toe. 'Ik denk dat de procurator bij hem is.'

'Decianus?'

'Die bedoel ik. Favonius stuurt mij om...' Maar hij kon zijn zin niet afmaken. De hoofdmannen duwden hem opzij en drongen naar haar op.

'Ik werd vanochtend wakker en zag dat ze al mijn vee weghaalden!' schreeuwde Iain. 'Alles! En mijn herder is gedood!'

'Ze sleepten mijn dochter uit haar bed en nu kan ik haar nergens vinden!'

'Mijn graanschuur werd geplunderd en nu is mijn hele wintervoorraad verdwenen!'

Boudicca luisterde uiterlijk kalm, maar haar hart bonsde heftig en haar keel werd droog. Ze pakte een amberkleurige hoofdband en zette die zorgvuldig op. Toen stak ze beide handen gebiedend omhoog en het tumult bedaarde meteen.

'Kalm jullie, allemaal! De procurator is hier en alle misverstanden zullen spoedig uit de weg geruimd worden. Ga naar de zaal en wacht daar op mij. Lovernius, Iain, jullie gaan met mij mee.' Ze baande zich een weg langs de mannen en liep met gebogen hoofd naar buiten, naar de winterse ochtend. De zon was boven de horizon gerezen en het rood van de dageraad was al verdwenen. Een kille wind duwde haar haren in haar gezicht. Haar hart bonsde nog steeds pijnlijk heftig tegen haar ribben. Ze liep voorbij de rijen hutten naar de poort, waar Favonius haar al tegemoetkwam. Naast hem liep een gezette man en achter hem een groep lachende en joelende legionairs. Favonius leek geschrokken. En daar was ook alle reden voor, bedacht Boudicca, toen ze zag dat zijn gevolg kennelijk dronken was. Dan konden die militairen toch geen dienst hebben? Geen enkele officier zou zulk wangedrag toelaten. Ze bleef staan en wachtte met haar gezicht naar de wind, zodat haar mantel en haren naar achteren wapperden.

Favonius kwam naderbij en bleef voor haar staan.

'Boudicca, dit is Catus Decianus, de procurator. Hij brengt ons een edict van de keizer.'

Ze keken elkaar even aan en Boudicca zag dat Favonius' ogen bezorgd stonden. Ze wendde haar blik naar de man naast hem. Hij had borstelige dikke wenkbrauwen, dicht boven zijn waterige ogen. Zijn neus was eerst smal, maar ging over in erg brede neusvleugels, en daardoor leek hij een kieskeurig man. Zijn mond was rood en vochtig en bleef voortdurend in een beleefde glimlach geplooid. Hij haalde hoorbaar adem; zijn dikke buik bewoog tegelijk met zijn borst. Ze voelde van afschuw de verwelkomende glimlach op haar gezicht verstarren.

'Ik ben blij dat u hierheen gekomen bent, heer,' zei ze en trachtte geen afkeer in haar stem door te laten klinken. 'Misschien keert de rechtvaardigheid nu terug in mijn stamgebied. Wij zijn schandelijk misbruikt door uw ondergeschikten, en ik weet wel zeker dat u daarvan op de hoogte bent. De keizer zal toch ook weten dat wij altijd trouw onze belastingen betaald hebben?'

De man bleef glimlachen. 'Natuurlijk weet de keizer daarvan, vrouwe,' antwoordde hij met een stem die een pijnlijk piepende ademhaling was. 'Hij heeft mij opdracht gegeven de erfenis die uw gestorven echtgenoot hem nagelaten heeft te inventariseren en als u meewerkt zal dat niet veel tijd vergen. Enkele van mijn mensen zijn daarmee al begonnen. Laat niemand zeggen dat leden van mijn staf hun plicht verzaken!' Hij grinnikte naar Favonius en die lachte beleefd terug.

'Maar uw ondergeschikten beroven mijn hoofdmannen van alles wat ze bezitten!' riep Boudicca uit. 'Ook hun persoonlijke bezittingen worden hen afgenomen! Er worden zelfs vrije mannen weggevoerd. Dat heeft toch zeker niets met die erfenis te maken?'

Opeens werden de ogen van Decianus zo hard als agaten. Al jaren had hij gezien hoe de belastingoffers uit Icenia opgestapeld werden in Colchester, een duidelijk teken van de grote rijkdom, en veel meer dan bijgedragen werd uit andere stamgebieden, zodat hier nog veel meer te halen moest zijn. Nu zou hij zijn honger eindelijk kunnen stillen. De Iceni waren rijk geworden, en dus moesten de Iceni wel oneerlijk tegenover hun overheersers geweest zijn. Er moest een naheffing komen, want hoewel Decianus arme inlanders haatte, hij had een nog grotere hekel aan rijke inlanders. Die waren veel te trots en ze gedroegen zich onveranderlijk hooghartig. Maar hij wist heel goed hoe hij hen klein moest krijgen. Paulinus deed dat met zwaarden, Decianus deed dat met getallen. In beide gevallen plukte Rome daarvan de vruchten. En hij ook, dat was toch vanzelfsprekend? Decianus antwoordde deze roodharige ruwe koningin met zorgvuldig gekozen woorden vol minachting.

'U bent niet eerlijk tegen ons geweest, en nu is het tijd voor de afrekening.'

Hij knipte met zijn vingers en meteen kwam een secretaris naast hem staan om hem een schrijflei aan te reiken. 'Vijftien jaar geleden heeft de Goddelijke Claudius aan de Iceni een zeker geldbedrag geleend. U hebt geen enkele afbetaling gedaan, noch op de hoofdsom, noch op de rente.'

'Dat geld was een gift, in ruil voor onze medewerking! Alleen het geld van Seneca was een lening, maar die is helemaal afbetaald!'

'Volgens mijn gegevens niet. Het rijk heeft nu lang genoeg gewacht.' Decianus likte langs zijn lippen. 'Op bevel van de keizer kom ik dit hele koninkrijk in beslag nemen. Alle paarden, alle runderen en de schaapskudden worden in beslag genomen. Alle juwelen, persoonlijke bezittingen en wat verder maar van waarde is, dient hierheen te worden gebracht om getaxeerd te worden. Verder worden er tweeduizend slaven opgeëist. Het was toch tweeduizend, of niet, Sulla?'

De secretaris knikte. 'Inderdaad, heer.'

'Mooi zo. Verder dient al het land voortaan als onder het keizerlijk zegel te worden beschouwd, zodat de keizer ermee kan doen wat hem goeddunkt. Zijn hier ook mijnen?'

Boudicca beefde over haar hele lichaam. Ze hield haar armen stijf voor haar borst geklemd en achter haar sproeten verdween alle kleur van haar gezicht.

'Weet de gouverneur van deze schandelijke leugen?' fluisterde ze ontdaan.

Decianus gaf zijn secretaris de lei terug en keek haar scherp aan.

'De keizer weet dat ik hier ben. Is daar soms bezwaar tegen?'

'Uiteraard heb ik daar bezwaren tegen! Hoe waagt u deze onzin hier te vertellen en de mensen af te persen!?'

'Blijf kalm, vrouwe, en doe wat u opgedragen wordt,' zei Decianus. 'Dan zal niemand lastig gevallen worden en dan ben ik spoedig klaar met mijn werk.' Hij besteedde verder geen aandacht aan haar. 'Aan het werk, mannen!' zei hij tegen de groep die ongeduldig achter hem heen en weer schuifelde. Hun ogen waren al begerig gericht op de hutten van de weerloze vrije mannen. 'Haal die woningen leeg! Stapel alles buiten op! Als de inboorlingen hinderlijk zijn, dan moeten ze in de boeien geslagen worden!' Hij sjorde zijn gordel omhoog en beende weg over het pad. Boudicca wendde zich naar Favonius en greep zijn mouw.

'Wie zijn die kerels?' wilde ze weten.

Verlegen antwoordde hij: 'Sommigen van hen zijn soldaten van het Negende Legioen, uit Lindum. Maar de meesten zijn veteranen die met Decianus uit Colchester zijn meegekomen.'

'Favonius, doe iets! Kijk toch wat ze doen! Ze zijn hier om te roven, niet om belastingpenningen op te halen, en dat weet jij ook! Waarschuw het garnizoen, zodat ze hier weggejaagd worden!'

Hij maakte haar vingers los van zijn arm. 'Ik heb je al eerder gezegd dat ik niets kan doen. Decianus zou mij van mijn post laten verwijderen. En bovendien weet ik niets van een schuld aan Claudius. Ik moet zeggen dat het erg onverstandig van Prasutugas was dat hij zo'n belangrijke verplichting kennelijk vergeten is.'

'Jij zwijn!' schreeuwde Boudicca. 'Prasutugas was jarenlang je vriend, ben je dat vergeten?'

'Beheers je toch!' zei hij scherp. Toen keerde hij zich op zijn hielen om en liep weg, achter de procurator en zijn hebzuchtige mannen aan.

Boudicca bleef een ogenblik staan en hapte naar adem om te proberen de opkomende golf van razernij te bedwingen. Haar bard en schilddrager stonden zwijgend naast haar. Toen maakte ze een heftige beweging met haar hoofd en liep achter de groep mannen aan. Er was inmiddels een hevig tumult ontstaan, wanneer de mensen ruw uit hun warme hutten werden gedreven, en toen Boudicca dichterbij kwam zag ze Brigid en Marcus met verwilderde gezichten voor de ingang van de zaal staan. 'Brigid!' riep ze. 'Kom hier! Blijf dicht bij mij.' Het meisje zei iets tegen Marcus en rende toen naar haar moeder toe. Marcus ging meteen op zoek naar zijn vader.

'Wat gebeurt er?' vroeg Brigid. Boudicca gaf haar ongeduldig antwoord.

'Niet nu. Ik zal het later wel vertellen. Waar is Ethelind?'

'Dat weet ik niet. Ze heeft in de zaal gegeten, maar daarna heb ik haar niet meer gezien.'

Boudicca draaide zich om naar haar schilddrager. 'Iain, ga haar zoeken. En breng haar bij mij.' Iain haastte zich weg, en de andere drie liepen langzaam naar Prasutugas' huis, naast de zaal. Ze bleven daar staan en Lovernius hurkte op de bevroren aarde. Boudicca bleef staan; ze hield haar armen gevouwen en luisterde naar de boze protesten die nu overgingen in gejammer, toen de mensen hulpeloos toe moesten kijken hoe hun bezittingen overal op straat gesmeten werden. Vanaf de plek waar Boudicca stond kon ze slechts een gedeelte van de eerste cirkel overzien. Helder gekleurde mantels en gordels, afgezet met parels, armbanden en sieraden, werden uit de huizen gehaald en op straat gegooid. Bronzen spiegels, met koraal op de randen, glansden in het zonlicht, zilveren schotels en schalen, roze en blauw geëmailleerde schilden, alles lag in rommelige stapels op de berijpte grond. Kinderen keken verbaasd met hun duim in de mond toe, hun moeders snikten en zochten tussen hun bezittingen. Maar de mannen vloekten en mopperden, ze volgden steeds de soldaten die telkens weer de schemerige hutten binnendrongen. Boudicca merkte dat de spanning snel opliep, dreigend als bij een onweer. Ze zag dat de legionairs zochten tussen de waardevolle voorwerpen en alles wat van hun gading was in hun eigen ransels stopten. Er klonk een luide kreet. Een van haar hoofdmannen sprong op een Romein af en greep de man met beide handen bij de keel. Even later waren beide mannen in een hevige worsteling verwikkeld. Maar meteen kwamen twee andere soldaten erbij en de hoofdman belandde een ogenblik later bloedend te midden van zijn kostbaarheden op de grond. Zijn bloed kleurde de groene en gele tunieken helderrood. Een groepje handlangers van de procurator en enkele centurions kwamen wankelend naderbij. Ze keken niet naar Boudicca. Ze liepen rechtstreeks naar de Vergaderzaal en gingen daar naar binnen. Even later klonk er een opgewonden gejoel, want de mannen hadden de wijnvaten ontdekt. Lovernius kwam langzaam overeind en wisselde even een blik met Boudicca. Samen zagen ze vol afgrijzen dat de legionairs de vaten naar buiten rolden, om ze daar te openen. Op het grasveld voor de zaal verzamelden zich steeds meer vrije mannen en verdwaasd kijkende vrouwen die hun kinderen, bijna vertrapt in het tumult, probeerden te beschermen. Toen kwam Iain terug, samen met Ethelind.

'Brigid, Ethelind, ga naar binnen en blijf daar,' zei Boudicca. 'Lovernius en Iain, versper de deur en houd daar de wacht. Als de soldaten toch naar binnen dringen, laat ze dan meenemen wat ze willen en verzet je niet.'

'Moeder, waar ga je naar toe?' vroeg Brigid angstig. Boudicca gaf haar een kus.

'Ik ga naar Favonius en naar de procurator om te proberen hen tot redelijkheid te brengen.'

Ze verdween snel, half struikelend over het huisraad en de kostbaarheden die overal op straat gesmeten waren en telkens de handen ontwijkend die smekend naar haar werden uitgestrekt.

'Vrouwe, mijn linnengoed! Mijn wandtapijten.'

'Vrouwe, mijn broer is gewond!'

'Vrouwe, ze hebben onze tweeling weggevoerd!'

'Help ons toch, vrouwe!'

Er werd geschreeuwd en gesmeekt, handen als van wanhopige drenkelingen werden telkens naar haar uitgestrekt, en zelf wilde Boudicca ook schreeuwen, toen de wanhoop tranen in haar ogen bracht, maar ze liep door. Er waren steeds meer mensen en de verwarring werd steeds groter. De zon stond nu hoog aan de hemel en bestraalde de drukke paden en het met alle mogelijke goederen volgestrooide, berijpte gras. Boudicca liep door de poort naar de plaats waar de reiswagens stonden. Veel wagens waren al hoog opgetast met buitgemaakte goederen. Soldaten zaten bij de wielen; ze dronken, lachten en dobbelden. Hun adem vormde witte damp. Boudicca bleef vermoeid staan. Achter de wagens en karren strekte het landschap zich tot aan de horizon uit. De veenmoerassen, hier en daar begroeid met lage struiken, lagen er verstild bij, en aan haar rechterhand leek het grote bos haar uitnodigend te wenken. Ze veegde haar gezicht met haar mouw af en liep verslagen terug naar de zaal. Ze kon Favonius en Decianus niet vinden in het gewoel van de door paniek bevangen, elkaar verdringende mensen.

Terwijl ze verder liep, viel er opeens een stilte onder de mensen en er werd ruimte gemaakt voor een groep mannen die met halsketens aan elkaar gebonden waren. Hun handen waren op de rug geboeid. Boudicca voelde haar knieën knikken en ze wilde achteruitdeinzen, maar toen herkenden de mannen haar en ze begonnen te schreeuwen. Ze schudden heftig met de zware boeien. 'Vrouwe! Kijk! Wraak, vrouwe! Vrijheid!' Boudicca voelde zich opeens als een blad dat door de wind losgerukt wordt van een stervende boom en dan wegdwarrelt naar een grote donker rivier. Ze voelde dat ze snel door de stroom werd meegevoerd. Vrijheid! Vrijheid! Ze zag de jaren voorbijsnellen, vol van dezelfde woorden, die nu zo trots en oorverdovend geschreeuwd werden. Caradoc, Madoc, Emrys en Venutius. De talloze naamloze doden. De kreten klonken nog steeds hetzelfde, al waren er zoveel jaren voorbijgegaan. Ze bracht een bevende hand naar haar gezicht en kon weer helder zien. De geboeide hoofdmannen en hun bewakers verdwenen. Met onvaste passen liep ze verder en ze bereikte de zaal, waar ze Favonius, de procurator en Marcus aantrof. Ze wankelde naar hen toe. De procurator hield in elke hand een stapel papieren en op zijn gezicht was een frons verschenen. Hij had geen aandacht voor de mannen die af en aan liepen bij de nu lege wijnvaten. Favonius stond er met een ongelukkig gezicht bij en luisterde naar de steeds ruwere grappen en het rauwe gelach van de soldaten. Marcus zag Boudicca naderen en rende haar tegemoet.

'Is Brigid in het huis? Ik heb geklopt en geprobeerd de deur te openen, maar ik kon niet naar binnen.'

Ze duwde hem ruw opzij en liep naar Decianus. Afschuw verlamde haar tong toen ze een groepje soldaten van een wijnvat naar de deur zag zwalken. 'Decianus, hier moet een eind aan komen,' smeekte ze dringend. 'Er sterven mannen en de kinderen worden geslagen en geschopt. Bezittingen zijn niet belangrijk, wij zullen alles wat u vraagt geven, maar heb genade met de mensen!' De soldaten braken de deur open en tuurden naar binnen. Enkelen begonnen ook hier te plunderen, maar de meesten liepen verder.

Decianus grijnsde breed maar zonder warmte naar Boudicca en hij zocht verveeld tussen zijn papieren. 'Ik sta in mijn recht,' zei hij met een zucht. 'Ik neem hier alleen goederen en slaven in beslag. Verder niets. Maar als de mensen zo dom zijn verzet te bieden, dan moeten mijn mannen zich uiteraard wel verdedigen.'

'Tegen jonge meisjes en kleine kinderen?' Boudicca voelde dat het zweet haar uitbrak. De groep was al uitgedund. Meer mannen waren verder het huis binnengedrongen om de derde kamer te doorzoeken, maar enkelen bonsden nu ook op de laatste deur.

Decianus boog zich naar Boudicca. 'Jullie leren vandaag een harde les in onderwerping die je al veel eerder verdiende,' snauwde hij met een van haat vertrokken gezicht. 'Jullie zijn eigendom van Rome. Jarenlang heeft Rome dit volk welwillend behandeld. Te welwillend naar mijn smaak! En jullie zijn daardoor hooghartig en eigengereid geworden. Nu wordt jullie geleerd wat je plaats is.'

Boudicca hoorde vol afschuw dat nu ook de laatste deur werd ingetrapt en er ging een gejoel op onder de zwetende soldaten. Ze keerde zich snel om. Decianus was al weer verdiept in zijn papieren. Toen hoorde ze een hoge kreet, van Brigid of Ethelind, dat wist ze niet, en bijna op hetzelfde ogenblik rolde een dode man over de drempel. Ze herkende Iain en zag dat het gevest van een kort Romeins zwaard uit zijn borst stak. De dode rolde nog twee keer door en bleef toen roerloos liggen in de schaduw, met zijn gezicht naar de vloer gekeerd. Boudicca begon te rennen, en achter haar greep Favonius zijn zoon bij de arm.

'We gaan nu naar huis, Marcus,' zei Favonius beslist.

Marcus protesteerde. Zijn gezicht was doodsbleek geworden. 'Maar vader, ik moet Brigid eerst vinden!'

'Je kunt haar toch niet vinden. Schiet op!'

Ze lieten Decianus achter en liepen naar de eerste cirkel. Favonius hield Marcus' tuniek stevig vast. 'Dit is een nachtmerrie,' zei Marcus zacht. 'Ik houd van deze mensen, en nu is het vertrouwen dat je in lange tijd hebt opgebouwd in één dag verdwenen. De procurator maakt misbruik van zijn bevoegdheden. Zou Paulinus het daarmee eens zijn? Kun je hier niets tegen doen?'

'Bij Jupiter!' snauwde Favonius. Door schuldgevoel en angst verloor hij bijna zijn zelfbeheersing. 'Wil je soms dat ik het garnizoen alarmeer en dan tegen Decianus en zijn mannen ga vechten? Ik zou ter dood gebracht worden! Gebruik toch je verstand, Marcus, en zwijg alsjeblieft!'

Ze glipten onopgemerkt door de poort en bestegen snel hun paarden om naar huis te rijden. Het rumoer van de geplunderde stad stierf weg en alleen de wind zong een klaagzang in de kale takken. Ze spraken geen woord. Favonius voelde de angst in zijn rug steken en Marcus hoopte in stilte dat Brigid zo verstandig was geweest zich ergens te verstoppen. Ik kan haar niet helpen als ik haar niet eerst gevonden heb, hield hij zichzelf kwaad voor. En bovendien moest ze betrekkelijk veilig zijn. Decianus zal nooit toestaan dat een prinses aangerand wordt, zo dom kan hij toch niet zijn? Maar Marcus wist dat hij zichzelf wat wijsmaakte. Hij wist waar Brigid een toevlucht had gezocht. En hij wist ook hoe genadeloos Decianus was. En vooral besefte hij dat hij zelf een lafaard was.

Toen ze bij het garnizoen kwamen ging Favonius meteen naar zijn vrouw. 'Is alle bagage van Marcus ingepakt voor vertrek?' vroeg hij bars. Priscilla keek hem verbaasd aan.

'Wat is er gebeurd, Favonius?'

'Decianus rooft alles van waarde bij de Iceni. Er is al bloed gevloeid, en er dreigen nog meer moeilijkheden. Dat kan ik bijna ruiken. Ik wil dat jij met Marcus meegaat, Priscilla.'

'Maar ik kan toch niet zo maar mijn mantel omslaan en weggaan?' zei ze geschrokken. 'Dreigt er ook gevaar voor jou, Favonius. Nee toch?'

Hij klopte haar geruststellend op haar schouder. In zijn oren klonken de kreten en de jammerklachten van de mensen in de stad nog na. 'Ik hoop het niet,' zei hij ernstig. 'Maar ik ken die barbaren en hun toverspreuken. Ze laten alles over zich heen gaan, zolang hun eer ongemoeid blijft. 'Ik hoop alleen dat Decianus dat ook weet.'

'Is Marcus bij je?'

'Hij is met mij meegekomen. Misschien is het voorbarig, liefste, maar het zal een grote opluchting voor mij zijn als ik zeker weet dat jij en Marcus veilig naar Colchester op weg zijn. Jullie moeten morgenochtend vroeg vertrekken.'

'Ik haat dit land!' barstte Priscilla plotseling uit. 'Ik heb het altijd gehaat. Soms moet ik er bijna van kotsen, zo'n hekel heb ik aan dit ellendige gebied. Als ik Rome veilig bereik, dan kom ik hier nooit meer terug!'

Als je Rome bereikt, dacht Favonius somber. Toen moest hij ondanks alles lachen. 'En wat moet ik dan?' Hij kuste haar roodaangelopen wang. 'We zullen wel zien wat er gebeurt, Priscilla. Denk erom dat je op weg moet, voordat morgen de zon opgaat.'

Boudicca kwam bij de vernielde deur van het huis en ze stormde naar binnen. Eerst kon ze niets zien, omdat het zonlicht buiten zo fel was, en ze moest even blijven staan. Ze hoorde kreten en gestommel in de duisternis. Maar geleidelijk wenden haar ogen aan de schemering, en wat ze toen zag was bijna te veel voor haar. Lovernius lag voor haar voeten, als een vormeloze hoop, zijn benen wijd uitgespreid. Eerst dacht ze dat hij dood was, maar toen ze zich vooroverboog hoorde ze hem zachtjes kreunen. In de kamer lagen omgegooide kasten, de lampen waren stukgesmeten en de wandtapijten van de muren gerukt. Een van de soldaten stond naast de haard met haar gouden juwelenkistje in zijn handen. Hij keerde het om boven de vloer terwijl ze toekeek, en de man zocht in de waterval van glinsterende stenen, halssnoeren en hoofdbanden wat van zijn gading was. Maar deze kostbaarheden waren niet belangrijk en leken waardeloos toen Boudicca zag dat Ethelind tegen de muur stond. Haar tuniek was van haar schouders omlaaggerukt en daardoor werden haar armen strak tegen haar borst gedrukt. Ze bewoog haar hoofd heftig heen en weer in een verwoede poging haar handen te bevrijden. Ze huilde toen een forse soldaat haar verder in de hoek dreef en met zijn grote hand naar haar keel greep, terwijl hij met zijn andere hand gretig probeerde haar dijen te ontbloten. Brigid lag ruggelings en met gespreide benen op het bed; ze snakte naar adem en probeerde wanhopig de grote man die zich over haar boog weg te duwen. Ze was naakt; een van haar vlechten was losgeraakt en hing tot op de vloer. Bloed druppelde uit een snijwond onder haar rechterborst en ze vocht uit alle macht, gedreven door pure doodsangst.

In de kamer rook het naar wijn, angst en zweet. 'Stil liggen, jij mooie teef! Blijf liggen!' De soldaat vloekte hartgrondig en een tweede soldaat die achter hem wachtte riep: 'Schiet op!' De eerste sloeg Brigid hard in haar gezicht en ze begon schel en aanhoudend te krijsen. De soldaat drukte zijn knie tussen haar benen. Toen schoot Boudicca naar voren. Met een woest gehuil van razernij besprong ze de aanrander en beet hem genadeloos in zijn wang. Haar vingers graaiden naar zijn keel. Samen rolden ze van het bed en hij greep haar polsen stevig vast, maar Boudicca raakte door het dolle heen en ze drukte haar nagels zo diep mogelijk in zijn armen. Ze voelde bloed warm tussen haar handen vloeien. Haar tanden beten zich vast in zijn oorlel. De man krijste van pijn en zijn kreten vermengden zich met die van Brigid. Hij liet Boudicca los. Ze sloeg haar sterke benen om hem heen, sloeg een arm om zijn nek en begon zijn hoofd achterover te trekken, tot ze iets hoorde kraken in zijn hals. Ze voelde een bovenmenselijke kracht in haar armen, maar toen grepen ruwe vingers haar haren en ze werd met geweld naar achteren getrokken. Ze verloor haar evenwicht en zakte hijgend op de grond.

'Moeder!' Ethelind schreeuwde met een van angst dunne stem als van een baby. 'Moeder! Moeder!' Ze werd overeind getrokken. De soldaat met het gehavende oor kwam wankelend op haar af en hij richtte zijn gebalde vuist op haar mond, maar ze draaide haar hoofd snel opzij, zodat hij krakend haar onderkaak raakte. Ze schreeuwde het uit, maar de man stompte genadeloos in haar buik. Toen keerde hij terug naar Brigid en Boudicca voelde dat ze door sterke handen naar buiten werd gesleept.

Daar was niets veranderd. Decianus stond nog steeds met een fronsende blik over zijn papieren gebogen. De bewoners van de stad zwermden nog steeds ontredderd door elkaar. Maar nu vermengden de schrille kreten van Ethelind zich met het aanhoudend gehuil van haar zuster. De soldaat duwde Boudicca naar de procurator en hij keek verstoord op. Nog voor hij iets kon zeggen siste ze tussen haar opeengeklemde tanden tegen hem: 'Jullie smerige walgelijke beesten! Ooit zal ik een zwaard in die dikke pens van je steken, Decianus! Ik zal elke smerige Romein die ik tegenkom doden! Ik spuug op jouw stompzinnige keizer! Ik spuug op jouw eer!'

Hij grijnsde nog steeds, maar zijn vochtige mond was kil en kwaadaardig. Hij keek naar haar bebloede, bezwete gezicht, naar de woedende ogen en het verwarde kastanjerode haar. Toen keek hij weer naar zijn getallen.

'Breng haar naar de poort en geef haar twintig slagen met de weerhakenzweep,' zei hij bedaard.

'Dat zal haar dood worden, heer,' antwoordde de soldaat aarzelend. Decianus grijnsde weer.

'Wel, twintig zonder de weerhaken dan. Het kan me niet schelen of we haar doden, maar ik denk dat de gouverneur het minder leuk vindt als wij een inlandse koningin doodslaan. Prent deze les goed in je geheugen, Boudicca,' besloot hij laconiek. Nog voordat ze kon antwoorden duwde de soldaat haar weg.

'Lopen!' commandeerde hij en ze liep struikelend over het pad.

De vrije mannen zagen haar naderen en gingen opzij om de weg vrij te maken. Er was nu een onheilspellende stilte over de bewoners van de geplunderde stad gevallen, en alleen een zacht gefluister was hier en daar nog te horen. De menigte week uiteen en liet Boudicca en haar bewaker voorbij, maar ze volgden het tweetal naar de poort. Daar stonden de rijen volgeladen reiswagens en karren gereed en daarnaast geketende mannen en vrouwen. 'Jij daar!' brulde de centurion naar een legionair. 'Breng me een zweep!' Een ongelovige zucht steeg op van de toeschouwers, maar er werd geen acht op geslagen. Boudicca werd naar de houten paal geduwd waaraan anders de paarden van bezoekers vastgebonden werden. Haar armen werden ruw omhooggetrokken en stevig vastgebonden. Ze voelde de vingers van een man in haar nek. Met een snelle beweging werd haar tuniek opengescheurd en overal klonken verontwaardigde kreten.

'Nee, niet doen!'

'Waarom doet u haar dit aan?'

'Ze heeft niets misdaan!'

De man keek onverschillig naar de omstanders. Hij zette zijn helm af en legde die in het gras. Toen maakte hij zijn leren wambuis los en liet het kledingstuk vallen. De andere soldaat keerde terug met een lange leren zweep, aan het uiteinde waren scherpe metalen weerhaken bevestigd. Hij hield de zweep even peinzend in zijn handen en haalde toen de scherpe weerhaken eraf. Als deze barbaarse vrouw tijdens zijn bestraffing stierf zou hij gedegradeerd worden. Hij spande zijn spieren, ging wijdbeens staan, en de eerste zweepslag kwam zwiepend op Boudicca's naakte rug neer. Een grote rode striem, van haar schouder tot haar middel, bleef achter.

De pijn schoot als een vlammend vuur door haar lijf en haar hoofd sloeg achterover, maar nog voordat ze zich schrap kon zetten raakte de tweede zweepslag haar al. Ze schreeuwde het uit. Bloed droop traag langs haar ruggegraat en onder haar oksels. De derde slag werd lager gericht, maar leek haar nog harder te treffen, nu de centurion het ritme gevonden had. Ze zakte ineen langs de houten paal en beet uit alle macht op haar tong. Ik zal de slagen tellen, dacht ze, al duizelig van de pijn. Vóór haar zag ze de stenen van de muur, hier en daar vochtig op plaatsen waar de zon het ijs had doen smelten. Ze zag het schrale winterse licht op de bladerloze bomen op de heuvel vallen; daarachter moest het garnizoen liggen. Ze zag haar hoofdmannen, met de ijzeren boeien om hun nek en ze zag ook dat er in hun donkere ogen een moordlustige blik was. Vier. De pijn werd ondraaglijk. Ik moet krijsen, ik moet krijsen om genade. Andrasta, ik sterf! Ik kan deze ziedende pijn niet verdragen. Toen begonnen de mensen tegelijk bemoedigend tegen haar te schreeuwen.

'Houd moed, vrouwe!'

'Houd vol, Boudicca!'

'Denk aan Subidasto!' Toen de naam van haar vader genoemd werd, voelde ze nieuwe kracht om deze marteling te doorstaan. Zes. Tel nauwkeurig, mijn ziel, dacht ze. Voor elke zweepslag zullen duizend Romeinen sterven. Haar hoofd tolde rond en verwarde gedachten schoten door haar heen. Ze dacht dat ze Prasutagus op zijn sterfbed hoorde kreunen, ze hoorde zijn raspende ademhaling, maar toen besefte ze dat het haar eigen zwoegende longen waren. Bloed spatte onder haar voeten op de grond. Negen. Haar hoofd viel naar voren en ze sloot haar ogen. Ze zakte op haar knieën en ze voelde de pezen in haar polsen kraken. Mijn dochters... Mijn lieve, onschuldige dochters, ik heb jullie verraden. Waarom heb ik het zo warm, terwijl het winter is? Duizeligheid gonsde in haar oren. Haar lichaam verslapte toen ze het bewustzijn verloor.

Eindelijk nam Marcus een besluit. Hij wendde zich met tegenzin af van het kleine venster waarachter alleen de vijandige winternacht te zien was, pakte zijn mantel van het bed en liep snel naar de deur. Zijn vader had hem gezegd dat hij de volgende ochtend vroeg met Priscilla moest vertrekken, en dat hij dus eerder dan aanvankelijk de bedoeling was hier weg zou gaan. Favonius had ook gezegd dat ze zo ongemerkt mogelijk moesten verdwijnen, omdat er moeilijkheden dreigden. Misschien niet meteen de volgende dag, maar Favonius had gezegd dat hij geen risico wilde nemen en daarom had hij zijn zoon met ongebruikelijk scherpe woorden naar bed gestuurd. Marcus was naar zijn kamer gegaan en had de lamp gedoofd. Toen was hij somber voor het raam gaan staan en nu staarde hij naar de vredige, door het maanlicht beschenen binnenplaats. Wat moest er van zijn plannen met Brigid komen? Ze zou hem kort voor zonsopgang in het bos ontmoeten, en dan zou ze zich verstoppen in de reiswagen die Marcus en zijn bagage naar Colchester zou brengen, voordat hij aan boord van het schip naar Rome stapte. Als hij eerder zou vertrekken, en in gezelschap van zijn moeder, dan was dat plan onuitvoerbaar. Hij dacht aan andere mogelijkheden, maar wist niets te verzinnen. Er was eenvoudig te weinig tijd om een nieuw plan te beramen. En bovendien wist hij niet wat er op het ogenblik in de stad gebeurde. Hadden Decianus en zijn mannen de stad verlaten, toen de nacht viel? Als dat zo was dan brachten ze de nacht kennelijk niet door in het garnizoen. Wat zouden de vernederde Iceni nu doen, wat was er met zijn vrienden daar gebeurd? Zouden ze terugvechten? Of zouden ze zich zonder veel verzet onderwerpen? Marcus voelde zich ellendig en steeds schuldiger. Hij had moeten blijven, hij had Brigid moeten zoeken, en de anderen hulp moeten bieden toen ze overvallen werden door de plunderende soldaten. Maar dan had hij zijn vader in moeilijkheden gebracht, en bovendien, wie luistert er naar een knaap van zestien?

Een wachter liep over de binnenplaats. Zijn voetstappen echoden tegen de donkere palissade. Marcus wreef in zijn ogen en zuchtte. Hoe kan ik een boodschap naar Brigid sturen? Zal ik haar een brief schrijven en vragen of een van de secretarissen die aan haar wil geven? Lieve Brigid, het plan kunnen we niet meer uitvoeren, omdat mijn vader... Nee. Lieve Brigid, wanneer je dit leest zal ik al vertrokken zijn, maar ik zal je laten halen zodra ik in Rome ben. Hij zuchtte weer en vroeg zich af hoe ze zou kijken wanneer ze deze kille woorden van zijn stille aftocht las. Want zo zou ze zo'n brief zeker opvatten. Nee, de enige mogelijkheid was zelf naar haar toe gaan. Hij maakte de mantelgesp op zijn schouder zorgvuldig vast, sloop naar de deur en verdween stilletjes in de nachtelijke vrieskou. De maan leek wel een groot wagenwiel dat langzaam langs de hemel rolde, en het kleurloze licht bescheen de binnenhof zodat de barakken, het bestuursgebouw en de magazijnen scherp afstaken. Marcus sloop langs de muur, bereikte de poort en verliet als een schim het garnizoen.

De heuvel was in diepe duisternis gehuld en hij haastte zich tussen de bomen door, zonder links of rechts te kijken. Met een gevoel van grote opluchting kwam hij weer in het open veld en hij verliet de weg die rechtstreeks naar de hoofdpoort van de stad leidde. Nu kon hij geluiden horen, een laag en voortdurend geroezemoes, afgewisseld met schelle kreten als van een vrouw die geslagen wordt. Hij hoorde ook het dronkemanslied van een beschonken legionair. Hier en daar was een onheilspellend rossig schijnsel te zien, alsof er spoedig wel drie of vier zonnen zouden opkomen. Hij liep zo snel mogelijk verder over het gras en bereikte de glooiende helling vanwaar hij de lage stenen muur kon zien. Daar beschenen oplaaiende vlammen zijn gezicht. Hij zag de hutten die door de mannen van de procurator in brand gestoken waren. Opeens werd Marcus erg bang en hij dook weg. In een opwelling wilde hij zich omdraaien en naar huis terugrennen, om weer in zijn veilige bed te kruipen. Oranje vlammen schoten door de nacht omhoog, het blauwige schijnsel van de grote maan en de angstaanjagende kreten van wanhoop en pijn behoorden tot een wereld die hij niet kende, zelfs niet in zijn akeligste nachtmerries. Wat hij hier hoorde en zag behoorde niet tot de zonnige dagen van zijn zorgeloze jeugd. Hij slikte en sloot zijn ogen. Toen was hij met een grote sprong op de muur. Zijn bezorgdheid over het lot van Brigid was plotseling in een benauwende zekerheid omgeslagen.

Hij zocht zich een weg naar het huis voorbij de eerste ring, dook weg in de schaduwen en ontweek zoveel mogelijk de zwalkende legionairs. Hij zag de berooide gezinnen verslagen bijeen zitten voor de deurhuiden van hun leeggehaalde hutten. Hij werd door niemand aangesproken. De orgie van geweld was uitgeraasd en de soldaten zochten rust buiten de poorten. De volgende ochtend zouden ze zich bij hun maats voegen die al maanden in Icenia waren, om dan het karwei waaraan ze begonnen waren af te maken. De bewoners van de stad hadden niet langer aandacht voor wie er voorbijkwam. Marcus bereikte het huis en ging behoedzaam van kamer naar kamer, maar het was overal kil en verlaten, net als het grote donkere mausoleum dat hij tijdens een van zijn bezoeken aan Rome samen met zijn moeder bezocht had. Hij liep naar de zaal en tuurde naar binnen. In de haard brandde een groot vuur, maar er was niemand aanwezig. Alles was verdwenen: de prachtige schilden, alle huiden op de vloer, de fraaie wandtapijten. Hij keerde zich om en begon te zoeken, maar al spoedig besefte hij dat dit hopeloos was. Mensen liepen doelloos door elkaar, ze vormden groepjes die plotseling uiteenvielen, alsof de bliksem in hun midden was ingeslagen, en Marcus begreep dat hij heel weinig kans had Brigid te vinden. Maar hij gaf het niet op. Twee uur lang schoof hij deurhuiden opzij, baande zich een weg langs stapels rommel en deed angstige gezinnen schrikken die in de duisternis bijeengehurkt zaten. Na lang rondzwerven moest Marcus het vermoeid en teleurgesteld opgeven. Brigid kon overal zijn. Hij had geprobeerd naar haar te vragen, maar de mensen hadden met ruw en spottend gelach, een luide vloek, of alleen met vijandig stilzwijgen geantwoord. Hij stond weer bij de stadsmuur. De maan leek kleiner en stond nu recht boven zijn hoofd. Het werd tijd om te gaan. Wat zal ik doen? vroeg hij zich af, toen hij over de muur geklauterd en in het gras beland was. Vóór hem rees de dreigende duisternis van de heuvel op. Wat moet ik doen? Wat zal ze van mij denken? Het is afgelopen, en ik moet zonder haar vertrekken. Wat voel ik mij eenzaam en wat is het koud. Moet ik werkelijk vertrekken en zal ik je nooit weerzien? Marcus voelde zich zo ellendig, dat hij zonder het te beseffen onder de donkere takken over het smalle, kronkelige pad over de heuvel liep. Hij had het gevoel dat zijn wereld ineengestort was en het was ook alsof een onweerstaanbare macht hem duwde naar een weg die hij helemaal niet wilde volgen, en zonder dat hij nog iets over zijn bestemming te zeggen had. Hij voelde zich als een geblinddoekte man die over een brug zonder leuningen moest lopen. Het water kolkte woest en dreigend beneden hem.

Toen kwam ze achter een boom vandaan en bleef midden op het pad voor hem staan. Met een ruk bleef Marcus staan, stomverbaasd probeerde hij de duisternis te doorboren, maar toen rende hij naar haar toe, telkens haar naam schreeuwend. 'Brigid! Brigid! Ik heb je overal gezocht, maar ik kon je niet vinden. Ik was zo bezorgd, en ik had de moed al opgegeven. O, Brigid...' Hij zweeg plotseling toen hij haar beter bekeek. Haar tuniek was gescheurd en ze liep blootsvoets op de bevroren grond. Een van haar vlechten hing over haar naakte schouder, maar verder hingen haar haren verward voor haar gezicht. Ze leek wel een inlandse godin, alsof ze Andrasta zelf was, betrapt op het moment dat ze veranderde van de Koningin van de Overwinning in iets anders. Brigid hield haar handen op haar rug en ze knikte alleen naar hem, met een vreemde grijns om haar mond. Ze hield haar hoofd wat scheef. Marcus voelde het bloed in zijn aderen stollen. 'Brigid?' probeerde hij voorzichtig. Ze deed een snelle stap naar voren.

'Marcus! Ik heb haar gezien!' siste ze. 'Ze is daar, ze zit op een tak in het maanlicht, en haar zwarte veren glansden!'

Hij bleef als vastgenageld staan, verbijsterd door opkomende paniek. Brigid boog zich verder voorover. 'Ze heeft me dingen verteld.'

Marcus wilde zich omdraaien en wegvluchten voor haar angstaanjagende gezicht. Hij wilde naar zijn vader om hulp schreeuwen.

'Ze heeft me gezegd dat ik iedereen moet doden. Ze heeft me gezegd dat ik jou moet doden.'

Toen, zonder enige waarschuwing, sprong ze naar voren. Het scherpe metaal van haar mes kwam flitsend omhoog en drong diep in zijn borst. Ondanks de felle pijn was zijn verbijstering nog groter.

'Waarom... waarom...' bracht hij half stikkend nog uit, maar toen zakte hij voor haar voeten op de grond en stierf, zonder dat hij ooit zou weten waarom.

37

Boudicca droomde dat ze voor het vuur in de Vergaderzaal hurkte en dat ze de vlammen hoog naar de zoldering zag oplaaien. Buiten huilde een winterse storm die de regen tegen de stenen muren dreef. Haar vader zat links van haar met gekruiste benen op de huiden; zijn grijze vlechten hingen over zijn groene tuniek, en zijn zwaard lag over zijn knieën. Hij schudde medelijdend zijn hoofd. 'Ik heb je gewaarschuwd dat je niet met die hoofdman van mij moest trouwen, Boudicca,' bromde hij, 'maar je moest hem hebben, zelfs al waren de voortekenen ongunstig en al was de aanroeper tegen. Je ziet nu wat ervan gekomen is.'

Ze keerde zich om en wilde hem een scherp antwoord geven, ze wilde zeggen dat hij zich met zijn eigen zaken bemoeien en haar met rust laten moest, maar ze kon geen woord uitbrengen. Het vuur was te heet, de vlammen leken met vurige nagels aan haar rug te krabben, en ze vroeg zich af wat er zou gebeuren als de vlammen langs haar gezicht en langs haar naakte borsten lekten. 'Vader, waarom ben ik naakt?' fluisterde ze. Hij grinnikte.

'Omdat je geen kleren aan hebt.' Hij grijnsde. De wind gierde door de rookgaten. De regen roffelde. Ze zag opeens regen en koele dauw voor zich, als een rivier die over gladde stenen en te midden van groene varens stroomt. Water, koel water. Ze sloeg haar ogen op.

'Water,' zei ze met een gebarsten stem.

Lovernius liet zijn dobbelstenen op de tafel rusten en schonk water uit een kruik. Hij droeg een beker naar haar toe. Ze hief haar hoofd wat op en dronk gulzig. Toen liet ze haar wang weer op het koele stro terugzakken. Ze besefte nu dat ze op haar eigen bed lag, in haar eigen kleine hut. Buiten gierden de stormvlagen en de regen roffelde op het dak, zodat het water langs de buitenmuren gutste. Het was donker. Het vuur brandde warm en geruststellend. De lampen verspreidden een zacht schijnsel en de dobbelstenen klikten weer in de hand van haar bard. Ze sloot haar ogen weer en werd zich bewust van haar lichaam. Haar hoofd bonsde met een misselijkmakend ritme. Haar armen en benen voelden zwaar en gevoelloos aan. Haar hals was stijf en haar rug... Haar rug deed zeer alsof wel duizend vrije vrouwen telkens weer hun scherpe naalden in het gevoelige, gezwollen vlees staken. Ze wilde weer in slaap vallen, maar dat lukte niet. Ze hief langzaam haar arm op en duwde het haar van haar pijnlijke beurse gezicht weg. 'Hoe lang?' fluisterde ze.

Lovernius trok een stoel dichter bij het bed en boog zich over haar heen. 'Dit is de vierde nacht, Boudicca. Ik dacht al dat je zou sterven.' De hand voor haar ogen opende en sloot zich telkens, en de dobbelstenen klikten.

Door welke deur moet ik eerst naar binnen gaan? dacht ze. In welk van dood vervuld hol moet ik eerst kruipen? Lovernius wachtte op een volgende vraag. Zijn bruine ogen bleven strak op haar gericht. Ze zag de blauwe plekken bij zijn slaap, de snijwond onder zijn oog, maar ze wilde niets vragen. Ze wilde voor altijd zo blijven liggen in de schemering van deze kamer, stilletjes en zonder iets te weten, kalm en vredig, terwijl de tijd gestaag verstreek.

'Zeg me wat er gebeurd is,' smeekte ze zacht.

Hij keek haar niet langer aan. Zijn blik dwaalde naar de kale wand achter haar. 'De soldaten bonden mij vast toen ik weer bij bewustzijn kwam,' zei hij. 'Ik weet niet waarom ze mij niet gedood hebben. Boudicca, ik schaam me zo, maar ik kon niets doen.'

'Dat weet ik. Wroeging heeft geen enkele zin, Lovernius. Ga door.'

Hij ging rechtop zitten en hield zijn handen stil. 'Je dochters zijn aangerand en ontmaagd, Boudicca,' zei hij toonloos. 'Er waren veel soldaten die hen verkrachtten en daarna de kou injoegen. Ethelind heeft sinds dat gebeurde gezwegen en niemand mag bij haar komen. Brigid…' Zijn vingers bewogen naar de rauwe wond op zijn wang en Boudicca zag dat ze beefden. 'Brigids ziel heeft haar verlaten, vrouwe, en zal niet meer terugkeren.'

Een golf van misselijk makende pijn schoot door Boudicca's rug en deed haar huiveren. Ze boog haar hoofd naar de vloer en moest braken. Met een wit gezicht zakte ze terug op haar bed. 'En waar is ze nu?'

'Bij Hulda, in een van de hutten. Een hoofdman trof haar ergens bij de heuvel aan en bracht haar naar huis. Haar voeten waren ernstig bevroren en de wond op haar borst wil niet genezen.'

Boudicca duwde de rij beelden die zich in haar hoofd verdrongen weg. 'En Decianus?' vroeg ze.

'Hij is met zijn soldaten weggetrokken uit de stad. Ze gaan nu naar de dorpen en naar de boerderijen. Ongetwijfeld hebben zijn verspieders de rijkste buit al aangewezen.'

'Wat is er voor ons overgebleven, Lovernius?'

Hij trok zijn dikke wenkbrauwen op en zijn vingers begonnen weer met de dobbelstenen te spelen. 'Onze levens, althans voor de meesten van ons. En ons verstand.' Plotseling besefte hij wat hij gezegd had en hij bloosde diep. Maar Boudicca reageerde niet. Ze begreep dat als de Iceni werkelijk vrij wilden blijven, ze elke rampspoed moest doorstaan en elk nieuws, hoe vreselijk ook, moest wegdrukken achter de nieuwe muur die ze rond haar hart zou bouwen. Een hoge muur, glad en ondoordringbaar, en beter bestand tegen de pijn dan haar vroegere openhartige eerlijkheid. 'En onze hutten, een beetje eten, wat kleding, de strijdwagens en de pony's,' voegde Lovernius er na een korte stilte aan toe.

'Is dat alles?'

'Ja.'

Ze dacht geruime tijd na, blij dat ze haar aandacht op iets anders dan de snijdende pijn kon richten. Lovernius zuchtte, trok zijn stoel dichter bij het bed en liet zijn stem dalen. De wind gierde nog steeds rond de hut, als een wilde hengst. De regen liep in stromen langs de deurhuiden.

'Boudicca, er is Favonius ook iets noodlottigs overkomen. Marcus is dood.'

Ze was niet voorbereid op deze nieuwe onheilstijding. 'Wat? Marcus? Hoe is dat gebeurd?'

'Dat weet niemand. Hij werd op de heuvel gevonden, met een mes in zijn borst. Favonius en zijn lijfwacht zijn alle hoofdmannen langs gegaan. Ze stelden vragen en dreigden met zware straffen, maar hij weet nog steeds niet wie de dader is. Ik geloof niet dat de mensen iets voor hem verborgen houden, ze weten eenvoudig niet wie de dader is.'

'O, Lovernius,' zuchtte Boudicca. Het verdriet deed haar stem nog heser klinken. 'En hij was zo'n aardige jongen. Wat erg voor Priscilla.'

'Favonius heeft zijn vrouw naar Colchester gestuurd, en ik geloof dat hij overplaatsing naar een ander garnizoen gaat vragen. Hij heeft gevraagd of hij jou mocht bezoeken.'

'Ja, dat zal wel. Maar ik voel er weinig voor hem te ontvangen als ik hier in bed lig.'

'Vrouwe,' zei Lovernius dringend, 'laat hem komen. Laat hem zien wat zijn landgenoten je hebben aangedaan. Zou hij meer lijden dan jij? Marcus is nog beter af, want je kunt beter je leven verliezen dan je ziel! Laat hem komen, vraag ik je.'

'Je hebt gelijk,' zei ze langzaam. 'Waarom zou ik mij nog druk maken om mijn waardigheid? Ik voel me gebroken. Mijn leven sijpelt weg. Mijn dochters lopen nu met verwilderde ogen rond...' Ze brak haar zin af en keerde haar hoofd van hem af, zodat hij de bittere tranen niet zou zien. Ze kneep haar ogen zo stijf mogelijk dicht. Mijn arme volk. Mijn dappere hoofdmannen. Jullie vertrouwden me en ik heb jullie vertrouwen beschaamd. Het leek of Subidasto in haar oor fluisterde: 'Ik heb het wel gezegd, ik heb je gewaarschuwd. Nu weet je waarom je naakt bent.' Lange tijd bleef ze stil luisteren naar de rusteloze bewegingen van Lovernius, en naar het geraas van de storm. Toen wendde ze haar hoofd weer in zijn richting en keek hem aan. 'Lovernius,' zei ze, 'breng een druïde bij me.'

Hij stond op en de dobbelstenen verdwenen. Hij glimlachte flauwtjes. 'Heb ik je goed verstaan, Boudicca?'

'Je hebt me heel goed verstaan, maar niemand anders mag dit weten. Stuur iemand die je kunt vertrouwen zo snel mogelijk weg, om een druïde te zoeken. Zeg hem dat de spreuk die de Iceni in de ban hield verbroken is.'

'Dat zal hij al weten. Zal ik Favonius hier laten komen?'

'Als jij erbij blijft. En zeg tegen Aillil dat hij voortaan mijn schilddrager is.'

Lovernius ging met vlugge passen naar buiten, en Boudicca doezelde uitgeput weg. Ze viel weer in een verdovende slaap, en de droom keerde terug. Haar vader zat in de hoek van haar kamer, met zijn glanzende zwaard op zijn knieën. Op zijn gezicht was een geduldige, vermoeide trek verschenen. Toen ze weer wakker werd, duizelig en opnieuw gekweld door hevige dorst, leek haar vader nog steeds in de hoek te zitten, maar toen ze met haar ogen knipperde was hij verdwenen. Favonius stond naast haar bed, gehuld in een dikke lange mantel die een geur van vochtige oude wol verspreidde. Lovernius stond achter hem. Het regenwater droop van zijn schouders en van zijn losse vlechten. Boudicca gaf Favonius geen kans iets te zeggen.

'Laat het aan hem zien, Lovernius,' zei ze schor. Lovernius kwam dichterbij staan en aarzelde.

'Boudicca, het laken is aan de wonden gekleefd.'

'Dan scheur je het los!'

Hij bukte zich en deed met tegenzin wat hem opgedragen was. Boudicca slaakte een kreet van pijn toen vers bloed uit de wonden langs haar ruggegraat droop. 'Kijk goed, Favonius,' wist ze uit te brengen. 'Kun je waarderen wat je nu ziet?' Zijn roodomrande ogen bewogen van haar gezicht naar haar rug. Hij zag een bloederige massa rauwgeslagen vlees, en op een plek waar de zweep nog harder had toegeslagen meende hij even een wit stuk bot te zien. Bloed uit de opengereten wonden droop traag naar het onderlaken. Boudicca boog haar hoofd. 'Dek me weer toe, Lovernius.'

'Je moet me geloven,' zei Favonius met vlakke stem. 'Ik denk niet dat hij zo ver wilde gaan.'

'O nee?' Haar stem klonk snauwend, al werden de woorden gedempt door het kussen. 'Deed je daarom zo omzichtig, als een leugenaar die nog weinig ervaring met zijn bedrog heeft? Dit verwachtte je wel, Favonius, maar het noodlot heeft zich tegen je gekeerd.' Hij knipperde met zijn ogen en liet zich opeens in een stoel zakken. Op zijn gezicht was alleen nog onuitsprekelijke wanhoop en ellende te lezen. Zijn gezicht leek opeens tien jaar ouder, en zijn ogen raakten omfloerst. 'Ik heb een protest bij de gouverneur ingediend.' Zijn anders zo krachtige stem was nu niet meer dan een zacht gefluister. Boudicca slaagde erin te lachen, ondanks de pijn.

'Dat had ik je weken geleden al gevraagd! Weet je dat die soldaten mijn Brigid verkrachtten en haar krankzinnig hebben gemaakt? En dat Ethelind tegen niemand meer spreekt? Wat kan de gouverneur daaraan doen?'

Hij stak afwerend zijn hand op. 'Ik weet het niet.'

'Kan een edict van de keizer jouw zoon soms terugbrengen?'

Favonius verstijfde eerst en leunde toen naar voren. 'Ik zal zijn moordenaar vinden, Boudicca, al moet ik wat rest van de stad ook nog vernietigen. Een van jouw hoofdmannen zag zijn kans schoon en vermoordde Marcus.'

'Waarom beschuldig je zo overhaast de hoofdmannen? Marcus kleedde zich dikwijls zoals de mannen hier doen – in een broek en een lange mantel. Het is veel waarschijnlijker dat een dronken soldaat hem voor een Iceniër aanzag en hem daarom in het donker doodstak.'

'Nee, want hij werd niet met een Romeinse gladius vermoord. Het moordwapen was een vleesmes dat weggenomen is uit de Vergaderzaal.'

'Nog niet de helft van de plunderaars waren dienstplichtige legionairs, Favonius. Velen van hen waren veteranen, en die dragen allerlei verschillende wapens. Ik denk dat je aan de procurator moet vragen wie Marcus gedood heeft. Als de Romeinse rechtspraak werkelijk zo onpartijdig is als ze zeggen, dan moet iedereen verhoord worden!'

Favonius kwam overeind alsof hij een zware last op zijn schouders droeg. 'Het is waar dat het zwaard van de gerechtigheid twee zijden heeft,' zei hij. 'Ik zal bij Decianus opheldering vragen, maar ik blijf de hoofdmannen hier ook verhoren.'

'Dan verspil je tijd en moeite.' Haar lippen beefden en haar bleke neusvleugels weken uiteen. 'Je kunt evengoed erkennen dat je tegenover je gezin en je meerderen hebt gefaald, en je daarom op je eigen zwaard storten. Een Romein met eergevoel zou dat zonder aarzelen doen.'

Favonius liep naar de deur. 'Nog niet, Boudicca,' zei hij voor hij naar buiten ging. 'Nog niet.'

Een maand lang plunderden de procurator en zijn handlangers het gebied, en pas toen er niets van waarde meer te vinden was keerden ze naar Colchester terug. De bewoners uit de verre omgeving stroomden naar de stad en zochten de hut waarin Boudicca lag. Ze luisterde uur na uur met gesloten ogen naar de hartverscheurende verslagen van moord, verkrachting en roof. De mensen leken wel hulpeloze lammeren die na jaren van groeiende rijkdom en vrede nu verzwakt en week waren geworden. Berooid van al hun bezittingen en veel verwanten kwamen ze zich nu bij Boudicca beklagen. Maar die kon hun weinig troost bieden. Zaai opnieuw, breng weer jongvee groot met de runderen die je nog bezit, had ze kunnen zeggen, maar dat zou nooit genoeg zijn. Graan en vlees alleen waren niet voldoende om hen tevreden te stellen. En kroost of jongvee alleen kon de harten die verkild waren van de roep om wraak niet verwarmen. Ze stuurde de mensen weg, en al had ze hun liever bloedige wraak toegezegd, ze wist dat de tijd daarvoor nog niet rijp was. Eerst moesten de mensen weer op krachten komen. Hun schrik moest eerst wijken voor vastberadenheid, want als hun nu de genadeslag werd toegediend, nog voordat ze daartegen opgewassen waren, dan zou het allesvernietigende einde werkelijk gekomen zijn. Dagenlang stonden de hoofdmannen in een kring om haar ziekbed. 's Nachts verscheen Subidasto in haar dromen en dan schreeuwde en dreigde hij en hief zijn gebalde vuisten naar haar, maar ze wachtte geduldig af.

De druïde kwam. Op een regenachtige ochtend duwde hij haar deurhuiden opzij en hij trok de lange bruine mantel uit waarmee hij zich vermomd had. Hij wierp de druipnatte mantel naar Lovernius, en tilde zonder een woord te spreken het laken op. Hij betastte haar voorzichtig en zond Lovernius toen weg om een kom te halen. Verbaasd probeerde ze iets tegen hem te zeggen, maar hij stak waarschuwend zijn vinger op. 'Ssst!' siste hij. 'Eerst de wonden van het lichaam, daarna die van de ziel.' Hij zocht in zijn tuniek en haalde vier kleine leren zakjes te voorschijn die hij achtereenvolgens opende. Hij snoof aan elk zakje en ook aan een grote pot met geel vet erin. Lovernius keerde terug met een kom en de druïde leegde de inhoud van de zakjes daarin en schraapte vet uit de pot. Hij begon het mengsel met een houten stamper dooreen te roeren, en daarbij zong hij genezing brengende spreuken. Een koele geur verspreidde zich in de kamer, als van de wind die over de ongerepte sneeuw in de bergen waait. Boudicca ademde diep in en ze merkte dat een vredig en aangenaam gevoel zich over haar lichaam uitspreidde. De druïde hurkte naast het bed en begon de balsem over haar rug uit te smeren. De brandende pijn werd weggenomen door de koele massa, en Boudicca zuchtte ontspannen. 'Je hebt veel geluk gehad,' zei de druïde, terwijl hij zijn handen afveegde aan zijn tuniek en overeind kwam om in de stoel te gaan zitten. 'Je rug ziet er slecht uit en veel van het rauwgeslagen vlees sterft af, maar je zult het wel overleven. Nu wil ik graag wat wijn drinken.' Boudicca moest bijna lachen. De pijn ebde verder weg en toen ze dat werkelijk besefte wilde ze wel zingen.

'Breng wijn voor onze gast,' zei ze tegen Lovernius. 'En brood voor ons beiden.' Hij knikte en ging naar buiten. Boudicca wendde zich naar de druïde. 'Welkom in dit stamgebied,' zei ze. 'Eten, wijn en vrede voor u.'

Hij boog ernstig zijn hoofd. Het schijnsel van het vuur weerkaatste op de bronzen ringen in zijn blonde haar. 'Alle drie noodzakelijk om het lichaam gezond te houden. Maar nu de ziel, nietwaar?' Hij boog zijn korte benen en de twinkeling in zijn ogen verdween plotseling om plaats te maken voor een somber doordringend staren. 'Dus je bent eindelijk weer verstandig geworden, Boudicca. Het spijt me alleen dat het op deze afschuwelijke manier moest gebeuren. Wat wil je van mij?'

Ze lag met haar hoofd schuin op het kussen en keek naar zijn schrandere gezicht. 'Ik wil dat u naar het westen gaat en daar Venutius en de anderen wapens voor mij en mijn mannen vraagt. Ik wil dat er berichten naar alle stammen in het laagland worden gezonden. En ik wil uw raad.'

Hij knipoogde naar haar. 'Je vraagt me bepaald niet weinig! Ik ben uit het westen gekomen, Boudicca, waar Paulinus bezig is aan zijn opmars naar het heilige Mona. Mijn broeders daar bereiden zich voor op de beslissende veldslag, maar ze weten dat het hun verboden is zelf de wapens op te nemen. Venutius, Emrys en Madoc hebben daarom veel van hun hoofdmannen naar Mona gezonden. Zij kunnen niet hierheen komen.'

Boudicca werd bleek. 'Andrasta! Moeten de Iceni dan alleen de strijd aanbinden? Welke hoop is er dan nog voor ons?'

'Meer dan er ooit geweest is sinds de Catuvellauni met Plautius slag leverden bij de Medway,' zei hij. 'Luister goed. Paulinus heeft meer dan de helft van de Romeinse troepen in Albion meegenomen, zijn leger is tweehonderdzeventig mijl van Colchester verwijderd, en het laagland is vrijwel onverdedigd. Het Negende is op sterkte, maar dat legioen is ten noorden, niet ten zuiden van jou gelegerd. Het Tweede is ook op volle sterkte, maar verdeeld. O, er zijn wachthuizen, detachementen en hier en daar ook garnizoenen, maar behalve dat liggen de steden in het zuiden open. Heb je me verstaan?'

Lovernius keerde terug met een kruik wijn, bekers en een schotel schapevlees en brood. Hij bediende hen zwijgend en ging toen met gekruiste benen bij het vuur zitten. Al spoedig klonk het klikken van zijn dobbelstenen weer door hun gesprek heen.

'De Iceni kunnen alleen niets doen,' hield Boudicca vol. 'Als de strijders in het westen ons niet kunnen helpen, wie dan wel?'

De druïde nam een slok wijn en brak een stuk van het zwarte brood. 'In de eerste plaats', zei hij, 'hebben de stammen in het westen ook alleen gestreden, en zij zouden ook voor Rome bezweken zijn als Caradoc niet als arviragus opgestaan was. De bewoners van het laagland werden in vergelijking met die trotse opstandelingen schimmen van zichzelf, en daarom zijn ze vergeten. Maar Boudicca, de Iceni zijn ook een stam in het laagland, en jij kunt toch niet zeggen dat je volk nog steeds in de schaduwen wandelt? Ik zeg je dat deze maand, deze vreselijke maand vol plunderingen en ellende, de stammen in het zuiden wakker geworden zijn. Het nieuws van de schande die jou is aangedaan bereikte hen als de kille wind die vóór de dageraad waait. De mensen daar zijn geschokt door wat jou overkomen is en ze zijn woedend. Ze hebben jarenlang in slavernij geleefd, maar nu jij verraden bent heeft de bevolking een nieuwe reden om in verzet te komen. Als je hen voor de strijd oproept, dan zullen ze komen.'

'Waarom bent u daar zo zeker van? Caradoc riep de stammen op, hij vroeg de Iceni ook in verzet te komen, maar wij weigerden te luisteren.'

'In die dagen was de Romeinse overheersing er nog maar pas, en er werden fraaie beloften van voorspoed gedaan, ondersteund met geld en geschenken. Maar langzamerhand hebben de mensen geleerd wat deze bezetting werkelijk betekent, en nu voelen ze de venijnige klauwen, zoals jij die ook voelde in je vlees. Vertrouw mij, Boudicca, ik weet wat ik zeg. Begin een veldtocht naar het zuiden en dan zullen de stammen daar zich spoedig bij je aansluiten.'

Ze bleef geruime tijd met gesloten ogen liggen. Toen pakte ze haar beker wijn en dronk langzaam. 'Ik wil u graag geloven, maar ik weet hoe stevig de Romeinse bezetters zich hier geworteld hebben. Rome heeft nu meer macht dan Andrasta zelf.'

De druïde schudde zijn hoofd. 'Zeg dat niet. Rome is alleen een stad. En Romeinen zijn ook mensen. Andrasta blijft de Koningin van de Overwinning. Geloof me, Boudicca, want hebben druïden ooit gelogen?'

'Nee maar ze hebben ook nog geen waarheid ontdekt die morgen dezelfde is als gisteren. Gaat u alleen op uw intuïtie af?'

'Nee, er dringen geruchten en verhalen naar het westen door, en de afgelopen maand is het vuur van de opstand steeds verder aangewakkerd. Jij bent in staat een grote vuurzee te ontsteken.'

'Als u zich vergist, dan zullen de Iceni alleen optrekken en genadeloos verslagen worden. Maar dat we aan een mars beginnen staat vast. De schande die ons is aangedaan schreeuwt om wraak!'

'Ik zie dat je de lessen begrepen hebt.' Hij veegde zijn mond af, ging staan en geeuwde uitvoerig. 'Eerst moet je genezen, Boudicca. Slaap zoveel mogelijk. Ik zal in de stad blijven, tot je weer kunt lopen, maar dan moet ik naar het westen en naar Mona terugkeren. Je lot ligt in je eigen handen. Geef je vrije mannen opdracht boodschappen over te brengen naar de stammen, wanneer je plannen hebt gesmeed, en wees niet bang. Het wordt tijd voor de afrekening.'

Toen, met een vreemd nederig gebaar, strekte ze haar hand uit en trok aan zijn tuniek. 'Doe iets voor mij, als u wilt. Mijn dochter...'

Hij zuchtte zachtjes en ging weer zitten. 'Ik weet het, ik weet het. Ik kan haar ziel niet naar haar terugbrengen, maar ik kan de kwelling die ze doorstaat wel verminderen. Laat haar hier komen.'

Boudicca knikte naar Lovernius. 'Breng Brigid hierheen,' zei ze en hij liep weg. Ze wachtten in stilte, terwijl de kille regen buiten gestaag en eentonig viel. Toen zei de druïde: 'Ik heb je vader lang geleden gekend.'

Ze wendde haar gezicht naar hem toe. 'Subidasto? Sindsdien is hier zo veel veranderd.'

'Ja,' antwoordde hij eenvoudig. 'Ik was zelf een Iceniër. Lang geleden.'

Verbazing en schaamte deden haar blozen. 'Dat spijt me,' zei ze. Hij trok met een veelzeggend gebaar zijn ene schouder op en lachte.

'De tijd van spijt is voorbij, Boudicca. En ik denk dat ik spoedig weer een Icenische druïde zal zijn.'

Lovernius keerde terug. Hij hield de deurhuiden opzij en Brigid en Hulda traden binnen. Brigid was gekleed in een dikke rode tuniek, die Boudicca deed terugdenken aan de vredige dagen van wedstrijden met de paarden en vissen in een bijt. Maar nu leek deze tuniek veel te ruim en slordig om haar lichaam te vallen. Brigids haren waren los en vielen over haar magere hals en schouders. Ze hield de hand van Hulda naast haar stevig vast en met haar andere hand streek ze voortdurend nerveus over haar mond. Ze keek met verwilderde ogen door de kamer en uiteindelijk strak naar haar moeder, maar er was geen blik van herkenning.

'Ze zit op het dak van mijn hut,' zei ze. 'De regen glanst op haar veren, en ze krast telkens: "Bloed, bloed, bloed." De hele nacht door. Waar is Pompeius? Ik heb het zo koud... Pompeius zal mij verwarmen met zijn zachte adem, en mij zeggen waar ik naar toe moet gaan.' De hand bewoog nu langs haar keel, liefkozend en strelend. 'Bloed is zwart in het maanlicht en ogen zijn wit. Mijn moeder weet dat, maar zij is veranderd in de Koningin van de Overwinning en ik moet naar Rome gaan.' Toen Brigid de naam van de stad uitsprak liet ze Hulda's hand los en begon zenuwachtig door het vertrek te lopen. 'Alle mannen zijn vervuld van bloed, zwart bloed onder de maan!'

De druïde ging staan en liep op haar toe. Hij nam haar beide handen stevig in de zijne. 'Brigid,' zei hij vriendelijk, 'bloed is warm en zoet. Bloed maakt muziek. De bomen hebben gouden bloed en de rivieren hebben bloed van zilver. En de zon is vol heet, levenbrengend bloed. Kijk mij aan.' Haar wezenloze ogen draaiden zich langzaam naar hem toe en hij glimlachte. Brigids zenuwtrekkende mond werd stil en ze slikte. Ze fronste haar wenkbrauwen en probeerde iets te zeggen, maar haar handen bleven machteloos in de zijne rusten en haar blik bleef gevangen in zijn ogen.

'Bomen,' fluisterde ze. Toen begon ze opeens te lachen, schril en schaterend, en ze wrong haar handen los. 'Ik heb hem gedood, die arme Marcus,' giechelde ze. 'O, Marcus, mijn liefste. Ik heb hem doodgestoken, die knappe Marcus, en de bomen klapten in hun zwarte handen, zwart als bloed onder de maan.'

Boudicca staarde verbijsterd en vol afschuw naar haar krankzinnige dochter. Het bloed trok weg uit haar gezicht en het leek een gloeiende, bonzende bal in haar hart te vormen. 'Waarom schrik je daarvan?' siste Subidasto in haar oor. 'Ze is ook naakt!' Lovernius slaakte een kreet. Hulda wankelde. Alleen de druïde leek onbewogen. Zijn weemoedige blik bleef strak op Brigid gericht. Toen deed hij een stap naar voren en sloeg zijn armen om haar heen. 'Kind,' mompelde hij. Ze hield op met wezenloos giechelen, maakte zich los uit zijn omarming en zocht naar Hulda's hand. Boudicca zei hees: 'Breng haar weg, Hulda. En vlecht haar haren. Ze ziet er zo slonzig en verwilderd uit.'

'Dat zal ze niet toelaten,' antwoordde Hulda. 'Het lijkt me beter haar met rust te laten.'

Ze verdwenen naar buiten, Lovernius ging met hen mee. De druïde trok zijn wenkbrauwen op en keek Boudicca aan. Zijn gezicht stond grimmig. 'Genees spoedig, Boudicca,' zei hij.

Ze voelde zich opeens dodelijk vermoeid en liet haar hoofd terugzakken op het kussen. 'Ach, wat een wanhoop,' mompelde ze en haar stem klonk gebroken. 'Zelfs al dood ik elke Romein in Albion, dan nog zijn de tijden veranderd, en het zal nooit meer zoals vroeger worden.'

'De tijden veranderen altijd,' antwoordde hij en zwaaide zijn wijde mantel om zijn schouders voor hij naar de deur liep. 'Het zijn de veranderingen in onszelf die wanhoop of tevredenheid brengen, Boudicca. Ik zal vanavond weer komen en je rug nog eens behandelen.' Hij verdween achter de deurhuiden, en korte tijd daarna kwam Lovernius binnen.

'Ze gaat nu slapen,' kondigde hij aan. 'Ik denk dat ze wat gekalmeerd is.'
'En Ethelind?'
'Ethelind zwerft door de stad. Ze eet en slaapt af en toe, maar ze spreekt met niemand.'
'Ik wil rechtop zitten, Lovernius. Help me eens.' Hij deed wat ze vroeg en tilde haar voorzichtig op. Boudicca werd weer duizelig van de snerpende pijn, maar ze vond het toch prettiger weer te zitten. 'Breng me mijn kam.'
Lovernius reikte haar de bewerkte kam aan en ze begon die door haar verwarde haren te halen. Pas toen haar haren weer glanzend en netjes waren gaf ze de kam terug.
'Zo. Ga nu met Aillil naar het bos en zoek daar een geschikte open plek. Daar moet je enkele hutten en een smidsoven bouwen. Dan graaf je alle wapens op en zorgt ervoor dat ze geslepen en schoon zijn. Maak nieuwe zwaarden, speren en messen. Maak ook nieuwe halsringen. Vraag of Aillil alle strijdwagens naziet en de karren die gerepareerd moeten worden naar het bos brengt. Maak slingers en bijlen voor de boeren. Ik wil dat alle Iceniërs – mannen, vrouwen en kinderen – binnen twee maanden weer bewapend zijn.'
'De jonge meisjes ook?'
'Ja. Hun moeders waren zwaardvrouwen en het wordt tijd dat ze zelf leren wat dat betekent.' Ze sloeg haar armen vastberaden over elkaar. 'Wat denk je, Lovernius, zou het al te laat zijn? Kunnen de mensen zich die oude vaardigheden nog herinneren, na zoveel jaren? Zal de zucht naar wraak groot genoeg zijn?'
'Al herinneren ze zich verder niets, ze zullen in elk geval weten dat een eervolle dood beter is dan een bestaan in slavernij. We hebben niets te verliezen, Boudicca.'
'Dat weet ik.' Ze lachten wrang naar elkaar en Boudicca sprak verder. 'Laat mijn eigen hoofdmannen met je meegaan. Stuur hen naar alle uithoeken van ons stamgebied, en zeg hun dat ze met de mensen op geheime plaatsen met de zwaarden moeten oefenen. Gebruik stokken en keukenmessen, als de nieuwe zwaarden nog niet gereed zijn. Maar pas op dat geen enkele soldaat van het garnizoen gedood wordt, Lovernius. Want als Favonius zelfs maar geruchten hoort over wat wij van plan zijn, dan is alles verloren. We moeten verspieders in de bossen en bij de boerderijen hebben, die ons kunnen waarschuwen als er soldaten in aantocht zijn.'
Hij knikte begrijpend en liep naar de deur. 'En denk erom: niet meer dobbelen!' riep ze hem na. 'Je kunt beter je harp stemmen!'
'Een man heeft af en toe wat rust nodig,' antwoordde hij geërgerd. Maar Boudicca antwoordde bits: 'Ja, als je in je graf ligt.'
Zo begonnen de Iceni aan een onzichtbare gedaanteverwisseling. Uiterlijk leek de stam nog even vreedzaam. De mensen probeerden hun geplunderde

huizen weer op te bouwen en ze verzamelden de dieren van de uiteengejaagde kuddes in het bos, maar onder de oppervlakte werd het gewapende verzet gestaag voorbereid. De mensen leken een dubbelleven te leiden. Overdag waren de bewoners bezig met hun gewone werk in de stad of op het land, maar 's avonds weerklonken in het donkere bos de gedempte kreten van mannen en vrouwen die driftig werkten aan het vervaardigen van nieuwe wapens, en het gefluister van wel duizend stemmen ging van mond tot mond. Favonius voelde dat er iets aan de hand was. Gekweld door verdriet om het verlies van zijn zoon zwierf hij 's avonds laat buiten het garnizoen, en dan voelde hij dat er iets broeide onder de bevolking, al kon hij niet ontdekken wat er precies gebeurde. Ten slotte meende hij dat zijn angstige vermoedens hem alleen ingegeven werden door zijn bedroefde geest, omdat hij er niet in geslaagd was Marcus' moordenaar te vinden. Er deden anders genoeg geruchten de ronde. Hij hoorde zelfs fluisteren dat Brigid de dader was, dat zij Marcus in die rampzalige nacht had neergestoken, maar dat weigerde hij te geloven, en hij besefte tegelijk dat hij het nooit zou kunnen bewijzen. Favonius vreesde dat Marcus' dood ongewroken zou blijven.

De gouverneur had onverschillig geantwoord op de zwakke protesten van Favonius na het wangedrag van de procurator: Paulinus kon niets doen voordat hij zijn handen weer vrij had, en dat zou pas het geval zijn als de veldtocht voorbij was. Wanneer hij weer naar Colchester teruggekeerd was, zou hij de zaak bestuderen, maar tot die tijd verwachtte hij van zijn garnizoenscommandanten dat ze de vrede wisten te bewaren. Dat was immers hun taak. Op het ogenblik had hij bepaald geen tijd om zich met dergelijke kleinigheden te bemoeien, want er speelden nu veel belangrijker zaken. Favonius zwierf laat op de avond door de winterse duisternis, en hij werd geplaagd door een onberedeneerde angst. Dikwijls droomde hij van gewone dingen, zoals een glas wijn drinken met zijn secretaris, maar dan kregen zulke voorvallen een vreemd en schrikaanjagend voorkomen. De mensen lachten en praatten met elkaar als de zon scheen, maar nooit verdween de onheilspellende angst uit Favonius' gedachten. En zijn angst leek werkelijker dan de getallen die hij op het papier vóór hem zag.

Zo vervulde Favonius zijn plichten in de langdurige winter die allen verveelde. Hij las de brieven die Priscilla hem vanuit Colchester stuurde, maar nooit verlieten de angstige visioenen hem, wat hij ook deed. Favonius was geen man met veel verbeeldingskracht, en hij was ook niet erg schrander. Hij was een eenvoudige soldaat van het keizerrijk, en hij voerde zo goed mogelijk de taken die hem opgedragen werden uit, maar nu kreeg hij het gevoel dat hij deze taak niet meer in zijn macht had. Favonius raakte in verwarring en hij werd bang.

Toen de lente nog niet meer was dan een verandering in de windrichting kreeg Boudicca een bezoeker. Ze was nu uit bed en de wonden op haar rug waren geheeld tot rafelige rode littekens, die bij aanraking nog veel pijn deden. De druïde was vertrokken, zonder een woord van afscheid. Hij verdween naar het westen en hoewel hij tijdens zijn verblijf in de stad Brigid elke dag bezocht had, wees niets op een herstel van haar verstandelijke vermogens. Ze leek gewilliger en rustiger, maar soms, wanneer er over bomen of andere gewone zaken gesproken werd, kon ze opeens heel opgewonden raken en dan stroomde er een verwarde reeks onsamenhangende woorden over haar lippen. Ethelind had ook littekens, maar die waren minder duidelijk zichtbaar. Ze bleef op afstand van iedereen en weigerde te spreken, al werd soms gehoord dat ze zachtjes tegen zichzelf zong in de nacht.

Boudicca probeerde afleiding te vinden door niet aan haar gebroken kinderen maar aan andere zaken te denken, vooral aan haar plannen voor de komende strijd. Nieuwe wapens glansden in de hutten van haar onderdanen, verborgen in vaten of onder de graanvoorraad, verstopt in de rieten daken of onder de bedden. De mensen die in vredestijd stram en stijf geworden waren kregen nu weer soepele spieren. Het versleten rieten vlechtwerk van de strijdwagens werd hersteld, er werden wapenrustingen gemaakt, en de lang nutteloos gebleven bronzen zwaarden van Andrasta werden weer te voorschijn gehaald. Hoofdmannen zaten 's avonds bij de vuren, en hun handen streelden nieuwe halsringen en pasgepoetste helmen. Overal leek het woord oorlog op ieders lip te liggen, maar nog steeds wist Favonius niet wat de werkelijke reden van zijn onbestemde ongerustheid was. De poorten van Albion waren al voor hem dichtgeslagen toen hij voor het eerst voet op deze bodem zette, maar dat wist hij zelf niet.

Boudicca zat in de onttakelde zaal, met Lovernius en Aillil aan haar zijde. Een schaap werd boven het vuur geroosterd, langzaam werd het spit rondgedraaid door een slaaf. Hoofdmannen en vrije mannen liepen af en aan, en een enkeling kwam naar haar toe om raad te vragen. Ethelind zat bij de muur, ze doopte stukken brood in haar soep en at langzaam. Ze hield haar hoofd gebogen en haar benen gevouwen onder haar rood en blauw gestreepte tuniek. Rondom haar was altijd een lege cirkel, de afstand die ze tegenover iedereen bewaarde. Zelfs haar dienares hurkte een eindje van haar vandaan, in de schaduwen. Brigid was in haar hut, en werd daar voortdurend goed in het oog gehouden. Ze liep elke dag langs de binnenste ring van de stad, maar af en toe werd ze naar de zaal geleid, om samen met de vrije mannen te eten. Ze had hen eerst van streek gebracht met haar verwarde verhalen over de Raaf van de Strijd, maar nu iedereen zich voorbereidde op de komende gevechten, werd ze eerder beschouwd als een speciale boodschapper van Andrasta zelf, hongerig naar vers Romeins bloed, na jaren van verwaarlozing.

Er ontstond opeens opschudding bij de deur, er klonken opgewonden stem-

men en Lovernius onderbrak zijn gefluisterde verslag van de vorderingen die de afgelopen nacht gemaakt waren. Hij rende, gevolgd door Aillil, door de zaal. Boudicca keek toe en wachtte tot ze terugkeerden. Tussen de twee mannen zag ze een vreemdeling. Hij was groot, goedgebouwd en donker. Zijn lange haren hingen los en waren achterovergekamd van zijn hoge gerimpelde voorhoofd. Zijn ogen stonden waakzaam, en zijn mond, boven een gladgeschoren kin, was recht en gevoelig. Boudicca kwam overeind en hij liep op haar toe. Ze strekte haar hand uit. 'Welkom! Eten, wijn en vrede voor u.' Hij nam haar pols en schudde die even kort en zakelijk.
'Laat zien,' zei hij.
Boudicca en haar mannen keken elkaar even aan, toen keerde ze zich om en liet haar tuniek zakken. Ze bedekte haar borsten met haar mantel. Hij bromde iets en even voelde ze zijn vingers over haar gehavende rug strijken. Toen trok ze haar tuniek weer omhoog en keek hem aan.
'Romeinen?' vroeg hij afgemeten. Boudicca schudde haar hoofd.
'Niet in de stad,' antwoordde ze. 'Ze blijven in het garnizoen. U zult hier vannacht tamelijk veilig zijn. De man leek iets minder gespannen en ze lieten zich allebei op de kale vloer zakken. Een groepje nieuwsgierige vrije mannen kwam erbij staan, maar Lovernius en Aillil gingen ervoor staan, zodat ze niet zouden horen wat er besproken werd. 'Hebt u nieuws?' vroeg Boudicca. 'Wilt u dat nu meteen vertellen, of eerst wat eten?'
'Ik zal nu zeggen welk nieuws ik heb.' Hij nam een beker wijn die hem door een bediende aangereikt werd en dronk gulzig. De droesem goot hij op de grond, als eerbewijs voor de goden van de Iceni. Toen trok hij zijn voeten dichterbij. 'Ik ben Domnall,' zei hij, 'hoofdman uit Brigantia.' Boudicca liet de woorden tot zich doordringen. Dus Aricia wist wat er hier gebeurde en ze zou de plannen verraden. Deze bezoeker was gekomen om haar te waarschuwen. Maar hoe kon Aricia te weten zijn gekomen dat hier plannen voor hernieuwd verzet werden gesmeed? Het gebied van de Coritani lag toch tussen de twee stamgebieden? Domnall zag de vragende uitdrukking op Boudicca's gezicht en haalde met een ongeduldig gebaar zijn schouders op. 'Nee,' vervolgde hij. 'Toen Aricia de arviragus verraden had, en nadat Venutius haar verlaten had, heeft ze me naar het zuiden gestuurd om daar te midden van de Trinovantiërs te leven en te zien wat daar gebeurde. Ik heb voor Rome gewerkt, ik heb geholpen bij de aanleg van wegen en het graven van greppels.'
Hij zei het nonchalant, maar Boudicca begreep dat het hem veel moeite gekost moest hebben om zijn trots opzij te schuiven en dergelijk vernederend werk te verrichten. 'De Trinovantiërs en de overlevende Catuvellauni hebben het zwaarst onder de Romeinse overheersers geleden. Dat moet u ook weten. Dit gebied werd vrijwillig en zonder dat er gevochten werd onder Romeins gezag gebracht en u werd beloond met grote voorspoed, maar de

volgelingen van de arviragus en hun vroegere slaven werden sindsdien voortdurend gestraft. Velen werden als slaaf weggevoerd naar Rome, om daar te vechten in de arena's of om ingelijfd te worden in de legioenen. Deze mannen hebben gezwoegd op het land; ze stierven bij de aanleg van wegen en ze verhongerden. Ook hebben ze fraaie huizen voor Rome gebouwd en van veel arbeiders ligt het gebeente nu onder de fundamenten. Colchester groeit snel. Van steeds meer vrije mannen wordt het land nu gestolen, en vervolgens wordt het aan de veteranen gegeven. De oorspronkelijke eigenaren worden vastgeketend en moeten als dwangarbeiders het land bewerken. Ze halen de oogsten binnen voor heren wie het niets kan schelen dat de kinderen van honger sterven. Hun lot is ondraaglijk, en nu hebben ze gehoord wat u overkomen is. Daarom vragen ze of u wilt vechten.'
'En als ik dat wil?'
'Dan zullen ze met u vechten. Mijn verspieders hebben mij gemeld dat andere stammen zich bij u zullen aansluiten, zodra Colchester veroverd is. De mensen schamen zich, Boudicca. Eerst werd de arviragus verslagen, niet door een overmacht, maar alleen door het verraad van iemand uit ons midden. Toen werd u afgeranseld, zonder dat daarvoor een goede reden was. De mensen zijn bang en argwanend, ze vertrouwen vriend noch vijand. Daarom is dit het juiste uur voor een opstand, omdat de gouverneur met zijn leger op weg naar Mona is.'
'Zullen ze mij als aanvoerster dulden?'
'Dat weet ik niet, maar het is wel zeker dat geen enkele man in het laagland geschikt is als aanvoerder. Zijn hier wapens?'
Ze zweeg en keek aandachtig naar zijn gezicht. Hij kon de waarheid spreken, maar het was evengoed mogelijk dat hij een handlanger van Rome was. Als hij inderdaad een spion was en ze vertelde hem de waarheid, dan zouden de Iceni zeker uitgeroeid worden. Maar als hij wel betrouwbaar was en ze hem onverrichter zake terugstuurde, dan was de kans op samenwerking voorgoed verkeken. Ze keek haar hoofdmannen aan. 'Lovernius?' Hij knikte nauwelijks merkbaar. 'Aillil?' Ook hij knikte instemmend. 'Wij hebben eigenlijk een druïde nodig,' zei hij zorgelijk. 'Maar ik denk dat deze man de waarheid spreekt.'
'Ik ook. Goed, wij zullen vechten, Domnall, en spoedig ook. Onze wapens zijn op geheime plaatsen verborgen, en de mensen hebben weer geleerd ermee om te gaan. Zeg dat tegen de stammen.'
Domnalls ogen keken naar haar sproetige gezicht en het rossige haar daarboven. Wat verschilde deze vrouw van zijn eigen ricon. De laatste telg uit het Huis Brigantia was slank en tenger, ze was mooi, ze had sprekende ogen en sierlijke vingers, terwijl deze vrouw met haar schorre stem en gejaagde woorden veel kracht uitstraalde, en daarom heldhaftige mannen moest aan-

trekken. Maar toch was ze vreemd genoeg getrouwd geweest met een vredestichter, en ze had tot zijn dood veel van hem gehouden, terwijl zijn eigen vorstin met een krijger getrouwd was en hem uiteindelijk vernietigd had. Mannen kunnen goede ricons zijn, dacht hij, maar vrouwen zijn óf beter, óf veel slechter.

Haar bruine ogen keken hem ongeduldig aan. Hij gaf antwoord. 'Hoe spoedig, vrouwe?'

'Voordat er weer een volle maan is.' Haar stem daalde tot een zacht gemurmel. 'Pal ten zuiden van de stad, Domnall, tussen de wegen die mijn gebied ontwijden, zijn beboste heuvels die zich tot aan de oude Catuvellaunse grenzen uitstrekken. Ken je die plaatsen?'

'Ja, ik weet waar die zijn.'

'Daar zullen wij elkaar ontmoeten, met iedereen die mee wil komen. Breng zoveel eten mee als mogelijk is, strijdwagens en alle wapens die je kunt bemachtigen. Maar doe alles zo onopvallend mogelijk, smeek ik je. Ik wil niet dat Colchester plotseling versterkt wordt en dan een belegering gemakkelijk kan doorstaan.'

'Ik ben niet dom, vrouwe.'

'En stuur een boodschap naar de heren in het westen. Laat hun weten waarmee ik bezig ben.' Zou Caradoc dit nieuws ook te horen krijgen? vroeg ze zich met een steek van pijn af. Zou hij dan verzoend zijn met zijn lot? De stammen hier weten alleen dat hij nog steeds in leven is, ergens gevangen in het grote net dat Rome wordt genoemd. De gedachte aan Venutius deed haar ook aan iets anders denken. 'Staat de tempel van Claudius er nog steeds?' vroeg ze.

'Natuurlijk!' antwoordde Domnall verbaasd.

'En waar is Decianus?'

'De procurator?' Hij kon haar gedachtensprong niet volgen. 'Die is in Colchester.'

'Andrasta, Andrasta,' fluisterde Boudicca en haar ogen kregen een glans. 'Scherp je zwaard. De bevrijding zal in het voorjaar een feit zijn.'

In die laatste maand week de winterse kou voor een warme en vochtige wind, die veel regenbuien meevoerde. Het eerste prille groen van de naderende lente legde een waas over de aarde. Boudicca was gereed met haar voorbereidingen en ten slotte gaf ze opdracht de karren en reiswagens in te laden. De mensen verzamelden hun schamele bezittingen en wachtten vol spanning op wat er verder komen zou. Dit voorjaar werd er niet gezaaid. Zaaigoed was schaars, want de procurator had het meeste zaad in beslag genomen, en bovendien was er toch geen terugkeer mogelijk, geen tweede kans op vrede. Ze zouden langs forten trekken waarin veel graan was opgeslagen, en de overwinning behalen, of anders ten onder gaan. Niemand zou achterblijven op het verlaten land. Er werden weer oude overwinningsliederen gezongen, en lang vergeten strijdkreten klonken weer op. Andrasta voor de Iceni! De dood of de vrijheid! Strijd voor het Huis Icenia!

De tijd verstreek traag onder de voorjaarsregens, toen de bomen uitbotten. De maan waste, werd vol en nam geleidelijk weer af. Favonius zag het van-achter het venster in zijn werkkamer, als hij de slaap 's nachts niet kon vatten. Boudicca zag het ook, wanneer ze door de stad liep en bemoedigende woor-den met haar vrije mannen uitwisselde. Gehuld in haar mantel stond ze in de laatste uren van de nacht voor de donkere Vergaderzaal en staarde naar de voorgevel. Dan leek Subidasto in haar oor te fluisteren: 'Schiet op, Boudicca! Schiet op, want Paulinus nadert Mona. Hij zal spoedig terugkeren en dan is het te laat.'

'Ik weet het, ik weet het,' antwoordde ze dan hardop. Ze begreep dat ze haar strijdmacht moest verzamelen, zoals haar volgelingen hun wapens en bezit-tingen bijeenzochten. Ze voelde zich eenzaam en angstig in de duisternis van de lentenachten, opeens onwillig afscheid te nemen van deze stad, en met haar zwaard het verleden van de toekomst te scheiden. Ze huiverde in een-zaamheid, ze wenste dat ze gewoon kon teruglopen naar haar huis, waar Pra-sutugas op haar wachtte en waar het warm en licht was. Dan zou ze tegen zijn schouder leunen en zich veilig voelen. Zijn lippen zouden haar troosten en behoeden.

Ze voelde dat iets haar ervan weerhield het sein te geven waarmee een lange periode van strijd en dood zou beginnen.

Ze herinnerde zich de uren die ze met Favonius en Priscilla had doorgebracht, de maaltijden met oesters en schapevlees, aan een smetteloos gedekte tafel vol zilverwerk waaraan zij met water aangelengde wijn dronken en tot diep in de nacht gesprekken voerden, waarin argwaan en ontzag doorklonken. Die da-gen uit het verleden gleden als visioenen door haar geest. Ze ging naar bed en sliep kort en onrustig.

Toen was de tijd gekomen. De maan was geslonken tot een dunne sikkel van ivoren licht en in de bossen en op de velden ontplooiden de eerste bloemen voorzichtig hun kelken naar het steeds warmere zonlicht. Boudicca ging sa-men met Lovernius en Aillil op weg naar het garnizoen door de koele donke-re nacht, en zij werden gevolgd door de andere krijgers. De twee mannen waren alleen gekleed in broeken en korte tunieken. Ze hadden hun messen in de gordels gestoken. De stad bleef stil achter, dromend in de laatste vredige nacht, toen het drietal over de glooiende, met gras begroeide helling trok en tussen de donkere bomen op de heuvel verdween.

Toen ze voorbij de bomen waren, gebaarde Boudicca dat ze in het jonge gras moesten gaan liggen, en zelf ging ze naast hen liggen, en keek naar de lichtjes van het garnizoen. Alles leek rustig. Twee wachters stonden aan weerszijden van de hoge houten poort op hun post. Flakkerend toortslicht glansde op hun wapenrusting. De wachters stonden wijdbeens. In de stallen klonken gedempte geluiden van de paarden in het stro, en ergens achter hen krijste een uil, voor de vogel met trage vleugelslagen laag over de weg wegvloog. Verder was er geen geluid. Tevreden kwam Boudicca overeind en ze wenkte de anderen. Zonder geluid te maken slopen ze naar de schaduwen van de donkere muur rond het garnizoen. Boudicca knikte naar Lovernius en Aillil. Ze duwde haar mes verder in haar gordel, zodat haar mouw het glanzende lemmet bedekte, en toen liepen ze snel naar de poort. Een van de wachters zag hen naderen en deed een stap naar voren, maar toen hij Boudicca herkende veranderde de argwanende blik in zijn ogen in een eerbiedige glimlach. 'Vrouwe! Ik herkende u niet, zonder paard. Het is erg laat om nog een bezoek aan de bevelhebber te brengen.'

'Dat weet ik,' antwoordde ze met vlakke stem, 'maar ik moet hem dringend spreken, want ik wil hem om raad vragen.' Uit haar ooghoek zag ze de andere wachter, die tegen de muur geleund stond, geeuwen. Achter hem bewoog nog iets in de schaduwen. 'Denk je dat hij nog wakker is?'

'Er brandt nog steeds een lamp in zijn kamer. Ik denk dat hij nog aan het werk is. Zal ik iemand roepen om u te vergezellen?'

Lovernius sloop achter de man naar voren en Boudicca vouwde haar armen voor haar borst. Ze voelde het metaal van haar mes. 'Dat is niet nodig. Ik weet de weg.' De wachter duwde de poort open en deed een stap achteruit. 'Dat moet haast wel. Ik wens u een goedenacht, vrouwe.'

'Vaarwel, Romein.' Ze knikte snel naar Lovernius en de vage schaduw bij de muur werd opeens een man die als een kat naar voren sprong, de tweede wachter met een ijzeren greep in bedwang hield en doodstak. Boudicca trok ook met een snelle beweging haar mes. Even voelde het wapen vreemd aan in haar hand, maar toen keerde Lovernius zich snel om op zijn hielen en hij bedekte de mond van de wachter. Zijn ogen werden groot van schrik toen Boudicca met een zekere beweging het mes in zijn bleke keel stak. Zonder geluid te maken sleepten ze de twee lijken een eindje weg, in de schaduw onder aan de muur. Toen floot Lovernius het afgesproken sein en de andere mannen kwamen geluidloos naderbij.

'Een gewaagd spel, maar de beloning is groot,' fluisterde Lovernius bemoedigend, maar ze gaf hem geen antwoord. De inzet was inderdaad hoog en nu waren de dobbelstenen geworpen. Zelfs al zou Boudicca dat willen, ze kon de dobbelstenen niet meer oprapen, want ze moesten nu wel verder rollen tot vóór Paulinus' voeten. Geluidloos liepen ze naar de grote vaagverlichte binnenplaats, om zich daar onmiddellijk te verspreiden. De mannen verdwenen naar de barakken, naar de huizen van de officieren en naar de opslagplaatsen voor het graan. Boudicca zelf liep met stevige passen rechtstreeks naar het bestuursgebouw, terwijl Lovernius en Aillil daar met een omtrekkende beweging ook naar toe liepen, zodat ze achter de bewaker die hier heen en weer liep uit zouden komen. Het silhouet van de wachter kruiste telkens het gele schijnsel dat onder de deur door naar buiten straalde. Juist voordat Boudicca vlak bij hem was, bleef de wachter staan, keerde zich om en leek terug te deinzen in de schaduwen achter hem. Boudicca was nu bij de treden en na een harde klop op de deur ging ze naar binnen.

Favonius was alleen. Hij zat achter zijn schrijftafel, met zijn hoofd in zijn handen. Hij keek langzaam op toen ze de deur sloot en naar hem toe liep. Zijn ogen stonden vermoeid, zijn grijzige haren waren verward. Hij leek niet verrast toen hij haar zag. 'Boudicca?' Hij wreef met beide handen over zijn gezicht, en ging rechtop zitten. 'Ik moet boven mijn werk in slaap gevallen zijn. Ik heb zo'n gevoel dat het al erg laat is. Wat wil je van mij?'

Haar ogen schoten door de kamer en toen keek ze hem weer aan. Zijn borstbeschermer stond in een hoek en zijn helm lag ernaast, maar zijn mes stak in zijn gordel. 'Het is inderdaad laat, Favonius, maar ik wil met je praten. Heb je al iets gehoord van de gouverneur?'

'Ja. Ik wilde eigenlijk zelf naar je toe komen, om te vertellen wat hij gezegd heeft. Hij belooft de zaak te onderzoeken als hij weer terug is in Colchester.'

' *Als* hij terugkeert.' Boudicca krulde spottend haar lip. 'En heb je ook brieven van Priscilla ontvangen?' Nu verscheen een vragende blik in zijn slaperige ogen. 'Wat heb jij daarmee te maken? Dat gaat jou toch niets aan?'

'Zeker. Maar Priscilla haatte deze omgeving altijd. Ik vroeg me alleen af of ze in Camulodunon gelukkiger is.'

Favonius voelde zich steeds slechter op zijn gemak. Ze had in zijn aanwezigheid nooit eerder de oude, inlandse naam van die stad genoemd. De stilte die volgde was dreigend. Boudicca grijnsde naar hem, ze leunde naar voren en hij zag hoe gespannen haar schouders waren. Opeens besefte Favonius dat hij de regelmatige voetstappen van de wachter buiten niet meer hoorde. Een ijzig voorgevoel deed hem opstaan en naar het venster lopen. Hij duwde de luiken wijd open, maar de binnenplaats lag er verlaten bij onder de sterrenhemel. Favonius keerde zich weer naar haar om, geschrokken en niet begrijpend.

'Waar ben je bang voor, Favonius?' vroeg ze en er klonk spot in haar stem. 'De druïden zijn niet meer dan een herinnering. Andrasta is alleen angstaanjagend in verhalen voor kinderen die niet gehoorzaam gaan slapen. Waarom verschijnen er zweetdruppels op je voorhoofd? Loert er een dreiging in de schaduwen? Zingt het woud soms betoveringen die door de wind worden meegevoerd?' Ze deed een stap naar hem toe. 'Jij dacht dat je dit land begreep, maar nu weet je wel beter, en nu lijkt alles wat vertrouwd was opeens vreemd.'

'Ik begrijp niet wat je vannacht bezielt!' zei hij fel. 'Ben je soms dronken? Ik kan niets voor jou of voor je dochters doen, Boudicca. Waar is die wachter gebleven?'

Woorden zweefden op haar tong, bijtende woorden vol haat. Brigid heeft je zoon vermoord. Brigid heeft hem doodgestoken. Brigid slachtte hem af als een argeloze ree en zijn bloed vloeide zwart in het maanlicht. 'Zeg het tegen hem,' siste Subidasto in haar oor. 'Neem hem zijn kleren af en bedek je eigen naaktheid!' Maar al was de aandrang om de wrede woorden inderdaad uit te spreken groot, ze deed toch een stap achteruit, tot de schrijftafel weer tussen hen was.

'Andrasta heeft hem weggenomen,' zei ze onaangedaan. 'Lovernius! Aillil!' Toen begreep Favonius het. Hij greep naar het mes aan zijn gordel en stormde naar het venster. 'Wachters! Wachters!' brulde Favonius. Maar op hetzelfde ogenblik zwaaide de deur open en de twee hoofdmannen stortten zich op hem. Boudicca ontweek Favonius' maaiende mes en lachte spottend.

'Ze zijn allemaal dood, Favonius,' zei ze. 'Het garnizoen is een graftombe, en zo zal heel Albion een graftombe en tegelijk een slachthuis voor de Romeinen worden. Wij vertrouwden je, maar je liet ons in de steek. Jij had ons kunnen steunen, maar je keerde ons je rug toe en wilde niet luisteren naar de kreten van mijn kinderen en naar mijn geschreeuw toen ik vernederd werd.'

Favonius verzette zich niet tegen de sterke handen van de twee mannen. Hij stond daar alleen en keek haar met treurige ogen aan. 'Ik denk dat ik je eergevoel onderschat heb,' zei hij. 'Maar je kunt nooit winnen, Boudicca. Alle kansen zijn tegen je.'

'Deze keer niet, Favonius. De gouverneur is mijlen ver weg, met de helft van de bezettingsmacht, en de overige soldaten hebben alleen aandacht voor wat er in het noorden gebeurt. Ik zal niet naar het westen optrekken, ik ga naar het zuiden. Ik zal Camulodunon tot de grond toe afbranden.'

Het rossige gezicht van Favonius werd bleek en ze zag dat hij haar kansen nu anders inschatte. 'Moet ik sterven?'

'Ja.'

'Nu?'

'Ja. Als je nog tot je goden wilt bidden, dan kun je dat beter meteen doen. Ik wilde je eigenlijk meenemen naar het heilige bos van Andrasta, om je hoofd daar op een staak te spietsen, Favonius, maar omdat je zo lang met Prasutagas bevriend was heb ik besloten je een snelle dood te laten sterven. Ik denk dat je zo meer krijgt dan je verdiend hebt.' Ze gaf hem geen gelegenheid iets terug te zeggen. 'Sla toe, Aillil!' beval ze.

Toen keerde ze zich om en zodra ze het lichaam van Favonius met een dof geluid op de vloer hoorde vallen verliet ze de kamer. 'Lafaard!' siste haar vader woedend in haar oren, maar ze negeerde het en dacht aan Prasutagas die, verzonken in een eeuwige slaap, in zijn grafheuvel lag.

Voordat ze het garnizoen verlieten bonden de hoofdmannen de buitgemaakte paarden aan de reiswagens, die volgeladen waren met zoveel graan en wapens als ze maar konden vinden. Daarna rukten ze de brandende toortsen van de muren en renden van gebouw naar gebouw om het vuur in de met lijken bezaaide barakken te werpen. Al spoedig laaiden de vlammen hoog op. De laaiende vuurzee deed de sterren verbleken. Spoedig zou de dageraad aanbreken.

De groep trok snel verder. De eerste slag was de vijand toegediend en Boudicca kreeg haast, omdat ze besefte dat er spoedig koeriers uit Lindum zouden komen met de gebruikelijke berichten voor het garnizoen. Dan zouden ze zien dat het hele garnizoen door het vuur verteerd was en onmiddellijk alarm slaan. Die nacht trok de groep strijders over de grenzen van het eigen grondgebied – de karren, de wagens en de mensen vormden een lange rij die stil langs de verlaten dorpen en steden trok. Aan de horizon was nog steeds de vuurgloed van het brandende garnizoen te zien. Drie dagen en nachten trokken ze naar het zuiden, af en toe enkele uren slapend als daar gelegenheid voor was. Het beboste landschap verhief zich hier in glooiende heuvels. Lang voordat ze de afgesproken ontmoetingsplaats bereikt hadden, kwamen Trinovantische verspieders hen tegemoet. Nu probeerden ze niet langer onopgemerkt verder te trekken, want de legermacht werd te groot om niet gezien te worden. Colchester was amper een dagmars ver, en daar deden al veel verwarde geruchten de ronde. De enige voorsprong die de opstandelingen nu hadden was hun snelheid. Boudicca begroette Domnall ten slotte op een kleine open plek naast een smalle stroom. Ze omhelsden elkaar.

'Dus je bent inderdaad gekomen,' lachte ze. 'Ik geloofde het eerst niet, maar de druïde had kennelijk gelijk. Onze legermacht is nu geweldig groot geworden. Wie zijn al deze mensen, Domnall?'

Ze hurkten samen bij een vuur dat door een dienaar was aangelegd, en hij schonk eerst bier voor haar in, voordat hij antwoordde.

'Dat zijn Trinovantiërs, Catuvellauni, Coritani en verder Cornovii en Dobunni. De druïden zijn bij die stammen langs gegaan, en de mensen hebben zich bij ons aangesloten. Caradoc zei dat de zucht naar vrijheid verdwenen was in het zuiden, maar daarin vergiste hij zich. Het verlangen naar vrijheid sluimerde alleen, maar jij hebt het weer wakker geschud. Jij, en de wreedheid van Rome. Zal er een Vergadering bijeenkomen?'

Ze knikte. 'Ja, vanavond. Ik breng wapens en voedsel mee, maar niet voldoende voor iedereen. Hebben jouw mensen wapens?'

'De meesten wel, en wie nog niet bewapend is zal spoedig Romeinse zwaarden en pijlen bij zich dragen. Aan eten is gebrek, maar zodra we Colchester hebben veroverd kunnen we onze voorraden aanvullen.'

Colchester. Camulodunon. Boudicca nam een slok van haar bier, maar gaf geen antwoord.

De avond ging over in een zachte lentenacht, en voordat de Vergadering begon ging Boudicca naar haar dochters. Ethelind zat onder een boom, met haar kin in de hand, en ze staarde strak naar het kleine vuur dat voor haar aangelegd was. Ze had haar mantel en deken netjes naast haar opgevouwen. Boudicca liep naar haar toe. 'Is alles goed met je, Ethelind?' vroeg ze. Telkens wanneer ze het starre gezicht van haar dochter zag voelde ze een steek van pijn. 'Heb je iets nodig?' Ethelind keek niet op, maar met haar hand maakte ze een afwerend gebaar, en Boudicca deed een stap achteruit, voor ze zich omdraaide. Andrasta, dacht ze opeens bezorgd. Wat kan ik voor hen doen? Ik hoopte dat ze zouden herstellen als we eenmaal uit de stad vertrokken waren, maar hoe kan ik ooit nadenken en vechten, als ik telkens geplaagd word door bezorgdheid?

Brigid liep heen en weer langs het water, dat nu een zwarte spiegel leek waarin het licht van de sterren weerkaatste. Dorre bladeren dreven op het oppervlak. Haar lange haren zwaaiden tot bij haar knieën.

'Kom naar beneden!' riep ze tegen de ruisende takken. 'Er is geen maan om je te tonen dat in het bloed van de rivier veel kleine bloemen drijven. Andrasta! Kom toch!' Hulda en de jonge hoofdman die van Boudicca opdracht had gekregen op de twee meisjes te letten zaten met zwijgende gezichten bij elkaar. Pompeius stond even verder onverstoorbaar te grazen.

'Heeft ze gegeten?' vroeg Boudicca, en Hulda knikte bevestigend.

'Alleen vlees, en ze heeft water uit de stroom gedronken. Wat wilt u met haar doen, vrouwe, als de gevechten beginnen?' Boudicca keek naar de magere gestalte van Hulda.

'Hoe moet ik dat weten?' snauwde ze. 'Ik kan er nu niet over nadenken, Hulda.' Met grote passen beende ze weg naar de open plek, waar de hoofdmannen en vertegenwoordigers van de andere stammen zich rond het vuur schaarden. Ze liet zich op een deken naast Domnall zakken en keek onderzoekend de gezichten langs. Het vuur gaf haar een warm gevoel. Ze vergat de hopeloze toestand van haar dochters en bedacht dat het vroeger ook zo was geweest, toen ze zelf nog een kind was. Een warm en verwelkomend vuur, voordat de Vergadering begon, de vlammen die wel duizend halsringen, gespen en armbanden deden glanzen. Bronzen helmen, glimmend als zuiver goud. Verwachtingsvolle ogen en het aanzwellende geluid van talloze stemmen. De kleurige mantels, rood, groen, blauw en scharlaken, gestreept en gebloemd, met patronen, het gerinkel van zwaarden in de scheden. En natuurlijk de drinkbekers die van hand tot hand gingen, een spontaan ingezet lied, de verhalen, de twistgesprekken en over dat alles heen het beschermende gevoel bij een stam te horen.

Boudicca ging staan en strekte haar armen uit. De gesprekken verstomden. Ze deed een stap naar voren, gespte haar zwaard los en overhandigde het aan Aillil. Toen schudde ze haar rossige haren naar achteren en begon te spreken. 'Hoofdmannen en leden van de stammen! Vóór u staat een vrouw die haar hele leven gehoorzaam aan Rome is geweest. Ik werkte samen met Rome en ik geloofde dat de keizer van Rome een rechtvaardig man was die hier vrede en voorspoed voor de bevolking zou brengen. Maar vóór u staat ook een vrouw die wreed mishandeld en vernederd is. In ruil voor mijn vertrouwen en samenwerking, volk van Albion, werd mijn gebied geplunderd, mijn onderdanen werden als slaven weggevoerd, mijn dochters werden verkracht en zelf werd ik aan een staak vastgebonden en genadeloos gegeseld. Klinken mijn woorden in oren die dergelijke verhalen al eerder gehoord hebben? Is het waar dat ieder van u dezelfde ellende heeft doorstaan? U bent hier verzameld omdat u bang bent voor wat er verder zal gebeuren. De Iceni waren, sinds Claudius hierheen kwam, een stam die zich voorbeeldig onderwierp aan Rome – wij waren de rijkste en de meest bevoorrechte kameraden van onze overheersers. Wij, van alle volkeren, zouden het veiligst moeten zijn. Maar wat is er gebeurd?' Ze verhief haar luide, mannelijke stem toen ze verder sprak. 'Wat de Iceni overkomen is,' schreeuwde ze, 'kan met elke andere stam gebeuren, ook al gedragen de mensen zich nog zo onderdanig! En het gebeurt zonder waarschuwing. De Iceni hebben een bittere les geleerd. Rome is onbetrouwbaar, hebzuchtig en leugenachtig!' Ze liet haar armen zakken en haar stem klonk zachter. 'Daarom zeg ik hier wat ik zal doen. Ik zal deze vreselijke misdaad wreken. Uit wraak om wat mijn arme dochters is aangedaan zal ik Camulodunon tot de grond toe afbranden. Ik zal Londinium platbranden, en alle andere steden en dorpen! Dan zal ik omkeren en Paulinus tegemoettrekken, als hij naar huis marcheert. En ik zal hem ook verbranden! Ik spreek hier als vrouw en als moeder. Wie van u wil met mij mee trekken, om de schandelijke misdaden te wreken? Is er een stam die niet mee zal gaan?' Niemand verroerde zich. Niemand zei een woord. Ze had de waarheid gesproken en elke zwijgende hoofdman liet wat er gezegd was tot zich doordringen. Als dit de Iceni overkomen was, dan kon elke stam inderdaad het volgende slachtoffer worden. Boudicca wachtte enkele ogenblikken. Alleen het vuur loeide en de nachtelijke wind zong klaaglijk in de boomtoppen. Toen plantte ze haar handen in haar zij. 'Mooi. We zullen morgen aan de opmars beginnen.' Ze griste haar zwaard weg en liet zich naast Domnall zakken. Haar toehoorders bleven zwijgen, verzonken in de tragedies die elk van hen overkomen waren, en die nu zo onverwacht de aanleiding tot verzet waren geworden.

Voor de dageraad aanbrak waren de stammen al op weg. Ze kwamen van de heuvels gestroomd naar de Romeinse weg die van Icenia naar Camulodunon leidde. Ze bleven niet langer onopgemerkt, zodat in Colchester al spoedig paniek uitbrak. De stad leek nog maar weinig op de oude hoofdstad uit de dagen van Caradoc: de hoge verdedigingsmuren van de Catuvellauni waren geslecht tot een lage aarden wal en nooit meer opgehoogd. Daarvoor was geen reden, omdat de stad nu veranderd was in een levendige handelsplaats. Colchester was ook de zetel van de gouverneur, en het bestuursmiddelpunt van de Romeinse bezetters. Al jaren leidden de inwoners, zowel Romeinen als de oorspronkelijke bevolking, een vreedzaam bestaan en de welvaart was geleidelijk toegenomen. Voor deze mensen waren de herinneringen aan Caradocs strijd niet meer dan een vage schim uit het verleden, zoals de gefluisterde verhalen over de strijd tussen oude goden, die even weinig met de dagelijkse werkelijkheid te maken hadden. Nu deden de wildste geruchten de ronde dat er iets aan de hand was, maar toen de inwoners naar buiten kwamen om te zien wat er gebeurde leek alles volkomen normaal: de zon scheen en de mensen waren gewoon bezig met hun dagelijkse werkzaamheden. Kinderen speelden onder de bomen van de brede lanen. En overal liepen zoals altijd soldaten, kooplieden, ambtenaren en officieren. Nadat er twee uren vol samenscholingen en verhitte gesprekken verstreken waren ging ieder weer zijns weegs. Het leek allemaal ook zo onwaarschijnlijk wat er beweerd werd, en bovendien zouden de Iceni wel de laatste stam zijn die een opstand zou ontketenen.

Maar de burgemeester van Colchester was daar minder zeker van. Hij stond bij het venster van zijn werkkamer in het bestuursgebouw en keek uit over het zonbeschenen drukke forum. Op zijn voorhoofd was een diepe frons verschenen. De rapporten die hem bereikten maakten allemaal melding van een dreigend gevaar en daarom had hij de veteranen op de boerderijen in de buurt van de stad gewaarschuwd. Veel veteranen hadden inmiddels met hun gezinnen de veiligheid van de stad opgezocht, maar deze mensen baarden hem nog de minste zorgen. Moest hij opdracht geven de stad te ontruimen en de mensen naar Londinium sturen? Die gedachte stond hem bepaald niet aan, want een dergelijke evacuatie zou overvolle straten, in paniek geraakte vrouwen en ontregeling van alle gewone zaken betekenen. Bovendien waren er te weinig soldaten om de stad tegen een oprukkende vijand te verdedigen. Misschien was het beter ook de burgers te bewapenen en de mensen hier te houden. Hij had een situatie als deze nooit eerder meegemaakt en nu wenste hij hartgrondig dat hij nooit naar dit ambt gesolliciteerd had. De burgemeester was een Catuvellaun, een man die het Romeinse burgerschap als beloning voor zijn verdiensten had gekregen, en al geloofde hij geen ogenblik dat er werkelijk gevaar voor de stad dreigde, toch leek zijn bezorgdheid ingegeven door een vage herinnering aan het verleden. Hij keerde zich om naar zijn secretaris.

'Stuur een verspieder naar Londinium,' zei hij. 'De procurator is daar op het ogenblik. Zeg hem welke geruchten er zijn en vraag of hij een detachement soldaten hierheen kan sturen. Waarschijnlijk zal dat overbodig blijken en maak ik mij belachelijk, maar het is toch beter op alles voorbereid te zijn.' Hij keek weer door het venster. De sierlijke lijnen van de tempel glansden in het warme zonlicht op deze lentedag. Onder aan de treden strooide een meisje kruimels voor de duiven die telkens als een grijze wolk opfladderden.

De eenzame ruiter trok de teugels in en keek ongelovig naar het tafereel voor hem. De zon kon elk ogenblik opkomen en in het kille licht waren de rokende ashopen van het verwoeste garnizoen te zien. Het was doodstil. In de bomen zongen geen vogels. De ruiter drukte zijn knieën steviger in de flanken van zijn paard toen de zon langzaam boven de horizon oprees. Nergens in de omgeving bewoog iets. Hij reed langzaam langs de zwartgeblakerde muren van de barakken. Toen verzamelde hij zijn moed, bracht een hand naar zijn mond en schreeuwde. Maar de echo's van zijn eigen woorden klonken zo beangstigend dat hij weer snel door de geruïneerde poort reed, naar de veilige beschutting van de bomen op de heuvel. Daar steeg hij af, bond zijn paard vast aan een boom en sloop voorzichtig verder naar de stad. Lange tijd bleef hij naar de huizen spieden, maar ook hier was geen beweging te zien. Er steeg geen rook boven de rieten daken op. Er blaften geen honden en nergens speelden kinderen. Hij begreep dat hij de stad binnen moest gaan, maar de gedachte aan de loerende schimmen en demonen, ongezien in de ochtendschemering, weerhield hem. Uiteindelijk sloop hij terug naar zijn paard en haastte zich weg langs dezelfde weg die hij gekomen was. Tien mijl verder stond een posthuis langs de weg, en daar zouden verse paarden gereedstaan. Hij begreep dat hij zo snel mogelijk Lindum en het Negende Legioen moest bereiken om te melden dat de Iceni spoorloos verdwenen waren. Kennelijk waren ze niet naar het noorden getrokken, en dus moesten ze wel in zuidelijke richting weggetrokken zijn. Zijn bevelhebber had gelijk gekregen: het wrede gedrag van de procurator was de aanleiding voor een oorlog geworden.
Petilius Cerealis luisterde naar de uitgeputte verspieder en nog voordat hij alles gehoord had begreep hij al dat zijn vermoedens bevestigd waren. Hij gaf onmiddellijk opdracht het legioen in staat van paraatheid te brengen. Het Negende had het de afgelopen jaren betrekkelijk rustig gehad, want alleen tegen Venutius was de strijd voortgezet, en toen die naar het westen was verdwenen had Aricia de macht over haar onderdanen zo stevig in handen dat het Negende weinig anders meer hoefde te doen dan regelmatig patrouilleren. Cerealis had dit jaar, evenals alle andere Romeinen in Albion, voor weinig anders belangstelling dan voor de veldtocht van de gouverneur, en daar-

om waren de eerste aanwijzingen en voortekens dat er een opstand dreigde hem nauwelijks opgevallen. Nu begreep hij dat dit een grote fout was geweest en, kwaad op zichzelf, begreep hij dat nu de afrekening kwam. Hij dicteerde snel een bericht voor Paulinus en liep toen naar buiten. Het zou een winderige lentedag worden. Hij wist niet hoe sterk de opstandelingen waren, maar hij wist wel in welke richting ze aan hun opmars begonnen waren, en hij wist ook dat de stad en het laagland daarachter weerloos waren. Nog voordat het Negende in actie kon komen zou Colchester al met de grond gelijkgemaakt kunnen zijn. Boudicca, dacht hij, toen hij even bleef staan en de zon op de aquilae in het midden van het plein zag schitteren. Wie had dat ooit gedacht? Als ze haar plannen zorgvuldig gesmeed heeft kan het hele eiland nog voor de herfst in haar macht zijn. Zou ze dat zelf wel beseffen? Hij haalde zijn schouders op en liep verder. Natuurlijk besefte ze dat niet. Ze was een barbaar, en daarom kon ze aan niet meer denken dan een paar gesnelde koppen en een kar volgeladen met buit. Over twee weken zou het Negende weer voor Aricia patrouilleren, en dan zouden deze opstandelingen uiteengeslagen zijn. Hij glimlachte even om zijn eigen bezorgdheid en zocht toen zijn ondergeschikte op.

'Daar is het!' riep Domnall naar Boudicca en ze trok de teugels van het span paarden voor haar strijdwagen in. Ze keek uit over een vallei. De paarden snoven onrustig en het hele opstandelingenleger kwam tot stilstand. Het landschap waar ze doorheen getrokken waren, met de kleine akkers en de kudden op de grazige weiden, bracht haar geen herinneringen aan de reis die ze bijna dertig jaar geleden door dit gebied al eens eerder gemaakt had, maar de muur rondom de stad kon ze zich wel herinneren, evenals het rumoer van de kooplieden en de aanblik van de hutten van de ambachtslieden. Ze herinnerde zich de hellende straten, de grote huizen en het regelmatig aangelegde, kleine forum. Ze wendde haar blik af en moest haar ogen dichtknijpen tegen het felle zonlicht dat van de hoge pilaren van Claudius' witte tempel weerkaatste. Prasutagas, dacht ze weemoedig, wat stond jij graag naast mij in die koele tempel, om te zien hoe de wierook opkringelde. Wat was je gevleid als er een uitnodiging van Plautius kwam voor een maaltijd met Aricia en de andere ricons die zich onderworpen hadden. Nu zal ik spoedig alles vernietigen waarvoor jij je zo ingespannen hebt. Ze stak haar hand uit en Aillil gaf haar de nieuwe bronzen helm, die aan weerszijden voorzien was van de twee trotse vleugels van de Koningin van de Overwinning. Ze zette de helm stevig op haar hoofd. Rond haar middel gespte ze de met ijzer bezette gordel vast, waaraan het grote zwaard hing dat nog van haar vader geweest was. Ze keek naar Domnall en glimlachte even.
'Ben je gereed?'

'Ja. De stad is nu al omsingeld, hoewel de achterhoede van ons leger, met de karren, de vrouwen en kinderen nog mijlen hier vandaan is.'

'Is het detachement door de poorten gemarcheerd, of zijn de soldaten nog buiten de stad gelegerd?'

'Ze zijn de stad ingetrokken. Ik denk dat de Romeinen niet beseffen hoe groot onze legermacht is.'

Boudicca lachte schamper. 'Het zou geen verschil maken als ze dat wel begrepen. Ten zuiden van Lindum is er geen leger zo groot als dat van ons, en bovendien is het geluk aan onze zijde.' Ze pakte de teugels weer op. 'Geen krijgsgevangenen, Domnall! Voor niemand genade! Lovernius, waar zijn mijn dochters?' Hij keek haar aan; zijn zware, gehoornde helm glinsterde in de zon. 'Ze zijn een eind achter ons, bij de de rivier. Daar zijn ze redelijk veilig.'

'Laten we dan gaan! Blaas op de strijdhoorn, Aillil. Vandaag is de dag van mijn wraak!'

Het spookachtig schrille sein voor de aanval was tot ver in de omtrek te horen, en toen kwamen uit de schaduwen van het bos de talloze strijdwagens naar voren gerold. De zon schitterde op de spaken van de wielen, de harnassen maakten een metalig geluid toen de kleine paarden over de groene vlakte naar voren sprongen. Daarachter renden de vrije mannen; ze kwamen als veelkleurige insekten in het volle zonlicht en de aanval op Colchester begon. Er werd geschreeuwd en de wagenmenners zagen dat de straten er plotseling verlaten bij lagen. Helmen verschenen bij de muur. Boudicca trok haar zwaard en zwaaide ermee boven haar hoofd. 'Het Huis Icenia zal overwinnen!' schreeuwde ze. 'Andrasta! Andrasta!' Ze stormde naar de poort, haar rode haren wapperend in de wind. Oorverdovend klonk het doffe geluid van de zware wagenwielen, de schelle kreten en het gevloek van de mannen. De grote poort rees hoog voor haar op. Ze trok met een ruk de teugels in en sprong van haar paard, terwijl de vrouwen van Colchester in doodsangst krijsend hun verschrikte kinderen in veiligheid probeerden te brengen. Het leger opstandelingen stroomde over de lage muur en de eerste slachting begon, toen de nieuwgesmede Icenische zwaarden toesloegen.

Het werd inderdaad een massale slachting. Slechts tweehonderd Romeinse soldaten waren door Decianus hierheen gestuurd om de stad te verdedigen. De overige mannen in de stad waren burgers of gepensioneerde militairen die in de stad woonden, terwijl hun Trinovantische en Catuvellaunse slaven het werk op de in beslag genomen akkers deden. De meeste mannen waren ongewapend en niemand was voorbereid op een veldslag. De mensen vluchtten al spoedig naar de veiligheid achter de stenen omheining van het forum. De burgers raakten in paniek, maar de veteranen herstelden zich spoedig na de eerste schrik en ze stormden naar de bestuursgebouwen en de huizen in de binnenste ring om daar naar wapens te zoeken. Die werden inderdaad gevonden en de gewezen legionairs baanden zich een weg door de schreeuwende menigte om de tegenaanval te beginnen.

Voor de burgers die over de muur wilden springen om weg te vluchten was er geen ontsnapping mogelijk. Nog steeds stroomden meer krijgers van het opstandelingenleger naar de stad, en overal in de omgeving kwamen nieuwe rijen aan, die de strijd nog moesten beginnen. Bij de buitenste rand van de stad werd al brand gesticht, nadat de huizen geplunderd waren en de buit over de muur geworpen was, en steeds meer hutten veranderden in brandende fakkels. Wie de krijgers in de weg stond werd afgemaakt. De kleine groep Romeinse soldaten trok zich snel terug; ze vormden een linie met de veteranen die nu zwaarbewapend waren. Ze slaagden erin enkele straten te blokkeren, zodat de opstandelingen niet verder konden. Vrouwen en kinderen werden uit hun schuilplaatsen gesleurd en met speren doorstoken. De wijnvoorraden in de pakhuizen bij de poort werden ontdekt. Overal werden brandende fakkels op de rieten daken van de hutten geworpen. In het lage gedeelte van de stad verzamelden zich steeds meer opstandelingen met glimmende zwaarden en toen de bewoners van het stadsgedeelte waar de rijkere huizen stonden allemaal gedood waren, trokken ze verder naar het centrum. De soldaten vochten met grimmige gezichten man tegen man, maar het leek wel of de eens zo vreedzame Iceni en hun vernederde bondgenoten nu in bloeddorstige moordenaars veranderd waren. De ellende en onderdanigheid hadden plaats gemaakt voor een luidruchtige wraak, en de Romeinen merkten dat ze steeds verder teruggedreven werden door de strijders met hun bloeddoorlopen ogen. Steeds dichter kwamen ze bij de burgers die zich in doodsangst op het plein in het midden van de stad verzameld hadden.

Het middaguur verstreek in de hitte van de strijd. Overal lagen de straten bezaaid met lijken en er vloeide overal veel bloed door de goten. De legionairs baanden zich uiteindelijk een weg door de samengedromde menigte burgers. De opstandige krijgers hielden een ogenblik op met vechten. De mensen op het forum zagen hen staan bij de toegangen tot het plein, met hoog opgeheven, van bloed druipende zwaarden. De aanvallers grijnsden bloeddorstig.

'Genade!' schreeuwde een hoge schelle stem angstig. 'Heb toch genade met ons!' klonk het uit andere kelen. De aanvallers kwamen weer in beweging. Ze renden het plein op en ze maaiden de weerloze burgers neer zoals gras door een zeis wordt weggemaaid.

Boudicca sprong naar het bestuursgebouw. Ze was bijna doof van het tumult om haar heen. Ze trapte de eerste deur open en stormde naar binnen, maar de ruimte was leeg. Ze leunde even hijgend tegen de wand en liep toen verder door de gang en smeet een tweede deur open. Een ineengedoken vrouw zat snikkend in de verste hoek. Toen Boudicca haar grote zwaard ophief om toe te slaan, sprong de vrouw overeind en schreeuwde: 'Nee! Boudicca, niet doen! Ik sta aan jouw kant! Kijk mij aan! Sla mij niet dood, laat mij alsjeblieft leven!' Boudicca liet het zwaard langzaam zakken. Ze herkende Priscilla, die zich tegen de wand drukte. Haar lange grijze haren hingen los, haar stola was besmeurd met bloed en haar gezicht asgrauw van angst. Haar ogen waren wijd opengesperd. De twee vrouwen keken elkaar geruime tijd aan, zonder zich te verroeren. Toen sloot Boudicca haar ogen en slikte. Haar keel werd heel droog en haar ademhaling ging hortend en stotend.

Ze keerde zich om naar de deur. 'Iemand anders mag jou doden,' zei ze hees en ze wankelde naar buiten, waar overal lijken op het plein lagen. Telkens liep ze door plassen donkergekleurd bloed.

Toen het rode avondlicht de stad bestraalde was er geen enkele inwoner meer in leven, en de dronken hoofdmannen moesten in elke straat over stapels lijken heen klauteren. De zon ging ongemerkt onder, want overal laaiden rode vuren hoog op. Maar in de tempel hadden de soldaten uit Londinium zich verzameld, om daar een laatste wanhopig verzet te bieden, en tot verbazing van de opstandelingen slaagden ze er niet in de slagorde van de mannen die zich boven aan de treden had gevormd te doorbreken. Boudicca en haar mannen stonden onder aan de marmeren treden en keken omhoog naar de nachtelijke schaduwen die zich snel uitbreidden. 'We kunnen ze niet achterlaten, want dan zullen ze de legioenen hierheen brengen voordat we hier klaar zijn,' waarschuwde Lovernius en Boudicca knikte mat. Haar lichaam en geest waren al te vermoeid om helder te kunnen denken.

'Ik weet het,' zuchtte ze. 'Domnall, hebben de mannen geprobeerd een doorbraak te forceren via de achterkant van het gebouw?'

'De deuren zijn afgesloten en gebarricadeerd, maar de mannen zijn al bezig.'

'Mooi zo.' Ze schudde woedend haar vuist naar het grote gebouw. 'Burcht van eeuwige onderwerping!' bezwoer ze half fluisterend, 'ik zal hier niet weggaan, voordat ik de overwinning heb behaald!' Ze wendde zich naar haar hoofdmannen en gaf het bevel te zoeken naar krijgers die nog nuchter waren, om in de nacht de schermutselingen voort te zetten. Daarna liep ze met zware passen door de donkere, met lijken bezaaide straten, langs de brandende poort en naar de stilte van de bomen.

Brigid sliep; ze had zich naast een kookvuurtje in dekens gerold, Boudicca zag dat haar gezicht ontspannen was toen ze zich over haar dochter boog. Ethelind zat in een wijde mantel gehuld tegen een stam geleund en staarde voor zich uit naar het donkere bos. Hulda en de jonge hoofdman knikten slaperig. Zonder een woord te zeggen liet Boudicca zich wat verder van het vuur op het droge gras zakken. Ze sloot haar ogen. Wat ruikt dat gras heerlijk en wat is het hier koel, dacht ze. En wat is het hier stil en vredig. Andrasta, heb je gezien wat er vandaag gebeurde? 'Meer bloed,' gromde Subidasto binnen in haar. 'Je bent nog maar half gekleed. Je ziet er wellustig en haveloos uit, zonder je eer. Meer bloed, Boudicca, veel meer!'

'Laat me met rust!' siste ze kwaad. 'Blijf dood, oude man!' Maar ze viel al spoedig in een rusteloze slaap en droomde dat haar vader voor haar hurkte, en met een ontevreden gezicht zijn gekromde vingers langs de littekens op haar naakte rug liet glijden.

De volgende ochtend at ze wat roggebrood, dronk gretig van het water uit de beek en liep weg van de open plek, voordat haar dochters ontwaakten. De zon kwam juist op en zette de boomtoppen in een roze gloed, toen ze de stad binnenliep. De stank van dood en verderf kneep haar keel dicht en deed haar denken aan Samain, aan het slachten van vee. Ze kokhalsde toen ze verder liep en zag hoeveel doden er op het plein lagen. Bloed was eerst door de hellende straten gevloeid en in roodbruine poelen geronnen. De stenen van het plaveisel waren kleverig onder haar voeten, toen ze verder liep naar Domnall en de anderen. Hij begroette haar met een zacht gefluister.

'Ze houden het nog steeds vol. Hoe ze daarin slagen weet ik ook niet. Ik moet nu zelf uitrusten, Boudicca, maar de helft van de vrije mannen heeft al geslapen en kan meteen de strijd hervatten.'

Ze wenkte hem naar de poort en trok haar zwaard, smachtend naar frisse lucht tussen de misselijk makende stank van de lijken en de brandlucht. 'Vandaag moeten we hen allemaal doden en hier weggaan,' zei ze. 'Aillil, blaas op de strijdhoorn.' De schelle hoge toon klonk uit de bronzen hoorn en een nieuwe golf krijgers bestormde de tempel. De soldaten vormden weer een slagorde tussen de pilaren en verzetten zich met de moed der wanhoop.

De ochtend ging over in een bewolkte middag en in de avond stak de wind op. Uiteindelijk moesten de hoofdmannen toegeven dat ze de kleine groep tegenstanders niet tot overgave konden dwingen. Het grootste deel van de strijdmacht had zich al veel eerder in het bos teruggetrokken, om daar de reiswagens en karren vol te laden met buit en geroofd graan. Wel vijfhonderd opstandelingen zaten gehurkt of stonden in groepen tussen de al opzwellende lijken en keken naar de ongenaakbare pilaren van de tempel. Boudicca vloekte schor, ze wiste haar gezicht af met haar mouw en stak haar zwaard in de schede.

'We hebben nu geen keus,' zei ze. 'We moeten hen eruit branden. Ik doe het niet graag, want ze hebben dapper gevochten, maar we kunnen de vijand niet levend achterlaten. Laat hout hierheen brengen, Domnall. Er zijn nog onbeschadigde huizen. Aillil, steek het vuur aan. De stenen muren zullen niet branden, maar binnen is genoeg brandbaar materiaal.' Ze deden meteen wat ze gevraagd had, en al spoedig schoten de vlammen onder aan de treden omhoog. In de schaduwen was beweging te zien, toen de soldaten daar beseften dat hun uren geteld waren. Boudicca wilde alleen dat dit zo spoedig mogelijk voorbij zou zijn en dat ze dan kon weggaan. Op een wenk begonnen de mannen de brandende fakkels tussen de pilaren te gooien en even later schoten vonken en vlammen omhoog. De mannen in de tempel zaten als ratten in de val en weken achteruit. Het vuur breidde zich uit in de duisternis, maar toen lekte een lange gele vlam naar buiten, gevolgd door meer vuur en er werden grote rookwolken bij de ingang zichtbaar. De mensen op het plein bleven enkele minuten zwijgend toekijken hoe het vuur steeds verder aanwakkerde. Toen begonnen de opgesloten soldaten in doodsnood te krijsen en Boudicca keerde zich naar de poort. 'Steek de overige gebouwen ook in brand,' beval ze en ze dwong zichzelf met trage passen weg te lopen. De doodskreten van de Romeinen klonken schel en hartverscheurend in haar oren.

Op de open plek wachtte een verkenner haar op. Boudicca ging met Domnall en haar bard en schilddrager op het gras zitten. Ze namen de bekers bier die Hulda had ingeschonken aan en dronken gulzig.

'Het Negende Legioen heeft het fort Lindum verlaten,' zei de man. 'Cerealis heeft het fort ontruimd.'

'Hoe ver zijn ze al gevorderd?'

'Hij was juist bij Durobrivae, toen ik daar vertrok, maar ik denk niet dat hij daar lang zal blijven. Hij zal zijn mannen een paar uur rust gunnen en dan snel verder naar Colchester opmarcheren.'

Ze dacht na en nam weer een slok. Toen trok ze haar knieën op en liet haar armen erop rusten. 'Zullen we hier op hen wachten, of gaan we hen tegemoet?' vroeg ze hardop aan zichzelf. 'Als we hier wachten hebben we tijd om ons voor te bereiden. Maar hier staan te veel bomen en het is moeilijk in een bos de strijd met een legioen aan te binden.' Ze boog even haar hoofd, maar keek al spoedig weer op. 'Wij zullen naar het noorden trekken, en dan verder naar het westen; daar is meer open land, besloot ze. 'Het legioen zal niet moeilijk te vinden zijn, zeker niet als de verkenners hun werk goed doen.'

'Colchester was gemakkelijk te veroveren,' onderbrak Lovernius haar. 'Dat was zo eenvoudig als het slachten van schapen. Een legioen zal veel moeilijker te verslaan zijn.'

Boudicca stond op. 'De rest van deze nacht zullen we eten en uitrusten. Ik wil andere kleren aantrekken en me wassen.' Ze lieten haar achter en ze begon haar bebloede en smerige broek en tuniek uit te trekken, zonder acht te slaan op wie haar kon zien in de vuurgloed. Haar knieën knikten van vermoeidheid en haar rug was brandend pijnlijk. Ze liep naar het water en liet zich daar voorzichtig in zakken. Toen ze zich gewassen en schone kleren aangetrokken had ging ze met haar hoofd op haar schild liggen. Ze trok haar mantel dicht om zich heen. De hele nacht brandden de gebouwen van de stad en het vuur wierp flakkerende schaduwen op de boomstammen. Boudicca hoorde de geluiden van de duizenden mensen om haar heen. Ze kon de slaap niet vatten. Ze was bang.

38

Paulinus zette zijn helm af en stak toen zijn armen omhoog, zodat zijn bediende de gespen van zijn borstbeschermer kon losmaken. Het was warm in de tent; de lucht was rokerig van de brandstapels waarop de lijken van alle gesneuvelden door het vuur verteerd werden. Het geluid van ritmische bijlslagen en de geschreeuwde bevelen van zijn officieren waren buiten te horen. Gisteren was Mona een eiland vol tumult van in het wit geklede priesters en woedend krijsende vrouwen geweest, die wild met hun zwaarden zwaaiden en met toortsen smeten, maar vandaag bescheen de zon de gehavende lijken, de vernielde altaren en een kleine groep dwangarbeiders die zwetend bezig was de lijken op de grote vuren te werpen. Andere Romeinen hakten de heilige eiken om. Paulinus bewoog zijn verstijfde schouders onder zijn soepele leren vest, wierp de bepluimde helm op de brits en liet zich in een stoel zakken. De brandwond op zijn dijbeen stak en hij wreef er afwezig over. Zijn gedachten waren nog steeds bij de vorige dag, die erg inspannend was geweest. Niet de strijd zelf, uiteraard, want het opjagen van deze wilden naar het strand om hen daar af te slachten was nauwelijks een veldslag te noemen. De aanval had geen verrassingen opgeleverd, niet met zijn legionairs die al dagen door het vijandelijke gebied waren getrokken, terwijl elke inlander duidelijk wist wat het doel van deze legermacht was. Ook Paulinus was voldoende gewaarschuwd, al was het dikwijls vals alarm – een verkeerde wending in de dichte mist, ongelukken bij de achterhoede, toen de wagens met bagage over het smalle pad tussen de zee en de bergen vorderde, en het snelle platbranden van het dorp tegenover het eiland, dat in de verte vanaf het strand te zien was. Er was een kamp opgeslagen, er werden boten en vlotten gebouwd en er werd gezocht naar ondiepe plaatsen in de zeestraat, om te zien of de cavalerie zo de overkant kon bereiken. En steeds lag Mona daar aan de horizon, als een kwaadaardig, slapend monster. De officieren waren bezorgd geweest, ze beweerden dat de soldaten bang waren voor de toverkrachten die van het eiland leken uit te gaan, al had Paulinus daarvan zelf niets kunnen merken. Toen was het sein voor de oversteek gegeven en de mannen zaten dicht bijeen in de schommelende boten en op de vlotten. Eerst waren ze als verlamd van schrik geweest toen ze de kust van het eiland zagen opdoemen, waar schreeuwende en vloekende druïden hen opwachtten, maar toen was hij zelf in de branding gesprongen en naar het strand gewaad om leiding te geven aan de charge, en de mannen hadden gehoorzaamd. Hun bijgelovige angst had de dodelijke zwaarden uiteindelijk niet machteloos gemaakt. Paulinus bromde een bedankje naar zijn bediende, toen die wijn voor hem had ingeschonken en hij zette zijn gedachten aan gisteren van zich af. Nu zou hij naar Colchester terugkeren, een bericht naar de keizer zenden en er zou eindelijk vrede in deze provincie heersen.

'Uw plaatsvervanger is hier, heer,' zei de bediende eerbiedig. Paulinus deed zijn armbanden af en nam dankbaar een slok wijn.

'Laat hem binnenkomen en haal heet water voor mij, want ik wil in bad.' De voorhang van de tent werd teruggeslagen en Agricola boog zijn hoofd om binnen te komen. Hij salueerde ernstig. Paulinus grijnsde naar hem en wenkte dat hij op de leren kruk moest gaan zitten. 'Ga zitten en schenk jezelf wijn in, Julius. Hoe gaat het vanmorgen?'

De jongere man trok de kruk naar voren en ging zitten. Hij streek met zijn hand door zijn krullende haren. 'Heel goed, heer, maar het zal nog dagen duren voordat alle eiken geveld en verbrand zijn. Een detachement jaagt op de inboorlingen die erin slaagden te ontsnappen. Dat zijn er niet zo veel en binnen een week zal dat karwei geklaard zijn. Wat is het vandaag warm.'

'Een prettige verandering, na de kou in de bergen. Hoe groot zijn onze verliezen?'

'Die zijn niet groot, niet de moeite waard. Er zijn geen officieren gesneuveld. Er zijn wel enkele gewonden en er zijn wat zwaarden gebroken. Wat moet er met de gewassen gebeuren?'

'Met de gewassen?'

'Veel akkers zijn al ingezaaid. Zullen we dat zo laten?'

Paulinus nam een slok en dacht even na voor hij antwoordde. 'Nee, dit jaar niet. Laat alles omspitten. Volgend voorjaar kunnen we nieuwe gewassen verbouwen, want de grond hier schijnt erg vruchtbaar te zijn. Onze mannen zullen op dit eiland genoeg te doen hebben, zonder dat ze boeren worden. Ik denk niet dat de stammen in het westen een poging zullen doen Mona te heroveren, maar zolang ze zich nog niet overgegeven hebben voel ik er weinig voor hun ongewild proviand te bezorgen.'

'Het verbaast me dat er zo weinig tegenstand was.'

'Mij ook. Ze moeten er nu erg slecht voor staan. Dus, Julius, we kunnen een week of twee uitrusten in de zon, voordat we naar de beschaafde wereld terugkeren.' Hij pakte zijn beker op en zijn grijze ogen glimlachten naar Agricola's bruine ogen. 'Een toost! Op de keizer en op onze overwinning.'

'Op de keizer!' De twee mannen dronken tevreden. Agricola stond op en wilde weggaan, maar voordat hij de tent uit was kwam de bediende van Paulinus juist binnen.

'Er is een koerier uit Deva gekomen, heer. En hij is erg van streek. Hij wil zijn boodschap niet aan de legaat zeggen, en hij staat erop u persoonlijk te spreken.'

'Laat hem dan binnenkomen. Blijf nog even, Julius. Ik hoop niet dat die Brigantische vrouw ons weer moeilijkheden bezorgt.' Agricola keerde terug naar de kruk, de bediende verdween na een korte buiging en een ogenblik later kwam de koerier de tent in. Hij was van top tot teen met modder besmeurd en liep hinkend. Paulinus merkte dit niet op. Hij keek strak naar het gezicht van de bezoeker en las de angst in zijn ogen, al probeerde de soldaat zich te beheersen. Zijn onderkaak beefde en hij moest zich bedwingen niet meteen te vertellen wat hij al twaalf dagen wist, sinds zijn vertrek uit Lindum. De koerier ging in de houding staan en salueerde met een vermoeid gebaar. Paulinus knikte bemoedigend. 'Welke boodschap kom je mij brengen, centurion?'

'Heer,' antwoordde de man met een van vermoeidheid schorre stem, 'de Iceni zijn in opstand gekomen. Ze hebben het Romeinse garnizoen in hun gebied verwoest en zijn daarna op weg gegaan naar Colchester. Het zijn er duizenden. Het hele gebied is leeggestroomd.'

Agricola kwam overeind en ging naast Paulinus staan, maar de gouverneur verroerde zich niet. 'Is dat alleen een gerucht?'

'Nee, heer. Een verspieder uit Lindum heeft met eigen ogen de ruïnes van het garnizoen gezien. En hij zei dat hij door een groot aantal verlaten dorpen gereden is. De legaat van het Negende heeft met zijn manschappen Lindum verlaten en marcheert nu naar het zuiden. Hij vraagt mij u te zeggen dat hij niet op tijd zal arriveren om de stad te verdedigen, maar dat hij zo snel mogelijk slag met de opstandelingen wil leveren. Er gaan ook geruchten dat de Trinovantiërs zich bij de Iceni hebben aangesloten maar, zoals ik al zei, dat zijn alleen geruchten.'

De gouverneur sloeg met zijn vlakke hand op het tafelblad. Toen kwam hij met een zucht overeind. 'De Iceni? Dat is onmogelijk! Wij hebben geen trouwere bondgenoten gekend dan Prasutagus en zijn hoofdmannen.' Maar toen schoot hem een herinnering te binnen, een bericht dat de commandant van het garnizoen in Icenia hem gestuurd had. Hij had het vluchtig bekeken en toen aan zijn secretaris overhandigd met een enkele vage instructie, omdat al zijn aandacht toen op Mona gericht was. Maar nu kwamen enkele zinsneden hem weer voor de geest: '...de ricon van dit volk is gestorven, en zijn testament zal geopend worden... Ik ben van plan onmiddellijk naar Icenia te gaan... Ik geloof niet, heer, dat moord en verkrachting tot de keizerlijke opdracht aan de procurator behoren, en daarom vraag ik zo spoedig mogelijk overplaatsing...'

Icenia. Boudicca. Ach ja, Boudicca. Een kleurige forse vrouw met een schorre stem, een lastpost voor de bezettingsmacht, met haar ouderwetse ideeën over trouw en haar ruwe, maar onschadelijke opmerkingen aan het adres van de keizer.

Er was een doodse stilte in de tent gevallen, maar buiten klonken nog steeds de doffe bijlslagen, en er klonk even vrolijk gelach toen een groepje officieren passeerde. Paulinus liep naar de ingang van de tent, tilde de voorhang op en keek uit over het groene landschap. De Iceni, en mogelijk ook de Trinovantiërs. Hij kon beter het zekere voor het onzekere nemen. Met hoevelen zouden ze zijn? Vijftigduizend? Meer? Zou het Negende hen kunnen weerstaan, of zelfs verslaan? Waar zouden ze naar toe gaan, als ze Colchester geplunderd hadden, wat ongetwijfeld hun bedoeling was, en wat ze inmiddels misschien al gedaan hadden? Dan zouden ze uiteraard verder trekken naar Londinium. Een kil gevoel van onmacht bekroop Paulinus. Londinium was weerloos, evenals Verulamium. Dus vrijwel het hele laagland is onverdedigd. Als rijp fruit lag het gebied daar, gereed om geplukt en verorberd te worden. Wat is er toch met mij aan de hand, dat ik niet zo slim was alle stukjes van deze puzzel bijeen te voegen en zo een helder beeld van de situatie kreeg? Als andere stammen haar voorbeeld volgen is het afgelopen met de provincie Britannia. Hoofdschuddend keerde Paulinus zich om naar de benauwde tent.

'Heer, het Tweede Legioen is gelegerd bij Glevum,' zei Agricola. Paulinus keek peinzend naar de tafel.

'Dat weet ik,' zei hij gespannen. 'Laat me nadenken, Julius. Ik heb het Veertiende hier, op Mona. Ik heb het Twintigste in Deva, dat is hier zestig mijl vandaan. Twee legioenen. Het zouden er evengoed twintig kunnen zijn, omdat we hier meer dan tweehonderd mijl van Colchester verwijderd zijn. Dan is er ook nog het Negende, maar dat is ergens onderweg, en het Tweede Legioen. Het Tweede zou Londinium mogelijk tijdig kunnen bereiken. Bij Mithras! Er zijn zoveel onzekere factoren, terwijl ik verantwoordelijk voor deze toestand ben. Ik had de berichten aandachtiger moeten lezen, dan had ik de helft van mijn legioen in het zuiden achtergelaten.' Hij keek de koerier aan. 'Ga iets te eten halen,' zei hij tegen hem. De man salueerde en verdween. Paulinus keerde zich naar Agricola. 'Stuur een koerier naar Glevum en laat het bevel geven dat het Tweede naar Londinium moet oprukken.'

'Het Tweede is verdeeld, heer, en de legaat is weg. Daarom zal het enige tijd duren eer het legioen gemobiliseerd is.'

'Daar is niets aan te doen. Dichterbij is nergens versterking te vinden. Ik wil dat je met de helft van het Veertiende van Mona vertrekt, om naar Deva te marcheren. Daar moet je aansluiting met het Twintigste zoeken. Daarna moeten beide legioenen naar Londinium oprukken. Hoe lang zal dat duren?'

'Met geforceerde dagmarsen? Twee weken.'

Paulinus wreef over de zwarte stoppels op zijn kin en zuchtte. 'Toch is er geen snellere oplossing. Met een beetje geluk zal het Tweede het Negende Legioen spoedig ontmoeten en de opstandelingen tegenhouden, totdat jullie daar arriveren. Is het wel tot je doorgedrongen, Julius, dat ik met de overwinning op Mona misschien heel Albion verlies?'

'Zelfs Julius Caesar had nooit voorzien dat juist een stam als de Iceni een opstand zou beginnen, heer,' wierp de jongere man tegen. 'Ook de grootste strateeg kan niet alle mogelijke ontwikkelingen voorzien. Wat denkt u zelf te doen?'

'Ik zal met de cavalerie naar Londinium gaan. De weg is nog niet helemaal gereed, dat weet ik, maar we zullen daar toch snel kunnen zijn. Als we bij de stad arriveren zal het Tweede daar ook zijn, en dan is de paniek spoedig voorbij.' Paulinus zei dit zelfverzekerd, maar beide mannen voelden zich toch terneergeslagen en daarom klonken de woorden in hun oren overmoedig. Agricola dacht eerst aan Veranius en aan Gallus, toen aan de arme Scapula en hij gaf lucht aan zijn twijfels.

'Dit land is vervloekt, Paulinus. Soms denk ik dat zelfs de aarde onder onze voeten ons haat.'

'Onzin!' Paulinus maakte een afwerend gebaar. 'Dit is geen uur om je allerlei niet bestaande gevaren in te beelden. De werkelijke dreiging is al groot genoeg. Laat de tribunen en mijn onderbevelhebbers hier komen. We kunnen in elk geval hopen dat de stammen na zoveel jaren vrede het vechten verleerd zijn.'

Agricola salueerde en haastte zich naar buiten. De gouverneur hield zijn handen op zijn rug en staarde naar de schuine wanden van zijn tent. Ik moet de situatie weer meester worden, of mij anders op mijn zwaard storten, besefte Paulinus plotseling. Ik moet niet alleen voor mijn carrière, maar ook voor mijn eigen leven vechten.

Toen hij in het volle zonlicht van de middag stapte, kwam de primipilus van het Veertiende haastig naar hem toe en salueerde. Paulinus was zo in gedachten verzonken dat hij zonder aandacht aan de man te besteden verder liep, maar de primipilus bleef naast hem lopen.

'Heer,' begon hij, 'vergeef me dat ik u lastig val, maar er is een klein probleem.'

Paulinus bleef staan. 'Wat voor probleem?' snauwde hij en hij verdrong de herinnering aan zijn triclinium in Colchester, waar hij met Boudicca had gezeten, en waar ze van de mede gedronken had die hij speciaal voor haar had laten komen. Ze lachte toen naar hem, met een mengeling van vertrouwelijkheid en onbeschaamdheid.

'Waar heb je het over?'

'Er ligt een lijk onder de bomen en niemand wil het aanraken,' antwoordde

de primipilus bijna verontwaardigd. 'Wilt u meekomen, heer?'
'Ga toch naar je bevelhebber,' zei Paulinus bruusk. 'En val mij niet lastig met zulke onbeduidende zaken.'
'Ik kan hem niet vinden, heer, en de mannen weigeren verder te werken, voordat dat lijk is weggehaald.'
Paulinus werd nu werkelijk kwaad. Hij wilde de primipilus toeschreeuwen dat hij werkelijk geen tijd had, maar slaagde erin zich te beheersen.
'Goed dan,' bromde hij. 'Laat maar eens zien wat er aan de hand is.'
De primipilus leidde hem terug langs de tent, langs de grote brandstapels waar het vuur om de doden te verbranden hoog oplaaide en dikke wolken zwarte rook verspreidde. Toen liepen ze verder naar het bos. Het was koeler onder de bomen; ze kwamen bij de legionairs die bezig waren met het omhakken van de heilige eiken. Paulinus voelde de lichte bries die de dunnere takken en bladeren in beweging bracht. Het ruisende geluid kalmeerde hem wat. Het pad maakte hier een bocht, en daarachter zagen ze een groepje soldaten die op eerbiedige afstand naar een vormloze gedaante onder een boom keken. Zodra ze Paulinus zagen naderen week de groep achteruit en salueerde, maar een man bleef op de grond zitten, met zijn armen op zijn blote knieën. Hij wiegde heen en weer. Paulinus liep naar hem toe.
'Sta op!' beval hij. 'Overeind komen, jij lafaard!'
De zittende man keek op naar de gouverneur. Zijn gezicht was asgrauw en het zweet stond op zijn bovenlip. Toen hij moeizaam probeerde overeind te komen moest hij door twee van zijn maats geholpen worden. Bevend groette hij, maar hij leek volkomen verdwaasd.
'Wat scheelt eraan, soldaat?' vroeg Paulinus bars.
De soldaat slikte. 'Ik heb hem gedood, heer,' zei hij schor.
'Met andere woorden: je hebt je plicht gedaan,' antwoordde Paulinus bits. 'Ben je soms ziek?'
'Ik heb hem gedood,' herhaalde de soldaat. Paulinus wendde zich vol afschuw naar de primipilus.
'Wat is hier toch aan de hand?'
'Deze mannen hebben opdracht gekregen de lijken bijeen te zamelen voor de brandstapels,' legde de centurion uit. 'Ze hebben de hele ochtend hun werk goed gedaan, maar toen werd dit lijk gevonden.' Hij wees op de vormloze gedaante. 'De legionair die zojuist tegen u sprak wierp een blik op de dode en weigerde toen het lijk op te pakken. En de anderen weigerden ook.'
'Ik heb hem gedood,' zei de jonge soldaat weer. Hij leek zijn evenwicht te hervinden. 'Zodra ik het lijk zag, wist ik het weer, en toen ik mij vooroverboog om hem op te tillen en in zijn ogen keek...'
'Nou? Wat was er toen? Vertel op!'
'Toen zag ik mijzelf.'

'Natuurlijk zag je jezelf. Wie anders kon je weerspiegeld zien in die ogen?'
'Nee, heer, het was anders. Ik zag mijzelf daar dood liggen, mijn borstbeschermer was verdwenen en ik zag ook dat ik een gapende wond in mijn borst had.'
Paulinus bromde ongeduldig. 'Jij bent een aansteller en je zult gestraft worden, omdat je niet luistert naar bevelen en bijgelovige praatjes verspreidt.'
'Ik zag mezelf ook,' kwam een andere soldaat tussenbeide. 'Ik rende door het bos, ik was verdwaald en mijn wapens kwijtgeraakt.' Er ging een instemmend gemompel op en Paulinus keerde zich weer naar de primipilus.'
'En jij?'
De man voelde zich duidelijk slecht op zijn gemak en antwoordde zacht: 'Jawel, heer. Ik zag mezelf, en mijn broeder. We waren dronken en maakten ruzie met elkaar. Mijn broer trok een mes om mij aan te vallen.'
Paulinus keek hem verbaasd aan en beende toen naar het dode lichaam. Het lag met zijn gezicht opzij; bij de keel was met bloed bespat zilver te zien. De speer waarmee de man gedood was stak nog in zijn brede borst. De man was in de kracht van zijn jaren, zag Paulinus, en hij liet zijn blik over de weelderige bruine haren, de sterke lange benen en de gespierde armen gaan. Hij zou een gladiator geweest kunnen zijn, maar het was duidelijk dat hij een druïde was. Het witte, mouwloze zomergewaad was op veel plaatsen besmeurd met geronnen bloed. Aan de gekromde vingers van zijn ene hand waren merkwaardig bewerkte ringen, waar het zonlicht dat tussen de bomen viel op schitterde. Paulinus hurkte om het gezicht beter te kunnen bekijken, en hij voelde dat de anderen daarbij scherp opletten. Hij keek recht in de dode, onbeweeglijke ogen, en op hetzelfde ogenblik moest hij een kreet bedwingen. Hij keek in twee ogen die zo bleek waren als een winterse ochtend, een melkwitte, fletse kleur, alsof deze man blind was geweest. Hij boog zich nog verder voorover. Even zag hij alleen de schaduw van zijn eigen gezicht, maar toen werd de schaduw donkerder, kreeg kleuren en nam een duidelijker vorm aan en hij besefte opeens dat hij naar de sproetige huid van Boudicca keek. Rode haren warrelden om haar gezicht en onder haar bronzen helm. Ze staarde hem met haar eigen ogen aan en Paulinus besefte opeens dat ze tegen hem sprak. Haar brede mond vormde woorden die hij niet kon verstaan, maar wat de betekenis was werd hem duidelijk toen hij de grimmige uitdrukking op haar gezicht en de harde trek om haar lippen zag. Onwillekeurig draaide hij zijn hoofd wat, in een poging haar toch te verstaan, maar toen was zijn gezicht zo dicht bij dat van haar dat hij langzaam terugdeinsde, om te voorkomen dat de toekijkende soldaten zouden zien hoezeer geschrokken hij was. De fletse, met blauw dooraderde ogen keken weer star over zijn linkerschouder. Paulinus ging staan en herstelde zich snel voordat hij zich omdraaide. Hij keek met opzet even naar de ruisende bladeren boven hem en liep toen naar de primipi-

lus.

'Er is niets anders te zien dan een dode druïde,' zei hij beslist. 'Als iemand meende in die ogen een visioen te zien, dan komt dat alleen doordat de bladeren aan de bomen telkens in de wind bewegen, en omdat de schaduwen steeds heen en weer bewegen over dat gezicht. Breng dit lijk onmiddellijk weg naar een van de brandstapels.'

De mannen kwamen met tegenzin in beweging en de primipilus deed een stap naar voren. 'Dat was een bevel!' brulde hij zijn ondergeschikten toe. 'Vooruit! Opschieten!' Paulinus knikte tevreden naar de primipilus en nadat die gesalueerd had liep hij weg van de bomen. Schaduwen, dacht hij. Natuurlijk, wat kon het anders zijn? Dit vervloekte oord is het middelpunt van inlands bijgeloof en het zou me niet moeten verbazen dat de soldaten hier bang zijn. Maar ik was zelf ook verbaasd. Boudicca vervult al mijn gedachten en de schaduwen van bladeren in de wind deden de rest. Hij zag niet meer dat de soldaten het zware lijk op een baar legden. De primipilus bleef ernaast lopen toen de soldaten de dode druïde snel uit het schemerige bos droegen. Toen ze in het zonlicht liepen keek Paulinus even om. Het gezicht van de dode was nog steeds een spiegel van kalmte, maar de ogen waren niet langer zo vreemd bleek. Ze waren opeens zo zwart als de veren van een raaf. Huiverend strekte de primipilus zijn hand uit en drukte de oogleden dicht over de dreigende duisternis die hij in de pupillen weerspiegeld zag. Hij voelde er weinig voor dat zijn bevelhebber nog eens ontstemd zou raken als de mannen weer dienst weigerden.

Paulinus verliet Mona met twaalfhonderd man cavalerie, en zijn groep trok in zuidoostelijke richting. Er was geen tijd om voorraden en proviand te verzamelen en bovendien zouden karren en lastdieren de voortgang toch te veel vertraagd hebben. Ieder droeg alles wat nodig was voor de reis in zijn eigen ransel. Overdag was het zacht en zonnig weer, terwijl de nachten koel en windstil waren. Een fraai voorjaar dat geleidelijk overging in een even fraaie zomer. Maar Paulinus had geen tijd om aandacht aan het weer te besteden, als hij zich in zijn deken rolde om te gaan slapen. Elk uur was voor hem als een nachtmerrie die zijn zenuwen steeds meer op de proef stelde, naarmate de afstand tussen de veiligheid van zijn legioenen in het westen en het onbekende lot dat voor hen lag steeds groter werd. Elk ogenblik verwachtte hij een horde opstandelingen die tussen de bomen te voorschijn zou springen, en wanneer hij met zijn officieren een kamp voor de nacht opsloeg, om daar enkele uren te slapen voelde hij in gedachten de vijandelijke speren al zijn rug doorboren. Maar hij wist ook dat zijn besluit nu eenmaal vaststond en dat hij omringd was door de elite van zijn legerkorpsen. Zijn ondergeschikten waren onbevreesd en er werd ook niet gemopperd. Als de goden het zo voorbeschikt hadden dat hij in een hinderlaag moest lopen, om hier ergens op een afgelegen plek te sneuvelen, dan moest het maar zo zijn. Na een korte nachtrust volgden weer lange uren in het zadel. Er was geen tijd om verkenners vooruit te sturen, geen tijd om een goed maal te bereiden, of zelfs maar om een behoorlijk kamp op te slaan, want ze hadden voortdurend haast om verder te gaan. De paardehoeven roffelden bijna zonder ophouden voort. De mannen voelden zich onbeschermd en kwetsbaar onder het licht van de sterren, en pas toen de stad Penocrutium in een smalle vallei voor hen oprees en ze het begin van de weg naar Londinium zagen, nam hun bezorgdheid af. Hier was een klein detachement gelegerd en er waren ook verse paarden, zij het niet voldoende voor Paulinus' ruiterij. Hier wachtte ook een koerier op Paulinus, met een boodschap van Poenius Postumus, de prefect van het Romeinse fort waar het Tweede Legioen gelegerd was. Paulinus stond naast de plaatselijke commandant en luisterde naar de boodschap. Zijn schrik maakte al spoedig plaats voor verbijsterde woede.

'De prefect kan niet komen, heer,' zei de koerier. De man voelde zich slecht op zijn gemak toen hij dit zei. 'Want het Tweede is verdeeld, en een kwart van het legioen houdt de opstandelingen zo ver mogelijk weg van Mona, zoals u bevolen hebt. Daarom laat de prefect zijn verontschuldigingen overbrengen.'

'De prefect laat zijn...Maar ik heb hem toch een bevel gegeven! Ik heb hem een dringende boodschap gestuurd! Begrijpt hij soms niet hoe ernstig de situatie is? Weet hij dan niet dat het lot van de hele provincie aan een zijden draad hangt?'

'Het spijt me, heer, ik breng alleen een bericht over.'

Paulinus draaide zich woedend om en begon door het vertrek te ijsberen. Hij hield zijn hoofd gebogen en zijn vuisten gebald. 'Het was een bevel! Het kan me niet schelen wat voor argumenten hij heeft, hij heeft geen gehoor gegeven aan een dringend bevel, en daarom zal ik hem zwaar laten straffen, als dit eenmaal achter de rug is. Zoiets is nog nooit eerder gebeurd, sinds ik hier de macht heb! Als de legaat wel op zijn post was geweest, dan zou hij nooit met zulke zwakke excuses komen.' Paulinus bleef staan en keek omhoog. 'Dan moet ik het maar doen met de middelen die ik heb. Maar zonder de steun van het Tweede kan ik erg weinig voor Londinium doen.'

'Wees voorzichtig als u verder naar het zuiden trekt, heer,' zei de bevelhebber van het detachement. 'Het hele gebied is merkwaardig rustig, dat hebben mijn verspieders gemeld. En er is niets van het Negende vernomen.'

Paulinus sloot zijn pijnlijk vermoeide ogen. 'We hebben geen tijd meer om voorzichtig te zijn. Zijn alle voorraden aangevuld?'

'Jawel.'

'Dan zullen we onmiddellijk verder gaan. En wat Poenius Postumus betreft...' Paulinus keerde zich naar de bezorgd kijkende koerier. 'Zeg dit tegen je prefect: zodra het legioen terugkeert wordt hij gearresteerd, omdat zijn gedrag lafhartig en onbegrijpelijk is. Zeg dat maar tegen hem!' Paulinus liep naar de weg, waar zijn mannen op hem wachtten. Wat is er met je gebeurd, Postumus? dacht hij intussen. Welke vreemde toverspreuk heeft je bloed opeens in water veranderd? Hij besteeg snel zijn paard, greep de teugels en volgde de verlaten weg die zich recht naar de verten uitstrekte. Allemaal zijn ze er op zeker moment door verlamd, dacht hij, terwijl hij zijn paard de sporen gaf. Ze werden bang voor de magie die de wilskracht verlamt en het brein in verwarring brengt. Scapula, Gallus, Veranius en zelfs Plautius – allemaal, behalve ik. Ik zal er niet aan toegeven. Zijn ruiters volgden hem, met hun wapperende, helderrode mantels.

Ze trokken langs Verulamium, en zes dagen nadat ze uit Deva vertrokken waren bereikten de gouverneur en zijn vermoeide cavaleristen Londinium. Ze stegen af en liepen naar de bestuursgebouwen. Een grote menigte inwoners wachtte hen op en liet duidelijk blijken hoe groot hun opluchting was. De gouverneur had hen niet in de steek gelaten; nu zou alles weer goed komen. Ze juichten hem geestdriftig toe en verdrongen zich om de mannen bekers wijn en eten aan te bieden, maar Paulinus bleef niet staan om tegen hen te spreken en zijn verweerde gezicht stond ernstig onder zijn glanzende helm. Hij gebaarde dat zijn mannen konden rusten en liep zelf meteen naar het kantoor van de burgemeester.

'Waar is het Negende?'

De burgervader wilde Paulinus omhelzen, zo groot was zijn opluchting. 'O heer, de goden zij dank dat u gekomen bent! Ik wist niet... Wij dachten dat... Hebt u de legioenen hierheen gebracht?'

'Hoe zou ik in zo'n korte tijd legioenen hierheen kunnen brengen? Beheers jezelf en geef antwoord! Waar is het Negende?'

De burgemeester deinsde verbaasd achteruit. 'Weet u dat niet?'

Paulinus zette zijn helm af en legde die heel langzaam op de schrijftafel. Hij deed zijn uiterste best zich te beheersen. 'Ik heb het warm, ik voel me vies en ik ben moe. Ik heb tweehonderd mijl in het zadel gezeten, vrijwel zonder ergens halt te houden. Ik moet een oplossing voor een zeer ernstige zaak vinden. Zeg me nu onmiddellijk waar het Negende is!' De laatste woorden klonken bulderend en Paulinus hamerde met zijn vuist op het tafelblad. Het gezicht van de burgemeester werd bleek. Toen liet de man zich in zijn stoel vallen.

'Het Negende is verslagen. Petilius Cerealis was zo gelukkig dat hij met zijn ruiterij en enkele hulptroepen kon ontkomen. Volgens de laatste berichten heeft hij zich teruggetrokken in het fort bij Lindum.'

Paulinus staarde hem verbluft aan. 'En Colchester?'

'Tot de grond toe afgebrand. Niemand van de inwoners is ontkomen. De opstandelingen keerden daarna terug naar het noordwesten en ontmoetten het Negende dat op weg was naar het zuiden. Ze komen nu deze kant op.'

Paulinus voelde paniek in zich opkomen en hij werd duizelig. Geen Tweede, geen Negende. Het Negende was verslagen. Bij Mithras! Verslagen! Het beste en dapperste legioen in heel Albion! Hij dwong zichzelf nuchter na te denken, en opeens verdwenen al zijn emoties. Hij dacht snel na. Met twaalf-honderd man cavalerie was het duidelijk onmogelijk deze stad te verdedigen. Ruiters konden niet goed vechten in de smalle straten, en als hij dat toch pro-beerde zou dat alleen een zinloos gebaar zijn. Het Veertiende en het Twintig-ste waren de enige twee legioenen die de opstandelingen van een overwin-ning konden afhouden, maar deze legers konden nooit op tijd hier zijn om de stad het lot van Colchester te besparen. En Paulinus kon zichzelf niet opoffe-ren, want zonder hem zou de Romeinse macht in de provincie binnen enkele weken verdwenen zijn. Hij voelde dat het zwaard van het noodlot aan een dunne, rafelige draad boven zijn hoofd hing, een draad die elk ogenblik kon breken. Daarom nam hij snel een beslissing waarvan zijn reputatie en de naas-te toekomst van de provincie afhingen. Het was jammer, maar Londinium zou opgeofferd moeten worden.

'Goed,' zei hij, 'open de magazijnen. Ik wil zoveel graan als mijn mannen op hun paarden kunnen vervoeren. Verbrand daarna wat overblijft. Boudicca moet honger lijden.'

De burgemeester werd bleek. 'Wat zei u?' fluisterde hij. 'U wilt toch niet zeggen dat u hier weggaat?'

'Dat bedoel ik wel! Het spijt me, maar ik kan het risico niet nemen dat ik erin slaag deze stad te behouden, terwijl de hele provincie voor Rome verloren gaat. Alle burgers die in staat zijn te paard mijn cavalerie bij te houden, kun-nen met ons meekomen, mits ze zelf paarden hebben. Geen reiswagens, geen karren en geen mensen te voet. Wij moeten zo snel mogelijk verder.'

'Maar daarmee veroordeelt u ons tot een wisse dood! Gouverneur, in deze stad zijn meer dan vijfentwintigduizend weerloze burgers, vrouwen en kin-deren! Zij verwachten dat u hen beschermt en verdedigt!' Zijn stem sloeg over van angst. 'Weet u wat er gebeurd is in Colchester?' Het bloed stroomde door de straten, heer, als water na een hevige regenbui! Ze verbrandden de soldaten levend in de tempel en kinderen werden op houten staken gespietst! Zo wil ik niet sterven, ik...'

Paulinus deed een stap naar hem toe en greep zijn schouders. 'Beheers jezelf en luister naar mij! Ik moet tijd winnen. Ik heb twaalfhonderd man bij me, en er zijn tienduizend opstandelingen. Ik moet hier weg, want als ik het Veer-tiende en het Twintigste kan ontmoeten is er nog een kans, een kleine kans op redding. Maar het heeft geen enkele zin dat mijn mannen en ik hier wachten tot we afgeslacht worden!' Hij liet zijn handen zakken en de burgemeester verborg zijn gezicht bevend in zijn handpalmen.

'Wat moet ik tegen de bevolking zeggen?'

'Niets. Er is geen tijd iets tegen hen te zeggen, maar als je dat toch wilt, zeg dan dat er twee legioenen onderweg zijn. Waar is Decianus?'

'De procurator? Die heeft alle kostbaarheden meegenomen en is gevlucht naar Rutupiae, toen bekend werd dat Boudicca eraan komt. Ik denk dat hij inmiddels al veilig in Gallië is.'

Paulinus' gezicht werd rood van woede. Toen verscheen er een ijzig vastberaden uitdrukking in zijn ogen. 'Die misdadige dwaas! Als hij zijn zaken even goed geregeld had als ik de mijne, dan zou er helemaal geen tragedie gevolgd zijn. Zorg ervoor dat mijn mannen warm eten krijgen en laat elk beschikbaar paard gereedmaken. Betaal er desnoods voor. Ik wil voor zonsondergang vertrekken.'

De burgemeester knikte aarzelend. 'Heer,' zei hij, 'als u dit overleeft, wilt u de keizer dan laten weten dat zijn stad zich voor Rome opgeofferd heeft?'

Even was Paulinus aangedaan en hij voelde een ondraaglijke droefheid in zich opkomen. De harde lijnen op zijn gezicht werden zachter. 'Als ik dit overleef, dan zal het hele keizerrijk de opoffering van deze stad eerbiedig gedenken.'

'Maar toch,' besloot de burgemeester, 'zou ik liever blijven leven.'

Paulinus herstelde zich en weer verschenen er scherpe lijnen op zijn gezicht. 'Je zult niet de enige zijn die hier de dood vindt,' hield hij hem voor en liep toen met snelle passen de kamer uit.

Het nieuws dat de gouverneur de bevolking van Londinium in de steek zou laten verspreidde zich snel en de mensen reageerden eerst ongelovig, voordat een uitbarsting van paniek volgde. Paulinus en zijn mannen aten hete soep en roggebrood, veilig achter de deuren van een leeg magazijn. Ze zaten zwijgend gehurkt en hoorden het tumult van de stadsbewoners die joelden en schreeuwden, smeekten en beloften deden, naarmate het steeds meer tot hen doordrong welk lot hun te wachten stond. Toen de mannen gegeten hadden glipten ze weg uit het gebouw en liepen snel weg van de rivier, waar de schepen achter hun ankers dobberden. Op de nu verlaten kaden werd de koopwaar niet meer bewaakt.

De mannen bestegen hun paarden in de beschutting van de bomen. Het was nu laat in de middag; het zonlicht legde een gouden gloed over het landschap en overal klonk het zoemen van bijen, terwijl de lucht naar wilde bloesems geurde. Na een kort bevel reed Paulinus snel naar de weg die ze enkele uren eerder al gevolgd hadden, en toen zag een van de inwoners van Londinium hen vertrekken. Al spoedig klonk een teleurgesteld gehuil uit talloze kelen op, en al klemde Paulinus zijn tanden op elkaar en al gaf hij zijn paard de sporen, de jammerlijke kreten van de machteloze inwoners achtervolgden hem nog ver in de schemering.

Koortsachtig begonnen de in de steek gelaten inwoners van Londinium hun bezittingen in te pakken, en velen baanden zich met geweld een weg door de menigte om uit de stad te komen en weg te vluchten naar de velden. Maar voor de meesten was het te laat. Drie uren nadat de gouverneur alle hoop op redding weggenomen had, juist toen de vurige zon de horizon raakte, liet een vrouw haar ransel vallen en wees met een kreet naar de weerloze stad. De grote groep strijders achter haar trok de zwaarden en de laatste zonnestralen weerkaatsten op het glanzende metaal. Boudicca en de dood waren gekomen.

39

Ze stond in de duisternis van een eikenbos, maar deze keer waren de handen die ze uitstrekte naar Andrasta, de Koningin van de Overwinning, niet leeg. Haar hoofdmannen stonden naast haar en overal rond hen, in het bleke maanlicht, werden de houten staken bekroond met wel honderd afgehouwen, bebloede hoofden. De monden hingen half open en de diepliggende ogen glansden mat in de holle kassen. Wel honderd zielen waren hier voorgoed gevangen op deze geheime plaats, tussen waken en slapen. 'Meer bloed,' fluisterde Subidasto, toen ze triomfantelijk om zich heen keek. 'Meer bloed, bloed, *bloed*.' Ze zag hem duidelijk in haar verbeelding. Zijn gezicht was magerder en smaller geworden. De kleur van zijn ogen was donkerder geworden, zo zwart als Brigantische kralen, en zijn haren glansden op zijn schedel als zwarte, geoliede veren. 'Nee,' mompelde ze, neerkijkend op haar eigen bebloede handpalmen. 'Niet meer bloed. Alleen de legioenen nog. Ik heb mij gewroken.'

'Bloed!' kraste haar vader kwaad, en Boudicca kneep haar ogen stijf dicht toen ze zich omkeerde. De nachtelijke wind streek kil langs haar bezwete hals.

'We moeten een Vergadering bijeenroepen,' zei ze tegen Lovernius, toen ze wegliepen van het stille heilige bos en over het pad terugliepen naar de kookvuurtjes en de lachende en pratende mannen. 'Ik heb wat te zeggen.' Lovernius vroeg niet wat ze te zeggen had. Hij haalde zijn dobbelstenen te voorschijn en speelde er peinzend mee.

Boudicca smeet haar zwaard naar Lovernius en begon te spreken. 'Vrije mannen en vrije vrouwen! De tijd is gekomen om de overheersing van Rome de laatste slag toe te brengen! Ik weet dat jullie vermoeid en hongerig zijn, ik weet dat voedsel schaars is, maar als jullie mij nog even blijven volgen zal er voortaan eten in overvloed zijn! Paulinus was niet in Londinium, zoals ik gehoopt had. Daarom moeten we hem onmiddellijk achtervolgen en zijn leger verslaan, voordat hij de legioenen die nu uit Mona wegtrekken kan ontmoeten. Daarna kunnen wij het Veertiende en het Twintigste verslaan, zoals wij eerder het trotse Negende verslagen hebben. En daarna is de Romeinse onderdrukking alleen nog een onderwerp voor een gedenklied en niet langer een reden om zonder ophouden te rouwen.'

Ze zweeg even om adem te halen, maar op dat ogenblik kwam een van de mannen overeind. 'Waarom zouden wij ons omkeren, nu er zo'n rijke buit op ons wacht?' schreeuwde hij. 'De buit van Colchester was groot en de kostbaarheden in Londinium zijn prachtig! Nu wacht Verulamium op plundering!' Hij grijnsde naar de andere toehoorders, maar nog voor Boudicca kon antwoorden sprong een andere hoofdman overeind, haakte zijn dikke duimen achter zijn gordel en riep met een zware basstem: 'Laat de legioenen toch wachten. We hebben een legioen vernietigend verslagen en dat kunnen we met de andere ook doen, wanneer het ons uitkomt. Laten we eerst onze tanden in de heerlijkheden van Verulamium zetten. De zomer is nog maar pas begonnen en er ligt nog veel buit te wachten om naar onze dorpen overgebracht te worden. Mijn eigen kar is nog niet vol.' Hij ging weer zitten en er klonk instemmend gemompel. Boudicca wisselde snel enkele blikken met de mannen naast haar en Domnall.

'Wat zijn dat voor dwaze dromen?' schreeuwde ze. 'Zijn jullie soms vergeten tegenover welke overmacht wij spoedig zullen staan? Jullie hebben toch lang genoeg onder de moordende laarzen van de Romeinen geleefd? Jullie moeten toch weten hoe machtig en slim Paulinus en zijn legaten zijn? Wij zullen niet naar Verulamium oprukken! Er wordt niet meer geplunderd! En er worden geen stadsbewoners meer vermoord! Wij strijden alleen tegen de legioenen van Paulinus.' Ze ging hijgend weer zitten en er rees een ontstemd gemompel op.

'Jij bent geen arviragus!' riep iemand haar toe. 'Wie heeft jou aangewezen om ons aan te voeren?'

'Andrasta!' snauwde Boudicca terug. Ze kwam weer overeind en ze schreeuwde zo hard ze kon boven het rumoer uit. 'Ik geef leiding, omdat jullie niet in staat zijn dat zelf te doen! Raaf van de Nachtmerries! Zonder mij zouden jullie door het Negende vernietigend verslagen zijn! Sukkels en slaven! Als ik niet uit Icenia opgetrokken was, dan zouden jullie nu nog steeds geboeid en geketend als dwangarbeiders zwoegen aan de wegen en op het land! In Verulamium wonen veel Catuvellauni, geen Romeinen. Wat zeggen jullie daarvan, Catuvellauni? Willen jullie je eigen stamgenoten soms vermoorden?' Maar de Catuvellauni gaven geen antwoord; ze bleven naar de grond kijken en het tumult zwol aan. Boudicca hoorde Subidasto weer in haar oor fluisteren en ze sloeg haar hand voor haar ogen.

'Laat ze maar begaan,' zei Domnall naast haar. 'Daarna zullen ze wel naar je luisteren. Ze hebben lange tijd door het stof gekropen, Boudicca. Geef ze wat meer tijd.'

'Er ís geen tijd!' antwoordde ze. 'Kijk naar hen! Alles valt weer uit elkaar, het is allemaal voor niets!' Ze liep weg, Lovernius en Aillil gingen meteen achter haar aan, maar ze snauwde hen toe: 'Laat me met rust!' De twee mannen bleven machteloos staan en Boudicca verdween tussen de bomen. Brigid lag daar op haar deken te slapen. Boudicca bukte zich om haar dochter voorzichtig op te tillen. Brigid zuchtte, maar ze werd niet wakker. Boudicca wiegde haar vermagerde dochter lange tijd, terwijl de tranen langs haar wangen rolden en op Brigids gezicht drupten.

Voordat het helemaal donker geworden was verliet Paulinus de hoofdweg die van Londinium naar het westen leidde. Hij wist niet precies wanneer Boudicca de aanval op Londinium zou beginnen, of hoe lang ze daar zou blijven voordat ze meer zekerheid over zijn verblijfplaats had gekregen, maar hij wilde geen enkel risico nemen. Met zijn groep ruiters beschreef hij een wijde boog en ze reden zo snel mogelijk door de ongebaande wildernis, om onopgemerkt voorbij Verulamium te komen. Af en toe passeerden ze dorpen, maar daar was geen levende ziel te bekennen, en de jonge gewassen op de kleine akkers tussen het omringende bos werden niet verzorgd. Paulinus stuurde geen waarschuwing naar Verulamium. Hij was er zeker van dat Boudicca hem als haar volgende doelwit beschouwde, en daarom haastte hij zich zo snel mogelijk verder, want wanneer hij zijn passen vertraagde zou ze hem zeker inhalen. Hij vroeg zich af wat het Veertiende en Twintigste Legioen nu deden, hoe ver ze inmiddels gevorderd waren. Hij vroeg zich ook af of de opstandelingen in het westen zich al hersteld hadden van de zware slag die Mona was toegebracht, en of ze nu een hernieuwde aanval hadden ingezet. Paulinus besefte dat de spanning en de tegenslagen een bedreiging voor zijn nuchtere verstand waren en daarom dwong hij zichzelf alleen aan Agricola en de legioenen te denken.

Zodra ze voorbij Verulamium en het eerstvolgende wachthuis waren, besloot Paulinus dat het nu veilig genoeg was om weer over de weg te rijden, en bij het volgende garnizoen liet hij zijn mannen uitrusten. Hij eiste de voorraad graan op en daarna trokken ze weer verder. Hij overwoog nu verkenners naar de vele kleine garnizoenen en wachthuizen in het laagland te zenden, met de opdracht meer manschappen te leveren, maar besloot toen dat daar geen tijd voor was. Bij drie wachthuizen onderweg liet hij meer graan inladen en een aantal legionairs voegde zich bij de groep. Paulinus bereikte Verona en bleef daar. Hij nam het bevel op zich van het kleine fort, dat hier als een gebalde vuist oprees uit het glooiende, dichtbeboste landschap. Hij stuurde verkenners verder naar het noorden om te zien waar de legioenen nu waren, en naar het zuiden om te zien waar de opstandelingen zich ophielden. Uur na uur stond hij wijdbeens, met zijn handen op zijn rug, en keek naar de twee wegen die elkaar voor het fort kruisten, tot hij duizelig van het schelle zonlicht werd. Paulinus wist dat hij al het mogelijke had gedaan, maar hij besefte ook dat het misschien niet genoeg was, tenzij hij onverwacht veel geluk zou hebben. Maar Paulinus geloofde niet in geluk. Hij geloofde alleen in slimheid en kunde, en hij wist dat Boudicca over beide beschikte. Maar hij wist ook dat de barbaren erg impulsief waren en niet in staat een veldtocht langdurig vol te houden, hoe briljant hun aanvoerders ook waren. Daarom hoopte hij dat de krijgers spoedig genoeg van het bloedvergieten zouden krijgen, buit zouden verzamelen en naar huis terugkeren. Maar hij rekende toch niet op deze mogelijkheid. Paulinus bleef onrustig uitkijken over de twee wegen en wachtte af.

Hij was amper drie dagen in Verona, toen een van de verkenners haastig uit het zuiden terugkeerde met nieuws dat hem verbaasde en tegelijk nieuwe moed gaf. De opstandelingen hadden Verulamium geplunderd. Paulinus luisterde naar het verslag over de vreselijke slachting die onder de vreedzame inwoners plaatsgevonden had. De aanvallers hadden nog meer buit gemaakt en in de karren geladen die toch al vol moesten zijn met wat er in Colchester en Londinium geplunderd was, en nu trokken ze door het gebied van de Catuvellauni, waar ze elke boerderij in brand staken en iedereen vermoorddden. Paulinus kreeg nieuwe moed. Boudicca verloor de greep die ze op haar grote legermacht had, en hij begreep dat hij met een zorgvuldig opgesteld krijgsplan het gezag over de gebieden weer kon herwinnen. Ze zou een aanval op hem beginnen, daar was geen twijfel aan, wanneer ze zich uitgeput hadden met hun zwerftochten door de omgeving. Maar dan zouden zijn legioenen hier inmiddels aangekomen zijn, en er zou een veldslag volgen. De plaats voor de veldslag zou door hem uitgekozen worden, niet door Boudicca.

Paulinus floot tussen zijn tanden toen hij met de verkenner door de poort liep en hij beantwoordde de saluten van de wachters met een opgewekte grijns. Hij wist dat hij nu weer een goede kans had de overwinning te behalen.

Agricola en de legioenen arriveerden bij het aanbreken van de volgende dag, en in de fletse, mistige dageraad begroetten de twee mannen elkaar terwijl de soldaten hun kamp opsloegen.

'Ik heb drie cohorten bij Deva achtergelaten,' zei Agricola. 'De gedachte dat de opstandelingen zich vóór ons bevinden en die krijgers in het westen achter onze rug stond me niet aan. Ik heb ook alle soldaten van de wachthuizen onderweg meegenomen.'

Paulinus trok hem mee naar de hoge houten muren, waar de geuren van gekookt vlees opstegen. 'Je bent hier snel gekomen. Zijn de mannen erg vermoeid? Hoeveel manschappen hebben we eigenlijk?'

'Tienduizend man infanterie, en verder natuurlijk hulptroepen en cavalerie. De mannen zullen wel vermoeide voeten hebben, maar met een paar uur rust is dat wel over. Wat staat ons nu te wachten?'

Paulinus leidde hem naar het hoofdkwartier. Hij liet zijn stem dalen toen hij verder sprak. 'De burgemeester van Londinium noemde een getal van honderdduizend opstandelingen, maar dat zal hij wel overdreven hebben, omdat hij zo bang was. Hoe dan ook, bij dat aantal zijn de gezinnen van de krijgers opgeteld. Ik heb enkele berichten binnengekregen van verkenners, en daaruit blijkt dat die schatting wel ongeveer kan kloppen, en uiteraard voegen steeds meer inlanders zich bij Boudicca's legermacht. Laten we het voorlopig op tachtigduizend man houden, Julius.'

Ze waren nu bij het kwartier van de bevelhebber en gingen daar naar binnen. Agricola trok zijn korte mantel uit en bleef er even mee in zijn handen staan. 'Hoe zijn onze kansen, Paulinus?' vroeg hij toen.

De gouverneur sloot de luiken om de kilte van de ochtend buiten te sluiten. 'Ik denk dat we een goede kans op succes hebben. Laat je niet door hun aantal misleiden, Agricola, want dat is hun enige voordeel. Onze soldaten zijn uitstekend geoefend en zeer gedisciplineerd. Onze officieren verstaan hun werk. En de tijd werkt in ons voordeel.'

'Hoezo?'

'Ik wil een eind verder naar het noorden optrekken, en daar een geschikte plek voor een veldslag uitzoeken. Het heeft geen zin hen na te jagen en dan uiteindelijk ergens in een hinderlaag te lopen. Ik wil zekerheid dat Boudicca precies weet waar wij ons bevinden. Daar zullen wij haar opwachten.'

Agricola zuchtte. 'De moraal onder de manschappen is niet erg goed. Ze zijn onrustig.'

'Ze hebben maar te gehoorzamen en ze moeten vechten. Als ze dat doen, en dat zullen ze ook doen, dan behalen wij de overwinning.'

Met een meewarige glimlach over zo weinig verbeeldingskracht keek Agricola de gouverneur aan. 'Natuurlijk, heer,' zei hij alleen.

Boudicca stond naast haar hoofdmannen en keek naar de dikke blauwe rookwolken die boven de weg hingen en langzaam naar het bos dreven. Ze vloekte hartgrondig. 'Ik had dat graan nodig!' zei ze kwaad. 'Hij heeft zijn eigen fort in brand gestoken. Ruik je het brandende graan, Domnall?'

'Nu weten we in elk geval dat we deze weg moeten volgen,' antwoordde hij. 'Vroeg of laat zullen we hen inhalen. Hij kan zijn troepen toch niet de zee in

drijven?'
'Als we Verulamium niet eerst hadden bestormd zouden we hen nu al verslagen hebben,' antwoordde Boudicca kwaad. Toen liep ze terug naar haar strijdwagen en zette het voertuig weer in beweging. Langzaam en zwaar kwam de legermacht achter haar ook weer op gang. Er klonken beschuldigende kreten en verwijten op: 'We hebben al honderd mijl gelopen en waar is de gouverneur? We zijn moe en we willen naar huis, want we hebben de legioenen niet ontmoet. De opstandelingen in het westen moeten maar tegen de legioenen strijden. Wij willen naar huis!'

Tegen het middaguur hield ze halt om zittend in het gras langs de weg met Lovernius, Aillil en Domnall te eten, maar al spoedig moest ze zich met getrokken zwaard tussen de opstandige krijgers mengen. Er waren ruzies uitgebroken tussen de mannen die nog wat gedroogd vlees en graan hadden en anderen die niets meer hadden en dit probeerden te stelen. Ze liep van reiswagen naar reiswagen en moest overal de gemoederen tot bedaren brengen. Daarna keerde ze terug naar haar eigen strijdwagen, gevolgd door een horde joelende kinderen. Juist toen ze het sein wilde geven dat haar leger weer in beweging moest komen, kwam een verkenner aangestormd uit het noorden. Hij liet zich van zijn paard vallen en rende naar Boudicca.

'Daar zijn ze!' schreeuwde hij. 'Ze hebben een kamp opgeslagen, zeven of acht mijl verder! En het zijn er maar weinig!'

Boudicca voelde haar hart overslaan en ze keerde zich snel naar haar mannen. 'Lovernius, Aillil, geef dit nieuws snel door. We zullen hier de nacht doorbrengen en hen morgen ontmoeten.'

'Is dat wel verstandig?' vroeg Domnall. 'Een nacht wachten is erg riskant.'

'Dat weet ik.' Boudicca dacht even na, terwijl het nieuws snel verspreid werd en al spoedig maakten de ergernis en verveling onder de opstandelingen plaats voor grote opwinding. Als we hier overnachten zal er meer ruzie worden gemaakt en er zal onnodig bloed vloeien bij de vechtpartijen, dacht Boudicca. Dan wordt er te veel gedronken en dan zullen de mannen maar weinig slapen. Met enige aarzeling gaf ze toe. 'Goed. We zullen meteen verder gaan en vandaag nog vechten.' Ze keek even naar de zon die nog hoog boven de boomtoppen stond. 'Misschien is dat inderdaad beter. Als wij het gevecht vandaag niet winnen, kunnen we een nacht uitrusten voor we de strijd morgen hervatten.'

De hele groep trok nu sneller verder, aangelokt door het vooruitzicht dat Paulinus grote voorraden graan bij zich had. Maar alleen Boudicca en de Iceni beseften duidelijk wat hun te wachten stond, zodra ze de Romeinen ontmoetten. De Iceni werden opeens erg zwijgzaam en de hoofdmannen menden hun strijdwagens behendig, zonder naar elkaar te schreeuwen. De vrije mannen liepen met grimmige gezichten achter de strijdwagens aan. Toen de laatste mijlen afgelegd waren dacht Boudicca aan haar beide dochters, elk gevangen in eenzaamheid, en met weemoed dacht ze ook aan Prasutugas, wiens wijze kracht en inzicht voorgoed verdwenen waren.

Toen rees de weg plotseling steiler omhoog en aan haar linkerhand groeiden geen bomen meer. Rechts van haar was het bos nog steeds erg dicht, en reikte tot aan de weg die hier door de Romeinen was aangelegd. Ze voelde de warme, vochtige wind op haar linkerwang, en toen zag ze het vijandelijke leger opeens in de diepte van de vallei.

Aillil slaakte een kreet en stampte met zijn voet. 'Kijk, Boudicca! Daar zijn de Romeinen! Opeengepakt als gedroogde vis in een ton! Hoe kon Paulinus ooit zo dom zijn?'

De Romeinen bewogen zich stil en ordelijk. Ze negeerden de kakofonie van geluiden bij de weg. Paulinus sprak de bevelhebbers van de eenheden toe. Hij zag dat achter hen de rijen gesloten werden. De legionairs stonden zij aan zij, zes rijen dik. Aan weerszijden stonden hulptroepen, en de boogschutters en slingeraars maakten zich al gereed om de opstandelingen te bestoken. Paulinus was erg dankbaar dat deze hulptroepen, bestaande uit Thraciërs, Iberiërs en mannen uit Germania, vooral uitstekende boogschutters waren. De cavalerie stelde zich bij de flanken op. De pluimen op de helmen van de ruiters wuifden sierlijk. Het hele front was minder dan negenhonderd meter breed, maar het zou uitstekend voldoen, meende Paulinus.

'Breng mijn woorden zorgvuldig en nadrukkelijk over op de manschappen,' zei Paulinus. 'Jullie hebben al instructies voor de strijd gekregen, maar in deze situatie zijn orders alleen niet voldoende. Besteed geen aandacht aan het kabaal dat die wilden maken, en sluit je oren voor hun loze bedreigingen. Er zijn meer vrouwen dan strijders in hun gelederen. Ze weten niet hoe een veldslag behoorlijk uitgevochten moet worden en bovendien zijn ze slechtbewapend. Zodra ze merken hoe gevaarlijk onze wapens zijn en hoe moedig onze troepen, zullen ze zich omdraaien en op de vlucht slaan.' De afgemeten woorden klonken boven het geroezemoes rond hem uit. Alleen de bevelhebbers luisterden aandachtig. 'Zeg dit ook tegen jullie mannen,' vervolgde Paulinus nadrukkelijk. 'In een leger dat uit vele legioenen bestaat zijn er maar weinigen die zich in de strijd onderscheiden. Bedenk daarom hoe groot de eer zal zijn wanneer jullie met deze betrekkelijk kleine groep de overwinning behalen, alsof hier een groot leger staat. Houd de gelederen gesloten. Werp de speren en sla toe met jullie korte zwaarden en blijf vooral in beweging, zonder stil te houden om buit in beslag te nemen. Zorg dat we eerst deze veldslag winnen, want dan winnen we alles. Is dat duidelijk?' De mannen mompelden instemmend en verspreidden zich snel. Paulinus, zijn tribunen en Agricola bestegen hun paarden.

'Als we de eerste aanval hebben afgeslagen is de overwinning al bijna behaald,' zei Paulinus. 'Boudicca kan niet al haar strijdwagens inzetten, omdat de toegang tot de vallei te smal is. Julius, ik denk dat we later met genoegen kunnen terugzien op deze dag!'

Boudicca sprak gejaagd tegen de ongeduldige, rumoerige hoofdmannen en haar stem was amper verstaanbaar toen er op de strijdhoorn werd geblazen en er een krijgsgehuil uit alle kelen oprees. 'Dit is mijn oorlog!' schreeuwde ze. 'Ik strijd voor rechtvaardigheid en wraak, en mijn zaak is rechtvaardig. Ik wil niet leven als een slaaf en ik wil dat iedereen beseft dat we vandaag de overwinning zullen behalen of de dood vinden. De Iceni zullen in het midden aanvallen, de Trinovantiërs aan de linkerflank en de andere stammen zullen aan de rechterflank strijden.'

'Dat is niet eerlijk!' protesteerde een hoofdman kwaad. 'De Iceni hebben geen recht op een betere plaats dan de Catuvellauni!'

'En waarom niet?' beet Boudicca hem toe. 'De Iceni hebben het sein voor de opstand gegeven, de Iceni hebben alle andere stammen naar de vrijheid gevoerd. Daarom is het terecht dat wij op de ereplaats zullen vechten!'

Enkele hoofdmannen vloekten hartgrondig, maar Boudicca keerde zich vol afschuw van hen af. 'Sluit de rijen, jullie allemaal! En houd de mannen weg van de biervaten!' Ze liepen weg en Boudicca stapte in haar strijdwagen. Het voorste deel van het opstandelingenleger, waar veel strijdwagens bijeengebracht waren, werd aan weerszijden al met pijlen en weggeslingerde stenen bestookt door de hulptroepen van de Romeinen. 'Ze spelen met ons,' zei Boudicca kwaad. 'Aillil, laat een aantal strijdwagens naar de flanken gaan en zet de tegenaanval in!' Toen knalde haar zweep boven de ruggen van de kleine paarden voor haar wagen; ze reed langs de troepen en schreeuwde aanmoedigingen, beloften en dreigementen naar de mannen.

Van grote afstand zag Paulinus haar bewegen als een groene vlek met daarboven haar wapperende rode haren. Ze leek groot in de schuine stralen van de middagzon. Hij bleef naar haar kijken tot de prefect te paard naast hem kwam en salueerde.

'Wij zijn klaar voor de aanval, heer.'

Paulinus haalde diep adem. 'Mooi zo. Geef het sein voor de stormloop.'

Boudicca keerde haar wagen en reed langs de Icenische strijders naar het front, tot ze de onverzettelijke, in ijzer gehulde Romeinse gelederen een eindje verder tegenover haar op de met grint en keien bedekte bodem van de vallei zag. Ze trok haar lange mantel uit, vouwde die op en legde het kledingstuk naast haar voeten. Ze trok haar gordel strak en zette de zware, gevleugelde helm op haar hoofd. Daarna trok ze haar zwaard. Lovernius kwam naast haar staan en nam de teugels over. Opeens klonk er verbaasd gemompel en Boudicca keek om. Ze zag Ethelind naast de spaken van een groot wagenwiel staan. Haar gezicht was star en haar glanzende haren waren strak gevlochten.

Boudicca stapte op de grond. Er viel een gespannen stilte, te midden van het oorverdovende gewoel. Ethelind sprak de volgende woorden: 'Geef mij een zwaard.'
Boudicca staarde haar aan zonder te antwoorden. Ze bleef strak in de blauwe ogen van haar dochter kijken. Ethelind herhaalde nog eens wat ze gezegd had. 'Boudicca, ik eis een zwaard!'
Wel honderd bezwaren kwamen in Boudicca op: je hebt nooit geleerd daarmee om te gaan, je zou het niet eens kunnen tillen, de soldaten zullen je neermaaien, nog voordat je een enkele beweging hebt gemaakt – maar achter de kille blik vol haat in Ethelinds ogen las Boudicca een verlangen naar de dood, dat sterker was dan al het andere. Voor Ethelind en voor Brigid was de tijd al tot stilstand gekomen toen de soldaten hen met zwaarden van vlees doorboorden, en alleen een zwaard van metaal kon nu nog een tweede, mildere dood brengen. Boudicca deed een stap naar voren om haar te omhelzen, maar Ethelind weerde haar af.
'Nee, nee! Dat niet. Alleen een zwaard!'
Boudicca draaide zich resoluut om en klom weer in haar strijdwagen. Wij staan alleen, dacht ze, ieder van ons, en jij moet alleen sterven, Ethelind. 'Aillil,' beval ze luid. 'Breng haar een zwaard!' Ze knikte kortaf naar haar wagenmenner en ze reden weg, terwijl het Romeinse sein voor de stormaanval geblazen werd, een huiveringwekkend schril geluid dat door de lucht sneed. Toen Boudicca omkeek was Ethelind verdwenen.
De strijdwagens schoten naar voren, wiel aan wiel, en de snelheid nam steeds toe. Met donderend geluid rolden de karren naar voren. Daarachter volgden de krijsende vrije mannen. Het terrein helde hier geleidelijk omhoog, maar daardoor werd de vaart van de naderende strijders niet afgeremd. Zo ontmoetten de twee legers elkaar in een heftige botsing, maar de aanvalskracht leek eerst nog verder aan te zwellen, tot het front van de hulptroepen uiteenviel en de strijders terugdeinsden. In het midden bleven de gelederen standhouden, de gezichten onder de helmen leken allemaal op elkaar. Maar toen kwamen de opstandelingen met uitgespreide armen en hoog opgeheven schilden naderbij. Er klonk een bevel. De soldaten hieven hun speren op en wachtten af. Boudicca kreeg even de tijd om na te denken over deze willoze gehoorzaamheid. Weer klonk een bits bevel. Ze kon het duidelijk verstaan, maar een ogenblik later verloor ze haar evenwicht toen een van de paarden voor haar strijdwagen struikelde en viel.
Schelle kreten klonken op in de late middag en de aanval werd plotseling vertraagd, maar nog voordat Boudicca overeind kon krabbelen, daalde een nieuwe regen van speren fluitend neer op de dicht opeenstaande hoofdmannen. De voorste linie soldaten deed een pas achteruit en een tweede rij kwam naar voren, maar weer volgde een striemende hagelbui van scherpe metalen

pijlpunten. Lovernius hielp haar overeind en ze zag Aillil naar haar toe komen over de vele gesneuvelden die nu al gevallen waren.

'Waarom vallen ze de cavalerie bij de flanken niet aan?' gilde Boudicca. 'Dat heb ik toch gezegd! Aillil, ga naar achteren en zorg ervoor dat ze die hulptroepen aanvallen. Anders zullen we hier allemaal bijeengedreven worden en sterven!' Ze zwaaide haar schild omhoog om zich te beschermen toen een nieuwe regen van speren neerdaalde en mens en dier doorboorde. Nu viel de voorste linie uiteen, want de mannen die nog niet dodelijk getroffen waren rukten heftig aan de schachten van de speren die zich in hun schilden vastgebeten hadden.

Op dat ogenblik werd er op de trompetten geblazen. De legionairs sloten snel de rijen en hieven hun lange schilden omhoog. Ze trokken daarna hun zwaarden en ze kwamen dreigend naar voren. De woedende kreten van Boudicca gingen verloren in het tumult. De flanken van het opstandelingenleger hadden de Romeinse hulptroepen niet aangevallen. Als dat wel gebeurd was, hadden ze de Romeinen misschien kunnen omsingelen, maar al schudde ze heftig met haar zwaard en vervloekte ze haar medestanders omdat ze zo eigenwijs waren, de mannen stroomden allemaal naar het middelpunt van de strijd. De Romeinse cavalerie werd niet belaagd en de ruiters keken toe, terwijl Boudicca, met Lovernius aan haar zijde, heftig uithaalden met hun zwaarden en alles wegmaaiden wat hun in de weg kwam.

De onverzettelijke wig van de Romeinse troepen drong langzaam maar zeker steeds verder naar voren en dreef de vrije mannen uiteen. De opstandelingen merkten dat ze nu tegenover twee vijandelijke fronten stonden, die wel muren van ijzer leken. Genadeloos werden de mannen neergemaaid. Af en toe sprak een kille stem een kort bevel en dan week de voorste rij legionairs achteruit om snel plaats te maken voor een nieuwe rij soldaten die het gevecht van man tegen man overnamen. Er was amper ruimte om te bewegen. De kleding van alle strijders raakte besmeurd met bloed. De scherpe knoppen op de schilden troffen telkens de weerloze ribben van de tegenstanders. De kleine, scherpe zwaarden schoten telkens naar voren als de tongen van gifslangen, om bloedende wonden te veroorzaken bij wie niet achteruit kon deinzen, omdat de lijken van gevallenen de weg versperden en niet opzij geschopt konden worden. Boudicca werd ruw teruggeduwd, en al vloekte en schold ze, de vijand bleef oprukken. Ze keerde zich om en probeerde een uitweg te vinden. Even keek ze om zich heen. De Romeinen hadden terein gewonnen. Ze voelde het koude zweet op haar rug, toen ze zag hoe haar medestrijders steeds verder moesten terugwijken. De menigte werd steeds dichter opeengedrukt en er stierven steeds meer strijders staande, machteloos tegen de venijnige Romeinse zwaarden die telkens weer toestaken.

Andrasta! We zullen een nederlaag lijden, dacht ze vol afschuw en toen ze op een omgevallen strijdwagen sprong begon ze uit alle macht te schreeuwen tegen haar strijders die met steeds minder kracht probeerden de vijand af te slaan. Het krijgsgehuil werd steeds zwakker. Een ogenblik leek de tijd stil te staan en zelfs de aarde leek de adem in te houden. Toen klonk haar stem luid en schor tegelijk, in een laatste wanhopige kreet: 'Denk aan de slavernij! Denk aan de onderdrukking en vernederingen!'

Maar in de verte schetterde een trompet en haar laatste woorden verdronken in het tumult van de oprukkende legionairs. Het getij in de veldslag was gekeerd en de opstandelingen werden op de vlucht gejaagd, zonder dat ze begrepen wat er verkeerd gegaan was. Weer klonk trompetgeschal, en nu lieten de cavaleristen hun lansen zakken om een uitval te doen naar de wegvluchtende, bloedende massa opstandelingen. Lovernius trok Boudicca weg van de strijdwagen.

'De mensen zullen naar het bos vluchten, aan de overkant van de weg,' hijgde hij. 'We kunnen ons morgen weer hergroeperen en de strijd voortzetten! Vlucht, Boudicca!' Maar ze wankelde, alsof een zwaard haar rug doorboord had en ze viel op haar knieën. 'Kijk, Lovernius,' fluisterde ze. 'Kijk toch!'

Er was geen uitweg mogelijk. Bij de smalle toegang tot de vallei stonden de reiswagens en karren zeven, acht rijen dik en daarachter was een muur van buit opgestapeld, zodat de oude mensen en kinderen konden zien hoe de opstandelingen de overwinning zouden behalen. De vallei was afgesloten, en zou spoedig in een graftombe veranderen, begreep Boudicca. Haar hoofdmannen zagen het nu ook. Als waanzinnigen stortten ze zich op de muur van karren die omvergeworpen werden, zodat het zilverwerk, de kleurige stoffen en met brons beslagen stoelen, alles wat uit de geplunderde steden geroofd was, door elkaar tuimelde te midden van blaffende honden en krijsende kinderen. Maar het was al te laat. Er was geen doorkomen aan voor de vluchtenden. De Romeinen zagen het ook en er steeg een triomfantelijke kreet op. De cavalerie kwam aangestormd, de soldaten renden en de opstandelingen stierven.

'O nee,' fluisterde Boudicca. 'Andrasta, nee! Laat dit niet gebeuren!' Toen dacht ze aan Brigid en ze leek haar angst te vergeten. Ze baande zich een weg over de lijken en stervenden, gevolgd door Lovernius, niet naar de slachting bij de omgevallen reiswagens, maar naar de zijkant van de vallei. Het was niet ver. Wat heb je deze plaats goed gekozen, Paulinus, dacht ze, zonder links of rechts te kijken, waar dode handen zich verkrampt omhoogstrekten en dode gezichten bleek van verwijten haar aanstaarden. Maar je zult mij niet gevangennemen. Geen ketens om mijn enkels! Langdurige vernedering in de kerkers van Rome! Ze voelde de doorns van de struiken aan haar tuniek rukken en takken die langs haar schouders streken. Ze struikelde. 'Vlucht, Lovernius!' riep ze zachtjes, maar er kwam geen antwoord. Ze krabbelde overeind en zag dat ze alleen was.

Hulda en de jonge hoofdman stonden dicht naast elkaar, ze hielden zich schuil tussen de bomen. Brigid liep vóór hen heen en weer. Ze streek door haar verwarde lange haren en keek naar de grond. Hulda sprong naar voren toen ze Boudicca zag naderen. Haar blauwe tuniek was besmeurd met bloed en modder. Zwarte aarde kleefde aan haar haren; ze had haar helm verloren en haar gezicht was verstard in een grimas.

'Boudicca!'

Boudicca leunde tegen een boom. 'De slag is verloren,' bracht ze moeizaam uit. 'De stammen zijn uiteengeslagen. Vlucht, jullie allebei. Ga naar het noorden of naar het westen, maar vlucht hier weg!'

'Maar Lovernius, en Aillil... Waar is Domnall?'

'Dood, allemaal dood. Neem je spullen en vlucht!'

'Maar Boudicca, wat moet er dan met Brigid gebeuren? Waar kun je met haar heen?'

'Je hoeft je niet langer om haar te bekommeren, Hulda. Als je je eigen leven wilt redden, verdwijn dan zo snel mogelijk!'

Hulda zei niets meer. Ze liep naar het meisje, kuste haar teder op haar voorhoofd en verzamelde toen haar bezittingen, voor ze wegliep. Tranen rolden langs haar wangen.

De jonge hoofdman trok aarzelend zijn zwaard uit de schede en keek Boudicca aan. Ze deed een stap van de boom vandaan. 'Jij ook, mijn vriend. Ook jij kunt ons niet meer beschermen.'

Hij meende de geur van dood en verderf al te ruiken en hief zijn zwaard omhoog, bij wijze van saluut. 'Een veilige reis, vrouwe,' zei hij. 'Een vredige reis.'

'Jij ook,' antwoordde ze. Hij draaide zich op zijn hielen om en verdween tussen de bomen.

Even bleef ze luisteren naar het tumult van de slachting achter haar, toen legde ze haar zwaard neer, trok het mes uit haar gordel en liep naar Brigid toe. Het meisje bleef staan en keek haar moeder onderzoekend aan. Ze strekte haar handen naar de besmeurde tuniek van Boudicca uit. 'Bloed?' vroeg ze. Boudicca trok haar zacht naar voren en ze verborg haar gezicht tussen de blonde lokken. Ik wil niet dat je nog meer moet lijden, Brigid, dacht ze. Als ik je hier achterlaat zullen de soldaten komen en dan zal weer hetzelfde met je gebeuren. Maar ik kan je nergens heen brengen. We hebben geen thuis meer... Ze voelde de ribben van het meisje, zo dun, zo weerloos, en het mes gleed geluidloos naar binnen. Brigid zuchtte alleen en liet haar hoofd tegen de borst van haar moeder zakken. Huilend legde Boudicca haar voorzichtig neer, tussen de bloemen. Haar haren vielen over haar gezicht en haar tuniek. Toen keerde Boudicca zich snel om. Ze bukte zich en groef met het mes een kuiltje in de vochtige aarde. Ze wierp het mes weg en stak haar zwaard met het blad omhoog in het kuiltje dat ze gegraven had. Met keien en stenen zorgde ze ervoor dat het zwaard niet zou vallen. Haar handen bewogen snel, haar ogen waren verblind door tranen.

'Waar ga je heen, Boudicca?' kraste de stem van Subidasto in haar oor. Ze ging rechtop staan. 'Ik weet het niet,' fluisterde ze hardop. 'Ik weet het niet.' Als een verdord blad dat van een stervende boomtak losraakt en naar de rivier dwarrelt, spreidde Boudicca haar armen uit en stortte zich op het zwaard.

40

De avond was verstikkend warm, maar de luiken waren geopend, zodat een lichte bries de wandtapijten in beweging bracht en de tientallen vlammen en kaarsen en olielampen deed flakkeren. Gladys knikte en de slaven bewogen zich geluidloos om het servies van de met wit linnen gedekte tafel weg te nemen, voordat ze zilveren schalen met druiven, perziken en pruimen binnendroegen. Begerige handen strekten zich uit, en vanachter de ligbanken kwamen andere bedienden met meer wijn. Maar Caradoc hield zijn hand boven zijn glas. Hij lachte naar zijn vrouw tegenover hem, en ook Plautius wilde niet dat zijn glas werd bijgeschonken. Alleen Llyn hield zijn glas omhoog en hij dronk gulzig, terwijl hij diep weggedoken zat in de zachte kussens. Hij hield zijn ogen halfgesloten.

'Het wiel raakte zo maar los,' zei zijn zuster Gladys, 'maar de strijdwagen rolde nog wel zestig meter door. Je had het moeten zien, moeder, de mensen raakten door het dolle heen. We schreeuwden onze kelen schor, maar dat hielp natuurlijk niets. Arme Aulus! Dit is al de derde wedstrijd die door jullie verloren werd, nietwaar?'

'Had je gewed?' Eurgain lachte naar het zwarte, hoog opgestoken haar, behangen met parels, naar de glanzende oorringen en naar de met goud geborduurde stola. Gladys trok een gezicht en hief haar handen omhoog.

'Ja, dat had ik gedaan, en daarom verloor Rufus veel geld.'

'Mag ik nu mijn verhaal alsjeblieft afmaken?' vroeg haar man verstoord. 'De bedienden zijn nu weg. Wel, niemand zou het gemerkt hebben als Vespasianus niet was gaan snurken, maar snurken deed hij als een os en de keizer hield op met zingen. "Is er iemand ziek geworden?" vroeg hij. Iedereen verstarde en probeerde hem niet aan te kijken.'

Eurgain spuwde een pot op haar bord. 'En wat gebeurde er toen?'

Pudens haalde zijn schouders op. 'Helemaal niets. Vergeet niet dat het al de tweede keer was dat Vespasianus in slaap gevallen was tijdens een voordracht van Nero. De keizer zei dat hij moest verdwijnen en zong toen verder.' Plautius ging verzitten. 'Het is niet verstandig om in deze tijden zulke verhalen door te vertellen, Rufus,' merkte hij op. Het gezelschap zweeg, maar Llyn kwam overeind en geeuwde.

'De muren van Plautius hebben heus geen oren,' zei hij. 'Als dat wel zo was, dan waren wij allemaal al lang gekruisigd, of wegens verraad in de kokende olie geworpen.'

'Ach, stil toch, Llyn!' zei Eurgain haastig, maar hij nam nog een slok wijn en sloot zijn ogen weer. Caradoc zwaaide zijn voeten naar de warme vloertegels.

'We hebben weer misbruik van je gastvrijheid gemaakt, vriend,' zei hij tegen Plautius, 'en we zijn veel te lang gebleven.' Maar nog voordat Plautius kon antwoorden, kwam een huisknecht stilletjes naast hem staan en fluisterde geruime tijd in het oor van zijn meester. De anderen zagen gespannen dat het gezicht van Plautius eerst ernstig en toen bleek werd. Zodra de huisknecht na een buiging verdwenen was begonnen de anderen onrustig te draaien. Plautius leek moeite te hebben de juiste woorden te vinden. Hij probeerde een zin te beginnen, maar aarzelde en bromde toen een verwensing. Langzaam ging hij staan.

'Er is nieuws uit Britannia,' zei hij moeizaam. 'De Iceni zijn in opstand gekomen en de meeste stammen in het laagland steunden hen daarbij. Ze hebben veel Romeinen gedood en behalve een heel legioen hebben ze ook drie steden geplunderd en in brand gestoken. Hun opzet was bijna geslaagd.'

'De stammen in het *laagland*?' vroeg Caradoc ongelovig. Een lang vergeten gevoel van vreugde doorstroomde hem. Llyn opende zijn ogen. 'Grote Moeder!' fluisterde hij, maar Eurgain onderbrak hem. '*Bijna* geslaagd, zei je?' Plautius schraapte zijn keel en sprak met hese stem verder. 'Het schijnt dat er een grote veldslag is geweest, maar de opstandelingen zijn kennelijk vernietigend verslagen. Boudicca heeft zelfmoord gepleegd.'

'En verder?' wilde Gladys weten.

Plautius ging weer zitten en wreef vermoeid over zijn voorhoofd. 'Ik begrijp het niet. Mijn goede vriend Paulinus slacht de Iceni massaal af. Tachtigduizend strijders sneuvelden in de strijd en hij achtervolgt de overlevenden nog steeds. Icenia ligt er verlaten bij.'

Niemand verroerde zich. De stoffige wind blies weer naar binnen en de duisternis achter de vensters leek zich uit te strekken naar hun kil geworden harten, terwijl de warme nacht toch zweet op hun voorhoofd bracht.

Toen kwam Caradoc langzaam overeind. 'Ik vraag excuus,' zei hij met effen stem en hij verliet meteen de kamer, om onder de zuilengalerij naar het donkere atrium te lopen, waar de grote maan zich in het stille water van de vijver weerspiegelde. Het gras geurde zoet naar dauw en rozen. Hij liep verder door de schaduwen van de binnenhof en zijn voetstappen weerklonken hol op de tegels. Ten slotte kwam hij bij een smal pad dat tussen de platanen naar het ijzeren poorthek leidde. Hij bleef tegen het hek geleund staan en klemde zijn handen om het ijzer. Hij keek uit over de ontelbare twinkelende lichtjes van Rome onder de fluwelen hemel. Hij hoorde vaag de geluiden van de grote stad, het hart van een reusachtig rijk, gevoed door het bloed van de onderdrukte stammen. Caradoc dacht aan de kleine Boudicca met haar rode haren. Wat hebben ze je aangedaan, dat je weloverwogen je eigen bloed liet vloeien op aarde die al doorweekt was van het bloed van zoveel slachtoffers? Waarom sta ik hier, oud geworden en nutteloos, terwijl dezelfde maan de vochtige heilige bossen en de jonge herten in het bedauwde gras van Albion beschijnt? Een warme hand daalde zachtjes op zijn arm neer en Eurgain keek naar hem op. Haar gezicht leek bleek en getekend in het maanlicht. 'De anderen gaan naar huis,' zei ze. 'Allemaal, behalve Llyn. Gladys brengt hem naar de gastenkamer.' Caradoc liet het ijzeren hek los.

'Het is niet goed, Eurgain,' zei hij toonloos. 'De mensen op straat buigen voor mij, de keizer noemt me zijn nobele barbaar, en mijn dochter heeft een goed huwelijk met een Romein gesloten. Ik ben welkom in het huis van elke senator, alsof ik een god ben, maar toch droom ik elke nacht dat ik terug ben in Camulodunon. Het regent daar en Cin roept me telkens.' Hij zuchtte. 'Ik ben nu tien jaren hier, en ik hield mijn oren en ogen gesloten voor de kwelling die Albion moet doorstaan. Maar nu is dit gebeurd en ik weet opeens weer dat ik een vreemde ben die altijd rouwt in een vreemd land.'

Ze wreef met haar wang tegen zijn schouder. 'Ik wil ook naar huis gaan,' fluisterde ze. 'En Llyn ook. Denk je dat ze ons, als de tijd gekomen is, op een brandstapel zullen leggen met geurig hout uit de Catuvellaunse bossen?'

Caradoc legde zijn arm om Eurgains schouder en trok haar dichter tegen zich aan. 'Wij wilden alleen maar met rust gelaten worden, dat was het enige,' zei hij zacht. 'Vrijheid is zo'n klein woord, zo'n eenvoudig verzoek, maar toch is de ziel van ons volk erdoor verteerd.'

Ze leunde tegen hem aan en zo bleven ze naast elkaar staan, terwijl de maan langzaam voorbijgleed. De stralen beschenen de stille wijngaard. Ver in de diepte gonsde de grote stad.

Heel ver weg, in de herfstige nevels van Albion, flakkerde het laatste licht van de vrijheid en doofde uit.